问道与求索

——韩立群新时期以来文学研究论集

韩立群　著

中国出版集团
東方出版中心

图书在版编目(CIP)数据

问道与求索：韩立群新时期以来文学研究论集 / 韩立群著. —上海：东方出版中心，2019.6
ISBN 978-7-5473-1493-7

Ⅰ.①问… Ⅱ.①韩… Ⅲ.①中国文学—现代文学—文学研究—文集②中国文学—当代文学—文学研究—文集 Ⅳ.①I206.6-53

中国版本图书馆 CIP 数据核字(2019)第 112769 号

问道与求索——韩立群新时期以来文学研究论集

出版发行：东方出版中心
地　　址：上海市仙霞路 345 号
电　　话：(021)62417400
邮政编码：200336
印　　刷：上海盛通时代印刷有限公司
开　　本：710mm×1000mm　1/16
字　　数：695 千字
印　　张：37.75
版　　次：2019 年 6 月第 1 版第 1 次印刷
ISBN 978-7-5473-1493-7
定　　价：129.00 元

目　录

序　治学道路回顾*

一

1935年10月，我出生于山东省日照县一个叫大岭的滨海小山村。中学时代先后就读于同盟会负责人丁维汾故居所在的涛雒中学（初中）与胶州完全中学。1957年9月，考入山东师范学院汉语言文学系，毕业后留校任教。1975年9月山东师范学院党委派我到聊城创办分院中文系，先后任中文系副主任、主任，兼语文教学论研究所所长。1987年晋升教授，1993年被评为全国优秀教师，当选山东省第七届政协委员，首批享受国务院特殊津贴专家。1995年被评为山东省专业技术拔尖人才；被中国校友会网大学研究团队连续评为“中国杰出人文社会科学家”。任中文系主任期间，所主持的“语文教学论”学科（1988年）被评为省级重点学科，中国现当代文学成为学校首个招收研究生的专业（1979年）；主持的《高师语文学专业技能培养规程》（1993年）获全国普通高校优秀教学成果国家一等奖。出版学术专著：(1)《郭沫若史剧创作论》（山东教育出版社1988年版）；(2)《沈从文论——中国现代文化的反思》（天津人民出版社1994年版）；(3)《中国语文革命——现代语文观及其实践》（中央编译出版社2003年版）；(4)《中国现代文学史论》（南海出版公司1994年版）；(5)《以生活为本位的基础教育论——叶圣陶基础教育理论体系阐释》（河北人民出版社2007年版）；(6)《现代女性的精神历程——从冰心到张爱玲》（中国人民大学出版社2013年版）；(7)《走进张恨水小说世界》（九州出版社2015年版）；(8)《中国现代小说史》（山东文艺出版社1984年版）；(9)《鲁迅作品教学初探》（天津人民出版社1979年版）（后两部为合著）等。其中《沈从文论——中国现代文化的反思》在学术界引起较大反响，获山东省优秀科研成果奖和中国北方15省区18家出版社优秀图书奖，参加国际书展，列入《中国出版年鉴（1995年）》；《中国语文革命——现代语文观及其实践》与《郭沫若史剧创作论》被国家图书馆列为特色资源图书，前者

* 刊于《聊城大学报》与新浪网，收入聊城大学文化建设丛书《名人风采录》（山东人民出版社2014年版）。

为珍本书库珍藏;《鲁迅生平史料汇编》(任副主编),出版后在海内外学术界有很大反响。先后发表学术论文80余篇,获省部级以上科研与教学奖多项。1993年获全国普通高校优秀教学成果国家级一等奖,我因此被国家教委邀请参加于人民大会堂举行的教师节表彰颁奖大会,受到江泽民总书记等中央领导同志接见。

二

1961年,我于山东师范学院汉语言文学系本科毕业后,留校于著名学者田仲济先生主持的中国现代文学研究室,在田先生指导下开始步入中国现代文学研究领域。当时先生为研究室制定了一个庞大的五年研究计划,总课题是“现实主义在中国现代文学中的发展”,包括“鲁迅的现实主义道路”“茅盾的现实主义道路”等6个子课题。我承担的是第一子课题。我那时资历虽浅,但血气方刚,刻苦攻读,志向远大,颇为先生看中而加倍培养。他给我开出世界文学大师经典著作必读书目,要我先做系统的研究性阅读,而后进入子课题研究,并鼓励我以车尔尼雪夫斯基为榜样,在青年时代就写出《美即是生活》那样的经典著作。梦想化为我向科研目标冲击的内在动力和超常的生命力、意志力,废寝忘食,奋进不息!然而正当我三年的呕心沥血结晶为第一项成果时,灾难性政治运动从天而降:田先生以“反动学术权威”罪名遭批判,而我辛勤研读所换取的则是“修正主义苗子”这顶帽子。五年研究计划被腰斩而终,但整整三年拼搏研读却成为我步入科研殿堂的第一块铺路石,使我在理论、知识和治学方法上都打下坚实基础。

三

我系统的研究工作始于20世纪70年代,从教学实践中发现和选择研究课题而又以科研成果提升教学质量并服务于社会,是我始终恪守的原则。我的研究范畴包括现代文学研究和语文教育研究与实践两个方面。现代文学研究是我研究工作的主体。可以把课题转换分为如下6个阶段:

第一阶段是鲁迅研究。

拨乱反正时期,现代文学研究领域所关注的首先是恢复鲁迅真实历史面貌,而史料的研究与系统整理则是其中第一项工作。我的鲁迅研究便是这时在薛绥之先生带领下从史料研究与整理开始的。从1975—1986年,我们主持编写了《鲁迅作品教学手册》《鲁迅作品教学初探》(后者为天津人民出版社 1979 年版)两部作品研究和《鲁迅生平史料丛抄》《鲁迅生平史料汇编》《鲁迅著作研究资料丛书》三种史料丛书。其中《鲁迅生平史料汇编》共五辑六卷 264 万字,由天津人民出版社于 1981—1986 年陆续出版。由于这是当时关于鲁迅生平思想最系统翔实、编写态度也最认真的史料丛书,适应了社会民众重新认识鲁迅和社会青年知识饥渴的心理要求,所以出版后引起意想不到的轰动。不仅国内主要报刊相继发表评介文章,而且香港地区和海外一些报刊也有不小反响。《中国文学》(1987 年第 3 期)以英法两种文字向国外作了报道,说该书"堪称鲁迅生平的百科全书"。蒋锡金先生于《人民日报》(1982 年 10 月 19 日)发表题为《从历史的角度认识伟大鲁迅》的长篇书评,肯定丛书出版对于重新认识鲁迅和深化鲁迅研究的意义。《鲁迅著作研究资料丛书》是山东鲁迅学会提出并责成我们主编的,曾列入山东文艺出版社计划。全书拟分甲乙丙三编。编写工作始于 1982 年初,1984 年甲编 5 辑除《野草研究资料》外均已完稿。其中《故事新编研究资料》由山东文艺出版社 1984 年出版。遗憾的是,由于出版社的原因,丛书其他部分的出版计划夭折了。这是我们深为痛惜而又无能为力的事,当时尚无著作权法及具体出版合同作保障。1985 年 3 月,薛绥之先生在为出版奔走中不幸因心脏病突发而猝然离世,事实使我感到资料研究已成畏途。但这段资料研究却成为我从事文学史研究、鲁迅作品和思想研究的基础。20 世纪 70—90 年代,我所发表的鲁迅研究论文便是上述资料研究理论的升华,其中代表性篇目有:《中国现代精神文明的伟大建设者——鲁迅》(提交于 1981 年山东省纪念鲁迅诞辰一百周年学术研讨会论文,以笔名利群发表于 1981 年 9 月 8 日《大众日报》,收入山东人民出版社 1981 年出版的《鲁迅研究学术论文集》);《从历史与现实的联系中认识和表现人生》(发表于《聊城师范学院学报》1984 年第 3 期,收入山东文艺出版社 1984 年出版的《故事新编初探》);《鲁迅杂文文体理论及其实践》(发表于东方论坛 1999 年第 4 期);《以大众为本位的语文改革论——鲁迅语文观的内涵》(发表于《山东师范大学学报》1999 年第 2 期)等。

第二阶段是文学史研究。

拨乱反正时期,山东文学界思想观念解放的突出标志是由田仲济、孙昌熙两位资深教授主持,山东文艺出版社出面,组织山东四所高校(山东大学、山东师范学院、曲阜师范学院和聊城师范学院)重新编写和出版中国现代文学史与中国现代文学分类史。我是主要编写者之一,先后参加了《中国现代文学史》(山东人民出版社 1979 年版,1981 年第 3 次印刷)和《中国现代小说史》(山东文艺出版社 1984 年版,朝鲜文译本 2002 年 11 月由韩国亦乐出版社出版)两书的撰写。《中国现代小说史》共 8 章 41 万字,由 4 人执笔,我写了其中 4 章约 17 万字,并协助主编统稿。这是"文化大革命"后

第一部现代小说史，在体例上采用人物形象系列建构模式。由于可供参考借鉴的同类书籍极少，逼我认真研读小说文本和大量研究资料，并将心得与发现随时写成论文发表。以此，在完成撰写《中国现代小说史》任务的同时，又出版了一部独立完成的《中国现代文学史论》(南海出版公司 1994 年版)。《中国现代小说史》出版后以体例和观念创新而引起国内外研究者热切关注，有系统评介文章发表于《文学评论》等刊物，也曾为一些高校选为教材，是改革开放后较早翻译介绍到国外的文学分类史。

第三阶段是郭沫若研究。

我和其他爱好文学的青年一样，早就是“球形天才”郭沫若的崇拜者。但把郭沫若作为研究对象加以系统研究考察却是从 1979 年开始的。这是因为在参加《中国现代文学史》编写中，我承担的任务是撰写郭沫若专章(上下两章约 46 000 字)。为此，我通读了《郭沫若文集》(文学卷)，并在此后开始了以其历史剧为中心的研究。标志性成果是一部《郭沫若史剧创作论》(山东教育出版社 1988 年版)和 20 余篇反响较大的论文。《郭沫若史剧创作论》问世后，颇受青年学者和在校研究生与大学生欢迎。一些学者、专家在《中国社会科学》《现代文学研究丛刊》《山东社会科学》《戏剧文学》《作家报》等刊物、报纸发表评介文章，如王光东教授讲道：“这是近年来郭沫若史剧研究中的新收获。《郭沫若史剧创作论》不是对郭沫若史剧创作的一般性阐释，它是从文艺美学的理论高度出发，在对郭沫若史剧作品的具体感受和理解以及各部作品相互联系的整体把握中来研究郭沫若的史剧创作的。因此，本书的重要特点首先在于理论的深刻及结构的完整。本书提出了以往研究者很少提到的一个问题，这就是作家的‘史识’在史剧创作中的重要作用。本书论者认为，作家的‘史识’在史剧创作过程中是联结‘历史真实’和‘艺术真实’的关键，‘史识’不仅决定了作家对历史精神和历史真实的把握，同时也决定了作家对剧中人物命运的理解和艺术性处理。这一观点的提出无疑抓住了历史剧创作的核心问题。”

20 多篇论文影响较大的是：《郭沫若的文艺观及其发展》(发表于《郭沫若研究》1983 年第 2 期，1984 年获山东省普通高校社会科学优秀科研成果二等奖)；《论郭沫若历史剧的历史真实》(发表于《郭沫若研究》1985 年第 3 辑)；《从人物塑造看郭沫若历史剧的浪漫主义特色》(发表于《郭沫若研究》1987 年第 3 期)；《论郭沫若历史剧中悲剧人物的意识特征》(发表于《学习与探索》1987 年第 3 期)；《论郭沫若历史剧的语言特色》(发表于《山东师范大学学报》1984 年第 3 期，人大资料复印)；《论郭沫若历史剧的情感因素》(发表于《文史哲》1986 年第 6 期，人大资料复印，后收入上海书店出版社出版的《郭沫若研究文献汇要》)等。

第四阶段是沈从文研究。

我的沈从文研究是从 1988 年开始的，那时正是席卷全国的“沈从文热”从感情激荡进入理性反思的时期。若说此前的沈从文研究其主旨是从政治上为沈从文拨乱反正,那么此后的研究主旨则是文化反思与审美发掘。因此,我的研究从开始就采取了文化与审美的视角,并把此后出版的沈从文研究作品定名为“中国现代文化的反思”。从1988—1995年共发表研究论文18篇,出版专著《沈从文论——中国现代文化的反思》(天津人民出版社1994年版)。《沈从文论——中国现代文化的反思》获中国北方15省份18家出版社优秀图书奖,列入《中国出版年鉴(1995年)》。《读书》杂志刊发书讯,《中国文化报》等多种报刊发表书评。18篇研究论文中至今仍被阅读和引用的是:《沈从文作品中的自然女性》(《山东社会科学》1990年第5期)、《沈从文论作家修养》(《文史哲》1991年第5期)、《丑的暴露与美的发掘——沈从文与乡土文学》(《聊城师范学院学报》1992年第4期)、《童心映照的军人世界——论沈从文的军旅人生小说》(《山东师范大学学报》1992年第6期)等。

第五阶段是女性主义文学研究。

此研究始于2002年,标志性成果是2013年11月由中国人民大学出版社出版的45万字的《现代女性的精神历程——从冰心到张爱玲》。另有论文三篇:《女性主义文学的冰心时代》(《山东社会科学》2005年第2期)、《女性主义文学的丁玲时代》(《聊城大学学报》2011年第1期)、《女性主义文学的张爱玲时代》(《聊城大学学报》2010年第3期)。

第六阶段是张恨水小说研究。

该研究始于2006年。标志性成果是专著《走进张恨水小说世界》(九州出版社2013年版)和所发表的10余篇论文。代表性论文是:(1)《中国市民社会批判——张恨水小说社会价值内涵阐释》(《聊城大学学报》2012年第6期);(2)《文化错位的爱情悲剧——〈金粉世家〉中冷清秋与金燕西爱情悲剧的文化内涵》(《聊城大学学报》2013年第5期);(3)《同情的爱——樊家树与沈凤喜爱情的意识特征及其悲剧必然性》(《聊城大学学报》2014年第3期);(4)《丧失精神家园的悲哀——报人文学家杨杏园悲剧心态及其时代内涵》(《山东师范大学学报》2014年第6期);(5)《走不出命运怪圈——女伶杨月容悲剧人生的社会必然性》(《聊城大学学报》2015年第3期);(6)《背负国难前行的中国脊梁(一)》(《聊城大学学报》2016年第3期);(7)《背负国难前行的中国脊梁(二)》(《聊城大学学报》2017年第2期)。

四

语文教育研究与实践,包括理论研究与改革实践两个部分。

理论成果是出版了《中国语文革命——现代语文观及其实践》和《以生活为本位的基础教育论——叶圣陶基础教育理论体系阐释》两部专著，发表了 20 余篇论文。《中国语文革命——现代语文观及其实践》以翔实的史料，阐释了中国现代语文革命的历史进程：胡适代表的国语建设运动、鲁迅代表的大众语文建设运动和毛泽东代表的民族形式建设运动。这是语文工具解放的进程：白话对文言的解放，大众语对国语的解放和民族形式对洋八股的解放。作为热销不衰的学术畅销书，被国家图书馆列为特色资源图书，为珍本书库珍藏；《以生活为本位的基础教育论——叶圣陶基础教育理论体系阐释》被列入教育学必读书目。

影响较大的论文有：《语文与语文革命——兼论中国语文学的内涵》（《东岳论丛》2001 年第 2 期）、《论胡适对中国新文学文体建设的贡献》（《齐鲁学刊》1998 年第 5 期，人大资料全文复印，全国高校学报文摘摘录）、《论四十年代解放区农村通俗小说文体的创造及其意义》（《山东社会科学》2000 年第 4 期，《新华文摘》2000－11 转摘）等。

实践成果是由语文教学研究主持的如下三个相连续的语文改革项目获得突破性成就：《中学语文教师素质培养规程》，于 1991 年获山东省普通高校优秀教学成果一等奖，并被山东省教委定为重点培养项目，下拨扶植经费继续培养；《高师语文学科专业技能培养规程》，于 1993 年获全国普通高校优秀教学成果国家级一等奖；《高等师范中文专业教学体系建构》，于 1997 年获山东省普通高校优秀教学成果一等奖，并被教育部评为世行贷款重大国家项目，拨款 1 万美元继续深化培养。

这些实践成果不仅深化和拓展了理论研究视野，而且促进了学科建设和语文教育研究的深化，也拓宽了改革思路，为我校教师教育和课程教学论发展打下坚实基础。1986 年组建的语文教学论研究所，由省级重点学科发展为省重点支持与培养的教师教育研究中心和培训基地。

1978年：

关于小说《故乡》的几个问题*

一、主题思想

关于《故乡》的主题思想，说法不一致。目前流行的是：(1) 通过"我"和闰土重逢时所表现的隔膜和痛苦，"揭示了阶级社会的罪恶"，提出对没有阶级压迫的"新生活的希望"；(2) 通过"故乡如故"批判辛亥革命的不彻底性，指示人们寻求新的革命道路。我们认为，《故乡》的主题思想，是通过闰土一家三代反复着同样生活道路的事实，指出封建精神枷锁的束缚，是农民不能改变奴隶命运的主要原因，表现了作者对劳动农民的深切同情和改变劳动农民奴隶命运的强烈愿望。所以这样归纳，理由如下：

首先，从作品本身看，作者巧运匠心通过父子两次到"我"家会面的生活横断面，写出闰土一家三代人相同的际遇：闰土的父亲带闰土到"我"家时，父亲生活困顿，思想愚昧，儿子却是活泼可爱；三十年后闰土带水生又到"我"家，父亲生活艰难，精神麻木，儿子却依然无忧无虑。在这里，作者着重说明的，不仅是劳动农民的悲苦命运：代代相传，世世如故，永远沦于牛马地位，过着猪狗生活。而且更主要的是通过劳动农民从少年到中年精神的巨大变化，指出封建精神枷锁对农民思想的严重束缚，揭示劳动农民世代反复着奴隶命运的主观原因。正是由此出发，作者着力描写闰土精神上的变化：少年闰土聪明勇敢，敢月夜叉刺猹猹，中年闰土却苦得"只是摇头"，面对残酷的社会，他忍气吞声，含辛茹苦，成了一个木偶人；少年闰土天真烂漫，与"我"相处，情真意切，亲密无间，中年闰土却一见"我"就"尊敬"地叫"老爷"，并要水生"给老爷磕头"，当母亲劝他照少年时相处时，他却认为少年时的平等相处，"哥弟称呼"是"不懂事"，不成"规矩"；少年闰土对生活充满美好的希望，中年闰土却把命运交给香炉烛台。显然，作者将闰土少年时代同中年时代比较，不是说明农民的生活今不如昔，而是指出封建的精神枷锁对农民思想的严重毒害和

---

* 《山东师范学院学报》1978年第5期。

束缚，闰土从少年到中年的巨大变化，不是阶级地位的变化，而是思想精神的变化。

如果从这个角度来看闰土的父亲，就可见他同三十年后的闰土一样被牢牢套上封建的精神枷锁：为希望得到土地，给儿子起名“闰土”，怕儿子死去，就“在神佛面前许下心愿，用圈子将他套住”。闰土的父亲套在少年闰土颈上的“银项圈”和中年闰土捡在手里的香炉烛台一样，都是捆绑劳动农民精神枷锁的象征。

其次，从鲁迅当时的思想情况和创作动机看，《故乡》的针对性就更明显。《故乡》是《呐喊》中比较早的作品，鲁迅在《呐喊自序》里曾经明白地说明他从事文艺的目的是怒国民的“愚弱”，要用文艺来“改变他们的精神”。他曾将黑暗中国比作“铁屋子”，把不觉悟的人民喻为在“铁屋”内的沉睡者。他写作的目的，正是为向沉睡者呐喊，唤醒他们起来砸烂黑暗的铁屋子。但人民是否会觉醒，铁屋子是否能彻底砸烂呢？这是当时鲁迅思想上深感痛苦的问题。所以，当他谈到革命的前途时，总是把希望寄于未来的青年一代。在一九一八年给许寿裳的信中说：“历观国内无一佳相，而仆则思想颇变迁，毫不悲观。……大约将来人道主义终当胜利，中国虽不改进，欲为奴隶，而他人更不欲用奴隶；则虽渴想请安，亦是不得主顾，止能佗傺而死。如是数代，则请安磕头之瘾渐淡，终必难免于进步矣。”在一九一九年写的《我们现在怎样做父亲》中说：“但中国的老年，中了旧习惯旧思想的毒太深了，决定悟不过来。……没有法，便只能是从觉醒的人开手，各自解放了自己的孩子。自己背着因袭的重担，肩住了黑暗的闸门，放他们到宽阔光明的地方去；此后幸福的度日，合理的做人。”在《随感录三十八》中说：“我希望也有一种七百零七的药，可以医治思想上的病。这药原来也已发明，就是‘科学’一味。……祖先的势虽大，但如从现在起，立意改者：扫除了昏乱的心思，和助成昏乱的物事（儒道两派的文书），再用了对症的药，即使不能立刻奏效，也可把那病略略羼淡。如此几代之后待我们成了祖先的时候……那时便有转机。”

可见，揭示和针砭捆在劳动农民身上的封建精神枷锁，“引起疗治者的注意”，寄人类社会的解放于将来的青年，这便是作者写《故乡》的目的。

再次，从《故乡》写作背景来看，教育和发动农民的问题，正是当时中国革命的迫切问题。《故乡》写于五四运动后一年半，但反映的却是中国共产党成立前“二十余年间”中国农村社会的现实。在这二十年间，中国发生了辛亥革命、二次革命，但都因为资产阶级的软弱而失败，接着而来的是“袁世凯称帝”、“张勋复辟”，使中国更加陷入半封建半殖民地的深渊。五四运动“带有为辛亥革命还不曾有的姿态，这就是彻底地不妥协地反帝国主义和彻底地不妥协地反封建主义”。但这个运动在当时主要是在知识分子和城市各阶层中开展的。“国民革命需要一个大的农村变动。辛亥革命没有这个变动，所以失败了”，而五四运动同样没有完成这个变动。

所以，毛主席从这个意义上说，五四运动也失败了。这是形势的一个方面。另一方面，五四运动在知识分子和工人中宣传了十月革命和马列主义，使中国的先进分子获得了新的宇宙观和社会革命论，"走俄国人的路"，"宣传民众大联合"，已成为当时革命深入发展的必然趋势和许多先进分子的自觉要求。鲁迅当时是具有彻底反帝反封建思想的革命民主主义者，是五四新文化运动的伟大旗手。在马克思主义思想影响下，他不仅深刻总结了辛亥革命失败的教训，而且清醒地看到五四运动中，"在寂寞里奔驰的猛士"其"寂寞"的原因，仍然是千百万工农劳动群众，特别是占人口最多的劳动农民，没有来参加和响应革命。这是为什么呢？鲁迅当时的回答仍然是革命者没有向劳动农民进行宣传教育，致使他们在封建精神枷锁的束缚下不得解放。鲁迅的这个思想深刻地表现在与《故乡》同时期的其他作品中。后来他在《迎神和咬人》一文中说："自从由帝国成为民国以来，上层的改革是不少了，无教育的农民，却还未得到一点什么新的有益的东西，依然是旧日的迷信，旧日的讹传……"这话虽是鲁迅后来讲的，但却也概括了鲁迅前期对于辛亥革命和农民问题的基本观点。

二、《故乡》所表现的理想

《故乡》最后写了"我"对水生和宏儿一代的"希望"，希望他们应该有"为我们所未经生活过的生活"。一般都认为这里表现了"我"的也是作者的社会理想。但对理想的内容有不同理解。有的认为"鲁迅当时所希望的新社会，不过是独立的、民主的资本主义的新中国"；有的则认为是没有压迫和剥削的无阶级社会。对于资产阶级的民主制度，鲁迅早在日本留学时期就曾进行过批判，认为资本主义社会的"议会"政治是"千万无赖之尤"的专政，"压制乃尤烈于暴君"。辛亥革命失败后，他对资本主义制度更加失望。十月革命后，鲁迅从苏联看到了希望。他写了《圣武》一文，赞扬苏联十月革命是"新世纪的曙光"。但当时鲁迅还没有看到中国新社会的创造者——新兴无产阶级的力量，对十月革命后建立的社会主义制度还未有深切的了解，所以对中国未来社会的认识还是朦胧的。但他坚信新社会一定会到来。正如他后来所说："先前，旧社会的腐败，我是觉到了的，我希望着新的社会的起来，但不知道这'新的'该是什么；而且也不知道'新的'起来以后，是否一定就好。待到十月革命后，我才知道这'新的'社会的创造者是无产阶级……我确切的相信无产阶级社会一定要出现，不但完全扫除了怀疑，而且增加许多勇气了。"(《答国际文学社问》)这段话说明两个意思：一是鲁迅的无产阶级社会的理想是十月革命后确立的；二是鲁迅所以相信无产阶级社会的出现，是因为知道这“新的”社会的创造者是无产阶级，即“唯新兴的无产者才有未来”。但鲁迅在写《故乡》时，他还未有看到无产阶级的力量。这从他一九二三年写的《娜拉走后怎样》中的一段话可以看出。他说：“不是很大的鞭子打在背上，中国自己是不会动弹的。我觉得这鞭子总要来，好坏是别一问题，然而总要打到的。但是从那里来，怎么地来，我也是不能确切地知道。”因而，我们可以断定，《故乡》中的理想，还是一种朦胧的“新的”社会，既不是“资本主义的新中国”，也不是确切的没有剥削和压迫的社会主义社会。

同时，我们认为从《故乡》的主题思想来看，“我”所希望的“新的生活”还有另一层意思。这就是通过对三种人生的批判，提出为改变人民的奴隶命运，一个人应当怎样生活和为什么生活着的问题。“我”所“不愿意”的三种生活，即指闰土、“我”和杨二嫂的生活。“我”是一个同情劳动人民的知识分子，但他对社会的解放并没有做什么工作，他辛苦一生，只为个人“谋食”而辗转奔波；闰土世代作奴隶，“吃人”的社会已榨干他的油，但他仍未觉悟，他一生辛苦劳动，按奴隶的“规矩”办事，为的是作稳奴隶；杨二嫂是个破产的小市民，她明抢暗夺，尖酸刻薄，完全为自己而生活。这三个人都应当是革命的力量，但在那时，由于时代的原因，却都处于尚未觉悟的状态。如果他们不觉悟，只是为个人辛苦，不知道寻求整个阶级和社会的解放，那么“新的”社会是不会到来的，人民将永远反复着先前的命运。作者连用三个“不愿意”，否定了三种人生，表现了唤醒人民觉悟，为革命而“呐喊”的思想。鲁迅在一九一九年写的《圣武》一文中曾指出：如果中国人的思想中只是“单有我”，则中国将“没有容纳新主义的处所”，“什么主义都与中国无干”。他急切地呼吁：“新主义的宣传者是放火人么，也须别人有精神的燃料，才会着火，是弹琴人么，别人心上也须有弦索，才会出声……中国人都有些不很像，所以不会相干。”那么中国人应当怎样生活呢？鲁迅那时认为应像列宁领导下的俄国人民那样，“因为所信的主义，牺牲了别的一切，用骨肉碰钝了锋刃，血液浇灭了烟焰”，以战斗去迎接“新世纪的曙光”。这种为谋求社会解放的斗争生活，才是鲁迅在《故乡》中所希望的生活。

三、《故乡》的艺术构思

《故乡》不但思想深刻，而且艺术构思精湛巧妙。但对本篇的艺术构思，论者意见也不相同。有的认为，“鲁迅在《故乡》中始终围绕着‘故乡如故’选取和组织题材，塑造人物，表现主题”，作品“以故乡未变，直接写出故乡如故”，“以故人的‘巨变’，间接写出故乡如故”，“以故乡如故，写出了希望故乡不再如故的愿望"①；有的则相反，认为"鲁迅是围绕着'故乡不故'来进行构思的"②。

上述两种意见虽各持一端，貌似对立，但却都认为作者是围绕"故乡"的今昔对比来组织题材，塑造人物和表现主题的。我们认为《故乡》是一篇诗情洋溢的小说，作者不是用一般的现实主义方法描写现实中的故乡，而是同时写出两个"故乡"：一是记忆中少年心灵里的故乡；另一个则是眼前目睹的现实中的故乡。鲁迅在《呐喊·自序》中说："我在青年时候也曾经做过许多梦……这不能全忘却的一部分，到现在便成了《呐喊》的来由。"在《娜拉走后怎样》中说："假使寻不出路，我们所要的就是梦，但不要将来的梦，只要目前的梦。""我"记忆中的"故乡"，实际上就是"我"在"青年时候"的"梦"，它是被青少年热爱生活的美好理想神化了的社会，而非现实中昔日的故乡。作者正是通过这"梦"同现实的对比，来表现主题的。

首先，作者通过"梦"同现实的对比，写出了劳动农民命运的悲惨。作品从以下三方面进行了对比：(1) 环境的对比。记忆中的"故乡"（即"梦"）是"一幅神异的图画"："深蓝的天空中挂着一轮金黄的明月，下面是海边的沙地。都种着一望无际的碧绿的西瓜"，这幅图画，美丽动人，生机盎然，令人神往；而现实中的故乡则"苍黄的天底下，远近横着几个萧索的荒村"，阴晦悲凉，萧条败落，令人心灰意冷。(2) 人的对比。记忆中的少年闰土是"一个十一二岁的少年"，"紫色的圆脸，头戴一顶小毡帽，颈上套一个明晃晃的银项圈"，天真烂漫，令人可亲；而现实中的中年闰土，却变成了截然不同的另一个人，"先前的紫色的圆脸，已经变作灰黄，而且加上了很深的皱纹"，"眼睛也和他父亲一样，周围都肿得通红"，"头上是一顶破毡帽"，"我所记得的红活圆实的手，却又粗又笨而且开裂，像是松树皮了"。(3) 心情的对比。"我"对于记忆中的"故乡"无限向往，为见不到它而悲哀；对现实中的"故乡"则无比怅惘，为它的败落萧条而失望。作品通过上述几个对比，说明劳动农民的命运，并不像天真的儿童所想象的如花鸟那般美好，而是世代反复着先前的奴隶命运。

其次，作者通过"梦"同现实的对比，写出了劳动农民反复着先前奴隶生活的原因。驱闰土于奴隶之境的是什么呢？当然是"多子、饥荒、苛税、兵、匪、官、绅"等经济上和政治上的残酷压迫，但在作者看来却还有一个重要原因，就是统治阶级的思想统治。鲁迅当时看到封建精神枷锁在劳动农民身上的主要表现是"听天任命"的奴隶主义。所以，他对被压迫的劳动农民的态度是"哀其不幸，怒其不争"。针砭"不争"的奴隶主义，号召和启发人民为改变奴隶命运而斗争，这便是贯穿在鲁迅小说中的一个主要思想。这个思想在《故乡》中，也是通过"梦"同现实的对比表现的。

闰土从少年到中年，阶级地位如故。但在少年时代同"我"哥弟相称，亲密无

---

① 扬州师范学院南通分院《教学与研究》1977年第2期《略谈〈故乡〉的艺术构思》。
② 《教学与研究》1977年第3期《故乡不故》。

间，一到中年则彼此间产生了“可悲的厚障壁”。作者通过对比告诉我们，少年闰土所以如此，是“不懂事”，即不懂“劳心者治人，劳力者治于人”的“规矩”。而中年闰土所以如此，则因为他身上已牢牢地套上了封建枷锁。少年闰土颈上的银项圈，是他父亲希望的寄托，是神灵的象征物，但由于他幼小的心灵没有受封建迷信思想的污染，纯洁无瑕，所以，这银项圈在他眼里却成了美丽的“明晃晃”的装束。但就是这个纯洁的闰土，在三十年后，却和他父亲一样，把作稳奴隶的希望寄托于神灵(捡香炉和烛台)。作品正是通过上述两件事的对比，深刻揭示了闰土等劳动农民的悲剧根源，控诉了封建统治阶级以礼教和封建迷信思想，对劳动农民进行毒害和统治的罪恶。

再次，作者通过“梦”同现实的对比，宣传了“青年人胜于老年人”的思想，提出了对未来的希望。“梦”同现实的对比，实际上是少年闰土同中年闰土的对比。通过对比，作者阐发了一个哲学观点，中年和老年受旧的思想和习惯的毒害太深了，叫他们觉悟非常困难，而少年和青年则是纯洁向上的，因此，“青年人胜于老年人”，一切觉醒的人都应当像“我”想的那样，各自解放自己的孩子，“放他们到宽阔光明的地方去”过那“未经生活过的”“新的生活”。这个希望能否实现呢？作者仍用青少年们对于生活的美好理想的回忆:“故乡”中的“神异的图画”，启示和鼓励人们去勇敢地实践。

总之，梦同现实的对比是《故乡》艺术构思的基本特点，它不但形成了作品诗情洋溢的基调，而将对现实的深刻批判和对理想社会的美好憧憬有机地结合起来，增强了作品的批判力和理想主义色彩。

读《湘灵歌》辨析*

《湘灵歌》是鲁迅于一九三一年三月五日题赠日本友人片山松元的。三月五日，《鲁迅日记》记有："午后为升屋、松藻、松元各书自作一幅，文录于后……"同年八月十日，同鲁迅的其他两首诗在上海出版的"左联"外围刊物——《文艺新闻》第四版上同时刊出，并加了标题和编者按语。标题是："鲁迅氏的悲愤，以旧诗寄怀"。按语说："闻寓沪日人，时有向鲁迅求讨墨迹以作纪念者，氏因情难推却，多写现成诗句酬之以了事。兹从日人方面，寻得氏所作三首如下；并闻此系作于长沙事件后及闻柔石等死耗时，故语多悲愤云。"一九三四年，作者以《湘灵歌》为标题将此诗收入《集外集》，并把原诗中"碧于染"改为"碧如染"，"皓如素月"改为"皎如皓月"。

《湘灵歌》是鲁迅旧诗研究中的难点之一。长期以来，研究者对《湘灵歌》的写作背景、主题思想和诗的内容的理解存有分歧。本文拟就写作背景及诗句的理解等问题，谈一些个人的见解。

一、关于写作背景

对这首诗写作背景主要有两种意见：一种意见认为，这首诗的背景是中国工农红军第一次反"围剿"的胜利，当时的形势是粉碎了第一次"围剿"，取得了辉煌胜利。红军和根据地更加发展了，全国人民无不欢欣鼓舞，"鲁迅身在白区，心在苏区"，这首诗就是他"在获悉反'围剿'的胜利消息后"写的。另一种意见认为，这首诗的具体背景应是"长沙事件"和柔石等被杀害，其主要根据是《文艺新闻》的编者按语中曾明确指出的："此系作于长沙事件后及闻柔石等死耗时。"由于对背景认识有上述分歧，就产生了关于这首诗的针对性和主题思想的不同看法：有的认为是歌颂红色根据地和第一次反"围剿"的胜利；有的认为是歌颂红军的胜利和根据地的大好形势，同时也揭露了国民党统治区的黑暗和蒋介石集团极端残酷的法西斯统

* 《破与立》1978 年第 3 期。

治；还有的认为是对“长沙事件”中牺牲的烈士和一九三一年二月在上海牺牲的柔石等烈士的怀念。

我们认为，上述各种认识孤立地看似乎都不无道理，但由于离开了对当时总的阶级斗争形势和鲁迅思想情况的分析，所以都具有片面性或缺乏说服力。鲁迅说：“我们想研究某一时代的文学，至少要知道作者的环境，经历和著作。”又说：“我总以为倘要论文，最好是顾及全篇，并且顾及作者的全人，以及他所处的社会状态，这才较为确凿。要不然，是很容易近乎说梦的。”要研究作品的背景，就应如鲁迅所说的，研究作者“所处的社会状态”及“环境”，即把握总的阶级斗争形势的特点；同时也要“顾及作者的全人”，即通过作者的“经历和著作”来考察其当时的思想状况。这是我们研究《湘灵歌》写作背景所必须遵循的原则。

《湘灵歌》写于一九三一年三月五日。那时阶级斗争总的形势是革命处于低潮时期。继“四一二”、“七一五”后，国民党反动派和各派军阀在全国各地布满了刑庭、绞架和牢狱，对共产党和革命人民展开了血腥大屠杀。随着统一战线的破裂，“革命营垒中原有的四个阶级，这时剩下了三个”，在全国范围内敌人的力量暂时超过了革命的力量。这时期，工农运动也明显地表现出低潮时期的特点。城市产业工人的元气还未恢复，虽也有些斗争，但多数是失败，不得不由进攻转为防御。农民运动虽在不平衡中向前发展，特别是在毛主席领导下，以井冈山为中心建立了工农武装割据的根据地。但总的来看，革命还是处于低潮时期。毛主席在《井冈山的斗争》一文中曾指出：“我们一年来转战各地，深感全国革命潮流的低落……红军每到一地，群众冷冷清清，经过宣传之后，才慢慢地起来。和敌军打仗，不论哪一军都要硬打，没有什么敌军内部的倒戈或暴动。”到一九三〇年和一九三一年间，革命力量虽有很大发展，但革命低潮这一总的阶级斗争形势并未得到根本改变。当时以王明为代表的“左”倾机会主义者的主要错误，就是不承认一九二七年以后形成的敌大我小、敌强我弱的形势还没有根本改变，并且错误地认为全国革命高潮已经到来，从而采取了冒险主义的行动，不仅使初步恢复起来的白区革命组织，由于暴露而遭到破坏，而且使刚刚发展起来的红军和革命根据地也蒙受了巨大损失。更为严重的是，革命力量的发展引起了敌人的恐惧，使各派军阀和国民党反动派重新联合起来，开始对革命力量进行规模更大、手段更残酷的军事“围剿”和文化“围剿”。一九三〇年十月，蒋介石在汉口召开三省剿共会议。八月至十月的3个月中，即屠杀共产党员和进步人士达十四万人。接着在十一月即调兵开始第一次“围剿”。在毛主席正确领导下的工农红军，虽然取得了第一次反“围剿”的胜利，但接着来的是敌人更大规模的“围剿”，总的阶级斗争形势并未因此而得到根本改变。

鲁迅始终和革命同呼吸共命运，他曾在广州目睹了惨绝人寰的大屠杀，又在上海亲历了反革命文化"围剿"的白色恐怖，深切感受着革命低潮时期一切革命者所经受的惨苦遭遇和悲愤心境，对全国总的阶级斗争形势始终保持着清醒的认识。在文化"围剿"中，蒋介石同样采用血腥政策对付鲁迅等左翼作家，逮捕了柔石等二十三名革命青年并秘密加以枪杀。在此期间，反动报纸有的"盛载谰言"说鲁迅"已经刑讯"或"被捕"，有的则罗织罪状，说鲁迅"被捕"的原因是"因为'红军领袖'之故"，并公布鲁迅的地址，"意在讽喻当局，加以搜捕"，致使鲁迅离家到"花园庄"旅馆避难。这时鲁迅的悲愤心情，真实地记录在《为了忘却的记念》里。他说："在这三十年中，却使我目睹许多青年的血，层层淤积起来，将我埋得不能呼吸，我只能用这样的笔墨，写几句文章，算是从泥土中挖一个小孔，自己延口残喘，这是怎样的世界呢。"严酷的阶级斗争反映到鲁迅的思想上，便形成了他对国民党反动派屠杀政策的无比仇恨和对法西斯专政的极度不满。因此，揭露国民党反动派屠杀革命人民的罪行和法西斯统治的黑暗，便成为鲁迅这个时期书信和创作的基本内容。

查阅鲁迅书信，从一九三一年二月至六月共有致在日本的李秉中信六封，每封信中都揭露了蒋介石的血腥政策和白色恐怖。从一九三一年二月至五月，鲁迅除《湘灵歌》外，共写五首诗歌(《无题·惯于长夜过春时》《送O.E.君携兰归国》《赠邬其山》《无题·大野多钩棘》《赠日本歌人》)和五篇文章(《中国无产阶级革命文学和前驱的血》《左联为国民党屠杀大批革命作家宣言》《左联为国民党屠杀同志致各国革命文学文化团体及一切进步的著作家思想家书》《柔石小传》《黑暗中国的文艺界的现状》)，也都是揭露和批判国民党屠杀罪行的。

综上所述，可以得出这样的结论：

第一，作者写作《湘灵歌》时"社会状态"即总的阶级斗争形势是革命处于低潮时期，其特点是敌人用大规模的血腥手段镇压革命；发动了反革命的军事"围剿"和文化"围剿"。

第二，作者的"环境"，是处在反革命文化"围剿"的白色恐怖之中。

作者这个时期的作品和书信，基本内容是揭露反动派的屠杀政策，而从未涉及苏区反"围剿"胜利和根据地发展等问题。如果联系上述背景再来认真研究《湘灵歌》这篇作品，很多问题就会迎刃而解。它的基调是揭露，而非歌颂。诗的主题是揭露反动派血洗神州的罪行，及屠杀政策造成的恶果。有的同志根据《文艺新闻》按语中"此系作于长沙事件后及闻柔石等死耗时，故语多悲愤"一句话，断定此诗是为悼念长沙事件中牺牲的烈士和在上海牺牲的柔石等烈士而作。这种讲法理由不足。其一，从诗的内容看，不是悼念而是揭露；其二，按语指出"作于长沙事件后"和"闻柔石等死耗时"的目的，显然不是说明这首诗的针对性，而是说明"语多悲愤"的原因。"长沙事件"发生在一九三〇年十二月，正是蒋介石发动第一次军事"围剿"

后一个月，柔石等被杀害是在一九三一年二月，是蒋介石用大规模屠杀革命作家的血腥手段“围剿”革命文化的开始。按语用“长沙事件”后和“柔石等死耗”时点明这首诗写于反革命文化“围剿”和军事“围剿”开始之后，并且说明了反革命的屠杀政策是鲁迅“语多悲愤”的原因。当然，“长沙事件”“柔石等死耗”也是反动派屠杀革命人民滔天罪行的重要组成部分，当时也是震怒全国的，在《湘灵歌》所揭露和控诉的反动派的罪行中，固然也包括这两件事，但却不能说这首诗是单单为这两件事而作。否则，就否定了诗的典型性。

二、对前四句的理解

认为这首诗是歌颂的同志，除出于对背景的不同认识外，还有一个理由，就是认为前四句诗是歌颂。说诗中所用的词和形象都是美好的，如“胭脂痕”、“彤云”、“皎如皓月”等等，这些只能用来歌颂美好的事物，而不能用以描写“白色恐怖的大屠杀”。我们认为，前四句诗是通过人民和革命者的鲜血在神话世界的投影，曲折地反映和揭露了反动派血洗神州的罪行。诗中的“胭脂痕”、“彤云”都是以其色彩喻示牺牲者的血。这四句诗是极言流血之多，意思是人民的鲜血染红了祖国山河。写湘灵“妆成照湘水”的“皎如皓月”的姿态，为的是衬托“彤云”，即说明“湘水”景色今昔之变。反动派的血腥屠杀固然不能用美好的词藻和形象来歌颂，但牺牲在敌人屠刀下的人民和革命者的血，却完全可以用这些美好的词藻和形象来描绘。这在古代诗歌中是有先例的，如李贺在《雁门太守行》中，就曾用“胭脂”形容边塞战士的血。在民歌和现代诗歌中，不是也常常用美丽的杜鹃花来形容烈士和人民的鲜血吗？更主要的是，《湘灵歌》在创作方法上和毛主席的《蝶恋花·答李淑一》《七律·答友人》一样，是运用以神话故事为题材的浪漫主义手法，曲折地反映现实的。这里的“湘水”已不再单单是现实中的“湘水”，而是神话中女神生活的美好世界，在这个世界里，一切都体现着人民的美的理想。湘灵就是人民理想中美和爱的化身，在她生活的境界里，一切都披上了美丽的服装。所以，传说中不但湘水秀丽得清碧如镜，可以照出女神的倩影，湘夫人思念湘君鼓瑟吹箫的音乐动人心弦，而且连湘灵的眼泪也化为九嶷山上美丽的斑竹。《湘灵歌》正是把“湘水”这个人民理想中美的世界，作为镜子来照出人间这个现实世界的丑恶。“胭脂痕”、“彤云”就是血腥的现实世界在“湘水”这个神话世界的镜面上的投影。正如娥皇、女英的眼泪化为神话世界的“斑竹”一样，在这里，现实中人民和战士的血化为神话世界的“胭脂”和“彤云”。一些研究者所以产生错误的理解，其重要原因就是只看到两个世界的联系而没有注意两个世界的区别，而且没有把握这篇诗歌采用浪漫主义手法这个特点。用神话世界作为镜子来映照现实世界的艺术方法，在诗歌中较为普遍，毛主席的《七律·答友人》就是运用了“湘灵”神话世界作镜子来反映现实世界的。所不同的是，《湘灵歌》用这面镜子照出了旧世界的丑恶，而《答友人》则用这面镜子照出了比美好的神话世界更加美好的“芙蓉国里尽朝晖”的新中国的跃进英姿。

三、对后四句的理解

对于诗的后四句，论者看法基本一致，即认为是写国统区。但对其思想内容，特别是同前四句的关系的认识则有分歧。一种普遍的认识是，与前四句写根据地的光明相对照，后四句是写国统区的黑暗。我们认为，从诗的思想内容来看，前后四句不是并列关系，而是因果关系。即前四句写的是反动派的血腥屠杀，而后四句则进一步写血腥屠杀造成的恶果。从表现手法上看，前四句和后四句也是一致的，即都是借用“湘灵”神话中的境界作为镜子来映照和影射现实的。“高丘寂寞竦中夜”写的是大屠杀在全国造成的白色恐怖。这诗句是从《离骚》“哀高丘之无女”翻新出来的，屈原用“高丘”比楚国，哀叹楚国没有贤德的人才，而鲁迅以“高丘”比蒋介石屠刀蹂躏下的中国，说它像充满恐怖令人心悸的黑夜。这句诗熔铸着鲁迅大量深切的感受。鲁迅在一九三〇年五月三日给李秉中的信中说：“国内颇纷纭多事，简直无从说起，生人钳口结舌，尚虞祸及。”在一九三一年二月四日致李秉中信中记述反动派屠杀革命作家造成的白色恐怖时说：“上月中旬，此间捕青年数十人，其中之一，是我学生。（或云有一人自言姓鲁）飞短流长之徒，因盛传我已被捕。通讯社员发电全国，小报记者盛造谰言，或载我之罪状，或叙我之住址，意在讽喻当局，加以搜捕。……老母饮泣，挚友惊心。……千夫所指，无疾而死。生丁今世，正不知来日如何耳。东望扶桑，感怆交集。”在同年二月十八日致李秉中信中又说：“生丁此时此地，真如处荆棘中，国人竟有贩人命以自肥者，尤可愤叹。时亦有意，去此危邦……倘举朝文武，仍不相容，会当相偕以泛海……”“高丘寂寞竦中夜”正是对上述白色恐怖及在当时白色恐怖下进行斗争的鲁迅和一切革命者艰险境遇的概括。“芳荃零落无余春”写反动派的大屠杀对革命者和进步文化的摧残。“芳荃”在屈原《离骚》中比喻贤德的人，鲁迅常用“芳”“荃”和“椒”“桂”“花树”等来比喻革命者和进步的文化事业。如在《偶成》中有“所恨芳林寥落甚”，在《送O.E.君携兰归国》中有“椒焚桂折佳人老”、“岂惜芳馨遗远者”，在《无题·大野多钩棘》中有“花树已萧森”等诗句。“芳荃零落”是对反革命文化“围剿”时“黑暗中国的文艺界的现状”的真实写照。鲁迅专门写了《中国无产阶级革命文学和前驱的血》和《黑暗中国的文艺界的现状》等文章控诉和揭露反动派对革命者的血腥屠杀和对进步文化的摧残。愤怒指出反动派“来抵制左翼文艺的，只有诬蔑、压迫、囚禁和杀戮；来和左翼作家对立的，也只有流氓、侦探、走狗、刽子手”。他们“一面禁止书报，封闭书店，颁布恶出版法，通缉著作家，一面用最末的手段，将左翼作家逮捕、拘禁、秘密处以死刑”。结果“弄笔者或杀或囚，书店多被封闭，文界孑遗，有稿也无卖处”，“书店只好出卖算学教科书和童话”。“芳荃零落”正是鲁迅对上面记述的概括。“鼓完瑶瑟人不闻”是写反动派用屠杀的手段剥夺了人民群众接受和欣赏革命进步文化的权力，从进步文化接受者的角度，进一步揭露反动派对革命文化的摧残和封锁。鲁迅在《中国无产阶级革命文学和前驱的血》一文中指出“现在，军阀的报告，已说虽是六十岁老妇，也为‘邪说’所中，租界的巡捕，虽对于小学儿童，也时时加以检查”。反动派正是用这种残暴的手段封锁革命文化，将人民群众同革命文化隔离。造成作者“无写处”，读者不能闻的“万籁静愔愔”的“和平”景象。对此，鲁迅深有感触。在大屠杀的日子里，他怀着“忍看朋辈成新鬼，怒向刀丛觅小诗”的强烈激情，连续写了许多诗文，但这些诗文当时在国内是根本无法发表的。结果，除题赠日本友人。就是辗转在外国进步刊物上刊出。这种革命的声音，当时呻吟在反动派屠刀下的人民群众是听不到的。鲁迅后来回忆那时的情况说：“我终于将这写给了一个日本的歌人。可是在中国，那时是确无写处的，禁锢得比罐头还严密。”“鼓完瑶瑟人不闻”就是上述情况的升华。“瑶瑟”比喻的是革命的进步文化。“人不闻”是说人民群众听不到革命作家的声音。“太平成象盈秋门”用讽刺反语对前三句诗作了归结，“太平成象”即“太平景象”，“秋门”借指国民党首都南京，也可理解为整个国民党反动派统治下的国统区，意思是说，“高丘寂寞”、“芳荃零落”和作者无写处。读者不能闻的一片死气沉沉的情景，构成了反动派所希求的“太平景象”，而这种“太平景象”充满着整个国统区，这正是反动派法西斯血腥屠杀政治的治绩。这是鲁迅惯用的讽刺手法。启示我们，反动派这种用屠刀制造的“太平景象”，不过是一种假象而已，它对人民和革命者来说，是愤怒的沉默，无声的反抗，“于无声处听惊雷”，革命的火山总要爆发的。

四、关于湘灵的形象

湘灵不但在标题上点出，而且她的行动贯穿全诗。前四句中写她“妆成照湘水”的“皎如皓月”的美姿，后四句中又写她“鼓完瑶瑟人不闻”的“寂寞”、“冷落”的情态。但湘灵的形象在诗中有什么意义呢？研究者看法分歧。有的说湘灵“暗喻湖南的革命人民”或无产阶级“新时代”，“觉醒的革命工农”，“鼓瑟”，“就是造革命舆论”；有的说湘灵暗喻国民党反动派，“鼓瑟”是“国民党当局大唱高调，粉饰太平的骗术”。我们认为，上述两种机械的比喻都是不恰当的。在诗中湘灵既不是暗喻“革命工农”，更不是代表“国民党反动派”，她是诗人描绘的神话世界的主体——湘灵女神。在传说中，她体现着人民美和爱的理想。作者写她的目的，不是机械地比喻和影射谁，而是通过她所生活的神话世界的今昔之变来映照现实。“湘灵妆成照湘水”是神话中湘灵固有的动作和情态，但由此却衬托出“彤云”这现实世界血的投影，使人联想到反动派血腥屠杀的罪行。湘灵“鼓瑟”也是神话中固有的。但从“鼓完瑶瑟人不闻”的寂寞冷落的意境，就自然使人联想到反动派对革命文化的封锁与摧残。总之，诗中的湘灵不是现实中某种人和某种事物的简单影射和比喻，而是作者借以映照现实世界的一面镜子。

1979年：

人民革命的风雷颂*

——论《女神》的主题

《女神》是中国现代文学史上第一部革命新诗集，它和鲁迅的《呐喊》在小说方面显示了五四文学革命的实绩一样，在诗歌创作方面具有继往开来的地位。但长期以来，研究者对《女神》的评价，特别对《女神》主题的认识还很不够；一般虽都承认《女神》所表现的反抗精神和朦胧的革命理想，但却认为其主题是歌颂祖国，歌颂自然，所表现的是爱国主义思想。邓小平同志在郭沫若同志的悼词中说："早在'五四'运动时期，他就以充满革命激情的诗歌创作，歌颂人民革命，歌颂社会主义和共产主义，开一代诗风，成为我国新诗歌运动的奠基者。"这是对《女神》最确切的评价。

《女神》写于一九一九年至一九二一年，当时正值五四运动时期。五四运动表现中国反帝反封建的资产阶级民主革命已经发展到了一个新阶段。由于中国无产阶级登上历史舞台和其他新的社会力量的生长和发展，使反帝反封建的资产阶级民主革命出现了一个广大的阵营，形成了巨大的人民革命的社会力量。这个社会力量的组成是：工人阶级、农民阶级、知识分子和进步的资产阶级，也就是革命的工农兵学商，而其根本的革命力量是工农，革命的领导阶级是工人阶级。《女神》正是深刻反映了这个人民革命阵营的共同要求、愿望和理想，歌颂了人民革命的力量，表现了人民彻底的不妥协的反帝反封建的革命精神。它是"五四"时代狂飙突起的人民革命的风雷颂。《女神》的意识就是反帝反封建的人民意识，《女神》的节奏就是那震荡宇宙、摧枯拉朽的革命风雷的节奏。

《女神》是人民革命理想的赞歌，诗人以海样的胸怀，火样的热情，表现和歌颂了人民的革命理想和要求。

《女神》共57首诗，其中有18首描绘了太阳的形象，在《太阳礼赞》《日出》《新生》《浴海》等诗中，太阳则成为主要的诗的形象被加以描绘和歌颂。从这个角度来看，《女神》就是一部"太阳颂"。诗中的太阳是人民革命理想的象征，代表了在黑暗世界里生活着的人民向往、追求和战取的光明社会。《女神之再生》一方面以共工、

---

* 《破与立》1979年第2期。

颛顼之争展现了当时军阀混战所造成的腥风血雨的黑暗现实，一方面却通过女神之口提出要人们自行去“创造一个新鲜的太阳”，这个“新鲜的太阳”，就是人民理想的光明世界。诗的最后以女神对新的太阳的热烈欢迎和祝愿，表现了人民对即将出现的光明世界的殷切期望。在《凤凰涅槃》中，太阳也同样被作为光明世界的化身加以歌颂。诗中将黑暗的旧世界和光明的新世界加以对照，揭露了旧世界的冷酷黑暗、群魔乱舞的情景，描绘了以太阳为标志的光明世界的欢乐、和谐的景象。《太阳礼赞》中的“我”是光明世界的热烈追求者，他以无限的崇敬和无私的赤诚迎接太阳的君临，情愿那太阳的光威把他“全部的生命照成道鲜红的血流”，把他“全部的诗歌照成些金色的浮沤”，在光明与黑暗的决战中，他为追求光明宁愿与黑暗同归于尽。诗通过“我”对新生太阳的礼赞，表现了人民对光明世界的无限向往。在《新生》中，诗人把人民革命比作“火车”，把光明世界喻为“黄金的太阳”，用火车前进的高昂而博大的旋律，唱出向理想社会“飞跑”的革命进行曲，表现了人民对光明世界的热烈追求。在《日出》中，太阳被比作希腊神话中的亚波罗神，这是伟大的战斗者的形象，他用那无敌的“雄光”，将黑暗的“浮云”“驱除干净”。诗人以“四野的鸡声”作为光明战神“凯旋的鼓吹”，歌颂了光明对于黑暗的胜利，表现了人民对光明世界的勇敢战取的精神。

《女神》通过歌颂“自我”，歌颂“自然”，歌颂了人民革命的伟大力量。

“我”在《女神》中不断出现，他有时“立在地球边上放号”，有时在地球这“母亲”的背上“匍行”，有时迎着滚滚波涛高唱“太阳礼赞”，有时披着万道霞光向宇宙祝祷“晨安”。他气势磅礴，能把日月、一切星球和全宇宙来吞下；他力大无比，能量超过日月的光和一切星球的光，等于全宇宙能的总量。这个“我”不是诗人自己，更不是个性主义的“自我”，而是人民的形象。《女神》通过“我”表现了人民革命扭乾坤、主沉浮的伟大力量。

和“我”的形象一样，自然的力量在《女神》中也是作为人民革命力量的化身来描写的。《立在地球边上放号》就是一首人民革命力量的赞歌。那“提起他全身的力量来要把地球推倒”的，不是太平洋上的波涛，而是五四运动中人民反帝反封建的革命怒潮。诗人极力赞颂的“不断的破坏，不断的创造，不断的努力”的力，不是机械的自然力，更不是超自然的神力，而是社会之力，阶级斗争之力，人民革命之力。有人把诗人对自然的歌颂，简单地说成是泛神论的表现，并把诗人的思想同泛神论者的思想等同起来。这是不符合事实的。泛神论者把“宇宙的本体”归结为“神”，认为“宇宙即神，神即自然”，歌颂自然之力，实际上是歌颂“神”之力；而作为革命民主主义者的诗人，则将“宇宙的本位”和人类社会的主体——人民的力量联系起来，把“宇宙本体”作为人民力量的象征来歌颂。诗人确曾公开表明他喜爱中国古代的庄子、荷兰的斯宾诺莎和印度的加皮尔等三个泛神论者，但他喜欢的原因，是他们三人都同劳动人民一样是“靠打草鞋”“磨镜片”和“编渔网”吃饭的人。可见，诗人歌颂自然，承认“宇宙本体”的权威，是为了破坏和摧毁黑暗社会借以统治和束缚人民的一切偶象，而树立人民革命的权威。所以，诗人在《我是个偶象崇拜者》中说他“是个偶象破坏者”，同时又“是个偶象崇拜者”。

总之，《女神》对于“自我”和“自然”的歌颂，是同对人民革命力量的歌颂分不开的，是通过歌颂“自我”的力量和“自然”的力量，歌颂人民革命的力量。

《女神》对人民革命力量的歌颂，还表现在对工农劳动者的歌颂。《地球，我的母亲》是人民自己的赞歌，诗中的“我们”是人民的自称。“我们”以主人翁的豪情把地球称作自己的“母亲”，否定了主宰人类命运的神仙和皇帝，宣告那被压迫剥削、处于奴隶地位的工农，却是人类社会的真正主人。他们一个是维持社会生存的“全人类的褓母”，一个是创造光明的“全人类的普罗美修士”。这首诗把“地球”作为“全宇宙的本体”加以歌颂，同时又把工农作为“地球”的“孝子”和“宠子”加以赞美，这就把泛神论者所谓的“宇宙本体”注入了时代的阶级的内容，表现了诗人以人民为本位以工农为主体的人民民主的思想。这个思想贯穿于《女神》的许多诗篇中。如《西湖记游》描绘了一位“慈和”“勤劳”的田间老农的形象；《三个泛神论者》通过赞颂三个泛神论者，表现了对工农劳动人民的热爱；《巨炮的教训》更通过列宁的口喊出“至高的理想只在劳农”的口号。在这里，诗人既歌颂了工农，而又歌颂了以工农专政为其理想的社会主义革命。

《女神》是人民革命英雄和前驱者的赞歌。在《匪徒颂》《胜利的死》《棠棣之花》《湘累》《电火光中》等诗篇中，都描写和歌颂了古今中外人民革命的英雄和前驱。

在中国的民主革命运动中，知识分子是首先觉悟的一部分。而在“五四”时期，英勇地出现于运动先头的也是数十万具有新思想的学生。他们是革命的放火者，是革命的桥梁和前驱。因此，反动军阀政府及其走狗，首先把矛头指向这些先进的知识分子，诬蔑他们是离经叛道、欺神灭象的“学匪”。这是对人民革命的不可容忍的攻击。诗人满怀激愤写了《匪徒颂》，以火热的感情歌颂中外古今一切被反动势力诬为“匪徒”的革命家、发明家和改革者，向他们三呼“万岁”，以此来回击反革命派对人民革命的诬蔑和攻击，为五四运动的前驱者呐喊助威。《胜利的死》歌颂了“为民族解放而战”的英雄马克司威尼，他是反抗英国政府，争取民族独立自由的爱尔兰独立军的领袖，被英政府于一九二〇年八月逮捕入狱，在狱中不食英粟，绝食达七十三天，终于饿死。诗人为这位英雄高尚的民族气节深深感动，用血泪谱写了这首英雄的颂歌，把他的死称为“胜利的死”。这首诗同《电火光中》同是民族英雄的赞歌，它深刻反映了中国人民彻底反对民族压迫，要求民族独立自由的精神。

《棠棣之花》和《湘累》歌颂的都是中国历史上“为社会改造而战”的、为人民利益而牺牲和请命的英雄。前一篇尽管流露出一些无政府主义色彩，但所歌颂的聂嫈、聂政兄妹，毕竟不愧为“愿将一己命，救彼苍生起”，为人民自由而牺牲的志士。后一篇所歌颂的屈原则是人民意识的代表。屈原是一位在中国历史上享有两千年民族崇敬的人民诗人。他的诗不仅具有当时的民间形式，而是表现了人民的意识。他的政治观点是替人民除去灾难，对内是摒弃压迫人民的吸血佞幸，对外是反抗侵略成性的强权国家，要靠人民的意见来处理国政，团结善邻，对于强权拒绝屈膝。正因为这样，他便成为人民心中庄严的形象。作者正是把屈原作为人民意识的代表进行歌颂的。

《巨炮的教训》将资产阶级思想家托尔斯泰的学说同列宁的学说相对照，否定了托尔斯泰“克己、无抗的信条”，而赞扬了列宁的“为阶级消灭而战”的主张。

总之，诗人在上述诗篇中不仅歌颂了“为民族解放而战”和“为社会改造而战”的资产阶级的革命家、思想家和科学家，而且歌颂了“为阶级消灭而战”，“鼓动阶级斗争”，“实行共产主义”的无产阶级的革命导师。这充分反映了人民革命的空前的深刻性和广泛性，说明《女神》所歌颂的人民革命不再是资产阶级领导的旧民主主义革命，而是在十月革命影响下，在马列主义思想指引下所发生的，由中国无产阶级领导的新民主主义革命。

郭沫若同志在《走向人民文艺》中说：“今天是人民的世纪……一切应该以人民为本位，合乎这个本位的便是善，便是美，便是真，不合乎这个本位的便是恶，便是丑，便是伪。我们创造真善美的东西，也就是要创造人民本位的东西。这是文艺创作的今天的原则。”又说：“能够把这个课题抓紧、解答，而且解答得详尽、周到，那便是为人民所欢迎的东西，也可能就是最伟大的作品。”《女神》的时代，正是人民革命的伟大时代，《女神》所以成为震撼整个“五四”时代的伟大作品，就是因为体现了以人民为本位的思想，“以人民的意识为意识，时代的节奏为节奏”（《诗歌与音乐》），歌颂了伟大的人民革命，火山一样的迸发出人民彻底反帝反封建的革命心声。它是“五四”时代精神的号筒，反抗旧世界的宣言，人民革命的风雷颂。

知识分子的悲哀和反抗之歌*

——论郭沫若的小说

郭沫若不但是中国现代伟大的诗人和剧作家，而且也是杰出的小说家。他的小说尽管数量不多(有中短篇38篇)，但在内容和艺术风格上却独树一帜；其中除9篇历史小说外，其他均以中国现代知识分子的生活为题材。这些小说以浪漫主义的诗情，述说着作者深切而丰富的生活感受，描绘了从“五四”到40年代中国知识分子血泪斑斑、坎坷多艰的生活道路，像火山一样喷发着正义的爱国知识分子深沉的悲哀和强烈的反抗情绪，它是旧时代知识分子的悲哀和反抗之歌。

一

鸦片战争以后，中国社会日益陷入半封建半殖民地的深渊。爱国的知识分子首先感受着民族的危机，纷纷怀着救国济民的大志向西方国家寻找真理。从19世纪20年代到20世纪初期中国向西方国家和日本派留学生之多，达到了惊人的程度。但帝国主义的侵略终于打破了中国人学西方的迷梦，特别在俄国十月革命以后，资产阶级的所谓文明、民主和共和国的方案，在中国再也不能实现。所以原先满怀理想向西方学习的知识分子，在接受马克思主义之前，便产生了理想幻灭的悲哀。郭沫若的小说首先反映了知识分子的这一悲哀。作者在《飘流三部曲》里借主人公爱牟的口说：“理想的不能实行，实行的不是理想。”这句话是对那个时代知识分子理想幻灭悲哀的最恰切的概括。

这种理想幻灭的悲哀，突出地反映在《残春》《喀尔美萝姑娘》和《阳春别》等小说中。

《残春》是一篇充满感伤情调的作品，而构成这感伤情调的则是对于美和理想幻灭的悲哀。小说通过到医院看望病人的简单结构，分别写了留学生贺君的自杀，爱牟的恶梦和白羊君对S姑娘的恋情。贺君原是“异于常人的天才”，他怀着拯救祖国的理想，背井离乡，抛弃有病的父亲，到日本留学，但结果却由厌世变为神经失

---

* 《教学与研究》1979年第2期。

常，终于为解脱痛苦跳海自杀。小说虽未正面写其发疯和自杀的原因，但从他“跳海自杀”时“脱帽三呼万岁”的细节，已暗示他是一个激进的爱国者，发疯的原因，正是他对祖国前途的绝望，亦即理想的幻灭。爱牟的梦是贺君发疯自杀这个故事的补充。因为梦的荒诞和恐怖，说明爱牟虽还未变成贺君那样一个实际的疯子，但在潜意识里的沉重的郁积，也已经把他压迫得“歇斯底里”，近乎疯狂了。作者曾解释这种精神状态产生的原因及其同整个民族精神状态的关系说：“近代的精神分析家们说，所谓‘歇斯底里’的那种病症，是因为在前有种种不愉快的经历，一时被意识界的生活把它抑制到潜意识界里去了，它便在潜意识界里郁积着，使人的精神生出种种障碍，充其极可使人成为疯狂。……民族遇着了种种高压，经历过久，把种种的不愉快，主动地，被动地，压到潜意识界里去，渐渐招来民族的萎靡，颓丧，互相猜忌，互相残刻，结局不为异族所吞并便酿成革命的爆发。”可见，作者通过贺君和爱牟变态心理的描写，所要表现的是民族的郁积。这民族的郁积是什么呢？小说通过白羊君对 S 姑娘的恋爱作了回答。白羊君赤诚地爱上了日本医院的看护妇 S 姑娘，但这个貌美多情的姑娘，不仅是从小失去父母的“孤人”，而且仅仅十八岁就患了不治之症。她是才开就枯萎了的蔷薇，初艳就夭折了的“残春”，是永远也追求不到的幻美。作者通过白羊君对 S 姑娘的追求所要说明的，正是美的幻灭和理想的幻灭以及由幻灭而产生的悲哀。而这理想幻灭的悲哀也就是民族郁积的内容。

《喀尔美萝姑娘》写一个不甘堕落的青年留学生由理想幻灭引起的堕落。这位留日工科大学生也和许多充满理想的中国青年一样，抱着科学救国的理想来到日本。他同爱人刚到日本时，甚至感到“四围的景物在一种充满着希望的外光中欢迎”他们，他们“也好像草中的一对鹿儿”，“享乐着目前的幸福”，“计划着未来的乐园”，他们不怕“在异邦吃苦”，“只望早早毕业回去做些事业”。但读到大学二年级时，“我”就开始堕落了。他被一位不相识的过着半卖笑生涯的糖店姑娘所迷惑，背弃了妻子，抛弃了学业，堕落为“色情狂”和“二重人格的生活者”，他像“废墟中飘泊着的一个颓魂”，终于走向自杀之路。但“我”是不甘堕落的，他一边坠入堕落的蛛网不能自拔，而一边仍然保持着对于用官费养了他六七年的祖国的爱，为辜负了祖国和亲人的期待而深感内疚和痛苦。从这种不甘堕落的堕落中，小说提出了一个令人深省的问题：是什么驱“我”于堕落之境的呢？对于这个问题的答案，细心的读者是不难得到的，这便是理想幻灭的悲哀。这从“我”得知喀尔美萝姑娘病后诅咒医生的一段独白可以看到：

“牡丹才在抽芽就有虫来蛀了！不平等的社会哟，万恶的社会哟！”“你们做医生的人不知道悲哀，不知道慈爱，你们只想把人来做试验动物，图博士的称号，图巨万的家财，你们只献媚豪富，你们是贫民的仇敌，你们不把贫民的生命当生命……‘死’的威胁迫在你们的面前，社会的缺陷迫在你们的面前，你们的眼中只看见铜板！你们和细菌是兄弟，你们该死，该死！”

这段对医生的诅咒，实质上是对科学救国理论的批判，它说明原是怀着科学救国理想的“我”，理想已经幻灭。“社会的缺陷迫在”他的面前，而他所希求的科学不但不能救治社会的缺陷，反而成为“献媚豪富”杀害“贫民”的罪恶工具。因此，他绝望了，而堕落便是他在绝望和幻灭中对社会的报复。

知识分子理想幻灭的悲哀，如果说在上述两篇小说中反映得还较为隐蔽，那么在《阳春别》里，则通过比利时教授和归国留学生的口从正面直接讲出来了。这位比利时教授原是怀着对东方精神文明的无比景仰来中国的，但他不仅未有找到文明治下的“天国”，反而经受了由饥饿和失业而生的精神和肉体的痛苦，弄得妻死子悲，倾家荡产。在中国十六年的生活使他得出的结论是：“中国的所谓精神文明是‘无’的妙用，学问总也要‘无’才行”，因此，“有了学问是应该吃糟粕的”；“未来的天国在北方的俄罗斯，未来的救主不是释迦牟尼，不是老子、孔子，也不是耶稣”。于是他决定离开中国到俄国去。那位饱学十年工科归国失业、终于被饥饿赶回日本的留学生，他那科学救国的理想，也像肥皂泡，被上海滩上凛冽的冷风吹灭了。这两个知识分子，虽然国籍和身世不同，但共同的一段经历，却使他们产生了一致的认识。他们既批判了东方封建主义的精神文明，又否定了西方资产阶级科学和民主的理想，在旧的理想幻灭的悲哀中萌生了对北方社会主义理想的憧憬。他们这种思想状况既是作者当时思想的真实写照，又概括了中国现代爱国知识分子思想发展的一个共同特点，具有普遍性和典型性。

总之，郭沫若小说的现实意义之一，是它反映了旧时代知识分子理想幻灭的悲哀，因为这悲哀是属于那个时代的。毛泽东同志在《论人民民主专政》一文中说：“帝国主义的侵略打破了中国人学西方的迷梦。很奇怪，为什么先生老是侵略学生呢？中国人向西方学习得很不少，但是行不通，理想总不能实现。……国家的情况一天一天坏，环境迫使人们活不下去。怀疑产生了，增长了，发展了。”这段话十分明白地指出旧时代爱国知识分子理想幻灭的悲哀所产生的时代原因。

二

郭沫若的小说不仅抒发了知识分子理想幻灭的悲哀，而且通过知识分子坎坷多艰的生活表现了他们失掉生活地位的郁愤。“应该欢聚的生活却不能不为生活分离，应该乐享的爱情却不能不为爱情受苦。”这违背逻辑的不合理的生活，正是他们郁愤产生的原因。

爱牟是贯穿于郭沫若许多篇小说中的爱国知识分子形象。若将《飘流三部曲》《行路难》两个中篇和《红瓜》《未央》《亭子间中》《湖心亭》《矛盾的统一》《圣者》和《后悔》等短篇连起来读，爱牟的形象及其生活道路就更为完整和突出。知识分子失掉生活地位的郁愤，主要是通过爱牟一家辛苦辗转、飘流无依的生活表现的。

《飘流三部曲》和《行路难》写爱牟一家在失业和饥饿的驱迫下，“不得不为生活分离”的痛苦。爱牟在日本研究了十年医学，回国后目睹社会腐败，不甘与行私利己、欺世骗人的庸医为伍，便弃医从文，企图用文艺来“转移社会”。但在当时的中国“文学是不值一钱”的东西，于是，“他的物质上的生涯”，“如像一粒种子落在石田，完全没有生根茁叶的希望了”。无情的社会把这位热情改革社会的青年抛到了人生的歧路，为了全家五口的生活，他只好自留上海，妻走异邦，忍受骨肉分离之痛，在难行的荆棘中开拓新的生路。但他们走向的不是生，而是比死还难受的“悲哀的绝底”，残酷的社会终于把这失掉生活地位、飘泊无依的青年送到人生的绝路。冷酷如铁的人生将他满腔热情化为弥天悲愤，他省悟到他是“被幸福遗弃了的囚人”，他决心对那个社会“采取最后的手段”，从无路可走的悬崖上跳进大海，“把弥天的悲愤同消”。

爱牟所表现的已不再是在幻美的追寻中理想幻灭的悲哀，而是在人生炼狱里求生存而不能的郁愤。这固然说明社会更加腐败和冷酷，但也说明时代已把知识分子从幻想的天国推到冷酷的现实，不仅向西方寻求真理的理想幻灭了，而且个人生活的理想，也被依然“冷酷如铁，腥秽如血，黑暗如漆”的现实碰成粉碎了。作者在谈到创作《飘流三部曲》的心情时说：“在那时我自己的确是走到了人生的歧路。我把妻子送走了之后，写了那《歧路三部曲》，尽情地把以往披在身上的矜持的甲胄通统剥脱了。人到下了决心，唯物地说时，人到了不要面孔，那的确是一种可怕的力量。读了我那《三部曲》的人听说好些人为我流了眼泪。”可见爱牟的郁愤在当时爱国知识分子中产生了极大的共鸣，这说明这郁愤不仅是作者的，而且是那个时代爱国知识分子共同的感情。

爱情同吃饭、睡觉一样是人生不能缺少的，并且也和吃饭、睡觉一样受社会经济制度的制约。因此，失掉生活地位的知识分子恋爱的结果便往往“不能不为爱情受苦”。中篇爱情小说《落叶》便表现了这样的爱情悲剧。中国留学生洪师武偶然地同日本医院的看护妇菊子小姐发生了爱情，这爱情开始对菊子小姐还算是幸福的“乐享”，但却使洪师武“苦到不可思议的地步”。这是因为洪师武是旧婚姻的牺牲者，不仅年少时候在国内结过婚，而且十八岁到日本后，“因为婚姻的失意”曾一度生活颓废，致使他怀疑自己患了梅毒，永远不能再接受别人纯洁的爱情。正是这种怀疑使他忍痛拒绝了菊子的爱情，把天真的菊子推进比他自己更难自拔的痛苦的深渊。这爱情的悲剧表面看来似乎由于偶然的误会造成，但究其根本原因却是那个建筑在父权基础上的旧式婚姻和维护旧式婚姻的社会经济制度。所以，洪师武和菊子同样都是旧的婚姻制度和经济制度的牺牲品，他们失掉爱情的幸福，是由于他们失掉了生活的地位。小说通过他们爱情的悲剧深刻反映了失掉生活地位的爱国知识分子共同的悲哀。

总之，小说所描写的知识分子的骨肉分离之苦，飘流无依之苦，衣食无着之苦以及失掉爱情之苦，其实质都是失掉生活地位之苦。爱国知识分子为什么会失掉生活地位呢？作者在《行路难》里通过对爱牟悲剧根源的分析作了回答：“他要诅咒资产阶级的人，不愿和他们合作，他所诅咒的资产阶级，岂是一朝一夕地所能推翻的？资产阶级不能推翻，他又不能低首下心地去干，所以他的生活只好长此飘流，他的精神只好长此波动了。”这里所谓的资产阶级实际上包括帝国主义及一切剥削阶级。这就是说爱牟等知识分子所以失掉生活地位，其根本原因是他们不向占有和支配那个社会经济的统治阶级献媚俯首，为他们“低首下心地去干”。在旧时代摆在知识分子面前有两条路：效忠豪富就升进权门为奴才，俯首人民则沦入地狱作奴隶。因此，小说中爱牟等的悲剧，便成为旧时代一切正直的爱国知识分子共同的悲剧。

三

郭沫若的小说在抒发旧时代知识分子悲哀的同时，还表现了他们的反抗精神。

悲哀和绝望虽可以把人毁灭，但也能使人在绝望中生出反抗的力量向驱人于绝望之境的社会挑战。这决定的因素是时代。十月革命以后，随着西方资产阶级的理想在中国人民心目中彻底的破产，社会主义的理想便在人们对旧理想的幻灭中滋生起希望和反抗的萌芽。因此，郭沫若小说中的爱国知识分子虽都有过理想幻灭的悲哀和失掉生活地位的郁愤，但他们始终未有真正的绝望和妥协，而总是希望着未来，抗争着现在，并且在不断地奋斗和抗争中觉醒，终于认识了自己的敌人——帝国主义及其走狗。

表现知识分子的爱国反帝精神是郭沫若小说的一个重要内容。写于 1919 年的《牧羊哀话》是郭沫若正式发表的第二篇小说，它在中国现代小说史上第一次举起了反帝的旗帜。作者在回顾这篇小说的背景时说："1919年……绵延了五年的世界大战告了终结，从正月起，在巴黎正开着分赃的和平会议。因而'山东问题'又闹得甚嚣尘上来了。我的第二篇创作《牧羊哀话》便是在这时产生的。……我只利用了我在1914年的除夕由北京乘京奉铁路渡日本时，途中经过朝鲜的一段经验，便借朝鲜为舞台，把排日的感情移到了朝鲜人的心里。"可见抒发亡国的悲哀，表现对日本侵略者的反抗是作者创作这篇小说的主要动机。小说着力塑造的李朝子爵闵崇华，是爱国知识分子的形象。当日本帝国主义者勾结李朝内"一派奸臣"企图灭亡他的祖国时，他大义凛然，挺身而出，"连奏了几本请朝廷除佞安邦"，但却"本本都不见批发"。他报国之心横遭排斥，见亡国之势不可挽回，便愤然弃官为民，把复国的希望寄托在后代身上。他在悲愤中"挥汗"书写了反诗《怨日行》，以"炎阳"暗喻侵略气焰嚣张的日本，用"土崩苗死"形容亡国之苦，用怨昼长夜短，表达人民盼自由之心切，借希求"羿弓"和"鲁阳戈"，表现人民的反抗之心，抒发了强烈的反帝情绪。

假如说知识分子的反帝精神在《牧羊哀话》中表现得还是曲折的、不深刻的，那么在《月蚀》《行路难》《波》等小说中，这种精神则得到了更加直接地深刻地表现。

《月蚀》中的"我"是与爱牟身世和际遇相同的知识分子。小说通过"我"一家到公园看月蚀的故事深刻揭露了中国人民同帝国主义的尖锐矛盾。"我"一家在日本时，"住在海边，住在森林的怀抱里，真所谓清风明月不用一钱买"，而回到祖国的上海却连玩赏自然风光的权利也被剥夺了。因为上海公园规定"华人与狗不得入内"。在孩子们的苦求下，为看月蚀他们只好违心地穿上西装去逛公园。这种民族的耻辱，使具有爱国心的"我"无法抑制心中反抗的怒火。他借评说夫人的梦揭穿帝国主义奴役中国人民的罪恶，说上海市"垩白砖红的华屋"都是中国人民的"白骨做成"；他诅咒帝国主义及其帮凶是天上的二狗，说他们吞食了为人类造福的日月，以侵略和互相残杀，给人类带来黑暗和灾难，并且以歌颂古人驱逐天狗、救助日月的互助精神，来激发人民的反帝情绪。"可望而不可及的古之人。你们的鼓声透过了几千万重的黑幕，传达到我耳里来了！"从这愤激的呼告使人想到《女神》中那"千万金箭射天狼"的号召。

作者以反帝为小说的主题并非偶然。他回顾当时社会思想状况时说："在欧战时期中中国的资本主义虽蒙受着频年的内乱，但也看到了它的畅茂的发芽。……但欧战结束以后欧洲资本主义的势力，把那簇生起来的春笋又几乎全盘拔去了油锅。觉悟了的人在这儿明白地看到那无形的帝国主义的势力，觉悟到中国如不抵抗帝国主义，就连民族资本主义也不能够发展。……因而政治问题便成为一般社会人的意识的焦点。"这说明爱国反帝是当时中国人民的普遍要求。

在小说中知识分子的反抗性，还表现为威武不能屈，富贵不能淫，勇于向险恶挑战，敢于同命运抗争的战斗精神。这种战斗精神突出地体现在《飘流三部曲》《行路难》里的爱牟和《波》《地下的笑声》等小说中主人公的性格里。

爱牟被生活逼得走投无路，却宁肯"死到海外去"也不向把他作了旧式婚姻牺牲品的封建家庭妥协；他受尽了金钱的蹂躏，却不向那个金钱奴役下的社会折腰；他两袖清风，一贫如洗，却毅然拒绝了他大哥为他安排的每月薪水三百二十元的某医院院长的美缺，把那"有生以来第一次接到手里"的一千两银子的汇票像粪土一样投在地板上狠狠地"踏了几脚"；社会把千万失掉生活地位的"无私无业"的穷人诬为下贱的"流氓"加以歧视，他却把"流氓"誉为"尊贵的平民的王冠"加在自己的头上；他视平民为高洁，视有闲有产者为污浊，愿投进"流氓"的洪流，带着平民的"尊严"、"刚健"、"勤勉"和"艰辛"，坦白地"直流向晨光中的大海"。残酷的社会几次把他抛进绝望的深渊，但他却未在绝望中沉没，而要学那追求坦途、不畏险境的溪水，遇到险阻便"把头去冲，把血去冲，把全身的力量去冲，把全灵魂的抵挡去冲"；他坚信在生活的道路上，"崔巍的高山是可以冲断的"，"无理的长堤是可以冲决的"，"大海虽远，但总有流到的一天"。爱牟的这种勇于向险恶挑战，敢于同命运抗争的精神，典型地体现了中国旧时代爱国知识分子的美好性格。

《波》和《地下的笑声》分别创作于抗战期间和抗战以后，写的是在民族危机人民灾难深重的岁月，知识分子忍辱负重，践荆履棘的精神。

《波》写的是 1938 年 10 月武汉大撤退时，在武汉驶往重庆的难民船上，由日寇的侦察机所引起的一场风波。侦察机本不会轰炸，即使是轰炸机也不会听到船上孩子的哭声。但愚昧的难民却因怕飞机听到孩子的啼哭，而把船上一对青年夫妇的啼饥的幼儿连同他们缝在幼儿衣裳里的 1 000 元生活费，一起抛入江中。年青的母亲悲痛至极，神经失常。但那年青的父亲是爱国的知识分子，他虽然知道直接杀死他的孩子、夺走他们生活依傍的，是难民的愚昧，但他既未因痛苦而失望，也不为怨恨而颓唐，而是怀着向"日本鬼子"报仇的满腔怒火，"扶着他的夫人"，沉默着走下船来。这种为民族大义而忍辱负重的精神，也是爱国知识分子反抗性格的一种深沉的表现。

《地下的笑声》通过一对爱国知识分子的悲惨遭遇，在揭露蒋介石政府的黑暗与腐败的同时，表现了知识分子践荆履棘，冲决黑暗，追求光明的斗争精神。弋阳和秀十年前都是去日本的留学生，因积极参加抗日救国运动被"敕令出境"，回国后又一同参加抗日的战地服务队，在战火中出生入死。但国民党反动派的卖国反共路线造成抗战节节败退，他们先是一个失业，一个受伤，后终因贫病交加受人凌辱，落得终身残疾，而像垃圾一样被遗弃在阴冷的防空洞里。但他们却没有被黑暗和死亡吓倒，而是要学习奥斯特洛夫斯基的钢铁意志，战胜病魔，想法离开黑暗的重庆“到那没有人吃人的地方去”。当死神终于夺去弋阳的生命时，那被折磨得体无完肤的秀，不是呻吟和哀哭，而是发出震撼地狱的“雷霆一样的笑声”。这无泪的笑是奔突于地下的熔岩的涛鸣，它预言着愤怒的火山就要爆发了。

四

郭沫若是从一个诗人的角度，以浪漫主义的方法进行小说创作的。这就使他的小说在艺术上具有鲜明的特色。这主要表现在下述几个方面：

1. 描写“自我”

作者是主张写“自我”的，他的诗集《女神》就是一部“自我”的歌唱，这个特点同样表现在他的小说创作中。他的 29 篇现代题材的小说几乎都以自己家庭的生活为素材写成，其中有 17 篇的主人公，如《残春》《月蚀》中的“我”和《飘流三部曲》《行路难》等九篇小说中的爱牟，其身世、际遇和思想性格基本同作者相似，可以说是作者以“自我”为模型创造的艺术形象。描写“自我”就形成小说题材、人物和主题比较集中的特点。29 篇现代小说有一个共同的题材——描写旧时代知识分子的生活，有一个共同的人物形象——爱国知识分子的形象，有一个统一的主题思想——知识分子的爱国反帝思想。

2. 突出对现实的反抗精神

在旧时代，进步的现实主义侧重于暴露现实，通过描绘现实的黑暗引起人们憎恶现实的感情；而积极的浪漫主义则侧重反抗现实，通过抒发强烈的反抗现实的情绪激起人们反抗现实的行动。郭沫若的小说以突出对现实的反抗精神显示了浪漫主义的特色。首先，小说塑造了一系列具有反抗性格的形象，如爱牟和《月蚀》中的“我”，《一只手》中的孛罗父子，《波》中的一对青年夫妇，《金刚坡下》中的农妇和《地下的笑声》中的秀等形象，都具有反抗现实的性格。其次，用种种艺术手法渲染和强化反抗现实的情绪。浓厚的感情色彩是郭沫若小说的一个重要特色，而这感情的基调则是强烈的反抗现实的情绪。为了表现这种反抗情绪，小说一方面突出描写人物的反抗行为；一方面用色彩鲜明节奏强烈，富有感染力的诗的语言，来夸张人物反抗现实的心理。

3. 浪漫主义的诗情

作者是以一个浪漫主义的诗人来写小说的，因此小说洋溢着强烈的浪漫主义诗情。这种浪漫主义诗情表现在语言上，便是小说语言的诗化。如《落叶》通篇都是作者用饱蘸血泪的语言写成，每句话都是从人物肺腑深处自然流露的真挚赤烈的诗。正如小说中的“我”所说：“菊子姑娘纯情的，热烈的，一点也不加修饰的文章，我觉得每篇都是绝好的诗。她是纯任着自己一颗赤裸的心在纸上跳跃着的。要表现菊子姑娘，除菊子姑娘自己的文章外，没有第二个好方法。”此外如《飘流三部曲》《行路难》和《地下的笑声》，也都运用了感情色彩十分浓烈的诗的语言。更为突出的是小说直接用诗来抒发激情。如《牧羊哀话》中的牧羊歌和《怨日行》；《残春》结尾的吟花诗；《月蚀》中的《月儿出了》歌，以及《飘流三部曲》和《行路难》中爱牟的许多直抒懊恼和反抗情绪的诗篇等。这些诗篇成为小说中人物感情发展的有机部分，起了突出人物性格，升华思想感情和深化作品主题的作用。这种诗情表现在人物塑造上便是人物的诗化。如《牧羊哀话》中的佩荑小姐，《残春》中的S姑娘，《月蚀》中的宇多姑娘，《喀尔美萝姑娘》中的喀尔美萝姑娘和《落叶》中的菊子等女性，都是诗化的人物。作者在她们身上寄托着美的理想，使她们变成理想的象征和美的化身。

4. 富有哲理性

小说以辩证法的观点，深刻揭示出隐藏在生活现象下面的本质，用精辟的包含哲理的语句来启迪和勉励读者。如“理想的不能实行，实行的不是理想”，“应该欢聚的生活却不能不为生活分离，应该享乐的爱情却不能不为爱情受苦”，就是这类富有哲理性的语句，它既概括了旧时代爱国知识分子生活道路的共同归宿，而又以这种归宿在逻辑上的悖谬，揭露社会的不合理，深刻隽永，耐人寻味。又如《行路难》结尾处对于溪水的描写和《落叶》中菊子关于爱情与人生的议论，也都包含着深刻的人生哲理。

5. 幻想、夸张、象征的手法

浪漫主义对现实的反抗情绪，是通过美的理想或幻想同丑的现实的强烈对照表现的。这种方法在小说中表现为对梦幻的描写。如《残春》写了爱牟美狄亚(Medea)式悲剧的梦，《月蚀》写了“我”同喀尔美萝姑娘幽会的梦。这些梦幻的描写既夸张地展示了人物的内心世界，而又包含着耐人寻味的象征意义。

运用象征的手法也是浪漫主义的特征之一。郭沫若在小说中除用梦幻来象征现实外，还常常用自然来象征社会。如用“炎阳”象征日寇(《牧羊哀话》)，用“天狗”象征帝国主义(《月蚀》)，用奔流不息的溪水象征人生之路(《行路难》)，用放火象征革命(《一只手》)等等。

幻想和象征，不仅让思想感情的骏马长上翅膀在无垠的天宇里驰骋，使作品含蓄多姿，诗意盎然，而且常常将强烈的诗情凝结在深邃的哲理中。

夸张是浪漫主义最常用的手法，在小说中突出表现为人物感情的夸张：一是运用诗和诗样的独白衬托或描绘人物的内心世界，借以增强感情的强烈程度，使其由弱而强，由淡而浓，由狭而广。如《飘流三部曲》中的“死向海外去”的诗和《行路难》中“流氓的情绪”一段独白，都是感情夸张的范例。二是描写巨大的刺激，用人物的感情的突变达到夸张感情的目的。如《波》《一只手》《地下的笑声》等小说，先是写亲人突如其来的死对人物的强烈刺激，然后又以神经失常的“笑”夸张所受刺激之深。这样的夸张不仅使小说中人物的行为和性格更加鲜明、突出，而且使作品中感情的溪水变成奔涌的激流和浪飞涛鸣的大海。

五

郭沫若的小说绝大部分创作于五四时期至20年代，因此，无论在思想内容上或艺术上都还存在一些时代的局限。

思想内容的局限，首先表现在初期的一些小说（如《牧羊哀话》《残春》《月蚀》）具有感伤消极的情调。这些作品写知识分子理想幻灭悲哀对揭露社会的腐败，表现知识分子的痛苦，有积极的意义，但也流露出自暴自弃，对现实采取虚无主义的消极思想。这种消极思想在小说中的表现是“幻美的追寻，异乡的情趣，怀古的幽思”。但随着时代的推移，作者很快便同这种消极思想永远告别了。为此，作者在1925年出版的小说集《塔》的卷首题词中，把这些带有感伤消极情调的作品称作“青春时期的残骸”。其次，几篇写爱情的小说（《落叶》《叶罗提之墓》《喀尔美萝姑娘》等）在表现反封建思想的同时，宣扬了爱情至上和一些小资产阶级的颓废思想。《落叶》所描写的爱情悲剧是由旧的经济制度造成的，但小说不但未有正面写出这个悲剧的原因，而且离开菊子同洪师武爱情形成的社会经济基础，过分地描绘和渲染所谓“纯情”、“赤心”的爱，并借菊子的口直接宣传爱情至上的观点。菊子是一个爱情至上主义者，她认为“世间上所说的甚么宗教，甚么教育”，都“不能把人救济”，而只有“爱的不可思议的力量”才能把人类从“罪恶和恐怖”中“赎救”，从堕落和痛苦中拖出。因此，她对爱情的信念是：为了爱情甘愿“把自己全盘抛去”。假若说在《落叶》中作者为强调爱情的纯洁和力量而表现了爱情至上的观点，那么在《喀尔美萝姑娘》和《残春》中，则为暴露主人公的颓废而导致了对爱情的不健康的描写。在《喀尔美萝姑娘》中近乎色情的描写很多，如写“我”首次与喀尔美萝姑娘见面时，用很长篇幅写了“我”因“不可遏抑的淫欲”而生的“恶念”；在写到喀尔美萝姑娘生病的情节时，又细致地描绘了“我”充满肉欲的联想。此外，在关于“我”幽会的梦和夜宿S夫人家里的情节中也都有类似色情的描写。固然，作者的目的决不是宣扬色情，而是表现作品中人物的颓废，但这种自然主义的描写却损害了作品的思想，有碍于读者的健康。

郭沫若的小说在艺术上的局限，主要表现为两点：其一，人物个性不够鲜明突出。小说不是为暴露现实的需要按照现实主义的原则，再现典型环境中的典型性格，而是根据反抗现实的要求在既定形象中再现典型的思想、典型的感情和情绪。因此，人物性格大都没有明显的发展变化，个性也不够丰富突出，有的甚至流于概念化（如《一只手》中的人物）。其二，结构不够严谨。有的自由散漫，近似散文（如《月蚀》《湖心亭》《后悔》等）；有的以事喻理，结构简单，类乎故事（如《红瓜》《矛盾的统一》）；还有的虽有完整的人物和故事，但中间插入大段诗歌和独白，破坏了结构的严谨（如《飘流三部曲》《行路难》等）。

上述两个局限恰是浪漫主义创作方法的特点造成的。因为浪漫主义作家坚持创作的形式上“绝端的自由”，便创造了诗歌特别是长篇抒情叙事诗这一得心应手的体裁。和诗歌相比，小说这种体裁则更适用于现实主义的创作方法。因此，浪漫主义作家在运用小说这种不适宜的体裁时，难免会表现出创作方法上的局限性。这一点，作者是很明确的。他曾经说：“小说用分析与暴露去唤起愤恨与毁灭的感情，诗歌则通过分析与暴露而直抒愤恨与毁灭的感情使之传染。……小说侧重进步的现实主义，诗歌侧重进步的浪漫主义。”作者的创作实践对他的这个观点作了充分的印证。

1980—1981 年：

中国现代小说中的革命党人形象*

中国的革命政党是适应历史的要求伴随着中国近代和现代伟大革命运动而产生的，按其性质可分为三种：一是资产阶级革命党，即辛亥革命时期的同盟会；二是小资产阶级革命党，指五四前后的无政府主义团体；三是无产阶级革命党，即诞生于五四运动以后的中国共产党。以中国近代和现代社会生活为内容的现代小说，像时代的镜子，不仅真实地记录了这些政党不同的历史作用和斗争生活，而且生动地描绘了上述三种革命党人的艺术形象。

一、辛亥革命时期的革命党人

辛亥革命爆发于一九一一年十月，但领导这次革命的资产阶级革命党人，却早就在国内外开始了英勇的革命斗争。首先他们秘密发展革命组织，宣传革命思想，如一八九四年孙中山在檀香山成立“兴中会”，并初步提出民权思想；一九〇三年黄兴于日本创立“华兴会”；一九〇四年章太炎、蔡元培、陶成章等在上海成立“光复会”；一九〇五年他们又将上述三个反清革命团体合并为一个统一的政党——“同盟会”，并推举孙中山为总理。同盟会提出“驱逐鞑虏、恢复中华、建立民国、平均地权”的纲领，出版机关刊物《民报》宣传革命，展开同改良派论战。著名的革命党人章太炎、邹容、陈天华等都是这时涌现出来的伟大的资产阶级启蒙主义战士。其次，他们在全国各地发动武装起义，进行反清的流血斗争。据统计，从一八九四年“兴中会”成立到一九〇五年同盟会成立的十年间，由孙中山和黄兴发动起义三次；同盟会成立后仅两年间，即发动起义十一次；一九一〇年至一九一一年除发动了规模更大的“广州新军起义”，“黄花岗之役”外，还发动了以四川为中心的全国性的收回矿山和铁路运动，直接导致了辛亥革命的爆发。如徐锡麟、秋瑾、温生才等都是在这些斗争中英勇牺牲的革命志士。由于资产阶级的软弱性和妥协性，辛亥革命

---

* 《学术论文辑刊》1980 年第 1 辑。

仅仅赶走了一个皇帝，并未能完成人民反帝反封建的伟大历史任务。但领导这个革命的许多革命党人，却如列宁所说：大半是一些“真诚的、战斗的、彻底的民主主义”战士，“他们不愧为法国十八世纪末叶的伟大宣传家和伟大活动家的同志”，①他们的革命形象不仅载入史册，而且被生动地描绘在现代小说中。

在新文学运动的第一个十年里，描写辛亥革命时期革命党人形象的小说，在艺术上最成功的是鲁迅的短篇小说《药》②。《药》中的夏瑜是中国现代小说中第一个具有典型意义的早期资产阶级革命党人的艺术形象。小说并未有正面描写他的革命活动，也没有把他作为一个主要的典型性格来加以精心塑造。它的革命者的思想特征是通过小说中其他人物的口从侧面反映出来的。夏瑜是寡妇夏四奶奶的儿子，他怀着革命理想，冒着“满门抄斩”的危险，秘密参加了革命党。因本家夏三爷的告密，而被捕入狱并将杀头示众。但他把生死置之度外，大义凛然，从容自若，竟然在狱中劝牢头阿义造反，公然宣传“这大清的天下是我们大家的”。阿义是个愚昧自私，不可理喻的封建阶级的奴才，认为他这是“老虎头上搔痒”，“大逆不道”，“便给两个嘴巴”。被打的夏瑜不是因此而羞辱、愤怒或畏惧，反而感到愚昧自私的阿义“可怜”。这既说明夏瑜没有看清阿义奴才的本质，而又展示了一个资产阶级的启蒙主义者的宽大襟怀。最后，夏瑜终于被砍头示众，可悲的是他的革命行为至死也没有被人们所理解，他的血不仅未有浸润人民的心，激起群众的反抗精神，反而被愚昧自私的华老栓夫妇当成给儿子医治肺病的“药”。

小说通过夏瑜劝牢头造反的典型情节和寂寞牺牲的悲剧，深刻揭示了资产阶级革命党人的本质特征。

夏瑜劝阿义造反时说：“这大清的天下是我们大家的。”这句话是对辛亥革命前资产阶级革命党人政治理想的概括。清朝是满清贵族集团统治的封建君主专制制度。夏瑜的这句话不仅把斗争矛头指向封建君主专制制度，表现了资产阶级的民权革命思想；而且指向满清贵族集团的统治，表现了民族革命的思想。民权革命与民族革命相结合的思想恰恰是中国资产阶级革命党人，特别是早期革命党人的共同的政治理想。如孙中山的革命纲领，一方面是“驱逐鞑虏，恢复中华”，而另一方面是“建立民国，平均地权”。陶成章在《龙华会章程》里规定的宗旨是：“赶走了满州鞑子皇家，收回了大明江山，并且要把田地收作大家公有财产，也不准富豪们霸占。”这同样的思想也表现在邹容、章太炎、秋瑾等革命党人的言行中。同样，夏瑜将生死置之度外，敢在“老虎头上搔痒”，劝牢头造反的英勇斗争精神，也是当时革命党人英雄气概的真实写照。它使人想到叱咤风云，起而革命，甘愿“粉身碎骨”，

---

① 《中国的民主主义和民粹主义》《列宁选集》2卷425页。

② 1919年5月《新青年》6卷5号。

"牺牲保国家"的鉴湖女侠秋瑾；想到斥骂光绪皇帝为"小丑"，鼓吹对朝廷造反，"七被追捕，三入牢狱，而革命之志，终不屈挠"的革命家章太炎；想到刺杀恩铭不遂，而被挖心肝炒食的革命志士徐锡麟；想到宁死不屈，二十一岁"瘐死"于上海西牢的革命军马前卒邹容。至于夏瑜挨了打反而说打他的牢头阿义"可怜"的细节，则揭示了资产阶级革命党人普遍存在的思想上的弱点，即以先知先觉者自居，视群众为"不知不觉"的"群氓"，根本看不到人民群众的要求和力量。这正是他们脱离群众导致革命失败的主要原因。夏瑜"可怜"阿义，固然是看错了对象，但在他看来，阿义和茶馆里的主人及茶客们，在对待革命的认识和态度上都是一致的，即都视革命者夏瑜为"大逆不道"、"发疯"，至少也是不理解和冷漠。因此，夏瑜所感到"可怜"的实际就不单单是阿义，而应当包括一切对革命冷漠旁观的群众。这种观点也同样是当时资产阶级革命党人所共有的。如邹容就认为四万万同胞均为"奴颜妾面"，秋瑾更把自己誉为"导无量众生，尽登彼岸"的"一盏神灯"，发出"彼劳志士心如火，可奈同胞蠢如豕"的哀怨。夏瑜寂寞牺牲的悲剧可以说正是对革命党人这一思想弱点的批判。

夏瑜这一形象之所以能真实地体现资产阶级革命党人的本质特征，具有典型意义，这不仅是因为作者具有坚实而丰厚的生活基础，而且还因为作者对于早期的资产阶级革命党人有着深刻的、本质的认识。过去的研究者都认为"夏瑜"的名字是"秋瑾"的影射，夏瑜的艺术形象是以清末女革命家秋瑾为原型的。这种看法固然是有根据的。其实夏瑜的原型不仅仅限于一个秋瑾。鲁迅留学日本期间，正值辛亥革命之前，以孙中山为首的早期革命党人，如章太炎、秋瑾、徐锡麟、陶成章等均云集于日本，鲁迅因为是"光复会"成员，所以，不但同他们交往甚密，感情很深，而且对他们的思想了解得也极为透彻。夏瑜的形象正是作者以上述许多革命党人为基础"拼凑起来的角色"。鲁迅所接触的上述革命党人，大都是早期的资产阶级革命的启蒙者，因此，以其为原型创造的夏瑜这一形象，也便具有着革命启蒙者的特色。

丁玲的长篇小说《母亲》和冰心的《去国》也是新文学史上描写革命党人的作品。《母亲》不是一部专门描写革命党人的小说，但其中的人物，如于云卿和程仁山却是辛亥革命中期的革命党人形象。茅盾在《丁玲的〈母亲〉》一文中说："《良友文艺丛书》主编者写在《母亲》后面的《编者言》中很简单地说了一句'第一部写辛亥革命时代'，然而这部小说的主题并不是那样单纯的。……丁玲写《母亲》以前对于旧日大家庭的观感，主要是两点：一是衰落，二是分化。知道丁玲家庭情形的人曾经告诉我们，江家这大族的子弟在衰落后曾经有过怎样的'分化'，而《母亲》的主角曼贞是倾向于革命的一个。丁玲在《母亲》中所要描写的主要点也就是曼贞的思想转变。因此,若把'辛亥革命'当作《母亲》的主要点而责备作者并不能创造出辛亥革命的'史诗',是不公允的。也因为作者的企图不是创造辛亥革命的'史诗',所以我们不能要求它必须在武陵一处而外兼写当时全国的'革命形势',我们觉得单是从程仁山身上暗示的叙述也就够了。"①

程仁山、于云卿虽是辛亥革命时代中期的革命党人,但作者通过他们所显示的是革命党人在革命斗争中严重脱离农民的弱点,以及由此所造成的悲剧。因此程仁山和于云卿的形象便像《药》中的夏瑜那样,具有悲剧色彩。于云卿、程仁山都是留学日本的留学生,专门研究过法律和政治。辛亥革命前夕,回到家乡武陵,开办"女学堂",组织"朗江学社",出版革命刊物《朗江之光》,积极进行反清反帝活动。但他们的活动范围仅限于城市上层知识分子,得不到广大群众支持,后来只得离开武陵逃到上海,于云卿下落不明,程仁山参加了武昌起义,身受重伤,抬回家便寂寞地死去。程仁山这个艺术形象和夏瑜很相似。这不仅因为他们一个死于战场,一个死于刑场,同是悲剧人物,而且由于他们的悲剧有其共同的原因:他们的革命实践严重脱离了人民群众。这共同的悲剧原因在《药》里是通过夏瑜牺牲在群众中的反映显示出来的,而在《母亲》里却是通过程仁山的革命活动直接展现的。程仁山等知道革命需要"人和钱",但却把这个问题的解决完全寄托于华侨和城市上层人物身上。因此,面对蕴蓄着国民革命巨大力量的农村,他感到孤立无援,束手无策,一筹莫展。小说以曼贞和夏真仁的口说出了他们的窘境:"像革命的事,第一要有人,第二也要钱,你们不看见他们跑东跑西全都在外国一些华侨那里弄来的吗?……就是程仁山他们也不行,他们办报的钱,听说也还是他们自己从荷包里掏出来的,前一晌,金先生(程仁山之妻)不是说他们想卖田吗?"于云卿被迫离开武陵去上海,临行时对曼贞说:"百事总离不了钱,所以这里的事,没有做场,要到外边去。"可见,程仁山等的孤立无援以至于出走,完全是由于他们放弃组织和动员农民及广大劳动群众这一错误的思想和行动路线所造成。同样,由于上述原因,他们的武装起义也绝不能造成一个广大的农村变动,真正完成反帝反封建的伟大历史任务。他们的牺牲也就因此具有了悲剧性。小说最后,描写武装起义的冷漠情景,衬托了程仁山牺牲的寂寞。

> 就在考棚那边……传来一阵冷落的洋枪声,于三太太(于云卿之妻)紧紧抱着意儿(于之子)坐在堂屋里望那边渐渐红上来的天空,那里是燃烧起来了。……她一夜没有睡。……第二天街上悄悄的,也没有人家敢于开门。但

① 《丁玲的〈母亲〉》,1933年11月《文学》1卷5号。

是知县官已经在昨夜逃跑了。……几个还没有下乡去的老缙绅，维持了这城里的秩序。里面夹了几个剪发的年轻绅士，大约就是革命党吧。……吃了中午饭有一个人来敲于家的门……他来是特意为的是那恶劣消息的传达……程仁山在前夜里，就在考棚那地方，被一颗子弹嵌进左胁里，抬回家来不到一个钟头便死了。

“国民革命需要一个大的农村变动。”辛亥革命没有这个变动，所以失败了。程仁山等形象的典型意义，就在于真实地表现了资产阶级革命党人在革命实践上严重脱离农民的弱点，从而揭示了辛亥革命失败的原因。

《去国》中的朱衡是后期革命党人的形象，它真实地概括了辛亥革命以后在封建军阀和帝国主义统治下的一些正直的辛亥革命党人的共同特征。朱衡在辛亥革命中不愧为一个叱咤风云、热血赤心的革命党人。他从十八岁加入“同盟会”的那一天起，便“成天废寝忘食，奔走国事”，把一切都献给了革命事业。为了革命，他“二十年中，足迹遍天涯”，结识“中外革命志士”；他不顾“乡里戚党”的反对，将“父亲遗下的数万家产”，“花去大半”；“他满怀匈奴未灭何以家为”的壮志，为减少革命的累赘，甚至想同他相爱的未婚妻解除婚约。他整年整月“在刀俎网罗里转来转去”，几濒于危，带着被通缉的“罪名”逃到国外。宣统三年，辛亥革命爆发，他在美国“得到党中央的命令，便立即回到中国”，先后参加了广州黄花岗起义和武昌起义。在这些浴血的斗争中，他表现得很英勇，“剑外惟余肝胆在，镜中应诧头颅好”，便是他当时牺牲精神的写照。然而，就是这样一个满怀革命理想和富有牺牲精神的革命党人，在“中国已经改成民国”之后却变成了徒有满腹悲愤而毫无作为的消极的隐遁者。但他的隐遁不是因为革命的胜利，而是由于革命后的黑暗腐败的现实使他为之赴汤蹈火的“民主共和”的理想，变成了破灭的肥皂泡。这难言的悲愤和苦衷，在他同夫人的谈话中，真实地流露出来。他说：“当时那样赴汤蹈火，冒白刃，今日海角，明日天涯，不过都当他是做了几场恶梦。现在追想起来，真是叫人啼笑不得，这才是‘始而拍岸，继而抚髀，终而揽镜’了。”夫人笑道：“那又何苦，横竖共和已造成了，功成身隐，全始全终的，又有什么缺憾呢?”朱衡说：“要不是造成这样的共和，我还不至于这样的悲愤，只可惜我们洒了许多血，抛了许多头颅只换得了一个匾额，当年的辛苦，都成了空虚，数千百的同志，都成了冤鬼。咳，那一年袁皇帝的刺客来见我的时候，我后悔不曾出去迎接他……”诚然，这位壮志未酬心已灰的革命党人对于中国革命的前途已经绝望了。作为证据的，便是他将刚从美国留学回国的儿子和刚在国内大学毕业的女儿一起送到美国。

冰心的《去国》意在暴露军阀政治的黑暗和腐败。小说中朱衡的形象却具有更为广大的典型意义，他从积极革命到消极隐遁的一生，形象地概括了中国资产阶级革命党人的历史。他隐遁的原因，在客观上是军阀政治的黑暗和腐败，在主观上则是中国资产阶级的软弱性和妥协性。它说明，在20世纪20年代的中国，资产阶级政党已经失掉了领导中国民主主义革命的盟主资格，革命领导的职责，已经历史地落到无产阶级政党的肩上。

在第三个十年里出现了正面反映辛亥时期的革命党人斗争的长篇小说，这便是李劼人的《大波》(1947年)。作品中的汪子宜、彭家骐和程洪钧等都是中期革命党人的形象。

汪子宜、彭家骐、程洪钧等革命党人的形象是通过在四川保路运动中一系列活动表现出来的。四川保路运动是中国资产阶级民主主义革命进程中的重大历史事件，它直接导致了推翻清代王朝、结束中国长期专制政体的辛亥革命。一九一一年夏，清政府为献媚于帝国主义列强，在“铁路国有”的幌子下，将四川人民集资筹建的铁路，以借款方式出卖给英、法、德、美等国。这一反动措施，激起了四川广大爱国群众的强烈反抗。当时以蒲殿俊、罗伦等为首的立宪派和维新派人士从他们的自身利益出发，为向清政府讨价还价，便在咨议局、铁路股东会以外，又组织了保路同志会，力弹朝廷重臣盛宣怀、端方，要求朝廷收回成命。汪子宜等隐藏了革命党人的身份参加了同志会，按照革命党的宗旨积极进行革命活动，终于使这次立宪派领导的改良主义运动变成了以推翻清政府为宗旨的浩大的武装反抗斗争。汪子宜等革命党人，在小说中都不是被着力描写的主要形象，他们是被作为立宪派和维新派人物的陪衬描写的。但是这也就使他们同立宪派维新派人物形成了鲜明的对照。他们作为资产阶级革命党人的基本特征，正是通过这个对照表现出来的。

首先小说写出革命党人同立宪派、维新派运动宗旨的不同。立宪派是只反盛宣怀、端方等朝廷“权奸”，而不反皇帝、朝廷。他们都是“爱戴朝廷的好臣子”，他们的行动不是造反而是“奉行先朝德宗景皇帝的诏旨”请政府收回“铁路国有”的成命。汪子宜等革命党人的宗旨则是推翻清政府的专制制度，因此他们把保路运动仅仅作为完成这个大目标的一个小步骤，借机点燃革命的烈火。通过这个对照，写出了革命党人崇高的民主主义革命的政治理想和他们为实现这个理想而艰苦卓绝的斗争精神。

其次，小说写出革命党人同立宪派、维新派斗争手段的不同。前者是向朝廷毕恭毕敬地上书，“痛哭流涕”地申诉；后者则采取“罢市”、“罢课”，抗捐抗税和“流血”的武装斗争的手段。通过这个对照，写出中国资产阶级革命党人坚持的革命道路，表现了革命党人英勇的献身精神和牺牲精神以及他们不可泯灭的历史功绩。

但小说却也从另一方面真实地揭示了资产阶级革命党人所共有的脱离人民群

众的弱点。这在汪子宜身上表现得很突出。汪子宜虽然在群众运动中起了推波助澜的作用，但他的基本观点却是“民可由使之而不可由知之”。他认为那些参加到运动中来的下层劳动者甚至连那些“土粮户”、“生意人”，“都是无知识的愚民”，“愚民是不足与言下事的，自然更不懂啥子叫革命真谛，若是同这般人讲道理，不唯拴住太阳讲不清，还会犯孔夫子的戒律：不可与言而与之言，失言了”。

总之在中国现代小说中反映辛亥革命的小说很少，正面描写这个时期革命党人形象的作品就更少。但上述仅有的几个形象也基本上概括了资产阶级革命党人在不同时期的特征。就典型化的程度看，《药》中的夏瑜和《去国》中的朱衡写得较为成功。

二、五四以后的无政府主义党人

在第二个十年的巴金的小说中，出现了无政府主义党人的形象。这些栩栩如生的艺术形象，不仅生动地概括了中国五四时期到 30 年代一部分小资产阶级革命者的政治和思想的共同特征，而且真实地反映了无政府主义思想对中国社会的影响。

无政府主义早在 20 世纪初就被作为“社会主义”新思潮，经留日、留法学生和反清流亡者介绍传入中国。由于它是披着新思潮和社会主义外衣的小生产者的意识形态，而中国又是拥有广大小资产阶级的国家，所以，它在社会主义各派的思想中曾一度占着优势。从一九一七年到一九二六年，无政府主义小团体在中国大城市纷纷建立，如北京的实社、进化社、奋斗社、互助社、学汇社，上海的道社、民众社，南京的群社、民锋社，汉口的鸡鸣社、安社，广州的真社、素社，长沙的安社、星社等，都是无政府党的组织。这些组织的共同特点是人数少（有的仅有二三人），组织涣散（没有统一的领导和组织章程的约束，甚至负责人也无主次之分），缺乏思想行动的一致性（成员各行其是，思想极为混乱），所以，在军阀政治的压迫下，其结果总是挫败或解体。无政府主义者的世界观是改头换面的资产阶级世界观。他们的个人主义理论，他们的个人主义理想是与社会主义直接对立的。但在五四时期和三十年代，中国不少进步知识分子，包括一些革命的急进民主主义者，都曾受过无政府主义的影响。随着马克思主义与工农运动的结合，特别在五卅运动以后，许多无政府革命党人在实践中逐步抛弃原来的信仰接受了马克思主义真理，而另一些人则沿着反马克思主义的道路走向反动营垒。

巴金是一位曾受过无政府主义思潮影响的革命作家，在少年时期他就读过克鲁泡特金的《告少年》，廖抗夫的《夜未央》和高德曼的文章，从这些著作里接受了无政府主义的影响。一九二七年到法国后，他翻译了克鲁泡特金的《伦理学的起源和发展》(上卷)，开始和无政府主义党人交往。他在法国创作的第一部中篇小说《灭亡》(1929年)就取材于无政府党人的生活，后来又写了同样题材的小说《新生》(1933年)、《死去的太阳》(1930年)、《化雪的日子》《利娜》(1934年)和《雾·雨·电》(1931—1933年)等。在这些小说中，作者以热情横溢的画笔描绘了一系列小资产阶级革命党人生动鲜明的艺术形象，如《灭亡》和《新生》中的杜大心、李冷、李静淑，《死去的太阳》中的王学礼，《雾·雨·电》中的陈真、吴仁民、李佩珠和敏，《化雪的日子》和《利娜》中的伯和、利娜和波利斯等等。

巴金小说中的革命党人都是一些同现实不可调和的叛逆者和反抗者、无政府主义的信仰者和殉道者；他们的全部感情是对人类的爱和从这爱出发的对于人生的憎；他们的全部言词都是关于人类爱的说教和对于罪恶人生的诅咒；他们最高尚的行为，是为信仰而献身。

杜大心是《灭亡》(1929年10月开明书店出版)中的主人公，他和其他小资产阶级革命者一样开始也曾怀着对个人幸福的热烈追求去敲人生的大门，结果被人生的爱和幸福所抛弃。他们正是带着对个人幸福的绝望走向反抗现实的道路，参加了"社会主义革命团体"。他感情里倾注着对现实人生的憎恨，他诅咒着无爱的旧世界的灭亡。他说："至少在这人掠夺人，人压迫人，人吃人，人骑人，人打人，人杀人的时候，我是不能爱谁的，我也不能叫人彼此相爱的。凡是曾经把自己的幸福建筑在别人的痛苦上面的人都应该灭亡。"他认为在这无爱的世界里，只有叫人相恨，才使人们"不会被骗、被害、被杀"。但他这对人生的恨，却是基于对人类的爱。他说："我已经敲遍了人生的门，但每一扇门上都涂满着无辜受害者的鲜血。在这些血迹未被洗去以前，谁也不配来赞美人生。"这就是说，他所以憎恨和诅咒人生，是因这人生变成了涂满无辜者的鲜血以残暴代替了欢爱的屠场。他不施爱于人生，也不接受人生的爱，认为一个革命者的命运是"监禁和死亡"，根本没有享受个人幸福的权利。他决心做一个"为同胞复仇的人"，"以自己壮烈的牺牲去感动后一代"来继承他的工作。他给自己提出的任务是"担起人间的恨和自己的恨来毁灭这个世界，以便新世界早日产生"；"拿自己的痛苦的一生做例子，来煽动人们的恨"，使"吃人的主人和自愿被吃的奴隶们早日灭亡"。正是在上述思想指导下，他于张为群被军阀枪杀后，便采取了暗杀"戒严司令"的行动。但他那复仇的子弹未有使司令致死，却徒然毁灭了自己的性命。杜大心说："凡我用笔写过的，我都应该用行为表现出来。"他终于实践了他的诺言。

李冷和李静淑是杜大心的同志，他们的革命行为是在杜大心的影响下产生的，可以说是杜大心信仰新生的象征。

李静淑爱杜大心，但并不理解杜大心的思想和信仰。她认为他那以恨来毁灭世界的思想同她爱人类的思想是完全矛盾的，因而是可怕的。她曾企图用少女纯洁的泪水浇灭他心中恨的火焰，但终于失败了。杜大心的死使她真正理解了他的思想，认识到他的恨人生，正是基于对人类的爱，他的恨人生同她的爱人类在根本上是一致的，爱人类正是杜大心恨人生的出发点。从而她更爱杜大心了。她要用行动把杜大心的信仰复活在“事业里”。于是便抛弃个人的幸福，同张文珠搬进工厂献身于工人运动，在斗争中被捕入狱，也毫不畏惧。

李冷原是一个悲观主义者，杜大心的死震动了他，后来在李静淑、张文珠的鼓励下，到机器工人中间开办学校，组织工会，领导罢工，最后终因组织电灯公司工人罢工而遭军阀逮捕。当他听到军阀下令枪毙他的消息时，他沉着自若，视死如归。他说：“为人类谋幸福，必须付出这个代价，这牺牲正是我们的胜利。”他认为做一个革命者，就只有两件事：勇敢地奋斗，勇敢的就义。正如李静淑从杜大心对人生的“恨”中看出对人类的“爱”一样，李冷从杜大心生命的“灭亡”里看出信仰的“新生”。他相信一个革命者的生命是永存的；因为他“爱群体”，爱人类，已经把自己的生命放在“群体”的生命里了。于是他面对死神自豪地说：“我决不会灭亡，我的死反会给我带来新生。”

王学礼出现在《死去的太阳》[①]里，他是五卅时南京工人运动的领袖人物。当罢工在资本家和军阀的压迫下遭失败，部分工人被迫复工时，他怀着强烈的复仇情绪，带领少数激进分子夜间放火烧了工厂，结果当夜被捕枪杀。他在刑场上面对敌人的枪口，像一头强暴的狮子，怒气逼人，烈焰冲天，完全压倒了敌人。但他的行为纯然是受了在绝望中产生的破坏和复仇情绪的支配，对革命并无积极作用。如他鼓动工人说：“一条疯狗，挨了打，它的嘴咬到人，人就会死。难道你们连疯狗都不如吗？”这种复仇和破坏性的英雄行为体现了小资产阶级个人反抗的特点。

敏是《爱情三部曲》[②]里的革命党人，出现在《雷》里，牺牲在《电》里。他和杜大心一样都是在革命遭失败时，决心与敌人同归于尽的英雄。杜大心愤于张为群的死，而暗杀戒严司令；敏则怒于明的牺牲，而行刺城防旅长。其结果都徒然牺牲了自己的生命。他说：“我的血每夜每夜都在叫，我知道这是那些朋友的血，他们在唤我。我眼看着许多朋友慷慨地交出生命，他们为信仰没有丝毫的犹豫。我不能做一个吝啬的人。”他认为“没有一次牺牲是白费的”，“没有一滴血是白流的”。他真诚的相信他的牺牲是值得的。

---

① 1930年开明书店出版。

② 其中《雾》是1931年新中国书局出版，《雨》是1933年良友图书公司出版，《电》是1935年良友图书公司出版。

从杜大心到敏，有一个共同的特点，这便是都具有同旧世界不可调和的叛逆精神和甘愿与敌同归于尽的牺牲精神。作者满腔热情地赞扬的正是这种精神。他在《爱情三部曲·总序》中说："这一群青年有良心，有热情，想做出一点有利于大家的事情，为了这他们就牺牲了他们个人的一切。他们也许幼稚，也许会常常犯错误，他们的努力也许不会有一点效果。然而他们的牺牲精神，他们的英雄气概，他们的洁白的心却使得每个有良心的人都流下感激的眼泪来。"但是，他们都还不是作者认为的最健全的人物。因为在他们的性格中都存在着热情和信仰的矛盾。他们虽然也在信仰的吸引下奋斗，但他们的言行往往直接受着热情的支配，有时甚至陷在激情的漩涡里不能自拔。作者对这些人物的态度是一方面赞扬其反抗精神和牺牲精神，而另一方面则揭示他们的热情和信仰的矛盾，用以说明信仰对于一个革命者是多么的需要。但他们的信仰和热情都是比较模糊和抽象的概念。

作者说："热情固然可宝贵，但是一味地放任着热情让它随时随地零碎地消耗，结果只有毁掉自己。这样的热情也许像一座火山，爆发以后剩下来的就只有死，毁了别的东西，也毁了自己。于是信仰来了。信仰并不拘束热情，反而加强它，但更重要的是信仰还指挥它。信仰给热情开通了一条路，让它缓缓地流去，不会堵塞，也不会泛滥。由《雾》而《雨》，由《雨》而《电》，信仰带着热情舒畅地流入大海。"①若说在杜大心、李冷、王学礼、敏等人物身上所反映的还主要是热情同信仰的矛盾，那么在陈真、吴仁民、李佩珠等人物身上则突出地表现了信仰对于热情的胜利。

陈真是一个典型的无政府主义的说教者和殉道者。在他身上充分体现出为信仰而献身的精神。他为信仰而抛弃父子之爱，从十六岁时就有了献身社会的愿望，毅然离开唯一的亲人——父亲，参加了"社会主义"团体。离家后他不但从未回家看望过父亲，甚至在父亲病死时，家中连来几次电报他都"不理"。他说："我这样做自己也感到痛苦，但我并不后悔。我这身子是属于社会的。我没有权力为了家庭就放弃为社会的工作。"他为信仰而牺牲个人的爱情，他在童年也曾领受过女性的爱，但那位"代替了他死去的母亲，第一次给了他以女性的爱的女孩"，在他十一岁时就死去了。从此，他便把对女性的爱献给了事业。当吴仁民等劝他接受蕴玉的爱情时，他回答说："我需要的是工作。……哪里还有时间去和女性讲恋爱。……我生在这世界上来，不是当作一件奢侈品……至于女性的爱护，这虽是值得愿望的东西，然而我没有福气享受它，还是让别人去享受吧。"他为信仰甘愿丧失自己的健康，他因工作劳累和营养不足而得了不治之症，他的家庭完全有条件治养。但他却不听同志们的劝告，不仅不休养，而且以加倍的工作对待自己的病体。他说："我现

① 《〈爱情三部曲〉作者的自白》。

在虽然得了不治的病，也许很快就逼近生命的终局，但是我已经把我的爱和恨放在工作里面、文章里面散布在人间了。我的种子会发起芽来，它会成长、开花结果。”总之，陈真是一个为信仰而献身的殉道者，他以献身的精神在人们的心田里撒播信仰的种子。所以当信仰在《雨》中萌芽时，他就以死来结束了他的使命。

陈真播下的信仰种子，首先在吴仁民和李佩珠的心里发了芽，并闪电般地开了花。

吴仁民原是一个一天也离不开女性的爱情至上主义者。官僚三次夺走他的爱人，造成他巨大的痛苦，当愤怒的激情支配他向情敌复仇、求得同归于尽时，陈真和李剑虹的教诲，拯救了他，使他由对情敌的憎而变为对制度的憎，由对女性的爱而变为对整个人类的爱，由对个人幸福的追求而变为对革命理想的追求。为实践他的信仰，他离开长期生活的S市到更需要他的F地参加革命斗争。转变后的吴仁民热情而理智，成为在青年中享有崇高威信的革命家。在他身上体现着信仰与热情的统一，显示了信仰的力量。

李佩珠是教授李剑虹的女儿。她很小就是陈真精神的崇拜者。她从陈真那里读了旧俄民粹派女革命家薇娜·妃格念尔的自传《回忆录》，深受薇娜英雄行为的感染，立志做一个薇娜式的女革命家。小说把她写成信仰的化身，“健全的女性”。热情既不能使她失去理智，爱情也不会使她陶醉，失败更无法把她动摇。她说：“我没有留恋，我也不害怕，我可以受一切打击。也许明天这个世界就会沉沦在黑暗里，然而我的信仰决不会动摇。”又说：“在这个地球上每天都有生命的毁灭。我也可以伸出手去毁灭一个生命。那个时候我的手决不会发抖。”作者把这个“健全的女性”比作女革命家苏非亚别罗夫斯卡娅，对她倾注了热烈的爱，说：“她给我的印象是一个极其平凡的女子。然而我相信她如果说一句话或做一个手势叫我去为理想交出生命，我也会欢喜得如同去赴盛宴。”[1]

以现实主义的手法真实地塑造了一批小资产阶级革命党人的艺术形象，丰富了中国现代小说的人物画廊，这是巴金的一个贡献。作者虽以满腔热情歌颂了这些人物令人钦敬的反抗牺牲精神以及对于信仰的忠贞，但却没有把他们人为的拔高为无产阶级革命者，而是通过人物各自不同的性格写出小资产阶级革命者在思想和政治上的共同特征。

首先，他们尽管口头上诅咒着资本主义社会，甚至嘲笑“小资产阶级”，但他们自己的世界观却是改头换面的资产阶级世界观。这世界观的核心便是以自由、平等、博爱为内容的人道主义和建立在共同人性基础上的人类爱的观点。作者在

---

① 《〈爱情三部曲〉作者的自白》。

《〈雨〉自序》中说："对于人类的爱鼓舞着我，使我有力量和一切挣扎。所以在夜深人静暗淡灯光下鼓舞我写作的并不是那悲苦的心情，而是爱，对人类的爱。这爱是不会死的。事实上只要人类不灭亡，则对于人类的爱也不会消灭，那么我的文学生命也是不会断绝的罢。"巴金正是把这样的观点赋予了他的小说中的英雄。从杜大心、李冷、李静淑到陈真、李佩珠、吴仁民，尽管性格各异，但他们观察事物及其言行的出发点，却无一不是对人类的爱。杜大心从爱人类而产生了对于无爱的人生的恨，他的恨恰恰是爱的最深沉的表现。至于李冷、李静淑等对人类爱的观点则完全是从正面表现的。他们认为爱是改革社会的力量和手段，只要人们把母子之爱，兄弟之爱，男女之爱都扩大而为对于整个人类之爱，用它"来改革这无爱的世界"，"使那许多一生领受不到爱的人都可以过着幸福的生活"，"沐浴在爱的阳光里"，那么，理想的社会就出现了；他们把爱当作革命者献身的支柱，相信一个人若爱人类，爱"群体"，把自己所受的爱注入万事万物中去，则他的生命将同人类和"群体"共存。陈真、李佩珠、吴仁民等更是人类爱的说教者。这种人类爱的哲学不是马克思主义哲学，因为它和无产阶级专政的学说是根本对立的。相反，它却成为无政府主义思想的哲学基础。无政府主义者反对"强权"，反对阶级斗争，主张平民"互助"的生活，而这人类爱正是他们实现其"互助"理想的武器。所以，他们改革的口号是："快燃烧着爱的火，去温暖那冰冷而将死的心"，"用我们的泪，灌溉这'自由'的种"①。

其次，他们虽然以社会改革者和解放者自居，并且为此英勇地献出自己的生命，但却没有看到改革和解放社会的真正的物质力量，因此，在政治上他们都是游离于群众运动之外的个人主义的反抗者。作为这种个人主义反抗者的突出特征是思想上充满着由于个人与革命、个人与群众的矛盾而产生的痛苦。这可以作者认为思想境界较高的陈真为例。

陈真的性格是孤独、忧郁，而铸成这性格的正是他思想的矛盾。陈真为事业献身的精神无疑是可贵的，令人钦敬的，他确对小资产阶级革命群众具有极大的感召力。但同时使人感到在这种牺牲精神里包含着巨大的个人的忍痛。他一方面为事业奋斗，一方面又为爱情和青春的牺牲而惋惜；他口里说"没有福气享受爱情"，但三个小资产阶级女性的面庞却经常出现在他的面前，使他感到一种诱惑的力量；他一边忍受着"牺牲的痛苦"拼命工作，一边却害怕他那"写过文章的手会腐烂成枯骨"，担心"从此再也没有人提起陈真这个名字"。可见，陈真是委曲地含着眼泪去牺牲爱情和健康及个人名利的，他那在"牺牲"掩饰下的个人主义思想还是很强烈的。

---

① 玄天《学汇的使命》：《学汇》第1期"自由之声"，1922年10月。

形成陈真性格的最根本的矛盾是他解放社会的理想同看不到解放社会的真正物质力量之间的矛盾。这个矛盾恰恰真实地反映了小资产阶级政治思想的共同特征。无产阶级革命者的一个突出特点是生活在群众之中，和群众鱼水相处，唇齿相依，随时用革命思想去团结和教育群众，使正确的思想和信仰通过群众的实践，变成改造社会的物质力量。而陈真这个信仰的传播者，却始终是脱离群众的孤独者。且不说他对劳动人民如何疏远，就是对身边的朋友、同志，他也表现了自己的孤傲。他的痛苦闷在心里，他的经历从不向任何人吐露，他给张若兰、李佩珠和秦蕴玉起了个"小资产阶级女性"的绰号，不但不去帮助她们进步，反而故意远离她们。由于脱离群众，看不到人民群众的力量，所以对于革命的前途也产生了虚无主义和悲观主义。他虽梦呓般地说："洪流会有一天来扫除一切，淹没一切，这洪水会洗出一个新鲜世界来。"但这洪水是什么，它什么时候到来，他却茫然无知，所以，他的斗争是盲目的。他只知道"在面前有一条走不完的长路"，他的任务只是在这条路上走。脱离群众是陈真悲观主义的根源。他和吴仁民一样，"感到那充满斗争的大城市"，"寂寞"的如同一个"大沙漠"，在这"沙漠"一样的世界里，唯一的安慰是对于已经死去的儿童时代的爱人"白衣少女"的回忆。他认为只有她还是自己的，也只有她才能而且才愿在他将趋灭亡边缘时，给他以安慰和同情。至于那些群众，那是他所不认识的人，他们不但不会同情和安慰他，反而会在他死后，"掩着鼻子"从他那爬出蛆虫来的枯骨前面走过。这是多么露骨的个人主义心理啊！以前曾有人以此批评作者歪曲了革命者的形象。其实这是错误的。因为这个人主义的心理，正是一般小资产阶级革命者共同的心理。作者真实地描写了它，恰恰是现实主义的胜利。

由于这些革命党人是脱离群众运动的孤独者，所以，他们对于社会的反抗就不能不是无政府主义者的个人反抗。无政府主义组织《实社》在其《弁言》中说："无政府至美也，共产至善也，欲成就之，盖未可以旦夕几也。吾人于是不能不先将无政府共产主义之观念，灌输于一般平民之脑海中，以促其自觉。灌输之方术，有激烈焉，有温和焉。前者以炸弹、手枪而为荆轲、苏非亚之行动，后者以教育、言论勤其感化，求大多数之同智同德。两者初似不相侔，实则并行而不相背。"巴金小说中的小资产阶级革命党人，都是按照上述两种"方术"进行他们的革命活动的。他们有的是"温和"的信仰的说教者（如陈真、李静淑、李佩珠、李剑虹等），有的则是"激烈"的荆轲、苏非亚式的刺客（如杜大心、敏等）。他们虽有一个团体，但却没有领导和纪律，每个人的言行丝毫不受团体和领导的约束，而都是绝对在个人自由意志的支配下进行的，就连他们惯用的暗杀行动，也全由每个人决定，别人只能劝说，而无干涉的权利。中国无政府主义者师复说："各国之无政府党，大抵只有自由聚集之场所，而无全体固定之机关，其性质不过俱乐部，其作用则传播聚谈而已，其集合亦完全自由，而无一切手绪……无政府党员之行事皆自由独立，不受指挥，不俟全体之决议。”①巴金小说中的革命党人，正是按照这个无政府主义的思想和组织原则形成的一群个人主义的反抗者。

和上述两个特征相联系的另一个特征，是这些小资产阶级革命党人都是一些悲剧人物。他们爱人类，为人类造福，但他们自己却都是被爱和幸福抛弃的人。他们正是从个人幸福的绝望中产生了毁灭旧世界同时也毁灭自己的反抗情绪。他们所追求的总是不能实现，他们的斗争总是以失败告终，牺牲几乎是他们每个人的归宿，而这牺牲换来的除了一个空洞的“信仰”而外，并没有起到动摇旧世界的积极作用。

在中国现代文学中出现的悲剧人物较成功的有三种类型：一种是鲁迅笔下的阿Q、祥林嫂等不觉悟的劳动者；另外一种是郭沫若历史剧中的屈原、如姬、高渐离等仁人志士；还有一种是巴金小说里的小资产阶级革命党人。他们悲剧产生的根本原因当然在社会，但从主观上来看，却完全在于革命者本身思想和道路的错误，即在无产阶级革命的时代，他们错误地采取了与马克思主义相背离的无政府主义的反抗道路，作者正是通过这些人物的悲剧命运，真实地暴露和批判了小资产阶级在政治上的软弱性，揭示了无政府主义破产的历史必然性。

三、共产党人

第一次国内革命战争以后，随着共产党人革命实践活动的展开，革命文学的提倡和共产党员作家的涌现，在小说创作中出现了共产党人的形象。这些形象同资产阶级、小资产阶级革命党人的形象迥然不同，它们是根据无产阶级党性原则和现实生活塑造的理想人物，在他们身上体现着理想同现实的统一。但他们也不是超时代、超现实的神，在其思想性格中仍然深刻着时代和历史的烙印。

（一）

从一九二七年蒋介石叛变革命到一九三七年抗战全面爆发的十年，同前十年相比，阶级斗争形势发生了巨大的变化。这便是中国大资产阶级转到了帝国主义与封建势力的反革命营垒，民族资产阶级也附和了大资产阶级；革命营垒中原有的四个阶级，这时剩下了三个：无产阶级、农民阶级和其他小资产阶级（包括革命知识

① 凌霜《弁言》：《自由录》第1集，1917年7月。

分子)。所以,这时,中国革命就不得不进入共产党单独领导群众进行革命的新的时期。这个阶级斗争形势的特点,反映在政治思想上,便表现为工农群众和小资产阶级知识分子在共产党直接影响下的觉醒,而共产党人在政治生活中的突出作用,就是通过他们的政治影响,促进人民群众的觉醒,使其由自发斗争进入自觉斗争。

这一特征深刻反映在这个时期共产党人的艺术形象中。

蒋光慈是较早提倡革命文学的党员作家。也是最早描写共产党人的作家。他早在一九二五年创作的《少年漂泊者》①里,就生动地描绘了"二七"罢工的领导者共产党员林祥谦的宁死不屈的英雄形象。林祥谦是工人领袖,但小说并没有去描写他领导者的组织才能,而是仅仅选取他在敌人屠刀下宁死不屈这一典型性情节,突出表现了共产党员的崇高气节,并且通过汪中的感受,写出他的英雄精神对群众的深刻教育作用。但林祥谦毕竟不是小说着力描写的人物,它留给我们的只不过是一个恍惚而过的身影,而不是血肉丰满的艺术典型。真正从正面描写共产党人的小说,是他写于一九二七年的《短裤党》和写于一九三二年的《田野的风》。

《短裤党》描写的是一九二七年二三月间,上海工人阶级在共产党人的领导下,为响应北伐进军,而连续举行的三次武装起义。小说不仅通过斗争的艰难曲折以至胜利,歌颂了工人阶级的力量;而且,描写了共产党人的革命活动,展示了他们献身于人类解放事业的崇高共产主义思想品质,塑造了一系列共产党人的群像。

杨直夫是党的高级领导者形象。他在关键时刻首先发现并纠正了起义领导者指导思想上的严重错误,决定了继续武装起义的正确方针,终于把斗争引向胜利。政治上的坚定性和思想上的敏锐性是他的性格特征。前者表现为钢铁般的意志力,后者表现为高度的政治洞察力。正如他的爱人秋华所说:"他的意志如铁一般坚,思想如丝一般细。"他患有严重肺病,卧床不起,却从未停止工作。当别人劝他休息时,他回答:"我是一个怪人,工作一来我的病就没有了。"在武装起义的时候,他虽然躺在床上,但却全身心地关注着外边的斗争,"他希望暴动成功之心,比希望自己的病痊愈的心还要切些"。当起义失败时,他首先考虑失败的原因,并带病撰写文章总结教训,出席会议发言。这种在疾病和困难面前的坚强毅力,正是他政治坚定性的表现,说明他的确是"用特殊材料制成的人"。他在武装起义失败时,首先发现失败的原因是领导者的右倾思想,并且在一派失败情绪中敢于当机立断,提出再次武装夺权的主张;而待起义取得胜利后,群众面对红旗招展的伟大场景,为胜利而陶醉时,他却向他的妻子秋华提出继续革命的忠告。这种从失败中看到未来的胜利,在胜利中看到将来的斗争的高度政治预见,正表现了一个高级党的领导者

① 1926年上海亚东图书馆出版。

政治上高度的洞察力和敏锐性。

史兆炎是党的中层领导者形象。他是武装起义的直接的具体的组织者。他是党同广大工人群众间的枢纽，党的指示通过他不断变成工人群众的行动。他是一个埋头实际工作的人。共产党员为解放人类而献身的伟大理想，形成他思想性格的两个鲜明特征：这便是忘我的战斗精神和高度的原则性。他在斗争中从不畏惧困难和险阻，总是把个人利益甚至生命置之度外。他带着严重的疾病开会，演讲，作起义方案，累得吐血，还不停止工作。他“似乎是专为着革命生的，你叫他休息一下不工作，那简直如劝他不吃饭一样，他无论如何是办不到的”。“他早就爱着月娟”，但他认为“现在是努力工作的时候”，“没有闲工夫谈到爱情身上”，一直没有向她表白自己的心迹。在斗争中，他经历过许多危险，如在法国巴黎“打公馆”和“国家主义血斗”，回国后又冒着被逮捕杀头的危险同军阀斗，他都毫不畏惧。他患的肺病在当时是不治之症，但他仍然充满乐观主义。这种忘我的精神，坦荡无私的胸怀，正来自共产党人为解放全人类而献身的崇高理想。他的原则性，表现在第一次起义失败后，能按照唯物主义观点来分析失败的原因，以党的原则来对待犯错误的同志，用党的策略思想克服群众因失败而产生的过激或消极情绪；不是以感情代替政策，而是以党的原则来克制自己的感情。起义失败后，一部分同志，过于追究个人责任，产生懊丧情绪，他批评这种错误的态度。他说：“天下的事情有成功就有失败。事情未成功时，我们要它成功；既然失败了，我们就要找一个失败后的办法。……布尔什维克的做事是不应当灰心的。”还有一部分同志，反对起义失败后党所采取的暂时复工政策，认为这是向敌人承认自己的失败，是丢面子的事。史兆炎就用党的策略思想说服他们。

杨直夫和史兆炎这两个党的领导者形象的意义，在于说明党的正确思想对工人运动的决定意义。

李金贵是一个工人出身的普通党员形象。他是S纱厂的党支部书记。他出身贫苦，父亲是穷得无钱治病死的；十七岁的妹妹是被工头侮辱了而投水死的；他自己被巡捕殴打的伤痕还存留着，被工头吐在脸上的污辱还没有洗雪掉。他是带着阶级的深仇大恨走进党内来的。强烈的革命要求和阶级仇恨，铸成他热烈而忠诚的性格特征。他恨不得将旧世界“一拳打破”，在一个早上革命就获得胜利，建立起没有阶级压迫和阶级剥削的社会主义社会。因此，他始终以主人翁的姿态来参加革命，对党忠心耿耿。他正是怀着这种对革命急切的要求和对党的无限忠诚积极投入起义，在斗争中献出生命。这个工人出身的普通党员形象，具有一定的典型性，在他那热烈而忠诚的性格中显示出来的和革命生死同一的精神，正是广大劳动阶级出身的共产党员所共有的。李金贵的形象，真实地反映了中国工人阶级在党的影响下普遍的觉醒。

上述三个人物是中国现代小说中最早出现的共产党人形象。把他们同资产阶级和小资产阶级革命党人相比，可以看到具有着截然不同的特征：他们没有资产阶级那种复杂的个人主义的内心矛盾和痛苦，而永远充满着革命的乐观主义，他们不再迷恋于空泛的信仰，而有着明确的共产主义理想和为理想而奋斗的精神。但由于时代和作者生活及艺术实践的局限，使这些艺术形象都存有明显的缺陷。从艺术上看，由于缺乏个性的描绘和内心世界的剖析，致使人物没有丰富的肉血和鲜明的个性特征，带有概念化的倾向。从思想上看，还带有教条主义和无政府主义的影响。前者表现为杨直夫、史兆炎等党的领导者的空洞说教，后者则表现在翠英这个人物的一系列行为中。这些缺陷在作者此后创作的中篇小说《田野的风》中得到了很大的克服。

《田野的风》以一九二七年大革命前后农村革命运动蓬勃发展、阶级斗争极端尖锐复杂的形势为背景，表现了广大农民群众在党的影响和领导下的觉醒和斗争。小说比较成功地塑造了农会会长张进德和自卫队队长李杰两个共产党人的形象。

张进德出身于矿工，因在矿上领导罢工，遭敌人谋害，被迫回到故乡。农会成立后，他被推为会长。长期复杂的阶级斗争，把他锻炼成一个成熟而老练的革命者。他有丰富的阶级斗争经验和清醒的头脑，能正确地掌握党的政策和革命的策略。如农会会员小抖乱和癞痢头无故打死关帝庙的老和尚，在一般会员看来无足轻重，但他却认为这是破坏政策的行为，它必然会造成敌人攻击和破坏农会的缺口，因此，严肃追查并批评了犯错误的人，并以此对会员进行政策教育。又如自卫队干部李木匠为了考验地主出身的李杰，逼李杰下令放火烧李家大楼(李杰的家)，他发现后立即去质问李杰，对自卫队干部违反政策的行为表示极大的愤慨。他善于联系群众、组织群众，通过事实来启发群众的觉悟。他在对俘虏的审讯中，发现俘虏中有位受地主蒙蔽来捣毁农会的长工，就当场教育释放。这件事情深深教育了穷苦出身而长期被地主欺蒙的何三宝。使他在释放后，立即表示要加入农会。他性格的突出特点是对革命的坚定性。当“大人物叛变革命的消息传来后，李杰、月素都表现出失望和忧郁”，因为他们预感到农民运动将会随着整个革命事业危机而毁灭。但张进德的情绪却和李杰、月素等形成鲜明对照，他的回答是：“管他呢，我们干我们的，只要我们还有一口气，就应当勇敢地干下去!”革命的坚定性，是无产阶级党性的高度体现，也是张进德这个人物性格的主要特征。

张进德是现代小说中第一个较为成功的农民运动中党的基层领导者形象。他以鲜明的个性体现着无产阶级的党性，真实地反映了党对于农民的觉醒和斗争所起到的决定作用。但在小说中作者对这个人物着笔较少，描写他的行动多，而对精神世界的挖掘还很不够。因此，人物的情感尚不丰富，思想还不够深刻，甚至还有些自然主义的痕迹，如写他说粗话、骂人等。

李杰是剥削阶级出身的知识分子党员形象。他出身地主家庭，父亲是个绅士。他参加革命的原因，首先是时代潮流的影响，也就是党的影响，他在学生运动中逐步认清了社会的黑暗和青年的真正出路；其次是他本身就是封建家庭的受害者，他所爱的贫农女儿兰姑因受李家封建家庭的迫害而死，这就形成了他与家庭的冲突，兰姑的死，直接促使他背叛了家庭，出走参加了革命军；也是党的影响使他看清了革命军中潜伏着反革命危机，于是就辞去军中职务回到乡下来从事根本的革命工作。农民因他是地主的儿子，开始不信任他，他就用自己的行动取得农民的信赖，当了自卫队队长。李杰形象的典型意义，在于真正地表现了小资产阶级中的一类知识分子在党影响下思想的觉醒和在斗争中前进的艰苦历程。这个人物写得比较有血有肉，但却存在着小资产阶级情调。

胡也频的长篇小说《到莫斯科去》①(1930 年)和《光明在我们前面》(1930 年)也是这个时期描写共产党人形象的重要作品。但这两部小说都是当时风行的革命加恋爱一类的作品。《到莫斯科去》通过小资产阶级女性素裳的觉醒写共产党人在小资产阶级中的政治影响。共产党人洵白是一个热情的知识分子，他大学毕业后为革命四处奔波，从南方来到北京后同具有新思想的小资产阶级女性素裳发生了爱情。素裳原出身于农村劳动家庭，后来到城市与官僚徐大齐结婚，但那"纸迷金醉"的物质生活给她带来的是精神的痛苦，丈夫耽于政界的争权夺利的政客作风，更使她厌恶。她感到在黑暗里沉沦的悲哀，她在悲哀里挣扎，但却看不到光明，找不到出路。正在这时，洵白在她的面前出现了。当洵白了解素裳的痛苦心境后，便在一个共产党人高度责任感的支持下，勇敢地向这位被官僚囿于身边的女性伸出援助的手。他教她读马克思主义的书，向她宣传革命的道理，讲述自己的革命生涯。他那共产党人鲜明的政治观点，伟大的理想和高尚的情操深深影响和感召着这位无路可走的女性，使她从沉沦中觉醒起来。她从洵白身上，看到人间的光明和出路，认识到共产党人是灵魂最美的人，共产党人从事的革命事业，是最光明的事业。因此，她便决定离开她原来的丈夫徐大齐，根据党组织的意见，跟着洵白到无产阶级革命圣地莫斯科去考察。这里写的既是爱情的选择，也是人生道路的抉择。小说正是通过素裳道路的抉择写出共产党人洵白对于素裳思想的深刻而巨大的影响。洵白并没有实现到莫斯科去的理想，就被徐大齐告发而遭反动政府枪杀。他的牺

① 1930 年 6 月光华书局出版。

牲，从表面看是爱情的悲剧，但实质上对刚刚觉醒的素裳起了进一步激发革命感情和坚定斗争意志的积极作用。正是在洵白牺牲精神的激发下，素裳才下了最后的决心，放弃自杀和杀死徐大齐的念头，毅然离开北京到上海找党组织，继续走洵白的路——到莫斯科去。但小说重点在描写素裳的觉醒，对洵白的革命活动和丰富的内心世界未展开描写。因此，洵白这个人物的个性还不够突出，精神也缺乏感人的力量。

《光明在我们前面》[①]写无政府主义者白华在共产党人刘希坚影响下的转变。刘希坚和白华是一对相爱的青年，但信仰的不同成为他们之间的障碍。他们见面，总是始而热情交谈，继而争论不下，终于不欢而散。刘希坚爱白华，但更爱共产主义信仰，他坚持真理，而决不做爱情的俘虏。作品通过爱情同信仰的矛盾显示了刘希坚高度的党性原则：他没有个人的需要，他所需要的只有工作的成功；他没有别的希望，只希望全世界无产阶级都站起来。他坚持理论同实践相结合的原则，反对无政府主义的空谈，用事实教育白华，终于使她认识到只有马克思主义才是革命真理，从而放弃无政府主义信仰而转向共产主义。小说一方面通过白华的转变深刻揭示了一个规律：共产主义思想必然战胜无政府主义和一切非科学思想，而成为革命的指南；一方面通过刘希坚的形象歌颂了共产党人追求真理的无私无畏的精神。刘希坚是一个热烈而执着地追求马克思主义真理，严格地一丝不苟地以马克思主义为行动准则的共产党人。他的党性集中表现在对于马克思主义真理的坚贞的信仰和坚定的实践。他有“热烈的心肠，冷静的头脑”，在他身上，革命热情同科学态度、理论信仰同革命实践、个人利益同革命利益做到很好的统一。

但由于作者企图通过爱情与信仰的矛盾来表现刘希坚的性格，所以小说虽然以“五卅运动”为背景，但却没有将人物放到当时壮阔而激烈的阶级斗争中去描写。这不仅造成作品内容的单薄，而且也不可能使刘希坚这个形象真正站立起来。

叶紫的中篇小说《星》中的农会副会长黄是一个具有一定典型性的党的农村工作者的形象。他和《到莫斯科去》里的洵白一样，用自己的爱和牺牲激发和感召着在封建樊笼和地狱里生活的梅春姐，终于使她走向觉醒和革命的道路。

其他如茅盾的《蚀》和《虹》，叶圣陶的《倪焕之》等都是描写小资产阶级知识分子在党的影响下觉醒和斗争的作品。在这些小说中也有共产党人的形象出现。如李克（《蚀》）、梁刚夫（《虹》）、王乐山（《倪焕之》）等。但这些人物在作品中居于很次要的地位。他们的思想性格均未得到完全的表现，有的仅仅是一个影子。但这些形象的出现，却也真实地反映了党在知识分子中的影响，是知识分子从自发走向自觉的一个重要标志。

---

① 1930年10月春秋书店出版。

此外，在这个时期还有一些作品描写了共产党人的形象，如郭沫若的《一只手》①，老舍的《黑白李》②和丁玲的《某夜》等。但这些形象都不算成功。《一只手》中的共产党人培克有明显的概念化倾向。《黑白李》中黑李形象很模糊。《某夜》则仅仅描写了一群革命党人就义时的场景。

综观这十年中小说里的共产党人形象有以下几个特点：

(1) 他们大部分是知识分子出身的党员，一般都缺乏同群众特别是工农群众广泛的血肉联系。在他们身上都或多或少存在着小资产阶级的思想和教条主义的思想。

(2) 他们大部分不是作品中处于矛盾中心的主人公，也不是以社会斗争公开的组织者和领导者的姿态出现，而是以隐蔽形式出现的一些革命的启蒙者，他们的主要作用在于用党的先进性促使群众的觉悟。

(3) 他们中还未有真正有血有肉、生动丰满而又深刻的艺术典型。

这些特点，正是由那个时代的政治和文学的状况所决定的。因为党和党领导下的革命文学当时都还处在幼稚的时期。这些由于时代所造成的局限性，在以后的十年中，特别是从一九四二年延安整风运动和《在延安文艺座谈会上的讲话》发表以后，都得到一定程度的克服。一九三七年到一九四九年这十年期间出现的共产党人形象则具有着全新的面貌。

(二)

从一九三七年到一九四九年的十年，在我们党的历史上是一个光辉的里程碑。这不仅是因为在陕甘宁解放区党已经成为全面领导革命和建设的执政党，而且因为党经过一九四二年延安整风运动，清算了王明路线的影响，确定了毛泽东思想的领导地位。在整风运动中，毛泽东同志发表了《改造我们的学习》《整顿党的作风》《反对党八股》和《在延安文艺座谈会上的讲话》等一系列重要文献，号召全党："反对主观主义以整顿学风，反对宗派主义以整顿党风，反对党八股以整顿文风"。经过这次马克思主义的教育运动，全党以毛泽东思想为基础制定了新的政治路线、思想路线和工作路线，面貌焕然一新。这深刻的变化，非常鲜明地反映在这个时期出现的共产党人的形象中。

这个时期描写共产党人的小说，几乎全部产生于解放区。其中除丁玲的短篇《夜》外，其余描写共产党人形象的作品如赵树理的《李有才板话》(1943 年)、《李家

---

① 1928 年《创造月刊》1 卷第 9—11 期。

② 1934 年 1 月 1 日《文学季刊》创刊号。

庄的变迁》(1945 年)、欧阳山的《高干大》(1946 年)、柳青的《种谷记》(1947 年)、邵子南的《地雷阵》(1944 年)和《阎荣堂九死一生》(1944 年)、周立波的《暴风骤雨》(1948 年)、丁玲的《太阳照在桑乾河上》(1948 年)、刘白羽的《火光在前》(1949 年)和《战火纷飞》(1949 年)等等,都写于一九四二年以后。这些作品中共产党人的形象大都是党的各级干部。

丁玲的短篇小说《夜》,写于一九四一年,是这个时期的第一篇描写共产党人的小说。小说中塑造了一个解放区民主改革时期农村基层干部的形象——乡指导员何华明。何华明是一个农民党员,在他的思想意识中还残存着落后的农民意识,但在党领导的民主改革斗争中,他以共产党人的标准严格要求自己,敢于用党的无产阶级先进思想去克服农民的自私和保守思想。小说通过他对公私问题和婚姻问题的处理以及对待新生事物的态度,真实地写出他思想性格的特征:公而忘私、严守纪律和善于接受新事物;深刻反映了在民主改革时期新旧思想的激烈斗争,以及农村基层干部在党的培养教育下的进步和成长的艰苦过程。

但作品过分地强调了人物内心新旧思想的矛盾斗争而对于共产党人的优秀品质的表现则显得着力不够。

在这个时期出现的较为成功的共产党人形象是《李有才板话》中的老杨,《高干大》中的高干大和《暴风骤雨》中的肖祥。

《李有才板话》写于一九四三年。它以崭新的内容和形式显示了延安文艺整风运动的实绩,通过老杨这生动的艺术形象反映了延安整风运动以后党的思想面貌的深刻变化。一九四三年左右,党为取得抗日战争的胜利,调动群众的积极性,在陕甘宁边区农村开展建立民主政权、减租减息和锄奸反霸的民主斗争。《李有才板话》描写的就是党在领导这场斗争中所表现出来的新的思想路线和工作路线。小说写了两种党的领导者形象:一种是区里的章工作员,他是脱离群众的教条主义者和官僚主义者;另一种是县农会主席老杨,他是具有丰富斗争经验联系群众的农村党的领导者形象。作品通过两个人物的鲜明对照,批评了教条主义、官僚主义作风,歌颂了联系群众、依靠群众、一切从群众利益出发,走群众路线的党的优良作风。

阎家山的村政权长期被地主阎恒元把持。村长是阎恒元的侄子喜富,他在旧社会"当过兵、卖过土","当车行、卖寡妇",是一个被称为"一只虎"的恶霸;村农会主席是"舌头跟着恒元转"的地主狗腿子张得贵。他们在地主阎恒元的嗾使下,贪污盗窃、徇私舞弊,从政治上、经济上欺压阎家山小字辈的穷苦人。章工作员受区委指示来到村上改革新政权,工作作风不深入,被阎恒元蒙蔽。他虽撤换了贪污公款的阎喜富,但阎恒元仍然利用操纵选票的方法把干儿子广聚选为新村长,并对新选上的其他两位村干部软硬兼施，把他们变成了“自己”人。阎家山的政权仍然是地主的政权，他们公开打击排斥贫下中农、保护地主的利益。章工作员却将这阎家山誉为“模范村”，骗取了县政府的“嘉奖”。

县农会主席老杨来阎家山检查秋收工作。他的作风和章工作员形成鲜明对照。章工作员不深入群众，只听取干部汇报，得出的结论是：“恒元是开明绅士”，“干部工作积极、细致，完成任务甚为迅速，堪称各村模范”；老杨却根本不受这结论的束缚，认真向群众作调查研究。由于他作风朴素、立场鲜明，很快就取得群众信任，弄清村里的阶级斗争情况。他决定重新发动群众进行斗争。在如何斗争的问题上，老杨不像章工作员那样采取包办的方法（将阎喜富捆上区里），而是同积极分子一起分析研究从调查得来的材料，从实际情况出发，考虑大多数群众的利益，根据党的政策，确定斗争目标。这便是：“要叫恒元退出押地，退出多收的租米，叫喜富照县里判决的数目赔款，彻底改选了村政干部。”这个斗争目标是老杨将党的政策思想及他自己的斗争经验和阎家山的实际情况相结合的产物。它反映了老杨的精明和老练。因为阎恒元一伙所做的上述四件事，直接触犯了政府法律，破坏了党的政策，抓它来斗，斗得有理；群众在这四件事上吃亏的是大多数，解决了这四个问题，就使大多数群众在政治上、经济上抬起头来，抓住这四件事斗，斗得有利。斗争目标确定以后便是组织群众、成立农会。在如何组织群众的方法问题上，杨、章也不同：章采取自上而下的方法（开大会宣布一个农会主席，然后报名），而老杨则采取由下而上的方法，先由少数可靠的积极分子在群众中秘密串连发展会员，然后再召开会员大会选举主席，这样就使农会既保证了纯洁性，又作到有广泛的群众基础，真正成为劳动农民自己的组织。

老杨是我国40年代党的农村基层干部的典型形象。他的正确的思想和工作路线体现着党同广大人民群众的血肉联系。说明路线确定以后，干部就是决定因素，党的干部只有执行正确的思想和路线才能真正实行对于农民的领导。

《高干大》中的高生亮（高干大）是一个农民出身的普通党员形象。全心全意地为人民服务是他思想性格的核心。高干大出身贫苦，在旧社会只念过一年蒙馆，从十三岁就当学徒，站栏柜，跑包头和太原，二十五岁因穷得没办法，才领老婆孩子到豹子沟种地。一九三五年红军领导土地革命时，他打过仗、负了伤。一九三六年解放区开展合作社运动，他当了任家沟合作社副主任兼推销员。

任家沟合作社主任任常有是一个因循守旧、虚荣心严重的官僚主义者。他办社的方针是消极按“上级指示”办事，因此，他办了五年合作社只增加了群众的“革命负担”。高干大和任常有完全不同，他根据群众的需要，为改变家乡农民的贫穷、疾病和落后，办起群众真正欢迎的合作社。高干大合作社的迅速发展，给人民带来了好处，同时也引起了斗争，产生了种种障碍。这便是：其一，医药社的发展引起神巫的不满，他们造谣言，施诡计，利用农民的迷信落后思想，破坏合作社，加害高干大；其二，高干大合作社的发展，使任常有的合作社濒于垮台，这就触犯了任常有的虚荣心，于是，他便同区长相结合，加高干大以搞资本主义、破坏任家沟合作社的罪名，进行打击。高干大为人民服务的思想性格，就是在同上述反对势力的艰苦卓绝的斗争中表现的。

高干大是一个具有崇高理想的实干家，他把"改变家乡的贫穷、多病和落后"作为"毕生理想"，奋斗不息，办合作社就是他实现这个毕生理想的一项具体的革命实践。他从毛主席著作里知道，中国的老百姓之所以这么穷，这么落后，这么受欺负，是因为有两大敌人的缘故；中国老百姓要翻身，不仅要在政治上、军事上打倒两大敌人，而且还要从经济上改变两大敌人给人民的贫困和落后，革贫困落后的命，组织合作社便是毛主席指出的革贫穷落后命的正确道路。他对这条道路充满着理想和信心，几乎成了"社迷"。为办社，他不仅丢了自己的家，误了儿子的婚事，害得未婚儿媳"掉下了火坑"，而且得罪了合作社主任任常有，惹下了神巫郝四儿，还跟伙计罗生明吵了架，更严重的是同顶头上司区长、乡长也都闹翻了。从一些庸俗人的眼光看，高干大是"孤立"了，何尝是孤立，简直被他那一意孤行，碰得头破血流，害得众叛亲离！他自己确也曾为其处境痛苦思考，以致彻夜不眠。但为人民服务的崇高理想给他以鼓舞力量。他终于更加坚定了办社的决心："为了合作社，为了老百姓，他就是得罪了再多的人，就是拼了这条老命，他死也得死在合作社！"

高干大办社遇到的障碍是巨大的。不但神巫利用农民的封建迷信思想趁机搞破坏，而且以区长程浩明为代表的官僚主义者和教条主义者也利用群众和干部中因循守旧的保守思想公开反对他。高干大面对困难，毫不畏惧，表现了共产党员为人民利益英勇斗争的美好品格。他蔑视反对派的气势汹汹，他要学那希腊神话里的英雄安泰把群众当作"地母"，决心和她抱在一起去战胜那些怀疑、阻碍和反对革命的势力。对人民热烈的爱，在这里表现为对危害人民的坏人坏事的强烈的憎。当他听到神巫郝四儿造谣中伤合作社时，无法抑制心中的愤怒，竟然亲手打了郝四儿两个耳光。在"围剿"闹鬼的神巫时，区长对高干大怀有成见，决定不让他参加，又一次激起他的愤怒，这愤怒的原因是官僚主义者剥夺了一个共产党员向敌人作斗争的神圣权利，他说："我不止是一个合作社主任，我还是一个共产党员！凡是和老百姓切身利益有关系的事情，共产党员都该管，都能管，都要管！"他正是怀着这伟大的爱憎，以病老之躯，同神巫郝四儿在深山绝壁上殊死搏斗，以至相抱滚下了悬崖，几乎牺牲了性命。

高干大虽然是共产党员，但仍然残存有农民的思想意识。这些思想同他为人民服务的无产阶级的思想意识是相矛盾的。为人民的利益勇于改正和克服自己思想中的落后意识,敢于向自己的缺点和错误作斗争,是高干大思想性格的又一突出特征。如郝四儿曾利用他残存的迷信思想制造谣言,攻击合作社和他本人,使革命遭到损失;但经区委书记批评后,他立即醒悟到自我改造的必要性和迫切性。他的另一错误是帮助村里办学校时请私塾先生向孩子进行封建思想教育。这件事也被反对合作社的人抓住大造舆论。在区委书记的帮助下,他挖了好心办坏事的思想根子是自己文化落后,从此,他便更加注意学习了。总之,由于他有全心全意为人民服务的崇高理想,时刻把人民的利益放到高于一切的地位,所以在批评面前他确像一个听话的"小娃娃",在他身上充分体现了一个共产党员在改造客观世界的革命实践中改造主观世界的高度自觉性。

高干大是我国40年代的小说创作中出现的一个较为成功的农村普通共产党员的艺术形象。在他的丰富而独特的个性里概括了延安整风运动以后共产党员共同的思想面貌——全心全意地为人民服务。他的思想性格深深打着时代和阶级的烙印,而且随着环境的变化而不断发展。正如作者所说:"他原来是一个十足的农民,后来逐渐变成一个共产党员,但是还没有变完。现在他大半个是共产党员了,小半个还仍然是农民。"这就形成他复杂而独特的性格特征:"他识字不多,他的革命知识,他的农业、工业、商业的知识,可是渊博得很。他个儿很大,可是野心很小。他面貌丑陋,可是心地和善。他脾气暴躁,可是办事细心。他说话粗鲁,爱顶撞人,可是有时心软像婆姨家、听话像小娃娃。有些事情很激进,有些事情很保守。他不信没有见过的东西,但对于鬼神却不能彻底否定。"总之,高干大是陕甘宁边区那"贫穷脊薄的土壤里",经过毛泽东思想的光照而成长起来的平凡而伟大的英雄。平凡而伟大就是他的个性。他不是一个负了很重要责任的领导者,也不是一个十全十美的人,他是群众中的一员,同群众、同时代,同出生他的土地有着血肉联系。在他身上既集中体现着共产党员的优秀品质和崇高理想,而又反映着普通劳动者,特别是农民群众的优点和弱点。他是40年代中期陕甘宁边区那个典型环境中的典型性格。

《暴风骤雨》中的萧祥,是有着为人民服务大志的群众政治家的艺术形象。他既有高瞻远瞩的政治家的伟大胸襟,又有脚踏实地的实干家的实干精神;既有马列主义理论,又有丰富的实际工作经验;既充满着革命热情,又具有科学的求实态度。他是毛泽东思想的忠实的实践者,在他身上充分地显示了用毛泽东思想武装起来的党的新一代领导者的特征。

萧祥虽然仅仅是一个土改工作组组长,具体领导元茂屯等几个村的土地改革斗争。但他却把眼前的、具体的工作和斗争,同整个革命事业、同过去和未来联系起来，真正理解并懂得了它的意义。他认为土地改革是一场史无前例的革命暴风雨，它的目的绝不止为改变农民的贫穷地位，而且是为完成国民革命的总目标，改变整个中华民族的命运。他说："彻底消灭封建势力，就是彻底消除几千年阻碍我国生产发展的地主经济。地主打垮了，农民家家分了可心地。土地的问题初步解决了，扎下了我们经济发展的根子。翻身农民在共产党的领导之下，会向前迈进，不会再落后。记得斯大林同志说过：'落后者便要挨打。'一百年来的我们的历史，是一部挨打的历史。一百年来，我们的先驱者流血牺牲渴望达到的目的，就是使我们不再挨打的目的。"他正是怀着这崇高的革命理想，以宏伟的气派，投入这场革命的暴风骤雨。他耐心地宣传组织农民，艰苦地进行复杂的阶级斗争，严肃地一丝不苟地贯彻党的政策，呕心沥血地培养积极分子，把困难、艰险当作革命途中的泥丸，将工作和斗争视为自己生活中的幸福和慰藉。他是群众的先生，随时把革命理想变成群众的革命实践；他又是群众的学生，常常被群众的思想行动和力量所感动，如当他目睹农民得到土地的兴奋心情时，他这个从不轻易流泪的"硬汉子"，竟被感动得"两眼潮润"、"眼角吊着两颗眼泪"，"这眼泪不是悲伤，而是我们这一代的有着为人民服务的大志的群众政治家的欢喜和感动的标志"。

萧祥的政治家的胸襟还表现为他具有政治远见和革命的全局观点。他把用无产阶级思想教育农民作为一个根本问题来抓，精心培养了赵玉林、郭全海等一批"诚实干练，为工农解放事业抱有牺牲一切的决心"的积极分子。赵玉林为保卫胜利果实光荣牺牲；郭全海为实现人类解放大目标，舍离新分的土地和新婚的妻子，参军奔赴战场。对于赵玉林的牺牲，萧祥不像一般人止于悲痛和惋惜，而是想到他牺牲的更为深远的意义是："一籽落土，万籽归仓"。因此，他便借开追悼会号召群众学习赵玉林为工农解放事业而献身的精神，使无产阶级思想在农民中深深地扎下根子。教育农民的工作不仅保证了土改运动的胜利，而且为未来农村社会主义革命作了思想和组织准备。所以这是一项根本的工作，萧祥特别注意抓这项工作，正表现了他的政治远见。对于郭全海参军，萧祥曾一度产生舍不得的念头，但他立即认识到"舍不得"后面隐藏着"本位主义"思想，即想"把好干部留在自己工作的地区，使这儿的工作做得漂亮些"；这种"不顾及全体，忘了战争"的本位主义思想，"实际上是个人主义的扩大"，他想："为了全中国的解放，咱们工农阶级得把最有出息的子弟送进部队去。咱们党得把最优秀的党员派往前方。"这里表现了一切从革命全局出发的政治家的伟大胸怀。

在萧祥性格中政治家的高瞻远瞩和实干家的脚踏实地作到了有机的统一。他的脚踏实地的实干精神主要表现在：（1）总是站在斗争前列，带领群众战斗，在斗争中既是指挥又是战士，如进村后，亲自到群众中去调查研究，获取第一手材料，取得领导权；在打土匪时，直接指挥战斗；在分配胜利果实和培养积极分子工作中，也都亲自去掌握党的政策，作深入细致的政治思想工作。(2) 长期的革命实践培养了他实事求是、联系群众、一切从实际出发的作风；在他身上没有丝毫教条主义和官僚主义的痕迹，而充分显示了群众政治家的特色。(3) 他具有高超的领导艺术，不但谙于从群众中来到群众中去的工作方法，而且善于把握群众运动的火候，不断将斗争引向深入，更能发现群众中的先进因素和首创精神，随时发扬光大。

资产阶级革命党人所领导的辛亥革命并没有完成民主革命的任务。国民革命的真正胜利是于辛亥革命失败三十年以后，在中国共产党领导下经过土地改革的暴风骤雨而取得的。萧祥就是这个特定历史时期产生的典型形象。他的意义，在于真实地表现了党在这场社会大变革中的伟大历史作用。

这个时期出现的党的农村干部的形象还有《种谷记》中的王加扶、《李家庄的变迁》中的小常、《太阳照在桑乾河上》中的章品、张裕民和《原动力》中的王永明等。这些形象也都具有一定的典型性。其中王加扶和张裕民写得比较成功。

和前一时期不同的是在这时期的小说中除塑造了上述一些正面形象外，还描写了具有某些缺点和错误的党员形象。他们有的是脱离实际的教条主义者，如《李有才板话》中的章工作员，《太阳照在桑乾河上》中的文采，《暴风骤雨》中的刘胜；有的则是思想保守的官僚主义者和虚荣自私的个人主义者，如《高干大》中的区长程浩明和社长任常有等。这些人物都是作为党内错误思想和路线的代表而出现的。他们同代表正确思想和路线的党员形象相互对立而出现，真实地反映了延安整风以后，党内思想路线斗争的状况，说明马克思主义路线对于非马克思主义路线的胜利已成为当时政治思想领域的基本倾向。

这个时期还出现了部队党的干部形象，其中较成功的是刘白羽《政治委员》(1948年)里的团政委吴毅和《火光在前》里的师政委梁宾。

吴毅原是身经百战的红军战士。他是在阶级仇恨中长大，在炮火里“提纯”的人。高度的觉悟和无私无畏是他性格的突出特征。小说对他有下面一段描写：

“身材不太魁梧，面色还有点黄瘦，虽然处事严肃，态度却十分和蔼，令人愿意接近。他只有一只右臂。左臂在一九三六年，给阶级敌人的子弹打断了。那时，他还在红军里当班长，手上一支汉阳造，口袋里七颗子弹，身披一件老羊皮，渡过天险黄河。一次鏖战之中，他在危险关头向敌人猛冲，决定全局胜负，自己却昏迷在火线上。醒来以后，躺在医院，从医生的表情，他就明白了，他没讲旁的话，就只问：‘怎么快些上前线？’于是他忍痛把左臂割掉了，从那以后，他就一只手持枪作战。""自从十四岁放弃放牛娃生活，在湖南参加革命起，没哪天不在火线上斗争。十年前在三原桥头镇，换下'五大洲'帽子，哭得那样窝火。现在自卫战争，最后打倒蒋介石的时候了，自己能够在后方蹲起来吗?"

八一五以后，部队出关，吴毅因又一次负伤正在关里休养。伤刚好他就来东北赶上原来的部队要求参加战斗。领导看他几经伤残，照顾他在纵队机关工作，他焦急得"眼睛里似乎蒙上了薄薄一层泪水"。司令员无可奈何只好答应将他分到团里当政委。这种与部队生死同一、棒打不离的精神，正表现了他高度的阶级觉悟与政治觉悟。

严酷的斗争熔炼了吴毅的性格，使他成为一个无私无畏的人。正如小说描写的那样："他虽然比一般人少一只胳膊，可是从思想到行动，他从没有一分钟时间考虑自己，他考虑的是整个革命斗争。"部队的政治工作是军事工作的生命线。吴毅一到团里就通过言传身带，用无私无畏的精神来教育每个干部、战士。如他发现营教导员沈克"闹享受问题十分严重"，就断然撤换了他的工作，大胆提拔思想好的副教导员来代替他。他说："我真看不起这种人——党把那样重要的任务交给他，可他在那里腐蚀党。他简直想出卖我们的光荣!"又说："我们需要真正的战士，不为自己的人，来做政治工作……"又如他在一次战斗中发现了连长文希岗以大无畏的精神出奇制胜时，就立即记下他的名字，鼓励和培养他。总之，吴毅就是这个团的灵魂，正是由于他的言传身带，就使这个团成为无私无畏的钢铁部队。

无产阶级的人民军队是一支具有高度阶级觉悟和政治觉悟的部队，它的战斗力来源主要不是武器和技术，而是党的政治工作。吴毅的形象的典型意义，就在于真实地描写了党的政治工作在部队建设中的作用。

梁宾是部队党的高级领导者形象。他不仅具有雄伟的气魄和胆略，有崇高的理想和卓越的指挥才能，而且长期的战争生活培养了他纯粹的党性。

梁宾是渡江战役的指挥者，他作为指挥者的才能和胆略是通过小说中"通不过的渡口"一节集中表现出来的。当时，南下各路军马集聚于长江渡口争渡，上有敌机轰炸，下有天堑阻隔，渡口又发生故障，渡河无统一指挥，秩序十分混乱，谁也无能为力。这时梁宾挺身而出，力挽狂澜。他不仅有惊人的勇敢，在敌机轰击的弹雨中，巍然挺立在渡口上指挥；而且有惊人的观察力，立即发现了混乱的原因，当机立断，采取了有力措施。他任命干练的参谋长作助手组成渡河指挥部，毅然承担起渡口的指挥；他鼓励他的助手说："同志，我们要管。在这里我们就是最高机关，对这一切负责，我们要组织渡河指挥部，不管他们什么天王老子都要听指挥，——我们就这样来委派自己吧!”他发现部队纪律有问题,就下令逮捕了三个随便开枪打野鸭子的战士,煞住自由主义之风。渡船不好办,他就同船夫们商量,临时制订给船夫报酬的“法律”,解决了渡船问题。通过这些描写,一个率领千军万马,指挥倜傥,气魄雄伟的领导者形象便屹立在我们面前。

梁宾的崇高的理想和纯粹的党性,表现在他全部的革命实践活动中。但在他同师长陈兴才行军中的一段对话里,表现得更为直接明白:

“仗打完了,老梁,怎么样?”

“我们要建立一支强大的国防军。”

“那么,你自己呢?”

“党决定我做什么,人民需要我做什么,我就做什么。老陈,——我们建立了一个新的中国(声音十分热情的)! 我常常想,——这个新的中国,该有多少工作要做呀,有一天党也许调我到一个工厂,也许搞外交,……”

“那你怎么办?”

“那我就向工人、向工程师、向同志们学习。”

在战火纷飞,生死搏斗的战场上,他想的不是个人的生死、安危,而是革命的未来,建设新中国的伟大事业,想的不是战后的荣誉地位,而是自己如何在新的革命征途上,服从人民的需要,听从党的安排,去克服新的困难,迎接新的斗争,把一切献给革命事业。这是多么崇高的理想和纯粹的党性啊! 这是只有经过长期战火提纯的人才能具有的美好的思想品格。

一九四九年的渡江战役标志着人民解放战争的结束。此后不久,那些赢得了战争的党的最优秀的干部将从武装斗争的前线转移到新中国社会主义建设的前线。从这个意义上说,战争恰恰为建设造就了人才。梁宾就是在这个特定的历史时期所产生的典型人物,从他身上,不仅使人看到这个伟大革命的历史进程,而且使人看到了社会主义建设的光明前途。

吴毅和梁宾这两个形象不仅思想境界高,而且具有生活的真实感,是中国现代小说史中比较成功的艺术形象。但小说写他们的语言多而行动少。特别对于梁宾的描写,笔力不集中,思想发展缺乏连贯性。

此外,这个时期还有一些反映解放区武装斗争的小说,也描写了共产党人的形象。如邵子南《地雷阵》(1944 年)中的民兵英雄李勇和《阎荣堂九死一生》中的阎荣堂等。这些形象也都具有一定的典型意义,起过积极的教育作用。但作品着重表现的是共产党员在斗争中的某些模范作用和先锋作用,而对于人物的内心世界和性格特征则挖掘不够。

这个时期出现的共产党人形象深刻着时代的烙印,同前一个时期相比,具有以下几个特点：

第一，他们大部分是工农兵，同人民群众有着血肉联系。他们充分体现着延安整风运动以后党的崭新的政治面貌，是毛泽东思想的忠诚的实践者。反对教条主义，实事求是，全心全意地为人民服务是他们思想的基本倾向。

第二，他们大半是处于社会矛盾中心的作品的主人公，多以阶级斗争和生产斗争的领导者、组织者的姿态出现，体现着党对革命事业的全面领导。

第三，这些形象在艺术上大部分是真实而有血肉的，有的（如老杨、高干大、萧祥等）已成为成功的艺术典型。

中国现代精神文明的伟大建设者——鲁迅*

中华民族是具有悠久文化传统，以精神文明著称于世界的伟大民族，在历史上曾出现过许多精神文明的建设者。鲁迅就是中国现代精神文明的伟大建设者。

科学的新思想和彻底反帝反封建的革命精神，是中国现代精神文明的精髓。鲁迅是这新思想和革命精神的最理想的体现者。这新思想和革命精神像血液流贯他作品中，使他的作品成为现代中国人民灵魂的镜子和引导革命前途的灯火；这新思想和革命精神像灵魂渗透他身心，形成他“殖民地半殖民地人民最可宝贵的性格”，使之成为在文化战线上，代表着全民族的大多数，向着敌人冲锋陷阵的民族英雄。鲁迅的伟大，不仅在于他是中国现代精神文明的体现者，而且在于他是精神文明的建设者。一生致力于唤醒人民的觉悟，从改造人民精神入手改造社会，是他作为精神文明建设者的基本特点。

一

自觉地运用科学思想建设人类文化是现代精神文明建设者的共同特征。这在鲁迅身上表现尤为明显。早在日本留学时期，他就以唯物主义观点和方法研究阐述了世界精神文明的历史，提出精神文明建设是立国之本的思想。这思想集中表现在他当时撰写的《科学史教篇》《文化偏至论》《摩罗诗力说》《破恶声论》等论文中。

鲁迅从许多国家民族兴亡的史实中得出一个结论：立国“其首在立人，人立而后凡事举”；而“立人”之“道术”，则是以科学启迪群众的“内曜”，用文艺唤起国民的“心声”；总之是通过精神文明建设，健全群众的道德，发展国民的智慧。这个结论清楚地表明了鲁迅的一个重要思想：精神文明建设是立国之本。

从上述思想出发，鲁迅视科学和文艺为人类精神文明前行的两轮，认为它们的

---

* 《大众日报》1981年9月18日。

发展状况直接影响甚至决定着国家民族的兴亡。他以19世纪末用科学和文艺唤起国民精神战胜强敌拿破仑的德意志民族为例说明他的观点，说："科学者，神圣之光，照世界者也，可以遏末流而生感动。时泰，则为人性之光；时危，则由其灵感，生整理者如加尔诺，生强者强于拿破仑之战将云。"[①]又说："败拿破仑者，不为国家，不为皇帝，不为兵刃，国民而已。国民皆诗，亦皆诗人之具，而德卒以不亡。"[②]

也正是从上述思想出发，鲁迅卓有见识地批判了19世纪末西方资本主义国家社会文明发展的偏颇及这偏颇潮流的追逐者——中国的洋务派和维新派。他认为19世纪末和20世纪初，欧洲资本主义物质文明是高度发展了，但由于社会制度的弊病，却产生了精神文明的危机；建筑在资产阶级"拜金主义"基础上的"重物质、轻精神"的倾向，便是精神文明危机的表现。鲁迅称这倾向是社会文明发展的偏颇，指出它已像瘟疫通过"交通传来"中国。他批判追逐这偏颇而以救国"志士"自居的洋务派和维新派是"近不知中国之情，远复不察欧美之实"的"辁才小慧之徒"，他们所谓的"振兵兴业"，不过是"舍本逐末"、"抱枝拾叶"之举。鲁迅针对西欧资本主义国家精神文明的危机和中国洋务派、维新派"舍本逐末"的所谓兴国路线，提出"掊物质而张灵明，任个人而排众数"的主张。这个主张是精神文明建设是立国之本这一思想更加具体的表述。"掊物质"不是反对物质文明，而是反对片面崇拜资本主义物质文明的"拜物教"思想；"张灵明"也不能仅仅理解为个性解放，而应理解为解放人的思想，发扬人的精神，即重视精神文明的建设。"任个人而排众数"是进一步说明如何进行精神文明建设的。"任个人"，即发展人的个性，把人民的思想从封建主义和资产阶级极端个人主义的枷锁中解放出来；"排众数"，是反对资产阶级的假民主，要人们识破资产阶级假民主的欺骗。

鲁迅上述思想的提出，不仅在实践上具有现实针对性，而且在理论上反映了他早期的唯物主义世界观。

达尔文主义者赫胥黎著的《进化论与伦理学》是一部深深影响了鲁迅的书。在这部书里，作者以进化论观点，阐明人类社会的进化过程，把整个人类社会的进化历史分为两个大的过程："宇宙过程"和"伦理过程"。在"宇宙过程"中，人类尚未摆脱野蛮状态，仍然像其他生物一样无限制地受支配于生存竞争的法则（"物竞天择，适者生存"）进入"伦理过程"后，人类才走向文明时代，逐步学会按照伦理道德准则而生活。因而精神文明建设就成为人类生存的条件。赫胥黎的理论恰恰成为鲁迅鞭打中国的愚弱、落后，提倡精神文明的依据。这仅从五四初期作者写的几段"随感录"就可看得清楚。

---

① 《科学史教篇》。
② 《摩罗诗力说》。

鲁迅据进化论的法则，深信中华民族只有从愚昧野蛮的落后状态解放出来，才能跟上人类文明的时代，获得生存的权利，这便是他把精神文明建设提到关乎民族存亡高度的理论根据。

精神文明建设是立国之本的思想，虽然是鲁迅早期的思想，但却成为促使他弃医从文，立志从改造人的精神入手改造社会的主观原因。此后，随着鲁迅世界观的发展和实践活动的开展，这思想也在向前发展：在辛亥革命到五四运动期间，它形成鲁迅"改造国民性"的思想；从五四运动后到大革命期间，形成鲁迅"思想革命"的思想；大革命失败以后，则发展为鲁迅"改革国民教育"的思想。

二

研究和改造国民性，是鲁迅建设中国现代精神文明的第一个实践活动。它早在日本留学时期就已开始。据许寿裳回忆，鲁迅在弘文学院时，常常和他"讨论下列三个相关的大问题：(1) 怎样才是最理想的人性？(2) 中国国民性中最缺乏的是什么？(3) 它的病根何在？他对这三大问题的研究，毕生孜孜不懈，后来所以毅然决然放弃医学而从事于文艺运动，其目标之一，就是想解决这些问题，……因之，办杂志、译小说，主旨重在此；后半生的创作数百万言，主旨也重在此"。① 许寿裳这段话，虽然过高估计了国民性研究在鲁迅整个事业中的地位，但却准确说明了鲁迅早期和前期对于国民性问题研究的内容。

鲁迅从人性的角度提出国民性问题。毛主席说："有没有人性这种东西？当然有的。但是只有具体的人性，没有抽象的人性。在阶级社会里就是只有带着阶级性的人性，而没有什么超阶级的人性。我们主张无产阶级的人性，人民大众的人性，而地主阶级资产阶级则主张地主阶级资产阶级的人性，不过他们口头上不这样说，却说成为唯一的人性。"②鲁迅是站在人民大众立场上的革命民主主义者。他所谓的人性，实际上指被压迫的人民大众的人性。他认为处于奴隶地位而精神上长期陷于愚弱状态的殖民地半殖民地国家的人民大众，最理想的人性是"智"与"勇"。他说："我以为国民倘没有智，没有勇，而单靠一种所谓'气'，实在是非常危险的。现在，应该更进而着手于较为坚实的工作了。"③又说："不争之民，其遭遇战事，常较

---

① 《亡友鲁迅印象记》。
② 《在延安文艺座谈会上的讲话》。
③ 《杂忆》。

好争之民多，而畏死之民，其苓落殇亡，亦视强项敢死之民众。”[①]他认为智勇这理想的人性，“是中国人性质中所本有的，但因为历朝的压抑，已经萎缩了下去。现在就连自己也莫名其妙，统统送洋人了”，我们“必须拿它回来”。他以理想人性作标准衡量中国的国民性，便发现其最大的弱点是愚昧和卑怯，并且从传统思想中找到这弱点所以产生的病根。鲁迅“改造国民性”的实际内容，就是批评和发露上述国民性的弱点及其产生的病根，以引起疗救者的注意。

卑怯是中国国民的奴性。鲁迅认为它在国民身上的具体表现是：(1) 驯良保守。这是卑怯者的道德观。驯良是和维护旧传统的保守思想结合在一起的。它产生的原因是缺乏反抗和改革现实的勇气。但是在新旧斗争和阶级斗争异常激烈尖锐的时代，对一切人事无不驯良的人是没有的。因此，以守旧为其前提的驯良者往往对与旧传统对立的人事，特别是无权无勇的幼弱者，并不驯良。相反，他们往往将“受强者的蹂躏”所“蕴蓄的愤怒”，“不向强者反抗，反而向弱者身上发泄”，也就是“对于羊显凶兽相，而对于凶兽则显羊相”。鲁迅愤激地说：“卑怯的人，即使有万丈的愤火，除弱草以外，又能烧掉什么呢？”[②]他指出，“要中国得救”，必须“将这两种性质的古传用法”，“反过来用”。(2) 听天任命。这是卑怯者的人生观。鲁迅说：“听天任命……中庸……这两种态度的根柢……其实乃是卑怯。遇见强者，不敢反抗，便以‘中庸’这些话来粉饰，聊以自慰。……一到全败，则又有‘命运’来做话柄，纵为奴隶，也处之泰然，但又无往而不合于圣道。这些现象，实在可以使中国人败亡，无论有没有外敌。”[③]。由于这种人生观是因没有改变命运的勇气而产生，所以具有这人生观的人，大都是一些“苟活者”和人生戏剧的冷漠的“看客”。(3) 折中调和。这是卑怯者的处世哲学。这种处世哲学产生的原因，是缺乏坚持真理、明辨是非的勇气，所以以此哲学处世的人，往往是社会改革的阻力。(4) 自欺欺人。这是卑怯者的精神胜利法。鲁迅把这种精神胜利法看作人民精神的麻醉剂，在《阿Q正传》中，通过阿Q的形象，作了深刻的批判。

鲁迅认为愚昧也是一种奴性。它是中国人民“永远反复着奴隶命运”的重要原因之一。这愚昧在思想上的表现是迷信守旧。在中国，迷信已和几千年来的儒道两家传统思想结合，将中国变成一个大染缸。鲁迅把根深蒂固的迷信守旧思想叫作思想上的“梅毒”，指出医治的药是科学。愚昧在政治上表现为麻木不仁。鲁迅指出群众的麻木不仁，不仅使自己的命运不能改变，而且造成革命者的悲剧，使“孤

---

① 《摩罗诗力说》。
② 《杂忆》。
③ 《通讯》。

独的精神的战士，虽然为民众战斗，却往往反为‘所为’而灭亡”。[①] 他的这种认识既表现在杂文里，又体现在《药》等小说中。愚昧在道德上表现为狭隘自私。鲁迅认为这狭隘自私在群众关系上的表现是：“各人自扫门前雪，莫管他家瓦上霜”；在同革命关系上的表现是对革命离心离德。他称这道德是使人民成为“散沙”的精神“毒素”，写了《沙》《太平歌诀》等深刻揭示了它产生的原因。

“统治阶级的思想在每一时代都是占统治地位的思想。这就是说，一个阶级是社会上占统治地位的物质力量，同时也是社会上占统治地位的精神力量。支配着物质生产资料的阶级，同时也支配着精神生产的资料，因此，那些没有精神生产资料的人的思想，一般地是受统治阶级支配的。”[②]马克思的这段话帮助我们认识到，“那些没有精神生产资料的”被压迫的中国人民精神上的弱点，是“支配着精神生产资料”的统治阶级思想统治的结果。具体讲，就是统治者利用以儒道为主要内容的旧文化对人民长期麻痹所致。鲁迅在其早期和前期，还不可能从理论上认识这个问题，但在实践中却深刻地揭示了国民性弱点同传统文化思想的关系。他说：“我们几百代的祖先里面，昏乱的人，定然不少：有讲道学的儒生，也有讲阴阳五行的道士，有静坐炼丹的仙人，也有打脸打把子的戏子。所以我们现在虽想好好做‘人’，难保血管里的昏乱分子不来作怪……但我们总希望这昏乱思想遗传的祸害，不至于有梅毒那样猛烈，竟至百无一免。……祖先的势力虽大，但如从现代起，立意改变：扫除了昏乱的心思和助成昏乱的物事（儒道两派的文书），再用了对症的药，即使不能立刻奏效，也可把那病毒略略羼淡。”[③]对这个问题在理论上的认识是鲁迅接受了马克思主义以后。如他在《革命时代的文学》中借谈“平民文学”表述了他对上述问题的理论上的认识：“在现在，有人以平民——工人农民——为材料，做小说做诗，我们也称之为平民文学，其实这不是平民文学，因为平民还没有开口。……平民所唱的山歌野曲，现在也有人写下来，以为是平民之音了，因为是老百姓所唱。但他们间接受古书的影响很大，他们对于乡下的绅士有田三千亩，佩服得不了，每每拿绅士的思想，做自己的思想……如果工人农民不解放，工人农民的思想，仍然是读书人的思想，必待工人农民得到真正的解放，然后才有真正的平民文学。”

关于卑怯和愚昧这种意识形态同宗法专制制度及分散落后的小农经济的关系，马克思在《不列颠在印度的统治》一文中曾作过明确的阐述。马克思是通过宗法专制制度下的印度人讲的，但拿来说明处于同样落后的政治与经济制度下的中国人的思想弱点的根源，却非常恰切。但早期和前期的鲁迅在认识上还没有达到

① 《这个与那个》。
② 《德意志意识形态》。
③ 《随感录·三十八》。

这个高度。到后期他才真正找到了这个根源。他说:“愚民的发生,是愚民政策的结果……”[①]又说:“自从由帝国成为民国以来,上层的改变是不少了,无教育的农民,却还未得到一点什么新的有益的东西,依然是旧日的迷信,旧日的讹传,在拚命的救死和逃死中自速其死。”[②]显然,鲁迅已认识到人民的愚昧和卑怯等弱点,不是天生的,而是统治者政治、经济压迫和剥削在人民精神上的反映。

鲁迅认识到国民性弱点所产生的现实根源以后,就不再一般地批评和发露国民性的弱点,而把抨击的锋芒进一步转向现实的政治和经济制度。只要将他前期与后期的作品加以对照,就可清楚地看到这个变化。

三

在“五四”新文化运动的影响下,鲁迅的精神文明建设是立国之本的思想又向前发展了一步。他不仅认识到人民精神上的弱点所以产生的历史根源是以儒道两家为根柢的传统思想的统治,而且找到扫除传统思想的道路——“思想革命”。因此,五四以后,“思想革命”便成为鲁迅从事精神文明建设的主要实践活动。

鲁迅所谓的“思想革命”,其主要内容是对儒道两家思想为根柢的封建传统思想的批判。他批判的矛头首先指向几千年来被历代封建统治者奉为正统和“圣教”的儒家思想。他指出这“圣教”只不过是权势者为“治民众”而麻痹人们神经的“奇妙的药品”,它对人民的麻痹和毒化作用主要表现在以下几方面:(1)以“礼”束缚人们的言行。所谓“礼”,就是封建等级制度的规范。儒家提倡“礼治”,要求作到“非礼勿视,非礼勿听,非礼勿言,非礼勿动”,就是要人们,特别是最下层的奴隶,按照等级制度的规定,安分守己,决勿犯上作乱。鲁迅深刻揭露了“礼治”对人民的统治,说:“我们自己是早已布置妥帖了,有贵贱,有大小,有上下。自己被人凌虐,但也可以凌虐别人;自己被人吃,但也可以吃别人。一级一级地制驭着,不能动弹,也不想动弹了。因为倘一动弹,虽或有利,然而也有弊。”[③]鲁迅认为“礼治”是产生卑怯的国民性和“从奴隶生活中寻出美来”的奴才主义的根源。他在《狂人日记》里发出“礼教吃人”的呐喊,后来又连续写《我之节烈观》《现在我们怎样做父亲》《灯下漫笔》等文章,向封建礼教进行猛烈地攻击;指出“所谓中国的文明者,其实不过是安排给阔人享用的人肉的筵宴”和“厨房”。他呼吁,“扫荡这些食人者,掀掉这筵席,

① 《上海所感》。
② 《迎神与咬人》。
③ 《灯下漫笔》。

毁坏这厨房,则是现在的青年的使命”。(2) 以“王道”征服奴隶的心。“王道”和“霸道”是统治者对付奴隶的软、硬两手;以力服人谓“霸道”,以“爱”服人谓“王道”。所谓以“爱”服人,就是用“爱的力量”获得奴隶们的“信任”,用“爱的力量”和“温和的心情去感动”奴隶们的心。所以,王道是殖民地半殖民地奴化思想的温床,是屠杀人民反抗精神的软刀子。(3) 以“忠恕”之道来培养奴隶的道德。所谓忠恕,就是“己所不欲勿施于人”(《颜渊》)。这本是奴隶主之间的道德,但历代统治者却以此作为教化奴隶的道德准绳,要求奴隶们以这“美德”来对待统治者,作到“犯而勿校”,“勿以恶抗恶”。这种道德,在阶级斗争激烈的条件下,是束缚人民手脚的绳索。“五四”以后,在人民反对北京军阀政府的革命高潮中,有人提出“不打落水狗”,对敌人实行“费厄泼赖”的主张;这主张就是根据这道德观念提出的。鲁迅写了《论“费厄泼赖”应该缓行》一文进行驳斥。他指出:“‘犯而不校’是恕道。”,“‘以眼还眼,以牙还牙’是直道”……从历史事实看来,被压迫者实行所谓“恕道”,“其实是老实人自己讨苦吃”;改革者实行“恕道”,也“总是吃亏”,使中国“总是没有改革”;总之,恕道实行的结果是抑善纵恶。鲁迅在《铸剑》《女吊》等作品中歌颂了与恕道对立的直道。他说:“被压迫者即使没有报复的毒心,也决无被报复的恐惧,只有明明暗暗,吸血吃肉的凶手或其帮闲们,这才赠人以‘犯而勿校’,或‘勿念旧恶’的格言。”①

所谓道家思想,是指老庄哲学。鲁迅深刻揭露了这种极端消极的唯心主义哲学,对被压迫者的毒害。其一是老子“无为而无不为”的思想,助成人们“与世无争”的消极处世态度,是卑怯者逃避现实斗争的哲学根据。鲁迅在《摩罗诗力说》中以进化论观点批判了这种哲学观点的荒谬。鲁迅指出这种“无为”哲学是卑怯者图安生而恶进取的护符和守旧习惯势力的支柱。其二,庄子的相对主义和无是非观,养成卑怯者对政治思想斗争的冷漠、旁观和悲观主义态度。鲁迅揭露了这无是非观的虚伪性,说只要未“变成木石”的人,心里就无不有是非爱憎,文人的是非爱憎就愈加强烈;“从圣贤一直敬到骗子屠夫,从美人香草一直爱到麻疯病菌的文人,在这世界上是找不到的”。②《故事新编》中的《起死》可以说是对庄子相对主义和无是非观的虚伪性的形象而深刻地揭露。其三,老子的“使民无知无欲”的蒙昧主义哲学是愚民政策的理论根据。这套完备的愚民政策的理论,为历代反动统治者所采用。鲁迅写了《知识即罪恶》《知识过剩》等文章揭露了这种蒙昧主义的反动实质。

对于封建传统思想的批判是五四以后鲁迅从事精神文明建设的主要内容。若说鲁迅的小说创作显示了五四文学革命的实绩;那么,他以杂文为主要武器对于传

① 《女吊》。
② 《再论文人相轻》。

统思想的批判，则显示了从五四开始的中国思想革命的实绩。

四

一九二七年后，鲁迅开始运用马克思主义历史唯物主义观点看待精神文明建设问题，认识到人民要获得真正的思想和精神的解放，彻底改变愚昧落后状态，必须首先获得政治经济的解放。因此，他认为“改革最快的是火与剑”，是“实地的革命战争”。但他又主张，在人民大众尚未获得政治经济的彻底解放之前，用改革国民教育的办法，来逐步改变他们文化、思想落后的状况。因此，改革国民教育，便成为鲁迅后期从事精神文明建设的重要实践。

鲁迅改革国民教育的第一个措施是改革汉字和提倡“大众语”。他专门撰写了《文艺的大众化》《汉字和拉丁化》《答曹聚仁先生信》《门外文谈》《中国语文的新生》《关于新文字》《论新文字》等文章参加汉字改革和倡导“大众语”问题的讨论。这些文章，以历史唯物主义观点，从中国社会实际出发，精辟而肯切地论述了汉字改革和大众语建设的意义、原则和道路。文章说：“方块汉字是愚民政策的利器”和“中国劳苦大众身上的一个结核”①；“中国人要在这世界上生存，那些识得《十三经》的名目的学者，‘灯红’会对‘酒绿’的文人，并无用处，却全靠大家的切实的智力，是明明白白的。那么，倘要生存，首先就必须除去阻碍传布智力的结核：非语文和方块字”。②

和改革汉字、提倡“大众语”相联系，鲁迅积极倡导文艺大众化。在这方面的主要文章有《“连环图画”辩护》《论旧形式的采用》《连环图画琐谈》等。他认为文艺是进行国民教育的重要手段，为了大众，文艺必须改革；“全部大众化”，“在现下的教育不平等的社会里”，“只是空谈”，目前“仍当有种种难易不同的文艺，应各种程度的读者之需”，尤其“应该多有为大众设想的作家，竭力来作浅显易解的作品，使大家能懂、爱看，以挤掉一些陈腐的劳什子”。他主张为工农大众的文艺，内容上应是“能够触到大众真正的切身问题”，表现上要用大众看得懂而又喜欢看的旧形式，如“唱本”和“连环图画”之类，并在采用中创新。

鲁迅改革国民教育的另一措施是改革儿童教育。关于这方面的文章，主要有《上海的儿童》《上海的少女》《我们怎样教育儿童的？》《看图识字》《大小奇迹》等。在这些文章中，鲁迅深刻揭露了社会的腐败对儿童的恶劣影响，提出儿童的家庭教

① 《关于新文字》。
② 《中国语文的新生》。

育、学校教育和社会教育问题，并热情呼吁整个社会必须重视和改革儿童教育。他说："儿童的情形，便是将来的命运。我们的新人物，讲恋爱，讲小家庭，讲自立，讲享乐了，但很少有人为儿女提出家庭教育的问题，学校教育的问题，社会改革的问题。先前的人，只知道'为儿孙作马牛'，固然是错误的，但只顾现在，不想将来，'任儿孙作马牛'，却不能不说是一个更大的错误。"①他希望有"真正的学究"，"作一部历史，将中国历来教育儿童的方法，用书，作一个明确的记录"，②以作改革的借鉴。

移风易俗、改革风俗习惯，也是鲁迅改革国民教育的重要内容。以儒道两家思想为根柢的旧传统长期统治和影响群众的结果，便形成社会的习惯势力。这习惯势力以多数的面貌出现，成为阻挠新思潮、压迫改革者的力量。由于这习惯势力深深扎根群众的土壤和社会的底层，并且为时久远，所以极难改变。鲁迅在其前期虽然也看到习惯势力对于改革的阻碍，称它是"愚民的统治"，但却未看到其产生的根源。在后期，鲁迅真正看清了习惯势力同旧传统文化的关系，并且认识到改革习惯势力是改革社会和改革国民教育的重要内容。他说："真正的革命者，自有独到的见解，例如乌略诺夫先生，他是将'风俗'和'习惯'，都包括在'文化'之内的，并且以为改革这些，很为困难。我想，倘不将这些改革，则这革命即等于无成，如沙上建塔，顷刻倒坏。"③他说，改革旧风习，只靠书斋中的"高文宏议"不行，必须"深入民众的大层中，于他们的风俗习惯，加以研究，解剖，分别好坏，立存废的标准，而于存于废，都慎选施行的方法"④。

在旧时代，"中国有百分之九十未受文化教育的人民，这个里面，最大多数是农民"⑤。鲁迅改革国民教育的主要目的，是力图改变农民文化落后状态。但农村里地主势力不倒，农民则不可能得到真正受教育的权力。所以，鲁迅在改革国民教育方面，尽管提出了很多精辟的见解，作出许多理论上的贡献，但却未有取得实践的成功。

五

鲁迅在精神文明建设方面的贡献，不仅在于提出了精神文明建设是立国之本的理论，而又在这理论的指导下进行"改造国民性"、"思想革命"和"改革国民教育"

① 《上海的儿童》。
② 《我们怎样教育儿童的?》。
③ 《习惯与改革》。
④ 同上。
⑤ 《湖南农民运动考察报告》。

的实践，而且在于在实践中创造了宝贵的经验。这些经验主要包括以下三点：

（1）建设精神文明，必须注意培养和造就大批精神文明的建设者。鲁迅从立国“首在立人”和韧性战斗的策略思想出发，一生致力于培养这类建设者。在早期，他称这建设者为“精神界之战士”，并在《摩罗诗力说》《破恶声论》等文中明确表述了对这建设者的期望和要求：“今之所贵所望，在有不和众嚣，独具我见之士，洞瞩幽隐，评骘文明，弗与妄惑者同其是非，惟向所信是诣，举世誉之而不加劝，举世毁之而不加沮，有从者则任其来，假其投以笑傌，使之孤立于世，亦无慑也。”①这实际上是对反封建的个性主义者的理想化。鲁迅所崇拜的拜伦就是一个现实中的榜样。在前期，鲁迅又将这建设者披上民主主义革命者的装束，使其成为“思想革命的战士”。当面对“五四”运动后封建复辟的局面，许多人悲观、迷惑时，鲁迅仍高举五四思想革命的大旗前进。他指出在继续进行思想革命时，必须首先“准备‘思想革命’的战士”，“待到战士养成了，于是再决胜负”。为此，他在《新青年》团体散掉后，继续组织思想革命的队伍，“帮未名社，帮狂飙社”，办《语丝》和《莽原》，为“有英俊出于中国”，他宁作青年踏着上进的“梯子”。在后期，鲁迅又赋予这建设者以马列主义的灵魂，称其为懂得马列主义理论而又勇于实践的“勇敢而明白的斗士”。他在一九三四年致杨霁云的信中说：“中国的事，大抵是由于外铄的，所以世界无大变动，中国也不见得单独全面变动……这样的战斗，是要继续很久的。所以当今急务之一，是在养成勇敢而明白的斗士。我本来即常常注意于这一点，虽然人微言轻，终无效果。”在左翼文艺运动中，鲁迅为培养这建设者，作出显著的贡献。

（2）建设精神文明，必须对旧精神文明进行革命的批判。鲁迅把旧社会的破坏者和批判者分为两类：革新的破坏者和奴才寇盗式的破坏者。他们的不同在于破坏和批判的目的或指导思想。他说：“新的建设的理想，是一切言动的南针，倘没有这而言破坏……不过是破坏的同路人，而言保存，则全然是旧社会的维持着。”②又说：“寇盗式的破坏……结果只能留下一片瓦砾，与建设无关。……我们要革新的破坏者，因为他内心有理想的光。我们应该知道他和寇盗奴才的分别；应该留心自己堕入后两种。这区别并不烦难，只要观人，省已，凡言动中，思想中，含有借此据为己有的朕兆者是寇盗，含有借此占些目前的小便宜的征兆者是奴才……”③

鲁迅是“革新的破坏者”。他的批判是在革命理想的光照下和科学方法的指导下的革命批判。这革命批判的特点，首先是把批判旧文化和介绍新思想结合起来，

---

① 《破恶声论》。
② 《〈浮士德与城〉后记》。
③ 《再论雷峰塔的倒掉》。

始终把破旧和立新结合在一起；不同的只是前期立的是资产阶级的科学和民主，而后期则是马克思主义。这革命批判的另一特点是把批判与继承结合起来。批判继承是马克思主义者对待文化遗产的科学态度。后期鲁迅提出著名的“拿来主义”的主张；这主张完全体现了马克思主义关于批判继承的科学思想。

（3）建设精神文明，必须有政治之力的帮助。鲁迅一生致力于“国民性改造”、“思想革命”和“改革国民教育”等精神文明建设的实践，虽作出巨大贡献，但他的理想并没有在活着的时候实现。他在为社会的精神文明而奋斗的实践中，每走一步都遭到重重阻力甚至压制和摧残，往往“改革一两，反动十斤”。从实践中鲁迅认识到在政权与人民对立的旧时代，一切有利于人民的精神文明建设事业都必然遭到政治的迫害和阻挠，这是精神文明的建设者们共同的悲剧，也是他们的事业和理想不能实现的社会原因。他说：“近来我悟到凡带一点改革性的主张，倘与社会无涉，才可以作为‘废话’而存留，万一见效，提倡者即大概不免于吃苦或杀身之祸。古今中外，其揆一也。”[①]同时，鲁迅也从而看到精神文明建设与政治的密切关系，认识到一切改革倘无政治之力的帮助是不可能成功的。他在谈文艺大众化问题时说：“若是大规模的设施，就必须政治之力的帮助，一条腿是走不成路的，许多动听的话，不过文人的聊以自慰罢了。”[②]他以满清政府禁缠足和留辫子两件事的不同结果说明上述观点，说前者只以文字提倡所以无效，后者则因行政之力而获成功。

上述三点经验，是鲁迅从实践中得来，它反映着精神文明建设的普遍规律，因此，对于我们今天从事社会主义精神文明建设，仍有借鉴的价值。

---

① 《答有恒先生》。
② 《文艺的大众化》。

1982年：

叶绍钧小说中的知识分子形象*

叶绍钧是以描写知识分子著称的作家。茅盾在《新文学大系小说一集导言》中说："要是有人问道：第一个'十年'中反映着小市民知识分子的灰色生活的，是哪一位作家的作品呢？我的回答是叶绍钧！"叶绍钧在第一个"十年"中共写了《隔膜》《火灾》《线下》《城中》(《未央集》中部分作品也写于这个时期)四个短篇小说集，其中写得最成功的形象，都是知识分子。如《饭》中的小学教员吴先生，《校长》中的小学校长叔雅，《潘先生在难中》中的小学校长潘先生，《前途》中的小学教员惠之，《城中》中的教员丁雨生，《搭班子》中的新任校长泽如，《抗争》中的小学教员郭先生等等。

作者在这个时期所描写的知识分子虽然都是教育界的小知识分子，他们有着大致相似的命运和际遇，但随着时代环境的发展变化，他们的思想面貌也不尽相同。《饭》《校长》《潘先生在难中》《前途》等写在五卅运动以前的作品，所描写的都是在灰色人生中挣扎的不觉悟的知识分子，《城中》《抗争》等写在五卅运动后的作品，所描写的则是在革命影响下初步觉醒的知识分子。

《饭》中的小学教员吴先生是一个可怜可鄙的"小人物"，麻木、灰色和贫穷的生活，已使他完全丧失了知识分子的社会理想和骨气。饭碗成为他生活的核心，牢牢地捆住了他的手脚，把他变成一个在学务委员手中讨生活的怯懦者。为了求得月薪六元的教职，他两次乞求绅士帮忙并"怀着一腔馁怯"三次去拜访学务委员。他明知学务委员敲他的竹杠(扣留他月薪的三分之一)，因怕丢掉饭碗，却只好忍受凌辱在饥饿边缘上挣扎地活下去。作者在《校长》这篇小说中曾说："赚钱吃饭实在不是什么可耻可鄙的事，不过目标如果专在赚钱吃饭，那就不论什么事总只有一团糟罢了。"这段话可以说明作者对吴先生这个人物的态度和这个艺术形象的意义。

《校长》中的小学校长叔雅和吴先生不同，他当校长"全然不为赚钱吃饭"，而"第一个目标是办教育"，"第二个目标在他的几个孩子"。他为了使孩子们受到好的教育，"想着种种理想的计划"，但学校里的腐败势力却成了一大障碍，使他感到

---

* 《聊城师范学院学报》1982年第1期。

像“齐腿拦着些荆棘，不能拔脚前进”。显然，要实现理想的计划，为孩子们的前途计，就应当“绝对不犹豫地斩去那些荆棘”，也就是向那个强大的黑暗腐朽的社会势力宣战。然而，在斗争面前，他那小资产阶级自私、怯懦的本性终于把他推向退让妥协的道路。因此，他那美好的理想也就在颓丧的叹息中化为破灭的肥皂泡。叔雅是知识分子中一种类型，他代表的“是一些没有勇气和环境抗争，揉揉肚子就把他们的‘理想’折扣成为零的妥协者”①。作者在写作《校长》三年后(1926 年)，又在小说《搭班子》里塑造了同一类型的形象——泽如。

《潘先生在难中》里的潘先生是作者这个时期写得最成功的艺术形象。小说以 1924 年军阀混战的动乱年代为背景，用精巧的笔触惟妙惟肖地刻画出一个城镇小资产阶级知识分子的自私、卑怯、苟安、麻木的典型心理和独特鲜明的性格。军阀混战置人民于水火，潘先生却毫无忧国忧民的感情，而只为个人的身家性命而张皇失措，奔波钻营。他先是带着妻儿“从兵祸凶险的”家乡里，逃到“绝无其事的”上海，但一听说“局长的意思照常开学”时，因怕丢掉校长的位置，便又撇下妻儿，仓皇地只身返回让家里去办理开学的事务。校长的位置总算保住了，然而政治形势却进一步逆转，竟连到上海去的铁路也不通了。潘先生急中生智立即又想出另一条救命的措施：“赶到红十字会办事处”，“交纳会费”作会员，把红十字的旗子和徽章当作自己和妻儿的“救命的神符”。当风声更紧时，潘先生仍然为生命担忧起来，他想：“这徽章虽说有用处，可是没有人写过笔据，万一没有用，又向谁去说话？——枪子炮弹劫掠放火都是真家伙，不是要的……”于是他最后终于丢下王妈，携带细软，独自逃进“红房子”乞求洋人的庇护。小说就是通过人物的上述行为和心理，栩栩如生地写出了一个城市小资产阶级知识分子思想的自私和性格的卑怯。同时，小说还通过结尾部分的描写，进一步揭示了人物世界观中存在的弱点，这便是政治上的麻木不仁和生活态度上的随遇而安。潘先生被军阀混战弄得妻子离散、心神惊惧，但战火一停，他立即又因暂得苟安而悠然自得。更可鄙的是他明知军阀给人民带来的是灾难，却违心地参加“筹备欢迎杜统帅凯旋的事务”，并且“当仁不让”地挥毫大书：“功高岳牧”、“德隆恩溥”和“威镇东南”等歌颂军阀和军阀战争的标语。

潘先生是我国 20 年代不觉悟的城市小知识分子的艺术典型。他以鲜明具体的个性，艺术地体现了这一类知识分子由于阶级地位所造成的根本弱点，这便是对自己卑微的生存心安理得，永远以苟活为乐事。作者怀着一定的同情描绘了军阀战争给他们带来的不幸，但对他们那麻木不仁的灰色人生，却给予辛辣的讽刺和批判。由于这形象塑造得成功，于是《潘先生在难中》就成为我国新文学史上描写小

① 茅盾《新文学大系小说一集导言》。

资产阶级知识分子灰色人生的一篇代表作品。茅盾在1928年写的《王鲁彦论》中说:“在叶绍钧的作品里,我最喜欢的也就是描写城市小资产阶级的几篇;现在还深深地刻在记忆上的,是那可爱的《潘先生在难中》。这把城市小资产阶级的没有社会意识,卑谦的利己主义,戒备,琐屑,临虚惊而失色,暂苟安而又喜,等等心理,描写得很透彻。这一阶级的人物,在现文坛上最少被写到的,可是幸而也还有代表。”

《前途》中的小学教员惠之是一个在军阀混战中生活贫穷得走投无路的小知识分子。他原是一个视政界为“龌龊”,情愿“终身当教师”的性格豁达的人。但由于在军阀战争中政府将“学款”“移充军饷”,弄得学校关门、薪金停发,而使他深感前途的危机。为了从黑暗中寻求光明,他不得不“希望跨入”他视为“龌龊”的政界,并且将问题的解决,寄希望于“带兵的统帅委任”的“警察厅长”。小说以“希望”的破灭一方面表现了军阀混战给知识分子造成的痛苦,一方面提出了知识分子的“前途”和道路问题。这就使惠之这个形象具有同前面几个形象不同的意义。

总之,吴先生、潘先生、叔雅和惠之这些形象所反映的是五卅运动以前中国一部分城市小资产阶级知识分子的生活命运和精神面貌。他们的身份、思想性格虽然各不相同,但都存在着遇事妥协退让、随遇而安的严重缺点。作者曾说:“用了我的尺度去看小学教育界,满意的事情实在太少了。我又没有什么力量把那些不满的事改过来,……于是自然而然走到用文字来讽他一下的路上去。我的几篇小说,讲到学校,教员和学生的,就是这样产生的。”[①]又说:“讽了这一面,我期望的是在那一面,就可以不言而喻。所以我的期望常常包含在没有说出来的部分里。”[②]可见作者描写这些形象的目的,一方面是揭露教育界的黑暗腐败;一方面在对上述知识分子的弱点的讽喻中包含着对教育事业的期望。实际上作者的这个目的在作品中已经明白地显示出来。因读者从上述人物的命运和作者对他们的讽喻批评中自然会得出一个结论:不改变社会制度,要办好学校,搞好教育事业,是不可能的。但由于作者的目的着重在讽刺和暴露,所以在作品中并没有从正面指出知识分子的道路,也没有像鲁迅那样进一步去挖掘人物命运和性格的社会根源。这就使作品在一定程度上减弱了批判社会的力量和反映现实的深度。

一九二五年的“五卅”运动,对作者产生了很大的影响。这个影响最集中地反映在1925年创作的长篇小说《倪焕之》里,但也明显地表现在“五卅”运动以后创作的《城中》(1925.11)、《在民间》(1925.11)、《一包东西》(1926.11)和《抗争》(1926.5)等短篇小说中。这些小说中的知识分子形象都是倾向革命、敢于斗争的新人。

《城中》中的丁雨生是“五四”运动以后产生的新一代革命知识分子的形象。他

---

① 叶绍钧《随便谈谈我的写小说》。
② 《叶圣陶选集自序》。

不但有改造社会的崇高理想，而且有为实现理想而勇敢斗争的精神。他认为“一个社会的情形正同身体相似”，“身体里面有了老废的质料，就得排泄出去，血管里有了污浊的血液，就得重行化清”，要改造社会，就要“排出社会里的老废物，让社会的血管里满满地流着新鲜的血液”。而“切实的改造社会要从近处着手，小处着手，做到一步再来一步”。正是从这个认识出发，他从外地回到古老的家乡城中，同几个“志趣相同”的人办起宏毅中学，决心从教育入手来改造社会。但他办学的活动却被教育当局和守旧势力视为“有心捣乱谋反叛逆”的行为，而依仗军阀的势力加以压制。他们先是用“釜底抽薪”的办法破坏宏毅中学的招生，接着又以暴力来威迫使他离开这古城。但他们这软硬兼施的伎俩不但不能动摇丁雨生的斗争意志，反而能被他一一看穿了。从丁雨生坚韧不拔的性格中，明显地看到经过“五卅”运动锻炼的革命知识分子崭新的思想面貌。

《抗争》的创作后于《城中》约一年。假若说《城中》写的主要是知识分子改造社会的理想，那么《抗争》写的则主要是知识分子改造社会的行动和途径。《抗争》中的小学教员郭先生和《前途》中的惠之处于同样困窘的境地，但由于时代的不同，郭先生走着与惠之完全不同的道路。惠之走的是个人乞求的路，而郭先生走的则是集体抗争的路。郭先生是在革命的影响下具有初步阶级观点和集体主义思想的知识分子。他认为贫穷的知识分子同教育当局之间的斗争是不可调和的阶级斗争，因此，彼此之间根本没有商量和乞求余地，知识分子的“生路”，就在“不同他们商量”，而“一齐联合起来”，结成团体的意识，去为自己的解放“抗争”。郭先生的认识，真实地反映了“五卅”运动对于知识分子思想和世界观的深刻影响，表现了知识分子阶级意识的普遍觉醒。

此外，《在民间》《一包东西》等短篇对知识分子的描写，也都显然反映了知识分子完全崭新的面貌。

叶绍钧是“五四”时期我国著名的现实主义作家。“冷静地谛视人生，客观地、写实地描写灰色的卑琐人生”是他现实主义的特色。他不是像鲁迅那样以革命“呐喊”者的鲜明立场，从探寻人民革命力量的角度去描写知识分子，而是以一个教育救国论者的立场，从讽喻教育的腐败和社会的弊病的角度去描写下层知识分子的灰色生活的。因此，在叶绍钧笔下的知识分子形象与鲁迅小说中的知识分子形象便具有明显的不同。这不同主要表现在：（1）鲁迅小说中的知识分子都是思想命运与革命风云密切悠关的人物，他们性格和命运的悲喜剧直接反映着革命潮水的涨落和时代气候的变幻；而叶绍钧这个时期小说中的知识分子形象则大都是生活上远离革命，政治上麻木不仁的人物，从他们的性格和灰色生活，读者不能直接感受革命的脉搏，只不过一般地看到了教育和社会的腐败及人生的不幸。其中虽然也有些人物(如《城中》里的丁雨生和《抗争》里的郭先生),具有一定的反抗精神,但其思想也远远落后于当时的革命形势。(2) 在鲁迅小说中,作者的主张和对人物的讽喻,往往通过作品中“我”的感受直接说出来,而在叶绍钧的小说中则完全是通过对人物性格真实地描绘客观地显示出来的。正如作者所说:“我常常留意,把自己表示主张的部分减到最少的限度。我也不是要取得‘写实主义’、‘写实派’等的封号;我以为自己表示主张的部分如果占了很多的篇幅,就超出了讽他一下的范围了。”①(3) 鲁迅和叶绍钧的小说中知识分子形象都具有鲜明的个性特征,但后者对于人物性格的社会根源的挖掘较差,因此艺术形象也就不如前者更典型、更具有广泛地社会意义。

叶绍钧的长篇小说《倪焕之》是第二个十年中描写知识分子的“扛鼎”之作。作者以现实主义手法,真实地描写出典型环境中的典型性格,成功地塑造了倪焕之这一革命小资产阶级知识分子的艺术形象。

倪焕之是第二代知识分子中的一种类型。他既不同于鲁迅小说中的消极的彷徨者;也不同于郁达夫小说里的颓废的“零余者”;他是充满革命热情富有理想的改革者。早在旧民主革命的启蒙时代,他就是一个满怀抱负,热心革命的青年。辛亥革命的失败,使他陷入幻灭的痛苦中,不再热心政治,被迫当了小学教员。但他并没有像吕维甫那样一蹶不振,也不如《饭》中的吴先生那样,仅仅为饭碗而奔走,而是从对革命的失望中苏省过来,继续探索改革社会的路。于是便走向用教育改革社会的改良主义道路。他的改革方案是先用资产阶级的理想改革学校和家庭,建立起所谓理想教育制度和理想家庭生活,然后由家庭和学校影响整个社会。因此,理想教育和理想家庭,便成为他奋斗的直接目标。

作者真实地再现了改革者所处的典型环境——封建思想、习俗根深蒂固的农村社会,展示了倪焕之的理想同现实的尖锐矛盾。

倪焕之是一个无权无勇的小资产阶级知识分子,普通的小学教员。他要使改革的理想付诸实践,必须要找一个支柱;这支柱便是在乡间“谁都承认他有特殊地位”的校长蒋冰如。蒋冰如不仅是留学日本具有新思想的改革者,而且是掌握学校教育大权的一校之长,“有田有店”的开明士绅,在当地实为振臂一呼应者云集的人物。但当他以改革的发起人和组织者出现时,却立即陷入孤掌难鸣的窘境。他和倪焕之所拟的学校“社会化”的方案,在校内得到的反应是怪论和冷漠,在社会上更激起强烈反对的轩然大波。迷信的村民视他们为公敌,谣言中伤,深恶痛绝;封建恶霸蒋士镳,乘机跳出,扬言控告蒋冰如抢夺地产,盗掘坟墓,要以封建阶级的专政

① 叶绍钧《随便谈谈我的写小说》。

工具致改革者于死地。软弱孤单的蒋冰如无计可施，一筹莫展，便首先妥协了。

倪焕之改革教育的理想终因失掉改革支柱，——蒋冰如斗不过蒋士镳——而破灭。这说明，在封建势力根深蒂固的中国社会，一切离开群众实践的所谓改革，都是不能实现的；像蒋冰如那样具有重要社会地位的向资产阶级转化的开明士绅，虽有反封建的要求，但不可能从根本上同封建势力彻底决裂，所以，他们总是以改革始以妥协终。这便是倪焕之改革失败的根本原因，也是他同时代的改革者不可逃脱的悲剧命运的根源。

理想家庭也是倪焕之改革的目标之一。他曾以诗人的幻想描绘出理想家庭的蓝图。但这个理想家庭的蓝图和理想教育的方案一样，一跟社会接触就被击得粉碎。理想家庭生活的基础是“终身以之的教育”事业，可婚后的金佩璋却由热心于事业的新女性而变为沉浸于繁琐家务中的贤妻良母。金佩璋的转变深刻反映了她同时代妇女的悲剧命运的历史必然性，说明在整个社会未有改革，妇女经济地位没有根本改变的条件下，所谓理想家庭，只不过是心造的幻影。小说又一次揭示了倪焕之改革失败的时代原因。

两个理想教育和理想家庭的破灭，使具有远大抱负的倪焕之第二次陷入改革无路的痛苦中。是五四运动把他从痛苦中惊醒。后来，在共产党人王乐山帮助下，他懂得了“要改造社会，非得有组织地干不可”，即改革社会的正确道路是在共产党领导下有组织的群众革命实践。倪焕之的这个认识，反映了五四运动以后，革命小资产阶级知识分子的普通觉悟。当时大批抛弃个人主义和改良主义道路毅然投入革命斗争知识分子，像茅盾小说《虹》中的梅行素和《蚀》中的章静等，便都是具有这一觉悟的知识分子。倪焕之只是其中的一个，他从乡村到上海参加了五卅运动和第一次大革命，真正找到了他赖以改革社会的物质力量。但腥风血雨的革命毕竟不同于和风细雨的改良，革命者不仅要经得住曲折和失败的考验，而且要随时准备付出巨大的牺牲。这是刚刚投身革命而世界观尚未得到根本改造的倪焕之所不可能办到的。所以，当四一二反革命政变发生后，他便被反革命的屠杀吓昏了，并且借酒浇愁，悲痛死去。倪焕之毕竟是经过革命思想浸润的战士，他的死虽然表现了他思想的脆弱，但他对革命还是充满希望的。他在临死前，发出这样的呼喊：“唉，死吧，死吧！脆弱的能力，浮动的感情，不中用，完全不中用；一个个希望抓到手里，一个个失掉了，再活三十年，还不是那样？同我一样的人，当然也没有一个中用，成功，是不配我们受领的奖品；将来自有与我们全然两样的人，让他们去受领吧！”这发自肺腑的自我批判，深刻反映了他世界观的尖锐矛盾：理智上向往革命和未来，而感情上却脆弱动摇，不能自拔。倪焕之世界观中的矛盾，典型地概括了大革命失败后革命小资产阶级知识分子普遍的精神状态，说明小资产阶级知识分子改造世界观的必要性。

倪焕之是第二个十年的小说中具有高度典型性的艺术形象。他的典型性不仅在于通过其半生探索成败的曲折历程，令人信服地批判了资产阶级个人主义和改良主义道路，肯定了投入革命斗争在实践中改造世界观是一切革命小资产阶级知识分子的历史必由之路；而且在于人物的性格和道路选择都揭示着深刻的时代的和阶级的内容。把人物置于大时代的广阔背景里从历史的发展中完整的写出其思想发展道路，是作者塑造倪焕之这一艺术形象的独特方法。就这点而论，不论就作者本身的创作来说，还是就五四以后到 1928 年以前的整个文坛的小说创作来说，都是空前的。所以，茅盾对这部小说的出世，给予高度评价，他说："把一篇小说的时代按放在近十年的历史过程中的，不能不说这是第一部分；而有意地要表示一个人——一个富有革命性小资产阶级知识分子，怎样地受十年来时代壮潮的激荡，怎样地从乡镇到城市，从埋头教育到群众运动，自由主义到集团主义，这《倪焕之》也不能不说是第一部，在这两点上，《倪焕之》是值得赞美的。"①

倪焕之的出现标志着叶绍钧现实主义思想的发展。这不仅因为《倪焕之》是作者五四以后描写知识分子的第一个也是唯一的长篇，而且因为这个形象同作者第一个十年小说中的知识分子形象具体明显的不同。

首先，作者笔下的知识分子虽然几乎都是教育界的小知识分子，但在前十年里，写得最成功的都是一些远离时代，没有远大理想和政治热情，过着灰色生活的自私、狭隘、卑琐的小人物；倪焕之则是同他们迥然不同的另一种类型，他是满怀政治抱负和理想，追随时代潮头探索前进的改革者。从注重描写旧社会被侮辱被损害者，以暴露黑暗，到注意描写在黑暗中探索改革之路的改革者，以指示光明，这是作者从批判现实主义向革命现实主义发展的重要标志。

其次，作者前十年描写知识分子的小说，对于人物性格和环境描写的艺术真实性，主要表现在对于生活细节的真切细微的描绘，至于时代潮流和阶级地位对人物思想性格的影响则揭示得很不充分，这个缺点在五卅运动以前创作的小说中表现尤为突出。倪焕之却不同，他的思想性格的发展和道路的选择都明显地受着时代潮流和阶级地位的支配。这个变化标志着作者现实主义创作方法的进一步成熟；不仅注意细节的真实，而且注意历史本质的真实，即写出典型环境中的典型性格。但革命现实主义作品的产生是必须以作者马克思主义世界观和丰富的革命斗争生活作基础的，而这恰恰是作者当时还不具备的条件。所以，虽然从倪焕之的塑造中看到作者由此批判现实主义向革命现实主义前进的可喜的征兆，然而《倪焕之》却

① 茅盾《读〈倪焕之〉》。

还不能算是成熟的革命现实主义的作品。它还带着作者前一时期批判现实主义的明显标记。这便是批判的基调和悲剧的气氛。所谓批判的基调，是说在倪焕之道路的描写中，虽然写了他由个人主义、改良主义走向集体主义的历史必由之路，但作者的重点却在于对个人主义改良主义道路的批判，而对倪焕之走向集体主义道路后的生活和思想，则着笔甚少，并且由于缺乏革命者的生活而流于概念化。所谓悲剧的气氛，是说作品虽然通过倪焕之病中的一段话表白了对革命未来的希望，然而作者却使倪焕之和唯一坚定的革命者王乐山都落得死亡的悲剧结局。这就使整个作品的艺术境界笼罩着浓郁得令人窒息的悲剧气氛。

中国现代小说中的士兵和军官形象*

在中国现代社会中，士兵和军官是一个独立阶层，因此也有反映这个阶层的小说产生。据不完全统计，以士兵和军官生活为题材的现代小说约 40 篇(部)左右。这些作品基本上产生在第二和第三个十年，写在第一个十年的却很少。

半封建半殖民地的社会性质形成中国现代军队成分的复杂性。那时中国军队就其性质可分为三大类：其一是新旧军阀武装(包括跟随蒋介石叛变革命的国民革命军)，他们是帝国主义、封建主义和官僚资本主义压迫中国人民的工具；其二是地方工农武装(包括尚未接受共产党领导的工农自发武装)，他们是工农群众反压迫反侵略、救亡图存的产物；其三是共产党领导的革命武装(包括共产党直接领导的国民革命军、工农红军、八路军、新四军和人民解放军)，他们是维护人民利益的军队。中国现代小说对于士兵和军官形象的描写，生动地显示了中国军队那一时期成分的复杂性，真实地写出各类军队的性质，从而深刻地反映了社会现实。

在第一个十年里所出现的几篇以士兵为题材的小说，如高世华的《沉自己的船》(1923 年)、徐玉诺的《一只破鞋》、杨振声的《一个兵的家》、王思玷的《几封用 S 署名的信》(1924 年)、《一粒子弹》(1924 年)等，多以兵匪祸民为其主题。其中的北洋兵是一些比土匪更凶恶的"官匪"。《沉自己的船》①可以算写得较为深刻生动的一篇。作品写北洋兵强迫商船运兵，殴伤船主，将商船载的几百桶桐油抛入大海，终于逼出撞礁自沉的惨剧。士兵在作品中被作为一群没有理性和独立意识的愚昧而野蛮的工具描写着。他们"只知道有枪，便可欺负人，全不想自己的责任，一个人得几块钱，便去为一般魔鬼卖命"；"打仗""比鼠子还弱"，祸民却"比老虎还恶"；他们专以"能损害他人"来炫耀自己的"勇敢"。在政权与人民对立的军阀时代，官、兵、匪是三位一体的东西，正如鲁迅引用的四川民谣所说："贼来如梳，兵来如篦，官来如剃。"(《南腔北调集 · 谈金圣叹》)《沉自己的船》及这个时期以士兵为题材的小说，大都从这个历史事实出发去描写士兵形象的，所以，这个时期士兵的形象多是丑恶的反面形象。但也有例外，如《几封用 S 署名的信》就描写了一个从罪恶中开

---

* 《聊城师范学院学报》1982 年第 3 期。

① 1923 年 12 月《浅草》1 卷 3 期。

始省悟的下级军官。关于这篇小说，沈雁冰在《中国新文学大系小说一集导言》中曾有评述。他说："《几封用S署名的信》是作者最后的作品（就《小说月报》所登载的说，这是最后的），他终于抛弃了最初的纯客观的态度，热情地诅咒'内战'的罪恶。他用了书信体，他不写战地的情形，不写士兵，他描写一个下级军官怎样由'升官发财'的梦跌在现实的泥淖里，终于觉悟了他在那无名目的混战中的真实的地位。我们猜想来，作者大概未尝有战争的亲身经验，他很知道怎样回避他所不熟悉的事物，所以用了书信体，而且注重在心理描写。这要跟我们近几年来的战争文学一比，他这篇自然不能往成功的里算，可是在十三年（1924年）的非战文学中，（他这篇发表在那时《小说月报》的非战文学专号）已经是很好的了。同时他还有一篇《一粒子弹》（《小说月报》十五卷七号），那是他企图从正面描写战争的，那就更差。在《几封用S署名的信》中，至少那下级军官心理的分析是成功的。而且像他所指出来的下级军官在战争中的真正地位，那时候的许多非战小说也都没有写到。"从艺术上看，这个时期描写士兵的小说，由于作者当时不可能深入士兵的生活，熟悉士兵的心理，致使对士兵的描写流于表面化、简单化，因而除了群像外并无具有独特个性的士兵形象产生。这种人物描写的概念化倾向，正是第一个十年前半期的普遍倾向。据统计那时描写恋爱的小说约占百分之九十八，就连这类小说中的人物，也"都是一个面目的"，至于作者不熟悉的士兵就更严重了。

第二个十年是士兵形象大量出现的时期。与前一时期相比，反映士兵生活的作品不仅在数量上增加了五六倍，而且在形象的典型性和多样性上都是前十年无法相比的。但最大的不同是士兵形象的性质发生了变化：前一个时期的士兵形象多是丑的反面形象，而这个时期的士兵形象则除少数反面形象外，其大部分都是被作为正面形象描写的。

这个时期以兵匪祸民为主题的小说只有王统照的《刀柄》（1928年），李建吾的《末一个女人》（1929年），沈从文的《顾问官》（1935年）和沙汀的《兽道》（1936年）等少数几篇。《刀柄》和《顾问官》可为这类小说的代表。

《刀柄》中的"筋疙瘩"是一个具有独特个性的兵痞形象。他原是"一指地没有"的穷苦人，"为养活老娘"当上局子里的兵。这特殊的"职业"使他完全丧失了劳动者的本性，变成为官驱使残害生民的杀人工具。他不但参与官兵屠戮老百姓的暴行，而且充当砍杀红枪会的刽子手。他虽说"干够了""这种杀人的勾当"，但并不是因为明白了是非，受到良心的谴责，而仅仅出自动物性的自私，怕"到乡间去被大家的仇人捉到"，"腰铡"或"剖心"。在他身上根本看不到理性和独立意识，他把杀人的刑场当作大显身手当众"出彩"的戏台，竟想以刀法哗众取宠。"筋疙瘩"是现代小说中最早出现的具有典型性的兵痞形象，他那独特的个性深刻而生动地反映着中国半封建半殖民地社会中“游民无产阶级”的阶级共性。这类“游民无产者”是“人类生活中最不安定者”,“很能勇敢奋斗,但有破坏性”(毛泽东《中国社会各阶级分析》)。他们的社会经济地位决定了政治上的两面性,可以依附反动阶级作反革命工具,也可以在一定条件下经正确引导转化和改造为革命力量。他们在封建时代是原始形式的民间落后秘密组织的社会基础,后来又成为旧军队中的重要成分。

《顾问官》中的顾问官是一个高级兵痞形象,他与“筋疙瘩”的不同,是集官、兵、匪于一身。他原是前清秀才和圣谕宣讲员,曾作过私塾先生,入民国后又作过县公署科员、文牍员和土律师。他是一个腹饥囊空的蛀虫,当兵不过是搜刮民膏以自肥的手段。所以,他名为顾问官却全不务正业,“一时作小小税务局局长,一时包办屠宰捐,一时派往临近地方去当代表,一时又当禁烟委员”。为在二十四元月薪以外捞外快,攀缘长官,吹拍上司,四处拉扯,终于弄到“催款委员”的肥差,不到一月就由一个穷兵突变为赫赫富翁。腐朽是顾问官这一形象的最大特征,他思想上的封建性(作过私塾先生和圣谕宣讲员),经济上的投机性(与商人、屠户勾结作投机钻营的勾当)和政治上的反动性(利用政权敲吸民膏),集中揭示了半封建半殖民地中国军阀武装的本质,同时也深刻反映了中国社会结构中官兵匪三位一体的特征。

《末一个女人》和《兽道》①在主题思想上比上两篇更进一步,即不仅写出兵匪祸民,而且写出害民之甚兵过于匪。但作品中的士兵,都是缺乏个性的群像。因此,从艺术上看,这些作品都还显得幼稚。

上述以兵匪祸民为主题的小说是第一个十年同类小说的继续和发展,其中的士兵形象,虽仍然是丑的反面形象,但典型化的程度显然增高了。这些形象的典型意义在于反映了军队与人民的对立关系,从而揭示了旧军队的阶级本质。

在这个时期出现最多的是表现旧军队士兵命运和官兵矛盾的小说。其中的士兵多是被作为正面形象描写的。他们有的是具有善良灵魂的受害的弱者,如艾芜的《左手敬礼的兵士》(1934 年)中的吴大经,沙汀的《凶手》(1935 年)中的断腿天兵,周文的《山坡上》(1935 年)中的王大胜与李占魁,萧红的《牛车上》(1936 年)中的姜云五和谢冰莹的《一个女兵的自传》(1936 年)中的女兵等;有的是在压迫下挣扎与反抗的奴隶,如萧军的《军中》(1936 年)中的王胡子,艾芜的《荣归》(1936 年)中的罗德胜,葛琴的《总退却》(1932 年)中的寿长年,万迪鹤的《没有准备》中的兵士等。

《左手敬礼的兵士》中的吴大经是旧军队中受害的弱者。他原是一个纯朴的农民,被“两个军阀争夺地盘的大战”卷进部队,结果落得臂残腿断,沦为叫化子。《凶

---

① 1936 年 6 月 10 日《光明》1 卷 1 号。

手》[1]中的断腿天兵遭遇与吴大经相似。他本是农民的儿子，同弟弟一起被抓去当兵，连长强迫他去枪毙逃跑被抓回的弟弟，从而他就成了杀死弟弟的“凶手”，最后由“断腿天兵”沦为有家难归的乞丐。断腿天兵比吴大经具有更深刻的悲剧性，因为他是受害者，却无法摆脱害人者（凶手）的罪名，他的悲剧是双重的悲剧。

长篇小说《一个女兵的自传》是这个时期反映北伐军女兵生活的唯一的小说。其中《从军时代》（第四章）一章生动地描写了北伐军女生队中女兵的生活。作者通过自叙传的形式，以深切体验，写出在我国第一次国内革命战争时期那个特定历史环境中一个普通女兵成长和斗争的艰难历程。主人公所表现的崇高的革命理想、强烈的反封建精神及勇敢进取的情绪，深深刻着那个时代的革命潮流在一个普通女兵思想上所打下的印记。她从冒名入伍到伪装遣散的艰难遭遇，一方面反映了大革命失败所引起的军队性质的变化，另一方面说明在妇女地位未有根本改变的半封建半殖民地社会，女兵同样不能摆脱被压迫妇女的悲惨命运。所以，作品中的女兵尽管具有一定的反抗性，但仍然是一个受害的弱者形象。

在反映官兵矛盾的小说中，士兵都是一些具有反抗性的正面形象。《军中》[2]（1936 年）中的老号兵王胡子就是这样的形象。他从军三十五年始终不得升官的原因，不是怠惰低能，而是秉性犯上，对长官怀有不满。后终因说连长的“坏话”被以军法制裁，但他至死不变其反抗的本性。《荣归》中的罗得胜也是具有反抗性的人物。他本是地主吴太爷的长工，因酒醉调戏了吴太爷宠爱的丫头便逃出虎口当了兵。当他随部队打回家乡时，本想借戎装“荣归”灭地主的威风，长穷人的志气。但他的上司却与吴太爷勾结命令他去充当枪毙乡亲的刽子手。罗得胜的处境与断腿天兵很相似，然而他作出的回答却不是屈从，而是反抗。他终于决定：“老子拚了命，都要把他们放出去！”《总退却》[3]是以上海“一·二八”抗战为题材的小说。作品集中描写的十九路军战士农民出身的寿长年和矿工出身的贾金魁都具有勇敢的反抗精神。他们要求抗战完全是出自被压迫阶级的本能，因为他们从内心里“仇恨着这些蛮不讲理的东洋兵”。所以，当他们的正义行动受到长官阻止时，就把反抗矛头指向长官和党国要人，以致形成流血斗争。《夜前哨》中的赵得胜、王志斌和李海三，都是国民党反共军队中的叛逆者。他们都“出身最苦”，有的是家乡农协委员长。他们当兵的目的是向地主阶级报仇，但长官命令他们干的却是打红军和抢劫老百姓。从血的事实中，他们终于认识到只有红军是穷人的军队，因此便杀死营长带领兄弟们弃暗投明。

---

① 收入短篇小说集《土饼》1936 年 7 月文化生活出版社。
② 收入短篇小说集《羊》1936 年 1 月文化生活出版社。
③ 1932 年 5 月 20 日《北斗》2 卷 2 期。

总之，上述士兵的正面形象按其思想特征可分为两类。一是受害的弱者：他们虽处被害的地位却无力反抗；他们大都出身于个体农民和小资产阶级知识分子，其被害的命运和思想上的软弱性，正是个体农民和小资产阶级阶级地位的真实反映。二是反抗的奴隶：他们已意识到自己被压迫的地位，抛掉幻想奋力反抗；他们大都出身于贫苦农民和工人，他们的反抗精神标志着被压迫阶级的觉醒，其反抗行动具有阶级斗争的性质。这两类形象的意义，在于表现旧军队官兵关系的对立，从而深刻揭露了旧军队反人民的本质。

此外，在这个时期还有一些描写地方工农武装斗争生活的小说，如丘东平的《沉郁的梅冷城》《红花地之守御》《通讯员》，蔡天心的《东北之谷》(1935 年)、戴平万的《村中的早晨》等。这些作品中的士兵和军人都具有更高的觉悟和思想品格。如坚如钢铁、大义灭亲的总指挥杨望，严于职守、勇于牺牲的通讯员林吉，为报国仇视死如归的老兵朱龙等。这些小说大都创作于 1931 年以后民族矛盾日趋尖锐的时代。作品所描写的地方工农武装正是人民反侵略反压迫、救亡图存的产物。在这里根本不存在上述军队中官兵关系和军民关系的对立，士兵也不再是受害的奴隶，而是自觉杀敌的英雄。因此，这些作品中的士兵和军人形象，其典型意义不再是暴露而是歌颂。但这类小说在艺术技巧上和反映现实的深度上都很不够，人物塑造只停留于个别英雄行为的叙述，而尚未深入到心灵的探讨和个性的把握。因而，这些形象虽然被当作美的客体描写着、歌颂着，但缺少美的感染力。

1937 年后，随着政治上抗日民族统一战线的形成，在军事上也出现了一致对外的抗战局面。这时在以旧军队生活为题材的小说中出现了中下层军官的正面形象。如丘东平的《第七连》(1937 年)和《一个连长的遭遇》(1938 年)中的连长丘俊、林青史，《中校副官》(1937 年)中的中校副官，《友军营长》(1940 年)中的营长，丁玲的《一颗未出膛的枪弹》(1937 年)中的东北军连长等。这些中下级军官都是具有爱国心和正义感的民族志士。

林青史出身于下层人民，长期的军人生活使他具有军人的素养，这便是勇敢和服从。小说描写在一次战斗中，他带领一连人陷入日军包围圈，与营部失去联系，虽处孤军无援的窘境，仍顽强不屈，以巨大的伤亡，换取了胜利，但他的部队却被友军以“来历不明”为由缴了械。于是，林青史便一个人逃回营部请求帮助。不料等待他的却是判处死刑的命令。忠而获咎，功而受罚，这便是这个下级军官的遭遇。可叹的是林青史“一点也不为自己辩护”，反以“服从”来“成全自己的人格”。林青史的遭遇，一方面表现了下层军官精忠报国的精神，另一方面说明旧军队的军纪和所谓军人修养对官兵积极性的束缚和军队战斗力的破坏，揭露了旧军队的腐败。

《友军营长》①中的营长也是一个具有爱国心和高度军事素养的军官。他的遭遇几乎和林青史相同。在一次同日军的苦战中，他的营处于背水战的境地，由于采取了机动灵活的游击战术，避免了全营覆没的厄运，“安然带回了两个连以上的兄弟”，他的高妙的指挥才能受到新四军司令员的赞赏，但回到自己的指挥部时，却以“守土失责，有辱我军军人人格”之罪，“被执行了枪毙”。

《中校副官》中的中校副官是一个怀抱复兴中华民族大志的军人，出于爱国心对上司一向奉行着绝对服从和真诚崇拜。他认为“将领就是一面神圣的旗子，标志着民族的光荣，在全世界的人们的面前炫耀的”。但当他发现一向崇拜的军长，在艰难关头，不惜丧失领土，发布撤退命令时，爱国心和军人的责任感又完全改变了他对军长的态度，竟然“暴烈地”责骂军长的命令是“放屁”、“胡说”，以致军长恼羞成怒，用手枪回答了他的诤谏。

《一颗未出膛的枪弹》②写一个东北军的连长在红军少年的民族大义的感召下反对剿共奋起抗战的故事。连长的形象虽着笔不多，但却凝铸着抗战初期东北军爱国将士的身影，具有鲜明的时代特征。

上述军人可谓军中精英，他们具有勇敢善战的军事才能，富有爱国心和正义感，在国难当头的时代，都是可贵的人才，在正确的政治和军事路线下，一定会作出宏伟的贡献，创造出英雄的奇迹。但是，由于国民党军事和政治的腐败，就使之一个个都成为悲剧人物。他们的认识有不同；有的至死没看到造成悲剧的原因；有的则有了觉醒，如《友军营长》中的营长就是这样的觉醒者。他把国民党的军队和新四军加以对比，认识到他们所以胜利而还要被判处死刑是由于国民党军队“存在着一味专横暴戾的无情的军纪”，在这个军队里“生是犯罪的，只有死才得到鼓励和褒奖，这是一个神圣不可侵犯的定律，整个军队的生命都依靠着它，正像天主教徒的灵魂依靠天主，而且有了这个就用不着什么战略、战术，军纪——以无数‘死’字拼成的连坐法，这就是战略，战术”。只靠“专横暴戾的无情的军纪”来维持所谓军队的秩序，这种封建法西斯式的军事制度，便是造成战争失败的原因，也是形成上述爱国志士悲剧的直接根源。小说正是通过这些爱国军人忠而获咎，功而受罚的悲剧，揭露了国民党军事制度的腐败。

随着全面一致抗日局面的形成，大部分作家都投身到抗战中来，真正熟悉了士兵的生活。因此，这时期反映士兵和军人生活的小说在思想和艺术上都有长足的进展。这主要表现在这个时期以地方武装和解放军为题材的小说中，出现了真正具有较高典型性的士兵和军人形象。

---

① 收入《茅山下》1947年海洋书屋刊行。

② 1937年4月24日《解放周刊》创刊号。

以地方武装为题材的小说有姚雪垠的《差半车麦秸》(1938年),吴强的《激流下》(1938年)和师田手的《大风雪里》(1940年)。这三篇小说在形象塑造上各有独到之处,以《差半车麦秸》[①]中的游击队队员差半车麦秸最成功。

"差半车麦秸"是一个穿上军装的农民。他那纯朴、保守和自私的性格,典型地概括了中国农民兵士的特征。作者从丰富的生活中选出大量典型性的细节,生动地刻画了人物的性格。他具有中国农民的善良与纯朴:当兵后仍用着"小烟袋";晚上"点着油灯睡不惯",结果由于吹灭营房的灯,造成事故;他不习惯"同志"的称呼,而喊队员为"二哥",说"咱山东人叫'二哥'是尊称"。他具有农民的保守性:讲迷信和忌讳,认为"玩枪"的说话"可不能不忌讳"。他也具有个体农民的自私:趁夜间侦察之机拿老百姓的牛绳,并说:"俺以前打土匪的时候拿老百姓一点东西都不算事的。""差半车麦秸"虽然在思想上表现了农民的一些弱点,但被压迫的阶级地位决定了他的革命性,因此这些弱点在革命队伍中是可以逐步克服的。作者遵照现实主义原则,不仅写出农民阶级的弱点而且写出在这弱点掩盖下的革命性,从而揭示了农民阶级的本质。"差半车麦秸"的革命性,主要表现在参加抗战的自觉性,旧军队中的士兵也多是农民出身,但他们当兵的动机都不是为了农民阶级的利益,而"差半车麦秸"则把当兵打仗同农民阶级的生存和幸福联系起来,认为"鬼子不打走,庄稼做不成",他"为着要安安生生的做庄稼而热烈期望着把鬼子打跑"。正是他的这种热望,在战斗中转化为巨大的仇恨和忘我的牺牲精神,在破坏铁道的战斗中,虽受重伤而不下火线,甘愿"留下换他们几个"。

中国是一个农业国,现代中国的革命战争,实际上是无产阶级领导的农民战争。中国革命军队的战士,绝大多数都是穿上军装的农民。因此,"差半车麦秸"作为士兵的艺术形象所概括的上述特征,就具有极大的普遍性和典型性。

《激流下》中的团长美髯公汤保光和卫兵大水缸,也是两个具有独特个性的艺术形象。美髯公完全是中国式的具有传奇色彩的农民军的首领。不仅他那威武的仪表肖似关云长,而且他那忠勇无畏的性格和对部下"恩威并重,赏罚严明"的作风,也都很像旧时代的绿林英雄。但闪耀在传奇外表下面的却是一颗精忠报国的赤心。他身经百战,年逾半百,属于他自己财产的却只有一匹"海洲白大人送他"充作战马的"小黑驴"。他自己廉洁奉公,也这样要求部下。他虽严厉惩罚部下,却又深深爱着士兵。他同士兵的命运和利害是完全一致的。美髯公这一形象的上述特点,典型地概括了四十年代中国农民武装中一类军人的共性,反映了自发农民武装与新旧军阀武装的不同本质。

---

① 1938年5月《文艺阵地》1卷3期。

大水缸是一个农民出身的战士。他那纯朴、忠诚、热情而勇敢的性格跃然纸上，令人想到“差半车麦秸”。这绝不是公式化的雷同，而恰恰说明这两位作者都把握了生活的本质真实，艺术地再现了现实中普遍存在的一种士兵的类型。这类士兵大都出身于中下层自耕农，虽有抗战要求和觉悟但缺乏强烈的民族和阶级的仇恨心理以及卓越的英雄主义精神，所显示的最大特征是平凡。

《大风雪里》里的抗日联军的小谍报员秋姐子，是一个大智大勇的女英雄，被日兵抓住，严刑拷打，始终不屈，为不说出情报，毅然把舌头咬掉。她的行为既符合少年英雄的独特个性，又集中表现了人民爱国英雄共同的牺牲精神，真正达到了个性与共性的统一。

在40年代出现了描写八路军、新四军和人民解放军战斗生活的小说。在这些小说中的士兵和军人都是党和人民的优秀儿女。他们有的是在党的培育下正在迅速成长和觉悟的战士，如刘白羽的《回家》(1948年)中的解放军战士李广和，《血缘》(1948年)中的马成荣和陈启祥，《无敌三勇士》(1948年)中的阎福成、李广和、赵小义；有的则是无私无畏对革命和人民无限忠诚的无产阶级英雄，如刘白羽的《红旗》(1948年)中的战士孙本基、林鸣和，通讯员金星、团政委于纬和《永远前进》中的侦察员张怀德，《战地婚宴》(1949年)中的战士任成柱，雷加的《五大洲的帽子》中的科长武刚等。

《回家》写解放战士李广和由个人主义到集体主义，从狭隘的小农思想到自觉的阶级意识的思想发展过程。李广和本是被国民党抓丁当兵的贫苦农民，变成解放军战士后，个人主义思想和狭隘的小农意识还严重的束缚着他的头脑，觉得在国民党那里，拿人当牲口待，活受罪，共产党解放了，就该让他回家过安稳日子。因而，总想开小差。后来由于班长和指导员的帮助及事实的教育，终于明白了一个真理：欲求得个人的解放，首先要获得整个阶级的解放；要争得家庭的幸福，就必须将解放战争进行到底。李广和思想转变说明人民解放军是党领导的阶级军队，这军队的性质要求战士必须具有高度的无产阶级觉悟。

《血缘》是一篇歌颂人民战士高度阶级友爱和精诚团结的小说。主人公马成荣(机枪射手)和陈启祥(机枪弹药手)就是这种团结友爱的模范。他们平日亲密得如兄弟，战斗中团结得像一个人。小说通过他们几乎相同的悲惨家史和苦难遭遇，揭示出共同的阶级觉悟是他们团结友爱的基础，也是人民军队团结成钢铁长城的原因。

《无敌三勇士》中的战士阎福成、李广和和赵小义也都是在苦水里泡大的穷苦子弟，他们所以能在党的教育下克服个人主义和自由主义的毛病，成为“无敌三勇士”，其内因也仍然是共同的阶级仇恨和基于这仇恨所产生的无产阶级的阶级觉悟。正如班长李占虎在贺奖会上所说:“我们是穷人,我们有苦处,苦变成力量,团结起来就能天下无敌。”

上述战士都是平凡的穷苦出身的子弟,但在人民军队中却能做出英雄的业绩,这是因为他们同是旧社会的牛马和奴隶,一旦在党的教育下认识到个人的命运同阶级命运的关系,认识到个人解放与革命斗争的关系,就会毫不畏惧地献出自己的一切。这些形象真实地揭示了人民军队的无产阶级性质,说明被压迫阶级是这个军队的基础,高度的无产阶级觉悟是这个军队战斗力的源泉。

《红旗》以饱含激情的笔触描写了人民解放战争中指战员的英雄群像。小说共六节,每节集中写一个人物。《夜深》写战士孙本基,接受指导员的命令,一个人在严冬之夜涉过四百米水面,终于探索出渡河道路使全军完成冲锋任务的故事。在孙本基身上体现着人民军队高度自觉的纪律性。《第二面红旗》写农民的儿子,烈士的弟弟林鸣和,在“决定东北全局”的一次攻城战斗中,将红旗插到城头后,光荣牺牲的故事。林鸣和的哥哥林庆和一年前在一次攻城战斗中也是在把红旗插上城头时牺牲的。作者以真挚的感情通过这一对农民儿子的英雄行为,歌颂了人民军队的牺牲精神,说:“我忽然想起,一九四六年冬季,我在松花江边住过无数低小寒冷的农民草房。这一双农民兄弟正是从那里出来,带着过去的痛苦、眼泪,一心革命,身经百战,在这决定东北全局的一战里,为了换取人民的幸福,不惜牺牲了自己。我永远记得,我们胜利的光辉,正是在那红旗摇摆时,骤然射来的。”《在无线电机旁》写营指挥部里营长陈世贵和通讯员金星上下配合指挥作战的故事。通讯员金星虽着笔不多,但却光彩照人。当炮弹落在指挥部里时,他当机立断用自己的身体掩护了营长的生命,使他完成了指挥任务,而自己却受了重伤。小说正是通过金星的行为歌颂了人民军队完全建立在革命利益基础上的官兵关系。《地板》写一个连指导员孤身陷入敌营,冷静机智战胜敌人的故事。在这位独胆英雄身上所表现的是人民军队指战员所特有的革命的坚定性。《为了胜利》写反坦克英雄为完成爆破坦克的任务,抱着爆破筒滚进坦克轮下,与敌人同归于尽的故事,表现了我军压倒敌人的英雄主义气概。《钢铁的意志》通过一个年轻政委三次受伤不下火线的事例,歌颂了我军指战员无私无畏的优秀品质。

《红旗》是人民军队的英雄谱,作者通过对一个个英雄战士的描写来完成人民军队这一整体形象的塑造。这是这篇小说在艺术上的独特之处。但作品所描写的战士物质生活和精神生活过于单一化,因此,形象都缺乏丰富性和独特性。

真正塑造出具有较高典型性的人民军队战士形象的小说是雷加的《五大洲的帽子》。小说中战士武刚是以鲜明而突出的个性概括了无产阶级军人共同本质的艺术形象。小说把人物放到党的策略路线转换时期这一典型环境里来突现出他那刚强到近乎保守的个性，进而通过大量典型性的细节令人信服地揭示出隐藏在这“刚强”下面的本质内容，即典型的共性——对无产阶级革命事业的无限忠诚。这就使人物的个性（刚强）与共性（对无产阶级革命事业忠诚）相表里，真正作到了个性与共性的完美统一。

此外，这个时期还有一些反映旧军队战士生活的小说，如艾芜的《两个伤兵》（1938年）、《在火车上》（1944年），沈从文的《会明》（1945年）等。但这些作品无论在思想上还是艺术上都未有超过第二个十年中的同类作品。其中《会明》中的老伙夫会明和《在火车上》中的女兵，虽然个性鲜明，但其阶级共性却不明显，因而典型意义不大。

田仲济与中国现代文学*

中国现代文学研究会副会长、山东师范大学副校长田仲济教授，是我国现代作家和文艺理论家，也是现代文学史研究领域中屈指可数的著名学者。田先生从30年代末登上文坛，曾先后用芗汀、青野、野村、村、小淦、高田夫、兰海、柳闻、杨文等笔名发表杂文、出版文艺理论和文学史专著。其中《中国抗战文艺史》是我国现代第一部文学专史，曾译成日文在日本出版；《中国现代文学史》（与孙昌熙教授共同主编）是我国粉碎“四人帮”后出版的第一部文学史，在中国香港地区和海外有很大影响。田先生虽年逾七旬，但却永葆革命青春。在访问中精神饱满、激情洋溢，不仅向笔者详细介绍了五十年的文学生涯和许多宝贵的治学经验，而且谈了今后的研究计划及对研究工作的指导意见，也漫谈了一些海内外中国现代文学的研究概况。

一

田仲济先生于1907年8月17日出生在山东潍坊市，中学时代颇爱数学，喜爱建筑工程学，由于经济以及各种条件的限制，毕业后未能实现其攻读大学数学系或建筑工程系的理想，主要的是当时革命的思潮，使他的兴趣移到革命文艺以及政治经济学方面了。于1928年考入上海中国公学社会科学院政治经济系。为解决学费问题，他一边读书一边到中小学兼课。生活的困顿与挫折，使他进一步认识了社会的真象和人生的不平，引起他对国家前途命运的思考。学校里所读的是“正统派”“经济学”，这和课外所爱好的完全相反。当时上海正是左翼文艺运动的中心，他逐渐接触了从济南逃到上海的胡也频、董每戡和追随他们的那几个学生。他从而更喜爱革命文艺了。蒋光慈的创作，钱杏邨的评论曾令他倾倒。由于认识了耶林（张鹤眺）和杭州艺专逃到上海的几个青年学生，他也参加了他们的活动，成为地

* 《文苑纵横谈》（五）（山东人民出版社1982年11月出版）。

下党外围组织的互济会的成员。在左联和鲁迅的影响下，他接受了马克思主义文艺理论，开始走上文艺道路，办了《野光》周刊，附在《青岛时报》上出版。

他课外读的是马列主义经济学，课内学的是资产阶级经济学，到他毕业走上社会，这两种东西可都无法解决他的吃饭问题。他一无身居要津的亲戚，二无派系的关系。他只好进入少为人逐鹿的中学教语文，课余他办了《处女地》文艺周刊，在青岛《民报》附出。但不久报纸就被勒令停刊，副刊编辑被判了徒刑。1932年他又组织了青年文化社，在济南出版《青年文化》月刊，不久又改为半月刊，宣传救亡，提倡民主，由于国民党的迫害，在当地难以维持，1935年秋迁至上海，出过几期后终被和其他二十几种刊物同时查封。抗战开始后，在西安办过《报告》半月刊（主要刊载文艺性的通讯报导）。1940年，他的《新型文艺教程》第一版在重庆印行。在这一年的前后他写了杂文90余篇。1943年出版的第一个杂文集《情虚集》，所收53篇杂文均为这一年的作品。《情虚集》在形式上隽冷、挺峭，具有鲁迅杂文的风骨，在内容上从各个角落各种事物直接地反映了我国抗战时期国统区的社会相，画出旧中国现实的一部分形象，曾产生过较大的社会影响，郭沫若同志曾为此书写了序言。

1944年是田先生杂文创作丰收的一年，除重版《情虚集》外，又由重庆建中出版社和明天出版社分别出版了《发微集》和《夜间相》两个杂文集。前者收杂文27篇，后者收10余篇，均为1941年至1943年的作品。后两本杂文集可以说是《情虚集》的续编，合起来可称为抗战时期国统区社会的编年史，通过一鳞一爪画出笼罩整个国统区的“夜间相”。1957年，作者从上述三个杂文集中，曾选出44篇，集成一集出版，名为《微痕集》，意思盖指是旧时代的“微痕”。

抗战时期是杂文的中兴时代，田先生是这个中兴时代居住重庆写作数量较多的作者。他的杂文继承了鲁迅的战斗传统而又以自己朴实含蓄的风格放射着异彩，是抗战文学中的瑰宝。但当谈到他的杂文创作成就时，他总是非常谦虚。他说，杂文本是鲁迅所创造，也由他把它发展到最高阶段。随着鲁迅的逝世，它曾渐渐地衰微下去，抗战时期由于环境和斗争形势的需要，有人出来大喊复兴杂文，上海曾有《鲁迅风》出版。40年代的大后方，桂林曾出过《野草》，重庆出版过《文风》，但后者仅出了一期，各地报纸上的副刊，有许多很注意杂文的。在重庆，《时事新报》的《青光》，《新蜀报》的《蜀道》，都曾有一个时期偏重杂文而颇引起一些人的注意。那时分布各地的杂文作者，他居重庆而外，上海有唐弢，延安有徐懋庸，桂林有聂绀弩、宋云彬和秦似等。他开始写杂文是受鲁迅的影响。开始几年随写随抛，自己从来没有收存过。直到1940年，因为整年住在作为陪都的山城里没有什么变动，时常把刊登了的文章剪存下来，积到年终，除了散失的外，居然有90余篇，就选了其中的60余篇结集起来作为第一个集子出版。当笔者问他的杂文创作在文学史上的意义时，他说："那时称为战时陪都的重庆，集中地表现了蒋政权的黑暗、腐朽、荒淫和无耻。我的杂文是那个时代的记录。不过由于不是幕中人，内幕的情况也就无法洞悉，也由于没有一枝那末有力的笔，所以我的杂文仅是反映了其中的某些方面，还不能给它构成一幅完整的图象。写得自然也不够深刻有力。但直到现在，以这样较为直接的形式反映那时情况的似乎还不多，因而这些杂文也许不是没有一点意义。"

田先生既是杂文散文作家，又是杂文散文艺术的研究者。1943年8月东方书社出版的《杂文的艺术与修养》及建国后出版的文学评论集《五四新文学运动的精神》等专著中的一些论文，反映了他关于杂文艺术的精深独到的见解。在访问中，笔者请先生谈了中国现代杂文与古典文学的关系。他认为杂文是鲁迅在继承古代散文传统的基础上创造的。中国古典文学中散文文学占很大的比重。中国散文文学具有极丰富的现实性，在表现方法上又富有形象性。这形成了在国际上最突出的特点。中国的哲学书籍，从先秦诸子到以后各家，多半都属于这一类型。全书里面抽象思维的学术性文字极少，思想大都为现实具体问题而发。就是有的偶然有些抽象的思维，也是片断零碎的居多，自成为一体系的较少。思想的表现形式，大多数属于偶感性的记述或描写，如什么说，什么论，或什么记等，从天下之大到草木之微无所不谈。文词方面极注重藻饰：这形成了中国散文的现实性和形象性的特点。影响所及，甚而史书，如《左传》《史记》等著名史篇，也不同于其他国家的史书，着力于社会现象的分析，综合事实的记述，而是注意于状物传人，以及各种重要场面的描写，形成了中国传记文学的一种特殊形式。鲁迅认识并掌握了我们中国文学的这一特征，继承了它，发展成为他具有独创性的杂文。他认为鲁迅的杂文继承了古代特别是魏晋的风格以及历代散文的现实性和形象性的传统，但又具有其自己的特点，这便是犀利的战斗性，对问题剖析的深刻锐利，形成自己独到的见解，以及形式上的隽冷、挺峭。

二

抗战时期是文艺与民众相结合的时代，也是文艺归还于人民的时代。理论是行动的指南，要使人民掌握文艺，首先必须用科学的理论知识武装他们的头脑。这就提出了一个大众化的迫切问题。当时在哲学方面，艾思奇同志以他的《大众哲学》作了成功的尝试，而在文艺理论方面首辟新径的却是田先生的《新型文艺教程》

一书。

《新型文艺教程》出版于1940年，在当时风靡一时的文艺大众化运动中，确实是一部适时的影响颇大的书。它在文学史上的意义，正如李何林先生在该书序言中所讲的那样：

> 在一九三四年大众语运动的当时及其以后，有很多人从事"科学小品"的制作，那就是用故事的形式演述科学的知识，想用平易有趣的富于文学意味的小品文体，放进干枯的科学内容，使一般的读者容易接受和消化，也即所谓用软性的形式表现硬性的内容……
>
> 用这种文体从事于哲学著作的，有艾思奇先生的《大众哲学》一书……而用故事的体裁和软性的文笔，介绍文艺理论或论述文学的，勉强的可以说早有叶绍钧和夏丏尊二先生合著的《文心》，但那讲的是关于国文方面的读和写的知识，不是严格的"论述文艺"的著作。所以至今在我所见的范围以内，田仲济先生的这一本《新型文艺教程》，实在还是用上述的体裁和文笔写成的第一部文艺理论和知识的书，给学术思想的通俗化工作开辟了一个新的途径……至于把这种文艺的"新型"及其创作方法，总共起来作一系统的简明的介绍，成为一本书，在中国出版界这也还是第一次。

继《新型文艺教程》之后，作者于1943年出版了《小说的创作与鉴赏》（重庆文信书局），1947年出版了《作文修辞讲话》（上海教育书店），这两本书也都是在普及文艺理论与文学知识及修辞等方面颇有影响的专书。

1941年至1942年秋，田先生任重庆东方书社编辑主任，和臧克家、叶以群共同编辑了《东方文艺丛书》十册，包括郭沫若的《今昔集》，臧克家的《古树的花朵》，以群的《姊妹行》，田涛的《肥沃的土地》和沙汀、刘白羽的短篇集。1944年曾和姚雪垠、陈纪滢合办《微波》文艺月刊，仅出两期便停刊了。笔者请田先生介绍了大众化运动中"通俗文艺与新型文艺"产生与发展的情况和创办《微波》月刊的经过。

田先生认为抗战时期文艺大众化在创作上的突出表现和成就包括两个方面：一是旧形式的利用；二是新型文艺的产生。在旧形式利用方面努力时间较长，成就明显的有顾颉刚领导下的通俗读物编刊社。田汉的新歌剧《新儿女英雄传》、欧阳山的大众小说《三水两农夫》《好邻居》《杨旗手》《英烈传》《世代怨仇》《流血纪念章》等都是当时影响较大，得到群众好评的作品。此外，在西北陕甘宁边区盛极一时的秧歌与秧歌剧也标志着旧形式利用和改造的成功。旧秧歌，纯粹是一种民间娱乐，内容大致有两种：一种是讽刺的，讽刺官僚士绅，以发泄民间的苦闷；一种是娱乐的，多半为男女调情。新秧歌在内容和形式上，和旧秧歌的面目已完全不同了。它教育的意义重于娱乐的意义，帮助政府推行法令，描写生产、卫生等成了主要内容。较为成功的作品有《动员起来》《兄妹开荒》等。

所谓新型文艺，是指那些能敏捷地直接地反映社会变革、日常生活和斗争的新产生的小型文艺形式，如活报、街头诗、朗诵诗以及更早些时候就有的速写、报告、特写等。由于现实的一切人都在急剧地变动着，士兵和民众也随着战争进步了，都需要他们的读物；作家们不能从容地把大时代的事件和人物熔铸到他的艺术形象里，已流行的旧瓶新酒的鼓词、小调，不能担负起这一任务，于是上述新型文艺就随着通俗文艺的兴起而出现，在文学的民族战线上，演了轻骑兵的角色。它们的作者多是在前线上工作的服务团团员，政工队队员，和一些在前线和敌后工作的文艺青年。街头剧比活报较为复杂，是大众运用来教育和娱乐自己的文艺形式。抗战以前就流行的《放下你的鞭子》是最成功的作品，此外还有《活路》。街头诗和朗诵诗在当时也形成群众运动。前者由诗人田间在西北发起，在那里颇为流行一时，影响很好；后者的首倡者是冯乃超，他曾在《时调》创刊号上发表提倡朗诵诗的宣言，光未然、臧云远和高兰等则是致力这运动的诗人。运动首先在武汉展开，第一次在鲁迅先生纪念大会中朗诵，得到很好的效果。接着在许多公私聚会里都有了朗诵节目，其他各地，如延安、重庆也都响应。那时还流行着“讲演文学”和“小说朗读”。最早提出这一名称并致力这一活动的是胡考。他在《文艺战线》上发表过一篇自认为是“讲演文学”的《陈二石头》。后来极力提倡的是欧阳凡海。报告文学虽产生于五四时期，于一·二八就在新文艺中确定了它的地位，但它的真正繁荣却在抗战时期。它成了抗战文艺的主要形式。杂志和文艺副刊都为特写报告贡献了最多的篇幅，所有的作家、诗人，像刘白羽、何其芳、卞之琳、沙汀、以群、周立波、曾克、草明、荒煤、田涛、碧野等，都拿起了报告特写的武器。黄钢的《开麦拉前的汪精卫》，适夷的《带路的孩子》，刘白羽、周而复等的《海上的遭遇》，周而复的《诺尔曼·白求恩》以及《五月的延安》《陕公生活》等，都是当时影响很大的作品。

谈到创办《微波》时，田先生将陈纪滢最近从台湾通过香港寄来的《传纪文学》拆页给我看。这是1982年连载了三期的一篇文章《记姚雪垠》，回忆到他在1944年同田先生、姚雪垠创办《微波》的经过：

> 先谈我与他及田仲济兄合办《微波》文艺月刊。他（指姚）从在汉口回到重庆，约为三十年春季的事。他一到重庆，就搬进上清寺附近的张家园街三十五号“中华文艺界抗敌协会”（简称“文协”）居住。……仲济兄则住在中一路靠原《中央日报》的一条巷子内。仲济那时候好像仅为某杂志担任一点编务，也十

分清闲。

我那时候，因报馆（大公报）日出一张半，篇幅有限，文艺性稿件简直无法容纳，成叠成束的来稿堆积案头，令人十分困惑。于是闲谈之际，我就提议我们办一个文学性的月刊好不好？雪垠一听，甚为高兴，忙说："正是时候！"原来那时重庆有一二种刊物存在，姚蓬子所编的《抗战文艺》早停了，茅盾的《文艺阵地》在桂林，也不能按期出版，其余仅有文运会出版的《文艺先锋》（张道藩主办——由中宣部支持），仲济也赞成。雪垠生性明朗，有什么说什么。仲济则老成持重，胸有城府。后来他也表示了肯定的意见。谈到出版费，我说："我负责！"

那时大约印一本十六开二百页的刊物，印两千本大约需款七八百元的法币。我那时有两份职务可拿薪水约法币一千二百元。另外大公报每月也给我一份整个职员的薪俸约八百元。……我说："我豁着把报馆所得花在印刷费上，但稿件需由您俩支持，"雪垠与仲济都说："那没问题。"

于是我们开始筹备。登记、与官方接洽，约定印刷厂承印等等都办好了。于是在三十三年三月开始出创刊号。雪垠与仲济都有文章发表。我在发刊词中，也说明我们的结合，完全是为文艺界朋友服务，别无他求。好在文稿不虞匮乏，因为我手头有的是刊不完的佳作。

在四个月内出了三期，期期精彩，可以说既活泼又有内容。大家都争着看，但订户则稀少，每期出版后，都被文艺界朋友们抢着要，可是无人肯花钱订阅，又无广告支援，我把报馆得来的酬金完全贴进去有时还不够。我家里又因孩子众多；且都在上私立学校，开支浩繁，捉襟见肘。同时我又不愿向公家领津贴。另一原因乃自太平洋战事爆发以后……一种胜利的预兆显示在眼前，人人心浮气动，在迎接凯旋的到来，看书看杂志的人可说渐渐减少。

为了不堪赔累，雪垠与仲济又无力出钱，于是决定停刊，以待机会，再与世人见面。

田先生写了一篇《遥寄》（发表于1982年6月11日香港《新晚报》）作为对于陈纪滢的回答。并对陈文关于《微波》月刊的回忆作了一些补充和修正。如说："我们创办时《抗战文艺》并没有停刊，只是不能按期出版，实际上成为不定期刊罢了。而且，我们大家都知道，《抗战文艺》是文协的会刊，虽然有一段时间由姚蓬子编辑过，但绝不能说是姚蓬子的刊物，你说'姚蓬子所编的《抗战文艺》早停了'，是不符合事实的。《抗战文艺》是贯彻抗战整个时期的唯一的一份文艺杂志，抗战胜利后，中华全国文艺界抗敌协会搬到上海，改称中华全国文艺协会，《抗战文艺》停刊，改出《中国作家》，共出了三期。"

三

1946年田先生由重庆到上海，先后在上海办现代出版社，到国立上海音乐专科任文艺教授。1947年以兰海的笔名出版了《中国抗战文艺史》。这是我国第一部现代文学专史，也是田先生长期实践积累的总结和在艰辛环境中心血的结晶。抗战文艺是中国现代文学史上灿烂的篇章。但由于战争环境所造成资料的散佚，致使这段历史几乎成为空白，而《中国抗战文艺史》虽然只能说是简史，可以说是填补这空白的唯一的一本书。它不仅具有学术价值，而且具有珍贵的史料价值。因此，它的出版便引起日本学者的注意，很快地译了过去。关于这本书的写作目的，作者在《后记》中写得很明白，他说："在抗战中……文艺中心城市的相继沦陷，中心文坛的移动，文艺中心由集中而分散，以及交通不便等等许多原因，这一段的抗战文艺史资料最容易失散，最难以保存，这是关心文艺史的人的一个遗憾。……写这本小册子的目的，便是企图弥补一部分缺陷，保存一部分史料，使它不至全部失散。"又说："虽然简略，抗战文艺前进的路向究竟在这里画出了一个轮廓。——为了使这轮廓不至失真，在写作时我力避发抒自己的主张，尽量引用了各家的意见。我想，使它不陷于偏颇。"

但这本书的价值绝不仅仅在于它系统保存了史料，而在于它以马克思主义的观点和方法对于这些史料和史实所作出的科学结论。首先，在阐述抗战的文艺方向时，既写出文艺界的复杂性而又坚持了革命的立场，要求文艺在内容上描写人民的生活，塑造人民的英雄，在形式上作到大众化。其次，在史的叙述中，运用发展的观点看问题，既尊重史实，从实际出发，而又高瞻远瞩，指出前进的方向；如从文艺时代性的观点出发，提出塑造新时代英雄人物的要求，从无产阶级文艺发展方向出发，充分肯定了"新型文艺"的前途等。再次，以政治标准与艺术标准、内容与形式统一的原则来评价作品。既肯定文艺为抗战服务、为人民服务的方向，而又坚持文艺本身的规律，反对概念化、公式化，指出"时代的作家们要求的却不是肖像画，而是典型；不是时事性，而是时代性"，"不仅要写出社会的现实性，而且要写出时代的真实性"。

新中国成立以后，田先生先后任中国音乐学院上海分院校务委员、文艺教授，齐鲁大学中文系教授兼系主任，山东师范学院副院长、山东师大副校长。1962年主持成立中国现代文学研究室。这个时期，他除指导研究生和担任现代文学史的教学工作外，全力从事中国现代文学史的研究工作。田先生从我国现代文学研究状况出发提出一个长期研究计划，准备从文艺思想的发展，作家作品的艺术成就和分类史三个方面入手对中国现代文学史作系统的研究。关于第一个方面，他确定了“现实主义在中国现代文学中的发展”这一研究课题，撰写了《鲁迅在现实主义道路上的发展》《文学研究会的现实主义思想》《王统照小说的现实主义精神》及《〈在延安文艺座谈会上的讲话〉对中国社会主义现实主义发展的意义》等论文。关于第二个方面，他确定以中国现代著名作家及其创作为研究对象，除鲁迅的研究论文外，还撰写了《冰心的思想和创作》《郁达夫的创作道路》等论文。关于第三个方面的具体计划是组织力量编写中国现代文学分类史，如小说史、诗歌史、散文史等。这项工作已从1980年开始进行。它将对我国现代文学史的研究水平的提高和研究力量的培养产生一定的推进作用。

除指导上述分类史的编写外，田先生还同山东大学孙昌熙教授共同主编了我省“文化大革命”后第一本《中国现代文学史》(1980年1月山东人民出版社)。在这部书的编写过程中，田先生带领编写者认真总结了建国以来文学史编写中存在的“左”的和形而上学的倾向，提出“解放思想，实事求是，恢复历史本来面目”的要求。他认为“左”的和形而上学的倾向在建国后出版的文学史中都有程度不同的反映。最为明显的是对某些问题的提法和阐述在逐步演化：本来是新民主主义革命时期的文学史渐渐写为社会主义文学史了，这主要表现在排斥了许多非革命作家于文学史之外，如徐志摩、沈从文、庐隐、凌叔华、绿绮、李金发等；同时是将萌芽的东西写为主体的东西，例如五四时期，所有的文学作家，可说还是新民主主义者，无论从《呐喊》《彷徨》或是《女神》中是无法找到马克思主义思想的，可是越后期出版的文学史越一定要说它们的可贵处是具有了无产阶级思想……其次是有意的强调或突出某些作家或某些问题，用意本是为加强倾向性，结果却有违于实事求是的优良传统。还有一种较为普遍的情况是，几乎所有作家于建国后，都或多或少的对自己过去的作品进行了修改，有的更早的时期已进行了修改。应该说作家是有权修改自己的作品的，但修改后不加说明，或把建国后修改的作品作为五四时期的作品以示读者，则很难反映特定的历史时期作家的本来思想面貌。另外，文学史常有不可靠的论断或竟是臆造，更有辗转相抄，可是一查原书，成了皇帝新衣似的笑话。他认为要编好这部文学史，就必须从根本上克服上述“左”的和形而上学的倾向。正因为这部文学史贯彻了田先生的这一思想，所以尽管粗糙，它仍然得到国内外学术界的好评。

1983—1984年：

郭沫若的文艺观及其发展*

郭沫若文艺观的形成与发展是同其世界观的形成发展相适应的。若把他30年(1919年至1949年)的文艺观发展的历程作一个全面考察,则发现可明显地分为三个不同阶段：1919年至1923年的五年是以自我为本位的客观功利主义;1924年至1936年的十三年是以革命为本位的狭隘功利主义;1937年至1949年的十三年是以人民为本位的科学功利主义。

一

狂飙突起的五四时期是中国现代浪漫主义文学的诞生期。郭沫若正是在这时以他的诗集《女神》和诗论《三叶集》(与田汉、宗白华合著)等,鲜明地举起积极浪漫主义文学旗帜。

《三叶集》是我国现代文学史上第一本表述浪漫主义文艺思想的诗论。郭沫若以自我为本位的客观功利主义的文艺观,集中表现在《三叶集》中由他撰写的七封谈诗的通信里。此外,作者还写了几篇谈文艺的文章,如《论诗三札》《〈西厢〉艺术上之批判与其作者之性格》《少年维特之烦恼·序引》《论国内的评坛及我对于创作上的态度》等。这些论文的基本观点同《三叶集》是一致的,可以说是前者的发挥与补充。从《三叶集》及上述几篇文章看,郭沫若这个时期的文艺观,主要包括以下两个相关联的基本内容：

其一,以自我为本位的思想。其表现是：

(1) 诗的本质是自我的内在表现。

他认为诗的本体是存在于诗人内心的"诗意诗境",诗只不过是诗人"心中诗意诗境的纯真的表现"。他把诗人的心境比喻为"一湾澄清的海水",无风时"如像一面明镜","涵映着""宇宙万汇的印象";有风时"便翻波涌浪起来,宇宙万汇的印象

* 《沫若研究》1983年第2辑,获1984年山东省社会科学优秀科研成果二等奖。

都活动在里面”。他把促成由“诗境”产生“诗意”的“风”，看作是诗人主观的“直觉”和“灵感”，将组成诗的内容的“诗意诗境”也同样看作是诗人“高涨着的情调”和“徂徕着的想象”。总之，诗是诗人“自我内在”的表现。基于上述观点，作者认为“诗是人格的表现”，“人格比较圆满的人才能成为真正的诗人”。因此，他把诗人人格的养成看作诗歌创作成败的关键。他说：“我近来趋向到诗的一元化上来了。我想诗的创造是要创造‘人’，换一句话说，便是在感情的美化。”(《致宗白华》)

(2) 诗的风格贵在“自然”和“纯真”。

“纯真”指诗的内容，即要求诗要表现诗人内心的真感情。作者说：“命泉中流出的 Strain，心琴上弹出来的 Melody，生的颤动，灵的喊叫，那便是真诗，好诗。”(《三叶集》)在作者看来要“纯真”，就是要深刻地表现“自我”，即写出郁积于内心深处的真感情。他认为只有写出这些，才算真艺术。正是基于这种认识，他说文学是“生命穷促时叫出来的一种革命”，“反抗精神，革命”，“是一切艺术之母”；又引瓦格纳的话说：“生活能如意时，艺术可以不要，艺术是到生路将穷处出来的。到了无论如何都不能生活的时候，人才借艺术以鸣，以鸣其所欲。”(《〈西厢〉艺术上之批判与其作者之性格》)。

“自然”是指诗的表现，即主张诗人自我内在感情的“自然流露”。作者说，他自己对于诗的直觉，总觉得以“自然流露”的为上乘。他认为：“诗的本职专在抒情”，“抒情的文字便不采诗形，也不失其为诗”；“情绪的吕律，情绪的色彩便是诗”，“诗的文字便是情绪自身的表现”(《三叶集·致宗白华》)。

(3) 诗人的最适宜的宇宙观是泛神论。

作者在《致宗白华》的信中说：“诗人的宇宙观以 Pantneism 为最适宜。”作者所以把泛神论当作诗人最适宜的宇宙观，也还是从表现自我的观点出发的。因为在泛神论者看来，“一切自然是神的表现，……我即是自然，一切自然也都是自我的表现”。这就把表现“自我”和表现“自然”统一起来，使“自我为本位”的文艺观找到哲学根据。

其二，客观功利主义，即承认文艺的功利性，但反对功利主义的动机说。

作者说：“我不反对艺术的功利性，但我对于功利主义的动机说，是有所抵触的。”又说：“艺术本身是有功利性的，是真正的艺术必然发挥艺术的功能。但假使作家纯全以功利主义为前提以从事创作，所发挥的功利性恐怕反而有限。”(《论国内的评坛及我对于创作上的态度》)

从上面两段引文可以看出作者对于功利主义持有两个基本观点：一是功利性是艺术客观的属性，凡一切称得上艺术的作品，都自然具有这种属性。二是这种功利主义的属性与作者的动机无关；相反，若强调作家功利主义的动机，则妨碍艺术对于“自我”和“人生”的表现，从而也就限制和破坏了艺术功利性的发挥。以此，我们称他的这种文艺观为客观功利主义。

以自我为本位的客观功利主义的文艺观，决定了作者五四时期积极浪漫主义创作方法的基本特色。这便是表现自我，抒发自我的内心要求。这一特色突出地体现在诗集《女神》和这个时期的其他创作中。诗人通过“自我”内在感情和内在要求的抒发，喊出五四时代人民个性解放和民族解放的要求，展示了人民革命扭乾坤、主沉浮的巨大神威。在《女神》中，自我同人民已融为一体，自我的内在要求与人民的政治要求也达到了完全的一致。而使这两者沟通的桥梁便是泛神论的宇宙观。因为在泛神论者看来，自我和人民同是“宇宙本体”的表现。

但客观功利主义的弱点，所形成的消极因素，也限制和影响了作品的社会教育作用，即功利性的发挥。这些消极因素主要有以下几方面：(1) 有些作品抒发了小资产阶级的颓废情绪和虚无主义思想，起了消极的社会作用。如《女神》中的《夜》《死》《死的诱惑》《密桑索罗普之夜歌》*Venus* 等，这个时期的小说创作，如《残春》《喀尔美罗姑娘》《叶罗提之墓》等，也表现了这一倾向。作者后来把这种倾向归纳为“幻美的追求，异乡的情趣，怀古的幽思”，并将具有这消极倾向的作品看作“青春时期的残骨”而加以否定。(2) 有的作品因不注意社会效果而造成政治界限不清和政治观念混乱，影响了思想性和科学性，如《匪徒颂》《笔立山头展望》等。(3) 语言形式欧化，有些诗朦胧难解，如《新生》等。

二

1924 年至 1936 年是郭沫若文艺观由以自我为本位的客观功利主义发展为以革命为本位的狭隘功利主义的时期。这个发展反映在《文艺论集续集》和诗集《恢复》里。

1924 年是创造社转换方向的开始，也是郭沫若世界观和文艺观的转折点。他说：“在 1924 年，我中止了前期创造社的纯文艺活动，开始转入了对于辩证唯物论的深入的认识，在这儿使我的思想生出了一个转机。”(《盲肠炎・题记》)郭沫若于 1924 年从翻译河上肇的《社会组织与社会革命》开始，系统地学习和接受了马克思主义理论，从而开始由革命民主主义向马克思主义过渡。其标志是：在思想上以集体主义否定和代替个性主义；在哲学上以阶级论否定和代替泛神论；在文艺上用以革命为本位的狭隘功利主义的文艺观否定和代替以自我为本位的客观功利主义的文艺观。

狭隘的革命功利主义是郭沫若这个时期文艺观的核心。其主要内容如下：

(1) 以革命的意义确定文艺的性质，将文艺分为革命的文艺、不革命的文艺和反革命的文艺。

《革命与文学》一文以革命功利主义观点论述了文学与革命的关系，用文学发展的史实驳斥了把文学与革命对立起来的传统观点。他认为从文学同革命的关系看，文学应当包括三种性质不同的文学："革命的文学"、"反革命的文学"和"不革命的文学"。"革命文学"是表现被压迫阶级的革命要求和阶级意识，反映革命时代精神的文学；它是"革命的前驱"、"被压迫的呼号"、"斗士的咒文"和"革命预期的欢喜"。"反革命的文学"是表现压迫阶级的反革命意志和阶级意识，反抗革命时代精神的文学；它是"贵族们的消闲圣品"，被压迫者的"吗啡"和"鸦片烟"。"不革命的文学"是"有满足人爱美本能"的美学价值，而没有明显的革命倾向或对政治"冷淡"的文学。作者完全从狭隘的革命功利主义出发来评价上述三类文学，指出在革命时代，文艺"只在它能够促进社会革命之实现上承认它有存在的可能"，"只能在社会革命之促进上才配受得文艺的称号"；"现在是宣传的时期，文艺是宣传的利器"。因而，"真正的文学只有革命文学一种"，对于反革命的文学，"可以根本否定它的存在"，"可以简切了当地说它不是文学"。

作者以革命功利主义观点，阐释文艺的时代性和阶级性，批判了泛神论和纯文艺论。他以唯物史观来解析泰戈尔的泛神论思想，指出它不过是包含着"印度的传统精神"的历史唯心论，所谓"梵"的现实，"我"的尊严，"爱"的福音等离开"经济制度改革"的唯心主义空谈，"只是有产阶级的护符，无产阶级的铁锁"(《泰戈尔来华我见》)。他完全抛弃了"诗人最适宜的宇宙观"是泛神论的观点而笃信马克思主义思想才是作家"认识客观世界的明灯"。他以文艺的时代性证明纯文艺论的虚妄，断言只有在阶级和阶级斗争完全不存在的未来社会，"文艺才能以纯真的人性为对象"，"才有真正的纯文艺出现"(《孤鸿——致成仿吾的一封信》)。

(2) 把革命的宇宙观和先进阶级的意识看作文艺的决定因素，呼吁作家要作革命的"留声机器"。

他认为文艺能否成为真正的革命文艺，其关键在于它是否表现革命的宇宙观和先进阶级的意识。他说："正确的世界观是唯一客观的真理，这是我们认识客观世界的明灯"，只有作者掌握了它，才能使主观的认识同客观的现实一致起来，作到"很切当地把现实的种种真实的关系反映出来"(《关于诗的问题》)。

他批判了前一时期以自我为本位的文艺观，说："我在1923年3月做的《批判与梦》里有这样的几句话：'我只想当个饥则啼，寒则号的赤子。因为赤子的简单的一啼一号都是他自己的心声，不是如像留声机一样在替别人传高调。'你看这是多么十足的一个小资产者意识的表白!”据此他呼吁:“当一个留声机器——是文艺青年们的最好的信条。”这就要求作家“克服自己旧有的资产阶级的意识形态”,去“获得无产阶级的精神”和“辩证的唯物论”,并且在文艺实践中将其表现出来(《留声机器的回音》)。

从主张表现自我而反对功利主义的动机,到把文艺当作宣传利器和革命的留声机器,反映了作者文艺观的质的飞跃,也就是从自我为本位的客观功利主义发展为以革命为本位的狭隘功利主义。这一发展对于创作实践的明显影响是:(1)由积极浪漫主义开始走向革命浪漫主义;(2)作品具有鲜明的政治性和战斗性;(3)主题和题材单一狭窄,艺术上具有概念化倾向。如果把这个时期的诗集《恢复》与前一时期的《女神》加以比较分析,就可以看到这影响是很显然的。

《恢复》的24首诗均写于大革命失败后共产党人血流漂杵的白色恐怖时期。但这革命浪漫主义的诗篇,却用共产主义者的伟大理想和崇高信念,在黑暗中为人们照出一条前进之路,在心灵上为人们点燃起革命之火。《恢复》是无产阶级革命者的“宣言”。这个无产阶级革命者就是诗中的“我”。这个“我”同《女神》中的“我”比较,虽都具有顶天立地的气魄,但《恢复》中的“我”却更加伟大;因为前者是以个性解放为理想的小资产阶级民主主义者,而后者则是以解放全人类为职司的共产主义战士。

在艺术上,《恢复》既继承了《女神》的浪漫主义成就,又加强了现实主义的深度,形成了既有坚实的现实基础,又有明确的无产阶级革命理想的革命浪漫主义。在《女神》中理想是通过幻想的形式和夸张的形象表现的,缺乏现实的具体性;在《恢复》里,理想却是以现实中革命者具体的情操、行为来体现的,因此更加坚实和鲜明。在《女神》中激情是通过夸张的方法直接呼喊出来的;在《恢复》里,激情却凝铸在对客观事物的描绘和叙述中。《女神》中的“我”与“宇宙本体”相表里,对现实只具有象征的意义,而《恢复》中的“我”却是现实中的无产阶级革命者。

但就作品的艺术性看来,《恢复》不如《女神》。不仅主题、题材过于单调,而且诗的感情和艺术形式也没有《女神》那样丰富多彩。有些诗缺乏诗的含蓄和形象性,有概念化和标语口号的倾向,如《如火如荼的恐怖》《诗的宣言》《战取》等诗篇。这种由狭隘功利主义所导致的政治化、概念化的倾向也反映在作者这个时期的其他创作中,如小说《一只手》、话剧《聂嫈》和诗《诗歌国防》等都可作这方面的代表。特别在诗歌方面,直到1935年,作者仍在坚持这种倾向。他在《七请》中说:“口号标语诗也不失为诗的一种,做到好处也正好。它之所以受批判者,在策略上的问题。假使社会的情况许可,那种露骨的诗正是大有价值的。”

三

1937 年至 1949 年是中国现代文学史上文艺与人民结合的时代。战争使大多数作家从城市走向农村和战场，真正实现了同人民生活的密切结合。这个时代特点形成了郭沫若以人民为本位的科学功利主义文艺观。这文艺观的基本内容集中反映在作者这个时期撰写的《中国战时的文学与艺术》《抗战以来的文艺思潮》《今天的创作道路》《如何研究诗歌与文艺》《文艺与科学》《文艺与民主》《向人民大众学习》《戏剧与民众》《走向人民的文艺》《建设新中国的人民文艺》等文艺论文中。抗战时期创作的六个历史剧则是这一文艺观在创作上的体现。

首先，作者认为人民是文艺的生命，离开人民的文艺是没有生命的。他的论据是文艺本起源于人民群众，"从它滥觞的一天起本来就是人民的，无论那一个民族的古代文艺"，"都是人民大众的东西"，"它们是被集体创作，集体享受，集体保有"；文艺"为上层所垄断"，以至"庙堂文艺成为主流"，那是阶级压迫的结果。他把文艺的这种异化，叫作"老鼠钻牛角"（《人民的文艺》）。他的另一个证据是"钻牛角"的文艺，"愈钻愈窄"，终于成为"对于极少数人的歌功颂德"的"宫廷奉仕"或"沙龙奉仕"。这种文艺已经与人民绝缘，变成只有作者"一个人能够欣赏或者甚至连自己都不懂的"，没有生命的东西。因为人民是社会的本位，"人民大众是一切的主体"。

其次，作者以人民为本位的观点考察中国现代文学史，认为它是人民文艺路线和人民文艺发展的历史。他说："三十年来……中国文艺界的主要论争是存在于这两条路线之间：一条是代表软弱的自由资产阶级的所谓为艺术而艺术的路线，一条是代表无产阶级和其他革命人民的为人民而艺术的路线。三十年来斗争的结果，就是在欧美没落资产阶级文艺影响之下的为艺术而艺术的文艺理论已经完全破产了，为艺术而艺术的文艺作品也已经丧失了群众。曾经在这种为艺术而艺术的资产阶级文艺思想影响之下的许多文学家艺术家，也逐渐改变了他们的人生观和艺术观，接受了无产阶级文艺思想的领导。"（《为建设新中国的人民文艺而奋斗》）

再次，从人民为本位的思想出发，提出建设人民文艺的原则和道路。他认为人民文艺是以人民为本位的文艺，这就是建设人民文艺的原则，因为"今天是人民的世纪……一切应该以人民为本位"。文艺要做到真善美，就必须去表现和创造合乎人民本位的东西，即"对于最大多数的人有最大益处的东西"。如何建设这样的文艺呢？作者认为"先解决的问题是在人民本位的思想的把握"，也就是首先使文艺家"把封建时代的一切陈根腐蒂肃清，彻内彻外的养成为一个科学的民主的思想的所有者”。同时，作者进一步指出文艺家获得人民本位思想的道路，这便是克服“好高骛远”，深入人民生活，通过“内在生活”和“外在生活”的深切观察和体验去探究人民生活的底蕴，把握人民时代的脉搏。这条道路，实际上是革命浪漫主义向革命现实主义发展的道路，其结果便是使作者的文艺观及其创作突破了狭隘的政治功利主义束缚回到对文艺与现实生活关系的科学认识的轨道。

人民是一个广泛的概念，人民的生活和实践，包罗万象，丰富多彩，是文艺取之不尽用之不竭的源泉。以人民为本位的文艺观与以革命为本位的文艺观的根本不同，在于后者以狭隘的功利主义观点，片面地歪曲了文艺同现实，即同人类生活的关系，把文艺引向狭路；而前者则以辩证唯物主义观点正确阐明了文艺同现实的关系，把文艺从狭隘的功利主义中解放出来。以此，我们把作者这个时期的文艺观称为以人民为本位的科学功利主义的文艺观。这一文艺观在创作上的体现是：(1) 把革命浪漫主义精神与科学的现实主义精神结合起来；(2) 把鲜明的政治倾向性与高度的艺术性统一起来。

郭沫若这个时期的历史剧是中国文艺宝库中的珍贵遗产。它是史学家深邃的研究精神，革命家勇敢的战斗生活和诗人丰富的革命热情的结晶，真正做到了史与诗的统一、古与今的统一、英雄主义与批判精神的统一。而这三个统一就是他以人民为本位的科学功利主义文艺观的具体体现。

所谓史与诗的统一，即是历史真实与艺术真实的统一，“史剧既以历史为题材，也不能完全违背历史的事实”。《屈原》中的屈原形象既是以历史上的真人为基础，又是作者加以高度理想化了的英雄。历史上的屈原最后投江自杀，剧中却写他潜往汉北人民中去。这里就寄托着作者和人民的理想与希望。历史上的屈原虽具有爱国爱民的思想，但他与楚国贵族中投降派的斗争是在统治集团内部进行的，人民群众并未有直接参加这场斗争，剧中却突出地描写了屈原在斗争中同下层群众的联系与结合。这种描写从本质上看是合理的，但却不是现实的，它同样反映了作者和人民的美好愿望与理想。历史上的屈原虽具有坚贞的性格，但他的反抗精神却受忠君思想的限制，剧本却通过雷电颂把屈原写成了一个反对君权，否定和摧毁一切鬼神偶象的叛逆形象。在这里作者的理想主义借用夸张的手法得到了突出的表现。在主要的题材和人物都以历史为根据的基础上，对事件和人物的发展加以浪漫主义的合理想象和补充；在不违背历史主义的前提下，对历史精神在理想主义光照下加以丰富和发展，既是艺术真实与历史真实的统一，也是理想主义与现实主义的结合。

古与今的统一，就是历史的题材与现实性的主题的统一。现实性战斗性的主题是郭沫若这个时期历史剧的突出特色。这些史剧之所以具有强烈的讽喻现实的力量，不仅因为在剧作中表现了作者鲜明的政治倾向，直接以一些人物的口说出抨击、揭露现实的话，而主要因为作者以革命者的立场，根据现实斗争的需要和时代的要求来选择题材，使题材和主题具有鲜明的现实针对性。六个历史剧均写于抗日战争时期，所表现的时代却集中在战国、元末和明末。这些时代都是国家、民族矛盾极其尖锐剧烈的大波大澜的时代，民族斗争的激化，使社会各种矛盾呈现出错综复杂的状态。这些时代的外部特征与抗战时期相似。作者正是抓住这时代的外部联系，选择了跟现实斗争有密切关联的典型事件和人物，反映了人民的愤怒、要求和愿望，表现了反侵略、反投降、反独裁、反分裂的具有现实性和战斗性的主题。

英雄主义和批判精神的统一是郭沫若这个时期历史剧的另一个特色。六个历史剧都是悲剧，但它给人的感觉是悲壮而非悲惨，令人奋发而非教人消沉。其原因即在此。在我国历史上，人民和代表进步力量的先驱人物，为了实现独立自由的生活与和平统一的国家，进行着不屈不挠的斗争，有的终至于杀身成仁，舍生取义。他们这种为祖国和人民而献身，为正义和真理而牺牲的英雄主义精神，就是我们中华民族的传统精神。它一直鼓舞着历代人民为自己和社会的解放而斗争。郭沫若这个时期历史剧中的主要人物都是充分体现了这种民族传统精神的悲剧人物。作者通过他们的崇高行为和心灵歌颂了民族的英雄主义精神，同时又以他们不可避免的悲剧批判了现实的黑暗与不合理。这就把浪漫主义的理想主义同现实主义的批判精神结合了起来。

从历史与现实的联系中认识和表现人生*

——论《故事新编》典型化的方法

鲁迅是中国现代新文坛上创造新形式的先锋。60年前沈雁冰在《评〈呐喊〉》一文中说："《呐喊》里的十多篇小说几乎一篇有一篇新形式，而这些新形式又无不给青年作者以极大的影响，必然有多数人跟着试验。"鲁迅对于新形式的创造不仅表现在以现代生活为题材的《呐喊》与《彷徨》里，而且也表现在以历史、传说为题材的《故事新编》中。《故事新编》既不是"博考文献，言必有据"的教授小说，也不是简单地以历史比附现实的寄托小说。它是从历史与现实的联系中认识和表现人生的历史小说的新形式。从历史与现实的联系中选材和进行人物与环境的典型化，是这种新形式在创作方法上的基本特点。

从历史与现实的联系中认识和表现人生是鲁迅在研究和探索人生的实践中形成的基本观点和方法。他曾说："历史上都写着中国的灵魂，指示着将来的命运"，"我们看历史，能够据过去以推知未来"。他认为过去、现在和未来是构成人生的不同环节，只有把这些环节联系起来看人生，才能窥其全貌，知其规律。这正是鲁迅善于深入人生内蕴，把握生活本质的原因。

一

从历史与现实的联系中认识和表现人生的典型化方法，在《故事新编》中首先表现为从历史与现实的联系中抽出规律性的认识，加以艺术的表现，从而反映人生的本质。八篇作品的题材和主题的选择与确定，都体现了这个原则。

《补天》在题材上实际上写了两件事：一是破坏（由共工、颛顼争帝造成的天塌地陷）；一是创造（造人）。作者所以选择这两件事来写，是从历史与现实的联系中研究人生的结果。因为这破坏与创造也恰恰是五四时代的现实所显示出来的特征。作者从这两个时代的相似之处认识到破坏与创造是宇宙发展的规律。这个规

---

* 《聊城师范学院学报》1983年第3期。

律性的认识，反映了历史同现实的本质联系，于是就成为作者选择题材和进行典型化时沟通古今的桥梁。《奔月》未写羿的丰功伟业，而独取英雄暮年的悲哀，同样是把历史与现实联系起来思考的结果。显然，作者从古代英雄同五四以后现实中“精神界的战士”的命运中看到了相似之处：他们“虽然为民众战斗，却往往反为‘所为’而灭亡”(《这个与那个》)。正是这个规律性认识，使作者将古代英雄后羿同现实中孤独的“精神界的战士”，在精神上融合为一。《铸剑》所写眉间尺为父干将莫耶报仇的故事，《列异传》和《搜神记》等古书中都有完整记载。这故事与其说是表现了古人向暴君复仇的精神，不如说显示了复仇者的智慧和斗争策略。作者以这故事为《铸剑》的题材，显然也是从现实感受出发的。因他在写这篇作品的1926年，已经亲历过三一八的血腥斗争，从爱国青年的血泊中认识到一个真理：要战胜强大的敌人，必须讲究斗争的策略和方法。他在总结三一八的惨案的教训时说：“改革自然常不免于流血，但流血非即等于改革。……正规的战法，也必须对手是英雄才适用。……至于现在似的发明了许多火器的时代，交兵就都用壕堑战。这并非吝惜生命，乃是不肯虚掷生命，因为战士的生命是宝贵的。……这回死者的遗给后来的功德，是……教给继续战斗者以别种方法的战斗。”(《空谈》)这被古人与今人的成功和失败同时证明了真理，便成为联结历史与现实的契机，将古代眉间尺复仇的故事同现实中三一八爱国学生反抗军阀的斗争联系起来。

1935年1月4日，鲁迅在给萧军、萧红的信中说：“近几时我想看看古书，再来做点什么书，把那些坏种的祖坟刨一下。”这刨祖坟的思想是作者把历史与现实联系起来认识和表现人生的重要目的。早在五四时期，他就提出改造国民性必须从历史上挖其根源的主张。他说：“我们几百代的祖先里面，昏乱的人，定然不少：有讲道学的儒生，也有讲阴阳五行的道士，有静坐炼丹的仙人，也有打脸打把子的戏子。所以我们现在虽想好好做‘人’，难保血管里的昏乱的分子不来作怪……但我们总希望这昏乱思想遗传的祸害，不至于有梅毒那样猛烈，竟至百无一免。……祖先的势力虽大，但如从现代起，立志改变：扫除了昏乱的心思和助成昏乱的物事(儒道两派的文书)，再用了对症的药，即使不能立刻奏效，也可把那病毒略略羼淡。”(《随感录三十八》)《出关》《起死》《采薇》正是在这一思想指导下创作的。

这三篇作品创作于30年代中期，这正是民族矛盾与阶级矛盾错综复杂、尖锐激烈的时代。在思想文化领域，一方面各种反动阶级的代言人，举起僵尸鬼幡向革命的进步文化思想猖狂进攻；另一方面，在进步文化阵营内部泛起形形色色错误思潮，起着瓦解麻痹作用。形势决定了鲁迅等马克思主义者必然要担负起思想批判的艰巨任务。鲁迅的《且介亭杂文》便是这个时期思想批判的战绩。从这些杂文可以看到，鲁迅认为当时思想界，影响最大的错误思想的代表人物有三类：其一是在侵略者屠刀下讲王道仁政的政客(胡适可作这类人物的代表)。鲁迅的杂文《关于中国的两三件事》就是针对这类人物而发的。文章从历史与现实的联系中精辟地剖析了王道仁政的实质,刨了坏种的祖坟,赤裸裸地暴露了这类说教者的嘴脸。作者说:"儒士和方士,是中国特产的名物。方士的最高理想是仙道,儒士的便是王道。但可惜的是这两件在中国终于都没有。据长久的历史上的事实所证明,则倘说先前曾有真正的王道者,是妄言,说现在还有者,是新药。"这是作者从历史与现实的综合研究中所得出的规律性认识。而这个认识正是一年后写《采薇》的动机和基础。其二是在民族危亡的关头和尖锐的斗争面前,回避矛盾,"一事不做,徒发大言"的空谈家。这类人人数不少,其中包括一些进步文化界脱离实际的教条主义者。鲁迅于1934年12月致萧军、萧红的信中曾指出这种空谈家的危害,说:"分裂,高谈,故作激烈等等,四五年前也曾有过这现象,左联起来,将这压下去了,但病根未除,又添了新分子,于是现在老病就复发。但空谈之类,是谈不久,也谈不出什么来的,它终必被事实的镜子照出原形,拖出尾巴而去。倘用文章来争斗,当然更好,但这种刊物不能出版,所以只好慢慢的用事实来克服。"在杂文《文学上的折扣》中作者把这类空谈家同历史传统联系起来加以批判,说:"《颂》诗早已拍马,《春秋》已经隐瞒,战国时谈士蜂起,不是以危言耸听,就是以美词动听,于是夸大,装腔,撒谎,层出不穷。现在的文人虽然改着了洋服,而骨髓里却还埋着老祖宗。"鲁迅正是在这个思想指导下,从历史上找出这些现代空谈家的鼻祖老子,创作了《出关》。其三是在尖锐的思想斗争和是非论争面前,宣传糊涂主义和无是非观的自由主义文人。他们或者提倡"将屠户的凶残,使大家化为一笑"的幽默;或者以"彼亦一是非,此亦一是非"的论调,将一切作者,诋为"一丘之貉";或者化为"封建遗少",大捧《庄子》《文选》。鲁迅许多杂文都是针对这些自由主义文人而发的。如《难得糊涂》《中国文坛的悲观》《文人相轻》《再论文人相轻》等。在这些杂文中,作者同样运用从历史与现实的联系中认识人生的方法,刨了自由主义者的祖坟,说他们"虽然挂孔子的门徒招牌,却是庄子的私淑弟子";他们的具体主张有不同,但在哲学上却都是"彼亦一是非,此亦一是非"的无是非论。在《文人相轻》一文中,作者将这些"庄子的私淑弟子"和他们的祖师一并作了批判,说:"如果到《庄子》里去找词汇,大概又可以遇到两句宝贝的教训:'彼亦一是非,此亦一是非',记住了来作危急之际的护身符,似乎也不失为漂亮。然而这是只可暂时口说,难以永远实行的。喜欢引用这种格言的人,那精神的相距之远,更甚于叭儿之与老聃……就是庄子自己,不也在《天下篇》里,历举了别人的缺失,以他的'无是非'轻了一切'有所是非'的言行吗?要不然,一部《庄子》,只要'今天天气哈哈哈……'七个字就写完了。"这批判既是对历史的,也是对现实的,它概括着作者从历史与现实的联系中所抽出的规律性认识。历史小说《起死》就是在这规律性认识指导下选材和进行艺术典型化的。

30年代是中国人民灾难深重的时期。严重的现实既考验着人民,也使社会上各种政治力量显了真相:以蒋介石为首的国民党政府趁火打劫,发国难财,过着荒淫无耻的生活;以毛泽东同志为代表的中国共产党和进步势力却是"切切实实,足踏在地上,为着现在中国人的生存而流血奋斗者"(《答托洛茨基派的信》)。作者把这一时代特征同历史联系起来思考,便得出一个规律性认识:在治者与被治者对立的社会里,总有两种对立的生活——"一方面是庄严的工作,另一方面却是荒淫与无耻"。作者在《田军作〈八月的乡村〉序》中说:"爱伦堡(Ilia Ehren burg)论法国的上流社会文学家之后,他说,此外也还有些不同的人们:'教授们无声无息地在他们的书房里工作着,实验X光线疗法的医生死在他们的职务上,奋身去救自己的伙伴的渔夫悄然沉没在大洋里面。……一方面是庄严的工作,另一方面却是荒淫与无耻。'这末两句,真也好像说着现在的中国。然而中国是还有更其甚的呢。……宋代的人民怎样为蒙古人所淫杀、俘获、践踏和奴役。然而南宋的小朝廷却仍旧向残山剩水间的黎民施威,在残山剩水间行乐;逃到那里,气焰和奢华就跟到那里,颓靡和贪婪也跟到那里。"鲁迅认为真正代表中国民族传统的是那些为民族和人民的利益而庄严工作的人们。因此,在国难当头,悲观主义论调泛滥的时候,他仍充满着民族的自信力,他说:"我们自古以来,就有埋头苦干的人,有拼命硬干的人,有为民请命的人,有舍身求法的人……这就是中国的脊梁。这一类的人们,就是现在也何尝少呢?他们有确信,不自欺;他们前仆后继的战斗,不过一面总在被摧残,被抹杀,消灭于黑暗中,不能为大家所知道罢了。"(《中国人失掉自信力了吗》)这规律性的认识,也就是《理水》和《非攻》创作的动机。

总之,从历史与现实的联系中抽出规律性的认识,然后在这规律性认识指导下选材和形成主题,是《故事新编》典型化的一个基本方法。这也就形成《故事新编》两个鲜明的特色:主题的深刻性与现实性,题材的古今交融。

二

从历史与现实的联系中认识和表现人生的典型化方法,在人物塑造中的表现是:以古人与现实中同类人物的共性——类型性为典型化的基础,结合作者的现实感受赋予人物以丰富生动的个性特征。

作者塑造八篇作品中主要人物的性格时,都是紧紧抓住这些人物同现实中同类人物的共性来描写的。在女娲的塑造中作者突出地描写了她对于创造与劳动的喜悦和对道学家(穿着古衣冠的小丈夫)与黩武者(共工、颛顼们)的厌恶。这种感情既是人们幻想中伟大人性创造者的感情,同时也是五四时代伟大启蒙主义者的感情,它正是古人与现实中同类人物的神似之处,即共性。在羿的塑造中,作者所以把英雄暮年的悲哀作为人物性格的基础,也正因为这一点是现实中“精神界的战士”所共有的类型性。《铸剑》中楚王所显示的荒淫与暴虐,也恰恰是现实中军阀们的共性。注意抓古今人类型性的同一性,在后五篇作品中表现得更为明显。后五篇作品中的主人公都是历史上的著名人物和思想家,但作者并没有去全面地描写和批评他们的思想和行为,而只选取其与现实中同类人物的共同点或神似之处来作为典型性格的基础,如墨子与大禹的实干精神,伯夷、叔齐的逃避现实,老子的空谈、无为,庄子的无是非观等。总之,紧紧抓住古人与现实中同类人物的神似之处,并将其作为人物性格典型化的基础,是《故事新编》在人物塑造中的一个突出特点。抓住了这神似之处,也就抓住了历史与现实的本质联系,使人物性格因此具有了鲜明的类型性和典型性。

人物的类型性只是典型塑造的基础,《故事新编》中的人物所以栩栩如生,还因为作者以自己丰富的生活实践和圆熟的艺术手法赋予人物以生动独特的个性。

女娲虽是神话中的人物形象,但却有鲜明的个性特征:善良和纯朴。这个性特征是通过她对环境所产生的不同心理活动细微而自然地表现出来的。《铸剑》中楚王的荒淫与暴虐是通过“寡言”的个性表现的。作者在表现这一个性时,运用的是白描手法,写他在全部活动中只讲过七句话,而每一句却都少到只有两个字,如“无聊!”“什么?”“奏来!”“玩来!”“怎了?”等等。话的句式语调表现了人物寡言的个性,而内容却准确地反映出人物暴虐专横的独特心理。《铸剑》中的其他两个人物:眉间尺和黑色人,都具有牺牲精神,但个性各异。前者热情而幼稚,致使在行刺楚王时因缺少经验和控制力而陷入危境;后者深沉而机灵,复仇的精神在他身上不再表现为外露的感情,而全然化为内蕴的理智,他那深含奥秘的语言,神奇难解的歌唱,变化莫测的行踪,无不表现了他深沉而机灵的个性。个性的鲜明对照,使这两个类型相似的人物形象,眉目分明,活气十足,跃然纸上。羿和禹都具有实干精神,但在个性上却前者忧郁而后者刚毅。忧郁像伴随着羿的影子,笼罩在他的言行中,作品五次写到羿对于以往英雄事业回忆的细节,两次写他看到“墙上挂着的彤弓、彤矢……长剑、短剑”时喟叹感时的神情。这就使英雄暮年的寂寞通过忧郁的个性特征鲜明地表现出来。禹的刚毅不仅表现在三过家门而不入的行为中,而且表现在一些特征性的细节描写中。如写他与大员们论辩时,在对方唇枪舌剑的气势下,他的表现是“一声也不响”,其随从也都“不动、不言、不笑,像铁铸的一样”。正是这简约的白描的几笔,写出了禹的刚毅,使人物立即化为活的立体。伯夷、叔齐都具有隐士的清高，但个性却也形成迂阔与机灵的对照。因而，这两个命运相同，思想完全一致的人物形象，在性格上就避免了雷同，具有了活气。

墨子、老子和庄子都是哲学家，由于他们的生活缺乏行动性，很容易写成平面的人物。但事实却恰恰相反，这三个人物都以其独特鲜明的个性给人留下深刻难忘的印象：墨子睿智，老子迂腐，庄子诙谐。

墨子的睿智表现在做事胸有城府，既有卓识远见，又能随机应变，但主要表现为善辩。作品给人印象最深的是墨子与公输般、楚王及公孙高辩论的情节。正是在这些情节中人物睿智的个性特征得以充分地展示。老子的好发空论而不务实际的行为是与他的迂腐结合在一起的。小说写他同孔子论道，又写他为关尹喜讲学，贯穿在他这些行为中的一个最引人注目的特点，是他的这些行为在别人看来是毫无实际价值的，但他作起来又是何等认真。这恰恰是他迂腐的表现。特别在为关尹喜讲学的情节中，这迂腐的个性在与一群伶俐人的性格对照中，显得尤其鲜明突出，并且由于彼此极度的不谐调而形成诙谐和讽刺的喜剧效果。这是个性描写的精彩之笔。庄子是无是非观哲学的说教者，他的说教所以产生了生动的艺术效果，其重要原因是作者赋予人物以诙谐的个性。庄子的诙谐不仅表现在语言的特点上，而且表现在他行为的一贯性上，这便是好对严肃的事物开玩笑，当自己的行为与客观矛盾时，便以诡辩自圆其说，总以轻松融容的游戏态度对待严肃的事物。这个性形成庄子形象的喜剧色彩，增加了作品内在的讽刺力量。

总之，在把握古人与现实中同类人物的神似之处的基础上，突出地写出人物丰富生动的个性，使形象既具有思想深度，而又栩栩如生，是《故事新编》人物典型化的基本特点。这既表现了作者对于历史与现实的深邃的认识，又表现了作者艺术手法的高妙与圆熟。

三

从历史与现实的联系中认识和表现人生的典型化方法，在《故事新编》的环境描写中表现为运用杂文的方法从现实中直接选材来显露和针砭社会相。

小说的环境描写是为表现典型人物和典型性格服务的。但在《故事新编》中，典型环境却还有直接讽喻现实的作用。这种讽喻作用是通过对社会相的直接描绘体现出来的。鲁迅是运用杂文描绘社会相的大师，其手法是“论时事不留面子，砭痼弊常取类型”。在《故事新编》的环境描写中，作者所运用的就是这种杂文的方法，即根据“时事性”和“类型性”的原则，直接从现实中选取材料来暴露和针砭社会相。这种情况在八篇作品的环境描写中都不同程度的存在，但具体表现略有差异，大致分为以下两种类型：

第一类是把现实中足以显示社会相的具有类型性的人或事写进小说的环境中，如《理水》《奔月》《采薇》和《补天》。

《理水》一方面写大禹们的“庄严的工作”，一方面写学者大员们的“荒淫与无耻”。这后一方面正是作者要通过环境描写暴露的社会相。而体现这社会相的学者们，却都是现实中具有类型性的真人。这些人物的类型性表现在他们的言行典型地反映着现实社会中腐朽的与人民对立的思想文化倾向，即他们思想的腐朽性。这一点就使他们同历史上一味抹杀人民的实践和正义者“庄严的工作”的御用文人及卫道者，在精神上一脉相承。所以，他们穿着古衣冠而说英语，虽有悖于形式逻辑，但却并不违背本质的真实，产生的艺术效果是神似，而非失真。《奔月》中的逢蒙剪径是一段精彩的环境描写。作者借了传说中逢蒙故事的一点因由，写进了现实中高长虹的一些行径。由于作者准确地抓住了这两个人物的神似之处，即他们的类型性，所以达到了溶古铸今天衣无缝，讽古刺今一箭双雕的艺术境界和艺术效果；使人感到描写的似古似今，是古今普遍存在的社会相，是一种体现社会相的类型。《采薇》中最能体现社会相的环境描写，是关于小穷奇断道和首阳村村民的描写。作者在这些描写中从现实中选取了两种人物类型。其一是海派强盗。这类现实中带着资本主义“文明”色彩的强盗，其实是古代强盗小穷奇的同类。作品通过小穷奇的话（“海派会剥猪猡”）揭穿了他们的联系，直接针砭了社会相。其二是现代奴才。这便是鲁迅曾经在杂文《阿金》中生动描写过的阿金一类人物。这类人物产生的基础是权门和恶势力，因此，古已有之。作者正是从这个认识出发，把小丙君的女仆写成现代奴才阿金的同类，并且连名字也取了“阿金”，以示对现实的讽喻。此外，《补天》中穿着古衣冠小丈夫的出现，也同样是取了现实中卫道者的原型，来达到暴露社会相和针砭现实的目的。

第二类是以作品中人物的典型性语言来暴露和针砭社会相，如《铸剑》《非攻》《出关》和《起死》。

《铸剑》中的黑色人对眉间尺讲过一段富有哲理性的话：“仗义，同情，那些东西先前曾经干净过，现在都成了放鬼债的资本。”这是鲁迅对于一种社会相的精湛概括和针砭，是针对现实中出现了“‘新时代’的精神资本家”这一社会现象而发的。关于这种社会现象，鲁迅在杂文《新时代的放债法》中曾作过精辟的论述。他指出由于这类“精神资本家”的出现，“世界上冠冕堂皇的招牌”便都成了“放鬼债的资本”，于是仗义、同情的字眼也就全被玷污。作者将这段话让“正义”、“同情”的化身黑色人讲出，就更加强了对现实的讽喻力量。《起死》中的巡士威胁那回生的汉子时说:“我告诉你:自杀是弱者的行为呀!”熟悉 30 年代历史的人,便会明白这句话实际上是对一种社会相的讽刺。这所谓的社会相便是:在弱者被黑暗势力驱入自杀之境的时代,社会上出现了一种貌似公正的舆论,这种舆论,对于驱人于自杀之境的“黑暗的主力”,“不置一辞,不发一矢”而单对于自杀的弱者行为大加指责。鲁迅在杂文《论秦立斋夫人事》中曾愤怒地揭露了这种舆论的实质:“实在乃是杀人者的帮凶而已”。这舆论的出现,反映着社会相的冷酷和阴险。此外,《非攻》中曹公子鼓吹“民气论”的讲演与“募捐救国队”的出现,《出关》里关尹喜优待“老作家”的“声明”等等,也都是以典型的语言针砭现实的实例。

在环境描写中运用杂文手法直接从现实中选材,给作品造成了“油滑之处”;作者认为这“油滑”破坏了结构的宏大,是创作的大敌。具体考察“油滑”的内容,主要是指作品中一些细节上表现的形式的不谐调,如从古人口里说出英语或现代人的话之类。但由于这种形式的不谐调是建立在内容谐调的基础上,并且恰恰更加反映了内容的谐调,所以这“油滑”给人的艺术感受,不是真中见假,而是假中见真。所谓内容的谐调,是指描写对象具有同一的类型性,也就是有神似之处,作者抓住这同一性和神似之处,就抓住了描写对象的内在联系,也就找到了沟通古今的桥梁。这是人物典型化的基础,也是环境典型化的基础。

戏剧冲突的民族化*

——论郭沫若历史悲剧的冲突

约翰·霍华德·劳逊认为:"戏剧的基本特征是社会性冲突——人与人之间、个人与集体之间、集体与集体之间、个人或集体与社会或自然力量之间的冲突。"①这种社会性冲突在悲剧作品中则集中表现为悲剧人物的自觉意志同社会必然性的冲突。郭沫若的历史悲剧不仅具有这一基本特征,而且在表现悲剧人物的自觉意志同社会必然性的冲突的形式上,继承和发展了中国古典悲剧的传统特点。这特点用作者的话来概括,便是:"除……心理描写的深化之外,'情节曲折'而近情近理,'刺激猛烈'而有根有源。"②换句话说,郭沫若历史悲剧的戏剧冲突是通过人物心理描写的深化、曲折的情节和强烈的刺激来表现的,即通过心理描写的深化,表现悲剧人物的自觉意志及其形成的基础;以情节的曲折,显示冲突的酝酿发展;用刺激的强烈,达到戏剧的效果。

一、心理描写的深化

在一般戏剧中,描写人物的内心冲突,就是剖析人物内心所表现的意志与社会必然性之间的矛盾。郭沫若的历史悲剧中的心理描写,却不停留于此,而是着力于挖掘产生自觉意志的思想根源,写出悲剧人物的人生观。这样的深化,不仅增强了悲剧人物性格的典型性和戏剧冲突的深刻性,而且使整个作品具有了鲜明的时代感。

《卓文君》共三景,第一景除听琴这一形体性动作外,其余均为内心动作,而这细微的内心动作,是全由惟妙惟肖的心理描写表现的。听琴表现了卓文君对心上人司马相如的倾慕之情,由倾慕而想到他贫病忧患的身世,从而生出同情与怜悯;由同情与怜悯又想到自身的坎坷与不幸,从而产生心心相印,同病相怜的感情。就一般来讲,这种感情便可以成为爱情的基础,支配人物产生出为相互结合而斗争的

---

* 《东岳论丛》1984年第3期。

① 约翰·霍华德·劳逊《戏剧与电影的剧作理论与技巧》。

② 《〈孔雀胆〉的润色》。

意志力。但作者并没有就此止步，而是由情入理地写卓文君认识到她的坎坷不幸和心上人的贫病忧患，都是由不合理的社会制度所造成的，正是不合理的社会制度和封建礼教，使“无足轻重的人”“富贵寿考”，“稍有天赋的人，总要为贫病忧患所苦”；因此要摆脱命运的不幸，争得婚姻的自由，就必须做社会的叛逆者。这样作者通过人物对于自身命运认识的不断加深，使剧中人物的结合基于对整个社会人生的认识之上，成为反封建的自觉行动，这就摆脱了旧戏剧对才子佳人一见钟情的描写的旧窠臼。这种心理描写的深化，在《棠棣之花》的“濮阳桥畔”一幕中也得到了很好的体现。这一幕有两段心理描写。第一段是通过酒家母女对话描写春姑的心理。春姑是一个身处污泥而心地洁白的女子，具有极强的自尊心和正义感。母亲那令人战栗的“败毁的生活”，使她看到了自己可怕的命运，产生了反抗和摆脱这命运的愿望。当她向母亲提出外出读书受到阻挠时，作者让她讲出一番反驳女子读书无用论的深刻道理：“做母亲的没见识，便只好养出些没见识的孩子。如今这世道上有很多没见识的人，不都是由没见识的母亲所生出来的吗？他们小时候没有受过什么母教，长大来也没有受过什么好的教育，他们就只好捣乱，只好做些没廉耻的事情了。所以这如今不识廉耻的人这样多……一些做母亲的人恐怕要负一多半的责任呢。”这段话虽出自一个平凡的酒家女之口，却包含着教育社会学的深刻见地，它正是这位平凡女子所以产生以身殉义的英雄行为的自觉意识。另一段是关于严仲子的心理描写。濮阳地方的淫风引起严仲子和韩山坚的厌恶和对这淫风根源的思考。但思考的结论却有深浅不同：韩认为这是“圣人不能禁”的“食色性也”的问题；而严却从堕落女子的命运，看到社会的缺陷，认为“假使她们家里多有几升米，有钱人子弟少有得几个钱，普天下绝不会有这样悲惨的以人身来做买卖的秽迹了。”在这里，作者不仅写出一位英雄忧国忧民的心理，而且写出他“均贫富，锄强权”的政治理想。这也正是形成严仲子、聂政等悲剧人物自觉意志的思想基础。

这类由情入理而又以理生情，从而达到心理描写深化的手法，在《屈原》《虎符》等悲剧中就更为突出了，这里就不再赘述了。

以对比的方法深化心理描写是郭沫若历史剧的又一个特点。所谓对比的方法就是描写两个不同性格的人物对于同一事物或事变所产生的不同心理活动和心理状态。这是中国古典悲剧中所常用的方法。《琵琶记》中写蔡伯喈考中状元后与新配牛夫人花园“中秋望月”时的心理描写，就运用了对比的方法。面对中秋月色，同经新婚之乐的一对夫妇，心理活动却截然不同：牛夫人感到的是新婚佳人的美满欢愉，眼前呈现着“秋容光净”、“笙箫露冷”的“清虚境”；而蔡伯喈却由喜生悲，心中泛起思念原配夫人赵五娘之情：“今夜好清光，可惜人千里。”在一般戏剧中，对比的作用是为区别人物的性格与遭遇，在郭沫若的历史悲剧中，除上述作用外，还往往揭示人物不同的人生观和世界观。譬如在《卓文君》第一景中，卓文君同卓文孙的心理描写是从他们对于客厅陈列的牡丹花的不同心理反映开始的。卓文孙见牡丹花则喜，因它象征着富贵；而卓文君见牡丹花则恶，因“嫌它太富贵”。作者没有就此止笔，而是抓住“喜”与“恶”所构成的心理冲突，深挖下去，直到让卓文孙说出他名钱利三位一体的人生观。这就使人物心理冲突深入到人生观的对立与冲突。同样，在《南冠草》第三幕中夏完淳在政局危机之际的心理也是在与钱彦林的心理对照中逐步深化的。面对危局，钱惊慌颓丧，夏镇定决绝。作者正是通过这两种心理的对比，进而追溯到他们不同的人生观，终于让夏完淳说出惊心裂胆的话：“读书人，气节要紧。‘为天地立心，为生民立命’也就全靠这气节。这是个人的命脉所关，也是国家的命脉所关。”

郭沫若还常常通过人物的大段抒情诗式的独白来由情入理地表现人物的心理。这种长篇独白方式的运用是对中国古典戏曲用长段唱词描写人物心理的改造，是心理描写深化的重要手段。《屈原》中的雷电颂关于“我与万物一体”的宇宙观的独白就是突出的一例。作者的所谓“我与万物一体”的宇宙观在《少年维特之烦恼·序引》中曾阐释过：“一切自然只是神的表现，自我也只是神的表现。我即是神，一切自然都是自我的表现。人到无我的时候，与神合体，超绝时空，而等齐生死。”在《王阳明礼赞》中作者把“我与万物一体”的宇宙观说成是儒家哲学的真义，并以王阳明的下列公式说明它与伦理论的关系：“一、万物一体的宇宙观：公式——‘心即理’，二、知行合一的伦理论：公式——‘去人欲存天理’。”作者解释这公式说：“天理的运行本是无善无恶，纯任自然，然其运行于自然之中有一定的秩序，有一定的历程，它不仅周而复始，在作无际的循环，而它的循环曲线是在逐步地前进。它在不经意之中，无所希图地化育万物。万物随天理之流行是逐渐在向着完成的路上进化。”作者认为这种“无目的、无打算地随性之自然努力向完成的路上进行”的所谓天理，显示的就是儒家理想中的“天地万物一体之仁”，也就是“至善”；人只有去掉一切私欲，达到忘我的境界，才能真正跳出“恶”的囹圄，具备“至善”和“天地万物一体之仁”的崇高道德，产生出“舍生取义，杀身成仁”的英雄行为。雷电独白的深刻之处就在于它表现了悲剧人物的“我与万物一体”的宇宙观和基于这宇宙观的彻底而鲜明的尚善疾恶的感情。《高渐离》第四幕中高渐离的几段独白，虽没有雷电独白那样的感情气势，但却同样表现了悲剧人物的“我与万物一体”的宇宙观。高渐离虽失去双眼，然而他精神所驰骋的世界却是那样美好。在那个世界里，由于“我和大宇宙的生命完全化为了一体”，所以“我”的灵魂中就再也“没有丝毫的我见，没有丝毫的打算，没有丝毫的夹杂的念头，只是一片纯真的、洁白的、慈惠的心”，“只是一片赤裸裸的至诚”。在这里，作者通过这诗一般的抒情独白，把悲剧人物的心灵刻画得如同水晶一样透明，玉盘一样美好，使人物达到了“至善”和“天地万物一体之仁”的境地。

“我与万物一体”的宇宙观，当然还不是科学的宇宙观，但却具有朴素的唯物主义的因素，在马克思主义科学的宇宙观出现以前，它曾经产生过进步作用。在中国古代历史上，它确曾是一些进步思想家和仁人志士形成其美好道德理想的哲学基础。郭沫若把这种宇宙观作为历史剧中仁人志士的宇宙观而加以表现，这就不仅写出了悲剧人物自觉意志形成的哲学基础，增强了戏剧冲突的深刻性，而且真实地反映了那个历史时代的思想风貌，给人以历史真实感。

二、情节曲折而近情近理

情节曲折而近情近理是郭沫若历史悲剧的另一个特点。情节的曲折主要表现为戏剧情节发展中的突变、反复和偶然事件的出现。

情节发展中的突变不但往往出人意料而增加戏剧性，而且有将戏剧冲突突然推向前进的作用。在《卓文君》中红箫派情人秦二为卓文君密传情书，中途偶遇周大，突然改变主意向卓文孙告密；这个突变把戏剧冲突骤然推向高潮。但接着又产生了第二个突变，这便是红箫突然刺死秦二而自刎；这第二个突变又把冲突从危机中推向和解，使全剧趋于结局。在《屈原》中，类似的突变也有两个：一是宫廷诬陷，它使在开端中隐伏着的矛盾突然发展为尖锐化的冲突；二是婵娟的死，它同样是全剧由危机转向和解的契机。这类突变在其他几个历史悲剧中都有。

其次是反复。在客观社会生活中，矛盾双方的斗争是曲折的，复杂的，是反复进行的。斗争的反复性酿成为矛盾双方的激烈冲突。反映社会生活的剧本，也只有写出斗争的反复，才能使戏剧情节曲折起伏，才能使戏剧冲突淋漓尽致，活龙活现地表现出来。《屈原》中屈原同南后之间的斗争就有三次大的反复：第一次是屈原在宫廷被诬陷后向怀王发出告诫，结果更加激怒怀王，下令将屈原罢官逐出宫廷。第二次是被逐出宫廷的屈原在郢都东门外与南后、怀王、张仪相遇，当面揭露张仪，怀王盛怒之下派人将屈原关进东皇太乙庙。第三次是南后命太卜以毒酒杀害屈原，结果婵娟代饮，从而屈原得救，随卫士潜往汉北。这三次交锋，就是三次斗争的反复，形成戏剧情节的曲折性。《虎符》的戏剧冲突是在信陵君与魏王之间围绕抗秦救赵事件展开的。其戏剧情节的曲折性，同样是由斗争的反复所造成。斗争的第一个回合是信陵君与魏王关于是否出兵救赵的针锋相对的辩论，政见的根本矛盾形成尖锐的冲突，争辩的结果，信陵君未说服魏王，只好带领三千食客出征。

第二个回合是信陵君采纳侯嬴的建议，请如姬窃取兵符以借晋鄙之师，从而又引出与魏王在如姬父亲墓前的第二次直接的更加激烈的交锋。第三个回合是魏王追捕窃符者，结果魏太妃以生命掩护如姬。第四个回合是朱女招供，向魏王说出窃符者是如姬，而如姬死于父亲墓前。这多次斗争的反复，使剧情像江河激流，回旋激荡奔腾向前。

偶然事件的出现也是形成戏剧情节曲折性的重要因素。因为情节的突变和斗争的反复往往是由偶然事件的出现引起的。偶然事件的出现在每个历史悲剧中都有。其中有代表性的如《高渐离》中怀清夫人被奸自杀后又有肖似怀清的怀贞夫人出现；《棠棣之花》中聂政死后又有女扮男装的聂嫈出现在濮阳酒店；《屈原》中婵娟误喝毒酒而死；《卓文君》中送情书的秦二路遇周大等等。

从某种意义上说，没有偶然性就没有戏剧性。曲折而引人入胜的戏剧情节，必须借助于偶然事件。但在戏剧中那些看来是偶然和巧合的情节和事件，只有当它们反映必然性的时候，才具有典型意义，也即作者所谓的“近情近理”。所谓“近情近理”，在郭沫若的历史悲剧中主要表现为两个方面：一是符合整个戏剧冲突发展的逻辑，这个逻辑反映着社会必然性；二是合乎人物性格发展的逻辑，这性格发展反映着人物的自觉意志。婵娟喝毒酒而死确有其偶然性，但这偶然性的情节却反映了人物性格和戏剧冲突发展的必然逻辑。其一，在贯穿全剧的南后与屈原之间的斗争中，婵娟已鲜明地站在屈原一边，从社会必然性来看，屈原代表的反秦派政治力量必然以失败告终，于是婵娟的死就成为悲剧冲突发展的必然结果。其二，婵娟是受了屈原的感化而深明大义的女子。她爱屈原是因为爱楚国，把生命献给祖国是她的自觉意志。因此，用她的生命去换取屈原的存在，正是她自觉意志的表现。同样，宫廷诬陷这个偶然性情节，也包含着必然性。从楚国统治集团内部两派政治势力的对比来看，亲秦派占了绝对优势，他们已和张仪相勾结，因此极力主张联齐反秦的屈原同他们之间的斗争已成为不可避免；斗争首先由南后发起，采取什么手段来制服对方，这又是由南后的性格所决定的。阴险斗狠、善于权变是南后的性格特点，因而，以那样卑鄙的诬陷来致屈原于死地，正是南后性格的必然。《棠棣之花》中聂嫈扮成聂政出现在濮阳酒店这固然有偶然性，但她的女扮男装完全符合当时的历史真实，相貌酷肖也符合生活逻辑，况且她的追踪还是戏剧冲突发展的必然结果。

三、刺激强烈而有根有源

刺激强烈而有根有源，也是郭沫若历史悲剧的一个突出特点。这强烈的刺激性。主要是通过剧中具有刺激性的戏剧动作、戏剧场面和戏剧气氛表现的。

戏剧动作的强烈刺激性，一般说来，来自戏剧冲突的高度紧张。而紧张是“一种用以拉住观众的、稍带神秘色彩的东西，一种观众和演员的精神的同一化。……紧张取决于到达爆发点之前剧本的动作所承担的情绪负担”①，它往往是悲剧人物的意志力“发展到爆发点”的表现。因此，“最大限度的紧张点一般出现在英雄死亡的时刻。”②

郭沫若历史悲剧中的悲剧人物多是具有情操的仁人志士。他们的情操，包括两个方面的内容：一是为真理正义献身的牺牲精神；二是诗人气质，即富有纯真高尚的感情。这就决定了他们的行为往往成为非凡的具有强烈刺激性的戏剧动作。屈原、阿盖因情绪的强大压力而表现为神经失常；聂政和怀清姊妹以毁面殉身示其斗争的决绝；聂嫈、春姑以尸陈“十字街头”激起群众的反暴行动，等等，都是富有强烈刺激性的戏剧动作。上述动作之所以具有强烈刺激性，就正因为这些表现了悲剧人物的意志力已经“发展到爆发点”，使人物承受着巨大的情绪负担，从而造成戏剧冲突的高度紧张状态。

紧张表现在戏剧场面中便形成具有强烈刺激性的戏剧场面。这种强烈刺激性的场面，在作品中又分为两类：其一是抒情的刺激性场面。如《屈原》中的雷电独白，《高渐离》中高渐离被矐目后的抒情独白和《虎符》中如姬自杀前的独白等，它们都是通过对悲剧人物激情的巨大夸张所产生的强烈的振动力和感染力形成的典型的抒情场面。其二是斗争的刺激性场面。如《棠棣之花》中“十字街头”的斗争，《南冠草》中公堂与法场的斗争，《高渐离》中琅琊台刺秦的斗争，《虎符》中窃符的斗争等场面，都具有强烈的刺激性。这些场面的强烈刺激性主要由两个因素构成：一是由于斗争双方主要代表人物的直接交锋而形成的戏剧冲突的极度紧张；二是作者通过这些场面，影射了现实，引起读者和观众对现实的政治敏感。如在琅琊台刺秦的场面中秦始皇与高渐离直接交锋，戏剧冲突几经反复，终以最后的决战达到爆发点，人物性格和冲突所反映的社会矛盾都得到最深刻、最完美的表现，人们不仅为悲剧人物的英雄主义精神所感动，而且从他们的失败中激发起对现实社会的仇恨心。作者说：“我写这个剧本时是有暗射的用意的，存心用秦始皇来暗射蒋介石。”③这正是这个场面具有强烈刺激性的原因之一。在“十字街头”的场面（《棠棣之花》第五幕）里，作者把烈士尸体搬到“十字街头”“示众”，让春姑向群众发表鼓动性讲演，并使两位女英雄的鲜血流洒在群众眼前，激起群众的反抗行动。这个场面

---

① 约翰·霍华德·劳逊《戏剧与电影的剧作理论与技巧》。
② 同上。
③ 《高渐离·校后记之二》。

的强烈刺激性显然既来自斗争的紧张，又来自强烈的现实感。在夏完淳等志士同汉奸洪承畴的斗争(《南冠草》第五幕)中，作者让民族志士喊出“杀尽东方的夷狄”、“杀尽卖国的汉奸”等联结现实的口号，刺激性就更为强烈。

在郭沫若的历史悲剧中强烈的刺激还表现为具有刺激性的悲剧气氛。这悲剧气氛往往借助于剧中的诗和歌词来形成。如《棠棣之花》中的主题歌可以说是中华民族自求解放的战歌。歌词具有强烈的政治鼓动性和艺术感染力。它在剧的开端由聂嫈唱出，为聂政壮行，在剧的结尾，又由合唱队反复合唱三遍以上。作者这样设计的目的，显然不是单单追求一般的音乐美和诗美，而是借助音乐和诗来形成悲剧气氛，最大限度地强化作品的刺激性。

郭沫若历史悲剧的强烈刺激性根源于作者的美学观。作者在《〈孔雀胆〉的润色》一文中曾说：“譬如避免‘强烈刺激’的这种作风，是不是多少带有阶级性的，也是我愿请教之一。我感觉着怕‘强烈刺激’的人似乎并不是怕刺激了自己的神经而受不住，而是怕刺激了别人的神经而受不住。因此那种雅人深致的高蹈趣味和温柔敦厚的人道主义，是不是可以作为戏剧定性的最高准绳，似乎也是值得讨论的事。”在这里，作者把悲剧中的“强烈刺激”提到美学的高度来认识，并批评了超功利的唯美派观点。从戏剧冲突的角度来看，强烈的刺激性是由冲突双方斗争的紧张情势所造成的。因此悲剧要不要强烈刺激性的实质，是要不要表现斗争的问题，而主张文学(包括悲剧)描写斗争是郭沫若一贯的鲜明态度。他说：“人类的文学艺术活动，在它的本质上，便是一种战斗；对于横暴的战斗，对于破坏的战斗，对于一切无秩序、无道理、无人性的黑暗势力的战斗。”[①]又说：“真的和假的应该严峻地分别开来。文艺的目的假使是在求真，求美，求善，文艺便不能容忍那一切混珠的鱼目。真伪不两立，美丑不两立，善恶不两立。”[②]作者认为正确而深刻地表现现实中激烈的斗争给读者观众以强烈刺激的根本目的，是培养人们崇高的真善美的情操和向假恶丑作斗争的精神。他说：“为了大众，为了社会的美化与革新，文艺的内容断然无疑地是以斗争精神的发扬和维护为其先务。目前的中国乃至目前的世界，整个是美与丑、道义与非道义斗争得最激烈的时代，也就是最须得对于斗争精神加以维护而使其发扬的时代。”[③]又说：“悲剧的戏剧价值不是在单纯的使人悲，而是具体地激发起人们把悲剧情绪化为力量，以拥护方生的成分，而格斗将死的成分。”[④]

总之，以心理描写的深化表现悲剧人物的自觉意志及其形成的思想基础，以情

① 《中国战时的文学与艺术》。
② 《纪念第二届五四文艺节告全国文艺工作者书》。
③ 《今天的创作的道路》。
④ 《从〈虎符〉说到悲剧精神》。

节的曲折表现悲剧冲突的发展，以强烈的刺激性构成悲剧的危机，是郭沫若历史悲剧中悲剧冲突在形式上的特点。这个特点恰恰说明了郭沫若的历史悲剧对于中国古典悲剧艺术的继承性。一个民族的艺术传统手法总是经过一代代人不断地继承与革新在向前发展，发展的成果又总是通过每个时代杰出的艺术家的独特个性表现出来。郭沫若在他的历史悲剧中所体现的关于中国悲剧冲突民族化的特点，证明了这一普遍规律。

论郭沫若历史剧的语言特色*

一个作家的艺术风格总是首先通过他的语言特色表现出来。因此，要把握作家的艺术个性，就必须研究他的语言特色。各种文学体裁对语言都有特殊要求，如戏剧语言的基本特征是诗化、性格化和动作性等。但这些特殊要求非但不能抹杀作家的语言个性，反而总是通过每个作家的语言个性表现的。因而，我们研究一个剧作家的语言特色，不是研究他的语言是否具有上述三个基本特征，而是研究他是以怎样的语言个性体现这些基本特征的。郭沫若是中国现代杰出的语言大师，他语言的突出个性不仅表现在《女神》等诗歌创作中，形成郭沫若式的诗的语言，而且体现在他的史剧创作中，形成郭沫若式的戏剧语言。郭沫若式的戏剧语言具有两个鲜明特点：雄辩性和抒情性。在他的史剧中，诗化、性格化和动作性等戏剧语言的基本要求都是通过雄辩性和抒情性的语言个性表现出来的。

一

所谓语言的雄辩性，就是人物在论辩中所表现出来的强大而不可辩驳的说服力。这种说服力又主要来自两个方面：其一是严密的逻辑性；其二是精辟的哲理性。

在郭沫若的史剧中，人物的对话往往以论辩的形式写出来。作者似乎存心为每个剧中人物在剧情的发展中寻找机会，让他们发表大段雄辩性的演讲。这便是剧中出现大段论辩性台词的原因。这大段论辩性台词有的表现为两个人物之间的论辩；有的表现为人物内心的矛盾斗争。前者如《卓文君》中秦二与周大关于向主人告密与否的辩论；《棠棣之花》中春姑母女关于女子读书问题的辩论；《虎符》中信陵君与魏王关于出兵与否的辩论；《南冠草》中夏完淳与钱彦林关于民族气节与气数的辩论；《蔡文姬》中蔡文姬与董祀关于归汉与否的辩论等。后者如《屈原》中屈

* 《山东师范大学学报》1984年第6期。

原的雷电独白；《高渐离》中高渐离被矐目后的独白；《虎符》中如姬的墓前独白等。这些大段的台词不仅淋漓尽致地表现出人物之间和人物内心的冲突，而且以不可辩驳的雄辩性推动着戏剧冲突的发展。所谓雄辩性，首先来自语言的严密逻辑性，而逻辑性又主要表现在以下几个方面：

一是论证的充分性。如《卓文君》中写秦二为文君密传情书路遇周大，被周大一席话说转反向主人告密。周大这席话的雄辩性即表现为论证的充分性。周大的话紧紧抓住秦二想同红萧成婚的迫切心理，从远而近，由彼及己，层层逼近，连续提出告密的四条好处，终于说转了秦二。其他如《虎符》中信陵君说服魏王出兵救赵及如姬在父亲墓前自述其不去投奔信陵君的理由等台词，其雄辩性也都表现为论证的充分性。

二是语言的辩证性。如《卓文君》第一景中文君与红萧关于青年男女命运问题的辩论中，红萧的一段话其雄辩性便表现为辩证性。文君向红萧吐露了爱情不自由的苦衷，悲叹说："普天下的儿女，都是做父母的把他们误了！"这结论反映了文君对于封建礼教的本质认识。但正由于她看到了这个本质问题，就更加失去摆脱不幸命运的信心，陷入极度苦闷悲观中而不能自拔。红萧听了文君的话却不以为然，提出恰恰相反的结论说："我觉得说被父母误了的儿女，多半是把父母误了的。自己的命运为什么自己不去开拓，要使做父母的，都成为蹂躏儿女的恶人？……"从辩证法的观点来看，在封建礼教统治下，父母与儿女这矛盾的两个方面是相辅相成、互相依存的。父权统治的结果，从一方面看是父母误了儿女，把他们作了牺牲；从另一方面看则是任其摆布的儿女误了父母，使父母做了恶人。正是这段话的辩证性打开了文君的思路，使他认识到自己的命运要由自己开拓的道理。又如《虎符》中如姬自杀前的一段话也是具有辩证性的语言："啊，你灵妙的匕首！你是我的解放者。人把你制造出来，创造了死；人把你制造出来，也创造了生。……此刻由你所创造出来的死，便是有意义的生。……你暴戾者呀！……你把死的威胁来恐吓一切的人……我现在要把人的尊严指示给你了。你所制造出来的死是不足以威胁人的呀！死倒成为了我们的朋友，成为了我们的创造品的时候，你的威权也就一切都完结了。"这段话的雄辩性在于它说出生与死的辩证法，以不可辩驳的逻辑说明如姬自杀行为的正义性和必然性。

三是归纳的严密性。如《屈原》第一幕中屈原向宋玉讲《桔颂》的台词，其逻辑性就表现为归纳的严密性。这段台词的中心论点是桔树所以是人们学习的榜样，是因为它的自然品性象征着仁人志士"不骄矜，不怯懦，不懈怠，不迁就"的思想品格。并紧紧扣住桔树的自然品性同仁人志士的思想品格之间的联系，从上述四个方面一一论证：以"开了花，结了实，任随什么人都可以欣赏"，说明其"不骄矜"；以"不怕霜雪"说明其"不怯懦"；以"时候到了便开花结实"，"有人欣赏""不叫苦"，"无人欣赏”“不埋怨”，说明其“不懈怠”；以“周身有刺”，生在南方，不易“迁移”，说明其“不迁就”。由于归纳得周密贴切，就清晰地阐明了《桔颂》诗的意境及其象征意义。

语言的逻辑性只有同思想的深刻性相统一才更具有雄辩性。在郭沫若的历史剧中大量精辟的哲理性语言便是这二者相统一的结晶。这种精辟的哲理性语言往往通过剧中人物的辩论讲出来，透视本质，揭示规律，启人心扉，新人耳目。它的雄辩性就在于其深刻性，即言及事物的本质。这类语言在论辩中的作用是：(1) 从根本上说明问题。如《棠棣之花》第一幕中由春姑要求读书引起了酒家母女关于女子读书有用与否的辩论。春姑反驳母亲的女子读书无用论时，讲出一段精辟的富有哲理性的话：“做母亲的没见识，便只好养出些没见识的孩子。如今这世道上有很多没见识的人，不都是由没有见识的母亲所生出来吗？他们小时候没有受过什么母教，长大来也没有受过什么好的教育，他们就只好捣乱，只好作些没廉耻的事情了。所以这如今不识廉耻的人这样多，……一些做母亲的人恐怕要负一多半的责任呢。”这段台词的精辟之处就在于从根本上说明女子读书的必要性，使认识肤浅的对方无力反驳。又如《虎符》第三幕中信陵君与魏王辩论强秦之兵是否可以克服的问题，信陵君反驳魏王的“秦兵不可克服”论时，讲了一段富有哲理性的话：“相互的把人当成人。这就是克服秦兵的秘诀，也就是治国平天下的秘诀。”这段话的雄辩性就在于从根本上说明了问题，表现了政治家的雄才大略，使昏聩偏狭的魏王无以相对。(2) 以真见卓识洞幽烛暗。《南冠草》中夏完淳与钱彦林在被捕前有一段关于国家前途命运问题的辩论。钱认为国家民族“气数已尽”，不可挽回。夏在反驳钱时讲了一段具有真见卓识的话：“我不相信气数，我却尊重气节。读书人气节要紧。‘为天地立心，为生民立命’也就全靠这气节。这是个人的命脉所在，也是国家的命脉所关。……”这段话以铿锵的语调，概括了丰富的历史内容和精辟独到的史识。又如屈原在教诲宋玉时，有一段话也是讲气节的：“在这战乱的年代，一个人的气节很要紧。太平时代的人容易做，在和平里生，在和平里死，没有什么波澜，没有什么曲折。但在大波大澜的时代，要做成一个人实在不是容易的事。重要的原因也就是每个人都是贪生怕死。在应该生的时候，只是糊里糊涂地生。到了应该死的时候，又不能够慷慷慨慨地死。一个人就这样被糟踏了。”这段话表述了一个伟大政治家的人生观和洞察人生的睿智。

二

巴金先生曾以“战士，诗人，雄辩家的雄姿”概括郭沫若给他留下的印象。以此来概括和说明郭沫若历史剧的语言特色也是十分恰切的。他史剧中语言的雄辩性与抒情性,正如他一身兼有的雄辩家与诗人的气质那样,是有机地结合在一起的。正因为这样,他的史剧语言既具有巨大的逻辑力量,又具有强烈的感情力量。戏剧语言的抒情性是郭沫若一贯的主张和创作中追求的目标。他认为用抒情性语言写剧就是"作家要努力为各个人物,用那各个人物的语言表抒他们自己的情感,做出各个人的抒情诗"[①]。这抒情诗的语言特点是具有情绪的节奏。他把这种具有节奏的语言叫作"流体化"或"流线型"的语言。他说:"学习新的方法来锻炼本国的语言吧,最好要把方块字的固体打成流体,中国有好些美妙的词曲是做到了这步工夫的。语言能够流体化或是流线型,那么抒情诗和抒情散文也就可以写到美妙的地步了。"[②]作者对于抒情性语言的追求,鲜明地体现在他的史剧创作中,形成他抒情性的戏剧语言个性。

作者说:"抒情诗是情绪的直写。情绪的进行自有它的一种波状的形式,或者先抑后扬,或者先扬后抑,或者抑扬相间,这发现出来便成了诗的节奏。"[③]鲜明的情绪节奏是郭沫若史剧中抒情性语言的突出特点:如《卓文君》中文君在漾虚楼听琴时思念相如的情绪,是以先扬后抑、沉静缓慢的节奏表现的。在宁静的月夜里,两个知心女子富有节奏感的对话,正是一首绝妙的抒情诗:

卓文君　怎么还不听见琴音呢?快要到三更了。
红　萧　连二更都还没有打。
卓文君　你听,不是琴音吗?
红　萧　……不是,是风在竹林里吹。
卓文君　是从下方来的。
红　萧　……是水在把月亮摇动。
卓文君　是从远方来的。
红　萧　……不是,不是,甚么音息也没有。啼饥的猫头鹰也没有,吠月的犬声也没有。……
卓文君　啊,没有。真的甚么也没有。是我的耳朵在作弄人了。
沉默
远处更声二起

① 《怎样运用文学语言》。
② 同上。
③ 《论节奏》。

这段台词显然具有沉静的感情色彩，而形成这色彩的则是它先扬后抑的节奏。这节奏表现在语言上是在人物的每段台词之后都有较长时间的沉寂（作者以删节号和“沉默”标出）。这从语言的音响节奏的角度看，显然是先扬后抑的节奏。从意境上看，这段台词还表现了夜的节奏，这夜的节奏是通过“绘画的节奏”来表现的，如“风在竹林里吹”，“水在把月亮摇动”和“远处更声二起”写的都是夜声。这些声音的节奏也都是先扬后抑的。作者说：“鼓舞我们的节奏和沉静我们的节奏，究竟在客观上有什么区别呢？有的。大概先扬后抑的节奏，便沉静我们。先抑后扬的节奏，便鼓舞我们。这是一定的公例。”[①]这段话不仅说明了上面那段台词具有沉静感情色彩的原因，而且从审美感受上阐明了语言的节奏性与抒情性的关系。

以不同的语言节奏表现不同的情绪色彩是郭沫若史剧中运用抒情性语言的成功之处。《屈原》中的雷电独白抒发了屈原愤怒雄壮的情绪。这种情绪色彩是通过风雷电的节奏表现的。诗人一方面以具有色彩的语言在我们眼前描绘出风雷电的生动形象：“尽力咆哮的”风，“吹走”灰尘和砂石，吹得长江、东海“翻波涌澜”；“轰隆隆的”雷，发出“车轮子滚动的声音”，在无际的天地间飞鸣；利剑似的电，劈开宇宙的黑暗，时时显出“灿烂的”“眩目的光明”的身影。在这里，力的节奏通过绘画的节奏形象地表现出来，变成为“力的绘画，力的舞蹈，力的音乐，力的诗歌”。这风、雷、电的节奏都是先抑后扬的。另一方面，诗人又把这先抑后扬的风雷电的节奏直接转化为语言节奏。雷电独白共十三节，按照情绪的回旋可分为四部分。每部分的语言结构都是先抑后扬，其表现便是每部分的结尾都是递进的排比与高昂的呼喊相结合的句式。这先抑后扬的语言节奏就形成雷电独白那迅猛高昂的情调，给人以鼓舞和振奋。

假如说卓文君听琴的情绪节奏是先扬后抑，屈原的雷电独白的情绪节奏是先抑后扬，那么如姬自杀前在父亲墓前自白的情绪节奏则是抑扬相间。如姬从王宫逃到父亲墓前时心情是极矛盾的。摆在她面前的有两条路：一是逃到邯郸去找信陵公子；一是在大梁留下来。面对生与死的抉择，她的理智与感情之间充满矛盾，几经反复才达到统一。心理的矛盾与统一，斗争与曲折，便表现为情绪的起伏涨落，形成语言抑扬相间的节奏。抑扬相间的节奏易于表现人物复杂的情绪状态。因此，在悲剧中是常被运用于表现悲剧人物的心理。如《屈原》中婵娟误饮毒酒之后那段表现人物悲喜交集的复杂情绪的抒情性台词，《高渐离》中高渐离被矐目后向怀贞夫人表抒自己在逆境中向往美好世界感情的台词等，都是通过抑扬相间的节奏表现的。

---

① 《论节奏》。

三

在郭沫若史剧中动作性、诗化和性格化等戏剧语言的基本特征都是通过雄辩性和抒情性的语言个性表现的。

所谓语言的动作性，就是剧中人物的语言具有反映和推动戏剧冲突和人物性格发展的作用。郭沫若史剧中的雄辩性和抒情性语言都体现着这种作用。雄辩性语言反映和推动戏剧冲突和人物性格发展的作用主要表现为以下几种情况：

第一，剧中人物运用雄辩性语言以不可辩驳的逻辑性说服了同自己处于冲突地位的对方，使冲突趋向统一，从而引起剧情的发展。如《卓文君》中周大说服秦二的那段雄辩性语言就具有这种作用。秦二本决定为卓文君作牵线人，成全她的婚事之后同红萧一起逃走，但周大的话说转了他的心，从而改变主意，向主人告密卓文君私通相如的事。秦二行为的变化把潜伏的戏剧冲突引向危机，显示了周大语言的动作性。同样，红萧在漾虚楼上劝说卓文君的那段富有辩证性的台词，也因说服了对方而显示了动作性。卓文君本认定自己是“被父母误了的”人，陷入苦闷彷徨的窘境，红萧的话使她顿开心窍，决心以叛逆的行动“开拓自己的命运”。红萧的辩证性语言便以反映和推动人物性格的发展而显示了动作性。

第二，剧中人物运用雄辩性语言以不可辩驳的逻辑性驳倒对方，结果由于对方更加激怒而把戏剧冲突推向激化。《虎符》中信陵君出兵前与魏王辩论时，那雄辩性的语言便起了激怒对方的作用。信陵君的语言锋芒毕露、逻辑严密，但由于魏王偏狭自私，不可理喻，所以这语言的雄辩力所起的作用不是说服了对方使冲突趋向缓和统一，而是激怒对方使冲突更加激化。《屈原》中屈原被逐出宫廷后路遇怀王、南后和张仪，这时屈原揭露张仪离间齐楚行径的语言很具有雄辩性，但由于南后诬陷在先，怀王昏聩专横，这语言的雄辩力却更加激怒怀王，使他对屈原采取了更残酷的手段(把他抓进东皇太一庙)，从而使戏剧冲突愈加激化。

第三，雄辩性语言在表现人物内心矛盾时，其动作性在于它以不可辩驳的逻辑力量推动着人物内心矛盾的发展和统一。如姬自杀前的自白固然是感情浓郁的抒情诗，同时又是人物内心两种行动欲望的精彩辩论。使人物抛弃奔逃邯郸的欲望而使自杀的欲望付诸行动的，是她自我辩论中雄辩性语言显示出来的巨大逻辑力量。它不但说服了剧中人物，也说服了读者和观众。此外，高渐离劝说宋义同自己分道扬镳的话，其逻辑力量所显示的动作性，既表现为推动了宋义的行动，也表现为反映和推动了高渐离内心矛盾的发展和统一。

抒情性语言的动作性首先在于它以情绪节奏的变化表现剧中人物思想情绪的发展和变化。如果将剧中人物，特别是主要人物的全部抒情性语言连续起来看，这种动作性是十分清楚的。如卓文君的抒情性语言较为集中的是两部分：一是第一景中漾虚楼听琴的一段，其节奏是沉静轻柔的；二是第三景中夜奔相如遇阻的一段，其节奏是紧张而高昂的。这节奏的前后不同正表现了文君思想情绪随着剧情的发展而发展的运动过程。屈原的抒情性语言按情绪节奏的不同可分为三个阶段：在剧的开端阶段，是《桔颂》的节奏，豪放而舒缓；在剧的发展阶段，是《惜颂》的节奏，深沉而激越；在剧的高潮阶段，是风雷电的节奏，迅猛而高昂。这语言节奏所表现的三个阶段，反映了屈原思想感情随着冲突的逐步激化而发展的运动过程。其他如夏完淳、高渐离、如姬、阿盖等人物的抒情性语言前后连续起来看，同样可以看到其具有的动作性。

抒情性语言的动作性还表现在以其感情力量影响和推动剧情和人物思想的发展。如《棠棣之花》中春姑在十字街头于生命垂危之际饱蘸血泪的抒情演说，以其感情力量激起群众的反抗行动，《屈原》中婵娟误饮毒酒后的话，也字字血泪，激起屈原和仆夫的义愤，《高渐离》中高渐离矐目后的抒情独白也深深打动了怀贞夫人的心。

语言的诗化是郭沫若史剧最突出的特点。构成这语言诗化的固然有多种因素，如形象性、音乐性等，但最本质的因素却是语言的情绪节奏。作者把这情绪节奏叫作诗的生命，说："节奏之于诗是它的外形，也是它的生命，我们可以说没有诗是没有节奏的，没有节奏的便不是诗。"①又说："旧体的诗歌，是在诗之外更加了一层音乐的效果。诗的外形采用韵语，便是把诗歌和音乐结合了。我相信有裸体的诗，便是不借重于音乐的韵语，而直抒情绪中的观念的推移，这便是所谓散文诗，所谓自由诗。这儿虽没有一定的外形的韵律，但在自体是有节奏的。"②用作者对于抒情诗的上述理解来解释他史剧语言的诗化，是十分恰切的。我们可以说，抒情性、形象性和音乐性是郭沫若史剧中语言诗化的三个要素，但最根本的是抒情性。作者是以抒情性为基础而追求三者的完美统一。

人物语言缺乏性格化是郭沫若历史剧的明显不足。但这也恰恰表现了郭沫若独特的风格。茅盾在谈到郭沫若的历史剧风格时说："不拘泥于历史事实，而随意发挥，虽云自我作古，却非英雄欺人……"③所谓"自我作古"表现在创作方法上便是把作者主观的感情和性格融注于客观的历史人物的形象中。作者又把这种方法叫

---

① 《论节奏》。
② 同上。
③ 《化悲痛为力量》见《悼念郭老》，生活·读书·新知三联书店 1979 年。

作“兴”。由于采用了这种“兴”的方法写历史剧，就使剧中的人物，特别是正面人物，在性格上具有了作者的气质。这种气质表现在语言上便是雄辩家的雄辩性和诗人的抒情性。老舍在评论萧伯纳的戏剧语言时说：“对话不能性格化，人物便变成剧作者的广播员。萧伯纳就是突出的一例。”又说：“那么，萧伯纳为什么还成为一代名家呢？这使我们更加清楚语言的重要性。以我个人来说，我是喜爱有人物、有性格化语言的剧作的。虽然如此，我可也无法否认萧伯纳语言的魅力。不错，他的人物似乎是他的化身，都替他传播他的见解。可是，每个人物口中都是那么喜怒笑骂皆成文章，就使我无法不因佩服萧伯纳而也承认他的化身的存在了。不管我们赞成他的意见与否，我们几乎无法否认他的才华。”①若以戏剧语言性格化的特点来要求郭沫若的历史剧的语言，则似乎可以得出同样的结论。这便是他的戏剧语言缺乏剧中人物性格化的特征，却鲜明地体现着作者自己的语言个性，显露着作者卓越的才华。但郭沫若的历史剧中的人物却又不像萧伯纳剧中人物那样完全成为作者的“化身”，而是既有作者的气质而同时又各有自己的个性。因此，人物语言性格化仍然不失为这些史剧的基本特点之一，只是表现较为复杂而已。具体地说，人物语言的性格化在郭沫若的史剧中表现为以下几种情况：一是剧中主要的重要人物（如屈原、高渐离、夏完淳、如姬、蔡文姬等）大都具有作者的自我气质，他们是性格相近的形象系列。其语言个性与作者的语言个性是同一的。二是剧中的次要人物和反面人物，大都不具有作者的自我气质，性格差别较大。他们的语言都具有各自的个性特征。如《卓文君》中的程郑，《屈原》中的张仪，《虎符》中的魏太妃等。三是人物语言的性格化，在郭沫若的史剧中是逐渐增强的。在《武则天》中几乎所有人物都具有鲜明的个性，人物语言的性格化特点也就非常突出。

① 《戏剧语言》，见《论剧作》。

1985—1986年：

论郭沫若史剧中的历史真实*

历史真实是史剧研究中的核心问题。许多问题的分歧都来自对于历史真实的不同理解。郭沫若是史学家、史剧家兼于一身的作家。他的史剧创作自觉地实践了历史真实与艺术虚构相统一的原则，对于什么是历史真实和在史剧中如何表现历史真实的问题，提供了规律性认识。认真总结这些规律性认识，丰富和发展史剧创作理论，是郭沫若史剧研究的重要课题。

一、外在真实与内在真实

从郭沫若的史剧中，可以看到历史真实是由历史生活的外在面目的真实和内在本质的真实两个相关联的层次构成。外在面目的真实是指历史事件大关节目的真实，历史人物性格的真实和时代风貌的真实。内在本质的真实包括两个方面：其一是历史生活的内在规律。其二是内在规律在思想观念上的反映，即历史精神。历史真实的这两个层次在郭沫若的史剧中虽然未达到完美的统一。但却基本上反映了出来。

作者认为史剧创作首先应当作到历史生活外在面目的真实性。他说："史剧既从历史为题材，也不能完全违背历史的事实。大抵在大关节目上，非有正确的研究，不能把既成的史案推翻。……关于人物性格、心理、习惯、时代风俗、制度、精神，总要尽可能的收集材料。务求其无瑕可击。"①他的史剧基本上体现了上述要求。如十个历史剧各有一个历史事件为基础。这些历史事件在大关节目上都有确凿史实根据。《王昭君》事件的大关节目昭君出塞，本于《汉书・元帝纪》和《匈奴传》；《卓文君》事件的大关节目文君私奔相如，本于《史记・司马相如列传》；《棠棣之花》事件的大关节目聂政刺韩相侠累，本于《战国策》《竹书纪年》和《史记》；《屈原》事件的大关节目屈原遭谗，本于《史记・屈原列传》；《虎符》事件的大关节目信

* 《郭沫若研究》1985年第3辑。

① 《历史・史剧・现实》。

陵君窃符救赵，本于《史记·信陵君列传》；《高渐离》事件的大关节目高渐离筑击秦始皇，本于《史记·荆轲列传》；《夏完淳》事件的大关节目完淳殉国，本于《苏州府志》《南冠草序》《说梦》(曹家驹)、《完淳集》等；《孔雀胆》事件的大关节目段功被害于梁王，本于《元史本纪》《新元史》《大理府志》等；《蔡文姬》事件的大关节目文姬归汉，本于《蔡伯喈女赋序》；《武则天》事件的大关节目武后平定徐敬业叛乱，本于《旧唐书》《新唐书》《资治通鉴》《全唐书》等。对于历史人物性格真实的追求，在史剧中就更为明显。王昭君等三个叛逆女性，在史剧中虽有现代化倾向，但作为性格基本特征的叛逆性却反映了历史人物性格的真实。据史书记载，她们的行为所表现的性格特征都倔强和叛逆。恰恰是这一性格感动了作者，引起他创作的冲动。作者说："王昭君这个女性使我十分表示同情的，就是她倔强的性格。"①"从她这种倔强的性格，幻想出她倔强地反抗元帝的一幕来。"又说："在我看来，我的蔡文姬完全是一个古代的'诺拉'。"②《屈原》中的情节和次要人物有很多虚构，但屈原等主要历史人物的性格都是真实的。作者在创作《屈原》前曾对历史人物屈原的性格作了深入研究，得出深刻独到见解。他认为屈原的思想特征是儒家的救民济世，"平生以康济为怀，以民生为重"；性格特征是注重自我的诗人气质，"虽然爱怜民众，但他却没有本领来领导民众"；命运特征是悲剧性：从个人资质看，缺乏实际手腕的诗人气质限制了他去实现其政治宏图，从时代看，他代表的社会方生力量尚未壮大到足以战胜将死力量的地步；因此，他的命运悲剧便成为必然。历史上屈原的上述性格特征显然都表现在史剧屈原的性格中，形成其性格的历史真实性。其他史剧中的主要人物的基本性格也都反映着历史人物的性格的真实。如史剧中信陵君的思想特征是以仁义为内容的民本思想。夏完淳的思想特征是以忠君爱国为内容的民族意识。聂政、高渐离的性格特征是"言必信、行必果"、重信义、轻生死的英雄气质。这些思想性格特征都是同史书记载的历史人物的思想性格相一致的。至于曹操和武则天则是被中国传统思想严重歪曲了的历史人物。史剧中的形象才真正恢复了历史人物的本来面目。对人物性格真实的追求是史剧创作的普遍原则。莱辛在《汉堡剧评》中曾明确地提出这个原则。他说："对那一切与人物性格无关的事实他愿意离开多远就离开多远。只有性格对他说来是神圣不可侵犯的；他的职责就是加强这些性格，以最明确地表现这些性格。"

历史风貌主要是指各个时代的政治气氛，风俗习惯，民情风物和具有时代特色的语言等。这在史剧中也有明显地体现。如在《棠棣之花》等史剧中通过对人民情绪的描写所表现的望合厌分的政治气氛，在《高渐离》等史剧中所表现的反秦的政

① 《写在〈三个叛逆的女性〉后面》。
② 同上。

治气氛，都真实地再现了先秦时代的历史风貌。对古代风习的描写，作者更为重视。如《屈原》中的“招魂”和“跳神”，《虎符》中的“投壶”和“祖饯仪式”，《棠棣之花》中桑间濮上的“冶游”之风，《高渐离》中的击筑唱歌等。都是只有史剧所描写的那个特定历史时代中存在的社会风习，给人以历史真实感。在史剧语言方面，作者也很注意时代性，他说：“写历史剧在用语上要受到一层限制，太近代化的语言不能用。”①又说：“史剧用语多少也有限制。……根干是现代语，不然便不能成为话剧。但是现代的新名词和语汇，则绝对不能使用。在现代人能懂得的范围内应该要掺进一些古语和文言，这也和写现代剧要在能懂的范围内使用一些俗语或地方语一样。不同的只是前者在表示时代性，后者在表示社会性或地方性。”②绝对不用现代新名词和语汇，以现代语为根干掺进一些古语和文言，正是郭沫若史剧语言的特点，在一些史剧中作者为了托出古代历史生活的真实，还直接引用和插入古代诗词并再现古代诗词的意境。如《屈原》中插入《桔颂》《惜颂》《九歌》《招魂》等屈原的诗；《高渐离》中插入《荆轲刺秦歌》的演唱；《南冠草》中插入夏完淳的诗等。

历史生活的内在本质真实在郭沫若的史剧中表现为两个方面的内容：一是历史生活的内在规律。这种内在规律往往是古今相通、一以贯之的东西。其具体内容是：(1) 社会方生力量与将死力量的对立与斗争。这是构成每个时代社会历史的本质内容。尽管每个时代阶级斗争的具体内容不同，但这方生与将死的两种社会势力都同样存在，总有对立阶级的一方代表着方生力量，另一方代表着将死力量。作者认为历史悲剧必须要把握和表现历史真实，就是要认识和把握每个时代将死与方生两种社会力量的对立，写出方生力量必然胜利的前途，将死力量必须灭亡的命运，以此来鼓舞现代人的斗争。(2) 社会发展的常态与病态的对立与斗争。作者认为“彰善阐恶，树之风声”是文艺的社会使命，而要作到这样，自然要有善恶标准。“这标准不应是高蹈的悬拟，而要是内在的必然”。所谓内在的必然，便是社会发展的常态与病态的对立与斗争。常态社会的善表现为“为极大多数人的久远幸福，各个人能够得到尽量的发展并能贡献其所能以增进人生福利”③。病态社会的恶表现为“以一部分特殊阶级役使其他各阶级，以一种自认为特别优秀的民族奴化其他各民族”④。他说：“人类一切活动所应依据的标准，便是发展常态和克服病态的内在必然。文艺活动当然不能除外。”⑤上述内在规律反映在思想观念上便成为历史精神。这种历史精神在郭沫若的史剧中主要表现为两方面的内容：在政治

① 《关于历史剧的信》。
② 《历史・史剧・现实》。
③ 《今天创作的道路》。
④ 同上。
⑤ 同上。

上是基于民本思想的民主精神；在道德上是利他主义和集体主义精神。史剧中的志士仁人正是这历史精神的体现者。他们的行为都受制于他们的信念，而这信念却又反映着历史的客观必然性。如他们“杀身成仁，舍生取义”的行为所表现的是对仁义的坚强信念，而这个信念反映的社会内容则是奴隶制必然崩溃的社会发展趋向。同样，他们以利他主义、集体主义为内容的道德信念，也反映着社会的内在必然。他说：“信念要怎么样才算得正确，这是一个见仁见智的问题，古今以来的历史差不多也就为着这个问题在作斗争。跟着时代的进展，有种种相异的姿态和相异的内容。但大体上说来，不外是利他主义和利己主义的冲突，集体主义和个人主义的冲突。……人是社会性的动物，离开了社会不能生存，因而只有相爱相利以维持集体的安全进步，是巩固社会的韧带，也就是护卫人生的韧带。相爱相利的基本步骤是利他，各能尽自己的力量以利人，各便应自己的分得而受人爱利。人类社会事实上是依着这个中心思想进化了来的，同时也和一些远心作用斗争了来。只是时代不同，人类的知识悬异，在过去的时代对于这个中心思想的认识，便有深度、广度、密度、明度上的不同。而对于这思想的实践与方法，不用说也是千变万化的不同。但尽管是怎样不同，而有这一条中心思想的脉络流贯着，是无可推动的事实。人类有旧的遗产可以继承，过去了的作家或作品能保有其长远的光辉的，从这儿可以得到究极的说明。”①郭沫若的史剧都具有政治与道德的双重主题，既写了民主精神与专制主义的政治性冲突，又写了利他主义、集体主义与利己主义、个人主义的道德性冲突。在冲突中的仁人志士，既是民主精神的代表，又是利他主义、集体主义精神的代表。作者正是通过对仁人志士的理想化，表现和歌颂了以民主精神和利他主义、集体主义精神为内容的历史精神。作者认为历史精神具有两种属性：其一是内在必然性，即它是社会内在规律在观念上的反映。其二是历史的一贯性。即它是贯通古今，一以贯之的规律性的东西。正因为具有上述两种属性，所以历史精神才成为历史生活的内在本质的真实。作为文学艺术的史剧要达到表现历史生活内在本质真实的目的，也就必须把握和表现历史精神。正是从这个认识出发，作者把发展历史精神作为史剧创作的主要任务。他认为“史剧家是发展历史的精神”②，史剧创作的任务是“具体地把真实的古代精神翻译到现代”③。

从郭沫若的史剧中可以看到外在真实与内在真实这两个层次既有区别又有联系。它们是形与神的关系。作为内在规律和历史精神的“神”，总是通过作为外在面目的历史人物、历史事件和历史风貌的“形”表现出来。外在真实所表现的是历

① 《如何研究诗歌与文艺》。
② 《历史·史剧·现实》。
③ 同上。

史生活的具体性。内在真实所表现的则是历史生活的规律性。

历史真实是历史剧研究中长期争论不休的中心问题。从60年代开始,对历史真实的内容就有两种对立的理解:一种是把历史真实仅仅理解为历史生活外在面目的真实(以吴晗为代表);一种是把历史真实仅仅理解为历史生活的内在本质的真实(以李希凡为代表)。显然,这两种对立的理解,都失之于片面。对历史真实全面的理解应当是外在真实与内在真实的统一。从史剧创作实践来看,这二者统一的要求并非所有史剧都能达到的。一般说来,马克思主义以前的古典史剧还不能达到二者的统一。它们虽描写了历史生活的外在真实,但由于时代和作家思想的局限,还不可能自觉地认识和把握历史生活的内在本质的真实。以郭沫若为代表的中国现代史剧家由于以历史唯物主义观点来研究历史生活,才真正作到透过历史生活的外在面目洞察其内在本质,从而也就有可能在史剧创作中把外在真实与内在真实统一起来。从这个意义上可以说,郭沫若的史剧创作在中国史剧发展史上具有划时代的意义。

二、历史真实与作家的史识

在史剧中历史真实总受制约于作家的史识,或者总是通过作家的史识表现的。历史真实是客观存在,具有客观性和绝对性;而作家的史识,即对于历史真实的认识与把握,却具有主观性和相对性。作家史识对历史真实制约的结果就使史剧中的历史真实带有主观性和相对性。历史真实的这一特点在具有浪漫主义倾向的郭沫若的史剧中表现尤为突出。

作家对于历史生活内在规律和外在面目的认识和理解,往往受所处时代的影响和制约。如对于昭君出塞这一历史事实的认识,马致远和郭沫若是不同的。马致远从元代的社会现实出发认识这一历史事件,得出关于这一事件的真实性结论是异族压迫和侵略造成的民族悲剧。郭沫若从五四时代的现实出发来认识同一历史事件,得出的结论却是女性道德的觉醒。这两种不同的史识表现在史剧《汉宫秋》和《王昭君》中,不仅使史剧的主题不同,而且使人物、事件及人物间关系都具有不同的面目和色彩。《汉宫秋》的主题是反对民族压迫,《王昭君》的主题则是歌颂女性道德的觉醒。人物关系和性格也有明显的不同。汉元帝与王昭君的关系,在《汉宫秋》中是真诚同一的爱情关系,在《王昭君》中则成为矛盾对立的阶级关系。同是汉元帝,一个善良软弱,令人同情;一个专横贪欲,令人憎恶。同是王昭君,一个爱国忠君,一个离经叛道。时代对于作家史识的影响还表现在同一个作家对于同一历史事件的认识随着时代的发展而不同。如郭沫若对于“文姬归汉”的认识是前后不同的。20年代，作者在易卜生个性主义的影响下，完全从女性道德觉醒的观点来看这一历史事件，认为文姬归汉反映了一个女性道德意识的觉醒过程。他认为，文姬在曹操赎她以前处于不觉悟状态。胡人虽和她结婚生子，但对她却没有真正的爱情。由于她未识破胡人的这种欺骗，所以“甘心居于异域不愿回天汉”。当曹操去赎她时，胡人竟然卖了她，这就使她觉悟到原来的爱情是一种欺骗。她决然归汉并抛弃了胡儿就正是女性道德意识觉醒的表现。正是基于上述认识，作者把蔡文姬完全看作“古代的‘诺拉’”。作者的这一理解与中华人民共和国成立后60年代的理解显然是大相径庭的。同样的例子，还可举出《孔雀胆》。作者对于《孔雀胆》一剧的主题，在认识上前后是不同的，这不同正表现了作者对于史剧所表现的史事因时代的不同所产生的认识上的变化。同样，作者对于历史精神的认识也显然受着所处时代的政治要求、道德观念和时代精神的制约和影响。如五四时代反封建道德和个性解放的要求决定了作者对于历史精神的选择标准，使他选择了历史上叛逆女性反抗男性中心道德的叛逆精神作为历史精神，加以发扬与歌颂。在抗战时期，以人民为本位的时代精神和民族解放的政治要求使作者形成新的选择历史精神的标准，使他把民主精神、利他主义和集体主义精神作为历史精神，加以发扬与歌颂。正是作者这种从自己所处时代出发对于历史精神的认识与选择，使史剧具有了同现实的联系，产生了强烈的社会影响。时代对作家认识和把握历史真实的影响，是一个具有普遍性和规律性的问题。黑格尔说：“对于地方色彩，道德习俗，机关制度等外在事物纯然历史性的精确，在艺术作品中只能算做次要的部分，它应该服从既真实而对现代文化来说又是意义还未过去的内容(意蕴)。”①郭沫若也说：“写文学作品，尽管取材于历史，总是和写作者所处的时代有关联的，这就是一种现实主义倾向。”②

作家对于历史真实的认识与把握还受制约于民族的历史文化传统。民族的文化传统形成作家的历史观，用这种历史观来认识和把握历史真实，同样会使对历史真实的认识具有相对性和主观性。郭沫若以先秦史事为题材的四个史剧都表现了反秦的主题。这反映了作家在民族文化传统培养下所形成的历史观。在先秦的历史生活中显然存在着儒法两种思想和政治路线的对立，这便是德政与刑政的对立。这两种思想和路线的归宿虽然都是大一统主义，但作者认为这两种统一路线对中国历史文化发展的作用有优劣之分。历史没有按照屈原为代表的儒家德政路线来统一中国而按照秦始皇为代表的法家刑政路线来统一中国，是时代的悲剧性的错

① 《美学》第1卷33页。
② 《写给青年的信》。

误。它造成中国文化发展上的长期迟缓状态。正是基于上述认识，作者才确定了史剧反秦的主题，并且为鲜明地表现这主题，对历史人物、历史事件作了某些主观性的强调和修改。在《高渐离》中，作者为突出反秦的主题将秦始皇与蒋介石类比，使秦始皇的历史面目受到一定歪曲。这个偏颇作者后来是认识了的。他在《高渐离·校后记之二》中说："这次改版，我把剧本又整个修改了一遍，把过分毁蔑秦始皇的地方删改了。"在《屈原》中对于亲秦的张仪也同样作了有违历史真实的描写。作者上述史学观是在以儒家为正统的民族文化传统影响下形成的。作者说："我要坦白地承认，我自己是比较喜欢儒家思想的，我觉得这是正确的中国的现实主义。"

作家对于历史真实的认识与把握还受史料的限制。历史生活是由史书记载或口头流传，间接诉诸作家的。无论书面或口头的史料，都有遗漏错讹和矛盾之处。这就需要作家对史料作出自己认为合理的判断。这些判断必然具有主观性和相对性。在郭沫若的史剧中作者对于史料的判断主要表现在以下几方面：(1) 对于佚文的补充。关于如姬的事迹，史书只记载她窃符一段，未记载窃符以后的结果。作者便据情理推断她的结果必然是悲剧。又如屈原最初的流放地，史书无记载，作者从《抽思》中的诗句"有乌自南兮来集汉北"，推断流放地在汉北。又如严仲子刺杀韩相侠累的原因，史记只有"有郤"二字。作者从时间上加以推断，认为与三家分晋有关。(2) 对于分歧的选择。对于宋玉，历史上是有分歧的。一种意见把他同屈原并列；一种意见认为他是御用文人。作者据史料分析，肯定了后一种意见，并写进史剧中，聂嫈是否嫁人，史书也有分歧，作者经考证采用未嫁人说。(3) 对于讹误的纠正。如《史记》中关于聂政刺杀韩相侠累，史事的记载有不少讹误。作者经考证加以纠正。

总之，历史真实表现在史剧中都具有主观性和相对性。这主观性和相对性来源于作家的史识，即作家对于历史真实的把握和认识。因为作家的史识受着作家所处时代、历史文化传统和史料的限制和影响。

三、历史真实与艺术虚构

历史真实在史剧中通过艺术虚构的形式表现出来，便成为艺术真实。艺术真实也可以说是艺术虚构了的历史真实。历史真实与艺术虚构的关系，不是真与伪的关系，而是真与美的关系。艺术虚构的过程应当是真向美转化的过程。这种历史真实与艺术虚构相统一的规律在郭沫若史剧中是通过以下艺术虚构的原则体现的：

(1) 真实性原则

作者说:“历史研究是‘实事求是’,史剧创作是‘失事求似’。”[①]“失事”就是失之于事实,即艺术虚构。“求似”就是追求历史真实。这句话可以是对于艺术虚构的真实性原则的生动概括。艺术虚构的真实性原则在史剧中的具体表现是:① 对于历史人物的描写可以真人假事,但人物的性格必须符合历史真实,情节的虚构也要服务于性格真实的表现。如《王昭君》中昭君反抗元帝的一幕,《屈原》中的宫廷陷害、关押东皇太乙庙等情节都是虚构的,但对于表现人物性格的真实却很有力。② 对于历史事件的描写在大关节目上符合历史真实的前提下,可以进行虚构。虚构的目的是使事件更加完满生动,更符合事物发展的逻辑,更能显示其内在本质。因此也就更加接近历史生活的本来面目。如《屈原》中仆夫救助婵娟和屈原,《棠棣之花》中十字街头的斗争,《虎符》中如姬的自杀,《高渐离》中怀清夫人的死等虚构的情节,都具有上述作用。③ 对于历史时代风貌的描写,艺术虚构的自由天地更广泛,但不能违背特定时代的风习人情。虚构的目的是真实地表现特定时代的政治气氛和精神面貌。如《棠棣之花》中关于桑间濮上民风的描写和盲叟父女的卖唱,《屈原》中关于钓者的描写,《高渐离》中关于宋子酒店的描写,《虎符》中关于为信陵君送行的饯祖仪式的描写等,都较成功地表现了历史时代风貌。(当然,也有违背历史真实的描写,如写聂政三年服丧之礼)

(2) 完整性原则

作者说:“历史的研究是力求其真实而不怕伤手零碎,愈零碎才愈逼近真实。史剧的创作是注重在构成而务求其完整,愈完整才愈算得是构成。”[②]在这里作者提出了艺术虚构完整性原则。构成就是艺术虚构,其目的是使零碎的史料构成完整的艺术体。在郭沫若的史剧中,完整性原则具体体现在以下几方面:其一,史书对历史事件和历史人物的记录往往残缺不全,对于佚文部分,便以艺术虚构来补充。作者说:史有佚文,史剧家只能够找,找不到也就只好存疑。史有佚文,史剧家却须要造,造不好那就等于多事。”[③]完整性既是艺术构成的要求,也是历史真实的要求。其二,人物心理和生活细节,史书多缺而不传,在这些地方,便是艺术虚构发挥作用的天地。史剧的任务是要把古人写活,没有细微的心理描写和生动的生活细节的描写,人物和历史生活就不可能活起来。历史真实好像是人的筋骨,而心理活动、生活细节则是它的血肉。艺术虚构在这里的作用就是赋予历史真实的筋骨以血肉。当然,关于人物心理、生活细节也不能无原则地随意虚构,它应是在筋骨基础

---

① 《历史·史剧·现实》。
② 同上。
③ 同上。

上的扩展与丰富。作者说:“古人的心理,史书多缺而不传,在这史学家搁笔的地方,便须得史剧家来发展。”发展就是在历史真实基础上对于史事的扩展与丰富。作者的作法是,关于心理和细节的虚构也必须以历史史料为材料和依据。如对于屈原、夏完淳等人物心理细节的描写,是以他们的诗作为依据的;关于如姬、高渐离的心理细节的描写,是以史书中对他们性格特点的记载为依据的。

总之,完整性包括两个方面的内容:其一,使零碎的历史事件与历史人物完整起来;其二,使只具筋骨的历史生活、历史人物,具有丰满的血肉。这其实是历史向艺术结构转化的过程,也是历史的真向艺术的美转化的过程。

(3) 思想性原则

作者说:“我主要的并不是想写在某些时代有些什么人,而是想写这样的人在这样的时代应该有怎样合理的发展。”①所谓理想性原则,就是通过艺术虚构写出历史生活发展的必然性,也就是合理的发展。历史生活发展的必然性是内在规律,是隐藏在历史生活内部的本质。这是史书无法记载的东西。它往往以作家的史识体现在史剧中。

理想性原则在郭沫若的史剧中是被广泛运用的原则。其主要内容是:① 以虚构表现正大于负是历史发展的必然前景。史剧中一方面写仁人志士的悲剧,一方面则写人民群众的斗争同仁人志士的联系。以此来显示负大于正是暂时的现象,而正大于负才是历史的必然趋势。如《屈原》的结尾是屈原随仆夫卫士潜往汉北与人民反秦力量相结合;《高渐离》的结尾是宋意潜往江东与反秦的群众相结合;《棠棣之花》的结尾是群众和卫士之群在十字街头的反抗斗争;《虎符》的结尾是群众对仁人志士精神的歌颂与礼赞。其他如《孔雀胆》《南冠草》也同样具有这样的结尾。这从艺术上看,是悲剧中透出喜剧的气氛;从历史真实看,则是以艺术虚构的方法表现历史发展的必然趋势,反映历史生活的内在本质的真实。② 人物性格的理想化。作者把史剧的正面主人公作为英雄性格来塑造,充分写出人物在智、情、意三方面的高度发展。他们都有超凡的意志,敢于实践杀身成仁、舍生取义的箴言;都具有时代前驱者的思想,能辨认时代的方向,在两种社会力量的斗争中会根据理智作出正确的抉择;他们具有崇高的道德情操,强烈的爱憎都植根于无私博大的利他主义思想。③ 对常态社会的向往。在郭沫若的史剧中,理想主义的一个重要内容便是对于常态社会的向往。史剧在批判病态社会时总以常态社会相对照。特别在抗战时期创作的以先秦史事为题材的四个史剧中,病态社会与常态社会的对照是非常鲜明的。在这些史剧中,社会将死力量代表着人民的牛马时代,而与其对立的

---

① 《历史·史剧·现实》。

社会方生力量则代表着要把人当成人的时代。这新旧时代的对立，也就是社会发展中病态与常态的对立。史剧以悲剧主人公的英雄主义精神和行为，充分显示出克服病态，发展常态是历史发展的必然规律。

总之，在郭沫若的史剧中，艺术虚构是遵循着真实性、完整性和理想性三个原则进行的。其中真实性原则是最根本的原则。因为完整性和理想性归根到底也都是以表现历史生活的本质真实为其目的的。

从以上论述，可以得出如下的结论：(1) 许多研究者都曾不同程度地指摘郭沫若的史剧在表现历史真实方面存在问题。这些指摘就对某一个具体作品来看或者是有道理的。但从总体来考察，郭沫若的史剧创作在自觉地表现历史真实这一点上却具有开创性的意义。假若说以前的史剧家对历史真实的要求还仅仅停留于历史生活的外在面目的真实，那么，郭沫若对历史真实的要求则自觉地提高到外在面目的真实与内在本质真实的统一。(2) 从郭沫若的史剧整个艺术构成上看，它是由历史真实、作家史识和艺术虚构三个相互谐调的系统组成。这三个系统相互谐调的程度，决定着作品的成败。正是在这一点上，郭沫若的史剧创作为我们提供了规律性认识，具有重大的理论意义。

论郭沫若历史剧中的史识*

诗人与史学家兼于一身是郭沫若作为史剧家的特点。这就使他的史剧成为诗艺与史识的结晶。对于他的史剧的诗化特点，许多研究者已经论及；但史识在剧中的表现却很少被人注意。本文着重谈谈史识在史剧中的表现。

一

在郭沫若的历史剧中，作者的史识首先表现在对于历史精神的把握和解释。他认为“发展历史精神”，“具体地把真实的古代精神翻译到现代”①，是史剧创作的任务；为此，史剧家“在创作前必须有研究”，“对于所处理的题材范围内，必须是研究的权威”。②

所谓历史精神，是指特定历史时代反映社会发展要求的时代精神。它实质上是代表社会前进的方生力量和人民变革要求的革命精神。在历史上，这种革命精神总是通过少数代表先进思想的杰出人物体现的。作者对于历史精神的把握就正是从研究杰出的历史人物入手的。如在创作以春秋战国时代的史事为题材的《屈原》《虎符》等四个史剧时，作者便对屈原、信陵君等杰出的历史人物进行了切实深入的研究，写出《屈原时代》《屈原研究》等学术论著；创作《南冠草》《孔雀胆》时，对于历史人物夏完淳和阿盖的思想和生活事迹作了系统的研究和考证；同样，《卓文君》《王昭君》等表现女性叛逆精神的史剧，是在作者深入研究了历史上一系列叛逆女性的基础上创作的；《蔡文姬》《武则天》的创作更是作者在深入研究历史人物曹操和武则天之后，在史学上为其翻案的结果。从研究历史人物入手把握历史精神，然后通过人物和事件的描写将古代精神翻译到现代，这便是作者史剧创作的过程。作者的史识在这个过程中得以充分的显示。

---

* 《聊城师范学院学报》1985 年第 1 期。

① 《我是怎样写〈棠棣之花〉》。

② 《历史・史剧・现实》。

作者对于历史精神的把握与解释突出地表现在以春秋战国时代的史事为题材的四个史剧中。从这些史剧中人物的政治观、道德观和自觉意志所包含的社会内容，可以清晰地看到一个思想深邃、学识渊博的史学家对于春秋战国时代历史精神的独立而新颖的见解。在作者看来。春秋战国时代是奴隶制向封建制转变的社会大变革时代。政治经济制度的变革引起整个社会上层建筑的变革。“变革”就是当时的历史精神。这种精神渗透在社会思想的诸领域，使每个领域都产生了反映新的生产关系、具有新质的内容。这新质的内容表现在伦理道德领域便是剧中仁人志士所体现的“仁义”的思想。作者认为这“仁义”的思想，就正是那个时代的进步的时代精神，也即史剧家应当发展并翻译到现代的古代精神。这种对于历史精神的深刻把握和解释，表现了一个史学家的史识。它是形成《虎符》等以春秋战国时代史事为题材的四个历史剧悲剧精神的基础。在上述四个历史悲剧中，悲剧精神就是仁义的精神，它通过剧中人物性格表现为“杀身成仁，舍生取义”的精神。作者说：“战国时代是人的牛马时代的结束。大家要求着人的生存权，故而有这仁和义的新思想出现。我在《虎符》里面是比较的把这一段时代精神把握着了。但这根本也就是一种悲剧精神。要得真正把人当成人，历史还须得再向前发展，还须得有更多的志士仁人的血流洒出来，灌溉这株现实的蟠桃。因此聂嫈，聂政姊弟的血向这儿洒了，屈原、女须也是这样，信陵君与如姬，高渐离与家大人，无一不是这样。‘杀身成仁，舍生取义’，是千古不磨的箴言。”[①]这段话已把他对“仁义”的理解及其在史剧中的表现说得十分清楚。作者又认为社会思想的新质在政治思想领域，表现为以德政来完成中国大一统的思想。春秋战国时代各家都是主张政治上大一统的。他们为统一中国，极力主张消弭各个氏祖集团的个别传统，而倡导整个中国民族的大家族为统一的基点。道家捧出黄帝，儒家捧出尧、舜，墨家捧出夏禹，都是这个用意。大一统思想深刻反映了长期处于战乱分裂状态的人民望合厌分的共同愿望和社会经济制度进步的客观要求。但在如何统一上，儒法存在分歧和对立：儒家主张以德政来统一，而法家却主张以刑政来统一。这两种对立的统一路线便形成春秋战国时代政治斗争的基本内容。如秦楚的对立，实质上便是这两种统一路线的对立。作者认为楚国以屈原为代表的统一路线是体现历史要求的正确路线。他说：“我们现在似乎可以这样设想：假使中国当时不是由秦国来统一，而是让楚国来统一了，文化发展的情形必然有些不同。……中国由楚人来统一，由屈原思想来统一，我相信自由的空气一定更浓厚，艺术的风味也一定更浓厚。历史没有走向这一条路，使秦国来统一了中国，做出了焚书坑儒、摧毁文化的事件，使战国时代蓬蓬勃

---

① 《献给现实的蟠桃》。

勃百家争鸣的思潮不能继续发展，甚至不能保持，致演成昙花一现的状态，实在是件遗憾的事。”①作者的上述史识，便形成《屈原》《虎符》和《高渐离》等史剧共同的反秦主题。另外，作者还从哲学思想领域考察了社会思想新质的内容，认为这新质的表现便是“无神论”的朴素唯物主义思想的出现。在氏族制时是“万汇皆神”，在奴隶制时是“万物一神”，而到春秋战国时代，由于地上的世卿制的被否定，王位转于民位，地上王的影子——上帝也开始在人们的观念中被否定和逐步消失。代之而起的新的观念是“民者神之主”的思想。在周秦诸子中，除墨家尚承认有人格神外，道家便主张只有一个无形无影的“道”，儒家则主张只有一个“理”，都是无神论者。作者对春秋战国时代哲学思想的上述理解，通过剧中正面人物的思想性格鲜明体现出来，使这些人物的思想放射出历史精神的光辉。

作者对于历史精神的把握，还表现在对中国道德传统和爱国主义传统的深刻认识上。

《卓文君》《王昭君》和《聂嫈》所表现的中国女性的“三不从”的叛逆精神，从根本上说，也是一种历史精神。作者对这历史精神的深刻理解，正表现了精到的史识。在中国长期的封建社会中存在两种对立的文化，表现在道德上便是两种道德的对立。作者认为，在这两种对立的道德中，占统治地位的是以男性为中心的道德，这种道德的具体内容便是“三从四德”的信条。男性为中心的传统道德不仅绞杀了女性天才，使女性沦于愚昧，而且导致整个社会的堕落。和男性为中心的道德相对立的是历史上少数叛逆女性所表现的“三不从”的道德。这种新道德包含着男女平权的内容，不仅代表着妇女解放的要求，而且代表着社会进步的要求，从本质上看，是一种进步的历史精神。作者对于传统道德的上述理解，不仅形成他创作《卓文君》《王昭君》等史剧的动机和在史剧中塑造一系列进步女性形象的出发点，而且使卓文君、王昭君、如姬、蔡文姬等为历代文人描绘过的女性形象，在他的史剧中具有崭新的精神面貌，第一次把他们的行为所表现的道德内容提到历史精神的高度。

郭沫若的史剧贯彻着爱国主义思想，而这爱国主义思想又总是紧密地同史剧所反映的各个时代的时代精神结合在一起的。这个特点反映了作者对于爱国主义传统的深刻理解。从史剧所反映的爱国主义思想的内容看，作者对爱国主义思想的时代特点有以下的认识：(1) 在诸侯割据混战的春秋战国时代是以望合厌分的大一统思想为其内容的，如《棠棣之花》《屈原》《虎符》《高渐离》等史剧所表现的那样。(2) 在封建社会的盛世(如汉唐时代)，是以歌颂显赫的文治武功为内容的，如

① 《郭沫若文集(12)·论古代文化》。

《蔡文姬》《武则天》所表现的那样。(3) 在宋元以后(如宋末明末)的民族危亡的时代是以反对民族投降与妥协,提倡民族气节为内容的,如《南冠草》和《孔雀胆》所表现的那样。显然,在作者看来作为民族文化优良传统的爱国主义思想并不是抽象的,它实际上也是一种包含着丰富时代内容的历史精神。作者的这一理解就使他史剧的爱国主义主题,在内容上更加丰富和真实。

总之,作者在史剧创作中,不是拘囿于历史事实的真实,而是通过史实的研究和考证正确认识和把握历史精神,并把自己对历史精神的认识和把握表现在史剧中。

二

郭沫若史剧中的史识,还表现为对于历史真实面貌的认识与把握。作者把推翻史案"还历史一个真面目"作为史剧创作的重要动机。他说:"历史并非绝对真实,实多舞文弄墨,颠倒是非,在这史学家只能纠正的地方,史剧家还须得还它一个真面目。"①又说:"有正确的研究而要推翻重要的史案,却是一个史剧创作的主要动机。"②

在正确研究的基础上,推翻旧的史案,还历史人物和历史事件以真面目,是郭沫若史剧创作的特色。这个特色集中表现在为曹操、武则天等历史人物翻案的《蔡文姬》和《武则天》两个史剧中。曹操是被中国传统思想歪曲了的历史人物。正如作者所说:"曹操对于我国民族的发展,文化的发展,确是有过贡献的人。在封建时代,他是一个了不起的历史人物。但以前我们受到宋以来的正统观念的束缚,对于他的评价是太不公平了。特别是经过《三国演义》和舞台艺术的形象化,把曹操固定成为一个奸臣的典型——一个白脸的大坏蛋。"③作者正是怀着为曹操翻案的动机创作史剧《蔡文姬》的。他说:"我写《蔡文姬》的主要目的就是要替曹操翻案。"④所以史剧中的曹操便恢复了历史的真实面貌,由白脸奸臣变成正气浩然的民族英雄。武则天同样是被正统思想歪曲了的历史人物。她本是中国封建社会卓越的女皇帝,史学家却往往从男性为中心的道德观念出发对她进行人身攻击和诬蔑。如说她淫荡、奸诈,为窃居王位而杀害丈夫唐高宗和太子贤等。作者通过切实的研

---

① 《历史·史剧·现实》。
② 同上。
③ 《〈蔡文姬〉序》。
④ 同上。

究为武则天翻了案。他说:“以前的人爱说武后淫荡,其实是不可尽信的。薛怀义被委任为白马寺主,在垂拱元年(公元685年),于时武后已62岁。张昌宗、张易之被优遇,在圣历二年(公元699年),时武后已76岁。武后管教子女相当严;她的外侄贺兰敏之,韩国夫人的儿子,在男女关系上胡作非为,她索性把他杀了。如果到了六七十岁她自己还在逾闲荡检,她怎么来管教她的子侄,怎么来驾驭她的臣下呢?”[①]关于武后杀害高宗和太子贤的说法,作者经多方考证,认为同样是史学家的歪曲,目的是“有意显示武后的奸诈,想掩饰人的耳目”。作者以历史唯物主义的观点,充分肯定了武则天在政治、经济和文化上所作出的杰出贡献。史剧《武则天》就是在作者上述观点指导下创作的翻案剧。

通过坚实的研究,对于历史人物和历史事件作出新的解释,并且将这新的解释写进史剧中,这实质上是作者以自己的独特眼光对于历史的重新发现。因此往往给人以深刻的启迪。这类新的解释在郭沫若的史剧中极为普遍。如在历史人物方面,对卓文君、宋玉、秦始皇、赵高、夏完淳、骆宾王等的评价,都与以前的史家有不同之处,有的甚至恰恰相反。卓文君私奔相如,被几千年的传统习惯势力视为不道德的行为;作者却认为它是“三不从”新道德的标本。他说:“卓文君私奔相如,这在古时候是视为不道德的,就在现代,有许多旧式的道德家,尤其是所谓教育家,也依然还是这样。……我现在完全在做翻案文章。‘从一而终’的不合理的教条,我觉得完全被她勇敢地打破了。”[②]宋玉是屈原的学生,历代史家,有的以“屈宋并称”,说“他的骨头和屈原的是同样硬的”;有的则“抑屈扬宋”,说“自古文人常陷轻薄,屈原露才扬己,显暴君过”,而宋玉则合乎“怨而不怒”的诗道。作者在史剧中却把宋玉写成没有骨气的帮闲文人;所以这样写也是以他的史学研究为根据的。他说:“我把宋玉写成一个没有骨气的文人,或许有人多少会生出异议吧。不过我这也并不是任意诬蔑。司马迁早就说过:‘屈原既死之后,楚有宋玉、唐勒、景差之徒者,皆好辞而以赋见称。然皆祖屈原之从容辞令,终莫敢直谏。’”[③]对秦始皇的评价,在史学界有两种偏颇:有的只强调其荒淫的一面而否定其历史功绩;有的则只强调其历史功绩的一面而不敢正视其荒淫残暴的事实。作者克服了上述偏颇,对历史人物作出较为客观的评价,在史剧中把秦始皇写成一个“通权变好女色的雄猜天子”[④]。夏完淳是历史上的“神童”。对于他成为幼慧奇才的原因,人们或则不得而知,或则作出唯心主义的解释。作者在深入研究之后,从时代精神、家庭环境和社会实践三个

---

① 《我怎样写〈武则天〉》。
② 《〈卓文君〉后记》。
③ 《我怎样写五幕史剧〈屈原〉》。
④ 《〈高渐离〉校后记之二》。

方面于人物的影响，对夏完淳的幼慧奇才的形成作出比较合理的解释，并根据这种解释写成史剧《夏完淳》。

在历史事件方面，作者对于史剧中所表现的聂政刺杀韩相侠累、信陵君窃符救赵、曹操平黄巾起义、秦始皇统一六国和阿盖段功爱情悲剧等史事都有自己的独特发现。聂政刺杀韩相侠累，《史记》的记载，在时间与原因上都有矛盾之处。在《韩世家》中说是发生在列侯时（“列侯三年聂政刺杀韩相侠累”），在《刺客列传》里则可看出是在哀侯时（“濮阳严仲子事韩哀侯，与韩相侠累有却”）。作者多方考证，证明事件发生的确切时间是韩哀侯时。至于刺杀原因，《史记》只记有严韩“有却”二字，即二人之间有“私仇”。作者经过深入研究，找到这刺杀事件与当时韩、赵、魏三家分晋的联系，从而真正发现了刺杀事件的普遍的社会意义。作者的这个发现，可以说是他形成史剧《棠棣之花》主题的思想基础。信陵君窃符救赵的故事，以往的史家和文人多把它作为急公好义的事例来描述。作者通过对先秦史料的精深研究，认为这个事件的实质是集中反映了当时中国两种统一路线的对立，即仁政与刑政两条统一路线的对立。作者的这一发现，便形成史剧《虎符》主题思想、人物性格及悲剧冲突的深刻性和复杂性。史剧所显示的不仅是两种政治力量的对立，而且是两种道德观和历史观的对立。曹操平定黄巾起义，是史学界有争议的问题。现代史学家对此多取否定态度，并以此作为不能为曹操翻案的主要根据之一。作者以历史的发展的观点，对这一史案作出令人折服的新的解释。他认为发生在封建社会上弦期的黄巾起义，尚未有也不可能提出推翻封建帝制、平均地权的政治目标，他们的起义目的不过是要求一个好君主（“青天已死，黄天当立”），因此，在这个根本点上，他们同平定他们的曹操并无根本分歧。正是从这个根本意义上，作者得出如下结论：曹操“虽然打败了黄巾，而黄巾中农民确是拥护他”；曹操“虽然是攻打黄巾起家的，但我们可以说他是继承了黄巾运动，把这一运动组织化了”①。作者的这个结论同样表现在史剧《蔡文姬》中。以前的史学家往往以唯心主义英雄史观来看秦始皇统一六国的史实，从而把人民的反秦斗争同六国统一的历史方向对立起来。作者却深刻地阐明了二者的联系与统一。他说：“秦始皇的统一中国，并不是秦始皇一个人的力量。由秦国来说，那是自孝公以来，特别是自商鞅变法以来，六世的政绩的积累。从中国范围来说，那更是自春秋以来的各国政绩的积累。由春秋的十二诸侯归并为战国的七雄，更归并为嬴秦的一统，各国的先进者或多或少对于历史都有过贡献，而尤其不可抹杀的是人民大众的力量。先进者能得人民大众的支持，故各能促进中国的统一。”②作者的上述发现，使他反秦的史剧主题更为深刻，剧

① 《谈蔡文姬的胡笳十八拍》。
② 《由〈虎符〉说到悲剧精神》。

中被直接加以歌颂的虽是反秦的政治力量，但在实质上所肯定的却是大一统思想和完成大一统的人民群众。

作者说："史有佚文，史学家只能够找，找不到也就只好存疑。史有佚文，史剧家却须得造；造不好那就等于多事。"①所谓造，就是根据史识对于缺如的史事加以合理的推断和补充。在郭沫若的史剧中这种推断和补充是作者塑造人物的重要方法。如姬是窃符救赵这一历史事件中的重要人物，但关于她的事情在《信陵君列传》中只有简单的两段记述。其一，侯生向信陵君献计时，提到她的父亲"为人所杀"，和信陵君为她报了杀父之仇的事："侯生乃屏人间语曰：嬴闻晋兵之鄙符常在王卧内，而如姬最幸出入王卧内，力能窃之。嬴闻如姬父为人所杀，如姬资之三年。自王以下欲求报其父仇，莫能得。如姬为公子泣。公子使客斩其仇头，敬进如姬，如姬之欲为公子死，无所辞，顾未有路耳。"其二，记述如姬窃符的事："公子从其计，请如姬。如姬果盗晋鄙兵符与公子。"这两段话提出关于如姬的三个问题：(1) 她的父亲是谁？(2) 为何自王以下找了三年都没有找到的仇人，信陵君一下子便把他找着了？(3) 如姬窃符以后的事情是怎样的？这些问题都是无处可考的，但又是史剧创作必然要涉及的。因此，作者便凭着自己的史识，进行了合理的想象和补充。关于如姬的父亲，作者把他定为"师昭"，为在剧中让如姬弹弹琴，又将他定为琴师，而杀他的仇人则是他的逢蒙式的徒弟。信陵君所以独能破案，是因为门客中有会催眠术的"唐雎老人"。至于如姬窃符后的结局，作者根据合理推断、把她写成了悲剧。他说："我在剧本中把她写成了一个悲剧的结束，这是不会有什么牵强的。侯嬴在定计的时候已经就说明了：'如姬欲为公子死，无所辞'，而她所犯的情形，实在是该受死罪的。"②又如《高渐离》中的怀贞和怀清，《孔雀胆》中的阿盖和车力特穆尔，也都是作者据有限的史料加以合理推断而创造的人物。作者说："关于阿盖与梁王等的资料也只是一个轮廓。例如向梁王陷害段功的那个人究竟是谁，各项资料里面均无可考。因此在这些地方我便发动了我的推想……"

在郭沫若的史剧中对历史真实面貌的把握，还表现在对于古人心理和生活等细节的真实描写，而这种描写也正表现着作者的史识。作者说："古人的心理，史书多缺而不传，在这史学家搁笔的地方，便须得史剧家来发展。"③人物内在情感的丰富性是郭沫若史剧中人物的鲜明特征。这些人物丰富而生动的心理活动则都是作者根据自己的史识和对古今生活的体察而想象和创造的。这种作者个人的体察在一些正面人物身上尤其明显，以致这些人物在心理和情感方面表现了作者的浓郁

---

① 《历史·史剧·现实》。
② 《〈虎符〉写作缘起》。
③ 《历史·史剧·现实》。

的自我气质。在古代生活习俗方面直接的史料很少，作者也是靠现实生活的感受和对古代生活的体察来加以补充的。如《棠棣之花》中关于桑间濮上情景的描绘就是这样产生的。作者说："在这番构成上，日本的风俗也帮助了我，日本人在樱花开放的时节，那种举国若狂的情形，实在是有些原始的风味。剧中所插入的那首'春桃一片花如海'的歌，事实上是在一九一九年的春天在博多的西公园看樱花时做的；只是原诗是'春樱'，在插入剧本时，我把'樱'字改成了'桃'字罢了。……总之我是尽量在想托出古代的现实。"①

三

郭沫若史剧中的史识又表现为作者对于剧中人物性格和命运发展的合理判断。作者说："我主要并不是想写在某些时代有些什么人，而是想写这样的人在这样的时代应该有怎样合理的发展。"②这"应该"的，"合理"的发展，就是作者根据历史必然性对人物命运所作出的判断。

首先，作者总是把人物的悲剧命运建立在历史必然性的基础上。马克思对于悲剧的产生曾作过科学的概括，这便是："历史的必然要求和这个要求的实际上不可能实现之间的悲剧性冲突。"作者从马克思主义社会发展观的角度，对于马克思上述观点作了进一步地发挥，他说："促进社会发展的方生力量尚未足够壮大，而拖延社会前进的将死力量也尚未十分衰弱，在这时候便有悲剧诞生。"③显然，作者认为悲剧是两种对立的社会力量斗争的必然结果，人物的悲剧命运是由社会必然性所决定的。作者在史剧创作中就正是从上述认识出发来判断人物悲剧命运的。他史剧中的悲剧人物，几乎都是各个时代推进社会发展的方生力量的代表。他们的思想代表着新的时代精神，体现着历史的必然要求，其行为和发展都是合理的。但他们的力量尚未壮大到足以战胜拖延社会前进的将死力量，这质与量的矛盾便形成悲剧的历史必然性。所以，他的史剧一方面满腔热情地歌颂了那些仁人志士，充分肯定其思想行为的先进性和合理性，另一方面却不能不给他们一个悲剧的结局。

其次，作者总是按照历史的必然要求来塑造人物的理想性格，使每个正面人物都把实现历史的必然要求作为自己的理想和自觉意志。屈原、信陵君、高渐离等，在政治上都主张以德政来完成中国的大一统，在道德上都以仁义为立国之本。其

---

① 《我是怎样写〈棠棣之花〉》。
② 同上。
③ 《由〈虎符〉说到悲剧精神》。

政治观和道德观都是春秋战国时代历史发展的必然要求在思想观念上的反映。作者使他史剧中的人物思想境界达到这样的高度，也就真正作到让人物性格按照历史必然要求，得到合理发展。

历史的必然要求，归根到底是那个时代人民的要求。因此，历史人物的合理发展，还表现在他的思想行为和前途命运同人民群众的一致性。这种一致性，在史剧中是越来越明显的。在《卓文君》《王昭君》和诗剧《棠棣之花》中，主人公还是独往独来的娜拉式的人物。在《聂嫈》里开始发生变化，剧的重点不再是表现聂政个人的英雄主义的刺杀行为，而是英雄行为所激起的群众的反抗斗争。在这里，英雄个人的命运与群众的命运第一次达到统一。这种统一在此后的史剧中表现得更为自觉和深入。如：其一，突出强调了悲剧人物的人民意识。如历史上的屈原，基本思想是忠君爱国。史剧却削弱了他忠君的一面，突出了爱民的一面，把他联齐抗秦的政治主张建立在从六国人民利益出发的民本思想的基础上。历史上的信陵君礼贤下士，尚贤好义是他的基本思想。史剧却把他写成具有民本思想的军事家。高渐离本是荆轲式的刺客，史剧却通过他行刺失败后对荆轲道路的否定和对人民反秦力量的向往，表现他人民意识的觉醒。就连民族志士夏完淳，作者也在不失历史真实的前提下，尽力扩大其人民意识。其二，把英雄人物的斗争同人民群众的斗争联系起来。史剧直接描写的是仁人志士的悲喜剧，但这些悲喜剧都是在广大的群众斗争的社会背景下展开的。这表现在剧的结构上，便是每个史剧都有明暗、虚实两条线索或两个境界，通过一二人物将二者有机地联结起来。在《屈原》中直接描写的是屈原与楚国统治集团之间的斗争，而通过屈原潜往汉北却暗示出人民群众的反秦斗争，把这两条线索联结起来的是引渡屈原的卫士仆夫。《高渐离》实写高渐离刺秦的故事，虚写江东人民的反秦斗争，把二者联结起来的是高渐离失败后，转移江东继续斗争的宋意。《棠棣之花》前写聂致行刺于东孟，后写群众反抗于十字街头，把二者联结起来的是聂嫈和春姑。《虎符》《南冠草》《孔雀胆》等在结构上也都表现了同样的特点。

按照历史的必然要求来塑造人物的理想性格，还表现为对悲剧人物自觉意志的强化。自觉意志反映着历史的必然要求和人物性格的合理发展。悲剧人物的斗争和事业虽然往往由于客观条件的限制遭到失败，但其自觉意志却总是在逆境中显示出强大的力量。从这个意义上说，英雄人物的自觉意志永远是自由的。屈原与楚国统治集团的斗争遭到失败，由此而陷入逆境，经受着诬陷、罢官、驱逐、逮捕、囚禁和毒杀等一系列打击，但他为实现自己政治主张和道德理想而斗争的意志却愈益坚强，终至达到自由的境地。作为他意志自由境界最集中的表现，便是他身陷囹圄，神驰宇宙的那段雷电独白。婵娟、如姬、高渐离、夏完淳等，都是以死告终的悲剧人物。然而，死不仅没有动摇他们的意志，反而成为他们自觉意志的完成。

总之，郭沫若的史剧是史识与诗艺的结晶。史识在史剧中主要表现在对于历史精神和历史真实面貌的认识与把握，对于人物命运和性格发展必然性的判断。这二者的结合，使郭沫若的史剧既具有巨大的思想深度，又具有生动的艺术魅力，较好的作到了历史真实与艺术真实的统一。史剧创作在我国已有长久历史。但真正具有史识的剧作却很少见。郭沫若的史剧创作的经验，为我国史剧创作指明了新的道路，这便是史识与诗艺结合的道路。

论郭沫若历史悲剧的结构*

郭沫若历史悲剧的民族特色不仅表现在题材、语言和人物心理上，而且还表现在戏剧结构上。郭沫若的历史悲剧在结构上具有三个突出特点：一是高度的统一性与完整性；二是相反相成的结构方法；三是透示出转为喜剧气势的结局。这三个特点既表现了作者的艺术个性，又体现着中国古典悲剧的艺术传统在新时代的发展。

一

在悲剧结构上，统一与完整始终是作者所追求的艺术境界。他说："历史的研究是力求其真实而不怕伤乎零碎，愈零碎才愈逼近真实。史剧的创作是注重在构成而务求其完整，愈完整才愈算得是构成。"[①]又说："对于史剧的批评，应该在那剧本的范围内，问它是不是完整。全剧的结构，人物的刻划，事件的进展，文辞的锤练，是不是构成了一个天地。"[②]作者的这一美学主张鲜明地体现在他的历史悲剧中。高度的统一和完整是郭沫若历史悲剧在结构上的一个突出特点。

郭沫若历史悲剧结构的统一与完整不是表现为一般的所谓故事情节发展的完整（即每个剧都有开端、发展、高潮和结局），而是表现为构成戏剧整体的各个部分之间的紧密有机的统一。而形成这种有机统一的具体方法，是如筋骨脉络似的贯穿于戏剧情节中的线索。这些线索是戏剧机体结构中的生命线，可分为人的线索，物的线索和情的线索三种。

所谓以人为线索，一般是指以悲剧人物的命运发展为线索安排情节，开展戏剧冲突。这是剧作家几乎无不如此作的常识性的问题。郭沫若的历史悲剧都有一个中心人物作主线，并且一线到底。但我们所谓的人的线索，是指剧作中主要悲剧人

---

* 《聊城师范学院学报》1985 年第 4 期。

① 《沫若文集》13 卷，人民文学出版社 1961 年版。

② 《历史·史剧·现实》。

物外的那些在结构中起着重要作用的次要人物而言。这些人物往往成为悲剧中联合各个部分之间的纽带,表现了作者的匠心独运。这类线索人物按其在结构中的作用可分为纵的线索人物和横的线索人物两种。纵的线索人物联结悲剧中纵的关系,如《棠棣之花》中的春姑、韩山坚,《虎符》中的侯嬴,《高渐离》中的宋意,《南冠草》中的杜九泉等都是这类人物。《棠棣之花》在结构上本由前后两部分构成。前三幕主要写聂政,后两幕主要写聂嫈。为结构上的统一,作者创造了春姑的形象作为前后联结的线索和纽带,将两部分化为一个整体。同时,为完成第二幕向第三幕的自然过渡又创造了韩山坚这一线索人物。《虎符》虽然始终贯穿着信陵君与魏王之间的冲突,但第一幕的冲突直接表现为政见的论战,第二幕以后冲突却围绕窃符而展开。从冲突的内容看,全剧显然分为前后两部分,而联结两部分的线索人物却是侯嬴。《高渐离》中的宋意在全剧中前后出现两次,其作用是承上启下,把荆轲刺秦和高渐离为荆轲报仇以及江东人民的反秦斗争等不同事件联结为一个统一发展的过程。《南冠草》中的杜九泉在剧中前后出现了三次,其作用与宋意相同。横的线索人物联结悲剧横的关系,如《屈原》中的卫士甲,《高渐离》中的怀贞、怀清姊妹,《棠棣之花》中的盲叟父女等。《屈原》的悲剧冲突在第二幕的"宫廷诬谄"之后,是以两条纵的线索向前发展的:一条是屈原同怀王的斗争,结果是屈原被怀王抓进东皇太乙庙;另一条是婵娟与南后之间的斗争,结果是婵娟被南后囚于木栏以待斩首。而将这两条纵的线索联结起来的人物是看守婵娟的卫士甲,正是他将婵娟解放出来带到东皇太乙庙会见屈原,从而以婵娟代饮毒酒和屈原潜往汉北使这两条线索合而为一。同样,《孔雀胆》的悲剧冲突也有两条纵的线索:一条是车力特穆尔与梁王的斗争,结果是车蒙蔽了梁,占有了王妃,毒死了王子,刺杀了段功,公主阿盖也被逼向死地;另一条是车力特穆尔与段功的斗争,结果是段功被暗算,最后由杨渊海向车力特穆尔报了仇。而联结这两条线索的人物则是作过车力特穆尔的帮凶而后来终于站出来揭露事实真相的铁知院。此外《高渐离》中的怀清和怀贞姊妹联结了秦始皇东巡和高渐离寻机为荆轲报仇这两条线索;《棠棣之花》中的盲叟父女联结了聂政行刺与聂嫈殉弟这两条线索。

以物为线索,就是把物作为悲剧中人物和情节的贯穿线。这物往往与悲剧人物的命运和行为直接有关,因此它的作用是把许多次要人物和情节同主要人物和事件紧密联结起来,成为悲剧结构中的纽带。如《虎符》中的虎符,《高渐离》中的筑,《孔雀胆》中的孔雀胆酒,便都是线索物。《虎符》写的是信陵君抗秦救赵。救赵必须借晋鄙之师,欲借晋鄙之师必须虎符。因而窃符就成为抗秦救赵成败的关键而被作为全剧的中心事件来描写,虎符也就成为贯穿这中心事件的线索物。虎符不仅是信陵君与魏王之间意志冲突的焦点,而且把侯嬴、魏太妃、如姬、侯女、唐雎等许多性格不同的人物的命运和行为同主要人物的命运和行为紧紧联结起来，使他们的动作向着同一个方向发展：侯嬴为窃符献计，如姬为窃符献身，太妃为窃符义死，晋鄙也因怀疑虎符拒交兵权而被杀死，连朱女、侯女和唐雎等也无不因窃符事件受牵连，有的丧生，有的出逃。总之，虎符在整个悲剧结构中成为联系人物和情节的纽带。《高渐离》以击筑始以击筑终。筑在全剧中先后出现过五次，成为贯穿全剧的结构线索物。其作用是：（1）反映着悲剧人物命运和悲剧冲突的发展。如在第一幕中，隐身于宋子酒店的高渐离因击筑而暴露遭捕，从而由于人物的命运从顺境进入逆境而形成悲剧的开端；在第三幕中，被审讯的高渐离向秦始皇提出"希望得到一只筑"的要求，这个要求的满足却使他受到矐目和阉刑，悲剧冲突在此便也因人物命运的进一步逆转而进展；在第五幕中，秦始皇琅琊台观赏歌舞音乐的场面是全剧的高潮，也是悲剧人物性格发展的顶点，而决定其高潮的必须场面正是高渐离筑击秦始皇的场面。（2）联结事件和人物。在第一幕里，宋子酒店里同时出现了高渐离、怀贞夫人、宋意和夏无且等许多人物，而这些人物之间的关系都是通过"击筑"和"谈筑"来揭示的：宋意从筑声中觅得知音好友高渐离，怀贞从筑声中明白了佣保燕大的真正身分；夏无且从筑声中发现了自己的敌人——刺秦义士荆轲的同党。"击筑"之后是"谈筑"，由"谈筑"引出荆轲刺秦的故事，从而把荆轲刺秦和高、宋为荆轲报仇这两个事件联结起来。随着整个悲剧冲突的发展，"筑"更成为影响甚至决定许多人物命运的因素。如怀贞在得知高渐离筑击秦始皇的计划后，便甘愿参与准备工作，终于献出生命；夏无且怀着对秦始皇的一片忠心，却误入高渐离的圈套，终因供给高渐离装进筑内的铅条而被处死。（3）表现悲剧人物的性格。高渐离是善于击筑的歌手，击筑最能表现他性格的特征。击筑不仅形成了他形体性戏剧动作，而且形成他内心戏剧动作。如第四幕中，他面对怀贞夫人而发自内心的那几段内心独白，就是由击筑引发出来的。这些独白是符合人物性格的抒情诗，淋漓尽致地抒发了悲剧人物纯真美好的感情，写出了人物高尚的理想和情操。同样，秦始皇那段最能表现其一代雄猜天子性格的关于"荆轲刺秦"战事的评论，也是由听筑而引起的。在《孔雀胆》中，孔雀胆先后出现过九次，它是"罪恶"和"死亡"的象征物，贯穿全剧形成浓郁的悲剧气氛，每出现一次都表现着悲剧冲突的发展。在第一幕中处于隐伏状态的段功与车力特穆尔的矛盾，由于车力特穆尔离间梁段的关系成功而趋于明朗的尖锐化，其标志便是梁王下令让铁知院制作两瓶孔雀胆酒欲假阿盖之手毒死段功；这时孔雀胆的出现恰恰表现了阿、段命运的逆转和整个悲剧的开端。在第三幕中，阿盖向段功揭露了车力特穆尔的阴谋，车又采用更毒辣的手段谋杀段功，其表现便是他从段功家中索回孔雀胆酒（索回一瓶）；这时孔雀胆的出现标志着悲剧冲突的进展。在第四幕中，车以通济桥下的伏兵刺死段功，又用孔雀胆酒毒死行刺的蛮兵以灭口，悲愤已极的阿盖也以孔雀胆酒结束了自己的生命；这时孔雀胆的出现标志着全剧进入了高潮。物的线索在郭沫若的其他历史悲剧中也有，如《屈原》中的《桔颂》书卷，《南冠草》中的诗集《南冠草》及《卓文君》中的琴等都是形成结构线索的物。

所谓情的线索是指跳动和贯穿于悲剧机体中的情绪脉络。它在结构中的作用是：(1) 以情感的起伏表现悲剧冲突的开端、进展和高潮；(2) 用情绪的反复和回旋强调悲剧情感基调和主题思想的统一。在郭沫若的历史悲剧中，情的线索的上述作用是分别通过悲剧人物的抒情独白和悲剧的主题诗显示出来的。《棠棣之花》在开端、发展和高潮中都插入主题诗的歌唱(开端是聂嫈为聂政唱歌壮行，发展阶段是玉儿为聂政唱歌传名，高潮阶段是群众为烈士唱歌安魂)，以情绪的反复呼应形成悲壮的情感基调，强调和突出了悲剧的主题思想。《屈原》在情的线索的表现方法上和《棠棣之花》相似，全剧以《桔颂》始以《桔颂》终，在高潮部分加入了《雷电颂》。不同的是这条情的线索同悲剧主人公的性格发展、自觉意志的表现，以及全剧冲突的发展都达到了有机的结合。因此，在结构中的作用就更加突出。同样，《高渐离》中的情的线索也采用了上述的表现方法，全剧以《荆轲刺秦》歌开端，又以《荆轲刺秦》歌结局，中间情感高潮部分加入高渐离的大段抒情独白。《虎符》的开端部分大梁群众唱的《祖饯之歌》，第五幕中如姬的墓前独白和结尾时群众的合唱，联结起来看，也恰恰表现了全剧情绪的发展与变化，形成了一条起伏涨落的情绪脉络。《南冠草》中很少有人物的大段抒情独白，情的线索主要是通过穿插于情节中的悲剧人物的吟诗来表现的。通过吟诗所表现的诗人夏完淳的情绪的起伏涨落，构成一条贯穿全剧的情感发展线索。《孔雀胆》中有一首赞美段功的主题歌(《好个摩呵罗嵯段总管》)，反复过四次，同样显示出了全剧情感的发展线索。

结构的完整和统一是中西方悲剧家共同追求的艺术境界，但采用的方法不同。在西方所采用的往往是“重复手法”。爱森斯坦说：“有一系列的方法或手段，可以使作品具有结构上的稳定性和完整性。……最简单的手法之一就是重复手法。”①在中国古典悲剧中结构的完整性却主要靠人、情、物的线索的联结。李渔曾把这种运用线索联结戏剧各部分的手法，比作用针线“缝衣”。他说：“编剧有如缝衣，其初则以完全者剪碎，其后又以剪碎者凑成。剪碎易，凑成难，凑成之工，全在针线紧密。一节偶疏，全篇破绽出矣。每编一折，必须前顾数折，后顾数折。顾前者，欲其照映；顾后者，便于埋伏。照映埋伏，不止照映一人，埋伏一事，凡是剧中有名之人，关涉之事，与前此后此所说之话，节节俱要思到。”②“凑成之工，全在针线紧

① 《结构同题》，见《电影创作问题文集》第一集。
② 《闲情偶记·密针线》。

密”,可以说是对中国古典悲剧结构特点和经验的总结。我国成功的古典悲剧结构上大都体现了以人、情、物的线索紧密联结各部分的特点。如《汉宫秋》《娇红记》《长生殿》等在情节悲欢离合的发展中都贯穿着一条起伏涨落的情感线索,而这线索又往往通过穿插于全剧中的许多优美抒情、诗意浓郁、文采飞扬的词曲来表现的。至于人和物的线索,运用得就更为普遍。如《赵氏孤儿》中的孤儿和《雷峰塔》中的许仙,便都是线索式人物,两个剧的冲突都是紧紧围绕对他们的争夺而展开的。而《琵琶记》中的琵琶和《长生殿》中的李扬定情的金钗钿盒等则在剧中形成物的线索。显然郭沫若的历史悲剧在结构方法上虽然也吸收了西方悲剧的一些特点,但主要是继承和发展了中国古典悲剧的优良传统。

郭沫若历史悲剧结构上的完整与统一还表现为戏剧中人物、地点和时间的高度集中和统一。作者在谈及结构时曾说:“我尽可能追求着人、地、时的三统一。”[1]集中是戏剧的基本特征。西方戏剧创作中的“三一律”就是要求通过时间、地点和情节三者的统一来达到集中的目的。在中国古典悲剧中集中主要是通过突出中心线索和减化头绪实现的。李渔曾对这一手法作过精辟阐述。他说:“头绪繁多,传奇之大病也。荆、刘、拜、杀(荆钗记、刘知远、拜月记、杀狗记)之得传于后,止为一线到底,并无旁见、侧出之情。三尺童子,观演此剧,皆能了了于心,便便于口,以其始终无二事,贯串只一人也。”[2]郭沫若要求“人、地、时的三统一”,就是把中西方戏剧结构所运用的集中的手法结合了起来。所谓“人”的统一,不同于西方“三一律”中所谓的“情节的统一”而是指剧中要有一个中心人物,贯穿始终,“一线到底”,然后从表现中心人物的性格和行为的需要来决定情节、时间和地点的去取,尽量减少情节的枝蔓和头绪,缩小时间长度和空间距离。这个特点在郭沫若的历史悲剧创作过程中表现得十分清楚。首先,每一个悲剧都有一个“一线到底”的中心人物,如《屈原》中的屈原,《棠棣之花》中的聂政,《虎符》中的信陵君,《高渐离》中的高渐离,《南冠草》中的夏完淳,《孔雀胆》中的段功。其次,以上述每个剧中的中心人物来决定时间、地点和情节的选择与取舍,使之高度集中。《棠棣之花》原计划写成十幕,即根据《刺客列传》“从严仲子访问起,写到聂政声名表露为止”,不但情节枝蔓繁多,而且“第一幕与其他九幕相隔三年多,时间上不统一”,“前五幕主要写聂政,后五幕主要是写聂嫈,人物上也不统一”,地点也有五处之多。[3] 后来作者根据“一线到底”和尽可能使人、地、时三统一的原则对原计划作了修改,写成五幕悲剧。在时间上由原来的三年缩至六天,地点由五处减至三处,人物也由聂政聂嫈并重而集

① 《我怎样写武则天》。
② 《闲情偶记·减头绪》。
③ 郭沫若《我怎样写〈棠棣之花〉》。

中聂政一人。《屈原》结构计划也有极大变动。作者“起初是想写成上下两部，上部写楚怀王时代，下部写楚襄王时代，……每部写它个五六幕”，[①]时间长度约三十年，情节、地点都极为分散。修改后的五幕悲剧，时间长度从三十年缩为一天，地点由若干处减为一处。为突出中心线索，将原计划中的襄王、女须、秦瀛、白起、南公等人物均删掉。《高渐离》原计划写秦始皇两次东巡，前四幕写秦始皇二十八年的一次东巡，第五幕写“秦始皇三十七年再游琅琊”，时间长度约十年之久。地点和人物都较为分散。修改后的剧本，只写一次东巡，时间长度由十年减至两月。原计划中的人物如乌氏倮、燕人卢生、韩客侯生、韩客韩众、魏人石生及刘邦、戚姬等均被删掉。地点也集中于宋子和琅琊两处。同样，《虎符》也不是写信陵君一生，而仅选“窃符救起”为其中心情节，时间只限制在五天之内，地点只有大梁一处。《南冠草》《孔雀胆》在结构上也都注意了人、地、时的三统一。

二

相反相成，是郭沫若历史悲剧在结构上的另一特点。这便是在每一场戏的安排上，都考虑节奏的变化与统一，体现一悲一喜，悲喜对照，一张一弛，疏密相间的原则。

相反相成的结构特点首先表现为悲剧场面的对照。这种一悲一喜，悲喜对照的场面，在郭沫若的每个历史悲剧中都有。《棠棣之花》的第二幕和第四幕都写男女冶游、歌迷舟醉的濮阳桥畔，剧情却一喜一悲，形成鲜明对比。第二幕是聂政和严仲子两位志同道合的义士旧友兴致勃勃地相会，密谋行刺的计划，心情虽是庄严紧张，但却充满志向和理想即将付诸实践的喜悦；整个戏剧情势也由于正义力量的进攻而透示出喜剧的情势。第四幕却是聂嫈和春姑两个同样爱慕与关切聂政的女子闻耗后，商量去殉聂政的计划，聂嫈失去了弟弟，春姑失去了所爱者，酒家母也将永别了女儿；戏剧情势已转入了逆境，呈现出负大于正的悲剧气氛。《屈原》的第一幕开端和第五幕的结局也是悲喜对照的场面。这两个场面都写了屈原吟诵《桔颂》，气氛却是一悲一喜，迥然不同。在前一场中屈原吟诵《桔颂》，把它赠给宋玉，表现了他对青年一代的期望和坚信这种期望将要实现的欣喜心情，剧情也因崇高理想的光照和美好感情的洋溢，而呈现出喜剧气氛。在第五幕的结局，《桔颂》却变成了为楚国而死的婵娟的祭词。在这里所表现的是悲剧人物的因死者而生的悲哀

① 郭沫若：《我怎样写五幕史剧〈屈原〉的》。

痛绝的感情，整个气氛也被悲哀和郁愤笼罩着。《虎符》的第一幕开端的场面和第四幕的第一个场面，也是悲喜对照的场面。第一幕开端的场面写如姬与魏太妃投壶谈心，第四幕的第一个场面写如姬与魏太妃中秋赏月。表面上看来都是“喜”的场面，但剧情却悲喜不同。在前一场中，如姬、太妃倾心而谈，他们共同的“要把人当成人”的政治、道德理想，把彼此的心紧紧融合在一起，不约而同地成为信陵君政治主张的同情者和支持者。恶于魏王的淫威而在烦郁寡欢中生活的如姬，因信陵君的存在和对自己的恩德而看到人生中的正义和希望；为国担忧的太妃，也因有信陵君这样的儿子而感到欣慰。投壶正是她们内心喜悦的表现。而在后一个场面中，这两位心心相印的女子，虽然又在欢庆中秋节的歌乐热闹中赏月谈心，但她们清楚地知道死神即将降临。那欢庆中秋的歌舞，不过是作者“想尽力写成先乐后哀，以增加悲感”的反衬手法。① 戏剧气氛显然是悲凄的。《高渐离》第一幕开端一场和第四幕的前半场都写宋意同高渐离相见，这也是悲喜对照的场面。在前一个场面里，宋意是伪装的瞎子，两位挚友借筑声相见，欣喜若狂，击筑高歌，以酒助兴，洋溢着喜剧气氛。但在第四幕前半个场面中，宋意所见到的高渐离却被矐目变成了真的瞎子，他虽意识到荆轲道路必然通向悲剧结局，却只有含垢忍辱地继续走下去。死的预感已萦上心头，这会见也就是诀别。在《南冠草》中也有两个和上述相似的悲喜对照的场面。这便是第四幕中杜九泉在“憨憨泉”路遇夏完淳的场面和第五幕尾声中杜九泉刑场为夏完淳收尸的场面。在前一个场面中杜九泉出现的目的是救出夏完淳，因夏矢志以死报国，不肯接受，才题扇告别；但杜九泉凭智谋使两个押送差役丧生，并巧妙地骗过差官，化险为夷。整个悲剧气氛虽未因此而改变，但却透出一些正大于负的喜剧气势。这种喜剧气势与第五幕结尾的阴森凄怆恰恰形成对照。在《孔雀胆》的四幕悲剧中，第一幕和第四幕都以通济桥为背景。第一幕是“过济桥劳军”，第四幕是“通济桥行刺”也恰恰形成了一喜一悲的鲜明对照。第一幕写段功在通济桥上因功晋爵受赏，被梁王招为驸马，成全了阿盖的爱情；第四幕写段功在通济桥上被伏兵刺杀，阿盖也因失掉爱人而自杀，从而爱情以悲剧告终。

一悲一喜，悲喜对照，显然是郭沫若历史悲剧在结构上的一个突出特点。和这原则相一致的是在戏剧场面安排上，形成了一张一弛、疏密相间的结构节奏。《棠棣之花》《虎符》《高渐离》和《南冠草》都是一、三、五幕紧张，二、四幕轻松；《屈原》是一、三幕轻松，二、四、五幕紧张；《孔雀胆》是一、三幕轻松，二、四幕紧张。在每一幕中也往往不是一张到底，或一松到底，而常是紧张中穿插一些轻松成分，轻松中透

① 《虎符·附录·写作缘起》。

示一些紧张因素。这种相反相成的结构方法，就形成了疏密相间的悲剧节奏。

一悲一喜，悲喜对照，一张一弛，疏密相间的结构特点，体现了事物运动中相反相成的辩证规律，不仅符合现实本身的生活逻辑，而且是我国传统美学观念的反映。郭沫若的历史悲剧结构上的特点正是在生活的基础上对于中国传统美学观念批判继承的结果。悲喜对照是中国古典悲剧常用的结构方法。如《红楼梦》中林黛玉焚稿断痴情气绝身死的场面同贾宝玉与薛宝钗花烛入洞房的场面，就是悲喜对照的场面。《琵琶记》更把悲喜对照作为主要结构方法。全剧把赵五娘在农村如何受苦、公婆双双饿死，同蔡伯喈被招赘、牛丞相家的富贵生活两相对照；一折写相府豪华生活的喜剧场面，一折写农村凋蔽困惑的悲剧局面，穷与富，悲与喜，参差相间，苦与乐，困与亨，交织相错。其他，如《娇红记》《梁山伯与祝英台》等在结构上也都体现了上述特点。至于一张一弛，疏密相间的结构特点，在中国古典悲剧中就更为常见。它不仅通过场面的悲喜相间表现出来，而且还通过合与离、胜与败、静与动、庄与谐、困与亨等悲剧发展的辩证逻辑体现在全剧中。

三

郭沫若谈悲剧结局时说："我看写悲剧就必须透示出转为喜剧的气势，负＞正是一时性的，正＞负是必然的前景。以前有人反对在作品后面"拖一条光明的尾巴"，看来应该是必要的，要根据这样的必然性去写悲剧，历史总是波浪形的发展的。"[①]在悲剧的结局中"透示出转为喜剧的气势"，表现出"正＞负是必然前景"，是郭沫若历史悲剧在结构上的又一特点。它具体体现在以下三个方面：

其一，悲剧人物的自觉意志和道德理想，在结局中得到最后实现和完成。郭沫若历史悲剧中的悲剧人物都是为正义事业奋斗殉身的仁人志士，"杀身成仁，舍生取义"是他们共同的道德理想。他们的政治目标和正义事业虽由于历史条件的限制，暂时没有达到或失败了，但他们斗争的意志却从不动摇和削弱。他们有的以死告终，但这死不是代表正义的方生力量的毁灭，而是以自觉意志和道德理想的最后完成显示出正义的方生力量的不可战胜。如婵娟的自觉意志是把自己的生命"献给楚国"，她以死最后实现了这自觉意志，所以这死使她感到"高兴"和"幸运"。高渐离和怀贞夫人的自觉意志是像朋友荆轲那样作一个"富贵不能淫，贫贱不能移，威武不能屈"的英雄。他们这自觉意志在悲剧结局中也以死得到最后完成。同样，

① 《就目前创作问题答〈人民文学〉编者问》。

夏完淳以死报国,“挺立两间扶正气,长垂万古作完人”的自觉意志和道德理想也是以他死的结局得以最后实现的。另外,还有的悲剧人物的自觉意志和道德理想不是以死来完成的,而是通过曲折的斗争达到的。如《卓文君》中的卓文君和《王昭君》中的王昭君等。在这些悲剧中的结局,“转为喜剧的气势”就更加明显。

其二,在结局中以群众的觉醒和对悲剧人物的赞美与评价,显示“正＞负是必然的前景”。作者说:“今天是人民的世纪。一切价值是应该正源的时候,一切应该以人民为本位,合乎这个本位的便是善,便是美,便是真,不合乎这个本位的便是恶,便是丑,便是伪。”①作者正是从以人民为本位的历史唯物主义观点出发,在悲剧结局中描写了群众的觉醒和力量以及他们对悲剧人物的评价和赞扬。从而把悲剧对真善美的歌颂,提到历史发展的高度。在郭沫若的历史悲剧中的悲剧人物,都是他那个时代人民群众根本利益的代表者,因此,悲剧人物的命运和行为总引起人民群众的深切同情和赞美。他们的斗争精神往往激发起群众的觉醒和对黑暗现实的反抗。而这个必然性结果都是在每个悲剧的结局中表现的。如在《棠棣之花》的结局中,三位英雄的死激起十字街头“卫士与市民之群”的义愤,他们杀死“没良心的狗官”,踏着血迹安葬烈士遗体,要把烈士的遗愿变成自觉行动。在《屈原》的结局中,受正义感召冒死帮助婵娟找到屈原又将屈原引渡到北汉人民中的卫士甲,在《南冠草》的结局中,受到英雄精神的激发向烈士家属退还贿赂物的王差官,以及化装到刑场为烈士收尸的“农人模样”的老翁,也是觉醒的人民群众的形象。同样,《虎符》的结局也显示了群众的觉醒和力量:群众在晨曦中“俯首环坟而立”,手执乐器、花篮,向死者哀悼礼赞。在这里,邪恶因群众觉醒而遁形,正义借人民力量以伸张。

其三,在结局中以斗争的继续,暗示光明的前途。历史总是波浪形的发展的。这反映在郭沫若的历史悲剧结局中,便是既写出悲剧人物暂时失败,而又暗示出正义与邪恶的斗争还正在继续。如《屈原》《高渐离》《南冠草》《孔雀胆》等结局都暗示了斗争的继续。在《屈原》的结局中写屈原斗争失败后转移到汉北,“决心和汉北人民一道”继续进行“抵御强暴,保卫楚国”的斗争。“这就使人们认识到屈原在楚国统治阶级内部的斗争虽失败了,但他所代表的人民爱国力量却仍然在发展壮大,斗争前途是光明的。在《高渐离》的结局中,高渐离刺杀秦始皇的行动虽然失败了,但宋意却已潜往江东一带去从事发动楚国遗民的工作,从而使人认识到秦始皇的“天下是不能久长的”。在《孔雀胆》的结局中,段功虽作了民族主义者的牺牲品,他的部下和后代却已转移到大理,并要“拥立宝宝为第十代总管”,集结军队,“替父代总

① 《走向人民文艺》。

管报仇，让这百鬼夜行的梁国完全消灭”。在《南冠草》的结局中，夏完淳的同党杜九泉出现在刑场，也正暗示着斗争的继续。

关于悲剧结局，中西方戏剧家在理论与实践上都存在明显的差别。这差别反映着悲剧艺术的民族个性。亚里士多德的《诗学》奠定了西方悲剧理论的基础。根据《诗学》关于悲剧结构的论述，悲剧情节发展，只应“由逆境转入逆境”，而“不应由逆境转入顺境”。在这理论影响下，西方称为典范的悲剧，大半以主人公的大悲结局。中国古典悲剧却往往以“大团圆”结局。王国维在《〈红楼梦〉评论》中曾论述过这一特点产生的原因。他说：“吾国人之精神，世间的也，乐天的也，故代表其精神之戏曲小说，无往而不著此乐天之色彩：始于悲者终于欢，始于离者终于合，始于困者终于亨；非是而欲餍阅者之心，难矣。若《牡丹亭》之返魂，《长生殿》之重圆，其最著之一例也。”王国维的这段话，不仅指出中国古典悲剧以“大团圆”结局的特点，而且认为这特点是由中国民族立足现实斗争，追求光明未来的乐观主义精神所决定的。郭沫若的历史悲剧的结局虽不是古典式的“大团圆”，但却都有“一条光明的尾巴”——在逆境中，“透示出喜剧的气氛”，显示“正＞负是必然的前景”。这种结局可以说是对中国古典悲剧民族传统的继承和发展。说是继承，是指它同是中国民族乐观主义传统精神的体现；说是发展，则是因为中国古典悲剧作者世界观和时代的局限，不可能看清历史发展的“正＞负”的必然前景，更不可能从现实中找到改变悲剧命运的真正力量，因此，所写的“大团圆”，往往是人民的主观愿望，借助虚幻的想象，或因果报应的形式表现出来。而郭沫若则是具有马克思主义世界观的无产阶级革命时代的史剧家，他不仅洞察悲剧产生的时代原因，而且看清了悲喜曲折中向前发展的历史规律以及在各个时代推动社会前进的方生力量。因此，他悲剧中“光明”的结局，不再是虚幻的主观愿望，而是反映了历史发展的本质规律，表现了一个历史唯物主义者精湛卓越的史识。

论郭沫若历史剧的情感因素*

注重主观内在情感的表现，是郭沫若的艺术个性。在他的史剧创作中，情感因素居于十分突出的地位。它既影响着创作过程，又影响着作品的内容和形式，成为郭沫若史剧细胞中的“原形质”。

突出情感因素，使郭沫若的历史剧具有独特的抒情风格。这风格除众所周知的，表现为语言的抒情风格外，还极其鲜明地体现在戏剧人物和戏剧结构上。

作者在人物性格描写中，总是注意从智、情、意三方面挖掘人物的性格内容，但对情感内容的挖掘与表现更为注重，也最成功。因此，史剧中性格突出的人物，都是情感化的人物。他们具有浓重的感情气质，情感特别丰富，而且在表现方式上也不同于常人。常人的情感往往通过一般言行来表现，而他们的情感却常常发展为情绪的冲动，汇成激情的洪流大波，然后以爆发的形式宣泄出来。这就形成作者在描写人物方面的一个显著特征：根据剧情的发展，为每个人物寻找和安排情绪冲动的爆发点，通过这个爆发点，将人物的内心情感宣泄无余。如屈原在雷电中独白，婵娟误饮毒酒后的自白，聂嫈在十字街头哭尸等，都是人物情感冲动的爆发点。这些大段抒情诗式的独白，形成整个史剧浓重的抒情特色。在情感化人物中，有一类人物是作者根据情感表现的需要虚构的，如婵娟、春姑、怀贞夫人、魏太妃等女性人物。她们在戏剧情节中都不占特别重要的地位，但心灵却异常感人。她们是作者内在情感的艺术结晶，也是特定时代典型情绪的艺术概括，在剧中的作用是使戏剧的情感因素形象化。

情感因素在史剧结构中的作用是突出结构的情感线索，一般戏剧在结构上都是按照戏剧冲突发展的必然逻辑安排情节的开端、进展、高潮和结局。这种以情节发展逻辑为线索的戏剧结构，也是郭沫若史剧所采用的基本结构方式。不同的是，作者在运用情节线索之外，特别注重于情感线索在结构中的作用。从而形成郭沫若史剧所特有的抒情式的结构形式：情节线与情感线并行不悖，同步发展的双线结构。

---

* 《文史哲》1986年第6期，收入《郭沫若研究汇要・文学戏剧卷》(上海书店出版社出版)。

这种双线结构，以《屈原》最为典型。在《屈原》中对于屈原的塑造是从两个主要角度进行的。一是屈原的景行；一是屈原的诗文。这两个角度表现在结构上便形成两条并行的结构线。以景行为内容构成的情节线具体表现为“进谏”、“遭诬”、“囚杀”、“出走”等行动系列，分别代表着开端、进展、高潮和结局等戏剧冲突发展的不同阶段。以诗文为内容的情感线，恰与上述情节发展的逻辑相适应，在每个阶段以人物相应的诗文来抒发和表现情感内容中的一个侧面，并以不同的情绪节奏显示其情感的变化与发展。如在开端中以《桔颂》诗表现出屈原情感的纯真之美，在进展中以《惜诵》诗抒发屈原的忠贞之情，在高潮中以雷电独白表现屈原崇高的感情，在结局中又复以《桔颂》表现屈原心灵的朴质。其他史剧也都采用了双线结构。如《高渐离》的情节线，以高渐离刺杀秦始皇的行动为内容，按照戏剧冲突发展的必然逻辑分为“告发”（被夏无旦告发）、“矐目”（被始皇矐目）、“筑击”（筑击秦始皇）和“处死”（筑击未遂被处死）四个阶段，分别代表着戏剧冲突发展的开端、进展、高潮和结局。情感线是以赞美壮士的英武和抒写英雄情怀的歌唱和抒情独白组成的。在开端中是以《荆轲刺秦歌》的合唱表现的；在进展中是以高渐离的独白表现的；在高潮中是以高渐离的击筑和《荆轲刺秦歌》的反复合唱来表现的。

为突出情感线索的作用，作者在史剧中特别注意于情感高潮的安排与描写，对每个剧的情感高潮都作了匠心独具的设置和构思，致使其成为全剧情感的喷火口，发挥出震撼心灵的巨大作用。

郭沫若史剧的情感高潮具有三个显著特征：其一，情绪节奏的强烈性。随着戏剧冲突不断消长的情感熔岩，至高潮时已汇结成奔突欲吐的火山，达到爆发点。情感的巨大张力，形成猛烈的情绪节奏，把整个戏剧情感的发展推向高潮。其二，抒情内容的完整性。情感高潮往往通过戏剧主人公的长篇抒情独白或全剧的主题诗的吟唱来表现。而这些独白和主题诗，都是内容与形式非常完整谐和的抒情诗。如屈原的雷电颂和如姬的墓前独白等都具有这样的特点。其三，抒情环境的非凡性。非凡的环境是人物内在情感触发的重要因素。在情感高潮中，作者总是为抒情主人公设置一个能触发情感或与情绪节奏相谐和的非凡环境。《棠棣之花》的情感高潮是聂嫈、春姑当众演讲，环境是尸陈十字街头。《屈原》的情感高潮是雷电独白，环境是风雷之夜，主人公的生死关头。《虎符》的情感高潮是如姬的独白，环境是父墓之前，自杀之际。《孔雀胆》的情感高潮是阿盖的自白，环境是段功被杀，主人公神经失常之时。

双线结构的运用在戏剧创作上具有巨大的意义。首先，在戏剧特别是悲剧的艺术构成上，找到了诗与戏两种因素有机结合的途径，为戏剧诗化开辟了广阔的道路。在这一点上，郭沫若的史剧具有开拓性的意义。其次，情感线索，特别是情感高潮的加强，强化了戏剧情绪的刺激性和情感的巨大感染力，使戏剧所具有的行动性特点，更加鲜明突出。这是作者史剧上演后所产生的强烈社会效果所充分证明的事实。

可见，情感因素是郭沫若史剧的生命。他的史剧的诗化，不仅是语言的诗化，而且包括结构、人物诸因素的情感化。这所有因素的情感化的结果，就使史剧呈现为抒情的风格。

重视情感因素的作用，是浪漫主义剧作家共同的美学倾向。就情感的性质来看，大致可以分为两大类：一类是属伦理道德范畴的情感，一类是属社会政治范畴的情感。郭沫若的史剧的情感就其性质来看，是属于社会政治性情感。

以伦理道德为主题的戏剧，描写的往往是个人与社会伦理道德之间的冲突。以社会政治为主题的戏剧，虽也涉及家庭和个人命运及遭遇，但所描写的不再是个人与社会伦理道德的冲突，而是两种社会政治力量之间的冲突。因此，所表现的情感也不再是个人的伦理道德性情感，而是由社会政治冲突所碰撞出来的具有鲜明社会性和时代性的政治性情感。如马致远的《汉宫秋》和郭沫若的《王昭君》写的虽然都是昭君出塞，但作者却分别从伦理道德和社会政治两个不同角度确定主题和选材。马致远从伦理道德角度确定主题和题材，着重写“出塞”所造成的元帝与昭君的爱情悲剧。抒发的主要情感是以爱情忠贞为内容的伦理道德性情感。郭沫若从社会政治角度确定主题与题材，把“出塞”作为封建政治的叛逆者与封建皇帝斗争的必然结果。所表现的情感则完全是以反抗情绪为内容的社会政治性情感。宋之的的《武则天》与郭沫若的《武则天》也同样表现了不同的角度。宋之的从伦理道德的角度来写武则天，以宫廷生活为内容，突出了她生活欲望与道德伦理之间的矛盾，所抒发的情感是属于伦理道德范畴的。郭沫若的《武则天》的主题和选材角度却是政治的。全剧以平定徐敬业叛乱这一政治事件为骨干，并不去描写武则天的宫廷生活，所表现的情感主要是政治性情感。

从郭沫若的全部史剧来看，政治性确是其戏剧情感的基本特征。从情感产生的原因来看，它不是产生于个性与伦理道德的矛盾，而是产生于政治斗争，是两种对立的社会政治力量相撞击的结果。如《屈原》的情感主要是通过屈原那冲决一切的愤懑情绪表现的；而屈原的愤懑不是来自个人的怀才不遇，而是来自他所代表的楚国政治集团中进步爱国的政治力量的失败以及由此所导致的国家民族的悲剧性灾难。显然，这种情感是以当时的社会政治为内容的政治性情感，它属于那个时代具有相同政治立场的人们所共有，而非仅仅属于个人的。同样，《棠棣之花》中由聂政、聂嫈和春姑等人物所表现的英雄主义情感，也不是来自手足之情、知己之谊和男女之爱，而是来自韩国政治集团中亲秦派与反秦派两种政治力量的角逐。他们的情感正是这两种政治力量撞击出的火花。作者渲染这种情感的目的，是以此来激励人们为自由而牺牲和奋斗。《高渐离》的情感，不是来自“士为知己者死”的义，而是植根于六国与暴秦政治的对立。高渐离的情绪正代表了六国人民反秦的政治性情绪。《虎符》中的如姬和魏太妃都是笃于天伦的女子。但她们那超生越死的爱的情绪，决不是来自性爱和亲子之爱，而是博大无私的仁爱。这仁爱作为时代精神，正是当时将死的奴隶主政治与方兴的社会政治力量之间斗争的产物。《南冠草》中夏完淳悲壮忧郁的情绪来自政治上强烈的民族意识。《孔雀胆》在善恶斗争中表现了一些伦理道德性情感，但从总体看，情感的性质仍然属于政治范畴。

戏剧情感的政治性，往往使作品产生强烈的社会政治效果，造成巨大的社会影响。这是因为政治情绪总是每个时代最具普遍性的情绪。它反映着社会矛盾的焦点。一触及这个焦点，整个社会矛盾就可能爆发。但是，与此相联系的是，这种政治性情感同时给作品的社会影响带来了短暂性的特点。因为政治性情绪总是随着政治斗争形势的发展而变化。时过境迁，原来的政治情绪就因失掉社会的共鸣而不再具有刺激观众的作用。这种情况，已为郭沫若的史剧所充分证实。与此相反，一些表现伦理道德性情感的戏剧，虽然不一定产生上述戏剧那样强烈巨大的社会效果，但它们情感的共鸣期却显得比前者更为长远。这是因为社会伦理道德性情感的变化受着人们伦理道德观念的支配，而社会伦理道德观念的变化比政治的变化要缓慢得多。

政治性情感，由于摆脱了个体性而植根于整体性，所以就具有了崇高的品格。它的崇高就在于“无私”，在于整体对个体的消融。作者认为，情感的美来自善，它以个体间的利害为其准绳；一是绝对的善，它以宇宙规律为其归趋，也就是完全祛除了个人利害得失，将小我化进大我，把个体融入宇宙整体的“无私”、“无我”的精神境界。我国古代思想家把这绝对的善，叫“万物一体之仁”或“至善”。作者在史剧中通过古人所表现的崇高情感就是达到“至善”境界的情感。这种情感是凛烈的正义感与透彻的宇宙观相结合的产物。屈原的雷电独白和如姬等人物的独白，所以给人以崇高感，就因为表现的情感达到了“至善”的境界。高渐离的自白更为典型。

情感的崇高性使郭沫若的史剧具有鼓舞和振奋人的积极力量。悲剧是描写死亡的。一般悲剧中的死亡给人的审美感受是恐惧和怜悯。但郭沫若史剧中的悲剧人物，由于都具有无私无畏的精神境界，所以，死亡已不能引起他们恐惧和怜悯的情感。相反，他们有明确的英雄主义的生死价值观，认为有价值的死是永生，无价值的生不如死。他们总是按照生死的价值为自己和别人安排死刑，把有价值的死视为正义的胜利，崇高美的完成。作者史剧的这一特点，表现了英雄悲剧共同的美学倾向。中国古典英雄悲剧也都把情感的崇高性作为艺术的理想追求。

郭沫若史剧中的情感，在内容上是纯真的，但表达方式却是单一的。

戏剧情感的表现不同于诗歌。诗歌中作者可以直抒情怀。戏剧的情感则必须通过戏剧中的人物来表达。这就要使情感性格化，即要求每个人物都应具有自己独特的表情方式。因此，情感在戏剧中的表达方式和形式必须是多样化的。在作者的史剧中，情感虽然是由各个不同人物的语言来表现的，但其表现方式都是单一的大段抒情独白的方式，并且都是一泄无余地喷发式。这种抒情的单一方式，其局限性是只能表现情感的强度而使情绪具有刺激性，却不能表现情感的复杂性，而使情感具有丰富性和含蓄性。作者强调情感自然地表现，从突破旧形式束缚的意义上讲是对的。但从美学上看，情感任其自然地不加节制地流露，并不能成为艺术的美。艺术的美应当是纯真的情感与表现这种情感的最适当的形式的统一。任何没有适当形式节制的情感都不可能长久地唤起人们的美感。重视情感的节制是中外艺术家的优良传统。亚理士多德认为只有经过适当艺术形式节制的情感才具有艺术美的品格。英国古典主义戏剧家德莱顿也非常强调对于戏剧情绪的控制。他认为没有控制的激情对内容造成的直接损害是使观众分不清他要表现的戏剧人物的性格。郭沫若史剧情感表达的单一性、无节制性，虽然尚未造成那么大的损害，但它对作品艺术美的感染力和生命力却有很大的削弱。

1987年：

郭沫若史剧中的叛逆女性*

彻底反帝反封建的革命精神是五四以来新文学的时代特征。这个特征在鲁迅和郭沫若的作品中体现得最突出、最鲜明，但具体表现方式不同。在鲁迅的作品中表现为清醒的、深刻的批判精神；在郭沫若的作品中则表现为激烈的，不可调和的反抗、叛逆精神。这种精神转化为艺术形象，则出现了两种类型的形象系列：鲁迅式的趋向思维的精神战士和郭沫若式的趋向行动的叛逆英雄。叛逆性格不仅表现在郭沫若的诗歌和小说中，而且更系统完整地表现在他的史剧中。他的史剧中那生动完美的女性形象以其共同的叛逆精神形成了一个完整统一的形象系列，充分地显示了作者的艺术个性和新文学的时代特征。

一

郭沫若真正成熟的史剧开始于《三个叛逆的女性》。他史剧中的叛逆性格系列也由此开始形成。这个系列的主要形象是卓文君、王昭君、聂嫈、春姑、如姬、婵娟、怀贞、阿盖、魏太妃、蔡文姬、上官婉儿、武则天等。这些人身份、地位不同，性格也各有特点，但在其性格中都有叛逆者的共性。

首先，作为性格主要内容的思想特征具有共同点。这便是有着同封建等级观念相对立的平等自由的观念。正是这观念使他们同那强大的以等级观念为核心的整个封建思想意识相抵牾并产生出叛逆行为。如卓文君的叛逆行为是“不从父”，支持这行为的则是人格自由、男女平等、贵贱同一的思想观念。她同父亲卓文孙在婚姻问题上的对立，实质上是两种思想观念的对立。这对立集中表现在两点上：其一是对女子可否再嫁的认识。卓文孙认为“女人从一而终”是古先圣王所定下的天经地义，再嫁就是不道德；而卓文君则认为男子既可重婚，女子既当再嫁，这是女子作人的权利。其二是对司马相如的评价。卓文孙以贫富贵贱作为人的价值标准，

* 《云梦学刊》1987年第1期。

认为司马相如官无半职，家徒四壁，不值得眷爱；卓文君则以人格、才智作为人的价值标准，认为司马相如是屈子、贾谊那样的天才，为贫病忧患所苦恰是天才人物共同的命运，只有这样的人才值得她眷恋和为他献出一切。王昭君的叛逆行为是“不从夫”，支配这行为的思想观念和卓文君是相同的。若将其同马致远《汉宫秋》中的王昭君加以对比，思想观念上的不同则显而易见。《汉宫秋》中的王昭君以待诏为荣，以误选为悲，以复得圣宠为恩。她对元帝的爱情完全是以崇上和升荣的封建等级观念为其内容的。因此，她的悲剧虽表现了一定的民族气节，但从道德思想上看并没有越出封建旧道德的规矩。郭沫若笔下的王昭君在思想观念上则迥然不同。她不以入选待诏为荣而反以为耻，不以君宠为幸而反以为悲，不以下嫁匈奴为非而反以为是。显然贯穿于她认识中的是同封建等级观念相对立的平等自由的观念。

封建等级观念在道德领域突出地表现为男权专制及对这专制的维护，在政治领域则表现为君权专制及对这专制的维护。因此具有平等自由观念的叛逆女性不仅否定男权，而且反对君权。如王昭君的叛逆行为通过反抗元帝表现出来，既反了“夫”权，又反了君权。与此相近的是如姬和阿盖。如姬窃符的行为，从道德上看是叛夫，从政治上看则是叛君，支配她的行为的观念是夫不仁可不从，君不义不可忠。阿盖是在爱情家庭纠葛中显示其叛逆性格的女性。她的婚姻虽有父命的因素，但从根本上看是她自由选择的结果。她在奸诈不义的车力特穆尔和善良正义的段功两个人中选定了后者，不同的是她的选择的自由意志同父命是一致的，但婚后由于车力特穆尔暗中破坏，致使梁王要除掉段功，并且命她亲手用孔雀胆毒死段功。这便产生了父命与爱情的尖锐矛盾。这个矛盾反映的实质性内容是为父不仁，为君不义。阿盖作为叛逆者的标志就在于以她观念中的仁义作为行为的指导，而不是以“忠君”、“从父”的等级观念为其行为的指南。她的自杀是对政治黑暗、道德污浊的恶劣环境的反抗，表现的不是“从夫”的道德观念，而是反抗父权和君权的自由意志。

把女性的叛逆行为从狭窄的家庭和道德范畴引向政治社会的广阔领域，是作者描写这类叛逆形象明显的倾向。聂嫈是三个叛逆女性中写得最早而却是最后完成的一个。作者在最早的构思中本有《诀夫》一幕，“想写出聂嫈想去追踪她的兄弟，而她的丈夫(作为一位商人)不肯，因而遂致乖离决裂”，即想写聂嫈在道德上“不从夫”的叛逆行为。而后来终于把她写成政治上的叛逆者，并且“无中生有地造了酒家母女”和卫士之群，来加强聂嫈叛逆行为的政治性和社会性。此后的女性如春姑、婵娟、怀贞等，其叛逆精神也都表现在政治方面。春姑和婵娟均为下层妇女，她们勇于参加政治斗争，这行为本身就是对于鄙视妇女、把妇女特别是下层妇女弃之于政治之外的封建等级制度的反叛。婵娟是屈原的侍女，但他们从不以主奴相处，而是以心心相印，志趣相投的师友相待。婵娟看人的价值标准是才德的高下而非地位和权势的大小，因此，她成为屈原遭谗后唯一的支持者和知音。她痛斥低眉事权贵的宋玉，拒绝子兰的引诱，敢于同权势赫赫的南后据理抗争，一切封建等级观念在她心目中都不被承认。说她是道义美的化身和性格绝顶的纯真，就是因为她真正摆脱了以封建等级观念为其核心的封建思想道德的束缚。春姑是生在卑污的下层社会的弱女子，但却具有男女平权的思想，她认为男子既可上学，女子就应当受与男子同等的教育，女子有了好的教育，才能对社会作出贡献。正是这种思想观念，促使她离开母亲，作出惊天动地的事业，成为巾帼英雄。

在封建时代，人们头脑中形成一个普遍观念：女子无才便是德。有才的女子往往被视为风流不规。在郭沫若的史剧中女子都是在才智上超过男子的人物。其中最突出的是蔡文姬和武则天。在封建时代父业的承继权本是属于男子的，蔡文姬却以女子的身份承担父亲的未竟之业。这行为本身就表现了反传统的男女平权的道德观念。武则天是中唐盛世有作为的女皇帝，但长期以来对她政治上的功绩很少肯定，反而对她人身多有攻击。这明显地反映了封建正统思想中以男性为中心的道德观念（即使是皇帝也是有男尊女卑之别的）。作者认为武则天之所以成为女皇帝，首先是因为她有超越一般女性的反男性中心道德的观念。在她看来，女子若有经国之才，同样应该得到男子一样的地位和权利。她敢于执掌朝政，指挥倜傥，并重用女子为重臣（如上官婉儿），正表现了她对男性中心道德的反叛与否定。

其次，这些叛逆女性都有自由的意志与个性。中国封建时代的道德教育向以温良恭俭让为其准则。尤其对于妇女，更以驯良为其美德。这种教育严重地束缚了人的意志与个性的自由发展，形成中国妇女普遍的奴隶性格。这性格最突出的表现便是对于横逆和痛苦的惊人的忍受力。这种性格在中国古典文学和现代文学中都有成功的描写，如古典戏曲《琵琶记》中的赵五娘，汉乐府《孔雀东南飞》中的刘兰芝，现代小说《商人妇》中的商人妇，《缀网劳蛛》中的尚洁，《祝福》中的祥林嫂，《明天》中的单四嫂子，《为奴隶的母亲》中的春宝娘，《二月》中的文嫂等。

郭沫若史剧中的女性性格都与驯良无缘，傲岸不驯倒是她们的共性。她们按照自由意志选择行为的方向，既经选定，任何力量也不会使其动摇和改变。文君私奔，昭君出塞，聂嫈殉弟，怀贞殉姊，如姬窃符，文姬归汉等，都是她们根据自己的自由意志进行的选择，这是是与非，真与伪的选择，同时也是生与死的选择。这选择本身就充分表现了对于横逆傲岸不驯的刚毅性格。奴隶主义的封建道德教育束缚了妇女的个性，也严重压抑了妇女的情感。郭沫若史剧中的女性都是挣脱了这束缚的个性自由、感情真挚的人物。在她们身上不存在智与情、灵与肉的冲突，智情意达到真正的统一，使人感到毫无矫揉造作之处。纯真自然的情感正是郭沫若史剧中叛逆女性最为鲜明的特点。正是这一特点使这些叛逆女性与其他文学作品中的传统型的女性严格区别开来。传统型的女性是抑情的,而郭沫若史剧中的叛逆女性则是纵情的。这些女性个性的自由集中表现在意志的自由。她们都有坚强的意志和实现其意志的坚定信念与毅力。由于她们的意志来自对客观真理的认识,也就是对于必然性的认识,所以这种意志的实践就充分体现了真正意义上的人类精神活动的自由。这种精神上的自由恰恰是郭沫若史剧中叛逆女性性格自由的重要标志。

二

在中国文学史上对于叛逆女性的描写,大致有两种情况:一是侧重于悲苦命运的描写,如古代戏曲中的赵五娘、秦香莲、娇红、窦娥等;一是侧重于理想性格的表现,如戏曲中的花木兰、穆桂英、白蛇(白素贞)等。在中国现代文学中这两种情况都有,但主要是前一种情况,如称得上成功形象的子君、繁漪、莎菲、章秋柳、喜儿等,都属于第一种情况。这些性格虽然都是美的,但都还不是真正表现作者美学理想的理想性格。从真善美的高度看,这些性格都存在着被那个病态社会所造成的病态和局限。首先把女性作为理想性格来塑造和歌颂的是郭沫若。他把第一个诗集定名为《女神》,就表现了他对女性理想性格的追求与歌颂。在这部充满理想主义精神的诗集中,作者把女神作为民主和平的象征和新时代的先觉者,理想社会的伟大缔造者、引导者加以讴歌。在他的小说中也出现理想女性的形象系列,如《牧羊哀话》中的佩荑小姐,《残春》中的S姑娘,《月蚀》中的宇多姑娘,《落叶》中的菊子姑娘,《喀尔美萝姑娘》中的喀尔美萝姑娘等。这些形象都是理想美的化身,表现了作者对于美的理想的热烈追求,假若说在《女神》中的女性所表现的是作者对政治理想的追求,那么,在这些小说中的女性所表现的则是作者对于爱情和生活理想的美好追求。但对这些女性性格的描写,都还未有达到智情意三者完美统一的程度。这种统一是在史剧中的女性性格中得以实现的。史剧中的女性都是才能智慧超群的人物。她们不是具有一般聪敏女子所具有的供人赏玩的技艺和侍奉男子的经营家政之才,而是具有洞察世事、明辨是非、识大体、顾大局,在大事上能作出正确选择的大智。她们的才知发展到所处时代的最高水平,所以称得上是时代的前驱者。尽管她们身份、地位各不相同,但在真与伪、善与恶、美与丑、方生与将死的斗争中,她们都是真善美和方生力量的热烈忠诚的支持者,在这些斗争中她们总是作出正确的选择,为真理、正义毫不顾惜自己的生命。她们的情感都是建立在理想基础上的崇高情感。如她们的爱,都不是单纯的情爱、母爱,而是包含着深刻广大社会内容的仁爱。这种情感的崇高性,往往通过人物的死集中地表现出来,产生感人的力量。如如姬、聂嫈、婵娟等女性的死都把性爱、手足之爱和师友之爱升华为仁爱。在《屈原》《虎符》《高渐离》《棠棣之花》等史剧中,作者极力歌颂着一种伟大的历史精神。这种历史精神的内容在作品中主要是通过屈原、信陵君、高渐离、聂政等仁人志士表现的,但对这种历史精神崇高性的歌颂却是通过婵娟、如姬、怀贞和聂嫈等一系列女性的崇高情感的描写来完成的。从这个意义上可以说,史剧中男性形象在性格特征上主要倾向于智,而女性形象则主要倾向于情。她们的性格美,主要表现为情操美、道德美。作者正是从这个意义上把婵娟称为屈原辞赋的象征,道义美的化身。人物的意志是智情发展的必然结果,但与智情也有矛盾。有些智情高度发展了的人物,也常常因意志力的薄弱而产生行为与思想的不一致。这种现象往往表现在一些具有病态的人物性格中。如郁达夫前期小说中的人物,就是一些智情发达而意志软弱的性格,在她们身上所呈现的灵与肉的冲突,也就是发达的智情同薄弱的意志之间的矛盾。郭沫若史剧中的女性,不仅具有高度发展的智情,而且有惊人的意志力。智情意的高度发展与彼此相互和谐一致是这些性格理想化的主要标志。

作者认为文艺的社会作用就在于"彰善阐恶,树之风声",以此达到对社会的美化与革新。实现这个目的的方法是在作品中塑造美的理想性格和发扬扶正抑恶的斗争精神。他说:"一个人的精神活动决不是单方面的,他有道德的情操而同时也有审美的情操,他有感情的活动而同时也有智识的活动。这种种的活动既是同出于一人,他们的因果总是互为影响的。……一个人的种种精神活动能够彻底融合,互为表里,就是一个人的智情意三方面的发展均能完满无缺而成为一个整然的谐和,这在一个人的成就上可以说是最为理想的。"又说:"为了社会的美化与革新,文艺的内容断然无疑是以斗争精神的发扬和维护为其先务。"史剧中的女性形象充分地体现了作者上述美学理想。

三

女性叛逆性格的塑造在中国现代文学史上有着特殊的历史意义。它实质上是反封建的时代精神在文学上的表现。它是伴随着中国现代文学反帝反封建的历史使命的提出而自然产生的现象。反对几千年来的奴隶主义道德,倡导和发扬反封建、反传统习俗的叛逆精神与反抗精神,是中国现代民主革命思想启蒙的主要内容。伟大的启蒙主义思想家鲁迅先生早在1907年撰写的《摩罗诗力说》，就是我国近代第一篇倡导和鼓吹这种叛逆精神的文章。文章以西欧的拜伦等八位具有反传统的作家为例，说明文学要发挥社会的积极作用，就必须表现和发扬反抗旧传统的叛逆精神。作者把这种叛逆精神叫作摩罗精神。他认为中国文学拘囿于正统思想的束缚，正缺少叛逆精神，他期望有叛逆作家的产生。为了以这种叛逆精神激发国民，他编译了《斯巴达之魂》。作品中的巾帼英雄，是中国近代文学中出现最早的具有叛逆精神的女性形象。五四新文学运动的精神，其核心内容也是以反封建文化道德为目标的叛逆精神。在文学作品中鲜明地表现这种叛逆精神的是郭沫若的诗集《女神》。诗中所表现的是一个伟大的旧时代的叛逆者与新时代的追求者的强烈情感，塑造了"匪徒"、"天狗"等叛逆性格。郭沫若堪称中国现代第一个摩罗诗人。在现代小说中表现这叛逆精神的是鲁迅的《呐喊》。在戏剧方面，这种精神成为广泛的社会思潮是从介绍易卜生的作品开始的。易卜生作品的翻译，最早始于1918年，其中影响最大的是《傀儡家庭》。因为剧本成功地塑造了娜拉这一叛逆女性，对于以男性为中心的道德给予批判与反抗，提出男女平权的要求，这恰恰适应了五四时代反封建的个性解放和妇女解放的历史潮流。于是，娜拉便成为人们生活中效法的榜样和文学创作中模仿的样板。现实生活中出现了许多娜拉式的新女性，而文学作品中也产生出很多娜拉式的女性形象。小说创作也同样受了《娜拉》的影响，如鲁迅的《伤逝》，冯沅君的《隔绝》等，也都描写了类似娜拉的人物。郭沫若的《三个叛逆的女性》就是在上述基础上产生的。作品所描写的虽然是古代的女性，但就其叛逆性格看，都是娜拉式的人物，正如作者所说，她们是"古代的娜拉"。这些形象是作者以五四时代反封建战士的独特眼光对于历史上具有反封建思想和行为的杰出女性的重新发现和创造。它们既是历史的，又是现实的。

郭沫若史剧中的叛逆女性的塑造，在中国现代戏剧史上有着开拓意义。

其一，把叛逆女性形象的塑造推到艺术的成熟阶段。五四以后在《娜拉》影响下产生的一些女性形象，虽有一定社会影响，但在艺术上都不成熟。(1) 性格描写幼稚粗糙，典型性较差。如田亚梅(《终身大事》)，幽兰女士(《幽兰女士》)等除几句具有时代气息和表现叛逆思想的台词外，很少有个性化的描写。因此，人物性格模糊。《获虎之夜》是艺术上较成熟的作品，但莲姑的性格也不鲜明。更有甚者，有的女性形象在性格上前后不统一，如幽兰女士和苏斐(《苏斐》)等。郭沫若史剧中的叛逆女性在性格描写上是成功的，特别是卓文君的性格，既有丰富的个性又有普遍的共性。作者不是简单地写戏，讲人物命运的故事，而是采用多种艺术手法，从不同角度刻画人物性格。如通过漾虚楼月夜听琴描写人物微妙复杂的心理；通过客厅的陈设(将象征富贵的牡丹换成象征爱情与才华的凤尾琴)表现人物的人生观。

作者更为娴熟的是运用个性化的抒情诗式的台词，淋漓尽致地刻画人物的内心世界和变化多端的丰富多彩的情绪状态。这就使女性形象具有生气和活力，成为感人至深的典型性格。(2) 五四文学中娜拉式女性叛逆形象虽具有反抗精神，但从时代精神的高度看都不彻底。如田亚梅所反对的只是婚姻问题上迷信的旧风习(算八字)；幽兰女士对家庭包办婚姻有所反抗，然而造成她悲剧的主要原因似乎不是封建的婚姻制度，而是道德不规的后母，因此反抗的对象也就成为一种特殊的恶势力，从而反封建的意义就很淡薄了；莲姑的自杀是一种反抗，但这行为还停留在纯朴而简单的性爱冲动上。总之，这些女性的行为表明，她们还没有达到五四时代应有的那种自觉的反封建思想意识高度。郭沫若史剧中的叛逆女性都是具有反封建的自觉意识的前驱者。她们的叛逆行为正是自由意识的表现。她们反叛的不仅仅是束缚自己的个别弊端，而是整个道德传统和政治制度。因此，她们的叛逆精神就其彻底性来看已远远超过了娜拉式的新女性。前者是旧家庭的叛徒，后者则是旧社会的叛徒。从这个意义上说，郭沫若史剧中的叛逆女性，特别是卓文君、王昭君等女性形象正是娜拉及娜拉式女性形象的发展。她们是这类性格中真正反映五四时代精神的成熟的艺术形象。

其二，把叛逆精神提到历史精神的高度。叛逆精神在五四时代有其特定的时代内容。它是五四新文化运动的产物。所谓叛逆精神就是反帝反封建的民主革命精神。当时的一般作家在这个问题上都存在共同的偏颇。这便是以西方的道德精神文明来反对和否定中国固有的道德精神文明，对中国的传统不加分析地全盘否定(这便是五四时期易卜生主义及其作品《娜拉》风行一时的原因之一)。所谓"厚今薄古"在当时已成为对历史精神的全盘否定，所以，当时历史题材的作品很少出现。历史剧的创作在五四运动以前的辛亥革命时代，曾有一个高潮，主要作品有写文天祥的《爱国魂》《指南梦》，写史可法的《陆沉痛》，写郑成功的《海国英雄记》，写瞿式耜的《风洞山》，写张苍水的《悬蚕猿》，写梁红玉的《黄天荡》等。这些剧在形式上仍是旧戏，但却从民族立场出发把中国历史上的民族英雄所表现的爱国精神作为历史精神加以歌颂和发扬。五四时代这种歌颂历史精神的史剧没有了，这是因为这类民族英雄人物在道德上所遵循的仍是封建主义的伦理道德，因此与当时反对旧道德的时代潮流相悖。第一个把五四时代反封建的叛逆精神与历史精神联系起来，通过发展历史精神来表现五四时代反封建精神的是郭沫若的史剧《三个叛逆的女性》。作者把卓文君、王昭君等古代女性的叛逆行为与五四时代新女性反对旧道德的叛逆行为联系起来加以研究，得到一个规律性认识：几千年来的封建道德，从两性关系来看是以男性为中心的道德；历史上凡才智杰出的女性无不是这一道德的叛逆者；从根本上看，五四时代的女权运动，正是历史上无数叛逆女性所表现的反抗男性中心道德的历史精神的发扬与广大。作者的这种认识及其实践就把五四反封建的叛逆精神，特别是反对旧道德的精神，提到历史精神的高度，从而使新文学更具有民族的精神与内容，为新文学如何发扬历史精神作出开创性贡献。

列宁指出在任何阶级社会中都有两种对立的文化。在封建文化中同样有着民主性精华，这精华表现在文学中便是反封建的民主精神。因此，民主精神便成为郭沫若史剧中女性形象同古代文学中叛逆女性形象在精神上的联系。在中国古典文学中，特别是戏曲中，也有一个叛逆女性的形象系列，如写卓文君的戏曲，自宋代至清代就不下三十余种。主要的有宋无名氏的《相如文君》（杂剧）、《卓文君》（话本）、《风月瑞仙亭》（话本）、元关汉卿的《升仙桥相如题柱》（杂剧）、屈子敬的《升仙桥相如题柱》、范剧中、施惠等的《鹔 鹴 裘》、孙仲章的《卓文君白头吟》、汤式的《风月瑞仙亭》、无名氏的《司马相如题桥记》；明朱权的《卓文君私奔相如》（杂剧）、叶宪祖的《琴心雅调》（杂剧）、徐复祚的《题桥记》（传奇）；清袁于令的《鹔 鹴 裘》（传奇）、朱凤森的《才女福》等。关于王昭君的戏曲也有几十种。如元杂剧中除马致远的《汉宫秋》外，尚有关汉卿的《汉元帝哭昭君》、吴昌龄的《月夜走昭君》、张时起的《昭君出塞》等；明陈与郊有《昭君出塞》（杂剧）、无名氏有《和戎记》（传奇）；清龙侗有《吊琵琶》（杂剧）、薛旦有《昭君梦》等。这两个女性形象实际上成为贯穿中国古代戏曲文学中的标征反封建道德的艺术典型，表现了中国封建时代具有民主性的历史要求。时代虽然不同，但这种民主性的要求却一直存在着、发展着，成为一种进步的历史精神。郭沫若是第一个把这种历史精神通过史剧中的叛逆女性翻译到现代的作家。在他的《三个叛逆的女性》之后，中国文坛上才陆续出现这类女性形象。如洪深的《汉宫秋》（话剧）、电影剧本《王昭君和番》，欧阳予倩的《潘金莲》（话剧）等，都是此后出现的描写这类叛逆女性的作品。

从人物塑造看郭沫若历史剧的浪漫主义特色*

茅盾曾从世界文学发展的角度对浪漫主义作过如下的解释："自有文艺以来，就出现了两种相反的因素，这就是理想和现实。这个意见是西方人提出来的，因此自然而然举了古希腊的两部伟大史诗为例。照这个说法，《伊里亚特》是属于现实主义的。为什么？因为它的内容是那时候的希腊人经常接触到的生活（虽然这部史诗有很多的神话成分）。《奥特赛》却是属于理想的。为什么？因为它所描写的水乡异岛、山妖蜃女，在那时希腊人的生活中，显然不是真实的而是幻想的。"[①]同时，他又指出关于"理想"与"现实"的另一种理解，这便是："如果作家按照自己的主观见解——善恶标准，是非标准，就是作者认为'应当如此'，而描写了生活（人物当然在内），这就属于理想这一类；反之，如果作家不坚持自己的成见而是按照生活的本身去描写的（忠实于生活），这就属于现实这一类。"[②]茅盾的上述解释，指出浪漫主义文学由于"理想"的这一基本属性所派生出来的两个具体特征：一是题材人物的非凡性；二是艺术创作中的主观性。这两个特征在郭沫若历史剧的人物塑造中，是通过以下三个方面体现出来的：其一，对于人物性格全与美的追求；其二，人物性格中作者自我气质的注入；其三，人物对于环境的支配力量。

人物性格的全与美是郭沫若历史剧中正面形象的特点，也是作者在正面人物塑造中一贯追求的美学理想。他认为"美化与革新"是文艺的使命，而要完成这使命，使文艺发挥"彰善阐恶，树之风声"[③]的社会作用，就要在作品中按照全与美的理想来塑造人物性格。他说："一个人的精神活动决不是单方面的。他有道德的情操而同时也有审美的情操，他有感情的活动而同时也有知识的活动。这种种的活动既是同出于一人，他们的因果总是互为影响的。……并且一个人的种种精神活动能够彻底融洽，互为表里，就是一个人的智情意三方面的发展均能完满无缺而成为一个整然的谐和，这在一个人的成就上可以说是最为理想的。"[④]作者所追求的性格

---

* 《郭沫若研究》1987年第3期。

① 《茅盾评论文集(下)·夜读偶记》，人民文学出版社1978年版。

② 同上。

③ 《今天创作的道路》，《沫若文集》第12卷。

④ 《文艺家的觉悟》，《沫若文集》第10卷。

的全与美，显然应该包括两个相互关联的内容：一是“智情意三方面的发展均能完满无缺”；二是智情意三方面“彻底融合，互为表里”，“成为一个整然谐和”。

郭沫若的历史剧是英雄悲剧，剧中的正面人物都是大智大勇，奇才异慧的英雄。大智大勇，智勇双全，才高情笃，才情横溢，正是他们性格全与美的表现。

所谓智是指理智和才能。郭沫若历史剧中的人物都是理智和才能高度发展的理想性格。如屈原和蔡文姬表现了盖世超群的诗才；信陵君、如姬、高渐离、聂政表现了精巧绝妙的斗争艺术；夏完淳、上官婉儿是人间罕见的幼慧奇才；曹操、武则天则表现了显赫非凡的文治武功。但这些都是理智和才能一般的外在表现，还不是作者所追求的理智美的本质内容。作者所追求的理智美的本质内容是人物对于客观内在必然的认识。作者认为只有获得这种认识，人物的情和意才有了坚实的基础。所谓“内在必然”是指“宇宙的规律”和“社会进展的轨迹和归趋”。英雄之所以是非凡的，就在于他们认识了“宇宙规律”及“社会进展的轨迹和其归趋”，把小我融合于“宇宙”大我之中。作者早期曾援引叔本华的话说：“天才即纯粹的客观性，所谓纯粹的客观性，便是把小我忘掉，融合于大宇宙之中——即是无我。”[①]后来他又把对于宇宙规律性的认识叫作科学精神，以为它正是英雄意志力形成的基础。他说：“真正的科学精神并不是纯客观的机械式的态度，它是要经过客观真理之明朗的认识以养成主观定见之坚毅的操守。科学正是在养成主观的能动力量而不是阉割它。布鲁诺·伽利略诸位科学大师宁受炮烙缧绁之刑而不肯歪曲真理，你以为他们是把主观阉割了的吗？”[②]郭沫若史剧中的正面人物的性格，体现了作者对于理智的上述理解。他们所具有的智是洞察宇宙规律和社会发展轨迹及其归趋的“大智”。正是这个大智形成了他们的政治观、道德观和人生观。

首先是政治观。以战国时代的史实为题材的四个历史剧中的正面人物，在政治上都是反秦的。但“反秦”只是他们政治表面的一致性，而其实质上的一致性，则是他们都具有战国时代最先进的政治观。这个政治观用一句话来概括，便是：以德政来完成中国大一统的思想。德政即仁政，也即仁道。这是战国时代奴隶制度崩溃、封建制度萌生这一社会发展的“内在必然性”在观念上的反映。这种仁的先进思想，和其他一切新思想一样，在那时是以悲剧形式出现的。但由于它反映着社会发展的必然归趋，所以就成为那个时代一切洞察社会发展趋向的时代前驱者们共同的思想。同样，“大一统主义”也是春秋以来社会发展轨迹及其归趋的必然性在观念上的反映。作者说：“中国的古代社会，在春秋以前虽然仿佛是一个统一的局面，但那局面很小，而实质上只是一些大小氏族集团（所谓‘万邦’）的并不十分紧密

① 《生活的艺术化》，《沫若文集》第 10 卷。
② 《文艺与科学》，《沫若文集》第 13 卷。

的联盟。……在这个长期的个别发展中，中国的局面由小而大，到了春秋末年已经普遍地生出了更严密的统一要求，即所谓‘大一统’。由殷周以来的多数氏族集团归并为春秋的十二诸侯，再归并而为战国的七雄，这样的历史发展轨迹正明显地表示着这个‘大一统’的趋势。这是中国民族的一个总要求，差不多无例外地反映在周秦之际的各家学派的主张里面。”①作者又说：“周秦诸子同是主张大一统的，但大别也可以分为两派，主张德政的人例如儒家则大抵反对秦国。而主张刑政的人例如法家，则每每不择手段，而倾向于维护秦国。”②在作者看来，屈原、信陵君、高渐离、如姬、聂政等具有反秦思想的前驱们的政治观，是建立在对战国时代社会发展必然性认识基础上的，而他们这种对必然性的认识，正是作者所要表现的人物性格中得到高度发展的理智。

其次是道德观。郭沫若史剧中的正面人物都是一些轻生死重德行的仁人志士。他们最高的道德理想是“至善”，即“与天地万物一体之仁”。这个道德理想是以对“宇宙规律”的必然性认识，即万物一体的宇宙观为其基础的。从“万物一体”的宇宙观看来，宇宙万物是一个统一的“本体”；而本体的运行有自己的客规规律，即“天行”。作为行为规范的道德，若“以私欲之满足程度为标准”，便生出相对的善恶观念；而以“天行”为标准，则生出绝对的善恶观念。“至善”就是以“天行”为标准的绝对的善。作者说：宇宙总是“无目的、无打算地随性之自然努力向完成的路上进行，这便是天行，这便是至善。”③人的行为若符合“天行”，就等于把自己的生命融合于大宇宙，与万物化为一体，由我变为无我。“无我”正是“至善”所具有的境界。这种建立在朴素唯物主义基础上的道德观，是郭沫若史剧中仁人志士共同的道德观，他们所追求和实践的“杀身成仁，舍生取义”的箴言，是这道德观的最高表现。作者总是通过人物生死抉择时的心理活动展示其对于“至善”的追求和认识，把人物崇高的情操和行为欲望建立在理智的基础上。屈原的雷电独白，如姬的墓前独白和高渐离击筑前的独白，都是展示人物对于“至善”的追求和认识的最充分的台词。其中以高渐离的独白为最典型。

和道德观相联系的生死观，也反映着人物对于内在必然性的认识。他们认识到，人的意志不能改变生与死的规律，却可以决定生与死的价值；生命不能永存，而它所创造的价值却可以永存。由此出发，他们认为有价值的死是永生，无价值的生不如死。

总之，郭沫若史剧中的正面人物性格中的智，是以对宇宙和社会发展“内在必

① 《屈原研究》，《沫若文集》第12卷。
② 同上。
③ 《王阳明礼赞》，《沫若文集》第10卷。

然”的认识为内容的“大智”。它代表着人物生活的那个特定时代人类认识的最高水平。

郭沫若史剧中正面人物的情操和他们的理智一样也是非凡的。他们的爱憎忧喜的内容，超越了一般伦理关系的范畴，而达到了崇高的“无我”境界。这种崇高的情操，主要表现为以下内容：

其一，忧国忧民。他们都是忧愤深广的爱国者。其忧愤不是产生于个人的得失，而是忧于国难，愤于时艰。聂氏姊弟忧愤于诸侯混战给中华民族带来的巨大灾难。“苍生久涂炭，十室无一完。既遭屠戮苦，又有饥馑患。”这便是两位青年愤愤不已，直至“愿将一己命，救彼苍生起”的原因。屈原热爱祖国、人民和真理、正义，这巨大无私的爱是他深广的忧愤产生的基础。夏完淳是一个民族意识强烈的诗人志士。个人的生离死别，对他皆不足为悲，使他悲哀的是“国家到了这个地步”，而自己却“没有能力把她挽救”。

其二，酷爱正义。郭沫若史剧中正面人物与反面人物之间的冲突反映着真理正义同谬误邪恶之间的对立。因此，对于真理正义的酷爱，便成为正面人物情感的基本内容。这些正面人物的思想行为，深刻反映着时代发展的方向和人民的根本利益，因此具有了真理性和正义性。作者一方面把一些正面人物写成真理正义的化身，一方面塑造了一些女性形象抒发了对于真理正义酷爱的感情。如婵娟爱屈原胜过生命，如姬为信陵君甘愿献出一切。她们的爱，不是平凡的恩爱与情爱，而是超越了伦理范畴的，对于真理、正义的爱。

其三，崇尚气节。郭沫若史剧中的正面人物都具有仁人志士的品格，而以气节相尚则是这品格的突出内容。夏完淳说：“‘为天地立心，为生民立命’也就全靠这气节。这是个人的命脉所关，也是国家的命脉所关。”这句话概括了这些仁人志士共同的气节观，说明他们崇尚气节是基于对国家和人民的深切的爱。

在郭沫若的史剧中，正面人物的上述崇高情操，是通过崇高的语言表达的。朗加纳斯在《论崇高》一文中说：“崇高的语言的来源，可以说，有五个。第一而且是最重要的是庄严伟大的思想……第二是强烈而激动的感情。……第三是运用藻饰的技术……第四是高雅的措辞……第五……整个结构的堂皇卓越。……我要满怀信心地宣称：没有任何东西像真情的流露得当那样能够导致崇高。”在郭沫若的史剧当中所谓崇高语言的来源除上述几个以外，还有一个，这便是借崇高美的形象抒情，这崇高美的形象，一是指具有崇高美的物。如屈原的情操是借桔树和风雷电的形象表现的；魏太妃的情感是借纯洁的月色表现的。二是指具有崇高美的环境。作者总是把正面人物放到具有崇高美的环境中让其吐露真情。如姬的抒情独白的环境是父亲的墓前，并且在抉择生死的关头；聂政的抒情环境是母亲的坟地，并且是生死莫测，手足分离的时刻；婵娟吐露真情的环境是误饮毒酒生命垂危之际；高渐离的抒情环境是“御前击筑”之前，死神即将降临之时；阿盖的抒情环境是丈夫被刺杀之后。庄严神圣的环境，使人物倾吐内心的真情，爆发出灵魂深处的隐秘，将感情的表达真正变为生的喊叫、灵的颤动。

所谓意是指意志。它是情与智的必然归宿。作者说：“人的精神活动，不外乎智、情、意三方面……故而发动精神的途径也不外由智以达意与由情以达意的两种。”[①]郭沫若史剧中的正面人物的意志是其理智和情感发展的必然结果。因此，它同样具有非凡性。这非凡性主要表现为意志的崇高性、自觉性和巨大的强度。意志就其内容看，可包括欲求、意志和意志力三个相关联的部分。所谓欲求，就是行动的欲望。郭沫若史剧中正面人物的行动欲望都是以伟大的政治思想和道德理想为基础的。而这政治和道德理想所以伟大是因为它反映和代表了人民的愿望和要求。因此，基于此而产生的行动欲望也就不再单单是个人的欲望，而是人民的欲望。如聂政、高渐离刺杀秦始皇和亲秦派的行动欲望，信陵君、如姬窃符救赵的行动欲望，屈原联齐抗秦的行动欲望，都反映了当时人民望合厌分的共同欲望。正是这种广泛而深刻的社会内容，使人物意志具有了崇高性。意志的自觉性，是指人物总是把采取行动的欲望提高到自觉的水平。最能说明这个问题的是人物的死。在郭沫若的史剧中，正面人物的死，有两种情况：一是自杀（如姬、阿盖、魏太妃、侯嬴等），一是在斗争中牺牲（高渐商、婵娟、夏完淳等）。但不管怎样的死，死者对于死的意义都有明确认识。死总是成为他们自觉的行动。所谓意志力是指促使身体活动的直接冲动。这冲动力的巨大强度来自意志的崇高性和自觉性。在一般的悲剧中人物意志力的强度，必须要支持到戏剧冲突达到爆发点。郭沫若史剧中人物的意志力的强度则更大，它不仅支持到冲突达到爆发点，而且往往以人物的死来达到意志的最后完成。

总之，性格的全与美是郭沫若在史剧中塑造正面形象所追求的艺术境界。在他的历史剧中，正面人物都是在智情意三方面高度发展和互相融合的性格完美的形象。

鲜明的主观色彩是郭沫若浪漫主义的重要特色。在作者五四以来的诗与小说中表现为直接描写自我，而在戏剧创作中则表现为在正面人物的性格中注入作者的自我气质。

作家的个人气质，归根到底是由他全部的生活经历和社会环境所造成的。一九四一年，周恩来同志在《我要说的话》中曾从中国现代文化革命的角度论述了郭

① 《发挥大无畏的精神》，《沫若文集》第11卷。

沫若的个人气质，认为郭沫若在气质上是兼诗人、学者和战士于一身，既具有诗人丰富的热情，学者的深邃的思想，又有战士的勇敢战斗精神。作者的这种自我气质，显然注进了剧中正面人物的性格里。

《屈原》中的屈原是表现作者自我气质最明显的人物。历史上的屈原是诗人和文学家。“他在诗域中起了一次天翻地覆的革命”，“但在诗域以外的现实世界里，却没有力量领导时代”[①]。也就是他虽具有诗人和文学家的天赋，但缺乏战士的资质。剧本中作者再创造的屈原形象则成为诗人、战士和学者兼于一身的理想性格。所谓诗人气质是指感情丰富。这在屈原性格中的表现是显然的。但作为屈原与作者在气质上的相似之处，却更表现在诗的情调上。作者认为历史上屈原的诗“是以烦恼为主题的一部回旋曲”，“读他的东西实在是苦闷得很”。这种烦恼、苦闷的情调，在剧中屈原的性格里显然已不再是主要的东西了。作者说：“《屈原》是抒情的，然而是壮美而非优美。”[②]壮美的诗的情调既表现了剧中诗人屈原的气质，而又体现着作者诗人的个性。它已不是历史上诗人屈原气质的客观写实，而是作者的自我气质对历史上屈原气质改造的结果。所谓战士气质，是指视死如归的英雄主义精神。剧中的屈原是被作为反秦斗争的战士描写的。他不仅有进步的政治主张，而且有为实现这个主张勇敢斗争的精神。诬陷、驱逐、囚禁、暗杀，都没有使他屈服，反而更坚定了他的斗志。不向悲剧命运和环境屈服，永不停息地为理想而勇敢斗争，这便是屈原所表现的战士气质。作者曾将《屈原》同《哈姆雷特》相比较，认为这两部作品的不同，正在于主人公气质的差异。他说：“《哈姆雷特》是佯狂而向恶势力斗争，而与恶同归于尽。屈原是被恶势力逼到真狂的界线上而努力撑持着自己建设自己。……哈姆雷特焦躁逡巡，屈原则坚苦创造。”[③]这就是说，两相比较，屈原更具有战士气质。所谓学者气质是指思想深邃和学识渊博。屈原是奴隶制向封建制转变时期的大学问家。他的政治主张和文学主张都是在对历史和现实的深刻研究的基础上提出来的。所以在阐述这些主张时，就表现了他思想深邃和学识渊博的学者气质。

夏完淳也是诗人、战士、学者兼于一身的人物。作者通过他在反清复明的民族斗争中，奋勇报国，视死如归的英雄气概，表现了他的志士气质。同时又把他被押和囚禁的过程变成诗集《南冠草》的酝酿和形成的过程，从而表现了他诗人的气质。在作者看来诗人与战士气质的结合，正是夏完淳与屈原的相似之处。他说：“完淳是诗人，而又以气节自尚，他的父亲死于水，先生陈子龙也死于水，故他对于屈原甚

---

① 《屈原时代》，《沫若文集》第 11 卷。
② 《〈屈原〉与〈釐雅王〉》，《沫若文集》第 3 卷。
③ 同上。

为尊崇。集中摹仿《楚辞》的骚体赋颇多，又有《吊左徒》一诗，屈原可以说是他精神上的先生。”[①]夏完淳又是具有研究精神的饱学之士。既有讥评时政的著作《大哀赋》，又有历史著作《续幸存录》等。在剧中他的诗和言行处处都表现了深邃和渊博的学者气质。除此之外，夏完淳幼慧奇才，也同样是作者在气质上的共鸣之处。

假若说上述两个人物兼诗人、战士和学者于一身，那么如姬和信陵君则有的偏重于诗人与战士，有的偏重于战士和学者。关于历史上的信陵君，作者曾作过这样的评述：“信陵君是有著作的人，和‘鸡鸣狗盗之雄’毕竟不同。《汉书·艺文志》兵家里面有‘《魏公子》二十一篇，图十卷，名无忌’，属于‘兵形势’类”。“看来信陵君倒可能是一位优秀的战术家，可惜他这书失传了。就从他的带兵作战的实际来看，他也不同凡响。”[②]在剧中，作者显然突出了信陵君思想性格的两个特征：其一，志士的英勇无畏（通过“窃符救赵”的行为表现出来），这也就是他的战士气质。其二，战术家的深邃渊博（通过他同魏王关于出兵与否的辩论表现出来），而这则是他的学者气质。如姬是诗人气质较突出的女性。她的言行向我们展示了一个崇高美好的感情世界。若说婵娟是屈原辞赋的象征，是道义美的形象化，那么，如姬则是真理正义的象征，是信陵君心灵美的诗化。对于真理正义热烈深挚的爱和由爱而生的英勇无畏、视死如归的牺牲精神，正表现着她诗人与战士的气质。

此外，高渐离、聂政、聂嫈、阿盖等也是具有作者自我气质的形象。只是所体现的作者自我气质的具体内容，各有偏重。高渐离既具有志士的无畏，又具有诗人的敏锐感触和丰富感情，在他对于美好世界的憧憬和改革社会道路的思考中，也充分显示着史学家思想的深邃。聂政、聂嫈、阿盖比高渐离具有更鲜明的诗人气质，他们的思想和行为都是通过诗意浓重的语言表现的。

“现实主义把人物放在社会环境中，考察人物在环境中的感受以及环境对人物的思想意识的影响……而浪漫主义却为了要使得它的英雄和不相容的环境发生一场你死我活的搏斗这才在作品中写到环境和人物的关系。古典主义和浪漫主义都没有从人物性格发展的角度上写环境和人物两者之间的关系，现实主义……着重指出：人的性格是由环境以及人的社会关系来决定的。”[③]这就是说，在人物与环境的关系上，浪漫主义与现实主义是恰恰相反的。现实主义是环境决定着人物，而浪漫主义却是人物支配着环境。浪漫主义文学的这一特点，也体现在郭沫若的史剧中。

首先，在郭沫若的史剧中，环境不是人物性格的决定因素，而只是性格借以展

---

① 《〈夏完淳〉附录》，《沫若文集》第4卷。
② 《由〈虎符〉说到悲剧精神》，《沫若文集》第17卷。
③ 茅盾：《夜读偶记》。

现的条件，正面人物的性格大多从开始就是完美的。在整个戏剧的发展中，人物性格不是由一个内容向另一内容发展，而是同一性格内容由外而内，由点及面的展现，环境正是性格内容借以展现的条件。如屈原的坚贞、至诚的性格，是通过三个层次展现的：第一层从桔树的品格象征屈原的性格。在这里作为环境的清香浸人的桔园，完全成为人物坚贞性格的象征物，被作为性格的外在表现而描写的。虽从屈原对《桔颂》的讲解和对宋玉的教诲中，看到一个伟大人物的非凡的理智和抱负，但总的来看，这些描写还是外在的，所涉及的精神活动，主要在理智的方面，尚未触及情与意。第二层是通过与南后、张仪的斗争展现屈原的性格。在这里作为环境的是南后、张仪等反动人物结成的反动政治集团。他们对屈原的一系列打击和陷害不仅没有改变屈原的志向，反而成为其意志力得以展现的条件。人物的精神活动，由于受到环境阻滞，便由理智进而表现为热烈的冲动。第三层是借风雷电来象征屈原的性格。在此，作为环境的风雷电，所显示的宇宙伟力，不是使屈原畏慑，而是使屈原的理智、意志和内发情感得到淋漓尽致的展现。总之，从《桔颂》到《雷电颂》，就戏剧冲突来讲，经历了开端、进展和高潮三个阶段，但从屈原的性格内容来看，却不是发展过程，而是由外而内，由点到面的展现过程，而在这全部过程中，环境不是决定性格的因素，而是性格借以展现的条件。这一特点，同样表现在《虎符》《高渐离》《南冠草》等其他史剧中。

其次，郭沫若史剧中的正面人物性格对于环境的支配作用，还表现为正面人物的思想和行为对周围所产生的积极影响。如聂政刺杀韩相侠累的行为，激起聂嫈、春姑的深切同情，以至产生出“十字街头”双双殉义的壮举，而他们的血，又浇醒了群众正义的心，进而酿成卫士反叛，市民为烈士义葬，艺人盲叟为英雄传名。屈原的伟大精神，陶冶了婵娟的灵魂，感化了卫士的心。在《虎符》中，那些为窃符救赵而出生入死的英雄们，无一不是信陵君思想道德的崇拜者，而其中如姬尤为突出。在《高渐离》中，从悲剧气氛中令人感到群众反秦力量的地火在运行。高渐离就是这地火的传播者。他刺秦的行为虽失败了，但他的死却使反秦的地火更加蔓衍起来。

再次，郭沫若史剧中正面人物性格对于环境的支配作用，还表现在人物精神上对于环境的超越。所谓精神上的超越就是在逆境中的人物，精神上对周围环境压迫的超越，即在现实中处于劣势环境里的人物，靠精神上的优势，摆脱环境的压迫而获得自由。这精神上的优势便是人物所具有的非凡的崇高的政治理想与道德理想，以及作为这理想基础的英雄主义的宇宙观。如，身陷囹圄、缧绁之中的屈原，思想却挣脱了一切束缚，随风雷电自由驰骋。坠入追捕罗网的如姬，在决定自杀时，精神却获得了彻底解放。双目失明的高渐离，在死神降临时，却感到生命的永恒。

误饮毒酒的婵娟,死不是令她恐惧,而是使她感到幸福。这种精神超越是以英雄主义为特征的浪漫主义文学艺术的重要特点。黑格尔说:“在浪漫型艺术里,死不过是自然灵魂和有限主体的一种消逝,这种消逝不过是对本身已是否定的东西的否定。把空无否定(消除)掉,从而使精神摆脱掉有限和分裂,达到主体与无限在精神上的和解。”[①]又说:“在浪漫型的世界里,死却意味着否定的否定,这就使它转化为肯定,成为精神从单纯的自然性和不适合的有限性之中解放出来的复活。”[②]黑格尔所谓的死可以把人的精神从“有限主体”中摆脱出来,达到“主体与无限在精神上的和解”,实际上就是精神对于环境的超越。可见,郭沫若史剧中正面人物的这个特点正表现了浪漫主义的基本特征。

---

① 黑格尔:《美学》第2卷,商务印书馆1981年版。
② 同上。

论阿段悲剧艺术构成的层次性*

关于《孔雀胆》悲剧的性质及主题一直存在分歧。这固然反映了研究者认识和理解方面的问题，但同时也反映了悲剧在艺术构成上的复杂性和多层次性。过去的研究者多从单一角度平面地研究作品，这是造成争议无法解决的主要原因。从多面的立体角度来研究作品，则可发现阿段悲剧的成功之处正在于艺术构成的多层次性。多层次的艺术构成，克服了悲剧主题、性格和必然性因素的单一性，使悲剧艺术框架由平面变为立体，内容也更为丰富和深邃。阿段悲剧艺术构成的层次性，主要表现为主题和冲突的层次性：人物自觉意志和情感的层次性以及悲剧必然性因素的层次性。

一

阿段悲剧是据真实的历史故事写成。作者说，在创作前曾阅读过《元史》《新元史》《明史》中有关的全部史料。在上述史书中都有大致相同的关于阿段悲剧史实的记载。根据《新元史》《阿盖公主传》中的记载，可以看出构成悲剧的三条线索。其一，由民族关系构成的政治线索；其二，由姻亲关系构成的伦理线索；其三，以谗害与被谗害的善恶斗争构成的人性线索。《孔雀胆》所描写的阿段悲剧就正是依据史实所提供的上述线索，多层次地构成悲剧冲突和形成悲剧主题的。作者说《孔雀胆》的主题是表现“善与恶——公与私——合与分”的斗争。这就讲出主题和冲突的三个层次。“善与恶”的斗争是人性的层次；“公与私”的斗争是道德伦理的层次；“合与分”的斗争是政治的层次。

从史书记载看，阿段悲剧中政治性冲突是主要冲突。因为它贯穿于故事的全过程，并且决定着其他两个冲突的发展。因此，后来的作家根据这个故事创作时，都把政治性冲突作为作品中阿段悲剧的主要冲突来描写。如施蛰存的小说《阿襤

* 《聊城师范学院学报》1987 年第 2 期。

公主》就是把种族斗争作为主要线索构成悲剧艺术框架的。为突出种族矛盾，作品删削了阿段和亲的情节，对两国世仇的历史作了大量追述，并把段功写成一个陷入情网的种族复仇主义者。《孔雀胆》也把政治冲突作为主要冲突来描写。不同的是作者的着眼点不是民族斗争而是民族团结。他说："我的着重点是在民族团结，这凝结成为阿盖的爱，和这对立的是车力特穆尔的破坏。"①又说："我写剧本的动机，是因为同情阿盖与段功。在写作时当然也加了一层作意，现代人所说的主题，我是企图写民族团结。阿盖站在团结的一面，车力特穆尔站在破坏的一面，结果成为悲剧，来了一个大破落。"②由于上述动机，《孔雀胆》在阿段悲剧冲突的具体把握上不同于《阿榓公主》。《阿榓公主》所描写的是种族间的矛盾，这矛盾具体表现为段功与梁王间的直接冲突；《孔雀胆》描写的是种族内部斗争，具体表现为阿盖同车力特穆尔间的冲突。前者表现的是民族斗争，后者表现的是民族内部两条民族路线的斗争，即团结与分裂的斗争。《孔雀胆》的作者为表现民族团结的主题，在冲突的构成上作了以下安排：(1) 虚构了车力特穆尔这一民族团结的破坏者作为悲剧人物的对立面，从而形成贯穿全剧始终的合与分的冲突。(2) 在合与分的冲突中，作者把"合"作为矛盾的主要方面，努力加以突出和肯定。在情节上删掉两国世仇的内容，正面描写阿段和亲；在人物性格描写上，突出和深化了阿段的民族自觉意识，使他们(特别是段功)具有同那个时代普遍存在的民族等级观念相对立的民族平等观念；在悲剧结局的处理上，则由代表民族团结的力量压倒分裂的力量，显示出光明的前途。

姻亲关系构成阿段悲剧冲突与主题的第二个层次——伦理性层次。《卓文君》是作者唯一的以反抗封建道德为其主题的爱情悲剧，作品以人性的自由解放为标准，描写了两种道德观的对立。这便是以卓文君为代表的平等自由的爱情观与卓文孙代表的以封建等级观念为基础的爱情观的对立。这两种道德观的对立构成的悲剧冲突，实质上是人性与伦理的冲突。作品的反封建主题正是通过人性对于不合理的、束缚个性自由的伦理原则的否定表现的。《孔雀胆》的伦理性主题与冲突与《卓文君》不同。它不是一般地反对传统伦理道德和肯定人性的要求，而是以公与私为标准衡量伦理和人性的价值，从而把道德的公与私的斗争作为悲剧的主题和冲突。

从"公与私"斗争的主题出发，作品所形成的冲突是以情爱为内容的道德性冲突。这冲突是通过两条对比线索构成的。一条线索是两对情爱者的对比。这两对情爱者，一对是阿盖与段功，一对是车力特穆尔与忽的斤。这两对情爱者的结合及

---

① 《〈孔雀胆〉的润色》。
② 《〈孔雀胆〉二三事》。

其从情爱出发的一系列行为,从伦理道德角度看恰恰形成鲜明对立。这不仅表现在前者是合乎伦理的正当结合,而后者是乱伦的不道德的私通,更重要的是情爱的动机与基础根本对立。阿段的情爱以民族团结为基础,以谋求民族共同利益为动机,是一对公心的结合。车忽的情爱以民族分裂为基础,以实现其私欲和野心为动机,是一对私心的相互利用。他们在道德上的对立,实质上是公与私的两种道德观的对立。作品正是通过这两种道德观的对立与发展,表现了"公与私"斗争的道德性主题。第二条线索是阿盖与忽的斤的对比。阿盖和忽的斤从伦理角度看都处于继母和妻子地位,但在道德上却是对立的。首先,作为妻子,阿盖始终忠贞于丈夫,以生命殉了爱情;而忽的斤却背着丈夫与觊觎自己女儿的情人私通。她们在妇德上便形成贞与贞的对立。其次,作为继母,阿盖关心孩子胜过生母;而忽的斤却不但虐待女儿阿盖,而且毒死亲生子穆哥。母德是以无私的母爱为基础的,忽的斤丧失了母爱,也就丧失了母德。总之,从伦理角度看,阿盖既是道德高尚的妻子,又是品性贤良的母亲,而忽的斤则无论作为妻子或母亲,都是道德败坏者。她们之间的对立,实质上仍然是道德上公与私的对立。作品通过对阿段悲剧及其人格的深切同情,肯定并歌颂了中国传统道德中伟大无私的道德精神。这种无私的道德精神通过伦理情感表现出来,便是为了爱的牺牲。

善与恶的斗争构成阿段悲剧主题与冲突的第三个层次——人性的层次。利害是衡量人性善恶的尺度。据此可把人性分为利己和利他的两类。利他克己是人性的善,利己损人是人性的恶。阿段悲剧主题与冲突的人性层次的内容是通过谗害者车力特穆尔同被谗害者段功和阿盖之间的对立斗争展示的。车力特穆尔人性的内蕴是私欲,它外化为情欲与野心及一系列损人利己的行为。阿盖与段功人性的内蕴是公心,它外化为爱及一系列利他克己的行为。作品正是以他们心灵与行为及由此导致的命运的结局,展示了人性的善与恶,表达了彰善阐恶的主题。

主题与冲突的上述三个层次不是孤立的存在,而是通过一个契机的联结有机地结构在一个艺术机体中。这契机则是阿段的爱情。阿段爱情是两个种族的合亲,它的合与分构成了政治中民族关系的合与分;阿段爱情由于车力特穆尔的插入而产生纠葛,公与私的伦理性冲突和主题,以及善与恶的人性冲突和主题,均由此而生。

二

阿段悲剧艺术构成的层次性,还表现为悲剧人物自觉意志和情感的层次性。

自觉意志是理性和情感元素的结合，也就是信念与欲望的结合。支配人行动的是欲望，但只有正确的信念，才能把欲望提高到自觉的水平，使它对行动产生巨大而持久的支配力量。信念的内容是具体的，一般包括政治的、道德的和哲学的。这不同的内容同时集中在悲剧人物身上，便形成悲剧人物自觉意志的层次性。阿段行动的欲望是爱。而这爱明显地受政治、道德和哲学信念的支配。首先支配这爱的是民族团结的信念。民本观是封建时代进步的政治观。段功的民族团结信念就是以民本观为依据的。他认为以天朝法律作护符的民族专制和歧视，造成少数人骄横无赖，多数人做牛做马；这种政治必然酿成人民的反抗，导致国家民族的沦亡。拯救的途径是用民族间的同情与爱去感化民族统治者，使他们改弦更张。他的这种以爱来感化民族统治者以实现民族团结的自觉意志，在作品中主要是以下一系列戏剧动作体现的：(1) 以武力援助梁国，解救梁王(击败明二)。这一行动奠定了两国交好的基础。(2) 接受合亲，使两国由世仇结为父子之谊。(3) 以真诚、坚毅的态度抵制分裂两国关系的活动。这三项中的最后一项最能表现段功的自觉意志。当车力特穆尔的阴谋被阿盖说穿后，段功在考虑应对措施时，置个人生死于度外，完全从维护民族团结出发。当时摆在他面前的有三种应对的办法：其一，同阿盖一起逃回大理；其二，先发制人，杀掉车力特穆尔；其三，向梁王揭露真相，在梁王醒悟后再除掉车力特穆尔。前两种办法可保段功人身安全，却难以挽回破坏阴谋所造成的民族分裂危局。后一种办法有可能粉碎分裂阴谋，但有生命危险。段功毅然采取后一种办法，抱以必死决心。他为民族团结而作的这一牺牲，正是其自觉意志的完成。

阿盖的民族团结的自觉意志凝结为对段功的爱和对车力特穆尔的憎。她的一系列戏剧动作都是在这强烈的爱憎支配下产生的。这些戏剧动作的最高致，便是揭露、惩处车力特穆尔和以生命殉段功。这两个动作使她的自觉意志得以最后完成。

阿段的自觉意志与情感的伦理层次是由人物的道德信念与伦理情感所构成。阿段都不是汉族人，但汉化颇深。作者说："照阿盖故事看来，阿盖这位女性是充分汉化了的，她能有那样贞烈，并且能够做诗，便是绝好的证明。"[①]又说，段氏虽不是汉族，但"汉化颇深"。所谓汉化，主要是指在他们的性格中深刻体现着中国传统的道德文化。从作品中显然可见，阿段不是中国传统道德原则和伦理原则的反叛者，而是合理的传统道德原则和伦理原则的自觉恪守者。

作者把阿盖的贤德作为性格美加以肯定和同情。阿盖的贤德主要表现是把无

---

① 《〈孔雀胆〉后记》。

私的爱的原则与传统的伦理原则完美地统一起来。用自己的行动来实现这两个原则的统一，就是她的自觉意志。自私的爱是获取和占有，无私的爱是给予和牺牲。所谓两个原则的统一，就是把伦理提高到无私爱的境界。在阿盖看来，伦理关系的实质是爱，而这爱应当是无私的给予和牺牲。她对父母、丈夫和子女的爱都体现着这样的观念。如她同梁王之间的爱虽都是伦理爱，但一个是获取和占有，一个是给予和牺牲。作为父亲的梁王也爱女儿阿盖，但把她当作私有财产占有和任意支配，而毫不尊重她个人的意志；先是把她作为酬谢“礼品”赠送，后是把她当作仇杀工具驱使。阿盖对父亲的爱却是无私的。段功被谗害后，梁王已成为杀害她丈夫的仇人。按照恩怨相报的逻辑，她理应杀掉生父为丈夫复仇。但她却阻止了杨渊海杀梁王的行动，把为段功复仇的责任交赋段姓的一双儿女。她对孩子们说：“杀你爸爸的是车力特穆尔，也是我的父亲和母亲，我是你爸爸的伴侣，但又是你爸爸的仇人的女儿，我没有方法替你爸爸报仇，这责任就交给你们了。”这是在尖锐的道德冲突中，同时处在女儿与妻子地位的阿盖，按照伦理原则与爱的原则的统一所能作出的唯一正确的选择。这个选择对她来讲只是意味着自我牺牲。阿盖对于继母忽的斤的爱更具有无私性。忽的斤虐待阿盖、私通车力特穆尔，并且参与陷害段功和杀害穆哥。阿盖深知她的丑行而不向梁王揭发，固然慑于车力特穆尔的手段，但主要出于一个女儿对于母亲的爱。当段功质问她为何不向梁王揭出真相时，她回答：“要是爸爸相信了我，那妈妈便不得不牺牲。”又说：“我觉得妈妈并不怎么坏，顶坏的是车力特穆尔……而且我可怜爸爸，我可怜还在吃奶的小弟。妈妈要是牺牲了，小弟弟不就成了无母的孤儿？”可见，阿盖对于继母忽的斤的爱是无私的伦理爱。正是这爱的动机导致了段功的死。因此，段功的死对阿盖和他自己来讲，都是为了爱的牺牲。这死毁掉的是阿盖个人的幸福，换取的却是崇高道德的完成，它把伦理爱提高到无私的崇高的境界。

阿盖对段功的爱也是无私的。首先，爱的动机是从民族爱出发的。这个崇高的动机因同车力特穆尔的斗争更加发展和突出，以致成为她同段功结合的坚实基础。其次，爱的内容不是获取和占有而是给予和牺牲。段功作为阿盖的配偶，其自然条件并不符合她的理想追求。其一，年龄大她二十岁；其二，是有两个孩子的鳏夫；其三，出身于下等民族。阿盖作为才貌地位优越的公主，完全应有更高的选择。从这个意义讲，她对段功的爱就包含着给予和牺牲。最能体现她爱的原则与伦理原则相统一的行为是她的死。她的死是殉夫，也是为着善和正义而献身。因为她和段功的心都向着善和正义，他们的爱情就是为着善和正义而斗争的结晶。为爱情而牺牲，也就是为善和正义而牺牲。

利他是人类社会存在的前提。但利他行为产生的内部动力是爱。因此，爱一直被艺术家作为人性美加以歌颂。泰纳说："哪一种素质能使个人的生活有益于他们隶属的社会呢？………使个人有益于别人的内部动力又在哪里呢？……有一种超乎一切之上的动力，就是爱。因为爱的目的是促成另外一个人的幸福，把自己隶属于另外一个人，为了增进他的幸福而竭忠尽智。"①阿段悲剧所歌颂的就是作为人性美的爱。在作品中爱成为悲剧人物的主要情感和支配行动的自觉意志，成为善恶斗争的精神力量。为了爱的牺牲，更成为整个悲剧，从人性角度所揭示的深刻主题。

三

悲剧描写的是悲剧人物的自觉意志同社会必然性之间的冲突。社会必然性因素是多元的。这必然性因素的多元性就构成悲剧必然性的多层次性。

在阿段悲剧中构成悲剧最直接的必然性因素是政治因素，也就是元代严重的民族压迫和民族矛盾以及反映这压迫和矛盾的民族意识。大理在元代是半独立性的属国，同蒙古贵族统治的梁国是世仇。在第八代总管段光时，两国还相互攻战。由于在抵抗红巾军时，段功援助了梁王，才使两国之间的矛盾得以暂时和解。这暂时的和解便酿成两国和亲。因此，阿段爱情是民族团结的产物，是民族矛盾缓和的表现。但在以民族压迫为其主要特征的元代社会，所谓民族团结是暂时现象，因为真正的民族团结是建立在民族平等的基础上的，而以蒙古族的绝对专制为中心形成的严密的民族等级制度是与民族平等思想不相容的。这就决定了阿段爱情必然以悲剧告终。从表面看，段功被梁王杀害是谗言作祟，但实质上起决定作用的是隐藏于梁王意识中的民族猜忌心理。这猜忌心理是当时民族矛盾在人们观念上的反映，它左右着几乎所有人的思想意识，具有不可抗拒的力量。从政治必然性因素看，阿段悲剧很像《奥塞罗》所写的爱情悲剧。出身于被歧视的摩尔族的奥塞罗其身世命运同段功相同。他以非凡的英雄气质和军事业绩获得出身高贵的小姐苔丝特蒙娜的爱慕，从而使他们的爱情突破了封建种族观念的束缚而成为事实。但隐藏在奥塞罗心灵中的自卑的民族猜忌心理，却成为他轻信谗言杀害妻子的原因。

民族压迫一方面造成民族统治者的骄横跋扈和民族歧视、猜忌心理；一方面在被压迫民族中造成民族妥协主义意识。这种妥协主义也是悲剧必然性因素。段功就是妥协主义的代表。他渴望民族团结和民族平等，但把实现的希望寄托在蒙古

① 《艺术哲学》第五编第二章第二节。

贵族统治者身上。企图用真诚和坦率赢得民族压迫者的同情与信任，从而使民族间的矛盾与压迫所造成的分裂，因同情、信任的爱而消泯。这实质上还是大民族主义在被压迫民族中的消极反映。民族斗争规律证明，民族压迫只能用民族反抗的形式来解决，妥协的路是根本走不通的。段功的悲剧揭示了妥协主义失败的必然性。徐飞同志最早发现了阿段悲剧的这一政治必然性因素。他说："造成这个历史悲剧之最主要的内容，还是妥协主义终敌不过异族统治的压迫，妥协主义的善良愿望终无法医治异族统治者的残暴手段和猜忌心理。"①

总之，民族矛盾与民族压迫是阿段悲剧的政治必然性因素。它在作品中一方面表现为梁王的民族猜忌心理，一方面表现为段功的民族妥协主义。正是这两个方面的内容，构成阿段悲剧产生的主客观原因。

阿段悲剧的另一必然性因素是伦理道德因素。这在阿盖性格中表现尤为突出。阿盖所以走向悲剧，从伦理角度看，是传统的道德伦理观念和原则限制了她对悲剧命运的积极抗争。决定阿段命运的是政治矛盾，而这个矛盾的解决往往同悲剧人物的伦理道德观念和原则发生冲突。阿盖解决的办法总是使政治矛盾服从于伦理道德观念和原则。在阿段悲剧的发展过程中，政治矛盾与伦理原则之间的冲突较大的有三次。第一次出现在悲剧开端。车力特穆尔为实现篡权的野心，私通忽的斤。车忽私通的关系阿盖是清楚的。从政治角度看问题，为保卫梁王政权，理应向梁王揭发车忽的勾结，以消除隐患。但阿盖却从伦理原则出发，为长者讳。这个潜在矛盾（政治隐患）便因此得以迅速发展，终酿成对段功的谗害。第二次出现在悲剧高潮之前。车忽合谋毒死穆哥，以此陷害段功。阿盖对全部阴谋都了然，并深知这是决定她同段功命运的严重步骤。从政治原则出发，她同段功应当充分利用自己政治和军事上的暂时优势，以铁的手腕摧毁对方，巩固民族团结的成果。但阿盖认为这样做是与她恪守的伦理原则相抵触的。她面对你死我活的政治斗争仍然奉行伦理爱的原则，结果延误了时机，断送了段功的性命。第三次出现在悲剧的结局。段功死后，阿盖的政治出路是同段功的部下和子女逃往大理，发展实力，为段功报仇，但伦理原则又一次束缚了她的手脚，使她感到自己已陷入不可调和的道德冲突之中，唯一的路是以牺牲自我来守护伦理道德原则。上述情况表明，在阿盖的行为中有一条规律性线索，这便是以伦理爱的原则去解决政治性的矛盾与冲突。其结果便造成政治上的妥协。

道德伦理观念和原则是社会政治经济关系的反映。它作为特定时代的文化思想，具有那个时代的人在观念上无法超脱的时代性。正是从这个意义上看，阿盖的

① 《〈孔雀胆〉演出之后》，转引自《〈孔雀胆〉的润色》。

传统伦理道德观念和原则，是她自己无法摆脱的悲剧必然性因素。文化思想对于人命运的影响，常常是通过道德伦理观念和原则对于人的影响实现的。这种影响所显示的巨大作用，在两种社会力量斗争的尖锐时期表现得最明显。如在激烈的反封建斗争中，许多人在新思潮影响下获得了政治思想觉悟，在政治斗争中倾向于新的一边。但由于在道德伦理方面还固守着传统的观念和原则，所以在社会斗争达到不可调和的地步时，他们总是进退维谷，以致作了传统道德原则的牺牲品。这一类牺牲者的悲剧，在中国现代文学中多有成功的描写。如巴金《家》中的觉新和《寒夜》中的汪文宣，便都是这类人物。

从人性的观点看，人物性格有内向与外向两类。外向性格具有外向力，表现为对环境的抗争、改造、开拓和创造。反抗者和改革者的形象一般都是具有外向力的性格。内向的性格具有内向力，表现为对自我欲望的控制、道德原则的恪守、美好人格的追求。思想家和殉道者的形象，大致是具有内向力的性格。阿段的性格属于后者。他们的智情意活动所表现的生命之力，其方向不是向外，而是向内；其终极目的不是抗争、改造环境以开拓命运之路，而是守护、净化心灵，以完成崇高的人格。阿段这一性格特征，也正是造成其悲剧的人性的必然因素。

层次性是一切事物构成的普遍性规律。悲剧艺术构成的层次性正是这普遍规律的具体体现。郭沫若的史剧，特别是抗战时期的史剧，在艺术构成上都具有明显的层次性，一般都分为政治、伦理和人性三个层次。政治性层次是主要层次，它表现的是悲剧的现实性内容；伦理和人性的层次是政治性层次的深化，它表现的是悲剧历史的和哲学的内容。

论郭沫若历史悲剧的莎士比亚化*

从郭沫若历史悲剧的总体看，固然流动着中国民族悲剧艺术的血脉，但莎士比亚化的倾向也确是很明显的。

情感和性格是文学艺术作品不可缺少的要素。但不同的作家对于这两者往往有所偏重。一般来讲，现实主义小说家重于性格塑造，浪漫主义诗人重于情感的抒发；而悲剧是界乎小说与诗歌之间的具有综合性的艺术形式，按逻辑它应当要求情感与性格并重，但实际上也总是不同作家都有所侧重。这不同就生出情感化悲剧和性格化悲剧两种。莎士比亚的悲剧是情感化悲剧。郭沫若历史悲剧的莎士比亚化，就是悲剧的情感化。

一

情感化的悲剧虽也有关于性格的描写，但它的艺术魅力主要是通过悲剧情感的描写表现出来的。这表现在人物塑造上，便是不注重于外部个性特征的真实具体地描写，而是致力于挖掘与表现人物内在的情感。作者所追求的不是性格的鲜明性、独特性，而是情感的丰富性、深刻性和刺激性。情感化悲剧的这个特点，在莎士比亚和郭沫若的悲剧中表现得都很显然。

在莎士比亚的悲剧中，具有艺术魅力的人物都是情感化的人物。它们可分为两类：一类是悲剧主人公；一类是正面女性形象。

悲剧主人公，如哈姆莱特、奥塞罗、李尔王、罗密欧等。他们具有浓郁的情感气质，情感反映的灵敏度和强度都远远超过了常人，外界的些微变故都会敏捷地反映到他们情感的海面上，激起波澜。情绪的多变性是他们共同的特征。他们的另一个特点是情感反映的巨大强度。这就是情感的发展往往酿成情绪的冲动。以抒情诗人惯用的夸张的具有强烈节奏和鲜明色彩的语言表现出来。这便形成悲剧人物

---

* 《聊城师范学院学报》1987 年第 3 期。

一连串的大段独白。作者正是通过这些独白展示人物内心的复杂矛盾,吐露人物心底的隐私,写出人物生命的颤动,灵魂的叫喊。这种抒情独白的表情方式是莎士比亚所独有的。它比个性化的行动的表情方式,似乎缺少直接诉诸视觉感官的具体性,但却能通过内在感官诉诸人的心灵。因此,在莎士比亚的悲剧中,那以巨大艺术魅力吸引读者的,与其说是悲剧的美好性格,毋宁说是悲剧人物的美好心灵。歌德早就指出莎士比亚这一表情方式的意义。他说:"莎士比亚的著作不是为了肉体的眼睛的。……眼睛也许可以称作是清彻的感官……但是内在的感官比它更清彻,通过语言的途径事物最完善最迅速地被传达给内在感官,因为语言是真能开花结果的,而眼睛所看见的东西,是外在的,对我们并不发生那么深刻的影响,莎士比亚完全是诉诸我们内在的感官的,通过内在的感官幻想力的形象世界就活跃起来,因此就产生了整片的印象。"①歌德所说的与通过行动诉诸外在感官相对的,另一种通过语言直接诉诸心灵的东西,就是情感。可见以情感展示和诉诸心灵,是莎士比亚悲剧主人公情感化的一个突出表现。

郭沫若历史悲剧中的主人公,如屈原、高渐离、信陵君、夏完淳等,也都是情感化的人物。他们有的是诗人,有的不是诗人但却具有鲜明的诗人气质。这些人物给人留下深刻印象的,也不是诉诸外在感官的生动具体的个性特征,而是通过情感诉诸内在感官的美好心灵,尤其相似的是,他们情感的巨大冲动也总是以长篇抒情独白的场面加以表现,以至在有的悲剧中(如《屈原》与《李尔王》)独白的语式,抒情场面和气氛的设计都达到惊人的相似。这些相似之处,作者不但承认,而且认为它是学习借鉴莎士比亚的结果。

作者曾将《屈原》同《哈姆雷特》《奥塞罗》相比较,认为确有莎士比亚化的明显倾向。他说:"好些朋友都说《屈原》有些莎士比亚的风味,更有的说像《哈姆雷特》。我自己也多少有这样的感觉,但我说不出究竟是哪些地方像,拿性格悲剧的一点来说,要说像《哈姆雷特》,也好像有点像,然而主题的性质和主人公的性格是完全不同的,哈姆雷特是佯狂而向恶势力斗争,而与恶同归于尽,屈原是被恶势力逼到真狂的界限上而努力撑持着建设自己。在主题上前者较后者要积极,而在性格上后者却较前者更坚毅。"②在这里作者把《屈原》同《哈姆雷特》从三点上作了比较:一是"莎士比亚风味";二是主题的性质;三是主人公的性格。这三点中,第一点是"同",第二、三两点是"异"。但作者对相异的两点说得具体明确,而对相同的一点却含糊其词。其实这相同的一点,正是人物的情感化,而这才是郭沫若的悲剧同莎士比亚悲剧的最本质、最明显的联系。和人物情感化相联系的是抒情场面的设计。

---

① 《说不尽的莎士比亚》。
② 《〈屈原〉与〈李尔王〉》。

在这一点上，郭沫若的悲剧与莎士比亚悲剧的平行就更为明显。众所周知的例子便是屈原与李尔王的独白场面。作者不仅承认自己的悲剧主人公在情感化方面同莎剧存在平行，而且承认这平行是来自莎剧的影响。如作者多次说到《屈原》的创作动机，其中包括思想动机和艺术动机。后者却往往被研究者所忽视。他说："有好些朋友听我写《屈原》，他们对我的期待似乎未免过高。在元旦的报章上就有人预言，'今年将有《哈姆雷特》和《奥塞罗》型的史剧出现'。这种鼓励毋宁是一种精神上的压迫。欧洲文学中并没有好几篇《哈姆雷特》和《奥塞罗》，……现在要教我一跃而跻，实在是有点苦人所难。"①这段话说出了《屈原》等史剧创作的艺术动机。这便是以《哈姆雷特》和《奥塞罗》型的悲剧为榜样，把艺术上向莎剧看齐当成"精神上的压迫"与"鼓励"。正因为这样，当徐迟指出《屈原》与《李尔王》在抒情独白与抒情场面上存在惊人的相似时，作者在信中一方面说明"在写《屈原》之前不曾读过《李尔王》"，而另一方面并不否认接受了莎剧的影响，说"三十年前读过兰谟的《莎翁本事》(林纾译《英国诗人吟边燕语》)向暴风雨愤怒的一段大概也是有的"。

莎士比亚悲剧中的正面女性形象，如《哈姆雷特》中的奥菲利娅，《奥塞罗》中的苔丝狄蒙娜，《李尔王》中的考狄利亚和《罗密欧与朱丽叶》中的朱丽叶等，都是爱的情感的化身。在这些人物身上，作者倾注了深厚的情感。这种情感的基础便是作者和那个人文时代的先驱者们所崇尚的理想人性。作者认为，在那个善恶共存、真伪混淆、美丑并生的时代里，只有基于理想人性的爱代表着真善美。他的女性就是真善美的象征。这些女性具有强烈的、执着的爱的欲望，欲望与完成之间的矛盾构成她们心灵中的悲剧性冲突。因为她们的爱的欲望反映和代表着那个时代人性解放的普遍要求，所以它所焕发出的热烈真挚的情感和情绪，便具有了理想美的价值，从而唤起人们的共鸣和同情；由这欲望所产生的人物的死，也便成为美的毁灭而具有悲剧意义。如奥菲利娅便是在爱的情感中生活的爱之神。父亲被洛涅斯的爱，哥哥雷欧提斯的爱和情人哈姆雷特的爱，成为她生命的支柱，幸福的泉源。当这些爱的支柱一旦倾倒，她的生命之火也便顿然熄灭。她的价值不在于在善恶斗争中作了什么，而在于她爱的纯真、执着和热烈。其他如考狄利、娅苔丝狄蒙娜和朱丽叶等人物，也都是为爱而生，为爱而死，她们的性格是爱的蜡烛所燃起的心灵之火。情感化是这些人物的主要特征，离开这个特征，就无法理解这些人物在作品中的意义。

郭沫若悲剧中的正面女性形象，如婵娟、聂嫈、如姬、春姑、怀贞、阿盖和魏太妃等，也都是美的情感与美的心灵的化身，在情感化这一点上，显然受着莎士比亚的

① 《我怎样写五幕史剧〈屈原〉》。

影响。这些女性和莎剧中同类人物一样，都具有超人的情感力量。她们美好的心灵和坚贞的意志力都是通过爱的情感力量表现出来的。所不同的只是莎剧中的爱主要是情爱，而郭剧中的爱已超越了情爱，具有广泛的内容。如阿盖对于段功的爱，不但冲破民族的偏见和政治压力，而且超越了生死，终于以身殉情。这爱情所显示的力量与莎剧中朱丽叶等人物的爱情力量是相同的。但像如姬、婵娟、春姑、怀贞等多数人物的爱却是仁爱。它具有情爱所不可企及的博大和无私。这博大和无私表现为个体融合于整体后而获得的永恒性。爱情的力量可以超越生命，但殉情的死毕竟是痛苦的，它引起人们怜悯；仁爱的力量使人透过个体与整体的关系看到生命的永恒性，感到为整体利益而死，正是个体的永生，从而使死不再成为痛苦和恐惧，而成为崇高的英雄壮举。这种仁爱的情感是郭沫若悲剧中正面女性人物的主要情感，这种情感在莎剧中却很少见，唯苔丝狄蒙娜的情感中有此因素，但十分淡薄。

二

情感化悲剧不是不表现人物性格，而是从情感角度去表现人物的心灵，从而使人物性格内在化和心灵化。我们必须从这样的角度来评价莎士比亚在塑造和描写人物方面的艺术造诣。在人物情感的表现上，莎士比亚至少在以下三个方面提供了前人未曾提供的丰富经验。

首先是善于表现人物情感的丰富性。作者不是静止地、孤立地描写人物的某一种情感，而是在人物欲望与完成的冲突中去描写情感的发展与变化，使情绪色彩呈现出多样性。如哈姆雷特的性格特征是忧郁与犹豫，但他的情感却不是单一的忧伤与缠绵。在他的情感中既有对善良者的怜悯，又有对奸恶者的憎恨；既有孱弱者的馁气，也有复仇者的豪情。忧郁只是这丰富纷纭的多种情感音符中的主旋律。情感的丰富性还表现在情感内容的多层次性。如哈姆雷特同母亲乔特鲁德之间的情感就明显的具有多层次性。既有爱怜，也有憎恶和怨恨；既是伦理的，又是政治的。这种情感的多层次性是由他们之间关系的复杂性决定的。

郭沫若悲剧中人物情感的丰富性，也同样表现为情绪色彩的多样性和情感内容的多层次性。屈原、如姬、高渐离等人物都具有这一特征。屈原的情感就内容看主要是爱国主义的。它贯彻于人物精神活动的始终。但人物的情绪色彩却随着剧情的发展而变化。如把剧情的发展分为主要的三个阶段，那么每阶段的情绪色彩都不同。第一阶段以《桔颂》为标志，表现为纯真；第二阶段以《惜颂》为标志，表现为愤激；第三阶段以《雷电颂》为标志，表现为豪壮。情感内容的多层次性，更为明显。如屈原与婵娟之间的情感，一般也可以用“爱”来概括。但这“爱”是多层次的。按照一般观念，这“爱”的内容至少可以分为以下三个层次：第一，伦理的层次（师生、长幼、主仆之爱）；第二，思想的层次（真理、正义之爱）；第三，政治的层次（祖国之爱）。这三个层次的浑然一体，就使情感具有极其丰富浑厚的内涵。同样，如姬与信陵君，怀贞与高渐离，聂嫈、春姑与聂政等，他们之间的情感也都是多层次的。

情感的丰富性与真实性是分不开的。只有人物的心灵和个性摆脱了一切束缚与障碍使情感真实地、自由地表现出来时，情感的丰富性才成为可能。莎士比亚所处的时代是以人性解放为标志的人文时代。人物情感的丰富性和真实性正是人性解放在文艺上的反映。

其次，表现人物情感的深刻性。即不仅写出情感产生的生理的、性格的原因，而且写出情感同社会时代的联系。而这个联系在悲剧人物身上又是通过情与智的关系体现的。在莎士比亚的悲剧中，人物的精神活动都是从智、情、意三个相互关联的方面表现的，由智生情，由情达意。智是产生情感与意志的基础。因此，情的深刻与否是由智的内容决定的。广义的智是指人的才智和能力。而在莎士比亚的悲剧中，悲剧人物的智是指人物对宇宙和人生的观念，即人生观和宇宙观。因而，其悲剧情感也因为与人生观、宇宙观的联系而具有深刻性及普遍性，如哈姆雷特的忧郁，固然可以说它产生于忧郁的性格。但从根本上看却是由他那人本主义的观念所决定的。哈姆雷特是一个人本主义者。在他的观念中有一个理想人性的天国，在那里生活的人类，都有高贵的理性，优美的仪表，文雅的举动和天神一样的智慧。但当他踏进地上的王国时，却是满目奸诈和污秽。于是他观念中的理想便与现实产生了尖锐的不可调和的矛盾。忧郁便是这矛盾的产物。在作品中，作者通过人物的口已讲出了情感产生的上述原因。

最能体现情感深刻性的是悲剧人物死亡时的情感，这种情感反映着人物对于死亡的观念。在莎士比亚的悲剧中，悲剧人物对于死亡不仅没有恐惧感，反而往往产生出一种欲望完成时的超脱感和快感，在悲剧中把这种现象叫作“和解”。莎士比亚悲剧中人物“和解”时的情感却同样表现了人本主义时代崇高理想人性的观念。从这种观念看来，人性美是至高无上的，以生命的死亡换取人性美的永存是人生的最大追求和满足。苔丝狄蒙娜死于坏人的阴谋构陷和丈夫的嫉妒，但她死得很坦然。这是因为她坚信自己的行为并未有亵渎人性。奥塞罗由于轻信和嫉妒亲手杀死了爱他的妻子，是有罪的。但他的罪行却不能激起人们对犯罪者的厌恶憎恨。这是因为他杀人的主观动机是爱，是维护人性的纯洁。苔丝狄蒙娜代表人性善，伊阿古代表人性恶，奥塞罗在客观上作了抑善扬恶的帮凶。对于人性的亵渎造成他灵魂中不可弥补的创伤和精神上无法解脱的痛苦。他的自杀，从消极方面看是向死者赎罪以求精神解脱；从积极方面看则同他犯罪的主观动机一样，是对于人性美的追求。所以，他对于死的情感，虽也有痛苦，但更多的却是欲望得以完成、痛苦趋于解脱时的轻快感。在莎士比亚的悲剧中，"解脱"时的情感都给人这样一种印象；英雄人物虽然在一种意义上和从外在方面看来失败了，却在另一种意义上高于他周围的世界，从某种方式看来，并没有受到击败他的命运的损害，与其说被夺去了生命，毋宁说从生命中得到了解脱，这在另一种意义上高于他周围的世界的东西，便是对于人性美的追求以及这种追求的完成在精神上的满足。总之，莎剧中悲剧人物情感的深刻性，就在于它同文艺复兴时代标志时代精神的人文主义血脉相通。它是那个特定的时代思潮的广阔海面上飞溅起的浪花。

悲剧人物情感的深刻性在郭沫若的历史悲剧中，表现为悲剧情感同历史精神的联系。如在以先秦史事为题材的悲剧中，悲剧人物的崇高情感都来自"杀身成仁，舍生取义"的观念。而这个观念深刻地反映和概括着春秋战国时代的历史精神。春秋战国时代是我国由奴隶制向封建制过渡的社会大变革时代。"仁义"的思想便是这变革要求在人们思想观念上的反映，也就是那个时代的历史精神。屈原、高渐离、如姬、信陵君、聂政等悲剧人物都是具有仁义思想的时代前驱者。"仁义"成为他们追求的政治理想和道德理想。"杀身成仁，舍生取义"是他们确认行为和生命价值的最高准则。悲剧的情感就是基于这种观念而产生的。《屈原》《高渐离》《虎符》《棠棣之花》四个史剧所以都以反秦为主题，正是由作者对历史精神的上述理解所决定的。从仁义的观念看来，秦的刑政是反乎仁义的，反秦就是维护仁义。因此，为反秦而死，就是"杀身成仁，舍生取义"，就使生命获得了最高价值。郭沫若上述历史悲剧中的悲剧人物无不以此观念来看待生死，所以死在他们心灵中所生的情感都是崇高的。在其他的几个历史悲剧中，悲剧人物的情感也都反映着特定时代代表历史方向的思想观念，如《王昭君》《卓文君》中悲剧人物的情感，反映着否定男性中心道德的观念和男女平权的社会要求。又如夏完淳那壮怀激烈的悲剧情感来自他的民族气节观，而这气节观，在那个民族压迫的时代，是体现历史进步要求的新观念。

总之把悲剧人物的情感放到与特定时代的思想观念的联系中描写，从而显示其深刻性，是郭沫若与莎士比亚在悲剧人物描写中的共同点。但由于时代精神及作者思想观念的不同，所以情感的深度和内容也就不同。

第三，表现悲剧人物情感的刺激性。莎士比亚很注意通过夸张悲剧人物情感的强度来激发观众。他所运用的主要手法是：(1) 设置具有强烈刺激性的抒情场面；(2) 以人物的精神变态强化情感的刺激力（写李尔王、奥菲利娅疯癫，哈姆雷特佯狂)。

郭沫若在悲剧人物的描写中也同样注重情感的刺激性,并且所用的手法也与莎剧大致相同。如《屈原》的雷电独白场面,就是典型的莎士比亚式的抒情场面。在这里,作者完全运用了莎士比亚所惯用的以自然力(风雷电)和死亡(婵娟的死)衬托与强化悲剧情感刺激力的手法。其他像如姬、高渐离、夏完淳、聂嫈等人物的抒情场面,也都笼罩着死亡和自然力所构成的具有刺激性的气氛。为表现情感的巨大强度,作者也像莎士比亚那样描写人物的精神失常和幻觉。如为表现屈原被诬陷后情感的极度悲愤,就写他精神失常,以及由此引起的"招魂"。这就使以悲愤为基调的悲剧情感得以巨大夸张,从而对观众产生了强烈的刺激力。此外写阿盖在段功死亡后精神突然失常,也具有同样的意义。幻觉是人的精神在强烈的外部刺激下紧张度达到极致时的异常表现。描写幻觉是莎士比亚惯用的方法。作者也同样采用了。如写高渐离情感的博大、无私时,就运用了人物的幻觉。他那矐目后的独白所描绘的宇宙爱的美好境界,显然是将只能诉诸内在感官的抽象的情感因素化作主人公的幻觉形象表现出来的。同样屈原的雷电独白所描写的自然力和鬼神的形象也有幻觉的成分,如姬在自杀前眼前也时时浮现幻觉的形象,幻觉是人的生理现象,但也是意识活动,它反映着人物的思想观念。莎剧中人物的幻觉往往有更多的神秘和迷信色彩,便是由人物的鬼神观念所决定的。而这种鬼神观念在郭沫若悲剧人物的意识中已不复存在,故幻觉也就不再有莎剧中的神秘和迷信色彩。

总之,注重于表现情感的丰富性、深刻性和刺激性,是莎士比亚也是郭沫若描写悲剧人物的主要手法,正是这样的描写,才使他们的悲剧人物成为心灵化、内在化和情感化的人物。

三

悲剧的情感化从根本上说是语言的情感化。因为任何人物的情感归根到底都是通过语言表现的。情感化戏剧语言的创造,是莎士比亚作为戏剧语言大师的杰出贡献之一。莎士比亚戏剧语言具有四个鲜明特征,这便是节奏性、夸张性、丰富性和哲理性。这四个特征也同样表现在郭沫若的历史悲剧中。

在郭沫若的悲剧中,语言的节奏性成为表现戏剧情感运动和情绪色彩的主要手段。它不仅体现在人物的台词中,形成与情绪发展相适应的内在韵律,使人物语言具有诗的音乐美;而且运用于描写戏剧环境与气氛的文字中,构成戏剧气氛的节奏，使戏剧环境具有诗的意境美。语言的夸张性在郭剧中不是一般修辞学上的意义。作者总是调动一切修辞手段来夸张悲剧情感、悲剧情节、悲剧人物和悲剧气氛。这一系列的夸张手段便形成语言的夸张性。但造成语言夸张性的最主要的形式是作者移情于物的表情方式。作者不是让人物的情感和冲动直接抒发，而是寄情于物，化为幻想、联想中的色彩鲜明，气韵生动的形象夸张地描绘出来，这种表情方式便形成语言的巨大夸张性。如屈原的雷电独白是最典型的夸张性语言，其夸张性主要表现在对于风雷电巨大、生动形象的夸张性描绘。高渐离矐目后的独白，其语言的夸张性也同样是通过对于幻想世界的夸张性描绘表现的。历史悲剧所描写的是历史生活和古代人物，这就要戏剧人物的语言既要现代人能懂而又要具有历史的真实性。作者根据这个特殊要求，从现代汉语和古代汉语两个方面吸取营养，创造以现代语为根干吸收现代汉语和古代汉语两种精华的史剧语言。这种史剧语言的创造就是对现代汉语的丰富。它使史剧语言既具有现实性又具有历史的真实性；既有现代汉语的通俗生动又有古代汉语的凝炼深邃。在郭沫若的悲剧中，语言的哲理性主要表现为语言的高度概括力。人物往往以精炼的语言概括一个深刻的思想或揭示出隐藏在事物内部的规律。如《虎符》中信陵君关于"治国"思想的阐述，侯嬴和如姬对于生死的阐述，《南冠草》中夏完淳对于气节的阐述，《屈原》中屈原关于人生观的阐述等等，都是具有哲理性的语言。

任何事物都有两面性，情感化语言一方面以它上述属性构成悲剧情感化的特点，另一方面却由于它缺乏性格化和节制性而具有局限性。托尔斯泰在《论莎士比亚及其戏剧》一文中曾以严正的态度批评过这种情感化语言的上述局限性。他指出莎士比亚的戏剧语言有两个明显的致命弱点，其一是没有性格化。他说："当读莎士比亚的随便那个剧作时，一开头我就毫无疑问地确信莎士比亚缺乏一种主要的（如果说不是唯一的）塑造性格的手段——'语言'，亦即让每个人物用合乎他性格的语言来说话，这是莎士比亚所没有的。莎士比亚笔下的所有人物，说的不是他自己的语言，而常常是千篇一律的莎士比亚式的，刻意求工，矫揉造作的语言，这些语言不仅塑造出的剧中人物，任何活人在任何时间和任何地点都不会用来说话的。"又说："一个人物的语言可以出于别个人物之口，不能由语言的特点来辨别说话的是谁。假如说莎士比亚的人物说的话也有差别的话，那只是莎士比亚替自己人物说的不同的话，而不是他的人物所说的。"其二，没有节制性与分寸感。他说："这些人物还都犯了语言没有节制的通病。情人和赴死者，斗士和奄奄待毙的人，都会出人意料地说上一大通风马牛不相关的事情……。"又说："没有分寸感就不会有艺术家，尤其是剧作家，而莎士比亚却完全没有分寸感。"

托尔斯泰毕竟是伟大的艺术家，他在八十多年前写下的批评文字至今仍有理论上的指导意义。托尔斯泰是完全以性格化悲剧的理论来批评莎剧的，但从批评中我们仍然可以得到以下深刻的启示：(1) 莎士比亚的悲剧是情感化悲剧。情感化悲剧的特点是重在悲剧情感的描写而不重于悲剧性格的塑造。情感化悲剧与性格化悲剧相比具有三个弱点，这便是悲剧性格不突出，悲剧语言缺乏性格化特点和必要的节制性与分寸感。(2) 莎士比亚悲剧的艺术魅力不来自悲剧性格而来自悲剧情感。莎士比亚深邃的艺术造诣不在于他在性格描写方面掌握了性格运动的法则，而在于他“刻画情感活动的巧妙方法”真正体现了情感运动的客观规律。

托尔斯泰批评的理论深度在于它不仅指出了莎士比亚悲剧的特点和弱点，而且同时使人认识到莎士比亚悲剧的特点和弱点正表现了同类悲剧的共性，它正是一切情感化悲剧的特征。我们所以说郭沫若的悲剧是情感化悲剧，除上文所论的原因外，还因为它表现着托尔斯泰所指出的莎剧所具有的上述特点和弱点。

从悲剧性格的塑造看，郭沫若的悲剧存在着同莎剧一样的弱点，情感的丰富性和性格的单一性是郭沫若悲剧中悲剧人物的鲜明特点。悲剧人物虽然很多，但从性格上来看却大致属于一个类型，这便是屈原型。如果把其他悲剧人物同屈原加以对照便明显地看到在性格上有以下共同性：(1) 从性格外在特征看形体性动作与活动少，而情感性动作与活动多，这是诗人气质的表现。(2) 从性格内在特征看都具有观念型的思维活动方式，这便是以智为情和意的基础，总是以理性观念的运动来推动情感和意志的发展，如“仁义”的观念几乎成为所有悲剧人物情感与意志发展的动力。(3) 从表情方式和语言风格看都注入了作者的自我气质，自我气质的注入更加消弱了悲剧人物的个性，但这些相同点大都表现在主要悲剧人物身上，而一些次要人物和反面人物则因不具有上述共同性而显示出各自的个性特征，这一点也正与莎剧相同。

缺乏性格化是郭沫若悲剧人物语言的明显弱点。郭沫若悲剧中主要悲剧人物的思维活动方式大致都属于观念型的。思维方式的单一性决定其语言表达方式的单一性，这种单一性的语言表达方式的特征是观念推理与情感的夸张描绘相结合，这个特征几乎表现在所有悲剧人物的台词中，在作者精心设置的那些人物的长篇抒情独白中表现尤为明显。这种单一的语言表达方式虽然反映了一类性格的共同特征，却不能表现每个人物独特的个性，因此不能算作性格化语言，没有节制性和分寸感的缺点在郭沫若的悲剧人物的语言中表现也很明显，这是由于过分强调人物的情感化所造成的。

从以上的对照可以清晰地看到，莎士比亚悲剧中的弱点几乎以同样的方式存在于郭沫若的悲剧中。但这些外部相同的弱点并不是郭沫若的悲剧艺术同莎士比亚悲剧艺术的本质联系。能说明其本质联系的是这些相同的弱点都来自情感化的特点,即都是由情感化规律所决定的情感化悲剧所必具的特点。这就从另一个角度证明情感化才是郭沫若与莎士比亚的本质联系。郭沫若历史悲剧的莎士比亚化从根本上讲就是悲剧的情感化。

1988—1989年：

乡土作家之路*

——论沈从文的创作道路

一

一个乡土作家的生命之根总是深扎在他出生的乡土里，也就是将自己的生命同乡土的自然界与人生世界同化。20岁以前的沈从文所经历的人生历程，就正是这生命与乡土同化的过程。

从人的个体生命发展历史来看，人对于客观世界的接触与了解，都是首先从自然领域开始而后进入社会领域的。因此，童年时代的世界主要是自然世界。正是在这里表现了人与自然的契合，亦即主体生命与自然世界的同化。这个特点在每个作家特别是乡土文学作家的经验中都有表现，但以沈从文为最突出和典型。在沈从文的童年时期，生命与乡土自然世界的同化，主要不是表现在他对生存的自然环境和自然风物烂熟于心，掌握了关于它们的最丰富生动的知识和资料，而是主要指他的生命由于一颗爱自然充满幻想与猎奇意识的童心，在同自然的接触中达到了彼此契合的程度。这种契合突出表现在两点上：其一，是以感官为契机将独特生动的乡土自然世界转化为主体生命的感觉和由这感觉而生的爱的情感。《自传》中曾记录了大量的这类事实。自然世界既经转化为主体生命的一部分，就具有了主观的情绪的和幻想的色彩；正是这一因素才使对童年时代乡土自然世界的回忆，成为乡土作家共同的永恒主题。如鲁迅的《故乡》《社戏》《从百草园到三味书屋》等，都是这方面的成例。其二，通过审美的契机以自然世界美的品格陶冶主体生命的性格。"水"是湘西自然世界的主体形象。湘西乡土独特的自然美，正是水和由水而生的桔柚构成的。作者在《长河》中曾深情地描绘了他对这自然美的童年时代的记忆。这美丽动人的水的故乡正是陶冶浸染沈从文幼小生命的摇篮。沈从文从小就最喜欢水，是水首先引起他对大自然的凝眸和向往，作了逃学的顽童，去"同一切

* 《聊城师范学院学报》1988年第4期。

自然相亲近”。他与水结了不解之缘，水成了他生命肉体和情感须臾不能分离的东西。十四岁前他在镇筸水乡接受水的陶冶；十四岁以后他到了常德，进一步经历了在水上飘流的生活，在沅江流域上下千里各个地方大约住过五六年。① 作者后来把这一段“青年人生教育”叫作“水上教育”。所谓“水上教育”也就是水的自然品格对于少年沈从文性格的影响和陶冶。沈从文主体生命的主要特征，即情感与心态特征是与水的品性极其相似的，可以说表现了与水的自然品性的同化。如(1) 流动性的情感特征和思维特征。他秉性好动思维敏捷，善于思索和幻想，既能从眼前人事进行抽象，而又常凝眸未来，在虚幻世界里驰骋。他认为这种情感和思维特征正来自童年时代水的影响。他后来说：“我感情流动而不凝固，一派清波给予我的影响实在不小。我幼小时较美丽的生活，大部分都与水不能分离。我的母校可以说是在水边的。我认识美，学会思索，水对我有极大的关系。”②(2) 以柔克刚的意志特征。沈从文具有湘西人独有的性格：“坚忍、执着、勤奋、乐观、幽默。有自己的见地，默默工作，从不计较名利”。这性格基本特征是柔中有刚，以柔克刚。正如有的评论者所说：“这正有如湘西的水，澄沏、温柔、透明。带着山花和乡土气息，萦回曲折，不停地向前流去。看似随和，一望见底，但又是十分坚忍的，有一股无形的力，可以水滴石穿！”③(3) 纯洁的心灵特征，即“童心”。童心是沈从文心灵最突出的特征。他总是以纯洁无私、天真无邪的眼睛和心灵关照人事，凝眸自然，思考人生。他把童心作为个体生命和整个人类最美好的心灵表现在作品里并加以歌颂。他曾这样夸张地描绘过“童心”在他的作品中和人类情感、意识中的地位和意义：“所有故事都是从同一土壤中培养生长，这土壤别名‘童心’。一个民族缺少童心时，即无宗教信仰，无文学艺术，无科学思想，无燃烧感情实证真理的勇气和诚心。童心在人类生命中消失时，一切意义即全部失去其意义，历史文化即转入停顿、死灭，恢复中古时代的黑暗和愚蠢，进而形成一个较长时期的蒙昧和残暴，使人类倒退回复吃人肉的状态中去。”④童心是人与自然契合的产物，对少年沈从文来讲；这与自然的契合，也可以说是性格与水的同化。

总之，作为乡土作家的沈从文，在童年时代，其主体生命与乡土自然世界有一个同化过程。所谓同化就是主体生命在与自然世界的接触中通过感觉和审美的契机达到相互契合，而使主体生命的情感、心灵、气质、性情等都具有鲜明的乡土自然世界的特征，这性格特征表现在创作中，便形成作品的浓郁的乡土气息。这种乡土气息特别

---

① 《湘西》。
② 《从文自传》。
③ 柯原：《湘西，清清的溪水》。
④ 《青色魇》。

鲜明地蕴含在关于乡土自然世界的描写中，构成沈从文乡土文学独特的自然美。

沈从文童年时代还有一个主体生命与乡土文化同化的过程。这方面的生动内容在《自传》和其他作品中都有详尽的记录。

所谓沈从文主体生命与乡土文化的同化，是指他从童年开始就接受乡土文化熏陶教育逐步将其化为主体生命的内容，并且随着人生经验的增进和知识的加深，在观念上和情感上同这种文化达到了和谐的统一。也就是湘西乡土文化培养了沈从文独有的与“城中人”不同的文化观念与生活习性，使他成为一个永远以湘西乡土文化的眼光来看人生社会的“乡下人”。这个结果在沈从文的所有作品中都突出地表现出来。

湘西社会文化的原始形态，形成了沈从文“自然主义”的文化观。这种文化观的基本点是“人与自然契合”，即“天人合一”。正是由此出发，沈从文在他后来的作品中不仅对童年记忆中原始性的乡土文化表现了深挚的爱恋之情，而且将其作为“社会重造”、建构理想“人生形式”的现实参照模式。沈从文在他童年生活的回忆里总是把乡土文化的原始性作为人性美加以深情地描写，认为这种原始性文化正因为带着粗犷的野性，才真实地表现了强盛的生命力，也就是表现了自然的人性；而他认为自然是人性的本体，只有合乎自然，与自然契合的人性才是美的。沈从文认为湘西原始性的乡土文化是“神尚未解体的时代”的文化。“神性”是这文化的主体性特征，而“神性”的存在又是以人性和人生存形式的自然性为其基础的。正是从这观点出发，他把湘西乡土文化同“神已解体的时代”的都市文化严格区分开来。他说：“在哲学观念上，我认为‘神’之一字在人生方面虽有它的意义，但它已成为历史的，已给都市文明弄下流，不必需存在，不能够存在了。在都市里它竟可以说是虚伪的象征，保护人类的愚昧，遮饰人类的残忍，更从而增加人类的丑恶。但看看刚才的仪式（祭神仪式——引者注），我才明白神之存在，依然如故。不过它的庄严和美丽，是需要某种条件的，这条件就是人生情感的朴素，观念的单纯，以及环境的牧歌性。神仰赖这种条件方能产生，方能增加人生的美丽。缺少了这些条件，神就灭亡。”又说：“以为神能够左右人，且接受人的贿赂和谄谀，因之向神祈请不可能的福佑，与不可免的灾害，这只是都市中人愚夫愚妇才有的事。神在我们完全是另一观念。”①在这里，作者从对比中提出了两种相对立的关于“神”的观念和“人生形式”的观念。两种“神”的观念，一种是把“神”作为灵欲的象征，虔诚地信仰它，在信仰中表现了人类情感的纯真；一种是将“神”当作物欲的工具，贪心地利用它，在利用中暴露了人类精神的堕落。两种人生形式的观念，一种是自然人生形式的观念，认

① 《凤子·题记》。

为“神尚未解体的”自然的人生形式是理想的“人生形式”。这种人生形式的主要特征是：(1)“人生情感的朴素”；(2)“观念的单纯”；(3)“环境的牧歌性”。与此相对立的另一种“人生形式”的观念是“都市人生形式”的观念。这种观念所认可的“人生形式”是以“神的解体”和人与自然的远离为其特征的人生形式。在这种文化观念的比较中，作者的观点是十分鲜明的。他不但申明自己的文化观是自然主义的文化观，并且深刻阐述了这种文化观与湘西乡土文化的联系，即它是作者主体生命与乡土文化同化和对乡土文化“抽象”的产物。他更进一步从这一文化观出发，以湘西乡土文化为参照模式提出“重新创造”“神”的时代，“用抽象的神”，“给新的生命一种刺激启迪”，以阻止人性“退化现象的扩大”。① 从这一文化观出发，他批判了传统的扭曲人性的一切旧文化道德信条，公然以顺乎自然的生命力作为人性美的标志。

综上所述，可以得出的结论是：20 岁以前的沈从文，其人生历程是其主体生命与乡土同化的过程。这个同化过程从内容上分为两个相联系的阶段：其一，是与乡土自然世界同化的阶段；其二，是与乡土文化同化的阶段。与自然世界的同化使作者主体生命获得乡土自然的独特品性，亦即获得了性格形成与发展的自然基因；与乡土文化的同化使作者的主体生命在乡土文化陶冶下形成了与都市文化相对立的文化观念，这种文化观念正是作者性格形成与发展的社会基因。两方面共同的结果是形成沈从文“乡下人”独有的性格情感和心态。从而奠定了他后来成为乡土文学家的坚实而深厚的基础。

二

五四思想启蒙运动的浪潮，几乎触及那个时代所有知识青年的心灵。处在偏远湘西的沈从文也受到新思想的冲击。思想的转机，引起沈从文对于人生道路新的思考。他决定走出生活二十年的湘西乡土世界，到另一个开放文明的都市世界里去进大学读书，接受新文化的理性启蒙。也就是走五四时代思想启蒙家们共同的理性启蒙之路。从 1923 年至 1933 年，这十年间，沈从文从北京到上海到武昌到青岛，然后又回到北京，在都市世界里走了一个圆，饱读了用都市上层社会人事写成的大书，对都市文化有了极其深入的观察与体验。

中国现代作家，特别是乡土文学的作家，大部分出身于农村，有的虽然在新文

---

① 《废邮存底》。

化思潮的浸染下具有彻底反封建传统文化的意识，但在情感上、生活方式上甚至意识、观念上，也总与乡土保持着深切的联系。当他们目睹中国城市上层社会的腐朽时，便自然产生出一种城乡对比的意识。这便是以记忆中美好童年时代童心化了的乡土人事同现实中龌龊的物欲化了的都市生活相对比。在他们的意识中，乡土人事是美好的，但已成过去；城市生活是丑恶的，却是目睹身受的现实。所以，这种对比意识总是带有感伤的批判色彩。城乡对比意识不仅是沈从文创作的导因，潜藏在他创作的动机里，而且成为他这个时期人生体验的结果，即人生的感悟，明显的体现在他的创作中，形成他作品的独特风貌。

首先城乡对比意识形成了沈从文小说总体的特点。这便是乡土世界与城市世界相对比的宏观结构。沈从文的小说，不像鲁迅的《故乡》那样，在一篇作品中将两个世界相对照，而是在城乡对比意识支配下去分别写乡土生活和城市生活两种不同的题材，从总体上构成两个世界的对比。如果把他的小说创作划为五个阶段，则可以看到城乡题材呈现如下的比例：第一阶段(1925—1927)乡土题材 74%，城市题材 26%；第二阶段(1928—1930)乡土题材 67%，城市题材 33%；第三阶段(1931—1933)乡土题材 32%，城市题材 68%；第四阶段(1933—1936)乡土题材 71%，城市题材 29%；第五阶段(1937—1945)乡土题材 50%，城市题材 50%。总体比例是乡土题材约占 60%，城市和其他题材约占 40%。这两类不同题材的小说分别描写了两个相对立的世界：具有淳朴自然美和人性美的湘西乡土世界和人性堕落充满丑恶的都市世界。沈从文独特的人生感悟、美学理想和社会思想倾向以及作品的社会意义，都是在这两个世界的对比中体现出来的。

在沈从文的小说中城乡对比意识的另一个表现是形成作品中两类人物性格的对比，这便是诚实质朴、生命力旺盛的“乡下人”性格和虚伪自私、生命力萎靡的“城市人”性格的对比。这两类性格在沈从文小说中构成了两个系列，相互映照、比较，体现了作者独特的“乡下人”的道德观念和美学理想。作者从生命的角度对上述两种性格作出评价。他把生命力的强盛和心灵的诚实作为人性美的标志，从而认为“乡下人”健康诚实的性格蕴含着人性美，而“城市人”的性格萎靡、虚伪表现着人性的堕落。因此，在他们的小说中这两类人物性格实质上各自表现着人性两个对立的方面。作者的生命哲学和以此为基础提出的“社会与国家重造”的理想，在小说中都是通过上述人性的对比体现出来的。

上述作品的宏观结构和人物系列都是作家意识的外在表现，即城乡对比意识的外化。它是作家意识的一个浅层次。沿着这个线索深入分析即可窥见沈从文作品中所蕴含的更为深刻的人生感悟——关于生命的哲学，这是在城乡两种人生对比中作者对于人生宏观认识后而产生的深层次的意识。

所谓生命哲学，就是从生命角度认识和解释人生的哲学。它认为人生是生命现象，而生命有两种不同的形式：其一是现实的具体的形式；其二是理想的抽象的形式。也可以说，一种是现实的存在于“有形社会”中的生命，另一种是理想的存在于“无形观念”中的生命。智、情、意本是生命的基本属性，但在这三个方面，上属两种生命存在着尖锐的对立。理想的生命将智慧视为美而倾心，并且能通过光影形线来感受它；而现实的生命则因囿于“物欲”之中，对抽象的美毫无感兴。情感是生命的属性。现实生命的情感以“物欲”（“情欲”或“道德”名分）为基础，而理想生命的情感则建筑在“灵欲”（“抽象美”）的基础上。前一种情感产生于“生活”而可以在“生活”中得以满足；后一种情感产生于对人生的“抽象”，因此总与“生活”相对立，永不得满足。意志是生命生存与发展的条件。它产生于智与情。现实生命由于“物欲”的满足往往失去其意志而恢复其动物懒惰的本性，从而使生命呈现出萎靡状态。作者称这种丧失生命力的人为“阉寺者”或“阉人”。他把意志力的养成看作国家民族重造的关键。

上述生命哲学，显然是从城乡两个生命世界的对比中产生的。作者的观点是城市人精神堕落反映了生命“物欲”化后所产生的种种弱点；“乡下人”的性格中虽然尚保留着愚昧粗野的原始性，但却是未经“物欲”化的自然生命形态。他的理想是以“乡下人”的原始生命形式为基础培养理想的人性，即理想的生命形式。他把培养这种理想的人性，作为自己创作的宗旨。

生命哲学是五四时期思想启蒙家们普遍采用的理论武器，鲁迅的进化论，郭沫若的泛神论，都以生命哲学为其根本。但他们的生命哲学是在西方外来文化深刻影响下形成的，带有鲜明的先验理性色彩。而沈从文的生命哲学，则是他自己的人生感悟，具有经验感性特点。

总之，沈从文始终走着一条与启蒙主义者们不同的人生体验的道路。这条道路可以从 1922 年为界分为两个不同的阶段：前一阶段是作者主体生命与乡土世界同化的阶段；后一阶段则是作者在城乡两个世界的对比中对人生进行“抽象”思索的阶段，即人生感悟的阶段。后一阶段是前一阶段的发展与深化，正是在这一阶段形成的城乡对比意识及其深刻的人生感悟——生命哲学，决定了沈从文思想创作的总体特征。

三

人生体验的道路，决定了沈从文独特的文化心态——重经验重感性的心态，同时也形成了他文学观的独特内容。五四以来多数作家都持启蒙主义观点，将文学作为理性启蒙的工具；而沈从文则从人生体验出发，把文学视为人生的感悟。

他所谓的人生感悟，就是作家在丰富的人生体验基础上，通过对人生经验的抽象思索所获得的“美的发现”。他认为以人生为对象的文学，其实质性内容就是作家关于人生“美的发现”的记录。他以生命解释人生，从而认为人生的美，即人性美，它的内容主要包括以下三方面：其一，智慧美。它表现为生命“造形”的“精巧”与“完美”，生命形式组织的井然有序。其二，情感美。他认为生命最美的情感是爱，是完全摆脱了“情欲”与“道德”名分，以“抽象美”（即理想、信仰等无形观念）为基础的爱。其三，意志美，即生命力的美，生命力的基础是“由新的理性产生的‘意志’”，而这所谓新的理性，就是从生物学新陈代谢的自然规律派生出来的关于生存竞争的理论。显然，从他上述的认识来看，所谓“美的发现”，也就是对于理想人性的发现，而这理想人性的主要内容则是智慧美、情感美和意志美。

沈从文还认为作为理想人性的“美”，虽以人生中的具体人事为其基础，但并不等于具体的人事，而是对于具体人事的抽象。因此，“美固无所不在”，而能发现它的却只有那些能对人生体验进行“抽象思索”的人。也就是说，一个作家只有在丰富人生体验的基础上，通过自己敏锐的感官对人生现象进行抽象思索，才能进入人生感悟阶段，从而发现美的存在，产生艺术创作冲动。为此，他特别强调作家对于人生“抽象思索”的能力，把这种能力看作艺术成就的决定性因素。他把具有这种能力的作家叫作“为抽象而发疯”的异于常人的“痴汉”，说他们因“对于美特具敏感”，所以，行为往往“与多数人庸俗利害观念冲突”，“然一切文学美术以及人类思想组织上巨大成就，常唯痴汉有份”①。他从自身体验出发，阐述了一个作家进行人生抽象思索的条件，这便是彻底超越“物欲”世界而置身于“灵欲”之境，实行灵魂和环境的两个净化，所谓灵魂的净化，是指作家的主体生命，要克服动物本性，从“生活”所必需的“金钱”“世务”“习俗”等桎梏中解放出来，而倾心于理想美的追求，也就是倾心于思索和探究生命的根本意义与价值。所谓环境的净化，是指作家在对人生进行抽象时，必须有一个“单独”的与外物隔绝的环境。作者曾以徐志摩的经验为例，说明环境净化对于美的感受力的影响。

沈从文视文学为人生的感悟，却不否认文学的社会作用。相反，他也认为文学是改造社会人生的“工具”。他正是从这个角度理解五四文学革命的意义，认为文学革命“实包含‘工具重造’，‘工具重用’两个目标”。在40年代，他又明确指出“用文学作工具”，“去摧毁重建”，“由庸俗腐败小气自私市侩人生观建筑的有形社会和

---

① 《潜渊》。

无形观念"的主张。但从他关于文学社会作用的全部论述和创作实践来看,他所谓的文学改造社会的内容,主要是指对于人性的改造,即通过生命的智慧美、情感美和意志美的培养,促进"人格的自觉",从而焕发整个国家和民族的生命力,求得社会的生存与发展。他把培养人性美的途径概括为"美和爱的新宗教"。他认为现实的"政治、哲学、美术,背面都给一个市侩人生观在推行","实需要一种美和爱的新宗教,来煽起更年青一辈做人的热诚,激发其生命的抽象搜寻,对人类明日未来向上合理的一切设计,都产生一种崇高庄严感情",只有这样,"国家民族的重造问题,方不至于成为具文,为空话"。①

把文学作为人性改造和启蒙的工具,这是五四时代许多启蒙主义者曾一致倡导过的文学观,这种文学观在其当时是有进步意义的。但随着历史的向前发展,中国现代以人性解放为其内容的文学启蒙运动,在20年代中期以后即与民族民主解放为内容的政治救亡运动相合流,这些作家中的绝大部分也都在实践中逐步接受了马克思主义文艺理论,以新的马克思主义文艺观代替了旧的启蒙主义的文艺观,其突出标志,便是自觉地把文艺事业作为救亡运动的组成部分,使文艺为政治服务。沈从文却始终恪守着人性启蒙的文艺观,走着他自己孤独的路。这便是他从30年代至40年代,在观点上与左翼文学及抗战文学的主潮发生某些抵牾的根本原因。

从人性启蒙的观点出发,沈从文把文艺的使命与政治的使命,不但完全分割开来,而且对立起来。他从自己的人生体验中感悟到,"金钱"与"权势"(政治)是人性的大敌:前者"萎缩"了人的情感,后者"压瘪扭曲"了人的"理性"。于是他在正面倡导其文学观的同时,便激烈的反对文学与"商业"、"政治"结缘。反对文艺与商业结缘,引起关于"京派"与"海派"之争;反对文艺与政治结缘,导致了他对30年代左翼文学和此后的抗日文学救亡运动的不应有的指责。假若说,对于文学商品化的批评在当时还有其积极意义,那么笼统地指责文学与政治结缘,就与马克思主义文艺观和中国文艺运动发展的现实规律完全相违反了。在这里正暴露了沈从文文艺观的局限性。这局限性致使他从游离于中国文学运动的主潮,而终至于搁笔。

总之,沈从文的文学道路是人生体验的道路。这条独特道路形成他独特的文化心态,这便是不同于多数理性启蒙主义者的重经验重感性的心态。他的观念和思想的深刻内容主要不是源于理性的书本,而是来自人生的感悟。人生感悟,形成他"乡下人"的"自然主义"文化观,形成他强烈的城乡对比意识、生命哲学和以"美的发现"为主旨的文学观。他的思想观念具有丰富的人生体验的内涵,但却带有明显经验性色彩,在实践中表现出不可避免的狭隘性。

---

① 《废邮存底》。

勇敢雄强朴素踏实的湘西性格*

——沈从文小说人物论

沈从文小说中人物浩繁，但大致可归并为两大类：一是城市人性格，一是乡下人性格。此两类性格各有其总体特征，形成鲜明对照。乡下人性格也就是具有湘西地方特点的湘西性格，其中以军人与水手为最多。这些性格寄托着作者独特的美学理想，主要由三种类型的性格构成：(1)“虎雏”型；(2)“牛马”型；(3)童心型。这三类性格所形成的湘西性格的总体特征是勇敢雄强朴素踏实。作者认为这特征所表现的是作人的美好德性，培养与发扬这种德性是国家社会重造的需要。他说：“中国情形不好，希望他好，就还需要许多青年人结实做人，方能有个光明的明日可言。我是个乡下人，总相信勇敢雄强朴素踏实的读书做人，是我们青年人一种不可缺少的德性。”(《废邮存底》)

一

勇敢雄强是湘西性格所显示的人性美。作者将这种勇敢雄强的性格誉为“虎雏”在作品中加以赞颂。《虎雏》和《虎雏再遇记》中的小兵祖送，《一个大王》中的弁目刘云亭，《一个老战兵》中的老兵教练等，都是这虎雏型性格。

祖送是在湘西特殊环境里长成的勇敢雄强的小兵。他“有精神”，“有野性”，外表“老实温和”，内质却雄强不驯。敢于独自向强者报复并总要置敌于死地，是他行为的特征。作品描写了他三次报复行为：其一是在长沙驻防时向侮辱他而年纪力气均比他大的学生报复。为置敌于死地，他盗用上司的手枪，“预备同人家拚命”，“若不是运气，差一点就把一个岳云学生肚子打通了”。其二，随副官到上海时与同伴三多外出，在打架中同伴被人打死，为报复，他打死对方后潜逃。其三，在沅江船上赶差军人无理欺压水手，为水手报复，他痛打了赶差军人。这些行为自然给他自己带来厄运，但他又总是以他勇敢雄强的性格转危为安。他有韧性战斗精神，又有

* 《聊城师范学院学报》1989年第3期。

巧妙的战术。他并不比他的敌人强悍，“只是能忍耐，知等待机会”，且“敏捷准确”。

敢于拚杀，临危不惧是虎雏型性格的另一行为特征。这一特征在弁目刘云亭的行为中表现尤为突出。刘云亭本是一个种田良民，“为人又怕事又怕官”，“被外来军人把他当土匪胡乱枪决过一次”，他逃跑后就真成了一个土匪“大王”，后来为报答司令救命之恩又作了司令的随从。作者以同情的笔触这样描写关于他的经历与性格：“这是一个土匪，一个大王，一个真真实实的男子。这人自己用两只手毙过两百个左右的敌人，却曾经有过十七位押寨夫人，这大王身个儿小小的，脸庞黑黑的除了一双放光的眼睛外，外表任你怎么看也估不出他有多少精力同勇气。”在部队中他那勇敢雄强的秉性，使他连续作出两件令人惊心的事：（1）与川军狱中女大王夭妹私通并密谋再拉队伍上山为王。这件事虽因暴露失败，但却表现了他敢于拚杀和临危不惧的气魄。当川军将他包围在狱中决心加害于他时，他却手持双枪，以他令人生畏的一身虎气，压倒敌人，大摇大摆地走出刺刀如林的重围。（2）因欲娶民女为妾被告并处死。司令官对他的处决尽管是不公道的，但当他知道死已成为必然结局时，便“不再喊‘公道’”求情告饶，而是用“微笑”向兄弟们诀别，并感谢司令官几年来对自己的“特别照顾”。

虎雏型性格的另一特征是超人的奇才异能。《一个老战兵》中的老战兵就是具有奇才异能的人物。他是新兵教练，所用的却全是旧式的方法，教练的也非现代军事技术，而是“翻筋斗、打藤牌，舞长矟，要齐眉棍”之类的旧式武艺。他武艺超群，“样样来得懂得”，“无一事不精明在行”，任人都骗不过他，打不过他。他不仅武艺超群，而且生活技能卓越，既明医术，随手可为人治病，又善于养鸡养鸭，接种花树，用泥土捏塑人像。

虎雏型性格是湘西自然和文化的独特产物。它首先与湘西自然环境有关。作者多次谈到湘西自然环境对于人性格气质的影响。他认为：“那些山同水，使地方草木虫蛇皆非常厉害”，“山高水急，地苦雾多”是本地人性格形成的重要原因。但作为虎雏型性格直接的基础则是“浸透了三厅子弟的脑子”的“游侠精神”。游侠者行径在湘西地方还被作为英雄风格完整的保存着。男子汉为好友报仇，扶弱锄强，挥金如土，有诺必践。赌博时用小铜钱三枚跌地，名“板三”，看反覄、数目、决定胜负，一反手即输黄牛一头，银元一百两百，输后不以为意，扬长而去，决不反悔放赖；决斗时两人用分量相等的武器，一人对一人，虽然亲兄弟只能袖手旁观。不许帮忙，仇敌受伤倒下后，即不继续填刀，否则就被笑话，失去英雄本色，虽胜不武，犯条款时自己处罚自己，割手截脚，脸不变色，口不出声。作者称赞这种古朴而勇敢雄强的游侠之风“与太史公所述相去不远”。在这种风气的浸染下，湘西历史上曾出现过许多有骨气有作为的英雄。作者将这古朴的游侠精神在今天的发展称为“湘西精神”。

从人性和道德角度来剖析和揭露国民性的弱点并加以改造，是中国五四时期启蒙主义作家共同的社会理想，他们对于国民性弱点的把握有一点是完全相同的，这便是“卑怯”。鲁迅对卑怯的国民性格，达到了痛心疾首的地步。他说：“卑怯的人，即使有万丈的愤火，除弱草以外，又能烧掉什么呢！”（《坟·杂忆》）“勇敢，这才能勇往直前，肉搏强敌，以报仇雪恨。”（《坟·杂忆》）他认为我们如不立即改掉卑怯的弱点，无论有没有强敌，则都会“使中国人败亡”。他热切期待中国会产生出大批“敢于直面惨淡的人生，敢于正视淋漓的鲜血”，在荆棘和血泊中“奋然而前行”的“真的猛士”和“敢于抚哭叛徒”百折不挠的孤胆英雄。在他的早期作品中就曾赞美过斯巴达克和摩罗诗人的勇敢雄强的精神。后来又在《过客》《铸剑》《理水》《女吊》等作品中塑造了不怕失败，勇于复仇和拚命硬干的英雄性格。这些性格与沈从文作品中的上述虎雏型性格。在精神上是相通的。它们同样都是作者对于中华民族优良德性的挖掘与概括，反映出这一代知识分子从人性和道德角度改造社会的崇高理想。

二

踏实是勇敢雄强向内的发展。所谓牛马型性格，就是以踏实为其内质的性格，它与虎雏型性格实际上是同一性格的不同侧面。在沈从文的作品中，此类性格颇多。《会明》中的伙夫会明，《更夫阿韩》中的更夫阿韩，《爹爹》中的卜医傩寿和《长河》中的老水手等，都是典型的牛马型性格。此外，作品所描写的童养媳和水手等，也都是牛马型性格的群相。

作者曾说自己在土著部队的八年中培养了一种“牛马精神”。这“牛马精神”也就是牛马型性格的基本特征。牛马精神的内在表现是忠诚，外在表现则是生命的巨大承受力。

会明是典型的牛马性格，以忠诚到发呆的“乡下人”态度承受生活中超负荷的压力，是他行为的突出特点。作者这样介绍了会明的简历：“排班站第一，点明最后才喊到，这是会明。这个人所在的世界，是没有什么精彩的世界。一些铁锅、一些大箩筐、一些米袋、一些干柴，把他的生活消磨了三十年。他在这些东西中把人变成平凡人中的平凡人。他以前是个农民，辛亥革命后，改了业。改业后，他在部队中做的是伙夫。在云南某军某师一个部队中烧火、担水、挑担子走长路，除此之外没有别的事情可做。”显然会明是处在社会人生最底层的人。他的地位是被压迫的牛马地位，要生活下去就必须具有对于社会压迫的巨大承受力。会明所承受的社会压迫力主要来自三方面：(1) 命运的不幸。论资历他首屈一指。他是蔡锷将军的部下，参加过国民军讨袁战争，至今他所在的连队只剩下他一人和他随身带着的一面战旗；论人品他最忠诚和顺，严于职守。但“成千成百马弁、流氓都做了大官”，唯独他做了三十年伙夫，永不得晋升。对于这命运的不合理，会明却毫无怨愤。(2) 生活的艰辛。三十年来他的生活永远是“烧火、担水、挑担子走长路”，活像牛马，他却从不感到生活的单调、辛劳，而是在艰辛单调中自寻轻松和乐趣。(3) 战争与死亡的威慑。三十年来他经历了许多血战，死亡永远跟随着他。然而他却没有恐惧心理，而是那么热切地关心着战争，总幻想和期待着实现蔡锷将军的希望，将战旗插到“很高很高的地方”。这生命的巨大承受力来自他忠诚的德性。在生活中不管对大事和小事，他都固守忠诚的原则。他忠诚于上司，蔡锷将军成了他心中崇拜的偶像，逢人就满怀崇敬地讲述“那伟人的声音颜色”和“那伟人的精神”。为了纪念这伟人，他腰间永远缠着讨袁军时代的战旗。他虽是个伙夫，却以一个战士应有的忠诚关心着战争，他并不害怕打仗，也不担心战争的胜负，而总是为士兵的利害着想，愿意在五黄六月来到以前动手，免得战士死后尸体露在外面腐烂得难看。他不仅与战士和老百姓忠诚相处，而且对他喂养的那群小鸡也待之以忠诚。总之，会明是个典型的牛马型性格，在他身上外在的生命承受力同内在忠诚的德性达到了和谐地统一。

《爹爹》中的医生傩寿也是一个牛马性格。他那臻于无私无我境地的内在忠诚和面对苦难所表现出超人的生命的承受力，十分鲜明地显示了牛马精神的基本特征。他的忠诚集中表现在为儿子和别人作牺牲。他三十岁前死了妻，留下一个儿子。妻临死前嘱咐他要带好孩子。他忠于妻子的遗嘱，在三十岁以前拒绝了许多媒人而没有续后。三十岁以后，看看儿子快要长成，感到与其续娶不如等待儿子成婚，于是就无续娶的打算了。他把一切希望都寄托在儿子身上，为儿子而活着，“作什么事都只为儿子，多吃一碗饭是为儿子欢喜，少吃一碗是为儿子俭积”。当儿子外出不幸淹死时，他的精神痛苦是难以言状的，他恨不得用自己的死换取儿子的生命。后来他终于在悲痛中死去。他的忠诚还表现在作为医生他是那样为民众忘我的尽职。他为村民看病，无论白天黑夜，逢叫必到，看了病，不收礼物，更不要钱作报酬。村民称赞他是好人，但作好人并非他行为的动机，他的这些无私的行为原都出于他的秉性。作者说：“傩寿先生不是要人称赞他做‘好人’才来为人治病施药，正像不要人为怜悯他才让这儿子死掉一样。人是天然好性格，儿子却意外的死去。”傩寿生命的巨大承受力主要表现在：(1) 妻死后他承担起抚育儿子的艰难而沉重的生活担子；(2) 儿死后他又承受着丧子的精神痛苦依然为村民治病施药。

牛马精神的基本特征还表现在阿韩的性格中。更夫阿韩是一无所有的无产者，经济地位同阿Q相似，不同处只是他并非短工，而住在土地堂里为村人打更。由于他忠诚地为村民尽职，所以在他管辖的范围内从无发生被盗事件，他也便因此颇受村民的尊重。他拼命工作，却从不主动索取报酬，只靠众人的赐予生活。他关心他人，以助人为乐。曾为一个庾死街头的乞丐，向村民乞求捐款，并亲自掩埋了乞丐的尸体。他不为完成一件慈善事业而自耀，也不为自己的清贫而苦恼。他像一个天真快乐的孩子，整天忙碌于为众人的劳作中，并为众人的欢乐而欢乐。阿韩在经济上与阿Q处于同等地位，但性格却与阿Q不同。这不同就在于阿Q是一个精神溃败者，他已丧失了做人的忠诚德性和生命的起码承受力；而阿韩则恰恰具有阿Q所丧失的东西。

生命的巨大承受力实际上是雄强性格的内化，也就是将外在的雄强转化为内在的韧性。这在《滕回生堂》中的主人和《长河》中的老水手等性格中表现得十分清楚。"滕回生堂"药店的主人本是性格雄强的拳棒家，年轻时候学拉弓，每晚上都蜷伏在练功的木桶里熬夜。想增加力气，每早从桶中爬出时还吃一条黄鳝的鲜血。站了木桶整两年，吃了黄鳝数百条，临到应考时，却被一个习武的仇人揭发他身份不明，取消了考试资格。他因此赌气离开家乡到武士荟萃的凤凰县卖卜行医。但他作了医生，对于拳棒的理想追求仍然热烈。他舍不得将木桶丢开，屋角上总陈列着各种武器。他把希望寄托在两个孩子身上，决心使自己实现不了的愿望，由孩子来完成。于是他便将精力用到孩子的培养上。《长河》中的老水手年轻时是吃水上饭的硬汉子，他有一个四口人的幸福家庭和两只船的家当。但天灾人祸使他顷刻间变成倾家荡产，一贫如洗的光棍汉，孑然一身，漂流了整整十五年，然后回到家乡作了祠堂的看守。不幸的命运不仅没有使他身心崩溃，反而把他磨炼成一位深谙人生、精神矍铄的老人。

作者认为踏实和勇敢雄强一样是人的美好德性。这种德性的精神基础是牛马精神。牛马精神向外表现为生命的巨大承受力，向内则表现为忠诚。因此，忠诚是牛马型性格内在的基本特征。正是从这一观点出发，作者在人性改造中总把忠诚作为衡量人格的价值标准。他把忠诚的人格看作是信仰的支柱，认为它只存在于神尚未解体的乡村世界里；在神已解体的城市世界中这种忠诚人格已经丧失，信仰也便因失去支柱而不复存在，人们全在虚伪的市侩人生观支配上发展着物欲。他所谓的人性改造，就是要在人性中恢复忠诚的德性，从而也达到恢复信仰的目的，这便是作者塑造牛马型性格的意义。

在中国现代文学中也有类似牛马型的性格，如许地山小说中的一些人物(《缀网劳珠》中的尚洁，《商人妇》中的商人妇)。这些人物在人生的苦难面前，同样表现了巨大的生命承受力具有以忠诚为其内质的牛马精神。但同沈从文作品中的牛马型性格有很大的不同。这不同表现为忠诚的内容：沈从文作品中的牛马型性格的忠诚是自然的人格，而许地山作品中的牛马型性格的忠诚则是一种宗教情绪，它基于佛教的苦乐观。

三

童心型性格以朴素为其德性，具有天真纯朴的外在特征。如《大先生，你一天忙到晚，究竟干吗？》中的大先生。《张大相》中的参谋张大相，《灯》中的老兵等，均属童心型性格。

大先生是个乡下人，他外表邋遢马虎而人格却"正直与热情"，"智慧和巧思"，是一个被本地称为"内相端正的人物"。他与本地人保持一种亲密的友谊关系，全靠一颗无瑕的有时稚气而使人感到爱娇的童心。他没有自己的事业与固定工作，像个天真无邪的孩子，在一种好奇心的蛊惑下，热情忙碌地生活，为别人干一些永远干不完的琐事。他的目的是好奇心的满足。在童心的支配下，他的行为有两个鲜明特征：其一，过着孩子般的自由生活，好一个人自由出行，"出行不外两个原因：或坐上水船回二百八十里外的老家凤凰县，扫墓看亲戚，参加戚友婚丧典礼"，"或坐下水船下常德府，往长沙玩玩"，"兴趣好就一直向更远处走去。往上海、北平、青岛弟妹处去"。来去都"出于偶然"和"兴趣"。外出回来总要带回各种家乡稀罕的东西，如各类土产、花草、糖果、海味、图书和新式日用品等，几乎应有尽有。动机是使接近自己的人为之惊奇，在惊奇中使人们都得到一点快乐。其二，对于新鲜的感兴趣的事物具有"特殊的记忆力和感觉力"。他每到一个地方，"虽只留下三四天，必然把那地方许多新近发生的种种事，弄得清清楚楚"。六年前他跑到青岛、上海和香港看了七天。"回转家里时，却从一大堆记忆印象中掏摸出一个楼房的印象来，三个月后就自己设计、自己监工"，"造成了座半中半西的楼房"。他的目的仍然是等青岛归来的兄弟为之一惊。显然，毫无个人利益打算，以怡乐人我性情为动机的天真无邪的人生观念和生活态度，正是童心在这个人物性格中的表现。

张大相作为童心型性格的基本特征是天真的稚气和好奇心。他原是一个富家的独生子，"六年前客军过境时，大相的家里被派定两万捐款，限三天就交款，大相父亲一时拿不出，逼迫的吞烟自尽"。他家中亲友为不再受军队欺侮，给大相出了个主意，让他花五千块钱，在队伍中买了一个上尉参谋的角色。大相入伍后过着玩童的生活，他最大的乐趣就是玩手电筒。他从德国洋行买进一个像机关枪大小的手电筒，还特制了一个刻有“机关枪”三个字的银牌，挂在了它的身上。他的年纪已是成人，性格却全是一个天真稚气、好奇的孩子。

《灯》中的老兵也是童心型性格。他有一个天真的孩子般的幻想：幻想主人事业振兴以后在他陪伴下“衣锦荣归”，“带了妻子、光荣、金钱，回转乡下去”，而他自己也显得格外神气荣耀，“骑了一匹马最先进城禀告”，让小县城的人“惊讶”和“歆慕”，留下“永远不会忘却的豪华光荣”。他把这个希望寄托在两代主人身上，并且那样虔诚而执着地为这个幻想的实现做着他所能做到的一切。

童心型性格不只上述几个。从广义上讲，童心是湘西性格的共同特征。不论是牛马型还是虎雏型性格，其性格的外在特征尽管不同，但就其心灵与情感的特征来看，则都是童心型。

童心是人与自然契合的产物，它表现着人性的纯真。自古以来就有许多哲人文士把它作为理想的人性美加以赞扬和追求。明代李挚著有《童心说》，提出了以童心为本位的人格的价值观。他认为“童心”就是“绝假纯真，最初一念之本心”；一个人若“失去童心，便失却真心”，而“失却真心，便失却真人”，“成为言假言”、“事假事”的伪君子。显然，童心是他区分“真人”和“伪君子”，衡量人格价值的标准。同时他还认为文艺要表现人性美，就必须要以童心为其母题。因此，他说：“天下之至文，未有不出于童心焉者也。”李挚所谓的“童心”，实际上也就是“真心”。他提倡的目的，是批判假道学家虚伪的人格。但这种批判仅仅停留于理性，而未有诉诸艺术形象。五四时代一些作家从人性角度探索社会的改造，于是童心又成为他们憧憬和追寻的人性美。王统照把他的新诗集名为《童心》，说他所寻觅的不是“荒山中”的“金珠”和“阴林中”的“翠羽”，而是人性中“已遗落的‘童心’”。（《童心·弁言》）冰心也是个童心论者，她的作品正是以童心为母题的文学。他们所追求的“爱”与“美”，实质上都是由童心中所产生的纯真情感与观念。他们已将对于童心的追求诉诸艺术形象，这形象的原型主要是天真的儿童。

沈从文对于童心的认识，似乎是李挚及五四时代一些作家的发展。他不仅把童心看作是美好的人格，而且将其视为民族的美好德性。认为“一个民族缺少童心时”即“无宗教信仰，无文学艺术，无科学思想，无燃烧情感实证真理的勇气和诚心”，“童心在人性中消失时”则“一切文明即趋于崩溃”。他同样企图从人性角度来改造社会，其具体途径是在人性中恢复失去的童心。他认为在城市社会人性堕落的时代，童心仅存于乡下自然人的秉性中。因此，以乡下自然性格中的童心来纯化城市人的性格，便可达到社会改造的目的。

上述三种类型的性格所具有的特征和包含的美好德性，既是对湘西性格的典型概括与抽象，同时又是作者自我气质的艺术再现。作者把自己的性格称为“乡下人性格”。从他一生的行为可以清楚的看到他美好的人格。他有一颗晶莹透彻的童心，诚挚得像天真无邪的孩子。

他在军队中养成了牛马精神，对失败和挫折有着惊人的承受力；他的性格有水的柔韧，锲而不舍，可“以水滴穿石”。由于这种自我气质的注入，就使上述三种类型的性格，具有着内在的联系，形成以作者气质为其内质的湘西性格。也正由于这种自我气质的注入，才使湘西性格具有了鲜明的个性特征，成为现代文学史上新颖独特的性格。

1990年:

郭沫若抗战时期的历史剧与同期历史剧的比较*

抗战时期是民族民主运动高涨的时期。民族精神的张扬,使历史剧的创作与演出形成空前的高潮,国统区、沦陷区和解放区都大力创作和演出历史剧。郭沫若是这个历史剧创作与演出运动的旗手,与他同时产生影响的史剧家有阳翰笙、阿英、欧阳予倩、陈白尘、于伶、宋之的等。在当时影响最大的史剧作品是战国史剧、太平天国史剧、南明史剧和李自成史剧。这些史剧产生于同一时期,是在几乎相同的历史条件下创作的,具有共同的时代色彩,在艺术上形成我国现代史剧的高峰。郭沫若的作品代表着这个时期史剧创作的最高水平,比同时期的其他史剧创作更鲜明、更全面、更深刻地体现着中国现代史剧时代的和民族的特点。

一

将郭沫若这个时期的史剧创作与同时期其他史剧作品相比较,首先发现的共同点是具有鲜明的时代色彩。其最突出的表现是现实性主题与历史性题材的统一。这便是作者的创作都具有明确的政治动机,从现实政治斗争需要出发去选择历史题材,形成表现时代精神、具有现实性战斗性的主题。抗战时期社会矛盾极端尖锐复杂。毛泽东同志曾根据当时斗争形势和时代发展方向,提出"坚持抗战,反对投降;坚持团结,反对分裂;坚持进步,反对倒退"的口号。这口号概括了抗战时期政治的迫切要求。以郭沫若为代表的这个时期的历史剧在主题上正反映了上述要求。郭沫若的战国史剧,都具有反秦的主题。从作者的战国史观出发,认为当时秦国在实行大一统时奉行刑政路线,以戮力征伐的手段对六国实行分裂与兼并,是侵略、分裂和专制力量的代表。因此,反秦和反亲秦派,也就是反侵略、反投降、反分裂、反倒退的斗争。作者的动机是以秦始皇来影射蒋介石,用反秦斗争的战国时代来比拟反投降、反分裂、反倒退的抗战时代。这个动机同样表现在《孔雀胆》与

* 《聊城师范学院学报》1990年《郭沫若与中外文化增刊》。

《南冠草》中。由于这些作品都针对现实而发，所以剧本的发表与演出都成为当时一场尖锐激烈的政治斗争。

与郭沫若上述作品同时期的史剧，也都具有鲜明的政治性创作动机，现实性战斗性的主题是他们共同的特征。这些史剧对现实的直接关照分为以下三种情况：其一，以历史上民族斗争中奸忠的对立，表现现实中爱国者与投降者、人民与汉奸的对立，在批判揭露汉奸和投降变节分子的丑恶灵魂的同时，歌颂了民族气节和民族的浩然正气。这时的南明史剧，大都属于这一类。《碧血花》所描写的是具有民族气节的巾帼英雄葛嫩娘同投降变节的蔡如蘅之间的矛盾，作品通过葛嫩娘壮丽的悲剧鞭挞了汉奸，歌颂了民族英烈。《海国英雄》中郑成功与其父郑芝龙之间的矛盾，构成奸忠对立，作品在歌颂郑成功民族气节的同时，通过郑芝龙的可耻下场，对现实中投降派提出告诫。《杨娥传》写的是具有民族气节的女英雄杨娥与大汉奸吴三桂的斗争，主题的现实性更明显。其二，以历史事件揭露现实中国民党反动派屠杀共产党破坏革命的罪行。当时的太平天国史剧，都属于这一类。《天国春秋》和《洪宣娇》写的都是决定太平天国最后走向失败的关键性历史事件："杨韦内讧"。作者的动机显然是以历史上的"杨韦内讧"，影射现实中国民党反动派制造的"皖南事变"。《天国春秋》的作者说："《天国春秋》写于皖南事变之后，当时我为了要控诉国民党反动派这一滔天罪行和暴露他们阴险残忍的恶毒本质，现实的题材不能写，我便只好选取了这一历史的题材作为我当时斗争的武器。"（《阳翰笙剧作选·后记》）同样，《洪宣娇》也是以皖南事变为背景创作的。当时与作者阿英同在上海孤岛的于伶同志曾指出作者创作此剧的动机。他说："1941 年 1 月，国民党反动派制造了'千古奇冤，江南一叶'的'皖南事变'。……阿英同志仍留沪，愤而创作了五幕史剧《洪宣娇》，由'中国旅行剧团'演出了。敏感的孤岛话剧团观众非常同感于阿英同志写作此剧的忧国忧民与愤怒鞭挞反动派的苦心，剧场反应的激动情绪仿佛《碧血花》初演。"（《默对遗篇吊阿英》）《李秀成之死》和《忠王李秀成》写的都是天朝上层集团的腐败终于导致天国覆灭的史事。作品的矛头，同样直接指向现实中国民党反动派的卖国反共政府。《李秀成之死》的作者说："那时国民党反动派正在实行所谓'攘外必先安内'的卖国投降政策，正把曾国藩当成了他们的救命恩人，五体投地的来崇拜。我写了李秀成这个光辉形象来同曾国藩这个大汉奸对立。"（《阳翰笙剧作选·后记》）其三，以历史教训教育革命干部和群众。当时轰动解放区的李自成史剧《李闯王》和阳翰笙的《草莽英雄》，则属于这一类。《李闯王》是郭沫若的史论《甲申三百年祭》发表以后，在党内领导同志建议下，以《甲申三百年祭》为史学依据而创作的。作者的动机是以李自成失败的历史教训教育面临全国胜利将由艰苦的农村进入繁华大城市的革命者，告诫他们要经得住胜利后更加严峻的考验。

因此，这个剧本和郭沫若的《甲申三百年祭》便同时成为当时解放区学习运动中的文献性作品。作者说："《李闯王》这个剧本……所以能有这样一些成就，主要是由于郭沫若同志原本《甲申三百年祭》，对李自成及其事业分析得深刻全面。尤其是1944年6月7日中央宣传部、总政治部的通知，指出此文的教育意义，使我们有更清晰的了解。当时正值文艺整风，对我们文艺工作者，也是一帖增强认识的清凉剂。"（《李闯王·编演纪事》）剧本写出后，先在苏北、苏中新四军驻地和东北、山东解放区演出，后又到华东、华北等地巡回演出。1946年东北的西满军区在李富春同志指示下，开展军民学习《李闯王》的群众性运动，军区政治部还特别发了《关于演出李闯王的通知》。《草莽英雄》也是以资产阶级革命失败的教训来教育革命者与群众的作品，所以它的发表与演出得到周恩来同志的热情关怀。

在国统区，由于主题的现实性，使这些史剧的演出成为严肃的政治任务，往往酿成尖锐的甚至流血的斗争。国民党反动派不仅成立戏剧审查委员会对剧本加以严禁，而且用暴力镇压这些史剧的演出。1939年四川綦江的"忠诚话剧团"（国民党"战时干部训练团"的下属）在形势影响下演出了《李秀成之死》立即被加上"通共"的罪名加以镇压，将扮演李秀成的青年演员李英活埋，把参加演出的二十余人投入监狱。这些青年演员虽非共产党，但却奋起反抗，在狱中悲愤地高唱《李秀成之死》中，太平军战败后拒不投降，手拉手跳火自焚时所唱的歌曲。后来这二十余名青年也被枪杀。这就是当时骇人听闻的"綦江惨案"。

由上可见，现实性的主题确是抗战时期历史剧所共同具有的特点。但历史剧不同于现代题材的话剧，它首先必须是历史的，它的现实性主题必须通过历史性的题材来表现。这就要求作者在创作时要作到现实性主题与历史性题材的统一，要把主题的现实针对性与题材的历史真实性完美的统一起来。若以这一创作原则来衡量这个时期有历史剧，则可看出其他历史剧与郭沫若的历史剧存在着明显的差距。严格地讲，这个时期只有郭沫若的历史剧真正作到了现实性主题与历史性题材的统一，主题的现实针对性与题材的历史真实性的统一。

从辩证法的观点来看，现实生活与历史生活都是人类历史长河中的组成环节，现实生活是历史生活的发展与延续，它们之间有着必然的联系。这种联系分为外在与内在、具体与宏观两个层次。外在联系指历史生活与现实生活外在面貌的相似，这种相似是具体的，常常表现为历史事件、历史人物和时代风貌的相似。内在联系指历史生活与现实生活内在本质的相似，这种相似，是比较抽象的，宏观的，往往表现为社会发展的内在规律性和时代精神的相似。史剧家在创作时要真正作到现实性主题与历史性题材的统一，就必须同时深刻把握历史生活与现实生活外在面貌和内在本质这两个方面的联系。只有郭沫若真正做到了这一点。郭沫若不仅是史剧家，而且是史学家，他的战国史剧，是他在深入研究中国古代社会发展史的基础上写成的。作者在创作前，首先对于抗战时代与战国时代作了宏观的把握，不仅找出这两个时代外有面貌的相似，而且更主要的是抓住两个时代在时代精神上的联系。他认为以人民为本位的思想，是中国封建时代贯彻始终的历史精神，这种历史精神也恰恰是战国时代与抗战时代这两个时代的时代精神。这两个时代有很多相似之处，但最本质的相似之处，便是都以人民为本位的思想作为民族和社会解放的号召。这种以人民为本位的时代精神，在战国时代叫作“仁道”，它虽是刚刚产生的新思想，但却为当时的方生力量所信仰，所维护，甚至不惜用生命与鲜血来培育和浇灌这株现实的蟠桃。作者认为抗战时代全国人民在共产党领导下浴血奋斗的精神正是战国时代就已经产生的那种悲剧精神，在新的时代条件下的弘扬与发展。由于有这历史精神上的内在联系，就使战国史剧中仁人志士的反秦斗争及其所表现的杀身成仁、舍生取义的精神，同抗战时代民族英雄的反帝反蒋斗争及其所表现的为人民和全民族的利益而牺牲的精神，成为一而二、二而一的东西。

若以上述标准来检查这个时期其他史剧，则发现它们有明显的不足。在这些史剧中，作者虽然也抓住了历史与现实的许多相似之处，找到了历史与现实的某些联系，但这些相似和联系多是外在的，而对于两个时代的时代精神联系的宏观把握却都没有做到。南明史剧和太平天国史剧写的是明末和清末两个时代的史事。这两个时代都是以汉族为主体的中华民族处于内忧外患、岌岌可危的时代，以民族救亡为内容的爱国主义精神，应当是这两个时代同抗战时代的现实相联系的历史精神。作者应当紧紧抓住这两个时代的历史精神，即爱国主义精神，加以突出的歌颂与发扬，以深化史剧的主题，达到现实性主题与历史性题材的统一。但作者却没有抓住这个重点，而在南明史剧中只抓住奸忠对立，在太平天国史剧中则着重表现历史教训。由于史剧没有写出两个时代在历史精神上的内在联系，所以给人的感觉是，所谓历史与现实的联系，只是在历史生活与现实生活外在面貌的类比和对照中所显示的相似。这就使这些史剧，虽然在主题上有鲜明的现实感，但却缺乏历史的深刻性和历史的真实性。这些作品虽能担负起以历史批判现实和阐发历史教训的任务，但却无法完成发展历史精神的使命。

二

这个时期史剧创作的另一时代特征是马克思主义史学观的运用。这些史剧作品不是机械地照抄历史事实，而处处表现了作者对于历史事件、历史人物和历史生活内在规律的独到理解与发现,也就是显示着作家的史识。正是这些史识深刻体现着作者的马克思主义史学观。

表现作者精辟的史识是郭沫若史剧的重要特色。作者的史识在作品中主要表现在以下几方面:

其一,对于历史生活内在本质的认识。作者认为历史生活内在本质包括两个相连的内容:一是历史生活的内在规律性。这便是每个时代都存在的推进社会前进的方生力量与拖延社会前进的将死力量的对立斗争。在对立的两种力量中,从现实看方生力量总是小于将死力量,而从历史的发展看则方生力量必然要战胜将死力量。史剧要表现历史生活的本质,就是要写出每个时代两种社会力量的对立与斗争,并指示出方生力量终将压倒将死力量的必然前景,以对现实产生鼓舞作用。二是历史精神。历史精神是每个时代代表方生力量和社会发展要求的进步的时代精神。这种精神具有悲剧性、进步性和一贯性,是历史传统中的精华。历史剧的任务,就是将这种古代精神翻译到现代,并加以发展。作者正是以上述史学观去理解与把握先秦时代的社会矛盾和时代精神的。他认为战国时代的时代精神是当时儒家学派首先倡导的"仁道"。仁道的精神表现在战国时代社会各个领域中,引起巨大而深刻的变革。在道德伦理领域中,它表现为人的解放的思想,也就是反对非人道的奴隶枷锁,主张"要把人当成人"。在政治领域中,则表现为"仁政"或"德政",即反对戮力征伐的刑政统一路线,而主张实行德政统一路线。在哲学领域中,则表现为"民者神之主"的思想。作者认为,在战国时代,屈原、信陵君、高渐离、聂政等仁人志士都是代表这种时代精神并为卫护与发展它而不惜流血牺牲的时代前驱者,与他们在政治上处于对立地位的是以秦始皇为代表的法家。当时的秦楚对立,就反映着上述政治对立。作者认为按照历史发展的必然要求,完成大一统的历史使命应责无旁贷地落到以屈原为代表的楚国肩上,但历史却没有按照屈原为代表的德政路线来统一中国,而是按照秦始皇为代表的刑政路线来完成了中国的统一,这是时代的悲剧性的错误,它造成中国文化发展上的迟缓状态。郭沫若的战国史剧,就是在上述史学观指导下创作的,所以它形成同一的反秦主题。

其二,对于历史事件、历史人物作出新的解释,这些解释往往表现了作者科学的历史唯物主义观点。如对秦始皇的评价,史学界有两种偏颇:有的只强调其荒淫的一面而否定其历史功绩;有的则强调其历史功绩而不敢正视其荒淫残暴的事实。作者克服了上述偏颇,对历史人物作出较为客观的评价,在史剧中把秦始皇写成一个"通权变好女色的雄猜天子"。以前的史学家往往用唯心史观看秦始皇统一六国的史实,从而把人民的反秦斗争同六国统一的历史方向对立起来。作者以历史唯物主义观点深刻阐明了二者的联系与统一。他认为秦始皇的统一中国并不是秦始皇一个人的力量。由秦国来说，那是秦孝公以来，特别是自商鞅变法以来，六世的政绩的积累。从中国范围来说，那更是自春秋以来的各国政绩的积累。由春秋的十二诸侯归并为战国的七雄，更归并为秦的统一，各国的先进者或多或少对于历史都有过贡献，而尤其不可抹杀的是人民大众的力量。先进者能得到人民大众的支持，故各能促进中国的统一。作者的上述发现，使他的反秦的战国史剧主题更为深刻，剧中被直接加以歌颂的虽是反秦的政治力量，但在实质上所肯定的却是大一统思想和完成大一统的人民群众。

与郭沫若同时期的历史剧，也都不同程度地表现了作者的史识。从这些史识中，可以看到努力运用历史唯物主义观点与方法解释与把握历史生活的本质，是这个时期史剧家共同的倾向。这些史剧中的史识，集中表现在运用历史唯物主义观点对历史进行深刻的反思。这时的太平天国史剧和李自成史剧，便都是在深刻历史反思的基础上创作的历史教训剧。

太平天国史剧构成一个完整的系列，描写了太平天国从金田村起义到天京陷落的全过程，蕴含着太平天国失败的深刻教训。

太平天国运动是我国历史上农民战争的高峰，它的失败有内外两大原因：外因是中外反动派的联合镇压；内因是作为小生产者农民的局限性。这两个原因，特别是内因，说明它的失败，有着历史的必然性。这是不可挽回的历史的时代的悲剧。这样的革命战争虽也有着推动社会前进的作用，但其更大的意义却是以其失败为后来者提供可以鉴诫的历史教训。太平天国的失败告诉人们，由于阶级的局限，农民革命虽然在同封建政权的武装斗争中能取得一些胜利，但一旦夺取政权后，其政权的性质便很快向封建化转化，转化的结果往往产生领导集团的内讧。同时，从太平天国的失败中，还可清楚地看到起义者思想上的巨大局限性，农民的小生产者的狭隘思想、流寇思想和帝王思想，都限制了他们，使他们不可能达到解放自身和解放社会的目的。

《金田村》写的是太平军从金田起义到攻克武昌时的斗争生活。作品一边写太平军在军事上的节节胜利，一边又暗示出随着胜利而不断加深的政治危机。这个危机集中表现为诸王之间为争夺权力而生的摩擦。东王杨秀清独揽军政大权，西王萧朝贵和南王冯云山不服，造成军事行动上的不一致，致使西王和南王在失去杨秀清支援的情况下战败牺牲，使太平天国的军事力量遭到第一次严重内耗。接着北王韦昌辉又要通过洪宣娇说服天王收回杨秀清的兵权，发了“杨韦内讧”的先声。作者在这里对于农民小生产者的狭隘思想进行了深入批判。作品又写了起义军攻克武昌后的疯狂挥霍和复仇情绪，指出流寇思想对于革命的破坏作用，告诉人们这同样是在胜利中潜藏的失败的因子。

决定太平天国最后失败的直接原因是占领南京后发生的“杨韦内讧”。史剧《天国春秋》和《洪宣娇》便是从这一事件总结历史教训的作品。

太平天国在战争烽火中建立起的农民军事政权向封建化蜕变的思想基础是农民的帝王思想。洪秀全早就以刘邦、朱元璋自比，要做“太平天子”。在定都南京以后，他认为当“新天朝”皇帝的时机已到，便极力要把统治政权集中到自己手中。但当时在他身边有个实际权力比他更大，在天朝比他更威风的东王杨秀清。杨秀清不仅掌握了军政大权，而且还掌握了驾驭于天王之上的神权，只要使出“天父下凡”这一招，天王就要俯首听命。杨秀清帝王之心也很明显。他在参护衙前公然写着“参拜天父永为我父，护卫东王早作人主”的门联，更借神权杖责洪秀全，逼他交出玉玺。实际上，在天朝中，天王洪秀全徒存其名，而东王杨秀清却独揽大权自得其实。这样，洪秀全要想一人独尊，大权独揽，作名副其实的天朝皇帝，就不能不除掉凌驾于他之上的杨秀清。恰在当时，为争夺权力，东、西、翼三王不合，尤其西王韦昌辉与东王杨秀清矛盾异常尖锐激烈，洪秀全便借韦昌辉之手杀了杨秀清并血洗了东王府。韦的行为引起石达开的不满，韦又想杀掉石达天，石逃离天京，但家小却无一幸免。石怒而出兵讨伐天京，天朝危机。洪秀全为安定人心，挽回残局，下诏诛杀了韦昌辉，从而内讧平息。这时，金田村起义时的六王，四王均死，除天王外，只剩下翼王石达开。但洪秀全对翼王也心存疑忌。石达开只好带兵出走四川，一去不归。太平天国从此一蹶不振。这场内讧酿成天京陷落和天朝覆灭的历史大悲剧。

《天国春秋》和《洪宣娇》对于太平天国“杨韦内讧”的描写大致如上。两个史剧对于历史人物的评价各不相同，但对于历史事件的性质、原因以及教训的分析和结论却是一致的。在这里表现了两位史剧家共同的史识。这史识归纳起来有以下几点：

其一，太平天国失败的主要原因是内讧引起的自相残杀，而“杨韦内讧”则是直接导致天国覆灭的一场历史大悲剧。从这一认识出发，这两部史剧的作者，不约而同地选取了“杨韦事件”作为悲剧的题材，并把自相残杀作为主要历史教训来认识。两个剧都写了杨韦之间的矛盾斗争，以这一矛盾斗争构成悲剧冲突，冲突发展的结局是矛盾的双方同归于尽。几个主要人物，如杨秀清、韦昌辉、洪宣娇、石达开等，性格尽管各有长短，作为各有得失，常常处于对立地位，但在剧中的动作却都指向同一个方向，这便是促使天国的毁灭，也使自身走向灭亡。杨秀清死于韦昌辉之屠刀下，似乎是纯粹的受害者，但他的死，也有其自身的原因，这便是他“自恃功高，一切专擅”的行为激起诸王对他的忌恨和天王的疑忌，他的行为本身就是导致天国内讧、毁灭天国和自身的因子。这在《洪宣娇》中表现得很突出。韦昌辉在剧中是恶的化身，他在毁掉天国精英的同时，也毁掉了自己。石达开是唯一头脑清晰的领导者，他看到韦的行为的破坏而加以反对，但反对的结果，先是韦的被杀，后是他擅自带兵出走四川，他的这一行为直接导致了后来的天京陷落。石达开的悲剧在于他反对天国分裂的行为逼他走向分裂天国的道路，毁了天国，也毁了自己。天王妹洪宣娇最忠于天朝洪氏政权，但这忠心使她做了屠杀天朝精英的帮凶。最后，她终于觉醒了，认识到原来她忠心耿耿所作的一切，都是毁灭天朝和自己的“罪恶的勾当”，她和其周围的那批天朝的功臣，无意中都变成天朝的掘墓人。两个史剧都写了性格复杂的洪宣娇，通过她深刻的反省，指出悲剧所蕴含的教训，告诫人们要以史为鉴，牢记决不能让“杨韦内讧”那样的历史悲剧重演。

其二，天朝失败的思想根源是农民思想的历史局限性。农民有反封建的革命性，却不是新的生产力与生产关系的代表者。在政治思想上仍然受封建思想的束缚。其中特别是帝王思想的影响和束缚，总是使他们的新政权向封建化蜕变，结果或蜕变为新的封建王朝（如刘邦和朱元璋），或因王位争夺而在内讧中灭亡。历史证明，这二者必居其一的道路，就是中国历代农民起义的必然归宿。因此，从思想上看，帝王思想又成为太平天国悲剧的必然性因素。在上述两个史剧中，作者正是从这样的高度去表现太平天国领导人物的思想局限性的。作者直接描写的虽是杨韦矛盾，但所反映的却是洪秀全与诸王之间的矛盾，矛盾的实质内容是王位争夺，是在帝王思想蛊惑下酿成的一场权力争斗。从杨韦事件前后的斗争过程看，这场斗争可分为四个阶段：第一个阶段是洪杨矛盾，以韦昌辉奉诏杀死杨秀清而解决；第二阶段是洪韦矛盾，以洪下诏诛杀韦昌辉而解决；第三阶段是洪石矛盾，以石达开带兵远走而解决；第四阶段是洪李（秀成）矛盾，以李秀成的愚忠和服从得以和解，但其直接代价是天京陷落和李秀成之死。史剧通过上述矛盾冲突的描写，深刻揭示了悲剧必然性的思想因素，告诉人们这个必然因素就是农民不可逾越的封建帝王思想。正是由于这一思想的不能逾越，所以，农民阶级就不可能在地上建造自己的“天国”，彻底解放农民的历史任务，只能由代表新的思想的无产阶级来承担。

《李闯王》所表现的作者的史识与郭沫若《甲申三百年祭》中的基本观点是一致的。作者认为李自成的失败，有其历史的必然性，从总的方面看，它是农民起义共同的不可免的悲剧的重演，但从李自成性格看，则也是一个农民英雄的性格悲剧。作者指出，李自成是中国历代农民英雄中最优秀的一个，他和刘邦、朱元璋辈起于草泽的英雄们比较起来，很有过之而无不及的气概，“他同时代的诸家，从张献忠起，在最困难危机的时候，大都是受着朝廷招安——归顺以后再反”，“他却没有这样的事，他非常坚决地不和官军妥协，宁死不投降，毫不犹豫地打到底”（见《杂考三题》）。但作者同时看到他作为农民英雄在思想性格上不可克服的缺陷，而认为这缺陷正是他失败的性格原因。他说:“李闯王的性格,基于他的‘农民思想’、‘流寇思想’、‘帝王思想’,以及其内在种种矛盾关系,也常常显露出可怕的缺点——造成他后来终于一败涂地的性格上的原因。”(《杂考三题》)作者在创作前,通过《明史》等史书,对李自成的性格作了详尽切实的考证,认为导致他失败的是其性格上的两个大缺点:一是“性猜忌”,即忌贤忌才,他虽然礼贤下士,爱贤也爱才,但同时又忌贤忌才。据《近代通鉴辑览》和《明纪》记载,他曾因忌才杀害手下大将罗汝才、贺一龙,同辈中遭他杀害的还有蔺养成、袁时中等,张献忠也是他想杀的一个。在平阳杀戮李岩则是其忌才思想发展到顶峰的表现。李岩的死,是他走向失败的直接原因。二是他的帝王思想。作者说:“李闯王的帝王欲过强,也是他致败的原因。他爱阿谀,喜奉承,有时不能以人才为本,信任贤能,就是这种英雄主义思想在作祟。他后来所以被一道宫墙把他和人民隔开了,所以不能像以前那样地爱护人民,严肃纪律,惩治违反纪律的将领军兵、大小官员,也就是这种思想在作祟。”(《杂考兰题》)。

以上两个缺点,最根本的是帝王思想。因为忌贤忌才的根本原因是害怕王位和权力被更贤能的人夺走。李闯王与李岩的关系很典型地说明了这一点。作者认为李闯王与李岩的关系,有个发展过程,这个过程分为以下三个阶段:第一阶段是从李岩投军起,到牛金星得到闯王宠用的时期。李岩为李闯王所崇敬,凡事言听计从。由于听了李岩的话,军威大振,李岩在人民群众中威望也极高,有“二李并称”之说。第二阶段,从李岩推荐牛金星到李闯王帐下后直到进入北京的前期。李闯王慑于李岩的声望,不曾再重用他,以至牛金星、刘宗敏等都晋升到他头上去了,而他始终徘徊于“制将军”与“军师”之间。第三阶段,从进入北京后期到李岩于平阳被杀。这时李闯王已清楚地感到,李岩始终是自己王位的威胁,要真正作到“天无二日,人无二主”,就必须改变“二李并称”的现实,把李岩除掉,于是李岩的悲剧就成为必然了。可见,帝王思想和帝王意识,是决定李闯王这一农民英雄性格悲剧的必然因素。李闯王本来自人民群众,但帝王思想却使他的政权逐渐向封建化蜕变,终于走向背离人民的道路而不能自拔。

作者的上述史识,很清楚地体现在《李闯王》的创作中,使对于农民英雄性格中帝王意识的批判成为悲剧的主题。在作品中,作者首先以帝王意识与人民意识的对立斗争,构成整个悲剧的冲突,以李岩代表人民意识,以李闯王代表帝王意识。通过这两种性格及其意识斗争的悲剧性结局,对封建的帝王意识于农民革命的残害,提出了控诉,同时也歌颂了以人民意识为内容的悲剧精神。其次,写李闯王失败后的逃禅,通过失败英雄的反思,总结历史教训。作者让失败以后对人生作了三十年反思、出家逃禅、成为奉天玉和尚的李闯王,向观众说出他失败的教训。

总之，上述事实说明，运用马克思主义历史观，对历史进行反思，是郭沫若的战国史剧和同时期太平天国史剧及李自成史剧的共同特点。不同的是，郭沫若的战国史剧着重在历史精神的发扬，而太平天国史剧和李自成史剧则着重于历史教训的总结。

三

郭沫若抗战时期的史剧和同时期其他史剧家的作品，大都是悲剧。这些悲剧都具有民族风格，不同程度地继承与发扬了中国古典悲剧的民族传统。

中国古典悲剧大都是英雄悲剧。这些英雄悲剧与西方悲剧相比较有两个特点：一是对道义美的歌颂；二是“死”的美学意义不同。悲剧人物的“死”，在西方悲剧中是美的毁灭，而在中国悲剧中则是美的完成。中国古典悲剧的这两个特点，在这个时期的英雄悲剧中有不同程度的体现。

歌颂道义美是郭沫若史剧的主题。在战国史剧中，作者把战国时代以“仁义”为内容的道义美作为悲剧精神加以歌颂。在作品中，“杀身成仁，舍生取义”的箴言，是仁人志士共同的行为准则，道义美已化为那些时代前驱者的性格美。屈原、婵娟恪守着气节，用自己的行为和生命谱写了一首《桔颂》；信陵君、如姬、高渐离笃守着信义，以赤心忠胆照彻千古。作品通过这些性格表现和歌颂的显然是以仁义为内容的气节美和信义美。对于气节美的歌颂，在《南冠草》中表现得更为集中和突出。在这部作品中，作者通过夏完淳的口表达了爱国主义的气节观，认为气节是读书人个人的命脉所在，也是整个国家民族的命脉所在，个人在紧要关头，失掉气节就毁了自己的人格，国家在危亡之际，无人保持气节就必然走向灭亡。悲剧人物夏完淳就是在上述观念指导下以身殉国的英雄。他的誓言是“挺立两间扶正气，长垂千古作完人”。他终于以壮烈的死，玉成了自己的人格，使崇高的道义美放射出耀眼的光华。

在郭沫若的历史悲剧中，“杀身成仁，舍生取义”已成为悲剧人物共同的行为准则。而这个准则又是以其共同的生死价值观为基础的。他们的生死价值观是英雄主义的价值观，认为人不能改变生死的规律，却可以决定生死的价值，有价值的死是永生，无价值的生不如死，用生命去换取真理正义的永存，即“杀身成仁，舍生取义”，是生命最有价值的选择。在这种价值观指导下，悲剧人物的死，不再是美的毁灭，不再产生怜悯与恐怖的审美效果，而成为悲剧人物实现自觉意志和崇高人格的自觉行动，它给人的审美感受是庄严和崇高。

这时的南明史剧都是以歌颂民族气节为主题的英雄悲剧。古典悲剧的上述两个特点，在这些作品中也表现得十分明显。《碧血花》写的是明末秦淮名妓葛嫩娘同爱国名士孙克咸，在民族危亡之际，笃守气节，以身殉国的史事。为形成奸忠对照，剧中虽也写了汉奸蔡如蘅的变节行为，但集中表现的却是葛嫩娘和孙克咸的民族气节。为突出表现和歌颂民族气节，史剧正面描写了英雄的死。他们虽然身陷囹圄，人落虎口，面临敌人软硬兼施的围攻，却以浩然正气压倒了敌人，真正做到威武不能屈，富贵不能淫，贫贱不能移。他们把奸忠作为道德的衡量标准，宁为玉碎，不为瓦全，他们的死都是道义美的完成。《杨娥传》也是一曲气节美的赞歌。写的是明末永历帝时，民女杨娥忠心报国的传奇故事。为护卫永历帝，杨娥牺牲了爱人和弟弟。永历死后，明朝灭亡，她又隐姓埋名，决心刺杀汉奸吴三桂，以为明朝复仇。但当时机到来之际，她却怀恨病亡。作品着重描写了杨娥刺杀吴三桂的梦，使悲剧人物的道德理想和人格得以最后完成。《海国英雄》中，道义美的歌颂，是通过对民族英雄郑成功形象的塑造完成的。郑成功是个悲剧性的英雄，精忠报国是他一生的追求，他的悲剧性是在复明狂澜既倒之时，仍然不计成败地固守着复明的信念，矢志不移地为明室尽忠尽义。

这时的太平天国史剧和李自成史剧，也都是英雄悲剧，但却不具有中国古典悲剧的上述两个特点。在这些悲剧中虽也表现了悲剧人物的一些美的道德和情操，但其主旨却不是对道义美的歌颂，不是表现悲剧人物完美的理想的人格，而是通过悲剧阐明历史教训。因此，这些史剧中的悲剧人物都是在性格上有缺点的好人。他们性格上的缺点，往往是造成其悲剧的原因，是历史的教训所在。他们的死，不是美的完成，而是美的毁灭，给人的审美感受是无限痛惜。这类悲剧的特点，在《李闯王》中体现得最为明显。

悲剧的民族化特点还体现在戏剧结构、戏剧冲突和戏剧语言等形式方面。在这些方面，郭沫若的史剧与同时期的史剧相比，成就更为明显。

采取开放式结构，突出中心线索，尽量减少情节发展中的枝蔓，是中国古典悲剧在结构上的重要特点。李渔说："头绪繁多，传奇之大病也。荆、刘、拜、杀、(荆钗记、刘致远、拜月记、杀狗记)之得传于后，止为一线到底，并无旁见侧出之情。三尺童子，观演此剧，能了了于心，便便于口，以其始终无二事，贯穿如一人也。"(《闲情偶记·减头绪》)。这个时期的史剧，大致运用了上述手法。每个史剧都紧紧围绕一个人物来写，这个人物是全剧结构的主干，一贯到底。如《李秀成之死》和《忠王李秀成》是以李秀成为主干结构的；《天国春秋》是以杨秀清为主干结构的；《洪宣娇》是以洪宣娇为主干结构的。其他的史剧如《碧血花》《草莽英雄》《海国英雄》《李闯王》等，也都是分别以剧中主要人物为主干结构的。由于这些史剧不是以事件为中心展开戏剧冲突，而是以人物为线索，选取若干个典型事件来描写，这就形成了开放式的悲剧结构。

全面地继承与发展中国古典悲剧民族化结构手法的是郭沫若的史剧。他的历史悲剧在古典悲剧影响下在结构上形成以下三个特点：一是为达到戏剧机体各部分之间的高度统一与完整，采用线索结构的方法。即用人的线索、物的线索和情的线索，将戏剧机体各部分筋骨脉络似地联结起来，使之成为一个统一完整的机体。这是中国古典悲剧中常用的手法。李渔称这方法为“缝衣”(《闲情偶记·密针线》)。二是为使整个悲剧的气氛、节奏、情调、色彩在对照中发展、变化，采用相反相成的结构方法，使悲剧达到一悲一喜，悲喜对照，一张一弛，疏密相间的艺术境界。对照的手法也为古典悲剧所常用，最典型的例子是《琵琶记》。三是为表现正大于负是必然的前景这一历史生活内在规律性，使悲剧产生积极的鼓舞作用，设计了在悲剧中透示出转为喜剧气势的结局。这是对于中国古典悲剧“大团圆”结局的一个发展。从上述三个方面看，郭沫若的史剧在结构民族化方面已形成一套完整的形式，远远走在同时期悲剧创作的前头。

以开放式结构为其特征的中国古典悲剧，在表现悲剧冲突上有三个特点：首先是用大段词曲刻画悲剧人物的心理冲突和自觉意志。这一特点是由戏曲的形式所决定的。其次，不是用闭锁式戏剧那样集中的形式，而是以情节的曲折来表现戏剧冲突的发展。这一特点是由开放式结构所决定的。再次，以猛烈的刺激表现戏剧的危机和高潮。这是由武打和锣鼓这一形式所决定的。上述三个特点，也表现在郭沫若的史剧中。在他的史剧中，往往为悲剧人物设计大段抒情独白，这些独白的作用很像古典戏曲中优美动人的唱段，悲剧人物的内心冲突、自觉意志和道德理想，在这里得到淋漓尽致的展示。如《屈原》中的雷电独白，《高渐离》中高渐离矐目后的自白以及《虎符》中如姬在自杀前的自白等，便都是典型的心理描写。情节的曲折性，在郭沫若的史剧中是通过冲突发展中的突变、反复和偶然事件的出现等一整套艺术手法表现的，其中特别是反复的手法，运用得最成功，成为造成悲剧冲突在曲折中发展的基本手法。以猛烈的刺激形成戏剧冲突的高度紧张，是郭沫若悲剧的鲜明特色。这种猛烈的刺激性，主要是通过具有刺激性的戏剧动作、戏剧场面和戏剧气氛表现的。郭沫若悲剧中的悲剧人物，多具浪漫英雄气质，他们的行动往往成为非凡的具有强烈刺激性的戏剧动作。屈原、阿盖都因情绪的强大压力而表现为精神失常；聂政、怀清夫人都以毁面殉身表示其斗争的决绝；婵娟、如姬等许多悲剧人物的死，都是富有刺激性的戏剧动作。具有刺激性的悲剧场面在剧中大致分为两类：一是抒情的刺激性场面；二是斗争的刺激性场面。这些场面的精心设计成为郭沫若悲剧的主要特色。刺激性的悲剧气氛，常常是通过剧中插入诗歌和词曲来形成的。

这个时期的其他历史剧在戏剧冲突的民族化方面也都有不同程度的体现。首先，都通过情节的曲折性来表现戏剧冲突的发展。这些悲剧大多是以一个历史人物的传记为基础而构成戏剧冲突的，矛盾斗争的时间跨度较长，因此，戏剧冲突的发展与统一，不是采取集中的形式表现的，而是通过情节的曲折性来表现的。由于每个剧描写的不是一个事件，而是与人物有关的几个事件，所以戏剧冲突往往表现得不十分集中突出。这是这些史剧与郭沫若的史剧不同的地方。有的批评者对于这一缺点曾提出批评。如阿英的《海国英雄》演出后，就有人批评“没有剧的纠葛”（万殊：《一年来我所认识的史剧》）。作者承认批评者提出的问题，但却认为他们写的是“传记剧”，选取几个历史事件以人物为中心构成冲突，正是这类传记剧的特点。这时期的太平天国史剧、南明史剧和李自成史剧，都属于这类传记剧。其次，猛烈的刺激性也是这些史剧所追求的。在戏剧高潮中大都设计有刺激性的斗争场面。如《碧血花》中悲剧人物葛嫩娘英勇牺牲的场面，《李闯王》中李岩被杀的场面，《李秀成之死》中李秀成就义的场面，便都是这类刺激性场面。这些史剧不同于郭沫若作品的是缺少郭沫若史剧中的那种表现悲剧人物内心冲突自觉意志的大段抒情性心理描写。因此，悲剧冲突就没有郭沫若的作品那样的深刻性。

诗化是悲剧的基本特点。但西方悲剧的诗化主要表现为语言的形象性与抒情性，而中国悲剧的诗化则不仅表现为语言的诗化，而且表现为人物、环境、结构等全方位的诗化，即在剧中有一个情景交融、意境浑一的意境。郭沫若的悲剧最充分地发展了古典悲剧的这一传统，显示了鲜明的民族风格。若从这个角度将郭沫若的悲剧与同时期其他作家的作品相比较，则看到它们之间存在着明显的差距：其一，郭沫若悲剧的语言是真正诗的语言，它不仅具有形象性、抒情性，而且具有强烈鲜明的情绪节奏和内在韵律所形成的音乐性。与它同时期的其他历史悲剧的语言则缺乏这种诗的因素。这些作者所追求的不是戏剧语言的诗化，而是性格化。如语言运用较成功的《李闯王》，则显示了这样的特点。其二，在郭沫若的悲剧和同时期其他人的悲剧作品中，都塑造了一些正面女性形象，但对这些女性性格的描写，着重点与出发点不同。前者突出人物的情感，塑造的是一批具有诗人气质的情感化形象；后者突出人物的性格，塑造的是一群具有鲜明个性特征，没有诗人气质的性格化人物。婵娟、如姬、聂嫈、怀贞夫人、阿盖是情感化人物，而洪宣娇、葛嫩娘、杨娥则是性格化人物。其三，郭沫若的悲剧是情感线索与情节线索并行的双线结构，作者为突出情感线索，总是在戏剧的情节高潮时，精心设计情感高潮，使悲剧人物的情感在这里达到爆发点，从而使整个悲剧显示出诗的力量。而同时期的其他悲剧作品一般都是单一的情节线索结构，并且都没有以强烈的诗情为特征的情感高潮的出现。此外，郭沫若的悲剧在戏剧环境的描写中，充满着情景交融、意境浑一的诗的意境。如《屈原》中关于桔园的描写，《棠棣之花》中关于濮阳桥畔的描写，《虎符》中关于中秋夜的描写等，都是这类诗化的环境描写。这类诗化的环境描写在同时期其他历史悲剧作品中，则很少见。

上述不同，说明郭沫若的悲剧与同时期的其他历史悲剧，虽都具有民族化的特点，但却又是不同风格的两种悲剧：前者是情感化悲剧，而后者则是性格化悲剧。

总之，现实性主题与历史性题材的统一，马克思主义史学观的运用和悲剧的民族化，是抗战时期郭沫若的史剧与同时期的史剧所共同具有的时代特征，其中以郭沫若的作品体现得最全面、最充分。抗战时期是中国现代历史剧创作的黄金时代，这时产生的作品，在思想艺术上和民族风格上，都达到成熟时期，并且形成整个现代史剧史上的一个顶峰。因此，上述三个特征，也就成为中国现代史剧的共性。

论沈从文小说的结构形式*

沈从文是现代著名的文体作家。他始终把新结构形式的创造作为小说创作的宗旨。他说:"照一般说法,短篇小说的必需条件,所谓'事件的中心','人物的中心','提高'或'拉紧',我全没有顾全到。……我还没有写过一篇一般人所谓小说的小说,是因为我愿意在章法外接受失败,不想在章法内得到成功。"(《石子船·后记》)这个宗旨体现在他全部小说创作中,形成其小说结构形式的多样性特点。他的小说结构形式千变万化,但从总体上看下述三种结构形式最为普遍也最具特色。这便是:双线式结构,镶嵌式结构和流动式结构。

一

沈从文的小说具有散文化倾向,故事情节淡化而抒情性强。这个特点体现于结构上便形成以情感线为主的情节线与情感线并行的双线结构。双线结构又分为双线简单结构与双线复杂结构两种。双线简单结构一般由一条或数条情节线和一条情感线组成,双线复杂结构则分别由两条以上情节线和情感线构成。

双线简单结构是沈从文小说中最常见的结构形式,按照情感线的形成情况大致分为以下四种类型:

(1) 集中写一个人物,由这个人物的心理过程构成贯穿作品的情感线索。《牛》集中描写牛伯一个人物。由他的行为所构成的情节线十分简单:在农忙季节牛伯不慎用小榔锤打伤了牛腿,农事的紧急促使他心急火燎地去为牛治腿,终于将地耕种完毕。到了十二月官府开始征牛服役,牛伯反悔恨那时没把牛腿打断。小说着力描写了牛伯的心理发展过程:一方面写他对牛的怨恨(嫌它恢复太慢,误了耕地),一方面又写他对牛的疼爱(怨自己不该将它打伤,更怕它被征发到远方)。正是这爱与恨形成的心理矛盾的发展变化,构成全篇的情感线索。《会明》集中描写

* 《山东师范大学学报》1990 年第 2 期。

一个军队中的伙夫会明。由他的行为构成的情节线同样很简单：他当了一辈子伙夫也未得晋升，但他却比谁都崇拜和关心着军队，身边永远带着蔡锷时代的战旗，心中神秘而虔诚地怀念着蔡锷将军。他忠于职守，热爱生活，在阵地上竟然养起一群小鸡。但小说着力描写的是会明作为一种牛马型性格所具有的独特心理状态，正是这种心理状态的发展过程构成了贯穿作品的情感线索。《夜》描写的是一个舞女的生活。情节线是以这舞女一夜的活动为中心形成。首先，她在舞场上发现了一个漂亮男青年，在希求中与这个男青年跳了三轮舞并接受了他赠送的舞券；其次，她由舞场回到家中后思念那个男子，希望他来到身边相会；再次，由于思念，她做了一个梦，梦到那个男子来到她的寓所。与上述情节线相适应的情感线是以舞女对于那位男青年的爱为中心形成的。作品以这爱由浅而深的发展构成情感线索。从倾慕到思念再到情欲，这是一条由爱的情感所构成的情感线。《十四夜间》和《第一次作男人的那个人》在结构上几乎相同，写的都是一个心灵尚不失纯真的男青年与娼妓的关系。情节简单而心理描写却十分细致，由人物心理过程所构成的情感线索是小说中的主要线索，而与之相应的情节线索则被明显地淡化。

(2) 作品描写了几个人物，但有一个人物是贯穿始终的线索人物，情感线是由这线索人物的心理过程所构成。《丈夫》描写的是船上土娼的生活。小说在结构上却安排了一个去娼船探望作娼妻子的“丈夫”作为线索人物。一方面描写船上土娼生活的情节故事由他的视角中展开，一方面土娼特别是妻子的生活命运的极度不幸冲击着他那纯朴善良的心灵，使他的情感此起彼伏，心理状态千变万化。前一方面的内容构成了小说的情节线索，而后一方面的内容则构成小说的情感线索。《一日的故事》在对比中描写了两个知识分子家庭的状况：一个家庭由一对青年教授夫妇组成，“代表着恋爱的春天”；另一家庭由一对中年夫妇与一群孩子组成，代表着恋爱的“萧条的秋天”。小说为将这两个家庭作对比，便设计了作家晋升君作为线索人物，把两个家庭联结起来。但这个人物在作品中不仅是一个情节中的线索人物，而且更是反映和批评两个家庭及社会生活的心灵的镜子。一方面人物的行为通过他的视角形成贯穿作品的情节线，一方面人物的命运与社会生活中的种种不平不断激起他心中的无限义愤，从而以他的心理状态的过程形成一条与情节线对应的情感线。《冬的空间》描写的是一群都市中知识分子的生活。其中情节线索有数条，如革命者蔡先生夫妇被捕，大学生“密司×”恋爱自杀以及文艺界青年诗人的轻薄与虚伪行径等。小说为突出情感线索，便设计了一个作家并教授的“男子 A”作为线索人物。在作品中，“男子 A”的作用同样是双重的，这便是既起了情节的连结作用，而又由其心理情绪发展过程形成一条情感线索。《绅士太太》在结构上很像《一日的故事》。同样描写了两个家庭的状况（两个绅士家庭），也同样有一个既有联结作用又构成情感线索的线索人物(绅士太太)。

(3) 把故事情节组织到“我”的回忆中去描写,由“我”独特的心态与情绪构成情感线索。这类作品的数量也不少。《还乡》写的是“我”还乡的故事。情节线很简单,写阔别故乡多年的“我”重返故土,重游了童年生活过的小街,遇到故旧,以酒话旧情。但这些情节都是通过“我”怀念故乡、回忆童年生活的独特心态表现的。这种心态使整个作品笼罩上一派带有淡淡乡愁的回忆情思。正是这一派情思构成了小说中的情感线索。《船上岸上》写的是“我”对已故同乡同学又是老朋友的叔远的回忆与怀念。“我”所回忆的情节是四年前与叔远离家乡去北京时坐在船上的情景。这个情景所表现的“我”的特殊心态是怀友与思乡两种情思的交织。小说的情感线索便是由“我”的这种心态与情绪所构成。《在私塾》是“我”对童年学生生活的回忆。在自述富有情趣充满天真烂漫的孩童生活时,“我”的心灵中流动着对人类童年世界的向往和对于童心的爱。正是这人类普遍的感情构成小说中的情感线索。其他如《我的小学教育》《我的教育》等情感线的构成,大致与这一篇相同。《学吹箫的二哥》《记陆弢》和《若墨医生》写的都是“我”对友人的回忆。情感线都是由“我”在回忆中流露的思友怀旧的情绪构成。

(4) 小说描写两个以上人物,情感线索由两个人物的心理矛盾或心理对照构成。《有学问的人》写绅士天福同老同学密司周女士在家中相会。他们的外部动作构成的情节十分简单。小说细致入微地描写了这两个人物的心理活动,使他们拘谨的动作与放肆的心理形成鲜明对照。作品情节淡化,而由两个人物的心理对照所构成的情感线却异常鲜明突出。《某夫妇》写一对青年夫妇相互猜忌。丈夫少白表面对妻子亲热,内心却想着另一女性;妻子美美内心对丈夫充满猜忌与嫉妒,想用美的装饰打扮夺回丈夫的心。两人的心理构成鲜明对照与矛盾,从而形成小说的情感线索。《雨后》写的是情欲,构成情感线索的是一对青年性心理的发展过程。作品中一对青年的心理相互交流、彼此影响,向着同一方向发展。这心理活动的外在表现则形成人物一系列动作以及由这些动作构成的情节线索。《晨》写城市中一对青年夫妇庸俗无聊的生活趣味,情感线索同样是由岚生与岚生太太两人的心理矛盾过程构成的。

双线复杂结构的作品较少,但这类作品都具有浓郁的抒情色彩,被评论者称为无韵的诗。代表性的作品有《边城》《菜园》《三三》等。多条情节线与情感线的交织或并行发展是这类小说的共同特点,其中以《边城》最为典型。《边城》的情节线有三条。一条是由老船工的悲剧命运为中心构成,写他一家祖孙三代人的不幸遭遇:女儿由于婚姻的不幸死去,祖父又因外孙女的恋爱纠葛郁闷而离开人世,只留下翠翠孤身一人和一条狗在陪伴渡船。另一条线索以船总顺顺一家为中心构成,写父子两代在婚姻问题上的纠葛：父亲想把老大许给“渡船”（同翠翠成亲），将老二许给“碾坊”（给团总作女婿），但兄弟俩却同时爱上了翠翠，这矛盾的结果，使矜持的老大含悲沉水而死，要强的老二也忧愤而远行。连结上述两条线索的是翠翠与船总两个儿子的爱情纠葛，而这爱情纠葛则恰恰是在结构占居中心地位的第三条情节线索。与上述三条情节线索相适应，作品的情感线索也有三条。第一是性爱的情感线。它集中通过小说中三组人物的情感表露出来：其一是翠翠与船总家兄弟俩之间的情感，这种情感是纯真的性爱；其二是船夫已逝的女儿与其情人之间的情感，这种情感是通过关于他们爱情悲剧的叙述表现的，并且一直影响着老船工和后来翠翠的心理，构成作品中始终笼罩着的带有悲凉意味的情感氛围；其三是杨马兵的情感，他对老船工特别是翠翠具有一种特殊亲昵的感情。这种感情不是一般的友情，而是根源于性爱，即对于死去的船夫女儿的性爱。因为在她活着的时候，他就爱着她，并曾多次唱歌向她求爱。这爱没有因为她的死去而稍有淡漠，而是深深埋在他心里，并转化为上述情感。第二是伦理爱的情感线。这条线索主要是通过两组人物的情感体现的。一组是老船工与翠翠之间的情感。老船工对于死去女儿的怀念、内疚和遗憾，对于外孙女翠翠的疼爱与关怀，以及翠翠对于外祖父的真挚情感，均属于伦理性的情感。一组是船总顺顺父子的情感。顺顺父子两代和谐相处是基于父子间深挚的情谊；天保与傩送对于爱情问题的处理更表现了动人的手足情谊。这一切都根源于爱，伦理之爱。此外，小说还通过船工一家与船总一家以及过河人与船工的关系，宣扬了普遍的人类之爱。使人感到小说中人物生活的环境是充满着人类爱的理想境界。这种人类爱的渲染便形成小说中的第三条情感线索。

总之，情节线与情感线并行的双线结构是沈从文小说结构的普遍形式。双线结构的具体形式虽有多种类型，但却有一个共同点，这便是都以情感线为主。因此，我们把这种结构形式叫作以情感线为主的情节线与情感线并行的双线结构。正是这一结构特点形成了沈从文小说抒情的散文化倾向。

二

镶嵌式结构也是沈从文在小说创作中所常采用的结构形式。这种结构形式在作品中一般表现为以下两种情况：一是自然与人事的镶嵌，即在自然景物构成的画面上镶嵌以人事；二是故事与故事的镶嵌，即在故事中套以故事。

对于自然美的描绘，在沈从文的小说中占有极其突出的地位。自然与人事的交融和谐成为他小说内容的一个特点。这个特点表现在结构上便形成自然与人事镶嵌的特殊结构形式。这种结构形式在作品中大致可分为两种类型：其一是背景镶嵌，即自然与人事镶嵌后，自然景物成为人事的背景。《雨》写大学生公寓里的一个生活场景，其背景则是那“不知疲倦的雨”。关于“雨”的描写贯穿于小说的始终，使人时刻感到在落雨，整个作品中人物的活动都是在雨中展开的。《初八那日》的背景则是“风”。小说写的是某城市一角的坪坝上两个锯木工人在锯木时由于大风吹坍木架人被压死的故事。在小说中“风”被作为杀人的“主谋”加以突出的描写着，“风”的突出鲜明的形象构成了作品中人事的自然背景。《夜渔》写的是茂儿同五叔去“守碾坊”看秋天夜晚“夜渔”景色的故事。美丽动人的秋天黄昏与夜晚的景色构成了小说的背景。作品按照时间的流动描写自然景色千姿百态的变化，把人事和自然交融在一起。《船上》写的是在江中行驶的军船上一位团长同军需官的对话。构成作品背景的则是十二条军船在波涛滚滚军号齐鸣的大江上行驶的场面，那美丽动人的江色是背景中的主要形象。《建设》写一个工人在建设工地上杀死美国牧师的故事。构成小说背景的是工地附近的沙与河街。作品用了大量篇幅描写河上景色和河街的构成，为我们绘制了一幅具有鲜明地方色彩的湘西乡土画。其二是映衬镶嵌。即自然景物与人事相互映衬，从而加深小说主题的内涵。《雪》一方面描写洁白的雪，一方面刻画叔远母子淳朴的心灵，使自然品格与人的品性相互映衬，令人感到韵味无穷。《静》在一幅春光静穆画上镶嵌了令人哀愁的人事：一个失去父爱的女孩陪伴着肺病垂危的母亲。自然景物是静静的，人事里却充满淡淡的哀愁，两相映衬，表达了一种愁人的美。《春》写在春意盎然的花园里，一对青春勃发的恋人谈情说爱。自然与人事相互映衬，诗一般地体现并赞美了生命活跃的“春”。《黔小景》写的是荒凉贵州官道三月的景象。小说向我们展现的是野蛮凄惨的原始生命世界，商旅偶见的官道上，豺虎出没、骷髅弃野，千里无人烟。与这荒凉相对照，作品描写的人事是一个孤寂客栈里的老主人之死。严酷的自然条件与人的生命力相互映衬，更加显出生命的茁强。《蜜柑》也有一段关于春天花园的景物描写，这自然景物与处于青春期的男女学生的心理同样是相互映衬的。

在沈从文的小说结构中，故事与故事的镶嵌更为普遍。这种结构形式主要分为以下三种类型：其一是倒叙镶嵌，即两个相互镶嵌的故事在内容上有因果关系，作者先写其中一个而后引出另一个，在逻辑上多采取倒叙的手法。《一个母亲》实际上写了三个关于母亲的故事，一个是母亲童年时代与两个耍草龙的男孩相识，而后来终于同其中一个结了婚的故事；二是母亲结婚后偶然遇到另一个童年耍草龙的男子并背着丈夫同他发生了关系的故事；三是母亲生下孩子后在家庭中所引起的波动。小说首先写了第三个故事，然后引出其他两个故事，在逻辑上形成倒叙。

《医生》写了R市白医生的两个故事，一个故事是白医生被一个疯子扭架到离城五十里地的山洞里为一个死人“治病”；另一故事是白医生被扭架后，R市的绅士们以为他已死去，为他开追悼会，白医生又忽然来到会场。小说先写开追悼会的故事，然后引出白医生被扭架后的故事。其二是引子镶嵌。两个故事在内容上无因果关系，只是由第一个故事引出第二个故事。《都市一妇人》主要描写的是一个城市妇女的不幸遭遇。这个女子原是小家碧玉，跟母亲在北京旗贵人家作佣，一个偶然的机会使她作了外交家的养女。后来她在婚姻问题上几经周折，她既作过绅士的妻子、总长的姨太太和将军的情妇，又沦落为商妓和军妓。最后她终于爱上一位年青漂亮军官，但他又不幸被毒瞎了眼睛。小说不是开门见山地讲述上述故事，而是首先写“我”同一位老少将的交往与友情，然后由将军引出上述故事。《厨子》主要写的是土娼二园母女的故事，而作为引子的则是高教授家中请客吃饭找不到厨子的故事。主体的故事是由厨子交代引出来的。《第四》先写“我”与朋友同去西湖游玩，途中听朋友讲了很多故事，而“我”记下来的是其中的第四个故事。这四个故事是朋友亲身的经历，是他同一个牧师夫人恋爱的曲折经过。前一个故事与后一个故事在内容上没有因果关系，只是后一故事的引子。《凤子》是引子镶嵌结构中较为典型的一篇。小说先写“我”(一个湘西镇筸青年)在北京失恋后来到海滨青岛，在这里偶然遇上一位青年时期曾去湘西镇筸考察过的工程师。两人均为湘西乡情所系，便结为友好。而后，由这位工程师引出他二十年前在湘西考察的一系列故事。其三是首尾镶嵌。故事以一段故事外的议论或者解说开始，在故事结束后又重新回到议论或解说上来。这类作品的数量也颇多。《灯》的主体故事是一个老战兵如何忠诚于其主人的故事。但故事前后都有一个故事外的首和尾，这首和尾写的都是“我”(讲故事的人)同听故事的人(穿青衣的女人)关于故事的议论。《虎雏》写的是具有强悍性格的小兵祖送由内地乡村来到上海后的故事。前后也都有一大段“我”与其兄弟之间对于祖送性格与前途的议论。《松子君》写的是周君恋爱的故事，前后却有作家松子君的大段议论。《老实人》写的是自乡村进入北京的青年作者自宽君，由于其“老实人”性格而产生的一系列挫折和不幸。作品的首尾也都有“我”的大段议论。《月下小景》中的绝大部分小说采用《十日谈》的讲故事的程式，这种在故事前后均加有对于讲述人介绍和讲述人评议的形式，也可以视为首尾镶嵌的结构形式。

镶嵌结构突破事件中心、人物的中心等结构形式，使散文因素浸入小说之中。由此带来的散文因素主要有：(1) 因镶嵌而使小说的故事情节趋向淡化，从而使以故事情节紧密结合的小说机体，处于松散状态；(2) 在小说机体内注入大量情节以外的议论、抒情成分，而这些成分恰恰是散文的必要因素；(3) 镶嵌使小说的叙述方式从单一的程式中解放出来而获得广阔的自由，从而形成叙述方式、角度与开头结尾的千变万化，而这种自由也是散文所具有的。

三

流动式结构也是沈从文小说中常见的结构形式。所谓流动式即是利用结构的手段使作品机体形成一种动势，给人以流动感。这种结构形式以手段的不同可分为四种类型。

第一种类型是视角的流动。这类作品以描写视角有秩序地变化，形成作品机体的动势。《柏子》的描写视角是以主人公柏子的活动为转移的流动视角。当柏子在船上时，描写视角是由船上向江岸的仰视，这时在我们面前展现的是一幅江边码头的全景；当柏子从船上走向江边小街的吊脚楼时，描写视角便凝聚在柏子活动的路线上，这时在我们面前呈现的则是吊脚楼的外观及在楼内柏子与土娼调情的生动场面；当柏子由吊脚楼重回船上后，描写视角也便转向江船，这时在我们面前出现的又是船夫们在船上的情景。随着描写视角的变化，整个作品的机体形成数个场景连接呈现的流动图画，很像一连串按时间顺序出现的电视镜头。《还乡》运用的同样是以重游者“我”的活动轨迹为转移的流动性描写视角。随着人物的游踪，描写视角不断推移，在我们眼前先后呈现出三个相连贯的场景。《船上岸上》描写视角也是随着人物活动路线转移的。由于视角的推移，画面时而船上，时而岸上，变化流动不已。

第二种类型是背景的流动。所谓背景的流动，即是在结构中嵌以流动性背景，以形成小说机体的动势。沈从文出身于湘西水域，一生与水结下了不解之缘，他的小说大都是以水为背景的。构成沈从文小说背景的，是一个完整的以水为主体的具有流动美的自然世界。这个世界的构成分为三个层次：第一层次是作为地理形象的水，它在地面上流动；第二层次是由水派生出来的气候形象，如云、霞、雾等，它们在空中或高处流动；第三层次是与水有关系的人化自然形象，如舟船、水车和碾坊等，它们在水的推动下流动。

第三种类型是时间的流动，即在小说中描写时间的推移，以此形成小说机体的动势。在小说中时间的推移往往是通过对自然形象形色变化的描写表现出来的。如“暮中落霞”、“黄昏雾色”、“黄昏野炊”、“暮中山色”等都以其形色的逐渐变化而显示了时间的流动。

第四种类型是人事的流动，即在进程中描写人事，显示人事发展的进行的状态，从而形成小说机体的动势。《边城》所写翠翠与傩送的爱情，到最后未有一个明确的结局，而还在继续发展中，发展的结果可能成功也可能失败。《一日的故事》写的是一个在生活困苦中挣扎的青年作家，他最后的命运如何，小说同样没有作出肯定的回答，小说结尾只说等待他的有两种可能："或者别处来钱了"，或者依旧过那穷日子。《萧萧》写的是几代人的命运周而复始的循环。小说结尾写萧萧为儿子娶了媳妇，终于结束了童养媳生活，但在这同时另一个女子又开始陷入萧萧同样的命运。人事的流动在更深层次中是描写生活的"常与变"，这"常与变"在长篇小说《长河》中表现得较为突出，它主要是通过老水手的感受和惶恐心理状态表现出来的。

沈从文小说结构的上述三种普遍形式，打破了小说的传统结构程式，丰富和发展了小说创作理论。这三种结构形式是在广泛吸取其他艺术体裁结构形式的基础上创造的。双线结构吸取了散文与诗的结构形式，从而使小说具有散文化的特点；镶嵌式结构形式是吸取了中国山水画的结构形式，从而使小说具有了绘画的特点；流动性结构是吸取音乐的结构特点，从而使小说具有了音乐性。

论沈从文作品中的自然女性*

在现代作家的作品中论题材人物的广阔性，沈从文应首屈一指。但他写得最成功的在文学史上具有不可替代意义的则是自然女性。

鲜明的时代性与社会性是五四以来新文学的历史性特征。新旧社会力量斗争构成的社会关系不仅成为新文学所表现的主体性内容，而且被认为是人物性格及环境典型化的主要尺度。这种倾向表现在女性形象塑造方面则是几乎所有女性性格均被描写为某种社会力量自觉或不自觉的代表者，她们的生存环境都是由支配她们的社会关系所构成。鲁迅小说中的祥林嫂和子君，郭沫若历史剧中的“三个叛逆的女性”，便都是代表着某种道德力量而又受道德力量支配的人物。这种普遍的社会性倾向成为新文学矢志不移的发展方向，至30年代，在马克思主义思潮影响下，更增加了革命的色彩。于是继五四时代的道德女性，又出现了革命女性。茅盾在《蚀》《虹》等小说中所塑造的就是这类女性的典型。

沈从文笔下的自然女性完全是另一类性格。在这些性格中社会性已淡化，而自然性则成为其突出特点。

一

自然女性的第一个特征是生存环境的自然化。构成她们生存环境的不是复杂的具有决定意义的社会关系，而是人与自然的关系。在这环境中，人的生命与生机勃勃的大自然的生命相契合，形成田园牧歌式的节奏。《边城》中的翠翠，《长河》中的夭夭，《三三》中的三三，《采蕨》中的阿黑，《萧萧》中的萧萧，《一个女人》中的三翠等，其环境都无不具有田园牧歌式的自然化特征。这自然化的环境往往由人化的自然和自然化的人两种因素谐合而成。翠翠生存环境中的人化的自然是渡船、白塔和通灵性的狗，自然化的人则是性格与心灵全由大自然铸造的老船工；夭夭生存

* 《山东社会科学》1990年第5期，《齐鲁学刊》1991年第3期转载。

环境中的人化的自然是全家人以生命经营的桔园，也有一条朝夕相伴的狗，自然化的人是与她心灵沟通的老水手；三三生存环境中的人化的自然是她们母女赖以生存的碾坊，同样有一条聪敏过人的狗，自然化的人是与她相依为命的母亲。人类社会总是在偏颇对立中发展，大自然却往往在平衡选择中进化。因此，社会型女性和自然型女性同环境的关系是不同的。前者与环境处于对立状态，而后者却处于谐合状态。正是这人与自然环境的谐合，形成了田园牧歌式的节奏。和谐不等于绝对自由。生存于自然环境中的人，也非绝对自由的个体，他的生存虽不决定于社会关系，但却受支配于自然选择。并且环境的自然化，并非指环境全然与社会隔绝，沈从文笔下的自然环境同样包含着社会内容。不同只在于这些社会内容所揭示的不再是两种社会力量的明显对立与斗争，同时也不成为与人物对立而又决定人物命运、行为的因素。这决定因素已为自然选择所替代，在《边城》中，船总一家构成翠翠生存环境中的社会性内容。但它与翠翠始终处于和谐状态。翠翠的不幸不是社会性因素所造战，而是来自自然选择，即天保的死引起傩送的变故，这变故又因爷爷的病故而增加了对于翠翠的压力。萧萧的婆家与本家构成其环境中的社会性内容，但它毕竟没有成为对萧萧的命运、行为起决定作用的因素。萧萧的命运与行为最终也是由自然选择所决定。这便是自然生存欲望使她行为与习惯相悖，从而带来厄运，但自然又恩赐了她，让她生了男孩，由此便转危为安。

自然女性的另一特征是自然选择意识。人物环境社会性因素的淡化和自然性因素的居于支配地位，反映在人物主体意识中便是社会意识的淡化和自然选择意识的居于主导地位。她们不像社会型女性那样在一定的道德原则或政治原则支配下生活，并根据这些原则作出自己命运与行为的选择，而是从生存原则出发，在生存原则的支配下去选择自己的行为和命运。这种选择基于生命的本能，实质上体现着自然生存的法则，是生命的自然选择。从生命学的角度看，人的生存原则是：(1) 维持生命；(2) 发展生命。维持生命的主要手段是劳动；发展生命的手段则是生育后代。这两种生存的目的与手段形成生命的潜在意识——自然选择意识，潜藏于生命本能中。因此，自然选择意识往往直接表现为生命的本能。这个特点明显地表现在自然女性的行为中。她们的自然选择意识体现为两种本能：劳动本能和性爱本能。

劳动的概念和人的概念是同时产生的，它是大自然赋予人的本能和本性，是人生存的第一原则。离开劳动，人就无以生存；失去劳动的本性，人就不成其人。因此，作为自然本性的劳动，本身就是自然对生命选择的结果。从这个意义上讲，那些失去劳动本能的人，也就是被自然淘汰了的没有生命力的“人”。作者正是从上述意义上塑造了他的自然女性，将其劳动本能夸张地加以描写，以此来突出其生命中潜在的自然选择意识。翠翠始终与渡船连在一起；三三总离不开她的碾坊；夭夭的时间全花费在桔园里。至于萧萧、三翠等童养媳，劳动更成为其生命的全部内容，“喂鸡养鸭，挑水种菜，绩麻纺纱，推磨碾米，无事不能，亦无事不做”，“日晒雨淋同各种劳役，使每个人都强健而耐劳”（《长河》）。劳动既成为她们的本能，也便占有了她们的意识。她们白天劳动，夜晚作梦依然是劳动：“梦到在溪边捉鱼，到山上摘菌子，到田里捡禾线。”（《一个女人》）“天给她们工作上的兴趣比工作上的疲劳还多”。她们不仅无好逸恶劳观念，反而厌恶“戴金穿绸，进城去坐轿子，坐在家里打扑克牌，看看戏，无事可做就吃水烟袋烤火”等“乡下人所说的福气”（《一个女人》）。为突出自然女性的劳动本能及其选择意识，作者以城市妇女的生活与之相对照。《都市一妇人》《自杀》《绅士太太》《或人的太太》等小说所描写的就正是这类与自然女性相对立的另一种女性的生活。从这类女性身上可以清楚地看到，出于劳动本能与自然选择意识的基本或完全丧失，生命也便因生存能力的衰弱而趋于萎靡。她们虽有优裕的物质生活，但浓重的无法摆脱的生命忧患意识和生存的危机感，却强烈地骚扰她们的灵魂，折磨她们的肉体，使其生无宁日，终生处于生存的巨大恐怖中。两相对比，自然女性的自然选择意识及由此而生的生命力和生存能力，更昭然若揭。

性爱是潜在的自然选择意识的外化，在不自觉的性本能和审美动机下面掩藏着的真正目的是传宗接代，创造新的生命个体，即求得生命的发展。这个目的集中体现在自然女性对男性配偶选择的审美标准上。她们对于男性配偶的选择有三个条件：(1) 年龄；(2) 体魄；(3) 智慧。这三个条件中没有社会性内容，只包括生命的自然因素，所体现的正是以创造新生命个体为目的的自然选择意识。以生命的自然因素为条件选择配偶，确是自然女性性爱的基本特点。翠翠爱上傩送，并非由于他是富有的船总的儿子，在兄弟二人中选择了弟弟，也全是对于两人自然条件比较的结果。夭夭和三三在朦胧的爱情中虽有对新生活的憧憬，但所表现的却是与物欲绝缘的人：性的自然美。最典型的事例是苗族女性以对歌为其手段的性爱，如《媚金·豹子与那羊》中的媚金，《龙朱》中黄牛寨主的女儿，以及《神巫之爱》中的哑女等。对歌这原始性配偶手段赤裸裸地表现着自然选择的目的与特点。它既是性本能的冲动，又是两性间生命的自然气质与自然条件的相互较量对比，最后达到优胜劣汰的自然选择目的。这是作者肯定的理想手段。此外，《采蕨》《月下一景》《萧萧》等所描写的性爱直接表现为性本能冲动。这种性冲动的描写，若离开自然选择的目的则不仅毫无意义，而且大有低级庸俗之嫌。它的积极意义显然只在于它那盲目本能的热情下面隐藏着大自然清醒的目的。如果说一般性爱的真实目的是通过选择配偶的条件曲折表现的，那么这种性爱的目的则是以目的本身直接宣布的。

自然女性的第三个特征是具有茁强的生命力，这同样是自然选择意识的外在表现。在自然女性生存的环境里，虽然没有文明世界中那样礼法森严的统治，但却存在着阻碍和压抑自然选择意识的习俗，并且这些习俗似乎专为迫害女性而约定，其主要内容包括两个部分：(1) 与性爱的自由选择相对立的童养媳制度；(2) 惩治女性越轨行为的所谓世俗法规。自然女性正是在对这些习俗的反抗与适应中显示了生命力的茁强。萧萧和三翠代表童养媳的两种类型。萧萧是反抗型，她敢于冒沉潭和远嫁的危险与花狗发生性关系，并生了孩子，这行为所表现的是自然选择意识向习俗的挑战。当无情的世俗法规威胁到她生存的时候，她毫无恐惧感，而对生存充满信心。这勇敢与自信正表现了她生命力的茁强。三翠是以巨大忍耐力与适应力在习惯下生活的女性。她的生活道路如此曲折多舛，生存意志却百折不挠。她生命力的茁强就表现于在习惯下生命的坚强忍耐力与适应力。大多数自然女性由于自然选择意识的强烈，往往在两性关系上发生习俗所不容的越轨行为。事实表明，习俗的残酷压迫可以夺走自然女性的生命，却无法制止她们性爱中的越轨行为。因为这行为受支配于“神的意志”，即自然选择意识。

总之，沈从文笔下的自然女性是中国现代文学中独特的性格。它与社会型女性的最大不同就在于其自然性。生存环境的自然化，自然选择意识和茁强的生命力则是其自然性的基本特征。

二

沈从文是一个生命力论者，他认为一个民族的兴衰是由其生命力的强弱所决定的。而现代中国都市文明的堕落正反映着整个民族生命力的萎靡；其拯救的办法便是发扬残存于乡下人血液中的原始生命活力，为衰败的民族机体打强心剂。这便是他塑造自然女性的动机。因此，自然女性形象既对社会性因素带有排斥力，而又不能不具有社会批判的意义。

在沈从文看来，中国都市所显示的民族生命力的萎靡衰退，主要表现是“权势萎缩了”生命的“情感”，“财富压瘪扭曲了”生命的“理性”。自然女性的社会批判意义正表现在上述两方面。

沈从文认为都市社会人性堕落的第一个标志是人情感的物欲化。所谓情感的物欲化，就是在市侩观念支配下，人的情感受到权势、名利和金钱等物欲的污染，发生病变，失掉了自然本性。情感的自然本性是灵欲，即超脱物欲的自然的爱与美的情感。作者赋予自然女性的就正是这种自然的爱与美的情感。其动机是以其与都市社会相对照，以达到抑物欲、张灵欲，解放生命情感的目的。沈从文笔下的自然女性，生活在纯朴的自然美境中，饱经自然美的陶冶与浸润，对于自然美的热爱与敏感已成为她们的天性。她们对于自然美的热爱往往带有泛神色彩，大致以如下形式表现出来：(1) 每年的三个节日。端午节看龙舟大赛，中秋节观月对歌，元宵节观灯看舞龙耍狮。这些都是《边城》中所生动描写的为翠翠神醉心狂的美事。作者认为这些盛会所表现的是人化的自然美与自然化的人性美相互谐合与交融，只有生存于乡下自然美的环境里，对于自然美有天然感受力的人，才能为它所倾倒。(2) 看社戏和朝山拜佛。这是自然美的神化，是审美与信仰的融合。它往往把审美者引入一个庄严神秘，使灵魂净化的“圣境”。作者曾在《虹桥》和《长河》中描写过看社戏与朝山拜佛给人的审美感受，并赞美乡下人“接受自然美的状态”，认为他们“把生命谐合于自然中，形成自然一部分的方式”，比起城市人“赏玩风景搜罗画本的态度，实在高明的多”(《虹桥》)。上述审美形式是乡下人所共同的，但对自然女性却尤其具有吸引力。她们以此将生命与大自然的生命相谐合，使灵魂与情感在自然美的陶冶感召下得以净化。美产生爱，基于美的爱，才是摆脱了物欲的最纯真的情感。所以，自然女性对于美的天然喜爱与敏锐感受的习惯，尽管是粗犷的、原始性的，但却是救治生命情感物欲化痼疾的一副良药。作者说：“金钱对‘生活’虽好像是必需的，对‘生命’似不必需。生命所需，唯对于现世光影疯狂而已。因生命本身，从阳光雨露而来，即如火焰，有热有光。”(《烛虚》)显然，基于美的纯真的爱，是自然女性的主要情感。不仅翠翠、三三、三翠等具有这种情感，连那些土娼、情妇也不同程度的流露出这种情感。

沈从文把生命理性的扭曲看作人性堕落的另一标志。理性的扭曲使人丧失了真诚的本性。这种扭曲发展的结果，使道德的价值标准也被世俗所歪曲与颠倒。他认为真正的理性是对于自然选择这一客观法则的认识，这便是“从生物学新陈代谢自然律上，肯定人生新陈代谢之不可免”(《潜渊》)，从而由理性产生出意志。这认识显然成为他塑造自然女性的动机。作为自然女性主要特征的自然选择意识，正是这种理性的体现。

自然选择的理性意识形成自然女性与城市人绝然不同的观念。其中主要有：(1) 关于性关系的观念。城市人往往从道德角度看两性关系，将其同婚姻等同起来，并进而视其为婚姻的附庸，认为与婚姻相结合的性关系是道德的，不属于婚姻或与婚姻相悖的性关系则是不道德的。因此，性关系在城市人中，由于婚姻和道德舆论的制约，而处于被压抑状态。这压抑的结果便是与婚姻相悖的性关系假婚姻道德的名分而发展，使婚姻道德成为虚伪的东西。《一个母亲》《绅士的太太》《或人的太太》等写的便是这种性关系。它一旦公开就会被舆论指为不道德和罪行。与城市人相反,自然女性的性观念是非道德的。她们本能地把食欲与性欲等同起来,将其视为不受道德约束的生命生存与发展的天然需要,是不可违抗与禁绝的"神的意志"。从自然选择的角度看,性爱是最道德的行为,因它顺乎生命发展的自然律,束缚或有悖于性爱的所谓"道德"、婚姻等一切名分是不道德的和虚伪的,因它违背了人类生命发展的自然律。婚姻是性爱的一种形式,凡是建立在性爱基础上的婚姻都是道德的、真诚的婚姻,而离开自然选择的性爱基础以道德名分和金钱权势等物欲为根据的婚姻,都是虚伪的、不道德的婚姻。正是从上述观念出发,作者所写的性爱,大都具有非婚姻、非道德的性质,如未婚少女的性爱(萧萧、阿黑)、情妇的性爱(《第四》中的牧师太太,《旅店》中的女店主,《连长》中连长的情人)和土娼的性爱(《柏子》《一个多情水手与一个多情妇人》中的土娼)等。作者的目的显然不是提倡性解放和非道德,而是恢复人们关于性的自然观念,从而将生命的理性从虚伪的道德信条中解放出来。(2) 关于人的价值观念。城市人以商业价值作为人的价值标准,使人的理性被物欲所扭曲,从而变成怯懦、懒惰和虚伪的性格。作者叫这些性格被扭曲了的人为"阉人"。并将他们的观念叫作"被阉割过的寺宦观念"。自然女性在自然选择中所体现的关于人的价值标准则是生命与人格,即人的价值不是由教育身份、金钱、权力等社会因素来决定,而是以生命力的强弱、人格诚实与虚伪来决定。正是这一观念,使她们几乎不约而同地对生命衰弱、人格虚伪的城市人(特别是知识分子)抱有成见,而对具有原始性生命活力和真诚的自然人格的乡下人却怀有天然的好感。用原始生命活力和诚实的自然人格来改变"阉人"怯懦、虚伪的人格及其观念,正是作者赋予自然女性的社会批判意义。

总之,自然女性的自然性本身具有社会批判意义,这种批判通过自然女性的自然性同城市人,特别是城市女性的社会性病态相对比来实现的。因此,这种对比愈鲜明、愈强烈、愈深刻,其社会批判意义也就愈大。

三

自然女性形象因其具有独特的自然化特征,在文学史上获得不可替代的地位。但从艺术创造上来看,则还带有明显不足。

首先,形象的内涵不够丰富,缺乏立体感。内涵的丰富性是艺术形象成功的标志。所谓内涵的丰富性,一般指人物性格构成的多层次性与人物心态的复杂性。正是这些因素形成审美中的立体感。沈从文在塑造自然女性时,由于把自然化突出为人物性格唯一的特征,并将这一特征的具体内容又理解为人物心态的单一,所以塑造的人物就呈现性格构成的单层次和心态简单化等特点；再加上环境描写中一味强调牧歌化而淡化了社会性内容，因此，人物性格内涵就显得单一贫乏，给人以平面感。萧萧和三翠的形象，其内涵显然应包括两个方面：其一，作为自然女性的自然性特征，如性爱、劳动等；其二，作为童养媳的社会性特征，如独特命运、遭遇等。但形象实际上所展示给我们的却只有前者，对于后者虽有触及，却只是笼统的、概念的。中国现代下层劳动女性都有着被侮辱被损害者的共同命运。萧萧和三翠也无法幸免。鲁迅《祝福》中的祥林嫂，柔石《为奴隶的母亲》中的春宝娘，便是反映这类人物命运最深刻、内涵最丰富的典型形象。若将这两个形象的构成与心态同萧萧、三翠相对比，后者的不足是显而易见的。《说故事人的故事》中的土匪女大王夭妹，其传奇性格很像艾芜《山峡中》里的女强盗野猫子，是典型的"恶之花"，同样由于作者只写了她同弁目的性爱，而没有写出其性格内涵的丰富性，就使形象流于平面化。

其次，缺乏时代感。文学总是反映时代的。这种时代色彩一般是通过人物社会环境中的时代背景及人物心态中的当代意识透露出来的。沈从文在自然女性的塑造中，有意使人物自然化。从而在环境描写中以自然背景代替了社会背景，在人物心态中又以自然选择意识代替了社会意识。这样，就使自然女性失去了时代色彩与时代感。使人感到她们是生活在一个与时代环境完全隔绝的封闭世界里的自然人。地域环境的偏僻，可以造成政治文化不同程度的闭塞，但全然的隔绝，在中国现代社会条件下已成为不可能。这种完全的隔绝显然是作者主观意识的反映，具体说是由于作者创作时的城乡对比意识所造成。面对当时城市社会的腐败与人性的堕落，作者想塑造一个与之完全不同的乡村自然世界，形成鲜明对比。为加强这对比，便于两方面都作了幻想的夸张。对于时代因素，作者后来似乎有所认识。他感到即使封闭自然世界里的人事，也呈现"常"与"变"两种形态，而影响其"变"的则是时代因素。这种认识在《长河》与《湘西》中都有所反映。

再次，缺乏个体的完整性。所谓个体是指每篇作品中的女性形象。这些形象虽都表现了某一方面的性格特征，但从形象的构成看都不够完整。形象的完整性主要是指形象意义的完整性，性格构成与发展历史的完整性和人物命运及其发展过程的完整性。这种完整性在鲁迅的小说中表现得尤为突出。他的小说，无论长短，人物形象都十分完整。如《祝福》中的祥林嫂，其形象的完整性，很明显地表现在下述三个方面。首先。形象意义明确而完整，这便是反映了在封建礼教统治下下层劳动妇女被侮辱被损害的共同命运。其次，性格构成缜密而完整。祥林嫂的性格有善良的一面，也有反抗的一面。这两方面在谐合与矛盾中发展。开始善良为其主导，后来在环境压迫下反抗逐渐增强起来，其具体表现是她开始总是善良地相信命运并为命运的好转而争斗，后来终于怀疑命运并对灵魂的有无发出质问。另外，悲剧命运的发展，逻辑严谨，过程完整。祥林嫂是典型的悲剧人物。悲剧性是其性格的命运特征。她悲剧命运的发展逻辑是：小悲——悲——大悲。这逻辑所表示的人物命运的三段过程是：(1) 将做奴隶；(2) 做得奴隶；(3) 想做奴隶而不得。若从上述三个方面来看沈从文笔下的自然女性，其缺陷则十分明显。就每一篇作品来看，其中的女性形象，大致无完整的形象意义，就连写得最成功的《边城》也如此。就性格而言，大多数女性形象虽有性格特征，但性格构成及发展过程却多不完整。命运的不定性是自然女性的共同倾向，因此，她们命运的发展便无线索可寻，也就更无法达到其过程的完整性。在《边城》中，决定翠翠命运的是她与傩送之间爱情婚姻的成败，但成败与否，作品结尾所暗示的却是不可知。这里正表现了翠翠命运的不定性。总之，自然女性的个体形象是不完整的，它所完成的往往不是形象的全体而是一鳞一爪，一鼻一嘴。但这不完整的个体合起来也就凑成了一个完满的整体。所以，从总体上看，自然女性形象又是完整的。这恰恰反映了沈从文塑造人物形象的一个特点。

上述三点，是自然女性形象在艺术上的不足。这不足决不能抹杀自然女性形象在文学史上的价值。造成这不足的原因是多方面的，其中最主要的是：(1) 自然女性的自然化特征淡化了形象的社会性；(2) 田园牧歌式的抒情文体束缚了对于性格的立体性描写。

论沈从文作品中自然美的建构*

沈从文所建构的艺术世界是两种美的因素交织而成。这便是人性美与自然美。作为两种美交汇融和的契机便是湘西乡土所独有的那种人与自然谐和的原始性形态。若人性美是沈从文作品所表现的核心，那么自然美则是其突出的特征。在沈从文的作品里，“自然”不仅是尽善尽美的，而且成为衡量人性的尺度。从这个意义上说，沈从文所描绘的艺术世界实际上是自然美的世界；对于自然美的描绘及其独创性经验与造诣，是他创作中首先引人注目并应给以历史性肯定的个性特色。沈从文的作品不是仅仅诉诸读者视觉的平面风景画，而是诉诸人们身心的，“可行”、“可望”、“可游”、“可居”的具有整体感与立体感的自然美境（宋郭熙《林泉高致》）。时空交织，物人契合，动静相依，是这自然美境构成的外在形态。

一、时 空 交 织

沈从文总是在时空变化中描绘自然景物的千姿百态，以时空转换来显示自然世界的流动美。在他看来，所谓自然美的世界，就是以空间为纬、时间为经交织而成的美的流动体。他曾以“虹”作例说明在时空转换下自然美流动性的形态及其给人的审美感受。

空间因素首先形成沈从文作品中自然美的地方性特征。

沈从文作品中自然美的世界是以湘西地方的自然景物为主体构成的。因此，所谓地方性特征，也就是湘西自然美的特征。湘西地处沅水流域，古称“地有五溪”，是“五溪蛮”居住地。独特的气候和地理环境使其自然美具有鲜明的地域特色。作者曾以宋院画来概括湘西自然美的特征。他认为在湘西的“自然景致中”可以“见出宋院画的神采奕奕处”。这便是：（1）由结构的整体性而生的谐和美；（2）因山灵水秀而生的奇秀美。

---

* 《聊城师范学院学报》1990年第3期。

沈从文作品中自然美的地方性，首先是通过湘西自然世界独有的整体风貌体现的，而构成这整体风貌的是以下四个形象系列：(1) 以山水为主体的地理形象；(2) 以云雨为主体的气候形象；(3) 以草木虫鱼为主体的生物形象；(4) 以人与自然契合而构成的人化自然形象。

湘西的水因时空而呈现千姿百态，但“明彻”则是它的特质。作者在《边城》中所描写的就正是湘西水的这一特质：“三丈五丈的深潭皆清澈见底。深潭为白日所映照，河底小小白石子，有花纹的玛瑙石子，全看得明明白白。水中游鱼来去，全如浮在空气里。”这里描绘的是“潭”。对于“溪”和“泉”的描写也同样显示了上述“明澈”的特质。如对“溪”的描写是：“河身夹在两列长山中，水清而流速，鱼大如人。”(《动静》)“溪流萦回，水清而浅，在大石细沙间漱流。”(《沅陵的人》)“一条河流清明透彻，沿河两岸是绵延不绝高矗而秀拔的山峰。”(《小寨》)对“泉”的描写是：“泉水的来源，是由地底沙土中涌出的，在日光下，空气为水裹成小珍珠样，由水底上翻，有趣到使人不忍离开它。”(《槐树镇》)

在沈从文建构的自然美的世界中，山与水结为一体，相得益彰。水的特质是“明澈”，而山的特质则是“秀拔”。“秀”是山之色，“拔”系山之势。湘西的山约有三类：或拔出于水的奇峰，或矗立于烟云的列岫，或环抱古城堡的巅峦。奇峰峻峭，列岫青翠，巅峦葱郁，均给人以“秀拔”感。如作品所描绘的“箱子崖”奇峰是：“一列青黛崭削的石壁，夹江高矗，被夕阳烘炙成为一个五彩屏障。”(《湘西散记・箱子岩》)白河沿岸的奇峰是：“壁立拔峰，竹木青翠，岩石黛黑”“逼人眼目”(《湘西・白河流域的几个码头》)。在云雾烟雨中的列岫则更加神采奕奕，青翠动人。如沅陵的山是“群峰竞秀，积翠凝兰，在烟雨中或阳光下看来，颜色真无可形容。”(《湘西・沅陵的人》)《长河》中的山是：从雾气中“露出了头，庄严而妩媚”，“如新经浣洗过一般”(《长河・动静》)。在《凤子》中环抱古城堡的巅峦，古朴葱郁中显出峭拔之姿。

湘西山水的地方性特质，构成沈从文作品中自然美境地理形象的特色：明澈、秀拔。但这地理形象的美，在气候形象的装饰下就不仅更变得娇娆多姿，而且其地方性特质也愈加鲜明。湘西自然美境中的气候形象以云雾最具特色。从小生长于湘西的沈从文对湘西自然美感受最深的是水，其次便是这水的变态：云和雾。他说：“记载上常称长沙地方‘卑湿阴雨，令人郁闷，且不永年’。屈原的疯狂，贾谊的早死，证实了这种地方气候的恶劣。五溪蛮所在地的沅水流域，传说中的瘴蛊，俨若随时随地都可以致人死命，自然更使旅行者视为畏途。”(《芸庐纪事・动静》)在《云南看云》一文中，他又从比较中描绘了湖湘云的地方性特征说：“湖湘的云一片灰，长年挂在天空一片灰，无性格可言，然而桔子辣子就在这种地方大量产生，在这种气候下成熟，却给湖南人增加了生命的发展性和进取精神。”其实在作者笔下湘西云的形象并非总是“一片灰”，而是随着四时朝暮的变化呈现出万千不同的姿态和色彩。它和更具特色的湘西所富有的雾，两位一体，相因相济，构成了一个像梦一般的朦胧幻异的境界。湘西的云雾具有灵动美，而这灵动美则是由雾的朦胧和云的幻异等特质所构成。

云有各种姿态，但最美丽动人而又能显现其幻异特质的则是黄昏时的落霞。作者总是将落霞奉为自然美的“圣境”，用最圣洁美好的文字加以描绘，并全身心地沉醉于其中。如在小说《黄昏》中这样描写了湘西五月黄昏雨后的落霞：“日头将落下，那一边天空，还剩有无数云彩，这些云彩阻挡了日头，却为日头的光烘出炫目美丽的颜色。这一边，有一些云彩镶了金边、白边、玛瑙边、淡紫边，如都市中的妇人的衣缘，精致而又华丽。云彩无色不备，在空中以一种魔术师的手法，不断的在流动变化。”在《夜渔》中描写的则是秋天黄昏的落霞：“天上的彩霞，做出各种惊人的变化。满天通黄，像块其大无比的黄金饰缎；倏而又变成淡淡的银红色，稀薄到像一层蒙新娘粉脸的面纱；倏而又成了许多碎绵似的杂色小片，随着淡岩的微风向天尽头跑去。”从这两段描写，可以看到湘西云的独特处，不在其光影形线的美丽，而在其光影形线的变幻莫测。正是幻异的特质，形成了湘西云的灵动不滞的流动美。

假若说在湘西自然世界的结构层次中，云是最高层次，水是最低层次；那么中间的层次便是雾。水在地面流动，蒸发而成雾气；雾在两间游动，上升凝为云霓；云在空中变幻，成雨复归于江河。水、云、雾是三者相连的活体。三者虽都以流动为其属性，但又各以其特质显示不同的神韵。于是，水的明澈、云的幻异和雾的朦胧便构成湘西自然世界流动美的三种和谐的韵律。

作者所描写的雾，其姿态与色彩同样因时而异，但朦胧却是其中不变的特质。如在小说《动静》中作者所描写山城的晨雾是灰白而轻柔的“活体”，由于它的弥漫、流动，使色彩绚烂的自然世界，即刻变成朦胧缥缈的水墨画。

湘西特殊的地理、气候，滋生出独特的生物，其中以桔柚最具特色。在小说《长河》里，美丽动人的桔园成为整个作品的自然背景，被作者作为与湘西人生存和历史攸关的内容加以描绘。作品将人与桔树的生命都归之于湘西土地自然的产物，并把这人树共存的历史追溯到屈原时代，认为两千年前楚国逐臣屈原，乘了小小白木船，沿沅水上溯，一定就是见过这种桔子树林，方写出那篇《桔颂》。“两千年来这地方的人民生活情形，虽多少改变了些，人和树，都还依然寄生在沿河两岸土地上，靠土地喂养，在日光雨雪四季交替中，衰老的死去，复入于土，新生的长成，俨然自土中茁起。”（《长河·人与地》）作品关于桔园的生动描绘简直是一首色香兼备，令人身心清爽的《桔颂》：“树不甚高，终年绿叶浓翠。仲夏开花，花白而小，香馥醉人。九月降霜后，缀系在枝头间的果实，被严霜侵染，丹朱明黄，耀人眼目，远望但见一片光明。每当采摘桔子时,沿河小小船埠边,随处可见这种生产品的堆积,恰如一堆堆火焰。在桔园旁边临河官路上,陌生人过路,看到这种情形,将不免眼馋口馋,……。”(《人与地》)这里不仅以简约的文字写出桔树的形色之美,而且传出了桔树的神采:生命的茁壮美。这生命的茁壮美与湘西人在同样环境下形成的“生命的发展性和进取精神”是完全相一致的。茁壮美是强盛生命力的外化。这种强盛生命力恰恰是湘西自然世界中由于特殊地域环境而形成的生物形象的特质。它虽以桔柚为代表,却不局限于桔柚,而同样为其他草木虫鱼等生物形象所具有。河中“鱼大如人”(《动静》),林中松杉“葱茏郁合”,“如龙蛇昂首奋起”(《凤子》),草坪绿得像“大毡菌”,“草却仿佛正努力从地下拔起”,春园碧桃花“同火那么热闹的开放”(《静》《春》),这些描写,都无不表现了生命的茁壮美。

人化自然的形象是人与自然契合的产物。它往往成为大自然中的人工点缀,使自然美具有了人类文明的因素。中国山水画在布局上的特点之一是以人工美点缀自然美。唐代《山水诀》将这种点缀视为画山水的必然规矩:“山腰掩抱,寺舍可安”;“断崖板堤,小桥可置”,“崖绝处则古渡”,“水阔处则征帆”,“林密处则居舍”。宋代的《林泉高致》则进而把这人工自然点缀的意义指了出来:“山之人物以标道路,山之楼观以标胜概”,“水之津渡桥梁以足人事,水之渔艇钓竿以足人意”。

在沈从文建构的湘西自然美的世界中,人工自然的形象大都同水有关。如水车、碾坊、舟船、码头、河边山寨等。其中最具地方特色的是舟船。湘西的舟船大致有三类:货船、龙舟和木筏。货船泊于码头,常构成美丽的“江泊图”。龙舟是专供端午节竞赛用的,所以它的形象总与竞舟热闹动人场面分不开。与自然美更谐和的是关于江中的木筏:“一个用山上长藤扎缚成就的浮在水面上走动的筏,上面坐的又全是一种苗人,这类人的女的头上帕子多是比斗还大,戴三副有饭碗口大的耳环,穿的衣服是一种野蚕织成的峒锦,裙子上面多安钉银泡(如普通战士盔甲),大的脚,踢拖着花鞋,或竟穿用稻草制成的草履。男的苗兵苗勇用青色长竹撑动这筏时,这些公主郡主就锐声唱歌。”作者为这幅人与自然契合的图画所深深感动,说“这种又妩媚,又野蛮,别有风光的情形”,“简直是一种梦中的神迹”。

上述三种船都是原始性自然经济的产物,它同湘西原始性的自然美景物达到了天然的和谐,形成一种“又妩媚,又野蛮,别有风光”的古朴的自然美。原始性的古朴正是湘西人化自然形象的特质。其他与原始性自然经济相联系的水车、碾坊、城堡、山寨等等,都无不具有原始性的古朴。

作者认为“秀与壮并之”是“造物”的天然美(《潜渊》)。湘西自然美境就正体现着秀与壮相互映照、谐为一体的美学特征。地理形象的明澈、秀拔和气候形象的朦胧、幻异,构成自然美的秀丽;生物形象的茁壮与人化自然形象的古朴,则构成了自然美的壮丽。“秀与壮”的“精巧而完美”的交融与谐合，便形成了湘西自然美境的地方特色。正是这一特色显示了空间因素在自然美构成中的巨大作用。

空间因素除形成自然美的地方性特色外，还直接影响着自然美的结构，使自然美因多角度、多层次而富于立体感。沈从文作品中自然美境的结构酷似中国山水画的布局。中国山水画在布局上很注意描写空间的多方位，即多角度，所谓“山分八面，石有三方”（王维《山水诀》），即为此义；同时更强调层次性，这便是景物“要分远近”，同一画面，远景和近景要分明，“远山不得连近山，远水不得连近水”（《山水诀》）。

层次性是沈从文自然美境在结构上的第一个特征。他所描绘的自然画图几乎都由近中远三个层次构成。如小说《长河》中关于枫树秋景的描写，这三个层次就非常分明。作者选取枫树林的最高点“祠堂”为视角，由近而远展现了枫树秋景的全貌：近景呈现的是“祠堂前几十株老枫木树”，“叶子已被几个早上的严霜，镀上一片黄，一片红，一片紫”，“树下到处是这种粉色斑驳的美丽落叶”；中景呈现的是沿河桔园，“绿叶浓翠”，“缀系在枝头的果实，丹朱明黄”；远景展现的是河对岸的秋色，“但见千山草黄，起野火处有白烟如云”，并“有皮鼓铜锣声音”，是人们“在野地上举行谢土的仪式”。又如在《动静》中写云雾也是由近而中而远逐步展开的。近景是晨雾中的城郭，中景是晨雾中的桔林，远景是晨雾中的河。

多角度是沈从文自然美境在结构上的另一特征。作者善于以流动视角对自然景物作多角度描写，即往往是仰视、平视、俯瞰、环顾等多种视角交错并用，使自然景物姿态万千，“每看每异”（《林泉高致》）。如在《夜渔》中描写的是茂儿同五叔自家中去碾坊一路上目睹的秋天黄昏的自然景物，行走人的视角是流动的。他们从山咀这侧走到山咀那边，环顾山咀两侧的景色：先是仰视“天空的月”和“光明”的“大星星”；而后平视“远山脚边”“迷漫”“流动”的“紫雾”和稻草垛星罗密布的“田塍”；“转过了一个山咀”以后，才俯瞰了“溪水上流一里多路”的渔火。此外，如《船上岸上》《三三》《静》《凤子》《边城》《遥夜》《小寨》《赤魇》以及《湘西散记》《湘西》中一些关于自然景物的描写，也无不以流动视角多角度地展现自然美的立体形态。

结构上的层次性和多角度，使沈从文所建构的自然美境，给人以生动的立体感。

假若说沈从文作品中自然美的地方特色和生动的立体感，是由空间因素所构成的，那么，其自然美的丰富性和流动性特点，则是由时间与空间因素的交织而构成的。

中国山水画创作总在时间的流动中显示自然景物的不同色彩。他们认为自然景物的姿态因四时朝暮而不同，因此，真实的山水画必须描绘出景物的时态变化。

沈从文作品中的自然美境是一个形色随四时朝暮而变化的活体。它的色彩是斑斓的，但春夏秋冬却各有主色和同这主色相应的主要气候与生物形象。如春天是红色的，相应的主要生物形象是花；夏天是绿色的，相应的主要生物形象是树；秋天是金黄色的，相应的主要生物形象是草禾；冬天是银白色，相应的生物形象是竹篁。四季中的主要气候形象也各不相同：春天是风，夏天是云，秋天是露，冬天是雪。

由于时间的流动，自然景物的形色与姿态不仅四时不同，而且每时不同，朝暮显异。清晨与黄昏是黑夜与白昼交接的时间，物象的时态特征特别明显。如雾的共性是朦胧流动，但晨雾与黄昏之雾的浓淡变化、流动方向不同：黄昏雾从地面上升，由淡而浓，向空中凝聚；晨雾则从天空下降，由浓而淡，在地面消散。水鸟的姿态也因朝暮而异：早晨成群的"默然"站在船顶上，随船至江中觅食；黄昏则在"灰云作背景的天空"，摆成"极匀"的"一些黑点"，"匆匆移向对岸沙汀"，"在高苇子岸边过夜"(《船上岸上》)。作为人化自然形象的船，其姿态也以时而易：早上"像把刀，狭长：卧在水面上，成一排，成一串，互相挤挨着，把头靠着岸，正像一队兵"(《在私塾》)；黄昏则向"汊港回水处"云集，船上"煮饭时掠水依桅的白色飘忽炊烟"，与江面升起的湿雾，在夕阳下构成"一个极好看的天然图画"(《记陆弢》)。山同样时态鲜明：清晨从雾海全露出头来，"庄严而妩媚"，"如新浣洗过一般"(《动静》)，黄昏则在夕阳浸染中"由绿色变成黄色"，或"由淡紫色变成深蓝色"(《绿魇》)。

自然景物的姿态，色彩不仅四时、朝暮不同，而且每秒钟都在发生着细微的变化，这从对于暮色中万物光影形线微妙变化的描绘中，可以充分得以证实。

假若说自然美境是时空交织而成的锦绣，那么作为纬的空间因素所显示的是自然美的有限性和相对稳定性，而作为经的时间因素所显示的则是自然美的无限性和一纵即逝的短暂性。上述两种因素的交织形成自然美既具体又抽象的特征。具体的是指那些有限的相对稳定的自然物的美的形体，抽象的是指那些无限的，一纵即逝的美的光影形线。作者曾阐发过自然美的这一特征。他说："这种美或由上帝造物之手所产生，一片铜，一块石头，一把钱……其物虽小，可以见世界之大，并见世界之全。……流星闪电刹那即逝，从此烛示一种无可形容的美丽圣境……凡知道用各种感觉去捕捉得此美丽神奇光影的，此光影在生命中即终生不灭。屈原、曹植、李白、曹雪芹便是将这种光影用文字组成篇章，保留得比较完整的几个人。"(《续废邮存底·十二美与爱》)"一片铜，一块石头，一把钱"，显然指的是美的自然物，它们显示的是由空间因素所决定的自然美有限的，相对稳定的具体性特征；刹那即逝的"神奇光影"指的则是自然美的抽象形态，它显示的是由时间因素所决定的自然美无限的、流动不定的抽象性特征。

二、动 静 相 依

沈从文在自然美的建构中，始终把静穆奉为一种“圣境”来追求。但这“静”不是佛家的“死静”，而是道家的“活静”，即“动静相依”。他以徐志摩的诗为例，说明“动静相依”的“境”是在“清虚廖廓”的“静”中又无处不表现着“动”。沈从文作品中自然美的境界也具有同样的特征。用徐志摩的比喻来讲，沈从文的笔“真像梦里的一只小艇，在波纹瘦鳒鳒的梦河里荡着”(《徐志摩的欣赏》)。

在沈从文看来，动静相依是由新陈代谢规律所决定的自然景物普遍的存在的形态。作家只有摆脱人事干扰，单独与自然对面，潜心观察，才能发现它。为此，他特别强调作家在创作中单独与自然对面，并将这作为自然美发见的“第一个条件”。他所建构的“动静相依”的自然美的境界，正是他长期潜心观察，凝目自然，静味自然美的产物。

在沈从文作品中的“静”大半表现为“虚空静寂”。而“动静相依”，则是在“虚空”中显出“实有”。如在《潜渊》中，作者曾多次描绘过这种境界：“我之想象，犹如长箭，同云空射去，去即不返，长箭所注，在碧蓝而明静之广大虚空。明智者若善用明智，即可从此云空中，读示一小文，文中有微叹与沉默，色与美，爱与怨。无著者姓名。无年月。无故事。无……然而内容极柔美。虚空静寂，读者灵魂有如音乐。虚空明兰，读者灵魂上却光明净洁。”“大门前石板路有一斜坡，坡上有绿树成行，长干弱枝，翠叶积叠，如翠翣，如羽葆，如旗帜。常有山灵，秀腰白齿，往来其间。遇之者即喑哑。爱能使人喑哑——一种语言歌呼之死亡。”作者又将从虚空中发见实有，叫作美的抽象。他说：“我看到生命一种最完整的形式，这一切都在抽象中好好存在，在事实前反而消灭。”从空虚的云空中发见实有的“内容极柔美”的“小文”和诉诸灵魂的“音乐”，由“山灵”“往来其间”的“绿树成行”的路坡上，发见了实有的“爱”与“死”，在广漠空虚的宇宙里发见了实有的“生命”“最完整的形式”，这些都表现了一个公式：在虚空中发见实有。空虚显示的是“静”，实有显示的是“动”，二者实为静与动的内化。所以，虚空中蕴有实有，即空实相依，也就是动静相依这一美的境界较深层次的内容。

动静相依在自然美的外在构成上，往往表现为在静景中插入动景，在动景中插入静景，形成静中有动，动中有静，以静写动，以动写静的境界。这几乎成为沈从文自然美境在构成上最基本的特征。从自然美境的构成上，可以看到自然景物的形象大致分具动与静两种不同的素质。如地理形象中的山具静的素质，而水则具动的素质；气候形象中的雪具静的素质，而云雾则具动的素质；生物形象中的花卉草木具静的素质，而鸟兽虫鱼则具动的素质；人化自然形象中房舍楼观是静的，而舟船车马则具动的素质。上述境界的构成，首先决定于作者对于两种不同素质的自然形象的恰当选择与和谐的配搭，《动静》《雪晴》堪称这种自然美构成的典范。

《雪晴》写雪后新晴中竹篁的幽静。作者在构图中运用的形象都是静的：近景是“顶戴着一朵朵浮松白雪，时时无风自落”的“竹篁”；远景是“顶戴着白雪帽子，静静地在那里向太阳取暖”的“群山”。但在静景中各插入了一个动景：在写竹篁的静态时，插入“当积雪卸下时，枝条抖抖”，“忽然弹起一阵雪粉”的动态细节，“动中越加见得安静”；在远山的静穆中则加入雪水“注入溪中时的潺潺声”，同样以动写静。

在沈从文作品中，自然美动静相依的外在构成，还常常表现为时空交织，即在空间的寂静中，以自然形象的形变或色变显示时间的流逝。作者称这种交织为“常与变”。这种现象，在一年中表现最鲜明的是秋色，在一天中表现最鲜明的是暮色。所以，作者总把秋色和暮色作为自然美的主要内容来描写。关于秋色的描写，以《长河》中的《秋（动中有静）》为最典型。这篇作品不仅真实生动的描绘了长河两岸的秋色之美，而且从时空交织中写出了动静相依的境界。作者触景感时，认为“成熟一切”的秋色，既表现了空间中一切生命力由生长、发育而臻成熟的周而复始的“静”，而同时更显示了光阴在无限中流逝的“动”。正因为作者从周而复始的“静”的秋色中，发现了光阴在无限中流逝的“动”，所以，就深感秋天的“寂寞和凄凉”。他说：“到处都仿佛有生命在动，一切说来实在又太静了。过去一年来的秋季，也许和这一次差不多完全相同，从这点‘静’中即表现出寂寞和凄凉”。以自然形象形与色的变化来显示和象征时间的流逝，更明显地表现在暮色的描绘中。随着时间的流动，暮色由明逐渐转暗，自然形象的色彩与暮色相融，也形成一个由明淡而向暗浓转化的流动过程。作者对于暮色的描写，所展示的实际上就是这自然形象与暮色相融时形色变化的流动过程。从作品中可以看到，作者多选择以下自然形象的形色变化来显示时间的流逝：(1) 暮中落霞。随着黄昏暮色的变化，落霞也在变化着色彩：“从黄到红，又从红到紫，不到一会已经成了深紫”（《船上岸上》）。(2) 黄昏雾色。黄的雾从河面上升，停顿在城头上，方位虽“始终不见有变化”。但色彩却随暮色而变异：“由乳白转成浅灰，终于和带紫色的暮色混成一气，不可分别”（《动静》）。(3) 黄昏野炊。野炊升起的青烟，其形色变化最能显示时间的流逝。“那出自马帮炊食向上飏起的素色虹霓，先是还只一条，随即是三条五条，大小无数条，负势竞上，一直向上升腾，到了一个高点时，于是如同溶解似的，慢慢的在松树顶梢摊成一张有形无质的乳白色罽毹，缘着淡青的边，下坠流注到松石间去，于是白的、绿的、黑的，一起逐渐溶成一片，成为一个狭而长的装饰物”（《虹桥》）。(4) 暮中山色。

在暮色中远山近山的颜色都在变化:“有由绿色变成黄色的,也有由淡紫色变成深蓝色的,正若一个人从壮年移渡到中年,由中年复转成老年,先是鬓毛微斑,随即满头如雪”(《绿魔》)。

总之,动静相依是沈从文作品中自然美构成的基本形态,这基本形态的内在表现是虚实相依,外在表现则是动景与静景的交融谐和以及在时空交织中的常与变。动静相依的美的基本结构形态,形成沈从文作品中自然美的流动性特点,使他作品中的人事总是在一个活的流动的自然背景中展开。

三、物 人 契 合

沈从文作品中自然美构成的第三种形态是物人契合。所谓物人契合,即自然与人的契合。这种契合在作品中表现为相反的两种情况:一是人的自然化,包括童心和性爱两个方面;二是自然的人化,包括以鬼神为核心的各种古代原始性风俗。

童年是人与自然的契合点,童心是人类灵魂自然化的产物。沈从文的作品总是以大量篇幅写童年与童心,通过童年生活表现人的生命同大自然的和谐一体,用童心映照出在大自然的陶冶下生命情感的纯朴与天真。《往事》《夜渔》《猎野猪的故事》《我的小学教育》《福生》《瑞龙》《我读一本小书同时又读一本大书》等,是这方面的代表作品。这些作品构筑了一个自然和人事组成的童年世界。在这个世界里,人与自然的关系不是利用摄取或役使的利害矛盾的关系,而是爱慕、谐和或依存的无利害冲突的关系。在儿童的眼里,无论是“猎野猪”或是“夜渔”,其目的都非获取猎物,而不过是一种纯粹没有利害打算的游戏,吸引他们的是自然与人事的新奇,推动他们的是那一颗充满幻想与创造欲的心灵。因此,他们把会咬人的小野猪看作“可爱”“善良”的“小天使”,将江溪中的渔火视为美丽动人的天幕上的星星。作者认为在儿童身上的这种超越人事利害的纯真的童心,正是自然的本性,也是人同自然契合,即自然化的集中体现。这童心虽是与自然亲近的儿童所固有,但也保存在一些成人的心灵中,形成他们纯朴天真的美好性格。他把这种性格作为理想性格加以赞扬。如《夜渔》中的五叔,《往事》中的四叔,《会明》中的会明,《堂兄》中的堂兄,《更夫阿韩》中的阿韩,《边城》中的老船夫等,均是一些天真纯朴、童心未泯的人,作者以无限怀念与钦敬的心情,在回忆逝去童年的同时也回忆起这些与童年心灵相沟通的人们,认为在都市文明普及的时代只有从他们身上才可清晰地看到大自然对于人心灵陶冶与同化,看到自然的本性,看到人与自然的契合处。

人与自然的另一个契合点是生命所共有的性爱。对于性爱的描写几乎构成了沈从文创作的一个母题。作者对性爱的描写，既非出于一种道德的动机（即以此来说明一种新的道德原则），更非由于一般兴趣，而是为了表现人的自然本性，借以证明人毕竟是自然的一部分，其行为欲望都无法同自然本性相悖。

沈从文作品中的男女之间的性爱关系，都是赤裸裸的性关系，这种性关系把人从复杂纷纭的社会伦理关系中孤立出来，使之成为自然的人。将这关系表现得淋漓尽致的，莫过于《采蕨》和《雨后》。这两篇小说分别写了一对情人在山中草地上发生性关系的情节，人物的语言、动作和心理活动都向着情欲这同一方向展开。在这里生命的性冲动（即情欲）同情爱达到了和谐的统一，使人感到所谓男女之间的性爱。实质上不过是生命本能的表现。作者描写这种赤裸裸毫无伪饰的性关系和性心理的目的，是为了表现保留在湘西乡下人身上的自然人性，并以此同城里人被市民意识扭曲了的虚伪的两性关系相对照。

作者不仅认为这种具有原始性的单纯的性爱，是基于生命本能的自然的人性，而且认为这种自然的人性本身对于一切束缚它的世俗力量具有巨大的排斥力。《月下小景》《媚金·豹子与那羊》等作品，所显示的就是性爱这种不可羁缚与压迫的力量。

在所有描写性爱的作品里，都表现了作者这样的观点：情爱是生命的本能，这种本能所形成的欲望是无论什么人都无法违背的，一切诚实婚姻都是顺乎这种本能的婚姻，而虚伪的婚姻则是与爱情相悖的。因此，作者总是将婚姻同情爱的关系作为区别人性诚实与虚伪的标志，认为顺乎情爱的婚姻即使不具婚姻形式，也表现了诚实的人性。而悖乎情爱的婚姻，即使具有婚姻形式，却表现着人性的虚伪。在作者看来，“城里人”的婚姻大都是悖乎生命本能的徒具形式的婚姻，由此产生出所谓婚外之恋。如《八骏图》《或人的太太》《或人的家庭》《某夫妇》《有学问的人》《绅士的太太》《一个母亲》等都是揭露城里人婚姻虚伪性的作品。显然，作者对这种与情爱相悖的婚姻是否定的。与此相反，他充分肯定了“乡下人”使行为顺乎情爱的诚实。由此，他写了《柏子》《四连长》《十四夜间》《说故事人的故事》《一个多情水手与一个多情妇人》《三个男人和一个女人》等作品，这些作品大都描写了赤裸裸的性关系，男女之间虽未有世俗的婚姻关系，但却有基于生命本能的真诚情爱。在乡间也存有与情爱相悖的制度，如湘西的童养媳制度。但乡下人对这制度所采取的态度是公然无饰的反抗，这便是以顺乎生命本能的行为去否定那与情爱相悖的人为婚姻。这方面的代表作品是《萧萧》。

天真与诚实是人性的自然美，而在沈从文的作品中，这种自然美正表现了人与自然的契合；它是通过人与自然的两个契合点——童心与性爱表现的：童心表现的是人性中的天真美，性爱表现的则是人性中的诚实美。

古朴的风俗反映着人类童年时代的文化，它是人与自然的第三个契合点。湘西的古朴风俗文化是一个以自然的人化为其特征的神鬼系统的文化。作者认为对于“神”有两种截然相反的观念：一种是“城里人”的观念，“以为神能够左右人，且接受人的贿赂和谄谀，因之向神祈请不可能的福祐，与不可免的灾患”，这种观念使“神”成了“虚伪的象征”，从而“保护人类的愚昧，遮饰人类的残忍，更从而增加人类的罪恶”（《风子》）；另一种是乡下人的观念，将“神”视为自然的人化，并且认为它的存在是需要某种条件的，这条件就是“人生情感的朴素，观念的单纯，以及环境的牧歌性”，“缺了这些条件神就灭亡”（《风子》）。沈从文作品中所描写的湘西古朴的风俗文化，实质上就是以“神”为象征的自然人格的形象。

这种以神鬼系统为标志的古朴风俗首先表现在湘西社会的通俗教育上，形成儿童教育中的拜物教。孩子从小就被大人们“带进庙里去拜菩萨”，喊观音为干妈，拜老和尚为干爹，通过种种拜神仪式“增加对神的虔敬”。更独特的是孩子的干妈干爹往往不是人而是许多物。他们拜偶像、拜石头，拜树木、拜碑、拜桥梁、拜屠户的桌案、拜猪圈中的母猪，凡是东西几乎便可以作干爹干妈”（《阿丽思中国游记》）。这些充当干爹干妈的物，实际上成了“神”的具象。

其次，社会性民间娱乐更具古朴文化的色彩。种种民间娱乐的形式最普通的是以敬神及谢神为目的唱社戏、赛龙船和朝佛进香。此外这种古朴文化还表现在社会各领域。如遇到天旱，“知县大人就斋戒沐浴”，亲身率子民到城隍庙大坪内去晒太阳求雨；打仗出兵与否，也要“赶忙去问天王庙那泥像”等。

在湘西古朴文化风俗中，贯穿着神鬼的完整系统，但在湘西人看来，“神”不是超自然的存在，而是“神在生命中”（《废邮存底》）。它存在的条件是“人生情感的朴素，观念的单纯，以及环境的牧歌性”，也即自然与人关系的谐和。因此，“神”本身就是物人契合的产物。

郭沫若对中国现代史剧的贡献*

作为中国现代文化伟人的郭沫若，是一个全面发展的天才。在中国现代精神文明的建设中，他开拓性的功绩，表现在多方面。就文学方面讲，他不仅以《女神》奠定了新诗运动的基础，开了新文学史浪漫主义的先河，而且从《女神》时代就开始了现代历史剧的创作，成为中国现代历史剧的开拓者和奠基者。他以他成功的作品，在中国戏剧史上开创了史剧创作的黄金时代，使史剧创作真正达到历史真实与艺术虚构的统一，确立了现代历史悲剧的民族风格，发展了《女神》所开创的浪漫主义传统。

一

郭沫若是中国现代历史剧的开拓者和奠基者。

中国现代史剧是以历史为题材的话剧。它的产生与发展是以话剧的产生与发展为前提的。话剧在欧洲是传统体裁，但在中国的发展却是近现代的事情。从维新运动到五四运动前夕是话剧的滥觞期。这时的文明戏在内容上大都是外国作品的改编，自己创作的剧本文学极少，至于历史剧则是在话剧影响下改革的戏曲。从内容到形式都较成熟的现代历史剧，产生在五四文学革命以后。五四时期，由于介绍易卜生的思想和作品，形成又一个话剧运动高潮。首先介绍易卜生并模仿他创作话剧的是胡适。他于 1918 年在《新青年》四卷六号上发表了《易卜生主义》，次年三月创作了话剧《终身大事》。接着郭沫若便于 1920 年连续发表了历史诗剧《棠棣之花》和《湘累》。从此，现代历史剧便宣告诞生。

郭沫若的史剧创作经过了四十年的历程，大致分为四个时期。

1920 年至 1923 年是他史剧创作的尝试期。这时他在歌德的影响下，开始史剧创作的尝试。其作品在形式上表现了从诗剧向话剧的过渡。其中真正运用话剧形

* 《沫若研究》1990 年第 4 期。

式的是《卓文君》和《王昭君》。这两部作品虽幼稚，有明显模仿的痕迹，但已表现了作者的艺术风格：主观性与抒情性。同时，在内容上与文明戏时期的剧本有很大不同。这便是以反对"三从"的旧道德，提倡"三不从"的新性道德的崭新主题，表现了五四时代精神。这时的史剧创作除艺术上幼稚而外，还有一个明显不足：缺乏历史真实性。作者是借古人的皮毛来说自己的话，而对历史事实却表现了极大的主观随意性，在创作中没有真正作到历史真实与艺术虚构的统一，现实性主题与历史性题材的统一。造成这不足的原因，一方面固然是作者的文艺思想，但更主要的则是作者历史的准备不足。因为一个史剧家首先必须是史学家，"对于所处理的题材范围内，必须是研究的权威"(《历史·史剧·现实》)。尝试期的创作实践暗示作者的是，要成为出色的史剧家，只有文学的准备不行，还必须要有历史的准备。

1924年至1937年是作者史剧创作的历史准备期。这时作者几乎完全停止了史剧创作，而将精力集中到对马列主义理论和中国古代历史的研究。特别是对于中国古代历史的研究，使他成为思想深邃、成绩卓著的马克思主义史学家。1930年出版的《中国古代社会研究》，是一部具有独创性的史学专著，它成为抗战时期作者创作以战国时代的史事为题材的四个史剧的史学依据。作者的史学研究都是从收集、考证、研究第一手资料入手的，十年间他把秦汉以前的史料翻了一个遍。这就为此后史剧创作积累了丰富的材料。同时通过研究弄清了中国古代历史的客观进程，深刻把握了历史精神，为在史剧创作中反映历史真实，发展历史精神提供了可能性。总之，经过十年历史研究，作者完全弥补了历史准备的不足，从而转入创作的成熟期。

40年代初是作者史剧创作的爆发期，在短短两三年内完成了六部大型历史悲剧的创作。这六部史剧创作的成功，在中国现代戏剧史上划出了一个史剧创作繁荣昌盛的黄金时代。作者的艺术个性和成就，集中体现在这个时期的创作中。

50年代末到60年代初，作者的史剧创作进入新的探索期。这时作者创作了两个翻案剧：《蔡文姬》《武则天》；通过创作对于史剧创作理论进行新的探索。探索的内容包括两方面：其一是探索写历史翻案剧。作者以前创作史剧都有明确的政治动机，这两个剧的创作动机却不再是政治的而是学术的，即在关于历史人物评价与讨论中，为历史人物曹操和武则天翻案。作者在创作实践的基础上提出关于史剧创作的新理论。这便是：(1) 为历史人物翻案应当是史剧创作的主要动机；(2) 史剧创作与历史研究是相辅相成的关系，历史研究以科学为主，以艺术为辅；史剧创作以艺术为主，以科学为辅。其二是探索悲喜剧的形式。他认为悲剧是写负大于正，喜剧是写正大于负，而悲喜剧则先写负大于正，后写正大于负。《蔡文姬》和《武则天》就正是这样的悲喜剧。

二

郭沫若史剧创作的艺术成就，首先表现在历史真实与艺术虚构的统一。历史真实与艺术虚构的统一是马克思主义对文学艺术表现历史生活的要求。从文学史上看，只有具有马克思主义世界观的作家才能真正作到这两者的统一。郭沫若是史学家与剧作家兼于一身的作家，历史真实与艺术虚构的统一，正是他创作中自觉的追求。

从郭沫若的史剧中可以看到，所谓历史真实包括历史生活外在面貌的真实和历史生活内在本质的真实两个方面。外在面貌的真实是指历史事件大关节目的真实，历史人物性格的真实和历史风貌的真实。内在本质的真实是指历史生活的内在规律及其在思想观念上的反映，即历史精神。郭沫若的史剧基本上达到了外在真实与内在真实的统一。

首先，郭沫若的史剧反映了历史生活外在面貌的真实。11个历史剧所描写的历史事件在大关节目上都是符合史书记载的。作者运用这些史书记载时，虽在研究考证基础上，多有取舍，但事件的大关节目却未曾改变。更为明显的是对于历史人物性格真实性的追求。王昭君等三个叛逆女性，虽有现代化倾向，但作为性格基本特征的叛逆性却反映了历史人物的性格真实。《屈原》中有许多人物是虚构的，而屈原等主要历史人物的性格则都是有历史根据的。作者在创作前曾对历史人物屈原的性格作了深入的研究与探讨，认为其性格有以下三个特征：其一，思想特征是具有儒家的民本思想。救世济民，以康济为怀，以民生为重，也就是具有人民意识。其二，气质特征是具有注重自我的诗人气质。虽爱怜民众，但缺少领导组织民众的实际手腕。其三，命运特征是悲剧性。个人资质和时代都限制了他思想才能的发挥，限制了他抱负和理想的实现。历史人物上述性格特征，显然都体现在剧中人物屈原的性格中，形成其性格的历史真实性。其他史剧中的历史人物，如信陵君、高渐离、夏完淳、段功、阿盖等，其性格也都是在研究基础上写成，因此都具有历史真实性。至于曹操和武则天则是被历史歪曲了的人物，作品中人物的性格才真正恢复了历史的真面目。

历史风貌主要是指各个时代的政治气氛、风俗习惯、民情风尚和具有历史感的语言等。这些在史剧中都有明显的体现。《棠棣之花》《高渐离》等史剧，通过人民情绪的描写所表现的“望合厌分”和反秦的政治气氛，真实地再现了先秦时代的历史风貌。《屈原》中的“招魂”、“跳神”，《虎符》中的“投壶”、“祖饯仪式”，《棠棣之花》

中的男女冶游,《高渐离》中的击筑唱歌等,都是特定历史时代中存在的社会风习,给人以历史真实感。在史剧语言方面,作者坚持语言的时代性和历史感。他的原则是历史剧中绝对不用现代新名词和语汇,以现代语为根干掺进一些古语和文言形成一种现代人能看懂而又具有历史感的史剧语言。在一些史剧中,为了托出古代历史生活的真实,还直接引用和插入古代诗词并再现其意境。如在《屈原》中插入《桔颂》《惜颂》《九歌》《招魂》等屈原的诗,在《高渐离》中插入《荆轲刺秦歌》的演唱,在《南冠草》中插入夏完淳的诗等。

其次,郭沫若的史剧深刻地反映了历史生活内在本质的真实。内在本质的真实首先表现为历史生活的内在规律,它是古今相通,一以贯之的东西。其具体内容是推进社会发展的方生力量与拖延社会前进的将死力量之间的对立斗争。这是构成每个时代社会历史的本质内容。尽管各时代社会斗争的具体内容不同,但这方生与将死的两种社会力量都同样存在。在阶级社会中,总有对立阶级的一方代表着方生力量,另一方代表着将死力量。作者认为悲剧的产生,从本质上看是由这两种社会力量的对比而决定的,在推进社会发展的方生力量尚未十分壮大,而拖延社会前进的将死力量也尚未十分衰弱的时候,便有悲剧诞生。历史悲剧要表现历史生活的内在本质真实,就必须认识与把握每个时代方生与将死两种社会力量的对立,写出方生力量必然胜利的前途,将死力量必然灭亡的命运,以此来鼓舞现代人的斗争。

历史生活的内在规律反映在思想观念上,便成为历史精神。历史精神实质上是指特定历史时代反映社会发展要求的时代精神,是代表社会前进的方生力量和人民变革要求的革命精神。在历史上这种精神总是通过少数代表先进思想的杰出人物体现的。因此作者对于历史精神的把握总是从研究历史人物入手。从研究历史人物入手把握历史精神,然后通过人物和事件的描写,将古代精神翻译到现代,这便是作者史剧创作的过程。作者对于历史精神的把握与解释突出地表现在以战国时代的史事为题材的四个史剧中。从这些史剧中人物的政治观、道德观和自觉意志所包含的社会内容,可以清晰地看到一个思想深邃、学识渊博的史学家对于春秋战国时代历史精神的独到而新颖的见解。作者认为春秋战国时代是奴隶制向封建制转变的社会大变革时代,政治经济制度的变革引起整个社会上层建筑的变革,产生于当时的“仁义”的思想,就是那个时代进步的时代精神,也就是史剧家应当发展并翻译到现代的古代精神。这种对于历史精神的深刻把握与解释表现了一个史学家的史识。它是形成《虎符》等以春秋战国时代的史事为题材的四个史剧悲剧精神的基础。作者对于历史精神的把握还表现在对中国传统道德的认识上。《卓文君》《王昭君》所表现的中国女性“三不从”的叛逆精神,从根本上说也是一种历史精神。在中国长期的封建社会中存在着两种对立的文化，表现在道德上便是两种道德的对立。作者认为，在两种对立的道德中，占统治地位的是以男性为中心的道德。男性为中心的传统道德，不仅绞杀了女性天才，使女性沦为愚昧，而且导致整个社会的堕落。和男性中心道德相对立的是历史上少数女性所表现的“三不从”的道德。这种新性道德包含着男女平权的内容，不仅代表着妇女解放的要求，而且代表着社会进步的希望，从本质上看是一种进步的历史精神。作者对于传统道德的上述理解，便成为他创作《王昭君》《卓文君》两个史剧和在其他史剧中塑造一系列正面女性形象的动机。

外在真实与内在真实在郭沫若的史剧中是两个既有区别又有联系的层次。它们是形与神的关系。作为内在规律和历史精神的“神”，总是通过作为外在面目的历史人物、历史事件和历史风貌的“形”表现出来。外在真实所表现的是历史生活的具体性，内在真实所表现的则是历史生活的规律性。

历史真实在史剧中通过艺术虚构表现出来便成为艺术真实。历史真实与艺术真实的关系是真与美的关系。艺术虚构的过程是真向美转化的过程。这个过程在郭沫若史剧创作中是通过下述三个原则实现的：(1)真实性原则，也就是“失事求似”的原则。不拘泥于历史事实，而表现历史真实，作到外在真实与内在真实的统一。(2) 完整性原则。一是将不完整的事件和人物完整起来；二是使只具筋骨的历史生活、历史人物具有丰满的血肉。(3) 理想性原则。在写负大于正的同时，写出正大于负的必然前景。

三

郭沫若历史剧的另一成就是继承和发扬了中国古典悲剧的美学传统，形成了中国现代历史悲剧的民族风格。

中国自元代到清代曾产生过许多优秀的古典悲剧。从这些典范的古典悲剧与西方悲剧的比较中，可以明显地看到中国古典悲剧具有以下不同于西方悲剧的民族特点：其一，中西方悲剧都表现真善美与假丑恶的冲突，但西方悲剧侧重于对假丑恶的暴露，中国悲剧则侧重于对真善美的歌颂，歌颂道义美是中国古典悲剧的中心主题。其二，悲剧冲突的发展一般都导致悲剧人物的死，但悲剧人物的死，在西方悲剧中大都是美的毁灭，在中国悲剧中却是美的完成。其三，悲剧都具有诗美，这诗美在西方悲剧中表现为语言的诗化，而在中国悲剧中不仅表现为语言的诗化，而且进而表现为人物、情节和环境的诗化，即整个戏剧都充满情景交融、意境浑一的艺术境界。郭沫若的历史悲剧正是在上述三个方面继承与发展了中国古典悲剧的民族传统。

首先是对道义美的歌颂。在悲剧中，作者把“仁义”作为道义美加以歌颂。他从人民本位的观点出发，认为“仁”的含义是“克己”而“利他”，“仁道”是“为大众的行为”，即“要人们除掉一切自私的心机，而养成为大众献身的牺牲精神”(《十批判书》)。他在史剧中通过仁人志士所颂扬与倡导的道义美，就是“杀身成仁，舍生取义”，也就是爱祖国和人民的利他行为和为大众的献身精神。为歌颂道义美，作者在史剧中塑造了一大批具有高尚道德情操、完美无缺的仁人志士的形象。这些人物分为以下三类：其一，具有气节美的人物，如屈原、夏完淳等；其二，具有信义美的人物，如信陵君、高渐离、聂政、侯嬴等；其三，道义美的化身，如婵娟、如姬、阿盖、春姑、聂嫈、魏太妃等。悲剧都表现非凡的意志力。在西方悲剧中意志力或者被描写为悲剧人物合理的欲望，或者被描写为命运的力量和宇宙的意志；而在郭沫若的历史悲剧中意志力则被描写为悲剧人物所显示的道德精神的力量。这不同，若拿《屈原》和莎士比亚的《李尔王》相比较，则更加明白。《屈原》中的雷电独白同《李尔王》第三幕第二景中李尔王在暴风雨中的独白，都是全剧的情感高潮，风雷电的自然力均被作为意志力的象征描写着。但后者所象征的是与悲剧人物意志相分离的“宇宙意志”，它不是善，也不是恶，而超乎善恶之上；前者象征的则是与悲剧人物个人意志化为一体的道德精神的力量，正是这种感天动地泣鬼神的道义力量，造成审美中的崇高感。

其次，死不是美的毁灭，而是美的完成。郭沫若悲剧中的悲剧人物都有自己关于死的价值观。他们都是在这个观念支配下去自觉行动的。侯嬴在判断如姬的行为选择时，说出了仁人志士共同的行为准则。他说：“凡是一个有见识的人，能够辨别出生死的分寸。有的时候，死是永生。有的时候，生不如死。究竟那样该喜欢，那样该害怕，那样该庆贺，那样该诅咒，一个有见识的人是能够辨别清楚的。”他们共同的认识是，人的意志无法改变生与死的规律，但却可以决定生与死的价值，生命不能永存，而它所创造的价值却可以永存。由此出发，他们认为有价值的死是永生，无价值的生不如死。清楚地意识到生死的价值与意义，以死求得道义美的完成，换取真理正义的永存，这便是郭沫若史剧中悲剧人物关于死的价值观。他们的行为无不体现着这个观念。“杀身成仁，舍生取义”，就正是这种价值观支配下形成的仁人志士的最高行为准则。由于“死”是道义美的完成，所以悲剧人物的死，所产生的审美效果不是怜悯或恐惧，而是庄严和崇高；作者对于这种具有崇高美的死，总是极力赞美的。其赞美的形式是，一方面写悲剧人物的死所引起的积极效果，一方面对于悲剧人物的死，作出崇高的道德评价。

再次，是悲剧的诗化。这诗化是全方位的。

一是结构的诗化。每个悲剧都有一个贯彻始终的情感基调，而这个基调往往是一首诗的意境构成。如《屈原》的基调是对仁人志士美节的歌颂，它是由《桔颂》诗的意境构成的。为形成这个基调，作品在结构上以《桔颂》开端又以《桔颂》结局。《南冠草》的基调是对于以死报国者的哀悼，它是夏完淳的诗集《南冠草》中诗的意境构成的。同样，《高渐离》中的《荆轲刺秦歌》，《棠棣之花》中的壮行诗和《豫让歌》，《虎符》中的赞美诗等，也都是形成悲剧情感基调的主题诗。

二是悲剧人物的诗化。郭沫若悲剧中的悲剧人物，有的是诗人，有的虽非诗人，但却同样具有诗人气质。所谓诗人气质是指其表达感情的方式是诗的方式。他们的感情往往铸结为意境，借助于诗的形象抒发出来。屈原的情感发展分为三个阶段，在剧的开端是通过《桔颂》表达的；在剧的发展中是通过《惜颂》表达的；在剧的高潮中是通过《雷电颂》表达的。夏完淳的情感发展更是几乎全用诗的意境表现的。在被捕前通过月下寒亭吟诗和谈诗抒发其思明之幽情；在被捕后的押送途中，通过题扇诗表达其以死报国之深情。其他如如姬夫人自杀前的自白和高渐离矐目后的自白，也都是意境鲜明的散文诗。

三是环境的诗化。所谓环境的诗化，就是将悲剧人物的心境和情感通过戏剧的环境描写表现出来。《棠棣之花》中的“聂母墓前”和“濮阳桥畔”便都是诗化的环境，前者以“荒坟噪鸦，月冷箫哀”的境界，衬托出聂氏兄妹悲凉的心境；后者则以“花海春歌，舟迷人醉”的境界，反衬出聂政庄严的心境。《屈原》中关于桔园和风雷之夜的描写都属于诗化的环境描写。《南冠草》中这类诗化的环境描写更多。

四是语言的诗化。郭沫若悲剧中诗化的语言是音乐性、抒情性和形象性的统一。

此外，郭沫若历史悲剧的民族风格，还表现在戏剧结构、戏剧冲突中。

在结构上，郭沫若的历史悲剧有三个鲜明特点：其一，高度的统一性与完整性。形成这统一与完整的方法是如筋骨脉络似的贯穿于戏剧情节中的线索，即人的线索、物的线索和情的线索。我国成功的古典悲剧在结构上大都体现了以人、情、物的线索联结各部分的特点。其二，相反相成的结构方法。这便是在每一场戏的安排上，都考虑节奏的变化与统一，体现一悲一喜，悲喜对照，一张一弛，疏密相间的原则。这种相反相成的结构方法，也是在中国古典悲剧中常见的。其三，透示出转为喜剧气势的结局。这种结局仿佛中国古典悲剧的大团圆，但又有所不同。它表现的不是作者的主观愿望，而是“正＞负是必然的前景”这一历史发展的内在规律性。

在戏剧冲突上郭沫若历史悲剧的特征是：心理描写的深化、情节的曲折和刺激的猛烈，即以心理描写的深化表现悲剧人物的自觉意志，以情节的曲折表现悲剧冲突的发展，以猛烈的刺激构成悲剧的危机。而这特征也正是对中国古典悲剧的继承与发展。

四

郭沫若历史剧的创作成就还表现在它对浪漫主义创作方法的丰富与发展。它不仅将《女神》开创的积极浪漫主义发展到革命浪漫主义阶段，而且以创作实践丰富了浪漫主义史剧理论。郭沫若的史剧创作对于浪漫主义理论的贡献是多方面的，但有两点是最重要的。这便是关于人物塑造的理论和悲剧情感化的理论。

浪漫主义文学是"理想主义"的，由这一总体属性派生出两个具体特征：人物题材的非凡性和艺术创作中的主观性。这两个特征在郭沫若史剧的人物塑造中是通过以下三个方面体现出来的：其一，对人物性格全与美的追求；其二，人物性格中作者自我气质的注入；其三，人物对于环境的支配力量。

所谓性格的全与美，就是人物性格的理想化，即要求人物在智、情、意三方面都得到高度发展。智是理智与才能，郭沫若史剧中的悲剧人物都是理智与才能高度发展的理想性格。屈原、蔡文姬表现了盖世超群的诗才，信陵君、如姬、高渐离、侯嬴表现了精巧绝妙的斗争智慧；夏完淳、上官婉儿是人间罕见的幼慧奇才；曹操、武则天则表现了显赫非凡的文治武功。但这些在作者看来还只是理智和才能的一般表现，作者所着力追求的是人物对于宇宙、社会内在规律和事物内在必然性的认识，以及在这种认识基础上形成的当时最进步的人生观、政治观和道德观。

情是指人物的情操。郭沫若史剧中悲剧人物的情操都是非凡的、高尚的。他们的爱憎忧愤超越了一般伦理关系的范畴，而达到了崇高的"无我"的境界。这种高尚的情操主要表现为忧国忧民，酷爱正义和崇尚气节等内容。

意是意志。郭沫若史剧中悲剧人物的意志具有崇高性、自觉性和巨大的强度。人物的行动欲望都是以崇高的政治理想和道德理想为基础的，因此是崇高的。由于有明确的理想作指导，所以他们总是将采取行动的欲望提高到自觉的水平。崇高的目的性和自觉的行动欲望，增强了人物意志力的强度。一般悲剧中人物的意志力强度只支持到戏剧冲突达到爆发点，而在郭沫若的历史悲剧中却往往以悲剧人物的死达到意志的最后完成。

总之，性格的全与美是郭沫若史剧塑造悲剧人物和正面人物所追求的艺术境界。在他的史剧中，悲剧人物和正面人物都是智情意三方面都得以高度发展的性格完美的形象。这一点与西方悲剧不同，在西方悲剧中特别是莎士比亚的悲剧中，悲剧人物多是有缺点的“白璧微瑕”的好人。

鲜明的主观色彩是郭沫若浪漫主义的重要特色。它在作者五四时期的诗与此后的小说中表现为直接描写自我，而在戏剧创作中则表现为在正面人物的性格中注入作者的自我气质。郭沫若在气质上是诗人、学者和战士兼于一身，既具有诗人丰富的热情，学者深邃的思想，又有战士的勇敢战斗精神。作者的上述自我气质，显然注入了剧中正面人物的性格里。屈原、夏完淳是表现作者自我气质最显明的人物，其他的人物也都表现着作者自我气质的某些方面。

在人物与环境的关系上，浪漫主义与现实主义是恰恰相反的。现实主义是环境决定人物，而浪漫主义却是人物支配着环境。浪漫主义的这一特点也体现在郭沫若的史剧中。首先，在史剧中，环境不是人物性格的决定因素，而只是性格借以展现的条件。在整个戏剧发展中，人物性格不是由一个内容向另一内容发展，而是同一性格内容由外而内，由点及面的展现，环境是性格借以展现的条件。如屈原的性格是通过三个层次展现的。其次，正面人物对于环境的支配作用，还表现为正面人物的思想和行为对周围所产生的积极影响，如悲剧人物的死都有这种积极影响。再次，正面人物性格对环境的支配作用，又表现为人物在精神上对于环境的超越。所谓精神上的超越，就是在逆境中的人物从精神上对于周围环境压迫的超越，即在现实中处于劣势环境里的人物，靠精神上的优势摆脱环境的压迫而获得自由。这精神上的优势，是人物所具有的非凡崇高的政治理想与道德理想，以及作为这理想基础的英雄主义宇宙观。如身处囹圄缧绁中的屈原，思想却挣脱了一切束缚，随风雷电自由驰骋。坠入追捕罗网的如姬，决定自杀时，精神上却获得了彻底解放。双目失明的高渐离，在死神降临时，却感到生命的永恒。代饮毒酒的婵娟，死不是令她恐惧，而是使她感到幸福。

浪漫主义激情。情感因素在郭沫若的史剧创作中居于突出地位。它的作用首先表现为“兴”的史剧创作原则。“兴”是内发情感的触发。兴的创作原则有以下三个明显特征：一是对待史实的主观随意性。在创作过程中不注重历史事实的客观真实性的描写与叙述，而注重表现作者对历史人物和历史事件所产生的主观情感与冲动，作品所极力追求的主要是这种主观情感的真实性与充分性。二是情感的冲击性。内在情感的触发使作者的意识进入灵感状态，其特点是意识的流以火山爆发之势，猛烈袭击作者，使其感到强烈的冲击力，而不能自已。这种意识流的爆发，往往引起作者智与情的矛盾，矛盾发展的结果又总是情胜于智。因此，作者的创作计划常常为创作的情感冲动所打破，而不断地修改。三是时间的短暂性。写作的过程就是作者内发情感的触发过程，而内发情感的触发是短暂的，这就决定了创作时间的短暂性。这便形成写得“快”的特征。《孔雀胆》《蔡文姬》写了 5 天，《虎符》《屈原》分别写了 10 天和 7 天。其他剧的创作时间也均很短。这种兴的短暂的写作过程，在一定程度上限制了作品艺术生命力的持久性。作者补救的办法是“多改”。

突出情感因素，使郭沫若的史剧成为情感化的史剧。情感化在史剧中表现在人物、结构、语言等各个方面，如在结构中特别注重于情感线索的作用，形成情节线与情感线同步发展的双线结构。为突出情感线索，作者特别精心于情感高潮的安排与描写，使情感高潮成为全剧情感的喷发口，发挥出震撼心灵的巨大感染力。这些情感高潮具有三个特征：其一是情绪节奏的强烈性；其二是抒情内容的完整性；其三是抒情环境的非凡性。而这些恰恰是情感化悲剧的基本特征，也是郭沫若历史悲剧莎士比亚化的表现。

总之，中国现代史剧的产生与发展是和郭沫若的名字分不开的。他不仅是中国现代史剧的开拓者和奠基者，而且是史剧艺术最高成就的代表者。他以自己的作品把中国现代史剧发展到一个艺术顶峰，历史真实与艺术虚构的统一，悲剧民族风格的确立以及革命浪漫主义创作理论的丰富与发展，正是这个艺术高峰的三个标志。这三个方面，也就是郭沫若对于中国现代史剧发展的主要贡献。

1991年：

深化·外化·虚化*

——论沈从文小说的心理描写

真切细微的心理描写是沈从文小说创作的特色。他的小说不追求人物外在行为和故事情节的生动性与完整性，而注意刻画人物内在心灵的特征，表现心灵世界的丰富性，心理描写的深化、外化和虚化是他的小说在心理描写技巧上的突出特点。所谓心理描写的深化，是指把心理活动的描写深化到人物意识活动的领域，通过人物心理活动的描写显示人物内心深处的意识冲突。所谓心理描写的外化，即描写心理活动在外在事物上的反射，通过人物外在言行和自然景物曲折反映人物心理活动的内容。所谓心理描写的虚化，就是描写心理活动在虚化的梦幻想象中的投影，以虚写实。

一

若把沈从文小说中人物的意识分成层次，至少应当包括社会意识生命、意识和哲理意识三个层次。社会意识是自觉的浅层意识，如政治意识和道德意识。生命意识是较深层的基于生命本能的不自觉的意识，如生存意识和性意识。哲理意识是最深层的意识，它是人物对于人生宇宙抽象的规律性认识。这三层意识的矛盾交织，便形成人物的心理世界。所谓心理描写的深化，就是在人物心理描写中深刻地揭示出上述三个意识层次相互依存和矛盾统一的状态。

在沈从文的小说中，人物的社会意识很少表现为政治意识，而往往表现为道德意识。作为社会意识的道德意识和作为生命意识的性意识与生存意识的冲突，常是构成人物心理过程的基本内容。

沈从文很善于表现湘西少女的心理特征。而构成这些少女心理活动内容的正是基于生命本能的性意识与道德意识之间的冲突。三三是个天真聪慧感觉十分敏锐的乡村少女。当她偶尔遇到从城市来乡间休养的“白脸青年”时，立即产生了爱

---

* 《吉首大学学报》1991年1、2期合刊。

慕之情，而这爱慕之情就是通过心理活动中基于生命本能的性意识与自觉的道德意识之间的矛盾冲突展示出来的。小说写了她与“白脸青年”相见的两个场面。第一个场面是写三三在自己家碾坊旁的水边首次与“白脸青年”邂逅。当时陪伴那青年的是三三熟悉的总爷家里的管事先生。若不是见了那位白脸青年，她是会同管事先生说话的，但这时却“什么话也不说了，只低下头笑”，并且“头虽低低的，却望到那个好像从城里来的人的白裤白鞋”，同时还不自觉地听到那男子说：“女孩很聪明、很美、长得不坏。”管事先生又说：“这是我堡里美人。”在这里写了三三两种动作：其一是自觉的动作——“低下头笑”；其二是不自觉的动作——“望”那城里人的“白裤白鞋”，“听”那男子与管事先生赞美自己美丽的谈话。前一动作受支配于人物自觉的道德意识，后一动作则受支配于人物基于生命本能的性意识。这两种动作表现的正是人物浅层意识与深层意识之间的矛盾冲突。人物的全部心理活动都是由这一矛盾过程构成的。第二个场面写三三跟在那城市青年与管事先生身后往堡子里走。在这个场面中同样写了三三心灵中上述两种意识的矛盾冲突。意识的冲突反映在三三的行为上，便形成她行为的一系列矛盾。开始三三在道德意识的支配下，产生了羞怯心理，理智上不愿再同管事先生和那位青年打交道，所以“故意跟在这两个人身后，慢慢的走着”。但她的耳朵却受了下意识的支配，总是清晰地听到前边两人关于自己的谈话。如听那城里青年说：“女孩子倒真俏皮，照你们乡下习惯，应当快放人了。”又听管事先生说：“少爷喜欢，要总爷做红叶，可以去谈谈。”听到上述的话，三三的道德意识受了更大的刺激，理智上便发出信号，产生自觉行动：“轻轻的呸了一口”，“把两个指头紧紧的塞了耳朵”。但不自觉的下意识却在同时支配了她，使她的耳朵“仍然听那两个人的笑声”，心中仍然“想知道那个由城里来好像唱小生的人还说些什么，所以不久就仍然跟上前去”。当听到管事先生说出城里人想“作碾坊主人”（即想娶她为妻）时，三三的道德意识又第三次作出反应，使她产生出更加强烈的反抗行动：“这次可再不能跟上去了，就坐在溪边的石头上，脸上发着烧，十分生气”，并且心里想：“你要我嫁你，我偏不嫁你。”然而不一会她又由“生气”转为“快乐”了，而且想到城里人怕狗的笑话。这“生气”是自觉道德意识支配的结果，而“快乐”则是不自觉的潜意识——基于生命本能的性意识的外露。在这里使人感到三三已经不自觉地爱上那位陌生的城市青年。从上述心理描写中可以清楚地看到，支配三三心理动作的是两种相对立的意识，即自觉的道德意识与不自觉的基于生命本能的性意识。正是这两种意识的冲突构成了这位少女独特的曲折的心理活动过程。

在沈从文的小说中两种意识的冲突不仅表现为道德意识与性意识的造突，而且也表现为道德意识与生存意识的冲突。这类冲突表现在《丈夫》《旅店》等小说中，以《丈夫》最为典型。

《丈夫》描写了“丈夫”到花船上看望作娼妻子（老七）时的心理活动过程，不自觉的生存意识与自觉的道德意识之间的冲突是构成这一心理活动过程的基本内容。“丈夫”把妻子送到城里的花船上作土娼赚钱维持一家的生活，这从生存意识的角度来看，是无可指责的，它本身就是人的生存意识的表现。但从道德意识的角度看，作娼则是不道德的行为。这本身具有矛盾性的行为特征反映在“丈夫”的心理上便形成两种意识的对立。丈夫到花船上后的心理变化分为三个不同阶段。第一阶段丈夫见到妻子由乡下女子突变而为穿戴华贵具有“城市里人神气派头”的娼妓，心理为“惊讶”所占有。他惊讶的是妻子的突变。而这突变包括两方面内容：一是生存条件的变，由穷变富；二是道德人格的变，由纯洁而堕落，对于前者，丈夫是惊喜，对于后者则是惊忧。因此，丈夫惊讶的心理状态包含着生存意识与道德意识的矛盾。但在相矛盾的两种意识中，不自觉的生存意识占主导地位而压倒了自觉的道德意识。所以，丈夫虽有“淡淡的寂寞袭上了身”，却还是“原谅妻子的行为，尽她在前舱陪客，自己也仍然很和平的睡觉了”。第二阶段，丈夫见到妻子的“熟客”水保，两种意识的矛盾进一步加剧，生存意识使丈夫为妻子有水保这样一位“财神”而高兴，见面时总是不自觉地注意水保手上“其大无比的黄金戒指”和“闪闪发光”、“体面好看”的皮靴。在这位对他和妻子的生存都有好处的“伟人”面前，“他忽然觉得愉快，感到要唱一个歌了”。但自觉的道德意识却又使他感到自己作为丈夫在人格上受了巨大的侮辱。于是他“心上增加了愤怒”、“喉咙为妒嫉所扼，唱不出什么歌”，并且决定“明天就要回家”。两种意识的对立显然加剧了。但生存意识仍在支配他的行动。所以，他虽然感到羞辱、愤怒，却仍然没有采取“回家”的行动，反而在别人劝诱下竟拉胡琴唱歌。第三阶段，水保走后，丈夫目睹士兵和巡官轮番来胡闹、威逼和欺诈，感到自己和妻子的人格都受了严重的凌辱。于是生存意识终于为道德意识所压倒，他采取了决绝的行动：立即同妻子一起离开花船回家去。小说极其细致精彩地描写了丈夫心理中上述两种意识的冲突：

男子一早起来就要走路，沉默的一句话不说，端整了自己的草鞋，找到了自己的烟袋。一切归一了，就坐到那矮床边沿，像是有话说又说不出口。

老七问他，“你不是昨晚上答应干爹，今天到他家中吃中饭吗？”

“……”摇摇头，不做答。

“人家特意为你办了酒席，好意思不领情？”

“……”

戏也不看看么？

"……"

"满天红的晕油包子，到半时上笼，那是你喜欢的包子"。

"……"

一定要走了，老七很为难，走出船头呆了一会，回身从荷包里掏出昨晚那士兵给的票子来，点了一下数，一共四张，捏成一把塞到男子左手心里去。男子无话说，老七似乎懂到那意思了，"大娘，你拿那三张也把我。"大娘将钱取出，老七又把这钱塞到男子右手心里去。

男子摇摇头，把票子撒到地下去，两只大而粗的手掌捣着脸孔，像小孩子那样莫名其妙的哭了起来。

上述描写清晰地表现了人物的心理中生存意识与道德意识之间的猛烈冲突，而最后道德意识终于压倒生存意识，作为其标志的便是丈夫的钱撒在地下同妻子离开花船的行动。

总之，通过人物心理活动的描写，真实地揭示人物内心深处的意识冲突，是沈从文小说心理描写的主要特点之一。这样的描写，就使人物心理活动的内容具有层次性、曲折性和深刻性。

二

在沈从文的小说中，心理描写的深化，更表现为对于深层哲理意识的挖掘与表现。这种哲理意识往往是作品人物的心理内容，也是作者自己的心理内容。它是作者和人物从对人生宇宙感受中抽象出来的规律性认识。

哲理意识往往作为人物心理的潜在意识隐藏在大量心理活动背后，通过象征暗示的方法曲折地显示出来。这在《边城》《堂兄》《黎明》和《入伍后》等小说中表现尤为突出。

在《边城》的两个主要人物（翠翠和老船工）全部心理活动的背后，隐藏着一种共同的意识，这便是"死的预感"。这"死的预感"在作品中人物心理发展过程里，时时流露出来，成为笼罩整个作品的一层淡淡的然而韵味深邃的哀愁。这种"死的预感"又是与人物爱的情感纠结在一起的，它表现了"爱与死为邻"的哲学意念。翠翠很爱她的爷爷，但却时时想到他的死，并对这死怀有极大的恐惧。在翠翠心理发展过程中，"死的预感"共出现过三次：第一次，她同爷爷应邀去河街看赛龙舟，散场时找不到爷爷，这时她的心理忽然泛起爷爷会死的念头。小说以物境象征人物的心境，写道："落日向上游翠翠家中那一方落去，黄昏把河面装饰了一层薄雾，翠翠望到这个景致，忽然起了一个怕人的想头，她想：'假若爷爷死了？'"第二次是翠翠与爷爷月下吹芦管谈心，谈到祖孙相依为命时，翠翠又想到爷爷的死。她极其严肃地对爷爷说："爷爷，我一定不走。可是，你会不会走？你会不会被一个人抓到别处去？"爷爷听到翠翠的话，自然"想到被死亡抓走那一类事情"，因此不再说话。这时，小说又以"七月八月"天上的"流星"来象征人物的心境。第三次是大雷雨之前，爷爷从城里回来，因翠翠婚事受到顺顺的冷遇，心情极坏。他面临着一场摧残心灵的雷雨，生命将经受一次严峻考验。这时，翠翠对于爷爷死的恐惧达到了顶点，终于喊出"爷爷我真怕！"的心灵呼唤。同样，死的预感也隐伏在老船工的心理发展过程中。不同的是老船工所预感的"死"，既包括他自己的死，又包括翠翠的死。关于自己的死，他的预感有多次，但他并不惧怕，不消极，认为"一切来的都得来"。他惧怕的是夺去女儿生命的爱情悲剧会在孙女身上重演。翠翠婚事的纠葛常常使他产生一种不祥的心理预兆，这便是"忽然觉得翠翠一切全像那个母亲，而且隐隐约约便觉到这母女二人共同的命运。"

作者是个生命论者。他认为"爱"与"死"是"自然所派定义务"，是生命不能违反的"生物原则"。"死"是生命的终结，"爱"是生命的延续。"爱"与"死"是生命发展过程的两个不可或缺的部分，是生命的基本属性。生命能"死"才可新陈代谢，能"爱"才会繁衍不息。正是从这个意义上，作者说："爱与死为邻。""爱与死为邻"是作者对于生命的忧患意识。这种意识作为人物心理活动的深层意识，不仅表现在《边城》中，而且也表现在其他作品中。《边城》中翠翠与爷爷对于"死的预感"正是这种哲理意识在心理上的典型表现。

假若说《边城》等作品中人物心理的哲理意识是生命忧患意识，那么《堂兄》《黎明》《入伍后》等作品中人物心理的哲理意识则是人生忧患意识。这三篇小说都写对故乡的回忆。回忆中充溢着对于人世的痛苦和哀愁。《黎明》中的叔远是作者童年时代的朋友，他具有善良软弱的性格，小小年纪就独自离开家乡和父母到千里外的地方谋生。这对于一个小小的软弱的灵魂，无疑是一个沉重的打击和压抑。打击压抑的结果便是走向毁灭。叔远的死使作者十分痛苦，并引起他对于人生哲理的思考。他认为在强权支配一切的不合理社会里，善良软弱如叔远一样的小小生命是无法容存的。他的死因就是离开保护他的环境而投身于冷漠的社会。他说："小小的年纪，骤然丢开那几乎可以说是娇态放肆的幸福小孩子的生活，把身子嵌进一个新的陌生的世界中去，未来的不可知的恐吓包围了小小的心，少年人的乡愁，呵，少年人不能载的乡愁！"显然，在作者看来，叔远的死因正是那由于环境压力的不能承受而生的"乡愁"。小说直接表现的是作者对故乡的同情与怀恋，但在同情与怀恋背后却隐藏着作者的一种哲理意识，这便是由于窥见人生惨剧而产生的人生忧患意识。而“乡愁”正是这人生忧患意识在心理上的表现。

《堂兄》是对在土著部队中同自己共同生活过多年的堂兄万林的回忆。万林是心地善良又具有耐苦踏实的“牛马精神”的青年。他是作者生活的关照者和人生仕途上的导师。但在作者看来，他同样是叔远类型的性格。虽比叔远老练世故，但其秉性仍是善良与软弱，并且也同样地为那个绞杀善良软弱者的社会所不容。万林是在回家探亲的途中被强盗为杀人灭口而无辜杀害的。他的死表面看是那么偶然，但从实质上分析，则又是那么具有必然性。因为弱者死于强者之手，正体现了那个社会弱肉强食的本质。这种对于人生本质的深刻认识，正是作者忧患意识产生的根源。

《入伍后》写的是另一个善良软弱性格——“二哥”被仇人诬陷坐牢终至杀害的悲剧。作者不但对于这个好人的悲剧寄以深切同情，而且由于窥见了软弱者的人生惨剧而产生了忧患意识。他说：“我有时这样想，在这世界中，缺少了力，让事实自由来支配我们一切，软弱得如同一块粑的人，死或不死，岂不是同类异样的一个大惨剧么？忽然会生出足以自吓的慈悲心，也许是深深地触着了这惨剧的幕角原因吧。”可见，作品中那种悲悯的情感，虽具体由人物的悲剧而生，但又是作者人生忧患意识在心理上的表现。

上述的生命忧患意识和人生忧患意识，其实都是哲学上的不可知论与宿命论的反映。这在另一些作品，如《长河》《菜园》《石子船》和《初八那日》等中，看得更加清楚。《长河》中老水手的心理状态典型地反映了不可知的宿命论。他总是仿佛感到一个看不见的东西在主宰着这个世界由“常”到“变”的发展，而人只能听命运的摆布。人们都希望变动会带来好处，但他的亲身经历却证明，变动往往会给好人带来恶运。因此，他的结论是悲观的。他对人生作出这样的抽象：“好的总不会长久，好碗容易打破，好花容易冻死，——好人不会长寿。好人不长寿，坏人活千年，天下事难说！”《菜园》写的是清末没落官宦家庭出身的玉太太不幸的命运。玉太太是个聪慧能干知书识礼的妇女，凭她的才能和欲望是完全可以把家庭搞好的。但好像有一种力量在冥冥中同她作对，将她一步步逼向死路。先是丈夫的死，后是儿子儿媳被害，最后是自己的自杀。连续的不幸偶然地集诸她一身，似乎只能用宿命论来作解释。其实作者正是从宿命论的观点来写这篇作品的。这从玉太太的心境可以清楚地看出。在玉太太的心境中总是笼罩着无法排遣的忧郁，即使她高兴时所欣赏的也往往是与忧郁相联系的“晚霞”、“孤鹜”、“秋菊”和“寒雪”。这忧郁心理正来自认为命运不可抗拒的悲观意识。《石子船》中的八牛死于“水”，《初八那日》中的木匠死于“风”。这些偶然的死，在人们心理上引起的也往往是宿命意识。

在沈从文的小说中，心理深层的哲理意识，除生命忧患意识和人生忧患意识外，还有城乡差别意识。作者的理想是通过美的人生形式和生命形式的建造来改良人类社会。他认为乡村与城市分别代表两种不同的人生形式与生命形式。两相比较，乡村的自然人生形式与生命形式是近于理想的美的人生形式与生命形式。作者这一哲理性认识表现在作品结构上，便是乡村与城市两个艺术世界的建构；表现在人物描写上，是乡下人与城里人两种性格的对照；表现在心理上，则是人物心理因城乡差别而形成的巨大差异与隔膜。这种人物心理的巨大差异与隔膜，有时表现在不同作品中，如《柏子》与《八骏图》，《边城》与《或人的家庭》，若将两个作品中的人物心理加以比较，便形成鲜明对立；有时则表现在同一作品中，如《三三》《长河》《虎雏》《丈夫》《阿里思中国游记》等，心理的差别就更加分明。

总之，哲理意识是沈从文小说中人物心理结构的最深层次。生命忧患意识和城乡差别意识都是构成这一意识层面的内容。对于这深层意识的描写，使小说具有了哲理意味。

三

沈从文的小说在心理描写上虽然深化到人物意识的领域，并且总是表现两种意识的冲突，但所运用的手法却不是西方小说惯用的心理解析，而是中国传统小说所运用的方法。这便是通过外在景物的衬托和人物具有特征性的言行等外在世界的描写来间接反映和揭示内心世界。

首先，以物境写心境是他所惯用的手法。如《边城》《菜园》等抒情比较强的小说就运用了这样的手法。在《边城》中写老船工爷爷的死在翠翠心理上的影响，是通过雷雨来表现的。先是以雷雨欲来的紧张气氛表现翠翠由于爷爷的身心受挫而引起的惴惴不安："黄昏时天气十分郁闷，溪面各处飞着红蜻蜓。天上已起了云，热风把两山竹篁吹得声音极大，看样子到晚上必落大雨"。"翠翠守在渡船上看着那些溪面飞来飞去的蜻蜓，心也极乱。看祖父脸上颜色惨惨的，放心不下"，便劝他"好好的躺一躺"。"老船夫不作声，却站起身来昂头向天空望着，轻轻的说，'翠翠，今晚上要落大雨响大雷的！回头把我们的船系到岩下去，这雨大哩。'翠翠说：'爷爷，我真吓怕！'翠翠怕的似乎并不是晚上要来的雷雨。老船夫似乎也懂得那意思，就说：'怕什么？一切要来的都得来，不必怕！'"在这里雷雨欲来的紧张气氛是人物心境中不幸预感的外射。小说正是通过外在的紧张气氛写出人物内心的惴惴不安。

爷爷的死给翠翠带来了恐怖，而这心灵中的恐怖，同样是由雷雨这一物境的恐怖气氛表现的："夜间果然落了大雨，夹以吓人的雷声。电光从屋脊上掠过时，接着就是訇的一炸雷。翠翠在暗中抖着。……訇的一个大雷，接着是一种超越雨声而上的洪大闷重的倾圮声。……她上下搜索……无意中回头一看，屋后的塔已不见了。……翠翠吓慌得不知所措，只锐声地叫她祖父。祖父不起来也不答应。……原来这个老人在雷雨将息时已死去了。"

在《菜园》中，主人公玉太太心境的变化也是由不同的物境表现的。玉太太心境的发展分为四个阶段，而每个阶段中的物境与心境都达到了统一。第一阶段的物境是夏暮的花园，母子在溪边纳凉，溪水绕园，水清见底，鱼虾可见，晚风中混有素馨兰花香茉莉花香，微风拂鬓，柳枝空处点星初现。这时母子想起古人形容晚天落霞孤鹜一类的诗句。心境是沉醉在田园风光中的怡然自乐。第二阶段的物境是一年后的冬暮："大雪刚过，园中一片白"，菜堆"白雪盖满，正像一座座大坟"，"园中静静的"。这时母子二人"对座饮酒"。母亲："想起二十年来在本地方的经过人事变迁"，有人事沧桑之感，心境充满淡淡哀愁。第三阶段的物境是三年后的秋暮：母子同赏秋菊。母亲看到"一对青年人，在菊圃边料理菊花，便作着一种无害于事极其合理的祖母的幻梦"。这时母亲的心境是满足和欣慰。第四阶段的物境是儿子媳妇死后的秋天，园中是"菊花开遍了一地"，但"主人却对花无语"，心境中充满无限悲痛。

其次，以人物的言行来揭示其心理活动，也是作者常用的方法。如翠翠的心理活动都是通过她自己具有特征性的言行和动作来揭示的。当爷爷告诉翠翠船总家派杨马兵来说亲时，她的心情十分紧张。这种紧张的心理过程是以她剥豌豆的动作来揭示的。开始她急于想知道爷爷告诉的关于来人说的亲事，"心轻轻的跳着"，为镇静自己，她"低下头去剥豌豆"。而后当她弄明白说亲的是大老派来的而不是二老派来的时，心情更加慌乱，便以剥豌豆来故作从容："翠翠明白了，派人来作媒的是大老，不曾把头抬起，心怦怦的跳着，脸烧得厉害，仍然剥她的豌豆，且随手把空豆角抛到水中，望着它们在水中从从容容的流去，自己也俨然从容了许多"。最后，当祖父把翠翠的婚事与已逝女儿的不幸联系起来，感到人世之苦，哭着跑回屋里后，翠翠也从婚事联想到自己命运的多舛，更加忧心忡忡。这时她的动作是忽然把半簸箕豌豆倾入溪中。

当人物心理上因某一事或某一人而受到猛烈刺激时，往往产生心理转移的现象。这便是不自觉地将注意力由这一事物转移到其他方面。通过这种心理转移的现象揭示人内心的矛盾，也是作者常用的心理描写方法。如翠翠在看龙船时听到二老与团总女儿订婚的传闻后，见到二老，厌烦同二老讲话，这时二老连问她两次，她均想非所问，将注意力转移到其他方面：

> 二老："翠翠你来了，爷爷他来了吗？"
> 翠翠脸还发着烧不便作声，心想："黄狗跑到什么地方去了呢？"
> 二老又说："怎不到我家楼上去看呢？我已要人替你弄一个好位子。"
> 翠翠心想："碾坊陪嫁，希奇事情咧"。

又如爷爷向翠翠讲提亲的事，翠翠心情十分紧张，这过度紧张，便产生对于此事的厌恶心理，出现了心理转移现象。爷爷向她讲提亲的事，她的注意力却全转移到其他方面去了。她"正从山中黄鸟杜鹃叫声里，以及山谷中伐竹人……砍伐竹子的声音里，想到许多事情。老虎咬人的故事，与人对骂时四句头的山歌，造纸作坊中的方坑，铁工厂熔铁炉里流出的铁汁……耳朵听来的，眼睛看到的，她似乎都要去温习温习。她其所以这样作，又似乎全只为了希望去掉眼前的一桩事而起"。

总之，以物境描写心境，以具有特征性的言行表现人物的心理状态，是沈从文小说心理描写的基本方法。这种描写方法增强了作品的含蓄性和象征性。

以幻想和梦幻来表现人物的潜意识是沈从文小说心理描写的另一特点。《三三》《边城》《夜》《道师和道场》等均有关于幻想和梦幻的描写。

三三明白城里的那位青年人想娶她时，理智上虽产生出抵抗的动作（如她拒绝同母亲一起去堡子里为城里的青年送鸡蛋），但潜意识却向着她活动的相反方向发展。这便是她面对流水所产生的幻想：她"望着清清的流水，记起从前有人告诉她的话，说这水流下去，一直从山里流一百里，就流到城里了。她这时忖想……什么时候我一定也不让谁知道，就要流到城里去，一到城里就不回来了。但若当真要流去时，她愿意那碾坊，那些鱼，那些鸭子，以及那一匹花猫，同她在一处流去。同时还有，她很想母亲永远和她在一处，她才能够安安静静地睡觉"。这段幻想说明，三三虽然表面上不想同城里的那位青年见面、接触，但她的心却早为城里人所俘虏。在这段幻想之后，作品又写了三三的奇怪的梦，梦见那位城里来的青年人用大把金子买她的鸡蛋，她认为这是城里人用金钱吓人，就不卖给他，并且让狗将他追扑到水中。这是城乡差别在三三脑海中形成的意识的外露。由于城乡差别，使三三对城市人有一种偏见，认为他们有许多令乡下人可笑的地方，如怕狗、重金钱等。这些历来的认识，便成为一种潜意识，保留在三三的心底。当她理智上希望同城里人结合时，这种潜意识便借梦浮现出来。

同样正为爱情纠缠着心灵的翠翠，理智上虽表现为矜持羞怯，但通过梦所具现的潜意识里爱情要求表现得却异常鲜明。虎耳草是爱情的象征物，于是"梦中灵魂为一种美妙歌声浮起来了，仿佛轻轻的各处飘着，上了白塔，下了菜园，到了船上，又复飞窜过悬崖半腰——去作什么？摘虎耳草！”

《道师与道场》中的师兄原是一个循规蹈矩严于职守，特别是不近女色的正人君子。但在师弟千方百计的蛊惑、引诱下，终于同师弟同流合污，恭行了自己所反对的行为。他的转变也首先反映在所表现的潜意识里。他本是对女色深恶痛绝的，为制止师弟的这种行为曾多次大发脾气，直至感情决裂。但在梦里：“他又梦到做水陆大道场……神仙中也有穿极时髦服装的女子，一共是四五个。……他望到女神仙之一发愣，且仿佛明白这是做梦，不妨稍稍撒野，……他于是向女神仙扯谎，请她到后坛去看一种法宝，自然女神仙是不拒请求，他就引她到了后坛。谁知一到后坛，却完全是荒坟，他明白是神仙生了气，两脚一蹬，他醒了。”

《夜》写舞女的梦。舞女在舞场上遇到一个漂亮风雅的男子，一见钟情，但只同他跳过几圈舞就分别了。舞女回寓所后便作了一个梦，梦到她所思慕的那位男子夜间来寓所同她幽会。这梦同样是人物潜意识的外露。

潜在意识实际上是一种生命意识，它有时通过人物不自觉的动作表现出来，但更多的是通过人物虚幻和梦幻来表现。因此，幻想和梦幻便成为人物生命意识的虚化。沈从文的小说很注意于生命意识的挖掘，于是在他的作品中关于幻想和梦幻的描写便具有其特殊意义。

总之，心理描写的深化、外化和虚化是沈从文小说心理描写的最基本的特征。由于把描写深化到深层意识领域，就使作品所揭示的人物心理活动具有深刻性；由于通过人物具体的言行，即心理活动的外在表现来揭示抽象的心理活动内容，就使作品所揭示的心理活动及其过程具有生动性；由于以虚幻的幻想和梦幻来表现人物的深层意识，就使心理描写具有象征性。

沈从文论作家修养*

否定“天才”与“灵感”而重视作家的修养，是沈从文始终一贯的观点。他所谓的作家修养主要包括三方面内容：(1) 人格修养；(2) 知识修养；(3) 美学趣味和创作技能修养。有关这方面的论述，在他的《序跋集》《沫沫集》《烛虚》《废邮存底》和《续废邮存底》中可以看到。

一

文品总是反映着人品。一个伟大作家的作品无不是他整个人格的表现。中外历史上的伟大作家都可以作为例证。因此要培养作家的文品就必须首先从培养他的人品入手。沈从文写过十几个作家论（收在《沫沫集》），每篇都有特色，但其共同处，则是重视作家人品的修养。为培养作家的人品，他提出了以下关于作家人格的基本要求：

崇高的理想与信仰。认为作家不是盯住眼前个人得失的“近视眼”和市侩庸人，而是凝眸未来，关注整个民族与人类命运前途的领路人。他说：“我们实在需要一些作家！一些具有独立思想的作家，能追究这个民族的一切症结的所在，并弄明白了这个民族人生观上的虚浮、懦弱、迷信、懒惰……他们又能理解在文学方面，为这个民族自存努力上，能够尽些什么力，应当如何去尽力。”(《元旦日致〈文艺〉读者》)他们有基于崇高理想与信仰的纯正的文学观，视文学为“一生相就”的献身事业，“不图速成，不谋小就，写作不基于别人的毁誉，而出于一个自己生活的基本信仰(相信一个好作品可以完成一个真理、一种道德、一些智慧)”(《给一个写小说的》)。他们的行为与那些“把文学作企业看，容许侥幸投机”者，成为鲜明对比。作者认为为革命事业献身的胡也频、丁玲等左翼作家正是上述人格的代表。

勇敢雄强的精神。勇敢雄强是作者所理想的人格美。他要求作家首先应当具

---

* 《文史哲》1991年第5期。

有这种理想人格。他说："我崇拜朝气，喜欢自由，赞美胆量大的，精力强的。一个人行为或精神上有了朝气，不在小利小害上打算计较，不拘拘于物质攫取与人世毁誉；他能硬起脊梁，笔直走他要走的道路……"(《篱下集·题记》)作者所以将勇敢雄强的精神视为作家必备的人格修养，其原因有三。其一，文学创作道路的极端艰巨性与长期性。他常常以自己的切身体验告诫青年，必须了解写作是"必需把整个生命放上去"投资的"事业"，没有为事业献身的勇气与决心是不会成功的。他又将创作过程比作胜败难卜、步步都有障碍的"战争"，认为作家必须在实践中培养起对于环境的巨大忍受力、适应力和脑子的张力，才能适应"战争"的需要。其二，人生的艰难。在旧时代的作家要生活下去，面临两种巨大压力：经济的和政治的压力。为战胜这两种压力而生存下去，就要有勇敢雄强的精神支柱。作者说："一个稍有生气的作家，在商人与政府两方面的摧残中，他们不是饿死便是杀死，这些现象在中国的今日是很平常自然的。"作者在《记丁玲·跋》和《记蔡威廉女士》中集中指出了这一事实。胡也频是以理想与生命同政府抗争，终至被政府"杀死"的作家，他的一生是以勇敢雄强的精神与社会战斗的一生。蔡威廉女士是蔡元培的女儿，一个忠于艺术的画家。在战乱年代里，她是一个以勇敢雄强的人格向贫穷与命运抗争，而结果仍然活活"饿死"的知识分子的典型。其三，创作的美学需要。作者认为培养美的人格是作家创作的崇高目的，而要达到这个目的，就要在作品中表现和塑造合乎理想美的人格。勇敢雄强的人格是作家所理想的人格。他说："中国情形不好，希望他好，就还需要许多青年人结实做人，方能有个光明的明日可言。我是个乡下人，总相信勇敢雄强朴素踏实的做人，是我们青年人一种不可缺少的德性。"[①]作者在他的小说中创造了两类性格：一类是城市人性格，一类是乡下人性格。其中乡下人性格才是作者所肯定的理想性格，它寄托着作者所理想的人格美，而勇敢雄强正是这人格美的基本内容。所谓乡下人性格，也就是与作者性格二而一的湘西人性格。这类性格大致由"虎雏型"、"牛马型"、"童心型"三种类型组成，具体个性各异，但勇敢雄强精神，却是其共同的美学特征。作者在小说中描写了名目繁多、类型各异的人物，其中最具美学内蕴的成功性格，却是湘西性格。这不仅因为作者最熟悉这类性格，更由于在这类性格中充分体现着作者自己的人格。勇敢雄强的精神实质上是鲁迅先生在作品和行动中体现的那种韧性战斗精神和硬骨头精神。它是中国半封建半殖民地社会中最宝贵的民族精神。作者又曾把这种精神的具体表现叫作"湖南精神"和"广东精神"。要作家具有这种精神并把它表现在作品中，这正是那个时代的要求。沈从文提出这种要求，表现了他的远见卓识和他

① 《废邮存底》。

作为思想启蒙家的一贯立场。

纯洁美好的情操。作者认为人生中最伟大圣洁的情感是基于美的爱。这种爱可以陶冶升华人的情感世界。文学改造世界与人生，首先是从陶冶升华人的情感开始的。因此，基于美的爱的情感便成为作家必备的修养，他把这种爱视为自己创作的目的和动力。当人们问他为什么写作时，他的回答是："因为我活到这个世界里有所爱。美丽、清洁、智慧，以及对全人类幸福的幻影，皆永远觉得是一种德性，也因此永远使我对它崇拜和倾心。这种情绪同宗教情绪完全一样。这点情绪促使我来写作，不断地写作，没有厌倦……"(《篱下集·题记》)在作者看来爱与美不仅是作家创作动力的内在源泉，而且是作品对人心灵产生作用力的源泉，也是作家从客观世界中发现美感触美的主观依据。正是基于这种认识，他重新评价蔡元培"以美育化宗教"的学说，呼吁"需要一种美和爱的新宗教，来煽起更年青一辈做人的热诚"，"重新沾合人的关系"，"燃起这个民族被权势萎缩了的情感，和财富压瘪扭曲了的理性"(《废邮存底》《从现实学习》)。作者从自己的体验和研究证明，要在作品中表现爱与美，作家必须善于在客观世界中发现爱与美，而只有心灵纯洁、情操美好，爱美之心达到疯狂忘我境地的人，才具有对于美的感受力和发见力。像历史上的"伟大巨匠"、"千载宗师"，他们所以"无不对于美特具敏锐感触"，就因为他们都同样具有一颗爱美之心，并且这种爱达到了宗教似的虔诚。

智情意各方面充分发展并达到相互谐和，是一个人人格完满的标志。作者对作家人格修养所提出的上述三个方面的要求，恰恰是智(理想与信仰)、情(情操)、意(勇敢雄强)三个方面全面发展的要求。为了充分表现作家的人品与文品的个性特征，沈从文提出写作时要"独断"，认为"一切作品都需要个性，都必须浸透作者人格和感情，想达到这个目的，写作时要独断，要彻底地独断"(《从文小说习作选·代序》)。

二

对于人生世相的深刻了解必须建立在广博知识和经验积累的基础之上。因此，知识经验的修养，就成为作家必备条件。在这方面，沈从文既有系统论述，也有丰富的实践。他从实践中深刻认识到，一部好作品的产生"必须是奠基于作者人生知识的渊博和深至"。在他谈创作的文章中总是反复教诲青年要想成为文学家，就必须下功夫读分别用文字和人事写成的两部书，获取人生的知识和经验。

首先是读用文学写成的书。作者认为读书应有所选择，作家应当博览各类书，但其主要选读的应是文学作品，尤其是名家的作品。他反对读谈创作的所谓"理论”书，如《小说原理》《小说作法》等。认为那是“讲堂上用的东西”，于作家毫无用处。其次必须明白读书目的。作家读书目的与平常人不同，作家读书的目的起码包括以下几方面：其一，通过书本间接学习人生经验。即“一面看书，一面就在那里学习体验那本书上的一切人生”，从说明人生的书本上，养成“对于人生一切现象注意的兴味，再用对于实际人生体验的知识，来评判一个作品记录人生的得失”（《谈创作》）。其二，学习写作技巧与语言文字。平常人看书只记忆那书本上故事的好坏，而“一个作者看一本书，他留心的只是这本书如何写下去，写到某一件事，提到某一点气候同某一个人的感觉时，他使用了些什么文字去说明。他简单处简单到什么程度，相反的，复杂时又复杂到什么程度。他所说的这个故事，所用的一组文字，是不是合理？……他有思想，有主张，他又如何去表现这点思想主张？”（《谈创作》）。其三，积累常识，扩大知识面。一个作家与一个学术专家读书获取知识的内容是不同的。学术专家需要“专门学术知识”，而作家却需要“常识和想象”，有丰富无比的常识，再去运用“无处不及的想象”，就会创作出好的作品（《给一个读者》）。要讲求读书的方法。这便是不能单纯地读死书，而要将读与“做”和读与“想”结合起来。所谓“做”包括人生体验和写作实践。所谓“想”，是指思索，作者又叫它是“情绪散步”或“思想散步”（《情绪的体操》）。为把这两者结合起来，他曾劝告打算写作的青年，把自己关在窄窄的学校里学些空空洞洞的东西，而最适宜的办法是“从社会那本大书来好好学一学人生”，然后“掉转头来再去拼命读各种各样”，“用文字写来的书”，也就是一边“向社会里滚”，一边“向书本中钻”（《给一个青年作家》）。

其次，读用人事写成的大书。作者认为两相比较，读这本大书更为重要。在他的一系列谈创作的文章中，都将读这本大书作为创作成功的决定因素，特别加以强调。他把那些缺乏人生经验而徒有技巧的作品，称为没有艺术生命的“假艺术”，并以城市文学作家穆时英的创作为例加以批评。他说，“一切作品皆应植根于‘人事’上面”，“一切伟大作品皆必然贴近血肉人生”，而穆时英的大部分作品，由于缺乏人生经验，“却如博览会的临时牌楼，照相馆的布幕，冥器店的纸扎人马车船”，“一眼望去，也许觉得这些东西比真的还热闹，还华美，但过细检查一下，便知道原来是假的”（《论穆时英》）。同时，还以同样的观点，批评了孙席珍写战争题材的作品。

从沈从文的论述和体验来看，他认为一个作家读用“人事”写成的这本大书所应学习的知识和经验，主要应包括以下内容：

关于自然世界的知识与经验。无论从人类的整体或个体看，同客观世界的接触，都是从自然世界开始，然后进入人生世界的。因此人类童年世界，也就是自然世界。在这里人类的童心与自然达到契合。从历史上看，一切伟大的作家，尤其是乡土作家，他们那丰富无限的关于自然世界的知识与经验，都是在他们的童年获取的。这点在沈从文身上表现尤为突出。从《从文自传》可以看到，从6岁到12岁，他虽身在私塾，但实际上所获取的知识都来自由于逃学而接触的自然世界。他凭着一颗好奇的幻想的童心和灵敏的感官，在广阔无限的天地里随心所欲地驰骋和寻觅，终于以他所取得的知识和经验，构筑了一个形象逼真、生趣盎然的乡土自然世界。构成这个世界的是作者熟悉到几乎与自己生命化为一体的以下四种形象系列：其一，以山水为主体的地理形象。他不但了解它们的形，而且洞悉它们的质。其中水是作者最熟悉因而也是对作者创作最具影响的形象。他后来曾写了《我的写作与水的关系》，专门谈到关于水的知识与经验在他创作中的决定意义。他说，水的知识与经验使他学会了"思索一切"，加深了他对于"宇宙人生的认识"，并形成他"孤独"的性格，不仅充实了他创作的内容，而且使他的作品具有鲜明的地方特色。其二，以云雾为主体的气候形象。他认为湘西的云雾也具有自己的特质。这便是云的"幻异"和雾的"朦胧"，其中关于云的知识与经验，作者最为丰富。他不仅谙熟湘西的云，而且熟悉全国各地的云。在《云南看云》一文中他历述了全国各地云的地域特色，真切动人，令人敬佩他知识的丰富。其三，以草木虫鱼为主体的生物形象。他熟悉湘西以桔树为代表的生物形象的特质，即显示出生命的茁壮美。正是这种知识经验，使作者后来对于草本鱼虫的描写，具有无比动人的生气。其四，以人与自然契合而构成的人化自然形象。这种形象是人与自然契合的产物，往往成为大自然中的人工点缀，使自然美具有人类文明的因素。如作者极其熟悉喜爱的水车、碾坊、舟船、码头、城堡、山寨等，便属于此类形象。在这些形象中，作者对于舟船接触最多，因此关于它的知识经验也最丰富。在他的眼中，商贾的货船，节日赛手用的龙舟和载着苗家公主的木筏，都各有鲜明个性，同时又显示着共同的原始性的古朴美。正是这种古朴美使他作品中的自然美与人工美达到了惊人的和谐。

关于人生世界的知识与经验。通过人事学习人生，关键是"识人"。从沈从文的体验来看，所谓学习人生世界的知识与经验，主要包括以下三方面内容：(1) 关于对人生形式与生命形式的认识。作者根据自己乡村与城市的两种生活经验，通过比较，发现人生中原来存有两种截然不同的人生形式与生命形式。两种人生形式是"乡下人"的人生形式和"城市人"的人生形式。"乡下人"的人生形式是自然的人生形式。这种人生形式的主要特征是：人生情感的朴素，观念的单纯，环境的牧歌性。与此相对立的是"城市人生形式"。这种人生形式是以"神"的解体和人与自然的远离为其特征的。作者还以进化论观点，对于人生加以分析，发现了两种生命形式：一种是近于动物本性以食与性的满足为生存目的的低级生命形式；另一种则是远离动物本性具有自觉人生目的能对于美进行抽象思索的高级生命形式。他认为前者阻碍着社会发展,后者才是创造人类历史的动力。(2) 关于对人的共性与个性,即差别或类型的认识。作者把这种认识叫作"求差"与"求同"。"求差"是了解"每人因环境不同,欢喜与憎恶多不相同","同一环境中人,又会因体质不一,爱憎也不一样",还"应明白各种人为义利所激发的情感如何各不相同"。"求同"则是找出在同一条件下人们相同的地方,如"广东人爱吃蛇肉,四川人爱吃辣"等。总之,"求同知道人的类型,求差知道人的特性"(《给一个读者》)。(3) 关于对风俗习惯的了解与认识。沈从文对于湘西风俗习惯,由于长期的接触与体验,不仅作为整体文化有系统独到的研究,而且对于各个细节都精通自如。这就使他的作品具有了风俗史的价值。

三

沈从文提倡培养纯正的美学趣味。所谓纯正的美学趣味,从正面讲,是要求以严肃的态度对待文学创作,在创作与欣赏中追求一种"平实朴素"的美;从反面讲,则是反对一切不严肃的"轻浮",以及在创作上由于轻浮所造成的一切邪僻的美学趣味,如讽刺与诙谐、奇僻幽杳、空洞造作、低级趣味等等。

美学趣味的不同,反映着作家美学观的差异和对于美丑鉴别力的高低。通过批评不纯正的美学趣味,引起人们的注意,以便培养作家正确的美学观,提高对于美丑的鉴别力,这便是沈从文反对上述美学趣味的根本目的。如何纠正邪僻而养成纯正美学趣味呢?作者的意见是多读第一流的文学杰作。

沈从文在谈作家修养中,特别强调和重视创作技能的修养。他所谓的技能修养,主要是培养作家的三种能力:(1) 对于人事的观察能力;(2) 对于美的感受能力;(3) 语言文字的表现能力。

观察是作家学习人生、读用人事写成的大书的重要途径,一个作家的观察能力也正是在读这本大书中逐步培养起来的。要培养观察能力就必须懂得如何进行正确的观察。作者从经验出发,对作家的观察提出以下要求:(1) 要有浓厚的兴趣,并使这兴趣发展到"发痴"的地步。在《谈创作》中,作者较详细地介绍了自己的体验。他说一个作家所以在观察人事时,总是处在"一种忘我情形中","把一切官能很贪婪的去接近那些小事情",不厌其烦地去称量它,比较它,就因为他对人事具有极其浓厚的兴趣,这兴趣使他既能"在书本上发痴",也能在人事上发痴。这种浓厚的兴趣,特别突出地表现在作者童年时代逃学时对于自然世界和人生世界的痴迷。

正是由于那种童心的痴迷，才使他对于自然人事的观察与体验达到惊人的程度，以至成为他后来创作的基础。这个事实在《从文自传》中有真切的记录。(2) 要全方位的立体的观察。要细致入微，洞察秋毫，特别注意那些经常被人忽视的细微末节。观察不是只用眼看，而是调动一切官能对客观世界作全方位的立体的体验与感知。作者在《情绪的体操》中指出，不懂得立体观察正是青年作家创作失败的重要原因。他告诫青年说："你也许过分使用了你的眼睛，却太吝啬了你那其余官能。真正搞文学的人，都必须懂得'五官并用'，不是一句空话。"在《〈幽僻的陈庄〉题记》中，又曾介绍他在大学教习作时训练学生立体观察的经验。他认为创作不是写你眼睛所看到的，而是写你全部官能感觉的回忆。他把这种感觉回忆的训练。叫做"思想的散步"和"情绪的散步"。(3) 要将观察与读书结合起来，即将观察的人生与书本上所表现的人生时时对照。这样作一方面可以加深对于人生的理解，一方面则可同时学习如何表现人生。

作家要表现美，就必须首先发现美。而作家发现美的主观条件则是他对于美的敏锐的感受力。作者在叙述作家美的感受力时，表现了一个独特的观点。这便是人都具有两种感官：内在感官与外在感官。外在感官是眼、耳、口、鼻等，内在感官则是心灵。具体人事的感受可诉之于外在感官，而美的感受则诉之于心灵。但美又不是所有人的心灵都可以感受到的，它所要求的心灵必须具有纯洁性。因此，在作者看来，作家心灵的纯洁性便成为对于美的感受力的前提。正是从这个观点出发，他特别强调作家心灵的净化，认为只有在心灵净化的条件下，作家才能通过对于人生万汇的"抽象思索"，发现美和感受美。所谓心灵的净化，是指作家的主体生命要从"金钱"、"世务"、"习俗"等"物欲"世界的种种桎梏中解脱出来，而倾心于理想美的追求，也就是倾心于思索和探究生命的根本意义与价值。作者把心灵被"物欲"桎梏的人，叫作近于动物性的庸人，说他们的生活是"食与性"的满足，"对于美，对于一切美物，美行，美观念，无不漠然处之，毫无反应"(《潜渊》)；而将心灵纯洁的人称为远离动物性的"痴汉"，认为唯他们对于美有最敏锐的感受力。他从文学史美术史加以清查，得出的结论是："一切文字美术以及人类思想组织上巨大成就，常唯痴汉有分"，"伟人巨匠，千载宗师"便都是这类"痴汉"，因为他们"无一不对于美特具敏锐感触"。

作者认为作家发现美感受美，不仅需要心灵的净化，而且需要环境的净化。这便是作家在对人生进行抽象思索时，必须有一个"单独"的与外物隔绝的环境。他主张文学作品，不论是诗或是小说，都要创造美的意境，而又认为这意境都是在环境净化的条件下创造的。他在《从徐志摩作品学习抒情》一文中用徐志摩的创作体验说明了上述观点，又援引徐志摩的话说："'单独'是一个耐人寻味的现象。我有时想它是任何发现的第一个条件。”为进一步证实徐志摩的结论，他又多次讲述了自己在“单独”中抽象美感受美的体验。

被称为“文体家”的沈从文，尤其重视作家语言文字表现力的培养。他在文章中曾多次批评不注意语言文字技巧的倾向，而告诫青年作家要发扬我国古代作家“推”“敲”文字的优良传统。他认为一个作家文字运用得好不好，主要不是看词藻的丰富与华丽，表现的夸张与淋漓，而是文字是否具有“组织的美”和表现思想情感的“恰切”。他反对“文章表面的热情”，主张将“神圣伟大的悲哀”用平静朴实的文字叙述出来的语言风格，告诫青年作家不要“为了一种情感排泄的痛快”，而使作品中不可缺少的“文字组织”被“‘生活愤懑’所毁坏”。他结合自己的体验，提出了关于作家提高语言文字表现力的途径和方法：通过读书“弄明白文字的分量”积累词汇，学习运用文字的方法；学会推敲文字，养成严格的“雕琢同配置”文字的习惯；在写作实践中长期地反复地磨练。他把这种艰苦的磨练叫作锻炼文字的“体操”，“扭曲文字试验它的韧性，重摔文字试验它的硬性”的体操（《情绪的体操》）。

总之，反对“天才”论，主张实践与修养，是沈从文一贯的创作思想。这个思想成为他创作论的重要内容，也是他整个文艺观的组成部分。关于作家人格修养、知识经验修养、美学趣味修养和创作技能修养三个方面的论述，正是他上述创作思想的具体体现。这一思想不仅丰富了我国现代创作理论的内容，而且对于今天的创作实践仍有积极的指导意义。

论《猎人笔记》对沈从文小说创作的影响 *

俄国19世纪的现实主义文学是世界文学的屋脊。它以其高度的思想性和艺术性，对世界各族文学都曾产生过影响，特别对中国五四以来新文学的产生与发展，其影响和意义就更为明显。沈从文在俄罗斯文学中找到了屠格涅夫，找到了屠格涅夫的成名作《猎人笔记》。他说："屠格涅夫《猎人笔记》把人和景物相错综在一起，有独到的好处。我认为现代作家必须懂得这种人事在一定背景中发生。"(《沈从文谈自己的创作》)又说："用屠格涅夫写《猎人笔记》方法，揉游记散文和小说故事而为一，使人事凸浮于西南特有明朗天时地理背景中，一切都带原料意味，值得特别注意，十五年前我写《湘西散记》时，即具有这种意图，以为这个方法处理有地方性问题，必容易见功。"(《新废邮存底二七三——一首诗的讨论》)。其实《猎人笔记》对沈从文的影响，绝不限于《湘西散记》，而表现为它形成沈从文小说创作在文体上的总体特征，这个总体特征便是田园牧歌化。

一

《猎人笔记》的田园牧歌化首先表现为人物性格的自然化。追求人物性格的自然美是《猎人笔记》鲜明的美学倾向。这倾向表现在作品中各类人物的描写中。《猎人笔记》写了以下三类人物形象：其一，以大自然为母的自然之子。他们大都是失掉社会经济地位的人。如猎人叶尔莫莱(《叶尔莫莱与磨坊主妇》)、农奴斯捷普什卡(《马林泉》)、卡西亚(《来自美丽的梅奇河畔的卡西亚》)以及看林人"离群的公狼"等。这些人的性格是大自然所孕育，他们是性格完全自然化的自然人。性格的自然美集中地体现在他们身上。其二，生命力茁壮的女性形象。他们也多是社会地位低下的下层妇女，如家仆露克丽娅(《活干尸》)、女农玛特列娜(《彼得·彼得罗维奇·卡拉塔耶夫》)、阿库莉娜(《约会》)、磨坊主妇阿丽娜(《叶尔莫莱与磨坊主

---

* 《聊城师范学院学报》1991年第2期。

妇》)、茨冈女朗玛莎(《切尔托普汉诺夫的没落》)和安得列耶夫娜(《县镇医生》)等。这些性格的核心内容是爱,以爱来显示主人的自然性是这些性格的意义。其三,童心型性格。这类性格包括儿童和以自然娱乐性情的“多余人”,如《别日草原》中的儿童和《切尔托普汉诺夫的没落》中的主人公“多余人”等。这些性格以其天真纯朴的童心,表现了人与自然的契合。上述三类人物的共同倾向是性格的自然美,而观念的单纯、情感的朴素和生命力的茁壮则是这自然美的内容。

人的自然性也就是古朴的人性,它的突出标志是观念意识的单纯。这在上述三类人物性格中都有不同程度地表现。从自然进化的角度看,人类的发展历史分为两个大的时代:一是自然的时代,这时人类按照生存竞争、物竞天择的自然法则而生活,这种生活的法则反映在人的意识观念上,便是生存意识与生存竞争的观念。这种意识和观念是单纯的,它反映着人的生物性本质;二是伦理时代,这时人类按照伦理道德原则和政治原则而生活,这种生活法则反映在人的观念上,便是观念意识的复杂化,这便是使人们都具有道德的与政治的多种观念与意识。从这两个时代的比较中,可以看到观念意识的单纯化与复杂化正是区别自然人与现代人的根本标志。《猎人笔记》中的上述三类人物都是观念意识单纯的自然人。他们主要观念是生存观念,主要意识是生存意识,而政治的、道德的观念和意识则都很淡薄。在《霍里与卡利内奇》中,农奴霍里被地主波卢蒂金称为“有头脑的农夫”。这所谓“有头脑”,就是说他比别的农夫具有更强的“生存意识”与“生存观念”。他为摆脱自己的贫困与不幸,不是对剥削他的地主进行政治经济的反抗斗争,而是在强烈的生存意识支配下,用自身的奋斗去改变自己的生活地位。他主动向地主提出搬到林子里的沼泽地上去住,经过二十五年艰苦不懈的努力,独立地建起一座大庄园和生活富裕、子女满堂的大家庭。显然霍里在生存竞争中获得了胜利,他的行为所表现的正是一种基于强烈生存意识的奋斗精神。与生存意识相比,他不仅政治意识薄弱,而且很少伦理意识。他没有等级观念和以此为基础的奴隶道德与奴才作风,既不对向他征租的地主卑躬屈膝,也不在“文明”的贵族面前自惭形秽。相反,当他同贵族身份的猎人谈话时,“似乎感觉到自己的体面,说话和动作都慢吞吞的,间或从自己长长的小胡髭下微微地笑笑”。作为父亲,他也没有建立在等级观念基础上的父权意识,而常常与自己喜欢的儿子费佳,像平辈朋友似地开玩笑。他更缺少以文明社会的伦理观为基础的婚姻观念,而只单纯地把儿子结婚看作增加劳动力。

生存意识在人物的实践活动中常常表现为生存斗争意识。正是这种生存斗争意识支持着那些处在生存逆境中的人,使他们具有乐观主义精神。《猎人笔记》中那些失掉生活地位的下层农奴们,其乐观主义精神就来自生存斗争意识。叶尔莫莱是一个毫无经济地位的猎人，他除一支猎枪和一只从不喂食的猎狗“杰克”外，不占有任何生产资料，在生活中他经受过“各种各样的意外事故”，然而，他却以乐观主义精神对待这一切，“像鸟儿那样无忧无虑”的生活着。这种乐观并非阿Q精神，而是根于他的生存意识，因为他清楚地意识到，他虽然失掉了赖以生存的生产资料，但却在生存斗争中获得了生存的技能和手段。这种基于生存斗争意识的乐观主义精神，几乎为作品中所有下层农奴所具有。

情感的朴素是人物性格自然美的另一标志。它在内容上包括真、善、美三个方面。

所谓真，就是情感的诚实与天真。诚实美与天真美，正是《猎人笔记》所追求的人物情感的自然美。《别日草原》写五个孩子在夏夜的草原上讲故事，整个作品洋溢着诗情画意，像五颗童心组成的交响乐曲。那天真诚实的心声，令人耳目一新。这五个孩子，相继讲出五个关于鬼神的故事。这些鬼神的故事，由大人的口中讲出来是迷信，但在儿童口中经过童心的折射，则使人感到感情的天真与诚实。它是一首童心的赞美诗，歌颂了人类童年情感的天真美与诚实美。童心不仅儿童具有，而有些成人也仍然童心不泯，《切尔托普汉诺夫的没落》中的主人公切尔托普汉诺夫就是童心不泯的人。他的童心同样表现为情感的天真与诚实。他是一个从不欺骗别人也从不伪饰自己内心情感的人。他真诚地爱着玛莎，爱得很深，玛莎却因对他失去爱情而决意出走。爱人的离弃使他无法掩饰心中的愤怒，便持枪追上了她。但当他知道玛莎真的不再爱他时，便发泄似地向空中放了一枪，放走了她。他的情感，粗犷中显示着天真与诚实。

善也是《猎人笔记》中那些自然性格在情感上所共具的特点。最突出的例子是《离群的公狼》中那位看林人。他忠于主人、严于职守，同时富有同情心，对那些为养家糊口才偷树的穷苦人有意偷偷放过。《来自美丽的梅奇河畔的卡西亚》中的农奴卡西亚，更是善良纯朴，对大自然的一切生灵都充满爱的安琪儿。他无妻室，却抚养着孤儿安妞什卡。他认为自然界里的一切动物的生命都是上帝赋予的，应当“让它们在大地上活到自己的极限”，而猎人打死它们“都是罪过”。

美是爱美的情感。《猎人笔记》中的自然性格，都有一颗爱美的心。和那些诗人、艺术家对自然美的态度不同，这些自然之子，不是以美的形式抽象大自然，记录它的形与线、光与影，而是作为大自然的主人，直接投入它的怀抱里，去体验它、享用它。自然之母以它的善培育了他们的灵魂，更以它的美陶冶了他们的情操。

在《猎人笔记》中，人物性格自然美的第三个特征是茁强的原始生命力。这个特征尤其突出地表现在那些女性形象的性格中。作品中的女性都有一段爱情悲剧：阿库利娜遭爱人遗弃；玛特利娜与情人结合后终被主人拆散；阿丽娜为恋爱被地主辞退，不得不赎身于磨坊主人；安得列耶夫娜年轻美丽，但未及爱，死神就已降临；玛莎虽有爱人，但却陷入无爱的痛苦，终于冒险出走；露克丽娅七年前热恋过，但命运使她从台阶上跌落，从而美人成了“活干尸”。这些命运不幸的人，都曾不同程度地受到灾难与死亡的威胁，但在灾难与死亡面前都表现出生命的巨大承受力。露克丽娅是个典型的代表。她身体僵化七年之久，没有被痛苦的折磨压倒，更没有被死亡的恐怖所征服，而是以苦行僧西蒙似的伟大忍耐力，勇敢地、乐观地生活着。

总之，从《猎人笔记》看，所谓人物性格的自然化，就是指要在作品中写出人物古朴的人性美。它的具体内容是观念的单纯，情感的朴素和茁壮的原始生命力。

沈从文同样以进化的观点看人类文化的发展，他认为从意识观念上看人类的发展可分为两个时代；一是神尚未解体的时代：一是神已解体的时代。他把资本主义文明尚未界入的湘西社会和资本主义文明已经开始发展的城市社会，分别作为这两个时代的标志。他又指出神的存在有三个条件：其一，人的观念的单纯；其二，人类情感的朴素；其三，环境的田园牧歌化。沈从文小说中所塑造的自然化性格，就是湘西化的性格，他们都具有神尚未解体时代的古朴的人性美。这些性格按其外在特征的差异可分为以下四类：

其一，虎雏型。这类性格以《虎雏》中的小兵祖送为代表，包括《一个大王》中的刘云亭，《一个老战兵》中老兵教练等。勇敢雄强是这类性格的外在特征，而性格的本质内容则是原始的生命力。原始的茁壮生命力，是作者想通过这类性格所表现的古朴的人性美，也即人性的自然美。

其二，牛马型。此类性格颇多，有代表性的是《会明》中的伙夫会明，《更夫阿韩》中的更夫阿韩，《爹爹》中的卜医傩寿和《长河》中的老水手等。其他作品中的童养媳、水手等也都属这类性格。这类性格的外在特征是踏实，对生活具有巨大的承受力，而其内质则同样是茁壮的生命力。作者把这种生命力的表现叫作“牛马精神”，认为它是勇敢雄强性格向内的发展。

其三，童心型。《大先生你一天忙到晚，究竟干吗?》中的大先生，《张大相》中的参谋张大相，《灯》中的老兵等，均属此类性格。这类性格以天真为其外在特征，其内质则是观念的单纯和情感的朴素。童心表现了人与自然的契合，因此，这类性格最充分、最典型地体现着人性的自然美。

其四，自然女性。自然女性的主体意识是自然选择意识。她们不像社会型女性那样在一定的道德原则或政治原则支配下生活，并根据这些原则作出自己行为与命运的选择。而是从生存原则出发，在生存原则支配下去选择自己的行为与命运。这种选择基于生命的本能，体现着自然生存的法则，她们的自然选择意识具体体现为两种本能：劳动本能和性爱本能。劳动是大自然赋予人的木能和木性，是人生存的第一原则。离开劳动，人就无以生存；失去劳动的本性，人就不成其为人。因此作为人的自然本性的劳动，本身就是自然对生命选择的结果。从这个意识上讲，那些失去劳动本能的人，也就是被自然淘汰了的没有生命力的人。作者正是从上述意义上塑造了他的自然女性，在作品中将其劳动本能夸张地加以描写，用以突出其生命中潜在的自然选择意识。为了突出自然女性的自然选择意识，作者还以城市妇女的性格与之对照。性爱是潜在的自然选择意识的外化，在不自觉的性本能和审美动机下面掩藏着的真正目的是传宗接代，创造新的生命个体，即求得生命的发展。在作品中，这个目的集中体现在自然女性对于男性配偶选择的审美标准上。她们对男性配偶选择有三条标准：年龄、体魄和智慧。这三条标准中没有社会性内容，只包括生命的自然因素，所体现的正是以创造新生命个体为目的的自然选择意识。苗族的对歌就是赤裸裸地表现这自然选择目的的原始性配偶手段。它既是性本能的冲动，又是两性间生命的自然气质与自然条件的相互较量对比，最后达到优胜劣汰的自然选择目的。

二

《猎人笔记》的田园牧歌化，还表现为人物生存环境的自然化。作者以人与自然的一体观来看待人与自然的关系，将人事作为大自然的一部分来描写，在环境描写中删削了社会背景的内容，而将人事放到大自然的背景中去展现。《猎人笔记》的基本线索是猎人的打猎活动，而打猎活动是完全在俄罗斯的大森林和大草原中进行的，因此，草原和森林构成的自然世界，便成为作品的大背景。一切人事，都是通过猎人的视角在这个大自然的屏幕上展现的。自然界是远离尘世的利害冲突和人事纠葛的自由境界，作者让他的人物的性格在这个自由境界里充分地展现出来。《约会》写的是一对青年恋爱的纠葛，作品没有叙述爱情故事，更没有社会背景的描写，而是将一对恋人置于渺无人迹的大森林中约会，通过约会使他们之间的纠葛和彼此的性格得到淋漓尽致的表现。在这里人物的行为情态与大自然灵动变化的形象达到和谐与统一。《活干尸》写的是女仆露克丽娅的悲剧故事，作品同样没有在特定社会背景上正面展开故事的叙述与描写，而是让她在大自然面前讲出了自己非凡的经历。《别日草原》写的是一群看马的孩子在夏夜的草原上讲故事，故事神秘莫测的内容与草原之夜惊恐玄妙的气氛正相谐和，达到自然与人事的统一。

在《猎人笔记》中，自然环境不是仅仅作为衬托和表现人物性格的狭义的背景而存在的，而是作为独立完整的艺术形象与人物形象并存的，它像人物形象表现人性美那样，显示着自然美。屠格涅夫是描绘大自然的高手，他对大自然的描写，曾得到托尔斯泰高度的评价。《猎人笔记》是他描写大自然的典型作品。它对自然的描写有以下特点：

其一，完整性。读着《猎人笔记》，一个完整的美丽生动的自然世界，便浮现在眼前。这个自然世界是由四个完整的形象系列组成的：（1）地理形象系列。主要由森林与草原构成。这是整个自然世界的主体。在作者笔下，森林和草原是一个有生命的活体，不仅随着时序变化呈现不同的色彩，发出不同的声音，而且有着不同的味道。这类形象决定着自然世界的地域特征。（2）生物形象。由草木鸟兽构成。它是森林和草原这总体形象的主要组成部分。作者熟悉各类生物的生活习性，写出了它们栩栩如生的个性，以写鸟的习性最为真切。对于草木鸟兽的描写，作者寥寥几笔就托出其生动的个性。（3）气候形象。由云雾风雨构成。它使自然世界具有流动美。在这类形象中作者描写最成功的是云。在作者笔下，云也富有个性特征。（4）人化自然形象。如磨坊、马车和人豢养的犬马之类，都属这类形象。作者写得最出色的是马的形象。

其二，生动性。在作者笔下，大自然是有生命的活体，时空交织、动静相依是它的外在形态。

首先作者从时空交织的角度写时序引起的大自然形态的变化，即森林草原的空间条件不变，而其色彩面貌却随时序的推移而变化。在作者笔下，森林草原的形象四时不同、朝幕不同。

《猎人笔记》还写出了大自然动静相依的外在形态，使人看到大自然是一个动中有静、静中有动的活体。在寂静的大森林中，从桦树叶子的沙沙声可以听到不同季节的声音。草原的夏夜是寂静的，但从寂静中可以听到夜的声音，那是一种神秘的声音，使那些在草原河边讲故事的儿童毛骨悚然。

总之，在《猎人笔记》中，作者凭着他对俄罗斯大自然丰富深刻地体验与观察，用一支神妙的笔，为我们建构了一个完整、生动的自然世界，从而使这部作品成为描写大自然和田园牧歌化的典范。

在环境自然化方面，沈从文的小说创作，显然是借鉴与发展了《猎人笔记》。

沈从文在他那以湘西生活为题材的小说创作中，也建构了一个完整而生动的自然世界。所有人事也都是以这个自然世界为背景展现的。从微观上看，那些乡村性格的生存环境不是复杂的具有决定意义的社会关系，而是人与自然的关系。在环境中人的生命与大自然的生命相契合，形成田园牧歌式的节奏。这个环境往往由人化的自然与自然化的人两种因素谐合而成。沈从文写得最成功的是一群自然女性，如《边城》中的翠翠，《长河》中的夭夭，《三三》中的三三等。她们的生存环境，都是自然化的环境。当然，在她们的环境中也同样包括社会内容，但这些社会内容所揭示的不再是两种社会力量的明显对立与斗争，同时也不成为与人物对立而又决定人物命运和行为的因素。这决定因素已为自然选择所代替。如在《边城》中，翠翠一家与顺顺一家的关系，是船夫与船主的关系，它构成翠翠生存环境的社会性内容。但这个关系不是对立的斗争的关系，而始终处于和谐状态。因此，它也不是决定翠翠命运的因素。翠翠的不幸主要不是社会性因素造成，而是来自自然选择，即天保的死引起傩送的变故，这变故又因爷爷的病故而增加了对翠翠的压力。在《萧萧》中，构成环境社会性内容的是婆家与本家主人的关系，但这关系也没有成为萧萧命运的最后决定因素。在这里起最终决定作用的仍然是自然选择。这便是自然生存欲望使她行为与习惯相悖，从而带来厄运，但自然又恩赐了她，让她生了男孩，由此便转危为安。

自然世界在沈从文的小说中显然也不是仅仅为衬托人物性格而存在的狭义的背景，而是具有完整性、生动性的主体形象。沈从文作品中的自然世界是以湘西地方的自然景物为主体构成的，因此具有湘西的地方特色，鲜明地体现着湘西自然美的特征。它的完整性是首先通过湘西自然世界独有的整体风貌体现的。体现湘西整体风貌的仍然是地理、气候、生物和人化自然四个形象系列，但内容却具有完全不同于俄罗斯森林与草原的鲜明地域特色和民族个性。

湘西自然世界的地理形象主要由山水构成。山的秀拔，水的明澈，是湘西山水的地方性特质。正是它构成了沈从文小说中自然世界地理形象的美学特征。湘西气候形象的主体是云和雾。云的幻异，雾的朦胧则是这气候形象的地域性特质，这种特质构成湘西自然世界的流动美。湘西生物形象的主体是桔柚，其特质是茁壮。它表现了生命的茁壮美。在沈从文构筑的湘西自然世界中，人化自然的形象大都与水有关，如水车、碾坊、舟船、码头、河边山寨等。其中最具地方特色、写得最有个性特征的莫过于舟船。作品所写的舟船大致是三类：货船、龙舟和木筏。它们都是原始性自然经济的产物，与湘西自然景物达到天然的和谐，构成古朴的自然美。原始性的古朴，就正是湘西人化自然形象的特质。“秀与壮并举”是造物的天然美，湘西的自然美境就正体现着秀与壮相互映照、谐为一体的美学特征。地理形象的明澈、秀拔和气候形象的朦胧幻异，构成自然美的秀丽；生物形象的茁壮与人化自然形象的古朴，则构成自然美的壮伟。这二者的交融谐和，便形成湘西自然美的地方特色。

沈从文笔下的自然世界，同样是一个有生命的生动变幻的活体。它的形色随四时朝暮而变化。春天是红色的，相应的主要生物形象是花；夏天是绿色的，相应的主要生物形象是树；秋天是金黄色的，相应的主要生物形象是草禾；冬天是银白色的，相应的主要生物形象是竹篁。四季中的气候形象也各不相同：春天是风，夏天是云，秋天是露，冬天是雪。作者还写出自然景物的形色与姿态，在朝暮之间的变化。如写晨雾与黄昏之雾。浓淡变化和流动方向不同：黄昏之雾从地面上升，由淡而浓，向空中凝聚；晨雾则由天空下降，由浓而淡，在地面消散。山同样时态鲜明：清晨从雾海中露出头来，"庄严而妩媚"；黄昏则是夕阳浸染中"由绿色变成黄色"或"由淡紫色变成深蓝色"。其他如鸟和船等，也都有不同的时态变化。

三

《猎人笔记》的田园牧歌化，还表现为文体的散文化。《猎人笔记》从文体上看，不是严格意义上的小说，而是具有小说特点的游记散文。

首先，它打破了一般小说以事件、人物为中心的结构程式，代之以线索结构，这便是以叙述人的活动为中心线索，穿插人事和自然的描写。人事与自然的相互穿插，形成镶嵌式的结构。这种镶嵌式结构分为两种：一种是在自然背景中镶嵌以人事；另一种是在人事叙述中穿插以自然景物的描写。前一种大都以写景为主，如《别日草原》《约会》《森林与草原》等；后一种往往以人事为主，比较典型的作品是《霍里与卡利内奇》《叶尔莫莱与磨坊主妇》《勒戈甫村》等。这种人事与自然景物相互镶嵌的结构方式，使自然景物在作品中得以自由、充分地描写，从而增加了作品的田园牧歌化。

其次，《猎人笔记》还表现了游记散文的突出特点，这便是叙述线索的单一性，以及由此形成的叙述节奏的舒缓与平和。从总体上看，全书有一个贯穿始终的叙述线索：猎人的打猎活动。所有人事的叙述都是按照这个线索进行的。从具体叙述方法看，所有人事都是通过猎人的视角，按照单一的线索叙述的。许多作品，在打猎活动中向我们介绍了两个以上的人物，而这些人物的身世与性格，都不是以一个共同的故事为中心来表现的，而是通过猎人在打猎活动中接触的先后顺序逐个介绍的。在《霍里与卡利内奇》中，猎人按照他接触的顺序，先后向我们介绍了地主波卢蒂金和农奴霍里和卡利内奇。在《叶尔莫莱与磨坊主妇》中，先向读者介绍了他的同伴叶尔莫莱的身世和性格，然后在打猎因住宿遇到磨坊主妇阿丽娜，接着便通过猎人的回忆介绍了阿丽娜的身世。在《马林泉》中，猎人在泉边同时遇到两个垂钓者斯捷普什卡和雾，但他们的性格和身世，也不是通过同一个故事表现的，而是由猎人先后作了介绍。至于其他只写一个人物的作品，人物性格和身世，也都是由猎人的口单线地叙述的。这种对于人事的单线叙述，比起通过同一故事进行的多线索叙述，其进展速度显然缓慢得多，它的作用是由于进展的缓慢而形成舒缓平和的叙述节奏，令人感到一种轻柔美。这种轻柔美便是田园牧歌所代表的审美倾向。

《猎人笔记》的散文化倾向，还表现在淡化故事情节而突出抒情性。在作品中，对于人事的表现，大都以简略的关于性格和身世的叙述，代替了生动的具有完整故事性的描写。性格与故事情节的不完整性，已成为《猎人笔记》在人事叙述上的极其鲜明的特征。与此相联系的是作品在人事和自然的描写与叙述中突出了叙述人的情感，从而形成整个作品的抒情性倾向。在《活干尸》中，那位病残女子露克丽娅的悲剧故事，本是作品描写的好题材，但作者却将这个故事用几句简括的叙述一笔带过，而去正面描写露克丽娅见到猎人时的语言与动作，以及这些语言动作在猎人心中所激起的情感的浪花，使整个作品的情势在情感激流推动下进展，形成作品的浓郁抒情格调。在《约会》中，作者本可以对一对青年的恋爱故事展开正面描写，但他同样删削了故事，而集中表现这对青年在森林中约会时的一段对话和行为，以及这对话和行为给猎人情绪带来的波动，使作品成为一篇优美动人的抒情诗。《别日草原》是这个倾向最典型的代表作品，唯一的情节是夏夜草原迷路的猎人听看马儿童讲故事。而这故事也不是作品中的中心内容，而是像天上的星星一样是这美丽神秘草原之夜的点缀。作者所着意表现的是情感，是作品的叙述人对于大自然母亲无限热恋与诚挚的情感。因此，读这篇作品时，感到吸引人的不是故事，而是叙述人高尚、纯洁的心灵。

《猎人笔记》上述散文化倾向，同样表现在沈从文的小说创作中。

情节淡化而抒情性强是沈从文小说的鲜明特征。小说的散文化倾向是沈从文小说创作的自觉追求。他说："照一般说法，短篇小说的必需条件，所谓'事件的中心'、'人物的中心'、'提高'或'拉紧'，我全没有顾到。……我没有写过一篇一般所谓小说的小说，是因为我故意在章法外接受失败，不想在章法内得到成功。"（《石子船·后记》）

沈从文小说的结构线索一般有两线：一是情节线索，这条线索比较弱；二是情感线索，这条线索比较强。情感线索的构成大致分为以下几种情况：（1）由作品中一个人物的心理过程构成情感线索，如《牛》《会明》《夜》《十四夜间》等。（2）把故事组织到"我"的回忆中去描写，由"我"独特的心态和情感构成情感线索。这类作品很多，有代表性的是《还乡》《学箫的二哥》《记陆弢》《我的小学教育》等。这类作品情节往往很简单，而作者全力描写的是叙述人"我"怀念故乡，回忆童年和故友的独特心态。这种心态使作品笼上一派带有淡淡乡愁的回忆情思。（3）作品由一条情节线和多条情感线构成。如《边城》《三三》和《菜园》等。这类作品抒情性强，是沈从文小说创作中的精品，典型地体现了作者小说创作的散文化倾向。总之，情节线与情感线并行的双线结构是沈从文小说创作的普遍性结构形式。它打破了以事件、人物为中心的传统的小说结构程式。而把抒情散文的结构方式引进小说创作中，形成小说的散文化倾向。

沈从文小说的散文化倾向还表现在较普遍地运用自然与人事相互镶嵌的镶嵌式结构方法。自然和人事交融谐和是沈从文那些以湘西为题材的小说在内容上的特点。这个特点表现在结构上便是镶嵌式结构方法的运用。这种结构形式在作品中大致分为两种情况：第一种是背景镶嵌。即以自然景物为背景，镶嵌以人事。如《夜渔》《船上》《雨》等。第二种是映衬镶嵌。即自然景物与人事相互映衬，从而加深小说主题的内涵，如《雪》《静》《春》《黔小景》等。镶嵌式结构，同样突破了人物事件为中心的小说创作的传统程式，使散文因素浸入小说之中，它的使用是使紧密结合的小说机体处于松散状态，使单一的人事构成的紧张叙述节奏，因自然景物描写成分的嵌入，变得舒缓而平和。

叙述线索的单一性，也是沈从文小说的一个基本特征，这一特征使他的小说具有游记散文的倾向。

总之，“揉游记散文与小说故事而为一”，是《猎人笔记》在文体上的特点。这个特点显然也表现在沈从文的小说创作中，形成他小说创作的散文化倾向。

1992 年:

论沈从文小说的思想倾向性*

在一般读者与研究者心目中,沈从文似乎是远离政治、追求纯文学的作家,他作品中供奉的只是理想"人性",而没有明确的社会功利目的和思想倾向性。实际上没有功利目的和思想倾向性的作家是不存在的。只是有些作家倾向性表现得鲜明外露,有些作家倾向性则表现得隐蔽深沉。沈从文属于后者。沈从文是主张以文学改造社会的启蒙主义者。他是怀着以文学作工具,通过思想启蒙达到社会改造目的的信念从事文学创作的。社会、国家、民族的重造,是他创作的功利主义目的。这不但直白地表现在他散文创作中,而且成为他小说创作严正深沉的主旨。

在沈从文的小说中,改造社会的功利性目的首先表现为对于旨在破坏与改造旧社会的反抗力量和革命力量的同情。小说《贵生》《七个野人与最后一个迎春节》《战争到某市以后》《大城市中的小事情》《过岭者》《早上——一堆土一个兵》《黑夜》《除夕》《大小阮》《若墨先生》《菜园》《新与旧》等,都直接或间接地描写了社会的反抗力量与革命力量。

《贵生》写佃农贵生为反抗地主压迫和惩罚被金钱和权势腐蚀了灵魂的金凤父女,放火烧了杂货铺,铤而走险。作者对于贵生朴素的原始性反抗行为及其悲剧命运寄予深切同情。《七个野人与最后一个迎春节》写苗民反抗清代汉族统治者实行"改土归流"的斗争。这是一场自然人与文明人的战斗,作者的同情却在自然人一边。他肯定了自然人的道德,认为他们的失败使"好风俗为大都会文明侵入毁灭",意味着民族道德的堕落。《战争到某市以后》写市民在民族危亡之际起而反对国民党政府不抵抗政策的正义斗争,揭露了市长颠倒是非,陷害无辜的卑鄙行径。《大城市中的小事情》揭露了资本家利用黄色工会篡夺运动领导权的阴谋。《早上——一堆土一个兵》以"一·二八"战争守土抗战的老兵,表现了反对妥协求和的政治情绪,将矛头指向南京政府。

作者不仅描写了人民自发的反抗斗争,而且也反映了共产党领导的革命斗争。《过岭者》写了红军战士在残酷斗争中不屈不挠的革命精神和献身人格。《黑夜》是

---

* 《聊城师范学院学报》1992 年第 1 期。

为纪念在革命战争中牺牲的朋友郑子参而作，歌颂了革命者的自我牺牲精神。《除夕》所表现的是革命者在牺牲面前超人克制力和勇敢忘我的高贵品格。在《大小阮》中作者把革命者小阮的一生与大阮作了鲜明对照：大阮卑鄙自私，甘心堕落，成为对社会有害无益的庸人；小阮大公无私，胸怀理想，成为为改造社会的崇高理想而献身的英雄。这对照本身，就表明了作者的政治观点和对人物的不同态度。

1927年大革命失败后，蒋介石对共产党进行了血腥镇压。这个震惊中外的历史事件，在沈从文小说中同样得到反映。《菜园》《新与旧》和《若墨先生》等短篇小说，用曲折的笔记录了这笔血债。《菜园》中的主人公玉太太是五十岁的寡妇，靠经营菜园艰辛地供给独生儿子在北京大学读书，她以慈母孤寂的拳拳的心，盼望儿子学成归来。儿子终于归来了，还带着他年轻美貌的恋人。但不久，就被县党部“请”去，以共产党的罪名秘密枪决了。儿子既被枪决，母亲便成为罪犯的亲属，菜园将无法维持，生计更难以继续，于是善良无辜的母亲就上吊自杀了。这是作者从人道主义立场出发，为千百烈士母亲写下的血泪斑斑的控诉书，读之令人潸然泪下。《新与旧》没有公开指摘国民党反动派屠杀共产党的罪行，而是描写刽子手杨金标倒行逆施的可耻下场，将政治倾向性隐蔽在具体描写中。《若墨先生》中的主人公若墨医生，是思想严肃深刻的革命者。小说没有描写他的革命活动和牺牲经过。但通过对他美好人格与生气勃勃的独特个性的回忆表现了作者对于革命者道德与人格的钦敬与缅怀之情。

在沈从文的小说中，改造社会的功利性目的，还表现在对于社会下层人民生活命运的深切关注与人道主义同情。他的小说一方面描写上流社会，特别是城市上流社会的虚伪与腐败，另一方面以更大的篇幅反映下层社会，特别是乡村下层社会人民的痛苦和不幸。

描写下层社会妇女的悲剧是沈从文小说突出的主题。这方面的作品可分为三类：其一，描写童养媳和宗法习俗下的农村妇女的，如《萧萧》《一个女人》《雪晴》等；其二，写娼妓的，如《小砦》《丈夫》《厨子》等；其三，写城市妇女不幸的，如《都市一妇人》等。

《萧萧》写一个童养媳在旧的宗法习俗下的悲剧与挣扎。萧萧比起那些被沉潭者，是幸运儿。但她作奴隶的命运却丝毫未得改变，并且这种命运将周而复始，延及子孙后代。小说结尾一段意味深长的描写，表现了萧萧命运深刻的悲剧性。《一个女人》中的童养媳三翠也是萧萧式的人物。不同的是她在旧习俗下比萧萧更为顺从守法，顺从习俗，安于命运，是三翠的性格特征，也是她的悲剧所在。《雪晴》写在宗法习俗下两代妇女的不幸，主人公是巧秀母女。巧秀的妈妈二十三岁守寡，身边只有女儿巧秀。因与一个打虎匠私通受到家族沉潭的处罚。她临死时并无反抗与怨恨,只希望女儿巧秀能好好活下来。二十年后,巧秀却又成为同从前她母亲一样的年轻寡妇。再后的日子如何,小说未有写明,但从她母亲的命运中仿佛预感到她那不幸的归宿。作者写出了下层妇女悲剧人生的循环,表现了一个志在改革社会的启蒙主义思想家对人生的忧患意识。

下层妇女的精神悲剧,还表现为道德精神的堕落。在作者看来,不合理的经济制度和政治制度,不但造成上流社会的道德腐败和人性扭曲,而且使下层社会人民受到严重腐化。那大批沦为娼妓的妇女,就正是这道德堕落的牺牲品。《小砦》《丈夫》和《厨子》等小说,所写的就是下层妇女道德精神堕落的悲剧。《小砦》中的桂枝,原是农家的纯朴姑娘,十三岁被送公事的团丁玷污,十五岁时嫁入一个小农户,收回财礼二十吊,等于卖掉。十六岁时,小农户破产后外出当兵,将她寄养在亲戚家里,为生计,她被迫给老鸨做了干女儿,合作卖淫,后来被一个军官霸占,染上一身脏病,但从此也就在码头上出了名,成为只有肉体没有灵魂的土娼。《丈夫》中的老七也是由纯洁的农妇沦为土娼的悲剧人物。她同地方上的其他农妇一样,为了生计,弃绝农村、离开丈夫到城里妓船上卖身。到妓船后不久,在道德精神上就完全堕落了。小说揭示了下层农村妇女在求生意识驱使下,走向道德堕落的事实,显示了人物心灵中生存意识与道德意识间尖锐的冲突,对驱人于堕落之境的社会,提出了愤怒控诉。《厨子》写的是二园和老妇人两代土娼的精神堕落。和《丈夫》中的老七不同,二园和老妇人不仅不以卖身为痛苦和耻辱,反而能从这种下贱生涯中寻出“美”来。

沈从文的小说还描写了城市下层妇女的不幸和精神堕落,《都市一妇人》最为典型。作品的主人公本是穷苦出身的姑娘,跟母亲在北京旗贵人家作佣人。一个偶然的机会,使她作了外交官的养女,从此便进入上流社会。她先与外交部一个有妇之夫结婚,外逃之后被弃,又与养父的朋友,四十岁的绅士私通,待绅士作了总长时,她便成为总长的姨太太。总长下台出洋考察后,她便沦为妓女,后来得到一位老将军的保护,同时作了他的情妇。将军死后,她又与一位年轻军官结婚。怕再遭遗弃,竟用毒药弄瞎了丈夫的眼睛。不久,便同瞎眼的丈夫一起在轮船失事中死去。这位妇人的坎坷遭遇,揭露了上流社会的腐败。冷酷的社会断送了她一生,也毁了她的灵魂。

另一些小说还写了其他下层人民的悲剧。《柏子》《三个男人和一个女人》《腐烂》《夜的空间》《建设》《冬的空间》《一日的故事》《生存》等,都是以下层人民的生活为题材的小说。在这些小说中,作者同样不止于写下层人民物质生活的极端贫困,而是主要写在物质生活贫困下,其道德精神的堕落。《腐烂》写的是大城市的一个贫民窟。聚住在这里的都是一些被剥夺经济权力和生存权力的“非人”。在死亡与饥饿的威逼下，有的出卖劳力，有的出卖肉体，有的沦为乞丐、扒手和流氓骗子。他们的环境像腐烂的垃圾箱，而灵魂与道德也同样在“腐烂”。作者以“腐烂”为题，正是对下层人民精神灵魂堕落的控诉。《柏子》写的是水手的堕落；《建设》写的是一个建筑工人的堕落；《三个男人和一个女人》写的是一个士兵的堕落。

改造社会的功利性目的，在沈从文的小说中又表现为对于上流社会的批判。这方面有代表性的作品是《八骏图》《绅士的太太》《一个母亲》《第四》《或人的家庭》《有学问的人》《或人的太太》《王谢子弟》等。作者在谈到写作《绅士的太太》的目的时说：“我不是写一个可以用你们石头打她的妇人，我是为你们高等人造一面镜子。”为上等人造一面镜子，照出上流社会的腐败与虚伪，这便是作者创作这类作品的动机。

小说首先揭露的是上流社会的虚伪。作者在《凤子》中，通过乡下人的口吻为城市上流社会的虚伪作了概括。他说：“我以为城里人是要礼节不要真实的，要常识不要智慧的，要婚姻不要爱情的。”要礼节不要真实，表现为言与行的矛盾。《八骏图》中的八位教授都是这类言行相矛盾的人物。文学教授达士，口头上忠实于他的未婚妻，从北京来到海滨后，每天给她写三封信，表现其热情与坦诚，但夜间却从衣箱底取出杂记本寻觅对于另一位旧日情人的依恋之情，到旧的环境里去散步。更为甚者，是他竟然在与远离千里的未婚妻信誓旦旦的同时，感情却为海滨的女画家吸引。为同这位画家恋爱，终于在归期到来时，退回北京的车票，向未婚妻打电报称病不归。教授甲是六个孩子的父亲，表面道貌岸然，言语不逾礼法，但在蚊帐里面，却贴有半裸体的“广告美人画”，枕边放着《五百家香艳诗》。情欲与礼节的矛盾，在他的思想上已形成巨大负担，摧残了身心健康，只好靠“红色保肾丸”、“鱼肝油丸”和头疼膏等药品维持生存。其他几位教授，在两性关系上也都表现了言与行的矛盾。口头上都主张所谓纯洁高尚的柏拉图式的精神恋爱，反对把爱情与情欲联系在一起，而行为却都无法摆脱情欲的支配。

合理的、健康的婚姻是以爱情为基础的婚姻。在上流社会中，婚姻却是大都没有爱情基础的虚伪的婚姻。沈从文的许多小说描写了这种虚伪的婚姻。《绅士的太太》写两个绅士家庭中夫妇不贞的故事。一家太太已生过四个孩子，丈夫却整天在外与女人鬼混，逼得太太常常化装跟踪监视他。婚姻关系已完全成为虚伪的形式。另一家的绅士长期瘫痪，年轻姨太太暗地里与公子私通。《一个母亲》写女主人公婚后，虽尽妻子义务，但对丈夫没有感情，终于爱上第三者并生了孩子。《第四》写的同样是徒有形式的婚姻。牧师的妻子，年轻美丽，虽与牧师结婚，但感情所系却在另一男子。

上流社会的腐败，还表现为在这个阶层中出现了一批不劳而获、一味享乐腐化的社会蛀虫。《王谢子弟》中的七爷,《大小阮》中的大阮,《贵生》中的四爷、五爷等,都是这类人物。

作者从生命哲学的角度,将人类分为两种：一种是具有美的理想、灵魂高尚的"痴汉";另一种是按照动物本能生活的庸人。他认为前一种人是有益于社会的真正具有"生命"的人,而后一种人则是阻碍社会进步,只有"生活"而无"生命"的高级动物。所谓上流社会的堕落,从生命哲学来看,就在于生命的萎靡和毁灭,而外在表现则是食与性满足后的"懒惰"。可见,作者对上流社会腐败灵魂的描写是极其自觉的,其改造社会,重造民族道德的目的性也是十分明确的。

改造社会的功利性目的,在沈从文的小说中的深层表现是他启蒙主义的理想。在《从现实学习》一文中,作者谈到他如何接受了五四启蒙主义思想。他说:"我实在呆不下去了,才跑出来,我想读点书,半工半读,读好书救救国家,这个国家这么下去实在要不得!"又说:"我于是依照当时《新青年》《新潮》《改造》等等刊物所提出的文学运动社会运动原则意见,引用了些使我发迷的美丽词令,以为社会必须重造,这工作得由文学重造起始,文学革命后,就可以用它燃起这个民族被权势萎缩了的情感和财富压瘪扭曲了的理性。两者必须解放,新文学应负责任极多。我还相信人类热忱和正义终必抬头,爱能重新粘合人的关系,这一点明天的新文学也必须勇敢担当。"如何使新文学发挥启蒙作用呢？作者认为是用文学为工具去建设有形社会和无形观念。他说:"经典性新作品的原则,当从一个崭新观点去建设这个国家有形社会与无形观念。尤其属于做人的无形观念重要。"又说:"一年来战争的结果,感到生命已得到了稳定,生长了一种信心。相信一切由庸俗腐败小气自私市侩人生观建筑的有形社会和无形观念,都可以用文字作工具,去摧毁重建。"(《潜渊》)。从作品中可以看出,作者所谓有形社会是指构成社会的人生形式和生命形式;所谓无形观念,即指以人生观为中心的在社会中占统治地位的普遍思想观念。作者通过文学所要"摧毁"的是"庸俗腐败小气自私"的"市侩人生观"和以此为基础形成的人生形式与生命形式,而要"重建"的则是以真善美为其内容的理想人性,以及合乎这种理想的人生形式与生命形式。正因为如此,批判人性的堕落与被扭曲和弘扬人性的真善美便成为沈从文的小说在内容构成上的两个重要方面。前一方面表现的是作者对于现实的执着,后一方面所显示的则是作者对于理想的向往。正是从这个意义上,作者说:"我只想造希腊小庙。……这神庙供奉的是'人性'。"(《从文小说习作选·代序》)。

沈从文认为都市文明虽造成人性的堕落,但人性的真善美并没有在这个世界上完全泯灭,它还保留在湘西人过去和现在的生活中。因此,在他的小说中,表现人性真善美的都是以湘西生活为题材的作品。这些作品大致可分为以下四类：其一，主要表现人性中美的内容的，如《媚金·豹子与那羊》《龙朱》《月下小景》等；其二，主要表现人性中善的内容的，如《灯》《会明》《更夫阿韩》等；其三，主要表现人性中真的内容的，如《虎雏》《张大相》《大先生，你一天忙到晚，究竟干吗？》《说故事人的故事》等；其四，表现人性中真善美相统一的，如《边城》《三三》等。

《媚金·豹子·与那羊》写的是苗族爱情的美丽传说，通过两性关系表现了生命的美。“媚金是白脸苗中顶美的女人”，“豹子是凤凰族相貌极美又顶有一切美德的一个男子”。他们的恋爱，是美的结合。小说以最优美生动的文字描绘了他们生命的美。这美包括了三个方面的内容：一是歌声的美；二是体态的美；三是情操的美。作者认为这三美正是媚金和豹子共同的地方。他们之间的爱情是摆脱了金钱、权势桎梏的纯真爱情，其基础是对于美的追求。这是一首生命美的赞歌，对于美的追求者的赞歌。《龙朱》写的同样是苗族爱情的传说。主人公白耳族王子龙朱和黄牛寨主的女儿，是作者在人们心灵中建造的生命美的雕像，表现与象征着生命对于美的追求与幻想。《月下小景》写的本是一对青年在习俗压迫下的爱情悲剧。但作品主旨却不在悲愤的控诉，而在对生命美的赞颂。作品中的一对青年，很像许地山《命命鸟》中的主人公明敏与加陵，不是因为爱情受阻、无路可走而悲痛绝望，而是以“死”为桥梁，共同微笑着幸福地走向那心灵中美的世界。在这里，“死”不是爱的终结，而是追求更高境界的开始。

《灯》《会明》《更夫阿韩》写的主要是人性中的善。三篇作品中的主人公，各具个性，却同样有一颗善良诚朴的心。生命的价值在他们身上体现的不是获取，而是奉献与牺牲。利他的“牛马精神”是他们人性中善的集中表现。

所谓人性中的真，作者是指人的自然性。《虎雏》《说故事人的故事》和《张大相》《大先生，你一天忙到晚，究竟干吗？》等小说，所表现的就是人的自然性。《虎雏》中的小兵祖送是一个自然人，在他身上没有现代精神文明与物质文明的影响，表现着赤裸裸的“野性”。而在作者看来，这野性中就包含着未经泯灭的人性中的“真”。《说故事人的故事》中土匪出身的弁目与女大王夭妹，也都是野性不改的自然人。他们被官兵称为“土匪”，而实际上却比公开屠戮和榨取人民的官兵更有人性。从那勇敢雄强的性格中，使人看到人性中的真。人性中的真又表现为童心。《张大相》中的副官张大相和《大先生，你一天忙到晚，究竟干吗？》中的大先生，都是具有童心的人物。他们在那嘈杂而虚伪的社会里，超凡脱俗，对自然与人事都以一颗童心相对，无拘无束，行为随性之所欲。他们活着，不逐名利，不谋权势，似乎游戏人生。但作者的目的，却不在于写他们对人生的游戏态度，而是写出这种游戏人生态度的深处隐藏着一颗童心，也就是人性中的“真”。

真善美的统一是作者理想的人性。但这种完美的统一在那个人性被金钱权势扭曲的社会里是不存在的。湘西社会的过去与现在尽管对人性的真善美有所保留，但那原始性的人性只不过是理想人性的雏型。于是作者便以湘西社会为基石，建起他心灵的“希腊小庙”，在这个自由的艺术殿堂里，虚构了他所理想的人生形式与生命形式，供奉起他理想中真善美相统一的人性。这个“希腊小庙”的艺术体现，便是《边城》与《三三》等作品的创作。作者在谈到创作《边城》的目的时说：“这作品原本近于一个小房子的设计，用料少，占地少，希望他既经济而又不缺少空气和阳光。我要表现的本是一种‘人生形式’，一种优美，健康，自然而又不悖乎人性的‘人生形式’。我主意不在领导读者去桃源旅行，却想借重桃源上行七百里路酉水流域一个小城市中几个愚夫俗子，被一件普通人事牵连在一处时，各人应有的一分哀乐，为人类‘爱’字作一度恰如其分的说明。”（《从文小说习作选·代序》）可见，作者在《边城》中所要描写的是理想中的人性和以人性为基础建立的理想的人生形式。这个创作目的，体现在作品中。从人物性格看，《边城》中的人物，各有鲜明个性，但却同样体现着人性的真善美。所谓真，主要表现在人的生命与自然的和谐，即人的自然性。主人公翠翠就是大自然直接孕育的“自然之子”。关于人的自然性，作者曾指出它必须以“神”不解体为其前提，而“神”的存在又应当具备三个条件，这便是人生情感的朴素，观念的单纯和环境的牧歌性。正是这些因素，在《边城》中构成了人的自然性。人性的善，在《边城》中体现为诚与爱，诚与爱是作品中人际关系的基本原则。它表现在爱情中、伦理中和友情中，表现在一切人物性格中。

所谓人生形式，指的其实是一种社会组织形态。在《边城》中这种社会组织形态是以人类爱形成的。小说描写了社会普遍存在的人与人之间的三种关系：伦理关系、两性关系和朋友关系。这三种人的关系，在阶级社会里，本来都是经济关系和阶级关系的反映。但作者却没有把它们当作经济关系与阶级关系来描写，而是从人性论的观点，把这些关系看作一种抽象人性的体现。在这里作为观念形态的文学所忠实反映的不再是具体的客观现实，而是基于现实的作家的主观理想。我们可以批评这种主观理想的不科学，但却不能否定这主观理想在社会改造中的积极的批判意义。因为作者正是以这个美好理想为镜子，照出旧时代人性扭曲、道德沦丧、社会堕落的严酷现实，对于旧世界提出伟大的理性控诉，发出社会重造、国家重造、道德重造的呼吁。

综上所述，可以得出的结论是，沈从文和五四时代的其他思想启蒙家一样，具有用文学改造社会的功利主义文学观。正是这文学观决定了他小说的思想倾向性。在他的小说中对于反抗力量和革命力量的同情，对于下层人民悲剧命运的深切关注，对于上流社会的批判，以及对于启蒙主义理想的向往，都是功利主义思想倾向的具体体现。

丑的暴露与美的挖掘*

——沈从文与乡土文学

沈从文是京派作家，但他那以湘西乡土生活为题材的作品却在中国乡土文学发展的历史上划了一个新的时期。这不仅因为在这些作品中作者以高超的艺术手法，成功地塑造了具有乡土特征的人物形象，对湘西文化风俗和自然美的世界，作了系统地、整体性的描绘，而且在整个的创作中体现着一种全新的不同于其他乡土文学的美学倾向。在鲁迅影响下的20年代的乡土文学着力于对丑的暴露，而沈从文的湘西乡土文学却侧重于对美的挖掘。

一

乡土文学作为一个流派在20年代初兴起，无论在题材上还是在主题上都是一次大的突破与进步。它所代表的倾向是批判的现实主义。它不再像当时流行过的问题小说为社会开药方，也不如自我小说、身边小说那样，一味描写自我，抒发主观的情感与理想，而是将视野转向广阔的农村社会现实，以乡土生活为题材，揭出农民的病苦，以引起疗救者的注意。因此，对于丑的暴露，便成为乡土文学鲜明的美学倾向。

首先表现这一倾向的是鲁迅的《故乡》。《故乡》是中国半封建半殖民地农村社会的缩影。其中虽有作者对于少年闰土的美好回忆，但这美的回忆，在作品中只不过是对现实丑的衬托。作品的主旨是对于乡村社会丑的暴露，这丑主要体现在两个方面：农民物质生活的极端贫困与精神的严重病苦。主人公闰土便是同时体现这两方面内容的典型形象。作品正是通过闰土性格的变化，写出美的毁灭，人性的被扭曲，对社会的丑恶作了深刻的暴露与批判。

在鲁迅之后，以同样倾向反映故乡生活的是潘漠华的小说。他的第一篇小说《乡心》被茅盾称为“喊出了农村衰败的第一声悲叹”的乡土文学作品。此后，他又

* 《聊城师范学院学报》1992年第4期。

连续发表了《人间》《晚上》等小说。这些作品都以作者故乡的农民生活为题材，写农民在物质和精神双重压迫下的痛苦与挣扎。《乡心》中背负着债务的重压，偷偷跑到杭州去谋生的木匠阿贵，《晚上》中从勤劳的农夫因无路可走而堕落为以酒麻醉灵魂的高令，《人间》中由染工变为赤贫如洗，无法养活妻室的火叱司，便都是这类人物。他们不但在物质上处于极端贫困的窘境而不能自拔，而且在精神上套着定命论的枷锁而不自觉。作品正是通过这些人物的生活和精神的双重悲剧，暴露了社会的丑恶，对美的毁灭表现了无限痛惜。

王任叔也是一位有成就的乡土文学作家。他在小说《疲惫者》中深刻地描写了农民运秧的人生悲剧。运秧的精神枷锁似乎没有鲁迅和潘漠华笔下的农民那么严重，因他在被诬陷后曾借酒力向社会发出不平的质问。但他并没有看到社会的真正病根所在，也就找不到自身悲剧的原因。因此，他仍然是双重悲剧人物，盲目的挣扎者。

许钦文是鲁迅特别提到的乡土文学作家。他的作品更是以暴露农村物质和精神的衰败为其特征的。他的《父亲的花园》以眷恋故乡的情绪，描绘出故乡无比破败萧条的景象，是一首凭吊死去的故乡的挽词。《疯妇》通过双喜一家的悲剧，反映了 20 年代中国农村经济的凋蔽和小农经济家庭民不聊生的惨象。此外，如冯文炳的《竹林的故事》，许玉诺的《祖父的故事》等，也都是从不同角度表现农村衰败萧条的作品。

着重从精神的扭曲来暴露农村现实丑恶的是王鲁彦和许杰。王鲁彦的《黄金》《许是不至于罢》，许杰的《赌徒吉顺》《阿长贼骨头》便是这方面的代表作品。

《黄金》写的是小有产者如史伯伯精神上的悲剧。这个悲剧反映了农村人们在外来工业文明的影响下，价值观念的巨大变化，以及由此引起的人与人之间关系的变化。茅盾把这种悲剧称为“静”的悲剧，认为它是作者对于农村生活的发现。描写这“静”的悲剧是王鲁彦小说的一个特征，《许是不至于罢》写的也正是这种“静”的悲剧。从暴露农村生活的极端贫困，到挖掘农民精神的危机，标志着乡土文学对农村现实丑恶暴露与批判的深入。《赌徒吉顺》写农民吉顺在金钱观念支配下的堕落。吉顺本是靠劳动生活的泥水匠，在金钱的引诱下，弃正业而迷于赌博，终于堕落为以赌博为业的赌徒。他梦想以赌博发大财，但适得其反，不仅弄得倾家荡产，而且穷得典子卖妻。吉顺是一个精神被扭曲了的畸形人物，典型地反映了农民精神的病苦。茅盾最早地肯定了作者所塑造的这类人物的深刻意义。

描写农村的衰败是乡土文学的中心主题。这衰败的内容便是物质的极端贫困和精神的严重病苦。正是基于这一认识，以前的文学史家认为，所谓乡土文学的发展，就是上述主题的深化，也就是对于丑的暴露与批判的深入。但若将沈从文的湘西小说拿来一并考察研究，便发现上述结论并不能全面地反映乡土文学发展的实际情况。因为作为乡土文学重要组成部分的沈从文的湘西小说，却完全表现为另一种倾向，这便是表现乡村生活这一主题时，不是侧重于丑的暴露，而是侧重于美的挖掘。

在沈从文的湘西小说中，虽也有关于乡村穷困与人民精神痛苦的描写，但这方面的内容分量很小。因为暴露、批判不是作者写这类作品的动机。沈从文是具有人文主义思想的启蒙主义作家。他的文学功利主义，表现为从人性改造入手改造社会。他认为现代社会堕落的根本原因是人性受到金钱权力的玷污与扭曲，因此要拯救社会的堕落，使国家民族兴旺起来的途径，便是使人性得到恢复与弘扬。他把弘扬人性美，以及以此为基础形成的美的人生形式与生命形式，看作文学的神圣天职。他认为自然的人性在外来文明的影响下的城市社会已不复存在，而在外来文明尚未涉及的湘西社会却还可以找到它存在的形态。因此，在他的作品中建构了两个相对立的世界：人性被玷污扭曲的城市世界和自然人性依然存在的乡村世界。前者代表人性丑，是作者暴露批判的对象，后者代表人性美，是作者挖掘弘扬的内容。

所谓美的挖掘，在沈从文的湘西小说中首先表现为对于自然人性的挖掘。他认为最能表现自然人性的是湘西社会尚存的原始性的两性关系。因此，他写了大量以湘西自然两性关系为内容的小说来表现自然的人性美。如《龙朱》《媚金·豹子·与那羊》《月下小景》《雨后》《采蕨》《阿黑小史》和《神巫之爱》等，便都是为此而创作的。

人的两性关系“是根本的自然关系”，它赤裸裸地表现着自然的人性。这种自然的原始的两性关系的典范，便是苗族人民世代相传的“龙朱之爱”、“神巫之爱”和“媚金之爱”。这些相爱者，都是情感朴素、观念单纯、自然选择意识很强的自然人的性格。他们择偶的价值标准，不是以名权力确定的人的价格，而是由才情貌构成的人的品质。他们择偶的方法，也不是父母之命、媒妁之言，而是唱歌定情，各以自己高超动人的歌喉，纯洁坦率的心灵，真挚热情的情感和健康美丽的体魄，来获取对方的爱慕。这才情貌的标准与世俗的名权力的标准形成鲜明对比，表现了爱情的纯洁性和自然的人性美。

自然的人性美在两性关系中还表现为爱情选择的双向性。在人类历史上由于以男性为中心的传统道德一直占有统治地位，所以，所谓文明的爱情总是以男性为中心的不平等的单向选择的爱情。在沈从文所描写的湘西原始两性关系中，这种不平等的单向选择的爱情关系已被彻底打破，而代之以男女平等、相互爱慕、彼此自由选择的双向性爱情关系。这种双向选择的明显特征是改变了女子在爱情中被动、自卑的处境，使之成为爱情中主动进攻者。

自然的人性美，在两性关系中还表现为爱情中双方所爆发出的茁壮的生命力。在沈从文的笔下，相爱的自然性格一经相爱，便产生出巨大的不可抗拒的凝聚力。这种凝聚力把两个生命结合在一起，任什么力量也无法将他们分离。为达到彼此结合的目的，甚至可以献出生命。《月下小景》中小寨主同情人微笑着双双殉情的爱情悲剧，就显示了这种凝聚力。

沈从文所描写的湘西社会的两性关系是自然的两性关系。它不仅摆脱了金钱与权力的支配而具有纯洁性，打破了以男性为中心的传统道德的束缚而具有双方性，而且在爱情中显示了茁壮的生命力。这两性关系的基础是自然人性。在其他乡土文学作家的作品中也有两性关系的描写，如彭家煌的《活鬼》，台静农的《拜堂》，王鲁彦的《菊英的故事》等。但这些两性关系都是金钱、权力支配下的封建道德习俗的产物。从这些两性关系中不仅看不到美的人性，而恰恰相反，它正表现了社会的陈规陋习、宗法制度和封建道德对于人性的严重扭曲。

与爱情的主题有关，沈从文在他的湘西小说中塑造了一系列自然女性形象。这些女性不像社会型女性那样具有复杂的政治、道德意识，而是在生存意识支配下生活。在鲁迅为代表的其他乡土作家的作品中女性形象都是社会型的，她们多是性格软弱、命运多舛的被侮辱者与被损害者，是封建礼教和宗法制度的牺牲品（如祥林嫂、吉顺妻等）。这些性格的意义在于丑的暴露，即暴露封建礼教和宗法制度的罪恶，批判悲剧人物自身精神上的弱点。沈从文笔下的自然女性，虽也有不幸的命运与遭遇，但在精神上都是健康、坚强、乐观、单纯、朴素的，特别她们那种对于生活的巨大承受力和生命活力，更是上述社会型女性所缺少的。作者塑造这些自然女性形象的目的不再是对于丑的暴露，而是美的弘扬。

对于美的挖掘，在沈从文的乡土文学中还表现为对美的人生形式的挖掘。他所谓的美的人生形式就是以理想人性为基础的人生形式，其核心是“爱”。这种人生形式所确立的人与人之间的关系是遵循“爱”的原则建立起来的。他认为这种人生形式在湘西社会中存有它的原始形态，小说《边城》便是为表现这种美的人生形式而创作的。

《边城》表面上写的是翠翠与傩送的爱情故事，实质上写的却是一种美的人生形式，即以爱为纽带建立起来的人际关系。在《边城》中以翠翠与傩送兄弟的爱情为线索，构成三种人际关系：(1) 由翠翠与傩送兄弟构成的婚姻关系；(2) 由翠翠与祖父、傩送兄弟与父亲顺顺构成的父子关系；(3) 由老船工与船总以及杨马兵构成的世交朋友关系。这些虽主要是伦理关系，但也都包含着社会内容，作者却不去描写这些关系所反映的社会性内容，而是完全把这些关系放到人性的基础上去描写，企图通过这些关系表现以人类爱为其本质的美的人生形式。

翠翠与傩送间的两性关系是完全摆脱了金钱、权力的束缚经自由选择而建立的爱情关系,其基础是纯洁无瑕的"爱"。这正是作者所理想的两性关系。作者描写它的目的显然主要不是表现爱情的忠贞和青春的热情,更不是写所谓爱情悲剧,而是通过这种单纯的以爱为基础的两性关系,来认可一种美的人生形式。在封建社会,父子关系往往是宗法制度的反映,因此,五四以来的文学作品,尤其是乡土文学,多通过父子冲突和婆媳冲突,暴露家族制度的弊害,如许钦文的《疯妇》,王鲁彦的《屋顶下》等。在这些作品里,父子之间或婆媳之间,不仅没有真诚的爱,而且矛盾冲突达到不可调和。在《边城》中,则完全不同。不管船总顺顺的父子关系,还是船工的祖孙关系都是用爱联结起来的。在他们之间既无封建道德观念造成的隔阂,也无宗法制度的鸿沟,彼此以真情相通,以爱相处。子女的婚事正是行使父权的天地,但男女双方的父辈却完全尊重子女的意愿,不以权干涉,而以爱体贴。因此,《边城》中的父子关系反映的不再是其他乡土文学作品所揭示的那种宗法社会的矛盾,而是凝聚人与人之间关系的"爱"。傩送、天宝同时爱上翠翠,这种三角恋爱正是一般作品展示人与人之间激烈矛盾冲突的题材。但傩送兄弟并没有把对方推到情敌的地位,没有因嫉妒生出仇恨,而同胞的爱依然将彼此的心灵紧紧连在一起。杨马兵与老船工间的友情也是以爱为基础的,这不仅是朋友间的爱,且有不能忘的情爱。因为杨马兵青年时代曾深深爱过船工的女儿,人虽死去,但这深藏在杨马兵心灵中的爱却又借朋友间的关系热烈表现出来。船总顺顺与老船工虽有贫富差别,却是平等交往、和睦相处的老世交,再加子女之间的爱情,就使两家之间的爱更加深一层。

由上述四种关系构成的人生形式,就是作者所理想的"优美、健康、自然而又不悖乎人性的人生形式",这人生形式的基础是"爱"。《边城》是表现这种人生形式的最典型的作品。但在阶级社会里,超阶级的爱是不存在的,更没有以所谓纯粹的人类爱为基础的人生形式。沈从文美的人生形式是对现实中原始性的单纯朴素的人的自然关系的理想化。它表现了作者在社会改造中对于抽象美的追求,但却缺少实践的意义和价值。

对于美的挖掘,在沈从文的乡土文学作品中还表现为对美的生命形式的挖掘。所谓美的生命形式,就是体现理想人性的性格,其外在特征是"勇敢雄强朴素踏实"。作者在作品中塑造了具有上述美学特征的湘西性格系列。这些性格大致分为三种类型:第一类以"勇敢雄强"为其特征,如《虎雏》中的祖送,《一个大王》中的刘云亭等。这些性格的外在特征下面包含着的是一种战斗精神和牺牲精神。作者认为在湘西这种精神是由传统的武侠精神发展而来,因此,可以称它为"湖南精神”。第二类以“踏实”为其特征，如《会明》中的会明，《更夫阿韩》中的阿韩等。这些性格所显示的是生命的巨大承受力，即作者所谓的“牛马精神”。第三类以“朴素”为其特征，如《灯》中的老兵和《张大相》中的张大相等，这些性格所包含的是纯真的童心。

二

对于具有地方色彩的乡土习俗的描写，是乡土文学的重要特征。沈从文的乡土小说与鲁迅为代表的乡土文学的美学倾向，也表现在乡土习俗的描写中。

作为文化组成部分的社会风俗都是一定时代社会政治经济的产物。在封建社会中，有的乡土风俗反映着优良的民族文化传统，是可以继承发扬的文化精华；有的乡土风俗则是封建宗法制度与迷信思想的产物，是套在农民身上的精神枷锁，属于文化糟粕。以鲁迅为代表的乡土文学作品所描写的乡土风俗在内容上大致属于后者，作者的动机是通过其对农民的戕害揭露封建宗法制度的罪恶和愚昧、麻木的国民性。《祝福》中写的“祝福”和“捐门槛”，便是与封建礼教和封建宗法制度相联系的乡土风俗，作品正是以它对祥林嫂的戕害，控诉了族权与神权统治的罪恶，显示了国民灵魂的愚昧。在其他乡土文学作家笔下的乡土风俗，也都是作为丑加以暴露的。他们所描写的乡土风俗内容很广泛，归纳起来主要有以下四种：其一，典妻。典妻是浙东乡土风习。它是买卖婚姻与宗法制度相结合的产物，王鲁彦的《赌徒吉顺》是较早写典妻的小说，曾受到茅盾的好评。在现代都市文明影响下的农民吉顺，视金钱为上帝，由对金钱的追求堕落为赌徒。他梦想以赌博发大财，而赌博却成了他命运的陷阱，使他负债如山，不能生活下去。所以，赌博是他命运悲剧的第一个决定性因素。金钱“上帝”丢失后，他想努力保持的只有做人起码的“名誉”，但典妻却逼他连这名誉也丢失掉。于是典妻便成为吉顺命运发展的第二个决定性因素。作品着力描写典妻在吉顺心理上造成的痛苦并预示它给妻小带来的灾难，从而揭露习俗的吃人本质。柔石在《为奴隶的母亲》中对典妻有更深刻的描写。其二，冲喜。这是封建伦理道德与迷信思想结合而成的习俗，即定婚的男子重病时，用娶亲冲晦气。描写这一习俗的是台静农的《烛焰》。作品写了“冲喜”给少女翠儿及其一家造成的悲剧。翠儿是父母唯一的女儿，在父母珍爱中长大。由于习俗所逼，她为未婚夫吴少爷冲喜，刚结婚三四月，丈夫病死，自己便成为寡妇。作者通过冲喜在活人心灵上造成的痛苦和恐惧，写出习俗的冷酷无情和农民精神的愚昧。其三，冥婚。即以活人的礼仪为已死的未婚男女成婚，又叫娶阴亲。这种风俗流行于浙东，在王鲁彦的《菊英的出嫁》中有生动记录。作品写的是菊英母亲为死去十年的女儿菊英成婚、结婚的故事，生动真切，令人灵魂战栗。作者通过农民对习俗的真诚所显示的仍然是深刻的精神悲剧。其四，械斗。这是中国封建社会特有的残酷而野蛮的习俗。即宗族间因世仇或新怨而酿成的大规模流血械斗。许杰的《惨雾》写了这种习俗造成的悲剧。作品不仅通过械斗给妇女儿童造成的恐惧与不幸，写出习俗的残酷性，而且指出封建宗法思想是这习俗的根源。此外，彭家煌的《怂恿》也涉及这一题材。其五，水葬。这是贵州地方的风俗，即将抓到的小偷，捆绑后抛下河去，葬身水底，以为惩罚。蹇先艾的《水葬》首先向我们展示这"老远贵州的乡间习俗的冷酷"。作品中被水葬的小偷骆毛，家有多病的老母，在生活逼迫下偷窃未成，命运值得同情。固守风习的村民们却麻木不仁，把水葬看作开心悦目的"西洋镜"，欢天喜地地充当看客。作者以极多的笔墨写争看"水葬"的行列，使人感到这行列中的看客正是鲁迅笔下那一群愚昧麻木的灵魂。

乡土文学对于乡土风俗的描写，内容极广，但从上述五种风俗的描写中，却发现一个共同倾向，这便是对于丑的暴露，即通过乡土风俗的描写暴露封建宗法社会的冷酷，显示在宗法、迷信的统治下农民灵魂的麻木不仁。这种倾向和沈从文的湘西小说所表现的倾向完全不同。

沈从文精通湘西文化并深受其影响。在他的以湘西生活为题材的作品中有大量关于湘西风俗的描写。这些描写真实而系统，增加了作品的文化价值。湘西原始风俗也带有一些封建宗法思想的影响，但在总体上它属于以鬼神系统为特征的楚文化。它的基础不是封建宗法制度与宗法观念，而是古朴纯真的自然人性和泛神论的自然观。沈从文描写它的目的不是暴露封建宗法制度及其对农民的戕害，而是发掘和表现自然的人性美。他所描写的湘西风俗，主要包括以下四种：

(1) 敬神与拜物。敬鬼神和拜物教是湘西社会极其普遍的风习。作者在《哨兵》《阿里思中国游记》《凤子》等许多作品中都写到这种风习如何深入人心。在湘西敬神已成为社会与家庭教育的重要内容。但所敬的神却不是一个独尊的上帝或菩萨，而是几乎包括万物的"泛神"。其次是求神。办事求助于神几乎成为法规。天旱，知县就率民进庙晒太阳求雨，仰祈鬼神；人民娱乐时，则看"牛头马面"和"大小无常"；军队出兵，医生下药，直至斩决犯人都赖灵鬼指示。再次，是谢神。秋收后各村照例举行"谢土仪式"，这是振奋人心的盛会，要唱几天社戏，会上还有神巫作法事。作者在作品中详尽而生动地描写了上述敬鬼神的风俗，并把它作为楚文化的精华加以赞美，认为尚存在于湘西文化中的敬神拜物的风俗，同两千年前屈原记录在诗歌中的鬼神形象一样，是古代灿烂的楚文化的一部分。这里的所谓鬼神不是超自然的支配人类命运的存在，而是自然本身，是人化自然；人与神的关系表现了人与自然的契合，人对自然的态度与认识，反映着古朴纯真的自然人性美。

(2) 决斗与赌博。湘西尚武好斗的强悍民性集中体现为决斗和赌博。这赌博不是专以赢钱为目的的职业与嗜好，而是一种从儿童到成人无不介入的娱乐性风习。作者认为这类赌博不仅不会使人堕落，相反，却可以培养人，特别是儿童的智力，是湘西地方儿童成长的重要途径。湘西人有传统的尚武精神，不仅大人们在街上动刀比武是常事，而孩子们还在成人指导下按比武的规矩打架。比武的最高形式便是流血的决斗。这决斗不像王鲁彦在《惨雾》中所描写的那种宗族间为世仇或利害而进行的械斗，它不受宗法观念的支配，而完全是一种由于“勇敢真实以及男性的刚强”酿成的无法解决的冲突形成的。作者不厌其烦地描写了决斗的过程和生动精彩动人心魄的场面，肯定了这种风俗的价值：“这是决斗，这是种与中国一切原始的文明同时也可称为极美丽的习俗，行将一律消灭的点点东西！都是用陷害和阴谋代替了这件事，所以欧洲的文明，也渐少这种正直的决斗了。”“若我们还想知道一点这个民族业已消灭的固有的高尚和勇敢精神，这种习俗原有它存在的价值。”(《凤子》)

(3) 婚姻与爱情。婚姻与爱情方面的习俗，在湘西社会表现得较为复杂。有的习俗反映着落后的迷信思想和宗法思想的影响，如女人同第一个男子恋爱，却只许同第二个男子结婚的习俗，以及对违背上述习俗的女子的处罚——沉潭和远嫁等。作者对这种不良风俗正面描写较少，只在《月下小景》《巧秀和冬生》等作品中涉及。对此显然是批判和否定的。童养媳制度在湘西极为普及，已成为一种风习。作者在《萧萧》和《一个女人》中写了在这种风习下生活的乡村妇女的命运。但作者的态度，不是暴露童养媳制度的弊害，而是写在这种风习下生活的乡村妇女的人性美。他认为湘西社会流行的童养媳制度不再是内地社会的那种“呼奴使婢”，而是家庭交换子女进行教育的一种适宜形式。作者也曾写到土娼制度，并写了它给农民家庭带来的痛苦(如《丈夫》)，但在更多的作品中，却不是批判这种风俗，而是通过这种风俗写出人性的纯朴，以此与城市人虚伪的两性关系相对比，如《柏子》即属此类作品。作者说：“由于边地的风俗淳厚，便是作娼妓，也永远那么淳厚；遇不到相熟的人，做生意时便得先交钱，再关门撒野，人既相熟后，钱便在可有可无之间了。妓女多靠四川商人维持生活，但恩情所结则多在水手方面。”又说：“这些关于一个女人身上的交易，由于民情的淳朴，身当其事的不觉得下流可耻，旁观者也就从不用读书人的观念，加以指摘与轻视，这些人既重义轻利，又能守信自约，即便是娼妓，也常常较之讲道德知羞耻的城市中人还更可信任。”

(4) 民间娱乐。湘西民间娱乐的内容和形式丰富多样，已形成一种具有普遍性的乡土风俗。一年四季都有约定俗成的娱乐形式，其中规模最大的是正月十五舞龙耍狮，五月端午龙舟竞赛和中秋观月对歌。作者认为这些风俗表现了湘西人健康、勇敢、爱美的心灵，为乡村生活增添了诱人的色彩，同时使辛劳一年的劳动者，特别是妇女，“排泄她们蕴蓄被压抑的情感，转换一年到头的疲劳”，求得精神的轻松和解脱。(《长河》)

从上述沈从文关于湘西乡土风俗的描写，可以看到一种与鲁迅为代表的乡土文学作家截然不同的倾向：对于美的挖掘。他虽然对那些落后风俗也持批判态度，但更多的是正面写那些美的风俗，从这些古朴的风俗中挖掘自然、健康的人性美。

三

沈从文的乡土作品与以鲁迅为代表的乡土文学作家的作品在美学倾向上的不同，还表现在乡土自然景物的描写上。

在以鲁迅为代表的乡土作家的作品里，故乡不仅物质上贫困，精神上充满病苦，而且连自然世界也呈现出败落景象。作者已无心欣赏自然的美，而多以自然景物衬托不可排解的乡愁。在鲁迅的《故乡》中，景物描写采用的是对比手法，即以记忆中童年时的故乡与眼前的故乡相比。记忆中的故乡，自然景物是一幅精异的图画，但它已成不复存在的幻美；眼前实在的故乡却是满目荒凉。显然在作者笔下自然景物是荒凉、萧索的，而那记忆中的幻美不过是萧索荒凉的衬托。自然景物已成为作者悲凉心境的写照，乡愁的寄托。这同样的倾向也表现在许钦文的小说中。许钦文曾作过故乡“花园”的梦，但这梦终于被现实的冷风吹成清醒，他亲眼目睹的现在的“父亲的花园”是一派衰败，记忆中的万紫千红已为断砖残盆所代替。蹇先艾所处的贵州自然景物本来是美好的，但在他的笔下也呈现着苍凉与险恶。在他的记忆中也有一个像许钦文的“父亲的花园”那样美丽的“庭园”，但现实中的“庭园”却完全改变了模样，它的破败使他感到如在一座荒岛上旅行。《在贵州道上》极写山川形势的险恶：崎岖鸟道，悬崖绝壁，阴霾无日，瘴气袭人。作者的意图是写人生道路的险恶。许杰的《惨雾》以景物显示械斗后乡村的惨象，更具典型性。废名是善于描写自然的乡土作家。他笔下的自然景物同样笼罩着浓郁的乡愁。《竹林的故事》中有一个幽静的竹林，林中有“雀子在奏他们的晚歌”，但这些在失去亲人的母女心中引起的却只是无限孤寂。这孤寂是作品中失去亲人的人物的，更是失掉故乡美的作者的。

自然景物在作品中是构成人物生存环境的重要因素，它反映着人物与社会的风貌。在上述作家笔下，自然景物所呈现的萧索、荒凉、衰败、险恶和冷寂，都是作者心目中那个充满贫困与痛苦的故乡，在自然屏幕上的投影。

和上述作家不同，在沈从文的笔下，故乡湘西是美好的，那里不仅有美的人性，美的习俗，而且有美的自然景物。在其他乡土作家的作品中，自然景物多作为人物背景来描写，就其本身结构来看是零散的，没有构成完整独立的形象。沈从文作品中的景物描写则已构成完整独立的湘西自然世界。它是有生命的流动变幻的活体，由湘西所特有的自然形象系列构成。这自然形象系列按照立体排列可分为三个层次：以云雾等气候形象为主体的空中层次；以草木虫鱼等生物形象和人化自然形象为主体的中间层次；以山水等地理形象为主体的地面层次。中国古代山水画，特别是宋院画，都强调立体感与整体感，要求"可行"、"可望"、"可游"、"可居"（宋郭熙《林泉高致》）。沈从文所建构的湘西自然世界，便是由上述自然形象按照立体结构组成的具有整体感与主体感的自然美境。

沈从文笔下的自然景物具有鲜明的乡土地域特色。这一美的特色，在作品中是通过各类自然形象的个性体现出来的。在地理形象中，作者写得最有地域特色的是水。他曾多次谈到水与他的生命和创作的关系，说水不但直接影响了他的性格和情感，而且成为他作品的主要背景，他以湘西为题材的作品中的人事都是在沅水流域这个水的世界上展开的。湘西水的个性是清澈，在沈从文笔下，无论是潭水、溪水，还是泉水，都具有清澈美。《边城》中对于潭水的描写堪称一绝。与水一体的地理形象是山。作者写了湘西各类的山。有出水的奇峰，披云的列岫，还有环抱古城堡的巅峦，它们虽千姿百态，但无不显示出秀拔之气，秀拔正是作者要表现的湘西山的个性。流动在山水间的云雾所显示的是幻异和朦胧。湘西自然世界的生物形象和湘西人一样具有生命的茁壮美。九月霜降后的桔园"丹朱明黄，耀人眼目，远望但见一片光明"（《长河》）；河中"鱼大如人"（《动静》），林中松杉"葱笼郁合"，"如龙蛇昂首奋起"（《凤子》）；连地上的草也"仿佛正努力从地下拔起"，春园中的碧桃花，更"同火那么热闹的开放"（《春》），湘西自然世界的人化自然形象以船最具特色，它所显示的是古朴的自然美。

总之，上述各类自然形象的个性内容构成湘西自然世界的总体特征："秀与壮并之"，即地理形象的明澈、秀拔和气候形象的朦胧、幻异，构成自然美的秀丽；生物形象的茁壮和人化自然形象的古朴，构成自然美的壮丽。作者把自然美的表现看得至高无上，他用那么多笔墨描写自然景物的目的不再是衬托人物心理，寄托作者情怀，而是像通过人物性格表现人性美那样，以自然形象显示自然美。若说一般乡土作家是以自然景物描写寄托乡愁，那么沈从文则通过湘西自然美境的建构，表现对于自然美的热烈追求。

综观以上论述的结论是：中国现代乡土文学在对现实关照中表现为两种不同

的美学倾向：丑的暴露与美的挖掘。以鲁迅为代表的乡土作家反映着前一倾向，而沈从文则代表后一倾向。这两种倾向的不同，集中反映在三个方面：其一，在描写农村现实时，前者侧重暴露故乡的贫穷和病苦；后者侧重挖掘美的人性，美的人生形式和美的生命形式。其二，在乡土风俗的描写中，前者意在揭发旧风习的冷酷、落后及其对农民精神的戕害；后者则旨在弘扬传统文化和赞扬古朴的人性。其三，在自然景物的描写上，前者以景物的荒凉衬托农村的衰败，寄托作者的乡愁；后者则构筑一个完整的自然美的世界，展示作者崇尚自然美的情怀。

美学倾向的不同，反映了作家文艺思想和社会理想的差异。五四时期的鲁迅是伟大的思想启蒙主义者，他把文学作为思想启蒙工具，企图通过改造国民精神达到改造社会的目的。他认为套在农民身上的几千年的封建精神枷锁是造成国民精神愚弱的根本原因，是国民劣根性的病根，文学的使命是对传统思想的批判。这种批判的精神，便形成 20 年代开始的乡土文学以丑的暴露为主导的美学倾向。沈从文是在鲁迅影响下开始乡土文学创作的启蒙主义作家。他同样视文学为思想启蒙工具，想通过人性的改造来完成国家民族重建的目的。他把生命力的萎靡看作民族国家落后的原因，认为生命力的萎靡是人性被金钱权力扭曲的结果。他认为文学的任务，一方面是对金钱权力的批判，为此他创作了城市题材的小说；另一方面是对美的人性的挖掘与弘扬，他的湘西题材的乡土小说便正是在这种思想指导下产生的。

童心映照的军人世界*

——论沈从文的军旅人生小说

出身于败落将门之后的沈从文，从少年时就跻身于湘西土著部队充当文职小兵。6年军旅生活使他生命的根深扎进特异的军人世界，为他的小说创作提供了丰富的素材。他的小说创作是首先从描写这段军旅生活开始的，31篇军旅作品中有21篇发表于他步入文坛的第一阶段(1925—1930)。这些小说生动描写了从清末至20世纪40年代中国军界各类人事，完整地展现了一个军人世界，以内容的丰富，人生感悟的深切和审视现实角度的独特，显示了作者的独到之处。

一

中国现代军旅小说所描写的多是30年代至40年代的部队生活，历史涵盖面较小。沈从文小说中的军人世界所展现的则是从清末至20世纪40年代军人的历史特征，不仅丰富了军人世界的人物画廊，而且具有军事文化史的价值。

第一类军人形象是清末的绿营兵。沈从文的家乡凤凰厅是清代镇守苗乡的绿营兵驻屯地，辛亥革命后虽改了县治，但由于环境的不同，“绿营兵役制度尚保存不废”、“湘西镇守使与辰沅道皆驻节在此地”，“为中国绿营军制唯一残留之物”。因此，绿营兵的生活和形象便成为沈从文所熟知的家乡历史生活的一部分反映在他建构的军人世界里。《赌道》《新与旧》便是两篇描写绿营兵的作品，《边城》也有绿营兵生活的掠影。在这类形象中以《新与旧》中的杨金标最为典型。这是一些与封建手工生产方式相联系的个体工匠型的军人。他们没有现代军人的群体意识，而将个人全能的武功和技艺作为立身之本，崇尚技艺不问政治是其意识特征。他们都是跨越帝制与民国两个时代的人物，虽有意气风发的黄金时代，但随历史变迁，均成为不合时宜的“唐吉诃德”。小说通过他们在新旧两个时代不同命运的对比，

* 《山东师范大学学报》1992年第6期。

揭示了军人世界的历史进程。个体工匠型军人形象具有较高的艺术典型性，它是作者对于自己熟悉的绿营兵性格的艺术概括。在《从文自传》中有一篇关于“老战兵”的回忆（《一个老战兵》），文中那位深刻在作者童年记忆里的“做人最美技能最多”的老战兵滕四叔就是历史特征极其鲜明的绿营兵，他正是作者创造工匠型军人艺术形象的基础。工匠型军人形象的出现填补了现代军旅小说中军人形象的空白。

第二类军人形象是辛亥革命至第一次国内革命战争以前的革命军人。辛亥革命在沈从文的家乡曾产生过巨大影响，沈从文的父亲和叔叔都卷入了由那场革命所引起的流血斗争。革命失败后，在蔡锷讨袁战争影响下湘西曾一度掀起革命军热，大批男子投入革命军。这些革命军人都是沈从文的父兄辈，他不仅熟悉他们，而且在情感上同他们有紧密联系。因此，在描写这类军人时，作者已失去写第一类军人的那种客观性，而对人物倾注了热烈的爱，总想在这些平凡迂腐的性格中发掘出道德的美。这类形象的代表是《会明》中的伙夫会明和《灯》中的老兵。这两个人，一个是伙夫，一个是司务长，个性不同，但大致相同的革命经历和新式军事教育，形成了他们共同的军人意识。这便是以个人命运与军队整体命运一体观为基础的群体意识。这群体意识在这一对下层老兵身上集中表现为对军队命运的关怀和对军队首长的信仰和忠诚。会明对蔡锷将军的崇拜，达到神迷程度。他把蔡锷作为军魂顶礼膜拜，讨袁战争已过去 10 年，他心中还铭记着将军当时的教导，身边保存着讨袁军的军旗，相信总有一天他会照将军的话去作，“把你的军旗插到堡上去”。他相信将军的每一句话，从他的一次训话，竟能幻化出一个理想的军人世界。他对上司的崇拜不是盲从，而是心灵的沟通。心灵的沟通是他群体意识产生的基础。《灯》以灯象征老兵古朴纯正的灵魂，作品中的老兵像“一个古典的人，18 世纪的老管家”，对上司达到愚忠的地步。但透过这愚忠所看到的则是一个把军队视为生命的老兵对于军队命运和军人前途的深切关注。老兵是作者父亲的部下和侍从，目睹和亲历了这将军之家的兴衰史，他那对将门之后从衰颓家声中爬起，恢复原来壮观的希望和失望，有深刻的历史内涵。沈从文的父亲虽是封建王朝的将门之子，但在辛亥革命后同两个儿子都投身于革命军队。他参与辛亥革命时湘西革命党领导的武装起义，又曾组铁血团刺杀袁世凯；两个儿子都在革命战争的血涡里转战。他们的命运已与革命的命运联系在一起。因此，当革命的军政大权被新军阀篡夺后，他们也便因革命失败而遭厄运。正是从这个意义上，可以说老兵希望将军之家从衰颓中兴起的梦及梦的终于破灭，典型地反映了那一代革命军人和自己的军队共命运同忧患的群体意识。

会明与老兵是民国后的新军人，有第一类军人没有的群体意识，但出身于农民，在军队中又属下层兵士，由于长期处于被压迫的地位，其思想尚未解放，对上司常表现为愚忠。因此，他们是义仆型的军人，在他们身上新的群体意识与旧的义仆的愚忠共存，显示着新旧交替时代军人形象的历史特征。这义仆型军人形象也是沈从文的创造。

第三类军人形象是20年代湘西土著部队特有的半军半匪的地方兵。这是作者最熟悉和写得最多的形象。土著部队是生存竞争的产物，其成员大都是在生存路上无路可走时才被迫入伍的，因此其主体意识不再是向心的群体意识，而是离心的生存意识。这些形象在小说中分为三种类型：其一，雄强型。以《虎雏》中的小兵祖送和《说故事人的故事》中的弁目刘云亭最为典型。他们是神魔并存、兵匪共生的湘西自然世界里独有的生命，生命力强，精力充沛，性格勇敢雄健，灵魂野蛮粗糙。祖送和刘云亭都是生活中实有的人。从散文《虎雏再遇记》和《一个大王》中可见，小说中的人物性格和故事情节基本与生活原型相同。作者所以要将这些生活原型不加虚构地写进小说，是因为从这些粗糙的自然性格和灵魂中发现了我们民族性格特别是近代都市人性格中所缺少的原始生命力。这类形象已不单单是军人性格的写实，而是作者对于美的发现，寄托着作者的美学理想。在《篱下集·题记》中作者深情地赞美了这类性格："我崇拜朝气，欢喜自由，赞美胆量大的，精力强的。……我爱这种人，也尊敬这种人。这种人也许野一点，粗一点，但一切伟大事业伟大作品就只有这类人有份。他不能避免失败，他失败了再干。他容易跌倒，但在跌倒以后仍然即刻可以爬起。"其二，柔弱型。这是生存斗争的失败者。他们心地善良，童心不泯，但性格柔弱，在兵匪竞存，权力与愚昧结合的人生舞台上是一群悲剧角色。《堂兄》中的沈万林性情和善心的纯正，以"牛马精神"求生存，但刚升到弁目，就遭误杀。被误杀本是偶然性现象，可在湘西土著部队的特殊环境里，却包含着必然性，说明在生存斗争残酷的世界里没有柔弱者生存的权力。《三个男人和一个女人》中跛脚的小号兵，天真聪慧，因吹号时失足跌成残废，就丧失了爱的权力。在土著部队里爱也有等级，团长找姨太太，连长有情妇，小兵调戏村姑，跛脚的小号兵在小兵之下，只能偷爱一个女尸，连女尸也被别人盗走，他便只有满腹忧愁。小说从一特殊角度揭示出柔弱者的悲剧，展现了军人世界隐蔽的一角。小说通过柔弱型与雄强型两类性格的对比，表现了作者的人生感悟和审美理想。作者肯定的是野蛮下面的雄强，批判的是善良掩盖的柔弱，面对柔弱者的惨剧，他不禁发出感慨："在这世界中，缺少了力，让事实自由来支配我们一切、软弱得如同一块粑的人，死或不死，岂不是同类异样的一个大惨剧吗?"其三，寄生型。这是军人世界的寄生者。部队是他们生命和衣食的庇护。入伍不是为事业和理想，只为在权力保护下求安逸，混衣食。《张大相》中的上尉参谋张大相，原是富家独生子，只因父亲被过境客军派捐逼死，便花钱买了上尉参谋的缺，混进军部衙门，在权力庇护下，他仍是个少爷。什么事不干，只玩时髦手电筒。《顾问官》中名誉顾问赵颂三是寄食于军队的穷文人，薄薪无法养活家小，只靠下乡催捐时从中渔利以求温饱。

上述三种类型的军人性格都植根于湘西文化土壤，具有浓郁的地方特色。因此可以称为湘西型军人形象。这类形象以其独特的地域文化内容，为军人世界增添了异彩。

第四类军人形象是北伐战争后的现代革命军人。其中有北伐军战士（《黑夜》中的部队通信联络人罗易和平平）、工农红军战士（《过岑者》中红军特务员）和抗日军人（《动静》中的团长和《早上——一堆土一个兵》中的老兵）三种类型。这是严格意义上的现代型军人形象，具有现代军人意识：自觉的政治意识和战争意识。现代军队具有鲜明的阶级性，是革命政治斗争的工具；现代战争是政治斗争的继续，这就要求现代军人必须具有高度政治觉悟，自觉执行军事任务和发扬牺牲精神。上述三种军人正以自觉的政治意识显示出时代特征。通信联络员罗易在通过敌人封锁线时，毅然牺牲自己掩护同伴渡河完成联络任务，这自觉行为所表现的已不再是旧军人的侠义豪情，而是现代军人成熟的党性。孤身战斗在生死线上的红军特务员，心系土地革命，能从目前的残酷里见到未来的光明，是因心怀革命理想。为挽救民族危亡血战疆场的老兵和带伤重归前线的团长，都有自觉爱国意识，使人看到民族精神在军人灵魂中的觉醒。中国现代革命从开始就面对强大敌人，敌强我弱的形势，决定了革命的长期性和曲折性，也决定了战争的残酷性和艰巨性。因此，现代战争就意味着牺牲和忍耐。自觉的牺牲和忍耐精神正是现代型军人必具的战争意识。这种意识不仅表现于上述三种军人的行为中，而且通过那位团长作了明确地表述。他说："战争不过是一种'事实'而已。完全是一种十分困难而又极其简单的事实。面对这种事实时，只是'生'和'死'，别无他事可言。……大家所知道的只有一件事，忍受。为国家前途，忍受。为战胜敌人，忍受。"这是经过现代战争教育，灵魂为炮火提纯了的现代型军人所具有的战争意识。它一扫传统观念中对战争浪漫传奇的英雄主义幻想，而使认识贴近了事实。

上述四个时期的军人形象，以不同的时代色彩构成军人世界的人物历史画廊，从而使作者的军旅小说以其历史内容和人物形象的丰富性在文学史上具有独特意义。从审美角度看，作者写得最成功的是湘西型军人形象，这是在作者丰富生活经验基础上创造的性格鲜明又深嵌着历史地方文化印记的中国20年代湘西典型环境中的典型性格。在中国现代文学史上，军旅小说创作成就大的除沈从文外，还有丘东平和刘白羽，但他们写的都是现代型军人形象。因此，湘西型军人形象便成为沈从文小说中军人世界的特色。

二

沈从文的军旅小说大都根据自己军旅生活体验写成，包含着一个启蒙主义者对人生的深切感悟。这些人生感悟具有感性的经验的性质，有局限性，但却直接影响着作者的思想和对人生道路的选择。沈从文的文学道路是人生感悟的道路。自觉地读人生这本大书，“从现实学习”，在人生的深刻体验中发现人生内蕴，形成规律性认识，然后用人事表现在创作中，是他一贯的思维路线。他的军旅小说则是在这思维路线指导下产生的典型作品。

作者对土著部队的人生感受最深，描写这段生活的小说从表层内容看是一个退伍兵对过去生活富有情趣的回忆，但深层内涵却是作者在军旅人生体验中获得的人生感悟。这类小说的第一个主题是批判权力的滥用，这主题所包涵的作者的人生感悟是：权力滥用造成恶的循环，使悲剧人生永无止境。

20年代的湘西是军人主宰的世界。土著部队首领自称“湘西王”。军队是军政法三位一体的权力集合体，操纵生杀大权，左右湘西人民的命运。军部师部就是衙门，既直接派捐征税从经济上欺压盘剥人民，又自立法庭、监狱，任意关押和屠戮百姓。据记载仅在榆树湾一个小地方，土著部队就以剿匪为名先后屠杀9 000余人。其中2 000人是作者所在那支军队直接杀戮的。作者从这军人世界里看到权力滥用所导致的人生悲剧，并通过一颗童心的映照反映在小说中。《我的教育》写军队清乡剿匪，全篇似无主要人物，但细读则发现小说中有一个无姓名和性别的形象——权力。作者认为权力与愚昧结合所形成的权力滥用，不仅直接造成人生悲剧，而且还构成恶的循环圈，使人生悲剧永无止境。这恶的循环圈在小说中表现为以下内容：(1) 军队施恶于百姓，百姓为摆脱厄运便转而为匪或兵，在权力保护下再施恶于百姓。在湘西军人世界里，这恶的循环圈已成为下层兵士生命运行的共同轨迹。他们原多是善良农民，在横遭兵祸之后，有的直接转而为兵(如《张大相》和《上城里来的人》中妻子被兵奸污的丈夫)，有的则先上山当大王，而后投入部队(如《说故事人的故事》中的弁目刘云亭)。(2) 原为仇人，都借军队权力相互仇杀。以恶报恶，连绵不止(如《入伍后》中善良的二哥和《堂兄》中的沈万林都死于这种仇杀)。(3) 权力的滥用使杀人成为游戏，被杀的是受害者的身体，腐烂的却是杀人者和看杀人者的灵魂。杀人的游戏加深着灵魂的腐烂，腐烂的灵魂又支持着杀人的游戏永无止境地演下去(如《我的教育》中所写的就是这种恶的循环)。

作者的上述人生感悟，虽反映了一定规律性认识，却由于对权力缺乏阶级分析而陷入片面性。但它在20年代对于作者启蒙主义思想的形成和人生道路的抉择起到了积极作用。为从恶的循环圈中脱出，他终于放弃权力选择了知识。

沈从文军旅小说的第二个主题是对国民性的批判。这一主题所包含的人生感悟与五四时期鲁迅改造国民性的思想相沟通，认为国民性愚弱是权力滥用的基础。愚弱的国民将永远无法摆脱权力支配和作被杀头或看杀头材料的命运。在作者笔下的军人世界是愚昧与权力的结合。愚昧使权力者丧心病狂，悖理枉法，酷刑逼供，虐杀无辜，他们监狱关押的犯人大多数是“兵队从各处乡下提来的农民”，所谓“清乡”，就是“带了队伍出去，同打猎一样，先到附郭乡下去”，“随随便便用草绳麻绳，把这些乡下庄稼人捆上一批押解入城，牵到团部去胡乱拷问一阵，再寄顿到这狱中来”（《黄昏》），或者为索取钱财凭团总禀贴捕杀无钱买命的乡下人。他们的判决有两种形式：一是严刑逼供，先由“威武堂堂”的军法将“犯人”呵打五百板，然后“就在一张黄色桂花纸上，由书记照行式写成甘结。把这乡下庄稼汉子两只手涂满了墨汁，强迫按捺到空白处，留下一双手模，算是承认了结上所说的一切，于是当时派队伍就把这人牵出城外空地上砍了”（《黄昏》）。二是掷筊判定生死。将“犯人”“牵到神前去，凭了筊，判他的刑罚。掷下地去的是一覆一仰，或双双仰卧，则这人为神所赦同时也为法律所保护，生下来了！若地上竹筊是双覆。那就用不着迟疑，牵去杀了完事”（《哨兵》）。

愚昧的下级兵士在权力和金钱驱使下，浸染成愚昧、卑怯、自私的灵魂，有的充当刽子手以显示灵巧刀法，有的作杀头看客为血的游戏喝彩，在血污中他们“都像过节，醉酒饱肉，其乐无涯”（《我的教育》）。他们受权力压迫后不对强者反抗，却向弱者报复：上司“不需要任何理由”，“全可以随意对于兵士加以一种很巧妙的辱骂”，“被骂的兵士有一种规矩是不做声”，但“一有了机会，就又把从上司处所记下的新颖名词加到伙夫的头上”，“伙夫则只能互相骂骂，或对米桶、水缸、汤勺痛切的辱骂”。他们是金钱的奴隶，为三百元赏格便可杀害无辜同类。（《我的教育》）

总之，沈从文的军旅小说在写权力滥用所造成的人生悲剧的同时，进而揭示出愚昧、卑怯、自私的国民灵魂是权力滥用的精神土壤，并将湘西土著部队视为权力与愚昧、卑怯、自私的结合体加以艺术地再现。这深切的人生感悟直接影响到他对人生道路的选择，成为他接受五四启蒙主义思想，毅然放弃权力和财富，选择知识和理性，走文学救国道路的契机。作者后来曾谈到土著部队生活对他的教育和影响，正可作为上述人生感悟的注释。他说：“六年中我眼看在脚边杀了上万无辜平民，除对被杀的和杀人的留下了愚蠢残忍印象，什么都学不到！……我实在待不下了，才跑出来！我想读点书，半工半读，读好书救救国家……以为社会必然重造，这工作得由文学重造开始，文学革命后，就可以用它燃起这个民族被权势萎缩了的情

感，和财富压瘪扭曲了的理性。”（《从现实学习》）

沈从文的军旅小说是作者由湘西乡下进入城市后创作的，对城市生活的厌倦和失望，勾起作者对童年和乡村生活深挚的回忆和思恋。从城市和乡村两个世界的对比中，他深感城市人性格的虚伪，却在乡下人的愚蠢下面发现了纯朴的童心。于是，对于失去童心的追悔，便成为军旅小说的第三个主题。对于童心的追悔，使作者笔下展现出一个童心映照的军人世界。这个主题下隐蔽着一个启蒙主义者改造社会的朦胧理想：要摧毁市侩人生观，就必须以纯真的童心沟通人的心灵，作为通向真善美的契机，确立正确的信仰和理想。

沈从文的军旅小说基本上是作者的自叙传。其中以叙述角色出现的小兵“我”，心灵玲珑剔透，纯真可感，是童心的象征。这颗晶莹的心灵与其他心灵相映照、相沟通，构成一个令人神往的心灵畛域，与权力主宰的世俗领域相对立。主人公与叙述者兼于一身的“我”是联结两者的桥梁，也是心灵畛域的主人。世俗领域中的“我”，与环境处于矛盾状态，而在心灵畛域里，“我”与环境则交融和谐，形成自然与生命、心灵与心灵的彼此沟通和自然美、心灵美及生活情趣美的相互交织。

小说对军旅生活的叙述是由“我”从顽童向小兵转化开始的。描写这内容的是《卒伍》和《阙名故事》。作品以追悔的情怀写出童心向世俗的跌落，从这跌落中展示了童心的美。童心的内涵是“纯真”。为抵制世俗人心的虚伪，中国早有人倡童心说，明代反礼教的李挚在《焚书·童心说》中说：“夫童心者，绝假纯真，最初一念之本心也。”沈从文同样把童心作为世俗人心虚伪的对立物表现在作品中，但却将其更理想化。在他看来童心已不仅仅是人纯真的自然性，而是人心通向真善美的契机。因为它具有向善、守诚和爱美三大属性。向善，所以沟通母爱；守诚，所以沟通心灵；爱美，所以沟通自然。因此，母爱唤起的无私的爱，心灵沟通的真诚友谊和对自然美的倾心，便成为沈从文上述小说中童心世界的主要内容。在权力世界里，将军之家的败落使 15 岁的“我”由将门之子坠为“卒伍”，这人生悲剧引起的心灵悲剧是童心向世俗的跌落。“我”所失去的是一个充满母爱、友谊和自然美的童年世界，和在那世界里养成的一颗纯真的童心。小说写这段心灵悲剧的回忆，实是呼唤失去的童心，希冀燃起心灵圣火，烛照世俗，重造人格。从《卒伍》中，首先看到的是母爱在“我”心里所燃起的烈焰，以及童心对于母爱的升华和扩大。母亲“因爱儿子而流得太多的珍贵眼泪”浸润童心，而承受母爱的童心，则从“这不需要报酬的慈爱中认识了人生”的“可怜可悯”，从而便“学到母亲的方法来爱世界”。由母亲“扩大到爱人类上面去了”（《卒伍》）。在《阙名故事》里，仿佛看到这爱的扩大。被命运之船载向世俗的“我”，稍涉尘世，就把原只系于慈母一身的爱心投向可怜可悯的人生。小说结尾所描写的正是为这扩大的爱所折磨的心灵，从小说描绘的自然世界里，我们看到童心对自然美的倾心。“我”视私塾为生命囹圄，以自然为自由天堂。与玩童结伙去青潭泅水，坝下摸鱼，草丛中捉“带了太太在唱歌”的蛐蛐，固然令人心驰神往；躲进莲姑花园，偷摘莲蓬，主人发现后反以嘉宾相待，童心相映，两小无猜，更使人如痴如醉。作者认为爱美是生命的属性，但金钱权力的欲望和观念却使许多人丧失了这一属性，而变成没有创造力和对美的感受力的“阉人”，唯童心不泯的“痴汉”尚保留爱美属性和由此而生的创造力。他描写童心对自然的倾心，正是企图恢复生命爱美的属性，以增强人的创造力。

小说中的“我”同时生活在两个对立的领域里。在权力主宰的领域，阶级差别和观念的对立，使“我”同他人之间筑起心灵的长城；而在童心主宰的另一个畛域，却有“我”和莲姑、阿巧等心灵的沟通。在这心灵畛域里，童心美在相互映照中得以充分展示，莲姑是“我”上司（团长）的小姐，阿巧是“我”家过去仆人的女儿，在世俗中她们是主与奴的关系。代表法权观念的父母已为其言行立下不可逾越的规矩，但童心却超越这一切世俗，飞翔在纯真自由的天宇。在这里，同情是无所求的关心，友谊是无尊卑的交流，心灵美是情感的朴素和观念的单纯，生命追求是人与自然的契合。

小说不仅通过童心向世俗的跌落写出作者对失去童心的呼唤，而且以童心为镜子映照世俗，揭示出军人世界价值观念的颠倒。兵匪之争构成湘西20年代社会的主要矛盾。传统观念中的军队是护民安邦的国之干城，代表善。土匪则是祸国殃民的民之贼，代表恶。但湘西社会中的兵与匪在童心的天平上所显示的却是上述价值观念的颠倒。在《说故事人的故事》《我的教育》《逃的前一天》以及《喽罗》中，叙述者“我”那颗纯真聪慧童心所映照出的正是兵匪颠倒的奇异世界：军队剿匪杀人成性，被杀的女大王夭妹，却是美的化身，辞色端庄感人的“贤妻良母”。匪窟是令人“神往”的“另一世界”，那里，“大王气派似乎并不比如今的军官大人使人怕”，喽罗也“和气得要你一见了他就想同他拜把弟兄认亲家”（《喽罗》）。世俗的人以权力和财富区分人的贵贱，童心也映出这贵与贱的颠倒，它的价值标准是心灵的美。这价值的颠倒在《逃的前一天》中清晰地展示在小兵临逃时的心幕上：养尊处优的司令部长官精神贫乏，品格低劣，是食与性、权与利的攫取中贪欲无度的两脚动物；而官运不通，童心不泯的书记官则是超越功利、灵魂高洁的人。人格最高贵的是那位“一身糠灰”，常年辛劳的碾坊主妇，她无权无势，却有纯母性的慈爱。善于攫取权力者被世俗誉为高贵聪明，不计功利的奉献者却成为下贱愚昧。这价值的颠倒又生出军人命运的差别，使军阀战争成为愚人的坟墓、聪明人权力的阶梯：“流一些愚人的血，升一些聪明人的官”（《会明》）。

在沈从文的军人世界里，除以小兵“我”象征童心外，还塑造了一些童心不泯的老兵形象。从这些性格中看到的是童心与世俗结合而生的形变，这形变的童心约有三种类型：其一，迂腐的天真。以伙夫会明和《灯》中的老兵为代表。在他们身上童心的天真与世俗的迂腐相交织，形成性格的古朴美。其二，混世的超脱。《逃的前一天》中的书记官属此类型，弃绝功利的童心的超脱与世俗的消极混世思想相结合，构成性格的缺陷美，使这性格具有普遍的类型性。小说这样描写了他的性格："这好性情的人，是完全为烟所熏，把一颗心柔软到像做母亲的人了。"其三，无聊的好奇心。这一特征夸张地表现在副官张大相(《张大相》)性格中，在他身上童心的好奇伴同世俗的无聊与空虚，呈现出童心的畸形。

总之，沈从文以人性启蒙的观点审视军人世界的结论是权力与愚昧的结合造成人生悲剧，而不泯的童心却预示着民族命运重造的希望。正是基于这一人生感悟，他对童心的作用作了夸张的描述："一个民族缺少童心时，即无宗教信仰，无文学艺术，无科学思想，无燃烧情感实证真理的勇气和诚心。童心在人类生命中消失时，一切意义即全部失去意义，历史文化即转入长时期的蒙昧和残暴，使人类倒退回复吃人肉的状态中去。"(《青色魇》)

三

从创作动机看，沈从文的军旅小说是作者怀着城市生活的厌倦对于自己过去军旅人生的回忆。这动机决定了作者审视现实角度和作品叙述方式的独特性。

在具有马克思主义世界观的现代作家观念中，军队是政治和阶级斗争的工具，战争是政治的继续，因此，他们总是从政治和战争这一特殊角度审视军人世界，在作品中主要描写军队的政治生活和作为政治继续的战争生活。这在丘东平和刘白羽等军旅小说家的创作中表现尤为明显。丘东平是严格意义上的军人作家，他的军旅生活似乎没有沈从文在土著部队中那样平和，而几乎全部是浴血的战争。因此，他的小说也就成为自己所亲历的战争生活的记实。其中人物的悲喜剧也都是在战争舞台上展现的(如《中校副官》《一个连长的遭遇》《友军的营长》等)。这种以战争为题材的军旅小说应称为"军旅战争小说"。它表现了作者审视现实的独特角度：战争的角度。刘白羽和丘东平不同，他是以记者和文化思想工作者的角度审视军队生活的，作品中虽也描写战争和人民军队的英雄主义精神，但目的却在揭示人民军队的阶级本质，说明阶级觉悟和以阶级教育为内容的军队政治工作是人民军队战斗力的源泉(如《无敌三勇士》《血缘》《政治委员》《回家》等)。这类具有鲜明政治性的小说，可称为"军旅政治小说"。

沈从文对军人世界的审视既不是战争角度，更不是政治角度，而是综合人生的角度。这一角度使他小说中的军人生活具有更为丰富深广的内容。他的小说写的是军旅人生、人生军旅，可称为“军旅人生小说”。其特征是：(1) 对军人生活多维的综合表现。不囿于军事生活和政治生活，而涉及人生各方面：小兵的坎坷（《卒伍》《阙名故事》），老兵的违时（《新与旧》《赌道》），性的饥渴（《参军》《三个男人和一个女人》），权力的滥用（《我的教育》），灵魂的荒芜（《哨兵》《逃的前一天》），友谊与仇杀（《入伍后》《堂兄》），这些在其他军旅小说中极少触及的生活层面，都得以综合的表现。(2) 展现人生历程，寄寓人生感悟。在小说所描写的各类军人人生历程中，有两类最为突出：其一是以“我”为主体的小兵人生历程。包括离家入伍（《卒伍》《阙名故事》）、入伍以后（《入伍后》《堂兄》《我的教育》）和退伍进城谋食（《落伍》）等一段漫长人生经历。其二，以老兵为主体的下层军人人生历程（《会明》《灯》）。但展现人生历程并非作者的目的，作者的深刻用意是写出自己对于人生的发现，即人生感悟。这一点正是“军旅人生小说”最根本的特征。

沈从文的军旅小说既然是作者自己对过去军旅生活的回忆，那么最适宜的叙述角度就必然是第一人称“我”。但这“我”有时是“可信赖的”叙述者（如《卒伍》《入伍后》《堂兄》《我的教育》中的“我”）。有时则是“不可信赖的”叙述者（如《上城里来的人》《哨兵》《三个男人和一个女人》中的“我”）。这一叙述角度不仅增加了作品的真实感，而且形成这些作品与其他现代军旅小说不同的文体特点。

首先是传记性特点。沈从文的军旅小说虽都是短篇，但连起来看则成为由作者若干生活片断构成的文学传纪。其中借以建构艺术世界的人事，从传纪散文《从文自传》和《湘行散记》里都可找到根据。如《卒伍》所写“我”离家去当候补兵的本事，在自传《一个老战兵》中有记述；《我的教育》中关于“我”随部队清乡的故事，在自传《清乡所见》和《怀化镇》里都有几乎相同的描写；《虎雏》中的祖送，《说故事人的故事》中的刘云亭，其原型都记录在自传散文《虎雏再遇记》和《一个大王》里。此外，如《黑夜》《阙名故事》《入伍后》《堂兄》《新与旧》等小说中的人事在自传散文中也均可找到根据。与上述特点相联系的另一特点是作品中人物身份的双重性，即在许多小说中的叙述者，既是叙述者又是故事中的角色，在小说建构的艺术世界里可以自由出入：入乎其内，便是故事中的角色，直陈人事，体察入里，真切可信，给读者以真实感；出乎其外，则超越故事所囿人事和时空，批评世俗，感悟人生，有理有据，启发深思。为适应人物身份的变换，作者以回忆角度和时空变换来结构作品，使作品中可信赖的叙述者处于两个时空里：一个是过去人事的回忆者，出现在小说开头和结尾的现在时空里，是现在的作家而不是过去时空里的故事角色；另一个是故事角色，出现在小说主体部分的过去时空里（如《入伍后》《说故事人的故事》《虎雏》《灯》《堂兄》)，时空变迁已使两者境遇心态不再相同，因此，决不可在这两者间画等号。

其次，抒情性特征。回忆是沈从文军旅小说的基本叙述形式。这叙述形式的外在特征是两种时空和心态的对比，内在特征则是由这对比而产生的撼动心灵的人生感喟，这便是对现代城市人生的厌倦和过去军旅人生的追悔。这人生感喟的抒发，便形成小说的抒情性。作者是怀着对权力的失望跑到城市去寻求文明、知识、理性和救国真理的，但他看到的却是金钱和权力的结合以及由此造成的城市人生的堕落与腐败。对城市生活的失望与厌倦直接引发了他追悔过去人生的情思，今昔对比，他感到失去的不仅是身内的青春，而且连身外的青春(富有生命力的自然世界)也一同死去，因此，一个失落青年，追悔死去青春的怅惘和哀愁便成为作者军旅人生小说的情感基调。而这失去的青春，从作品中看主要是指自然、童心和母爱。为此，对自然、童心和母爱的赞美与追悔便成为小说抒情的基本内容。

对湘西自然世界的深情赞美和留恋追悔在作品中时常以对比的手法表现出来。小说中建构了两个生命活动领域：权力与金钱主宰的世俗领域和人与自然契合的自然领域。作者认为前一领域造成生命的萎靡，而后一领域培育了生命爱美的德性，生命青春永远活在自然世界里。以此，当你随作者沉入回忆的军人世界里为权力和愚昧感到压抑和困扰时，叙述者便常会把你引进人我同醉的自然诗境中。在清乡的槐树镇，杀人游戏令人厌倦，而深嵌在小兵心灵中同生命同在的却是神秘诱人的山间“风洞”，清澈幽雅、村姑当“镜子照到理发”的杨柳围映中的方井泉和屹立于美丽山水间大如“碉堡”形似“蜡台”的人造奇观熔铁炉(《槐树镇》)。在那将离开军营的小兵心中，人事不足留恋，而眼前“南国乡镇季春的薄暮”和那薄暮中盛开的桃花、自由流动的雾，却使他感到“超越了诗人想象以上的灵动与美丽”(《逃的前一天》)。小城里监狱是黑暗的，外面却有“炫目美丽”的天空，“云彩镶了金边、白边、玛瑙边、淡紫边，如都市中的人的衣缘，精致而又华丽”(《黄昏》)。为访问一位养伤的军官，小说将读者引入朦胧如画的雾中山域：“山城都包裹在一片湿雾里”，“山峰露出了头，庄严而娇媚，积翠堆兰，如新经浣洗过一般”；“在微阳中渐次出现”的房屋，“披上一层珍珠灰光泽，颜色奇异，很像梦魇中宫殿”；长河“如一条宽阔白色丝带”，“河身夹在两列长山中，水清而流速，鱼大如人”(《动静》)。从这自然美的诗境中，不仅使人感到作者有一颗为美丽而发狂的心，而且更感到一个自然之子失去自然世界的怅惘与追悔：“美丽总是愁人的。”

作者为失去自然世界而追悔，还表现为对湘西军人纯朴性格的深切怀恋。他认为都市生活既远离自然世界，而人也便失去纯朴的德性。他厌恶都市人的虚伪而追念记忆中军人的纯朴与真诚，不禁为老兵礼赞：“我望着这老兵每个动作，就觉得看到了中国那些多数陌生朋友。他们是那么纯厚，同时又是那么正直。好像是把那最东方的古民族和平灵魂，为时代所带走，安置到这毫不相称的战乱世界里来，那种忧郁，那种拘束，把生活妥协到新的天地中，所做的梦，却永远是另一个天地的光与色，对于他，我简直要哭了。”（《灯》）在沈从文的军旅小说中抒情色彩最浓的是那些小兵生活的回忆（《入伍后》《卒伍》《堂兄》《阙名故事》），为失去童心与母爱而顾惜和悔恨是这些作品共同的感情。

总之，沈从文的军旅小说是军旅人生小说。通过作者生活体验和各类军人的命运综合地反映军旅人生，表现作者的人生感悟是这类小说观照人生的独特之处：大致相同的第一人称叙述角度，由深切自我体验而形成的传记性和抒情性，则是其文体特征。此外，丰富奇异的湘西文化内容更使这些作品成为乡土文学的丰碑，闪耀着古朴醇厚的自然美。这些小说的出现和成功，在现代文学史上具有开拓意义，同时也以独创的艺术风格确立了沈从文的作家地位。

异样的路·异样的人·异样的世界*

——沈从文与艾芜之比较

在中国现代文学史上，凡有成就的作家都有独特的艺术个性。但在大致相同的社会环境和时代潮流的影响下，也出现了一些创作道路和艺术倾向基本相近的作家群。这些作家群，人数多、影响大的，多已被作为文学流派加以研究。但还有一部分因为人数少，影响不大，而未引起研究者注意。沈从文和艾芜就是两个艺术个性颇相近的作家。他们虽未能形成一个流派，却代表着文学史上的一种倾向，很有比较研究的价值。艾芜步入文坛较沈从文晚，后期创作有很大变化，但从总体上看，他与沈从文在以下三点上是相同的：(1) 他们成长的路与其他作家相比是一条异样的路：创作前都有一段同下层社会相结合的生活；(2) 他们笔下的人物形象都是在其他作家的作品中难以见到的异样的人：具有主体意识的下等人；(3) 他们作品所描写的世界是不同于其他作家所描写的异样世界：大时代冲击圈以外的世界。

五四以来有成就的作家多属小资产阶级知识分子。他们在俄国十月革命和马克思主义思想影响下，曾提出“劳工神圣”的口号，对劳动人民的命运表现了深切的同情与关怀。但真正实行同劳动人民相结合的为数极少。他们的作品虽描写了劳动人民，但感情、立场却还是小资产阶级的。所以，五四时期就有人提出“平民文学”的口号，而在二三十年代真正的“平民文学”并未能产生。在 20 年代步入文坛的作家中，沈从文和艾芜是个例外。他们走的不是一般知识分子文学家所走的从学校到学校的路，而在创作前就沦为社会最下层，成为下层人民中的一员。

沈从文本是将门之后，但在少年时代家境就坠落到不得不停学去谋食的地步。于是他从十五岁到二十三岁的八年间，便过着当兵和半流浪的下层社会生活。前五年他在湘西土著部队当兵，随军辗转于沅水流域乡村。这时他真正体验了下层社会的人生，不仅与士兵、水手及一切身份卑微的人交往、亲密，而且饱尝了失业、饥饿、漂泊和精神上受歧视的痛苦。他的“乡下人”性格正是在这一段经历中形成的。后三年是他的流浪时期。他抱着求知欲望到了北京，大学考不取，职业更难觅。饥饿逼他到死亡边缘。他的处境正如郁达夫所指出的：上策是到外面找事做；

* 《青岛师专学报》1992 年第 4 期，人大复印资料《现当代文学研究》1993—2 转摘。

或者去革命，去制造炸弹。中策是想法弄几个旅费，返回湖南故乡。下策又是两种，一是应幕当兵，二是去做贼去偷。总之，沈从文从小学毕业后就被社会投到最底层，在充满饥饿和苦难的人间地狱似的下层社会里，充当了最被人歧视的角色——大兵和流浪者。社会剥夺了他进学校读书的权利，把他变成与上流社会格格不入的“乡下人”。造就他的不是学校和书本，而是人生这部大书。

艾芜是在五四运动影响下，为实践“劳工神圣”的思想走向社会的。他理想到南洋勤工俭学，等待他的却是长达六年的流浪生活。艾芜的流浪生活大致分为三段。1925 年至 1927 年为第一阶段。他离开成都经过三个月长途跋涉到达昆明。在艰难凶险的旅途中，他以旅行者的身份加入了边地穷苦人的行列，上了人生哲学的第一课。到昆明后，先是流浪街头，后当了红十字会的杂役。1927 年他离昆明去缅甸，经过第二次更漫长的艰难旅行后，在华人开的客店里做了打扫马粪的苦力。在这里他领略了异国风光和风土人情，接触了被抛出大时代圈外的下层人群。华人驮洋货的马群，傣族驮米的黄牛商帮，抬滑竿的，小商小贩，私烟贩子，偷马贼，都来店里过夜，他便同这些人朝夕相处，听他们讲悲欢离合的故事和稀奇古怪的遭遇。在长途旅行中，他更同沿途的小贩、轿夫同行。住宿在江风吹打的小客店里，或到大庙里去陪伴山神，和那些马哥头一起过夜，他已成为这边地野人群中的一员。1927 年以后的四年，艾芜从缅甸的八莫流落飘泊到仰光。先流浪病倒在街头，后为收留他的和尚万慧法师做杂工。1931 年被当地政府以参加革命活动的罪名关押并遣送回国。显然，青年时代的艾芜，人生道路与沈从文基本相同：正当求学的时代，社会却剥夺了他读书的权利，把他抛进边地的野人群，使他成为流浪者和苦力。

人的社会存在和实践活动决定着人的思想意识的内容。沈从文和艾芜的上述人生经历和自身所处的社会地位，使他们在物质和精神上同当时上流社会完全割断了联系，获得了下层人民的感情与立场。这就为他们成为“平民作家”奠定了基础。

沈从文的家庭与湘西上层社会有千丝万缕的联系。曾任民国总理的熊希龄、土著湘西部队军长田应诏等，都与沈家是亲戚。熊希龄的弟弟湘西贤达熊捷三很看重沈从文，曾有意收他为婿。沈从文靠这些关系是可以爬到上层社会里去的。但六年的下层士兵生活，使他看透了上流社会的腐败，决心与那个腐败的社会阶层实行彻底决裂。他离开湘西土著部队去北京求学，从积极方面看是受五四新文化运动的影响，去寻求救国之路，从消极方面看，则是为摆脱与湘西上层社会的联系，而获得独立人格。因此，到北京后虽陷入严重生存危机中，他也不向熊希龄等上层人物求助。他说：“六年中我眼看在脚边杀了上万无辜平民，……做官的有不少聪明人，人越聪明也就越纵容愚蠢气质抬头，而自己俨然高高在上，以万物为刍狗。

被杀的临死时的沉默，恰像是一种抗议：‘你杀了我肉体，我就腐烂你的灵魂！’……这种腐烂是有传染性的，于是大小军官就相互传染下去，越来越堕落，越变越坏。你可想得到，一个机关三百职员有一百五十支烟枪，是个什么光景？我实在待不下去了，才跑出来，我想读点书，半工半读，读好书救救国家。”（《从现实学习》）到北京后，上述认识更加深了一步。若说六年土著部队的下层生活，使他看清了湘西上流社会，特别是军界上层的腐败，那么到北京后，随着视野的开拓和下层社会生活更深入的体验，他更看到中国整个上层社会的黑暗。他在回忆里这样描绘了当时心目中的统治集团：“武人的理想为多讨几个女戏子，增加家庭欢乐。派人和大土匪或小军阀招安搭伙，膨胀实力。在会馆衙门做寿摆堂会，增加收入并表示阔气。再其次即和有实力的地方军人，与有才气的国会文人叙谱打亲家，企图稳定局面或扩大局面。……至于高级官吏和那个全民代表，则高踞病态社会组织最上层，不外三件娱乐开心事：一是逛窑子，二是上馆子，三是听乐子。最高理想是讨几个小婊子，找一个好厨子。……在这么一个统治机构下，穷是普通的事实。因之解决它即各自着手。管理市政的卖城砖，管理庙坛的卖柏树，管理宫殿的且因偷盗事物过多难于报销，为省事计，索兴放一把火将那座大殿烧掉，无可对证。……卖来卖去，政府当然就卖倒了。”（《从现实学习》）沈从文不仅无情地揭露上层社会的腐败和堕落，而且公然承认自己是与文明的“城里人”具有不同感情，不同性格，不同道德观念的“乡下人”。他在《从文自传》中这样谈到他“下等人”的感情：“我虽然已经好像一个读书人，可是事实上一切精神却更近于一个兵士。到他们身边时，我们谈到的问题，实在比我到一个学生身边时可谈的更多。就现在说来，我同任何一个下等人就似乎有很多方面的话可谈，他们那点感想，那点希望，也大多数同我一样，皆从实生活取证来的。可是若同一个大学教授谈话，他除了说说书本上学来的那套心得之外，就是说从报纸上得来的他那一份感想，对于一个人生命的构成，总似乎缺少一点什么似的。”在另一些文章中他也说过几乎同样的话。

与沈从文相比，艾芜与下层人民结合和同化的行动更为自觉。他是在“劳工神圣”的信念主使下，主动走向下层社会，决心同上层社会决裂的。他后来谈到当时的动机说：“我要凭我的双手、我的劳动走到世界上去。就由于这种对劳工神圣的简单认识，并相信半工半读可以作到，便用一种豪爽和愉快的心情，坦然接受着一个劳动者在旧社会里所能遭到的一切苦难。我六年没有同我家通过信，也没有和同学通过信，我决心跟我那出身的社会割断了联系，就这样投进了人生的大海。”（《艾芜短篇小说集·序》）。艾芜的上述目的终于达到了。六年的南行生活不仅成为他后来创作的最宝贵的最有生命力的源泉，而且使他真正获得下层劳动人民的情感与立场。他说：“我写《南行记》的时候，虽是南行以后好久的事了，但南行过的地方，一回忆起来就历历在目，遇见的人和事，还火热地留在我的心里。而我也并不是平平静静着手描写，而是尽量发抒我的爱和恨，痛苦和悲愤的。因为我和里面被压迫的劳动人民，一道受过剥削和侮辱。我热爱劳动人民，可以说，是在南行中扎下根子的，憎恨帝国主义、资产阶级以及封建地主的统治，也可以说是在南行中开始的，我始终以为南行是我的大学，接受了许多社会教育和人生哲学。我写《南行记》的第一篇的时候，所以标题就是《人生哲学的一课》。"(《南行记·新版后记》)

沈从文和艾芜的劳动人民的立场和感情，体现在创作中便是对于劳动人民主体意识的发扬。所谓劳动人民的主体意识，就是以人民为本位的意识。它在沈从文的作品中，首先表现为"城乡差别"意识。沈从文认为社会上存在两种人，一种是以"乡下人"为代表的下等人，另一种是以"城里人"为代表的上等人，表面看来，"乡下人"是粗野的，"城里人"是文明的，但从道德、人性和生命力的角度看，则"乡下人"要远远优胜于"城里人"。他将"乡下人"与"城里人"作了三方面的对比，结论是：(1) 在道德上，"乡下人"诚实，"城里人"虚伪；(2) 在人性上，"乡下人"具有自然健康的人性美，"城里人"则因金钱和权力的扭曲，表现为人性堕落；(3) 在生命力上，"乡下人"茁壮，"城里人"萎靡。正是在上述比较的基础上，沈从文提出国家民族的重造，必须以"乡下人"为主体的主张。

劳动人民的主体意识在作品中还表现为人物的独立自主意识。在五四以来的乡土文学作品中，下层劳动人民大都是被作为被侮辱与被损害者加以描写的。这些人物的共同特征是不仅在经济剥削下没有生存权利，而且在精神戕害下失去了独立自主意识。沈从文笔下的湘西"乡下人"则都具有独立自主意识。这种独立自主意识在婚姻爱情上表现尤为突出。作者认为"城里人"的婚姻爱情虽打着自由平等的旗号，实质上却不能摆脱金钱与权力的支配，是传统的权衡婚姻。作者在《或人的太太》《或人的家庭》《一个母亲》《第四》等小说中写出这种婚姻的虚伪性和在爱情上丢失独立自主意识的主人公真实的精神状态。在这里，作者的目的不是批判和否定这种婚姻制度本身，而是写在这婚姻制度下人的独立自主意识的丢失。作者认为最美好的婚姻爱情形式是湘西原始性的婚姻爱情形式，因为它充分体现着"乡下人"的独立自主意识。在这自然纯朴的王国里，男女相爱的青年，既不受金钱和权力的主使，也不遵从父母之命和媒妁之言，而是完全凭着自然的条件、独立的意志，通过唱歌定情的方式，自由地选择配偶，独立地决定自己的命运。小说《龙朱》《神巫之爱》《媚金·豹子·与那羊》等所描写的便都是这种原始性婚姻爱情。显然，作者的目的也不是肯定这种婚姻爱情本身，而是肯定通过这种婚姻爱情所表现的"乡下人"的独立自主意识。作者在另一些作品中还写了主人公对于残酷野蛮习俗的反抗(如《月下小景》)，所表现的也正是一种独立自主意识。

在沈从文的湘西小说中，几乎所有“乡下人”，都是具有独立自主意识的性格。他们的独立自主意识，不仅表现在婚姻爱情上，而且也同样表现在人生选择的其他方面，如生命选择(《虎雏》)、命运选择(《丈夫》《贵生》)、事业选择(《大小阮》)等。

艾芜的《南行记》及前期小说中的下层社会的人物，也都是具有独立自主意识的性格。他们的独立自主意识集中表现为一种阶级反抗意识。他作品中写了三种人的形象，一是边地流浪者，二是农民，三是兵士。这三种人个性各异，强烈的反抗意识则是他们的共性。《人生哲学的一课》中的“我”在昆明街头流浪，找工作四处碰壁，最后连唯一的一双草鞋也被人偷去，残酷的社会逼得他走投无路。但他对现实的回答不是屈服和颓丧，而是顽强的反抗。他发出推翻旧世界的呼声，认为“这样的世界，无论如何须要弄来翻个身了”，表示：“就是这个社会不容我立足的时候，我也要钢铁一般顽强地生存下去！”《海岛上》写的青年小偷，同情帮助穷人和弱者，专与富人作对。偷窃是他对于富人专横跋扈的社会进行反抗的手段。《欧洲的风》写为洋人运货的马队反对在山路上夜行而殴打老板的暴力行为。不仅歌颂了马哥头们的反抗精神，并且认为反抗强暴正是这群在险恶环境中生活的赶马汉子固有的性格。《乌鸦之歌》是具有象征意味的作品，其中乌鸦向毒蛇复仇的故事是一曲复仇之歌。作者批判了对仇敌的容忍，认为复仇是人类生存的保证。《荣归》《太原船上》和《两个伤兵》中的兵士，也同样具有反抗性格。《石青嫂子》中的石青嫂子是反抗意识更为突出的农民妇女的典型。地主吴老爷要霸占她的菜园地，软硬兼施，她都不答应。地主放火烧了她的房子，她在山谷野地里守护菜园，决不离去，地主派人将园中菜苗全部拔掉，她便冲到地主门前拼命。最后，地主断绝了她一切生路，她只好带孩子离开山谷，但对生存仍充满信心，把复仇希望寄托在孩子身上。

总之，沈从文和艾芜都是在同下层人民结合同化中获得劳动人民立场与感情的作家。他们的作品不是同五四以来大多数作家那样表现对劳动人民命运的人道主义同情，或从改造国民性出发描写劳动人民的痛苦，而是以人民为本位的思想，完全从正面表现劳动人民的独立自主意识。作为作家，他们不再是不幸的下层人民生活的旁观者，而本身就是这不幸人群中的一员。他们笔下的下层人物形象，也不再是二三十年代乡土作家惯于描写的那类丢失主体意识的悲剧性格，而都是一些主体意识鲜明突出的坚强生命。在五四以后的二三十年代出现的有成就的作家中，他们才是鲁迅所预期的那种真正的平民作家，他们描写旧时代下层劳动人民生活的创作才是真正的“平民文学”。

五四以来的新文学是在中国现代反帝反封建的政治斗争和社会文化思潮影响下产生与发展的。在时代潮流的冲击下，大多数作家都是时代的弄潮儿，他们的作品大都描写着时代潮流冲击圈内的世界。沈从文和艾芜却与众不同，所描写的是时代大潮流冲击圈外的下层人物的世界。这是完全异样的世界。对于这世界的成功描写，开拓了中国现代文学的题材领域，使这两位作家的作品，在文学史上取得不可替代的地位。

沈从文的作品中有两个相对立的世界："乡下人"的世界和"城里人"的世界。但作者着力建构而且写得成功的是"乡下人"的湘西世界。这是一个时代大潮流冲击圈外的特异世界，与时代大潮流冲击下的世界相比，它具有以下三个特征：

其一，封闭性。即看不到时代潮流对这世界的冲击。从20年代到30年代，中国发生了许多政治事件，如五四运动、五卅运动、第一次大革命、"四一二"大屠杀、土地革命等，这些事件对湘西世界似乎都没有什么影响。作者在《菜园》《新与旧》《大阮与小阮》等作品中虽间接透出关于一些政治事件的信息，但并未正面描写这些事件对于湘西世界的影响。在文化上，湘西保持着以鬼神为主宰的楚文化的独立系统，既不受近代工业文明的影响，又没有系统严密的封建宗法制度与思想的统治。在经济上，则尚保留着纯粹的自然经济和清代遗留下来的屯田制。总之，这是一个与现代文明社会隔离的，在政治、经济和文化上封闭的独立世界。作者把它称为"一个被地图所遗忘"和"被历史所遗忘"的地方，一个现代的"桃花源"，在作品中作了精彩描写：

> 那里土匪的名称不习惯于一般人的耳朵。兵卒纯善如平民，与人无侮无扰。农民勇敢而安分，且莫不敬神守法。商人各负担了花纱同货物，洒脱的向深山庄里走去，同平民作有无交易，谋取什一之利。地方统治者分数种：最上为天神，其次为官，又其次为村长同执行巫术的神的侍奉者。人人洁身信神，守法爱官。每家皆有兵役，可按月到营上领取一点银子，一份米粮，且可从官家领取二百年前被官府所没收的公田播种。城中人每年可按照家中有无，杀猪、宰羊、磔狗、献鸡、献鱼，求神保佑五谷的繁殖，六畜的兴旺，儿女的长成，以及疾病婚丧的禳解。人人皆很高兴担负官府所分派的捐款，又自动地捐钱给庙祝或单独执行巫术者。一切事保持一种淳朴习惯，遵从古礼，春秋二季农事起始与结束时，照例有年老人向各处人家敛钱，为社稷神唱木傀儡戏。旱收祈雨，便有小孩子各抬了活狗，带上柳条，或扎成草龙，各处走走。春天常有春官，穿黄衣各处念农事歌词。岁暮年末，居民便装饰红衣傩神于家中正屋，捶大鼓如雷鸣，巫者穿红如血衣服，吹镶银牛角，拿铜刀，踊跃歌舞娱神。
>
> （《凤子》）

其二，原始性。湘西世界是人与自然契合的世界，它的原始性集中表现为人类文化的自然性。首先，在这里较完整地保留有人类文化中各类原始风俗。这些风俗都是现代文明社会里已不复存在的，其中有健康的、顺乎自然人性的风俗（如唱歌定情、谢土仪式等），也有不健康的、悖乎自然人性的野蛮风俗（如沉潭、远嫁等）。其次，这里的自然人都具有原始的生命力。茁壮的生命力形成湘西人粗犷雄强的性格。作者笔下的水手、兵士、猎户和自然女性，便都是具有原始生命力的湘西性格，他们同生命力萎靡的“城里人”恰成鲜明对照。作者认为这些性格是湘西原始性自然环境的产物，正是“那些山同水，使地方草木虫蛇皆非常厉害”（《虎雏》）。再次，作者极力挖掘和赞美湘西世界的自然人性美，而这自然人性实际上也就是人的原始性，其基本特征是情感的朴素和观念的单纯。总之，在沈从文描写的湘西世界里，原始的风俗、茁壮的生命力和自然的人性，构成了一种古朴的人性美，它与自然世界的美境相互交融，显示了湘西世界的原始性。

其三，理想性。湘西世界虽有现实依据，却不完全是现实存在。它是作者以湘西原始性社会形态为参照，按照理想人性所建构的理想王国。作者的目的不是宣扬封闭的原始的湘西文化，而是想以这种文化形态为基础，建立一种理想的生命形式和人生形式，以实现国家民族的重造。显然，通过湘西世界封闭性和原始性社会形态的描写，表现理想的生命形式和人生形式，才是作者的真正目的，而理想的生命形式和人生形式也是作者所构筑的湘西世界实质性内容。正是在这一点上，形成湘西世界与城市世界的鲜明对立：这对立深刻反映了作者的理想与现实的矛盾。作者从改造人性入手实行国家民族重造的理想和以这理想为依据对现实社会的批判，都是通过这对比体现的。

可见，沈从文所描写的湘西世界，决非仅仅是地域的概念，而是一个具有丰富的特定文化内含的范畴。这个世界的外在特征是封闭性和原始性，内在特征则是它的理想性。它像现代的“桃花源”，寄托着作者美好的社会理想。从微观上看，它脱离于时代大潮冲击圈以外，是脱离现实的；从宏观上看，它正是中国现代文化思潮——五四以来的启蒙主义思潮在文学上的表现。

艾芜是以描写边地流浪生活著称的作家。他的《南行记》真实地记录了他青年时代滇缅边地的流浪生活，所描绘的同样是一个时代大潮流冲击圈以外的神奇世界。

滇缅边地由于自然条件恶劣（险山恶水）和地理位置独特（两国交界处），向来就是统治阶级政治经济统治最薄弱的地方，也是那些在现代文明社会生存不下去而又敢于铤而走险的一切“强人”的乐园。在这里生存仍充满艰险，但对于那些在文明社会求生无门的“强人”，却是一条生存的夹缝。于是，他们被文明社会无情地抛弃后，便都纷纷聚集到这夹缝里来，在新的环境里进行着生存斗争。他们的过去大都有一段悲惨遭遇。《松岭上》中在深山老林间挑货郎担子的白发老人，二十年前原是地主的长工，地主霸占了他的妻子，他一怒之下杀死地主，与妻子便逃到深山老林。《瞎子客店》中的瞎子，原是地主家的仆人，年轻聪明，因与丫环一起学戏、要好，而遭迫害。他与丫环落入江湖以唱戏为生，又被军官弄得家破人亡，双目失明。尔后，他才逃出虎口在强人出没的边地开店为生。生活在这里的其他人，虽然多从事不正当的职业，如偷马贼、烟贩子、小偷、强盗、商人保镖、小商贩等，但原来并非坏人，他们从事不正当的职业，是社会逼迫的结果。

由于这个世界是由上述强人构成的，所以便具有与文明社会及上等人的对立性。这是时代大潮流冲击圈以外的强人的自由世界。《山中送客记》中的偷马贼大老杨，结成一伙兄弟，专与文明社会里的上等人为敌。他们所唱的歌就是对强人世界的颂词："说荒唐来就荒唐，不纳税也不纳粮，碰着官儿还要打他的耳光！呵呵！到处都是我们的天堂！呵呵！到处都是我们的家乡！"《偷马贼》中的老三，"个子小"，"又黄又瘦"，找工作四处碰壁，当了偷马贼后，则"吃得油光满面"，由被人鄙视的草芥，跃身变成山谷中人们敬畏的人物。当"我"不理解他的选择时，他作出富有哲理的回答："我们这辈子人，一落下娘胎，就连针尖大的地方也没有。双肩抬一张嘴巴，谁也不让你插下足去。到处都听着这样的话：这是我的呀！老哥，请让开！……这世道简直岩石一样，总是容不下你我干鸡子！……我该怎么样呢？……只要裂出一条缝，我就要钻进去。……一个精灵鬼走尽天下，为了什么呢？不管他怎样花言巧语，骗不着我的，无非寻那裂缝罢了。……从明天起，在这横顺几百里内，吃吃喝喝，谁敢不赊我老三的账呢？……这就是我老三寻着一条裂缝，钻进去了。"其他如《欧洲的风》《山峡中》等作品，也都写了强人与文明社会的对立。

强人世界与文明世界的对立，更内在的表现是它的自然性。在这里，文明社会里的政治、道德、伦理原则，都失去效力，而支配人们行为的是自然选择法则。在这法则支配下，生存斗争显示了它的残酷性。《山峡中》里的小黑牛，本是个善良农民，加入偷盗团伙后，仍是个弱者，在一次行窃中因失手被人打伤，同伙发现他有反悔动摇之意，便在夜间将他抛入江中杀害。这对同类的残害，正表现了生存斗争的残酷性。与这种生存斗争的残酷性行为相适应的是，这些强人都具有很强的生存斗争意识。这个偷盗集团的首领（"老头子"），在教训那指责他杀害小黑牛的小伙子时就讲出一套强人的人生哲学："对待我们更要残酷的人，天底下还多哩，……苍蝇一样的多哩！天底下的人，谁可怜我们？……个个都对我们捏着拳头哪！……在这里，懦弱的人是不配活的。""吃我们这行饭，不怕挨打是本钱哪！……没本钱怎么做生意呢？""我们的学问……一句话，就是不怕和扯谎！"这人生哲学是这特殊世界中那些被文明社会抛弃的所有强人的行为准则。它产生的理论根据是自然世界的自然选择法则,现实根据则是文明社会里残酷的阶级压迫。自然选择阶段本是人类发展中的野蛮时期,从这个时期进入伦理原则支配的文明时期,是人类的巨大进步。但残酷的阶级压迫却把被压迫阶级的一部分从文明社会中抛出,使他们重新陷入生存竞争残酷激烈的野蛮时代。因此,作者笔下的强人世界及其生存斗争的残酷性,正是由文明世界及其阶级压迫的残酷性所造成。从这两个世界的因果联系中,不难看出作者描写强人世界的深刻用心。这便是通过时代潮流冲击圈外的强人世界生存斗争的残酷性,间接地表现和批判时代潮流冲击圈内的文明世界阶级压迫的残酷性。

无论沈从文建构的湘西世界,还是艾芜描写的滇缅边地的强人世界,在中国现代文学史上都具有重要的文学意义。

1993年：

生命哲学的寓言*

——沈从文小说集《月下小景》

沈从文的小说集《月下小景》创作于1932年至1933年，集中9篇小说，除作序的第一篇外，其他均为《法苑珠林》中佛经故事的新编。这些新编故事和原佛经故事一样，都不是按照真实性原则描写现实人生的小说，而是寄寓哲理的寓言，不同的是原佛经故事所寄寓的是佛教哲学，而新编故事所寄寓的则是沈从文的生命哲学。沈从文的生命哲学是爱与美的哲学。它把人分为“生活”的人和“生命”的人两种。“生活”的人，不脱动物本性，所求为食与性的满足，虽有所爱，但这爱的基础不外是情欲，由于目标容易达到，所以常常陶醉于生活的完美和幸福中而成为惰性十足、无所追求、丧失生命力的“阉人”；“生命”的人则是脱离动物性而具神性的人，这种神性就是对抽象的爱与美的追求。生命哲学的基本观点是认为对抽象的爱与美的追求是生命的基本属性，也是生命力的源泉。所谓抽象的爱就是对抽象美的倾心与追求；而抽象美则是指令人永远崇拜和倾心的“美丽、清洁、智慧，及人类幸福的幻影”(《篱下集·题记》)。生命哲学是企图通过对爱与美的追求激发生命力和牺牲精神的哲学。作者倡导它的目的是实现国家和民族的重造。他说：“我实需要一种美和爱的新宗教，来煽起更年青一辈做人的热诚，激发其生命的抽象搜寻，对人类明日未来向上合理的一切设计，都能产生一种崇高庄严的感情，国家民族的重建问题，方不至于成为具文、为空话。”(《废邮存底》)。《月下小景》就是基于上述目的而创作的。

一

《月下小景》的第一篇是全书的总纲。虽非取材于佛经故事，但含有佛经哲理的韵味。其他八篇，均为《法苑珠林》中佛经故事的改写。《法苑珠林》是一部宣传佛教教义的书。其中的故事都是作为佛教教义例证创作的。《月下小景》选取其中

---

* 《聊城师范学院学报》1993年第3期。

的十二个故事加以改编，除写在《寻觅》一篇中的故事是根据原来三个故事重新结构成的外，其他九个故事都较完整地保留了原故事的人物和情节，只是改编后的思想内容已完全不同。原来的九个佛经故事分别寄寓着佛教哲学中禁欲主义、博爱主义、因果报应等内容，是佛教哲学的寓言。佛经有“三学”：戒学、心学和慧学。戒学中又有五戒：戒邪淫、戒杀生、戒偷盗、戒妄语、戒饮酒。其中淫邪被作为五欲之首而加以禁戒。所以，宣传禁欲主义是这些佛经故事最突出的内容。《月下小景》据以改编的佛经故事中，有三篇是宣传禁欲的(第一篇是《奸伪》(选自《法苑珠林》30卷，《士女篇》《俗女部》)，写的是舍卫城中一对青年男女因情欲冲动而肇祸的故事，主旨是告诫人们：淫为祸之源。《月下小景》的作者将这个故事改编成爱情悲剧，题名为《弹筝者的爱》。其主旨也与原作相反，由诅咒情欲而变为颂扬爱情的高尚。另一篇题名也是《奸伪》(选自《法苑珠林》92卷，《十恶篇》《邪淫部》)，写一位以漂亮自豪的年轻国王与另一婚配不久的美男子，同因发现夫人与别人私通，认识到女人与邪淫不可分，而出家剃发作沙门，终于成佛。这故事所昭示的则是：女人是邪恶之源。《月下小景》中据此改编的故事题为《女人》，意义不再是诋毁女人，而是通过女人的行为探索爱情这一生命现象的秘密。第三个故事是《诃欲》(选自《法苑珠林》88卷，《罪福篇》《五欲部》)，写佛心与淫心之搏斗，引出的教训是：淫心根深蒂固，即使得法的修士，也有复萌的危险，必须严加提防。《月下小景》中的《扇陀》即在上述故事基础上写成，完全改变了原作的寓意，将淫女扇陀写成爱与美的化身。

《月下小景》据以改编的故事中，有三篇寄寓的是博爱主义内容。佛经宣扬的博爱是一种泛爱，即不仅施爱于苦难中的众生，而且施爱于敌人和非人的一切生灵。体现这博爱主义最直接的行为是布施。《通施》(《法苑珠林》97卷，《六度篇》《布施部》)写的是叶波国太子须大拿布施不休，终于成佛的故事。《月下小景》中《慷慨的王子》实是《通施》的文言今译，情节基本没有改动。但从故事后的议论可见译者并不赞成无原则的布施，而认为向怨敌布施，如同以身饲虎，貌似扬善，实为纵恶。

博爱主义在佛经中被具化为佛心的大慈大悲。这慈悲虽常表现为物质的布施，但也往往通过精神之光对心灵的普照更深刻地显示出来。这精神之光便是佛心对于苦人和罪人的同情与宽宥。《月下小景》的作者从《法苑珠林·慈悲篇》中选取的王子宽宥其叛妻与情敌的故事，便颂扬了佛的慈悲。这篇颂扬佛心慈悲的故事在《月下小景》中也被改写为主旨完全两样的作品，题目是《被刖刑者的爱》。

博爱主义体现在佛子规范方面，便形成种种戒律，其中戒杀生是突出的一项。所谓戒杀生就是要求自己既不杀生，也反对别人杀生。反对别人就往往要付出牺牲。所以写戒杀生的佛经故事,大都表现为一种根于爱的牺牲精神。在这类佛经故事中被佛子们奉为绳范的是菩萨舍命救鸽的故事。在《法苑珠林·持戒部》中有一篇比丘舍命救鹅的故事与其相似。这个故事在《月下小景》中被改编为《医生》,所歌颂的不是比丘的守戒,而是医生的牺牲精神。

在作者选取的佛经故事中,还有两篇是宣传因果报应的。一是鹿女生千佛的故事(《法苑珠林》36 卷,《神异篇》《胎孕部》)。故事最后特别点明,鹿女前世本是贫家女子,因田间锄草时向乞食的辟支佛慷慨施舍食物而打动佛心。她在现世能生千佛并成为国王第二夫人,都是佛的赐予,前世善行的报应。这个宣传因果报应的故事,在《月下小景》中被改写成《一匹母鹿所生的女孩的爱》,鹿女在作品中成为抽象美的化身。其二,是龟因恶言遭恶报的故事(《法苑珠林》99 卷,《六度篇》《恶德部》),这篇典型的寓言,在《月下小景》中被写进《猎人的故事》,内容改动很大。

在佛经故事中,佛常被描写为智慧的化身。盗窃国库的甥舅与国王斗智的故事(《法苑珠林》41 卷,《潜遁篇》《引证部》),就表现了佛的智慧,其中甥是佛的化身。故事是甥舅二人盗窃国库,舅死甥逃,国王捉甥,结果,甥做了临国王子,并向国王提出亲事,国王为其智慧所折服,便将女儿许他为妻。在《月下小景》中,这个故事是由一个农民讲述的,其中的甥变成均富济贫的英雄。

《月下小景》中的《寻觅》一篇是根据三个佛经故事的材料写成的。其中关于郁单越国的神奇描述(《法苑珠林》一卷,《劫星篇》《四洲部》)是主要依据。故事中的郁单越国是自然和谐、美丽神奇、欢乐富足的仙境,令人感到可望而不可即。《寻觅》中吸引朱笛国国王去寻觅的白玉丹渊国的神奇境界,大致来自上述对郁单越国的描述。

作者为使这些故事成为生命哲学的寓言,对原佛经故事作了以下三个方面的改造:

首先,改变人物的行为动机。在《寻觅》据以改编的佛经故事中,国王出家是为了修道成仙,而在新编故事中,朱笛国国王和那位到朱笛国寻访的人,其离家去国的动机却是为了改变国家的现状寻找治国之道和人生真理。《刖刑者的爱》中的两个王子,在原佛经故事中是被驱逐出国的,他们的杀妻是弱肉强食的现象,而在这里,不仅出国远行的动机改为不安于本国的落后而想向先进国家学习"做人观念与治国方法",而且弟媳的被杀也改为自杀,从而成为为事业捐躯的行为。在《医生》中作者将原作中的比丘改为医生,行为动机也被改变:比丘是为守戒而受苦;医生则为追求理想的性格美而自觉培养牺牲精神。《一个农夫的故事》中甥舅行窃目的也与原佛经故事截然不同:在原佛经故事中行窃是为解决个人贫困,在这里则是为救济陷于灾难中的人民。人物的行为动机往往直接揭示着故事的主旨,即作者想通过故事所要寄寓的思想，因此，它的改变，必然引起故事主旨的改变。

其次，改编故事情节。《弹筝者的爱》所据以改编的原佛经故事（《奸伪》）只有弹筝者与打水妇人井台相遇的情节，结尾是婴儿的死引起妇人的伤痛。新编故事却增加妇人月夜闯进弹筝人的住所，向他求爱和遭拒绝自缢而死的曲折故事。这一改变，把情欲上升为抽象的爱。《一匹母鹿所生的女孩的爱》原主要情节是鹿女成为国王第二夫人后因大夫人陷害而遭弃，终于复得其宠的过程，以鹿女回宫重作第二夫人作结。新编故事增加了一个出人意料的结尾：鹿女在平冤昭雪重获国王夫人身份后竟因仇恨衰老而自杀。《扇陀》中被扇陀以情欲征服的鹿角仙人，在原故事中是重回山林修行，复得神通，在这里的结局则是失掉被唤起的爱情而痛苦致死。《猎人的故事》原只有一个“雁衔龟去”的简单情节，新编故事把龟和雁作为两种生命类型加以描写，增加了大量对话和细节。

再次，改变故事前后议论的内容。原佛经故事都是作为佛经教义的形象例证编制的，每个故事前后都有一段议论，前者讲述教义，后者揭示故事与教义的联系。《月下小景》采用《十日谈》的形式，在故事前后也每有一段说故事人和听故事者的议论，但这些议论不再是宣扬佛经教义，而是揭示故事所寄寓的新主旨，或对原佛经故事所包含的思想加以修正。如《慷慨的王子》对原故事情节基本未改动，但在故事结束后写了一段猎人的议论，对故事中太子向敌国布施的行为作了批评。

《月下小景》就是经过上述改造的佛经故事。由于作者的思想和艺术修养是全新的，所以这新编故事也就成为全新的创造。它不但寄寓着新的内容——生命哲学，而且有着完整的形式——新《十日谈》的形式。

二

作为生命哲学寓言的《月下小景》，其中心内容是写生命对于爱与美的追求。集中九篇作品所包括的十一个故事，多属情爱和人类爱的主题。

和禁欲的佛经相反，《月下小景》把情爱作为美加以颂扬，认为以抽象美为基础的情爱是生命力的源泉，它可使生命超生入死。

《月下小景》中写情爱的故事共五篇。作为“新十日谈之序曲”的《月下小景》是全书的开篇，也是这类情爱作品的总纲。其他四篇是《被刖刑者的爱》《弹筝者的爱》《一匹母鹿所生的女孩的爱》和《扇陀》。

作为序曲的《月下小景》是象征性作品。一对情人中的男性傩佑是生命的象征，而女子则是抽象美的化身。他们的恋爱表现的是生命对于抽象美的执着追求。

这种追求以殉情为归宿，显示了生命超生入死的力。小说写的爱不是完全建立在情欲基础上的具体的性爱，而是以对抽象美的热烈追求为特征的抽象爱。这种爱的前提是爱的主体对所爱的对象进行美的抽象，通过抽象由具体的相对的不完全的美而升华为抽象的绝对的完全的美。作品中使傩佑倾心的女子就是被主体抽象了的美的化身。

在作品中首先被作为美加以抽象的是那位女子生存的环境。不写她的家世、身份，舍弃了她爱情生活的具体内容，甚至连她的名字也因其具体性而被删去。在作者笔下，她不再是尘世中具体的女性，而是具神性的伊甸园的夏娃。她真实的生活环境充满世俗的丑恶，是生命的囹圄，爱与美的地狱，但作者仅对这丑恶世俗做了概括点示，而着力描绘和渲染的却是被主体抽象了的自然美的世界。这个美的世界是通过一对情人约会的山间月夜展示的。其中作为主体形象的月光代表着抽象美。它如宇宙的灵光，沐浴万物，照彻一切。山间的古堡、嘉树、草虫、流水、萤火和陶醉其间的一对青春似火的生命，都在月光下显出动人的倩影。月光的自然属性是和谐、温柔、冷静。在作品中这些属性被赋予抽象美的意义：和谐是诗美与音乐美的抽象；温柔是爱的情感美的抽象；冷静则是智慧美的抽象。

其次，作品集中描写了在月光美的映衬下女子的美丽，这“美丽”也仍然是抽象美。它的特征有二：其一是神性，即超人间性。作者曾以作品中女子的口用没有“家”来比喻这种美丽的超人间性，说：“美丽都用不着家：流星、落花、萤火、最会鸣叫的兰头红嘴绿翅膀的王母鸟，也都没有家的。谁见过蓄养凤凰？谁能束缚月光？”在作者笔下，这女子的美丽，正有这种超人间性。其二是价值的无限性。作品中的女子是与抽象的美丽化为一体的，价值无限的抽象美的化身。在傩佑眼中女子的价值是无限的：她“是一切：是光，是热，是泉水，是果子，是宇宙的万有”，为了同她接近，宁愿“同这个世界离开”。

《月下小景》还通过象征生命的傩佑对抽象美的热烈追求，将情爱升华为抽象爱。抽象爱的特征是：(1) 以抽象美为基础，不是以食与性为内容的动物性欲望，而是以抽象美为目标的神性追求；(2) 这种对于完美的无限追求同有缺陷的有限性现实总处于矛盾对峙状态，其结果往往因现实的巨大阻力而酿成爱的悲剧。《月下小景》中的殉情，就是具有上述特征的爱的悲剧。在这悲剧中，生命肉体为追求爱的永恒而死亡，生命的情感却因肉体的死而挣脱现实的羁绊与压迫，“轻翥高飞，翱翔天外”，进入自由之境，成为永恒。它所揭示的生命哲学是：“爱与死为邻”（生命为爱的追求而死，爱则因死而永生），“抽象的爱亦可使人超生”（爱是生命力的源泉，对于抽象爱的追求可以使生命超生入死）。正是这一深刻的哲学寓意，使这篇作品成为其他爱情故事的总纲。

《弹筝者的爱》是写抽象爱的典型作品。作品中唤醒妇人爱情的筝声是抽象美的象征;为之倾心,陶醉乃至献身的美丽妇人则是抽象美的追寻者,她对弹筝者的爱,不再是一般以情欲为基础的情爱,而是以抽象美为基础的抽象爱。妇人是二十岁的漂亮寡妇。容貌如仙如神,爱她的男子极多,只是他们的"阿谀"、"奉承"和"情欲的眼睛"都无法打动她的心。她的爱情"似乎早已随丈夫埋葬在土中去了"。但一个五官残缺的弹筝人却无意中用美妙的筝声唤醒了她沉默多年的爱心。但是,她这种爱的观念却与世俗的观念格格不入,爱的悲剧便成为必然结果。妇人以身殉爱的事实反映了抽象爱与世俗的对立,说明对抽象美的追寻是生命不可逆转的属性。

《一匹母鹿所生的女孩的爱》中美丽绝伦的鹿女也是抽象美的追寻者。她的情爱基础既不是单纯的情欲,更不是道德名分,而是生命的青春美。她本是山中母鹿所生的自然之子,在十六岁时以青春的美丽征服了国王的爱心,成为被"恩宠异常"的王后。不久引起其他嫔妃的嫉妒,终于被陷害逐出宫廷为民。二十年后,她又恢复了王后的身份,重新得到了失去的权位与尊宠,陷害她的仇人也被国王烧死,但她却因自己青春美丽的消失而痛苦以致自杀。因她认为自己生命的青春美是赢得国王宠爱的基础,如今失去的青春再也不能恢复,衰老已成为她爱情最大的仇人。为爱情的永存,为把青春的美丽永留在爱人的记忆里,她毅然放弃了生。她的自杀是以身殉美的行为。

《被刖刑者的爱》通过两个妇人爱情的不同归宿,表达了作者的情爱观。他认为从文化史的角度看有两种不同等次的爱:其一是低级的爱。它以单纯的情欲为基础,从生物学角度看是合理的,但由于目标容易达到,其结果往往使生命在无所追求中由懒惰而趋萎靡。这是"阉人"的爱。其二是高级的爱。它以抽象美为基础,使人们永远在对理想和美的追求中,不断焕发和增强其生命力。这是作者所追求的抽象爱,是理想主义的爱。它是生命力和牺牲精神的源泉。

《扇陀》是反禁欲主义的故事。其中的美女扇陀代表爱与美。仙人代表佛法。美丽如仙的扇陀能制服神通广大的仙人,所靠的是爱与美的力量。因为爱与美的追求是生命的属性,这属性直接表现为爱欲,它一旦被唤醒,生命即因燃烧而焕发出不可阻遏的力。作者企图说明:追求爱与美是生命的基本属性,即使在佛教禁欲主义戕害下似乎失掉五欲的仙人,这种生命的欲望也会被重新唤起,并且一旦唤起,就至死不渝。

从上述5篇爱情故事可以看到,沈从文生命哲学的基本点是生命力论。它把生命力看作生命对于抽象美倾心和追求的必然结果。抽象美具有绝对性,完美性,它与现实的矛盾性是永恒的。当生命对抽象美的执着追求受到现实阻挠而形成生死悲剧时，生命中喷发欲出的爱的欲望便因与现实撞击而燃烧。作者认为生命的燃烧是美的极致。爱的欲望在燃烧中焕发出对现实的巨大抗击力，其强大程度使生命超生入死，进入自由驰骋的绝对境界。这是爱的升华。以此，作者对爱作了如下的哲学的抽象："爱与死为邻"；"抽象的爱，亦可使人超生"(《潜渊》)。

《月下小景》中另外一些故事(如《慷慨的王子》《医生》《一个农夫的故事》等)表现了人类爱的主题。人类爱也是以抽象美为基础的抽象爱。作者认为生命的价值往往是通过牺牲自我体现的，而抽象的人类爱则是牺牲精神的源泉。

在以人类爱为主题的作品中，《慷慨的王子》最有代表性。作品中的太子须大拿是典型的人类爱者。为解除人类的苦难和冤仇，他慷慨布施，不惜牺牲珠宝和王权，甚至施舍掉爱妻与子女。他不仅施爱于本国臣民，而且施爱于敌国冤家。他的施爱做到了大千平等，无偏无私。他夸张的行为所表现的对于人类的爱已不再是盲目的宗教感情，而是一种伟大理性的外现。这理性便是生命对于理想人格美的执着追求。太子入山后与隐士有一段富有哲理性的对话。隐士问他："所求何事？"回答是："别无所求，想求忘我。"这"忘我"便是太子所追求的理想人格美，也是作者要揭示的人类爱的深层内涵。歌颂忘我的理想人格美和基于这种人格美的彻底牺牲精神，才是这篇故事的深刻内蕴。

《医生》中的医生也是理想人格美的自觉追寻者。他认为只有那些在人格上达到无私无我的神性境界，自觉为人类牺牲自己的人，才真正实现了生命的价值；而无私无我的人格美的形成，则赖于牺牲精神的反复体验。他舍身救鹅的行为体现着上述动机。把人类爱建立在"无私"人格美的基础上，又将牺牲精神的反复体验看作通向"无私"境界的途径，这是此篇作品对生命哲学内容的深入发展。

《一个农夫的故事》阐述的仍是爱与美的哲学。只是这里的美不再是人格美，而是智慧美。甥是智慧的化身。他行为的动机说明生命的智慧源于爱(主要是对平民的爱)。他对国王的胜利显示了智慧美对生命的强大吸引力。(国王的失败不是因被他的机谋压倒，而是为他的智慧美而倾心和折服。)

《寻觅》和《女人》的寓意与上述三篇不同，写的是爱与美同生命的关系，其结论是：生命对爱与美的追求是无止境的。

《寻觅》写的是生命对抽象美的寻觅。这抽象美是"人类幸福的幻影"。作品中的第一个寻觅者本是百万富翁的独生子，不仅家缠万贯，而且娶了公爵的漂亮的女儿为妻，还承袭一个受人尊敬的爵位。他"仿佛是人类中最幸福的人"。但从大风吹来的实物和一本古书上他发现了西方竟有一个生活最为富足神奇的朱笛国。这幸福的幻影唤起他寻觅的强烈愿望，对眼前生活立即失去光彩和兴味。他终于舍弃财富经三年跋涉找到那个西方的天国，但发现他所倾慕向往的朱笛国确如古书上写的那么“豪华盖世”，但作国王的还不满足，竟也与他同样的原因，离开王位，去国外三年，去寻觅比本国更加美好的“白玉丹渊国”。令他惊异的是，国王到白玉丹渊国后，也有与他同样的发现：在那幸福的仙境里，人的欲求也仍然不能满足，几乎所有的人都为“死”的不可逃避而忧惧和痛苦。这忧惧和痛苦孕育着生命为求生而必然进行的新的寻觅。上述故事说明，对于人类幸福幻影的执着追求表现着人类爱美的属性，由于这幸福的幻影具有抽象美的无限性，所以生命的追寻也永无止境。

《女人》的寓意与《寻觅》几乎相同，是通过女人爱情的转移说明：生命对于爱的追求是无止境的，爱只能在不断追求中更新和发展，而决不会在幸福中满足，满足就意味着生命力的萎靡或爱的转移。

《猎人的故事》寓意也与生命哲学有关。它提出了生命的全面发展问题。其中的雁鹅和乌龟分别代表着生命发展中实践力和思维力两个偏面。作者认为这两方面的结合才是全面发展的生命。

总之，《月下小景》中每个故事的具体寓意虽各不相同，但在总体上却较完整的概括了生命哲学的以下内容：

(1) 对爱与美的追求是生命的属性。这追求是无止境的。

(2) 生命力根于爱。抽象的爱可以使生命出生入死；生命的智慧和牺牲精神都由此而产生。

三

沈从文是具有启蒙主义思想的现代作家。他虽然在五四以后才登上文坛，但却是五四时期以鲁迅为代表的启蒙主义思想传统的最忠实地继承者和恪守者，他的生命哲学就是启蒙主义发展的产物。

五四时期的启蒙主义者，大都是在西方现代文化思想影响下具有爱国主义思想的文学家，鲁迅是其中最杰出的代表。他的基本观点是：人性的优劣决定着民族的兴衰和存亡。因此立国必先“立人”。其途径便是以文学为工具，从改造人性入手改造社会。他以理想人性为尺度对中国国民性作了深入周密的分析，得出的结论是，在封建礼教和家族制度长期统治下人性被严重扭曲，扭曲的结果便形成国民性(国民精神)的劣根性：自私、愚昧和卑怯。由此出发，他把人性改造的思想具化为改造国民性的主张，并贯彻在他五四时期的文学创作实践中。鲁迅改造国民性的目的是建设理想的人性，但从他五四时期的实践内容来看，其重点是对病态人性

(国民的劣根性)及其根源(封建传统思想道德)的揭发与批判。关于理想人性的建设,却尚未及实行。他曾支持和宣传过蔡元培以美育代宗教的主张,为教育部起草了《拟播布美术意见书》,企图以美育建设人性。但这主张并未真正付诸实行就夭折了。他虽在批判封建道德和人生哲学时,提出过一些新的道德人格标准,但其内容主要是叛逆和反抗,旨在挣脱思想牢笼,求得人性解放。可见,以鲁迅为代表的五四启蒙运动,具有鲜明的批判色彩。它肩负的历史使命是解放人性,而非人性的建设。在中国现代思想启蒙运动史上,它还仅仅是第一个时期:"人性解放"的时期。

20年代以后,随着马克思主义思想的传播与实践,鲁迅等五四时期的启蒙主义者都先后接受了马克思主义,以阶级论和社会革命论的观点看待人性解放问题,认识到人的解放归根结底是社会的解放,没有整个社会经济制度和政治制度的彻底变革,人性的解放是根本不可能的。因此,他们都自觉地肩负起文学为阶级斗争和民族解放服务的神圣使命,而对人性的改造和建设问题,则往往持否定或怀疑态度。只有少数作家坚持和发展着启蒙主义传统,继续把人性的改造和建设作为文学的使命,进行积极探索和实践。后来被称为京派的作家群就具有这种倾向,沈从文是他们的代表。沈从文的文学观具有鲜明的启蒙主义特色,他和五四前驱者一样企图从人性改造入手实行国家民族的重造。他认为国家民族衰败的原因是人性的堕落导致了生命力的萎靡。因此社会的改造必须从理想人性的建设开始,而其途径则是以爱与美的新宗教唤起生命对抽象爱与美的追寻,以达到增强生命力和焕发牺牲精神的目的。他的生命哲学就是由此而产生的人性建设的哲学。它的产生标志着启蒙主义已发展到第二个时期:人性建设时期。

沈从文的生命哲学较集中地表现在《月下小景》中,与佛教哲学在内容上存在一定的联系。生命哲学与佛教哲学虽是性质不同的两种世界观,但生命哲学的一些内容却是对佛教哲学的批判继承。从根本意义上讲,佛教哲学也是一种生命哲学,它认为欲望是生命的自然属性,也是生命苦难的根源。生命获得解脱和永生之道是成佛,即从有我之境进入无我之境。其途径有二:其一是禁欲;其二是博爱。沈从文对佛教哲学中成佛出世的消极世界观和违背自然人性的禁欲主义是否定的,但对其中关于爱与美以及无我人格的追求等内容却有批判继承。

他首先加以批判继承的是博爱。《月下小景》中的新编故事大都对原佛经故事从思想内容到故事情节都作了全面改动,而唯有两个宣传博爱的故事(《医生》和《慷慨的王子》)几乎是原故事的今译。虽在故事后议论中对其中人物的个别行为有非议(如王子向敌国布施大象的行为),但对故事所寄寓的博爱思想——"广博伟大悲悯的真诚的爱"却是由衷折服和首肯的。沈从文的生命哲学是在佛教哲学中博爱主义的启发下并吸取其中的精粹神髓而提出的“爱与美的新宗教”。

其次，沈从文生命哲学中关于抽象美和抽象爱的观念，也是在佛教哲学的影响下提出来的。生命的欲望概括起来包括物欲和灵欲两个方面。抑物欲而扬灵欲，是佛教哲学的基本原则。在佛教中灵欲是崇高的精神追求，其极致是“无我”的佛心，这实际上是生命对抽象美的追求。爱作为一种灵欲，在佛教哲学中也都是以崇高人格美的执着追求为内容。沈从文把这种以抽象美为基础的爱叫作抽象爱，认为佛教哲学抑物欲、扬灵欲，实质上是一种生命意识的觉醒，使生命摆脱物欲支配下的动物性生活，而进入神性的追求，在对于抽象爱与抽象美的无限追求中显示其自身的价值。正是基于上述认识，作者形成生命哲学的第一个观念：生命的基本属性是对抽象的爱与美的追求。依据这一观念，他将生命的形式分成两类：其一，由“生活”的人组成的自然生命形式。这些人不脱动物本性，生活的欲望是求食与性的满足，而对抽象的爱与美毫无感受能力，更无追求兴趣，只有“生活”而无“生命”。其二，由生命的人构成的理想生命形式。这些人的欲望已不是食与性的满足，而是对抽象的爱与美的追求。作者说：“金钱对‘生活’好像是必需的，对‘生命’似不必需，生命所需，唯对于现世之光影疯狂而已。”（《潜渊》）这生命的基本属性在他们身上得以充分体现。

再次，佛教哲学所奉行的牺牲精神也是生命哲学批判继承的内容。在佛教中博爱慈悲和一些戒律的实践都是自我精神和物质的牺牲。这牺牲行为或者表现为物质布施（《慷慨的王子》）或者表现为舍生救助（《医生》），或者表现为对恩将仇报者的宽宥（《刖足者的爱》），其精神和情感的动力都来自抽象爱。沈从文不仅肯定了佛教的牺牲精神，而且从佛教哲学的实践中看清了爱与牺牲精神的必然联系，获得规律性认识，从而形成生命哲学的第二个观念：生命力根于爱，抽象爱是牺牲精神的源泉。

沈从文的生命哲学虽从佛教哲学中接受了爱与美的观念，但爱与美的内容却与佛教不同。首先，爱的内容不同。佛教的爱是博爱。它在内容上有两个特点：其一，体现大千平等的原则，施爱于包括众生在内的一切生灵。其二，遵循禁欲主义原则，将情爱视为情欲和邪淫而加以禁绝。生命哲学中的爱则包括情爱和人类爱两方面内容。在佛教哲学中被视为情欲的情爱与博爱是丑与美的对立关系，生命哲学中的情爱与人类爱则是统一的关系，它们都是建立在抽象美的基础上的抽象爱。通过对爱与美的抽象，把自然情爱升华为抽象爱，是生命哲学中情爱在内容上的突出特点。至于人类爱的内容则比佛教的博爱更具时代和社会的具体性。它不再是波及一切生灵的没有时代和社会内容的泛爱，而是基于爱国主义、民主主义和人道主义思想的伟大情感，一个现代中国伟大启蒙主义者的爱。其次，美的内容不同。佛教的美是人格的抽象美,“无我”是这种人格美的理想境界。一切修行的目的都是为了这一人格美的完成(即成佛)。生命哲学中的美,内容则更为具体和广泛。它主要包括以下三个方面：其一,是美丽。它是指宇宙中能唤起生命美感的光影形线。作者认为这种光影形线是宇宙本体的象征性外观,显示着宇宙的智慧和造化与有生的完全,因此将审美引入一种崇高的“圣境”。其二,是人类未来的理想。这是沈从文作品中最具社会性内容的抽象美。沈从文是理想的启蒙主义者,总把对理想的追求作为衡量生命价值的重要标准。并认为文学的社会职能就是用“爱”与“美”唤起青年“对于更好的明天或未来人类的崇高理想的向往”和激发他们“为追求理想”的“牺牲”心(《潜渊》)。在《月下小景》中,这理想被具体化为“人类幸福的幻影”;在《边城》中这理想被具化为由爱沾结的人生形式。其三,是美的人性。人性美是生命哲学中抽象美的核心内容,也是沈从文在创作中要表现的中心主题。对人性美的追求,在沈从文的小说中是通过对两种人性的描写体现的。一是“城里人”被金钱和权力扭曲的病态人性。在这里,对人性美的追求是通过批判间接表现的。二是“乡下人”的自然人性。在这里,对人性美的追求,直接表现为对自然人性的肯定。

沈从文的生命哲学是人性论哲学。它和整个中国现代资产阶级启蒙主义一样,在社会实践中明显地表现了它的局限性。首先,同马克思主义的阶级论相比,它缺少历史的具体性。用辩证唯物主义观点来看,在阶级社会里,作为社会关系总和的人,除自然性外根本不存在抽象的人性,而具体的人性都打上深深的阶级烙印,即都带有不同的阶级性。因此,人的阶级性也就是历史的具体的人性。只有从这具体的人性出发才能正确地辨别和确认人性的善与恶,人格的美与丑,情感的真与伪。生命哲学由于不可能反映人性的历史具体性,也就不可能正确地区别人性的真善美与假丑恶。正是这历史局限性,使它终于逐步被阶级论所代替。其次,生命哲学的局限性还表现为它缺少实践性。作者提倡生命哲学的目的是企图以文学为工具,通过改造人性的途径实现国家民族的重造。但中国现代历史发展的实践充分证明,这种先解放人性后解放社会的路子是根本走不通的,恰恰相反,人性的真正解放只有通过彻底变革经济制度和政治制度的革命实践才能实现。因此,在革命的时代,文学家必然要自觉或不自觉地肩负起为政治斗争服务的历史使命,而在这时过分强调和恪守文学改造人性的启蒙主义主张,将不但难以付诸实践,而且还会因其不合时宜而受到时代潮流的冲击。

郭沫若与中国文化现代化*

——纪念郭沫若诞辰百周年

从鸦片战争到五四运动的八十年是中国文化转型期。中国文化在此完成了由传统型向现代型的历史转变。作为这历史转变完成的标志便是由一批新型的具有现代化特征的知识者组成的文化队伍的产生。郭沫若正是这支新文化队伍中最典型的代表者。在文化转型期推动传统文化向现代化转换的内在因素是传统型知识者深刻的危机感和由此产生的改革要求;外在因素则是开放条件下外来文化的撞击和影响。新文化的诞生有赖于上述两种因素的有机结合。郭沫若便是在这内外因素结合中孕育的文化伟人。若说从龚自珍到梁启超一批传统型改革者所面对的是中西文化的激烈冲突和撞击,那么郭沫若则以其崭新的文化结构和创造性实践表明中西文化撞击后的融合和以外来文化民族化与传统文化现代化为基本矛盾的新文化创造和建设时代的开始。郭沫若和他同时代的改革者一样具有叛逆性格,但在实践上更是一个新文化的创造者和建设者。鲁迅在新文化建设中多着眼和致力于外来文化的民族化;而郭沫若虽也在外来文化介绍中作出杰出贡献,但在其着眼点却在传统文化的现代化。他们各代表构成中国文化现代化进程基本矛盾的两个侧面,相辅相成,使新文化运动始终沿着现代化和民族化方向发展。在今天改革开放条件下建设有中国特色社会主义文化,仍有一个正确对待外来文化和传统文化的问题,还必须参考历史经验教训探讨在新的历史条件下外来文化民族化和传统文化现代化的规律。因此,系统科学地总结和运用郭沫若从事新文化建设的实践经验,就具有鲁迅研究不能取代的意义。

一

中国传统文化向现代文化的转变,首先表现为文化队伍由传统型向现代型的转变。五四以前的近代文化启蒙运动的倡导者,虽在观念上接受了一些外来文化

---

* 《聊城师范学院学报》1993 年“郭沫若研究专号”。

的影响，积极接纳和介绍西方先进的文化科学思想，主张对传统进行改良，但知识结构和思想体系却属于传统型。从知识结构看，他们多出身于科班(其中主要代表人物如龚自珍、魏源、康有为、梁启超和黄遵宪等都是进士或举人)，精于中学，对西学却未曾经过系统严格教育。从思想体系看，他们的启蒙主义思想实质上是明代以李卓吾为代表的文化思想的继续与发展，在学术思想上发源于王阳明、李卓吾为代表的“左派王学”，文化思想则承接以袁中郎为首的“公安派”。由于知识结构和思想体系的局限，这些人只能是传统的改良者和新文化的呼唤者，而不可能成为旧文化的彻底批判者和新文化的真正创造者与建设者。他们在文化改良运动失败后很快由反传统的改革者突变为反改革的传统文化维护者的事实，正是上述局限性的实证。这些先驱者不可磨灭的历史功绩是造成了一个中西文化交汇的历史环境，使现代型文化巨人的产生成为历史和时代的必然。

五四新文化运动的爆发宣告了中国文化转型期的终结和现代文化创造、建设时代的开始。文化观念和内容深刻而广泛的现代化变革，使传统型知识者成为时代的落伍者，而领导运动的则是以留学生出身的现代型知识者为主体组成的文化新军。这支新军先以《新青年》为阵地发难，后以文学革命扩大阵容，形成大方向一致(现代化)而个性倾向不同的四支文化队伍：(1) 以鲁迅为首的语丝派；(2) 以胡适为首的新月派(包括《现代评论》派)；(3) 以周作人、沈雁冰为首的文研会派；(4) 以郭沫若为首的创造社派。现代型知识者具有完全不同于传统型知识者的知识结构和思想体系。在知识结构上，他们都是在中西两种文化熏陶培养下成长起来的，既具有坚实深厚的传统文化的基础和修养，又在国内外直接接受过西方现代自然科学和社会科学的系统教育。他们的思想体系已不再属于传统，而是以在融汇中西文化精粹中萌生的现代文化意识——科学民主精神——为内容的现代文化思想体系。从历史实践看，在这支文化新军中真正堪称现代化旗帜的文化巨人是鲁迅和郭沫若。若把中国新文化现代化的历史延至“文革”前的 1966 年，那么前二十年的文化旗手是鲁迅，而后三十年的文化旗手则是郭沫若。

新文化的根本精神是科学民主精神。它在文化建设实践中个性化为鲁迅精神和郭沫若精神。鲁迅步入文化运动早于郭沫若约十年，他于 1907 年发动的因经济原因夭折的文艺运动是继梁启超文学改良主义运动后的“晚清二次文学革新运动”。他和青年郭沫若不同，是带着前一时期文化改良运动的深刻影响走向五四的。他继承和发扬了启蒙时代的文化批判精神，以改造国民性为已任，以进化论为武器，对传统文化进行最深刻彻底的批判与反思。他是中国有史以来对传统文化最深刻的反思者与批判者，他把以科学民主为内涵的新文化运动的革命精神在实践中具化为批判精神。批判精神是鲁迅精神的文化内涵。郭沫若精神是创造精神。在五四时期这创造精神成为“异军突起”的创造社所彪炳的主体精神。郭沫若将自己开创的新文学第一个社团名为“创造社”，刊物定名为《创造》，并写发刊诗《创造者》，就正是对创造精神的鼓吹和张扬。在《创造者》中，他歌颂了人类的创造精神和创造人类文化的先驱。他认为创造是宇宙精神，呼吁要“创造个光明的世界”。他塑造了创造者的诗的意象：“开辟鸿荒的大我”。《女神》所张扬的是创造精神。补天的“女神”，吞吐日月的“天狗”，从涅槃中再生的“凤凰”，标新立异的“匪徒”，生养万物的“地球”等，都是被作为创造者——“开辟鸿荒的大我”——歌颂的。

郭沫若是球型发展的天才，在新文化建设中创造性贡献，表现在各方面。这开拓性实践正是他创造性的体现。

在五四文化运动中，他的名字是以新诗创造者出现的。他虽不是白话诗最早的作者，但却是以自由体诗代替旧体诗确立新诗地位的第一个人。《女神》诗集的出版，宣告旧体诗统治诗坛时代的结束和现代化自由体诗时代的开始。更为重要的是郭沫若将创造精神具化为指导诗歌和一切艺术创造的理论。如《生命底文学》(1920 年 2 月 23 日《学灯》)、《论诗三札》(1920 年收入《三叶集》)、《自然与艺术》(1923 年 8 月 21 日)、《艺术的生产过程》(1923 年 9 月 12 日)、《生活的艺术化》(1923 年 4—5 月)等这时期的艺术理论文章，所表述的就是文学的创造观。他首倡“生命底文学”，认为生命的文学本质属性是创造：“Energy 底发散便是创造，便是广义的文学。宇宙全体只是一部伟大的诗篇。未完成的、常在创造的、伟人的诗篇”(《生命底文学》)。他说：“19 世纪的文艺是受动的文艺。自然派、象征派、印象派、乃至新近产生的一种未来派，都是摹仿的文艺。他们都没达到创造的阶段。”他认为 20 世纪才是“文艺再生的时代”，“文艺从自然解放的时代”，从而文艺不再摹仿自然，而是“剪裁自然而加以综合创造”(《自然与艺术》)。他以创造原理解释文艺的生产过程，提出“艺术是现，不是再现”的论断。“现”就是艺术生命的创造：“这是由内部发生，这是由种子化而为树木，由鸡卵化而为鸡雏。”(《文艺的生产过程》)。在上述理论指导下，郭沫若在文艺方面的创造力得以充分广泛地发展，初露其球型天才的特色，但历史性贡献还在于新诗的创造。从《女神》《星空》到《瓶》，他的诗作不仅彪炳一个时代，而且成为新诗发展的源头，30 年代以闻一多为首的新格律诗派和 40 年代以艾青为代表的现实主义诗派，其创造精神和诗体内涵都与这源头有必然的历史联系。

20 年代以后，郭沫若的创造力由诗歌转移到学术领域，其开拓性贡献是创立中国马克思主义新史学和建立甲骨文研究的科学体系。1930 年 3 月出版的《中国古代社会研究》便是这时期在史学界具有划时代意义的创造性开拓性学术成果。该书将古文字学与古代史结合起来，探讨中国古代社会结构和意识形态，证实在中国历史上曾经存在过奴隶社会，说明马克思主义关于人类社会发展阶段的划分也完全切合中国的实际，从而驳斥了当时流行的中国社会特殊论。该书以其独创性观点引起一场关于中国古代社会性质的大辩论。40年代以后郭沫若在文艺和学术两方面的创造均达到新的高峰。《十批判书》《先秦学说述林》《青铜时代》《孔墨底批判》《屈原研究》等学术专著和《屈原》等历史剧，都堪称现代文化史上的突破性成果。这些成果的出现填补了学术领域的空白，打破了文化的沉寂，形成了我国文化史上又一个繁荣创造的黄金时代。

郭沫若张扬和实践的创造精神就是五四新文化运动的精神，他和鲁迅的批判精神，相反相成，从两个侧面推动着新文化现代化实践进程。在今天改革开放的时代，对外来文化和传统民族文化都应采取批判态度，但终极目的是新文化的创造。所以时代需要发扬的不仅是鲁迅的批判精神，更是郭沫若的创造精神。

二

文化观念的更新，是文化现代化进程的标志，也是检验文化伟人历史作用的尺度。郭沫若在现代文化观念更新中总是"开风气之先"，成为新文化观念的倡导者。在现代文化史上有三次较大的文化观念更新，郭沫若都是首倡者。

在五四运动时期，郭沫若是"以自我为本位"的文化观念的倡导者。五四思想解放运动是从宣传个性解放开始的。个性主义作为文化观念在近代就已形成。龚自珍在文学上的"尊情"说(《宥情》)，梁启超倡导的"自由文学"论(《维朗氏诗学论·第二章案语》)及鲁迅在《文化偏至论》中所倡"掊物质，张灵明"，"重个人，排众数"的主张，便都是个性主义文化观念在不同时期的具体表述。这种来自传统文化的个性主义观念在五四时期同外来文化中的自我意识和科学民主思想相结合，便形成"以自我为本位"的文化价值观。最早提出"以自我为本位"的价值观并从哲学上加以诠释的是郭沫若。五四时期的郭沫若从歌德和斯宾诺莎那里接受了泛神论，这是他形成和倡导"以自我为本位"文化价值观的哲学基础。首先他从泛神论出发，赋予"自我"以特定的新的文化内涵：它是个体生命与宇宙融为一体的"大我"，是"小我"融合于大宇宙之中的"无我"的精神境界(《论诗三札》《生活的艺术化》《少年维特之烦恼·序引》)。然后，由此出发确立了"以自我为本位"的文化价值观：文化的根本价值在于以"无我"的精神创造"自我"。在《生活的艺术化》中作者对这价值观作了如下表述："把小我忘掉，融合于大宇宙之中，——即是无我。艺术的精神就是这无我，我所说的'生活的艺术化'，就是说我们的生活要时常体验着这种精神！我们在成为一个艺术家之先，总要先成为一个人，要把我们这个自已先做成一个艺术！我们有了这种精神，发而为画，发而为诗，自然会有成就；即使不画画，不做诗，他做为人已经是艺术化了。无论政治家、军人或其他，倘若他们的生活都具有艺术的真精神，都以无私无我为一切生活的基本，那么这个世界便成了一个理想世界了。”上述价值观成为作者五四时期文化观的基本内涵，贯穿在他的诗论、艺术论及创造实践中。他的诗论是典型的“自我主体”论，“自我”既是创造主体[诗是自我“心中的诗意诗境之纯真的表现”，“生命源泉中流出来的 Sfrain(诗歌)，心琴上弹出来的 Melody(曲调)”]，又是创造的对象主体(“创造生命底文学，第一当创造人”，“我们是不甘于这样缺陷充满的人生，我们要重新创造我们的自我”。)，也是他诗的母体意象。

30 年代，在马克思主义思潮影响和指导下，中国产生了左翼文化运动，作为运动先导的则是文化价值观念的转变：由“以自我为本位”变为“以革命为本位”。开风气之先的仍是郭沫若。他于 1923 年 9 月发表的《艺术家与革命家》(《创造周报》18 号)，论证了艺术与革命、艺术家与革命家的关系，第一次提出艺术要以革命为本位的观点。1924 年通过翻译河上肇的《社会组织与社会革命》一书，作者思想上“形成一个转换期”，在文化观念上的表现，便是“无产阶级革命文学”这一新观念的提出。这新观念的文化内涵是建立在阶级论基础上的以革命为本位的文化价值观。其基本观点是：处在无产阶级革命时代的文学，其性质与价值是由它同革命关系决定的，革命是社会进化的必然，作为革命前驱的革命文学因其促进社会进化而为社会所必需，而反革命的文学则以其违背社会进化而失去价值。作者说：“凡是革命的文学就是应该受赞美的文学，而凡是反革命的文学便是应该受反对的文学。应该受反对的文学我们可以根本否认它的存在，我们也可以简切了当地说它不是文学。大凡一个社会在停滞着的时候，那时候所产生出来的文学都是反革命的，而且同时是全无价值的。”(《革命与文学》)这文学价值观尽管具有极大偏颇性，但却成为 1928 年革命文学论争和此后长达十年的左翼文化运动的先导。

抗战促成了新文化同人民的结合。假若说五四以后的新文化还仅仅是城市文化，那么随着全民抗战的开展和作家由城市向乡村转移，以抗战为内容的新文化的主体已由知识分子转向人民大众。这主体转变在观念上的反映便是“以人民为本位”的新的文化观念的产生。首先为人民文化时代的君临欢呼，提出并实践“以人民为本位”文化价值观的是郭沫若。1937 年 7 月郭沫若在归国的第三天，就发表《抗敌与民主的不可分性》(《人间十日》旬刊 14 期)一文，针对蒋介石歧视民众的观点提出“以人民为本位”的政治观，主张建立“民有、民治、民享的不可侮的中国”。次年一月又发表《抗战与文化》(1938 年 6 月 20 日《自由中国》月刊 3 期)进而联系抗战文化的实际阐述了以人民为本位的文化价值观。以后随着抗战文化运动的深入，他连续发表了《中国战时的文学与艺术》《抗战以来的文艺思潮》《今天的创作道路》《文艺与科学》《文艺与民主》《人民的文艺》《向人民大众学习》《戏剧与民众》《走向人民的文艺》《建设新中国的人民文艺》等一系列论文，对以人民为本位的文化价值观及其实践作了精辟完整地论述。他第一次将人民本位提到真善美的高度，说："今天是人民的世纪……一切应该以人民为本位。合乎这个本位的便是善，便是美，便是真，不合乎这个本位的便是恶，便是丑，便是伪。"(《走向人民文艺》)这文化价值观不但成为他文艺建设的指导原则，而且构成他历史研究的价值标准。他在《历史人物·序》中说他研究历史人物的标准是"一句话归宗：人民本位!"

中国现代文化是一种特殊形态，它的领导思想是无产阶级的，而内容却是资产阶级的。这反映在文化观念更新中，便往往出现意识超前现象。即在一定历史条件下文化观念的变革超越社会济经发展阶段，"把共产主义思想体系的宣传，当作了当前行动的实践；把用共产主义的立场和方法去观察问题，研究问题、处理工作、训练干部，当作了中国民主革命阶段上整个的国民教育和国民文化的方针"(毛泽东：《新民主主义论》)。这种在政治、文化建设中容易出现的偏颇，对于现代文化巨人几乎是无一幸免的。在观念更新中勇于开风气之先的郭沫若则体现得更为明显。他于20年代后在倡导以革命为本位的无产阶级文化价值观的同时，提出以社会主义为新文化的内容，就表现了这一倾向。他后来批评这一错误说："在民国十五年的春间，我写《文学家的觉悟》和《革命与文学》的时候，便提倡过'社会主义的内容，写实主义的形式'那样的号召。这个主张提得过早，还没有得到什么影响的时候，'唯物辩证法的创作方法'便输入了，一时轰动了整个的中国文坛。总的方向固然是正确的，但观念地限制了作家的能动精神，限制了作品的取材范围，甚至连读书范围都限定了。这儿产生了一种新型的欧化，便是'洋八股'，'空洞抽象的调头'，'教条主义'。"(《"民族形式"商兑》)这种似乎不可避免的倾向总是在和政治相互作用与影响下发生与发展，在40年代随着政治统一战线的建立得以克服，而在建国后的50年代以后又在政治左倾路线影响下发展到极致。"无产阶级文化大革命"所导致的是政治悲剧，更是文化悲剧。一生紧跟时代为新文化呐喊开路的郭沫若，竟也为"时代"所否定，临终前留下的是一个革命文化巨人的困惑。

三

中国现代文化是在中外文化交汇的历史条件下产生与发展的。外来文化的民族化和传统文化的现代化构成新文化现代化进程的基本矛盾。这个矛盾不仅以其不同对立形式形成历史的阶段性，而且以两种现代化途径为文化建设者提出努力方向。鲁迅所选择和努力实践的方向是外来文化民族化，而郭沫若则致力于传统文化的现代化。

在新文化运动的前二十年，主要倾向是对外来文化的介绍和对传统文化的批判，有否定传统，全盘西化的偏颇。这偏颇集中表现在对孔子及其所代表的儒家思想的全盘否定。郭沫若却是这偏颇最早最鲜明地批评者。1920 年 1 月他在致宗白华的信中将孔子与歌德并称为“球型发展的天才”，对孔子在文化上的贡献给予高度评价：“孔子，要说他是政治家，他有他的‘大同’主义；要说他是哲学家，他也有他泛神论的思想；要说他是教育家，他有他的‘有教无类’、‘因材施教’的动态教育原则；要说他是科学家，他本是个博物学者，数理的通人；要说他是艺术家，他是精通音乐的；要说他是文学家，他也有他简切透彻的文学。便单就他文学上的功绩而言，孔子的存在，是很难推倒的；他删诗书，笔削春秋，使我国古代的文化有个系统的存在；我看他这些事业，非是有绝伦的精力，审美的情操，艺术批评的妙腕，是不能企冀得到的。我常希望我们中国再生出个纂集《国风》的人物——或者由多数人组成一个机构——把我国各省、各道、各县、各村的民风、俗谣，采集拢来，择其精粹的编集成一部《新国风》。我想这定可以为‘民众艺术的宣传’、‘新文化建设运动’之一助。我们宣传要民众艺术，要建设新文化，不先以国民情调为基点，只图介绍些外人言论，或发表些小己的玄思，终竟是凿枘不相容的。……定要说孔子是个‘中国的罪魁’，‘盗丘’，那就未免太厚诬古人而欺示来者了。”(《论诗三札》)作者是将孔子作为古代文化建设者加以肯定的，并且认为他那“以国民情调为基点”建设文化的路子应发扬。“国民情调”的内涵，从作者后来的实践可以证实，它是指文化所包含的人民性(民主性)和民族性而言。它是新文化的本质特征，也是传统文化现代化和外来文化民族化的基点。作者认为所谓新文化就是人民性与民族性相结合的文化，而人民性则为中外进步文化所共有，新文化建设者的任务就是将具有人民性的外来文化与具有人民性的传统文化相融合而进行新文化的创造。上述观点始终体现在郭沫若新文化建设实践中。

鲁迅在五四时期对于儒道两家是完全否定的(在《随感录三十八》中说“儒道两派的文书”是“助成昏乱的物事”)，后来对儒家思想也持批判态度。郭沫若则以历史科学家特有的科学态度对儒家思想加以研究鉴别，发掘弘扬其中的人民性精华和进步的历史精神。若说五四时期，他对孔子的颂扬性肯定还是未经科学论证的文化感悟，那么 30 年代后，他对儒家思想和整个古代文化的评价则是以系统研究为基础的科学论断。他认为中国封建文化灿烂的黄金时代在先秦，那是中国历史上第一个“人的解放”的时代，百家争鸣的自由气氛造成的封建文化成为后世几千年中国文化的源头，而以“仁道”为内涵的儒家思想体系则是这个时代进步文化的代表。作者认为后来历代开明帝王多是儒家民本主义的继承者；儒家的伦理思想是建立在利他主义基础上的牺牲精神，所追求的“至善”和“我与万物一体之仁”，是一种无我的道德境界，“杀身成仁，舍生取义”被视为千古不磨的箴言，作者把这道德作为精神文明加以讴歌和弘扬，认为历史上肝胆照人永垂不朽的仁人志士都是这思想道德的体现者。儒家哲学思想的内涵是我与天地万物一体的宇宙观。作者认为它等同于西方的泛神论，在封建时代，它是一种否定神权宗教，尊重自然规律，主张主观与客观相统一的进步哲学思想，后来把它发展到极致的是明代的王阳明。他在《王阳明礼赞》中充分肯定了这哲学思想在传统文化发展中的历史地位。

作者在《十批判书》中对先秦文化思想作出自己的历史性评价。认为作为儒家思想核心的“仁道”，是代表历史发展方向和推进社会进步的方生思想，反映人民愿望和要求的时代精神，汉以后儒家思想虽与道家合流而逐步僵死，但先秦时代儒家所倡导的“仁道”却成为一种进步历史精神为后世的仁人志士所继承和发扬。作者认为新文化建设者的任务就是通过研究挖掘这种进步的历史精神，再通过艺术的或其他的手段将古代精神翻译到现代并加以弘扬，使古代历史精神与现代时代精神合流。他的实践正是如此。

出于上述动机，郭沫若选择了历史研究与艺术创造相结合的路。他在《历史人物·序》中说：“我就在这人民本位的标准下边从事研究，也从事创作。但在事实上有好些研究是作为创作的准备而出发的。我是很喜欢把历史人物作为题材而从事创作的，或者写成剧本，或者写成小说。”抗战时期创作的六个历史悲剧就是这结合的创造物。通过现实的主题，历史的题材和悲剧的形式将历史精神翻译到现代，使之与时代精神合流，激发人们自觉地为人民利益而献身，是这些作品鲜明的动机。在建国后创作的《蔡文姬》和《武则天》这一动机就更为明显。这些史剧为历史人物翻案，也就是为被扭曲的历史精神翻案。同时作者把历史研究与史剧创作的结合，提到理论高度，说：“历史学和历史剧的关系，至今还有争论。……我是想把科学和艺术在一定程度上结合起来，想把历史的真实和艺术的真实在一定程度上结合起来，说得更明显一点，那就是史剧创作要以艺术为主，科学为辅；史学研究要以科学为主，艺术为辅。”(《武则天·序》)。这些历史剧在现实中所产生的巨大影响和深刻教育作用，充分证实传统文化现代化方向的正确性。

上述三方面是郭沫若作为新文化巨人在建设新文化实践中所表现的个性特征。但这个性特征却反映着新文化现代化的普遍规律。这便是始终坚持为人民的方向，坚持科学思想的指导，坚持外来文化民族化和传统文化现代化的原则。

田仲济杂文的艺术品格*

以文学史家著称的田老又是中国现代卓有成就的杂文家。准确地说，他的学术生涯是从杂文写作开始的，而成为学者后仍坚持杂文写作，是一位以科学为主，艺术为辅的学者型杂文作家。以精炼的文学语言，从历史与现实的联系中揭示社会相的文化本质，是鲁迅杂文的根本特征；这一特征使杂文艺术成为以文化批判为内含的鲁迅传统的体现，在民族文化现代化进程中长兴不衰，发挥着独特的战斗作用。田仲济先生的杂文创作是在鲁迅直接影响下开始的，在继承鲁迅传统的基础上，形成了独特的艺术品格，丰富和开拓了现代杂文艺术世界。从40年代的《发微集》《情虚集》《夜间相》，到50年代的《微痕集》，再到90年代的杂文总集《田仲济杂文集》，通读这些作品，首先令人感到的是来自鲁迅影响的人格的高洁和思想的博大精深，同时更为作者独异的艺术品格所吸引，这便是敏锐的现实感觉，深邃的历史思辨和精粹的诗的表现。

一

杂文是"感应的神经，攻守的手足"，敏锐的现实感觉是第一流杂文家所具有的艺术品格。这种艺术品格在田老杂文中首先表现为对于时代情感的深切感受。杂文是精悍的短兵，不能像小说那样将作者现实的感受融于对形象和社会风貌的具体描写中，而往往以精粹的诗的表现渲染具有鲜明现实色彩的时代情绪，直接显示作者对现实的敏锐感觉。作者在总集中将他60年的杂文创作，按时间顺序分为五辑：第一辑是1937年以前的作品，只有28篇，四、五两辑写于中华人民共和国成立后，也仅占全部杂文的1/6；二、三两辑是主体部分，数量占70 ，也最能体现作者的艺术品格。时代情绪的流注在这主体部分表现尤其明显。这时代情绪的内涵是基于民族危机感而生的忧愤。抗日时期是中华民族危亡的关头，救亡呼声的高涨，从

* 收入杂文研究论文集《百家论杂文》(山东教育出版社1993年12月出版)。

正面看是民气的高昂，从反面看则是民族危机感普遍产生和加深发展的结果。这种情况反映在文学创作中便使时代情绪的表现具有相反相成的两种形态（或色彩）：一方面是救亡热情的正面抒发，一方面是通过对救亡热情掩饰下社会危机现象的发露，宣泄深沉的忧愤。田先生这时期的杂文所表现的时代情绪属于后一形态。这些杂文主要描写抗战时期国统区危机四伏的“夜间相”，在对危机的发露中涌动着赤烈的民族忧愤。从军需官批发前线战士的衬衫（《赤脚大仙·衬领和衬袖》）和“战时如平时”的歌舞升平，挥霍无度（《战时如平时》），作者预感到军事的危机，警告那些吮吸战士血液的“大官大吏”：一旦用血肉长城挡住敌人的亿万战士发觉自己“从入伍到受伤，到死亡，有这么些吸血虫追随着”，军事危机就会因“长城”的坍塌而暴发。目睹“朝多沓沓之流，士保容容之福”，佞人得志，“帮闲的文人”和“帮凶的缙神”仍被“尊敬”的颓风（《气节》《缙绅》），作者为潜伏的政治危机而忧心忡忡，感到危机到来，“国家也必百事俱废，离倾覆不远了”。政治危机所必然导致的经济、文化、思想等全面危机的局面更使作者痛心疾首。从《文人的末路》《民命微贱》《奴才的残暴》《中国的罗亭》等杂文中感到的正是作者愈为强烈的民族危机感。

敏锐的现实感觉还表现为对社会风尚的精微洞观。从一粒沙子看世界，以一鳞一爪反映整体是杂文观照现实的特点，这就要求作家用显微镜洞观事物的微末。为此，作者曾以“发微”作为他杂文集的名字。“发微”就是发露不良世风的苗头，以防微杜渐。作者将坏的流风时尚叫做“流行病”，说：“流风通常称为时尚或摩登，到此风尚成为国家或时代之害或累时，则称为病了，故吾名曰流行病，盖与霍乱瘟疫同为害人类也。”（《流行病》）对于危害社会前进和民族生存的不良世风的揭露与批判，是他杂文的重要内容。其中关于文风的揭发最精彩也最具特色。《流行病》《夸和骗》和《烦闷·享受》等可谓这类作品的代表。这些杂文大致都以文风的变化来揭示风世的“颓靡”，并以史为鉴，指出这种“颓靡”情绪的出现是社会发展“每个低潮到来时一定的现象”，若不防微杜渐，“将来的情形是不堪设想的”。前方的疆场在流血，后方的文坛却是“软性读物和恋爱小说的畅销”，作者从中看到的是一种破坏抗战的消极文艺倾向在萌生滋长，不禁发出呼吁和愤怒的谴责：“目前的情形，任他发展下去，这便是所谓新文艺的远景！烦闷只有酒肉的出路么？只有恋爱或‘爱以当忧’么？我担心这条路的尽头。我更不明白这些灵魂的工程师的企图是什么！”（《烦闷·享受》）直接揭发世风的杂文，数量很多，内容范围也不限于抗战时期。但以科学民主意识对以种种形式出现的旧传统文化复辟现象的抵制批判则是其同一的方向。如《存文与读经》《反“存文会宣言”》等杂文都是对30年代文化复古风而发的；《“维持风化”》《术数》等批评的则是在新文化运动后20年的抗战时期，旧道德和迷信的复辟。

现实的敏锐感觉在杂文中更深刻的表现是对典型性社会相的准确捕捉与把握。杂文所写的一鳞一爪，所以合起来就能反映社会相的整体，是因为它与社会相包含的普遍性矛盾有内在联系。因此，杂文家对社会相的准确捕捉，就是依靠对社会普遍性矛盾的宏观把握和敏锐的洞察力，去发现作为个别现象的一鳞一爪与社会相整体包含的普遍性矛盾的内在联系。这种发现的敏锐性和准确性，正是杂文家对现实感觉能力的标志，田先生杂文艺术品格的深刻内涵也正表现在这里。说明这一点，可仍以他抗战时期的杂文为例。这个时期的杂文所描写的现象从表面上看是纷纭博杂无所不包的，但细究其深刻内涵却无不与民族生存这一社会普遍性矛盾有着内在联系，其中与民族生存矛盾直接有关的殖民主义的奴化思想和奴才意识则成为作者批判的内容。针砭奴才相的杂文数量极多，代表性的有《奴才》《奴才的残暴》《李逵》《谄谀》《夸毗》《缙绅》《帮闲与帮凶》等。由于这类杂文直接触及了社会普遍性矛盾，所以社会反响很大。据作者回忆，这些杂文的发表立即引起了一场轩然大波。他说："《奴才》那篇不到千字的短文就得罪了一群人，首先是我当时工作的那个机构，一部分人认为我骂的是他们，我听到后哭笑不得，自然也无从解释，只好听之任之。我并没有存心骂一个人是奴才，只是说奴才性格罢了。以后我出杂文集时最初命名是《奴才集》的，但审查老爷们不同意，非改名不可，我改名《情虚集》，这次倒是有意讽他们'情虚'，然而他们却通过了。"①

对现实的敏锐感觉并非杂文家自然的天赋，它是由于对国家民族命运高度关切与关注而产生的艺术家的崇高品格，是在民族危机时期爱国作家良知和激情的外化。因此，这种艺术品格形成的前提是作家人格的修养。但这人格修养的内容还应包括在学习和实践中养成的观察分析能力。田老便是以鲁迅为榜样始终不懈地进行人格修养的。他曾对自己人格修养的过程作了如下叙述："我领教别人，阅读有关的书籍，逐渐明白了写杂文的素养要求各个方面都博大精深。哲学、文学理论、语言文学的艺术技巧、社会知识、人生的观察……各方面都要具有深度，观察力和分析力要达到能见人所未见，知人之所未知。在我要达到这种程度，自然是困难的，怎样补足自己的不足呢？……我采取了各种补足的方法，就怎样熟悉生活，认识人生来说，仅在阅读报纸上，我开始每天必读各地新闻、社会新闻，并注意各种广告，那时我有一份《申报》，那报纸在上海每日有十几张，在外埠也每日有五六张，主要是广告多，各地新闻，特别是分类广告那种短小旧社会新闻，真可说反映了大千世界。我实际上的生活面太小了，报纸扩大了我的眼界，使我认识了千奇百怪的社

① 《田仲济杂文集·序言》。

会和人生。这使我养成了一个习惯，读报喜欢读社会新闻，读广告，中华人民共和国成立后报上的广告少得多了，不像旧时那样可以反映社会生活了，但增多见闻的作用还是有的。以鲁迅杂文来印证，他的历史知识就不全部来自正史，也来自野史以及一些笔记杂著之类，他的社会知识则大量地来自社会新闻，他的许多篇《立此存照》就直接是摘录新闻了。"（《田仲济杂文集·后序》）

二

田老的杂文具有深刻的不可辩驳的逻辑力量。这逻辑力量来源于从历史与现实的联系中认识和把握社会相本质的宏观历史思辩。这种宏观历史思辩的基本特征在杂文中是通过以下三种思辩形式表现的。

（1）以古注今，挖坏种祖坟，以暴露社会相的本质。作者抗战时期的杂文对于种种奴才相的揭露便属此类形式。《奴才的残暴》先写作者目睹的社会相："茶房，账房都是中国人，却在欺凌他们自己的同胞时比洋鬼子的船主还凶。"而后以历史上的奴才行为与之比较，从而揭示出这社会相所反映的实质内容是一种"自己侥幸拿他人做牺牲"的"奴才的残暴"，得出古今中外"一切奴才全是如此"的结论。《缙绅》所写的社会相是："拿民族和国家和敌人打价钱的全是长衫马褂阶级，从南京伪政府的汪精卫，一直到县城维持会里面的李精卫，上上下下一群汉奸不会有一个例外。"作者仍然用"文人帮闲，缙绅帮凶，是古来就如此"的历史事实揭示了这社会相的本质，挖了汉奸的祖坟。此外，如《张松与鲁肃》《迎降者》等抨击汉奸行径的杂文，也都运用了挖祖坟的方法。上述思维形式，在《敲门砖》《论无行》《长命富贵》《傀儡》等批判文化复古现象的杂文中也被普遍运用。《敲门砖》将流行的抗战八股作为文化现象加以追溯，指出其与封建的八股的联系是同是"企图获得权势的人"，"进仕宦之门"的"敲门砖"。在《长命富贵》中作者由"长命富贵"的祝词仍然风行于世，联想到中国传统人生哲学，以大量历史事实为这四个字所包含的哲学内涵作了诠释："中国的人生观就是富寿"，"想自己享尽了自然，吸尽了宇宙间空气的心理，就是中国的人生哲学的极致。"《傀儡》所抨击的是旧势力将死后的文化伟人作为偶像颂扬的伎俩。作者借用鲁迅精辟的史识，对这"古来已是常有的事"作出的结论是：这把伟人当傀儡的颂扬，不是真的颂扬和追从，而是利用，"是卑劣无耻的自私的对死者的污辱和迫害"。以古注今，挖坏种祖坟，就是从历史与现实必然联系中，寻找社会相产生和存在的历史根源，认识其文化本质，以求疗救者从根本上加以解决。因此，这种思辩形式的运用就使杂文因将对社会的批评与针砭与整个历史文化传统联系起来，而具有了不可动摇的历史依据与不可辩驳的逻辑力量。

（2）以古鉴今，总结历史教训，以史识干预现实。在田老杂文中，凡写民族危机，政治腐败内容的，大都运用了这种思辩形式。这些杂文多以宋史明史为训对政治腐败的现实提出警戒。在《灯下偶记》中，作者说："我时常想，如其过去那样的翻印性灵小品，现在的滥造抗战八股，倒不如老实的造几个宋末明末野史笔记之类的书印一印较为有益。因为这里边真有血，真有泪。有慷慨悲歌的志士，有奴颜婢膝的贰臣。侵略者们的残暴，亡国者的惨状，也都可以在此看到。是堪作当前的鉴戒的。"可见，以宋末明末的历史教训来鉴戒抗战现实是作者杂文写作的明确动机。这动机表现在创作上便形成这时期杂文的两个显著特征：其一，谈史（主要是宋末、明末的历史）；其二，以古鉴今。《灯下偶记》谈《南明野史》，引出的历史教训是："南明的不能复国，甚至不能偏安，并不是因为敌人过于强大，而是因为内部过于腐败。"《昏淫》也谈南明野史，又进一步将亡明的历史教训普遍化，认为明末君臣既以昏淫极度而亡于清，而清末君臣却同样因昏淫失去天下，"如蹈明季覆辙，几使人疑历史果重演耳"！《窳政》从明末"崇祯未能振作，终以身殉"的原因中引出另外的两条历史教训：第一，"统治阶级本身之矛盾不能解决"，必然酿成全局性政治崩溃；第二，不"赖庶黎以统御天下"，而"假士大夫以治四海"，政治将难以巩固。为警戒现实中法西斯主义的暴虐，作者还写了《酷刑》《廷杖》《漏网将相》等杂文。这些杂文也是谈明史的。其中与现实联系最明显的是《廷杖》。文中说："中国以私刑闻于世，谈者色变，实则官刑之残酷，亦叹观止！如凌迟，如剥皮，如炮烙，几难以枚举。有人曾著文论杀人之艺术，在吾国盖杀人已成为艺术矣，可为艺术哀。明代刑罚极尽残酷能事，其最普通之廷杖，已令人咋舌，汪有典于《外史》中记其事云：……观汪氏所记，杖刑真成了艺术了。此杖人技艺，迄今犹传，有不数杖即皮开肉绽，鲜血直流，而筋骨无恙者；亦有百数杖而皮肤完好，内伤甚重且至残废。杖之轻重除监刑者之意趣外，亦由受杖者有无贿赂及贿赂之多寡而定。吾国失传之事甚多，而杖刑独幸存。国粹主义者当深谢酷吏及杖人了。"谈史是为了鉴今。因此，这类杂文总是把针对现实总结历史教训作为目的。在每篇杂文中大都用一二句精炼的话点明历史教训的内容。如《气节》的谈史是针对谄佞之风的，其中归结的话是："佞谄历代难免，也是历代丧乱的原因。因此，这风气传播在今日才值得惊惧。"《言论自由》是针对文化专制的，其结论是："言论自由的破产，就是象征国家前途的黑暗。自由的被独占，其实就是自由的告终，也象征了独占自由者的将告终。这是值得走上这条死路者的警惕的。"这些炼语式的句子所包含的富有哲理性和历史内容的规律性认识，深化了杂文的思想，增强了杂文干预现实的力量。

（3）驳谬反正，以科学史观澄清历史迷雾，使历史恢复本来面貌。历史对现实的干预，在旧时代往往表现为用唯心史观歪曲历史以为统治阶级的行为辩护。所以，正统的正史往往不足信，而非正统的野史则反而更加可靠。以唯物史观从野史发掘真实，驳谬反正，揭示历史本来面貌，从而推翻为统治者辩护的历史依据，是田老杂文的又一思辩形式。这类杂文可以《四库全书》《读书随笔》《论点》《西施与陈圆圆》《诸葛政团》等为代表。正史是帝王将相的家谱，其史学观是“成者王侯，败者贼”。这在清史中体现尤为明显。清王朝本是在汉人的血泊中建立的，野史中的“扬州十日”、“嘉定三屠”可以佐证。但在清史上屠杀者变成了仁爱的圣君，而反抗的失败者张献忠、李闯王却被诬为“性嗜杀人”的流寇。《读书随笔》和《论点》等杂文便是针对上述史学观的谬误而发的。作者说：“同一杀戮，如何论断不同？盖关键在‘成侯败囚’上。成就不同，论法也就各异。一个是始终未能放下屠刀，一个却后来衮衣冕旒，脱下血衣，成了满脸和气的圣主仁君，人臣以及子民，对二者的看法怎能相同？倘事实相反，满清崩溃，自成统一，一切则必随之不同。”（《论点》）又说：“若是稍为留心，便会时常从笔记野史之类的书上发现圣朝仁君常常是两手血淋淋的刽子手。常说的扬州十日，嘉定三屠，就不是张献忠干的。然而正史上没有这些事，有的只是圣明和仁爱。这些只能从叛逆的笔记中暴露出来。”（《读书随笔》）乾隆编纂《四库全书》原是文化专制的产物，是“秦政以来书籍之浩劫”，此可以野史《东华续录》为证。但在清史上编纂《四库全书》却被誉为“乾隆之稽古右文”的盛事而加以称颂。杂文《四库全书》以野史为依据揭开迷雾，给历史以本来面目。

宏观的历史思辩显示了田老杂文的博大精深。构成这博大精深的基本因素是历史知识的丰富性和哲学思辩的深刻性。正是在这里，我们最终看到鲁迅传统的深刻影响和在此影响下作者杂文艺术品格的形成。

三

有人说：“杂文是诗与政论的结合。”若从表现方法角度理解是对的。杂文不是诗，但在表现上却是属于诗的。

诗的表现在田老杂文中首先表现为生动的形象性。作者认为鲁迅所开创的杂文形式包含着中国古代散文的传统特征，这便是内容的现实性和表现上的形象性：思想大都为现实具体问题而发；思想的表现形式，大多数属于形象的偶感性的记述或描写，从天下之大到草木之微无所不说，文词方面极重藻饰[1]。他的杂文体现着

[1] 见《杂文的艺术与修养》。

上述认识，这便如诗人捕捉诗的意象那样，总是把思想情感熔铸到对具体事物的生动形象的描述中。这些具体事物有的是一段新闻纪事（如《寻婴》《广告骗术》《新闻一则》《报纸的一日》等），有的是一段野史逸闻（如《西施与陈圆圆》《文君夜奔》《接舆之行》《读史随录》等），有的是生活和艺术中的典型人物（如《李逵》《张松与鲁肃》《东方的贝当》《更夫》《阿Q的出处》《鲁智深之家庭》《犯罪者李白》《中国的罗亭》等），有的则是一瞥风景（《栈桥之夜》《牡丹之乡》《芝罘篇》等），一篇作品（《看〈安魂曲〉》《谈〈厚黑学〉》《讳言〈秦妇吟〉》）或一点生活现象（如《亦谈鞭炮》《毛房文学》《聊天》）。从表面看来，作者写上述事物似乎信手拈来，但细加考察则发现都是根据形象性要求精心选择的结果。作者曾根据创作体验说明杂文与论文的不同，论文是论点大于论据，杂文是论据大于论点。也就是说，论文依靠议论的逻辑性，所以总是明确提出论点再加以逻辑论证；杂文的力量则依靠形象性和形象的典型性，故总是把论点包含在作为论据的具体形象的分析与描绘中。因此，杂文作者在创作时只凭正确的观点和深刻的理性是不够的，还必须具有诗人的艺术感觉，并依靠这艺术感觉去捕捉足以表现自己观点和理性的具有典型性、形象性的事物，用以艺术构成。这种对艺术形象的感觉捕捉和构成能力，是杂文艺术性的决定因素。田老杂文在艺术上的精深造诣也集中表现在这里，将思想观点包含在典型性形象的描绘中是田老杂文的基本特征。仅举三例说明：其一，《寻婴》。“战争的苦难”是具有普遍意义的主题，但作者捕捉了“寻婴”这一典型性现象加以表现，就收到以小见大、具体生动、形象感人的艺术效果。全文不到千字，无一句空论，而是由对一个“寻婴广告”和两个“失婴故事”的生动描写构成。其二，《毛房文学》。文化专制是抗战时期国统区普遍的现象，批评这种现象的文章颇多，很难再写出新意。作者匠心独具，选取“毛房文学”这特异的窗口加以曲折透视，不仅妙趣横生，给人以新奇感，而且构思巧妙，联想丰富，使之为作者艺术感觉之敏锐而叹绝。其三，《顶凶》。揭露政治腐败的文章往往因流于一般公式化而使读者感到乏味。作者却不直接讲腐败，而选取“顶凶”这一典型现象，通过史书中记载的生动故事来达到讽喻的目的。

诗的表现在田老杂文中还体现为语言的高度精炼和思想感情的文辞化。形象而精炼的诗的语言是田老杂文的重要特色，它使整个杂文短小精粹，蕴味无穷。构成其语言精炼的主要因素是：(1) 炼语的运用。炼语是经推敲锤炼的言简意深的语句，它在形象描绘基础上产生，往往出现于文末，对全文具有升华深化的作用。这类炼语很多，可引以下几段为例：①“凡多余的东西便很难继续存在下去，除非他找到了另外存在的理由。这事实虽然可怕，却是自然的铁律，是无法更改的。”（《更夫》）；②“夸毗是多方面的，是聪明，却又愚笨，是懦怯，却又横暴。因面对的情形不同，采取的态度以异，动力全由于一点蝇头的利害。”(《夸毗》)；③“没有闲谈的世间，是难住的世间；不知闲谈可贵的社会，是局促的社会。而不知道尊重闲谈的妙手的国民，是不在文化发达路上的国民。”(《聊天》)；④“逃跑者的哲学，骨子里不过是求苟活。‘养生主’上曾说，只有不怕死的人才生得有意义，这话是对的。逃跑是为了生，却是苟生。”(《逃跑》)；(2) 吸取文言句式，构成节奏铿锵的短句。这种短句一般无现代汉语常用的“的”字结构，读来颇似无韵的古行诗，多运用于谈史的杂文。如《李逵》中描绘李逵性格的短句是：“无力攻坚，专杀弱小，敌友不分，是非不明，气量狭小得仅限于山泊子中，异于白衣秀才者几稀。”《太学生之升降》对宋太学生的伏阙上书也用短句描绘：“文人帮闲，自古为然”，“制造虚名，为升官之阶”，“伏阙上书，义高千古，士之地位以隆，惜为利禄所迷，遂鸡鸣狗盗之不若。”《金亮荒淫》中关于宋刘贵妃的描写短句更为精彩：“鬓发腻理，姿质纤秾，体欺皓雪之容光，脸夺英华之濯艳。顾影徘徊，光彩溢目。承迎聘睐，举止绝伦。智算过人，歌舞出众。”(3) 援引诗文佳句。其中以古诗文为数最多。这些诗文佳句都具有简约形象的特征。如《汉水东南日夜流》全篇仅三百余字，就引用了三首古诗，使杂文的语言成为精美的诗的语言。又如《“溢辞”》由于对古诗文的旁征博引，语言风格也因此变得简约凝炼。

此外，诗的表现在田老杂文中还表现为语言的情感色彩。在一些追忆或悼念性杂文中语言的情感色彩成为鲜明的特点。《子衍，你走的太早了》《三毛，孤寂的三毛》《他有一颗火热的心》等可谓这类杂文的杰作。作者这样深情地描写女作家三毛的自杀：

> 她还有什么办法呢？世界太小，她说，她没处可去了。她像空气那样自由，她活得那么洒脱，那么有境界，然而她寂寞，孤寂，她累了，累得无法再过下去了。死成了她的归宿！
>
> 三毛是生活得洒脱和自由的，然而，三毛是寂寞的，甚至是孤寂的。孤寂得只能以死来解脱。

对于坎坷半生中年早逝的学者包子衍，他更是痛惜之情溢于言表：

> 他从20多年的灾难中刚走出来没有几年，他还在中年，正在兴致勃勃地辛勤地工作，一生中多的是不幸，是灾难，他的性情，他的努力，换来的不该是不幸，可不是那样，而是不公平地降给他的是不治之症，是夺去他的年轻生命的不治之症。他是正处在有为之年，他也正在努力为科研贡献自己的力量，大

自然太残酷了，竟将活活的一颗灵魂毁灭了，把一个幸福的家庭折散了！

子衎，你走得太早了，是疾病催你早走了，你从事的事业需要你，你的同伴需要你！人民需要你！可是你早走了！

这是杂文语言的诗化，是诗的语言。这种诗化的语言是精美诗艺与高洁人格的结晶，是诗人心灵的抒写。它使杂文具有感人肺腑、升华灵魂的情感力量。

鲁迅所代表的新文化运动的精神是文化批判精神。杂文正是这文化批判精神的产物。鲁迅的杂文传统就是文化批判的传统。这个传统显然体现在田老杂文的艺术品格中。因此，田老杂文艺术品格的本质内涵是对鲁迅文化批判传统的继承与发展。今天我们总结学习田老杂文的目的，就是继续发扬鲁迅传统，以推进社会主义文化现代化的进程。这是我们后辈的职责，也是田老的心愿。

1994年：

茅盾与文学研究会在新文学现代化进程中的贡献*

茅盾（沈雁冰）是文学研究会的主脑，文学研究会的产生与历史作用，都与他个人的努力分不开。

文学研究会是中国五四后成立的第一个文学社团。它人数最多，会员遍及全国，可以说是后来作家协会的雏形；它影响最大，使新文学从理论建设、创作实践到作家队伍发展，都面目一新。新文学是在中西文化交汇的背景下产生与发展的。本土文学的现代化和外来文学的民族化，构成新文学发展进程的基本矛盾，其中现代化是矛盾的主导方面，代表着新文学的方向。今天社会主义文学的建设仍然是五四以来新文学现代化进程的延续。我们研究茅盾和文研会的目的，就是从建设有中国特色社会主义新文学，即文学现代化需要出发，总结汲取五四新文学现代化的经验教训，科学地评价茅盾和文研会在促进新文学现代化方面的历史贡献。

新文学的“新”就是现代化，现代化是五四以来新文学的时代特征。现代化的内容是多方面的，但从根本上讲是科学和民主精神。这种精神是20世纪的时代精神，它作为文化思想的宣传始于《新青年》，陈独秀等新文化运动的前驱者都是这种文化思想的代表。但作为一种文学思想，以文学观的形式提出并体现在新文学建设中，却是从茅盾与文研会开始的。文研会是中国现代最早具有文学自觉意识的文学社团，这种自觉意识就是以时代精神，即科学和民主的精神作为新文学的精神，用这种现代化的精神促进文学观念的现代化，从而使新文学沿着现代化方向发展。茅盾与文研会提出“为人生”的文学主张，这主张的浅层含义是功利主义，深层内涵却是“人民本位”和“科学本位”的价值观。茅盾与文研会的文学观是经过民主与科学精神洗礼的民主的文学观、科学的文学观。它代表了新文学的发展方向，推动和影响着新文学现代化的整个进程，形成新文学鲜明的时代特色。事实证明，新文学的发展，虽在每个时期呈现不同内容和形式，但科学和民主精神却贯彻始终。

* 收入《中国现代文学史论》。

一

以新文学现代化的价值标准来评价茅盾与文研会，则可明显地看到，其在推进新文学现代化进程中有两大历史贡献：其一，第一次把“人民本位”的价值观引进新文学，形成以人民为本位的民主的文学观，从而使新文学不但与超功利的“艺术派”和“鸳蝴派”划清了界限，而且与封建主义文学的“载道派”和资产阶级的以个人为本位的文学观分道扬镳。其二，第一次将“科学本位”的价值观引进新文学，从而使新文学从内容到方法都经过了现代科学的洗礼，而与20世纪世界文学同步发展。

文研会的文学主张是“为人生”。但这主张在周作人起草的《文学研究会宣言》中只是笼统地提出而未能明确阐发。因此，以往的研究者多受《宣言》的影响，把“为人生”的文学观只理解为反对“游戏消遣”和“为艺术而艺术”的文学功利主义，而对体现新文学现代化内容的深层内涵，即“人民本位”和“科学本位”的文学价值观，却有不同程度的忽视。茅盾是文研会的灵魂，“为人生”的主张是首先由他提出的，这是他研究中外文学理论与实践，经过认真思考后，逐步形成的文学观。从他具体的阐释，可以看到这主张的深层内涵是“人民本位”和“科学本位”的文学价值观。关于“人民本位”的价值观的阐述，可以文研会成立前后他的三篇文章为例。第一篇是《新旧文学评议之评议》(1920年1月《小说月报》11卷1期)。此文以进化观点提出“进化的文学”具有“三要素”：“一是普遍的性质；二是有表现人生指导人生的能力；三是为平民的非为一般特殊阶级的人的”。从后面的论证，可以看出强调的实质性内容是第三要素，即“为平民的”。前两项均为文学的外在特征，而后一项“为平民的”，则是文学的内在特征，它决定着文学的性质。第二篇是《文学和人的关系及中国古来对于文学者身份的误认》(1921年1月《小说月报》12卷1号)。这篇文章从文学与人的关系，阐释了“为人生”的主张，提出“国民文学”的新概念。他从宏观角度考察文学的历史，认为世界文学发展进程分为三个必然阶段：“个人的”(太古时期)、“帝王贵阀的”(中世纪)和“民众的”(现代)；现代的“国民文学”即是“民众的”文学。第三篇是《论无产阶级艺术》(1925年5月—10月《文学周报》172—175期)。此文系统全面地介绍了俄国以高尔基为代表的无产阶级艺术的内容和特点，指出从法国的“民众艺术”到俄国的“无产阶级艺术”，是世界文学发展的必然趋势。总之，这三篇文章都表现了“人民本位”的文学价值观，“为平民”、“为民众”、“为无产阶级”都是“为人民”的不同提法。这种以人民为本位的民主的文学观，正是五四思想文化运动中“民主精神”在文学上的集中体现，是新文学现代化的基本内容。

上述文学观还表现在茅盾这个时期的文学批评和对外国文学的译介中。在1921年发表的《评四五六月的创作》(《小说月报》12卷8期)中他批评了当时创作严重脱离下层人民的倾向,呼吁作家"到民间去"体验人民的生活,以避免新文学回到"旧路"。同年10月在《小说月报》上辟《被损害民族的文学号》,专门介绍世界文学中被损害民族的文学。

以人民为本位的文学价值观在文研会其他主要成员的文学思想和创作实践中也有明显体现。王统照在1923年6月发表的《究竟是玩视》(《文学旬刊》2号)和《文学的趣味》(《文学旬刊》5号)等文章中,对"为人生"的主张作了阐释。他认为为人生的文学就是"适应民众需要"的文学,其"责无旁贷"的使命是写出民众的生活,表现民众的"悲绪"和"愉乐"。他不仅以此观点努力介绍印度、爱尔兰、波兰、俄国等被压迫民族的文学,而且以此观点指导创作实践,写下层人民的"血与泪"。冰心、许地山虽未直接提出"人民本位"的文学主张,但其创作都具有深切同情和关注下层人民及弱小者命运的鲜明倾向。作品中贯彻的"爱的哲学"和"落花生精神",正是"人民本位"的文学价值观曲折的个性化的表现。

首先将科学本位的价值观引进文学的仍然是茅盾。他在《文学和人的关系及中国古来对于文学者身份的误认》中第一次把文学提到科学的高度。他说:"文学到现在也成了一种科学,有他研究的对象,便是人生——现代的人生;有他研究工具,便是诗(Poetry)、剧本(Drama)、说部(Fiction)。文学者只可把自身来就文学的范围,不能随自己的喜悦来支配文学了。"茅盾不仅提出文学的科学观念,对文学性质作了科学界定,而且通过对自然主义的介绍把近代科学精神和方法引进文学,以促进文学现代化。《自然主义与中国现代小说》(1922年《小说月报》13卷7号)就是为此撰写的具有重要历史意义的论文。文章充分肯定了自然主义的科学精神,说"自然主义是经过近代科学洗礼的;他的描写方法。题材及思想,都和近代科学有关"。他提出新文学建设必须学习和汲取自然主义的科学精神和方法,不仅以诚实严肃的态度从事文学事业,而且要使文学内容和方法都科学化。这便是在内容上"应该学习自然派作家,把科学上发现的原理应用到小说里,并该研究社会问题,男女问题,进化论种种学说",他批评当时小说内容的轻浮浅薄,要求青年作者学习屠格涅夫,即使写恋爱,也要表现一种科学的人生观;在方法上则要按照唯物主义的反映论和认识论来反映描写现实,即为求反映的"真",而"事事必先实地观察"然后再作"客观描写"。"实地观察"与"客观描写",这便是作者所倡导的文学创作的科学方法,他认为这是已为西方自然派创作实践证实了的近代科学方法。茅盾在《文学与人生》(见孙俍工编《新文艺评论集》)中系统介绍了现实主义批评家泰纳的文学观，对科学精神的强调仍然是这篇文章的灵魂。文章说:“近代西洋文学是写实的，就因为近代的时代精神是科学的。科学的精神重在求真，故文艺亦以求真为唯一目的。科学家的态度重客观的观察，故文学也重客观的描写。”

把近代科学精神引进文学，以科学思想更新文学的内容和方法，从而促进新文学现代化进程，是以茅盾为首的文研会作家的又一历史性贡献。科学本位的价值观是文研会主要成员共同的文学价值观。文研会的理论家瞿世英在《小说的研究》(《小说月报》13卷7期)一文中同样阐述了茅盾的上述观点。他肯定了自然主义的科学精神，认为文学的研究者和创作者必须认清小说与科学的关系，“对于左拉的意见尤其要特别注意，因为他是文学的革命家，‘将科学的研究法，运用于文学的创作，以研究自然现象的态度来研究人生’，是研究近代小说之一重要关键。”他把巴尔扎克、左拉、福楼拜奉为这种科学精神的代表，从他们的实践得出的结论是:“科学精神对于小说至少有三种贡献:(1) 小说家的材料增加了不少。小说家更学了一种新的方法;(2) 小说家因受了科学的濡浸，对于人生肯老老实实地写出来，不论是如何龌龊污秽、贪婪狡诈都赤裸裸地写出来，这真是近代小说的特别优点;(3) 因为科学发达，人们的世界观与人生观都改变了，于是小说家也不得不改其对于人生之见解，另从一个方面去观察人生。于是出产的作品也因以不同。”冰心、许地山、王统照等，虽没有系统的理论主张，但却把这种科学精神体现在创作实践中。他们初期的问题小说，都是以社会科学家的严肃态度探讨人生问题的产物，所包含的人生哲理和人生观念，正是科学精神的体现。

总之，五四以来新文学的历史是一个民族文学现代化的进程。五四的时代精神，即科学和民主精神是现代化的基本内容。首先将这种精神引进新文学建设，并作为文学观系统地提出和自觉实践的，是茅盾与文研会。所以，我们说，在新文学现代化的进程中，以茅盾为代表的文研会是第一个具有文学自觉意识的文学社团。它的文学观(科学本位和人民本位的文学价值观)在现代文学发展史上，具有开拓意义。

二

由于文研会“科学本位”和“人民本位”的文学观深刻体现着时代精神，所以“振臂一呼，应者云集”，很快影响到新文学的全局，形成不可阻遏的时代潮流，并成为一种具有中国特色的现实主义精神纵贯整个现代文学发展的历史，影响着中国现代文学的方向、内容和流派特征。

首先，文研会提出的“科学本位”的文学价值观，贯彻于新文学发展进程中，形成新文学重视理论建设的基本倾向。在从文研会开始的新文学现代化进程中，科学的世界观和文学观总是文学运动的先导，作为文学主流的现实主义创作实践都是在科学的文学观指导下的具有理论意义的作家的自觉活动。

第一个十年是现实主义文学的形成期，作为其先导的是西方唯物主义世界观和文学观的介绍。这项工作主要是由文研会的诸作家完成的，《小说月报》是这个时期介绍西方唯物主义世界观和文学观的重要阵地，而沈雁冰则在这理论介绍和倡导中成为杰出的现实主义理论家。这个时期新文学理论建设的历史性贡献是科学文学观的建立。其具体内容是：(1) 以西方现实主义(包括自然主义)为参照系，提出“科学本位”和“人民本位”的文学价值观，促进了文学观念的现代化；(2) 汲取西方现实主义的科学方法，将唯物主义反映论引进创作实践，推动了创作方法的现代化；(3) 倡导和实践了现实主义批评原则，使科学的文学批评成为直接左右新文学发展导向的内在机制。

第二个十年是现实主义的发展期，革命现实主义的出现是其发展标志，而作为其理论先导的则是马克思主义文学观和文学理论的系统介绍和研究。20 年代末和 30 年代初，马克思主义在世界范围内得到广泛传播，反映到文学领域便是无产阶级文学运动的兴起。中国 1928 年的革命文学倡导与论争，正是在这背景下产生的。倡导和论争虽然表现了理论上的幼稚，但却是学习运用马克思主义理论的尝试。论争结束后，双方都认识到学习马克思主义文艺理论的重要性。鲁迅说：“我有一件事要感谢创造社的，是他们‘挤’我看了几种科学底文艺论，明白了先前的文学史家们说了一大堆，还是纠缠不清的疑问。并且因此译了一本蒲力汉诺夫的《艺术论》，以救正我——还因我而及于别人——的只信进化论的偏颇。”(《三闲集·序言》)又说：“以史的唯物论批评文艺的书，我也曾看了一点，以为那是极直接爽快的，有许多暧昧难解的问题，都可说明。”(《书信》1928 年 7 月 22 日)“这回的读书界的趋向社会科学，是一个好的，正当的转机，不惟有益于别方面，即对于文艺，也可催促它向正确，前进的路。……所以现在所首先需要的，也还是——几个坚实的，明白的，真懂得社会科学及其文艺理论的批评家。”(《二心集·我们要批评家》)原来主张浪漫主义的郭沫若也在提倡以社会主义为内容的现实主义，并认为其前提是作家对于辩证唯物论的把握，因此呼吁文艺家“彻底翻读一两本社会科学的书籍”(《英雄树》)。“左联”在成立大会通过的决议中明确规定要“确立马克思主义艺术理论和批评理论”，会后建立了马克思主义理论研究会。鲁迅、瞿秋白在马克思主义文艺理论的介绍方面首先作出杰出贡献。鲁迅除指导冯雪峰等人拟定出版系统介绍苏联马克思主义文艺理论的《科学的艺术论丛书》(共拟出十二本)外，还亲自翻译了卢那尔斯基的《艺术论》《文艺与批评》和苏联的《文艺政策》等马克思主义理论著作。瞿秋白更为系统地翻译介绍了马克思、恩格斯和列宁的经典理论著作，其中科学文艺理论方面有《马克思文艺论底断篇·后记》《马克思论巴尔扎克》《恩格斯和文学上的机械论》《恩格斯论易卜生的信》等。当时进步文艺界出版了三套马克思主义文艺论丛书：冯雪峰主编的《科学的艺术论丛书》、陈望道主编的《文艺理论小丛书》、东京左联编译的《文艺理论丛书》。进步刊物如《萌芽月刊》《拓荒者》《前哨》《文学导报》《北斗》《文学月报》《世界文化》《文化月报》《文艺讲座》及北平、东京左联的机关刊物等，都以显著篇幅刊登马克思主义文艺理论译作或研究文章。这个时期理论建设的突出贡献是马克思主义文艺理论体系的建立。理论体系形成的标志是大批研究文章的出现，具有代表性的有《马克思恩格斯和文学上的现实主义》(静华)、《〈艺术论〉译本序》(鲁迅)、《文学的真实性》(周起应)、《艺术与社会生活》(冯乃超)、《现实主义试论》(王任叔)、《艺术与人生》(周扬)、《世界观与创作方法》(任白戈)、《对于左翼作家联盟的意见》(鲁迅)、《鲁迅杂感选集序言》(何凝)等。马克思主义文艺观和文艺理论的介绍和研究直接推动了现实主义文学的发展，即突破了西方资产阶级现实主义的模式，而以苏联文艺为鉴，步入革命现实主义阶段。茅盾的《子夜》正以此而成为现实主义发展的里程碑。

第三个十年是现实主义的深化时期，其标志是大众化和民族化的真正形成。这个文学的深化过程则是从毛泽东文艺思想的学习运动开始的。毛泽东思想是马克思主义基本原理与中国具体实践相结合的产物，它于30年代末至40年代初发展到成熟阶段，《新民主主义论》和《在延安文艺座谈会上的讲话》是成熟期的代表作。这两篇著作系统论述了具有中国特色的新文化和新文学的特征，提出新民主主义的文化是“民族的科学的大众的文化”的科学论断。反对教条主义，坚持现代化和民族化的统一，是毛泽东文艺思想的基本特点，假若说五四至30年代，新文学理论建设的主要倾向是本土文学的现代化(即着重介绍外来科学文艺理论)，那么40年代文学理论建设的主要倾向则是文学的民族化(即马克思主义文艺理论的中国化)。毛泽东同志在上述两篇文章中批评了五四至30年代新文学在现代化过程中的教条主义倾向，而把实现民族化作为新文学建设的主要任务。他说：“这种新民主主义的文化是民族的……带有我们民族的特性……中国应该大量吸收外国的进步文化……但是一切外国的东西，如同我们对于食物一样，必须经过自己的口腔咀嚼和胃肠运动，送进唾液胃液肠液，把它分解为精华和糟粕两部分，然后排泄其糟粕，吸收其精华，才能对我们的身体有益，决不能生吞活剥地毫无批判地吸收。所谓‘全盘西化’的主张……在中国过去是吃过大亏的。中国共产主义者对于马克思主义在中国的应用也是这样，必须将马克思主义的普遍真理和中国革命的具体实践完全地恰当地统一起来，就是说，和民族的特点相结合，经过一定的民族形式，才有用处，决不能主观地公式地应用它。公式的马克思主义者，只是对于马克思主义和中国革命开玩笑，在中国革命队伍中是没有他们的位置的。中国文化应有自己的形式，这就是民族的形式。民族的形式，新民主主义的内容——这就是我们今天的新文化。”（《新民主主义论》）毛泽东的文艺观是与上述文化观完全一致的。它的内容是极其丰富的，但基本点则是文学的民族化和大众化。1942 年的延安文艺整风运动，就是马克思主义文艺理论中国化的运动，《在延安文艺座谈会上的讲话》就是产生于这运动中的具有中国特色的马克思主义文艺理论的经典文献。《讲话》的理论贡献不仅是发展了“人民本位”和“科学本位”的文学价值观，而且更重要的是顺应新文学发展的客观规律（现代化与民族化相对立统一的规律）适时地提出民族化、大众化的方向和实现这一方向的根本途径（作者在与工农兵相结合的过程中学习马克思主义，改造世界观）。40 年代以后的中国新文学，特别是解放区文学都是在《讲话》指导下发展的。民族化、大众化是这个时期新文学的鲜明时代性，不仅涌现出赵树理、孙犁、李季、阮章竞等大批来自工农兵的人民艺术家，而且创作面貌焕然一新，呈现出“新鲜活泼的、为中国老百姓所喜闻乐见的中国作风和中国气派”（《反对党八股》）。从历史的宏观角度来看，这是新文学现代化进程的深入：即从本土文学现代化阶段转入外来文学民族阶段；而后一阶段是更为高级的阶段。

从上述史实可见，新文学建设总以科学思想和理论为其先导，确是一条客观规律。同时，若将新文学三个时期理论建设的内容联系起来考察，则又发现另一规律：“人民本位”的价值观是新文学最基本的价值观，它贯彻于新文学理论发展进程中，决定着新文学的方向。新文学发展的三个十年，分别出现过三种文学观：“平民文学观”（第一个十年），“大众文学观”（第二个十年）和“工农兵文学观”（第三个十年）。这三种文学观都是“人民本位”的文学价值观。

茅盾与文研会的“科学本位”的文学观对创作的影响是形成中国现实主义文学对现实关照中的科学理性倾向。五四后以文研会为代表的现实主义，发展为多种流派，但科学理性倾向则是其共同特征。20 年代初的问题小说具有鲜明的理性启蒙色彩，不注重现实生活和人物性格的真实描写，而以社会问题和人生哲学的表现为其主旨，冰心和许地山这时期的小说最为典型。30 年代初以茅盾和吴组缃等人的作品为代表的社会剖析派小说，继承和发展了“问题小说”的科学理性倾向。这些小说的作者都是具有较高马克思主义理论水平的社会科学家型的作家，用马克思主义世界观对中国社会进行整体科学剖析是其创作动机，作品中总包含着作者对社会进行科学分析后的明确结论。以沈从文为代表的京派小说的理性倾向较为隐蔽，但从作者自觉的城乡对比意识和对理想生命形式、人生形式的探讨，使深刻领悟到一个启蒙主义者所怀抱的“国家民族重造”的社会理想及独特的哲学思考。沈从文把包含真理和深刻理性的作品叫作用“人事”写成的“经典”，认为它“可以教育第一流政治家”。这种理性倾向也表现在40年代的“七月派”小说中，路翎小说中对原始生命力的有意夸张和人物心理性格的大量逻辑分析与议论，都直接表现了作者对人生社会独特的规律性认识。

茅盾与文研会“人民本位”的文学价值观在创作中的影响是形成现实主义的平民化倾向，五四后乡土文学的兴起与发展，便根于此。20年代的乡土作家大都是文研会成员，和其前辈(问题小说作者)相比，出身经历完全不同：前者多是受过现代高等教育的上层知识分子，如冰心、许地山、王统照等；后者则是亲历农村破产危机流入城市的乡村小知识者。他们是乡村贫苦劳动阶级的代言人，作品包含着对下层人民深切诚挚的人道主义同情，真实如生地写出劳动人民经济的贫穷和精神的病苦，是下层人民生活的镜子。从关注人生问题的“问题小说”到专门描写乡村劳动者命运的“乡土小说”，是文研会现实主义创作实践在“人民本位”文学价值观指导下的深入发展。30年代至40年代，乡土文学几乎成为现实主义的主流，形成许多不同的作家群，影响遍及全国各地，如四川乡土作家群(李劼人、沙汀、艾芜)、东北乡土作家群(萧军、萧红)、山西乡土作家群(赵树理、马烽、西戎)、冀中乡土作家群(孙犁等)等。

文研会文学观对现代作家队伍建设的影响是形成了作家队伍平民化和革命化的发展方向。平民化和革命化包括思想和实践两方面的内容。所谓平民化，即指作家在思想上具有平民意识与情感，在实践上同平民生活有密切联系，甚至本身来自平民社会；所谓革命化，则指作家接受革命思想理论(特别是马克思主义思想理论)并参加革命实践。文研会成立后的新文学作家队伍的建设正是沿着平民化和革命化的方向发展的。第一个十年的基本趋向是从学者化到平民化，问题小说的作者是学者型的，而后起的乡土小说作家则趋于平民化。第二个十年的基本倾向是革命化，左联的成员不仅必须学习研究马克思主义，并要参加党领导的革命实践活动，革命化被提到首位。第三个十年的方向是上述两种倾向的有机结合，平民化已发展为与工农相结合的具体实践，革命化则表现为运用马克思主义指导创作与实践的能力和水平，赵树理便是这两种倾向相结合的范型。

“平民化”和“革命化”的倾向形成中国现代现实主义作家独特的类型性特征：以平民型和革命型为其主体。单从出身看，文研会成立后，中国现代作家主要有三种类型构成：学者型(以问题小说作家为代表)、革命型(以左翼作家为代表)和平民型(以乡土作家为代表)。但发展方向是后两种类型渐成为主体。

可见，茅盾与文研会的文学观在实践中的影响是全局性的。这固然和文研会成员的努力倡导和以身示范有关，但其根本原因是这种文学观体现了时代精神，顺应了文学现代化的历史进程。

三

社会主义文学是五四以来新文学的继续，现代化仍然是今天社会主义文学发展的方向。因此，茅盾与文研会以科学民主精神建设新文学、促进文学现代化的历史经验，仍有现实意义。

社会主义文学的现代化，同样需要科学精神和民主精神的灌注与发扬。具有新时代特征的社会主义民主精神和马克思主义毛泽东思想的科学精神，正是今天中国社会主义文学现代化的本质内容，实现社会主义文学的现代化，就是要在文学建设与发展中不断坚持和实践这种精神。和五四时期不同的是，社会主义文学建设是在党直接领导下进行的，作为社会主义现代化的精神文明建设组成部分的文学，其发展方向和道路，在党的文艺方针和政策中都做出明确、科学的表述。1991年7月1日，江泽民同志在《在庆祝中国共产党成立七十周年大会上的讲话》(以下简称《讲话》)中，关于中国特色社会主义文化的论述，指明了社会主义文学现代化的道路，在内容上正是新文学民主科学精神及其文学价值观在社会主义时代的发展。他用三个“必须”简明概括了社会主义文学现代化的指导思想、建设方向及方针和时代性的内容，构成一个完整严密的思想体系。《讲话》发展了新文学“科学本位”的文学价值观，把科学指导思想的确立，作为社会主义文学现代化的保证，指出:“必须以马克思列宁主义、毛泽东思想为指导，不搞指导思想的多元化。”坚持以马列主义毛泽东思想为指导，就是以马克思主义文学观指导文学理论和文学思想的发展，指导文学创作实践和作家队伍建设，通过理论与实践的结合和对反科学理论观点的斗争，发展马克思主义文艺科学，逐步建立具有中国特色的科学的社会主义文学理论体系和马克思主义文学理论队伍，从而使社会主义文学现代化建设成为科学思想指导下的伟大革命实践和社会主义精神文明建设的有机组成部分。

《讲话》发展了新文学“人民本位”的价值观，突出地强调，社会主义文学的现代化建设“必须坚持为人民服务，为社会主义服务的方向和‘百花齐放、百家争鸣’的方针”。即要求社会主义文学在现代化进程中，既要坚持为人民的方向，又要遵循科学和艺术发展的客观规律，运用民主和科学的方法促进文学现代化进程。

《讲话》科学地阐述了社会主义文学现代化进程的基本矛盾和内容，指出建设现代的社会主义文学“必须继承发扬民族优秀传统文化”、“充分吸收世界文化优秀成果”，民族文学的现代化和外来文学的民族化构成社会主义文学现代化的基本进程，而民族化与现代化的矛盾则是这一进程的主要矛盾，这矛盾统一的基础是社会主义时代精神：社会主义的民主精神和马克思主义的科学精神。这科学论断所揭示的中国现代文学建设的客观规律，已为五四以后新文学发展的历史充分证实。

总之，现代化的道路，是五四新文学的发展道路，也是今天社会主义文学发展的道路。现代化的本质内涵是在文学中体现时代精神。在中国现代文学史上，首先体现五四时代精神的是鲁迅的创作，而在理论上将时代精神具化为文学价值观加以倡导和实践，并有效地推动了新文学现代化进程的却是茅盾与文研会。因此，文研会建设文学的历史经验颇具现实意义，它昭告我们，如何遵循中国新文学发展的客观规律，深刻体现社会主义时代精神，应是今天文学工作者认真思考和研究的首要问题。

1998—1999年：

论胡适对中国新文学文体建设的贡献*

胡适认为中国文学在体裁、结构诸方面都“不完备”，不够作新文体创造的模范：“以体裁而论，散文只有短篇，没有布置周密，论理精严，首尾不懈的长篇；韵文只有抒情诗，绝少纪事诗，长篇诗更不曾有过；剧本更在幼稚时期，但略能纪事掉文，全不懂结构；小说好的，不过三四部，这三四部之中，还有许多疵病；至于最精彩的‘短篇小说’、‘独幕戏’，更没有了。”（《建设的文学革命论》）以此，他以西方文学名家名著为范本提出新文体建设的文体参照系列：(1) 散文文体参照系列包括：“柏拉图(Plato)时‘主客体’，赫胥黎(Haxley)的科学文字，包士威尔(Boswell)和莫烈(Morley)等的长篇传记，弥尔(Will)……的‘自传’，太恩(Taine)和白克尔(Buckle)……的史论”。(2) 戏剧文体参照系列包括：古代的“希腊戏曲”，近代莎士比亚、奥尼尔、易卜生和雨果的著作，“最近六十年来，欧洲的散文剧本”，其中最主要的是“专研究社会的种种重要问题”的“问题剧”。(3) 小说文体参照系列包括作家颇多，但特别强调的参照文体是以都德、莫泊桑和曼殊裴儿为代表的欧洲“短篇小说”。(4) 诗歌文体参照系列包括但丁、乔叟、雨果、密茨凯维支、华兹华斯等诗人的作品，其中特别推崇创作“从民间而来”的华兹华斯的诗作。

胡适文体建设的指导思想可以用“解放”和“创造”四个字概括。他说：“我常说，文学革命的运动，不论古今中外……都是先要求语言文字文体等方面的大解放。新文学的语言是白话的，新文学的文体是自由的，是不拘格律的。……若有一种新内容和新精神，不能不先打破那些束缚精神的枷锁镣铐。”（《谈新诗》）可见，“解放”是文体建设的第一步工作，即“先打破那些束缚精神”，已成“枷锁镣铐”的旧文体；“创造”是第二步工作，即创造“白话的”、“自由的”、“不拘格律的”新文体。这一指导思想形成胡适文体批评的基本标准，贯穿于他所撰写的文学批评中。他肯定和倡导作家创造新文体的试验，认为“只有不断的试验”，才可以为中国新文体“开无数的新路，创无数的新形式，建立无数的新风格”。他说：“中国文学有生气的时代多是勇于试验新体裁和新风格的时代。从大胆尝试退到模仿和拘守，文学便

---

* 《齐鲁学刊》1998年第5期，人大资料J3-1999—2复印，全国高校学报文摘摘要刊录。

没有生气。”(见《寄志摩谈诗》)

关于文体方法的理论体系就正是在上述思想指导下经过由实践向理论的升华而逐步形成的。所谓新文体方法的理论主要包括诗歌、小说、散文和戏剧等四种文体特征与写作方法方面的理论。其具体内容大致如下。

一、白话诗体理论

在新诗体建设方面,胡适提出“自然的音节”和“诗须要用具体的作法”的理论。

(1)“自然的音节。”在新诗创作开始时,攻击新诗的人所持论据多是说新诗没有音节,而新诗作者也以为新诗可以不注重音节。他们对新诗的态度虽是对立的,但却都不懂音节是什么。胡适针对上述认识提出关于“自然音节”的理论。其内容主要包括:① 音节是诗体的基本特征,构成诗的音节的因素:“一是语气的自然节奏,二是每句内部所用字的自然和谐”,“至于句末的韵脚,句中的平仄,都是不重要的事”。② 新体诗的音节是“自然的音节”,其与旧体诗音节的不同是:在“节”(诗句里面的顿挫段落)的字数规定上旧体诗较为固定,五七言诗两个字为一“节”;而新体诗句子长短无定,句里的节奏也以意义与文法的自然区分来分析,且白话里的多音字词比文言多,所以往往有的三个或四五个字为一节。在“音”(诗的声调)的规定性上新体诗比旧体诗要自由和自然,旧体诗在声调上有严格的平仄要求,而新体诗在声调上则“有两个要件:一是平仄要自然,二是用韵要自然”;新诗用韵有三种自由:“第一,用现代的韵,不拘古韵,更不拘平仄韵”,“第二,平仄可以互相押韵”,“第三,有韵固然好,没有韵也不妨”。他的结论是:“新诗的声调既在骨子里——在自然的轻重高下,在语气的自然区分——故有无韵脚都不成问题。”③ 自然音节要靠内部词句的组织来形成,“内部的组织——层次、条理、排比、章法、句法——乃是音节的最重要方法”(以上引文均见《谈新诗》)。

(2)“诗须要用具体的做法。”胡适在谈新诗做法时说:“有许多人曾问我做新诗的方法,我说,做新诗的方法根本上就是做一切诗的方法;新诗除了‘诗体的解放’一项之外,别无他种特别的做法。……诗须要用具体的做法,不可用抽象的说法。凡是好诗,都是具体的;越偏向具体的,越有诗意诗味。凡是好诗,都能使人们脑子里发生一种——或许多种——明显逼人的影像。这便是诗的具体性。”又说:“现在报上登的许多新体诗,很多不满意的。我仔细研究起来,那些不满人意的诗,犯的都是一个大毛病——抽象的题目用抽象的写法。”(《谈新诗》)他所谓“具体的做法”就是要求诗人将抽象的思想、情感化为生动的可以直接诉诸读者感官的诗的意象和意境。意象的捕捉和意境的营造，这是中外古今一切成功诗人创作的基本方法。新诗创作初期在强调“诗体解放”的情况下，对上述写诗的基本方法也程度不同的有所否定和摒弃，因此，在创作上有概念化、抽象化（抽象的题目用抽象的写法）的倾向。胡适的上述理论对当时新诗创作健康发展有直接指导意义。

胡适所提出的“自然音节”与“意象意境”问题，确是新诗体建设中必须解决的应用理论问题。因此，尽管这两个问题的论述尚欠系统性，但所提出的基本观点却引起一场历时达五年之久的诗体理论的讨论，并且成为讨论的中心内容。宗白华的《新诗略谈》（1920 年 2 月《少年中国》1 卷 8 期）、康白情的《新诗的我见》（1920 年 3 月 25 日《少年中国》1 卷 9 期）、郑振铎的《论散文诗》（1922 年 1 月《文学旬刊》24 期）、仲密的《论小诗》（1922 年 6 月 29 日《觉悟》）、陆志韦的《我的诗的躯壳》（1923 年 2 月 23 日《渡河·序》）等，都是这时期发表的颇具理论价值的诗论。这些文章丰富、补充了胡适的理论观点，使之成为更具系统性与逻辑力量的新诗创作论。

二、小说文体理论

胡适关于小说文体的理论主要包括一般小说文体理论、短篇小说文体理论和历史小说文体理论。

关于一般小说文体理论是在总结古代和近代中国白话小说文体实践基础上吸取西方小说文体理论而形成的新小说创作方法的理论。他通过中西小说比较提出新小说创作必须切实研究和认真实践的以下三个问题：

第一，小说题材。题材是文学创作的共性问题，但各类文体对题材要求均有其特殊性。作为叙事文体的小说与其他文学体裁相比，最突出的特点是艺术方法的自由多样和表现现实生活的巨大深度与广度。胡适特别强调这后一特点对于小说题材的影响，并以此对小说题材选择与运用提出一系列要求，这些要求可以概括为以下三条原则：（1）典型性原则。要求小说家要“推广材料的领域”，收集具有普遍性而又反映生活本质的材料构成小说题材。在当时应关注的题材就是“新旧文明相接触”时，反映社会矛盾和人生冲突的“家庭惨变”、“婚姻痛苦”、“女子之位置”、“教育之不适宜”等社会问题。（2）真实性原则。胡适将文学真实性原则运用于小说题材的研究，认为小说艺术真实性必须建立在素材真实性的基础上，而真实性的素材则源于小说家“实地的观察和个人的经验”。（3）完整性原则。素材往往是不完整的，由素材而变为小说题材的过程，是作家在“周密的理论”指导下运用想象力对了观察与体验的材料，加以补充使之逐步完整的过程（以上引文均见《建设的文学革命论》)。

第二,小说结构。胡适认为中国古代与近代小说(包括一些名著)与西方小说相比其突出缺点是不讲或不重视结构,这就使小说创作不能充分发挥其文体应有的特殊功能,而限制了内容的表达,因此,借鉴西方小说结构方法创造与新内容相适应的美好结构形式是新小说文体建设的重要内容。他称内容与结构都完美的小说为“全德”的作品,以为这类小说在中国近代小说中只有吴趼人的《恨海》和《九命奇冤》等几部;其他小说,在内容、语言或技巧上虽有可取之处,甚或成绩很高,但在结构上却均不足取:“其体裁皆为不连属的种种实事勉强牵合而成。合之可至无穷之长,分之可成无数短篇写生小说。”他以这类小说为“《儒林外史》的产儿”,认为“以体裁论之,实不为全德”(《再寄陈独秀答钱玄同》)。小说结构是小说艺术机体的建构,其建构形式与方法受题材内容和文体格式制约。因此,结构从方法上看,便是小说家根据小说文体格式(由人物、情节、环境三要素结构而成的叙事文体格式)对题材内容进行剪裁布局的艺术创造过程。以此,胡适总是把“剪裁”和“布局”的方法作为衡量小说结构成败标准,并认为《三国演义》和《儒林外史》分别是剪裁和布局失败的反面典型。他在《三国演义·序》中以剪裁的标准对《三国演义》作了如下批评:“文学的技术最重剪裁。会剪裁的,只消极力描写一两件事,便能有声有色。《三国演义》最不会剪裁;他的本领在于搜罗一切竹头木屑,破烂铜铁,不肯遗漏一点。因为不肯剪裁,故此书不成为文学作品。”在《五十年来中国之文学》一文中又批评了《儒林外史》在结构上没有总体布局的缺点,并说由于《儒林外史》的影响,这种“没有布局”,“没有总结构的小说体就成了近代讽刺小说的普通法式”。胡适认为完美的小说结构均具有清晰的线索(情节线索或人物线索)和集中的叙述中心(中心事件或中心人物),因此,剪裁和布局必须紧紧围绕情节线索和中心事件进行,即围绕中心事件(或人物)和中心线索安排情节,取舍材料,剪去无关繁文、枝叶,建构中心集中、线索清晰、组织严密、情势统一的艺术机体。

第三,小说描写。描写是叙事文体的主要手段,更是小说文体写作的必须手段。但与西方小说相比,不懂得运用描写方法而惯于记账式的叙述,仍然是中国近代小说的突出缺点。针对上述情况,胡适提出关于描写方法的理论。他第一次对小说中描写范畴作出较为严密的界定,将描写分为“写人”、“写境”、“写事”、“写情”四方面。这四方面,从小说文体角度可概括为四种描写方法,即人物描写、环境描写、细节描写和心理描写。这四种描写方法虽在作品中可以找到一些例证,但在理论上当时尚未形成共识,更未成为作家形诸实践的自觉。因此,上述关于描写范畴的明确界定对于小说文体观念形成与创作实践都具有推动和指导作用。在描写方法运用方面,胡适提出一系列理论主张,其中主要有以下几点:(1)个性描写。即

"写人要举动,口气,身份,才性……都要有个性的区别";"写境要一喧、一静、一石、一山、一云、一鸟……也都要有个性的区别"。(2) 情节描写。要求"线索分明,头绪清楚,近情近理,亦正亦奇"。(3) 情感描写。"要真,要精,要细腻婉转,要淋漓尽致"。(4) 描写方法综合运用。"有时须用境写人,用情写人,用事写人","有时须用人写境,用事写境,用情写境"(以上引文均见《建设的文学革命论》)。

胡适非常重视短篇小说文体研究,认为近代西方短篇小说无论在创作实践方面还是在文体理论方面都显示出最为突出的成就。他的短篇小说文体理论就是以西方短篇小说为参照针对中国新小说创作实际提出的,其内容集中表述在专论《论短篇小说》(1918 年 5 月《新青年》4 卷 5 号)中。文章对短篇小说文体的内涵与外延作出如下界定:"短篇小说是用最经济的文学手段,描写事实中最精彩的一段,或一方面,而能使人充分满意的文章。"对这个界定,作者作了两点诠释与论证:其一,所谓"事实中最精彩的一段或一方面"便是社会生活(包括一人的生活,一国的历史,一个社会的变迁)的"横截面"。其二,所谓"最经济的文学手段"便是"不可增减,不可涂饰,处处恰到好处"的表现手段。这诠释较为笼统,若结合举例论证来看则可见其理论内涵是从选材、结构和描写三方面阐释短篇小说文体的特征和在写作上的规定性。选取生活"横截面"来写,是短篇小说选材的规定性,以此与写"纵剖面"的长篇小说区别开来;"横截面"的题材严格限定了短篇小说结构的时间、空间长度,这就必须要求打破从头说起的叙事结构模式,而采取"用全副精神气力贯注到一段最精彩的事实上"的"结构局势",这种集中的紧紧围绕一段精彩事实剪裁布局的结构模式,体现了短篇小说在结构上的规定性,以此与在结构上少受时间空间长度限制的长篇小说区别开来。"经济"的选材和结构必然要求"经济"的描写,经济的描写不仅是惜墨如金的精炼,而且是突出中心,区别轻重,作到"处处恰到好处"的描写,写轻处"十个字记十年的故事,不为少",写重处"一百多字记一天的事,不为多",这种语言精炼而又用笔集中的描写,也正是短篇小说区别于长篇小说之处。

胡适的小说文体理论中还包括历史小说写作的论述。历史小说是以历史事实和历史人物为题材进行艺术创造的小说文体,历史真实与艺术虚构的统一是历史小说写作的基本原则。首先提出上述原则并结合创作实践说明如何做到两者完美统一的是胡适。他说:"凡做'历史小说',不可全用历史上的事实,却又不可违背历史上的事实。全用历史的事实,便成了"演义"体……没有真正'小说'的价值。……若违背了历史的事实……却又不成'历史的'小说了。最好是能于历史事实之外,造成一些似历史又非历史'的事实,写到结果却又不违背历史的事实。"(《论短篇小说》)

胡适上述小说文体理论具有两方面意义:其一,它所提出的现代小说文体观念和由此形成的小说文体理论框架，成为科学的小说理论体系建立与发展的基石，中国现代小说文体理论正是以此为基础逐步丰富发展起来的；其二，它始终与小说文体建设实践相结合，总是以文学批评、作品研究和讨论问题的形式，从理论与实践的结合上回答创作中必须切实解决的普遍性问题，因此在实践中产生了广泛深刻的影响，取得明显效果。

三、戏剧文体理论

戏剧文体理论的建设与介绍也是胡适很早就注意的。1918 年 6 月至 10 月他连续发表了系统评介戏剧家易卜生思想与著作的两篇论文。一篇是《易卜生主义》(1918 年 6 月《新青年》4 卷 6 号)，另一篇是系统阐述戏剧文体理论的《文学进化观念与戏剧改良》(1918 年 10 月《新青年》5 卷 4 号)。这是中国现代戏剧文体理论建设最早的成果，也是胡适戏剧文体理论最系统的表述。

胡适戏剧文体理论的主要内容是以文学进化观念，运用中西戏剧文学比较方法，对中国戏剧文体演变规律、戏剧文体特征、悲剧观念与悲剧文体特征以及创作方法问题所作的阐述。

胡适以进化观点将中国戏剧文体进化历史与西方戏剧文体发展作了比较研究，总结出中国戏剧文体发展的历史教训。认为中国戏剧由于未能如西方戏剧那样“自由发展的进化”，而是“只有局部自由”的演进，所以始终未能摆脱乐曲以及旧戏曲特有的“遗形物”(如脸谱、嗓子、台步、武把子等)的束缚而获得纯粹戏剧文体形式，“这种‘遗形物’不扫除干净，中国戏剧永远没有完全革新的希望”。他的结论是：“现在中国戏剧有西洋戏剧可作直接比较参考的材料，若能有人虚心研究，取人之长，补我之短；扫除旧日的种种‘遗形物’，采用西洋最近百年来继续发达的新观念，新方法，新形式，如此方才可以使中国戏剧有改良进步的希望。”(《文学进化观念与戏剧改良》)

关于西方悲剧观念，在近代已有王国维等介绍过。但将悲剧观念联系悲剧文体加以介绍的，胡适仍是第一人。他认定中国历史上的戏剧文学所以“总是一个美满的团圆”而无真正悲剧文体产生，其根本原因是缺乏悲剧观念，因此悲剧文体建设必须先从确立悲剧观念开始。于是他以西方悲剧为参照对悲剧观念的内涵作出如下阐释：

> 悲剧的观念：第一，即是承认人类最浓挚、最深沉的感情不在眉开眼笑之

时，乃在悲哀不得意无可奈何的时候；第二，即是承认人类亲见别人遭遇悲惨可怜的境地时，都能发生一种至诚的同情，都能暂时把个人小我的悲欢哀乐一齐消纳在这种至诚高尚的同情之中；第三，即是承认世上的人事无时无地没有极悲极惨的伤心境地，不是天地不仁，"造化弄人"（此希腊悲剧中最普通的观念），便是社会不良使个人消磨志气，堕落人格，陷入罪恶不能自脱（此近世悲剧最普通的观念）。（《文学进化观念与戏剧改良》）

胡适把中国"团圆"戏剧视为"说谎的"、"脑筋简单"、"思力薄弱的"文学，以为上述悲剧观念的确立"乃是医治我们中国那种说谎作伪、思想浅薄的文学的绝妙圣药"。

在戏剧文体特征与创作方法的论述中，胡适再次运用了在论短篇小说时提出的"文学的经济方法"，说"戏剧在各类文学之中，最不可不讲经济"。戏剧文学是为在舞台上向观众演出而创作的，演出时间、舞台空间严格限制着剧作的选材、结构与表现方法，使其成为一种最讲集中、最讲经济的文体。胡适针对上述文体特点，提出"编剧时须注意"的四项经济的方法，即"时间的经济"、"人力的经济"、"设备的经济"和"事实的经济"；同时将这种经济的方法与西方戏剧所严守的"三一律"相比较，认为基本观念是一致的。

在新文学运动中戏剧改良开始最早，但在五四前后的十几年间，戏剧改良止于西方戏剧的介绍与舞台演出技术的革新，而在戏剧文学创作与戏剧文体理论研究方面，无论数量和质量上都较其他文体薄弱。较为系统的戏剧文体理论研究是在三十年代，因此，胡适的上述理论在五四时期的戏剧改良运动中意义与作用就显得特别重大。

四、散文文体理论

胡适关于文体理论的建设与倡导首先是从打破古代散文形式束缚开始的。他的"八不主义"主要针对古文体中的散文文体"言文背离"和"文胜于质"的极端形式主义弊端而发，在《建设的文学革命论》中他又从新文体建设角度，将"八不主义"改为对新文体写作的以下四条要求：一是"要有话说，方才说话"；二是"有什么话，说什么话，话怎么说，就怎么说"；三是"要说我自己的话，别说别人的话"；四是"是什么时代的人，说什么时代的话"。这四条要求虽泛指新文学语体而言，但主要是以散文文体为基础立论，可视为对散文新文体写作在语体方面的要求。

在散文文体理论建设方面，胡适除在语体上提出破旧立新的明确标准外，还有以下两点贡献：其一，提出重应用讲文采，内容与形式相统一的散文观念。在散文文体范畴的界定上，他赞同章炳麟大散文的观点而反对传统的“狭陋的‘文’论”，说：“章氏论文，很多精到的话。他的《文学总略》（《国故论衡》中）推翻古来一切狭陋的‘文’论，说‘文者包络一切代言的工具；一切无句读的表谱录簿，和一切有句读的文辞，并无根本的区别。至于‘有韵为文，无韵为笔’，和‘学说以启人思，文辞以增人感’的区别，更不能成立了。这种见解，初看去似不重要，其实很有关系。有许多人只为打不破这种种因袭的区别，故有‘应用文’与‘美文’的分别；有些人竟说‘美文’可以不注重内容；有的人竟说‘美文’自成一种高尚不可捉摸，不必求人解的东西，不受常识与论理的裁制！”又说：“他是能实行不分文辞与学说的人，故他讲学说理的文章都很有文学的价值。”（《五十年来中国之文学》）可见，重应用讲文采，要求内容与形式相统一，是胡适散文观念的基本内容。以此，他反对在写作中将“文辞”与“学说”对立，将“应用文”与“美文”的区别说成一是不讲“文辞”，一是“不注重内容”，甚至“不必求人解”、“不受常识与论理的裁制”的传统观点。其二，依据上述观念对近代散文文体演变规律和几种有影响、代表发展必然趋势的散文文体种类作出科学归纳。在《五十年来中国之文学》一文中他把从严复到章士钊二十多年散文发展历史按文体种类分为四个时期，并对每时期的散文文体特征作出比较恰切的归纳与说明。第一个时期是以严复、林纾为代表的“翻译的文章”，鲁迅和周作人的《域外小说集》“是这一派的最高作品”。这种翻译文体具有明确的应用性，使古文由模仿转向应用；在形式上它破除了八股程式，“用古文叙事写情”，兼融中西文体之长，追求“信、达、雅”的目标，虽未脱文言语体囹圄，但却是近代散文文体革命的开始。第二个时期是以谭嗣同、梁启超为代表的“议论的文章”，又叫“新文体”。胡适认为这是当时颇具“魔力”的文体，其所以具有魔力是因在文体上有以下四个特点：“(1) 文体的解放，打破一切‘义法’‘家法’，打破一切‘古文’‘时文’‘散文’‘骈文’的界限；(2) 条理分明，梁启超的长篇文章都长于条理，最容易看下去；(3) 辞句的浅显，既容易懂得，又容易模仿；(4) 富于刺激性，‘笔锋常带情感’。”关于新文体的特征，梁启超自己曾有概括，其要点是“务为平易畅达，归杂以俚语、韵语，及外国语法”，“纵笔所至无检束”，“条理明晰，笔锋常带情感”。胡适在《中国新文学大系·建设理论集·导言》中曾引用梁启超上述概括，并加以阐发。第三个时期是以章炳麟为代表的“述学的文章”，即讲学说理的学术论文。胡适认为章的学术与论著在文体上有三个特征：其一，“精心于结构”。这一特征使他的说理讲学的文字真正称得上“著作”的书，而与其他“结集”、“语录”、“稿本”等普通文体区别开来。其二，学说与文辞并重。这就使说理的文章也具有文学价值。其三，追求“古雅”。喜欢用古字来代替通行的字。这后一特征限制了文章的应用性。第四个时期是以章士钊为代表的“政论的文章”。胡适认为这种政论文的文体发展到完备境界的是这时期的章士钊、黄运庸、张东荪、李剑农、高一涵等一批政论家，而章士钊的文章则可为此类政论文的典范。其特点是“文法谨严，论理完足”：“有章炳麟的谨严与修饰，而没有他的古僻；条理可比梁启超，而没有他的堆砌”；“有点倾向‘欧化’”，但这欧化“只在把古文变精密了，变繁复了”。

此外，胡适还有关于小品散文和传记散文方面的文体理论。他在肯定周作人小品散文创作时对小品散文体特征作了如下概括：“用平淡的谈话，包藏着深刻的意味；有时很像笨拙，其实却是滑稽。”（《五十年来中国之文学》）他特别重视传记散文文体的改革与创新，早在1914年就曾提倡传记文学创作，并对中西方传记散文的体例作比较研究，提出以西方传记散文体例为参照创造传记散文新文体的主张。后来又在北平、上海作过多次关于创作传记散文的演讲。可以说，中国现代散文文体理论体系是在胡适上述理论基础上不断总结鲁迅、周作人等散文家创作的过程中逐步形成的。

胡适为倡导新文体创造，发扬实验的精神，自己便首先进行新文体的创造实验与尝试。在白话诗、话剧、小说和散文等文体创作方面，他都作了尝试。胡适对新文学文体建设的倡导和尝试不仅在观念上居于领导地位，而且为新文体的创造与建设提供了参照系统、理论体系和试验方法，有筚路蓝缕之功。

胡适的国语教育工具论及其实践*

胡适在教育思想上颇受杜威平民主义教育理论影响。他在《实验主义》一文第七部分——《杜威的教育哲学》中，对杜威教育哲学思想作了全面阐述。从这些阐述中可以看到他已经自觉地接受了杜威的以下教育观点：(1) 教育职能观。认为教育是社会进化与改良的根本方法，教育根据于社会观念，支配个人的活动，这便是社会革新的唯一可靠的方法。(2) 重经验重应用，主张“知”“行”合一的知识论。胡适详尽地阐释了杜威提出的“教育即是生活”的论断，认为这是杜威教育理论的极具实践意义的精华部分。(3) 平民主义教育观。胡适对杜威的平民主义教育思想的内容作出概括，认为它最大的贡献是“要把阶级社会遗传下来的教育理论和教育制度一齐改革，要使教育出的人才真能应平民主义的社会之用”，这种人才须具备两个条件：(1) 须养成“智能的个性”；(2) 须养成共同活动的观念和习惯。(四) 教育的科学方法论。胡适引用杜威关于“哲学就是广义的教育学说”和“哲学便是教育哲学”的论断，说明教育与哲学的密切关系，将教育研究提到科学方法论的高度，并且认为实验的方法在教育实践中的运用，是“近代科学家的方法进步”的标志：它“一面教人怎样求知识，一面教人怎样证明所得的知识是否是真知识”。杜威的教育思想对于胡适的深刻影响便是上述教育观念与胡适现代语文观相结合而形成了他的现代语文教育观念及其指导下的语文教育实践。其中影响较大的是国语教育工具论及其实践。

胡适认为语文教育革命首先是从语文教育工具革命开始的，即旧的语文教育工具僵化了，必然要以新的活的语文教育工具来代替，从新文化运动开始的语文教育革命的中心内容便是以国语教育工具代替文言教育工具。这种工具进化观念不仅表现在胡适的许多论述中，而且贯彻于他国语教育建设的实践中，构成他国语教育工具论的完整内容。所谓国语教育工具论，就是主张以国语为语文教育工具的理论。从胡适的论述中可以看到其主要内容是从工具进化规律、工具应用能力和工具普及性等三个方面将国语、文言和方言作出科学的分析比较，从理论与实践的

---

* 《山东社会科学》1998 年第 2 期。

结合上论证国语作为语文教育工具的必然性。

语文教育工具改革早于清末就已开始。当时具有维新思想的有识之士都以西方国家和日本的先进语文教育为参照，将语文教育工具的改革作为普及国民教育开发民智的必由途径。以言文统一的官话取代言文分离的文言是这个时期语文教育工具改革的中心内容。这历时近 10 年的语文教育改革虽尚不是严格意义上的国语教育运动，但却揭开了中国语文教育工具现代化的序幕。为后来的完全意义上的更大规模的国语教育运动奠定了基础。这次改革运动的主要贡献是：（一）改革者的主张集中反映了语文教育工具改革的历史要求，阐明了国语教育工具改革是普及国民教育智民强国的必由之路的观点。（二）基于智民强国的思想提出语文教育工具改革的基本原则和基本内容。基本原则是："一则可为教育普及之基，一则可为语文统一之助。"基本内容是："以语言代文字以字母记语言。"（《直隶学务处复文》）这些原则和内容都集中概括和代表了那个历史阶段语文教育改革的先进思想，包含着真理性，成为后来语文教育建设理论的先导。（三）由于改革取得权力的支持，实践效果比较明显。

但清末语文教育工具的改革在理论与实践上都有其历史局限性。首先，在理论上他们将教育普及作为工具改革的目的，但同时又主张育"贤豪"的"高深之教育"（"教少数人之教育"）和"化庸众的""浅显之教育"（"教多数人之教育"）并存，并认可了这两种教育所用的工具的不同：前者以"文"（"汉文西文"）显其"高深"，后者则以"语"（以语言代文字以字母记语言）化为"浅显"。文即是文言，语即是白话，这实际上仍是在言文分离的传统语文观念指导下主张两种语文教育工具（文言与官话）并存。与此相关，他们尽管极力强调运用国语教育工具的重要性与必要性，却未能从理论上说明国语教育工具代替文言教育工具的历史必然性。在实践上的局限性有二：其一，所谓语文工具的改革在内容上仅限于语体方面（以官话代方言，以字母记语言），而涉及文体及语文技能方面较少，因此，还不是严格意义上的语文教育工具改革。其二，由于历史限制，当时尚无可作教材的国语文学和文章，致使工具改革因无国语教材作基础而不能真正形成压倒与取代文言工具的形势。

胡适语文教育改革思想便是以上述思想与实践为起点发展的，但从开始就带有新文化运动所特有的历史色彩，这便是以科学理性和历史宏观视野所显示的理论上的彻底性。胡适的第一篇研究语文教育工具的文章是写于 1915 年的《如何可使吾国文言易于教授》。这篇文章以论述语文教法为中心，提出语文教育工具改革的问题，说："汉文问题之中心在于'汉文究可为传授教育之利器否'一问题。"文章虽未能明确提出以白话代文言的主张，但却指出文言作为教育工具所存在的四个弊端：（1）文言"乃是半死之文字，不当以教活文字之法教之"。（2）文言"乃是视官文字，非听官的文字”，“学者不独须强记字音，又须强记字义，是事倍而功半也”。(3) 不讲文法，而“文法乃教文字语言之捷径”。(4) “不用文字符号，致文字而易普及。”这篇文章虽有新意，但在基本观点上仍未超出清末改革者的水平，正如作者后来所说：“我那时还没有想到白话可以完全替代文言，所以我那时想要改良文言的教授方法，使汉文容易教授。”(《逼上梁山》)1916 年，胡适现代语文教育改革建设思想开始形成，作为其标志的是该年 6 月发表的《白话文言之优劣之比较》。该文通过白话与文言的几项优劣比较，提出白话并非文言之退化，乃是文言之进化和活的白话必然替代死的文言而成为国语工具的论断。这个论断便是胡适国语教育工具论的核心，此后的关于国语教育论文大都是围绕这个论断从理论上展开论述的。从论述中可以看到胡适国语工具论的内涵构成如下：

胡适以历史的观点来审视语文教育工具的变迁，认为与广大人民生活相脱离的文言在中国封建时代所以能充当两千年的教育工具，是由脱离平民而成为少数人特权的封建教育制度——科举制度所决定的。这个观点在《白话文学史》(上卷)的开头一章《古文是何时死的》中作了较全面地阐述。胡适以进化论的观点接受了杜威平民主义教育的思想，认为中国教育的历史进程，随着两千年科举制度的结束便进入平民主义教育时代，平民教育是为国民服务的国民教育，其目的不再是科举取仕，而是普遍提高国民文化素质，培养出“真能应平民主义的社会之用”的具有应用能力和独立思想的人才。这种教育的平民性质就决定了脱离平民的文言再也无法作为教育工具而存在，而它的位置必然要为活在平民生活中的国语所替代。胡适认为上述认识已是为教育实践所证明的规律。他说：“这二十年的教育经验更可以证明文言的绝对不够用了。二十年前，教育是极少数人特殊权利，故文言的缺点还不大觉得。二十年来，教育变成了人人的权利，变成了人人的义务，故文言的不够用，渐渐成为全国教育界公认的常识。今年全国教育会的国语教科书议案，便是这种公认的表示。”(《国语的进化》)

国语教育工具必然替代文言教育工具的理论根据是工具进化论，即作为文化媒体和社会生活交际工具的语文本身总是随时代发展和人类生活的变迁以及文化交际内容与形式而不断进化的。工具进化的基本形式分为自然演化和自觉改革两种，前者是不自觉的量变，而后者则是在量变基础上加以人力自觉推动的质变；工具进化的必然结果是新的活的工具替代旧的死的工具。胡适认为这种工具进化的规律既为文学历史所证实，也同样体现在语文教育工具变革进程中。他在考察文言至白话的进化过程中，找到一条工具进化的内在规律——应用能力的增加。这个规律性认识丰富了工具进化论内涵，也成为实证国语是文言的进化的理论依据。在国语运动初期，有一种认为白话为文言的退化的观点，其理由是：文言因为有许多文人专心研究，故虽无变迁而用法却更为“精研”，故不曾退化；白话因为没有学者研究，故虽有变迁而无进化。他们所持衡量进化与退化的标准是“优美”和“俗”(《孙文学说》)。胡适以语文进化的历史事实批判了上述观点的谬误，指出要确认文言与白话哪个是进化，必须首先找到一个衡量语文工具进化或退化的科学标准。他认为这个科学标准便是应用能力的增加或减少。他说：“一切器物制度都是应用的。……应用的能力增加，便是进步；应用的能力减少，便是退步。……语言文字也是应用的。语言文字的用处极多，简单说来，一、是表情达意，二、是记载人类生活的过去经验，三、是教育的工具，四、是人类共同生活的唯一媒介物。我们研究语言文字的退化进化，应该根据这种用处，定一个标准……。这几种用处增加了，便是进步；减少了，便是退化。”(《国语的进化》)胡适依据上述标准对于文言与白话逐项作出比较，从而以不可辩驳的逻辑充分论证了白话是文言的进化和国语教育工具必然替代文言教育工具的科学论断。

总之，胡适以工具进化论阐明了国语教育工具替代文言教育工具的必然性，而构成其工具进化论的两个支点则是作为事实依据的工具进化历史过程和作为理论依据的工具进化的量化标准。正是后者使胡适的语文教育思想具有了理论深度与思辩的逻辑内涵。

其二，国语教育工具建设的方向是标准化和规范化，其核心是国语教材建设。国语运动初期，在如何建设国语和国语教育问题上也存有分歧。一种普遍的观点是先由专家制订国语的标准，撰写规范化国语教材，然后通过行政手段在学校中推行。而胡适的观点则不同。他认为国语的标准化与规范化是国语建设和国语教育建设的方向，是必须经过长期实践与研究才能达到的结果，而不是凭空制订出来的。国语建设的第一步是在众多方言中选定一种接近国语的方言作为“候补国语”，通过建设提高使其逐步成为标准化与规范化的正式国语。他说：“一切方言都是候补的国语，但必须先有两种资格，方才能够变成正式的国语：第一，这一种方言，在各种方言之中，通行最广。第二，这一种方言，在各种方言之中，产生的文学最多。”胡适认为中国近代国语运动中所提倡的“官话”或“普通话”便是具有上述两种资格的“一种通行最广最远又曾有一千年的文学的方言”，所以，久已被公认为“中国国语的唯一候选人”，而在国语教育运动中又把它作为语文教育工具，定为“全国学校教科书的用语”。但胡适又指出具备上述两种资格的所谓“国语”，还不是严格意义上的“责任的国语”，而还只是一种须待规范化、标准化的“候补国语”，因此，国语和国语教育工具建设的任务便是在实践中通过改革逐步实现国语工具的规范化与标准化目标。

国语教育工具的标准化与规范化是一个庞大的综合改革工程，所涉方面极广泛。其中胡适所作的主要工作包括以下几方面：

(1) 文字的规范化建设。这项工作是在清末文字改革基础上进行的。胡适在这方面的贡献有二：一是通过科学论证，肯定了拼音文字是汉字改革的最终规范化目标。他在《答兰志先书》(1919年《新青年》6卷4期)中专门论述文字问题，先对当时有代表性的反对拼音文字的理由作出否定的回答，然后提出关于文字规范化目标及改革程序："中国将来应该有拼音的文字，但是……必须先用白话文字来代文言的文字；然后把白话的文字变成拼音的文字。……至于'古来传承的文字'尽管保存，丝毫不变，正如西洋人保存的象形字和巴比伦的楔形字一样。"二是推行新的字的分类与排列法。他在《四角号码检字法·序》中特别强调了字的分类与排列方法的规范化与标准化在国语建设中的重要意义与难度，并阐述了中文字分类排列法研究的历史。他将历史上的五种分类与排列法与当时王云五研究出的"四角号码检字法"作了比较研究后，肯定"四角号码检字法"是在音标文字通行之前最具简易性和规范性的分类排列法，并写出学习这一方法的歌诀，以便推广。胡适主张汉字分类排列法的规范化标准应分为远的和近的两种：远的是注音字母通行、国音普及以后，"用音标来排列分类"的标准；近的是音标文字通行之前的"方块汉字分类排列法"的标准。但不管制订哪一种标准都应坚持"最容易、最方便、应用最广"的原则。

(2) 语音的规范化建设。语音标准化和语音教育规范化问题，是国语教育建设中的核心问题，也是胡适始终所关注的问题。他早于1914年在美留学时就开始研究拼音文字问题，并拟出《统一读音法》(见《藏晖室记》)。他曾任民国九年五月举行的"国语统一筹备会"临时大会主席，主持讨论国音标准化与国音教育问题，通过了《教授国音不必点声》的议案。这个议案虽先由钱玄同提出，却也表明了胡适的观点，但由于专家意见分歧，未能全面推行。一年后他又支持体现议案观点的高元著《国音学》和赵元任《国语留声片》教材的出版，并为这两本书作了序。此外，他还撰写了《入声考》《论长脚韵》等研究语音学的专论。从上述论著中可以看到胡适的意见主要有三条：第一条是语音的规范必须遵循语音自然进化的规律。他在《高元〈国音学〉序》中以点声的标准为例集中阐明了这一观点。他从各种方言的比较研究中得出声调发展有一个由多到少逐步递减的必然趋势和规律，如"由最古的广州话的九声逐渐减少到后起的北部西部的四声"，而现在作为国语的北部西部的方言中却又久已没有了四声中的入声。据此，他否定在国音改革中制订五声标准和点声的作法，而主张国音不必点声或教授国音时不必点声。同时，他认为在改革中提倡大造复音会字则是一项符合语言自然发展规律与趋势的措施，以此，他提出了增加复音会字的具体途径。第二条是实行国音标准化的根本途径是国音教学的规范化，包括教师、教材与教法的规范化。他在《赵元任国语留声片序》中以赵元任编写的国语留声片教材为例表达了上述观点。赵元任是五四时期著名的语言学者，早在1915年美国留学期间就曾同胡适一起讨论中国语文教育改革问题，并撰写了《吾国文字能否用字母制，及其进行方法》的论文。在五四时期他又在胡适支持下以自己独有的语音天才与素质积极投入国音教育，编出中国第一本《国语留声片》教材，为国音教育的规范性与标准化作出榜样。胡适通过对赵元任语音教学实践的评价与分析表述了他对国音教学规范化的三项要求：① 教师专业素质要全面，即不仅是一般语言学者，而且要明白语音和音乐的原理，应像赵元任那样既是“天生的方言学者”、“科学的语言学者”，又是“天生的音乐家”。② 国音教材要达到实用性与科学性的统一。实用性是适用于听、说、读的教学与综合训练；科学性则是要求不仅讲技能与知识，而且要讲语音原理。③ 国音教学要实行听、说、读三结合的科学方法。胡适认为以前所用的是“非科学的国音教学法”，其大病在于“偏重目见，偏重纸上的字形”，而不注意“耳闻”（听）和“口读”（说）。科学的语音教学法是听、说、读三项并重与结合，即“把眼、耳、嘴三项都打成一片”。

（3）标点符号的规范化建设。胡适对标点符号的建设工作在1914年美国留学期间就已经开始。《胡适留学日记》中关于这方面的研究记录有以下几则：《标点符号释例》（1914年7月29日）、《〈论句读及文字符号〉节目》（1915年8月2日）、《论文字符号杂记四则》（1916年4月23日）等。其间代表性成果是发表在《科学》（1916年2卷1期）杂志上的专论《论句读及文字符号》。在五四期间，他积极从事标点符号的理论研究与推行工作，除发表《论句读符号》（1918年《新青年》5卷3期）、《论无文字符号之害》（1918年《法政学报》1卷6、7合刊）等文章外，并作为重要提案人制订了《请颁行新式标点符号议案》。综观胡适在这方面的理论与实践主要贡献可归纳为以下三点：① 从国语工具进化的观点阐明标点符号规范化建设的意义和必然性。语言的进化具体体现在三个方面：一是表情达意准确性增强；二是应用能力的增加；三是法式的完备。胡适正是从以上三个尺度来认识标点符号建设的意义和必然性的。在《论句读及文字符号》一文中他指出“无文字符号之害”有三：“一是意旨不能必达，多误会之虞。二是教育不能普及。三是无以表示文法上之关系。”四年之后，他又以颁行新式标点符号的“理由”将上述三条写进《请颁行新式标点符号议案》中。这三条害处既是针对当时国语缺陷而言，而又恰恰体现语言进化的上述三个方面的要求，这就从理论上阐明了标点符号规范化建设不是一项随意性改革，而是语言进化的必然结果。② 提出标点符号规范化建设的基本思路：一是标点符号的制订应以“西洋最通行的符号”为参照；二是标点符号规范化目标的实现须有一个过渡阶段，与此相适应的标点符号的法式也应分为《新式标点符号》与《旧式点句符号》两种，逐步实施。三是标点符号规范化实施必须采取权力推行和重点带动的办法，即由教育部颁行方案，以学校、报馆、出版等单位为重点逐步推广。③ 创制标点符号的体例并垂范试验。他早于 1914 年就开始创制标点符号的体例并先行在写作中应用。以作实验。

(4) 国语文法的规范化建设。文法是语言自身规律的集中体现，文法学便是研究语言自身规律的科学。因此，文法的规范化程度和文法学研究的水平是语言进化与规范化的根本标志。胡适一直把文法与文法学发展与应用水平作为衡量语言工具进化的标准，认为文言工具的僵化集中表现为文法与文法学的落后，在留学期间就明确提出并阐发了他的文言白话文法比较观，其观点是：文言文法是“不自然的文法”，而白话的文法则是“自然的文法”，前者繁难靠记忆模仿保存，而不适于应用，后者简易好学而适于应用；从文言文法到国语文法的进化规律是“由繁趋简”，“从不自然的文法进而为自然的文法”(《四十自述·逼上梁山》)。在 1916 年的札记中有《作文不讲文法之害》(4 月 19 日)一文，列举《语论》中语句说明文言“作文不讲文法之害”，为克服此弊，他把“须讲文法”视为国语建设和文学工具改良的“八事”之一，写进《文学改良刍议》，说：“今之作文作诗者，每不讲求文法之结构，其例至繁，不便举之，尤以作骈文律诗者为尤甚。夫不讲文法，是谓‘不通’。此理至明，无待详论。”但在国语文法规范化建设中最能代表和说明胡适的贡献和文法学观念的是他的专论《国语文法概论》(包括《国语与国语文法》《国语的进化》和《文法的研究法》三篇。其中第二、三两篇曾单独发表，分别刊于《新青年》1919 年 7 卷 3 期和 1921 年 9 卷 3—4 期)。在这篇专论中胡适提出并阐述了构成他国语文法论的两个基本内容：进化的国语文法观和科学的国语文法研究方法论。《国语与国语文法》集中论述的是进化的国语文法观。文章将代表古文文法学的《马氏文通》与现代国语文法作了比较，认为缺乏历史进化的观念正是古文文法学的“大缺点”。他说：“《马氏文通》是一千年前的古文文法，不是现在的国语的文法。马建忠的大缺点在于缺乏历史进化的观念。他把文法的条例错认作‘一成之律，历千古而无或少变’。其实从《论语》到韩愈，中国文法已经过很多的变迁了；从《语论》到现在，中国文法也不知道经过了多少的大改革！那不曾大变的只有那记诵模仿的方法免强保存的古文文法。至于民间的语言，久已自由变化，自由改革，自由修正；到了现在，中国的文法——国语的文法与各地方言的文法——久已不是马建忠的‘历千古而无或少变’的文法了。”他的结论是：“国语的文法不是我们造得出的，他是几千年演化的结果，他是中国‘民族常识’的表现与结晶”，“国语的文法是古文的文法慢慢的改革修正出来了”，“全是这几千年‘寻常百姓’自然改变的功劳，文人与文法学者全不曾过问”，“但改变的地方，仔细研究起来，却又是很有道理的，的确比那无数古文大家的理性还高明的多”。因此，国语文法研究者应确立文法进化观念和寻常百姓是语言进步原动力的观念，将国语文法的建设作为一个语言发展过程来研究。

(5) 国语教材的规范化建设。以上述四个方面为主要内容的国语工具的规范化建设，其最根本的途径是以学校国语教学规范化为核心的国语教育规范化建设，而国语教材的建设又是国语教学的基础。因此，胡适特别重视国语教材建设。他认为国语标准化建设的根本途径是国语文学建设，即用标准化国语创作出国语文学作品，第一流国语文学不但为整个社会提供了学习国语的广义教材，而且成为学校建立“真正有功效有势力的国语教科书”的基础。他在《建设的文学革命论》中说：“真正有功效有势力的国语教科书便是国语的文学，便是国语的小说诗文剧本。”但是第一流国语文学作品的创作须要一个过程，不可能在一个短时期即可产生出堪作代替古文，“真正有功效有势力的国语教科书”的精品，于是就产生了国语教学标准化要求与国语不相适应的矛盾。胡适认为这个矛盾的长期存在决定着国语教育运动中白话与文言两种主张斗争与反复的长期性。在国语教育运动开展17年后的1934年竟然有汪懋祖等人起而倡导所谓“中小学文言运动”，且有社会响应，便是一例。对于这个教育中的文言运动的认识和应对措施，胡适是与众不同的。他在《所谓〈中小学文言运动〉》一文中以历史的回顾指出文言运动再起的根本原因在于国语教材的质量。他说：“我们回头看这十几年出的教科书，实在不能否认这些教科书应该大大的改良。但这十几年的中小学教科书的不满人意，却也证明了我十七年前的忧虑，我当时希望有第一流的白话诗、文、剧本、传记等等出来做‘真正有功效有力量的国语教科书’。但十七年来，白话文学的作品虽然在质上和量上都有了进步，究竟十七年的光阴是很短的，第一流的作家在一个短时期里是不会很多的。何况牟利的教科书商人又不肯虚心的，细心的做披沙拣金的编纂工作呢？今日社会上还有一部分人对于白话文存着轻蔑的态度，我们提倡白话文学的人不应该完全怪他们的顽固，我们应该责备我们自己提倡有心而创作不够，所以不能服反对者之心。……在那第一流的白话文学完全奠定标准国语之前，顽固的反对总是时时会有的。对付这种顽固的反对，不能全靠政府的‘再革一下命’——虽然那也可以加速教育工具的进步——必须还靠第一流白话文学的增多。”但胡适又认为在第一流白话文学尚未取得优势地位之前，学校国语教材建设要有一个过渡时期，在《论文学改革的进行程序》一文中，他提出的具体方法是国语教材的编写程序是先从低级学校做起，然后改革大学。即第一，“一律用国语编纂中小学校的教科书，现在所谓‘国文’定为‘古文’，须在高等小学第三年以上始开始教授。‘古文’的位置，与第一种外国语同等。教授‘古文’，也用国语解释；一切‘模范文’及‘典文’的教授法，全用国语编纂。”第二，“编纂国语教科书，并不是把现有的教科书翻成国语就完事的。第一件要事，在于选用教科书的材料。……小学教材，应该多取小说中的材料。……现在新文学既不曾发达，国语教科书又不曾成立，救急的方法只有鼓励中小学校的学生看小说。小说之中，白话的固好，文言的也可免强充数，总比读《古文辞类纂》更有功效。”胡适的上述意见对于国语教材建设产生了一定影响。从国文教材编写历史看，白话文所占比例是逐步增长的。最早的文言白话合编教材是出版于1922年的新学制初中《国语教科书》(商务印书馆出版，顾颉刚、叶绍钧等合编)，白话文占百分之四十；十年后出版的初级中学《开明国文读本》(1932年上海开明书店出版，王伯祥编)、新课程标准适用《初中国语读本》(1933年上海中华书局出版，朱文叔编)和初级中学《国语教科书》(1933年上海文艺书局出版，戴叔清编)等，白话均占百分之六十。至1948年则出版了由第一流现代作家编写的完全选用白话文章作课文的《开明高级国文读本》(朱自清、吕叔湘、叶圣陶合编)。

以上两个方面概括起来讲，一是语文教育工具进化论，一是语文教育工具建设论。正是这两方面构成胡适国语教育工具论的主体内容。其他方面内容都是由此而生发的。胡适后来在《介绍我自己的思想》一文中说：“我在这十几年的中国文学革命运动上，如果有一点点贡献，我的贡献只在：一、我指出敢‘用白话作新文学’的一条路子。二、我供给了一种根据于历史事实的中国文学演化论，使明了白话文学在中国文学史上占有什么地位。三、我发起了白话新诗的尝试。这些文字都可以看出我的文学革命论也只是进化论和实验主义的一种实际应用。”我们也可以说，胡适上述国语教育工具论，也正是进化论和实验主义的一种实际应用。

胡适对语文学科建设的贡献*

国语教育的学科建设，实质上是在国语建设中建立一个以史论著三种文本为基础，由系统理论知识与技能构成的语文学科。胡适虽没有明确提出语文学科建设问题，但从他国语与国语教育建设的全部成果中可以看到，他已经为语文教育学科的建设在理论与实践上作出开拓性贡献。

胡适对语文学科建设的第一个贡献是明确界定了语文学科的性质。他认为语文学科的本质属性是它的工具性和应用性：它不等于文学，而是文学的载体与工具；它不等于语言文字学，而是语言文字学的应用。这个界定是他上述国语教育工具论的逻辑起点，在许多文章中都有明确表述，同时也体现在语文教学的设计中。如他在《中学国文的教授》一文中所提出的中学语文教学的目的和标准是："一、人人能用国语（白话）自由发表思想——作文、演说、谈话——都能明白通畅，没有文法上的错误。二、人人能看平易的古文书籍……。三、人人能作文法通顺的古文。四、人人有懂一点古文文学的机会。"这四项要求都是以应用为其标准的，虽是针对中学语文而言，但所体现的"应用性"则是整个语文学科的共性。

胡适对语文学科建设的另一贡献是建立并开拓了语文学科的范畴和内容体系。从他倡导与研究所涉及的范围看，语文学科的范围与内容体系主要构成如下：

一、文 章 学

作为语文学科重要构成部分的文章学是以文体规律、文章写作与文章赏析等为研究内容的学科系统。胡适对于文章学的研究最为系统，成果也最多，关于文体的研究尤为突出：《五十年来中国之文学》是一部近代文体变迁史，《历史的文学观念论》是一篇阐释文体进化规律的文体进化论，后来撰写的《白话文学史》（上卷）实际上也是一部以文体进化的必然规律展示文学发展进程的文体进化史。关于文章

* 《东岳论丛》1998 年第 3 期。

写作方面的研究大都是与文学研究及文体研究结合进行的，有关论述多散见于上述两类论文中，专题论述较少，但也有几篇颇有分量的文章。如《建设的文学革命论》虽以文学建设为题，但实是一篇最系统的文章写作学，所论写作的三步程序(一、工具，二、方法，三、创造。)既是“创造新文学的进行次序”，也是一般文章写作的程序；《文学改良刍议》所论“八事”，实为文章写作的“八项注意”。在文章赏析方面，胡适的研究成果颇多，但最能体现他的特点与水平的则是《白话文学史》中大量的作品例析。正如作者所说：“这部文学史里，每讨论一人或一派的文学，一定要举出这人或这派的作品作为例子。故这部书不但是文学史，还可以算是一部中国文学名著选本。”因此，对于文学名著的赏析就成为这部书中分量极大而又特别精彩的内容。但通观全书的这类赏析文字，便明显地看到，作者的赏析角度都是语言、文体等文章的角度，而非狭义的文学角度。

胡适上述三个方面的研究成果，从理论层面看，虽然还不够系统和完善，但却构成文章学研究的基本内容体系。这个体系的横向构成是文体学、文章写作学和文章赏析学；纵向构成是文章学基本理论、知识和文章写作基本技能。

二、阅 读 学

阅读学是以研究阅读一般规律与方法、经典文本解读及阅读工具为内容的学科系统。胡适始终把阅读学的倡导、研究与实践作为国语建设的重要内容。他在这方面的研究成果主要包括以下内容：

(1) 阅读理论方法的研究。胡适专谈阅读理论方法的文章较少，主要有《读书》《一个最低限度的国学书目》《〈国学季刊〉发刊宣言》《治学的方法与材料》《清代学者的治学方法》等几篇。他的阅读理论与方法的研究大都是结合具体作品与著作的研究进行的，关于阅读理论与方法的论述也都是在上述一类学术文章中联系作品研究内容具体表述的，如整理国故、小说考证、作品与论著的序跋和读书杂记等。在这些文章中阅读理论与方法往往被提升到科学的研究方法与治学方法的高度，即科学方法论的高度。关于这些文章的方法论意义，胡适分别在《文存》第一集和第三集自序中已明确指出，他说：“我这几年做的讲学的文章，范围好像很杂乱，目的却很简单。我的唯一的目的是注重学问思想的方法。故这些文章，无论是讲实验主义，是考证小说，是研究一个字的文法，都可以说是方法论的文章。”(《胡适文存》一集自序)如《谈谈〈诗经〉》一文便是以《诗经》的解读与研究为例阐述一种古书的阅读与研究方法。作者说：“在今日研究古书，方法最要紧；……我今天讲《诗经》，也是贡献一点我个人研究古书的方法。”他结合对《诗经》的解读，将这方法归纳为以下两条。一是训诂：“用小心的精密的科学的方法，做一种新的训诂工具，对《诗经》的文字和文法上都重新下注解。”二是解题：“大胆地推翻二千年来积下来的附会的见解；完全用社会学的，历史的，文学的眼光重新给每一首诗下个解释。”这讲的既是研究古书的方法，也是阅读古书的方法，早在留学时期，作者就以此法阅读古书，并称其为“归纳的读书法”(《论训诂之学》，见《藏晖室札记》卷十五，1916 年 12 月 26 日)。胡适认为治学方法(或研究方法)与阅读方法(或读书方法)作为工具，在古书阅读与研究中并无本质不同，其区别只是由工具使用者的程度及阶段性目标所造成，即读书作为初学者的工具时一般称为阅读方法，而作为专门研究者的工具时，则往往因与研究方法相结合，成为治学方法。因此，他将所拟《一个最低限度的国学书目》既作为初学者阅读的“法门”，又称之为“历史的国学研究法”。他说：“这虽是一个书目，却也是一个法门。这个法门可以叫作‘历史的国学研究法’。”他所说的“法门”即指初学者想得一点系统的国学知识而需要的国学书籍阅读方法；而所以称这种阅读方法为“历史的国学研究法”，则是因为这阅读方法从方法论角度看属于历史的国学研究方法范畴，历史的国学研究方法正是这阅读方法的延伸与继续，它的实施正是历史的国学研究的第一步。作者说：“十几年的经验使我不能不承认音韵训诂之学只可以作‘学者’的工具，而不是‘初学’的门径。老实说来，国学在今日还没有门径可说；……在这个没有门径的时候，我曾想出一个下手方法来：就是用历史的线索做我们的天然系统，用这个天然继续演进的顺序做我们治国学的历程。这个书目便是依着这个观念做的。这个书目的顺序便是下手的法门。”(《一个最低限度的国学书目·序言》)因此，只有以胡适上述观念，真正了解阅读方法与治学方法的内在联系，才能真正认识在胡适著作中分量最大的关于古书阅读与考证文章的方法论价值。

(2) 经典文本解读。经典文本解读是阅读学的重要内容，其目的是对于难度较大或认识分歧的史、论、著三种经典文本专著通过解读作出阐释或评价。胡适对于《水浒传》《红楼梦》《三国演义》《老残游记》等古代与近代小说几乎都有解读性文章发表，这些文章多以考证或序跋形式对小说作者、作品内容和研究中难点与分歧点作出自己独到的诠释，不仅是指导阅读这些经典小说的必须参考，而且为小说解读提供了方法论典范。其他方面的解读文章数量也颇多，仅举以下四篇为例加以说明：①《墨子〈小取篇〉新诂》(《胡适文存》第一集第二卷)。以训诂的方法对《小取篇》逐节训诂解释。其体例是：“先举前人的话，次评其是非得失”，然后加上“自己的解说”。这可称为训诂解读。②《林肯·序》(《胡适文存》第一集第四卷)。《林肯》是英国现代诗人戏剧家德林瓦脱于 1918 年创作的六幕政治历史剧，上演后曾轰动英美。胡适在序中不是一般地介绍作者和剧情，而是在介绍中时时将这种政治历史剧别开生面的文体与中国历史戏曲加以比较，指出其优劣。如序的结尾说："我们如果真想打破那些红脸黑脸、翻斛斗、金鸡独立、全武行……的历史戏，不应该研究这种描写法吗?"这可称之为比较的解读。③《读〈楚辞〉》(《胡适文存》第二集第一卷)。《楚辞》的研究历史很长，研究中存有的不少分歧与存疑也正是阅读所遇到的难点。该文以考证方法对于"屈原是谁"、"《楚辞》是什么"、"《楚辞》的注家"、"《楚辞》的文学价值"四个问题作出具有启发性的解释与质疑，使读者耳目一新。这可称为考证的解读。④《读〈吕氏春秋〉》(《胡适文存》第三集第三卷)。《吕氏春秋》是秦国丞相吕不韦的宾客合纂的书，该书是否有一个贯穿的中心思想，这是关系到评定该书思想价值的大问题，也是阅读者所遇到的疑难点。胡适以历史的方法"细读此书"，发现这本合纂的书却"代表一个有意综合的思想系统"，即："一部《吕氏春秋》只说这三大类事：贵生之道，安宁之道，听言之道。他用这三大纲来总汇古代的思想。"因此，该文便将《吕氏春秋》放到中国先秦思想史的背景下对其思想系统的内涵作出诠释。这可称为历史的解读。

(3) 阅读工具的研究。阅读工具的研究有狭义与广义两个范畴：狭义的阅读工具研究指字典辞书的研究；广义的阅读工具研究指标点、校注、目录等阅读手段的研究。胡适在上述两方面的研究成果，在上文中多已提到。现举两篇为例：第一篇是《辞通·序》(《胡适文存》第四集第五卷)。从评价朱丹九编著的《辞通》入手，论述了中国辞书编纂与研究的历史，对于其体例与方法的变迁规律作出科学的说明。这是一篇辞书研究的代表性文章，该文的意义是将阅读学与辞书学作了交叉研究，扩大了阅读学的范畴与理论深度。第二篇是《日本东京所见中国小说书目提要·序》(《胡适文存》第四集第三卷)。这是以孙子书的《东京大连所见中国小说书目提要》为例论述小说目录学的文章，作者在文中不但讲述了小说目录的研究方法，而且肯定小说目录学研究是阅读与研究小说的重要手段。该文的意义在于将阅读学与目录学作了交叉研究，使阅读学的内容体系更臻于完善。

胡适关于阅读学的上述三方面研究成果，不仅丰富了现代阅读学理论，而更为重要的意义是建构起现代阅读学的内容体系。

三、口语表达学

口语表达学是研究口语表达技能的，从胡适研究范围来看，它包括语音的普通话，演讲与辩论等技能的研究。关于语音与普通话方面的研究成果最多，其中包括：(1) 国音学研究，可以上文提到的《高元〈国音学〉序》为代表；(2) 普通话教学研究，可以《赵元任国语留声片序》为代表。演讲与辩论是胡适尤其热衷的。他不仅主张在中学国文教学中设立演讲与辩论课，而且在学生时代就是一个成绩卓著的演讲家，热衷于对世界著名演讲家的研究和自身演讲技能的训练与养成。他在留美时期对于演讲的实践与研究，从《胡适留美日记》中可见一斑。日记中关于演讲方面的札记有 17 篇，内容分为：① 自己的演讲词及演讲效果记录九篇：《演说吾国婚制》(1914 年 1 月 27 日)、《〈宗教之比较〉讲演》(1914 年 1 月 28 日追记)、《初次作临时演说》(1914 年 5 月 10 日)、《两处演说》(1914 年 9 月 23 日)、《星期日之演说词》(1915 年 3 月 22 日)、《赴尼格拉县农会演说》(1915 年 4 月 25 日)、《藹城演说》(1915 年 5 月 19 日)、《在斐城之演说》(1916 年)、《在白原演说》(1916 年 5 月 20 日)。② 著名演说家精彩演说及自己学习心得记录八篇：《演说之道》(1914 年 10 月 30 日)、《威尔逊与罗斯福演说之大旨》(1914 年 7 月 12 日)、《威尔逊演说词》(1915 年 5 月 12 日)、《罗斯福演说》(1914 年 10 月 22 日)、《周诒春君过美之演说》(1914 年 10 月 30 日)、《塔虎脱演说》(1915 年 3 月 3 日)、《威尔逊连任总统演说辞要旨》(1917 年)、《威尔逊在参议院之演说词》(1917 年 1 月 22 日)。从以上札记中可以看到胡适在留学期间就已将演讲作为重要课余学习内容投入大量时间和精力去学习与实践，以至成为轰动一时的演说家，四处邀约，应接不暇，甚至影响到所选专业课的学习。他在 1915 年 4 月 25 日的札记中说："我三年中演说何啻七十次，得益之多非言可罄，然荒废日力亦不少，故此后决意不再受招矣。"但他又特别注明"今后决不再演说矣"这句话是"此但指学生时代"。可见，他提出不再演说只是为处理好课外演说与专业学习在时间上的矛盾，而并非真的放弃对演说的研究与学习。恰恰相反，在此后的几年里他对演说的兴趣有增无减，并且逐步由实践转向理论与技能的研究。札记《演说之道》摘记"演说的规则"八条："一、先要知道'演说术'已不合时宜了；二、先把你要说的话一一想好；三、把事实陈述完了，就坐下来；四、不要插入不相干的笑话；五、不要管手势声音等等；六、个个字要清楚；七、演说之前不要吃太饱，最好喝杯茶，或小睡；八、小有成功，不可自满；当时时更求进步。"上述八条规则虽摘自杂志，但胡适是作为自己经验的印证摘录的，所以他在文后说："甚合吾平日所阅历。"胡适上述关于演讲学的札记，虽未及展开深入论述，但却可以从中看出演讲学理论体系的端倪，为中国现代演讲学的建设提供了重要依据。

语文教育古已有之，但语文和语文教育作为一个独立学科却一直未能得到学术界的明确认定。至目前为止，有两个语文概念，在影响着语文学科的建设与发展。其一，语文等于语言加文学，是语言文学的简称。这种观念实质上等于取消了作为应用性学科语文学科的存在。其二，语文是听说读写工具的训练。这种观念虽然强调了语文的应用性，但却将应用性完全等同于工具性，而否定语文作为独立学科必须的基本理论、知识和技能的完整内容体系。胡适的上述研究与实践的根本意义，就在于从理论与实践上解决了语文学科的性质范畴与内容体系的一系列问题，为语文学科建设与发展提供了依据，开拓了领域。从这个意义上可以说胡适是中国现代语文与语文教育学科的开创者与奠基者之一。

鲁迅杂文文体理论及其实践*

鲁迅是杂文这一文体的创造者，不仅以最为丰富而精美的杂文创作建构了宏伟的杂文艺术世界，而且将创作经验升华为系统的文体建设理论，指导和推动了中国现代杂文创作与研究的发展。

杂文是应五四文化革命与思想革命需要而产生的新文体，始于《新青年》的《随感录》，由于鲁迅在实践上与理论上的创造与倡导，终于成为新文学中与时代现实斗争联系最紧密，因而发展最快，影响最大的独创性文体。鲁迅的杂文文体理论具有鲜明的实践性品格，即不是经院式地以既成的所谓文学理论与概念对杂文定义作出界定，而是以创作实践为基础，以这一文体在现实中所产生的社会效果为依据，运用以大众为本位的阶级功利主义观点和唯物辩证法，深刻揭示和总结杂文文体具有普遍意义和体现艺术规律的审美特征。

首先，鲁迅以大文章观点提出“明白时势”“知人论世”是杂文文体的社会功利主义特征，它的功利性能是通过其编年的文体形式而实现的。

从大文章观念来看，文章本来是各类体裁的综合。先秦两汉时期的文论（诗论除外）所论之文并非后来的所谓文学，而是广义的文章。王充的《论衡》对文的界定较为具体明确：“圣贤定义于笔，笔集成文。”又说：“《易》曰：‘圣人之情见乎辞。’出口为言，集札为文。”他将“文”的具体内涵概括为“五义”：“文人宜尊五经六艺为文，诸子传书为文，造论著说为文，上书奏记为文，文德之操为文。立五文在世，皆当贤也。”（《论衡·佚文》）这种大文章观念在魏晋南北朝时期得以更为全面地发展。曹丕的《典论·论文》不仅以“经国之大业，不朽之盛事”彪炳文章的社会功能，而且以“本同而末异”来概括文章的文体内涵，指出奏议、书理、铭诔、诗赋是构成文章的四类不同体裁，称为“四科”。刘勰的《文心雕龙》将先秦两汉以来的大文章观发展到完备地步，不仅对于文章的定义作出明确界定，而且对于文类的范畴也有具体分明的阐述。他认为文章是圣贤辞书的总称（在《情采》篇中说：“圣贤辞书，总称文章。”），其体裁范围极其广泛，主要由以下文类构成：其一，儒家经书（如《原道》《征

---

* 《东方论坛》1999年第4期。

圣》《宗经》《正纬》所论）；其二，文学范畴的诗赋（如《辨骚》《明诗》《乐府》《诠赋》所论）；其三，非文学的多种体裁形式（如《杂文》《书记》《史传》《诸子》《论说》《诏策》《檄移》《封禅》《奏启》《议对》所论）。在南北朝时专论文章的著作还有挚虞（晋）的《文章流别论》和颜之推（北齐）的《颜氏家训·文章篇》。这两篇专论对于文章的界定也都沿袭大文章的观念。前者以“人文”释文章性能，后者以五经释文章之源流，说：“夫文章者，原出五经：诏命策檄，生于《书》者也；序述议论，生于《易》者也；歌咏赋颂，生于《诗》者也；祭祀哀诔，生于《礼》者也；书奏箴铭，生于《春秋》者也。”唐宋时期为批判六期浮靡文风而更加强调恢复先秦两汉时期的大文章观，以儒家经书之文为文章的典范。白居易的《与元九书》将文章与诗歌并提，说“文章合为时而著，歌诗合为事而作”，但在概念内涵上却非并列，而是前者大于和包括后者。他说：“人之文，六经首之；就六经言，《诗》又首之。”显然，他是以“人文”来界定文章范畴的，只是特别强调了其中的六经，更将六经中的《诗经》推到首要地位。这种观点，在诗歌盛世的唐代是有代表性的。明清时代由于小说、戏曲创作与理论的发展，不但“文学之文”的地位大为提高，而且对各类文体的分类研究逐步增多。但这并未使文章观念与范畴趋于模糊或为文学的观念与范畴所取代，相反，文体学的发展，使原来较为笼统的大文章观念与范畴，更加清晰精确起来，即广义的文章仍是各种文体的总称，对各种文体规律的研究所形成的写作学与阅读学的理论知识体系构成文章学的基本内容。明代文论家有以宋濂为代表的复古主义者和以李贽为代表的反传统主义者。但在文章观念上则均持大文章观。清代姚鼐提倡“义理”“考据”与文章合一，即以文章学融贯宋学（程朱理学）和汉学（考据学）。显然，古文家的所谓文章范畴也包括文学之外的学术文。大文章观一直影响到近现代。近代古文集大成者章太炎在《文学总略》中将文学与文章加以区别，说：“文学者，以有文字著于竹帛，故谓之文；论其法式，谓之文学。”“以文字著于竹帛”即谓之文章，而文学则是文章中的一种“法式”而已。新文学运动发难者之一的胡适，以语文进化观为文学革命的理论武器，提出历来文学革命都是工具革命的观点。此所谓“工具”即指以文章为其总称的文体。可见，其语文观正是以大文章观为其基础的。鲁迅的杂文观也正是一种大文章观。他说：“其实‘杂文’也不是现在的新货色，是‘古已有之’的，凡有文章，倘若分类，都有类可归，如果编年，那就只按作成的年月，不管文体，各种都夹在一处，于是成了‘杂’。分类有益于揣摩文章，编年有利于明白时势，倘要知人论世，是非看编年的文集不可的……”（《且介亭杂文·序言》）

大文章观是鲁迅杂文观的基础。它的意义在于打破了狭义文章观由于偏于注重体裁程式而造成文胜于质的形式主义与公式化的形而上学倾向，使文体形式在服务于内容的前提下获得最大限度的解放和自由创造的天地。但鲁迅的杂文观决非传统大文章观的消极继承，而是汲取大文章观文体解放的精神，根据时代现实的迫切需要创造与建设新文体的现代文体改革论。它一方面坚持文体形式上（体裁）的多元性，一方面却更为强调与时代现实需要相联系的文体内在审美品格的一元性。从鲁迅杂文创作及关于杂文文体特征的论述中可见，文体形式的多元性与审美品格的一元性的统一，是其一贯的主张。所谓文体形式的多元性，是指杂文体裁形式丰富多彩，不拘泥于固有程式，以现实斗争需要而随时创造的自由、活泼的外在特征。鲁迅的杂文鲜明地体现了这一特征。他的杂文就文体形式而言起码包括抒情体（如《夜颂》《长城》）、叙事体（如《记“发薪”》《阿金》）、政论体（如《“友邦惊诧”论》）、短评体（如《论秦立斋夫人事》）、随笔和小品（如《看书琐记》）、絮语（如《半夏小集》《无花的蔷薇》）、日记（如《马上日记》《马上支日记》）、书信（《厦门通信》《答曹聚仁先生信》）、对话（如《论辩的灵魂》）、速写（如《秋夜纪游》）和寓言（如《战士和苍蝇》）等。所谓审美品格的一元性是指杂文与时代现实相联系而由现实需要所决定的审美倾向的共性特征，即刚健质朴的“力之美”；这种内在品格外化为自由、泼辣、锋利、敏捷的杂文文体的外在特征。鲁迅着重论述并在杂文创作中体现最为充分的便是这种审美品格。

鲁迅是以大众为本位的阶级功利主义观点从雅俗对立中认识和阐述杂文文体的审美特征的。他在《徐懋庸作〈打杂集〉序》中揭示了在围绕杂文的论争中两种艺术功利观的对立：个人主义艺术功利观者，认为杂文是中外文学概论中没有的东西，“并不是爬进高尚的文学楼台的梯子”，因而“见杂文而心灰意懒”，甚而跟随一些别有用心的论客攻击杂文及其作者；为大众的杂文作者“却没有一个想到‘文学概论’的规定，或者希图文学史上的位置的，他以为非这样写不可，因为他只知道这样的写起来，于大家有益”。鲁迅以“农夫耕田，泥匠打墙”比喻为大众的杂文作者的社会功利主义动机，说：“他只为了米麦可吃，房屋可住，自己也因此有益之事，得一点不亏心的糊口之资，历史上有没有‘乡下人列传’或‘泥水匠列传’，他向来就并没有想到。”鲁迅正是用以大众为本位的社会功利主义观点对于杂文文体的审美特征作出如下概括：“和现在贴切，而且生动、泼辣、有益，而且也能移人情。”“和现在贴切”虽直接指杂文的内容题材特征，但所揭示的却是杂文艺术生命之根。因为在风沙扑面，虎狼成群，大众在水火中为生存而挣扎的时候，敢于与文艺“超时代”和“要以古雅立足天下”的士大夫阶级的论调针锋相对，公然对于一切有害于大众现在生存与发展的事物“立刻给以反响或抗争”，“竭力加以抨击”，正是杂文扎根于时代与民众的根本原因。“生动、泼辣”是指杂文文体形式特征。“生动”来于艺术表现的具体性与形象性。鲁迅的杂文，“所写的常是一鼻，一嘴，一毛，但合起来，已几乎是或一形象的全体”，他在每集之后写较长的《后记》，就是为“要这一本书里所画的形象，更成为完全的一个具象”(《伪自由书·后记》)；他的社会短评的基本特征是“论时事不留面子，砭锢弊常取类型”，即政论性与形象性的统一；他认为篇幅短并不是小品文的特征，“讲小道理或没道理，而又不是长篇的，才可谓之小品”(《杂谈小品文》)，“讲小道理或没道理”即指表现的具体性与形象性。“泼辣”所体现的是杂文刚健质朴的战斗的审美品格，它与士大夫所谓的“雅”具有鲜明的对立性。鲁迅认为他的杂文不是艺术之宫里“潜心于他”的“鸿篇巨制”，而是在新旧斗争极其迫切的时代，“对于有害的旧物，立即给以反响或抗争的”短兵，“是感应的神经，攻守的手足”(《且介亭杂文·序言》)；也不是以“雍容、漂亮、缜密”为风雅，“供雅人的摩挲”的“小摆设”，而是“匕首”和“投枪”，“能和读者一同杀出一条生路的东西”(《小品文的危机》)；更不是遥观宇宙的“高大的天文台”，而是“也照污水，也看脓汁，有时研究淋菌，有时解剖苍蝇”的“小小的显微镜”(《做“杂文”也不易》)。他又特别指出上述泼辣的杂文文体形式在审美内涵上与士大夫文体观念的对立：士大夫所追求的艺术“极境”是“和平静穆”或“天马行空”似的“超然的性灵”，而他的杂文则是“怒目金刚”式的“悲喜时节的歌哭”(《“题未定”草》《华盖集续编·小引》)，其泼辣的战斗的审美品格与士大夫所欣赏的所谓雅致艺术是根本不相容的。他说：“我以为如果艺术之宫里有这么麻烦的禁令，倒不如不进去；还是站在沙漠上，看看飞沙走石，乐则大笑，悲则大叫，愤则大骂，即使被沙砾打得遍身粗糙，头破血流，而时时抚摩自己的凝血，觉得若有花纹，也未必不及跟着中国的文士们去陪莎士比亚吃黄油面包之有趣。”(《华盖集·题记》)“有益”，“移人情”则指杂文的社会功能。鲁迅将杂文的社会功能归纳为以下三点：“第一是使中国的著作界热闹、活泼；第二是使不是东西之流缩头；第三是使所谓‘为艺术而艺术’的作品，在相形之下，立即显出不死不活相。”(《徐懋庸作“打杂集”序》)第一，是说杂文这种新文体一旦“侵入高尚的文学楼台”后，就会以打破传统的思想和手法而使“无声的中国”和沉寂的文坛出现热闹、活泼的局面。鲁迅认为囿于传统思想和手法的中国文艺，因为“不敢正视人生”而陷入“瞒和骗的大泽中”而不能自拔，只有切近人生，“取下假面，真诚地，深入地，大胆地看取人生并写出他的血和肉来”的杂文与杂文家出现之后，中国才会“有一片崭新的文场”和“真的新的文艺”(《论睁了眼看》)。第二，是指杂文的社会批评功能。批评社会是鲁迅写杂文的鲜明动机，他早就希望中国青年站出来，“对于中国的社会、文明，都毫无忌惮地加以批评，因此编印《莽原周刊》作为发言之地”(《华盖集·题记》)。他认为这种批评的动机最早形成语丝体杂文的共性特征：“任意而谈，无所顾忌，要催促新的产生，对于有害于新的旧物，则竭力加以排击”；“不愿意在有权者的刀下，颂扬他的威权，并奚落其敌人来取媚”。而正是这种“因为毁坏旧物和戳破新盒子而露出里面所藏的旧物来的一种突击之力，至今尚为旧的和自以新的人们所憎恶”(《我和〈语丝〉的始终》)。杂文批评所以能使“不是东西之流缩头”,除了它内容的深刻性外,还因为它成功地运用了讽刺艺术并将针砭对象类型化。讽刺所以有力量是它以精炼的、夸张的笔墨写出社会“一群人的或一面的真实来”,由于“所讽刺的是社会”,所以“社会不变,这讽刺就跟着存在”,“要打倒这样的讽刺家,只好来改变社会”(《什么是讽刺?》《从讽刺到幽默》);所谓类型性是指将讽刺对象类型化,即“砭锢弊常取类型”,鲁迅曾把这种类型化的讽刺对象比作“病理学上的图”,“假如是疮疽,则这图便是一切某疮某疽的标本”(《伪自由书·前记》)。第三是指杂文的认识功能。从微观上看,杂文“言之有物”,文质兼备,使“为艺术而艺术”的作品黯然失色;从宏观上看,编年的杂文则具有“知人论世”和“明白时势”的史诗的功能,更使“为艺术而艺术”的作品,因内容的空虚肤浅而“显出不死不活相”。

总之,文体形式的多元性与审美品格的一元性的统一,是鲁迅对于杂文文体内涵的宏观性把握与概括。形式多元性的观点是对中国传统的大文章观的继承与发展,体现了文体发展的普遍性规律,在实践中产生了深刻而广泛的影响,成为30年代散文文体大解放大创新的繁荣趋势的理论上的原因。审美品格的一元性观点源于以大众为本位的阶级功利主义美学观,其深刻意义在于从大众与士大夫两种审美观念的对立中和理论与实践的结合上揭示了杂文文体与大众血脉相通的一些审美共性特征。这些特征具体表现在文体内容上(“与现在贴近”)、形式上(生动、泼辣)和社会功能上(有益、移人情、明白时势、知人论世),而作为其同一性内涵的战斗性,则体现着30年代具有普遍意义的审美倾向。

其次,鲁迅认为杂文的战斗性审美品格在艺术方法上的集中体现是讽刺艺术的运用。他先后写了《论讽刺》《什么是讽刺?》《从讽刺到幽默》《从幽默到正经》《“论语一年”》《漫谈“漫画”》等文章,从审美角度对讽刺艺术作了深入系统地论述,在更深的层面上揭示了杂文文体品格的战斗性内涵。鲁迅仍是以阶级功利主义观点来看讽刺艺术的,以此,他特别强调讽刺的方向性,认为因方向的不同,而讽刺便形成对立的两种:对于下层社会的讽刺和对于上流社会的讽刺。前者往往以下层社会劳动大众的鄙俗衬托上流社会士大夫的高雅,或“将屠户的凶残”,使大家“化为一笑”(《“论语一年”》);后者则矛头指向“所谓有教育的智识者社会”,“秉持公心,指摘时弊”,往往撕掉上流社会绅士淑女的假面具、阔衣服,将灵魂的丑陋和行为的可笑、可鄙、可恶指给大众。鲁迅所倡导和在杂文创作中所运用的便是这后一种讽刺。他称其为社会的讽刺。他认为广义的所谓讽刺,古已有之,特别在人情小说中时有运用,但所讽刺的往往是个人而缺乏社会性与普遍性,即“大抵设一庸人,极形其陋劣之态,借以衬托俊士,显其才华,故往往大不近人情”,而近于“打诨”;有的虽讽刺较为深切，却因集中于一人一家，近于揭发隐私，流于谩骂；唯《儒林外史》堪称社会的讽刺，这不仅因它文笔"戚而能谐，婉而多讽"，而主要是其方向与动机表现了为大众的社会功利主义："秉持公心，指摘时弊，机锋所向，尤在士林"（《中国小说史略·清之讽刺小说》）。他以易卜生和萧伯纳两位作家介绍到中国后的不同凡响，说明社会讽刺的鲜明阶级功利性，认为萧伯纳所以遭绅士淑女们的"沸沸扬扬"的攻击与谩骂，是因他的讽刺"最猛烈地鞭挞了"上流社会的"病痛"，毫不留情。但这样的讽刺一方面使绅士淑女们愤怒，另一方面却使"并无他所指的病痛的下等人"发笑，证明"萧是和下等人相近的，而也就和上等人相远"（《"论语一年"》）。他以与上述同样的观点评价果戈理的《死魂灵》，说果戈理虽自己是个地主，但在《死魂灵》中却以"含泪的微笑"，用平常事、平常话，深刻地显示出当时地主的无聊生活，"几乎无事的悲剧"；这"含泪的微笑"，在被笑的一方面是悲哀的，但倘使到了和作者地位不同的读者的脸上，则成为健康的笑了。鲁迅认为这是"《死魂灵》的伟大处，也正是作者的悲哀处"（《几乎无事的悲剧》）。

鲁迅以"真实""夸张"来界定社会讽刺内涵，说："用了精炼的，或者简直有些夸张的笔墨——但自然也必须是艺术的地——写出或一群人的或一面的真实来，这被写的一群人，就称这作品为'讽刺'。"（《什么是讽刺?》）"真实"是讽刺艺术的原则，"夸张"是讽刺艺术的方法。这两个方面的论述，是构成鲁迅讽刺艺术论的两个主要内容：真实论和夸张论。

鲁迅的讽刺艺术真实论，鲜明地体现着他的现实主义美学观。其基本观点是：(1)"讽刺的生命是真实"（《论讽刺》）。这真实虽非限于事实，但必须是会有的"实情"，因此，真实的真正含义是"写实"，非写实决不能成为讽刺，非写实的所谓讽刺，不过是捏造和诬蔑而已。他认为讽刺虽以夸张和漫画化取得针砭时弊的效果，但其生命力和艺术魅力却来自"真实"，"因为真实，所以有力"，夸张和漫画化的作用只是对于事实的"廓大"；因所讽刺的有社会上确实存在的时弊，所以讽刺文字便与时弊同存亡，而要打倒讽刺家和他的讽刺，也就"只好来改变社会"（《从讽刺到幽默》）。他以萧伯纳为例说明真实之于讽刺的意义和力量，说萧的讽刺所以伟大，是因他恰如一面大镜子，一到上海，"就将文人、政客、军阀、流氓、叭儿的各式各样的相貌，都在一个平面镜里映出来了"（《萧伯纳在上海·序》）。(2)讽刺的真实具有普遍性的品格。既不是"揭发隐私"也不是专记骇人听闻的所谓"奇闻"或"怪现状"，而所写的事情都是"公然的"，"常见的"，平时谁都"不以为奇"，"毫不注意"，然而是"已经不合理、可笑、可鄙，甚而至于可恶的"（《什么是讽刺?》），鲁迅特别强调真实的普遍性品格，认为"在或一时代的社会里，事情越平常，就越普遍，也就愈合于作讽刺"（《什么是讽刺》）但又认为单有普遍性的事实尚不能成为讽刺，作者还必须加以精炼(典型化)与夸张方会变成感动人的讽刺作品。(3)讽刺真实蕴含着积极的情感动机,其真实的情感不是恶意消极的"冷嘲",而是善意和热诚。这种积极的情感动机在鲁迅杂文中表现得尤为突出,是他杂文情感力量所在。以此,他将第一本杂感集取名为《热风》,以区别于无情的冷嘲,说"无情的冷嘲和有情的讽刺相去本不及一张纸",而他的杂感则是感于"周围的空气太寒冽"而发(《热风·题记》),虽为被讽刺者所憎恶,但"常常是善意的",目的在"希望他们改善","并非要捺这一群到水里去"。他说:"如果貌似讽刺的作品,而毫无善意,也毫无热情,只使读者觉得一切世事,一无足取,也一无可为,那就并非讽刺了,这便是所谓'冷潮'。"(《什么是讽刺?》)

鲁迅的夸张论,也是以真实为生命的。他认为夸张的"第一件要紧事是诚实,要确切地显示了事件或人物的姿态,也就是精神"(《漫谈"漫画"》)。他曾以漫画的夸张为例说明上述结论,说:"无缘无故的将所攻击或暴露的对象画作一头驴,恰如拍马家将所拍的对象做成一个神一样,是毫没有效果的,假如那对象其实并无驴气息或神气息。然而如真有些驴气息,那就糟了,从此之后,越看越像,比读一本做得很厚的传记还明白。关于事件的漫画,也一样的。……'燕山雪花大如席',是夸张,但燕山究竟有雪花,就含着一点诚实在里面,使我们立刻知道燕山原来这么冷。如果说'广州雪花大如席',那可就变成笑话了。"(《漫谈"漫画"》)为更准确地表达出夸张的真实性内涵,他提出"廓大"一词,说所谓夸张,就是用廓大镜廓大事件与人物的或一特征,使其更为分明了然。他批评了中国传统文学中对于"夸张"的误用与误导,指出那所谓"夸张"实为离开真实的"夸大","必须取消或折扣",才会"显出几分真实"(《文学上的折扣》)。他认为讽刺作品,不仅其内容应是写实的,而且在方法上还应正确地运用夸张,作到"旨微而语婉",而非"过甚其辞"地"夸大"。他说:"讽刺……是贵在旨微而语婉的,假如过甚其辞,就失了文艺上的价值,而它的末流都没有顾到这一点……"(《中国小说的历史的变迁·清小说之四派及其末流》)鲁迅曾以清末谴责小说《官场现形记》《二十年目睹之怪现状》与讽刺小说《儒林外史》在夸张的运用上加以比较,认为前两者用的是"夸大","描写社会的黑暗,常常夸大其词","不能穿入隐微","慷慨激昂","近于谩骂",而后者所用的则是"廓大","戚而能谐,婉而多讽",故成为真正的讽刺(《中国小说史略·清之讽刺小说》《中国小说的历史的变迁·清小说之四派及其末流》)。"夸大"在杂文中是更易流入恐吓和辱骂。所以,鲁迅在谈杂文讽刺艺术的文章中正告作者力戒将"夸大"误为"夸张",从而由"夸大"坠入"说谎"与"谩骂"。他说"恐吓和辱骂决不是战斗",杂文的讽刺的战斗性和力量来于以"廓大"来揭示敌人的假面,因历史已反复证明:古今的人从没有被骂倒的,"凡是倒掉的,决不是因为骂,却只因为揭穿了假面","就是指出了实际来”(《招贴即扯》)。

由于讽刺是杂文的主要艺术方法，所以讽刺与杂文、讽刺家与杂文家便都同样遭到被讽刺的人群与社会的猛烈攻击。幽默和以幽默为宗旨的小品文却在对讽刺的攻击声中提倡起来，林语堂便是代表者。鲁迅认为这幽默的提倡正是讽刺遭到社会压迫后的必然现象，因为在有些“文学家”明明暗暗的成了“王之爪牙”的时代，讽刺家是危险的，倘若不愿做文字狱中的主角，便只好将肚子里的闷气“借着笑的幌子，哈哈的吐他出来”，所以，幽默的一度流行是有其社会原因的。但他又断言，由于文化与社会环境的不同，以“雍容、睿智”为其审美特征的英美式幽默决不会产生和植根于政治思想极端专制，人民在水深火热中挣扎的那时的中国，因而提倡的结果便使幽默改变了样子：“非倾于对社会的讽刺，即堕入传统的‘说笑话’和‘讨便宜’”(《从讽刺到幽默》)。他在一些文章中所批评的正是这倡导者所奉为“幽默”的中国传统式的“说笑话”与“讨便宜”，深刻指出这所谓中国传统式的幽默在审美品格上不仅是与讽刺对立的，而且也与真正的幽默“无什么瓜葛”。他认为幽默的审美特征是寓庄于谐，即借着笑的幌子抒发怨愤，明辨是非，而非单纯的笑，单纯的笑并无审美价值；这一特征是已为世界文学成功的幽默作品所证实了的，如马克·吐温的作品在幽默中含着“哀怨”、“讽刺”和“反抗”，契诃夫自称为“小笑话”(指《坏孩子和别的奇闻》)的幽默之作，也不是“简单地招人笑”，而“笑后总还剩下些什么——就是问题”(《坏孩子和别的奇闻·前记》)。但他认为这样的幽默在中国是没有的，中国岂但没有这类寓庄于谐的幽默，即使自以为滑稽的文章者，“也是油滑，轻薄，猥亵之谈”(《滑稽“例解”》)，和真的滑稽也不同；中国的所谓“幽默”，从古代的唐伯虎、徐文长到近代的金圣叹，再到现代的林语堂，其个性虽异，但审美品格则一：“玩玩笑笑，寻开心”或“将屠户的凶残，使大家化为一笑”(《“寻开心”》《“论语一年”》)。

总之，鲁迅关于讽刺艺术的论述主要包括两方面：其一，以“真实”与“夸张”概括了讽刺的审美内涵；其二，从讽刺与幽默两种文体在审美上的对立与内在联系中揭示出讽刺艺术产生与存在的社会原因。其中，关于“真实”论与“夸张”论的辩证而精辟的论述，是马克思主义美学理论在艺术实践中的创造性运用与发展，具有普遍的理论与实践意义，是构成鲁迅以大众为本位的阶级功利主义文体观的重要内容。

以大众为本位的语文改革论*

——鲁迅语文观的内涵

30 年代的语文大众化运动(1930—1936)是继五四国语运动后,中国现代史上又一次语文革命。这次语文革命与前一次有着深刻的历史联系,但又具不同时代内容。其历史联系表现为同属于现代语文进化改革的实践过程,体现了语文工具(言语、文字、语体和文体)随着文化现代化进程不断解放的历史规律性。其时代内容的不同则指:(1)前一次革命是在以欧美为参照的新文化与中国传统旧文化的矛盾斗争的背景下进行的语文工具解放运动,其方向是白话对于文言的解放;后一次革命则是在新文化营垒内部两种不同文化思想的矛盾斗争的背景下进行的语文工具解放运动,其内容是大众语对于白话的解放。(2)前一次革命是在"以白话为本位的进化的"语文观念指导下进行的实践,其观念代表是胡适;后一次革命则是在以大众为本位的改革的语文观念指导下进行的实践,其观念代表是鲁迅。

鲁迅的语文观是以大众为本位的改革的语文观。构成该语文观的理论体系是以大众为本位的语文改革论,包括:语文改革的目的论、目标论和方法论。

语文改革的目的论

鲁迅语文改革观的基本内涵是为大众的,通过切实有效的改革,打破士大夫垄断,将本属于大众的语文工具重新交还大众,是其语文改革的根本目的。这是以科学唯物史观为基础的语文改革的目的论,其基本要点如下:

(1)语文作为交际工具原是大众所创造,但后来却逐渐为士大夫所收揽独占,成为与大众无缘的东西;对大众而言,原来所谓语文实为"非语文",艰难的方块汉字实"等于没有文字"。

鲁迅在《门外文谈》中以语文产生与发展的史实为依据提出并论证了上述观点。首先,以丰富切实的史实驳斥了圣人创造文字和文学的英雄史观,指出:① 文

* 《山东师范大学学报》1999 年第 2 期。

字既非四个眼睛的圣人仓颉所创造，更与玩弄文字技巧的文学家无关，它是应人类生存和社会交际的实际需要在长期实践中产生与形成的，而首先采集收揽民众创造的文字用以记事的则是巫和史官。② 民众虽然不识字，却是民间口头文学的创作者。这些无名氏所创作的作品中，有许多优秀的，或“可作行政上参考的”，便被史官或文人采集润色后记录流传下来。如《诗经》中的《国风》，东晋到齐梁的《子夜歌》《读曲歌》，唐代的《竹枝词》《柳枝词》等，便都是经文人润色的无名氏的创作。这类作品虽无士大夫文学的细致，但“未染旧文学的痼疾”，具有刚健清新的品格，对文人创作和整个文学发展都有深刻而积极的影响，其优秀者“比起希腊的伊索，俄国的梭罗古勃的寓言来，也是毫无逊色的”。其次，揭示出语文为士大夫所专断而与大众绝缘的原因，除身份经济原因外还因为文字、文章本身的难和士大夫故意制造的难。“文字在人民间萌芽，后来却一定为特权者所收揽。……至于平民，那是不识字的，并非缺少学费，只因为限于资格，他不配。……因为文字是特权者的东西，所以它就有了尊严性，并且有了神秘性。”文字是一条高门槛，“单是这条门槛，倘不费它十来年工夫，就不容易跨过。跨过了就是士大夫，而这些士大夫，又竭力的要使文字更加难起来，因为这可以使他特别的尊严，超出别的一切平常的士大夫之上。”（《门外文谈》）既然包括白话文的语文工具，对于大众来说已成为“非语文”，那么从大众出发，通过改革创建“大众语文”，则成为历史的必然要求和中国语文的新生之路。

(2) 为少数特权者垄断的语文，在封建主义文化统治下已成为统治者“愚民政策的利器”，大众身上“阻碍传播智力的结核”。因此，语文改革是一件关系中国劳苦大众生死存亡的大事。语文不改革，国民教育普及和民众的教育权力就是一句空话。

鲁迅认为中国人要在世界上生存，“那些识得《十三经》的名目的学者，‘灯红’会对‘酒绿’的文人，并无用处，却全靠大家的切实的智力”；因此，“倘要生存，首先就必须除去阻碍传布智力的结核：非语文和方块字”（《中国语文的新生》）。他以1934年8月浙江余姚县千余农民迎神祈雨，将劝阻者殴打后咬断喉管投入河中的事实，证明无教育的农民永在“迷信”和“讹传”中，为“逃死”和“救死”而反倒“自速其死”的悲剧命运，并发出令人深省的呼吁。

鲁迅认为造成农民愚昧的社会原因是愚民政策剥夺了农民受教育的权利，而工具的原因则是“难文字，难文章的封锁”（《门外文谈》）。前者需要社会改革来解决，而后者则是语文改革的任务。清末办白话报，五四搞文学革命都表现了中国知识者对语文工具改革的觉悟，但却“还只知道文章难，没有悟出中国等于没有文字”（《中国语文的新生》），因此，改革的成绩只在于白话文对于文言文的胜利，而触及根本问题的文字改革却在反对者的攻击下夭折。鲁迅将以白话为本位的“文学革命”称为“平和的”改革，而将以大众为本位的触及文字大众化的改革视为根本性改革，而文字改革的任务则是废除方块字而实行拉丁化。在鲁迅看来，文字改革所以是语文改革的关键问题有以下理由：其一，文字难在当时已造成百分之八十的文盲，至于不会写文章的人则更多。这就使占有中国人口百分之九十的大众丧失了用文章表达自己思想感情、发表意见和接受外来新文化的资格和权利，进而使整个中国会变成一个“无声的中国”，国民在无声中由聋而哑，终至灭亡。其二，文字改革难度和阻力最大。首先是文字改革本身是一项极复杂而难度很大的工作，它不是只靠大众自身可以完成的，而必须由专门家在深入调查研究和反复实验的基础上才能制订出切实有效的改革方案，而这些专门家一方面“必须有研究，能思索，有决断，而且有毅力”，一方面又必须具有大众的坚定立场，深入大众作调查研究，然后立存废的标准。鲁迅特别指出这是改革成功的关键。其次，由于文字改革触及了士大夫阶层的特权和传统观念习惯势力，所以总是遭到来自社会的激烈反对。这就须要改革者具有勇往直前的韧性战斗精神。

(3) 在消费者与生产者对立的社会里必然有消费者与生产者两种不同的文学艺术。但在中国，文字与文章的难遏制与堵绝了生产者文学艺术的生存与发展，虽有“平民文学”和“大众文学”的倡导，却没有真正由平民和大众所创作的平民文学和大众文学，应当属于大众的文学艺术仍然为少数消费者所独占。因此，大众文学建设的前提是以改革打破文字与文章的难，将语文工具交给大众。

在五四新文学革命中曾提出要建设与贵族文学对立的平民文学。显然，这所提倡的平民文学还不是鲁迅所说的由大众自己欣赏和创作的文学，而是同情大众的知识者为研究大众生活对大众进行思想启蒙而创作的以平民为材料的文学。鲁迅认为大众文学或平民文学的产生是以平民能欣赏与创作为前提的：能欣赏的读者，“首先是识字，其次是有普通的大体的知识，而思想和情感，也须大抵达到相当的水平线”，“否则，和文艺即不能发生关系”；创作者的起码条件是必须能“用文章”(而非口头)“发表自己的思想”(《文艺的大众化》)。但这两个前提在大众没有取得解放和语文尚未改革的情况下是无法解决的。所以，倡导者的所谓的平民文学和大众文学仍然是非平民的知识者所创作和欣赏的文学。鲁迅说：“在现在，有人以平民——工人农民——为材料，做小说做诗，我们也称之为平民文学，其实这不是平民文学，因为平民还没有开口。这是另外的人从旁看见平民的生活，假托平民底口吻而说的。”又说：“现在的文学家都是读书人，如果工人农民不解放，工人农民的思想，仍然是读书人的思想，必待工人农民得到真正的解放，然后才有真正的平民文学。”(《革命时代的文学》)总之，在鲁迅看来，若不将语文工具交给平民，文学的平民化便是一句空话。五四新文学运动的史实充分证明了这一结论的正确性。也正因为这个根本的前提问题未能解决，所以10年后又有大众语与大众文学的倡导。在这次运动中，鲁迅始终坚持的观点便是要真正将文艺交还大众，就首先必须切实进行语文工具的改革，将工具交给大众，也就是“必须提倡大众语，大众文，而且书法更必须拉丁化”（《门外文谈》）；在这些根本性改革未达目的之前的所谓大众化运动，只能是“使大众鉴赏文艺”和创作自己文艺的时代的“准备”。

鲁迅的语文改革的目的论是一个内容极为丰富的范畴，但上述三个观点则是其基本内涵，它所体现的是以大众为本位的语文改革目的观。这便是从大众生存与发展的权利这一根本意义上审视与确立语文工具的目的性，以与大众的关系立存废的标准，通过改革将语文工具交给大众。这是中国现代语文观念的又一次解放，它所导致的是大众语文对于白话语文的解放。

语文改革的目标论

中国现代文化发展史是一个传统文化现代化的历史进程，现代化是一切改革的方向。语文工具的改革自然也不能例外。语文大众化的倡导在理论上与实践上首先遇到的便是语文大众化与语文现代化的关系问题。对于这个问题的回答显然存在两种对立的观点：其一，是将大众化与现代化对立起来的观点；其二，是大众化与现代化相统一的观点。这两个观点的分歧集中表现在语文大众化目标的讨论中，形成两种对立的改革目标论。鲁迅的语文改革目标论，是基于后一观点提出的。它以历史辩证的方法，从理论与实践的结合上，阐明与解决了大众化与现代化对立统一的辩证关系，为大众化运动指出切实而又远大的目标。

鲁迅关于语文大众化目标的论述，包括两个层面的内容。一是具体的近期目标，一是宏观的长远目标。前一目标是语文工具的普及，即通过大众语、大众文和拉丁化的逐步推广，打破“文字难、文章难”对于大众的封锁，培养大众接受和使用新语文工具的能力。后一目标则是语文工具的发展，即在普及的基础上继续发展五四以来白话文改革的成果，汲取世界语文精华，不断促进语文工具现代化。这两个目标构成鲁迅语文工具改革目标论的两个相互依存不可分割的有机层面，深刻体现着大众化与现代化相统一的观点和五四前驱者不断革命的精神。

在大众语文改革目标的讨论中，有一种很具普遍性而且貌似为大众代言的观点，这便是以“俗”为大众语文的唯一目标。这种观点的立足点是大众由于智力和水平限制，只能接受旧语文固有的通俗的东西，而对“较新，较难的字句”和新词汇新语法则没有接受和汲取能力；因此，“为大众计”，就“必须彻底扫荡”五四以来白话语文的新语法、新名词，主张“说话作文，越俗，就越好”。这种观点表面看来“彻底”，但实质上是打着“大众”的旗，“向白话，翻译，欧化语法，新字眼进攻”，达到以“大众化”反对“现代化”的目的。鲁迅认为从动机上看，提出上述观点的人主要分为两种：一种是“文言的余孽”，其动机是“借此先来打击当面的白话和翻译”，所用的仍然是“祖传的‘远交近攻’的老法术”。另一种则是“好心的”“迎合大众”的知识者。他们动机是好的，但由于骨子里深藏着看轻大众和看轻自己的“古之读书人的老毛病”，所以其主张发展下去，“就要不自觉的成为新国粹派”和“大众的新帮闲”（以上引文均见《门外文谈》）。鲁迅在《门外文谈》中专以“大众并不如读书人所想象的愚蠢”为题，驳斥了上述观点，并从正面提出知识者应努力达到的目标。他说：“说起大众来，界限宽泛的很，其中包括着各式各样的人，但即使‘目不识丁’的文盲，由我看来，其实也并不如读书人推想的那么愚蠢。他们要知识，要新的知识，要学习，能摄取。当然，如果满口新语法，新名词，他们是什么也不懂；但逐渐的检必要的灌输进去，他们却会接受。那消化的力量，也许还赛过成见更多的读书人。初生的孩子，都是文盲，但到两岁，就懂许多话，能说许多话了，这在他全部是新名词、新语法。……他是听过几回之后，从比较而明白了意义的。大众的会摄取新词汇和语法，也就是这样子，他们会这样的前进。所以，新国粹派的主张，虽然好像为大众设想，实际上倒尽了拖住的任务。不过也不能听大众的自然，因为有些见识，他们究竟还在觉悟的读书人之下，如果不给他们随时拣选，也许会误拿了无益的，甚而至于有害的东西。所以，‘迎合大众’的新帮闲，是绝对的要不得的。”可见，鲁迅不仅顾及大众的现状，认为在语文工具普及阶段，要考虑大众接受的水平，而且更强调语文工具和大众一起在改革中沿着现代化方向不断发展提高。同时，他又特别指出在改革中努力将大众化与现代化、普及与提高很好地结合起来，是“觉悟的知识者的任务”。

鲁迅上述观点贯穿在他关于语文大众化全部内容的论述中，形成一个完整的目标论体系。其中于改革关系重大的有以下内容：

1. 大众语建设的目标

鲁迅认为大众语文改革与建设具体包括大众语、大众文和新文字三方面内容。其中大众语建设是一项最基本的内容。鲁迅根据大众化与现代化相统一的过程，提出普及与提高相结合的目标体系，即一方面是方言的现代化，一方面是白话普通话的大众化。所谓方言的现代化是普及阶段的目标，即各地区用各自地方的方言为基础，“渐渐的加入普通的语法和词汇”，使方言逐步现代化和普遍化。鲁迅称这个普及阶段为启蒙阶段，说：“启蒙时候用方言，但一面又要渐渐加入普通的语法和词汇去。先用固有的，是一地方的语文大众化，加入新的去，是全国的语文大众化。”这个由地方逐步扩大为全国的大众化的过程，显然是地方方言逐步汲取新质而走向现代化的过程。所谓白话普通话的大众化，是提高阶段的目标，即是白话普通话与方言的结合。鲁迅认为这种结合早已开始，这便是在交通繁盛、言语混杂的地方自然形成的将方言与普通话综合在一起的语言。鲁迅称这种语言为“‘大众语’的雏形”，认为这才是统一的大众语建设的基础。这种大众语的雏形正是大众所熟悉的固有的方言与所不熟悉的具有新词汇新语法的普通话在实践中自然结合的产物，它体现着大众化与现代化相统一的大众语文发展规律，是鲁迅目标论真理性的实证。

2. 文体大众化的目标

语文大众化建设的另一内容是大众文建设，而文体大众化则是大众文建设的核心部分。鲁迅对于大众化目标的理解，仍然持大众化与现代化相统一的观点，即不仅强调旧形式的采用，而且更加强调在采用中汲取新质而进行革新与创造，采用旧形式是手段，而创造新形式才是目标。鲁迅称这种在采用中创造的方法为“拿来主义”，认为“没有拿来的，人不能自成为新人，没有拿来的，文艺不能自成为新文艺”(《拿来主义》)。鲁迅的所谓“拿来”，就是批判继承，推陈出新；鲁迅所谓的文体大众化，就是根据大众的需要通过在采用中融化与改造的革新过程逐步实现传统文体形式的现代化。所以在旧形式的采用中，鲁迅特别强调对新质的汲取和对旧质的“删除”。

3. 文字改革的目标

鲁迅关于文字改革的目标论是在深入研究与总结近现代文字改革实践的基础上参照世界文字发展规律而逐步形成的。他认为中国文字改革的原则是简易与实用，而目标则是彻底废除方块字体系而实行拉丁化，即与现代世界文字拼音化并轨。简易与实用是大众的需要，所体现的是改革的大众化方向；拉丁化(拼音化)是世界文字现代化的必然趋势，所体现的则是改革的现代化目标。因此，在认真研究新的拉丁化法的基础上制订简易、实用的拉丁化方案，随着教育的发展逐步普及，终至以拉丁化新文字代替方块汉字，是中国文字改革的历史目标和必由之路。

4. 翻译语文的目标

鲁迅关于翻译的论述始终贯穿着语文大众化与现代化相统一的观点。他认为翻译不仅是“绍介国外思潮”，“运输精神的粮食的航路”(《由聋而哑》)，而且也是“输入新的表现法”(《关于翻译的通信》)，将中国语文引向现代化的渠道。因此，翻译文建设的目标，应当既包括基于大众目前接受能力与水平而制订的现实目标，又包括基于未来不断提高的大众文化水平而制订的发展目标。前一目标注重于翻译语文的大众化；后一目标则注重于翻译语文的现代化。

鲁迅所谓的翻译语文的大众化，在实践上包括以下内容：其一，依据大众中不同的文化水平确定的具体读者对象，使不同水平的读者都有相当的译本。他将大众分为甲乙丙三类。认为“识字无几”的丙类，“应在‘读者’范围之外，启发他们是图画、演讲、戏剧、电影的任务”；供给“略能识字的”乙类的，则是翻译与改写两种，在为他们的译本中“应当时常加些新的字眼，新的语法在里画”，但不宜太多，且以“能懂得为限度”，目的是丰富群众的语言；对于“很受了教育的”甲类，所供给的则是“宁信而不顺”的译本，“这样的译本，不但在输入新的内容，也在输入新的表现法”，具有医治中国语文不严密等弊病的作用。其二，在口语基础上建设普遍通俗实用的翻译文的大众语。鲁迅认为这种译文大众语的建设对于文艺译作的普及极为重要，因而首先对文艺译文大众语的建设提出自己的构想。他认为在真正意义上的大众语形成前，翻译文只能是博取民众口语和民众听得懂的白话而形成的“四不像的白话”。他说：“采说书而去其油滑，听闲谈而去其散漫，博取民众的口语而存其比较的大家能懂的字句，成为四不像的白话。这白话得是活的，活的缘故，就因为有些是从活的民众的口头取来，有些是要从此注入活的民众里面去。”（《关于翻译的通信》）

体现翻译语文发展目标的现代化进程是与上述大众化进程相反相成的，即翻译语文的现代化进程与大众化进程共同构成了翻译语文建设的实践过程，各自代表该过程基本矛盾的一个方面，在对立统一中发展。这两个矛盾方面所处地位的相互转换形成发展过程的阶段性。在鲁迅看来，翻译语文的发展目标同整个大众语发展目标一样，是随着大众文化水准与素养的提高及世界语文的发展而逐步演进的一个不封闭体系，因此，对于这个目标体系的建设，不是确立什么具体的固定的标准，而是探讨具有指导意义的现代化理论与原则及实施推动现代化进程的有效措施与方法。

语文改革的方法论

语文改革的方法论是鲁迅科学方法论的重要组成部分，是他的科学方法论在语文改革实践中的具体应用与体现。其内容主要包括以下方面：

1. 拿来主义

其内涵是批判继承、古为今用、洋为中用。这是鲁迅文化改革方法论的精髓，也是其语文改革方法论的中心内涵。他在《拿来主义》一文中，以形象的比喻，通过比较对这一方法作出阐释，认为这一方法包括三个要素。其一，拿来主义的前提是：改革者必须具有主人翁气派和现代觉悟的智识者的气质与胆识。即要求他们面对文化遗产“沉着、勇猛、有辨别、不自私”，能“运用脑髓，放出眼光，自己拿来”。其二，拿来主义的基本程序是：“占有”、“挑选”、“运用”。其三，拿来主义的目的是：创新。鲁迅在语文大众化运动中正是上述方法论的倡导者与实践者。

首先，他将大胆地“拿来”，作为语文改革的前提条件和对于语文改革者的基本要求。他认为语文大众化作为一项改革，虽然代表了大众的要求，但和历史上每项改革一样，在其开始“总是觉悟的知识者的任务”，而检验这些知识者改革成败的第一个标准便是对待文化遗产的态度。他断言中国语文与一切文学艺术改革创新之路由两条方向一致的途径构成，即“采用外国的良规，加以发挥，使我们的作品更加丰满是一条路；择取中国的遗产，融合新机，使将来的作品别开生面也是一条路”（《木刻纪程·小引》）。他还以上述观点总结中国文化历史和文化改革者的实践经验，指出大胆“采用”与“择取”传统与异域文化遗产，在文化改革中实行“拿来主义”，是一切真正改革者所具有的品格。

其次，他特别强调对于旧语文形式的“融合”和“溶化”，认为“融合”和“溶化”才能创造，“溶化”与“融合”，是一个剔除糟粕和汲取精华的过程，即一方面对旧形式“有所删除”：“恰如吃用牛羊，弃去蹄毛，留其精粹”；一方面又“有所增益”：正如“融合新机”后“滋养及发达新的生机”（《论“旧形式的采用”》）。

再次，他提出了对旧形式“拣选”与改革的原则，这便是以大众为本位的原则。即以民众为本位分别好坏，立存废标准，凡是符合民众本位的东西就保存和运用，凡不符合民众本位的东西就删除和废弃。如在旧形式采用中鲁迅所以选择了连环图画和木刻等形式，就充分体现了上述原则。文体形式的选择，其深层内涵是审美选择。因此，鲁迅的上述以大众为本位的选择原则所体现的本质意义是通过选择与改革提高大众审美的主体意识，逐步实现审美的大众化。在文体形式的选择和运用上，从来就存在着士大夫与大众两种审美的对立：大众以通俗、清新、刚健为美；士大夫却属守着古雅、纤巧、雍容。鲁迅在《小品文的危机》一文中以小品文这一文体由清新刚健而变成士大夫的“小摆设”和“清玩”的历史演变，深刻揭示了上述两种审美的对立。

2. 普及与提高相结合

普及与提高相结合是鲁迅方法论的另一重要内容。这一方法论在语文大众化运动中得以充分体现，是使大众化运动按科学规律深入发展的重要因素。大众化是在大众无教育无文化的状态下提出的。这个命题本身就包含着普及与提高两层内涵，即一方面打破以士大夫为本位的文化观念，利用固有的旧形式向大众进行文化普及，一方面则在大众化实施中提高大众文化水准，逐步建立起以大众为本位的现代文化体系。鲁迅所主张的普及与提高正是上述内涵在实践中的体现。这一方法论在实践上具体表现为实施大众化过程中的阶段论和反“迎合”论。

所谓阶段论，即主张将大众化的实施过程根据普及与提高相结合的原则划分为以普及为主的初级大众化阶段和以提高为主的全面大众化阶段。这个观点贯穿在鲁迅关于大众化的论述中，成为他方法论的中心内容之一。对于文艺大众化的实施，鲁迅也持上述观点。在《文艺的大众化》一文中，他将文艺大众化的过程也分为普及与提高两个阶段，前一阶段为“大众能鉴赏文艺的时代的准备”，后一阶段是“全面大众化”。他认为“全面大众化”实施的前提条件是教育的平等、大众化水准要达到相当的水平线和政治之力对大规模设施的支持，在这些条件尚未解决的“准备”阶段，“要全面大众化，只是空谈”，而“仍当有种种难易不同的文艺，以应各种程度的读者之需”。

所谓“迎合”论，是指鲁迅在大众化实施中反对迎合大众而主张通过改革的知识者的“利导”使大众的语文水平和大众语文建设水平沿着大众化与现代化相统一的方向不断发展提高的论断。这个论断的方法论内涵便是普及与提高相结合的原则。鲁迅在《门外文谈》中批评迎合大众的观点，说这种观点表面看来“虽然好像为大众设想，实际上倒尽了拖住的任务”，所谓“拖住”便是以“越俗就越好”为标准，将大众化水平限定在与目前大众文化状况相适应的低水准上，而不求为将来的发展与提高。鲁迅认为这种“迎合”大众的观点在认识上的错误是低估了大众的智力与知识化要求，忽视了知识者在大众知识化实践中的先导与主导作用。因此，对于上述错误认识的批评及正面观点的阐述，便构成鲁迅反“迎合”论的重要内容。其要点是：(1) 提高是大众知识化过程的必然要求。首先，大众“界限宽泛得很”，文化水平、接受能力高低不一，因而大众化标准在同时期也不能截然统一，而是在相对意义上包含着普及与提高的双重因素。其次，提高是大众的自身要求，它是由大众的智力发展和求知欲所决定的。大众虽被剥夺了受教育的权力，但智力并未泯灭，即使“目不识丁”的文盲，也“并不如读书人所推想的那么愚蠢”，“他们是要知识，要新的知识，要学习，能摄取的”(《门外文谈》)。(2) “由历史所指示，凡有改革，最初，总是觉悟的知识者的任务”，但这些知识者必须具有为大众事业献身的觉悟、指导大众的能力和远大正确的改革目标与策略。这便是要求这些知识者在思想上要大众化，既“不看轻自己”，也“不看轻别人”，而要“成为大众中的一个人”；在实践上要成为“有研究，能思索，有决断，而且有毅力”的改革家；在策略上则既能用权而又善利导，“他也用权，却不是骗人，他利导，却并非迎合”(《门外文谈》)。鲁迅除对知识者提出上述一般要求外，还特别强调他们在大众化实施中的主导作用和责无旁贷的任务，并且身体力行。

鲁迅语文改革的方法论是他以大众为本位的改革的语文观念与辩证思维方法的结合。它的理论意义是将语文大众化实践及其方法策略的研究同对中国现代文化史的研究相结合,使他的语文改革的方法论既具有针对性,更具有历史的理论的普遍内涵,即他的方法论既是30年代大众化运动的产物,而又是中国语文历史发展规律特别是近现代语文改革实践及发展规律的科学总结。它在实践上的意义是依据辩证统一规律正确阐释并解决了构成语文大众化过程的种种矛盾,而成为指导改革实践的策略思想。

鲁迅的语文观是五四以后中国现代文化观念在语文改革领域的体现,具有鲜明的时代特征。标志中国现代新文化时代特征的现代意识的基本内涵是科学民主精神,这种精神在文化改革实践中形成两个普遍性观念,即以人民为本位的观念和以科学为本位的观念,这两个观念是构成现代文化观念的主体内容,使其指导下的中国现代文化改革实践,始终沿着为人民大众的方向和现代化的方向发展。五四以来的文化思想革命、文学革命和语文工具革命都无不由于上述文化观念的指导而具有明确的方向性。从胡适的以白话为本位的进化的语文观到鲁迅的以大众为本位的改革的语文观,正体现了上述文化观念在不同历史条件下的深入与发展。就一般而言,中国现代文化发展的历史进程是传统文化现代化与外来文化民族化的过程,即这个过程的基本矛盾是现代化与民族化的矛盾。但就特殊而言,则由于占国民绝大多数的民众文化严重落后的国情,又使上述进程中始终贯穿着民族化与现代化建设同大众化的矛盾。这双重的矛盾也明显地表现在语文改革的过程中。语文革命的任务就是在不同历史条件下以改革手段通过解决这些矛盾,推动语文工具的发展。在以白话为本位的进化的语文观指导下的五四语文革命是传统文化现代化与外来文化民族化的历史条件下的实践,主要解决的是语文现代化与民族化的矛盾;而在以大众为本位的改革的语文观指导下的语文大众化运动,则是在中国文化现代化与民族化建设同大众化矛盾的背景下的实践,主要解决的则是语文现代化同大众化的矛盾。

鲁迅为代表的以大众为本位的改革的语文观在实践上的意义是指导和推动了以大众为核心的中国现代历史上第二次语文革命。这次语文革命比第一次以国语运动为中心的语文革命内容更为广泛深入,它是中国现代历史上第一次在政治支持下有组织地开展的语文革命。其主要内容包括:大众语文建设,大众文艺建设和大众语文教育建设等。

2000年：

论40年代解放区农村通俗小说文体的创造及其意义*

解放区新通俗小说的创作都体现了从群众化到民族化的基本规律，但在具体途径上却表现为两种相反相成的艺术化过程：其一，新文艺小说文体的大众化、民族化过程；其二，传统旧章回小说文体的现代化过程。

新通俗小说是这个时期的主流文学，代表这一主流文学的是赵树理和孙犁的农村题材的通俗小说。他们以不同的艺术风格和匠心独具的创造性显示了新通俗小说的艺术风貌和在文体建设方面所取得的成就。他们都是深深扎根于农村现实生活和农民文化土壤中的作家，长期从事的农村实际工作和群众性文化实践活动，使他们在创造前不仅已有雄厚的生活和艺术积累，而且形成了以大众为本位的文化和文学观念及以此综合与改造新文艺的深刻动机。这些正是他们自觉地接受毛泽东的文艺观，沿着新文艺大众化和民族化途径创作农村通俗文艺小说的主观原因和基础。但由于审美个性的差异，他们所创造的农村通俗小说文体以各自的审美特征形成两种不同的样式：赵树理的通俗农村问题小说和孙犁的通俗农村抒情小说。

一

赵树理的通俗农村问题小说的代表作是《小二黑结婚》《李有才板话》和《李家庄的变迁》。从这些作品的内容、创作过程和社会效果可以看到这一文体样式具有以下特征：

其一，以农村现实中出现的农民关切的社会问题为主题。这所谓社会问题都是在40年代特定时代背景下所提出的具有普遍性的农民问题，而这些问题又往往是五四新文学中问题小说所关注的社会问题在新的历史条件下的继续。如《小二黑结婚》所提出的农民婚姻自由问题，正是五四时期知识青年婚姻自由问题的继

* 《山东社会科学》2000年第4期。

续;《李家庄的变迁》所回答的农民命运问题,更是五四问题小说所提出而未能作出回答的中国民主革命中的中心问题。从上述情况可以看到,通俗农村问题小说正是五四问题小说在新的历史条件下的继续与发展,其继续则为主题内容的连续性,其发展则为文体的通俗化,即问题小说由新文艺小说文体发展到通俗小说文体。通俗农村问题小说由于综合了一般通俗小说语言形式的通俗性和五四问题小说主题的深刻性,所以就打破了历来艺术欣赏中的雅俗之界和反映现实的深广之别,而成为以巨大现实主义深度和雅俗共赏的形式,赢得广泛读者的小说文体样式。

其二,在人物题材方面体现了农民的主体性,创造了深嵌时代烙印而又具民族文化心态的农民形象系列,生动地再现了各类农民,特别是新型农民真实而鲜明的性格。对于农民形象时代性内涵的深刻把握和农民气质的真实性描写,形成通俗农村问题小说在人物塑造方面的鲜明特色。最能体现时代性特色的是以李有才、铁锁和小二黑等为代表的翻身农民形象。这些形象在思想意识上,不仅与同一作品中的老一代农民二诸葛、三仙姑等不同,而且也与此前作品中的进步农民形象存在时代的明显差异。他们的性格具有新的时代性特征,这便是关心政治,在社会生活中有主人翁感和创造历史的主动性。农民特质的真实表现更是此前小说难以匹比的。由于作者对农民了解的深切,使作品中所有的农民形象,从思想、习性、气质,到观察、思考和表达方式,都具有地道的农民特质。在旧通俗小说中人物的主体是帝王将相和才子佳人,虽有农民式的英雄豪杰,但已不具平凡农民的特质;在五四新文艺小说中,特别是在乡土小说中,农民形象大都是被作为失掉社会主体地位和主体意识,性格气质都受到严重扭曲的被损害与被侮辱者而描写的,在他们身上平凡农民的性格特质已不复存在;在30年代描写农民斗争的小说中,农民形象虽被从正面加以表现,并且在性格中注入了一些新的时代意识,但由于作者对农民及其生活缺乏深切了解和体验,便使这些人物形象所应具有的农民特质难以得到真实地表现,他们往往穿着农民的衣服,而其思想意识和气质习性却是知识分子的。通俗农村问题小说在人物形象方面的历史性突破,就在于:① 农民形象主体地位的确立,从根本上改变了旧通俗小说形象系列的性质,使通俗小说真正成为农民自己的文学;② 对于具有时代性的农民特质的真实描写,以展示特定时代环境下平凡农民的真实灵魂,而获得农民的思想共鸣,以表现农民特有的生活习性和审美情趣,而为老百姓所喜闻乐见;③ 克服了旧小说中定型化与平面化倾向,而注意描写性格发展与农民意识的复杂性。

其三,语言和表现方法的民族化与大众化。在表现方法上,融旧通俗小说的传统方法与新文艺的技巧于一炉,创造出适于农民欣赏习惯的描写人物和结构故事的方法。描写人物运用的是积极的动态的描写方法,即在宏观上将人物置于故事所描写的斗争环境中，通过其在矛盾斗争中所处地位的变化和与整个环境关系的变化，展示人物性格的发展及其原因；在微观上则通过人物自己的行动和语言来显示他们的性格，表现他们的思想情绪。这种描写方法是与故事性结构相适应的，是由故事性叙述方式所决定的，由于它与传统章回小说的表现方法一脉相承，所以，为农民所熟悉和乐于接受。故事结构所运用的线索结构的方法，即在宏观上要求故事情节的完整性，“从头说起，有头有尾”，在微观上要求故事情节的连续性，情节连贯不跳跃，以大故事套小故事，环环相扣，层层推进。线索结构是中国章回小说和旧戏曲惯用的结构方法。但赵树理在小说中所运用的上述结构方法并非仅仅是传统方法的搬用，而是在继承中有发展和创造，体现了民族形式创造中传统形式现代化与现代形式民族化、大众化的规律。表现在短篇小说结构中。现代短篇小说所普遍运用的共时态的横断面结构方法，易于经济集中地刻画人物性格，但却因不宜于故事的展开与叙述，而不为大众所接受；传统通俗小说所惯用的历时态的线索结构方法，自由开放，易于完整性与连贯性故事情节的展开与叙述，是构成小说故事性的基础要素，但用于短篇小说则不能经济集中地刻画人物，势必使短篇成为长篇的缩写。赵树理汲取上述两种结构方法的优长，创造了横切面结构与线索结构相结合的纵横交织的短篇小说结构的新模式，即一个大故事中套若干个小故事的模式。在这个结构中大故事与小故事的关系是纵横关系：作者一方面在横向层面上以作品中每个人物或一个人物性格的不同侧面为中心，设置若干小故事，以集中刻画人物性格；一方面又在纵向层面上以大故事发展的情节线索，将小故事有机地联结起来，以达到整个故事结构的完整与统一。《小二黑结婚》便是这一结构模式的典范。作品中在横向层面上所设置的许多小故事，都分别集中介绍或表现作品中的一个人物或一个人物的一个性格侧面。如前五节所写的五个小故事是《神仙的忌讳》《三仙姑的来历》《小芹》《金旺弟兄》和《小二黑》，它们分别介绍与表现了二诸葛、三仙姑、小芹、金旺弟兄和小二黑等人物性格；而从纵向层面上联结这些小故事的线索则是作为大故事的小二黑与小芹的婚姻纠葛。赵树理在短篇小说结构方面的另一创造是借鉴旧小说中在叙事形式上说唱结合，以“有诗为证”为贯穿线的形式，创造了以“快板诗”为结构线索的新模式。这类快板诗与旧小说中“有诗为证”的诗，在形式上虽然相似，但其内涵和在结构中的意义、作用却根本不同。前者具有情节化与性格化的特征，不仅在情节与人物发展中具有线索的意义，而且是情节与性格的有机构成，在故事发展与性格表现中有着重要作用。《李有才板话》是运用这一结构模式的成功之作。线索结构在长篇小说中也有创造与发展。从长篇小说《李家庄的变迁》中可以看到这种新的结构模式与旧章回体小说的明显不同：① 运用双线结构线索深化故事结构的历史性内涵。旧章回小说多以其中主要人物的命运为线索结构故事，虽也力求以社会为经以人事为纬，通过具体人事反映时代社会的风貌与趋向，但所谓社会的变革在作品中都是作为故事背景因素而存在，并未成为结构的内容直接体现在故事线索中。在《李家庄的变迁》中却有同时并存相互交融的两条纵向结构线索：以铁锁命运发展为其内容的人物线索和以李家庄的变迁为内容的社会线索。这两条线索的交融并存，就把人物的命运与其性格的发展同社会环境与群众命运的变革及发展有机地结合起来，从而丰富和深化了结构线索的历史性内涵，使之兼具性格史与社会史双重线索的意义。② 以史（社会变革史与人物性格发展史）为经以斗争为纬结构故事，通过人物在斗争中所处地位的不断转化和斗争的反复形成故事发展的阶段性、曲折性和连续性，以基本矛盾从对立到统一的运作过程显示故事结构的完整性和结局的必然性。这一特点鲜明地体现在《李家庄的变迁》中。

语言的大众化与民族化是赵树理的通俗农村问题小说最为突出的特点，也正是在这方面充分表现了赵树理对于通俗小说文体建设的创造性贡献。口语化向来被认为是旧通俗小说的传统，也是新文艺小说大众化的重要途径。但从实践上看，上述两种小说文体中的口语化都存在极大的局限性。在旧通俗小说中，所谓语言的通俗化，并非真正的“口语化”，而实是语言的“习惯化”，即指作品中的语言因长期使用而渐为读者和听众习以为常并理解其意。也就是说，旧通俗小说语言的通俗，不是由于运用了活的口语，而是由于“历史使文渐渐变俗”（老舍《谈通俗文艺》），而这变俗的语言不仅形成滥调套语，远离现代活人口语，而且语汇也并非纯粹白话，往往“不避文言文的字汇，而且用得相当多”（茅盾《关于〈新水浒〉》）。在现代新文艺小说创作中口语化已成基本趋势，但所谓口语运用则多囿于搬用现成方言土语，并且较多用于人物对话，至于叙述和描写则仍沿用五四白话，很少创造。在赵树理的通俗农村问题小说中语言的口语化已不再是简单地搬用方言土语，或套用旧通俗小说中的用语，而是以北方农民口语为基础汲取传统口语优长所进行的新鲜活泼的现代文学语言的创造。这创造出的新鲜活泼的文学口语，继承了旧通俗小说语言质朴平易的传统，而扬弃了其滥调套语的程式；既具备文学语言严密、简练、形象的品格，而又保有大众口语新颖、生动、明快的特点。这种融大众化、民族化与个性化为一体的文学口语，无论用于人物对话或用于叙述描写，都会产生令人耳目一新的艺术效果。

通俗农村问题小说是产生于40年代的中国通俗小说的独特文体样式。农民社会主体地位的形成和文艺大众化与民族化的实践是这一文体样式产生的现实依据，而艺术家的独创精神则是决定这一文体样式在文体建设中的真正价值与意义的主观原因。这一文体样式所以在40年代以赵树理的创作确立文坛，并以赢得最广泛的读者和空前的社会影响而获得“里程碑”的称誉，就是因为其艺术形式是独创的而不是搬用或模仿的。50 年代通俗农村问题小说仍以赵树理为其代表，但其社会影响已逐步消失，其原因之一则在于作者以评书等旧形式的运用代替了新形式的创造，由对传统的借鉴而走向对传统的复归。

二

通俗农村抒情小说的文体特征在孙犁 40 年代创作的短篇小说中得以典型的体现。从这些作品可以看到，农村现实题材和农民形象的主体性这一农村通俗小说的共性特征在这一文体样式中是通过抒情性的文体个性体现的。抒情性与通俗性的统一是这一文体样式最本质的审美特征。若说通俗农村问题小说产生于新文艺小说的大众化与民族化实践，是五四问题小说的通俗化，那么通俗农村抒情小说则同样是上述过程的产物，是现代抒情小说的通俗化。抒情性与通俗性的完美融合与统一是孙犁 40 年代短篇小说所达到的崇高境界，也是通俗农村抒情小说文体特征的理想体现。这种融合与统一在孙犁的作品中是通过以下具体艺术实践环节和表现形式实现的：

其一，题材和人物的软性化。农村通俗小说都以农村“现实故事”为其题材，但这一题材分为两个具体层面：一是直接表现社会矛盾的政治斗争、武装斗争和体现为法律行政手段的生存斗争；一是由上述斗争所引发的人们之间情感的矛盾与纠葛。前者以表现现实斗争的直接性而具硬性特征，后者则以表现现实斗争的间接性而具软性特征。这两者在题材的构成中是不可分割的因素，但体现在具体作品中却有所侧重，即有的以硬性题材为主，构成现实斗争的故事（如赵树理的通俗农村问题小说）；有的则以软性题材为主，构成“情感的故事”。孙犁的通俗农村抒情小说则属于后者。在这些作品中虽也有关于武装斗争的描写，甚至从这些描写中使人感受到浓重的战争氛围，但战争却不是作品正面描写的内容，整个作品从正面着力集中描写的却是由战争所引发的“情感故事”，即通过战争所造成的人生的悲欢离合展示农民的心灵情感世界；在这个感人的情感世界里，农民特别是农村妇女的情感美以丰富的个性体现着一个共同的主旋律：为了爱的牺牲。孙犁的代表作，如《荷花淀》《嘱咐》《丈夫》《“藏”》《光荣》《芦花荡》等便都是表现这一主旋律的情感故事。题材的软性化决定了人物的软性化。即情感故事的主人公，不再是站在战争最前线的男性，而是站在每个男性背后成为其情感支柱的女性。这些女性所以被称为软性人物，不仅是指她们在战争和阶级斗争中的地位而言，而且也指她们作为故事角色的情感化审美属性。孙犁说:“我喜欢较乐观的东西。我认为女人比男人更乐观,而人生的悲欢离合,总是与她们有关,所以常常以崇拜的心情写到她们。”(《孙犁文集·自序》)又说:“她们在抗日战争年代,所表现的识大体、乐观主义以及献身精神,使我衷心敬佩到五体投地的程度。”(孙犁《关于〈荷花淀〉的写作》)可见,所谓题材人物的软性化,实质上是作品内容的情感化。这是抒情性的基础。

其二,故事叙述中情境描写的穿插。作为通俗小说共性的故事性仍然是通俗农村抒情小说的基本特征,不同的只是在故事构成中增加和强化了情感因素,将故事性与抒情性结合起来。情感因素的增加与强化,在结构中便表现为情境描写的穿插。所谓情境是指作品中由意象构成的情景交融的艺术境界。在孙犁的小说中情境大都是由人物、自然和文化三种意象有机融合而成,具有极其丰厚的思想文化内涵。它往往作为故事情节的组成部分,穿插于情感发展的关键处展开描写。在《荷花淀》中共有两处情境描写:一处在故事开端,意象中包含着对于白洋淀深情地赞美和对土地人生的无限热恋与憧憬。这是“一个女人在白洋淀边编席”的情境。构成这情境的是相互融合的三种意象:一是由编席女人构成的人物意象。她既是故事中将要展开描写的白洋淀妇女的真实性格,而又是劳动者心灵与情感的象征,她用勤劳而灵巧的双手编出的“雪地”“彩云”般的一片“洁白”,正是这一意象所蕴含的心灵美与情感美内涵的诗的显现。二是编席的风俗所构成的文化意象。浩瀚的“苇子的长城”,无数的“运输银白雪亮的席子出口”的船只,和女人编席时“柔滑修长”“又薄又细”的苇眉子,在“手指上缠绞着”,在“怀里跳跃着”的劳动美姿,浑然一体,构成一幅蕴含丰富的白洋淀风情画。从这幅图画里,既看到白洋淀的文明富足,更从文化层面上感受到白洋淀人的创造力和智慧美。三是由白洋淀构成的自然意象。白洋淀在编织者的心灵中是自然美的化身。在无风无雾时,它呈现静态美,洁净纯朴,是“一片银白世界”;在风雾起时,它呈现动态美,清新灵动,“水面笼起一层薄薄透明的雾,风吹过来,带着新鲜的荷叶荷花香”。这既是实境的描写,更是具有象征意义的情境的展现。这自然美正是人物心灵美的反映和外化。由上述三种意象所构成的情境穿插,在故事开端处展开描写,在结构上具有双重意义:一是介绍故事的环境和人物;二是奠定故事的情感基调。另一处情境描写是“水生嫂等妇女们探望丈夫划船归来的路上”,置于故事发展的高潮处,与白洋淀战斗相衔接。这一情境仍由人物、自然和文化三种意象融合而成。若说构成前一情境的主体意象是“妇女编织图”,那么构成这后一情境的主体意象则是“妇女划船图”;前者从劳动的侧面,集中表现了白洋淀妇女的创造与智慧,后者则从战斗的侧面生动展现了白洋淀妇女的英武与豪强。这个情境在结构上的意义是将故事情节的发展和情感的发展同时引向高潮,使人物的性格美、心灵美和整个作品的情感境界都在情境描写中融合与深化，达到极致。情境描写的穿插在孙犁其他抒情小说中（如《嘱咐》《碑》《琴和箫》）同样存在，它是构成通俗农村抒情小说抒情性特征的重要因素。

其三，口语的诗化。口语化是通俗小说语言的共性特征，而口语的诗化则是通俗农村抒情小说的抒情性所规定的语言个性。在孙犁的小说中口语的诗化，首先是通过语言的情绪节奏体现的。即随情感运动而产生与不断变化的情绪节奏外化为语言的自然韵律，形成错落有致节奏大致匀称对应的抒情句式。孙犁小说中语言的节奏性正是抒情文字中情绪运动的外化，既是诗化语言的“外形”，也是诗化语言的“生命”。其次，形象性也是构成孙犁小说语言诗化的重要因素。这种形象性语言多用于人物描写，它使人物的动作、表情、声音甚至心中的一念，都化为生动可感的形象，简洁而准确地描绘出来。

以赵树理和孙犁为代表的农村通俗小说的诞生，在中国通俗小说文体发展史上具有里程碑的意义。它不是旧通俗小说的自然演化，而是在现代语文观念指导下创造性实践的产物，以“新鲜活泼的、为中国老百姓所喜闻乐见的中国作风和中国气派”显示了新通俗小说的崭新文化风貌，实证了从群众化到民族化这一通俗小说文体建设途径的正确性。农村通俗小说创作是一场文体革命，在实践中产生了广泛而深远的影响。40 年代解放区所涌现的优秀小说作品，在文体上大都是赵树理式或孙犁式的农村通俗小说（如邵子南、康濯等的短篇小说和欧阳山、柳青等的长篇小说）。50 年代所谓的“山药旦”派和“荷花淀”派，也正是从 40 年代农村通俗小说发展起来的小说流派。

三

旧通俗小说文体现代化的具体过程是旧形式的利用与改造。在 40 年代通过这一过程所产生的中长篇通俗小说从题材上可分为两类：其一，以城市社会生活为题材的通俗小说。可以张恨水的《魍魉世界》《五子登科》《八十一梦》，秦瘦鸥的《秋海棠》和黄谷柳的《虾球传》等为代表。其二，以农村武装斗争为题材的通俗小说。以柯兰的《洋铁桶的故事》，马烽、西戎的《吕梁英雄传》，孔厥、袁静的《新儿女英雄传》和谷斯范的《新水浒》等为代表。从文体创造的角度看，两类小说虽都是属于旧瓶装新酒，以旧章回体形式表现新的题材内容，但第二类小说，即农村题材的通俗小说所创造的新质的内涵则更为丰富。这新质的内涵概括起来，主要包括以下方面：

其一，以描写新的战争英雄故事为内容，继承了章回小说中“英雄传奇”的传统，显示了40年代中国“战时的英雄文学”的特色。上述四部长篇都以30年代民族战争中军民奋勇抗敌的英雄故事为其题材。这些英雄故事真实、曲折动人，以其现实性和传奇性为中国老百姓所喜闻乐见，形成广泛影响。抗战时期出现的上述描写战争和英雄的小说，虽与旧英雄文学有明显继承关系，但却表现了新的时代特点。这时代特点就是“以人民为本位”，它体现在民族战争中便是一切战争都是农民为主体的人民战争，战争的英雄都是从千百万平凡农民中成长起来的人民英雄。因此，歌颂人民的英雄主义精神正是时代所赋予英雄文学的中心主题，而英雄主义精神的群众性品格又形成英雄故事题材的两个鲜明特征：一是将英雄个人故事融于英雄群体事业之中，使个人与群体相互衬托和映照；二是以农民英雄成长过程，昭示群众英雄的时代新质及其形成规律。正是上述题材特点使抗战时期的章回体小说获得新质的内容，而成为人民喜闻乐见的通俗战时英雄文学。

其二，在英雄性格描写中注意将理想与现实，行为的传奇性与真实性结合起来，既继承了旧小说中的英雄浪漫主义传统，而又在英雄的浪漫主义品格中增强了现实主义因素。浪漫主义在英雄文学中集中表现为英雄人物的理想化，即以智情意高度而全面的发展，构成人物品格全与美的理想境界，并通过人物的行为将其外化为情节的传奇性。于是，性格的理想性与情节的传奇性便成为英雄文学中浪漫主义的主要标志。抗战时期的“战时的英雄文学”正是在这一点上表现了对于传统的继承与革新。所谓继承，是指在这些小说中的英雄人物经历与个性虽不同，但作为性格核心的所谓英雄品质则都是被高度理想化的。所谓革新，是指避免了传统小说中对英雄神化的倾向，而从理想与现实的结合上描写英雄性格，不仅写出性格全与美的理想境界，而且真实地揭示其性格产生的现实依据及在实践中发展的过程。总之，由于把英雄性格和行为置于同现实同群众的深切联系中加以描写，就使性格的理想化和行为的传奇性有了现实基础和真实性依据，从而也就因现实主义因素的增强，而使小说所表现的英雄浪漫主义不再是与现实相对立的旧浪漫主义，而是以理想与现实、真实性与传奇性相统一为其特征的革命的浪漫主义。

其三，在以民族形式为本位的语文观念指导下，借鉴现代小说，对旧章回体小说文体形式，在利用中实行改造与创新。利用旧章回体通俗小说文体形式表现现实生活和新时代的英雄故事是抗战时期战时英雄文学的特点。这些作品所具有的民族化与大众化的形式主要来于旧章回体小说，因而具有鲜明的传统色彩，但在利用中也有明显的改造与创新，从而使旧形式中注入了现代形式的因素，打上了深刻的时代烙印。

战时的英雄文学虽然也属于新的农村通俗小说，在语言形式和艺术方法上深受现代文艺小说的影响，但与赵树理和孙犁为代表的通俗农村问题小说和通俗农村抒情小说相比，在文体上仍然表现出旧通俗章回体小说的局限性。这些局限性主要是：(1) 故事性的刻意追求影响与限制了对人物性格多角度多层面描写，往往使人物形象流于平面化与定型化，而缺乏外在的立体感和内涵的深刻性、丰富性与多重性。(2) 对于情节曲折性与传奇性的追求，往往造成对真实性的忽视，甚至形成违背生活逻辑编造故事情节的现象。(3) 旧章回体在结构与表现方法上的一些程式化弊病仍较突出，这不仅限制了对于丰富、复杂的现实生活的真切、深入、自如地反映与表现，而且也有碍于艺术形式的创造，使作品留有模仿痕迹。上述局限性是旧形式利用中普遍存在的问题。它说明从利用旧形式到抛弃旧形式的束缚而创造全新的形式，是一个漫长的历史过程。这是一个传统形式的现代化过程，贯彻这一过程的基本矛盾是民族化与现代化的矛盾，这一矛盾在实践上的统一，便是现代民族形式的产生。利用旧章回体表现新内容的通俗小说正是旧文体现代化过程中必然产生的文体形态。这种文体形态产生的必然性因素中，既包括文体发展演进的自身规律性，也包括由接受主体文化与审美发展水平所制约的社会精神需求。因此，这些作品的产生不仅为理论家赞许和人民大众所欢迎，而且对后来创作具有深远影响。五六十年代所出现的一批优秀通俗小说，如《铁道游击队》[①]《林海雪原》[②]等，便是这一文体形态的发展。

① 知侠著，上海文艺出版社1954年版。
② 曲波著，作家出版社1959年版。

2001年：

沈从文研究：谁也无法遮掩的潇湘风流*

沈从文在中国现代文学史上，是一位个性独异、成就卓著并早就蜚声中外文坛的著名作家。但由于历史的偶然和必然，于40年代末就过早搁笔，以致长期为历史所弃，为读者所遗忘，直至80年代才像“出土文物”被重新发掘和认识。因此，沈从文虽成名很早，但真正被作为著名作家从正面研究和认识，却是近几十年的事。历史证明沈从文是具有强大艺术生命力的作家，批评家和文学史家尽管对他认识分歧悬异，褒贬不一，但对他的历史影响却无法抹杀。文学史记录了沈从文历史价值和地位的沉浮，也反映了人们对他的认识过程。对沈从文研究的回顾和重新认识，实际上寓含着对中国现代文化的深刻反思。沈从文沉浮多舛的曲折遭遇和长期以来历史于他的不公正，典型地反映了左倾路线在现代文化史上的影响和危害，其中所包含的教训，值得研究者和文化工作者认真反省和思考。

一

沈从文于20年代初刚登上文坛时，就以其多产及艺术风格的独特新异引人注目。从1924年至1929年是他创作的初期，仅在这6年内就出版小说集22部，散文集1部，小说、戏剧、散文合集两部。这些作品集中发表在《晨报副刊》《现代评论》和《小说月报》等重要刊物上，以浓郁的湘西乡土气息、楚文化的传奇色彩和悲悯的野趣横生的乡土抒情诗风味，为新文学锦屏增添了新的异彩，使长期囿于城市文化世界里的广大新文学读者耳目一新，同时也得到郁达夫、林宰平和徐志摩等著名作家与学者的关注和称誉。首先为沈从文艺术才华所打动的是郁达夫，他不仅破例冒风雪寻访这位初出茅庐的作家，而且愤然发表《给一位文学青年的公开状》①，将他作为被社会驱入窘境的青年文学家典型代表的命运遭际公布于众。这轰动一时的事件，已成文学史上的佳话。郁达夫慧眼识风尘，是发现沈从文的第一个伯乐，

---

* 收入《中国现代文学研究史纲》(徐瑞岳主编，江苏教育出版社2001年版)。

① 《晨报副刊》第274期，1924年。

由于他的推荐，沈从文从此成为《晨报副刊》的重要作者。沈从文初期创作体裁广泛，但以散文影响最大。从处女作《一封未曾付邮的信》[1]开始，仅 1925 年至 1926 年在《晨报副刊》上就发表散文 30 余篇。以笔名休芸芸连续刊出的长篇抒情散文《遥夜》[2]和写于 1925 年 3 月，同时在《晨报副刊》《燕大周报》和《京报·民众文艺》三个刊物发表的《市集》是其中的佳作。北京大学哲学教授林宰平在署名唯刚的《大学与学生》[3]这一批评文章中，把《遥夜》作为反映 20 年代初期北京大学生生活的佳作加以肯定。散文对青年生活心灵情绪所作的深切体验和逼真描绘，竟使批评者将其作者误认作大学生。批评者在引介《遥夜》内容和一节文字后赞扬其文采说："上面所抄的一段文章，我是做不出来的，是我不认识的一个天才青年休芸芸君《遥夜》中的一节。芸芸君听说是个大学生，这一种学生生活，经他很曲折地深刻地传写出来——《遥夜》全文俱佳——实在能够感动人。"上述批评在初露锋芒即陷入渺茫和窘境的沈从文心灵中引起石破天惊的反响，使这位人生迷途的羔羊找到心灵的上帝，第一次从理论家那里获得从事文学创作的信心和力量。此后他连续发表的《致唯刚先生》[4]和《绝食以后》[5]等文章便是对上述批评作出的积极反应。

由于林宰平的介绍，沈从文又结识了新月社的徐志摩。1925 年 10 月徐志摩接编《晨报副刊》后，沈成为该刊特约作者，作品数量和影响迅速扩大，至 1927 年 12 月的三年间，在《晨报副刊》发表作品 101 篇，平均每月三篇。散文《市集》在《晨报副刊》[6]发表时，附有徐志摩写的附记：《志摩的欣赏》。这是一篇文情并茂评价恳切的短评。全文如下：

> 这是多美丽多生动的一幅乡村画。作者的笔真象是梦里的一只小艇，在波纹瘦鳒鳒的梦河里荡着，处处有着落，却又处处不留痕迹。这般作品不是写成的，是"想成"的。给这类的作者，批评是多余的，因为他自己的想象就是最不放松的不出声的批评者。奖励也是多余的，因为春草的发育，云雀的放歌，都是用不着人们的奖励的。

此文发表后，沈从文写信给徐志摩说明此稿曾被别人拿去刊登过，怕徐志摩怪他一稿两投。徐回信说："从文，不碍事，算是我们副刊转载的，也就罢了。……值

---

① 《晨报副刊》第 306 期，1924 年。
② 《晨报副刊》第 13、20、30、52 期，1925 年。
③ 《晨报副刊》第 99 期，1925 年。
④ 《晨报副刊》第 105 期，1925 年。
⑤ 《晨报副刊》第 1240、1242 期，1925 年。
⑥ 《晨报副刊》第 1298 期，1925 年 11 月 11 日。

得读者再读三读的作品，复载是完全值得的。”沈从文为此发表了《关于“市集”的声明》①，文后附有徐志摩的信。《市集》是沈从文初期散文代表作，以独异的湘西题材和神妙的笔致显示了散文的绘画美和音乐美，表现了作者自然纯朴的风格。徐志摩的批评是对沈从文艺术个性的第一次概括，对沈从文创作方向的确立和艺术个性的进一步形成，都有很大影响。

二

30年代是沈从文创作的成熟阶段。对其作品全面的文字批评也是从这时开始的。从1930年至1939年间，沈从文出版小说集30部，散文集6部。其代表性作品，如中篇小说《边城》(1934年)，长篇小说《长河》第一卷(写于1938年)，短篇小说集《石子船》(1931年)、《虎雏》(1932年)、《月下小景》(1933年)、《如蕤集》(1934年)、《八骏图》(1935年)、《新与旧》(1936年)，散文《从文自传》(1934年)、《湘行散记》(1936年)、《湘西》(1938年)等，都产生于这时期。这时期有关沈从文的研究与批评文章很多，具有代表性、影响较大的是苏雪林的《沈从文论》②和刘西渭的《〈边城〉与〈八骏图〉》③。这两篇文章准确地把握了沈从文的艺术个性，体现了历史与审美相统一的批评标准，较好地运用了比较方法。这是当时对沈从文评价得当、观点比较科学的经典性文论，代表着30年代文坛对于沈从文的认识和文学批评水平，已作为重要史料编入《中国新文学大系·文学理论集》④。

苏雪林从深刻的哲学文化内涵和艺术风格的独特性两个方面肯定沈从文在现代文坛上的地位。她富有真知灼见，第一次揭示了沈从文审视现实的文化视角及其所包含的民族功利主义动机。她说：“沈氏虽号为‘文体作家’，他的作品却不是毫无理想的。不过他这理想好像还没有成为系统，又没有明目张胆替自己鼓吹，所以有许多读者不大觉得，我现在不妨冒昧地替他拈了出来。这理想是什么？我看就是想借文字的力量，把野蛮人的血液注射到老迈龙钟颓废腐败的中华民族身体里去使他兴奋起来，年青起来，好在20世纪舞台上与别个民族争夺生存权利。……沈从文虽然也是这老大民族中间的一分子，但他属于生活力较强的湖南民族，又生长湘西地方，比我们多带一分蛮野气质。他很想将这分蛮野气质当做火

---

① 《晨报副刊》第1308期，1925年11月。
② 《文学》第3卷第3期，1934年9月1日。
③ 《文学季刊》第2卷第3期，1935年9月6日。
④ 上海文艺出版社1987年版。

炬，引燃整个民族青春之焰。所以他把‘雄强’‘犷悍’整天挂在嘴边。”她高度评价了沈从文超凡的艺术创造力和独特的风格，说：“沈氏作品艺术好处第一是能创造一种特殊的风格。在鲁迅，茅盾，叶绍钧等系统之外另成一派。……他的文字虽然很有疵病，而永远不肯落他人窠臼，永远新鲜活泼，永远表现自己。他获到这套工具之后，无论什么平凡的题材也能写出不平凡的文字来。好像吕纯阳的指头，触到山石都成黄金，好像神话里的魔杖能够将平常境界幻化为缥缈仙国。”苏文还对沈从文小说的文体特征作了概括，如“结构多变化”，“句法短峭简练，富有单纯的美”，“造语新奇，有时想入非非，令人发笑”等。对于沈从文在艺术上的缺陷，苏文也有独到的批评：“我常说沈从文是一个新文学界的魔术家。他能从一个空盘里倒出数不清的苹果鸡蛋；能从一方手帕里扯出许多红红绿绿的缎带纸条；能从一把空壶里喷出洒洒不穷的清泉；能从一方包袱下变出一盆烈焰飞腾的大火，不过观众在点头微笑和热烈鼓掌之中，心里总有‘这不过玩手法’的感想。沈从文之所以不能如鲁迅，茅盾，叶绍钧，丁玲等成为第一流作家，便是被这‘玩手法’三字决定了的！”

刘西渭先生是著名的印象主义批评家，他对沈从文艺术个性总体特征的描绘堪称一绝。他从艺术风格和审美性质的独特性上评论沈从文，将他推上世界小说家行列。他认为在世界小说家中从审美性质来区分，可分为以巴尔扎克为代表的“小说家的小说家”和福楼拜为代表的“艺术家的小说家”两类，就审美而论，前者是“天真的”，后者是“自觉的”，而沈从文属于后者。他以“热情的”，“诗的”，“美”而“准乎自然”和“爱”而“悲哀”等特征来描绘沈从文小说的抒情性，并与其他中外抒情小说家加以比较。他说：“有些人的作品叫我们看，想，了解；然而沈从文先生一类的小说，是叫我们感觉，想，回味；想是不可避免的步骤。废名先生的小说似乎可以归入后者，然而他根本上就和沈从文先生不一样。废名先生仿佛一个修士，一切是向内的；他追求一种超脱的意境，意境的本身，一种交织在文字上的思维者的美化的境界，而不是美丽自身。沈从文先生不是一个修士。他热情地崇拜美。在他艺术的制作里，他表现一段具体的生命，而这生命是美化了的，经过他的热情再现的。”又说：“司汤达是一个热情人，然而他的智慧（狡猾）知道撒谎，甚至于取笑自己。桑乔治是一个热情人，然而博爱为怀，不唯抒情，而且说教。沈从文先生是抒情的，然而他不说教；是抒情的，然而更是诗的。（沈从文先生的文章有时很像女人的，不管写怎样粗野的生活，他能够细致的叫你相信他有一个玲珑的灵魂——他却也真有一个玲珑的灵魂！）《边城》是一首诗，是二佬唱给翠翠的情歌。《八骏图》是一首绝句，犹如那女教员留在沙滩上神秘的绝句。然而与其说是诗人，作者才更是艺术家，因为说实话，在他制作之中，艺术家的自觉心是那真正的统治者。诗意来自材料或者作者的本质，而调理材料的，不是诗人，却是艺术家。”他称《边城》是一部杰作，“一颗千古不磨的珠玉”，在艺术上达到“一切准乎自然”的境界：“细致，然而绝不琐碎；真实，然而绝不教训；风韵，然而绝不弄姿；美丽，然而绝不做作。”他认为沈从文的艺术自觉集中表现为对美与爱的敏感与抽象追寻，“他能够把丑恶的材料提炼成功一篇无瑕的玉石”，“可以从乱石堆发现可能的美丽”；“他所有的人物全可爱”，“各有一个厚道然而简单的灵魂”，质朴中透着“悲哀”；美与爱的内涵使“他的小说具有一种特殊的空气，现今中国任何作家所缺乏的一种舒适的呼吸”。

在《新中华》杂志第3卷第9期（1935年4月10日）的《短篇小说研究特辑》中，刊有署名李同愈的专论：《沈从文的短篇小说》。该文以轻快而颇有分寸的笔致，从欣赏者的角度，对沈从文前十年短篇小说的艺术风格作出比较全面的概括和评价。他认为沈从文的短篇小说创作在初期就以风格独特而吸引读者，还将沈从文小说的风格与法国都德的小说作了比较，说：“沈从文作品中有些像受到外国作家的影响，其中以法国都德的气息为尤多。于是我接连读了《小物件》《达哈士孔的狒狒》《磨坊文札》，从这些书中寻到了同沈从文小说中相似的一点，那就是文章的轻松。还有一点相似的，则沈从文小说中往往有作者口吻在里边说话，虽一般批评认为这种写法是恶劣的，但用特殊风格写下的小说，这些作者口吻的说话，却无疑地增加了文章的力量。”文章的独到之处是力排批评家的传统观念，肯定沈从文对小说结构固有程式的突破，认为这突破正是他艺术风格独创性的核心，他小说的广大影响实由此而来。作者说：“被称为短篇小说的模范的，当然是莫泊桑和契诃夫的作品了。在这两个人的短篇小说里，我们可以每篇都划出一个严正的结构，而且每篇都有一个故事的最高点（climax）存在。如果这种结构和最高点是一篇完善的短篇小说所必具的条件，那么沈从文初期小说不被批评家所器重也是应该的。沈从文从北方到南方，又从南方回到北方，较后时间写下的小说（如《新十日谈》等）中，其与以前不同处，也正是这结构方面，使一个故事保留到一个最高点。同时因题材的变换，使他不得不抛弃了过去所最精彩的文句组织和轻松调子。可是沈从文小说所给人的影响，后者远不如前者之大。……有人说，像《蜜柑》《老实人》《篁君日记》《长夏》……那些优美的散文似的短篇小说，是今日的沈从文要写也写不来的。这话或者有几分理由。”文章最后特别强调指出，沈从文文艺个性虽尚不为理论家认可，但对青年的影响却是深远的，说：“沈从文是曾经被誉为‘天才的作家’的，我们至少可以相信，他过去一时期那种独特的可爱的风格，是不容许人学到的。也许那一种风格写不了伟大的东西，在某一意义上说，那种轻松，那种优美，都是无聊而甚至应该排斥的，但无论如何，沈从文的短篇小说到底引诱了许许多多年轻的读者，照亮了通到文学之园的途径。”

朱光潜编辑的《文学杂志》[1]是沈从文发表小说的重要刊物之一。该刊从创刊号开始，连续发表了沈从文的小说《贵生》[2]《大小阮》[3]《神之再现》[4]《巧秀和冬生》[5]《摘桔子》五篇小说。在每期《编辑后记》中分别对上述作品作了简评，言简意赅，切中要害，颇有参考价值。援引三篇评语如下：(1) 评《贵生》：“沈从文先生在《贵生》里仍在开发那个层出不穷的宝藏——湖南边境的人情风俗。他描写一个人或一个情境，看来很细微而实在很简要；他不用修辞而文笔却很隽永；他所创造的世界是很真实的而同时也是很理想的。贵生是爱情方面‘阶级斗争’的牺牲者。金凤的收场是不难想象到。乡下小伙子和毛丫头逼死了一个两个，只是点滴落到厄运的大海，像莎翁所说的 the rest is silence。沈从文先生的作品常留下这么一点悲剧意识。”[6](2) 评《大小阮》：“沈从文先生在《大小阮》里描写五四前后青年中两种人物典型，一个伤心逃命，东奔西窜，神出鬼没煽动革命而终于丢掉脑袋的侄子，和一个讲究打香水，宿娼捧戏子，当小报编辑，成了名‘作家’回到母校当训育主任的叔父。每人都自信对人生有正确信仰而实在又同样的糊涂。世界成天在变。小阮成了‘烈士’，大阮当了训育主任，而学校里当年提灯照他们爬墙的老更夫却依然在炖狗肉下烧酒。从题材、作风以及作者对于人物的态度看，《大小阮》在沈从文的作品中似显示转变的倾向。讽刺的成分似在逐渐侵入他素来所特有的广大的同情。正因为这层，他的观察比从前似更冷静深刻。”[7](3) 评《神之再现》：“《神之再现》是沈从文先生的最近长篇创作《凤子》中的一段散文。他从苗巫迎神的祭典引起对于神的感想。依他看，神之存在的条件是‘人生情感的素朴，观念的单纯以及环境的牧歌性’。我们对于‘人类耐心和秩序产生的庄严的工作’，也可以‘发生一点神的意念’。”[8]

这时期发表沈从文创作评论的除《文学》《文学季刊》《新中华》和《文学杂志》等重要刊物外，尚有《浊流》[9]《国闻周报》[10]天津《大公报·文艺》[11]和《中流》[12]等刊物。但这些评论在学术水平上均未能超出苏雪林和刘西渭，且观点基本相似。当然也

① 创刊于 1937 年 5 月。
② 《文学杂志》创刊号。
③ 《文学杂志》第 1 卷第 2 期。
④ 《文学杂志》第 1 卷第 3 期。
⑤ 《文学杂志》第 2 卷第 1 期。
⑥ 《文学杂志》创刊号《编辑后记》。
⑦ 《文学杂志》第 1 卷第 2 期《编辑后记》。
⑧ 《文学杂志》第 1 卷第 4 期《编辑后记》。
⑨ 1931 年第 3 期刊吕慈的《论沈从文》。
⑩ 1936 年 5 月 18 日刊李影心的《评〈八骏图〉》。
⑪ 1936 年 2 月 3 日刊毕树堂的《评〈从文自传〉》。
⑫ 1937 年第 2 卷第 7 期刊凡容的《沈从文的〈贵生〉》。

有观点相异者，如《中流》发表的《沈从文的〈贵生〉》，便是这时期以鲜明态度否定沈从文艺术成就的文章。

沈从文虽不属左翼作家，但却得到鲁迅先生的高度评价。1936 年鲁迅向埃德加·斯诺介绍中国新文学作家情况时，把沈从文列入“新文学运动开始以来”“最好的作家”行列。他说：“自从新文学运动开始以来，茅盾、丁玲女士、郭沫若、张天翼、郁达夫、沈从文和田军大概是所出现的最好的作家。这里包括了最好的短篇和长篇小说家，到现在为止，还没有真正重要的小说家。沈从文、郁达夫、老舍等人的‘小说’实际上只是中篇小说或长的短篇小说，他们是以短篇而闻名的，不是由于他们对长篇小说的尝试。”[①]由于鲁迅的介绍，斯诺在所编译的《活的中国》小说集中收进了沈从文的短篇小说《柏子》。在书后所附知名作家选集目录中，列有沈从文短篇小说集《如蕤集》和《从文子集》，作为附录的《现代中国文学运动》一文，对沈从文在当时中国文坛上的地位作了较高评价，说：“在今天中国创作界，与左翼运动及其外围同时存在的只有几个超政治的中立作家。在当前革命的大动荡中，纯风格作家和‘为艺术而艺术’派是不合时宜，没有多少读者的。他们中间唯一重要的作家是沈从文。他在三十岁以前就已经写了四十本书。他是个浪漫主义者，主要是以情节取胜的作家，并且以具有独特风格著称。”斯诺及其编译的中国作家小说集《活的中国》是中国文学走向世界的桥梁，沈从文的创作正是由此走向了世界。

三

40 年代是对沈从文开始政治批判的阶段。他这时已成为久负盛名的著名教授、作家，同时主持四个大报（《大公报》《益世报》《经世报》《平明日报》）文学副刊的编辑，是文学界举足轻重影响广泛的青年导师和思想领袖之一。他继承五四启蒙主义者的文学主张，在民族救亡时代力图复兴文学运动，“重造经典”，要求作家不满足于一般的抗战通俗宣传，而要履行作家特殊的使命，着眼未来，深入把握抗战时期民族精神的现实，为“国家重造”，写出可以教育第一流政治家的“民族百年立国的经典”。这观点集中表现在这时发表的《一般或特殊》[②]和《文学运动的重造》[③]两篇文章中。文章发表后引起左翼文学阵营的激烈批评。巴人的《展开文艺

① 《活的中国》附录《现代中国文学运动》，1936 年，尼姆·威尔士撰。
② 《今日评论》第 1 卷第 4 期，1939 年 1 月。
③ 《文艺先锋》第 1 卷第 2 期，1942 年 10 月。

领域中反个人主义斗争》①，杨华的《文学底商业性和政治性》②和《文学与真实》③是批评文章中具有代表作的三篇。

巴文针对《一般或特殊》而发，将沈从文论点同此前批判过的梁实秋、朱光潜为代表的“与抗战无关论”联系起来，认为是那一论调的延续和发展。文章在引证了沈从文的结论后，作了如下的归纳：“这是多么漂亮的结论。谁能动摇他的论旨呢？然而他结论所含的毒素，却比白璧德的徒子徒孙梁实秋直白的要求，更多！更毒！而且手法也更阴险了！在沈从文先生的论点里，是更着重于‘专门研究’，那是谁都看得出的。同时他把一般的工作和特殊的工作，截然分为两截……把这‘特殊的工作’和抗战牵上了一根线，让做特殊工作者有名义特殊下去，这一毒计，是超过梁实秋以上了。”作者还把沈从文的观点视为“胡适主义的最好注脚”，说：“中华民族要抬头做人，首先得专门家，作家……埋头苦干，一切一般化的努力，不是中华民族抬头之道。……这有力的声音是表示什么？抗战停止吧，等过五十年的埋头苦干以后再说！胡适主义的最好注脚，无过于这一篇高妙的文章了。如果真的照沈从文的办法，那么抗战完结，在敌人的鼻息下，‘建国开始’，千秋万岁，沈从文也就‘懿欤盛哉’了。”

杨文对《文学运动的重造》作了有分析的批评。作者对沈从文的动机——希望文学“从商场和官场解放出来，再变成为学术一部门”——“深表赞同”，但认为其中对当时文学运动的分析所持观点和论点有悖谬之处。在沈从文的表述中，这些观点和论点是：“论及文学运动分析它的得失时，有两件事值得我们特别注意：第一是民国十五年后这个运动是最先和上海商业资本结了缘，新文学作品成为大老板商品之一种。第二是时间稍后这个运动又与政治派别发生了关系，文学作家又成为在朝在野工具之一部。……这堕落倾向起始是对于问题的探讨，失去了应有的朴素，而多了点包庇性，持论的牵牵绊绊，即远不如五四初期的勇敢天真。其次是写作态度，从无报偿的玩票身份，转而为职业或事业，自然也不能再保持那点原来的诚实。几个业有成就的作者，在新的环境中，不习惯于‘商品竞卖’‘政治争宠’方式的，不能不搁笔。能够适应这个背景的，作者创造力便先得承认两种限制，一面必迎合商人，一面要附会政策。”杨文认为沈从文虽揭示了文学界在商品化和政治化影响下出现的严重堕落腐败现象，但由此导致的否定文学商品性和政治性的结论是片面的。文章说：“在资本主义性质的社会里，要求文学作品不带商品的性质，是不可能的。……纵在将作品当作商品的社会条件之下，也不会完全妨碍了忠实的

---

① 《文艺阵地》第3卷第1期，1939年4月。
② 《新华日报》1943年2月17日。
③ 《新华日报》1943年2月18日。

作家产生比较优秀的作品，及这些作品在读者之中引起‘爱好与敬重’。”又说：“沈先生对文学与政治的关系，有着一个不小的误解，即他将以外在的政治力量限制作家底写作和作家自发地在作品中表现政治意识这完全不同的两回事混为一谈了。他在全文中的一切矛盾、混乱和不能自圆其说的地方，都是由这里产生的。……我们决不反对文学底政治性。……我们认为：以政治的权力从外面去限制作家写作，固然得不到好结果；而作家在自己作品之中表现政治见解(使自己底政治观念成为作品底骨干，作品底血肉，不是附加上去的赘疣或尾巴)，却是当然也是必然的。”《文学与真实》从现实主义理论的角度批评沈从文关于反对文学与政治结缘的观点，认为作家与政治的关系有两种不同的情况：一是由“对于艺术和现实的忠诚的态度”，“接近政治的真理”，一是“只有一个架空的政治观念，而没有对于现实生活的逼真的认识”；而艺术的成功属于前者，后者“在艺术创造上必然无大成就”。

1946年内战爆发以后，对沈从文的批判继续加深和扩大，批判的调子已由“与抗战无关论者”上升为“反动文艺的代表者”。被集中批判的是以下四篇文章：《〈益世报·文学周刊〉编者言》①《从现实学习》②《一种新希望》③和《芷江县的熊公馆》④。

1947年2月22日的《新华日报》上发表默涵的《“清高”和“寂寞”》，从政治上批评沈从文的《从现实学习》，说它“诋毁了一切为人民的苦难呼吁的文艺”，“污蔑了一切为中国的和平民主奔走牺牲的作家”，和“国民党昆明中央社的诬蔑昆明民主运动的电讯”一样反动，而沈从文则是在“改组政府，积极进行”的时候，耐不住“寂寞”的，“为压迫者帮凶”的“清高名士”。1948年2月2日，《华商报》刊出荃麟的《二丑与小丑之间》一文，副题为《看沈从文的“新希望”》。该文对沈从文的《一种新希望》作了如下批判：

> 沈从文不久前在《益世报》发表了一篇《一种新希望》。照例是首先指摘了一番目前暗淡没落的现象，接着就引出了诸种二丑的理论，所谓“三种新的发展，作为对于当前的否定以及转机的企图”。这三种企图，即：“一是政治上的第三方面的尝试，二是学术独立的重呼，三是文化思想运动更新的综合。”
>
> 第一种正是目前以《大公报》《观察》为中心在宣传的所谓“新三方面运动”，实质上却是四大家族和平阴谋的一部分；第二种，乃是沈从文恩师胡适博

① 《益世报·文学周刊》第11期，1946年10月20日。
② 天津、上海《大公报·文艺》第4、5期，1946年11月3日、10日。
③ 《益世报》1947年10月21日。
④ 《大公报》1948年1月3日。

士的主张，企图把学生运动拉回到研究室一种企图；第三种是一些“学者”们所在鼓吹的“人文主义运动”，实际上是和“新第三方面”互相呼应的一种思想运动。现在沈从文却把它们一古脑拉在一块来捧场，这也算是集二丑的大成了。

把批判的调门调到最高度的是《大众文艺丛刊》，该刊在1948年3月1日出的第一辑《文艺的新方向》中，同时刊出郭沫若的《斥反动文艺》和乃超的《略评沈从文的〈熊公馆〉》两篇批判文章，以阶级斗争的理论，将沈从文界定为反动文艺家的代表。前一篇将“反动文艺”分成“红黄蓝白黑”五种，以沈从文作为“红”一类代表，特别加以批判，说：“文艺是宣传的利器，在这一方面不用说也早已全面动员‘戡乱’了。因此，在反动文艺这一个大网篮里面，倒真真是五花八门，红黄蓝白黑，色色俱全。什么是红？我在这儿只想说桃红的红。作文字上的裸体画，甚至写文字上的春宫，如沈从文的《摘星录》《看云录》，及某些‘作家’自鸣得意的新式《金瓶梅》，尽管他们有着怎样的借口……但他们存心不良，意在蛊惑读者，软化人们的斗争情绪，是毫无疑问的。特别是沈从文，他一直是有意识的作为反动派而活动着。在抗战初期全民族对日寇争生死存亡的时候，他高唱着‘与抗战无关’论；在抗战后期作家们正加强团结，争取民主的时候，他又喊出‘反对作家从政’；今天人民正‘用革命战争反对反革命战争’，也正是凤凰毁灭自己，从火里再生的时候，他又装起一个悲天悯人的面孔，谥之为‘民族自杀的悲剧’，把我国的爱国青年学生斥为‘比醉人酒徒还难招架的冲撞大群中小猴儿心性的十万道童’，而企图在‘报纸副刊’上进行其和革命‘游离’的新第三方面，所谓‘第四组织’。（这些话见所作《一种新希望》，登在去年十月二十一日的《益世报》。）这位看云摘星的风流小生，你看他的抱负多大，他不是存心要做一个摩登文素臣吗？”文章最后号召读者和“天真的无色的作者”，对沈从文等为代表的“桃红色”文艺及其他反动文艺“毫不容情地举行大反攻”，“和这些人的文字绝缘”，“和这些人绝缘”，“不和他们合作，并劝朋友不合作”。后一篇文章将沈从文为纪念著名资产阶级革命家民国总理熊希龄而写的回忆散文《芷江县的‘熊公馆’》，同当时土改运动的背景相联系，对作品的主题和写作动机作了以下归结：“整个作品所要说的就是一句话，地主是慈悲的，他们不剥削。拿这种写法来遮掩地主剥削农民的生活现实，粉饰地主阶级恶贯满盈的血腥统治，这就是沈从文写《熊公馆》的主题。沈从文之所以写这作品，并且安置这样的主题，显然并不是无意义的。土地改革运动的狂潮卷遍了半个中国，地主阶级的丧钟已经敲响了。地主阶级的弄臣沈从文，为了慰娱他没落的主子，也为了以缅怀过去来欺慰自己，才写出这样的作品来；然而这正是今天中国典型地主阶级的文艺，也是最反动的文艺。在这篇作品里，沈从文对于其自己的身份和‘灵魂与人格’作了一次最清楚的画供。”

四

50—60年代是沈从文被历史和读者遗忘的阶段。40年代的批判从政治上剥夺了他作为作家的权利，所以1949年9月全国第一次文代会在北京召开，与会代表名单上并无他的名字，于1950年他结束了作家生涯而进入历史博物馆工作。1953年开明书店销毁了他的已印未印的书稿及纸型，此后沈从文的名字及其作品便在文坛上消失，渐为读者所遗忘。唯这时期出版的几部现代文学史记载有对他的批判，至于他的创作则很少提及，即使提及也都采取批判态度。

50年代初出版的第一部中国现代文学史是王瑶著的《中国新文学史稿》①。该书在第二篇第八章第四节“城市生活的面影”中论述沈从文等8位作家及其创作，对于沈从文的小说评价如下：“多是以趣味为中心的日常琐事。他有意借着湘西，黔边等陌生地方的神秘性来鼓吹一种原始性的野蛮的力量。他采用的多是当作一种浪漫主义情调的奇异故事，写法是幻想的。他笔下的人物都是只有一个轮廓。有人说他是‘文体作家’，就是说他的作品只有文字是优美的；其实他所要表现的思想，就是对‘城市人’的嘲笑和对原始力量的歌颂。这一方面固然表现他不满于现实，但不自觉地其实是对过去时代寄予了一些怀恋。丁玲说：‘沈从文是一个常处于动摇的人，又反对统治者，又希望自己能在上流社会有些地位。’(《一个真实人的一生》)初期的确如此。他的文字自成一种风格，句子简练，‘的’字用得极少，有新鲜活泼之致。作品甚多而结构不雷同，运用文字的能力是很强的。作品中不注意写人物，只用散文漫叙故事。他的才能使他在说故事方面比写小说要成功得多。”

上面评述虽然含着贬意，但尚属学术范畴，而在此后的第三、四编中的“思想斗争”部分则完全将沈从文作为批判对象，引用40年代郭沫若的《斥反动文艺》等文章的论点，定他为立场一贯反动的文人。

继《中国新文学史稿》之后的文学史专著是丁易的《中国现代文学史略》。该书将沈从文列为新月派作家加以批判。在第八章第三节《没落的资产阶级文学流派》中以较长的文字对沈从文的思想和创作作了全盘否定。稍后出版的刘绶松著《中国新文学史初稿》和60年代初作为内部交流教材印行的林志浩主编的《中国现代

① 上册，1951年；下册，1953年，上海新文艺出版社出版。

文学史》(上下册),甚至由唐弢、严家炎任主编组织全国几十名学者编写了十几年的《中国现代文学史》三卷本,在对沈从文的评价上,基本上都沿袭了上述观点。所不同的只是在创作部分均删掉了关于沈从文作品的论述,而在"思想斗争"部分则更加重了批评的力度和分量。

五

70年代末至80年代才正式进入沈从文研究阶段。随着"四人帮"垮台和政治上的拨乱反正,长期被遗忘的沈从文才被挖掘出来,并且他的作品很快在广大读者中产生强烈共鸣,形成80年代的"沈从文热"。沈从文被重新认识与"沈从文热"的形成,还有世界文化背景,这便是伴随改革开放政策而来的国外和港澳地区沈从文研究的影响。正是由于这些系统的学术水平较高的研究成果的介绍和影响,才使对沈从文的认识从一般文学批评阶段进入科学的历史研究阶段。

沈从文研究在美国开始于60年代,到70年代已有较多成果。有影响的研究者是夏志清、叶维廉、麦克唐纳、聂华苓和金介甫等。其中夏志清研究最早,影响最大,后起的金介甫成果最突出。夏志清在他1961年出版的《中国现代小说史》中用了一整章篇幅论沈从文,对沈从文在文学史上的地位作出极高评价,说"他是现代中国文学中最伟大的印象主义者",在艺术造诣上,"现代文学作家中,没有一个人及得上他"。叶维廉、聂华苓和麦克唐纳也都有研究沈从文的著作出版。金介甫在1977年以论文《沈从文笔下的中国》获哈佛大学博士学位,1987年后又出版评传《沈从文的奥德赛历程(The odyssey of Shen CongWen)》,中译为《沈从文传》。这位迄今为止真正称得上沈从文研究专家的外国学者,也是沈从文的崇拜者。他在博士论文中把鲁迅和沈从文比作功绩并列的作家,在传记《引言》中又把沈从文归入世界大作家之列,认为他虽不能与莎士比亚、巴尔扎克、乔伊斯齐名,却可以超过都德和弗朗斯,他的杰作可以和契诃夫的名著媲美。他预言:"非西方国家的评论家包括中国的在内,总有一天会对沈从文作出公平评价:把沈从文、福楼拜、斯特恩、普罗斯特看成成就相等的作家。"1982年,在钟开莱教授倡议下,金介甫邀请夏志清、许芥昱和德国的马汉茂等国外学者联合向瑞典科学院推荐沈从文为诺贝尔文学奖候选人。中国香港地区的沈从文研究在70年代已有较高水平。著名现代文学史家司马长风在1975年和1976年分别出版的《中国新文学史》和《新文学丛谈》两本专著中都把沈从文列为现代文学史上小说和散文大家行列,并对迄今为止国内外研究沈从文的成果及研究者的观点作了系统评介。上述学者研究专著的出版首先在海外产生广泛影响，引起世界许多国家学术界对沈从文的注意和研究兴趣，形成世界范围的“沈从文热”。其标志是沈从文的作品在许多国家被大量翻译出版[如40年代由金隄和英国白英合译的沈从文作品集《中国土地》于1980年在美国重印；由松枝茂夫翻译的《边城》(日译)在日本出版；由姚克译的《从文自传》在英美风行；德国有吴乐素译《边城》及沈从文其他小说出版；斯德哥尔摩大学马悦然教授将沈从文作品译成瑞典文等]；有关沈从文的传记、评传和研究专著相继问世；美国、日本、法国、德国等许多国家的中国文学和沈从文研究者纷纷来中国访问；美国学术界(美中学术交流委员会)于1980年邀请沈从文去美讲学。上述世界性的沈从文热对开放的大陆文化迅速产生了影响，成为80年代全国范围沈从文热产生与发展的直接导因和文化背景。

全国性的“沈从文热”是从1980年开始的。在这一年，长期成为“禁区”而被遗忘的沈从文突然成为文坛最注目的人物。《新文学史料》重发了《从文自传》和作者新加的《附记》，南方几省的文学刊物，如《花城》《钟山》等，集中发表了一批与左倾观点不同的文章，如金介甫的《沈从文论》[①]《给沈从文的一封信》[②]，黄永玉的《太阳下的风景——我与沈从文》等。上述文章的发表直接引起沈从文研究领域思想观点的对立，使一部分研究者在这些文章观点的影响下重新反思近40年来对沈从文的曲解与误解，并批判左倾观念，以重新评价沈从文的思想和创作。自1981年至1984年引人注目的便是这类对“左”的传统观点进行批评和反思的文章。这些文章在角度上大致分为两类：一类从总体评价上为沈从文翻案，批评“左”的观点；一类从创作和文艺思想的重新评价入手，恢复沈从文的本来面目。

第一类文章较多，有代表性的可举吴立昌的《沈从文的“浮沉”与现代文学的研究》[③]，邵华强的《略论沈从文的初期创作》[④]，朱光潜的《从沈从文先生的人格看他的文艺风格》[⑤]和《关于沈从文同志的文学成就历史将会重新评价》[⑥]。

吴文揭示了“沈从文在国外受到重视而在国内却销声匿迹”的事实及作家在文学史上的“浮沉”，指出“左”的思想对于沈从文研究及整个现代文学史研究与批评的深刻影响。他认为这影响首先表现为观点方面的片面性和形而上学。文章说：“过去否定沈从文的根据，不外乎他的作品不写压迫和剥削，没有表现阶级矛盾和阶级斗争，把农村和旧军队描绘成‘世外桃源’等等；作家本人则是‘新月派’或是与

① 《钟山》1980年第4期。
② 《花城》1980年第5期。
③ 《复旦学报》1981年第2期。
④ 《上海师范学院学报》1981年第1期。
⑤ 《花城》1980年第5期。
⑥ 《湘江文学》1983年第3期。

该派关系密切，接过鲁迅和‘左联’的批评，抗战之后又有错误言论。凡此种种，不能说统统属于子虚乌有，但也不是件件确凿，而且即使真有其事，也还有个如何看待的问题。”又说：“之所以会对沈从文作出全面否定的判断，我认为，主要是对作家只看一面，忽视或无视另一面。比如，只看到作家没有激烈的革命言论，而忽视了他对新旧军阀统治的不满；只看到他对左翼文学的理论和实践不感兴趣，格格不入，而忽视了他对艺术风格的匠心经营；只看到他与胡适、徐志摩等人过从颇密，而忽视了他对左翼作家被捕杀深表同情以至谴责反动当局的事实……鲁迅曾批评过那种形而上学片面推断的方法：‘口头不说“无产”便是“非革命”，还好；“非革命”即是“反革命”，可就险了。’过去对沈从文的论断方法庶几近之。”作者认为，按照历史唯物主义的观点评价30年代的作家，不能仅以他对左联的态度为唯一依据，而应把他放在当时中国人民和三大敌人矛盾的总情势下进行全面分析，作出公正的历史评价。吴文进而提出“政治唯一”的批评标准，是导致全面否定沈从文的更直接的原因。作者说：“这种‘左’得可笑的倾向表现在现代作家研究中，就出现了对沈从文这一类当时在政治上处于中间状态而艺术上却很有成绩的作家全盘否定的现象，同时也出现了对某些政治内容是革命的，但艺术形式却很平庸甚至粗劣的作家作品肯定过头或者盲目吹捧的情况。”

邵文在重新评价沈从文初期创作的基础上，针对否定沈从文思想和艺术成就的左倾观点提出以下三点结论：(1) 沈从文并非是个专“玩弄文字”的“魔术师”般的作家。文章说：“解放前后的学术界一直有个误解，认为沈从文是‘一个新文学界的魔术家，他能从一个空盘里倒出数不清的苹果鸡蛋’……无多大社会意义。(见苏雪林《沈从文论》，田仲济、孙昌熙主编《中国现代文学史》)我们通过以上分析可以看出，他相当部分作品，从各个不同的角度，展示了有一定广度的当时中国社会生活画面，揭示了某些社会本质问题。所谓‘魔术师’、‘空虚浮泛’的观点在史实面前是根本站不住脚的。”(2) 沈从文是以“风格作家”的身份出现在新文学史上的，风格即思想特征和艺术特征的统一体。以往在全面评价沈从文的作品和文学道路时，只看艺术技巧而忽略在作品中渗透着的独特情感，是片面的。(3) 评价一个作家在文学史上的地位，主要应看其作品成就的大小，对于沈从文的批评，那种连作品“一本都没看过”，只凭片面的感情就轻率地贴了“桃红色作家”标签(见郭沫若《斥反动文艺》)的做法，现在理应作为学术界的封建意识、官僚学阀作风铲除掉了。

朱光潜是沈从文三四十年代共命运同忧患，文艺思想极接近的老朋友，30年代在他主编的《文学杂志》上曾连续发表沈从文的创作并给以较高评价。他在80年代初发表的两篇短文中首先提出重新评价沈从文文学成就的观点。他说：“据我所接触到的世界文学情报，目前在全世界得到公认的中国新文学家也只有沈从文和老舍，我相信公是公非，因此有把握地预言从文的文学成就，历史将会重新评价。”他针对历史对沈从文人格的否定，提出“从沈从文先生的人格看他的文艺风格”的研究命题。他认为沈从文对创作“极端严肃”，对工作“刻苦耐劳，坚韧不拔”的态度，铸成了京派文人的美德，影响了一代作家的成长，如今一些已到壮年或老年的小说家和诗人之中有不少是在当时京派文人中培养起来的。他说这位少数民族地区出身的作家“是一位好社交的热情人，可是在深心里却是一个孤独者”，反映到创作中便形成他独特的文艺风格；他的作品“表现出受过长期压迫而又富于幻想和敏感的少数民族在心坎里那一股沉忧隐痛”，“不仅唱出了少数民族的心声，也唱出了旧一代知识分子的心声，这就是他的深刻处”。

第二类文章多以新的多种角度重新评价和认识沈从文的文艺思想和创作成就，通过分析研究作品和艺术实践所得出的结论，恢复作家本来面目。但因文学观念不同，在一些问题上仍有分歧，甚至形成尖锐的争议。

沈从文的文艺思想是40年代批判的重要内容，论文《从“反差不多”看沈从文的文艺观》①一反传统观念，通过对沈从文30年代发表的《作家间需要一种新运动》②和《再谈差不多》③等文章的重新分析研究，肯定了沈从文文艺观的科学性和现实意义，认为沈从文在“反差不多”运动中撰写的上述论文及其所提出的观点是“切中时弊并符合文艺创作规律的”，即使对今天来说也仍有针对性。文章说：“作者能在当时的环境中清醒地看到文艺界存在的问题并提出与众不同的新颖见解，是难能可贵的。沈从文先生的创作数量浩繁，他的文艺思想也博大精深……”

历史上对沈从文的否定首先是从否定他作品的思想倾向开始的。因此，对于沈从文创作思想倾向的研究和重新认识，便成为这个时期沈从文研究中最引人注目的内容。这方面具有代表性的论文有凌宇的《沈从文小说的倾向性和艺术特色》④《从特异世界里探索美的艺术》⑤，吴立昌的《论沈从文笔下的人性美》⑥《论沈从文笔下的人性异化和人性恶》⑦，董易的《试谈沈从文部分小说思想倾向的复杂性》⑧，汪曾祺的《沈从文的寂寞》⑨和王继志《对不合理的人生制度的深沉控诉》⑩等。

---

① 飞舟，《上海师范学院学报》1981年第1期。
② 《大公报》第237期《文艺》，1936年10月25日。
③ 《文学杂志》第1卷第4期，1937年2月27日。
④ 《中国现代文学研究丛刊》1980年第3辑。
⑤ 《读书》月刊1982年第6期。
⑥ 《文艺论丛》第17辑。
⑦ 《文艺论丛》第19辑。
⑧ 《文学评论》1983年第6期。
⑨ 《读书》月刊1984年第8期。
⑩ 《安徽师大学报》1985年第3期。

凌文以求真的精神，独到的见解，首先将对沈从文的作品思想性研究引向深入。他把沈从文的小说创作放到整个现代文学发展进程中分析与考察，认为对下层人民生活的逼真描写和对上流社会的暴露批判，构成了沈从文创作的基本倾向，而作家在表现他思想的基本倾向时，并“不像鲁迅那样，把火一样的热情包裹在冰一样的冷静里；也不像巴金，是爆发的倾泻式的热情洋溢，而是在微笑中藏着哀痛，微凉里夹着忧郁，形成自己独有的美学风格”。从上述观点出发，文章充分肯定了湘西小说的思想价值，说从“一定的道德观、世界观、人生观出发，沈从文在他的作品所反映的人生世相中，渗透着强烈的爱憎”，“这种爱憎的倾向尤其鲜明地体现在他以湘西生活为题材的创作中”。他认为湘西小说中不少作品“再现了下层人民在历史变动中的困苦挣扎”，为被压迫者“呼唤着生的权利、爱的权利、做丈夫的权利、自由的权利，严肃而忧愤深广地对社会给予他们不合理的人生命运提出了抗议，体现出作者民主主义的基本倾向”，尤为重要的是“对下层人民悲惨人生的描写，并没有停止在一般‘同情’、‘怜悯’上，而是将心贴近这种人生，更进一步发掘蕴藏在下层人民身上的美情感、美道德”。湘西小说中还有一些描写美好爱情的作品，凌文视这些小说同样具有深刻的思想内容，一方面“从正面寄托渴望人与人关系改善的社会理想”，一方面“通过这种构想的爱情的幻美，折射出现实生活中为权力、金钱玷污了的人与人关系的丑恶”，汪曾祺是沈从文的学生，他的文章洋溢着诚挚的激情，以文品与人品统一的观点，通过散文实证沈从文伟大的思想人格。他说：“沈从文用手中一支笔写了一生，也用这支笔写了他自己。他本人就像一个作品，一篇他自己所写的作品那样的作品。”他认为沈从文不仅是“一个不朽的抒情诗人，一个顽强的不知疲倦的语言文字的工艺大师”，而且更是“一个热情的爱国主义者”，“一个少见的热爱家乡，热爱土地的人”，他是寂寞的，但却不是一个悲观主义者。个人得失事小，国家前途事大。他曾经明确指出：“民族兴衰，事在人为。”就在那样黑暗腐朽的时候，他也没有丧失信心。他总是想激发青年的自尊心和自信心，“在事业上有以自现，在学术上有以自立”。他的作品中包含着以民族兴亡为己任的爱国热情。汪文在分析沈从文创作后作了如下归结：“提起《边城》和沈先生许多其他作品，人们往往愿意和‘牧歌’这个词联在一起。这有一半是误解。沈先生的文章有一点牧歌的调子。所写的多涉及自然美的爱情，这也有点近似牧歌。但就本质来说，和中世纪的田园诗不是一回事，不是那样恬静无为。有人说《边城》写的是一个世外桃源，更全部是误解（先生在《桃源与沅州》中就把来到桃源县访幽探胜的‘风雅’人狠狠地嘲笑了一下）。《边城》（和先生的其他作品）不是挽歌，而是希望之歌。民族品德会回来么?”汪文认为沈从文作品中所包涵的深刻博大的民族悲悯和由此生发的“重造民族品德的思想”长期被人误解，正是他寂寞的原因，他在散文中一再提到屈原，不是偶然的。因此，寂寞之于沈从文"不是坏事，从某种意义上，可以说寂寞造就了沈从文"，这是一种"很美的境界"。

对于"人性"内涵的认识是沈从文多年"沉浮"的一个重要原因，它像沈从文美学理想的基石，成为他作品反映人生的核心和精髓，是重新评价沈从文时不可逾越的理论禁区。吴文和董文正在这方面开了认识上的先河。他们根据马克思主义创始人关于人性、人道主义的基本观点，对人性在沈从文作品中所表现的具体形态作了剖析。吴文通过作品研究得出了论断。(1) 沈从文那座供"人性"的"小庙"，主要包括两方面内容：一方面是对人性美的赞扬和讴歌，另一方面是对摧残、破坏人性美的种种社会恶势力的揭露与鞭挞。由此出发，他以自己的全部热情，把摄取人性美的焦点对着下层人民；甚至还对着革命者。(2) 沈从文对"人性"本质的清醒认识在于：同情和惋惜下层人民"丧失了合乎人性的外观"的现象；揭露摧残人性的社会恶势力，抨击城市"文明"对乡村朴素人性的破坏；鞭挞绅士阶级的道德沦丧。不足的是，由于他理想的"人性"有时以"纯粹人类感情"代替一切，就使他的作品缺乏更深广的历史内容，在客观上"有以人类共同本性掩盖阶级性的倾向"。董文对沈从文表现人性、人道主义思想所造成的作品的复杂性作了深入探讨，认为沈从文决不是"没有思想"、只追求艺术美的作家，他的作品贯穿了"应当寻求人性和使人性复归"的思想基调。从其积极进步的意义看，他仍然继承了五四以来新文学中要求个性解放和人道主义的传统。但他希求维护和恢复的边地淳厚民俗和个性，"其赖以存在的农村自然经济生产关系，当时却正在解体"，这就使作家不免常常流露出怀旧情绪，使作品缺少"应有的时代感"和"历史使命的迫切感"。这反映了中间阶层作家在急剧社会变革中世界观上的复杂性。此外，还有一些文章对于与"人性"有关的"生命哲学"作了研究探索，如尚喜平的《一个探索者的足迹》①、凌宇的《探索"生命"的底蕴》和《从民族古井里吸取新鲜泉水》②等，但这类文章数量极少且理论容量和深度不够，其意义在于研究领域的开拓。

随着对沈从文作品思想内容研究的深入，从艺术上重新评价沈从文的工作也蓬勃展开。这方面的论文数量多，观点也不尽一致，但大都努力摆脱旧思想束缚，追求新观念、新方法和新角度，带有思想解放初期的时代印记。从研究角度看，内容较多的是如下五个方面：(1) 乡土文学；(2) 创作方法；(3) 抒情小说；(4) 文体与艺术风格；(5) 比较文学。

---

① 《中国现代文学研究丛刊》1984 年第 3 辑。

② 分别见于曾小逸主编：《走向世界文学——中国现代作家与外国文学》和《中国现代文学研究丛刊》1985 年第 3 辑。

从乡土文学角度重新评价沈从文的论文有高云的《沈从文论》①、许志英等的《中国农村的面影》②、笛论富的《植根在民间——论沈从文小说的特有风貌》③和龙海清的《略论苗族作家沈从文及其创作》④等。这些论文以“艺术越是地方的、民族的,也越是世界的”观点,将沈从文的主要创作归为“乡土文学”,把沈从文提到现代“乡土文学”代表作家的地位。高文指出,在中国现代文学史上,“对于乡土风俗描写得最细致、最充分的,要算沈从文了”,他以“特有的性格以及爱憎和哀乐方式,极其生动地描绘了湘西的山光水色、风土人情”,他的作品是“难得的风景和风俗画卷”。许文将沈从文与同时代作家(如废名)作了比较研究,认为沈从文的作品给我们提供了“另一种环境下的乡村生活”,表现了作者“十分独特的思维方式”,它“既区别于古代的田园牧歌,又与鲁迅为代表的那批作家作品取得了某种精神上的联系”。笛文和龙文具体阐述了沈从文创作与湘西民间生活、文化,特别与苗族生活、文化的血缘联系,认为沈从文的艺术生命之根是“深深扎在民间”,民间生活铸成了他的性格、气质,而这种性格、气质又复印在他的作品中,形成他“乡下人”的“特殊风貌”,正是这种地方性、民族性所决定的艺术上的独特性和特异性,使沈从文获得成功和在国外享有盛誉。但在这个问题的研究中也有论者持不同意见。如王富仁在《在广泛的世界性联系中开辟民族文学发展的新道路》⑤一文中,特别强调了新文学与世界文学的联系,认为沈从文“远未达到堪称伟大作家的一列”,这是因他“缺少一个为现代伟大作家所不能不具有的更深邃的思想,他远未脱出市俗现实生活和封建意识形态的无形束缚”,“仅仅把自己的视野局限在本民族的狭隘界域之内,特别是把自己的视野仅仅局限在以小农经济为基础的市俗生活范围内”。

以往文学史家多以现实主义正统论否定沈从文的创作成就,以此,从创作方法角度研究沈从文的创作便成为这时的重要课题。这类论文多不再拘泥于现实主义正统论的传统观点,而是实事求是地指出沈从文创作方法的复杂性和独特性。董易的《自己走出来的路子》⑥、王继志的《对不合理的人生制度的深沉控诉》较有代表性。董文从研究沈从文在创作上与周作人、郁达夫、废名、许地山、杨振声等五四以来诸作家的承传关系入手,提出从浪漫主义到现实主义再到将二者结合起来,是沈从文“自己走出来”的独特道路。他认为沈从文早期作品《渔》《龙朱》《雨后》《神巫之爱》等多属浪漫主义作品。20 年代末 30 年代初,他从自然主义倾向发展到严格

① 《复旦学报》1983 年第 2 期。
② 《文学评论》1984 年第 5 期。
③ 《中国现代文学研究丛刊》1984 年第 1 辑。
④ 《求索》1983 年第 2 期。
⑤ 《中国现代文学研究丛刊》1985 年第 1 辑。
⑥ 《中国现代文学研究丛刊》1983 年第 2 辑。

的现实主义，这时创作的《丈夫》《生》《牛》《贵生》《大小阮》堪称现实主义杰作。30年代，伴随思想艺术臻于成熟，他已把现实主义与浪漫主义两种创作方法结合起来，而产生于这时期的优秀短篇小说《萧萧》《三三》《新与旧》和代表作中篇《边城》、长篇《长河》等正体现了这两种创作方法的完美结合。王文未涉及创作方法的历史发展，而是按照创作原则将湘西小说分为两类：一类是以积极浪漫手法创作的一系列传奇故事，如《龙朱》《媚金·豹子·与那羊》《月下小景——新十日谈序曲》等；另一类则是严格遵守现实主义的创作原则，按照湘西现实社会的本来样式，绘制出来的一幅幅精确的生活图画。他认为这后一类作品不像前一类作品那样更多地掺进作家的社会生活理想，而是对不合理的人生制度的深沉控诉，这些作品的创作原则，正如作者所说："生活有些方面极其伟大，有些方面又极其平凡，性情有些方面极其美好，有些方面又极其琐碎——我动手写他们时……自然便老老实实地写下去。"

抓住沈从文小说抒情性特征，将其放到现代抒情小说发展链节中去考察，也是这时期研究者所采用的角度之一。这些研究者认为抒情小说是现代小说中一支独异的文学脉流，其渊源可以追溯到古代一些作家的创作，而沈从文则是这一脉流中现代的重要作家。论文《论沈从文的湘西小说》①通过作品分析和历史追溯，阐明沈从文抒情小说的艺术特征和赖以产生的思想基础。文章认为：表现小生产者个体农民的情绪和愿望，是沈从文抒情小说的思想基础，由这种思想基础所决定的抒情小说的艺术特征是抒情性与散文化。这是因为：小生产者生活安定时的怡然自得或动荡激变时的忧愁感伤使作品具有浓厚的感情色彩，而既不夸张也不剪裁的自然结构也正是小农生活的单调、呆滞、保守特点在形式上的反映。小农经济的幻想性、保守性、狭隘性，召唤着具有抒情性质的文学样式和风格；而抒情性的散文化的文学样式将更圆满、更完美、更有效地表现小农经济的社会思想和生活习惯。论述更为深刻的论文是《中国现代抒情小说的发展轨迹及其人生内容的审美选择》②。该文将沈从文置于整个中国现代抒情小说的历史演变中，寻求作家创作的发展轨迹，认为中国现代抒情小说的开源者是鲁迅，经废名、沈从文、萧红、艾芜、孙犁的自觉创造，清晰地呈现出它发生与演变的轨迹，而沈从文小说的历史意义则是"完成了抒情小说从题材到形式的质的飞跃"，即，在题材上，"摆脱了郁达夫、废名视野相对狭窄，生活经验不足的局限"；在形式上，"注重情绪的渲染和诗的意境的创造，在貌似朴讷的叙述中实现意象的流动，却扬弃了废名晦涩的弱点，而《边城》等湘西小说，标志着抒情小说在艺术上的成熟"。

从文体特征和艺术风格切入研究沈从文的创作，也成为这时的重要倾向。这

① 作者赵福生，《中国现代文学研究丛刊》1985年第1辑。
② 作者凌宇，《中国现代文学研究丛刊》1983年第2辑。

类论文在具体方法上分为微观和宏观两种：前者解剖一篇或几篇作品，以个别说明一般；后者则综览创作整体风貌，通过分析归纳，寻求其总体特征。汪曾祺的《沈从文和他的〈边城〉》①、吴立昌的《论沈从文的艺术风格》(1982年)和侯达航的《略谈沈从文短篇小说的开头和结尾》②等，是这方面论述较深入的几篇。这些文章多从语言风格和文体结构两方面研究沈从文小说的文体特征，并称具有这种特征的文体为“沈从文体”。这样的结论可以说是对于半个世纪前即已赢得“文体家”之称的沈从文的再一次学术确认。

汪文以《边城》为例说明“沈从文体”的主要特征具体体现在语言和结构上。文章认为，所谓“沈从文体”的语言特征，用作者自己的话说是“充满泥土气息”和“文白杂糅”。沈从文的语言有一些是湘西话和个人的口头语，如“即刻”、“照例”之类；又有相当多文言成分，文言词汇和文言句法。但他把家乡话与普通话，文言和口语配置在一起，十分调和，毫不“格生”，形成了自己的特殊文体。文章尤其赞扬沈从文的语言功力和技巧，说：“他的语言是朴实的，朴实而有情致；流畅的，流畅而清晰。这种朴实来自不雕琢；这种流畅，来自于推敲。他很注意语言的节奏感，注意色彩，也注意声音。他从来不用生造的，谁也不懂的形容词之类，用的是人人能懂的普通词汇。但是常能对于普通词汇赋予新的意义。”文章否定了“沈从文小说不讲结构”的观点，认为重视“匀称”，“注意开头，尤其注意结尾”，是沈从文小说结构的特征，而这特征在《边城》中体现得最为典型。文章说：“汤显祖评董解元《西厢记》，论及戏曲的收尾，说‘尾’有两种，一种是‘度尾’，一种是‘煞尾’。‘度尾’如画舫笙歌，从远地过近地，又向远地去；‘煞尾’如骏马收缰，忽然停住，寸步不移。他说得很好。收尾不外这两种。《边城》各章的收尾，两种兼见。”

侯文从“开篇”、“结尾”、“开篇与结尾的配合”三方面来说明“沈从文体”的特征。认为沈从文的小说不仅注意开头的“灵活自然富于变化”和“结尾”的“出奇”“巧妙”和蕴味无穷，而且更注意“开篇”与“结尾”配合的“匀称”和谐。文章将这配合的表现形式分为两种：(1) 内在的表现形式——情绪气氛的前后配合；(2) 外在的表现形式——首尾的前后呼应。

沈从文初登文坛，就以艺术风格独特著称，以此，30年代的沈从文批评，多是关于其艺术风格的论述。在80年代，上述课题又为论者所热衷，其更重要的意义乃在于从美学角度对沈从文所创造的文学遗产进行系统的研究与总结。上述吴立昌和王继志的论文是这方面的力作。吴文将沈从文“艺术风格的基调”概括为：“自然、清灵、隽永”，并分别加以阐释。所谓“自然”，在作品中体现为“描述的从容”，和

① 《芙蓉》1981年第2期。
② 《新文学论丛》1982年第1期。

“叙述的平淡”，即“总顺序渐进的平平写去，犹如一辆无人驾驭或车夫正打瞌睡的马车，信步徜徉于大道上”。所谓“清灵”，在作品中体现为写景状物时所显示的“清丽、空灵、秀美”。所谓“隽美”，则是指“在从容平淡描述中给读者以联想、想象的广阔余地”。

王文从三个方面对沈从文艺术风格的独特处作了归纳：(1) 着力于客观事物的叙描，力辟“文字表面的热情”，而在对情节、场面、细节与心理的冷静叙描分析中，融入自己的爱憎。(2) 小说具散文的风姿，蕴含着诗的意境与韵味。(3) 结构灵活多变，不拘一格。

从比较文学角度研究的论文较少，能看到的有殷国明的《在不同的地平线上》①、何益民的《论沈从文的〈边城〉》②、程光炜等的《沈从文与福克纳创作视角比较》③等几篇。殷文将沈从文的小说创作同法国 19 世纪小说家梅里美的创作作了比较研究，认为他们对现实的审美倾向相似。“几乎同样厌恶资产阶级虚伪的人生，依恋未开化的下层人们中的真诚和热情，并在他们身上展示出朴实而带野性的美和力的运动”；在艺术风格上也颇相近，“都不喜欢浮夸、雕琢的文风”，“常常以平淡的笔调写下惊心动魄的场面”。但在上述美学倾向下面所隐藏的作家对待人民的态度却有差异：“梅里美在创作中追求鲜明新奇的故事情节，有些是为了满足在豪华的上层社会中厌倦了的好奇心；而沈从文却大为不同，他接触过广大的人生，下层劳动人民的酸辛在他心中播下了种子，在他赞美下层人民心灵美的品质时，始终没有忘记他们实际生活的悲剧，在他的作品中，常常笼罩着一种悲哀的气氛，浸透着他对人民的深切同情。”程文将沈从文与同时期的美国著名作家福克纳作了比较，认为他们在创作主题、题材和对人物命运的探索等方面具有共同处，即都以各自的故乡为背景，表现有鲜明的地方特征的人情风物，同情赞美乡村固有的淳朴人性，批判资本主义文明的罪恶，关心下层人民的命运。不同处是由于他们的社会环境和所受民族历史文化熏陶及个性气质上的差异，在对生活的理解、表现角度上则不完全一致。前者更富于民族特色；后者则更具西方现代主义特征。何文将沈从文与五四时期曾追求过“爱与美”的作家进行比较，阐释了沈从文“爱与美”哲学的历史渊源。综观这类论文，在内容上多缺乏系统性和理论性，尚属比较文学研究的初期成果。

对于沈从文的重新评价，其实质是对否定沈从文的“左”的形而上学的传统观念的批判，也是在文化开放历史背景下新旧文化价值观取代和撞击的实践过程。

---

① 《新疆大学学报》第 3 期，1985 年。
② 《湘潭大学学报》第 1 期，1981 年。
③ 《信阳师院学报》第 1 期，1985 年。

因此，在认识上的矛盾相当尖锐。这些矛盾时常通过对沈从文作品的争议表现出来。最典型的事例是 1983—1984 年《洞庭湖》杂志组织的关于《雨后》等作品的“争鸣”。该刊于 1983 年第 4 期、第 6 期和 1984 年第 1 期连续发表了关于《雨后》等批评争议文章、“座谈讨论纪要”和编辑部文章。这些文章虽以“争鸣”的名义刊出，而观点大都一致，即重弹四五十年代的老调，从思想内容和基本倾向上完全否定沈从文，认为目前的“沈从文热”背离了社会主义文艺方向，将青年引入歧途。现将其主要论点摘引如下：(1) 沈从文基本倾向是“同路人”，不能作为当今文学晚辈盲目追随的“旗帜”。其代表作《边城》“把旧时代的湘西描绘成和平美好的世外桃源”，抹杀了阶级差别；《雨后》《柏子》《丈夫》等是“活生生的《春宫图》”，同 30 年代黄色歌曲是“姊妹篇”。30 年代批判过的歌曲，现在有人拿出来唱，已经有 30 年很少有人提起的作曲家黎锦晖，现在又有人把他捧得很高，这同文学界的情形几乎是一样。“究竟是肯定鲁迅、郭沫若，还是抬高沈从文、徐志摩；是肯定聂耳、冼星海，还是抬高黎锦晖，我觉得是文学界和音乐界的大是大非问题，是走什么道路的问题。”(2) 沈从文是“生活的旁观者”，其作品在艺术上有可借鉴的地方，但思想内容消极有“污染”作用。“沈从文热”反映了文艺的某种混乱，“容易把文学引向歧途”，再热下去“将影响一代人、一代文学青年”。(3) 1956 年出版的丁易的《中国现代文学史略》，“还很少有极左东西的干扰”。他是这样评价沈从文作品的：“作者笔下出现的农村……都被写成桃花源式的优美世界……地主和农民之间，一点矛盾冲突也没有。他所写的农民好像永远不受地主剥削，好像永远是有吃有穿不穷不苦的一批驯良家伙……作者制造了这样一个观念世界，一个适合于地主阶级的观念世界。”读读丁易这段话，难道不应当引起我们的认真思索吗？从引证可见，上述论文在基本观点和方法上都是传统的因袭。这种情况的出现合乎自然，恰是政治上拨乱反正伊始，意识形态领域矛盾斗争在文艺上的反映。但随着思想解放运动的广泛深入，一切自觉或不自觉的“左”的观点和思想的还魂，都因失去大气候和温床，而成为虚妄。“沈从文热”虽然在 1983 年下半年至 1984 年上半年经过舆论的锤炼，趋于降温阶段，但情感的热量却升华为研究者科学的理智，更加系统切实的研究也由此开始。因此，“沈从文热”的消退正标志着沈从文研究的深入。体现这深入的代表性成果则是凌宇的专著《从〈边城〉走向世界》①。

《从〈边城〉走向世界》是 80 年代沈从文研究的总结性成果，在这一研究领域具有划时期的意义。它的出现把沈从文研究推进到系统化、体系化、开放型和全方位研究阶段。全书有一个完整的理论构架和系统；以历史发展的观点对以往几十年

① 三联书店 1985 年 12 月版。

的研究成果作出科学归纳和评价;提出独立的统一的沈从文观,并对沈从文人生道路和文学生涯及其被误解的历史成案作出分析和回答。该书的创见是对沈从文品格(包括政治、艺术品格)的概括与符合实际的分析。其结论是:他"一直固执地坚守着民主主义的政治立场,信守着看人论世的思想独立和自由的原则";他的作品"包含着丰富的社会历史内容和对社会人生的独特观照","深刻的历史感兴是创作的鲜明特点"。以此,为沈从文摘掉了"反动文人"的帽子,将其列入中国现代文学史上"当之无愧的""为数不多的出色作家之列"。该书在研究方法上的贡献是突破了以往单纯的"政治阶级论"和"哲学论"的思维模式,提出并实践了多角度观察分析的方法。作者认为沈从文是一个"复杂的存在",其思想性格和创作品格的复杂性是"与整个社会多维联系的结果","只有多角度的观察,才能获得沈从文及其创作品格的全部内涵"。这种见解在当时是颇具开拓意义的。但由于作者在基本理论和观念上未能完全摆脱"政治本位"、"现实主义本位"和"革命文学本位"的传统思维定势和理论框架,所以在对沈从文的评价中虽努力作到客观公允,而终于难以从根本上科学地认识和说明他在文学和文化史上的价值和意义。这是当时的研究者很难避免的认识局限。

六

1986年以后至90年代,沈从文研究进入深化阶段。1988年沈从文逝世后,《新文学史料》(1988年第4期)开辟《怀念沈从文》专栏;《吉首大学学报》从1989年至1992年连续出三期《沈从文研究专号》;1987年吉首大学沈从文研究室举行全国"首届沈从文学术座谈会"后,又于1989年编辑出版研究文集《长河不尽流——怀念沈从文先生》。作为这个阶段研究深化的主要标志,除一批学术水平高的论文外,还有十余部专著,如凌宇的《沈从文传》①、美国金介甫博士的《沈从文传》②中译本、韩立群著《沈从文论——中国现代文化的反思》③等。以全新的价值观念,运用比较方法,从宏观的文化角度,对沈从文艺术个性作历史的综合研究,是这时期沈从文研究的基本倾向。

从孤立的沈从文研究发展为对整个京派小说的研究,是深化沈从文研究的重要标志。这方面的论文颇有理论深度,且多取历史文化的宏观角度,观念方法新

① 北京十月文艺出版社1988年10月版。
② 湖南文艺出版社1992年2月版。
③ 天津人民出版社1994年9月版。

颖，通过对京派小说的艺术倾向及其产生的历史文化原因的挖掘，揭示沈从文现象的历史必然性。有代表性的论文是严家炎的《论京派小说的风貌和特征》[①]、李俊国的《三十年代“京派”文学思想辨析》[②]、李德的《论京派抒情小说的民族特征》[③]和吴福辉的《京派海派小说比较研究》[④]等。

严文从美学倾向、文体和创作方法、艺术风格、语言特色、思想性质等五个方面概括了京派小说的风貌和特征。主要论点如下：(1) 赞颂纯朴、原始的人性美和人情美是京派小说最基本的美学倾向。(2) 扬抒情写意小说之长，熔写实、记“梦”、象征于一炉，是京派小说文体与创作方法的特色。(3) 平和、淡远、隽永是京派小说艺术风格的总体特征。(4) 简约、古朴、活泼、明净是京派小说的语言特色。(5) 京派的思想性质是现代的，而非封闭的倒退回中世纪的流派。

李俊国从地域文化角度，对京派文学形成的背景、原因及美学思想、人生态度、政治态度、文化心态等方面的特点和复杂性进行了考察，论述了它演变解体的原因，指出研究这一历史“间隙”地带文学群体的意义。文章在论述中同样把沈从文作为京派以上诸特征的典型代表。文章认为京派根本性特征是“文人学者型作家的职业特点，共处于北平文化环境和‘校园文化’氛围里所形成的文化心态”，其表现是：“远避于时代政治斗争之外，高蹈于现实功利之上；不趋新求奇，不迎俗媚时，在时代变革中，始终持从容矜持的学人风范和艺术虔诚的文人风度。他们的文学思想是以求‘纯正的文学趣味’所体现出的文学本体观，以‘和谐’——‘节制’与‘恰当’为基本原则的审美意义。”但文章又特别指出，京派作家虽然表现出对文学政治色彩的超然与反感，但其文学思想又包含着以新文学介入民族前途的建设和“人生观再造”的文学使命感，未曾忘却新文学与现实人生的联系，时常表现出强烈的文学介入意识和社会功利主义观念。在这方面沈从文体现尤其明显，他编辑《大公报》文艺副刊期间所写书评、序、创作谈，再三强调作家“人事教育”的重要，时时提防“艺术至上”的文学倾向。他从来不把文学当作“玩具”，而作为“可以修正这个制度的错误，纠正这个民族若干人的生活观念的错误”的“用具”。

李德从民族传统文化的影响把握京派抒情小说的特征，认为民族文化的优长和“亮点”在京派小说得以表现和弘扬。文章提出上述观点后，便从具有民族特色的风景画和风俗画的描绘，带有传统美德的人物形象的塑造等多方面特征加以论述。沈从文的湘西小说成为文章反复引证的事例，从而将沈从文抒情小说的艺术

---

① 《湖北大学学报》1989 年第 4 期。
② 《中国社会科学》1988 年第 1 期。
③ 《中国文学研究》1988 年第 2 期。
④ 《学术月刊》1987 年第 7 期。

特征和倾向提到规律性认识。吴文运用比较方法对京派与海派的小说作了深入的比较研究。经过比较，京派小说产生的文化背景及思想艺术特征与整个文学历史的内在联系更加清晰。

从思想艺术外在层面的分析归纳进入内在理论层面的探讨与思索，是沈从文研究深化的另一表现。许多论文探讨了沈从文的哲学观、美学观、文化观、道德观和历史观等理论内涵。其中论述较深刻的有赵园的《沈从文构筑的“湘西世界”》①、郑战兵的《论沈从文湘西题材小说的人性思想内涵》②、赵学勇的《沈从文创作的哲学意识和审美选择》③、马丝蒂的《略谈沈从文的文艺美学思想》④、万同林的《从创作主体的文化构成看沈从文》⑤、凌宇的《从苗汉文化和中西文化的撞击看沈从文》⑥、王继志的《论沈从文创作中的人道主义》⑦、韩立群的《生命哲学的寓言》⑧等。上述论文主要内容和观点包括以下几方面：

(1) 关于沈从文哲学观的内涵及其意义的评价。有的文章(如《沈从文湘西题材小说的人性思想内涵》)认为沈从文哲学的核心是人性观，而他的人性思想的内涵具体包含在湘西小说所铸造的“湘西健全人性形态”中：对自然的认同和皈依是这人性形态的存在依据；对幸福的憧憬和向往是这人性形态的基本内核；对生命的凝眸和彻悟是这人性形态的最高境界。有的论文(如《生命哲学的寓言》)则认为沈从文哲学思想的内涵是生命哲学，他的小说集《月下小景》就是生命哲学的寓言；沈从文的生命哲学是爱与美的哲学，其基本观点是认为对抽象的爱与美的追求是生命的基本属性，也是生命力的源泉，所谓抽象爱就是对抽象美的追求，而抽象美则是指令人永远崇拜和倾心的“美丽、清洁、智慧，及人类幸福的幻影”。生命哲学是企图通过对爱与美的追求激发生命力和牺牲精神的哲学。

(2) 关于沈从文美学观的内涵及其意义的评价。有的文章(如《略谈沈从文的文艺美学思想》)对沈从文的美学思想作出整体归纳，认为他美学系统的最高存在范畴是“生命”、“自然”和“力”，其本体论最终落脚在求真、善、美的最高统一。他从认识生命、自然为始，以爱生命、爱自然达到最高圆满为终。构成他美学观的具体内容的是以下观念：其一，“美在生命”；其二，“神在自然”；其三，“力是生命永恒的显现”；其四，“寂寞是艺术创造的境界”。有的文章(如《文化的投影与主体的抉

① 《文学评论》1986 年第 6 期。
② 《扬州师院学报》1989 年第 3 期。
③ 《中国文学研究》1989 年第 4 期。
④ 《辽宁大学学报》1990 年第 5 期。
⑤ 《文艺理论研究》1988 年第 2 期。
⑥ 《文艺研究》1986 年第 2 期。
⑦ 《南京大学学报》1988 年第 2 期。
⑧ 《聊城师院学报》1993 年第 3 期。

择》)将沈从文湘西小说在审美标准上的守"旧",审美理想上的求"野",构成沈从文美学观的基本内容。

(3)关于沈从文文化观的内涵及其意义的评价。有的文章(如《从创作主体的文化构成看沈从文》)认为沈从文文化观的核心是以汉苗文化为内容的传统文化精神,沈从文是前现代化文明的批判者,中国半殖民地半封建社会都市文化和生活走向堕落的揭发者,以带有浓郁原始色彩的"湘西世界"作为参照系。他是一个运用传统文化精神重建中国道德和文学的民族理想的建构者。他的传统文化思想是从"湘西世界"带来,因此内部存在着封建儒家文化为核心的汉文化与带有原始色彩、质朴情调、野性强力的苗文化的冲突,后者往往居于支配地位。有的文章(如《从汉苗文化和中西文化的撞击看沈从文》)将沈从文文化观放在广阔文化背景下去考察,认为它是湘西苗族文化、汉族文化和西方文化三条线索的交织。从内在气质上看,对楚苗巫鬼文化传统的承袭,是他自觉的意识,他明确感到自己创作所植根其中的文化传统,与两千年前的屈原同出一源。有的文章(如《沈从文构筑的湘西世界》)从历史角度肯定了沈从文文化思想的意义,并将其与老舍作了比较,认为在中国文学史上,始终关注着现代文明进程的"文化后果"的是老舍和沈从文。老舍以大量作品描写城市文化结构的崩解,沈从文则表现城市文化滋生着的病态并以湘西文化为参照物。他们的思路都归结于承受上述文化后果的"人",北平人,或者"城市人"以及湘西人。这在当时的文学史中不能不是一种独特现象,与思考着的欧美文学间有某种呼应。把文化问题归结为"文化"自身,决定了思考的人的独特深度以及同样"独特"的弱点,但你仍然会肯定他们的忧虑的某种"预见性",而且公正地认为这属于另一思路的"中国问题"、"中国命运问题"。但该文同时也指出沈从文文化观中的某些消极因素,如在颂扬湘西原始性文化时把奴性的驯良与淳朴忠厚一并作为美德,在批判城市文化时引入了老庄的"绝圣弃智"的消极思想等。

沈从文逝世后几年,沈从文研究无论在广度和深度上都堪称高峰。三部专著(两部《沈从文传》和一本《沈从文论》)的相继出版,则是这高峰期的重要标志。凌宇的《沈从文传》是在《从〈边城〉走向世界》的基础上写成的,两书问世虽仅隔三年,但在观点和内容上并非简单地重复。前者虽也有关于人生和文学道路的叙述,但主要是通过文学世界的剖析描绘,展示对象主体艺术品格的独特性;而后者则发挥传记史论结合的特点,以宏观的历史角度揭示对象主体总体上所具有的普遍而深刻的文化内涵,在观念、方法和认识深度上明显地反映出著者对这个时期研究成果的容纳。如该书对沈从文文学世界整体建构形成期及其内容的分析概括,就颇具史识。著者认为《边城》的问世,意味着沈从文建造的文学世界整体构架的基本完成,这个建构是多重文化层面的交织,积淀了成熟期作家的哲学思辨。其表层所显示的乡村与都市的对立，从文化构成看，是都市“现代文明”与原始民性的对立；从哲学角度看，则是“人性的扭曲”和“人与自然的契合”的对立；从时空角度看，它又表现为现在与过去、未来的对立。这种思辨的来源，是五四后开始的人的独立与精神解放的新思潮与中国传统哲学相互渗透与融汇的结果。

金介甫(Kinkley Jeffrey)的《沈从文传》是一部有新意且在学术品格上颇具特色的著作。主要有以下特点：(1) 虽写传，但不拘泥于生平叙述，而贯穿着对作品和传主思想行为的分析与批评，使作品、生平相对照，艺术、思想相注释。正如著者所说：“沈的思想帮助我们阐明他的艺术，同样，他的艺术也帮助我们阐明他的思想。”(2) 将沈从文放到湘西文化背景上去考察，以外国人的文化价值观透视湘西文化和沈从文及其创作的文化独特内涵，丰富而有独到见解。(3) 运用比较方法，以世界文学为参照系评价沈从文的文学地位，角度新颖，结论中肯，令人耳目一新。(4) 传后附有“注释”、“参考书目”、“著作年表”等传记资料，长达172页，其中包括大量作者采访调查得来的第一手资料。这就使该书具有史料价值。

《沈从文论》是从文化历史的宏观视角系统研究沈从文的著作。该书与上述著作相比，有以下新的发现：(1) 把沈从文放到中国现代文化史上考察，认为他是继鲁迅之后的“中国现代文化的反思者”。中国现代新文化的历史是一个在外来文化直接影响下民族文化的现代化进程。以五四为标志的新文化运动的深刻历史意义是以外来的科学民主的现代化文化思想对封建传统文化思想进行了彻底批判与反思，鲁迅是这时出现的中国传统文化最深刻的批判者与反思者。由于半封建半殖民地经济政治形态的限制，五四新文化运动后并未能形成全国统一的新文化，而是出现了以城乡文化对立格局为特征的文化裂变期，沈从文便是这个时期产生的现代半封建半殖民地文化最深刻的批判者与反思者。若将这两位文化批判者、反思者加以比较，则可看到其不同不仅在于反思和批判的对象(一是传统文化，一是现代城市文化)，而主要在于反思批判的视角和参照系。鲁迅的视角虽也包括文化的宏观角度，但主要是道德和政治的，其参照系是以科学民主精神为内容的现代文化思想体系；沈从文则完全是文化的视角，其参照系是来自人生体验的人生感悟。(2) 沈从文所走的是异于五四启蒙主义者的“人生感悟的路”，由此形成他独特的重经验重感性的心态。五四以后新文化思潮此起彼伏，每个思潮都来自外来文化的直接或间接影响。追赶潮流的作家，其思想和创作风格倾向大都可以比较方法找到其外来文化影响的源头。沈从文的思想和创作倾向则只能从他人生体验中取证。他这种从人生体验中感悟人生形成的规律性认识和以从生活事实取证的方法鉴别文化思想的学术品格，不仅成为他与五四以来多数作家的差异，而且是他超越中国新文化思潮从而对它进行反思和批评的内在原因。(3) 从文化内涵对沈从文的小说文体特征进行科学分析与界定，提出沈从文的小说是“文化散文体小说”的结论。此虽为一家之言，但也堪称较为恰当的界定。

除上述三部著作以外，1986 年以后的 10 年间所出版的研究专著、评传和文章结集还有 10 余部，其中有：荒芜编《我所认识的沈从文》①，吉首大学沈从文研究室编《沈从文研究》②，赵学勇著《沈从文与东西方文化》③，吴立昌著《沈从文——建筑人性神庙》④《“人性的治疗者”——沈从文传》⑤，王继志著《沈从文论》⑥，贺兴安著《楚天凤凰不死鸟：沈从文评论》⑦，孙冰编《沈从文印象》⑧，向成国著《回归自然与追寻历史——沈从文与湘西》⑨等，亦堪称是这一时段沈从文研究走向深化的代表性成果。

---

① 长沙岳麓书社 1986 年 7 月版。
② 湖南大学出版社 1988 年 8 月版。
③ 兰州大学出版社 1990 年 6 月版。
④ 复旦大学出版杜 1991 年 9 月版。
⑤ 上海文艺出版社 1993 年 12 月版。
⑥ 江苏教育出版社 1992 年 4 月版。
⑦ 成都出版社 1992 年 10 月版。
⑧ 学林出版社 1997 年 1 月版。
⑨ 湖南师范大学出版社 1997 年 7 月版。

2005—2011年:

女性主义文学的冰心时代*

女性主义文学不是女权主义者同情和关注妇女命运的文学,也非一般妇女题材的创作。女性主义文学是女性世界主体意识觉醒的产物,即现代女性观及其所规定的女性主体意识在文学中的体现。女性主体意识的觉醒和具有主体意识的女性作家群体的形成,是女性主义文学产生的前提。现代中国女性主义文学是中国现代文学的组成部分,是与其总体同时产生同步发展的。它滥觞于近代而形成于五四新文学运动,其发展历史可以三个里程碑式作家依次划分为三个时代:"冰心时代"、"丁玲时代"和"张爱玲时代"。这三个时代分别代表着中国现代女性主义文学发展中三个相关联的时代主题:女性主义的理性启蒙、女性主义的艰难实践和女性主义的痛苦反思。

女性主义的思想内涵是女性主体意识,它在实践上一方面表现为对男性法权的叛逆与反抗,一方面则表现为对自强自尊自立的独立人格的自觉追求与自我塑造。近代第一女英雄秋瑾(1877—1907)既是民主革命的先烈,又是中国妇女解放的先驱。她在日本留学时,积极从事妇女解放运动,重组妇女团体"共爱会","典质簪珥"创办《中国女报》,宣传妇女人格独立、个性解放、男女平权;从名门闺秀,到封建婚姻和男性法权的叛逆者,从毅然出国留学追求自立、自尊、自强的人格,到献身于伟大民主革命事业,她走的是女性主义从理性启蒙到社会实践的路。作为一代女性精英,她的英雄主义精神与行为虽属政治范畴,但在其伟大人格里却包含着极其强烈的女性主体意识,她的英雄主义气质便是女性主体意识的人格体现。正是这一主体意识,使她成为中国20世纪初妇女解放运动的先行者和一切进步妇女,特别是知识女性追求自由解放的人格榜样和精神力量。

秋瑾是近代杰出的女诗人。她豪情洋溢的诗词以深刻的女性主义内涵,开创了20世纪中国女性主义文学的先河,其中那些蕴含着深切体验和女性主义启蒙思想的诗文(如诗词《精卫石》《勉女权歌》《赠女弟子徐小淑和韵》《赠溪女士徐寄尘和原韵》《戏寄尘再叠前韵》《赠小淑三叠韵》《柬徐寄尘》和散文《致湖南第一女学堂

---

* 《山东社会科学》2005年第2期。

书》等)，对当时和后来都具有强烈的激励作用和深刻的启蒙意义，是 20 世纪初中国妇女解放的檄文和女性主义宣言。从上述诗文中可以看到近代女性主义的内涵主要由如下三个方面构成：其一，男女平权的政治内涵。认为男女平权是天赋人权的理论在民主制度建设进程中的实践，其实质是实行包括妇女在内的公民权利与义务的平等。《勉女权歌》正表述了上述观点："吾辈爱自由，勉励自由一杯酒。男女平权天赋就，岂甘居牛后？愿奋然自拔，一洗从前耻辱垢。若安作同俦，恢复江山劳素手。旧习最堪羞，女子竟同牛马偶。曙光新放文明候，独立占头筹。……责任上肩头，国民女杰期无负。"其二，自强自立自尊的人格内涵。这种人格在诗歌中表现为诗人顶天立地、气吞山河的英雄主义气概和个性自由、主宰乾坤的主人翁情怀："漫云女子不英雄，万里乘风独向东。诗思一帆海空阔，梦魂三岛月玲珑。"(《日人石井君索和即用原韵》)"不惜千金买宝刀，貂裘换酒也堪豪。一腔热血勤珍重，洒去犹能化碧涛。"(《对酒》)诗人自强自立自尊的人格，在这博大壮美的意境中表现得淋漓尽致。其三，以教育途径获取经济独立的社会实践内涵。作者认为妇女受压迫的根源是对男性经济上的依附，要真正取得人格独立和与男子同等的权利，就必须获得经济独立，而其途径则是通过受教育学得赖以生活的学问和技术。这一规律性认识是她人生实践的升华，体现在她的许多诗篇里，而在《致湖南第一女学堂书》和《精卫石》中则有直接表述，说妇女"欲脱男子之范围，非自立不可；欲自立，非求学艺不可"；"女子皆能自己学习学问手艺，有了生业，就可养活自己，不致再受这样的惨苦"。

上述三个方面，都体现着女性主体意识和妇女解放的理想与目标，但权利平等和人格自立偏重于观念范畴，是女性主义理性启蒙的内容；而经济独立则更具实践的性质，是女性主义理性启蒙通往社会实践的桥梁。若从社会法权角度看，政治权利(参政权)、人格自由(个性自由)的权利和经济权利(经济占有和支配的权利)，恰恰是构成男性法权的三个主要支柱，而经济权则具有根本的意义。这规律性认识既表现在秋瑾的诗文中成为女性主义理性启蒙内涵，而又充分而生动地体现在她短暂而光辉的人生道路中，指示着女性主义实践的方向。

秋瑾既是中国 20 世纪初女性主义的伟大启蒙者和勇敢的实践者，又是女性主义文学的先驱者，她用生命铺下中国妇女解放之路的第一块基石，用热血写下中国女性主义文学的第一页。解读她的创作和人生实践，可以获得如下启示：女性主义的内涵是女性主体意识，她在观念上表现为男女平权、人格自由和经济自立等女性主体观念体系，而在实践上则体现为以教育为途径获得经济自立的妇女解放道路。女性主义启蒙时代的杰出女性和女性作家，都是于新思潮兴起之际在秋瑾的观念和实践影响下成长起来的。

冰心时代是中国现代女性主义文学的启蒙时代，女性主义的理性启蒙是这个时代女性主义文学的主题。在这个主题下所形成的以冰心为代表的女性作家群体及其创作，奠定了这个时代的基础，鲜明地体现着女性主义理性启蒙特色。由冰心、庐隐、冯沅君、苏雪林、凌淑华、白薇、陈衡哲、袁昌英等组成的女性作家队伍是在女性主义理性启蒙的历史背景下产生的学者型作家群体，其政治倾向虽不尽相同，但都是在中西文化交汇的近现代新文化运动中涌现出来的文化精英，受过系统的现代高等教育，有的还出国留学获硕士或博士学位；不仅具有现代人生观、价值观和新型道德观，而且具有现代女性主体意识和不同程度的反抗男性法权及其婚姻制度的叛逆精神，是继秋瑾之后出现的又一批现代女性主义的启蒙者。她们的实践领域虽与秋瑾有所不同（秋瑾主要是政治领域，而她们则是文学领域），而以教育为其途径获得经济自立、人格自由和权利平等的成长道路则与秋瑾一脉相承。她们大都是在学校开放女禁的时代，最先感受新思潮的名门闺秀，由于较早从女性主义的理性启蒙中获得了自立自强的主体意识和自我发展的要求与动力，又有受教育的家庭经济支柱，所以就成为男性中心社会中首先冲破男性法权争得受教育权利的女性。现代教育潮流把她们冲出囹圄似的闺门，使之走上成才之路，又将她们送出国门，使之成为一代文化精英。陈衡哲和袁昌英是这个群体中第一批留学生：陈于1914—1920年留学美国，先后就读于瓦沙女子大学(Vassa College)和芝加哥大学，获硕士学位后回国任大学教授；袁于1916—1921年留学英国，在爱丁堡大学获硕士学位，又于1926年赴巴黎大学继续深造，回国后任大学教授。冰心、苏雪林、白薇是第二批留学生：冰心于1923—1926年留学美国，在威尔斯利大学(Vellesley College)获硕士学位；苏于1921—1925年留学法国深造；白在1925年前曾就读于日本东京女子高等师范学校。第三批留学的是冯沅君、凌淑华：冯于1922—1925年在北京大学国学研究所攻读硕士学位，毕业工作7年后(1932年)又去巴黎大学文学院攻读博士学位(1935年获文学博士学位)；凌成名于20年代，出国留学时间是1947年。庐隐、石评梅等不曾出国留学，但都毕业于北京女子高等师范学校。

冰心时代女性主义文学的时代主题——女性主义理性启蒙——是由五四新文化启蒙运动的历史使命所决定的。在“人的解放”成为一切精神界之战士自觉担负历史使命的同时，“妇女的解放”和女性主义的理性启蒙也便因为思想界和代表先进文化的作家所倍加关注，而成为整个文化思想启蒙的重要组成部分和女性主义文学的时代主题。这个主题的理性启蒙特征是通过如下具有鲜明时代色彩的观念、题材和文体表现的：

其一，女性主义观念。男女平权、人格自由、经济自立等女性主体观念，都被赋予新的时代内涵体现在作品中。这所谓新的时代内涵主要是指三种观念的注入：首先，在男女平权的政治内涵中注入了平民主义观念，把妇女解放的目标提升到对平民社会被压迫妇女的启蒙和解放。这种平民主义的权利平等观，在文学作品里是以艺术形象体现对平民女性命运的关注与同情，而在倡导妇女运动的文字中则有直接地表述。如1919年由天津妇女爱国同志会和天津学生联合会合并组成的觉悟社，对妇女运动目标的如下阐述就最具代表性：

> 近年来世界各国的妇女运动颇有发展。一年来的中国，也有女子参政协进会及女权运动同盟会的组织。但我们所说的妇女运动，颇不愿同他们的相同。盖现在一般妇女所倡者为“男女平权”，女子也要求在宪法上及职业上得同等的地位，且要求有受教育的同等机会；我们认为伊们这种目标，在现在社会中，仅能为少数小姐、太太谋作官的机会罢了，其结果只能在议会中添几个女子的议席，无产阶级的女子与完全处在家庭奴婢地位的女子仍不能得丝毫权利。故我们所希望的妇女运动，在求能解放一般在家庭作奴婢的女子，并促醒无产阶级女子的觉悟，起来加入全民众的变革运动与阶级战争。(《我们的五一节》，刊于《新民意报》副刊《觉邮》第3、4期，1923年5月17日、6月3日)

其次，在自强自尊自立的人格内涵中注入了斗争和群体观念。这新观念在文学中的表现是使“大我”形象和叛逆性格塑造成为作家对女性人格美的追求，而在妇女运动实践中则表现为对于反抗家庭和婚姻制度的叛逆精神与斗争性格以及以社会群体为契机的互爱互助精神的倡导。女子工读互助团(成立于1919年)和觉悟社都是以解放和救助被迫害平民女性为己任的社团，在他们的宣言、章程和宣传文章中都极力鼓吹斗争精神和群体观念，如在为觉悟社女社员衫弃的死(被封建家庭和包办婚姻迫害而死)而发表的《宣言》中说：“现在中国的社会改造事业，正在开始预备时期。旧家庭中奋斗的妇女，多希望社会的援助。我们从此大胆的宣言：我们有起来负这种援助的责任！……婚姻为现今许多男女青年所切盼求得圆满解决的问题。因他们大半处在顽固家长压迫之下，缺乏奋斗的机会，以致终屈服于父母代办，往往发生极恶劣的结果者比比皆是。我们今特郑重宣言：我们很愿就我们的能力所及，给他们以相当援助。……亲爱的活泼的女青年啊！你们不要怕得罪了你们的父母，也不要怕得罪了你们的翁姑，更不要怕得罪了你们的丈夫及其他亲属！你们如觉到环境不适于生存，就应该勇敢些与彼分离。社会上有许多表同情于你们的人们，预备给你们一些援助。快来同他们携手啊！”(《新民意报》副刊《觉邮》第1期，1923年4月6日)

再次，在社会实践内涵中注入了社会改造观念，认为以教育为途径获得经济自立的知识女性必须肩负起改造社会的义务和使命：或作职业妇女直接从事社会改造事业，或为现代家庭建设者通过家庭建设与改造间接改革社会。这一观念的理论基础是革命的妇女解放观，即认为体现和维护男性法权的社会制度，是女性丧失平等权利的根本原因，妇女解放的根本意义是社会的解放。这是当时妇女运动倡导者所持普遍理念，常常表述在他们的宣言中，如广东女子工读互助团在其《简章》中就提出妇女解放要以社会改造的实践目标达到社会解放的最终目标，他们"对社会一般人的宣言"是："女子解放，就是男子解放，同时也是社会解放"(《解放画报》第 2 期"新闻"，1920 年 6 月 15 日)。社会改造观念是这个时代女性作家的普遍观念，在创作中体现为女性主人公献身于社会改造或家庭建设的主体意识。

其二，创作题材。这个时期女性主义文学理性启蒙的时代主题，是以与妇女解放密不可分的典型性社会问题为题材表现的。这些题材主要包括"家庭问题"、"婚姻问题"、"妇女地位问题"和"女子教育问题"。这既是女性主义文学的前沿性题材，也是因体现新旧文明冲突而为整个新文学界所共同关注的最具现实性和启蒙意义的题材。如胡适在《建设的文学革命论》中，就把"推广材料的领域"作为深化小说思想内涵的重要措施，并要求作家收集具有普遍性而又反映生活本质的材料构成小说题材，而这类题材在当时就是体现和反映"新旧文明相接触"时，所发生的"家庭惨变"、"婚姻痛苦"、"女子之位置"、"教育之不适宜"等社会问题。从女性主义立场和角度来看，上述社会问题所反映的实质性内容，是觉醒了的女性主体意识与男性社会法权的尖锐而深刻的矛盾，而揭示这一矛盾则恰恰是女性主义理性启蒙的逻辑起点；女性主义文学的启蒙意义便是对上述矛盾现象作出女性主义的阐释，从而促醒女性主体意识。

其三，文体创新。理性启蒙的要求在女性主义文学文体上的体现，便是如下文体的产生和被普遍运用：一是便于揭示男性社会法权的社会问题小说和问题戏剧；二是便于阐释女性主义哲学理念的哲理诗和哲理散文。其中具有创新意义和运用最广的是问题小说、哲理诗和哲理散文，而冰心的问题小说、哲理诗和哲理散文，则因是尝试这类文体最早而又最为成功的代表性作品而被称为"冰心体"，冰心也便以此获得女性主义文学文体家的称誉。

女性主义理性启蒙时代是指以五四新文化运动为标志的 20 世纪 20 年代至 30 年代初的十余年间。上述女性作家的代表性作品都创作于这个时期，并且都以鲜明个性表现着同一的女性主义理性启蒙的时代主题，其中在女性文学史上具有奠基意义的创作是：(1) 以女性主义为主题的社会问题小说和爱情小说。代表性作品如下：冰心的短篇小说集《超人》《去国》《往事》《姑姑》《冬儿姑娘》；庐隐的短篇小说集《海滨故人》《曼丽》《海灵潮汐》和长篇小说《象牙戒指》；冯沅君的《卷施》《春痕》《劫灰》；陈衡哲的《小雨点》；凌淑华的《酒后》等；(2) 阐释女性主义的哲理诗、哲理散文和杂文。冰心的《繁星》《春水》和《寄小读者》堪称此类文体中的杰作；此外还有庐隐的杂文，如《"女子成美会"希望于妇女》《中国的妇女运动问题》《今后妇女的出路》《恋爱不是游戏》《花瓶时代》《男人和女人》等。(3) 表现女性主体意识的社会问题剧和爱情剧。袁昌英的戏剧集《孔雀东南飞及其他独幕剧》，白薇的《打出幽灵塔》(三幕话剧)和庐隐的《牺牲》(四幕剧)、《冲突》(三幕剧)可为代表。

就作家而论，冰心则是这个时代的杰出代表者，这是因为她的创作不仅在艺术上最具独创性和时代特色，而且具有深邃的思想哲学内涵；她是第一个把女性主义启蒙思想提到哲学高度的中国女性作家，她的作品不再仅仅是对男性法权在政治和道德层面上的批判，而是致力于女性主体意识及其理想人格的表现和对以母性主义女性观为其内涵的现代女性主义的哲学阐释，在她的作品中女性主义的哲学理想与诗的审美理想达到了完美统一。因此，她既代表这个时代女性文学的艺术顶峰，而又以崭新的现代女性观及其女性主义哲学理想代表着这个时代妇女运动的方向。正是从这个意义上，我们称这时代为"冰心时代"。但就作品主题而论，冰心所表现的只是女性主义的一个方面——母性主义，而作为另一方面的性爱主义，则表现在庐隐的创作中。因此，庐隐便以冰心时代性爱主义的代表而显得格外重要。正是她和冰心的作品共同构成女性主义理性启蒙时代主题的交响。

冰心是中国现代女性主义文学之母，她以其卓越而深邃的思想和创作开创了中国女性主义文学的第一个时代——女性主义理性启蒙时代。现代女性观及其所规定的女性主体意识的理性启蒙，是这时代的特色。冰心的女性观是以自然母性为本位的现代女性观，认为母性是宇宙本质属性，生化万物，匡护众生，正是这一本质属性的体现；母性也是自然赋予女性最高贵最伟大的品格，它不专属于母亲，而为一切女性所共具，凡女性之爱无不蕴含着母性爱。以自然母性为本位的女性观的主要内涵包括一个主体意识和三个基本观念：母性主体意识和母性宇宙观念、母性人格观念、母性社会改造观念。母性主体意识是自然母性观在现代女性主义意识中的集中体现，是现代女性主义意识的核心，确认母性在自然、人格和社会改造中的主体地位，是这意识的思想内涵；三个观念则是主体意识的具体体现。

母性宇宙观的主要观点是：(1) 母性是宇宙的本质，它以自然和童心为其外相，以母爱为其本体，以体相兼备的自然品格体现着宇宙的真善美：灿烂的星光显现她美的永恒，纯洁的童心映照她真的纯粹，慈悲的母爱透出她善的至尊。探索宇宙奥秘，歌赞自然、童心、母爱，就是追求和歌赞宇宙的真善美。(2) 母性宇宙观的核心是"万全的爱"，"宇宙和个人的灵中间有一大调和"(泰戈尔语)，即"完全的结合”，而“万全的爱”便是这“完全的结合”的产物。“完全的结合”是“我就是你，你就是我，我就是万物，万物就是太空：是不可分析，不容分析的”；“万全的爱”是“人和人中间的爱，人和万物，和太空中间的爱”；“万全的爱，无限的结合，是不分生—死—人—物的，无论什么，都不能抑制摧残他”（以上引文见《遥寄印度哲人泰戈尔》和《“无限之生”的界线》）。（3）人类“都是自然的婴儿，卧在宇宙的摇篮里”（《繁星》一四），与自然“完全的结合”是其进入“无限之生”的希望之途，“万全的爱”是其精神的“天国”和“极乐世界”；他们所乞求的是：“我在母亲的怀里，/母亲在小舟里，/小舟在月明的大海里。”（《春水》一〇五）他们信仰的是：“万全之爱无别离，/万全之爱无生死。”（《致词》）

母性人格观包括如下人格理念：（1）女性人格是真善美的人格内涵与女性自然性格特征的统一；真善美是人格的社会属性，它在女性人格中占有比男性更大的比重，“世界上若没有女人，这世界至少要失去十分之五的‘真’、十分之六的‘善’、十分之七的‘美’”（《关于女人·后记》）。女性自然性格特征是指女性性格不同于男性的自然性格特征，例如：“她感觉得更敏锐，反应得更迅速，表现得更活跃”；“比男人多些颜色，也多些声音”；“容易走向极端”；“更温柔，也更勇敢；更活泼，也更深沉；更细腻，也更尖刻”（《关于女人·后记》）。作为人格内涵的真善美，正是通过上述自然性格特征体现的。（2）爱与美是女性人格的突出特征，尚美和为了爱的牺牲，是女性人格的崇高境界。女性的爱是本能的，无私的，“她愿意为她所爱的对象牺牲了一切”，“她是无条件的，‘摩顶放踵’的牺牲了，爱了再说”，“叫女人不‘爱’了吧，那是不可能的，上帝创造她，就是叫她来爱，来维持这个世界。她是上帝化生工厂里，一架‘爱’的机器。不必说人，就是任何动物，只要一带上个‘女’字，她就这样‘无我’的，无条件的爱着，鞠躬尽瘁，死而后已！”（《关于女人·后记》）尚美主要是指追求女性美，关键是审美理想与审美标准的养成。现代女性美的境界包括三个层次：第一，外在美。只具外在美的女性“乍看是美，越看越不美”，即“皮肤洁白”，“瞥见时似乎很动人，但寒暄后，坐下一谈，就觉得她眉画得太细，唇涂得太红，声音太粗糙，态度太轻浮”，“语言无味，面目可憎”。第二，内在美。只具内在美的女性“乍看不美，越看越觉得出美来”；她们“往往装束素朴，面目平凡”，“乍看不给人特别的印象”，但接触过后，即觉得“态度大方，办事稳健，雅淡的衣饰，显出她高洁的品味”，“不施铅粉的脸上，常常含着柔静的微笑”，“这种女人，认识了之后，很不易使人忘掉”。第三，内在美与外在美的统一。这是女性美的理想境界。达到此境界的女性，“往往是在‘修短合度，秾纤适中’，‘芳泽无加，铅华弗御’的躯壳里，投进了一个玲珑高洁的灵魂”，“一言一笑，一举一动，都流露着一种神情，一种风韵，既流丽又端庄，好像白莲出水，亭亭玉立”（《关于女人·我的同学》）。（3）以真善美为其内涵的女性人格理想模式是现代型贤妻良母。她们集母性与妻性于一身，作家庭主妇时，是“丈夫和子女的匡护者”（《关于女人·我的母亲》）；为职业妇女时，则“忍得住痛耐得住苦”，“荆钗布裙栉风沐雨的工作，不论家庭或办公室里，都能弄得井井有条”（《关于女人·我最尊敬体贴她们》）。

母性社会改造观是以家庭和母爱为本位的社会改造观，其要义是：(1) 家庭是社会的细胞，是社会和国家的基础，“美好的家庭，乃是一切幸福和力量的根源”，“家庭的幸福和痛苦”，“对于男子建设事业能力”有直接影响（《两个家庭》）；以此，家庭建设和改良，应是整个社会改造的一部分。这种以家庭为本位的社会改造观包含着东方文化独特的内涵，印度哲人泰戈尔曾以此肯定史诗《罗摩衍那》的意义。(2) 家庭主妇须是具有现代女性主体意识的新式贤妻良母，既是丈夫和子女的匡护者，又是现代“家庭的建造者”；为了建造一个文明、健康、幸福、温馨的现代家庭，她必须“有现代的头脑，稳静公平的接受现代的一切”，不仅精于家政，对“屋内的陈设”、“园亭的布置”、“衣饰的颜色和式样”等，“有极高的鉴赏力”，而且善于把现代政治道德观念引进家庭教育，言传身教，使自己“一言一动”都成为子女们的“南针”（《关于女人·我的母亲》）。(3) 家庭是母爱的温床，慈爱的母亲在此“种下了爱的种子”，使“童年的母亲的经验”深深铭刻在每个生命的记忆和神髓里，成为灵魂中永不泯灭、“乱丝”一样的“世上没有人解得开”的母爱情结。个体生命贫富贤愚天悬地殊，但相通的“童年的母亲的经验”所触发的母爱，却会使他们心灵相通，灵魂得以抚慰和净化，生命得以升华和扩张。母爱显示着宇宙间的爱力，它不仅能化育生灵，而且能改造家庭和社会：“有了母亲，便随处种下了爱的种子。于是溪泉欣欣的流着，小鸟欣欣的唱着，杂花欣欣的开着，野草欣欣的青着，走兽欣欣的奔跃着，人类欣欣的生活着。万物的母亲彼此互爱着；万物的子女彼此互爱着。同情互助之中，这连载众生的大地，便不住的纡徐前进。……宇宙间的爱力，从兹千变万化的流转运行了！”（《悟》）

上述以女性主体意识为其内涵的现代女性观，深刻体现在启蒙时代冰心各类体裁的创作中，形成其女性文学理性启蒙的鲜明特征：诗歌是皈依女神的心灵絮语；小说是现代女性主义意识觉醒的呐喊；散文是现代女性主义的哲学阐释。

女性主义文学的张爱玲时代*

20世纪40年代后，女性主义文学进入张爱玲时代：女性主义痛苦反思时代。反思的时代主题是在城市文化背景下，以历史宏观视野揭示和批判在文明、自由掩饰下的城市现代两性关系及其恋爱、婚姻、家庭制度的商品化、市场化本质而实现的。在张爱玲等女性主义反思者看来，随着中国城市殖民化日益加深，不仅民族传统文明面临消亡危机，而且二三十年代人们所心仪、渴望，并作为人生理想刻意追求的现代城市文明也为金钱社会所扭曲，显露出反人性反人道的残酷本质；而最能反映这一文化本质的则是现代都市中建立在赤裸裸金钱关系基础上的两性关系及其恋爱、婚姻、家庭制度和作为其补充的娼妓、姘居制度。因此，将两性关系上升为现代城市文化制度加以审视、批判和反思，便成为张爱玲时代女性主义文学最鲜明的时代特征和最深刻的思想内涵，它既是该时期女性主义文学时代主题转换（由女性主义艰难实践转入女性主义痛苦反思）的内在标志，而又规定着该时期女性主义文学新的思想艺术倾向。张爱玲把这种倾向发展到极致。她不仅在创作中深刻体现了反思时代主题的内涵，而且在历史反思基础上创造了不同于冰心时代和丁玲时代的女性主义文学的新理念，从而使她以时代主题的转换和文学理念的更新与深化，在中国女性主义文学史上划出一个新时代。

上述反思的时代主题与文学理念的结合，形成张爱玲时代女性主义文学的鲜明特征。这一特征集中体现在张爱玲和苏青等女性主义反思者的思想和创作中，但以张爱玲的思想与创作最为典型。尤其是文学理念的更新与深化，在张爱玲前期创作中表现得尤其突出，新的文学理念不仅以艺术创新精神和鲜明审美倾向体现在她的创作中，而且在她的文论中得以精辟而独到的理论阐释。

以五四文学运动为其开端的中国现代文学，是在现代思想启蒙运动与社会革命实践的历史背景下产生与发展的；在理想主义和英雄主义思想主导下揭露变革中的巨大社会矛盾，表现与讴歌代表历史方向的社会力量及其斗争，已成为主流文学的时代特征。这一特征同样体现在冰心时代和丁玲时代的女性主义文学中，如

---

* 《聊城大学学报》2010年第3期。

冰心的问题小说虽以家庭为题材而主题却在揭露新旧社会矛盾，而丁玲的小说则直接描写女性在革命斗争中觉醒与成长的艰难历程。这一特征在文学理念上的表现，便是在追求主流化趋势下忽略和抹杀了女性主义文学的女性主义特定内涵，而使其男性化。这种倾向在创作实践上所产生的不良影响，在冰心和丁玲的后期作品中都有较明显表现。但在张爱玲时代，由于政治环境的改变和城市文化背景的独特性，就对上述传统观念影响下的女性主义文学产生了质疑和深刻反思。反思的主题是女性主义文学理念的更新与深化，它首先体现在张爱玲这个时期的小说创作中，并由此而引起来自主流文学的批评：最具代表性而又使作者深受触动的批评文章便是迅雨（傅雷）的《论张爱玲的小说》（1944 年《万象》第 3 卷第 11 期）。

《论张爱玲的小说》是一篇理论性较强的文学批评，但批评家的立场、观点和方法却都鲜明地体现了主流文学的思想体系和传统模式。因此，其批评的客观效果，便是以主流文学的传统观点否定体现在张爱玲小说创作中的女性主义文学的新理念。这些传统观点主要包括：其一，斗争的题材观。文章提出“第二斗争”的观点，认为“斗争是我们最感兴趣的题材”，因为“人生一切都是斗争”，但“斗争的范围，过去没有包括全部人生”，“作家的对象，多半是外界的敌人”；所以还应表现“第二斗争”的题材，“个人在情欲主宰之下所招致的灾祸”。文章特别强调斗争与情欲的关系，说：“人的活动脱不了情欲的因素；斗争是活动的尖端，更是情欲的舞台。”文章以此观点审视张爱玲的小说，认为除《金锁记》可称得上“完满之作”外，其他均与此标准不符。其二，悲剧的文体观。文章以传统悲剧观念及其形式为依据审视张爱玲的小说文体，对她所创造的传奇文体作出否定性批评（以《倾城之恋》为例），说：“因为是传奇……没有悲剧的严肃、崇高，和宿命性；光暗的对照也不强烈。因为是传奇，情欲没有惊心动魄的表现。……既没有真正的欢畅，也没有刻骨的悲哀。”上述两个观点是立论的基础，实际上涉及整个文学理念系统，反映了批评家与小说家张爱玲在文学理念上的分歧。于是便引出张爱玲以《自己的文章》为题的关于女性主义文学理念的精彩答辩，她针对批评者的观点，将自己的创作实践升华为以下四种理念：

（1）题材理念。认为人生有飞扬的一面和安稳的一面，而反思的女性主义文学所描写的应是安稳的一面，她称此为文学的“妇人性”。她说：“我发现弄文学的人向来是注重人生飞扬的一面，而忽视人生安稳的一面。其实，后者正是前者的底子。又如他们多是注重人生的斗争，而忽视和谐的一面。其实，人是为了要求和谐的一面才斗争的。”又说：“强调人生飞扬的一面，多少有点超人的气质。超人是生在一个时代里的。而人生安稳的一面则有着永恒的意味，……它存在于一切时代。它是人的神性，也可以说是妇人性。”这新理念在她创作中的体现便是专注于恋爱、婚姻和家庭制度的描写。她说:“一般所说‘时代的里程碑’那样的作品,我是写不出来的,也不打算尝试,我甚至只写些男女间的小事情,我的作品里没有战争,也没有革命。我以为人在恋爱的时候,是比在战争或革命的时候更朴素,也更放恣的。战争与革命,由于事件本身的性质,往往要求才智比要求感情的支持更迫切。而描写战争与革命的作品也往往失败在技术的成分大于艺术的成分。和恋爱的放恣相比,战争状态是被驱使的,而革命则有时候多少有点强迫自己。真的革命与革命战争,在情调上我想应当和恋爱是近亲,和恋爱一样是放恣的渗透于人生的全面,而对于自己是和谐。”这个理念的核心意义是以题材的女性化(即“妇人性”)表现了女性主义文学自觉意识的提高与深化,所产生的影响已不仅仅是促使女性主义文学题材的转换,而是开拓了女性主义文学建设的新领域:女性人生领域。对这一领域的开拓与研究将使女性作家的创作成为真正意义上的女性主义文学——既具有女性主义思想内涵而又具有女性主义文学所关注和描写的永恒领域。

(2) 价值理念。认为女性主义文学作品的社会价值不在于以力的飞扬给人以兴奋,而在于以力与美的参差对照给人以启示。她说:“斗争是动人的,因为它是强大的,而同时是酸楚的。斗争失去人生的和谐,寻求着新的和谐。倘是为斗争而斗争,便缺少回味,写出来也不能成为好的作品。”又说:“力是快乐的,美却是悲哀的,两者不能独立存在。……我以为用参差对照的手法是比较合适的。我们用这种手法写人类在一切时代之中生活下来的记忆。而以此给予周围的现实一个启示。”这一理念的提出同样表现了作者女性主义文学自觉意识的深化:使女性主义文学的价值取向由单一的对现实和男性法权的抗争,而深化为对女性人生的终极关怀。这终极关怀一方面表现为渴望和谐与美的感情倾向,一方面则表现为以永恒启示性引人反思的创作倾向。正是这一倾向使她的创作成为新的历史文化背景下意识新颖、充满睿智、蕴涵丰富的女性主义反思文学。

(3) 情感理念。以苍凉为情感美的理想境界,认为女性主义反思文学的情感基调是苍凉的美。她说:“我不喜欢壮烈。我喜欢悲壮,更喜欢苍凉。壮烈只有力,没有美,似乎缺少人性。悲剧则如大红大绿的配角,是一种强烈的对照。但它的刺激性还是大于启发性。苍凉之所以有更深长的回味,就因为它像葱绿配桃红,是一种参差的对照。”这情感理念包含着深刻的时代内涵:面临文明消失的危机感。她以此对自己作品中的情感基调作出如下诠释:“个人即使等得及,时代是仓促的,已经在破坏中,还有更大的破坏要来。有一天,我们的文明,不论是升华还是浮华,都要成为过去。如果我常用的字是‘苍凉’,那是因为思想背景里有这惘惘的威胁。”(《传奇·再版自序》)情感理念的提出也是作者女性主义文学自觉意识深化的标志:它使女性主义文学情感内涵由一般政治、道德范畴深化为美的范畴,从而增强了作品情感的审美价值和艺术魅力。

(4) 文体理念。她把自己的小说称为“传奇”。“传奇”在这里是文体概念,其内涵包括两个相互关联的基点:其一,注重故事自身蕴涵的发掘与展现,力避主题先入和作者直接表述思想感情的主观性倾向。她说:“写小说应该是个故事,让故事自身去说明,比拟定了主题去编故事要好些。许多留到现在的伟大作品,原本的主题往往不再被读者注意。因为时过境迁之后,原来的主题早已不使我们感觉兴趣,倒是随时从故事本身发现了新的启示,使那作品成为永生的。”又说:“现代文学作品和过去不同的地方,似乎就在这一点上,不再那么强调主题,却是让故事自身给它所能给的,而让读者取得他所能取得的。”后来她在另一篇文章里又把主题先入和离开故事本身内涵直接夸张地表述思想感情的倾向,称为郁达夫所谓的“三底门答尔”,说:“现代西方态度严肃的文艺,只少在宗旨上力避‘三底门答尔’。近来的新新闻学或新报道文学,提倡主观,也被评为‘三底门答尔’。”又说:“心理描写在过去较天真的时代只是三底门答尔的表白。此后大都是从作者的观点交代动机或思想背景,有时候流为讲演或发议论,因为经过整理,成为对外的,说服别人的,已经不是内心的本来面目。‘意识流’正针对这种倾向,但是……想模仿乔埃斯的神来之笔,往往套用些心理分析的皮毛。”(《谈看书》,1974 年台湾《中国时报 · 人间副刊》)她认为她的“传奇”文体恰与“三底门答尔”成反调。其二,运用参差对照的方法描写人类在一切时代之中生活下来的记忆。她说:“美的东西不一定伟大,但伟大的东西总是美的,只是我不把虚伪与真实写成强烈的对照,却用参差的对照的方法写出现代人的虚伪之中有真实,浮华之中有朴素。”又说:“我用的是参差的对照的写法,不喜欢采取善与恶,灵与肉的斩钉截铁的冲突那种古典的写法。”传奇文体理念的提出与实践,表现了作者文体意识的自觉和文体理论及其创造性实践已进入成熟阶段,它标志着继冰心文体和丁玲文体之后,又出现了第三种女性主义文学的崭新文体:张爱玲文体。

上述女性主义文学反思的时代主题及其艺术倾向,是由 40 年代中国城市文化特定环境所决定的。所谓城市文化特定环境主要是指抗战时期沦陷长达八年之久的上海而言。这特定环境具有殖民地文化的鲜明特征,显露了殖民地城市文化反文明的本质。张爱玲和苏青便正是在这个特定环境中产生和发展起来的典型女性作家。

张爱玲(1920—1995)是清末豪门巨族的后裔。祖父张佩纶是同治进士,光绪初年清流党核心人物和年轻新锐官吏改革运动的领袖,曾以屡屡上书指陈军国大计和弹劾腐化无能官吏震动朝野,成为晚清风云人物;但内忧外患、民族灾难深重的悲剧时代却注定了这位才俊超群的英雄命运多舛的苍凉人生。光绪十年(1884

年)中法战起,海军失利,他临危受命,被任为福建会办大臣兼船政大臣去福建会办海疆事宜,结果马江一役全军覆没,便从此坠入仕途末路,先是谪放塞外,而后与家人偕隐南京,在忧愤、失意与惨淡中死去。他留给爱玲的记忆是历史沧桑中家运败落的苍凉。祖母李菊耦是李鸿章的爱女,生于同治四年(1865年),卒于民国五年(1916年),比张佩纶小17岁,而去世却比他晚13年。她23岁(1888)奉父命与张佩纶结婚,正是张佩纶被朝廷革职流放察哈尔3年后获释归来的时候。结婚对于她就意味着承担和忍受仕途坎坷和家庭没落所带来的物质艰难与精神痛苦。特别在丈夫去世后,她成为唯一的家庭支柱,从衣食住行到教养读书,都由她一手承担。她在张爱玲的记忆里所留下的是乱世中大家才女也无力避免的女性人生的苍凉。祖辈家族的兴衰在张爱玲出世时虽已成历史烟云,但那乱世人生的苍凉却深深嵌入她的灵魂,成为她永恒的记忆,并由此形成她深刻的时代危机感和渴望安稳与和谐的平实朴素的人生观,而这正是她以历史的视野和时代危机意识对城市文化和女性主义实践进行深刻反思的思想背景。

对张爱玲人生和命运具有直接影响的是她出生后的家。然而,这是一个随时势变幻和家庭矛盾发展而迁徙与分化着的破碎的家。在这里没落与新兴两种思想的对立集中表现为激烈而不可调和的两性道德冲突,其结果是造成父母离异,母亲出走,使失去亲情呵护的张爱玲饱受后母的虐待之苦,但也使她从痛苦体验中获得如下规律性认识:其一,“家”是社会盛衰的标志,盛世的人安居乐业,大都有一个完整的家,而“乱世的人,得过且过,没有真的家”;其二,“家”又是两性关系和谐与否的标志,男性法权下的多妻主义是破坏家庭安稳与和谐的社会因素,因此处于乱世和多妻主义时代的女性人生总以丧失与渴望家的安稳和谐而显示其惨淡与苍凉。上述规律性认识已作为女性主义反思意识表现在她创作实践中,这便是通过家庭中男性法权对妇女的奴役与扭曲及其所导致的不可缓解的家庭矛盾,揭示现代女性人生的苍凉。

苏青(1914—1982)是张爱玲志同道合的挚友。但人生经历很不同。她比张爱玲长6岁,家境更加窘困,道路也更为坎坷多舛。她们中学时代都是品学兼优、才貌双全,满怀人生憧憬的现代知识女性,并已显露出卓越超群的文学天才,以优异成绩先后分别考入南京中央女子大学和英国伦敦大学,然而由于社会和家庭环境原因,却使她们从此走上全然不同的人生道路——张爱玲走的是从大学直接进入文坛的路;而苏青却迫于经济原因而与富家少爷结婚,中途放弃学业,不甘心地做了大家庭的少妇,并且10年后才娜拉似地离开家庭,重新走职业女性的自立之路。苏青的路曲折而多舛,在那个新旧文化参差交错的时代更具普遍性与典型性,因此也更能唤起女性心灵的共鸣。正如张爱玲所说:“苏青最好的时候能够做到‘天涯若比邻'的广大的亲切,唤醒了古往今来无所不在的妻性母性的回忆,个个都熟悉,而容易忽视的。……她就是'女人','女人'就是她。"(《我看苏青》,1945 年 4 月《天地》第 19 期)苏青经历的独特性反映在创作上便形成不同于张爱玲的如下特点:

其一,苏青与张爱玲的创作虽都体现着女性主义反思的时代主题,但张爱玲侧重于历史的文化的反思,而苏青则注重于现实的道德的批判;

其二,苏青与张爱玲的创作大都囿于恋爱、婚姻、家庭等女性世界的题材领域,但张爱玲善于以传奇文体描写人类每个时代生活的记忆,给现实以启迪,而苏青则以自传体小说直接描写男权社会妇女现实人生悲剧,以揭露和批判两性道德的本质。

女性主义文学的丁玲时代*

丁玲时代是女性主义艰难实践的时代。女性主义实践与革命实践的结合是这个时代的特征。它决定和促成女性主义文学时代主题和创作队伍意识与角色的转换：即一方面时代主题由女性主义理性启蒙向女性主义艰难实践的转换，使女性主义文学由边缘化时代而进入主流化时代，成为以变革现实的伟大革命实践为背景审视和展现女性主义艰难实践历程的主流文学；一方面作家队伍由个性主义向群体主义的意识转换和由学者型理性启蒙者向平民型社会实践者的角色转换，使女性主义文学创作队伍也由边缘化时代而进入主流化时代，成为以文学事业推进革命实践和女性主义实践的职业化、革命化群体。

丁玲时代的作家，都是在女性主义理性启蒙思想影响下走上叛逆道路，又经五四运动落潮后一段痛苦挣扎与反思而趋于自觉和成熟的；她们继承了五四叛逆女性反抗男性法权的精神，而又走出个性主义反抗的囹圄，把投身社会实践视为实现女性主义理想和自身价值的根本途径。

丁玲是这类作家中最具典型意义的一个。她不仅创作成就最高、社会影响最大，而且接受革命思想影响最早，投身革命实践和经受斗争考验的时间最长。她的实践体现着女性主义与革命相结合的时代方向，可分为开端、发展和深化三个相连续的阶段：

一、实践开端阶段(1923—1930年)

这时丁玲还是一个在黑暗中以飞蛾扑火的精神寻求光明、向绝望抗争的个性主义者。但在寻求和抗争中直接或间接地接受了来自革命者的影响。首先是来自女革命家向警予的影响。向警予是丁玲母亲的同学和挚友，也是丁玲童年时期的匡护者。她那无私无畏、同情幼弱者和被压迫者的崇高人格曾对童年丁玲的心灵

---

* 《聊城大学学报》2011年第1期。

和性格产生过潜移默化的影响，而对丁玲政治思想影响最大的则是她的牺牲：她是在大革命失败后被反动派残酷杀害的，这使正处于苦闷彷徨境地的丁玲在认清反革命派本质的同时，从她的英雄行为和伟大精神中看到了革命的希望。其次是来自早期共产党人瞿秋白的影响。丁玲和她的挚友王剑虹从上海平民女校回到南京自修文学时，结识了正在上海大学主持社会学系的瞿秋白，并在他的劝导下重回上海到上海大学中文系读书。那时瞿秋白已是学识渊博、阅历丰富、视野高远的政治家和文学家，他那酷爱文学、崇尚审美的气质和疾恶如仇、匡护善良的“韦陀精神”，对丁玲人生道路选择和人格自我塑造都具有直接而深远的影响。他是最早鼓励和引导丁玲走向革命实践的导师。再次是来自胡也频和冯雪峰的影响。1924 年暑假后，丁玲为寻求自身发展道路从上海到了北京。在北京的三年是丁玲人生历程中极其关键的时期，在这个时期她不仅实现了“爬文坛”的梦，成为蜚声文坛的青年女作家，而且获得了她所理想的爱情，在她的感情世界里先后嵌入胡也频和冯雪峰两个永远抹不掉的诗人的名字。她对他们的爱虽不能都结晶为白头偕老的夫妻，但却都升华为矢志不移、终生恪守的革命信仰。这正是丁玲很快接受马克思主义并积极投入左翼文艺运动的感情上的原因。

总之，开端阶段是丁玲在革命思想影响下开始由个性主义反抗向革命实践转换的时期，其转换的标志便是 1930 年 5 月她和胡也频同时加入左翼作家联盟和在创作思想上的明显转变。

二、实践发展阶段（1931—1936 年）

这是国民党反动派对“左联”及其所领导的左翼文化进行残酷围剿的白色恐怖时期，也是青年革命者丁玲经受革命斗争残酷考验的时期。在这五年间，涉世未深、年仅 27 岁的丁玲竟同革命一起受难，连续经受了三次严峻考验。第一，胡也频的牺牲。1931 年 1 月 17 日，刚刚作了父亲的胡也频在参加中华苏维埃代表大会准备会议时，因叛徒告密被捕，2 月 7 日夜在龙华警备司令部惨遭杀害。这突如其来的打击虽使丁玲经受了有生以来最大的残忍和悲痛，但爱情和信仰的力量却使她毅然走出悲痛，踏着死者血迹愤然前行。胡也频是在准备奔赴苏区参加苏维埃代表大会前被杀害的，而丁玲也要求组织派她到胡也频想要去的地方。她说：“他用他的笔，他的血，替我们铺下了到光明去的路，我们将沿着他的血迹前进。”“让我到江西去，到苏区去，到原来胡也频打算去的地方去。”（见《一个真实人的一生——记胡也频》《回忆潘汉年同志》，均收入《丁玲文集》第 5 卷）第二，肩重任于危难之时。

由于“左联”领导工作的需要，丁玲去苏区的要求并没有获得批准，而中央决定要她在革命危难之时肩负“左联”领导工作的重任：除主编“左联”机关刊物《北斗》外，还先后担任“左联”组织部长、工农文学会负责人和“左联”党团书记。这对年轻而尚无斗争和领导经验的丁玲，无疑是严峻考验。但她凭着对党和革命信仰的忠诚，殚精竭虑，充分利用自己与鲁迅、瞿秋白、冯雪峰和茅盾等革命师友的关系，在他们的帮助指导下出色地完成了发展和深化左翼文学运动的任务。其中最突出的贡献有二：一是以《北斗》为阵地和园地，团结和培养以左翼为核心，包括新老进步作家的阵容广大的作家队伍，并且特别注意女性主义文学及其创作队伍的培植与发展，《北斗》除发表冰心、陈衡哲、凌淑华、白薇和林徽因等老一代女作家的新作外，还发表和介绍葛琴、杨之华等青年女作家的处女作。同时还以组织之力通过学习马克思主义文艺理论和参加革命实践相结合的途径培养女性主义文学创作骨干，如葛琴、草明、关露等女性革命作家就是这时成长起来的。二是以创作主题的转换实践女性主义与革命实践相结合的时代方向，使女性主义文学从边缘时代而进入主流时代，成为以人民革命实践为题材，反映时代精神、讴歌推动历史前进的方生力量的主流文学。体现这个转换的是《水》（中篇小说）、《母亲》（长篇小说）和《田家冲》（短篇小说）等作品。第三，被秘密绑架和软禁。丁玲在“左联”出色而卓有成效的工作，引起国民党反动当局的恐惧和注意，于是 1933 年 5 月 14 日她便被国民党特务机关秘密绑架，从而开始了长达三年多的软禁生活。丁玲被绑架和软禁，是中国 30 年代政治思想斗争史上具有典型意义的重大事件，围绕这事件所展开的斗争实质上是“围剿”与“反围剿”斗争的继续和深入，而作为事件轴心人物的丁玲则在经受种种非常磨难与考验后终于实现了革命化女性主义理想人格的自我塑造。因此对于丁玲来说，这三年多的非常性斗争具有女性主义实践和革命实践的双重意义，是女性主义实践和革命实践在更深层面上的结合：人格理想内涵的结合。从丁玲人格发展历史看，这个结合实际上是作为女性主义理想人格内涵的女性主体意识（自立自尊自强）在革命实践中升华为革命信仰的过程；这过程从她参加革命实践时已经开始，但经这三年多非常磨难与考验后才得以最后完成。其完成的标志是以革命为本位的生死观、爱情观和女性主义实践观的形成。

（1）革命的生死观。丁玲被绑架和幽禁一度成为“围剿”与“反围剿”斗争的焦点，在社会上引发了一场轩然大波。一方面在“反围剿”斗争的旗帜下，《申报》（1933 年 6 月 21 日）发表以蔡元培领衔 38 位著名人士署名的《请释丁玲联名电》，左翼文学家及进步文化界组成“营救丁潘委员会”，发起声势浩大的营救运动；当丁玲“被秘密杀害”的消息盛传时，左联又发起悼念丁玲的活动：《文学杂志》（北方左联机关刊物）出版悼念丁玲专号，上海良友图书出版公司和现代书局分别出版丁玲的长篇小说《母亲》和短篇小说集《夜会》，鲁迅也写下《悼丁玲》诗抒发在“如磐夜气压重楼”的白色恐怖中，遽然失去这位左翼文坛最优秀的女作家所产生的深沉的悲哀。另一方面反革命围剿则以丁玲为突破点在运用非常手段更加疯狂地进行。他们在派出一些高级特务和叛徒运用心理战术企图诱骗丁玲自首的同时，还在报刊上以谣言惑众：说丁玲被绑架后不单自首了，而且和抓捕她的特务马绍武同居……。士可杀而不可辱！当青年丁玲看到报刊上(《大公报》《社会新闻》和《商报》等)此类文字后，正在绝望中抗争的灵魂竟遭到崩溃性打击。一切欲望和幻想都已消失，只有一种意念指使了她的行动：“用鲜血来洗刷泼在我身上的污水，用死向人民和亲人宣布：‘丁玲，是清白的，是忠于自己的信仰的！’”但她上吊自缢后却被冯达救活。“不知生，焉知死。”自杀未死的丁玲，最大的变化是在生与死的体验和反省中，使自己的生死价值观真正升华为以革命为本位的生死价值观，即深切感悟到为革命而无私无畏的奉献精神才是革命者人格的理想境界；而她为洗刷污水证明自己人格清白所自设的“死刑”，虽不失为勇毅之举，但其动机中仍包含着重于个人荣辱的个人主义意识，其后果将意味着一个正为革命和人民承受苦难在向绝望抗争的战士，因不堪人格诬陷而放弃斗争和责任。后来她回忆这段感悟时说：“我真就这样死了，我对得起生我养我的寡母吗？对得起死去的烈士和他留下来唯一的幼儿吗？对得起一切对我友好，对我怀有希望的同志和战友吗？我丁玲在敌人的魔掌中就这样认输了吗？我决不甘心。这时我对一切充满着仇恨，无法解除的仇恨。我苦苦思索：我究竟该怎样才能脱离这魔掌与苦海，才能有一丝希望？我怎样冲破黑暗，在黑暗中找到一条缝隙，从这条缝隙中能重见天日，哪怕只是一缕阳光？”(《魍魉世界》，刊于《新文学史料》1987 年第 1 期)革命生死观的确立，使青年丁玲的人格升华到无私无畏的境界，这是她此后屡屡从常人难以承受的屈辱和苦难中胜出的人格力量。

(2) 革命的爱情观。丁玲和同时代知识女性一样，是在个性主义爱情观念影响下开始女性主义实践的，对理想爱情的执意追求贯彻于她整个实践过程中。由个性主义向革命群体主义的转换并非是她爱情理想追求的终结，而是爱情价值观念在革命实践中的发展与转换：由个人本位的爱情价值观向革命本位的爱情价值观的发展与转换。其转换标志是爱情对革命信仰的皈依，它完美地体现在这个时期丁玲与冯雪峰由爱情和信仰结晶而成的感情世界里。丁玲与冯雪峰的爱情始于 1927 年在北京期间。那时大革命失败的阴影正笼罩着中国大地，丁玲处于苦闷彷徨之中，胡也频的朋友便引荐冯雪峰教丁玲学日语。他在讲述俄罗斯十月革命后勃起的革命文学时，以诗人超群的才华和为革命信仰而奋斗的崇高人格，深深撼动了丁玲的心灵世界，从而由对革命信仰及其人格美的皈依而产生了崇高的爱情。

这是丁玲爱情观转换的开端。她在回忆中曾坦诚而深情地讲述了那段刻骨铭心的爱情。她说:“我从未和胡也频结婚,虽然我们住在一起。一天,有一个朋友的朋友来到我们家里,他也是诗人。他生得很丑,甚至比胡也频还要穷。他是一个乡下人的典型,但在我们许多朋友之中我认为这个人特别有文学天才,我们一同谈了许多话。在我一生中,这是我第一次看上的人。这人本来打算到上海去的,但他现在决定留在北京。我不同意这个,而要他离开,于是他离开了。两星期后我追了去——胡也频也追了来。……这在我是一个非常复杂的局面。虽然我是深深地爱着另外那个人,但我和胡也频同居了许多时候,我们彼此有一种坚固的感情的联系。如果我离开他,他会自杀的。我决定我不能和我可爱的人在一起,对他说:虽然我们不能共同生活,我们的心是分不开的;又说,世界上只有一个人是我所爱的,无论他会离开多么远,这个事实可永远不会改变。所以我们的爱只得是‘柏拉图式’的了。这决定使他非常悲哀,所以我终于不得不拒绝和他见面,把关系完全切断。我仍然和以前一样爱他,但把这个连他都保守了秘密,退回了他全部的信。”(尼姆·韦尔斯《续西行漫记·丁玲——她的武器是艺术》,1939年4月上海复社中文版,转引自湖南人民出版社1985年出版的《丁玲研究在国外》)此后历史证明,这所谓“柏拉图式”爱情的实质是爱的升华,是心灵对信仰的皈依;它使生命的自然爱欲在信仰净化下提升为对崇高人格美的无限追求,并且在追求中不断获取战胜险恶和苦难的精神力量。

丁玲与冯雪峰的感情世界是在长期革命斗争实践中深化和发展的,从胡也频牺牲至丁玲被软禁的三年间,严酷的斗争,生死的际遇,使他们爱的情感迸发出灿烂的火花,也从而使丁玲的革命爱情观得以确立。她在这个期间撰写并发表的爱情诗《给我爱的》(刊于1931年《北斗》创刊号)和书信体散文《不算情书》(刊于1933年9月1日《文学》杂志第1卷第3期)便是她革命爱情观的情感化诠释。这是作者爱的心灵最炽烈最坦诚的表白,痴情中透彻着鲜明而坚定的理念:爱对信仰的皈依。在散文里爱因信仰而净化为人间最为纯正无私的感情,炽烈而永恒,执着而坦诚。她说:“我知道有许多人背地里把我作谈话的资料……他们一定总以为我丁玲是一个浪漫的人……好用感情的人,是一个把男女关系看做有趣和随便的人;然而我自己知道,从我的心上,在过去的历史中,我真真的只追过一个男人,只有这个男人燃烧过我的心,使我起过一些狂炽的欲念……我用梦幻做过安慰,梦幻也使我的血沸腾……我现在可以告诉你了这个男人是你……”(《不算情书》)在诗中爱的对象因信仰而升华为革命者理想的人格美和信仰的化身:“你是平静,/你是真诚,/你是勤恳,/只有一种信仰,固定着你的心。/只有一种信仰,固定着你的心,/所有的时间和心神,你都分配在一个目标里的各种事上了。/所以你从不管我的眼睛,或是我的心，/因为你是不会介意着这个的。/我们不是诗人，/我们不会讲到月亮，也不讲夜莺，/还和那些所谓爱情；我们只讲一种信仰，它固定着我们的心。”（《给我爱的》）

可见，上述两个作品不仅是作者爱情心灵的表白，而且也是她爱情观的形象化阐释，即在作者看来爱情对信仰的皈依是革命爱情观的本质内涵，其外在表现是由爱情与信仰结晶而成的两种崇高美的境界：纯正无私的情感境界和作为信仰化身的理想人格境界。情感境界的崇高是作品给人最直观的审美感受，《不算情书》便因此被称为中国女性主义文学史上“一篇轰动文坛的文章”。香港著名文学史家司马长风在所著《中国新文学史》（昭明出版社有限公司 1978 年 12 月初版）中说：“她在收获期的散文作品不多，但她留下了一篇轰动文坛的文章，那便是 1933 年春天在《文学》月刊上发表的《不算情书》。这可能是中国女性最赤裸的表白了。但没有一点肉麻和卑污的感觉，被她那洁热的虔诚的情思所牵引，随着她遍历那哀欢交织、凄艳卓绝的精神历程。……这已不是文字，是疯狂的一团火。这是任何人都有过，都可能有的感情，可是只有丁玲把它用文学表达出来。”（见该书中卷第 21 章：《散文的泥淖与花朵》）至于理想人格境界的内涵则体现在《给我爱的》中那诗的形象里，这个诗的形象正是冯雪峰人格中崇高精神品格的诗化。作者晚年所撰写的《悼雪峰》（1979 年 4 月写于北京，收入短篇集《作家的怀念》，四川人民出版社 1979 年版）对冯雪峰的人格境界作出更精辟更具体的阐述，可视为对《给我爱的》中诗的形象所作出的补充诠释。她说：“我同雪峰相识近五十年。五十年来，我们来往可数。但人之相知，贵在知心，雪峰的为人，总是长期刻在我的脑中。我对她的言行从来都是深信不疑的。在延安曾有人问我：你最怀念什么人？我回答：我最纪念的是也频，而最怀念的是雪峰。……雪峰给我的最深的印象、并永远使我怀念的是他的兴致盎然的一些谈话，在我们短暂相聚时的那些谈话。在 1931 年、1932 年的时候，他最乐于谈的便是鲁迅先生以及他和鲁迅先生的往来。……我从他这里得到的印象是，鲁迅先生是一位极其天真纯朴、幽默而极富情趣的斗士。……这些谈话使我更加热爱鲁迅先生，同时觉得雪峰是一个完全为党工作而毫无私心的人。……鲁迅在雪峰的精神世界里是一尊庄严的生之向往的塑像。他们的关系远远超过了一般同志、师生的关系。”又说：“在雪峰精神上的另一尊塑像便是毛主席。我在湖南念中学的时候，就听人说毛润之是一个奇人。我的同学杨开慧、许文煊等都同我谈到过他。后来在上海大学，又从一些共产党人如瞿秋白、施存统等口中听到过他。但我真正听到关于毛主席的英明伟大的业绩是在 1936 年我到上海时从雪峰口中听到的。那时我们离别了好几年，各自经历了不同的遭遇，但他最迫不及待，津津乐道的便是同我谈毛主席，谈毛主席如何正确伟大，如何同王明路线、张国涛路线作斗争，挽救了革命，胜利地完成了两万五千里长征。他谈毛主席的思想、为人，谈他的风格、他的诗文。他在我本来就坚定不移要求去陕北的决心中增添了许多幻想的美丽的花朵。雪峰啊！你是那么热爱这两位巨人，你是那么兢兢业业，一生为这两位巨人而勤奋工作。”显然，雪峰在作者心中是一座精神丰碑，他皈依革命信仰，虔诚地崇仰思想巨人的崇高人格和精神，并在其感召下毕生“勤奋工作”，他自己也就因此而成为作者所信服、挚爱和敬仰的信仰的化身。

(3) 革命的女性主义实践观。丁玲在被软禁的三年中得到宋庆龄和史沫特莱为代表的中国及世界妇女界进步人士和女性主义者由衷的关怀、支持和救助。这不仅深深感动了她，而且使她感受到个体生命与女性群体在斗争中相融合而产生的强大物质和精神力量，进而感悟到在男性法权与专制政治结合严密、旧势力极其强大的中国社会，女性主义理想只有通过变革社会的革命实践才能实现，在革命与反革命两种政治力量生死搏斗的时代，女性主义实践只能是与革命相结合的政治斗争实践。把女性主义实践的内涵由自发的个人反抗斗争上升为革命政党领导下的女性社会群体的政治斗争，正是丁玲这个时期女性主义实践的特征和革命女性主义实践观形成的标志。从她的实践和有关论述可以看到构成其革命女性主义实践观的如下理念：

其一，与革命政治斗争相结合是女性主义实践的时代方向。这个方向已为那个时代平民知识女性的实践道路所证实，而丁玲的实践道路则因其意识的高度自觉而尤具典型性。丁玲在这个时期所完成的从个性主义向革命群体主义的意识转变，在实践上表现为实践道路的转换：从个性主义反抗转向革命政治斗争实践；而在观念上的集中反映则是她革命女性主义实践观的形成。而这些都自觉而鲜明地体现在她 1930 年后的小说(如《韦护》《一九三〇年春上海》《田家冲》《母亲》和《莎菲女士的日记第二部》等)创作中。这些小说有一个共同的主题：通过平民知识女性对于实践道路的选择，表现和弘扬一种新的女性主义实践选择意识和价值观，这便是革命政治斗争意识和革命女性主义实践观。

其二，政治斗争可以造就“伟大的女性”。她认为宋庆龄堪称这类伟大女性的杰出代表者。她是革命女性和一切被压迫妇女的匡护者和无私无畏的救助者。丁玲被绑架后，她便以她独特的身份及其广泛的社会影响力，与鲁迅、蔡元培等发起抗议和救助活动；当囹圄中的丁玲难以承受谣言造成的人格屈辱时，她又请冯雪峰转交丁玲三百五十元钱，以表信任和安慰。她的伟大人格深深撼动和感染了正为革命受难的丁玲，给她以勇敢和力量，使她终生难以忘怀。她在回忆中说：“她是一位伟大的爱国的先行者，是我一向尊敬的伟大女性。她和鲁迅、蔡元培、杨杏佛、柳亚子等在我被绑架后从事抗议运动和营救活动，在我被囚禁中，曾多么增加我对敌人斗争的勇气，给了我多么巨大的精神力量，他们为我，为一切革命者所做出的支持和牺牲，我是永远不能忘怀的。现在面对着这三百五十元钱，我的心感到灼热，感到温暖。三年多来，敌人对我制造了许多无耻下流的谣言，用软刀子杀我。一些不明真相的人，受了谣言的影响，也曾用怀疑的眼光审视我。这时孙夫人赠我的三百五十元所代表的对我政治上的信任，却比泰山还重，是千万两黄金难买的无价之宝，怎能不引起我由衷的感激之情呢？”又说：“我马上就要去西北了，那里是充满希望的革命圣地，我将用自己的行动，回答孙夫人以及一切对我怀着信任，抱有希望的同志们和朋友们。我把这三百五十元全部都寄给了在湖南乡下的老母和我的一双儿女。我现在安心等待，我将无所牵挂地奔向苏区，参加红军。在党中央的直接指挥下，为革命的胜利而奋斗献身。”（以上引文见《魍魉世界·三十——起飞》，刊于《新文学史料》1987 年第 1 期）显然，激发丁玲的绝不仅是作为国母的宋庆龄的救助和信任，而更是作为女性主义理想人格实践者和完美体现者的宋庆龄伟大人格及其实践的感召力。因为在她看来，宋庆龄正是中国近现代史上始终代表女性主义实践方向，在革命时代风云中坚贞不屈、与时俱进，自觉实现革命女性主义理想人格塑造的伟大女性；她不但以崇高而完美的人格在亿万中国妇女心灵中树立起一尊神圣的精神偶像，而且以自己人格实践的成功证明：革命时代的政治斗争实践是培育伟大女性的途径。上述认识已成为丁玲革命女性主义实践观的重要理念，表现在晚年诗作《诗人应该歌颂您——献给病中的宋庆龄同志》（写于 1981 年 5 月 16 日，收入湖南人民出版社 1982 年出版的《丁玲文集》第 3 卷）中。作者在诗中既颂扬宋庆龄人格的斗争美，说，“您的力量，可以摧毁魔窟、力敌千军”，“声音虽是吴侬细语，但锋利如剑，响彻环宇”；而又特别强调其人格形成的途径是革命斗争实践，说：“您刚刚走出校门，就站在中国伟大的先驱者的身边，您是真正的革命的三民主义者。孙中山先生逝世了，您继承他的事业，保护他的旗帜，战斗不歇。开国以来……您随着人民的战鼓，走进共产主义者的行列。”

其三，只有在革命政治斗争旗帜下，女性主义者才能真正联合起来，形成推进社会前进和相互同情救助的革命力量。这是丁玲在三年受难中深切感悟的结晶。丁玲被绑架后，在妇女界引起的反应是女性主义者发自深心的同志般的同情和救助。使她难以忘怀的除宋庆龄和冰心（她随丈夫赴日本路过南京时到苜蓿园看望过丁玲）外，还有方令孺、王会悟、谭惕吾、蒋毅仁、郑育之和张天翼的外甥女等女士。上述女性无私无畏的同情和救助，不仅使陷入囹圄中的丁玲获得战胜敌人和环境的精神力量，而且使她从切身体验中认识到在革命时代，女性主义实践只能是革命政治斗争实践，女性主义者唯有在政治斗争旗帜下方能联合起来，形成强大社会群体力量。

三、实践深化阶段(1937—1947年)

这是丁玲一生中最辉煌的10年,也是她在新的历史条件下深化女性主义实践,在实践中实现更高境界女性主义人格自我塑造的时期。女性主义实践的深化首先表现为女性主义实践方向观的深化。这便是确认女性主义实践方向和中国革命知识分子实践方向的一致性和同一性;认定与工农民众相结合既是时代所规定的中国革命知识分子唯一正确的实践方向,也是革命知识女性唯一正确的实践方向。经过城市革命政治斗争考验的丁玲,到延安后的革命实践便正是在这一新的实践方向观指导下开始的。在这10年中她几乎参加了解放区共产党所领导的所有以工农民众为主体的武装斗争和民主改革运动,始终恪守着与工农民众相结合的方向,做与工农民众心灵相通、利害攸关的民族革命战争和工农革命运动的宣传者、组织者和文化启蒙者。其中在中国女性主义实践史上和她自身人格发展史上具有突破性意义的,是参加革命民族战争、延安文艺整风运动和土地改革运动等伟大实践。历史证明,正是这些改变和决定中华民族命运与前途的伟大实践,造就了丁玲伟大女性的崇高人格,使她当之无愧地成为中国女性主义实践史上和女性主义文学发展史上的一座丰碑。

首先,民族革命战争的伟大实践深化了丁玲的女性主体意识。从“文小姐”到“武将军”的角色转换,实质上是女性主义者丁玲社会地位和角色由社会压迫的抗争者向社会改造的领导者的转换。它反映在观念上便是女性主体意识的深化:由以自立、自尊、自强为其内涵的抗争精神,深化为以我与万众一体的革命群体观念为其内涵的革命英雄主义和母性主义。这种英雄主义与母性主义相结合的女性主体意识在实践中一方面表现为敢于承担和领导伟大事业的胆略,另一方面则表现为以爱心团结同志、匡护民众和感化友军的伟大母性的博爱情怀。

从女性主义角度同情和关注妇女命运是丁玲一贯的思想和情感倾向。这个倾向在到延安以前主要是从一个女性作家角度表现在创作中,到延安后她则不仅是文艺工作和政治工作的领导者,而且已成为中国现代女性主义文学及女性主义实践发展进程中具有重大而广泛影响的革命女作家,上述倾向便同时体现在创作和实际工作中。

在实际工作中的体现主要是:第一,通过“西战团”组织和动员知识妇女参加伟大民族革命战争实践;第二,在《解放日报》副刊发表杂文《“三八节”有感》,揭露男性法权及其男性中心道德在新的历史条件下的表现和对革命知识女性主体意识与社会主体地位的侵害，促进了延安时期女性主体意识和女性主义实践的深化。而在创作上的体现则是形成战时妇女题材小说的两大主题：一是表现侵略战争给劳动妇女带来的深重苦难；二是描写知识女性在战乱和贫困环境中艰难成长的痛苦历程。这两大主题的形成使丁玲这个时期的小说创作成为真实反映抗战时期妇女命运和表现民族革命战争典型环境中中国妇女典型性格的史诗，也从而使这时期的女性主义文学因丁玲而真正成为抗战主流文学。

其次，废除封建土地制度的农村土地改革运动深化了丁玲的女性主义实践主体观。这是丁玲人格和思想实践史上最辉煌的也是最具标志性的一页。作为人格和思想趋向辉煌的标志则是她女性主义实践主体观的转变。即认为：废除封建土地制度的史无前例的土地改革运动，在使农民成为土地主人的同时，也赋予农村劳动妇女以政治民主权利，因此，土地改革运动也是农村劳动妇女的解放运动，它宣告中国广大农村真正意义上的女性主义实践的开始和由此而来的女性主义实践主体由城市知识妇女向农村劳动妇女的转换。以农村劳动妇女为主体的实践观的确立，使丁玲真正成为最广大的中国劳动妇女的最忠实的匡护者和代言人。她积极参加以劳动妇女为主体的妇女运动，曾在延安“三八”国际妇女节庆祝大会上当选为大会主席团成员，又曾当选为延安妇女界宪政促进会理事和边区模范妇女代表；1948 年 11 月，出席在匈牙利首都布达佩斯召开的世界民主妇联第二次代表大会，并被选为理事会执行委员。她热心支持为劳动妇女代言的刊物，撰文庆祝《时代妇女》发刊，呼吁为全中国劳动妇女的权利而团结奋斗，说：“《时代妇女》是我们自卫战线上的一支大军。我们要围绕在这支大军周围，为提高我们妇女的文化，为保卫我们既得的利益，为鼓励、声援国民党地区妇女求得解放而团结奋斗！”又说：“中国妇女几千年来都在一种牛马生活中延续下来。她们最好是傻子：‘女子无才便是德。’她们是呆子：‘女有四行，妇言，妇德，妇功，妇容。’这四行的实际意义就是‘不行’。女子不能有独立的人格，她们必须讲‘三从’。妇女自小就受一种教育，一种自己否定自己存在的教育，自小养成牺牲卑屈的人生观。于是妇女婉转呻吟于封建礼教之下，生儿育女，缝衣煮饭。特别是劳动妇女，她们像牛一样工作，羊一样柔顺，狗一样忠心；而得到的待遇既不如牛，也不如羊，更不如狗。她们不仅是人的仆人，而且是牲畜的仆人。女人总是和辛酸结合着，每个女人都有她的伤心史。每个女人的命运写出来都是一本最动人的书。这种生活延续几千年了。直到今天，封建社会所给予的压迫和痛苦，还没有整个的转变。抗战以来，妇女受蹂躏最重。”（《庆祝〈时代妇女〉发刊》，1946 年 7 月 7 日《时代妇女》创刊号）丁玲以劳动妇女为主体的女性主义实践主体观在长篇小说《太阳照在桑干河上》得以深刻体现：作者不仅满怀同情地写出劳动妇女在封建制度和男性法权双重压迫下沦为双重奴隶

(“人的奴隶”和“牲畜的奴隶”)的“辛酸”历史和在土改运动中的阶级觉悟和斗争精神,为她们获得政治民主权利而欢呼,而且通过男性法权及男性中心道德在家庭、婚姻问题中的延续,预示伴随民主改革而开始的农村女性主义实践将是一个漫长而艰难的过程。但她坚信参加变革农村社会的民主建设和生产建设实践,在实践中获得主体意识和社会主体地位,仍然是劳动妇女摆脱男性法权统治获得人格自由健康发展和实现人生价值理想的根本途径,只要她们坚持走在实践斗争中成长的道路,前途就充满光明。

2012—2015 年：

中国市民社会批判*

——张恨水小说社会价值内涵阐释

一

中西文化在相互撞击中融合发展的运行机制，形成了中国小说现代化进程中两条相反相成的道路：传统形式现代化和外来形式民族化。张恨水和鲁迅分别是这两条道路的代表。鲁迅在青少年时代虽接受了系统的中国传统文化教育，但其小说创作却是在西方现代小说直接激发影响下以西方现代小说作品为范本而开始的，起点是现代化而方向是民族化；张恨水则从童年时代就是中国传统小说痴迷的读者和模仿者，传统小说长期熏染浸润的结果不仅使他由模仿者变成创作者，而且形成了传统小说创作所必需的深厚民族文化功底。其起点是民族化而方向是现代化。

明清小说是中国传统小说（特别是长篇小说）发展的顶峰，既有一批思想深邃，艺术精湛，文化蕴涵丰厚，影响深远的经典著作，又在文体形式上呈现异彩缤纷、百舸争流的局面。鲁迅在《中国小说史略》和《中国小说的历史的变迁》中将纷纭多彩的明清小说归纳为神魔、人情、拟古、讽刺、狭邪、侠义、谴责七种文①，又依据其变迁轨迹和影响大小视“神魔小说”（以《西游记》为代表）和“世情小说”（以《金瓶梅》为代表）为“明小说之两大主潮”，“拟古派”（以《聊斋志异》和《阅微草堂笔记》为代表）、“讽刺派”（以《儒林外史》为代表）、“人情派”（以《红楼梦》为代表）和“侠义派”（以《三侠五义》为代表）为“清小说之四派”②。鲁迅的归纳和界定揭示了明清小说历史变迁的规律，这便是从“明小说之两大主潮”到“清小说之四派”是一个现实主义深化和发展的过程，而“清小说之四派”则是其深化发展顶峰期的标志。鲁迅特别强调，继承明清小说现实主义传统就是要继承和发扬“清小说之四派”及其经典

---

* 《聊城大学学报》2012 年第 6 期。

① 《中国小说史略》见《鲁迅全集》，人民文学出版社，北京，2005 年 11 月第 1 版，第九卷。

② 《中国小说的历史的变迁》第五讲（明小说之两大主潮）和第六讲（清小说之四派及其末流），收入《鲁迅全集》第九卷。

著作所表现的深切关注社会、真实反映人生的现实主义精神，而非形式主义地效仿其“末流”作品。为此，他对“四派”中堪称顶峰的作品作出如下评价：

第一，人情派的《红楼梦》：“《红楼梦》的价值，可是在中国底小说中实在是不可多得的。其要点在敢于如实描写，并无讳饰，和从前的小说叙好人完全是好，坏人完全是坏的，大不相同……自有《红楼梦》以后，传统的思想和方法都打破了。”①

第二，讽刺派的《儒林外史》：“敬梓身为士人，熟悉其中情形，故其暴露丑态，就能格外详细。其书虽是片段的叙述，没有线索，但其变化多而趣味浓，在中国历来作讽刺小说者，再没有比他更好的了。……讽刺小说是贵在旨微而辞婉的，假如过甚其辞，就失了文艺上的价值，而他的末流都没有顾到这一点，所以讽刺小说从《儒林外史》而后，就可以谓之绝响。”②

第三，拟古派的《聊斋志异》和《阅微草堂笔记》。前者：“说妖鬼多具人情，通世故，使人觉得可亲，并不觉得很可怕”；后者：“多借狐鬼的话，以攻击社会。……他自己是不信狐鬼的，不过他以为对于一般愚民，却不得不以神道设教。……他生在乾隆间法纪最严的时代，竟敢借文章以攻击社会上不通的礼法，荒谬的习俗，以当时的眼光看去，真算得很有魄力的一个人。可是到了末流，不能了解他攻击社会的精神，而只是学他的以神道设教一面的意思，于是这派小说差不多又变成劝善书了。”③

第四，侠义派的《三侠五义》：“其中所叙的侠客，大半粗豪，很像《水浒》中底人物……不过《水浒》中人物在反抗政府；而这一类书中底人物，则帮助政府，这是作者思想的大不同处，大概也因为社会背景不同之故罢。这些书大抵出于光绪初年，其先曾经有过几回国内的战争，如平长毛，平捻匪，平教匪等，许多市井中人，粗人无赖之流，因为从军立功，多得顶戴，人民非常羡慕，愿听‘为王前驱’的故事……”④

鲁迅的评价准确而深刻，既肯定“四派”顶峰作品与社会现实深切联系，又指出其“末流”作品脱离社会、迎合市井趣味、千篇一律的形式主义倾向。这就为人们正确认识和继承明清小说现实主义传统提供了科学依据和汲取其精华、剔除其糟粕的批判继承原则。史实证明，中国现代文学对明清小说现实主义传统的承传过程，正是一个恪守现实主义传统，以《红楼梦》《儒林外史》等经典著作为典范的传统文

---

① 鲁迅：《中国小说的历史变迁》，《鲁迅全集》修订编辑委员会：《鲁迅全集》，人民文学出版社 2005 年版，第 348 页。

② 鲁迅：《中国小说的历史变迁》，《鲁迅全集》修订编辑委员会：《鲁迅全集》，人民文学出版社 2005 年版，第 345 页。

③ 鲁迅：《中国小说的历史变迁》，《鲁迅全集》修订编辑委员会：《鲁迅全集》，人民文学出版社 2005 年版，第 343—345 页。

④ 鲁迅：《中国小说的历史变迁》，《鲁迅全集》修订编辑委员会：《鲁迅全集》，人民文学出版社 2005 年版，第 349—350 页。

学现代化进程。而张恨水便是在这一实践进程中走上创作道路并获得成功的现代作家。

张恨水的小说创作既继承了以《红楼梦》为代表的人情派小说善于表现感情世界的言情性传统，又恪守以《儒林外史》为代表的讽刺派小说关注现实、指摘时弊的社会性传统，并以现实为契机将二者融为一体，创造了“以社会为经，以言情为纬”的社会言情小说。“以社会为经，以言情为纬”是指小说结构而言，它包括宏观和微观两层含义：宏观结构是指整个小说世界的结构，即从纵向看他的小说世界是中国现代市民社会风云变幻的镜子，百部中长篇小说所展现的是20世纪上半叶以城市文化为背景的市民社会随着时代风云而变幻的历史；从横向看则是言情故事与特定社会环境的交织。微观结构是指一部具体作品的结构，其形式多因作品主题和题材不同而异，但无论是以言情为主还是以社会为主的作品，其背景都是纵向相连、反映时弊而又随时势发展而变迁的典型社会环境，正是这每部作品的社会背景纵向相连，形成整个小说世界“以社会为经，以言情为纬”的独特结构形式。

若就文体而言，融“社会”、“言情”于一体则是社会言情小说最为本质的特征，作者称这一文体方法是“用作《红楼梦》的办法，来作《儒林外史》”①。《春明外史》《金粉世家》《啼笑因缘》等便是这类文体的典范，正是它们构成张恨水小说世界的主体。

文体结构只是张恨水小说世界的外延特征，而决定其小说社会价值的则是以科学进步的世界观、人生观和价值观审视和反映现实的巨大深度与广度。正是在这里显示了张恨水小说世界所具有的深刻而独特的社会价值内涵。研究证明：张恨水小说世界是中国市民社会的镜子，不仅以广阔视野与时空跨度展现了中国市民社会在城乡对立、传统与现代两种文化撞击中艰难渐进的历史，而且从意识形态与社会学角度深刻揭示了以金钱权力为本位的物质主义价值观的统治及其对精神和人格的奴役与扭曲是市民社会的万恶之源、悲剧之源。这一批判性主题是通过构成小说世界的如下三个子主题表现的：物质主义价值观统治的观念世界、金钱权力支配的感情世界、官商一体的权力世界。

二

物质主义是资产阶级社会的价值观，是资产阶级统治所建立的社会关系——纯粹金钱关系——在观念上的集中表现。关于纯粹金钱关系的形成，马克思在《共

① 张伍：《我的父亲张恨水·关于金粉世家》，春风文艺出版社2006年版。

产党宣言》中有如下精辟而经典的描述：

> 资产阶级在已经取得了统治的地方把一切封建的、宗教的和田园诗般的关系都破坏了。……它使人和人之间除了赤裸裸的利害关系，除了冷酷无情的“现金交易”，就再也没有任何别的联系了。它把宗教的虔诚、骑士的热忱、小市民的伤感这些情感的神圣激发，淹没在利己主义打算的冰水之中。它把人的尊严变成了交换价值，用一种没有良心的贸易自由代替了无数特许的和自力挣得的自由。……
>
> 资产阶级抹去了一切向来受人尊崇和令人敬畏的职业的灵光。它把医生、律师、教士、诗人和学者变成了它出钱招雇的雇佣劳动者。
>
> 资产阶级撕下了罩在家庭关系上的温情脉脉的面纱，把这种关系变成了纯粹的金钱关系。①

资产阶级既把人与人之间的一切关系都变成纯粹金钱关系，那么它对市民社会的统治也就变成金钱统治。这种金钱统治具体表现为物质和观念两个方面：物质统治是直接以金钱和财富占有权力剥削劳动者，即“用公开的、无耻的、直接的、露骨的剥削代替了由宗教幻想和政治幻想掩盖着的剥削”；观念统治就是物质主义价值观的统治，即通过金钱对人性和人格的扭曲将物质主义价值观变成整个市民社会的价值观。张恨水小说中的观念世界便正是物质主义价值观统治下的精神世界，在这里物质主义价值观的统治已成为看不见的社会法权支配、制约着人们的欲望和行为，影响、决定着人们的选择和命运，从而成为市民社会精神悲剧的根源。

但在中西文化相互撞击融合的时代，物质主义价值观对市民社会的统治必然遇到来自传统文化的反驳和质疑，其表现便是物质主义和伦理主义两种价值观的对立。这对立实质上等同于中国传统文化中固有的以物质为本位的义利观与以伦理为本位的义利观的对立。前者重利轻义，其行为准则是舍义而取利；后者重义轻利，其行为准则是舍利而取义。以孔子为代表的儒家义利观便是典型的以伦理为本位的义利观。在他们的观念中“义”是社会伦理规范，“利”是个人物质利益，二者是完全对立的，舍利取义是君子行为的唯一选择。孔子将义利取舍视为区分君子和小人的界碑，说：“君子喻于义，小人喻于利。”（《论语·里仁》）孟子则强调义利选择的唯一性，说：“仁义而已，何必曰利。”（《孟子·梁惠王》）董仲舒则说：“正其谊（义）不谋其利，明其道不计其功。”（《汉书·董仲舒传》）其后世代大儒也都持上述

① 《马克思恩格斯选集》第1卷，人民文学出版社1972年版，第252—254页。

观点，并以“分辨义利”为“儒者第一义”。清代以后（特别是近代）伴随资本主义发生与发展，在儒家传统义利观中又注入新的时代内涵（如清代颜元修正儒家义利对立观而提出义利调和观，说：“正其谊而谋其利，明其道而计其功。”近代在“言利”中又注入发展资本主义的内涵。）但儒家“重义轻利”的义利观在长期实践中已成为中华民族传统道德文化精华，深入人心，广泛传承，并随时代发展不断发扬光大，“杀身成仁，舍生取义”已变成历代士人普遍追求的理想人格境界。因此，上述物质主义与伦理主义两种价值观的对立，实质上所反映的是资产阶级所建立的纯粹金钱关系及以此为基础的金钱统治与中国民族传统道德文化的对立。张恨水小说对物质主义价值观的批判，便是通过真实揭露上述对立及以此造成的人格扭曲道德沦丧的市民社会的精神悲剧而实现的。

在张恨水小说中观念世界的主体是物质主义价值观统治下的市民知识分子，物质主义与伦理主义两种价值观的对立及其对精神人格的影响，在他们构成的知识世界里得以集中表现。

三

通过感情世界揭示物质主义价值观对爱情、亲情和友情的扭曲及其造成的精神悲剧，是张恨水小说批判性主体的另一子主题。在这里鲜明地体现了对明清言情小说的继承性。言情的“情”本有狭义和广义两种含义：狭义的“情”专指爱情（如民国时期鸳鸯蝴蝶派小说中的“情”）；广义的“情”则包括爱情、亲情和友情，这是明清言情小说家所主张描写的“情”。晚清言情小说家我佛山人（吴趼人）如下一段论述最具代表性：

> 情，情，写情，写情。这一个“情”字，岂是容易写得出，写得完的么？……这个“情”字，是没有一处可少的，也没有一时可离的。上自碧落之下，下自黄泉之上，无非一个大傀儡场，这牵动傀儡的总线索，便是一个“情”字。……但是“情”字也有各种不同之处，即如近来小说家所言，艳情、爱情、哀情、侠情之类，也不一而足。据我看去，却是痴情最多。……
>
> ……自从世风不古以来，一般佻㒓少年，只知道男女相悦谓之情，非独把“情”的范围弄得狭隘了，并且把“情”字也污蔑了，也算得是“情”的劫运。①

① 我佛山人：《劫余灰（第一回）》，《月月小说》1907年第10期。

我佛山人是晚清言情小说大家，以《恨海》开新写情小说之先河。他在这里所批评的“狭义”言情小说，正是明清言情小说的流弊，其倾向为鸳鸯蝴蝶派发展到极致。张恨水早期虽受鸳鸯蝴蝶派倾向的一定影响，但民国后灾难深重的现实却使他很快拒绝了这种倾向，而成为明清广义言情小说自觉的继承者和发扬者。他小说所构建的感情世界是金钱权力支配的，由爱情、亲情和友情结构而成的广义感情世界，其主旨不再是“狭义”言情小说那样张扬人间“至情”，以“殉情”和“殉道”表现和颂扬道德美和人格美的完成，而是揭露金钱权力对感情世界的支配和扭曲，以人性和人格被扭曲、异化的精神悲剧反映和谴责道德美与人格美的毁灭。由此，广义感情世界在结构上便自然形成两个相互关联和交叉的三角结构：爱情三角结构和整个感情世界的三角结构。

爱情三角结构是爱情多元选择的路线图，三角中一角是选择主体，其他两角是主体选择对象。在金钱与男性法权结合的市民社会，这个路线图对于男女选择主体具有完全相反的意义：对男性主体是爱情自由和多妻主义的象征；对女性主体则是爱情被金钱权力支配和奴役的象征。女性特别是在金钱权力和男性法权双重压迫下的平民女性，在失去生活地位的同时也失去了爱情选择自由，因此当她们面对金钱和爱情选择的矛盾时，总是违心地痛苦地选择金钱权力而放弃爱情。这个痛苦的选择过程，实质上是选择主体价值观转换过程——由以爱情为本位的伦理主义价值观向以金钱权力为本位的物质主义价值观转换的过程。这更是人性、人格被物质主义价值观奴役、扭曲的精神悲剧产生的过程——其结果是道德美、人性美的毁灭。平民女性的爱情悲剧在张恨水小说的感情世界里居于主体地位，其中最具典型性的是出身于下层市民社会的知识女性、女伶和妓女的爱情悲剧。这些悲剧的深刻社会内涵是以女性爱情理想幻灭，暴露以金钱权力为本位的物质主义价值观对两性关系的扭曲；因此，它既是女性爱情悲剧，也是女性人生悲剧。

整个感情世界的三角结构是由爱情、亲情和友情构成，所表现的是感情世界以爱情为主、以亲情和友情为辅、三角互动的感情运行路线图。所谓以爱情为主，不仅因为描写感情世界的小说大都以爱情故事贯穿始终，而且因为爱情在感情世界中居于中心地位，主导着亲情和友情的发生与发展。因此，在感情世界里，亲情和友情都是作为爱情悲剧的环境因素而存在的——前者是爱情悲剧发生的家庭因素，后者则是基于大义匡护爱情的社会因素。

平民女性爱情悲剧是金钱权力和男性法权统治与奴役的结果，而其前提条件则是以金钱权力为本位的物质主义价值观对于家庭关系（主要指家庭亲权者与子女的关系）和两性关系的支配与扭曲。前者的普遍表现是：一方面市民家庭亲权者在物质欲望支配下将小市民利己主义膨胀为赤裸裸拜金主义，不惜牺牲子女爱情与人生理想换取财富与物质生活享受；一方面子女在亲权干预下，违心地放弃爱情而选择金钱权力以回报亲权者的物质要求——在这里以亲子之爱为其内涵的亲情已异化为扼杀子女爱情的亲权，支配和制约着子女爱情和人生选择，从而将家庭亲情关系变成纯粹金钱关系。后者的表现是：一方面有钱男性以爱情自由之名行多妻主义之实，将玩弄、占有、奴役女性视为有闲阶级“浪费性消费”生活方式而肆意炫耀，一方面平民女性蒙受金钱和夫权的双重压迫与奴役，最终陷入人格扭曲精神幻灭的悲剧——在这里以爱情为其内涵的两性关系已异化为压迫奴役女性的双重枷锁，决定着女性命运，成为平民女性爱情悲剧直接的社会根源。从典型化角度看，金钱权力支配下的市民社会是平民女性爱情悲剧产生的典型环境，而上述亲情关系与两性关系的扭曲便正是构成这典型环境的典型性内涵。张恨水小说对感情世界的批判便正是通过揭示上述典型性内涵而实现的。

友情是张恨水小说感情世界里唯一的一片净土。它基于义，发乎同情，往往升华为下层市民社会凝聚群体力量对抗权势、救助弱者的义举。友情不仅是金钱权力统治与奴役的对立物，在下层市民社会滋生发展，以凝聚阶级群体反抗社会的力量与意志显示着市民社会变革的希望，而且所代表的以伦理为本位的义利观与以物质为本位的义利观形成鲜明对比和对立。正是在这对立与对比中，显示了张恨水小说批判主题的积极意义与辩证性内涵。

四

揭露权力世界黑暗腐败及其官商一体的本质，是张恨水小说世界批判主题的第三子主题。所谓官商一体，实包括如下两层含义：第一，官商角色一体化。即官员商人化和商人官员化。这一现象根于中国近代半封建半殖民地制度，开始表现为沿海商业发达城市和地区商会与议会权力一体化（议会议长和议员多由商会会长和委员兼任），后来随着官僚资本主义发展则表现为形成官僚资产阶级集权统治。第二，官商职能一体化。即官场商场化和商场官场化。前者表现为以权谋私，卖官鬻爵，变以公务为己任的官场为钱权交易场；后者则表现为勾结官府，窃据机密，变以合法经营为本分的商场为官商勾结、狼狈为奸的投机场。从张恨水小说所构建的权力世界里，不仅可以看到上述官商一体的本质特征，而且更深刻地意识到官商一体正是导致政治腐败、经济危机和民族危亡的制度根源。张恨水小说中的权力世界，既是半封建半殖民地中国官场现形记，真实记录了官场各类群丑形象，又是二十世纪上半叶中国权力世界的变迁史，以官商一体导致政治腐败和社会灾难的历史教训，启迪和激发市民社会的变革者必须首先去变革权力世界。这个权力世界在作品中主要是以当时政治经济中心城市为背景而展开的，其中曾先后作为军阀政府和国民党政府首都的北京（北平）和重庆构成权力世界的主体背景。因此，可以这两个城市为背景，依时序将权力世界划分为前后两个时期：军阀政府时期和国民党政府时期——这是中国近现代史上两个政治最黑暗的时期。

（一）军阀政府时期

军阀独裁、军人当政是该时期权力世界构成的特点，但官商一体的本质并没有因此而改变，不同的是在官商勾结、以权谋私之外，增加了以战争公然掠夺财富的手段。因此，在张恨水小说所描写的权力世界里出现了军阀麾下的军政两个权力群体：军人官僚群体和政客官僚群体。

军人官僚群体因派系斗争而矛盾重重，但其矛盾原因并非政见分歧，而是掠夺和占有财富不均。他们派系不同，却都是命运随争夺地盘和财富的战争而沉浮的战争狂热者，是军阀战争这一典型环境中的典型性格，一群视战争为赌博的草莽英雄。其人生道路大致是在下层社会生机无路时从匪从军，后因在恶战中立功而一举变成“富贵双全的阔人”。但其地位总是随战争胜负和派系首领得势或下野而变幻莫测，一旦上司倒台就会因失去庇护而由“成者王侯”，而坠为无以立足的“败者贼”。在作者笔下，这类人物不再是讽刺作品中平面的漫画化类型，而是具有独特时代文化内涵的典型环境中的典型性格，其典型性主要表现是：第一，性格外部特征的独特性。他们都是浑身透着土气、匪气、江湖气的草莽英雄，既无城市绅士阶级的文雅、细腻、小气，而在挥霍、放荡中露出乡下人的质朴和粗俗；又无知识分子的浪漫、矜持、虚荣，而所有享乐都是物质主义的（吃喝、嫖娼、娶姨太太）。第二，性格本质内涵的同一性。他们都是以战争为契机，通过军政合一的专制手段，肆意榨取民膏、掠夺财富的物质主义者，其行为鲜明地体现了以金钱为本位的战争观和官商一体的权力世界的本质。

小说的深刻之处在于从军人官僚群体与军阀战争这特定时代环境的深刻联系，揭示了军阀政治的本质及其产生的必然性。在作者看来，所谓军阀政治就是借武力肆意掠夺民间财富的军人独裁政治，其特征是：以军权与政权合一为名，行以军权替代政权的军人专政；以军法与民法结合为名，行以军事法庭取代民事法庭之实。因此，军人独裁政治就在毫无法纪约束与监督的环境下发展到极致，成为近现代史上最黑暗的政治。

军阀麾下的政客官僚群体，在张恨水所构建的权力世界里主要是指军阀政府高级官僚群，其中包括总统（大帅）、国务院总理、总长和握有实权的国会议员等。

这是钱权结合、以权窃国的腐败官僚群体：集军政极权于一身的总统（大帅）昏庸腐朽而又骄奢淫逸，公然收受巨额贿赂，尤喜收受美女以资享乐；总理之家是世代簪缨的“金粉世家”，官与商，钱与权，在这里达到完美结合，权力庇护下的骄奢淫逸，也因权力倾倒而化为西风落叶；各据一部之首的总长们，不务经国之道，却精通“赌经”、“嫖经”和“官经”，尤其精于利用职权，徇私舞弊，侵吞公款，或挪用国家专门经费做股票生意以自肥。

作者对上述官僚群体的描写，继承了明清讽刺小说批判社会“指摘时弊”的现实主义传统，而又摆脱了晚清谴责小说失于夸张“过甚其辞”的弊病，所运用的则是“用写《红楼梦》的方法写《儒林外史》”的新文体方法，即把官商一体、以权窃国的军阀政府官僚群体置于整个市民社会大环境中去描写，以真实而深刻地揭示其对整个市民社会的影响。因此，从“旨微而辞婉”的描写与叙述中，可以得到如下思想启示：官商一体的权力世界对市民社会的直接影响是政治腐败及由此而形成的贫富悬殊与阶级对立；其间接影响则是金钱权力对整个市民社会统治的不断深化与泛化，其表现是金钱权力的统治逐渐由直接物质奴役与剥削而变为物质与观念的双重统治，并由此造成拜金主义与享乐主义在整个市民社会的滋生与蔓延。上述规律性认识，已为后来史实所充分证实。

（二）国民党政府时期

“国民党政府时期”在张恨水小说所建构的权力世界里，特指抗战时期偏安于大后方重庆的国民党中央政府长达八年的统治。在这里，军阀政府时期权力世界所形成并遗传下来的官商一体的本质特征，不但没有因抗战后民族精神振奋和物质条件贫困而改变，而且在国民党政府消极抗战和官僚资产阶级经济垄断的特殊环境下愈演愈烈，其手段之恶劣、影响之广大都达到了极致。因此，这也是张恨水小说对权力世界批判最集中、最深入和旗帜最鲜明的时期，其批判矛头指向如下三个焦点：

1. 官商勾结大搞商业投机发国难财

官商勾结大搞商业投机发国难财，是国统区一大特色，这恰与共产党领导下的延安解放区形成鲜明对比。毛泽东当时就曾从二者对比中作出如下结论：“利用抗战发国难财，官吏即商人，贪污成风，廉耻扫地，这是国民党区域的特色之一。艰苦奋斗，以身作则，工作之外，还要生产，奖励廉洁，禁绝贪污，这是中国解放区的特色之一。”这个结论在张恨水小说中得以形象表现，小说集中描写的游击商群体便是官商勾结以商业投机发国难财的形象性标志。这是一个庞大而有势力的群体，上有中央行政院长庇护，横联银行行长与公务员，下接地方商人与粮绅，形成一个无形网络，上下串通，里应外合，利用战争环境造成的物质贫乏、市场危机和陷入生存危机中的民众对于物质需求的强烈欲望，进行谋取暴利的商业投机。其手段是：囤积居奇，跨域走私，窃据银行机密做黄金储蓄和股票生意。商业投机作为一种特定社会行为，它导致了物质和精神两个结果。物质结果是少数投机者大发国难财，而大多数人却在投机心理驱动下陷入圈套而落得倾家荡产；精神结果则是投机心理的泛化与蔓延，即在投机心理驱动下重庆社会同时刮起如下三种风：赌博风，诈骗风，利用货币差值争购黄金储蓄风。

2. 官商合谋的黄金储蓄风潮

1945年抗战即将胜利的形势又为重庆国民党政府官员及其所代表的官僚资产阶级提供了发国难财的商机，轰动一时的全民抢购黄金储蓄风潮便由此而发生。黄金储蓄是拥有经济垄断权的政府官僚及其所代表的官僚资产阶级，利用金融垄断发国难财的手段。其运作过程是：先以高额黄金价格期许吸引全民向银行储蓄黄金和购买黄金储蓄券，待达到黄金储蓄目标时，便宣布黄金贬值并借故向储户征收高额税金而将民众储蓄的黄金据为己有。这是官商合谋侵吞国有资产、榨取民众血汗钱的投机行为，它之所以猖獗无阻、席卷整个重庆社会，不仅是因为权力世界的支持，而且是由于权力世界的统治与官僚资产阶级经济垄断的结合。通过对这一风潮及其影响的真实描写，揭露重庆政府背离人民方向而为官僚资产阶级谋利益的政治本质，正是这类小说创作的主旨。

3. 登峰造极的官场腐败

抗战末期重庆官场腐败发展到登峰造极的程度，这一方面表现为在手段上由官商勾结的商业投机与钱权交易发展为以权势公开掠夺；另一方面则表现为在腐败深度与广度上都达到登峰造极的境地。这种近乎荒诞的现实反映在张恨水小说世界里，便是以荒诞夸张的讽刺或酣畅淋漓的谴责，将矛头直指国民党权力世界的心脏。《八十一梦》和《五子登科》是这一题材的代表性作品，其文体风格一是荒诞夸张的讽刺，一是酣畅淋漓的谴责，但矛头都直指国民党中央政府，并且讽刺与谴责的动机不再是引起社会改革者关注，而是彻底否定国民党政府的统治，宣判其必然灭亡的历史命运。因此，这两部小说便以深刻的政治思想内涵和文体的继承与创新而成为张恨水讽刺小说的经典性著作，产生了广泛的影响。所谓文体的继承与创新，一是指这两部小说与作者此前的社会言情小说在文体上有创新性发展：一是指这发展是以现实为契机在继承与借鉴清代“拟古派”（以《聊斋志异》《阅微草堂笔记》为代表）和晚清“谴责小说”（以《官场现形记》《二十年目睹之怪现状》为代表）的基础上完成的。如《八十一梦》借鉴“拟古派”描写神魔，“以神道设教”的文体方法，而《五子登科》则在谴责社会时既继承了晚清“谴责小说”的“酣畅淋漓”而又扬弃了它的“过甚其辞”。

结　语

综上所述，可以得出如下结论：第一，对中国现代市民社会的批判是张恨水小说世界的主题。其核心内涵是对统治市民社会的物质主义价值观的批判，因此上述三个子主题的关系是：对物质主义统治下的观念世界的批判直接体现主题核心内涵，居于统帅地位，而对其他两个世界的批判则是从属于主题核心内涵的外延部分，旨在以实践与事实揭露物质主义统治是市民社会的万恶之源、悲剧之源。第二，张恨水小说世界社会批判主题的形成具有深刻的现实与历史依据。现实依据是20世纪上半叶中国资产阶级特别是官僚资产阶级对市民社会的统治，它在以金钱权力剥削、奴役和扭曲市民社会劳动者的同时，将以金钱权力为本位的物质主义价值观变成整个市民社会的价值观。历史依据是以《红楼梦》和《儒林外史》为代表的明清小说关注现实、批判社会的现实主义传统，而张恨水的小说正是这个文学历史传统的继续与发展。第三，张恨水走的是传统文学现代化的道路。他以实践证明，所谓传统文学现代化，固然包括传统文学形式现代化，但其实质则是以批判精神为其内涵的现实主义传统以现实为契机、以外来文学为借鉴，不断更新与深化的过程。其表现是：审视现实的角度由单一趋向综合——从单一道德或政治角度发展为综合的文化角度；批判主题内涵也随之深化——由道德批判或政治批判发展为以核心价值观为内涵的社会文化批判。

文化错位的爱情悲剧*

——《金粉世家》中冷清秋与金燕西爱情悲剧的文化内涵

《金粉世家》中金府少爷金燕西与平民知识女性冷清秋的爱情悲剧是由文化错位而导致的感情悲剧。从恋爱、结婚到离散的婚恋过程，始终贯彻着有闲阶级与平民阶级两种文化冲突，而离散正是这文化冲突发展的必然结果。这两种文化错位的婚姻在一般概念上的表述是“齐大非偶”，而其具体内涵则指有闲阶级固守而深入骨髓的嫌贫爱富的阶级意识和以金钱权力为本位的道德和人生价值观念及享乐主义生活方式和平民知识女性所恪守与追求的以自由平等为其内涵的女性主体意识及其以自立自强自尊为其目标的人格理想之间相隔相悖而不可调和的矛盾。在燕西与清秋婚恋中文化错位形成的矛盾过程可依据矛盾发展状况划分为如下相连续的三个阶段：第一，权力庇护的游戏爱情；第二，文化错位的不幸婚姻；第三，惊世骇俗的离散之举。

一

游戏恋爱是纨绔子弟所惯用的爱情方式。它是有闲阶级多妻主义与享乐主义在感情世界的集中表现，其实质是假男女社交公开与恋爱自由之名行玩弄和占有女性之实。从小浸泡在权力庇护下的骄奢淫逸中饱受多妻主义和享乐主义思想熏染的燕西，所奉行的便是权力庇护下的游戏恋爱。他的恋爱心理与行为过程鲜明地体现了游戏恋爱的如下特征：一是多角恋爱形式。即倚仗权力世家公子身价同时与多个美而韵味不同的女友保持恋爱关系。这些女友包括权贵小姐白秀珠，交际明星邱惜珍和乌二小姐，坤伶白莲花和白玉花，最后又增加了平民女性冷清秋。多角恋爱和婚外恋一样，都是市民社会纨绔子弟在男性法权庇护下借爱情自由实行多妻主义的普遍形式。二是享乐主义动机。即把恋爱视为满足情欲与精神享受的性游戏和恣肆享乐的生活方式，认为自由多角恋爱使情欲“任意在情场中驰骋”，

* 《聊城大学学报》2013 年第 5 期。

而结婚则使情欲恣肆的情场浪子“如马套上了缰绳一般”，丧失爱情的绝对自由。因此，他的结论是：“倘若自己要任意在情场中驰骋，乃结婚越迟越好。”三是物质诱惑手段。即将心灵沟通与人格融合的爱情滋生与发展过程，变成以物质诱惑与感情欺骗占有女性的过程。这是金钱权力对恋爱过程支配与扭曲的结果：把灵魂对于美的自觉追求，异化为装饰上爱情的钱色交易。上述特征在他与冷清秋的恋爱过程中得以全面地体现。

17岁的冷清秋幼慧早熟，虽还不是一个成熟的女性主义者，但在家庭与学校影响下已是一个深受传统平民主义意识和现代女性主义意识影响的“半新半旧”的知识女性。所谓旧是指书香家庭在她人格中注入以道德文章立身的传统文化内涵，父亲去世后她秉承父业，成为初通诗书礼仪的才女；所谓新则指在新文化思潮影响下，她自发的朴素的平民意识开始升华为自觉的理性的女性主义文化观念，正是在这观念主导下她选择了通过教育途径改变自己命运的自立、自尊、自强之路。就文化观念而言，无论是她所具有的传统平民主义意识或现代女性主义观念，都是与纨绔子弟金燕西所奉行的有闲阶级文化思想观念及其游戏恋爱行为相背离的。这背离的矛盾状态内在表现是“齐大非偶”的心理障碍总缠绕着她的灵魂，而反映在恋爱行为上则是面对燕西狂热的进攻而始终被动迟疑、步步维艰，当她发现感情背后有一条不可逾越的文化鸿沟时，遂陷入情与智的激烈矛盾斗争中。但在物质主义统治和金钱权力支配的感情世界里，像清秋这样一个无权无勇无靠的平民女性是无法摆脱以金钱权力为本位的文化统治和物质诱惑而自主选择爱情的。因此在她与燕西的恋爱过程中虽始终贯彻着两种文化的对立，但矛盾发展的结果却是心怀“齐大非偶”心理障碍的清秋，行动上却不由自主地接受燕西的支配，不仅做了游戏爱情的牺牲品，而且由此导致文化错位的婚姻悲剧。

燕西所以选择冷清秋为恋爱对象，并非基于对平民女性的同情（即所谓同情的爱），更不是志趣相投、心灵共鸣的结果，而是出于一种猎奇文化心理：即从她身上发现了与脂粉小姐异质的自然美。小说通过他连续三次与清秋见面时审美情趣的波动表现了上述心理。第一次是西山路遇一见钟情：“只见那女子挽着如意双髻，髻发里面，盘着一根鹅黄绒绳，越发显得发光可鉴。身上穿着一套青色的衣裙，用细条白辫周身来滚了。项脖子披着一条西湖水色的蒙头纱，被风吹得翩翩飞舞。燕西生长于金粉丛中，虽然把倚红偎翠的事情看惯了，但是这样素净的妆饰，却是百无一有……一望而知，是个玉雪聪明的女郎。”第二次是月夜访落花胡同再遇清秋时的感念：“她那素衣布裙，淡雅宜人的样子，绝不是向来所见脂粉队里那班人可比……若是这月亮之下和她并肩一处，喁喁情话，那是何等有趣！”第三次是从落花胡同回金府后的利弊权衡：“若说交朋友，自然是交际场中新式的女子好。但是要结为百年的伴侣，主持家事，又是朴实些的好。若是我把那个女孩子娶了回来，我想她的爱情，一定是纯一的，人也是温和的，绝不像交际场中的女子，不但不能干涉她的行动，她还要干涉你的行动呢。就以姿色论，那种的自然美，比交际场中脂粉堆出来的人，还要好些呢。”正是在上述心理驱使下，他将对清秋的直观美感幻化虚拟为爱情纯一、温顺可人的妻性人格而倾心膜拜，并且一见钟情后就一厢情愿地向对方发起狂热攻势。于是一个纨绔子弟以权力庇护下的物质诱惑与感情许诺玩弄占有平民女性的游戏恋爱便由此开端。

（一）以权贵之势打开“冷寓”之门

燕西接近和占有清秋的第一步是以权贵之势打开冷寓之门。为此他采取了如下三项措施：一是不惜重金租赁与冷寓一墙之隔的旧房打造豪华别墅炫耀权贵之势；二是借装修之机命工匠推倒别墅与冷寓之间的界墙将两院合二为一；三是趁乔迁之喜向冷寓馈送乡礼与名片极力表示睦邻交好情意。但这些富贵气逼人的举动，对主持冷家门户的两位亲权者却产生了两种决然不同的反应：对冷太太不但没有唤起攀援权贵的欲望，反而使她深感焦虑与不安，特别知道公子燕西是单身迁居时，更为东墙推倒而揪心——她这种一方面关切爱女婚姻而一方面却本能地拒斥权门的感情，正是“齐大非偶”的婚姻观念在心理上的反映。然而，官欲熏心的舅舅宋润卿看到燕西的名片和厚重礼品后，久怀心底的升迁欲望便仿佛因获得金府泰山之靠而瞬间变为现实。他那被官欲支配的灵魂顷刻间便为权势所彻底征服。小说对宋润卿上述心理有如下两段真切而生动的描写：

> 清秋的舅舅宋润卿从外面进来，便问哪里来的礼物，韩观久告诉了他，又在提盒里捡起一张名片给他看，宋润卿不觉失声道：“果然是他呀？”……冷太太道：“二哥认得这人吗？”宋润卿道：“我认得这人那就好了。”冷太太道：“你看了这张名片，为什么惊讶起来？”宋润卿道：“我先听王得胜说，隔壁住的是金总理的儿子，我还不相信。现在这张名片金华，号燕西，正合了金家鸟字辈分，不是金总理的儿子是谁？人家拿了名片，送了这些东西来，面子不小，我们怎样办呢？”冷太太道：“照我们南方规矩，这东西是不能不收的。若是不收的话，就是瞧人家不起，不愿和人家做邻居。”宋润卿道：“那怎么使得？这样的人家，都不配和我们做邻居，要怎样的人家才配和我们做邻居呢？收下收下！……明日亲自去拜谢他吧。”冷太太道：“那倒不必。”宋润卿不等冷太太说完，便道：“大妹主持家政，这些事我是佩服你。若说到人情世故，外面应酬，做愚兄的自信有几分经验……”马上在身上摸索了一会，摸出一张名片交给韩久观，说道：

“你去对那送东西的人说，就说这边舅老爷，明日亲自过去拜访，现在拿名片道谢。”①

宋润卿拜访了燕西，这就犹如白丝上加了一道金黄的颜色一般，非常地好看。由外面一路拍手笑着进来道：“果然我的眼力不错，这位金七爷真是一个少年老成的人，和我一说气味非常地相投，从此以后，我们就是朋友了。有了这样一个朋友，找事是不成问题。”说着摆了几摆头。冷太太一见，便说道：“二哥到人家那里去，还是初次，何以坐这久？”宋润卿道：“我何尝不知道呢，无奈他一再相留……”说着，一摆头道：“他要跟我学诗呢。我要收了这样一个门生，我死也闭眼睛。除了他父亲不说，他大哥是在外交机关，他二哥在盐务机关，他三哥在交通机关，谁也是一条好出路……”②

清秋无父，宋润卿便是唯一支撑冷寓门面的男人，在对外交往中负有亲权之责。所以，他对燕西的拜访与友好表示，就向燕西开启了感情大门。这是燕西占有清秋的第一步：以权力支配与征服家庭亲权者，从而将游戏爱情变成权力庇护和亲权主导下的钱色交易。所谓权力庇护是指燕西倚仗金府显赫权势征服了亲权者宋润卿，使他把清秋作为砝码主动而热切地与燕西进行权色交易；所谓亲权主导则是指宋润卿为达到升迁目的，不惜利用亲权专制主导事态发展，作了家庭中燕西意志与欲望的代理人，与燕西里应外合。事实证明，冷太太与清秋对于燕西态度（由拒斥、不安而到接纳、好感）的变化，其外部原因固然是燕西强烈而频繁的物质诱惑，而内在原因则是亲权者宋润卿主导的必然结果。

（二）以物质诱惑和感情许诺征服清秋的心

燕西打开冷寓之门后便开始向清秋发起直接进攻：以物质诱惑与感情许诺征服少女的心。但由于清秋心中还有一堵文化错位造成的无形的心理障碍，就使他难以如愿以偿。清秋的心理障碍实质上是有闲阶级与平民阶级两种文化思想观念的矛盾在心理上的集中表现，它贯彻于整个恋爱行为过程中，使本属于单纯心灵沟通、感情融合的恋爱过程，变成感情掩饰下两种文化观念的冲突愈演愈烈而逐步浮出水面的复杂矛盾过程。在这个过程中他们之间此起彼伏的感情冲突背后，都隐藏着文化错位所造成的两种思想文化观念的碰撞与纠葛。所谓感情冲突，实质上是思想观念碰撞与纠葛的外在表现，即都是两种思想文化观念冲突发展的必然结果。

---

① 张恨水：《金粉世家》，长春：时代文艺出版社，2004年，四卷本，第53—56页。
② 同上。

第一次感情冲突是由“初议佳期”(即燕西向清秋求婚)所诱发,而所反映的实质则是现实婚姻与“齐大非偶”婚姻观念的冲突。在新文化运动后的城市文化世界,父母包办和门当户对的传统婚姻制度虽已为进步知识青年自由平等的婚姻实践所打破,但由于权门及其有闲文化与胡同及其平民文化依然对立并存,所以“齐大非偶”也便作为一种普世婚姻观念依旧存活并支配着人们的婚恋行为。用一句通俗的话说,“齐大非偶”就是揭示现实婚姻阶级内涵的婚姻阶级论。具有平民意识和深受现代女性主义思想影响的冷清秋,正是这阶级论自觉的认同者。所谓自觉是指她不是从感情上对权贵门第天然怀有憎恶与世俗偏见,而是理性地认识到“齐大非偶”的真理性内涵是从文化视角揭示了门第不平等婚姻的悲剧根源不再是封建等级制度,而是两种文化(以金钱权力为本位的有闲阶级享乐主义文化与以道德伦理为本位的平民主义文化)错位所造成的不可跨越的精神鸿沟。若说她这种认识在与燕西恋爱前尚属先验的范畴,那么在恋爱后却从燕西身上得到实证:她发现狂热追求自己的燕西在心灵深处同样隐藏着“齐大非偶”婚姻观念所造成的心理障碍,而这正是他一直没有勇气向父母及金府上下公开同自己恋爱事实的原因。与此同时,她又无意间看到王玉芬约燕西与女友白秀珠见面并力主他们重归于好的信。于是内心忧虑,即刻发展为对婚姻前途失望的情绪。其行为表现便是对燕西求婚由缄默、回避而发展为公然拒绝,并且说出拒绝理由就是她所认同的“齐大非偶”的婚姻观念。小说第十三回中所谓“约指勾金名山结誓”,写的便是清秋拒绝燕西求婚时感情与理智矛盾的心理状态:

> 半晌,燕西才开口说道:“我今天请你到香山来的意思,你明白吗?”清秋依旧脸望着水,只是摇摇头,没有作声。燕西道:“你不能不明白,前天在王家花园里,我已经对你说了一半了。”说时突然站立起来,一只手牵着清秋的手,一只手在袋里摸出一个金戒指来。清秋回头一看,也站起来了。且不将那只被握的手夺回去,可是另伸出一只手,握住燕西拿戒指的那只手。燕西见她这样,倒是有拒绝的意思,实在出于不料。清秋也不等他开口,先就说道:“你这番意思,不在今日,不在前日,早我就知道了。可是我仔细想了一想,你是什么门第,我是什么门第?我能这样高攀吗?”燕西道:“我真不料你会说出这句话,你以为我是假意吗?”清秋道:“你当然是真意。”燕西道:“我既然是真意,你我之间,怎样分出门第之见来?”清秋道:“你既然对我有这番诚意,当然已无门第之见,但是你家老太爷,老太太,还有令兄令姊,许多人都没有门第之见吗?”燕西道:“你这是多虑了。婚姻问题,是我们的事,与他们什么相干?只要你爱我,我爱你,这婚约就算成立了。况且我们家里,无论男女,各人的婚姻,都是极端自由的,他们

也绝不会干涉我们的事。”清秋道：“我问你一句话，府上有人和平寒人家结亲的吗？”燕西道：“有虽然没有，可是也没有谁禁止谁和平寒人家结亲呀！……况且你家不过家产薄弱一点，一样是体面人家，我为什么不能向你求婚？”清秋道：“……但是我不敢说府上一致赞成。”燕西道：“漫说他们不能不赞成，就是实行反对，他还能打破这婚约吗？你若是拒绝我的要求，就请你明说。不然，为了两家门第的关系，将我们纯洁的爱情发生障碍，那未免因小失大。而且爱情的结合，只要纯正，就是有压力来干涉，也要冒万死去反抗……”

……清秋坐下，低头将戒指看了一看，于是对燕西道：“这事情，我母亲同意不同意，我是一点把握都没有，得慢慢地和她去说。在未和她说明以前，我这戒指暂时不能戴着。……我最担心的，还是你那一方面。你上面有好几位老人家，又是大家庭，你回去一说，他们要知道是我这样一个人，一定舆论大哗起来，就是你，恐怕也受窘。”①

显然，在燕西支配下步入爱情世界的清秋，在面对燕西求婚时的心理状态是感情与理智的矛盾。这矛盾心理的行为表现便是：发乎情而止乎理，总在情理之间徘徊不定。她虽理智地拒绝燕西的戒指，却又因他那信誓旦旦的感情许诺，动摇了终止爱情的理性，而重蹈感情支配的覆辙。

第二次感情冲突是因人生价值观念错位而诱发。燕西托敏之相亲后如释重负，清秋也感到婚姻前途的曙光。于是他们相约西山，开怀畅谈，尽享感情交融之快。然而，感情交流的勃勃兴致却因人生价值观念抵牾而变得淡然而扫兴。在谈话中清秋对燕西所表露的如下价值观念提出质疑：

一是享乐主义。燕西的享乐主义在交谈中标志性话语是“舒适”和“行乐”。而清秋的质疑正是通过对于“舒适”与“行乐”的不同感受与诠释进行的。

首先，对“舒适”的诠释。面对安逸幽静的西山自然景致，燕西舒适地“躺在藤椅上两脚一伸”，发出“好空气，舒服！”的叹息；而清秋的回答却是：“这是阔人说的话。你看山脚下那些抬轿的，三百六十天，天天在这里坐着，也不见得他说一句舒服。他们是不在乎空气好不好，若是能到你们厨房里去，闻着一阵肉香，恐怕他们才说是舒服呢。那些地方是你们所不肯到的地方吧？”在这里，清秋是以阔人与轿夫对于舒适的截然不同感受，揭露了燕西所奉行的享乐主义与平民主义文化的对立；其目的是启迪燕西反思并从而摆脱有闲阶级享乐主义文化影响，走自力更生之路。但清秋的企望终因燕西充满反讽意味的回答而化为失望。他说：“你很反对资

① 张恨水：《金粉世家》，第155—156页，第158页。

产阶级呢。这样说，我找个小事混混，我们一块去过清苦的平民日子，好不好?”

其次，对“行乐”的诠释。当目睹一叶惊秋的自然现象时，清秋触发了“人生恨短”的感叹；而燕西则借机倡导他所奉行的“及时行乐”哲学。他说：“唯其如此，所以我说少年人应该及时行乐。但是你对于我这话，总不大同意，以为行乐是人生堕落的行为。”清秋却批评说：“你所说的行乐，是和别人不同的。我们所认为行乐，看花赏月，游山玩水，这都是行乐。你所说的行乐，是越热闹越好，嫖赌吃喝穿，门门都到。这里说是行乐，岂不让天下人群趋于下流一途?”“及时行乐”是燕西自觉奉行的享乐主义哲学，也是一种与清秋所恪守的以人文为本位的积极人生观相对立的以物质享乐为本位的消极人生观。因此清秋的批评便因加剧了观念冲突而遭到燕西反击，从而引发激烈争执：燕西攻击清秋恪守人文哲学是“中了旧书的毒”，而“遵守周公孔子之礼”，“简直是自己拘束自己、自寻苦恼”；清秋则指斥他转换话题是“无理取闹”。

二是寄生主义。燕西所奉行的寄生主义是权力庇护下的纨绔子弟固有的人生观。它与清秋所持有的女性主义和自力更生的平民主义人生观形成鲜明对立。当他们商定婚期时，上述对立便浮出水面：燕西提出待清秋中学毕业即办理婚事，而清秋却坚持高中毕业后继续升大学本科深造，于是引发了一场关于寄生主义与女性主义的论争。坚持寄生主义的燕西说：“你还要大学毕业做什么? 像咱们家里，还指望着你毕业以后，去当一个教授，挣个百十块钱一月吗? 那自然不必。若说求学问，我五姐六姐，都是留学回来的，四姐还在日本呢，也没看见她们做了什么大事业。还不是像我一样，不是在家里玩，就是在外头玩，空有一肚子书，能做什么用呢?”恪守女性主义的清秋则做出相反的回答：“照你这一说法，读书是没有用的了，无论是谁，也应该从小玩到老。可是这样玩法，要像你家里那样有钱才可以。若是大家都由你这一句话做去，那么，世界上的事，都没有人做了，要吃饭没有人种田，要穿衣没有人织布，那成个什么世界呢?”燕西已无言为寄生主义辩解，只好把目标转向妻性，说：“我不是说世界上人都应该玩，不过有一班女子她无非只要主持家政，管理柴米油盐小事，何必费上许多金钱，去研究那高深的学问?”不料这话更伤害了清秋自立、自尊、自强的人格，引发了她对燕西的如下质问：“据你这样说，我不必求高深的学问，将来也是管理油盐柴米小事的角色。”这质问既说穿燕西不让清秋继续读书深造的真正目的，而又揭示了寄生主义与女性主义的对立。这辩论虽以燕西自告失败作结，但感情和解却并没有消除观念上的分歧与对立。

（三）假西山之游行性享乐之实

燕西“及时行乐”的人生哲学在爱情生活中的表现是视恋爱为性享乐。他的游戏恋爱实质上是运用物质诱惑与感情许诺达到占有对方身体的性享乐过程。他所期盼的结果并非结婚生子，而是未婚同居之乐。他对清秋的物质诱惑与感情许诺都不过是为未婚同居所设下的圈套和陷阱。当他发现对方感情已在物质诱惑与感情许诺蒙蔽下陷入被自己支配境地时，就迫不及待地实施其性享乐计划，于是便发生了夜宿香山旅馆同居的事。

燕西深知未婚同居是有悖于世俗观念和性道德文明的行为，所以事先做出周密安排：一是为避免清秋家庭亲权者干预，趁舅舅宋润卿去天津出发之机，背着冷太太引诱清秋去香山约会，并送冷太太一批绸缎衣料，以表安抚；二是借说明约会理由向清秋灌输性享乐意识。他对清秋说："我想免得越过越生疏，我们哪日再到西山去玩一天，畅谈一回。"清秋从他此前几次约会的过分表现，已预料到他所谓畅谈不过是提出出格的性要求而已。因此婉言点出隐藏的动机，说："生疏一点儿好，太亲密了，怕……"燕西却情欲勃发，连续追问三个"怕什么?"逼其回答，并不禁"用食指蘸了一点茶水，大拇指捺着，遥遥向清秋一弹"。清秋对他的挑逗却淡然处之地回答说："你就是这样不庄重，怕什么呢？月圆则缺，水满则倾，这八个字，你也不知道吗?"不料这真言劝告却引出燕西一套赤裸裸性享乐的说教："年轻轻的人说这些腐败的话做什么？我就只知道得乐且乐，在我们这样的年岁，跟着那些老夫子去读孔孟之道，那是自讨苦吃。"这些佻薄的话当时虽未动摇清秋的道德理性，但那对青春生命的蛊惑力却潜入她心底，成为西山同居的内在因素。

西山同居固然是燕西预设的圈套，但也是清秋感情被支配的结果。所谓感情支配实包括主客观两个方面：就客观而言是她错把燕西的物质诱惑与感情许诺当作真实爱情而被深深打动，从而拜倒在这爱力支配之下而不能自主；就主观而言则是她那被道德理性抑制的青春生命的自然情欲在环境诱发下情不自禁地触发。因此，她虽预料到西山之约可能发生同居后果，并且看出燕西有意设计的动机，而最终还是顺从了燕西。然而，深藏于心底的文化错位所造成的心理障碍却没有因此而泯灭，其表现便是渗透在爱欲情感中的苍凉。一对情侣临窗赏月，触景生情，燕西联想到的是唐明皇梦游广寒宫会见嫦娥的浪漫情话；而清秋却由月球清凉世界触发人生沧桑万念俱灰的苍凉之感，说："我想这月球悬在空中，里面也有山有水，当然和地球一样。可是据许多天文家说，上面是没有生物的，若是真没有生物，那里的土地，岂不是光秃秃的？中国文人常说月亮里面，是清凉世界，那真是清凉世界了。我想从前月亮和地球一样，是花花世界，后来死了，什么东西都没有。因此就想到地球，将来也会有这一日。那个时候，你在哪里？我在哪里？这旅馆又在哪里？以前一切的……"不料这心灵预感恰恰合了"月圆则缺，水满则倾"的八字箴言。使清秋万万没有料到的是未婚同居导致了未婚先孕这一无法掩饰的事实，从而使文化错位的婚姻陡然变成不可改变的必然选择。对清秋而言,这就是同居所付出的悲剧性代价。若说此前文化错位的婚姻观念对她的影响还仅仅是造成恋爱心理障碍,那么此后她便成为文化错位所导致的不幸婚姻的悲剧角色,直接体味着婚姻文化错位的痛苦与不幸。

二

结婚终结了游戏恋爱,但文化错位所造成的矛盾过程却没有因此而终结,反而因婚姻现实而由潜在状态浮出水面,通过清秋人格与大家庭文化环境的冲突和清秋与燕西之间因文化错位而导致的夫妻冲突淋漓尽致地表现出来。

首先是清秋人格与大家庭文化环境的冲突。

在中西合璧的金府文化世界里,就婚姻观念及其对金冷联姻的态度而言,显然存在相反相成的如下三个派别:

一是以金铨夫妇为代表的开明派。他们面对"君子之泽,四世而斩"的危局,认为娶清秋那样的平民知识女性为妻,未必不是一条救治燕西人格堕落的路。为此,他们打破了传统保守的门当户对的阶级论,虽一度恼怒于燕西背着家庭游戏恋爱的孟浪,却最终作出金冷联姻的决定。金铨先后两次表态都表现了一个集政权与亲权于一身的金府掌门人对子女婚姻严格而开明的态度。第一次是对燕西游戏恋爱的批评:"这事我本没有什么成见,但是燕西这东西,太胡闹。上半年骗了我好几个月,说是开什么诗社。原来他倒是每月花几百块钱,在外自赁房子住。为了一个女子,就肯另立一个家,和人做街坊,慢慢地去认识。用心实在也用心,下功夫实在也下功夫。但是有这种功夫,何不移到读书上去?老实说,他简直是靠他几个臭钱,去引诱人家的。这种婚姻,基础太不正当,成就了也没有什么好处。严格一点地说,就是拆白。我四个儿子,全是正经事一样不懂,在这女色和一切嗜好上,是极力下功夫,我恨极了。"又说:"不是说那女孩子国文都很好吗?我想她未必瞧得起我们这擀面杖吹火的东西。不过年纪轻的人,经不得这些纨绔子弟引诱罢了。"第二次是在婚礼上倡导打破婚姻阶级论:"世界的婚姻恐怕都打不破阶级观念。固然做官是替国家做事,也不见得就比一切职业高尚。可是向来中国做官的人,讲求门第,不但官要和官结亲戚,而且大官还不肯和小官结亲戚。世界多少恶姻缘由此造成,多少好姻缘由此打破,说起来令人惋惜之至!我对于子女的婚姻,向来不加干涉,不过多少给他们考量考量。冷女士原是书香人家,而且自己也很肯读书,照实际说起来,燕西是高攀了。不过在表面上看起来,我现时在做官,好像阶级上有些分别。也在差不多讲体面的人家，或者一方面认为齐大非偶，一方面要讲门第，是不容易结为秦晋之好的。然而这种情形，我是认为不对的。所以我对于燕西夫妇能看破阶级这一点，是相当赞同的，我不敢说是抱平等主义，不过借此减少一点富贵人家名声。我希望真正的富贵人家，把我这个主张采纳着用一用。”

二是以道之、敏之、润之三姊妹为代表的开放派。她们都是饱受西方进步文化陶冶而留学归来的海归派，因出身于金府权贵之家而深感腐化家族濒临崩溃的危机，认为燕西能与平民知识女性清秋结合是燕西之幸，也是金府之幸。所以当道之到冷家相亲时与清秋一拍即合并决定全力成全这门亲事。她劝母亲认可清秋的理由就是发现和认定这平民知识女性睿智朴素、稳重诚实的人格正可以影响和改造燕西的纨绔作风。她说：“不算别的，我们老七的国文，可以说只有八成通。自从认识了人家之后，几百个字的文章作得是很通顺，而且也会作诗了。人家模样儿现在且放在一边，就是那一种温顺的样子，一见就让人欢喜。老七是那样能花钱的人，平生也用不着账本。若是让他娶一个能交际的少奶奶，不如娶一个出身清苦些的，可以给他当把钥匙。”母亲果然因此被说服，说：“你这两句话，倒是对的。他们哥儿几个，就是老七随便，好玩的心思又比谁还要浓厚！若是再讨一个好玩儿的小媳妇，那是不得了。我就不主张儿女婚姻，要论什么门第，只要孩子好，哪怕她家里穷得没饭吃呢，那也没有关系。我们是娶人家孩子，不是娶人门第。”

三是以玉芬、佩芳妯娌与三姨太翠姨为代表的保守派。这个贵妇群体上通金铨和金太太，横联金府权力世界，下制代理有闲的奴才群体，是金府有闲阶级文化观念及其生活方式的典型代表，也是维护金府门第权势的舆论核心力量。所谓清秋思想人格与金府文化环境的冲突，主要是指清秋所代表的平民文化与这个贵妇群体所代表的有闲阶级腐朽文化之间的冲突。她们是金冷联姻最早和一以贯之的反对派，先是干涉其恋爱，而后又千方百计阻挠其结亲，结亲后则一方面广造舆论对清秋人格进行歧视性攻击，一方面则以促成白燕重归于好而破坏冷燕夫妻关系。因此，燕西与清秋婚姻文化错位在结婚后集中表现为以清秋为轴心的两种文化冲突中：一是清秋人格与金府文化环境的冲突；二是清秋与燕西因文化错位导致的夫妻冲突。

首先浮出水面的是清秋与金府文化环境的冲突。这个冲突是由保守派以舆论贬低清秋人格而引发。玉芬是这舆论的主要炮制者，其舆论内容主要包括如下方面：

其一，冷燕婚姻门第悬殊，是冷清秋“用手腕巴结得来的”。玉芬与妯娌佩芳在一起“谈来谈去”总是这一结论。为向公众证实和传播此结论，玉芬借新婚闹房之机，当众女宾向清秋发难，要她讲述情史。她颇带暗示性与讽刺意味地说：“老七这段婚姻，纯粹是自由恋爱的结果，比一切婚姻，都要有趣，当事人要能说一说，那我们就比听小说还有味。请新娘子把这种好情史，告诉我们一点，不知诸位赞成不赞成？”这咄咄逼人的发难虽为金太太婉转推脱，然而既有传言流布在先，发难的目的也就全然达到。

其二，调查清秋未婚先孕的事实，广造舆论败坏其人格。为此玉芬巧设机关，趁妯娌仨于佩芳家里相聚闲谈时，暗请日本产婆诊察清秋发现已怀孕四个月。从而大造舆论：先是通过电话在亲友间传布，而后则变成金府上下特别是佣人世界的街谈巷议。譬如玉芬手下的张妈就到处散布败坏清秋人格的言论，当主子的面说：“凭她那种人，哪里也能够和三少奶奶比哩？你府上做官都做了好几辈子。她家里那个舅舅，做喜事的那一天，也来了。见了咱们总理，身上只是哆嗦，我看他那样子，他家里准没有出过大官。就是因为她家里没有官，才有他那一副德行！”

其三，诽谤清秋以学问自恃而反怨别人说她是“乡下人”。这条莫须有的罪状源于张妈偷听清秋与吴霭芳对话的转述。大少奶奶的妹妹吴霭芳到清秋屋里拜访，为清秋衣着朴素和茶具古雅而感佩不已，拿着那个宜兴博古紫泥茶杯不禁称赞道：“真是古雅得很，喝茶都用这种茶具。”清秋回答说：“吴小姐，你说我古雅得很，在另一方面看起来，也可以说我是乡下人。”张妈深知清秋是主子玉芬心中的仇敌，由此就断定清秋的意思是抱怨玉芬说她是乡下人。所以当玉芬追问她们说了些什么时，就回答说：“我听到七少奶奶说，人家都笑她呢！”玉芬道：“是说我吗？是说谁？”张妈道：“说谁，我倒闹不清楚。她那意思，她也是学生出身，什么都知道，为什么大家都瞧她不起，说她是乡下人呢？”于是玉芬就由张妈这段凭成见杜撰的话，把莫须有的罪状强加在清秋头上。她恶狠狠地说：“学生出身算什么？我们家里的小姐少奶奶们都也认识几个字吧？她不过多念过两句汉文，这也很平常。凭她那种本事，也不见得有多少博士硕士会轮到她头上去。”

其四，重提白燕亲事，挑拨冷燕夫妻关系。白府小姐秀珠是玉芬的表妹，所谓白燕亲事，原是她鼎力玉成，后因燕西感情转移而破裂。这本是金府上下已经忘却的陈年旧事，而玉芬却偏偏在冷燕婚后重新提起，并向公众散布白燕重归于好的信息，目的显然是挑拨冷燕夫妻关系。这个目的终于达到了。当清秋从李妈与刘妈对话中知道这一事实后，便既为燕西不诚实而气愤，更因家庭环境恶劣而忧虑：“心想，我自信是有人缘的人，到处都肯将就，何以一进金家门就变了，会让她妯娌们不满意？据刚才老妈子的谈话，是为了白小姐，我从前只知道燕西有个亲密些的女朋友叫白秀珠，至于婚姻一层，我却未曾打听。燕西也再三再四地说，并没有和别人提过婚姻问题。这样一来，他和白小姐是有几分婚姻可能的，她的地位，是被我夺将过来的了。至于我们这三嫂和白小姐是表姊妹，他更没有对我提过一个字。……直到现在人家已经向我进攻了,我还是不知道,这是什么用意?"

上述舆论已将清秋推向与金府上下文化环境对立的境地,这不仅使她感到孤立无助的痛苦,而且引发了她对文化错位婚姻前途的疑虑与反思。

首先,齐大非偶的心理障碍重新浮现于她心头。她"想到自己的婚姻,终是齐大非偶,带有三分勉强性",所以"一进金家,就成了一个入宫见妒的蛾眉",正是齐大非偶真实性的实证。由此,她预感到"婚姻前途茫茫,来日大难",面对以三嫂玉芬为首的劲敌,自己已陷入孤立无援的危局:"第一,妯娌都是富贵人家的小姐,背后有一种势力可靠。第二,自己和燕西这一段恋爱的经过,虽在这种年月,原是算得正大光明,可是暗暗之中却结下几个仇人。自己虽然是极端地让步,然而燕西为人有点喜好无常。虽然他对我是二十四分诚恳,无奈他喜欢玩,仇人在这里面随便用一点儿狡猾,自己就得吃亏。第三,自己的母亲对于这婚事,多少也有点勉强。若知道我一进金家,就成了一个入宫见妒的蛾眉,她要怎样地伤心呢?要说我不该嫁燕西,这种心事是不该有的。……可是嫁过了,就是这样的一副局势,前途又非常地危险,我这真是自寻苦恼。"

显然,陷入与金府文化环境冲突中的清秋,已深深感受到齐大非偶的婚姻现实给自己带来的痛苦与悔恨。但由于她对燕西的感情依旧,却没有对婚姻最后绝望,而是又重新陷入感情与理智的矛盾中,一方面理智地预感到"婚姻前途茫茫,来日大难",一方面却在感情上依然无法摆脱燕西的影响与支配,认为只要燕西争气,夫妻携手应对,环境压力就有望克服或改变。然而,事与愿违,燕西纨绔子弟的秉性不但没有因结婚而有所收敛,反而更肆无忌惮地赤裸裸地暴露无遗。于是他们夫妻之间因文化错位而造成的感情冲突,也就随着环境压迫加深而愈演愈烈,最终导致清秋出走的离散结局。

其次,文化错位导致清秋与燕西夫妻关系恶化终至破裂。

清秋与燕西因文化错位所导致的思想观念的矛盾在恋爱期间已表现出来,只是由于感情大于理智而没有发展为破裂性冲突。结婚后所以趋于恶化并很快浮出水面,有主客观两个方面原因:客观原因是金府保守派的进攻与离间;主观原因则是燕西人格的堕落和清秋女性主体意识的觉醒。所以,所谓清秋与燕西夫妻关系恶化终至破裂的矛盾过程,实质上是清秋与燕西两种文化人格在环境压迫下相抵牾与撞击的矛盾过程,其结果是在环境压迫下一个堕落,一个觉醒。就矛盾性质与状态而言,清秋与燕西恋爱期间的矛盾虽也涉及人格内容,但主要是感情方面的矛盾,并且矛盾的主导方面是燕西;而婚后矛盾虽也有感情方面的内容,但人格矛盾则成为主要矛盾,而矛盾的主导方面已由人格堕落的燕西转化为女性主体意识觉醒的清秋。于是,这个以清秋为主导的矛盾发展过程也就成为清秋思想人格觉醒的过程。这个过程可以金铨去世为界分为前后两个阶段：前一阶段是在抵牾撞击中反思；后一阶段则是在危机绝望中觉醒。

（一）在抵牾撞击中反思

新婚伊始金太太向清秋传达家训时就要求她对燕西人格行为严加管束，说："你是个还没有出学堂门的青年人，自然那种腐败家庭的老规矩，是不赞成的，不要以为我们做官人家，就过那些虚套，家人相处，只要和和气气快快乐乐，什么礼节都没有关系。"又特别关照说："我看你倒没有那些浮华的习气，老七那孩子就是太浮了，你这样很好，很可以纠正他许多。今天我先把这话告诉你，你好有个定盘星。"于是，从此开始清秋就把管束燕西浮华作风、纠正其人格缺失作为公婆赋予的妻性天职，并且恪尽职守。此后所发生的夫妻冲突，便正是因清秋恪尽职守而引发的人格抵牾与撞击。燕西所具有的纨绔子弟浮华习气突出地表现为浪费性消费和婚外恋两个方面，前者根于权门享乐主义生活方式，而后者则源于大家庭的多妻主义。冷燕夫妻冲突便是以上述两个方面为焦点而展开，而每次冲突都不是以夫妻感情和解结局，而是因燕西人格堕落不可理喻而引发清秋痛苦与反思。小说正是通过清秋痛苦与反思，揭示了冷燕人格抵牾撞击的文化内涵：文化错位所导致的两种文化人格的冲突，它既表现为节俭朴素、自力更生与骄奢淫逸、享乐为荣两种人生观念的冲突，而又表现为女性主义与多妻主义两种道德思想的冲突。

首先是两种人生观的冲突。

所谓两种人生观的冲突，集中表现为以清秋所代表的节俭朴素、自力更生的平民主义人生观与燕西所代表的骄奢淫逸、享乐为荣的有闲阶级人生观的冲突。

浪费性消费是上述有闲阶级人生观在生活方式上的一个典型性特征，是权力庇护下金府第四代传人骄奢淫逸的标志，在燕西身上已经习以为常，根深蒂固。所以婚后清秋与燕西第一次冲突便由此而引发。春节前夕燕西嫌过节钱紧，向道之借款消费，当他"快活"而情不自禁地要在"盖好了图章"的支票上"填上三千元"时，清秋"赶过来一手挽住了他的胳膊"劝阻说："你可别胡闹，填上许多数目。你要知道，有多了钱，你也就多花，不如写上几百就行了。正月里我没有什么可花的，你自己划算着，你要花多少，你就写上多少吧。"结果他填了两千。清秋见他不听劝阻，只好提出把钱交给自己保管的条件加以限制。然而他在银行取款归来的路上就花掉了一半。这种瞬间花掉千元的浪费性消费，对燕西而言是一件极为"快活"的事，而清秋却认为是纨绔子弟人格堕落的表现：

> 出去约有一个多钟头，他高高兴兴回来，在身上掏出那两沓票子，交给清

秋道："每搭是五百，共总一千。"清秋道："还有一千呢？"燕西道："姓了别人了，还有吗？"清秋道："你真会用钱，出门去拿两千块钱，不到家就用了一半，这不能不算一个大手笔。"燕西笑道："我这就算大手笔吗？你去查查老大老三他们用的钱，每月是要多少？"清秋道："为什么不学人的好处，却学人的坏处？……说一句刻薄话，大概纨绔子弟四个字，你们贵昆仲，倒是货真价实。"①

其实，清秋对燕西浪费性消费行为在游戏恋爱时已有感触，但那时只认为他是感情冲动所致；婚后经密切接触特别是道之等诸位关爱燕西而又视野开阔的女姊妹的介绍与嘱托，她才真正认识到这浪费性消费实质上是有闲阶级享乐主义文化对青年燕西人格与灵魂的扭曲，而监督与校正丈夫这人格缺失，正是她作为妻子应尽的天职。然而，她努力的结果却事与愿违：不仅没有使燕西稍有收敛，反而使夫妻矛盾日趋恶化。这是因为他们之间的矛盾已不再是单纯的夫妻感情冲突，而是节俭朴素、自力更生的平民主义人生观与骄奢淫逸、享乐为荣的有闲阶级人生观的矛盾，而这两种对立的人生观与金府主流文化环境的关系却有向背之分：前者因与主流文化相背而为环境所不容；后者则以与主流文化相向相容而居于矛盾主导地位。最为典型的例子便是清秋倡导节俭朴素之风而遭诬陷的事件。清秋虽无意倡导平民文化，但婚后却依然恪守节俭朴素的生活习惯。其一，在房间里她依然穿着陪嫁的"蓝布长衫"写字，"免得是擂墨脏了衣服"。首先是六妹看见这布颜色好看，"立刻吩咐裁缝去做"，接着大家新鲜起来，"你一件，我一件，都做将起来"；"不过她们特别之处，就是穿了这蓝布长衫之后，手指上得套上一个钻石戒指"。当别人问她为何独自不套戒指时，她回答说："我穿这蓝布褂子，原意是图俭省，不是图好看。若是戴起戒指来，就与原意相违背了。"其二，用的一套"紫泥茶壶"是"母亲在清理瓷器时，她认为这些泥陶茶具放着不用可惜"而选用的。当别人称赞其"古雅"时，她的回答却是在有闲阶级眼里她不过是个不登大雅之堂的"乡下人"而已。这里是对清秋人格美的内涵及其在金府环境中的影响所作出的诠释：她人格的质朴不仅表现为外在仪容的自然素净，而且透着内在的审美意识。这便是与富贵铺张为美的有闲阶级审美观相对立的以朴素节俭为美的平民阶级的审美观。这就在把清秋与燕西之间的人格冲突升华为审美高度的同时，也揭示了清秋因与主流文化对立而遭诬陷的必然性。若从两种审美观念相反相成的观点来看，金府小姐喜欢清秋蓝布长衫的素净也正如燕西突然爱上清秋一样，都是出于审美猎奇心理。然而由

① 张恨水：《金粉世家》，第 692 页。

于这种美的品格与情趣在本质上是与他(她)们生命赖以生存发展的主流文化环境相抵牾,所以便终将因环境压迫与排斥而遭弃。这便是清秋婚后与金府环境以及夫妻间冲突迭起,终至逃匿的文化根源。

其次是两种道德观的冲突。

燕西从大家庭中所继承的第二份遗产是多妻主义。金府权力群体对外实行权钱交易,对内则奉行多妻主义,但就多妻主义者行为与心态而言可分为三类:一是以金铨为代表的中西文化合璧派。他虽无力改变自己妻妾成群的事实,却是身受多妻主义及大家庭制度之苦的反思者与改革者,为避免后辈重蹈覆辙,他力主效法西方一夫一妻的小家庭制度。二是以凤举为代表的传统追随派。他在纳妾嫖娼已成逆流的时代,却不识时务,违背父命,走从嫖娼纳妾到暗立别室的路,同样深受其苦。三是以鹏荪与鹏振为代表的新派。他们以婚恋自由与男女社交公开为契机搞婚外恋。婚前奉行多角恋爱的燕西,婚后便自然成为婚外恋群体中行为最为出格、对夫妻关系破坏最大的一员。其中最使清秋不能容忍的是他在仇敌玉芬撮合下公然与旧情人白秀珠重归于好,并且如胶似漆,彻夜不归。因为清秋当时正遭受玉芬谣诼攻击而陷入孤立无助之境地,所以上述行为就使她既感到内外受敌之苦,而又为燕西二三其德而郁愤难抑。于是便主动向燕西提出质问以尽妻性天职,从而爆发了女性主体意识与多妻主义的冲突:

> 燕西一歪身倒在沙发上,牵着清秋的手道:“你可记得去年夏天,我要和你分一个梨吃,你都不肯,而今我们真不至于……”说着将咬过了半边梨,伸了过来,一面又将清秋向怀里拉。……清秋正色道:“你别胡闹,我有几句话和你说……你这一阵子,每晚总是喝得这样昏天黑地的回来,你闹些什么?你这样子闹,第一是有碍卫生,伤了身体。第二废时失业……”燕西一手掩了她的嘴,笑道:“你不必说了,我全明白。说到废时失业,更不成问题,我的时间,向来就不值钱的。出去玩固然是白耗了时间,就是坐在家里,也生不出什么利。失业一层,那怎样谈得上?我的什么职业?若是真有了职业,有个事儿不会闷着在家里待着,也许我就不玩了……我知道,你以为我天天和女朋友在一起瞎混哩,其实我也是敷衍敷衍大家的面子。这几天,你有什么事不顺意?老是找这个的岔子,找那个岔子。”清秋道:“那来的话?我找了谁的岔子?”燕西虽然没大醉,究有几分酒气。清秋一问,他就将玉芬告诉他的话,说了出来。清秋听了真是一肚皮冤屈。急忙之间,又不知道要用一种什么话来解释,急得眼皮一红,就流下泪来。……燕西站起来,一顿脚道:“你这怎么啦?好好儿地说话,你一个人倒先哭将起来?你以为这话,好个委屈吗?我这话也是人家告诉我

的，并不是我瞎造的谣言。你自己知道理短了，说不过了，就打算一哭了事吗？”……燕西见她不肯说，只是哭，烦恼又增加了几倍，一拍桌子道：“你这人真是不通情理！”桌子打得咚的一下响，一转身子，便打开房门，一直向书房里去了。清秋心想，自己这样委屈，他不但不来安慰，反要替旁人说话来压迫自己，这未免太不体贴了……思前想后，只觉得自己不对，归根结底还是齐大非偶那四个字，是自己最近这大半年来的大错误。……往昔以为燕西牺牲一切，来与自己结婚，这是很可靠的一个男子。可是据最近的形势看来，他依然还是见一个爱一个，用情并不能专一的人，未必靠得住呢。[①]

假如说玉芬妯娌们的舆论攻击特别是挑拨夫妻关系的用心，使清秋预感到齐大非偶婚姻悲剧的不幸，那么上述夫妻冲突则使她彻底看透了燕西人格堕落的文化本质是金府多妻主义腐败文化传统的继续，因此就本质而言她与燕西的人格冲突也就成为女性主义与多妻主义的冲突。正是这种认识使她逐步走出绝望与痛苦，而步入在隐忍中反思与抗争的路。其行为表现便是其斗争目标不再仅仅拘泥于燕西个人，而是把视野拓展为有闲阶级文化。于是第二次冲突便因同去华洋饭店看化妆舞会而诱发。

华洋舞场是有闲阶级假男女社交公开而进行感情与精神消费的典型场所，集中表现了有闲阶级文化中放浪形骸和以浪费性消费显示荣耀地位的两大特征。清秋与燕西的人格冲突在这里恰恰反映了对上述两个方面认识上的对立与分歧。首先是对放浪形骸化妆舞蹈的认识对立。当目睹全场大半绅士与淑女“一男一女扮了大头和尚戏柳翠”，纷纷“搂抱着跳舞，在人堆里挤来挤去”时，清秋批评说：“有趣是有趣，大家这样放浪形骸地闹，未免不成体统。”燕西则反对说：“胡说，跳舞场里跳舞，难道和你背礼记孝经不成？”清秋进一步阐述自己观点说：“譬如说罢，这里面自然有许多小姐太太们，平常人家要在路上多看她一眼，她都要不高兴，以为人家对她不尊重。这会子化妆化得奇形怪状，在人堆里胡闹，尽管让人家取笑，这就不说人家不尊重了。”燕西却视清秋所说是乡下人无知的傻话而低声制止道：“傻子，不要说了，让人家听了笑话。”其次，是对浪费性消费认识上的分歧。离开舞场时燕西“掏出两张五元钞票”，给了两个侍奉自己穿衣的西崽茶房。清秋批评说：“你这个大爷的脾气，几时才改？”燕西道：“又是什么事，你看不过去？”清秋道：“你给那储衣室茶房的年赏为什么给到十块钱？”燕西道：“你这就是乡下人说话。这种洋气冲天的地方，有什么年和节？”显然，上述两点认识对立与分歧虽由具体行为（放浪形

① 张恨水：《金粉世家》，第811—813页。

骸与浪费性消费)而诱发,所揭示的却是两种人格对立的文化内涵,即平民主义与有闲阶级两种文化错位在夫妻人格冲突中的体现。但就清秋而言,感触最深压力最大的则是燕西身上那愈演愈烈已经危及婚姻前途的多妻主义。所谓感触最深,是指她在体验中认识到供绅士小姐享乐的豪华交际场都是多妻主义滋生蔓延的环境和温床,只要这样的环境和温床存在,多妻主义就不会灭亡;所谓压力最大,则指她在华洋饭店化妆舞会上发现了白秀珠小姐,并且窥见她与燕西避开自己于茶室密谈,这使她顿然感到自己与燕西的冲突必将因白秀珠出现而升级恶化,文化错位的婚姻已濒临离散边缘。不料她的预感,很快就为事实所证实,而这事实正是燕西的多妻主义行径。

金府举行双喜临门(佩芳玉芬妯娌同生贵子)的庆典,清秋领前来祝贺的冷太太到书房看看,推门后发现燕西正在沙发上与女戏子白莲花和花玉仙搂肩搭背地嬉戏。她"知道他们兄弟,都是胡闹惯了的,这也不足为奇",于是为避免冲突就悄然退出。但燕西却认为是冷氏母女有意来监视他的行动自由,正如嫂子们对付丈夫的做法雷同。因此反将清秋唤来大加训斥,由此使夫妻矛盾扩大升级为金冷两家的冲突:"燕西半晌又不做声,忽然将脚一顿,地板顿得咚的一响,哼了一声道:'你要学她们那种样子,处处都要干涉我,那可不行的!'清秋已是满肚子不舒服,燕西倒是先生起气来,便冷笑道:'你这是给我一个下马威看吗?我想我很能退让的了,我什么事干涉过你?'……燕西道:'昨天你就一个人到街上侦探我的行动去了。刚才你还要我的好看,一直找到我的书房里去。'清秋道:'我绝对不知道你有女朋友在那里。因为母亲要看你的书房,所以我引了她去。'燕西道:'很好,我以为不过是你要和我捣乱呢。原来你把你母亲也带去调查我的行动,事情总算你查出来了,你要怎么办,就听你怎么办。'"在这里燕西被多妻主义扭曲与污染的丑恶灵魂暴露无遗。他不但恃权门轻侮平民母女,而且以夫权欺压妻室,所谓"你要怎么办,就听你怎么办"的不容置疑的决断,其动机就是逼迫有孕在身骑虎难下的清秋无奈中选择匍匐于一个纨绔子弟脚下的路。然而,这是主体意识不断觉醒的清秋无法接受的,于是她陷入无爱的孤独和"过后思量尽可怜"的悔恨中:

> 心想都是快乐的,唯有我一个人不快乐,我为什么混在他们一处?……这种境界,茶热香温;酒阑灯灺,有一个合意郎君,并肩共语,多么好!有这种碧窗朱户,绣帘翠幕,只住了我一个含辱忍垢的女子,真是彼此都辜负了。自己明明知道燕西是个纨绔子弟,齐大非偶。只因他忘了贫富,一味地迁就,觉得他是个多情人。到了后来,虽偶然发现有点不对的地方,自己又成了骑虎莫下之势,只好嫁过来。不料嫁过来之后,他越发是放荡,长此以往,不知道要变成

什么样子了?①

(二)在危机绝望中觉醒

金铨去世后,权力庇护下的金府便因权力倾倒而面临全面崩溃危机。这个危机的影响最集中地表现在两个方面:一是延续四代的大家庭制度解体,分家便是其解体的标志。二是寄生成性尚未自立就成家的燕西因失去泰山之靠而陷入双重危机:生存危机与婚姻危机。清秋与燕西之间的冲突正是在这双重危机中激化升级以至恶化为不可挽回的破裂,但从清秋人格发展过程来看这又是她于危机与绝望中觉醒的人格发展过程。

首先是在生存危机中抗争与觉醒。

面对生存危机清秋与燕西的态度绝然不同:清秋积极应对,立志走自力更生之路,并且现身说法以冷家由小康坠入困顿的教训说服燕西重新选择生活道路。其观点是:一靠劳动获取收入。她的经验是:"凡是没有收入,只有花钱出去的,这种穷是没有挽救的穷。自己有钱,慢慢地用光。自己没钱,只有借贷当卖了。我家里就过了这样不少的日子,所以我觉得人穷不要紧,最怕是没有收入。"二靠本领自力更生。她认定燕西唯一出路是放弃寄生生活而学会靠本领自力更生,说:"我以为你不像大哥,他早就在政界里混得很熟了,人也认识,公事也懂得,无论如何,他要混一点小差使,总不成问题。你对于那些应酬的八行,老实说,恐怕还不在行,更不要谈公事了。不懂公事不要紧的,一个人也不是除了做官就没有出路,只要把本领学到就得了。"然而燕西却对清秋的意见全然持否定与悲观态度,依然冀望借金府余荫继续寄生生活。他说:"到了这个年岁了,叫我学本领来混饭吃,来得及吗?我想还是在哪个机关找一个位置,再在别的机关,挂上一两个名,也就行了。"又说:"哪个机关的头儿,不是我们家的熟人?我去找他们能够不理吗?"

俗谚道:"浪子回头金不换。"几度失望的清秋,本想这生存危机的压迫会成为燕西这浪子回头的最后转机,但结果却使她彻底绝望了。她认定"这一生,真要是像燕西执着维持原有生活状态的态度过下去",不但生存危机随时加剧,而且婚姻危机必将接踵而来。这种建立在对人生必然性认识基础上的绝望,恰恰标志着她女性主体意识的觉醒。小说第七十九回结尾的夜雨惊梦,正是她绝望中觉醒的诗意象征。然而这里的绝望毕竟还是源于燕西人格堕落的绝望,若金太太对他们新婚夫妇的关爱在,那么生存危机仍存一线转机希望。不料就连这点儿希望也因大家庭中残酷的生存斗争而变成绝望。

① 张恨水:《金粉世家》,第864页。

金府生存斗争加剧在舆论上的集中表现是针对清秋人格及其家庭的谣诼再起。其中对清秋影响最大的是相继发生的如下两件事：

一是分家前夕清秋得知母病，同燕西晚间乘车回冷宅探望。而玉芬则借此造谣说，“冷家是有名的穷亲戚，趁火打劫”，趁分家前丧乱之际拼命向娘家转移财物。谣言在全家传布，以至传到金太太耳中，使其对一向看重而信任的清秋人格产生了怀疑。小说对金太太在谣言影响下的心理转化过程有如下一段描写：

> 金太太对清秋，本来没有什么怀疑之点，这种消息……她虽不全相信，可是清秋回家去了一趟，这总是事实。觉得这孩子，未免也有点假惺惺。在表面上，对于一切礼节，都很知道去对付，怎么在这热孝之中，竟私下一个人溜回家去了，这岂不是故意犯嫌疑？然而平常一个自重人，绝无去故意犯嫌疑的。那么，这次回去，总是有些原因的了。金太太这样想着，就把以往相信她之点，渐渐有点动摇。等清秋到屋子里来坐的时候，金太太的眼光，便射到她身上去，见她依然是那样淡然的神情，就像不曾做一点失检事情的样子。这可以证明她为人是不能完全由表面上观测的。①

二是冷太太在金铨丧礼上屡屡受辱。这件事仍与金王两府对清秋所造舆论有关。凡来吊丧的亲朋均由金府安排汽车接送，独有冷太太无人接待，也无车可上，在混乱中她误上了仇人王玉芬娘家嫂子的车；在灵堂下车后本想向前安慰金太太，却又遭到玉芬一派贵妇亲朋的嘲弄与羞辱。于是就难堪地中途退场：“因对清秋道：‘我不知道怎么回事，心里突然难过起来，我不能到你家去了，我先要回去休息休息。’清秋道：‘你有车坐吗？’冷太太恐怕当真说了出来，女儿心里要难受，只说有车，就轻轻悄悄地溜出大门来，租了人力车回家去了。”

若说此前金冷两家的矛盾还只表现为玉芬等妯娌们对清秋的舆论排斥上，那么上述两件事情发生后则已升级为生存斗争过程中两家亲权者之间的矛盾。这种矛盾先后于分家时和清秋生产后而趋于表面化和尖锐化。

首先是分家时金太太因怀疑清秋发言动机而拒绝了她的合理恳求。金太太认为：分家是一个可耻可悲而又不可挽回的家族败落的悲剧，而主张分家的则正是包括燕西在内的金府四纨绔及其少奶奶们。他们以前寄生于权力庇护下骄奢淫逸，醉生梦死；权力倾倒后，则明争暗斗，机关算尽，欲将前辈遗产分尽掏光。她说：“我养了这一大班子，到了晚年还落个孤人，无论什么都是空的，真无味呀。”道之劝解

① 张恨水：《金粉世家》，第1030—1031页。

说:“那也不可一概而论,老七夫妇,就太年轻一点,让他们离开,也不大好吗?”金太太叹气说:“我看最不了的,就是这一对了。清秋这孩子,我先以为她还不错,而今看起来,也是一个外实内浮的女子。我这两天才知道,她和老七胡闹够了,才嫁过来的。大概不久,笑话就出来了。”可见,原来在她心目中质朴纯正可信赖的清秋,竟也变成“外实内浮”而最不可靠的女子。因此,当清秋在发言中恳求金太太看在她和燕西尚未自立的份上再“携带几年”时,她竟然一反常态地愤然拒绝了清秋的合理恳求,说:“话倒是对的,不过我到了现在,也是泥牛入海,自身难保,你要靠我,也未必靠得住。其实你就自撑门户,还有你的母亲可以顾问呢。”显然,她听到清秋发言时,就想到“清秋有回娘家的一件事,觉得她这话,不见得出于本心”,而动机则是想以娘家为依托,通过亲戚关系继续占有金府遗产。

其次是清秋生子后不仅生存危机与婚姻危机并发,而且金冷两家矛盾也因此而恶化与尖锐化。这危机爆发的根源仍然是燕西人格的堕落:若说做父亲之前其人格堕落主要表现为根深蒂固的浪费性消费与多妻主义两个方面,那么在清秋生子后其人格堕落则集中表现为全然丧失了父亲与丈夫最起码的道德与责任。其行为表现是:在清秋生产期间,他不仅毫无关爱之情,依然吃喝嫖赌,昼夜不归,而且公然自掌钱箱钥匙要把分家所得几万元三口小家赖以糊口的救命钱挥霍于醉生梦死的金粉场上。然而已经陷入绝望的清秋,并不再劝阻与争执,而是坦然不惊,冷眼应对。她说:“我也不懂什么道理,我现在做事总是不如你的意。……我也知道你的心事,大概是被那跳舞场紫色灯光,和那沉醉的音乐迷住了。不过我想,一个人必定要到舞场上发泄爱情,恐怕总不会走上正常的道路。依我看来,那不过是求一时愉快的人所做的事,决不是永久的办法。”从恪尽职守地履行妻性天职,到坦然冷眼以对,清秋这一心态变化过程,所反映的正是她于双重危机压迫下对于生存环境与不幸婚姻由积极抗争到彻底绝望和终于在绝望中觉醒的思想人格发展历程。小说第九十回“怀诗忽解脱对月长嗟”,所描写的就是清秋于绝望中觉醒的心理状态:

> 想起去年这时,二人正度着甜蜜的爱情生活。自己一片痴心,以为有了这样一个丈夫,便是终身有所寄托,什么都在所不计。到了现在,不但说不上什么寄托,简直自己害了自己了。在家里度着穷苦的生活,虽然有时为了钱发愁,但在精神上很自然的,不用得提防哪一个,也不用敷衍哪一个,更不会有人在背后说一句闲话。现在连说一句话走一步路,都得自己考量考量,有得罪人的地方没有。这样的富贵日子,也如同穿了浑身的锦绣,带着一面重枷,实在是得不偿失。……这样的人生,过着有多大意味?

越想越难过，自己就慢慢地由最近追溯到以前，觉得去年这个时候，燕西图着接近自己，在落花胡同租下房子，那一番铺张扬厉，真个用钱如泥沙一般。那个日子便不觉得他太浪费，只觉得待人殷勤，终于是让他买了这颗心了。清秋由这里一想，自己是个文学有根底，常识又很丰富的女子，受着物质与虚荣的引诱，就把持不定地嫁了燕西。再论到现在交际场上的女子，交朋友是不择手段的，只要燕西肯花钱，不受他引诱的，恐怕很少吧？女子们总要屈服在金钱势力范围之下，实在是可耻。凭我这点能耐，我很可以自立，为什么受人家这样藐视？人家不高兴，看你是个讨厌虫，高兴呢，也不过是一个玩物罢了。无论感情好不好，一个女子做了纨绔子弟的妻妾，便是人格丧尽。她一层想着逼近一层，不觉热血沸腾起来。心里好像在大声疾呼地告诉她，离婚，离婚！

只管呆呆地看着月亮，就不觉想到月亮里面去。在科学上说，月亮是个地球的卫星，而且是没有生物的了。若是照着神话一方面看去，倒很有趣味，说是嫦娥吃了后羿的灵药，奔进了广寒宫，做了月宫之主。这种说法，不管是靠得住靠不住，然而可想到上古时代，更是体面人以至于王与后，也并不讳言什么离婚的，古人诗上说的什么"嫦娥应悔偷灵药，碧海青天夜夜心"，还在替嫦娥发那闲怨。其实像后羿那种武夫与嫦娥那种美丽的女子，绝对不会成一对儿，散了倒也干净。……从来中国人的思想，除了圣经贤传以外，不能弄官做，不能装面子，就大不赞成。其实真正的男女爱情思想，还是道学先生认为风花雪月的词章上很有表示。《诗经》是不必说，像屈原、宋玉的赋，以至于唐人的诗，宋人的词，元人的曲，哪里不代表儿女一种哀呼？"早知潮有信，嫁与弄潮儿"，在唐朝就很胆大的有人说出来了，现在女子们还甘受丈夫的压迫而不辞吗？清秋本是个受旧书束缚的人，今天忽然省悟，恰是在旧书本子里找着了出路。①

从上述心理描写可见，清秋于绝望中的觉醒，实质上是身处传统与现代两种文化交汇并存的时代，一个深受传统文化影响而又为现代市民社会物质文明所诱惑的知识女性，在环境压迫下女性主体意识的觉醒。其觉醒的主要标志是如下三种理念的形成：(1) 自立、自尊、自强的人格理念。她从痛切体验中认识到经济自立是女性人格自尊自强的基础，她所以秉性自尊、自强却长期陷入"含辱忍垢"的痛苦中无以自拔，其主观原因正是放弃经济自立之路而把命运寄托在权力庇护下的纨

① 张恨水：《金粉世家》，第1129—1130、1131—1133页。

绔子弟身上。因此她觉醒后的结论是“一个女子,做了纨绔子弟的妻妾,便是人格丧尽。”(2) 齐大非偶的婚姻理念。她从婚后夫妻感情冲突迭起、家庭纠葛不断、危机四伏的富贵生活中,认定齐大非偶是自己不幸婚姻的根源,而所谓齐大非偶实质性内涵则是门第悬殊的两个联姻家庭的文化错位。正是基于这种认识,她不再拘泥于感情与人格得失的追究,而着眼于文化思想的定位与把持,不因舍弃富贵生活而懊恼,反为摆脱“如同穿了浑身绣锦,戴着一面重枷”的腐化而虚荣的豪门文化羁绊而深感解脱后的舒心。(3) 在危机中勇于求索和向绝望抗争的生存理念。面对几乎无路可走的生存危机,她不仅向浩如烟海、蕴藏古人睿智与经验的古书求索,而且向浩渺博大、流动不息的太空求索,终于在历史与现实的联系与对比中对自己的生存之路作出正确抉择:毅然抛却寄生生活,铁心走自力更生的路。

三

娜拉式离家出走是五四后叛逆女性普遍效法的离异之举。单就形式而言,清秋离家出走似乎与娜拉式出走并无不同,但就出走行为的文化内涵而言却大相径庭:前者所反映的是叛逆女性个性发展与夫权统治的矛盾,以离家出走指示女性个性发展之路;后者所揭示的则是平民主义与有闲阶级享乐主义两种文化的对立与冲突,以惊世骇俗的离异之举彰显平民知识女性的觉醒与平民主义文化对于有闲阶级享乐主义文化的胜利。

所谓惊世骇俗的离异之举正是由主人公清秋文化意识觉醒的彻底性和两种文化对立冲突的矛盾过程复杂而又变幻莫测的特征所决定。其中最能体现惊世骇俗威力的是层层逼近、气贯长虹的如下三个典型性举措:闭楼封居;天火逃遁;暗递诀书。

(一) 闭楼封居

觉醒后的清秋视金府为禁锢灵魂的地狱,巴不得即刻离去。但因孩子所累,既不能马上离婚,而又无法回娘家以求生存。于是就断然从小家庭中搬出,带毛孩子住进楼上一间闲屋,闭楼封居,待机出走。她的这一举动并非出于感情一时冲动,实是效法古代圣贤德行而表现与金府绝缘的意志与决心。她不但向燕西送还了婚戒,并且当金太太面奉还了她所赠送的所有首饰与礼品;用的是冷家陪送的一套衣被,拒绝金府供奉的盛餐美味,每天只吃用吊篮提上来的一样素菜和一碗汤。她的行为使人联想到屈原的《桔颂》和人格高洁的伯夷不食周粟的节操。然而她的动机却并非效法古人德行以扬己，而是为摆脱环境压迫和为出走创造条件而向金府权力世界发起的第一场进攻。进攻的具体目标是金府中以亲权者为轴心的如下三种势力：

第一种势力是以夫权与财权肆意奴役和践踏清秋人格与心灵的燕西。他凭借金府权力与金钱，不仅占有了她的身体，剥夺了她婚姻幸福，而且连她在家庭中仅有的掌管钱柜钥匙的权力也被收回。最使清秋不能忍受的屈辱是他分得的钱她不能动，而他却随意将她分得的珍珠头饰拿去送别的女人，而当清秋阻挡时，他的回答却是："是你冷家带来的东西呢，还是你自己挣的钱买下来的东西呢?"又说："是我金家的东西，我姓金的人就能拿。你能说是你的不让我拿去吗?"清秋先是据理抗争，说："这东西固然不是我的，也不是你的，是你母亲赏给我的。就算我不配得着，我也不能辜负老人家那一番好意，应当原物退回去。你要拿去卖掉也好，你要拿去送人也好，但是一定要把母亲请了来，将话说明，你就是把所有的首饰，完全搬了去，我也不哼一声。"此时的燕西既不可理喻，而又低估了觉醒后的清秋向命运与环境决绝抗争的胆识及其精神力量。他仍然继续侮辱清秋人格说："你照一照镜子，由头上到脚下为止，哪些东西是姓金的，哪些东西是姓冷的，请你自己检点一下。"他万万没有料到一向含辱忍垢的清秋竟会因此而做出如下惊世骇俗、石破天惊的决定：

> 清秋突然站立起来，指着燕西道："你就这样量定了我吗？我今天就恢复原来的面目，不用你金家的一点东西。这是你的戒指，你拿去。"说着左手在右手指头上，极力一掳，脱下那个订婚的戒指，向燕西怀里一抛。接着弯了腰将鞋子一拔，随手在床栏杆上抓了一件长衣，向身上一披，向外便走。①

显然，清秋所以断然做出上述决定并非感情一时冲动所致，而是因为早有与金府彻底决裂的计划在胸，此举正是实施这计划的第一步：以摆脱燕西经济奴役而张扬人格自尊为出走扫除第一道障碍。

阻挡清秋出走的第二道障碍是亲权者金太太。她作为金府的决策者认为清秋与燕西夫妻矛盾长期恶化而不得平息是金府家运败落的标志，因此离异已成不可挽回的定局；但又认为清秋毕竟是总理生前认定而明媒正娶的儿媳并已作人母，离异必将危及燕西家庭前途而又影响金府声誉。因此，她对如何处置这一对夫妻离合问题，一直处于犹豫不决的心理矛盾状态。若说在总理去世前她把抑离劝和的

① 张恨水：《金粉世家》，第 1187 页。

希望寄托在清秋始终含辱忍垢和燕西终于浪子回头的幻想上，那么总理死后特别是分家后，清秋与燕西的表现则使她的幻想完全破灭，形势逼她必须应对和处置这婚姻彻底崩溃的局面。深谙斗争形势和金太太心理状态的清秋便是选择这一时机，在对燕西宣布彻底决裂后迅即把目标转向金太太的。她先是涕泪纵横如泣如诉地陈述与燕西彻底决裂的理由，而后据此提出回家"躲一躲"的要求。她说："他这种话都说出来了，是彻底地不合作了，我为自己顾全自己的人格起见，我还只有回家去，穿我冷家的衣服，做我穷人家的女儿。"待金太太依惯例要把燕西找来训斥规劝时，她又请金太太以前事为训彻底打破幻想，说："请你想想，他这个人变到什么样子了？这还能望他回心转意吗？得了，我决计让他，我也不说离婚，请你先放我回家去住几天，把我自己的衣服清理出来，把金府的衣服再脱下。从此以后，他不能说我从头至脚，没有一样姓冷了。"最后金太太无力规劝儿子却又来劝解安慰她不要把燕西的话当真时，清秋再也按捺不住因文化错位的不幸婚姻而郁积于灵魂深处的忧愤与不惜牺牲一切代价离开金府而回到平民生活中去的强烈情绪，不禁发出叛逆的绝叫："现在不是和他讲情理的时候，我只希望再不受他的侮辱，无论什么牺牲，我都是肯的。那个孩子是金家的，我不敢负这个责任带了去，我在你面前求个情，让我回去躲一躲。我现在想起小家，穿布衣，吃着粗茶淡饭，真是过天堂的日子了。"

清秋对金太太诉求的目的，从表面看来只是说明与燕西彻底决裂的理由和提出暂回娘家住的请求，但实际上所揭示的则是导致其婚姻不幸的金府与冷寓两个对立文化世界不可调和的冲突。假如说调和这个冲突的主动权一向都掌握在金府亲权者手里，那么伴随金铨去世和家族败落这个主动权已经悄悄转移到主体意识觉醒的清秋手中。所以往日遇事镇静，运筹帷幄的金太太，在听完清秋倾诉后，不再正面回答问题，而是发出气急败坏的一声哀叹："这样闹，一天不如一天，这个家简直是很快要败完了。"从这个意义上可以说，清秋倾诉的真正目的——排除亲权干扰——已经达到。

最后对清秋出走产生影响的势力是以道之为首的金府姊妹群体。她们是清秋的同情者和婚姻支持者，又是金太太的贴心人和代言人。特别是思想人格臻于成熟，处事公道明智的道之，虽认定清秋离异之心已无法劝转，但却主张通过沟通找出一条两全其美的离异途径：既不伤害清秋人格而又使金府名誉不受影响。果然在她提议下，通过与清秋协商，达成了共识。协商中的第一个分歧点是清秋回家问题：清秋坚持回家，而道之则利用清秋对毛孩子的感情转移她回家的念头。她说："你最大的目的，是要表明你不穿金家的衣服，不用金家的钱，不吃金家的饭，依然可以过活。要表明这件事情的办法也很多，何必一定要回家去？你暂消气罢。"说着便拉了清秋回她自己屋子里去看孩子。果然毛孩子的哭声动摇了她回家的念头。于是让步说："四姐说了许多好话，我也不能绝对不理，现在我可以提出一个办法，试办给诸位看。到了这个办法都行不通的时候，那就不能怪我姓冷的不讲情理了。……这楼上一列屋子，不是没有人住的吗？今天我就搬上楼去。我既不能回去找旧衣服，我总不能赤身露体。我要捡几件随身衣服带了上楼去。请告诉厨房以后每餐只给我一碗素菜，一碗汤，多送了我不吃。我没有别的事，暂时喂这孩子罢。在没有解决婚姻问题以前，我不下楼，除了一个老妈子送东西而外，无论什么人都不能上楼。"道之一想，也许她真会做出来，就让她一人坐在楼上看书，那也没有多大关系。因道："好罢，我答应你就是了。"清秋再也不说什么，一手抱了孩子，一手提了包袱，向道之、梅丽点点头道："看你二位的面子，我这就上楼了。"于是，清秋向金府进攻的第一步计划"闭楼封居"，便由此付诸行动。

（二）天火逃遁

一场无名大火从天而降，在加速金府彻底败落进程的同时，也使闭楼封居中的清秋经受了一次"凤凰涅槃"的精神洗礼，从而借天火逃出金府这灵魂地狱和寄生者的天堂，重新回到自食其力，人格自尊的平民世界。这个突变从表面看来似乎具有偶然性，但实质上却反映了清秋觉醒后行为意志发展的必然性。她曾告诉道之说，她闭楼封居绝对"不是参禅打坐"，而是"看书写字，设法增进一点学问"；她说："像我们做女子的，第一步就是竭力去了寄生虫这个徽号"，而"第二步是干，不是做丈夫的寄生虫之后，再变成一个社会或人类的寄生虫"。因此借天火逃遁正是她实现第二步行动计划的开始。

（三）暗递诀书

暗递诀书不仅是对天火逃遁后清秋状况的反馈，而且更是回到平民世界的清秋向金府表示永诀的宣言。在情感曲折演进的过程叙述中，透出一个摆脱了依附与屈辱、人格独立自尊的女性，思想的成熟，视野的开阔，意志的坚定。所谓思想成熟，突出地表现为对婚姻悲剧根源的认识。她不再拘泥于具体感情纠葛，而将悲剧根源归之于齐大非偶，并自责未昧其义而倒其覆辙。说："齐大非偶，古有明训，秋幼习是言，而长乃昧于是义，是秋之有今日，秋自取之。"所谓视野开阔，则表现为"君子绝交，不出恶声"，以赠言表其终极关怀。她说："高明之家，鬼瞰其室，虎尾春冰，宜有以防其渐。以先翁位高德茂，继祖业而起来兹，本无可议。若至晚辈，则南朝金粉之香，冠盖京华之盛，未免兼取而并进，是非青年所以自处之道也。愿有则改之，无则加勉焉。"所谓意志坚定可以说是贯注于诀书始终的人格力量的精神内涵，最为典型的语言是："行矣！燕西。生生世世，吾侪不必再晤。此信请为保留，即作为绝交之书，离婚之约。万一君之新夫人以前妻离藤未断为嫌，则以此信视之可也。"

同情的爱*

——樊家树与沈凤喜爱情的意识特征及其悲剧必然性

一

《啼笑因缘》中青年学生樊家树对鼓书艺女沈凤喜的爱情发端于“同情的爱”。这种同情包括审美与道德双层蕴涵：前者是指对凤喜自然人格美即将毁灭的惋惜，后者则指对凤喜不幸命运的人道主义同情。它在恋爱行为上外化为对凤喜的心灵抚慰与物质救助。“同情的爱”是五四运动后进步知识分子典型的恋爱心态，它是平民主义思潮在感情世界的反映与体现。樊家树便是一个具有鲜明平民主义倾向的青年学生。他住在上层文化趣味浓重的表哥家里，却于豪华舞厅与剧院不感兴趣，而对天桥民间文化艺术情有独钟。这种心态反映在爱情选择标准上便是不尚富贵而爱清贫。当表嫂力荐宦家小姐何丽娜与他交友时，他在心里把她同沈凤喜作了如下对比：

> 想到白天唱《黛玉悲秋》的女子，心想她何尝没有何小姐美丽！何小姐长在有钱的人家里，茶房替她穿一件外衣，就赏两块钱，唱大鼓的姑娘唱了一段大鼓，只赏她一块钱，她家里人就感激涕零。由此可以看到美人的身份，也是以金钱为转移的。据自己看来，那姑娘和何小姐长的差不多，年纪还要轻些。……与其和何小姐这种人作朋友，莫如和唱大鼓的姑娘认识了。①

这是家树对爱情做出的第一次选择。他所以弃富贵而爱清贫，正表现了对金钱权力奴役下丧失经济地位的下层女性命运的深切同情。但家树所以选择凤喜还有审美上的原因，这便是喜欢凤喜自然朴素而又诚实、含蓄的传统人格美，而厌弃何小姐张扬个性、放荡无羁的西化性格。这审美的好恶源于他传统的审美观。他曾以这两个女性人格美的对比，阐发了自己的传统审美观：

---

* 《聊城大学学报》2014 年第 4 期。

① 张恨水：《啼笑因缘》，团结出版社 2003 年版。本文所引《啼笑因缘》原文均据此版本，下文不再一一出注。

中国人对于女子的身体，认为是神秘的，所以文字上不很大形容肉体之美。而从古以来，美女身上的称赞名词，什么杏眼、桃腮、蝤蛴、春葱、樱桃，什么都歌颂到了，然决没有什么恭颂人家两条腿的。尤其是古人的两条腿，非常的尊重，以为穿衩脚裤子都不很好看，必须罩上一幅长裙，把脚尖都给它罩住，现在染了西方的文明，妇女们也要西方之美，大家都设法露出这两条腿来。其实这两条腿，除富于挑拨性而外，不见得怎样美。

家树正是基于上述传统审美观念，做出弃何爱沈的审美选择：认为何小姐“美丽是美丽，放荡也就太放荡”，若是做了她的丈夫不但看不惯她那崇尚西方“大腿文明”的思想倾向，而且“像她这样用钱，简直是把大洋看作大铜子”，这种费用也将无力供给；相比之下凤喜则天真诚实，没有虚浮之气，处贫贱而尚思进取，是可期伴侣。于是，凤喜便因符合家树所恪守的道德和审美标准而很快成为他心中选定的配偶。但自由幸福的爱情从来都是男女双向选择的结果，并且往往由于家庭亲权者干预而使这自主选择充满曲折与障碍。家树与凤喜的婚恋过程也同样如此。

家树与凤喜恋爱中遇到的第一个问题是凤喜人生道路问题。在这个问题上家树与凤喜家庭发生了分歧。凤喜的母亲和叔叔沈三玄从家庭生计出发，给凤喜设计的是凭色相技艺赚钱养家的路，其途径是先在天桥卖唱挣小钱，尔后进入富人捧角的“落子馆”做明星赚大钱，并且已授意凤喜向家树借钱作为筹划进馆的费用：这是以金钱为本位的物质主义价值观统治的市民社会贫苦市民家庭女子的普遍道路。家树则从女性主义角度出发，主张凤喜走五四以来知识女性自立自尊自强的人格解放之路，其途径是放弃以色相技艺赚钱的生意而进学校读书：这是五四女性主义启蒙运动后主体意识觉醒的新女性谋求成才与解放的成功道路。就凤喜而言这两条道路的选择实质上是命运的选择，然而穷困窳败的家庭环境已剥夺了她自主选择命运的权力与能力。因此，面对选择她陷入理想与现实矛盾的两难境地，是家树发自“同情与爱情”的慷慨救助，把她推向以教育为途径改变命运的理想之路。关于她这段心理矛盾及其转化过程，小说有如下描写：

凤喜接了钱，小心的把钱放进口袋里，这才抬起头回过脸来，很郑重的样子说道：“多谢多谢。”家树道：“钱我是给你的，不过你真上落子馆唱大鼓，我很可惜。”凤喜道：“你倒说是这样要饭的一样唱才好吗？”家树道：“那个地方是很堕落的。‘堕落’这两个字你懂不懂？”凤喜道：“我怎么不懂！也是没有法子呀。”说时，依旧低了头……家树也是默然，陪着她走。走了一会道：“你不是愿意女学生打扮吗？我若送你到学堂里念书去，你去不去呢？”……凤喜道：“你有这样的好意，我死也忘不了。可是我家里指望着我挣钱，我不卖唱，哪成呢？”家树道：“我既然要帮你的忙，我就帮到底。你家里每月要用多少钱，都是我的。”凤喜扯着家树的手，微微的跳了一跳道：“我一世做的梦，今天真有指望了。你能真这样救我，我一辈子不忘你的大恩。”说着，站了起来，对着家树一鞠躬，掉转身就跑了。

从上述心理转化过程可以看到，凤喜原是一个渴望读书上进的女性，虽身处贫贱却不安于贫贱，而灵魂深处潜藏着人生理想幻灭的巨大隐痛。因此，家树要她弃艺从学的主张和经济救助，对她具有物质与精神双重意义：物质意义是改变了家庭经济状况，摆脱了金钱枷锁；精神意义则是重新唤起她的人生理想和追求美好生活的强烈欲望。然而，家树要真正持续地实施他上述救助计划，其前提条件是经济自主权，而他却是一个经济上依附家庭的学生。这就使他救助计划的实施潜藏着危机，并因环境压迫逐步浮出水面。

二

这潜藏危机首先表现为订婚后感情冲突的发生。冲突的直接原因并非家树的救助许诺没有兑现，而是许诺兑现后所产生的心理危机，即担心家庭为干预婚姻而断绝经费供给，从而使婚姻与救助计划都陷入破灭。这心理危机产生的依据便是表哥表嫂对他与凤喜婚姻非议和干预的日益表面化，设若他们得知自己已与凤喜私订婚姻并对其家庭实施经济救助，就必然报告家树母亲或叔叔，利用家庭亲权对其实行经济制裁。因此他面对危机采取的应对措施便是以不公开暴露与凤喜的婚姻恋爱关系来摆脱表哥表嫂的监视。为此他不但不愿同凤喜一起外出或在公园散步，而且拒绝了带她去舞场的要求。他这样做的动机虽是匡护持续的爱情，但却引发了凤喜及其家人对他爱情许诺的担心与怀疑。于是感情冲突便由此爆发。先是凤喜发泄这“藏藏躲躲”举棋不定的婚姻所造成的不安和精神痛苦：“我倒不一定去看跳舞，我就是嫌你老是这样藏藏躲躲的，心里不安，连我一家子心里也不安。因为你不肯说出来，我也不让我妈到处说。可是亲戚朋友陡然看见，我们家变了一个样了，还不定猜我干了什么坏事哩。”尔后是家树怨凤喜多虑而不谅解自己的苦衷：“为了这事，我也对你说过多次了，先等周年半载再说，各人有各人的困难，你原谅我才好。”感情冲突因心中郁积触发而加剧，凤喜索性愤而不语，“倒到床上去睡了”；而家树则忧愤交加，失去控制，“拿起一个茶杯子，啪的一声，就向地下一砸”，吓哭了凤喜，惊动了全家。其实，这感情冲突根源，并非感情本身出现了裂缝，而是环境干预所诱发的为了爱的忐忑和忧虑。这是尚未掌握经济支配权的恋爱者，惧怕家庭经济制裁毁掉自己理想爱情的典型心理。因此，冲突所造成的结果不是感情破裂，而是加深和扩大了“为了爱的忐忑与忧虑”。

潜藏危机浮出水面的另一表现是家树因母病南归而引发的心理恐惧。家树收到母病速归的电报回家探望母亲本属常情，但其为了爱的忐忑忧虑的心理却因此而上升为爱情悲剧的预感与恐惧。因此临行前他做了如下三件事：第一，向表哥借三百五十元预支凤喜及其家庭三个月的费用，以安定他们的情绪；第二，向关寿峰父女郑重告别，并托付其关照凤喜及其家事，以防婚姻变故；第三，与凤喜及沈母话别。这是无言的话别，虽约定归期三月后，然而心中却是“君问归期未有期”。家树只好请凤喜弹琴自己伴唱抒发胸中抑郁，沈母则借做面饯行抑制心中忧伤。小说在此以两个心灵预感的“不吉之兆”，暗示家树与凤喜爱情的悲剧结局：其一，凤喜弹奏《霸王别姬》中的《垓下歌》请家树伴唱，唱到“骓不逝兮可奈何”一句时，琴弦突然崩断；其二，沈母做了三碗面为家树饯行，送面时竟然失手打碎一碗，将面泼了满地。

家树与凤喜的上述感情冲突和心理恐惧，其根本原因是金钱权力对于感情世界的支配。这支配包括直接与间接两个方面：前者是指权势者利用金钱权力直接支配感情世界；后者则指通过以金钱权力为本位的物质主义价值观对亲情与爱情的扭曲间接支配感情世界。平民女性爱情悲剧正是这金钱权力直接或间接支配的结果。家树与凤喜的爱情发端于“同情的爱”，具有平民主义理想内涵，是与以金钱权力为本位的爱情观及其支配下的世俗婚恋行为相对立的理想主义爱情。但事实证明，在金钱权力统治下的市民社会，这样的爱情也往往于理想与现实矛盾中经历痛苦挣扎后而走向理想幻灭的悲剧。作为平民主义知识分子的樊家树对于爱情悲剧的心灵预感便是这理想与现实之间的矛盾在心理上的反映，他所目睹与体察的如下迹象便成为其心理预感的依据：

其一，亲权干预。首先是樊氏家庭的干预。家树的叔叔樊端本和何丽娜的父亲何廉（洁身）都是权力世界要人，在官场曾有合作。何廉是军阀政府盐务署长，在政局变动中官运亨通，即将擢升财政总长，而樊端本想利用何手中权力获得“口北监督”的肥缺，于是就主张樊何两家联姻，并代表家树母亲给姻侄陶伯和写信嘱其竭力促成家树与丽娜的婚事，说：“洁身与愚，本有合作之意，两家既结秦晋之好，将来事业，愈觉成就可期矣。……家嫂以相片上女子，甚为秀慧，若相片上即为何小姐，彼极赞成。并寄一相片来津，嘱愚调查。”可见，伯和夫妇反对家树与凤喜恋爱而竭力撮合并促成家树与丽娜成婚，正是秉承樊氏家族的旨意，若查明真情禀报，就会使家树的预感顿然变成现实。其次是沈氏家庭的干预。凤喜自幼丧父，与寡母相依为命，叔叔沈三玄是家里唯一的男人，又兼凤喜学唱和卖艺的启蒙师傅，实为家庭亲权的代理者。然而他是一个被金钱权力扭曲了人格的流氓无产者。他原名沈尚德，街坊都叫他"沈三弦子"，后又改叫"沈三玄"，意思是说他"吃饭、喝酒、抽大烟，三件大事，每天都得闹饥荒"。得到家树救助后，他那屡戒屡犯的"烟酒两瘾"又重新发作，从而形成家庭难以承受的浪费性消费的无底洞。这种状况的发展不仅会使固有家庭矛盾日益加深，而且将会由此导致沈三玄为另谋财路而利用亲权破坏家树与凤喜的婚姻。这种干预的事实在家树南归后不久就悄然发生了。

其二，物质诱惑。在以金钱权力为本位的物质主义价值观统治下的市民社会，丧失经济支配权力的平民女性对于爱情婚姻的选择，总是在理想与现实矛盾中进行的，其结果往往是在现实环境压迫下违心地选择金钱权力而放弃理想爱情。导致这种悲剧性选择的主要原因固然是金钱权力奴役下的现实环境，但从主观上看灵魂经不住物质诱惑则是她们悲剧选择意识上的原因。禁不住物质诱惑其根源在于物欲驱动，而所谓物欲就是在有闲阶级物质享乐主义生活方式影响下所产生的追求享乐生活的强烈欲望。家树在救助计划实施后不久，就从凤喜身上发现了基于这种强烈欲望的不可抑制的情绪。家树出钱把凤喜送进学校读书所期望的是她发愤学习走自立、自尊、自强之路，然而她却将追求目标全然转向时髦女性装束打扮上来：先是"吵着要家树"给她买了"手表"、"两截式的高跟皮鞋"和"白纺绸围巾"，两天后又要求买"自来水笔"和平光的"玳瑁边眼镜"，而且竟与富家小姐攀比，渴望带上"金戒指"。家树虽满足了凤喜上述要求，然而心灵深处却嵌下不祥阴影。这便是从她那物欲驱动下的贪婪与满足后的"乐"不可抑的兴奋，预感到物质诱惑将是她爱情和人生前途中难以逾越的陷阱。这心灵预感也同样为此后事实所证实。

上述迹象集结于家树心灵中所形成的预感，便是救助计划及以此为基石而精心缔造的理想主义爱情，在他南归之后将会因亲权干预和物质诱惑而陡然生变和夭折。不幸事态发展实证了这预感的必然性。

三

家树与凤喜爱情变故的发难者是沈三玄。他对家树与凤喜的爱情早就心存怀疑，居心叵测，只是碍于沈氏母女对家树真情信赖与维护才没有公然表露。待她们因家树南归而心神不定，忐忑不安时，便趁机向家树发难。他说："姓樊的太不懂事，娘也有钱，女也有钱，怎么就不给我的钱！咱们姑娘吃他一点，喝他一点，就这样给他，没有那么便宜事。他家在南方，知道家里是怎么回事？咱们姑娘，说不定是给他做二房三房，要不，他会找媳妇找到唱大鼓的家里来？既是那么着，咱们就得卖一注子钱。我沈三玄混了半辈子，找着有钱的主儿了，我还不应捞几文吗？”沈三玄这段话虽是向家树发难，但却赤裸裸表述了一个为金钱权力扭曲灵魂的流氓无产者的亲权观与婚姻价值观，即认为：居于亲权地位的长辈向权贵出卖子辈女性青春以获取金钱权力回报是天经地义。正是在这种观念主导下他为了获取更大更高的金钱权力回报，就趁机上下穿梭，精心策划，把凤喜送进权势显赫的刘府，在物质诱惑和权力胁迫下做了军阀刘德柱的姨太太，从此毁掉了凤喜的爱情，拉开她哀情绵绵、身心俱毁的人生惨剧的序幕。

凤喜所以陷入刘府，其因素除家庭中沈三玄有意撺掇驱动外，还有来自刘府的两个更为重要的决定因素：物质诱惑和权力胁迫。

首先使凤喜心志动摇的是物质诱惑。凤喜与刘德柱第一次见面是在朋友雅琴（过去是凤喜唱大鼓的同行，如今已成尚师长的如夫人）家里。这是在友情掩饰下对凤喜施加物质诱惑的圈套：先是借打牌故意输给凤喜几百元钱，尔后是刘将军单独请凤喜看戏，并在深夜送她回家的车里又给她三百元，还答应再赠她一串价值连城的珠圈。面对这突如其来的物质诱惑，凤喜先是惊喜得目瞪口呆，后是心潮起伏，自我斗争激烈，其结果则是物欲压倒了心智，竟产生了放弃与家树的爱情而选择权门富贵的欲望。小说真实而细致地描写了凤喜这段心理矛盾过程：

> 凤喜一挨着枕头，却想到枕头下的那一笔款子。更又想到刘将军许的那一串珠子，想到雅琴穿的那身衣服，想到尚师长家里那种繁华，设若自己做了一个将军的太太，那种舒服，恐怕还在雅琴之上。刘将军有些行动，虽然过粗一点，那正是为了爱我……我若和他开口，要个一万八千，决计不成问题，他是照办的。我今年十七岁，跟他十年也不算老。十年之内，我能够弄他多少钱！我一辈子都是财神了。想到这里，洋楼、汽车、珠宝、如花似锦的陈设、成群结队的佣人，都一幕一幕在眼面前过去。这些东西，并不是幻影，只要对刘将军说一声“我愿嫁你”，一齐都来了。生在世上，这些适意的事情，多少人希望不到，为什么自己随便可以取得，倒不要呢？虽然是用了姓樊的这些钱，然而以自己待姓樊的而论，未尝对他不住。退一步说的话，就算白用了他几个钱，我发了财，本息一并归还，也就对得住他了。这样调背一想，觉得情理两合。

然而凤喜毕竟是涉世未深的天真少女，虽受世俗影响而本真仍存。所以当接到家树自南方来信后，自立、自尊、自强的女性主义人格理念与自由平等的爱情理想又被重新唤起。家树在信中说："我们的爱情绝不是建筑在金钱上，我也决不敢把这几个臭钱来侮辱你。但是我帮助你能够自立，不至于像以前去受金钱的压迫。"这话使凤喜感到仿佛针对自己心病而发，因为她在物质诱惑下为图钱而放弃对家树的爱情，违心地嫁给一个老头子，这不正是在"受金钱的压迫"吗？于是她义无反顾地拒绝了刘将军第二次邀请，并且将所收三百元钱与一个珠圈拿出请母亲送还刘将军，以示决绝。但其色相既已为将军看中，反悔、拒绝已无济于事，其结果自然是"敬酒不吃吃罚酒"；等待她的是再也无法抗拒与逃避的"权力胁迫"。恼羞成怒的刘将军派兵闯入沈宅强行将凤喜拉走，要她在刘府举行的堂会上唱大鼓，当众宣布把凤喜留下做姨太太，并责令陪凤喜来的沈三玄回去禀报沈母，说："你回去说，我还没有娶太太，现在的姨太太，也就和正太太差不多，只要你懂事，我也不一定续弦的，我姓刘的，一生不亏人。叫你嫂子来，我马上给她几千块钱过活。你明白一点，别不识抬举！"

然而探母归来的家树，对于陷入刘府的凤喜依然恪守着同情的爱。其表现是对其变心不仅不实行感情报复，反而以平民主义者立场对其悲剧命运给以人道主义同情与终极关怀。这一情感行为动机的理论依据是"金钱权力支配论"，即认为在金钱权力为本位的物质主义价值观统治的市民社会，平民女性爱情悲剧都是金钱权力支配奴役与扭曲的结果。由此，他认定：凤喜是环境的牺牲品，命运的不幸者，其"变心"是环境压迫使然，其陷入刘府从表面看来是博得金钱权力庇护的命运之变，而实质上却意味着爱情丧失、美的毁灭和灵魂的扭曲，预示着哀情绵绵的惨剧即将发生。面对此危境，他郁愤交加，焦急万分，一筹莫展，以致神魂恍惚，"心病"缠身，牵动了侠女秀姑的心。于是便在秀姑帮助与主导下上演了在先农坛公园与凤喜约会的一幕。

秀姑是怀着救治家树"心病"的目的潜入刘府说服凤喜与家树于先农坛公园秘密约会的。她面对心神惊惧的凤喜，开门见山地说："这是将军家里，不是闹着玩的，可是还有一个人，性命也难保呢！我拼了这条命，也只好来一趟。"又说："他害病，无非是想你。现在你有两个药方可以治他的病：其一，你是趁了这个机会，跟他逃去；其二，你当面对他说明，你不爱他了，现在你过得很好。这样，他就死心塌地不再想你了，病也就好了。你要怎么办，那就听任于你。"

先农坛本是家树与凤喜定情之所。家树认为凤喜选择在此约会"里面含有深情"，于是便怀着"言归于好"的期望与喜悦和一起出逃的计划来与凤喜相晤。但结果是约会竟然变成了爱情告别。在这里小说以蕴含深刻的语言与细节描写了在金钱权力支配的感情世界里，两颗"为了同情的爱"而曾经融合在一起的心灵，在环境压迫与扭曲下痛苦分离的心理过程。他们虽在秀姑策动下终于要对自己的爱情与命运面对面地作出抉择了，然而心态与抉择目标全然不同：家树感情依旧，目标是言归于好，一起出逃；凤喜则因变心而愧疚，目标是用金钱补偿家树的感情，以求心安理得。因此，他们感情互动始终是在冲突中运行：家树为了言归于好，总企图以“为了同情的爱”唤起凤喜的旧情；而凤喜则为了断旧情，总“漠然”处之。于是家树就情不自禁地说出自己的抉择：“我什么都准备好了，只要你马上能走，我们马上就上车站。”凤喜听后，先是“不由得吓了一跳”，而后则说出她的抉择：“事到如今，什么话都不用说了。只怪我命不好，做了一个唱大鼓书的孩子，所以自己不能作主。有势利的要怎么办，我就怎么办。像你樊大爷，还愁讨不到一头好亲事吗？把我忘了吧。可是你对我的好处，我也决不能忘了，我自然要报答你。”至此，家树知道言归于好已无希望，便由感化而变为质问：“你既是决定跟姓刘的，你今天来此地是什么意思？是不是和我告别，今生今世，永不见面了吧？”于是凤喜就断然说出所以来此的目的：“干脆一句话，我们是无缘了。……我自己也私下估计了一下子，大概用你樊大爷的钱，总快到四千吧。”并随即给家树四千元支票以做感情补偿。这是爱情告别的高潮。小说以家树灵魂爆炸似的愤慨与无奈揭示了他与凤喜爱情悲剧的社会根源：

> 当凤喜打开粉镜，露出支票的时候，家树心里噗突噗突跳了几下；直至凤喜将支票送过来，不由得浑身的肌肉颤动，面色如土。……醒悟过来了，将支票一看，填的是四千元整，签字的地方印着小小的红章，那四个篆字……乃是“刘沈凤兮”。……家树两手张开，向天一伸。大笑道：“好，我发财了！我没有见过钱，……天哪！天哪！四千块一张的支票，我没有见过呀！”说着……望了那张支票笑道：“你的魔力大，能买人家的身子，也能买人家的良心；但是我不在乎呢！”两手比齐，拿了支票，嗤的一声，撕成两半边。接上将支票一阵乱撅，撅成了许多碎块，然后两手握着向空中一抛，被风一吹，这四千元就变成了二三十只小蝴蝶，在日光里飞舞。家树昂着头笑道：“哈哈，这很好看哪！钱呀！钱呀！有时候你也会让人看不起吧！”

家树的愤慨显然是针对金钱对爱情的支配和奴役而发，但却使凤喜因受侮辱而恼怒。因此，她一面哭一面说道：“你为什么这样对待我？我的身子，是我自己的，我要嫁给谁，就嫁给谁，你有什么法子来干涉我？”并且将家树给她的订婚戒指“向家树脚下一丢”，以表示决绝。

至此，樊家树所建构并为之付出巨大精神与物质代价的平民主义爱情理想，便最终随着爱情告别而幻灭。然而这样的结局既与家树平民主义理想相悖，也非凤喜命运的自主选择(因此时她已经丧失了自主选择的权力)，而是金钱权力对感情世界支配奴役扭曲的必然结果，也是平民主义爱情理想与物质主义价值观统治的冷酷现实之间矛盾发展的必然结局。由此，这作为悲剧结局的“爱情告别”的深刻意义，就不仅仅是对平民女性爱情悲剧社会根源的暴露与发掘，而且在审美上成为那时平民女性爱情悲剧的必然性象征，留在时代的永恒记忆里——永远启智者反思，令仁者感怀!

丧失精神家园的悲哀*

——报人文学家杨杏园的悲剧心态及其时代内涵

《春明外史》①是张恨水的成名作，也是其小说世界的总纲。它不仅首次展示了在继承明清小说基础上所创造的“社会言情小说”文体，而且以揭示物质主义价值观统治所导致的市民社会精神危机而显示了批判主题的深刻性。这一普遍性精神危机在作品中是通过以报人文学家杨杏园“丧失精神家园的悲哀”这一典型心态及其所导致的精神悲剧而表现的。

伴随近代资产阶级改良运动和文化产业化，产生了市民社会知识分子独立阶层，其核心力量便是矢志改革、以社会代言人为己任的报人文学家。他们是在中国近代政治危机中为民族耻辱所惊醒而投身改革的知识分子精英，维新运动的失败使他们对自上而下的改革幻想破灭，从而抛开无能的国家，成为中国社会激进的代言人，努力动员“舆论”，以对中央政权施加压力，而报刊则是其达到这一目的的有效手段。他们的行为不但推动了非官方报业及报人集团的飞速发展，而且促成报业集团产业化和报人文学家职业化。对上述以报人文学家为核心的独立知识分子阶层的形成，史家有如下记述：

> 1919年以前新文化运动的一方面是在政治家和知识分子之间划了一条清晰的界线，这对将来有持久的影响。1905年废除科举制度已预示了这种分离。尽管历来有“士大夫”的说法，但过去显然也一直有一些文人基本上是知识分子，而另一些文人则基本上是政治家。在1919年以后的那个时期中，也有许多知识分子再次卷入政治生活。不过，知识分子（尤其是学术和文学方面的知识分子）作为一个独立阶层的自我意识，即使在1949年以后也仍然存在，甚至带有某种智力生活有自治“权利”的意识。②

---

* 《山东师范大学学报》2014年第6期。

① 《春明外史》：1924年4月12日—1929年1月24日连载于北京《世界晚报》副刊《夜光》，1930年上海世界书局出版单行本。

② 〔美〕费正清主编，杨品泉等译：《剑桥中华民国史》上卷，北京：中国社会科学出版社1994年版，第472—473页。

1894—1895年甲午战争中失败的耻辱终于惊醒了知识分子的精英们，促使他们投入行动。但是他们对改革的要求到1898年那场没有成功的变法运动才达到了顶峰。对自上而下的改革幻想破灭以后，有志改革的文人学士抛开无能的国家，成了中国社会激进的代言人。他们的努力集中于动员“舆论”，以对中央政权施加压力。他们发现条约口岸的报纸是达到这一目的的有效手段。①

在1917年“文学革命”之前至少20年，城市文学刊物——一种半现代化的“大众文学”形式——已经为新文学的文艺家们创造了市场和读者。这些杂志的编辑和作家们赶着写作以符合预定时限，大量写作以赚钱，他们勤奋努力的结果创造了一种新的职业：他们的作品在商业上的成功证明搞文学可以成为一种独立和很可能赚钱的职业。但直到他们的五四继承者们才赋予这一新的职业以崇高的社会威信。②

以报人文学家为核心的中国市民社会知识分子阶层的形成与发展经历了维新时期、民国时期和五四时期三个阶段，虽然每个阶段的特定价值观规定了他们独特的文化心态，但作为其共性特征的独立意识和民间意识却一以贯之。所谓独立意识，是指随着文化产业化而产生的知识产权自主意识。正是在这种意识主导下，他们彻底抛弃了“学而优则仕”的官本位传统意识和以科举作跳板、以权力为依托的封建士子道路，而在文化产业化条件下做以知识劳动为生的自食其力的自由职业者；从而，他们在意识形态和经济基础上割断了对权力世界的依附关系而获得意识的独立性。所谓民间意识，是指以民间为本位的文化意识。这种文化意识虽与“以民为本”的儒家传统意识相一致，但却更鲜明地体现了民间的（非官方的）和文化的（非政治的）角度和立场。他们自诩为“中国社会激进的代言人”，正是从这一角度和立场出发的：即一方面以民间角度和立场反映民情，指摘时弊，以为民请命；一方面则利用报刊以民间本位的文化价值观撰写“民史”，以为民立言（谭嗣同曾在《湘报·后序下》中以此称这类民间性报刊是与“君史”对立的“民史”）。

张恨水就是上述报人文学家的末代传人。他编辑与创作生涯的成熟期都在五四新文学运动之后，但意识上仍然恪守着其先辈的独立性与民间性传统。其突出表现便是自觉利用报刊，以市民社会喜闻乐见的中长篇小说形式和民间本位的文化价值观撰写与“君史”对立的“民史”，由《春明外史》开其端，一发而不可收，一生

① 〔美〕费正清主编，杨品泉等译：《剑桥中华民国史》上卷，中国社会科学出版社1994年版，第507页。
② 同上，第508页。

创作了约120部中长篇小说。这些作品或“以社会为经，以言情为纬”的社会言情小说形式，或融讽刺与荒诞于一体的梦幻小说形式，或融悲壮与苍凉于一体的国难小说形式，所展现的正是一部与“君史”相对立的中国20世纪上半叶市民社会“民史”的苍凉画卷。

《春明外史》之所以被视为张恨水小说创作的“总纲”，其理由除文体的规定性外，更为重要的是它以20世纪20年代军阀政府统治下的北京市民社会为背景，透过报人文学家杨杏园为代表的市民知识分子独特视角、感受和良知驱动下的新闻调查与舆论，全景式地展现了构成市民社会的三个世界：官商一体的权力世界、金钱权力支配的感情世界和物质主义价值观统治的观念世界，从而昭示了张恨水小说市民社会批判主题所涵盖的三个子主题。其中，以市民知识分子为主体的观念世界是其描写的中心，而杨杏园便以此成为贯彻全书而居于中心和关键地位的人物。

杨杏园是20世纪初中国报人文学家的典型人物，作者在其人格中过多地注入了自我气质与悲剧性心灵体验，把他塑造成一个在物质主义价值观统治的城市典型环境中，因丧失精神家园而陷入绝望的悲观主义者的典型形象。他那随环境压迫愈演愈烈的悲剧心态，正是中国市民知识分子经历“维新”、“民国”和五四三次改良和革命失败后，基于失败主义而产生的典型心态。小说从人物心态与物质主义价值观统治的典型环境的深切联系中，揭示了主人公杨杏园精神悲剧的社会根源及其矛盾过程。这是一个由悲剧主人公的连续三次爱情悲剧所构成的从追求而幻灭、由幻灭而沉沦、再由沉沦而溃灭的悲剧精神历程。

一、杨梨之恋：从追求到幻灭

小说第一回以主人公杨杏园自题七律诗开端：

> 春末总是负啼鹃，披发逃名一惘然！
> 除死已无销恨术，此生可有送穷年？
> 丈夫不顾嗟来食，养母何须造孽钱。
> 遮莫闻鸡中夜起，前程终让祖生鞭。

小说作者由诗境窥其心境，用“满腹牢骚”、“立志甚佳”8个字，既概括了诗境，又由此而管窥诗人的心境——一个羁旅于北京以《影报》记者为业长达5年的“皖中世家子弟”“丧失精神家园的悲哀”和心灵深处无法解脱的矛盾。所谓“满腹牢骚”表现的是他对金钱权力支配奴役下的市民社会现实的愤恨和无奈：“除死已无销恨术，此生可有送穷年?”道出物质主义价值观统治下的金钱奴役正是诗人悲剧心态产生的根源；“遮莫闻鸡中夜起，前程终让祖生鞭”则表现了其在落寞中不甘落寞的矛盾心态。所谓“立志甚佳”是指他意识的独立性，即面对金钱权力的支配与奴役，立志独善其身，不做金钱权力者的奴隶而要做“不顾嗟来食”的“丈夫”，即使“养母”也决不用权贵者“施舍”的“造孽钱”。

“丧失精神家园的悲哀”作为中国现代市民知识分子的典型心态，它的产生与形成有其历史和现实依据。

历史依据是 1905 年废止科举后，知识分子入仕途径的改变(由以中学为本的“科举”而变为以西学为本的“留学”)引起知识世界的分化：留学归国的知识分子大都“顺应了中国历史发展的趋向”[①]以现代精英资格进入权力世界，而一般平民知识分子特别是乡村世家子弟，则因丧失入仕资格而自然地被割断了与权力世界的联系，成为羁旅于城市社会以出卖知识劳动为生的被雇佣者。他们失掉精神家园，为生计奔波在陌生而冷酷的金钱奴役的社会里，“会馆”便是他们的羁旅所。其中最具典型性的是那些乡村世家子弟，他们怀抱鸿鹄之志在城市文明和新文化运动的吸引下从乡村到城市求学深造，但因家境由小康坠入困顿而不得不立即谋职为生或通过“爬格子”的艰苦道路获得卖文为生的作家职业。五四运动落潮期走上文坛或报人生涯的平民知识分子，如张恨水、沈从文和被鲁迅称为“侨寓作家”的乡土作家群，大都具有因上述共同经历而形成的悲剧心态——“丧失精神家园的悲哀”，它集中表现为“乡土文学”里的“乡愁”。这“乡愁”既源于丧失乡村精神家园的落寞，而又来自对于城市文明美丽梦幻的破灭，而后者则是其悲剧心态产生的根本原因。他们对城市文明梦幻的破灭都基于对城市生存环境的同一规律性认识：物质主义价值观统治所导致的人性扭曲和道德沦丧。这一规律性认识不同程度地体现在这个时期报人文学家的创作中，形成两个相互关联的主题：一是对金钱权力奴役和扭曲的市民社会的批判；二是对以自然人性为生命形式的乡村和谐家园的神往。张恨水和沈从文便分别是这两个主题的代表，而杨杏园便是前一主题中悲剧心态深刻着历史烙印的一类知识分子的典型人物。

现实依据是物质主义价值观统治的现实对市民知识分子所造成的物质和精神的双重压迫。这是小说着力展开描写的内容。正是在这里，《春明外史》显示了文体结构的独创性及由此产生的新闻性效应。作者说：“《春明外史》，本走的是《儒林

① 孙占元：《辛亥革命时期孙中山以民主共和取代君主专制的主张和实践》，《山东社会科学》2011 年第 10 期。

外史》《官场现形记》这条路子。但我觉得这一类社会小说，犯了个共同的毛病，说完一事，又递入一事，缺乏骨干的组织。因之我写《春明外史》的起初，我就先安排下一个主角，并安排下几个陪客。这样，说些社会现象，又归到主角的故事，同时，也把主角的故事，发展到社会的现象上去。……当然，所写的社会的现象，决不能是超现实的，若是超现实，就不是社会小说了。"①

事实证明，作者上述创造性构想与设计达到了预期效果：一方面改变了明清讽刺小说没有叙事结构的弊端，创造了以主人公杨杏园及其爱情故事为叙事主干，融社会、言情于一体的"社会言情小说"文体；另一方面则通过杨杏园在作品中的双重角色（一是以社会良知与民间代言人为人格内涵的记者角色，二是爱情故事中因爱情幻灭而绝望的悲剧人物），既展现了记者视觉中被物质主义所扭曲的社会相，又以环境对主人公悲剧心态形成、发展的决定性影响揭示了市民知识分子精神悲剧的现实根源。

小说通过《影报》记者杨杏园的视野和锐敏的观察，全景式地展现了被物质主义扭曲的具有典型性的社会相，但对其悲剧心态形成与发展影响最直接最深刻的则是他感同身受的"梨云之死"。

"梨云之死"是"杨梨之恋"的结局，它并非一般言情故事中"至情"驱动下的"殉情"，而是赤裸裸金钱奴役下一个被剥夺了爱情与生存权力的妓女从追求、挣扎到悲观绝望的生存悲剧。它对杨杏园悲剧心态的形成与发展产生了深切的、决定性的影响。这便使他认识到，在被金钱支配和扭曲的感情世界里，对平民男女而言，爱不再是幻美的追求，而是对苦难灵魂的同情与救助。

杨杏园对梨云的爱最初源自于对幻美的追求。

他与梨云首次相遇于"松竹班"，原无爱情动机，但却一见钟情。这是梨云的美丽深深打动了他：因为从这个被世俗视为"下贱"的妓女身上，他看到的并非艳丽、风骚、性感之态，而是一种天然美的品格。这种美的内涵是"清雅"，正与世俗的"艳丽"相对立。"清雅"是杨杏园一贯追寻的精神家园中精神与人格的审美境界，为此，他把雪中梨花视为"清雅"的意象（这正是他在会馆里选住梨花小院的原因）。在精神家园被物质主义统治毁掉的市民社会里，他厌弃"龙蛇混杂的游艺场"，而独处于"清雅"的精神家园里，以"涤除玄览"而自慰：

> 正是三月初旬的天气。北地春迟，这院子里的梨花，正开得堆雪也似的茂盛。窗明几净，空院无人，对着这一捧寒雪，十分清雅有趣。杨杏园随手拿了

① 张恨水：《张恨水精选集·写作生涯回忆》，北京燕山出版社2005年版，第289页。

一本诗集，翻了几页，正看到那“惆怅东栏一株雪，人生看得几清明”之处。①

显然，杨杏园所以爱上梨云是对幻美追寻的结果，即在他心中，梨云正是他所追寻并为之倾心的“梨树之魂”的人格化。小说这样描写梨云在杨杏园审美视觉中的印象：“一张鸭蛋脸儿，漆黑一条辫子，前面的刘海，梳到眉毛上，越显得这张脸雪白。身上穿了一套月白华丝葛夹袄夹裤，真是洁白无瑕，玲珑可爱，不愧梨云二字。”

但这种以幻美追求为其内涵的纯真爱情观念与行为，在物质主义统治的市民社会，却因与现实矛盾而预示着失败的命运，反映在杨杏园心理上便生成梨云跳海弃他而去的“噩梦”。这里，小说所揭示的正是沈从文在《月下小景》等哲学寓言小说中所寄寓的“爱与死为邻”的哲理，即从自然人性角度看，爱与美均为人性本能的追求，爱是自然欲望，美是爱的升华（由具体的爱的情感升华为抽象的美的观念）。因此，基于自然人性的爱情是爱与美的统一，其特征是往往在物质和精神环境压迫下将具体的情欲升华为对抽象美的追寻，而其结果则总是以美的毁灭（悲剧主人公的死）而告终。上述关于爱情悲剧的规律性认识，已为“杨梨之恋”的艰难过程与悲剧结局所证实。

杨杏园对梨云的追求从开始就遇到来自社会的双重阻力：被金钱权力扭曲的世俗观念和金钱奴役的残酷现实。

所谓世俗观念，是指以金钱权力为本位的妓女观。它既包括歧视妓女人格的价值观念，又包括为金钱扭曲的妓女命运观念。后者对妓女思想影响最深，其集中表现是“金钱定命论”已成为妓女普遍的思想羁绊，就连天真烂漫的清倌梨云也不能例外。当杨杏园以红极一时而晚景凄然的妓女林燕兮为例，向梨云提出陷入不幸的风尘女子何以解脱时，梨云所持的就正是“金钱定命论”观念，其结论是：“当姑娘的不是亏空得不能抽身，就是为了亏空，把身子卖给人家做姨太太，总是亏空二字送终。”妓女命运的“金钱定命论”是金钱权力为本位的物质主义奴役、统治的必然产物，它揭示了物质主义统治下妓女命运的本质：金钱奴役的牺牲品。她们为生计沦为风尘女子后，就丧失了摆脱金钱奴役而自主选择命运的权力与自由。摆在她们面前的只有两条路：一是认命，既无力改变妓女职业与身份，就只有以姿色与手段拼命弄钱，以补晚景凄凉；二是从良，天生丽质而又善于结交权贵的妓女，往往趁盛年寻机由零星卖身的妓女而变为一次性卖身的姨太太。总之，她们终生都无法摆脱卖身的命运。

① 张恨水：《春明外史》，北岳文艺出版社1993年版，第2页。

若说梨云的话引发了杨杏园心理矛盾(即一方面“觉得梨云小小年纪,倒是他一个知己”,“要讨了她回来,也就算万愿皆足了”;一方面却为“梨云还是清倌人”,赎金高达“三百五百”而发愁)。那么,朋友何剑尘如下忠告则加深了他对自身处境的认识,即意识到他对梨云的追求面临着金钱奴役这一残酷现实的压迫:

> 这玩笑场中,我们偶然高兴,逢场作戏,走走倒也无妨,若认真和窑姐儿谈起爱情来,那末,你前途的危险,那就无可言喻。说重一点,就是有性命之虞,也不可知。花钱受气,那还是件极小的事。梨云呢,我知道是个天真烂漫的小孩子,她的鸨母可是十分厉害……保不定三百五百的,和你要求。我们穷措大,哪里有这样的大手笔?这班鸨母的心肠,固然是要钱,但此还是第二着,第一着就是不许妓女和客人发生真恋爱。你对梨云,这样温存体贴,正犯了她的大忌。她们眼中,只有达官贵人,得罪了你我这样穷文人,不算什么。你要不赶快省悟,烦恼马上就要来了。①

何剑尘上述忠告先是使杨杏园预感到经济压迫的阴影,而后则为伴随恋爱行为与现实环境之间矛盾的尖锐化而出现的金钱奴役的残酷现实所证实,进而使杨梨爱情陷入危机。其表现便是两颗热恋着的灵魂在残酷的金钱奴役压迫下因爱情绝望而身心崩溃,相继病倒。绝望把他们从幻美的爱情梦幻中唤回冷酷无情的现实,从刻骨铭心的痛苦经验中清醒地认识到:金钱奴役是他们爱情悲剧的社会根源,因为在金钱权力支配的感情世界里他们都丧失了爱情自由的权力。他们的恋爱,从自然人性和爱情自由的角度看都是无可非议的,但从嫖客与妓女的关系看则是违规的和有条件的:违规是指它有悖嫖客与妓女间商品交易规则,预示着以诚挚与至情取代赤裸裸现金交易的动机(如为痴情而逃匿);有条件的则指嫖客必须有钱为妓女赎身,即有足够经济力量将零星卖身的妓女变成一次性卖身的太太或姨太太。从这个角度看,杨杏园与梨云是救助者与被救助者的关系,杨杏园的悲剧就在于他虽被梨云美丽所深深感动却无力解救这带着金钱奴役枷锁的苦难灵魂;而作为被救助者梨云的悲剧,则在于她崇尚天真清雅的美丽灵魂与充斥丑恶耻辱的妓女生涯之间无法调和的矛盾,正是这命运与环境的矛盾,决定了她在追求中失败,在矛盾痛苦中自戕,最后以病死求得解脱的悲剧之路——从这个意义上可以说,梨云之死正是金钱权力统治对于“美”的毁灭。

“梨云之死”对杨杏园的影响主要包括两个方面:

---

① 张恨水:《春明外史》,北岳文艺出版社 1993 年版,第 31 页。

首先，轰毁了他恪守精神家园的灵魂，使他陷入宿命的和人生无常的终极悲哀与绝望之中。其原因不仅是对梨云不幸命运极度哀痛和“藏娇无计”而失掉“生平所认为风尘知己”的深刻悔恨与愧疚，而且梨云的死更是在他心灵深处引发了对生命的终极关怀，即由梨云生之不幸，死之凄凉，英年早逝，离魂无主，而思及自己与她相逢沦落，终以死别，爱成梦幻，心已破碎的凄惨人生，而又由此及彼思及整个人生与生命的终极意义，从而形成宿命的和人生无常的悲观心境。以此，他在挽联中以“十年扬州，都成梦幻”为人生虚无而哀叹；又在送葬途中感于宿命和人生无常而情绪悲怆，言语凝重。小说对后者有如下描述：

> 灵柩走出外城来，一到旷野，雪更下得大。……杨杏园对吴碧波道：“记得上年清明节，我们一路骑着驴子回去，翠柳红杏，随路迎人，看着多么有兴趣。今天大雪里，重过此地，真是恍如隔世。明年的清明，我是要来的，人生聚散无常，不知道那个时候，我们再能够坐着一辆马车前来不能？”
>
> 坟地正在两株树边，杨杏园靠着树，眼看土工将土往梨云棺材上堆去，心想碧玉年华的美人，从此就和黄土同化，永不见天日了。人生至此，还有什么意味？由此想到一切美人，想到自己。①

其次，引起杨杏园对于爱情的深刻反思。这便是在认识到爱情悲剧社会根源（金钱奴役）的同时，也对自己所恪守的爱情观念（爱是对幻美的追求）产生了怀疑，终于认定：在金钱权力支配的感情世界里，对于那些被金钱奴役剥夺了生存权力的人特别像梨云似的风尘女子，爱情已不再是对幻美的追求，而是对苦难灵魂的同情与救助。小说对于“杨梨之恋”的描写正贯穿着悲剧主人公杨杏园爱情观念的转变过程，其转变的标志便是他所追求的梨云在他心中角色内涵的变化：由以清雅为其内涵的梨树之魂，而变为金钱奴役下一身无主、倍受践踏屈辱的苦难灵魂。这个转变过程以爱情危机为界分为前后两个阶段，前一阶段是对幻美的追求；后一阶段则是对苦难灵魂的同情、抚慰与救助。在这里，“藏娇无计”的杨杏园，终以主持救治、安葬的行动和死后合墓于江南杨家祖坟的许诺，践行了他与梨云的“偕老之约”。

二、杨李之恋：从幻灭到沉沦

从杨杏园悲剧心态发展角度看，“杨李之恋”是“杨梨之恋”的继续与深化。若

---

① 张恨水：《春明外史》，北岳文艺出版社 1993 年版，第 351—352 页。

说“杨梨之恋”起于对幻美的追求而终于对爱情的幻灭，那么“杨李之恋”则起于幻灭中心灵共鸣而终于爱情二次幻灭所导致的精神沉沦。

正如杨杏园所说，“文字是忧患之媒”。他与李冬青的恋情正是起于她诗词中深重的忧患与悲怆在他痛定思痛的心中引发了强烈共鸣，而由此产生的相互同情与抚慰正是他们感情发展的基础。但李冬青是一个被“天然”剥夺了婚姻幸福的不幸女性，这就注定了“杨李之恋”的悲剧结局。推动悲剧发展的是杨的爱情追求与李因“先天暗疾”而不能接受的矛盾，正是这一矛盾的发展过程构成“杨李之恋”悲剧情节及杨杏园悲剧心态演变的如下两个阶段：

其一，在心灵共鸣和同情救助中凝结真情。

所谓心灵共鸣，是指因梨云之死而陷入精神幻灭的杨杏园，为负荷着深重精神痛苦而恪守自立、自强、自尊的李冬青的人格所感动。因为从这个天姿美丽、才智超群而命运多舛的灵魂中，他看到的不单是悲怆和苦难，而是面对苦难命运的坚韧与倔强；正是在这里，显示了她与屈从“定命论”、“小鸟依人”的梨云的不同。因此，与冬青心灵沟通，便成为他走出幻灭而重振生命活力的契机。其表现便是在对冬青和史科莲的同情救助中重新滋生了爱情欲望，从而冬青那以“清癯”为内涵的美，便如梨云的“清雅”一样，激活并征服了他幻灭已久的灵魂。但杨杏园的爱情追求触动了冬青难言之隐（因“先天暗疾”剥夺了她结婚的权力），于是他的追求所得到的总是她暗示“拒斥”的回应，并且最后她竟然暗示了拒斥的原因在“天然”而非“人事”。她说：“你说的是人事，我说的是天然。你慢慢想去，就明白了。”可见，这时杨杏园的心态发展趋势是爱情复苏，但冬青暗示拒斥的回应却预示他爱情追求破灭的必然性。

其二，在追求破灭和至情分离中陷入沉沦。

由于杨杏园的追求日趋痴迷，就迫使冬青不得不公然说出拒斥爱情的真实理由，毅然作出“以兄妹关系，代替爱情关系”，“以形式之爱，移作精神之爱，以同居之爱，移作手足之爱”的感情行为意向，并且以血书盟誓——在手帕上写下血书“我不负君”，交杨作为知己至情的永恒纪念。但她上述行为虽然迫使杨改换了爱的形式，却无法改变知己至情发展的方向。因此，当冬青决定陪母亲回江南老家接收遗产并永住时，至情分离的痛苦就顿然击溃了他刚刚复苏的灵魂。这分离是因“造化不仁”而无法“终成伴侣”的恋人自行设计的与爱情的永诀，也是“藏娇无计”的杨杏园爱情追求的第二次幻灭。若说与梨云的死别使他一度产生了悲观厌世情绪，那么与冬青的生离则使他完全丧失了生存欲望而陷入精神沉沦之中。小说通过杨杏园送别冬青后于长辛店下车骑驴自行回京时的一段心理描写，所表现的正是“精神沉沦”的心境：

> 这里到京，正是一条宽阔的马路，是将古来驿路加修的，两面一望无际，只有些村庄上坟墓上的小树林，点缀在莽莽平原里。秋末冬初的天气，日子很短，太阳已斜到驴子后边去。两边道旁，有些树木，大半都黄了。照着黄黄的日头，在西北风里面，瑟瑟筛着叶子响，一派萧条景象。回头一看，短丛杨柳树外，一条长堤似的铁路，穿破了平原，正是刚才和那人同车经过之处。如今呢，只落得斜阳古道，苍茫独归，怎不肠断？心想，你看这野旷天低，眼界空空，人生不是这样无收拾吗？我还回什么北京，不如披发佯狂，逃之大荒罢。想到这里，不觉滚鞍下驴，路边一堆青草，六尺黄土，便成了他暂时栖息之所。①

这心境其实不单是爱情再次幻灭所致，而是市民社会金钱统治对精神世界奴役、扭曲的结果。杨杏园本是以社会激进代言人为己任的报人文学家，希冀靠一支笔为民请命，代民立言，然而事实使他深切认识到：在金钱权力为本位的物质主义价值观统治的市民社会里，不但自己的同情与舆论无法改变金钱奴役下的悲剧人生，而且连自己也变成金钱奴役的牺牲品。正是这物质与精神的双重奴役与折磨导致了他身心俱毁，以至精神沉沦。

三、杨史之恋：从沉沦到溃灭

“杨史之恋”是冬青为对杨杏园补情所设计的“金蝉脱壳”之计。她认为，史科莲是她与杨杏园同心合力救助的知识女性，性格直爽而倔强，不甘于寄人篱下，执意求学以自立、自强，而杨杏园则是史心中以倾力救助使其“得到第二个生命”的恩人，他们定会成为彼此合意相爱的伴侣。然而，她用心良苦的设计，不但未能变成她所期望的事实，反而加剧了杨杏园心灵中无法解除的矛盾与痛苦，致使他由沉沦走向溃灭。

杨史之间虽在同情与救助中产生了深挚的友情，但由于如下两个原因终于未能使友情发展为爱情：

其一，爱情观念不同。史是女性主义者，恪守以事业为本位的爱情观；杨是至情主义者，恪守以至情为本位的爱情观。这爱情观的不同既表现在他们交谈中对具体婚姻爱情现象的观点分歧，也表现为爱情选择原则的不同。例如，他们交谈中

---

① 张恨水：《春明外史》，北岳文艺出版社 1993 年版，第 838 页。

曾以史科莲的同学蒋淑英的恋人张敏生因恋人背弃，就伤感厌世，出家当和尚为例，讨论爱情问题。从如下一段对话，可见其观点的分歧：

> 史科莲道："这人太无出息。为和一个女友绝交，何至于就去做和尚。"杨杏园笑道："像这样的事很多啊。不但出家，还有为这种事自杀的哩。"史科莲道："这种办法，我不同情。青年人应该奋斗，为什么弄出这种丑态来。"杨杏园道："爱情上失败，和事业上失败，那完全是两种事，没法子奋斗的。"史科莲道："那有什么难？人家不睬他，他不睬人家，这事不就结了？自己已经受了欺，再要自杀或者是出家，不但一点碍不着别人的事，自己越发委屈了。"杨杏园笑道："这爱情是一样神秘的东西，情场也是一座神秘之府。言情的人，和别样的人不同，他也含种神秘的意味。所以他的行动，你要用常理去推测，那会一点也摸不着头脑。"史科莲道："这话我就一点也不懂。谈爱情怎么会含神秘的意味？"……史科莲想了一想，笑道："杨先生既说这话，我想总是对的。因为杨先生这两年环境，很近乎此啦。而且杨先生又喜欢做诗，做诗的人，是喜欢谈情的，当然很在行了。"杨杏园笑道："密斯史大概看了报上的新诗，总是谈着甜蜜的爱，所以认为我们做旧诗的人，也是这样。"史科莲皱着眉道："新诗，我向来就怕看得。我觉得他们那些话，没有一句不带几分侮辱女性的意味。把他的爱人譬作小鸟儿，譬作玫瑰花，分明是把人当玩物啦。我若做了教育总长，我就要请政府下一道命令，禁止这些无赖的文人做爱情诗。"①

事实证明，正是上述爱情观的分歧，在一定意义上决定了这一对情谊深挚的异性朋友，无缘结为伴侣。因为他们拒绝选择对方的理由，都体现了由各自的爱情观念所规定的选择原则。杨杏园从以至情为本位的爱情观念出发所提出拒绝与史科莲结合的四条理由，其本质内涵是"不做负情人"，即认为"原和青有约，非她不娶，现把她抛开，另娶史女士"，是为"负情"。史科莲则从以事业为本位的爱情观念出发，面对爱情与事业的矛盾，毅然退出冬青设计的"金蝉脱壳"计，而选择了"学业"。

其二，对"杨李之恋"的误解。"杨史之恋"虽未能变成事实，但却由此揭开冬青"金蝉脱壳"所深藏的忍痛和至情大爱。冬青在托舅舅方好古劝导杨史结合时，在信中详述"先天暗疾"给她带来的巨大精神痛苦与无法改变的人生悲剧，说："青自呱呱坠地以来，即与人世姻缘无分，此非诈言，乃属事实。……青深闺弱质，原不解此，七八岁时，家慈一度求医，仿佛犹记其事。及已成人，伯叔诸长，每以废物相呼，

---

① 张恨水：《春明外史》，北岳文艺出版社1993年版，第1039—1040页。

言侵堂上。青不能堪，辄为痛哭。而家庭多故，又戈操同室，青羞忿交集，遂一举而自立门户。”最后她忍痛向至情知己杨杏园说出如下肺腑之言：“我以一不祥之身，增父母之累，遗家庭之羞，更因兄爱我而使兄终身为鳏夫，我不忍也。”冬青上述发自肺腑的话，实是她精神世界的自我剖白，从而使杨杏园更加深切地认识到，她是一个忍辱负重、心怀至情大爱的人，至情大爱是其精神人格的博大内涵，忍辱负重则是其精神人格的外在特征。她背负“羞忿交集”的精神忍痛，携寡母和弟弟摆脱寄人篱下之窘境而“自立门户”，怀着难言之隐拒斥爱情，忍受着难以承载的至情分离的感情痛苦而设计与践行“金蝉脱壳”之计，都表现了她的至情大爱。但不谙底里的史科莲却完全误解了冬青以“金蝉脱壳”成全“杨史爱情”的良苦用心，而将其误解为是碍于自己，不得已而为之的行为。为此，她便以“釜底抽薪”之计作出回应，趁冬青回京前夕悄然出走上海。

史科莲“釜底抽薪”不仅直接导致冬青“金蝉脱壳”计的失败，而且在杨杏园因爱情坎坷而受重创的心上又增加新的创伤。杨杏园是绝不负情的人，为不负情于冬青，曾对方老先生说过“和冬青有约，非她不娶”的话，然而没料到史科莲竟也很有意于他，而且由此对冬青“金蝉脱壳”之计的动机产生了误会，进而愤然孑身只影飘荡江湖。因此，他不仅感到对曾同情救助过的史科莲“负疚良深”，而且更感到他作为救助者的失败。正是这种无法解脱的负疚感和失败感，触发了他心中积郁，产生了“今生已矣”的绝望情绪。小说透过他看史科莲告别信时的神情，写出其因精神刺激而顿然陷入溃灭的心态：“反复将信看了两三次，越看越心里难过。……几张信纸，散乱着摊在桌上，他却两手相抄，向后一仰，靠着椅背斜坐了，只是出神。半晌，自言自语的，又叹一口气道：‘今生已矣。’”

史科莲“釜底抽薪”而飘荡江湖，只是杨杏园走向精神溃灭的导因，而金钱权力对精神世界的统治则是其精神溃灭的社会根源。这种统治一方面表现为金钱奴役的冷酷现实对市民知识分子生存和爱情权力的剥夺，一方面则表现为物质主义价值观对市民知识分子精神和人格的扭曲。杨杏园的爱情悲剧便是由上述金钱奴役和精神扭曲两个方面的社会因素所造成的精神悲剧。正是来自这两个方面的支配与压迫使他由追求而幻灭，由幻灭而沉沦，由沉沦而溃灭。作为其精神溃灭的集中表现是他由一个曾以市民社会激烈代言人为己任的报人文学家，而变为一个遁入佛门、清心寡欲、四大皆空、虽未出家而已出世的人。这不是基于信仰的追求，而是精神孤独无依达到极点的一种自救和解脱，是现实中丧失精神家园的灵魂向虚幻世界寻求精神家园的变态行为。这更非一般苟活者的消极与颓废，而是市民社会的物质主义统治对精神世界扭曲所造成的必然性悲剧。它所引发的绝非仅仅是对苦难者的同情与怜悯，而更是对驱人于苦难之境的现实社会的控诉和抗议。正如马克思所说：

> 宗教里的苦难既是现实苦难的表现，又是对这种现实的苦难的抗议。宗教是被压迫生灵的叹息，是无情世界的感情，正像它是没有精神的制度的精神一样。宗教是人民的鸦片。[1]

诚然，杨杏园从以公心救世到遁入佛门的精神悲剧正是对那个物质主义统治的"没有精神的制度"和"无情世界"的控诉与抗议。而作为小说结局的杨杏园之死，则把这控诉与抗议的情绪燃烧到极致。

---

① 马克思：《黑格尔法哲学批判》(导言)，北京人民出版社 1963 年版，第 2 页。

走不出命运怪圈*

女伶的悲剧人生是张恨水小说感情世界中备受关注的主题，其中最具典型性的是《夜深沉》①中关于女伶杨月容悲剧人生的描写。它的典型性就在于通过一个平民女伶在环境支配下总是走不出悲剧命运怪圈的事实，揭示女伶人生悲剧的社会必然性。所谓女伶悲剧命运怪圈是指她难以摆脱在金钱奴役下沦为有闲阶级享乐工具的必然性，而这必然性又往往是伴随富人捧角走红而实现的。因此从命运角度看，出身于贫苦市民家庭的女伶，其人生之路几乎都经历了两个截然不同的阶段：走红前是下层市民社会的大众情人，虽为生存而挣扎却不失人格的自然与纯朴；走红后则成为有闲阶级的享乐工具，物质与精神的双重奴役像一条无形而永恒的命运枷锁，使她在人格被扭曲的同时，陷入无爱的悲惨人生。

杨月容是“六亲无靠”的孤女，凭一张“投师纸”寄托在落魄民间艺人张三门下以卖唱为生。残酷的生存环境在无情地过早地把这个青春美丽的花季少女推向人生炼狱的同时，也铸就了她向命运抗争的秉性。然而抗争并没有让她摆脱沦为有闲阶级享乐工具的命运，反倒让她越来越深重地陷入物质与精神的双重悲剧中。从卖唱为生的大杂院大众情人到供有闲阶级享用的剧院明星，再到觉醒后毅然逃出堕落围城回到民间重操卖唱旧业以糊口，她像在沉沉黑夜里走了一个“鬼打墙”的怪圈——这是一个不以抗争者意志为转移的命运怪圈。杨月容虽然最终没有走出这怪圈，但却以抗争失败后的反思与觉醒更加充分地实证了女伶悲剧人生的社会必然性。

一

鲁迅说：“既有消费者，必有生产者，所以一面有消费者的艺术，一面也有生产

* 《聊城大学学报》2015 年第 3 期。

① 连载于上海《新闻报》副刊《茶话》1936 年 6 月 27 日至 1939 年 3 月 7 日，1941 年 6 月上海三友书社出版单行本。

者的艺术。"[1]这里所谓消费者的艺术和生产者的艺术便分别指城市文化中相互对立的两个艺术世界：为有闲阶级享用的享乐艺术世界和为生产者服务的民间艺术世界。而在这两个世界里的伶人则是生存环境与命运归宿完全不同的两种角色，一是民间艺术世界里的大众情人，一是拴在有闲阶级钱袋上的享乐工具。走红前的杨月容便是在民间艺术世界里挣扎、历练，并崭露头角的大众情人。小说在开端部分，以民间艺术世界为背景真实而生动地展现了月容在以丁二和为代表的大杂院下层知音民众的同情与呵护下，从为生存而抗争的卖唱孤女成长为走红歌女的曲折历程。揭示民间女伶与知音民众之间心气相通、命运与共的深切联系，正是这段历程所蕴含的深刻内涵。它在作品中是通过以月容与二和爱情为主线的故事表现的——在这里现实中女伶与民众的真实关系及其矛盾发展过程被作者典型化为月容与二和两个典型性人物的爱情关系及其矛盾发展过程。这个矛盾发展过程包括序曲、开端和发展三个相连续的阶段：

（一）序曲

小说第一回以"陋巷有知音暗聆妙曲"为题点出序曲的内容。这便是月容演奏的一曲《霸王别姬》中的《夜深沉》，宛如劳动者心灵世界的"命运交响曲"，撼动与感染了大杂院以二和为代表的知音民众，从而使月容由自惭形秽的卖唱女变成大杂院知音民众心中喜爱的大众情人，而那一曲《夜深沉》也便永刻在他们心灵深处，成为歌者与知音者心气相通、命运与共的精神与感情象征。这是"声"(《夜深沉》的音乐之声)与"色"(陋巷朦胧的夜色)相交融的情境，声的悲怆与色的苍凉交织而成的是一曲蕴含着苦难美的命运交响曲。所谓"知音暗聆妙曲"的真意是写命运多舛的知音民众与民间艺人之间的感情交融与心灵共鸣，而音乐则是他们灵魂沟通的桥梁。在这个情境中知音民众的情绪因音乐而触发，并形成如下三次共鸣：

第一次共鸣是巷口传来的妙曲《夜深沉》吸引和触动了知音民众的心，迸发出共鸣的心声：

> 在巷子转弯的所在，有一阵胡琴板鼓声绕了院子外走着，乃是一把二胡一把月琴，按了调子打着板，在深夜里拉着，那声音更是入耳。正到这门口，那胡琴变了，拉了一段《夜深沉》……大家立时把谈话声停了下去，静静地听着，等那个《夜深沉》的牌子完了，大家就齐声地叫了一声好……

正是这知音民众的共鸣驱使二和与王大傻出面邀请卖唱者进入大杂院演唱。

① 《论"旧形式的采用"》，发表于《中华日报·动向》1934年5月4日。

第二次共鸣是卖唱者应邀在大杂院内演唱时发生的。知音民众与心目中所爱怜、倾慕的大众情人月容零距离接触与互动，深化了共鸣的内涵：由外在情绪的共鸣，而深化为内在心灵的共鸣。这集中体现在二和与月容感情的三次互动中：

一是“讲价”。王大傻与月容师娘讲定演唱报酬是“两毛钱唱三支曲”，而二和则慨然自己出一毛钱成全此事。这固然表现了他慷慨诚实的性格，却也隐含同情怜爱月容的动机。他同情的是其命运的不幸，曾叮嘱代表知音民众讲价的王大傻说：“大哥，人家做小生意卖唱的，怪可怜的，可别同人家闹着玩。”他爱怜的是其才艺高强聪慧过人的人格，因为师娘已将月容引以为荣地向他作了如下介绍：“我们这孩子，大戏唱得很好，你随便挑两出听听，准让你过瘾。”又说：“大嗓小嗓全能唱。《骂殿》《别姬》、新学会的《凤还巢》，这是青衣戏，胡子戏《珠帘寨》《探母》《打鼓骂曹》，全成。”二和上述同情与爱怜的内心情感，通过慨然出钱买唱的行为传递给月容，触动了她敏感而单纯的心灵世界，使她在冷漠人间发现了一个可以依托信赖的热诚善良的灵魂。这心灵共鸣虽然无法向二和直接表述，但却深藏在她感情的记忆里，成为同二和发生爱情的感情基础。

二是“送茶”。这是二和在朦胧夜色中第一次与月容零距离接触，虽未能看清她的姿容，但音乐传递在心灵中所形成的美丽幻影却借此复生，灵魂对于美的皈依，竟然使他在一瞬间陷入呆滞状态：

> 二和听说，立刻跑回家去，捧了一把壶三个茶杯子出来，自然一直迎到他们面前去。在黑暗中，是那位姑娘说了一声劳驾，两手把茶壶接了过去，连连道了两声劳驾。在她叫劳驾的声中，二和像扎针扎了什么兴奋剂一样，心里倒是一动，等到自己要去仔细看这人时，她已经把壶抱着走了，站在黑暗的院子里，倒不免呆了一呆。

三是“点曲”。二和是大杂院知音民众委托的“点曲”者。由于他是一位与歌者月容心气相通、命运与共的真正知音者，所以所点之曲总是同歌者不谋而合，正所谓心有灵犀一点通。二和有前后两次点曲，前一次因在黑暗中看不清折子就让歌者自选心曲。结果他们不假思索、随心所欲地唱出了曾经撼动二和心灵的命运之曲《夜深沉》。小说对这段心灵共鸣作了如下描写：

> 只见三个黑影子，已坐到一处，同时胡琴鼓板全响起来，那调子，正奏得是南梆子。过门拉完了，那小姑娘唱了一段“老大王在帐中和衣睡稳”的词句，正是《霸王别姬》，唱完以后，加上一段《夜深沉》的调子，这是虞姬舞剑那一段音

乐。二和本来回到他原位躺在藤椅子上，听完了这段《夜深沉》，二和叫了一声好，人随了这声好，就坐起来……

第二次点曲是在三支曲子唱完后，歌者准备退场之际。这时为命运之曲深深触动的二和，兴致方兴未艾，竟不顾生计艰难，情不自禁地再次点唱《夜深沉》，对月容师娘说，他出一毛钱再让姑娘“唱一段《霸王别姬》，末了，还是来一段胡琴”。这次点唱虽被母亲丁老太以明日生计无着为由制止了。然而，那命运之曲却已经与二和的灵魂化为一体，像幽灵似地勾引他的魂魄，唤起他对幻美的追寻。小说在情境末尾对二和上述心态有一段韵味无穷的描写：

到了次晚，大家自然是照样的坐在院子里乘凉，然而那卖唱的，奏着《夜深沉》的调子，由胡同口上经过，可没有人再说，把他们叫进来。因为除了二和，大家全是舍不得钱的。二和因为昨日已经让母亲拦阻着了，今天哪还敢发起这事呢。自此，每当晚间卖唱的经过，只好静静地听一阵子，有时，他们在附近人家唱，也就追到人家门外，隔了墙去听着。那三口子的嗓音，听得很熟，他们在黑暗里随便唱一声，也知道是谁，可是他们的脸面，却没有看得出来。自己也曾想着，要瞧瞧他们，到底是怎么一个样子才好，但他们白天又不出来的，哪儿有机会去见他们呢？不久，天气又慢慢的凉了，胡同里的胡琴声，有时听得着，有时又听不着，后来是整月不来。

由上可见，所谓序曲实为以《夜深沉》为音乐主体形象、以苦难美为其内涵的命运交响曲。它在作品中的意义是引领与象征。所谓引领是指它像整个作品的主旋律，将一切动作都引向同一个方向：命运悲剧归宿。从这个意义上可以视其为作品的主题曲。所谓象征包括正反两方面内容：一是以音乐共鸣象征民间艺术世界命运多舛的女伶与知音民众之间心气相通、命运与共的深切联系；一是以悲怆苍凉的音乐基调的贯穿、笼罩与渲染，象征月容与二和爱情悲剧和人生悲剧的社会必然性。

（二）开端

若说“序曲”是以音乐共鸣象征性地揭示民间艺术世界女伶与知音民众心气相通、命运与共的关系，那么在“开端”中这种关系则是通过以二和为代表的知音民众见义勇为、慷慨救助落难孤女月容的真实过程表现的。从这个过程中可以看到，所谓“开端”实包括三层涵义：一是“六亲无靠”的月容向命运抗争的开端；二是二和与月容爱情关系的开端；三是月容真正走上梨园世界的开端。而救助过程则包括个人救助和以知音民众为主体的社会群体救助两个相连续的阶段。

个人救助是指二和路遇月容出逃，救助其脱出虎口。

从表面看来这出逃者与救助者在街头相遇纯属偶然，但若从人物命运、人格与感情发展内在逻辑看却恰恰是偶然中的必然。所以作者说："人生的聚合，大半是偶然的，不过在这偶然之中，往往可以变为固然。"

首先，从命运看二和与月容同是天涯沦落人。一个天生丽质而因"六亲无靠"沦为丧失生存权利与人身保障的卖唱女；一个生于将门而因权力倾倒家族腐败沦为与双目失明老母相依为命的马车夫。是命运主宰他们在生存竞争的人生之途相遇：一个为向命运抗争而出逃，一个则因命运同情而救助。

其次，从人格看他们都是道德人格的守护者。在金钱权力为本位的市民社会，一个仗义疏财，同情弱者，恪守着劳动者的诚实；一个则出污泥而不染，恪守着女性人格贞洁，以出逃向命运抗争。

再次，从感情看他们本是歌者与知音者的关系。音乐共鸣早把他们的感情连在一起，尽管在大杂院零距离接触时，月容未能看清二和的相貌，但他那伟岸的身躯，侠义的性格，同情爱怜弱者的感情，却深刻在她记忆中。这不仅是她趁二和出车时出逃并向他呼救的原因，而且成为她放弃自杀念头，欣然跟二和"登堂见母"的心理依据。

然而就救助者二和而言，却不知道这出逃者就是几个月前曾以一曲《夜深沉》撼动他灵魂的那个卖唱姑娘。因此他领其"登堂见母"并无爱情动机，而是想用母爱亲情温暖这颗伤痛绝望的心，而后设法把她送进"妇女救济院"；是月容无意中唱出的那支命运之曲《夜深沉》重新唤起他们压抑于心底的爱情。所谓"闻歌忆旧"便是这爱情的开端：

> 二和赶着马车回来，已是满天星斗。……悄悄的走到院子里来。……这就有一种细微的歌声，送到耳朵里来，这词句听得很清楚，乃是"老大王在帐中和衣睡稳"，正是自己所爱听的一段《霸王别姬》。这就不肯作声，静静儿的往下听着这一段唱腔，不但是好听，而且还十分耳熟，直等这一段南梆子唱完了，接着又是一段嘴唱的胡琴声……这岂不是《夜深沉》！……直等这一套胡琴声唱完了，自己再也忍耐不住了，突然叫起来道："哦，唱得真好。"……
>
> ……
>
> 二和在灯光一闪的时候，看到那娇小的身材，这让他想起星光下一段旧事……一抬手道："我记起来了，一点儿没有错！夏天，你在我们院子里唱过一

晚戏，你唱得真好，我永远记得。不想咱们成了朋友了，想不到，想不到！”……月容臊得耳根子也红了，只是低了头，将一只手去慢慢的抚摸着桌沿。二和这才看出来了，人家很不好意思，因止住了笑容，很沉着的对她道：“这要什么紧，我们赶马车是糊嘴，你卖唱也是糊嘴，又有什么不能对人说的！”她这才低声答道：“我不敢告诉你是学什么，就为的是这个。丁掌柜的，你明天把我送到救济院里去，可别说出来，我觉得真是怪寒碜的。”……

……二和见她两手反撑了桌子，背着灯光看了自己的鞋尖，那就够难为情的了，便站起来道：“可是等我知道了你是一个卖唱的，我可喜出望外。因为你那天在我们院子里唱过一回之后，我们这院子里人，全都成了戏迷了。……你唱的声音，我是听得很熟，可是我还没瞧见过你长的是个什么样子。”月容本就低着头的了，听着这话，不觉噗嗤一声笑着，将头扭了过去。

“闻歌忆旧”是他们爱情的开端。从此潜藏在二和与月容感情记忆里的爱情便因二和对于月容的救助而深化和逐步浮出水面。其标志是：(1) 由一般感情的共鸣而发展为爱情心理的表白。这是友情趋向爱情的标志，因为正是这爱情心理表白构成了相爱双方感情互动与交融的恋爱过程。(2) 在爱情驱动下彼此心照不宣地改变了救助计划，二和没有送月容进“救济院”，而是请她留下照顾病中母亲。

然而，月容的悲剧从根本上看是民间艺术世界家庭式行会性师徒制度所造成的。这种以家庭为载体，以师徒关系为契机，融教学与卖艺为一体的草根艺术组织形态，是手工艺经济的产物。由于它扎根基层，适应民众艺术需求和宜于贫困家庭子女学艺成才，所以没有因现代剧院制度产生而消失，而是成为与剧院对立并存的民间制度，以致变成平民艺人出道的必经途径。但从培养人才角度看，这种制度却带有严重封建性与行会性。这主要表现为师徒关系是封建家庭亲权制与行帮制的延续，在失去家庭支柱与亲人监护的封闭环境里，集师位与亲权于一身的师傅，往往因性道德与人格缺失对女性弟子造成心灵创伤，人格屈辱，甚至人生悲剧。六亲无靠的月容便是这制度下受害深重的典型，因为在没有家庭支柱和亲人监护的条件下，握在张三手里的“投师纸”就变成如同卖身契一样的套在脖子上的枷锁。她虽然在二和救助下侥幸暂时逃出张三家门，但命运危机不仅没有缓解，反而引发了如下两个新的矛盾：一是二和与张三的矛盾。若张三向二和要人，二和不放，就必然诉诸法律，其结果将是张三凭一张“投师纸”在法律庇护下夺走月容。二是月容自身生存与发展的矛盾。月容是民间艺术世界崭露头角，知音民众爱戴，颇具发展前途的卖唱女，逃出虎口后她面对两种人生抉择：一是为生存而苟安跟二和过日子，二是为发展而继续学艺另投良师从教。显然，上述两个矛盾都是二和靠个人之力无法解决的，这就使处于两难之境的二和在严峻危机中觉悟到必须改变救助途径和手段：由个人救助提升为社会群体救助。

所谓社会群体救助是指以二和与王大傻为首策动的以知音民众与文武义士为主体的如下两次救助行动：

其一，聚民间义士之力迫使张三交出“投师纸”。

这是帮助月容摆脱张三控制另投良师从教而采取的救助措施。其具体做法是请出民间艺术界德高望重的老伶杨五爷在其府上聚合当地文武义士，设供奉祖师爷的神堂让月容诉冤、张三申辩后，由五爷据实情和义士意见当众作出裁决。其中月容那段有理有据、义正词严的倾诉，既揭露了事实真相，辨明了是非，又表现了一个受害灵魂为命运抗争的巨大勇气：

> 并不是我忘恩负义，因为师傅待我，不是把我当一个徒弟，是把我当个姨奶奶看待。我这么小年纪的人，我还图个将来呢，我能够跟他胡来吗？所以我含着一包眼泪，总是躲开他。可是……我一个没爹娘的小女孩子，能对付得了他吗？……师娘，她也知道师傅没安着好心眼，……可是她应当劝劝她的丈夫，不能怪我这可怜的孩子。她不那么想，借了别的缘故，不是打我，就是骂我。她还说了，要弄瞎我的眼睛呢！我逃出来的那一天，是师傅把我关在房里，掏了几毛钱给我，让我买吃的，伸手就来抓我，师娘是老早的出去了，没有人来救我，我只得大嚷起来，师傅一气，揍了我一顿。恰好师娘回来了，看见师傅关着房门呢，敲开房门进来，拿过一把鸡毛帚子，不容分说，劈头就抽过来。我一急，就跑出大门来了……祖师爷在这里，我可没说一句假话。

月容的倾诉，实质上是一个陷入虎口而六亲无靠的卖唱女为向绝望抗争而对社会发出的呼救。由于其抗拒矛头指向民间艺术世界家庭式行会性师徒制度的弊端和以张三为代表的师中败类，所以这抗争者的呼救就引起极其普遍的同情与响应。其中对两个关键人物的影响于斗争有着决定性意义。

一是张三。他被传来神堂时看到文武义士威严凛冽的场面与气氛，虽有几分怯，但有“投师纸”壮胆和妻子黄氏帮腔，还想向法律讨个“公道”。但“听到月容那一篇报告，早是身上抖战，脸上是由苍白变紫，由紫又变到青，呆了两眼，像死过去了的僵尸一般”。这时威震遐迩的武义士唐得发便趁机对他施压说：“今天在祖师爷面前，大家全得平心静气的说话，谁要不讲理，我先给他干上！……张三爷，你看我的话怎样？”张三“见他的一个拳头，简直同铁锤一样”，便连连点头道：“是，是，是。”于是杨五爷定的计策，就因此而胜券在握。

二是杨五爷。他是民间艺术界颇具声望，德艺双馨的老伶人，对于张三师德腐败早有所闻，并由此产生对月容命运的同情，只因碍于师徒制度的制约，没有把同情变成干预行动。在二和与王大傻的请求与策动下，他虽介入事件并主持制定了一套行动计划，然取胜信心不足。月容感天动地的倾诉不仅净化了他的灵魂，坚定了他救助的决心与信心，而且使他真正认识到她是个天生丽质，性格坚韧，求学上进的可造之材，正是他意想中的培养对象。若说此前他接受月容拜师礼是为了同情救助，那么此时的动机则是成人之美，造就优才。其行为表现是：

(1) 严格依法办理接受月容为杨门弟子的事宜。其中关键举措是一方面当着张三与月容面烧掉“投师纸”，另一方面则出资30元由丁老太假监护人名义交张三作为对师傅的酬谢。这样就使月容改换师门成为合理合法的行为。

(2) 为月容专心学艺创造良好环境与条件。为让她既继续保持与二和的感情联系而又安心学艺，安排她晚间在杨宅学戏而白天在丁家照料丁母。事实证明，这样作的结果是促成月容才艺发展与爱情发展相得益彰，既使月容才艺很快达到登台演出地步，而又使月容与二和之间的感情由命运同情的友情而发展为情投意合愿终身为伴的爱情。

其二，知音民众集资为初登舞台的月容捧戏。

若说第一项措施解决了二和与张三之间的矛盾，避免了一场官司，那么这第二项措施所解决的则是月容自身生存与发展的矛盾。二和对月容的感情从开始就是无私的同情与爱怜，待发展到情投意合的爱情时仍然透着无私情怀，其表现便是甘冒失去爱情危险而策动知音民众集资为初登舞台的月容捧戏。这正是他人格无私与诚实在爱情上的体现。因为二和作为知音民众虽与剧院明星无缘，但却从母亲经历与自己体察中感悟到一个规律：平民女伶的走红，往往成为她爱情与人生路上的界碑，此前是地上大众情人，此后则变成天上织女，金钱权力犹如一条银河将她与地上牛郎永远分隔；于是留给牛郎的爱情就变成了水中月，镜中花，梦里的幻影。这感悟使他一度产生了爱情悲剧的预感，特别是当听到从杨府传出月容动听的戏腔与琴声时竟然禁不住为命运而饮泣嗟叹：

> 在这样凄凉的深夜里，在月亮下面坐着，本也就会以引起一种幽怨，加之杨五爷的家里又送出那种很凄凉的戏腔与琴声来，那会更引起听的人一种哀怨情绪。二和坐在那大石墩子上，约摸听了半小时之久，不觉垂下两点泪来。……他自言自语地叹了一口气道：“回家去罢。”一个人在月亮下面，低头看了自己的影子，慢慢地走回家去。

显然，月容的戏腔与琴声在二和心中所引起的是命运的哀怨。当他回到家里后，与近邻田大嫂谈心时对这哀怨作了如下阐释："刚才我在大月亮下走路，想起我小时候在花园子里月亮底下玩，到现在就像做了一个梦一样。我想到那样好的人家，一天倒下来，怎么就变成了这个样子。"又说："我二十五岁了。要是我家没穷的话，我也在大学毕业了。"这家世败落的哀怨实质上是对自身命运的哀怨，它是爱情危机预感在心理上的反映。但这种悲观心理很快就为灵魂中积极的一面所战胜，而这积极的一面便是他人格的无私与诚实。正是这无私与诚实使他突破了利益权衡的世俗爱情价值观，升华了爱情的精神境界，将诚实的爱化为灵魂对于美的心灵、美的人格和美的感情的无限追寻和永恒记忆。于是，他便重新回到知音民众对大众情人那种心气相通、命运与共的心态，竭尽全力带领知音民众集资为月容捧戏，并且首战告捷，使月容初登舞台就获得"一鸣惊人观场皆大悦"的效果。

以二和为首的知音民众连续几次捧戏是月容走红的开端，再加杨五爷力荐与扶持，月容很快就为剧院同行所认可，为戏迷受众所推崇。于是"戏馆子里就规定了月容唱中轴子，每天暂拿一块钱的戏份"。至此，月容身份与地位便因走红而截然发生了变化：从大杂院卖唱的大众情人而成为剧院舞台上一颗惹人注目的新星。她的表演不仅有知音民众喝彩，而且也引起以捧角为性享乐的纨绔子弟群的觊觎。这就使走红的月容成为知音民众与有闲阶级争夺的对象。然而事实已经证明，在金钱权力为本位的市民社会，所谓剧院向来是有闲阶级独占的享乐场，而走红的女伶便是他们占有享乐的工具。因此，以二和为首的知音民众的喝彩必然为有闲阶级的捧角所取代，而出自民间的月容也便不再属于民间。这不能逾越的命运鸿沟，便是二和与月容爱情悲剧必然性所在。随着月容的走红，这种二和曾预感到的必然性趋势正在逐步变成实感，并且首先通过丁老太与月容如下一段心灵对话反映出来：

> 丁老太道："说起来惭愧，我是什么也没剩下，就只这一张铜床。……把这张床送给你罢，大姑娘，你什么时候是大喜的日子，这就是我一份贺礼了。"……月容望她的脸道："您干吗说这话，我可怜是个孤人，好容易有了你这么一位老太教训着我，就是我的老娘一样，总得伺候你十年八年的。"……
>
> ……丁老太因道："若是真有你这样一个人伺候我十年，我多么舒服，我死也闭眼了。可是那不能够的，日子太长了，你也该找个归根落叶的地方，你不能一辈子靠你师傅。"月容对老太脸上看了微笑，因道："我伺候您十年，就老了吗？而且我愿意唱一辈子戏。"丁老太笑道："姑娘，你年轻呢，现在你是一片天真，知道什么？将来你大一点，就明白了。不过我同你相处这些日子，我是很

喜欢你的。就是你二哥，那傻小子，倒是一片实心眼儿，往后呢，总也是你一个帮手。不过你唱红了，可别忘了我娘儿俩。”老太说到这句话，嗓音可有点硬……月容就知道她心里动了命苦的念头。便道：“您放心，我说伺候您十年，一定伺候您十年。漫说唱不红，就是唱红了，还不是你同二哥把我提拔起来的吗？”

这段心灵对话是真心吐露。经过命运沉浮的丁老太，从经验中已经意识到走红后的月容将不再属于二和与自己，对话就意味着惜别；而涉世尚浅的月容，刚刚走红，由于还没有陷入金钱诱惑的陷阱，所以心灵仍然是纯朴的，她意识到走红会使自己时来运转，对话正是她恩爱的许诺。然而，事实证明，她终于没有实现许诺。从表面看来这是月容忘恩负义、二三其德，但就本质而言却是金钱权力对于平民女伶人格奴役与扭曲的必然结果，而月容的悲剧则是她无法摆脱金钱权力的奴役与扭曲，最终陷入平民女伶都不能幸免的命运怪圈。

（三）发展

所谓发展是指月容与二和爱情关系及其矛盾过程的发展。在这里他们之间情投意合的爱情，于月容走红后因纨绔子弟宋信生插足而陷入危机。

宋信生是富豪之子，虽是京华大学学生，却过着骄奢淫逸的生活，而追捧女明星便是他玩弄占有女性惯用的手段。他正是以上述手段将月容从二和手中夺走的。这是有闲阶级同民间知音民众争夺剧院舞台及其女明星的斗争，宋（信生）的“胜利”与丁（二和）的“失败”实证了走红后的月容由民间大众情人变为有闲阶级享乐工具的社会必然性。为揭示这必然性，小说在矛盾过程的描写中特别突出了以金钱为本位的价值观及其主导下的公众舆论对月容与二和的影响。这公众舆论中最具代表性的是捧角走红论和女伶婚姻宿命论。

首先是捧角走红论的影响。

捧角与走红本是一件事情的两个方面：捧角是有闲阶级以钱买色的交易行为，而走红则指这钱色交易给女伶带来的红运。在金钱支配的梨园世界，所谓“捧角走红”似乎已成既合天理又合良心的共识，是女伶发展必须遵循的制度。所以，宋信生为占有月容而凭借金钱肆意捧角，就获得公众舆论的支持与认可。这就使月容与二和面对宋信生怀有占有动机与欲望而步步紧逼的追捧，总因舆论影响而节节退让，而终于落入圈套。其中典型事例是当月容对宋的刻意追捧与起哄产生羞涩、疑惧和拒斥情绪时，剧院同行却对其施以“舆论一律”的劝解。女伶小芬以捧角走红为天经地义，说：“唱戏的人，谁没有人捧呀？没人捧还想红吗？”宋小五以老伶资格开导说："小姑娘，你知道什么？捧角的人，就是起哄，哄起就是捧角呀。"又说："好孩子，你要学会了这一手，你准能发财。那位宋大爷，真是一位大爷，我听说，他家在上海开银行的，有的是子儿。"若说这些"舆论一律"的劝解与诱导打开了月容眼界，完全解除了她对宋信生的警惕，那么宋信生为她唱响《贺后骂殿》这场压轴子戏而慷慨捧场、冒雨雇车接送的行为，则深深感动了她，从而对他人格发生了好感。下面一段心理描写记录了她感情的变化：

> 这晚在床上，想起姓宋的这个人总算不错，下这样大的雨，他只凭了前两日一句话，到底来了，让自己足足出了一个风头。这就算是平常捧角的人做得出来的事，最难得是他会在下雨的时候，雇了一辆汽车来接人，而且还在车子上预备下了一把伞，免得人雨淋着。二和待人就很忠厚的，也决不能想得这样的细心。只知道他姓宋，可不知道他家是干什么的，虽不能像宋小五那样说，是开银行的，但是一定也很有钱。自己要想做个红角儿，总少不了要人捧的，这样的人，也很老实的，就让他去捧罢。

这种感情变化在悄悄凝聚扩大，最终导致丁二和与杨月容爱情由危机而破裂。其标志是丁与宋在爱情三角中角色的逐步转换，最终是前者由热恋者变成失恋者，后者则由插足者取代了热恋者位置；而被捧为明星的月容却从此开始了她作为有闲阶级享乐工具的悲剧人生。

其次是女伶婚姻宿命论的影响。

所谓女伶婚姻宿命论，实质上是金钱本位的婚姻价值观在女伶身上的体现。其核心理念是：出卖技艺与色相的女伶其爱情与婚姻前途是完全由自身交换价值所决定的，而交换价值提高的标志则是"走红"。走红前她是大众情人，婚姻归宿是平民妻子，而走红后她是有闲阶级占有与享乐的工具，婚姻归宿则是少奶奶或姨太太。这个理念也已成为天经地义的公众舆论在影响与支配着陷入感情危机的二和。这影响最初表现为爱情危机预感，而后则是怀着失恋的痛苦关注与等待月容从蒙蔽中觉醒。而当在四合公寓发现月容与宋信生同居逃匿时丢弃的一张破碎合照后，则悲愤交集，奋身拯救月容而夺回自己爱情幸福的梦想顿然而生，并且使他那一向善良平和的性格突然变得暴怒与疯狂。是饱经沧桑的母亲丁老太一段教诲，使他恢复了平静。她说："二和，你这是怎么了？……你为了一个女孩子，家不要了，老娘也不要了，性命也不要了，你就这样算了？"又说："一个人替自己想想，也要替人家想想。你一个赶马车的穷小子，也只好娶一个小户人家的姑娘，粗细活全能做就得了。像月容那孩子，已经不是街上卖唱的人了，她成了个红角儿，就是不嫁人，她也有了饭碗，什么也不用着急。假如要嫁人的话，运气好，也许碰上了个总长次长，收去做三房四房，次一点儿，一夫一妻的嫁个小有钱的主儿，每月不说多，也挣个百儿八十的。就别说她现在跑了罢，她要是不跑，就凭你每天赶马车挣个块儿八毛的能养活她吗？人家成了红角的，不去做太太，就去做少奶奶，只有她不开眼，要嫁你这个马车夫！”

丁老太在这里所阐述的便是她认为天经地义并为自己命运归宿所实证的“女伶婚姻宿命论”。正是这基于母爱、饱含人生酸楚与无奈的教诲，打动和启迪了二和那执着诚实的灵魂，然而他并非向命运屈服，而是要以月容为训用诚实劳动改变自己的命运。于是向母亲立下誓言：“她由一个卖唱的，可以做到一个红角儿，我一个赶马车的，一样也可以混一个挣钱的事。好汉不怕出身低，就能料着我一辈子全赶马车吗？”丁老太笑道：“你能有这个志向，那就更好，只要你有这个志气，就比月容长得好看，能耐再高的，你全可以得着，那还着什么急呢？”

可见，使二和走出爱情危机阴影的并非婚姻宿命论，而恰恰相反，是为了爱情理想而立誓改变自己命运的志向。因此，他对月容的爱情不但没有因宋氏一时占有而消失与绝望，而且成为刻骨铭心的美的永恒记忆深藏心间，成为他向命运抗争的动力。这已为此后事实所证明。

总之，月容作为大杂院大众情人的第一段伶人生涯，伴随走红与爱情危机而终结。此后她所面对的将是金钱支配与奴役下无爱的悲剧人生，而宋信生则是将她拉下这悲剧人生陷阱的第一人。

二

宋信生对月容的所谓爱情是纨绔子弟所一贯奉行的游戏爱情。其特征是假爱情名义而达到性享乐目的，其手段则是物质诱惑与感情欺骗并举。所以他虽机关算尽，占有了月容身体，却始终没有征服她那颗恋念二和的心，而是将她一步步逼向物质与感情，物欲与灵欲矛盾抉择的痛苦中。这就使游戏爱情过程，既成为月容在宋信生物质诱惑与感情欺骗下逐步陷入人格悲剧的过程，又成为月容由被欺骗蒙蔽而逐步觉醒与向命运抗争的矛盾转化过程。

若从宋信生所使用的手段看，这游戏爱情过程是由如下五个相连续的步骤构成：第一步是献殷勤，以行为表示亲近；第二步是请客送礼，以物质表露感情发展；第三步是设圈套将其骗入四合公寓，以物质诱惑与感情欺骗驱使其就范后而占有之；第四步是以结婚为由挟其逃匿天津，以断绝与二和的关系；第五步是当父亲发觉他倒卖店里古玩肆意挥霍而断绝其经济来源时，为自保而出逃，并将月容当作“下贱妓女”卖给军阀赵司令做姨太太。若从受害者月容的角度看，上述过程则是她人格与爱情被金钱支配与扭曲的过程，而贯彻这过程的基本矛盾便是物质诱惑与爱情人格尊严的矛盾。

宋信生所采取的五个步骤其要义都是“物质诱惑”，它使应对中的月容总是陷入物质欲望与人格爱情两难选择的矛盾中。其中最典型的是如下三次：

其一，为贵重首饰所打动。

月容既为宋信生贸然赠送首饰而惊诧，而又因首饰贵重而动心。小说对她面对贵重首饰所产生的心理矛盾过程有如下一段描写：

> 月容看时，乃是一串金链子，下面拴了小鸡心匣子。这玩意儿原先还不知道用处，自从在这班子里唱戏，那台柱子吴艳琴，她就有这么一个。据人说，这小小的扁匣子里，可以嵌着那所爱的人的相，把这东西挂在脖子上，是一件又时髦又珍贵的首饰。这倒不知道宋信生突然把这东西拿出来干什么？心里这样想着……眼睛可就偷偷地对信生手上看了去。

这里写月容对宋信生手中贵重首饰倾慕与渴求的心理，即物欲的萌动。表现在行为上，便是当信生将首饰送到她手上时，她虽在推辞，而心里却抑制不住喜悦与谢意，“虽是脸背了灯光，但她脸上，微微地透出红晕，却还是看得清楚，眼皮垂着，嘴角上翘，更是显着带了微微的笑容。”

然而，当她真要接受礼物时，却又陷入物质与人格爱情两难的抉择矛盾中。她知道这是一次决定命运的抉择：接受这首饰就意味着对二和的背弃。这心理矛盾外化为她情绪与行为的极端异常。致使信生为缓解她情绪说：“你收着就是，你戴与不戴，那没有关系！你搁个一年半载，将来自个儿自由了，那就听你的便，爱怎么戴，就怎么戴了。”显然这是缓兵之计，所谓“将来自个儿自由了”正是暗示她摆脱与二和的爱情关系。所以信生的话虽使她极度紧张的情绪有所缓解，但心理矛盾并没有解除：她“偏转头和他点了两点，告辞而去”，“那个背着灯的身子，根本就不曾转过来，口里虽也咕嘟着一声‘多谢’，可是那声音，非常的细微，就是自己也不会听到的。不过信生送了这样一份重礼给她，她心里是十分感谢着的。”

月容这时所谓感谢，实质上就是感情回报，也就是为表示对信生好感在舞台上向他暗送秋波。不料这感情互动却成为他们恋爱的开端，从而使他们的关系悄然间由伶人与捧角者的关系而变成情人关系。这是月容在物质诱惑下向金钱陷阱迈出的第一步。

其二，为豪华公寓所诱惑。

信生将月容骗入四合公寓的目的是占有她的身体。她所以肯于就范依然是物欲驱使的结果，即公寓中那豪华奢侈的生活方式诱惑了她。小说着力描写公寓的豪华富丽在月容心中所引发的波动：

> 只一抬眼，便觉得这屋子里，显然与别处不同……两架红木的雕花架格，最让人看了吃惊：玉白的花盆，细瓷的花瓶，景泰蓝的香炉，罩子上有小鸟跳舞的座钟，还有许多不认识的东西，花红果绿的，在那方圆大小的雕花格子里面，全陈列满了。正在那正中的所在……有个玉石盆子，里面全是碎白石子，插了两枝红珊瑚。这种东西，自己本来也就不认识，因为新排的一本戏里，曾说到这东西，知道是很值钱的。……只是这些，月容已觉得是到了鼓词儿上的员外家里了。还有其他不大明白的东西，只可笼统的揣想着，那全是宝物罢。
>
> ……月容看了这些，实在忍不住问话了，因道："宋先生难道你住在公寓里，什么东西，全是自备的吗？"

其实信生曾经向她炫耀过他家的富贵，但她并未料到竟是这样的阔。她的问话，实际上是被财富征服了的惊叹。觊觎已久的信生便正是趁此提出要她用牺牲贞操向他表示爱情的，并且终于使她一步一步进入圈套：

> 信生道："到了现在，我要试验试验，你是不是爱我了，你若是走了，请你再看看，我那枕头下，有一包安眠药，那就是我捧角的结果。"
>
> 月容听了这话，那扶了门扭的手，就垂下来，回头向床面前茶几上看看。灯光照去，果然有亮晃晃的一把钥匙，这就一个抢步，跑到茶几面前去。那钥匙旁边，果然又有一叠十元一张的钞票，在钞票上面，放了一只圆圆的金戒指。再回头看枕头边，也有个药房里的纸口袋。伸下手去，待要摸那钥匙，不免回头向信生看看，见他那漆黑乌亮的头发，雪白的脸子上，透出红晕来，不知道他是生气，也不知道他是害羞，然而那脸色是好看的。因之手并没有触到钥匙，却缩回来了。……信生道："那么，把我的桌灯熄了。"月容想着，这屋子里共有三盏灯，全是亮的，把这桌灯熄了，没有关系，因之就听了他的话，把桌灯熄了。不想这里把桌灯上的灯扭一转，灯光熄了，屋子里那其余两盏灯也随着熄了。

以牺牲少女贞操对信生表示爱情，是月容向金钱陷阱迈出的第二步。若说此前在婚姻选择上她面对感情世界中先后出现的情人二和与信生，还处于犹豫状态，那么这时她已用牺牲贞操的行动作出最后抉择：面对爱情与金钱的矛盾，她选择金钱而放弃了爱情。这感情世界的变化，反映了她婚姻价值观念的变化——由爱情本位而转化为金钱本位。她后来曾以反思口吻坦白了她在公寓作出选择时的心理：

> 那时候，看到他在公寓里住了两间房，里面布置得堂皇富丽，像宫殿一样……据他自己说，家里除了开古董店不算，他父亲还是个官，做过河南道尹，家里的银钱有多少，连他自己也说不清。……我若是嫁了这样一个人，不但穿衣吃饭全有了着落，就是住洋楼坐汽车，什么享福的事，都可以得着的。我这一动心，他说什么，我就都相信了。

其三，为婚姻梦想所欺骗。

信生见月容已经就范，就启动其游戏爱情最后一个环节——挟月容逃匿天津肆意享乐。为使月容顺从，他编制了一个美丽的婚姻梦想欺骗她，许诺到天津后就让她放弃唱戏而嫁给他做太太享受富贵荣华。他如下一段话打动了月容的心：

> 你别以为你现在唱戏有点儿红了，不等着嫁人，可是这有两层看法：第一，唱戏的唱红了的……怎么红，红不过当年的刘喜奎……现在怎么样？……快挨饿了。……第二，就算你唱红了，你迟早得嫁人。可是唱戏的女人，全犯了一个普通毛病，自己有能耐，嫁一个混小差事的人，做小买卖的人，有点儿不愿意，根本上自己就比他们挣的钱多。嫁有钱的人吧，那一定是做姨太太。……你现在若肯嫁我，第一是一夫一妻，第二是我家里有百十万家财。……若说你喜欢做官的，自己闹一份太太做，那也容易。我的资格，就是大学生……花个一万两万的，运动一个官做，那准不难吧？

涉世未深的月容却万万没有料到这竟然又是一个骗局。到天津后，他不但没有兑现结婚许诺，反而纨绔子弟腐化本性毕露，骄奢淫逸，狂赌不止，瞬间由挥金如土的阔少而变成家徒四壁负债累累的穷光蛋，以致为偷古董偿还赌债与维持生计而潜回北京，最后竟为应对家父经济制裁而将月容以千元价格卖给军阀赵司令作了姨太太。至此，月容婚姻梦想已彻底幻灭，游戏爱情也便以其被作为“下贱妓女”转卖给军阀做姨太太而结束。这样的结局恰恰实证了“女伶婚姻宿命论”及其命运怪圈的不可逾越性。

然而，在宋信生物质诱惑与感情欺骗下落得人财两空、身败名裂的月容，却终于觉醒起来。其表现便是认清了女伶爱情与人生悲剧社会必然性根源是金钱权力奴役与扭曲，女伶所以不能走出悲剧命运怪圈的主观原因，就在于不向金钱权力奴役与扭曲抗争。因此，她决意以前事为训，拒斥金钱诱惑与权力胁迫，向婚姻宿命论抗争，以走出命运怪圈。这是女性主体意识的觉醒，表现在行为上便是恪守以自立、自尊、自强为其内涵的人格理想，对爱情与人生之路作出重新选择：其一，彻底揭露信生丑恶灵魂后，将爱情重新转向二和；其二，唾弃物质享乐而重登舞台唱戏以求自立。为此，她背负精神压抑与人格屈辱，四处奔波，追寻恩人二和与恩师杨五爷的踪迹。但不幸的是在奔波中先后落入军阀郎司令与赵司令的陷阱，于是便转向反抗军阀占有的斗争。

首先是郎司令的占有。

表面看来，郎司令逼迫月容做姨太太，仿佛与信生无关，但实质上却是他弃家逃匿致使月容陷入生计危机的必然结果。郎正是乘人之危，“左手拿刀子，右手拿着钱”，企图迫使月容就范的。但觉醒后的月容已经清醒感悟到，这军阀以权力胁迫的占有与纨绔子弟以物质诱惑的游戏爱情，虽手段各异，本质却都是男性用金钱权力玩弄奴役女性的固有形式，对平民女伶而言这恰恰是走红后坠入人生末路的前后两个相连续的阶段；前者是命运悲剧开端，后者则是命运悲剧结局。因此，她面对物质诱惑与权力胁迫，决意抗争，将生死置之度外。当胡妈耐不住生计艰难劝其就范时，她的回答是：“你的意思我明白，让我当郎司令一份外家。老实说，要我当人的外家，哪一天我都能办到，我就是不干！我要走那一条路，我还不如去唱戏呢。”又说：“我也受过教训的。男人要捧哪个女人，在没有到手的时候，你要他的脑袋，他也肯割给你的，可是等他把你弄到手之后，你就是孙子了。你好好地伺候着他，还可以带着你玩两天，你要是伺候得不好，他一脚把你踢得老远。那个时候，你掉在泥里也好，掉在水里也好，谁也不来管你，那就让你吃一辈子苦了。”然而，她抗争的结果是“逃出了黑店，又搭上了贼船”——虽没有使郎司令得逞，却又落入赵司令虎口。

其次是赵司令的占有。

若说郎司令的占有是师出无名的山大王式趁火打劫，那么赵司令的占有则是师出有名的契约式清债行动。他所以挟持信生来“搭救”在郎胁迫下陷入生计危机的月容，其目的便是凭人证兑现在天津时信生以月容抵赌债的许诺。所以见面伊始，就当信生面向月容重提旧事以表他依然觊觎着月容与急切占有她的心理。他说：“凭了你二位在当面，说出一个证据来罢。在天津，信生要钱，弄了一个大窟窿的时候，他妙想天开，想认你作妹子，把你送给张督办，他好换一个小官做。我碍了朋友的面子，没有拒绝他，可是暗地里派人通知过你，说这张督办有二三十位姨太太，嫁过去了，决计好不了的。有这事没有?”这是深刻在月容心里的痛苦记忆。只是她当时对于其言行矛盾(一面纵容信生把她送给张督办，一面又背着信生派人告诉她“嫁过去了，决计好不了”，并叮嘱“有急事打电话给赵司令”，他一定来救她)并没有完全理解，现在才恍然大悟：原来他是打着张督办旗号胁迫信生以抵赌债名义把她卖给自己作姨太太，只是由于他们突然潜回北京而没有得逞，如今是兑现这笔孽债来了。但当她要质问信生时，将她骗入虎穴的信生却早已无影无踪，而赵司令的回答是：“他害了见不得你的病，把你卖了，搂了一笔钱走了。”又说：“他拿了我一千多块钱去，我不能白花。再说，你怎么跟他逃走的？你也不是什么好人。你是懂事的，你今晚上就算嫁了我……你要是不答应我，我也不难为你。这是我们督办留给我办公的地方，内外都有大兵守卫，你会飞也飞不出去。至于说叫警察，大概没有那么大胆的警察，敢到我们这屋子里来捉人吧?”这实质上是对月容悲剧命运的宣判。其要义是说跟纨绔子弟逃走而又被卖掉的月容“不是什么好人”，而是一个如同“下贱妓女”的坏女人；占有她不是为了爱情而是钱色交易——他那一千多块钱“不能白花”。因此，面对这判决，月容所感到的并非权力胁迫的恐惧与对命运的绝望，而是人格耻辱所激起的对男性法权及其金钱权力奴役的极端愤恨与反抗情绪。于是一场占有与反占有的生死搏斗，便在固若金汤的豪华官邸内展开。

月容为达到出逃目的所采用的战术是“智斗”，即一方面以精神疲惫和有病在身为由，推迟与赵同房的时间，一方面则利用刘嫂急于争得姨太太名分及由此而产生的矛盾心理，协助她出逃。特别是在后一方面的成功表现了月容超常的斗志与胆识。月容是在刘嫂秘密帮助与策划下出逃的，虽然从二楼禁锢她的房间逃出后缘树枝下跳时跌成昏厥被官邸秘书送进教会医院，但幸运的是以慈悲为怀的大夫出于同情与大义，治愈了她的伤病，护佑了她的安全。

这是月容在生存危机中第二次以“出逃”向命运抗争的行动。

第一次是作为六亲无靠的卖唱女为反抗师傅虐待与凌辱而出逃，拯救她摆脱危机的是与她命运与共、心气相通的知音民众丁二和；第二次则是作为走红明星被纨绔子弟玩弄后又卖给军阀作姨太太陷入人生末路时为向绝望抗争而出逃，拯救她的恰恰也是与她命运与共、同病相怜的保姆刘嫂。然而，两次出逃时的境遇与心态却完全不同：前一次出逃，她比较幸运，不仅从二和那里得到爱情，而且一路走红，由大杂院大众情人而变成剧院明星，心态是生存欲望驱动下的争胜与进取；这后一次出逃时，她已不再是当初的那个纯朴圣洁的少女，而是一个背弃情人与恩人先后被纨绔子弟与军阀玩弄占有的不道德的“贱女人”，精神上负有沉重压抑与屈辱，面对的是精神与物质双重危机。

所谓精神危机是指她难以承受的道德与人格的失落感。其具体表现是：一方面心灵深处重新燃起对二和深挚而炽热的爱情，一方面却自惭形秽没有重新追求他并向他坦诚悔过以消除前愆的勇气。所谓物质危机是指她在挣脱了纨绔子弟和军阀司令金钱诱惑与权力胁迫的同时，也丧失了赖以生存的物质条件，成为六亲无靠“没有落脚所在”的“孤魂野鬼”。正是这生存危机形成她女性主体意识觉醒与现实之间不可逾越的矛盾，其心态表现是：觉醒后无路可走的悲怆与苍凉。小说对于月容走出医院大门时的一段心理描写，便是上述心态的真实写照：

> 月容猛然听到出院这两个字，倒没有了主张。因为自己聊避风雨的那个家，已经没有了，丁家究竟搬到哪里去了？而况，他是什么态度，也难说。这一出院门，自己向哪里去？……
>
> ……看看来往的行人车马，都是径直向前，不像有什么考虑，也没有什么踌躇，这样比较起来，大街上任何一种人，都比自己强。只有自己是个孤魂野鬼，没有落脚所在的。

显然，从命运角度看，月容从出逃始而又以出逃终，所走过的恰恰是一个不以其主观意志为转移的“鬼打墙”的怪圈：从在生存危机中挣扎的六亲无靠的孤女，到有闲阶级玩弄和占有的享乐工具，再到觉醒后向命运抗争失败而重新陷入在生存危机中挣扎的“孤魂野鬼”。

三

月容毕竟是一个不愿在悲剧命运面前屈服的抗争者，虽重蹈生存危机却没有丧失生存欲望与向命运抗争的意志，而是抱着“人生需从头再来”的信念，继续在无路可走的窘境中寻找生路。她认为这时摆在面前的有如下三种不同选择：（1）重新投入二和怀抱跟他过诚实安稳日子；（2）投靠恩师杨五爷重登舞台以求经济自立；（3）隐姓埋名悄悄回归大杂院重操卖唱旧业以维生。第一项是爱情与生计合一的理想选择，但因二和已与田小姐结婚而只得在绝望痛苦中放弃；第二项是但求其次的选择，也因杨五爷已弃业回乡而怅然作罢；第三项是不得已而为之的最坏选择，却在偶然中变成必然性事实。

这是因为她在踌躇彷徨中无意间进入大杂院贫民窟，竟然戏剧性地与梨园同事宋小五的父母和曾虐待自己的师娘黄氏（张三之妻）相遇。他们都是败落梨园之家的幸存者，又同月容有着直接或间接的关系。这偶然的邂逅恰如为生存离散的一群“孤魂野鬼”在人间地狱里“团圆”，顿然唤起月容卖唱时的感情记忆和在民间知音群体支持下向命运抗争重走人生之路的勇气。

抗争失败后的月容由自惭形秽到勇气百倍的感情转变，实质上是她人生价值观念在环境影响下发生变化的标志。她走红后所走的是一条在纨绔子弟物质诱惑与感情欺骗下陷入道德人格堕落危机的人生歧路，惨痛的教训与剧烈的感情刺激使她人生价值观顿然发生了变化：由金钱本位而转向道德本位。当她落入军阀魔掌，对人生绝望时，同情她的刘妈曾劝慰说：“你这样年轻，又长得这副好模样，你还有唱戏的那种能耐，到哪里去没有饭吃？干吗寻死？”她的回答却是：“你说错了，你说的这三样好处，全是我的毛病，我没有这三项毛病，我也不至于受许多折磨了。”月容的回答正是一个倍受金钱奴役扭曲的女伶，觉醒后人生价值观的自白。从表面看是说其际遇应了那句“红颜女子多薄命”的古训，而所包含的更为深刻的内涵却是对自身悲剧社会根源的醒悟，即认识到她自身所具备的上述三个条件，若在健全社会环境下自然是成全生活富足与爱情美满幸福的“好处”，但在金钱权力支配下的市民社会却恰恰是导致她成为有闲阶级享乐工具、丧失人格尊严与真实爱情的“毛病”。因此，她对驱其于悲剧之境的金钱诱惑与感情欺骗，既深恶痛绝而又百般警惕，她所谓“从头再来”的人生，其内涵虽包括解决生计问题，但主导思想却是重新找回失去的真实爱情与道德人格尊严。其行为表现先是怕丁二和知道她“倒了霉”，“宁肯买副黑眼镜戴着”夜间到大杂院卖唱，也拒绝“到茶馆子里卖清唱”。而后是当得知二和与田小姐结婚时，竟因过度刺激而情态一度失常。

深谙市民社会生存哲学的宋子豪和黄氏既因月容固执着急，更为她天真幼稚而痛惜，于是便现身说法对她进行金钱本位的人生观与爱情观的教育。

深知二和新婚底细的黄氏想以事实打消月容心中对二和放不下的爱情，说：“你以为姓丁的还爱着你没有变心吗？他现在阔了，什么都有了。你这时候就是找着了他，也会臊一鼻子灰。”她接着告诉月容一件经调查确认的事实：二和“现时在电灯公司作事”，所娶的正是月容熟悉的“田小姐”，而做媒的却是公司刘经理，并且近几天准备举行隆重婚礼。为使月容理性地对待二和上述行为，她开导月容应以心比心，说：“你没有红的时候，他把辛辛苦苦挣来的几个钱，拼命捧你，那为着什么？不想你一红，就跟着人家跑了，谁也会寒心。”

宋子豪则单刀直入，对处于思想矛盾中的月容进行金钱本位的人生价值观教育，说出击中她灵魂的如下生存哲学：

> 这年头儿是十七八岁大姑娘的世界，在这日子，要不趁机会闹注子大钱，那算白辜负了这个好脸子。什么名誉，什么体面，体面卖多少钱一斤？钱就是

大爷，什么全是假的，有能耐弄钱，那才是实实在在的事情。……你念那姓丁的干什么？你要是有了钱，姓丁的也肯认识你，现在你穷了，他抖起来，你想找他，那不是自讨没趣吗？

这年头儿，什么也没有大洋钱亲热。姓丁的在公司里做事，吃的是经理的饭，经理和他作媒，姓田的姑娘也好，姓戚的姑娘也好，他有什么话说，只有一口答应。漫说你已经和他变了心，他没了想头，就是你天天和他在一处，他保全饭碗要紧，照样的跟你变脸。

你先别管他为人怎样，将心比心，先说你自己罢。当初姓丁的怎样捧你？你遇到那个有子儿的宋信生，不是把姓丁的丢了吗？

这年头讲的是钱，你有了钱，仇人可以变成朋友，你没有钱，朋友也可以变成仇人。

黄氏与宋子豪的上述劝导，一个注重事实，一个偏重理念，但都是针对月容觉醒后所恪守的“道德爱情本位论”而发的“唯金钱本位论”。这就使刚从物质诱惑与感情欺骗的游戏爱情悲剧中走出的月容，陷入两种观念矛盾中：一方面认为他们“唯金钱本位”的生存哲学反映了现实中金钱对人生与爱情支配的真实；一方面则坚信人间自有真情在，而人格诚实的二和不会忘记那段美好恩爱之情。于是便在二和举行婚礼之夜以卖唱女身份由当初老搭档黄氏陪伴潜入婚礼现场，深情地弹出曾使二和魂牵梦绕的命运之曲《夜深沉》，以期触发他感情的记忆。然而，听到乐曲的二和却将此误认为幻觉，只喊了几声月容的名字便折回新房，这就使失望而归的月容感到二和的行为恰恰实证了宋子豪的哲言，从而答应了他们要她出山挣钱的要求。她对宋子豪说：“大爷，我想通了，你们劝着我的话是对的。这年头谈什么恩爱，谈什么交情，只要能挣钱，就是好事。有了钱，天下没有不顺心的事，我还是先来想法子挣钱。”

显然，月容是在生存危机和特定环境压迫影响下作出上述选择的。所谓特定环境的影响，主要是指观念与感情两个方面的影响，即在观念上接受了“唯金钱本位”的生存哲学，从而使她断然选择了“先来想法子挣钱”的生存之路；而在感情上则因对二和爱情失落而产生极度痛苦，从而使她陷入物欲与灵欲的矛盾，总是处于金钱与爱情两种选择矛盾的痛苦中而无以自拔。不幸的是她所选择的生存之路，仍然是金钱奴役下卖艺而又卖身的悲剧之路。这就使她“从头再来”的人生，成为她悲剧人生的重复。但具体矛盾过程和占有者手段与前有所不同：

其一，因她已是走红过的女伶又具备年貌优势，所以在茶馆卖清唱仅仅几天就被捧红而占有，并且捧者和占有者不再是纨绔子弟大学生，而是集金钱权力于一身的“电灯公司刘经理”。

其二，占有者的手段不再是物质诱惑与感情欺骗的游戏爱情，而是赤裸裸钱色交易——是剥夺了月容自主权力的雇主（茶馆老板）与主顾（捧客刘经理）之间以女伶为商品所作的钱色交易。

其三，重登舞台的月容终于以一曲《夜深沉》唤起二和的感情记忆，并且满怀同情与救助动机假看戏之名谋求与月容晤谈，但他的出现不仅没有给他们带来爱情希望，反而使他们曲折多舛的爱情之路再次陷入无力挽救的绝境。结局是被刘经理夺走两个爱人，害得家破人亡、无以立足的丁二和，难以忍受被剥夺爱情与生存权利的义愤与奇耻大辱，趁夜深沉时持刀潜入刘正在挟持月容寻欢作乐的“俱乐部”门前，决意刺杀占有者再次拯救月容以挽回将失去的爱情。然而即将动手之际，却又改变了初衷——因为不可改变的事实（他亲眼目睹堕落的月容已经在俱乐部卧室同刘经理熄灯同居）使他顿然陷入绝望与沮丧之中。这是被金钱奴役与扭曲的灵魂最深沉的悲哀！小说对反抗者二和的上述心境有如下一段情感浓郁、韵味深沉的描写：

> 二和见门口墙上小窗户里，还露着灯光，便轻轻移步向前走去，贴了墙，站在窗户下静静听着。有人道：“有钱什么也好办。登台第一宿的角儿，刘经理就有法子把她弄了来玩。”二和听了，一腔怒气向上涌着，右手就在怀里抽出刀来，紧紧握着，一步闪到胡同中间。正打量进去的路线，却见楼上窗户灯光突然熄灭，只有一些微微的桃色幻光，由窗户里透出。再向四周围看，一点声音没有，也看不到什么东西活动，雪花是不住地向人身上扑着。他咬了牙，站在雪地里发呆。不知多久，忽然当当几声大钟响由半空里传了来，于是想到礼拜堂的钟，想到卧病在教会医院里的老娘，两行热泪，在冷冰的脸上流下来。当，当，远远的钟声，又送来两响，那尾音拖得很长，当的声音，变成嗡的声音，渐渐细微至于没有。这半空里雪，被钟声一催，更是涌下来。
>
> 二和站在雪雾里，叹了口长气，不知不觉，将刀插入怀里，两脚踏了积雪，也离开俱乐部大门。这地除他自己之外，没有第二个人，冷巷长长的，寒夜沉沉的。抬头一看，大雪的洁白遮盖了世上的一切，夜深深的，夜沉沉的。

小说以深沉雪夜为象征的环境与心境描写作为月容与二和爱情悲剧的结尾，有渲染与深化的双重意义。前者是指以环境的苍凉和心境的悲怆渲染悲剧氛围以感染读者心灵；后者则以“大雪的洁白遮盖了”的环境象征金钱支配的市民社会，揭示爱情悲剧根源以深化小说主题，回答了月容总是走不出命运怪圈的根本原因是那个金钱权力统治的社会，因此若没有制度上的根本变革，一切个人抗争都必然以失败告终。正如卢梭所说："自从一个人需要另一个人帮助的时候起，自从人们觉察到一个人据有两个人食粮的好处的时候起，平等就消失了，私有制就出现了……法律和财产权的设定是不平等的第一阶段；官职的设置是第二阶段；而第三阶段，也是最末一个阶段，是合法的权力变成专制的权力。……主人和奴隶的状态是第三个时期所认可的。这后一状态乃是不平等的顶点，也是封闭一个圆圈的终极点，它和我们所由之出发的起点相遇。在这里一切个人之所以是平等的，正因为他们都等于零。"①

① 见《论人类不平等的起源和基础》一书中《人类不平等的根源》。该书中译本（李常山译）先后由法律出版社1958年、商务印书馆1962年出版。

2016—2017年：

背负国难前行的中国脊梁（一）*

——张恨水国难小说《杨柳青青》中东北军连长赵自强

鲁迅先生曾在杂文《中国人失掉自信力了吗》（发表于1934年10月20日《太白》半月刊第1卷第3期，署名公汗）中以满怀同情与崇敬的心情对“中国脊梁”式人格作出如下界定与颂扬：

> 我们从古以来，就有埋头苦干的人，有拼命硬干的人，有为民请命的人，有舍身求法的人……虽是等于为帝王将相做家谱的所谓“正史”，也往往掩不住他们的光耀，这就是中国的脊梁。这一类的人们，就是现在也何尝少呢？他们有确信，不自欺；他们在前仆后继的战斗，不过一面总在被摧残，被抹杀，消灭于黑暗中，不为大家所知道罢了。……要论中国人，必须不被搽在表面的自欺欺人的脂粉所诓骗，却看看他的筋骨和脊梁。自信力的有无，状元宰相的文章是不足为据的，要自己去看地底下。

“中国脊梁”式人物是“国难当头”的特定环境中必然产生的典型性格，是张恨水在其国难小说中着力塑造的理想英雄群体。这群体中每个形象个性各异，却都深刻体现与凝铸着鲜明的共性，这便是面对民族危亡基于民族自信力而产生的敢于担当、勇于牺牲的伟大而崇高的民族精神。所谓“国家兴亡，匹夫有责”既是对这种民族精神普世化的概括而又揭示了一个规律性认识：决定国家兴亡的脊梁式人物总是那些名不见经传的匹夫，正如鲁迅所说，“他们在前仆后继的战斗，不过一面总在被摧残，被抹杀，消灭于黑暗中，不为大家所知道罢了”。若说鲁迅先生的界定是对“中国脊梁”式性格的理论概括，那么张恨水在国难小说中“中国脊梁”式英雄群体的塑造则是理论实践的结晶。《杨柳青青》中东北军连长赵自强便是这英雄群体中最具典型性的形象。

赵自强爱情与家庭悲欢离合的感情世界，是一个随战争情势而发展起伏的情感互动过程，贯彻全过程的情感与精神内涵是生离死别的折磨与痛苦。此过程可

---

* 《聊城大学学报》2016年第3期。

以初恋别、新婚别和生死别三个典型情节为标志划分为如下三个阶段：

一、初恋别——迟到的初恋因出征而终结

小说以国难当头的军人世界为背景，通过驻扎于北平海甸附近“西苑军营”中东北军四连长——赵自强、关耀武、殷得仁和田青——感情世界的描写，展示与歌颂了军人世界中敢于担当、勇于牺牲的“中国脊梁”式人格群体形象，而赵自强则是被作为此类典型性艺术形象加以精心塑造的理想人物。作者所运用的主要艺术手段是通过生离死别的典型情节揭示其“中国脊梁”式人格内涵。初恋别便以此具有了典型意义，并成为随战争情势而发展起伏的感情互动过程的开端。作为这开端阶段的感情互动形式是由连长赵自强、甘家二少爷甘积之和贫苦市民姑娘杨桂枝所构成的新旧羼杂的三角爱情关系。所谓新旧羼杂是指在三角互动的情感框架中描写了新旧两种不同恋爱形式的交叉：一是甘积之主导下的城市有钱新派少爷所奉行的游戏爱情；二是赵自强主导下的乡村传统淳朴爱情；而居于这交叉点上的杨桂枝便成为连接与贯通这两种恋爱形式的关键人物。

游戏爱情是指五四后部分男性知识分子基于同情的爱而奉行的恋爱形式。其实质是尚未掌握家庭经济支配权的富家子弟假婚姻自主和恋爱自由之名行占有平民女性之实。其结果往往因亲权干预而使恋爱变成男性以谎言许诺诓骗女性的游戏，终以被骗者觉醒而决裂。少爷甘积之与城市贫民姑娘杨桂枝之间的爱情便正是这种文化错位的游戏爱情。所谓文化错位是指基于两个家庭贫富悬殊及由此而产生的意识与价值观念的错位与对立。甘家虽非显赫权力世家，却堪称权力庇护下飞黄腾达的暴发户，亲权者甘厚之凭借做过省长的内兄谋得北平西郊河工局局长要职，积之也便依附兄长权势于河工局任职。主持家政的宦家小姐出身的甘太太表面看来是一个夫唱妇随的贤妻良母，但骨子里却蕴藏着与丈夫厚之在人生观与价值观方面的共识，而主奴分明，见权思齐，便是这共识的行为表现。而这也正是他们干预和全力阻挠积之与邻家姑娘杨桂枝恋爱的思想根源。

杨桂枝是一个姿色出众，心灵手巧，健康爽朗的满族姑娘，与单亲母亲住在杨柳青青的海甸大院，靠做女红为生，而邻居甘家则是其长期而稳固的主顾。正是这主顾关系为积之与桂枝提供了经常接触的机会，从而产生了爱情。然而这基于同情的游戏爱情终因甘家亲权干预而陷入危机。从甘厚之训斥积之的言辞，可见其干预理由是贫富悬殊，文化错位：

厚之正了脸色道:“一个人在外面做事,身份总是要的。孔夫子说过,君子不重则不威。我们虽不是高贵的门第,我们的亲戚朋友都不错。单说你嫂子家里,是怎样一个人家。你就这样不长进,和一个做女红的姑娘,你来我往,非常之要好,亏你还有那个脸子,常常的往他家里跑。我听说她家,穷的只有一张光土炕,屋子里黑得像土牢一样。你常常跑到她家里去……若是让人看见了,你有什么脸子见人。”

上述训斥是“甘家的主人翁甘厚之”对积之与桂枝恋爱实行亲权干预的第一步,结果是积之表面诚服而心怀抵触,依然我行我素;第二步是用亲权与家规强力断绝积之与桂枝见面和往来,结果只是改变了他们见面和往来的形式(由借接送衣服公然于家中见面而改为于茶寮秘密约会),却没有终止其恋爱进程;第三步是经济制裁,结果使积之主导的游戏爱情因丧失经济支撑而顿然陷入危机。这危机发端于积之对金钱权力支配者与亲权者甘厚之的彻底屈服与依附,而终于杨桂枝从爱情谎言诓骗中觉醒后的凛然抗争与决裂。

没有经济支配权的二少爷积之向来是唯亲权者厚之是从的依附者,唯有在爱情上奉行婚姻自主、恋爱自由的新派行为原则,我行我素,以致与贫苦市民姑娘杨桂枝发生了爱情关系。这说明这时的积之虽受支配于金钱与权力,而人格却尚未被金钱与权力所扭曲。但当其爱情遭亲权干预特别是经济制裁后,其人格便因金钱权力扭曲而异化:由纯真而虚伪(即由同情之爱的纯真追寻者而变为无爱而虚伪的游戏恋爱者)。其集中表现便是他慑于丢官(因为甘太太向他转达了厚之的意思“就要下条子”撤除他的职务)已彻底屈从于兄嫂膝下,并绝然作出与桂枝断绝关系的决定,而却又以“密约订三年”的谎言许诺诓骗善良而纯真的桂枝,企图继续以爱情游戏玩弄她的感情。然而他这谎言包裹着的虚伪而卑微的人格终于被觉醒的桂枝所看穿和摒弃。因此她在最后一次约会中与对方诀别时,由心底迸出的“愤语”都针对积之人格而发,并成为其宣告爱情彻底决裂的理由:

桂枝道:“老实说,我心里早就有气啦,不过不敢发出来罢了。我听说二爷怕丢了官,所以不敢和我见面,这话是真吗?”积之道:“上次我们在乳茶铺里谈话,我已经把许多话都告诉你了,现在你还不明白吗?”桂枝道:“我明白,你是怕得罪哥哥,得罪了哥哥,事情就靠不住。不是我说句藐视二爷的话,像你这样一定靠着哥哥吃饭,一点事情也不敢做主,那倒不如干干脆脆和我断绝了关系的好。因为你没有哥哥,就没有饭吃,别的事情哪里能谈得上呢。你别以为你是个二老爷,比我们身份高了许多,可是我们虽然不成,自己还凭着自己十个指头吃饭，若是像你那样靠定了一个人，我们未必靠不着，而且老早就发财了。哼！你瞧不起我，我才瞧不起你呢！”这一阵冷嘲热讽，把积之臊得满脸通红，对人是一句话也说不出来。桂枝冷笑道：“你也没有什么话可说了。你说的等你三年那句废话，留着去骗别人吧，我不爱听了。我今天是特意来找着你，回你一个信。”说毕桂枝并不等他的回答，就这样走了。

至此积之主导下的游戏爱情便因桂枝觉醒而终结。而作为居于两种爱情（城市游戏爱情与乡村传统淳朴爱情）交叉点的桂枝终于在爱情失败后的痛苦反思中感悟到：平民女性尤其是靠“十个指头吃饭的”下层劳动妇女，其爱情幸福不来自有产阶级或知识分子同情的爱，而来自命运与共、心气相通、平等相爱的两颗平凡灵魂的共鸣；而这灵魂共鸣的爱情只有眼睛朝下从地底下去寻找。正是在这主体意识主使下，她走上与城市游戏爱情相对立的乡村传统淳朴爱情之路，从而揭开与赵自强淳朴、悲悯、曲折、多舛的爱情之序幕。

赵自强与桂枝的初恋发端于人格认同，契合于心灵沟通，成熟于志同道合。

首先是人格认同。所谓人格认同是指他们在感情互动与实际生活交往中不约而同地发现彼此间人格文化内涵的认同点。这认同点在内容上包括如下广义与狭义两个层面：广义的认同点是指人格结构而言。即他们的人格都是现代文明与传统文明羼杂而成的“半新不旧”的类型。这是中国市民社会转型期典型环境中的典型性格，也是张恨水小说中着力描写的人物性格类型，其中最具典型性的男性形象是《春明外史》中的报人文学家杨杏园，女性形象则是《金粉世家》中的平民知识女性冷清秋。扎根于乡村传统道德与精神文化土壤而又在新军中接受新文化浸润与陶冶的赵自强和从小受满汉合璧传统文化教育而又在城市现代文化境遇中滚打历练的杨桂枝，所以在人格上彼此认可正是新旧文化羼杂的人格内涵的共鸣。于是赵自强说：“杨家桂枝姑娘，既不是那十分维新的人物，但是她的装束，她的动作，也并非顽固到那样极点，这正是自己平常想的那标准人物，不但是娶她来做媳妇，就是平常市民公选，选个什么区长里长，自己也一定投这种人的票。自己觉得是个半新不旧的人，也就只有这种半新不旧的人才配自己对劲。”狭义的认同点是指上述文化内涵的行为表现，其中作者特别强调的是继承与践行传统优良道德文化中美好人格的基本素养：孝行和义行。

在中国传统道德文化中“孝为百善之首”，因此“孝行”便成为赵自强与杨桂枝人格共鸣中的第一个“认可点”。然而他们孝行的内涵已不再是以伦理为本位的传宗接代，光宗耀祖，而是亲情主导下的同舟共济，相依为命：桂枝眼中的赵自强与其父赵翁，一个幼年丧母，一个中年丧妻，他们是背负人生两大不幸在坎坷与痛苦中同舟共济，相依为命的孝子慈父；而赵自强心目中的杨桂枝与其母江氏则是在六亲无靠的精神孤独与生计艰难中同舟共济，相依为命，凭“十个指头吃饭”的孤儿寡母。

第二个认可点是义行。在中国儒家传统人格观念中，义是完美人格的内涵，义与利代表人格的两极，义利取舍则是界定君子与小人人格尊卑的行为标准：君子“舍利而取义”，小人“见利而忘义”。作为赵自强与杨桂枝人格认可点的“义行”，正是上述“舍利而取义”的君子之行，不同的是行为中突出和注入了“同情互助”的时代性内涵。同情互助便以此成为赵自强与杨桂枝及其两个家庭间感情互动的主体：赵翁与江氏，一个鳏夫，一个寡母，丧偶的厄运使其萌生了命运的同情，精神的孤独则诱发了其对心灵沟通相互抚慰的渴望，其行为表现是在睦邻交往中以无私与赤诚促成邻里“一家亲”。其中最具象征意义的是：(1) 平日里赵翁感于桂枝与江氏一片爱怜之心，而“推食分羹”；(2) 大年三十赵自强不能回家过节而江氏母女就陪赵翁“煮茗度长宵怆怀岁暮”。赵自强与杨桂枝之间的同情互助则表现为对于两个家庭生计与命运的相互同情与救助。突出的事例是：(1) 生活上鱼水相依。正如赵自强帮桂枝挑水时所说：“街里街坊的，彼此鱼帮水，水帮鱼。你府上若是没人挑水没人送煤，这件事交给我了。倘若是我们老爷子的衣服脱了一个纽绊儿，鞋子破了鞋帮子，这可说不得了，要请大姑娘费点事。”(2) 遇困难慨然相助。桂枝为年关还债去当铺质当棉衣与被褥，赵自强知情后慨然相助，从“年边下刚发的关饷”中拿出五块钱替她们还债，并追到当铺将衣被抱回。赵自强的慨然救助不仅仅是发自一般的同情，而是感同身受的相同人生境遇的人生体验，因此引发了江氏母女心灵共鸣。事后江氏对女儿说：“他一听说，是叹了两口气，说是人越穷，债越小，债主子越逼得紧。他也是让债主子逼过的人，知道咱们这日子难受，所以就拿出五块钱来，给咱们了结这档子事。”

上述人格认同在感情上的体现便是爱情的萌生：先是江氏与赵翁极力撮合两家联姻，而后则是桂枝与赵自强都分别进入对方感情世界，并默默萌生感情互动的意向。

其次是心灵沟通。人格认可只是爱情的基础，却非真正爱情互动过程的开始，爱情互动始于心灵沟通。然而桂枝与赵自强之间心灵沟通却遇到来自桂枝“不嫁军人”的心理障碍。这心理障碍产生原因有二：一是根于那个特定时代市民社会较为普遍的世俗观念：“好铁不打钉，好男不当兵”；二是来自对军人家属生离死别境遇的考察与感悟。解除这心理障碍的是赵自强主导下关耀武与田青及其恋人黄曼英等挚友的劝导，其中具有决定意义的则是黄曼英的现身说法：

江氏就正着脸色道："现在有许多人家，都不愿意把姑娘许配给军人，其实只要人好，在那军界做事，也没有关系。譬如黄小姐，不就和田连长很好吗?"黄曼英笑道："你提到这个，他去投军，就是我鼓吹的。他原是沈阳人，在北京当大学生，日子过得很舒服的。'九一八'以后，他家让日本人抄了，不但念不成书，家也回去不得，他急得要自杀。我说，你若决定了自杀，何不投军去，反正是拼命，这样拼命还拼得出一些道理来啦。当兵怕什么？这年头只有当兵去，可以出一口闷气。军营里不收女兵，军营里若收女兵，我也当兵去。"

黄曼英……给与江氏母女俩一种莫大的冲动。江氏对于黄女士，固然有赞成的一方面。就是桂英自己也想着，军人不见得就是我们心里想着那样不好的。你看黄小姐要嫁的田连长，不也就是一个学生出身的人吗？赵连长虽然是没有田连长那样活泼年轻，可是人很忠厚，也很有可取。由赵连长再反映甘积之一下，人也斯文，相貌也很俊秀，可是你听听他说的话，就前后不相符，只想做官发财，别的一概可以丢下，这样看起来还是赵连长好。

黄曼英不仅以自己与田青恋爱的事实改变了桂枝"不嫁军人"的世俗观念，而且借看戏之机介绍她与少年旅长及其新夫人见面和交谈，从而使其感到赵自强前途光明和自己做军人妻子的荣耀。但最使桂枝心灵撼动的则是赵自强为爱情而辞官改行的举措，由此她发现了一个摆脱男性法权与利害权衡而将爱情视为圣洁畛域执意追寻的纯洁灵魂。她说："我把人看透了。爷们儿都是把女人当着玩意儿的，高兴就要，不高兴就不要。我只知道有丢了女人去找事的，可没有听到丢了事来将就女人的。要瞧人心，就在这上头瞧了。世界上无非是人心换人心，有这样的事，我觉得心满意足了。"至此，他们的初恋就因情投意合而进入契合状态，并且在两家父母协同下订了婚约。

再次是志同道合。情投意合与志同道合是爱情互动过程中具有标志性的两个阶段：前者是感情的和谐，以心灵沟通标志着感情互动趋入佳境；后者是以意志同一、命运与共表征着爱情认知的成熟。然而从感情和谐到意志同一必需经过生离死别的精神与意志的严峻考验，而突如其来的赵自强奉命出征恰恰成为这对热恋中的情人精神与意志经受考验的契机。

奉命出征对赵自强而言，既是践行军人天职，而又意味着生离死别于家庭与爱情带来巨大的牺牲与痛苦。因此，在他心灵中就自然滋生了两大精神负担：一是担心年迈父亲将会因此而陷入六亲无靠的百年孤独；二是担心会给桂枝造成生离死别的忧伤与痛苦甚至再次生发做军人妻子的懊丧。后者是关键，也是他首先面对和必须着力解决的问题。对桂枝而言这是一个在生离死别的忧伤与痛苦中作出与赵自强意志同一、命运与共的人生抉择的过程。作者以虚实并用的方法，通过如下三个典型性情节展现了这个激越而跌宕的情感互动过程：

第一，杨家道别：以赵自强紧张中失手打碎茶杯象征与揭示主人公忐忑不安的心理。

赵自强担心出征会对桂枝造成精神痛苦，怀着忐忑不安的心情去杨家与桂枝相晤。本想婉言道别，却一见感情凝滞，以茶相敬，相对无语，致使赵自强因紧张过度失手打碎了茶杯。正是“打碎茶杯”这一不祥之兆，引发了这对未婚情人对命运不幸的预感：

> 赵自强……向她道：“什么事都是注定。这一只茶杯注定了是要打碎的。你瞧，到底还是砸碎了。”桂枝道：“所以，我命里注定了是军人……”说到了这里，她的声音，就很细微了，于是接着笑道：“到了总是丘八。”赵自强觉得她虽是一句玩笑的话，然而这一句话，可直刺了自己的心窝，脸上早是血涨得红中带紫……显出了他是在窘迫中发出来的一番苦笑。

第二，茶寮话别：面对生离死别作出意志同一、命运与共的人生抉择。

若说杨家道别因“打碎茶杯”引发了桂枝对于赵自强出征会给自己带来生离死别的预感，那么茶寮话别则是面对生离死别作出正确应对的关键举措。出征对赵自强而言是践行军人天职，而对桂枝而言则意味着面对生离死别的痛苦与不幸重新选择命运与人生的考验。其结果是桂枝面对生离死别作出永远与赵自强意志同一、命运与共的人生抉择。作者没有实写茶寮话别时桂枝与赵自强之间的感情互动过程，而是通过江氏目睹与感受虚写桂枝抉择的心灵痛苦：“她走的时候，脸上是雪白的，现在却是在黄黝了的脸上，挂着一道一道的干泪痕。两只眼睛，更是红得异乎寻常。只看她垂了眉毛，在那默默无言的当中，一定是经过了一度极伤心的事情了。但是女儿心窝里那一汪苦水，自己是知道的，装麻糊过去，也许她要瞒着母亲，若是问她，反要引起她的牢骚来了。于是江氏也不将脸看住她，自行进屋去了。桂枝跟着进屋来放了一块手绢在茶几上。江氏趁她不留神，将手绢捏了一捏，好像是经过水洗了一样，于是乎更不敢做声了。”

第三，长街送别：柔肠寸断儿女情，忍辱负重壮士心。

长街送别是初恋别的情感高潮。现场气氛浓重，情境悲怆而刚柔相济：送者柔肠寸断儿女情，走者忍辱负重壮士心。作者为取得现场情境与主人公心境在互动中相互交融、相得益彰的艺术效果，就运用了通过主人公赵自强视觉与心境描写展现上述情境的手法。

首先通过其视觉展现的是现场情境：

队伍进了海甸街，远远地看到自己家门胡同口上，拥着一群人，也不问这一群人里面是谁，他心里早砰砰乱跳了。果然，这一群人里面，有他的父亲，未婚妻，岳母，而且还有那个黄曼英女士。

黄曼英毕竟是个女学生，不能很沉静的忍耐，已经跑着迎上前几步……田青已经走过去了。黄曼英呆立了一会，突然拔脚就跑，在街头的一边，跟着队伍也就这样走着。

其次是写心境：

赵自强……已看到了他父亲的脸上，皱纹是层层的叠起，他手摸了颔下的胡子，由上而下，却是不停，他手下站定了自己的未婚妻。桂枝她也不笑，也不点头，更也不转动她的眼球，两只手搜了一只衣裳角，只管挪搓着，那两只眼圈，更是红得不像平常，有如两个熟透了的红桃子。她为了取悦未婚夫起见，订婚的日子，已经是把旗人留着表示为大姑娘的长发辫，一剪子剪了。这时头上蓬乱着一头短头发，更形容出她的脸上十分的瘦削，而且十分黄了。直等赵自强走到他身边来的时候，她眼珠有些转动了而且咬了自己的嘴唇皮，在带了泪容的脸上发出笑容来了。赵自强不便去安慰他的老父，更不能安慰这未婚妻了……急忙之中，只好也向他们报之以微笑。……桂枝呢，因自己的笑，引起了丈夫的笑，自然不能把笑容来收住。可是在她这一笑的一刹那，赵自强已经随着队伍走过去了。

至此赵自强与杨桂枝之间曲折跌宕的初恋过程便以赵自强奉命出征而搁置。但搁置并非意味着感情了断与爱情终结，而是意味着充满悲欢离合的军人爱情与家庭生活及军人妻子独特人生的开端。这开端既是初恋深化的表征，更是爱情途中又一次更加严峻的考验。

二、新婚别——乐享的蜜月因战事而割舍

若说初恋别是恋爱进程中断导致热恋者双方精神孤独与心灵痛苦，所面对的是爱情忠贞的考验，那么新婚别则是新婚别离导致夫妻双方家庭破碎与生计危机，

其面对的是生存意志的考验。而在这两个考验中的主要对象则是作为军人妻子的杨桂枝。从这个角度而言，可以说：初恋别是桂枝爱情的忠贞篇，而新婚别则是桂枝人格的意志篇。

所以说新婚别是桂枝人格的意志篇，是因为桂枝在新婚别及其新婚别后一段时间内，连续遭遇两次超常打击：一是新婚别所导致的生离死别的痛苦与哀怨；二是旧情人甘积之乘虚而入的感情骚扰。正是在应对这两次超常打击中表现了桂枝超常的意志力。

桂枝超常的意志力在新婚别中的突出表现是以其超常意志扭转感情发展方向：变低迷的生离死别的哀怨为高扬的狂放不羁的英雄豪情，使两颗豪气凌云的心灵在互动中交融奋发。小说以“酌酒传餐狂欢含别泪，挑灯温梦低唱数长更”为题记述了上述动人情境。其中最具典型性的情节如下：

其一，酌酒传餐祈祷祥瑞。

桂枝为丈夫践行用心良苦，不求“鱼翅燕窝”，而意在祈祷祥瑞，所陈食品与酌酒传餐动作，都是象征吉祥的无言祈祷。亲手烙制的“馅饼”象征“天官赐福”，“心想事成”。她昭告丈夫说：“有道是天上不会掉下馅饼来，大概馅饼是最好的东西。我今天烙了馅饼给你吃，让你有个好兆头。”酒桌上特别摆出苹果与香蕉，前者象征“平安”，后者象征“夫妻恩爱日深”。她对即将离去的丈夫深情地说：“吃个苹果吧。吃了之后，一路平平安安的。”自强切着苹果道：“人生得着平安，就是无上的幸福，这一句吉兆话，也就够了。”又问：“吃了香蕉又讨个什么吉兆呢？”桂枝回答道：“吃香蕉也有句话可说的，就是朋友相交的相交。相交两字，就是说，我们夫妻，总得恩爱日深，别因为离开了，就疏淡了。”

其二，促膝畅叙情怀坦荡。

这是两颗坦诚无忌、豪气凌云的灵魂临别的心灵告白。其中桂枝如下一段话，迸发出一个军人妻子的心声：

> 我既然嫁给了你，我就认定了我是一个军人之妻，决不能有一丝一毫不愿意。但愿你和小鬼子痛打一仗，杀死他万儿八千的。那个时候，你是位英雄了，我也是一位英雄夫人，岂不大妙？

其三，低唱数长庚用心良苦。

赵自强出发时间进入倒计时，桂枝对最后 6 个小时（夜 12 时—晨 6 时）的安排是“夫妻饮酒对唱”。赵自强原以为这是她一时兴致使然，而后却发觉其用心良苦：“桂枝并不是爱唱，乃是怕自己听出更锣声，不能安神，所以唱起来打岔，把更锣声就遮掩过去了。”桂枝用心良苦根于对丈夫命运与共、生死同一的爱。所以当丈夫说她用心良苦时,她坦然地回答:“我今天用心是用心……就是用心,也只希望你一个人得着好处,我们随便。有道是一人有福,牵起了一屋,你不知道我现在一颗心,完全都加在你一个人身上吗?”

其四,别泪含笑负重前行。

新婚别在桂枝心灵深处所诱发的情感,其外在表现是舍弃新婚蜜月的哀怨,而内在本质内涵则是军人妻子与舍弃蜜月奔赴沙场的军人丈夫生离死别的凄惨。作者引用两句歌谣对上述情感内涵作出如下阐释:

> “天呀,放亮光进来,送情人出去。”这两句歌谣,在古来就盛传着,多么哀怨。可是到了桂枝这时,不是送情人出去,乃是促新婚未久的丈夫远去,不但哀怨,简直是凄惨了。

然而桂枝却为践行一个军人妻子的天职,背负着哀怨与凄惨的沉重压力而奋然前行,总以生死同一的爱抚慰与激励丈夫放下家庭负累,以身许国。在这里既表现出桂枝爱的深沉,而更显示出她对自己感情与行为具有超常的自控力。车站送行别泪含笑,便是其上述感情行为的集中表现:

> 桂枝只靠近了身边,挽住他一把,什么话也来不及说,自强已经钻进车子里面去了。桂枝赶快跑到车窗子下站住,自强就两手扶了玻璃,脸也紧紧贴住。桂枝抬起手来,将小手绢向她招着,眼泪已是由两个眼眶子滚下两粒来,然而她可嘻嘻地笑着道:“路上保重呵,家里的事,你是不必挂心的。我是……”自强不曾把她的话听完,车子已是呼突突地开走了。桂枝呆呆地站着,把那车子望了个目不转睛。这里正是一条宽大平直的马路,她直望到这辆车子成了一团黑影,还不曾转过身来。

桂枝的超常意志力在应对甘积之感情骚扰中,表现为针对其“英雄气短儿女情长”的人格缺憾,在彰显军人英雄人格的同时,用激将法促其投笔从戎,以展英雄志气。

桂枝与自强的爱情发端于人格契合,也是桂枝人格选择的结果,即桂枝在甘积之与赵自强两个性格迥异的对象中选择了具有英雄气概和爱国情怀的军人赵自强,而拒斥了英雄气短儿女情长的少爷甘积之。因此,甘积之贸然写给她的那封企图死灰复燃而自作多情的求爱信,不仅丝毫没有勾起她对旧情的联想,反而更加激

起她对其卑微人格的厌恶与不思进取的悲哀。于是,便凛然地给他写了如下一封回信:

积之二爷台鉴:接到你的来信,我是奇怪得很。我现在和赵连长感情很好,谁都知道的。俗言道得好,马不配双鞍,女不配二郎。我虽是穷人家女儿,倒也晓得一些礼义廉耻。世上岂有做贤妻的人,和别人通信的。自强是个爱国军人,你既然是个读书人,也当敬重这为国尽忠的军人,你不应当这样对待军人的太太……你是个君子人,别做没出息的事,最好你有能耐,你打日本去。……

赵杨桂枝拜上

不料这短短的一封信,不仅彻底打消积之求爱的欲望,而且轰毁他那"英雄气短儿女情长"的既成人格,从而作出"投笔从戎",为国立功的庄严决定。他在写给赵翁的信中说:"一支毛笔,今日何补国事,故一念之间,即愤起抛去。从此区区小吏,亦为国人当重视者,颇觉自得。"这封信所以具有如此威力,是因为它不仅仅诉诸以"礼义廉耻"的道德操守,而更诉诸以"为国尽忠"的民族大义。正是后者升华了积之人格内涵,使其灵魂皈依民族大义。

三、生死别——杨柳青青春不归

在赵自强爱情与家庭悲欢离合的描写中,作者运用的是虚实结合的笔法。这便是一方面实写由初恋别而新婚别而生死别的感情互动过程,一方面又以"杨柳青青"的虚拟意象象征主人公及其家人特别是妻子渴望和平安稳、家庭团圆的心境与愿景。若说在初恋别和新婚别中,作者是以"杨柳青青盼春归"象征桂枝与赵翁渴望赵自强载誉凯旋的美好愿景,那么在生死别中,作者则以"杨柳青青春不归"象征赵自强牺牲及其给家人带来的绝望与惨痛。这是一个由惊恐到绝望而又从绝望中促醒的精神历程。

(1) 感情在惊恐中互动。赵自强牺牲对家人的影响首先是心理难以承受的惊恐。即使意志坚强,性格豁达的赵翁也完全陷入这惊恐中而无以自拔。但他的惊恐并非空穴来风,而是来自对多方迹象的观察与判断:1. 在"长城一带,军事一天比一天紧张,整个热河都让日本占领"之际,赵自强"忽然停止了写信回家","写信去问也没有答复";2. 赵翁专门订了一份报纸,每日必看,从报上看到赵自强所在的那个营，“在古北口外垮了”。由以上迹象赵翁作出“自强很难生还”的判断。使赵翁更为惊恐的是自强牺牲会给家庭带来灾难性悲剧结局：已怀孕六个月的桂枝和正满怀憧憬为孩子出生而忙碌的江氏，若一旦得知自强牺牲的噩耗，就不仅意味着夺走江氏母女的生命，而且意味着因襁褓中孩子夭折而导致赵家绝后的惨剧。因此，他窃自忍受和承载着惊恐与百年孤独的痛苦，对江氏母女隐藏了自强牺牲及其所诱发的惊恐心理。其措施是：一方面藏匿报道古北口战事的报纸，封闭有关自强的信息；一方面则以回归故里保定务农的计划转移江氏母女视野与感情发展方向，并且试着对江氏转达说：“亲家太太，我不是早对你说过吗？我家里还有两顷地，这辈子喝小米粥的钱，总是有的。你这么一把年纪了，还能叫你和姑奶奶分开不成。干脆，你也到我们家里去住……”又说：“我们住在这里，除了出房钱，开门七件事，哪一样不花钱。若回到保府，什么全不花钱，省多了。我们在北平，一来是为了做生意，二来是就为着自强。现在我已不做买卖了。自强又到口外去了，咱们住在北平什么意思？”

然而聪明而坚贞的桂枝虽因双身而不能外出打听关于自强安危的信息，却通过对身边种种迹象（包括赵翁情绪反常与行迹异常）的细心观察，作出与赵翁相同的判断。于是在思念与惊恐交织中油然进入同自强灵魂于战火里相晤的惊梦：

> 只见赵自强全副武装，手提了一支步枪，跑进屋子来。桂枝哎呀了一声，接着道：“你回来了！”上前去抓着他的手道：“你回来了，我等得你好苦哇！”赵自强摇摇头道：“我不能回来了。回来的是我的灵魂。”桂枝道：“什么？你阵亡了！那我怎么办呢？不，你是拿话来骇唬我的。”赵自强道：“不信，你看我身上，我全身都是伤。”说着，他真的就脱下了衣服，露出身体来。但见他上半身血渍斑斑，全是刀伤，此外还有几个窟窿眼，全有酒杯子那般大小……桂枝望着那伤眼，已是周身抖颤……偏是这时，那轰隆轰隆的响声又起。赵自强举着手上的步枪，大声叫道：“我要杀日本鬼子去！”……

《牡丹亭》作者汤显祖对至情及其与梦的关系曾有精辟论述：“情不知所起，一往而深，生者可以死，死者可以生。生而不可与死，死而不可复生者，皆非情之至也。梦中之情，何必非真。天下岂少梦中之人耶。必因荐枕而成亲，待挂冠而为密者，皆形骸之论也。”这是一篇与形而上学的“形骸之论”相对立的“至情本质论”。其要义是：(1) 至情是超越生死的情愫，在此情境中“生者可以死，死者可以生”；(2) 梦是至情的载体，至情在梦境中跨越生死之界、阴阳之隔、虚实之辩，而自由驰骋，狂放不羁。依据上述理论，便可对桂枝惊梦的内涵做出如下诠释：

其一，惊梦根于至情而又是至情自由驰骋的载体。所谓至情就是桂枝与赵自强生死与共、意志同一的爱情。它集中表现为桂枝对于自强牺牲的惊恐和由此而勾起的深沉而惨痛的思念。其二，至情在梦境中是通过桂枝于炮火中与自强灵魂相晤的典型情境体现的。在这里满怀夫妻恩爱与思念之苦的生者桂枝与英气凌云、以身许国、死不瞑目的丈夫赵自强的灵魂相晤相拥，坦诚如初。其感情互动状态显然已臻于出生入死，跨越生死之界、阴阳之隔和虚实之辩的至境。

然而这出自判断的惊恐并不等同于源于事实的绝望。因此，桂枝与赵翁都把惊恐藏在心底，在隐忍中期盼希望降临。不料随着残酷事实浮出水面，主人公心态也骤然由惊恐而转为绝望。

(2) 精神在绝望中促醒。小说在大结局的最后一回，以对比方法揭示了故事中所涉军人的三种不同归宿：一是升官荣归，光宗耀祖(如甘积之)；二是九死一生，负伤后落寞归来(如关耀武)；三是血溅疆场人不归，致使家人徒伤悲(如赵自强)。而着力描写的则是赵自强牺牲对赵翁心灵的残酷打击及其在绝望中促醒的精神历程。

关耀武与赵自强同属一个营，是赵自强牺牲过程的见证人。正是他落寞归来后向赵翁转达了赵自强牺牲的经过。其中如下一段对话感人肺腑，堪称是赵自强及其同志的英灵赞：

> 关耀武道："是一个大雪的日子，我们的营部，突然被日本鬼子包围了。他们派人来和我们说，要我们缴械。我们的营长装出无可奈何的样子……答应缴械。并且答应首先解除武装和来人一路去见日本鬼子的首领。这样一来，日本鬼子，当然相信了，但营长可暗下给了我们一张命令，无论他回来不回来，在一小时零五分以后，突围。……恰好，只到五十分钟，我们营长就向营地来了。可是……有一名日本军官，带了十几名鬼子兵跟着他。他大概知道脱不得身，站在路头上，故意不来，也不去……最后，他掏出表来看了看，大声叫道：'弟兄们，我为国尽忠了，你们冲吧。'他口里喊着，把他身边一个日本兵的步枪，猛可的抢了过来。对那日本军官做了一个滑刺，一刺刀，戳穿了他的背心……日本兵各拿起枪对他一阵乱扎。赵连长就是监视着这一条来路的人，指挥了两挺机枪，对这群鬼子乱射。他们是一个也没回去，枪声一响，我们两路突围。我正和赵连长走一条路。……我们两连人，一个冲锋，就冲出了日本兵的包围线。……但是不到十里路，日本的坦克车追上来了，我当时腿上中了两颗子弹，不能作战，滚进了地沟里。可是我看见赵连长躺在地上，等一批日

本骑兵跑过来，他跳起来挡住了那些马头。等敌人全逼近了他，他把身上预备的一颗手榴弹，猛可的向地下一砸。”

赵翁呵哟了一声，像自己也中了手榴弹站着直跳起来，瞪了两只昏花老眼向关耀武望着。两个人怔怔地望了四五分钟。关耀武道：“老太爷，你也不必难过了。他和敌人同归于尽，在武德上是十分光荣的。军人的战死在疆场那是荣誉的事情。”赵翁抖战着道：“他，他，他，我的儿子，他战死了。这，这，这是荣誉！”他将两只手反扶了墙壁，抖战坐下去。

显然，怀着对儿子生之希望的赵翁，其心态是随着关耀武对赵自强牺牲过程的讲述而变化与起伏的。这是一个由祈望而绝望而又由绝望而促醒的感情深化过程。所谓感情深化是指：赵翁经痛定思痛后的反思将家仇国恨升华为民族大义，从而使因牺牲者而生的哀怨与惨痛升华为为国尽忠的荣誉与自豪。对一向胸怀民族大义的赵翁而言，上述感情升华正是儿子英雄壮举引发了其心灵共鸣。这个感情升华过程也是赵翁从绝望中促醒的过程。促醒就是清醒地面对国难重重、家仇累累的现实，继承死者遗训，把希望与未来寄托在即将出世的自强儿子身上。以此，赵翁依然对桂枝母女严密封闭了自强已经牺牲的残酷事实，将全家三人的精力与注意力都集中于精心而审慎地照顾孕妇桂枝生产这件原本喜庆的事情上。

(3) 命运在对比中分晓。所谓命运对比实际上是指信仰、道路与人格追求完全不同的赵自强与甘积之命运归宿的对比：前者以身许国，血洒疆场永不归，门前苍凉；后者升官荣归，光宗耀祖，双喜临门。小说以反讽笔法描写了杨柳青青的海甸大院甘家与赵家各自的喜庆。

甘家双喜临门：一喜是升官荣归的甘积之与黄曼英（原田青连长之恋人）举行婚礼；二喜是刚擢升为处长的甘厚之庆贺自己的生日。小说通过关耀武的视觉展示了这双喜临门的隆重喜庆情境：

对门甘家，正是锣鼓喧天，堂会戏又开始在清唱。关耀武见对面人家门口，满地的碎爆竹。不免驻脚看了一看。就在这时，有一辆乌亮的新式汽车，很快的跑了过来……车门开了，一个穿黄呢军服的人，佩着将官领章，腰挂佩剑，走下车来。他认得，这是新升任的刘师长……

就在这时，甘家大门里出来三个人，第一个是甘厚之，穿了长袍马褂。第二个是甘积之，穿了西服。第三个是黄曼英，穿着粉红色旗袍。齐齐的站着向刘师长鞠躬，连说欢迎。……刘师长笑道：“今天是甘处长生日，黄小姐和甘二先生订婚，要我做个见证人。……”

赵家悲喜交集：悲的是自强血洒疆场永不归，喜的是桂枝生下酷似自强的“小壮丁”。但由于赵翁对桂枝与江氏一直封闭了自强牺牲的消息，所以悲喜交集，只是赵翁个人的心理，而就桂枝与江氏而言，其心态则是单纯因新生儿出生且是一个酷似自强的“小壮丁”而欣喜若狂。这恰恰与赵翁隐藏心底的悲哀形成鲜明对照：

江氏迎着他，请了个双腿安儿，笑嘻嘻地道：“恭喜呀，老太爷，添了孙子了。挺大的个儿，洗干净了送上炕，睁着两只小眼睛直看人。”赵翁也笑道：“你添外孙子，不喜欢嘛？同喜同喜！”江氏笑道：“你是乐大发了，笑着眼泪水都流出来了。”赵翁赶快扯着袖口揉着眼睛道：“是吗？我自己都不知道呢。进去，进去……”

赵翁随在她身后，也就走了进去。就在这时，猛然一阵霹霹啪啪的爆竹声。自然那又是对门甘家庆祝过生日的爆竹了。他手扶着门，怔怔地听着。桂枝却在床上低声的道：“你瞧我们老爷子，也是太高兴了，添个孙子，放着这样多的爆竹。”赵翁站在堂屋口，不敢答应，也不敢进去……

……

江氏迎着道：“老太爷，孩子包好了。你来瞧瞧你可心的孩子吧。”桂枝在屋子里也低声叫道：“爸爸你瞧瞧吧，真像他爸爸。”……于是江氏将一条小红被包着的小婴儿，双手抱了出来。小红被上，还放着赵自强的一张半身照片。她笑道：“你把他爷俩的相对照对照，不是一个模子印出来的吗？”……赵翁掀开包着婴儿的小被角，见那孩子圆面大耳，两只乌眼珠，对了祖父转动着。赵翁笑道：“好的，好的，和自强一样。长命百岁，长命百岁！”江氏也是高兴极了，只将嘴对包被上的相片努着，笑道：“拿着相片对照对照吧。”赵翁不便拒绝，只好拿起相片来看看。他这一看，想到儿子永无回来之日，这个初出世的孩子，早是没了父亲。一阵心酸，热气直冲入眼眶子里，几乎要流出泪来。……但空气却不寂寞，对门甘家大门口，又送来一阵爆竹声。桂枝在屋子里问道：“这是谁家也在放爆竹？”小林在窗子外答道：“甘二爷和黄小姐正在行订婚礼呢。”桂枝没作声，向窗户外望着。……看到前院的两棵大柳树，摇着青青的影子，那正是表现着窗子外是一片明媚的春光呀。

背负国难前行的中国脊梁(二)*

——张恨水国难小说《大江东去》中的工兵营长孙志坚

《大江东去》①是以1937年南京沦陷前东线战场为背景，以震惊世界的南京大屠杀为中心事件，以工兵营长孙志坚爱情和家庭悲欢离合及其传奇性战争经历为主线，精心结构而成的"国难小说"力作。它不仅在文体创新上匠心独具，令人耳目一新，而且以开放的崭新的现代战争观和以身许国的崇高军人精神深化了小说主题，成功塑造了孙志坚与江洪两个个性鲜明、人格蕴涵深厚的现代爱国军人中的中国脊梁式性格。这象征军魂的中国脊梁式性格正是那个灭绝人寰的日本侵华战争环境下的产物，是战争造成的家仇累累、国难重重的典型环境中的典型性格。"国难家仇铸军魂"的主题内涵在作品中正是通过此典型性格在环境压迫与刺激下形成与发展的矛盾过程表现的。这个过程包括如下相关联的三个阶段：第一阶段通过志坚家庭与爱情的悲欢离合写累累家仇；第二阶段通过南京大屠杀写重重国难；第三阶段通过志坚与江洪共赴国难彰显"国难家仇铸军魂"的主题。

一、悲欢离合聚结累累家仇

所谓累累家仇，是指日本侵华战争给包括军人在内的中华民族亿万家庭所造成的史无前例的深重灾难及由此而滋生的对侵略者的深仇大恨。而这些在作品中都是通过军人孙志坚爱情与家庭的悲欢离合表现的。

工兵营长孙志坚本是一个少年得志前途光明的新锐军人，曾留学欧美接受现代高等军事教育，既具有科学的现代战争观而又有以身许国的崇高军人精神与军事报国的高尚情怀。所以归国后就将全部生命与时间都投向反击侵略、誓死保卫沪宁的东线战争，而无暇顾及与关照在南京的幸福温馨的小家和结婚三年的妻子薛冰如。直至东线战场败退而南京在敌军空袭中即将陷入兵临城下之危机时，他才断然作出决定将冰如托付于在南京的亲密战友兼同学江洪，请其趁调职武汉之

* 《聊城大学学报》2017年第2期。

① 先后连载于1940年香港《国民日报》与北平《新民报》1947年1月12日至1948年7月21日。

机呵护冰如转移到汉口去，既避开即将临头的战祸，而又解除自己的后顾之忧。志坚上述决定显然是一个爱国军人面对国难与战局所作出的必然性抉择。然而使他没有料到的是，从而开启了家庭与爱情悲欢离合苦难绵绵的悲剧历程：先是幸福的家庭因战争而分离，而后是美满的爱情因分离而转移。

（一）幸福的家庭因战争而分离

志坚上述托妻的决定并非感情冲动使然，而是基于其现代战争观与军人人格观所做出的必然抉择。他以现代战争观对战事作出如下分析：

> 我们是工业落后的国家，我们不能自造飞机与坦克，四个月的东线鏖战，已把我们所买来的那些武器，都相当地消耗了，我们将恃着血肉之躯，与少数的重兵器，来守这大南京，虽然这是个龙盘虎踞的所在，在立体战争下，这是一个精神与物质对比的厮拼了。

由此，他得出的结论是：（1）“这回战事，也许有个十年八年，南京兵临城下，那是绝对可能的事”，由此而来的必然是撤退性战略大转移，而将冰如由江洪带到武汉正是顺战事而动的必然抉择；（2）南京保卫战是现代立体战争下力量对比悬殊的厮拼，自己作为守城前沿的工兵营长，时刻都有牺牲的可能，为冰如前途计就必须安排一个对自己一片血诚的挚友作为终极依托者。上述结论便是他选择南京沦陷前夕回京与冰如、江洪相聚并托妻于挚友江洪的行为依据。实际上这是聚结着深重国难家仇的相聚，充满悲怆与苍凉。两个以身许国的爱国军人与一个将爱情奉献给军人的妻子，为共赴国难而相聚，相聚就意味着生离死别。然而主宰相聚者灵魂的是崇高的军人精神（即军魂），这就使悲怆苍凉的相聚装饰上庄严与慷慨的亮色。

于是，小说第一回便以“付托樽前殷勤双握手，分离灯下慷慨一回头”为题，极力渲染志坚与挚友江洪樽前托妻的“庄严”之气和志坚与冰如夫妻灯下告别的“慷慨”之情。

前者是通过两个象征军魂的崇高人格面对国难家仇，肝胆相照、生死与共、风雨同舟的铮铮誓言表现的：从前线归来的志坚托妻誓言的庄严内涵是以身许国者的“至爱”。他对江洪说：“我这生命交付了祖国，但我还有两件事放心不下，第一是我的老母已经到六十岁了，只有一个将结婚的妹妹陪伴着，现时在上海。其次便是内人，嫁了我们这样以身许国的人……”又说：“我这次能回南京来看一看，那是极不容易的事。而这次再上前线，我想激烈的斗争，也许要胜过以前的两个月吧？我不敢说还一定能回到南京来……我应当把内人的事情安排一下。……现在你既要到汉口去，有便船的时候，请你带了她走，而且向后一切……”而挚友江洪誓言的庄严内涵则是对朋友的“血诚”。他把朋友的托付视为自己神圣的责任，而以酒助兴，挥洒一片血诚。他说：“我们兄弟今天一会，很有意义。当军人的随时都预备为国牺牲……有酒当然要喝。但我们也有我们正当的责任。不能为喝酒误了大事。”这里所谓的责任对他而言，显然是指朋友托妻的神圣职责。事实证明，江洪践行了上述誓言，虽无力改变战争给志坚家庭与爱情带来的悲欢离合的悲剧进程和冰如自我抉择的方向，却用崇高的军人精神和一片血诚的情怀回护了他与志坚的纯洁永恒的友情和以身许国的军魂。

后者是通过志坚与冰如告别时慷慨的心态表现的。而这慷慨则源于以身许国的军魂。在这里作者所运用的是象征的笔法，以志坚崇高的品格象征军魂，而冰如则成为军魂虔诚的崇拜者与追随者。因此告别就因军魂共鸣而变成慷慨嘱托与凯旋预期：

> 志坚抚着她的头发道：“冰如，我走了，你不感到寂寞吗？”冰如道：“不！天天在报上看到我军浴血抗战的消息，我只有兴奋。因为我有一个丈夫也在这浴血人群之中。”说着话，马靴穿起来了。那马刺接触着楼板，又在铿锵作响，志坚笑道：“你现在不讨厌这马刺的声音了吗？”冰如道：“根本我就不讨厌。我以为这声音代表了军人步伐的前进声。”志坚道：“好！我们的步伐是前进的，快天亮了，我要前进了。”
>
> ……
>
> 冰如拿起茶杯来，将放好的茶杯，斟满了两杯茶，然后坐下来笑道：“不忙，等天亮你再走吧。”志坚道：“我愿在天亮之前就走，象征着我们的前途是光明的。”……他就站在桌子边把那茶喝了。手扶了一下衣领，把搭在椅子背上的斗篷取过来，披在肩上，然后伸手握住了冰如的手道：“我走了，你一切珍重。”冰如让他执了手，顿了一顿，然后笑道：“我想，我们下次见面，应该是东战场吧？我等着身体好了一些，一定到前线去服务。”志坚握着她的手摇撼了两下，笑道：“你不愧是军人之妻。”

上述慷慨告别从表面看来像是在故意作戏，实质上却是军魂共鸣在感情上夸张的表现。而志坚临别前赠给冰如的“一柄旧佩剑”，便是他们军魂共鸣的证物。所以离家时当她发现保姆忙乱中没有把它带到船上时，宁肯错过航班也要亲回寓所将佩剑带走。她说：“本来他这柄剑是佩戴有年了。因为上司奖送了他一柄新的佩剑。他说故剑不可忘，就交给了我。这次回来，他又对我说：‘这剑是军人魂，这个交给你随身保留着，彼此的精神就永远照顾着。”可见，这柄佩剑既是军魂的象征，又是志坚与冰如崇高爱情的象征。它在冰如心中就是精神与爱情的守护神。她珍视它，皈依它，正表现了一个军人妻子对以身许国的军人丈夫的人格膜拜与爱情忠贞。然而造化弄人。残酷的侵华战争不仅把她从幸福家庭推入流离失所的难民群，饱受空袭中颠簸流离和死亡恐怖之劫难，而且全然隔绝了她日夜思念着的志坚生死存亡的消息。从而就使这位与丈夫心气相投而又志同道合的军人妻子，长期陷入难以承受而又无法解脱的残酷的精神苦旅。贯彻这精神苦旅过程的是一个军人妻子的生存权利与合理诉求，同反人性、反人类的侵略战争这一残酷现实的矛盾。而冰如的精神痛苦也便随着这一矛盾的发展而逐步深化与激化：

1. 伴随颠簸流离与死亡恐怖而心生愤恨与哀思

小说第三回“铁鸟追孤舟危机再蹈，芦滩眠冷月长夜哀思”，写连遭两次空袭的死亡恐怖，又落入难民群而夜眠于“冷月”凄凄的芦苇滩上的冰如，因战争灾难而生的愤恨与哀思。她愤恨的是发动战争的人，哀思的则是炮火下生灵涂炭，颠簸流离的悲怆人生。对这种愤恨与哀思相互交织的典型心态，小说有如下两段真切而细腻的描写：

> 现在更觉得发动了战争的人，是世界上最残酷的人。这种人不但是人类的仇人，而且是宇宙的仇人。……大时代到了，光是逃难，实在不成其为办法。而且就是逃得了逃不了，也很难说。譬如自己，在江南车站遇到了炸弹，在小孤山又遇到了炸弹。尽管满船几百人不向人类含有丝毫敌意，但那几百磅重的炸弹，还是会由千里之外，带到头上丢下来。这样寻思了一遍，真觉怒火如焚，心里头就像有开水在烫着……
>
> 自离开南京以后，不知道什么原故，就不敢向东张望。每次张望就心里一阵酸痛，就觉两股热气直射眼角，不由得两行眼泪挂在了脸腮。这夜深时候，江风残月之下，睡在这芦苇滩上，本就是一种凄凉境地，再想到家人分散，自己又是两回死里逃生，对着这滚滚的江涛，在黑暗中向东流去，觉得这面前的浪花，若干日后，总可以流到南京的下关，自己什么时候再能回到南京，那就不可知了。手扶了帐篷，呆呆地站着，这眼泪就像抛沙似的，只管滚滚流下来。

可见，愤恨与哀思交织正是冰如离家后首先产生的心态。这种心态的典型性内涵是以战争导致的重重国难（生灵涂炭）与累累家仇（家庭分离），控诉与揭露侵略者反人类的本质及其战争罪恶。愤恨至深，源于对侵略者反人类本质的认识；哀思至切，则来自对家庭分离与生灵涂炭的亡命人生的痛苦体验。

2. 伴随东线战事危机加剧与志坚生还希望日趋渺茫而心生焦虑与懊丧

若说生离使冰如滋生丧失幸福家园的哀思，那么死别的预感则轰毁了她的灵魂，把她那美好的人生梦想“都变成了碎粉”。其心理表现便是焦虑与懊丧。这是一个随着战局与信息而起伏变幻的精神苦旅，作者以虚实并用的方法生动而真实地描写了这一精神历程。

虚写就是写冰如日有所思的梦。小说第四回“江湖惊恶梦血溅沙场”与第八回“噩耗陷神京且烦客慰”分别写了冰如因焦虑与懊丧而诱发的两个梦：

第一个梦是冰如去武汉途中遭空袭被困于芜湖沙洲时病榻上思念志坚而诱发。梦见志坚在一次掩护战中壮烈牺牲。小说对梦境有如下描写：

> 孙志坚，全副武装，手里握着一支步枪走过来。他很惊讶的叫道：“冰如你怎么走到最前线的地方来？”冰如……望了他的脸，因道：“我来找你的……”志坚握了他的手道：“长官要我们死守这里六小时，不到六小时，无论炮火怎样猛烈，我们是不走的。这个不成功便成仁的机会，让我夫妇双双遇着了，难得难得。”……等到炮停止，就见左边两挺机枪两个士兵，让两块倒下来的石崖压住了。志坚却还伏在掩体里……冰如问道：“过了时限了吗？”他看了手表笑道：“我们完成了任务。过了时限十分钟了。冰如，你不要以我为念，江洪是我的生死之交，你去依托着他吧，我们再会了，握握手吧。”……冰如跳过去，蹲在地上看时，见他半边胸襟，完全是血染了。只喊了一声志坚，便说不出话了。志坚坐起来，倒在她怀里，一手握着她，一手掏出一方手绢，替她擦着眼泪，微笑道：“傻孩子，人生这样结束了，不很痛快吗？来！同我一起喊两句口号。”说着，跳起来，高举了手叫道：“中华民族万岁！”冰如看他高举了鲜血的手，大为感动，也跳着起来叫道：“中华民族万岁！”

这是军魂飞扬的梦，是以身许国的爱国军人及其志同道合的妻子在国难临头时践行许诺与军人最高尚武德的梦。悲壮而苍凉！梦的导因虽是冰如对志坚思念而生的焦虑，但其内涵却是象征军魂的志坚人格及其在冰如灵魂中共鸣的再现。并且这种共鸣因江洪解梦的阐释而弘扬光大，一时竟成为焦虑中的冰如灵魂的慰藉和精神的支撑。然而，作为军人妻子的冰如却又惧怕惊梦成为现实，于是，就一方面更加期盼志坚的真实信息，一方面却在内心深处萌生了志坚牺牲后自己生计无依的隐忧。这隐忧随着战局恶化与对志坚的生还从希望而绝望的情势逐步加剧与深化，并且连续进入梦境。若说这隐忧在第一个梦境里是透过志坚的嘱咐间接表现的，那么在第二个梦境里则是以冰如发问式的内心自白直接表现的。

第二个梦的诱因是举国震惊的南京即将沦陷的消息。这使冰如因丈夫凶多吉少的强烈预感而由懊丧陷入对自身生计与前途的急切担忧。于是，便在志坚的照片面前发问："假如你有了不幸，那我怎么办呢？我一个孤孤单单的女人，我就这样在后方住下去吗？"冰如的发问在梦中得到志坚的回答："冰如，你要问我将来的路径吗？我的意思，你最好是自己早作打算了。这个世界上已经没有了我，你要找我回来，是不可能的。前方将士，浴血抗战，伤亡的人数不能用数目去计，难道我的生命，就特别的有保障，还可以回来？"

梦境是心境真实的写照。上述两个梦境都是"牺牲后"的志坚规劝冰如"自己早作打算"（并且要她依托挚友江洪），这正是冰如心境中因对志坚牺牲的预感而萌生的"隐忧"在梦境中真实而自然的表现。冰如的心境是随着战事危机加剧而不断变化的。当南京沦陷和沦陷后大屠杀的惨烈景象于报端公开后，志坚的牺牲在冰如心中便以预感变成她预判中的事实，从而心境便由生离的隐忧而陡然升华为死别的畅酣。其行为表现是，一方面面对"大江东去"的逝水淋漓尽致地抒发对牺牲者深沉的追思与悲哀，一方面却顺尊丈夫梦中嘱咐悄然将感情投向以友情回护她的江洪。表面看来上述心境及其行为动机都是冰如自己选择的结果，然而本质上却是侵略战争对一个军人妻子命运的捉弄所导致的人生悲剧与爱情悲剧。

（二）守护的爱情因分离而转移

所谓悲欢离合聚结累累家仇，是指侵略战争给志坚家庭与爱情所造成的悲剧性灾难。这个灾难性后果是由那个特定战争形势（敌强我弱）和战争性质（极度残酷性）所决定的，而妇女则是承受这悲剧性灾难的首当其冲者。所以，丁玲说："抗战以来，妇女受蹂躏最重。"并且在小说《我在霞村的时候》中塑造了贞贞这个"背负时代苦难前行的伟大母性"的典型性格。军人妻子冰如便是这母性群体中的一种类型。她的身份经历与贞贞不同，但却都是饱受战争蹂躏，背负时代苦难挣扎前行的不幸女性。她的悲剧性灾难集中表现为战争所造成的两个相互关联的后果：家庭离散和爱情转移。若说前者使饱经分离之苦的冰如沐浴了友情的呵护而又以对志坚出生入死的思念与牵挂表现了对爱情的忠贞与守护，那么后者所体现的则是造化弄人的无奈与尴尬，而这无奈尴尬背后便是超越道德与感情的深沉的悲哀！

事实证明，冰如爱情转移的原因并非夫妻感情与性道德出现了问题，而是战争造成的不以个人意志为转移的如下三个因素：

1. 包括军人在内的家庭离散

这就使以身许国正在东线战场浴血奋战而无力庇护妻子安全与生计前途的志

坚，不得不将其妻托付给挚友江洪呵护，并且在嘱托中特别叮嘱冰如一旦自己牺牲后，挚友江洪就是她生计与前途的依托和爱情重新选择的自然而可靠的对象。事后结果表明，正是这托妻行为动机中所蕴含的志坚对冰如命运与爱情的终极关怀，深嵌在冰如心灵中，成为她爱情转移的潜在心理因素，随着对志坚生还绝望而成为现实。

2. 南京失陷后对志坚牺牲的误判

南京失陷特别是失陷后震惊世界惨绝人寰的大屠杀使舆论界为之哗然，由此也便对志坚失踪得出众口如一的必然性结论：志坚牺牲无疑。其论据是：志坚所属部队在南京失陷时正退到南京近郊作战被困于死城而溃灭。首先确认此结论的是呵护冰如的江洪。他从种种方面得到的消息"证明了孙志坚所属的那个部队，曾退到南京近郊作战，损失很大。军官方面所能突围的人，或已来后方，或尚在前线，但都有消息。只是孙志坚个人，却是石沉大海，一点声影没有。"由此，他"料着冰如的身份，已是一个未证实的未亡人"了。始终专注丈夫生死存亡的冰如竟也得出同样结论。她除了与居住在上海的志坚母亲"通过好几次信"外，也曾向其他朋友探听消息。那朋友说："在南京失陷前一个星期，在常州遇到过志坚，据他说要先回南京补筑城防工事。料着南京失陷的时候，他是在南京的。"冰如得了这个比较确实的消息，再把"南京失陷，死亡二十万人民的情形一对照。却没有法子能断定志坚能在这二十万人以外逃出了生命"。上述结论似乎都有事实根据，并且已经作为众口如一的公论在冰如的亲朋中流传蔓延，因此也就使冰如无可置疑地认可和承受了这个残忍的现实。于是在痛定之后，郁结于心中的关于志坚牺牲后自己生计与爱情前途的隐忧，便水到渠成地变成感情转移的激流，浮出地表。然而，事后证明志坚竟没有死，而是基于数学逻辑推理的所谓事实与战乱中飞短流长的谣传欺骗和捉弄了一个军人妻子的感情，使之陷入无奈尴尬之境。可见，在公众舆论误导下对志坚牺牲误判，正是冰如爱情转移的决定因素。

3. 江洪出生入死的呵护与无微不至的关怀撼动冰如感情世界

就主观而言，冰如爱情转移的感情基础是江洪出生入死的呵护与无微不至的关怀撼动了她的感情世界。前者的典型事例是江南车站与小孤山两次空袭中江洪奋不顾身地从死神手里夺回冰如的生命；后者则是贯彻于精神抚慰过程中的"一片纯真、一片大义、一片血诚"。因此，随着时间的推移和接触的频繁，冰如感情世界里的江洪就不单是志坚的挚友和自己的"救命恩人"，而且成为一个值得信赖而可作为"继任丈夫"的人。她这种移情萌动的心理，江洪发现后一方面严词拒斥，一方面则又窃自冷静反思了驱使她爱情转移的主客观因素：

他心里也就想着，薛冰如之为人，却是有点奇怪，她对于丈夫原来是很好的，只几个月工夫的别离，何以就变了态度了。……睁了两眼望着那粉壁这就看见自己一张一尺二寸的半身像片，悬挂在墙上。二十八岁的人，穿了笔挺的西服，面貌丰润，很英俊清秀向下俯视着。自己便转了一个念头道：是呵！她是一个青春少妇，遇到我这一个少年，不断地在她面前周旋，看到汉口花花世界有什么不动心？而况志坚之阵亡，是百分之九十九的事情，她要找一个继任的丈夫，是没有比我再合适的了。

可见，冰如爱情转移的主观因素包括性格因素与感情因素两个方面：前者指她那由官宦家庭环境所养成的矜持骄躁的性格弱点，这使她耐不住别离的寂寞与“花花世界”的诱惑，从而导致守护的爱情因分离而转移。后者则指江洪的友情呵护与关怀撼动了冰如的感情世界，使呵护者变成她心中一厢情愿的“继任丈夫”。

冰如爱情转移过程便正是分别在上述三个因素驱动下逐步深化与发展的，依据冰如的心态转换可划分为如下三个时期：

1. 移情萌发期：面对王玉与江洪恋爱萌生妒意

王玉是冰如的旧日同学，她与江洪相识本是冰如所介绍。但当察觉他们恋爱时，冰如就顿生妒意，以致拒绝了他们请其吃饭与看戏的盛意邀请，以表示抗议与干预。富于情场争斗经验的王玉，敏感地意识到身为孙太太的薛冰如竟然同时爱上了江洪，自己将陷入三角之恋的僵局。于是便主动出击，弄清真相，打破僵局。他质问江洪：“老江，我们的交情是与日俱深了。你对我说实话，你们的关系怎样？她好像爱上了你。”江洪正色作出否定回答：“你可不能随便乱说的，我和志坚是知己朋友。”但当王玉知道冰如爱江洪不过是一厢情愿的单恋时，就情不自禁地去质问冰如：

王玉笑道：“孙太太你对于我，有一点不大坦然吧？”……冰如道：“这话怎么说？”王玉微笑着，点了两点头道：“我晓得，为了江洪。”又说：“我很坦然地告诉你，我爱江洪，你也爱江洪。江洪爱我不爱我，这是另一个问题。可是我很客观地判断，他决不会爱你，原因很简单，因为你的丈夫是他的好朋友。……我们天天见面，我大半是知道的。”

王玉的话在点明冰如爱江洪这一事实的同时触发了冰如心中郁结的妒火。于是，她不仅盛怒之下将情敌王玉赶出家门，而且随机向江洪出击，企图以感情与智慧征服江洪的心，把应享的爱情夺回来。小说第九回“别有心肠丰装邀伴侣”以细微的笔触描写了冰如上述心态。所谓“别有心肠”，系指这次邀见江洪的目的不再是友情抚慰，而是坦承爱的心迹，直面彼此相爱的事实。这友情向爱情转换的心态，在心理上外化为邀见前两个行为细节：一是精心修饰，丰装以待，二是将卧室里陈设的孙志坚的照片，全部“收了起来”。于面谈时则表现为针对王玉所说的“事实”，单刀直入，迫使江洪不可回避地回答如下两个相关联的问题：(1) 断绝与王玉交往。说：“你若是同情我的话，就和她断绝往来，固然我不能干涉你交朋友。可是你和她交朋友，我就受到影响。”(2) 坦承爱的心迹。说：“你不要把志坚的关系拉扯在内，什么嫂嫂不嫂嫂的，就是我们认识了许久，不也可以发生一点友谊吗？你以这点友谊来说，在我和王玉之间，你觉得哪一方面的交情深些？”对第一个问题，江洪虽认为“实在不成理由”，但在她委屈之时，“不敢违拗，只好答应了”。第二个问题“因她逼问得很厉害，没法子躲闪”，就遂应道：“自然是我们的交情深些。”然而使江洪未料的是这“我们”二字撼动了冰如爱的神经，顿然喜形于色，心态骤变，一边点头笑道：“有这句话已足，虽然我受了王玉那贱东西的气，我也不计较了。”一边竟情不自禁地挽留江洪在家吃饭、洗澡。

2. 移情发展期：趁王玉退出而向江洪发起进攻

若说冰如因王玉与江洪交友而生妒意，是其爱上江洪的表征，那么向江洪发起进攻则是其为了爱与美的执意追寻而扫除前途中种种阻力与障碍的开端。第一个障碍是王玉、江洪之恋，它以情敌王玉退出而告破。第二个障碍便是江洪始终恪守的以友情大于爱情的道德理念为其内涵的心灵障碍。冰如从与江洪频繁接触中深深感到，在她与江洪的感情世界里存有一个二律背反的矛盾法则：志坚与江洪的挚友关系既是她与江洪友情与日俱增的坚实桥梁，而又是其友情向爱情转移难以跨越的鸿沟。因此，通过感情融合与精神沟通，扫除江洪心灵障碍，便成为这次进攻鲜明的动机与目标。小说第十回“明月清风江干话良夜，残香剩粉纸上布情丝”所描写的就正是冰如在上述动机驱动下与江洪江边约谈时的生动情景。从中可以看到，冰如这次江干约谈并非一般谈情说爱，而是针对江洪心灵障碍精心设计的情智并用的精神博弈。

首先是情境设计。冰如为了刺激江洪感情设计了两个相互关联的情境：一个是在江干约谈途中故意导引江洪去酒楼旅馆目睹王玉同新欢“西服少年”同居的“情境”，目的是彻底切断江洪与王玉的情缘；一个则是江干约谈的情境——这是一个美丽、芬芳、恬静、舒适，令情侣陶醉，情丝涌动的情境，目的是诱发江洪触景生情，焕发自然爱欲和跨越友情向爱情转换鸿沟的勇气。

其次是感情融合与精神沟通。即从感情与精神两个途径打开江洪关闭的爱情大门。

所谓感情融合就是爱情融合，这是两颗相爱的心灵在互动中融合的过程，在单方思动对方不动的情势下，冰如第一步工作便是以感情开启江洪因心灵障碍而关闭的爱情之门。其具体作法是：于“明月清风”之情景中，触景生情，吟唱一首江洪熟悉的电影歌曲，抒发无爱的孤独，以获取江洪同情的爱：

月儿弯弯照九州，几家欢乐几家愁，几家同庆团圆夜，几个飘零在外头。

这歌词原是乱世飘零者抒发世道不公与家庭分离之苦的心灵话语，而冰如借此所表现的则显然是自己灵魂中由江洪心灵障碍所导致的无爱的孤独。她认为一向以同情与友情呵护自己的江洪定然会由此对她产生同情的爱。然而，江洪的回应却使她大失所望：他只“微笑道：‘歌本是好歌，在嫂嫂嘴里唱出来就格外的有意思。’”冰如所失望的是他听歌后竟然情丝不动，依旧口称“嫂嫂”，不敢跨雷池半步！于是，不仅臆想中的感情融合因此落空，而且精神沟通也就因为丧失感情融合基础，而变成一对友情深重，才貌般配，在战乱中生死同一的青春男女，因无法跨越友情向爱情转换的鸿沟而相互攻讦。攻讦的核心内涵则是矛盾双方因友情向爱情跨越所引发的感情纠葛与观念分歧。

(1) 友情，爱情孰重？

矛盾双方各持一端。江洪从自己与志坚志同道合生死与共的挚友关系出发，认定在他与冰如的感情世界里是友情大于爱情。因此尽管冰如于志坚生还绝望后，已把他当作“继任丈夫”，而他却固守叔嫂关系，不越雷池半步。而冰如则从新性道德原则和一个丈夫生还无望的军人妻子生计无路、前途渺茫的痛苦体验中，深切认识到：在她与江洪的感情世界里是爱情更重于友情。这正是她爱情转移的思想依据。他们如下一段对话，典型地体现了上述观点的分歧：

冰如将头连摇了两下。哼道：“你这样称呼不好，谁见叔嫂两人交情这样深密的？其实，我们又何尝是叔嫂呢？”江洪嘻嘻笑了一声道：“我和志坚是极好的朋友，他的年纪比我大，我把他当兄长看待。他的夫人，我称呼为嫂嫂，有什么使不得？”冰如将头一偏道：“设若志坚有个不幸的信息，你之所谓嫂嫂，已不存在，哪里还认得我呢？”江洪呵唷一声道：“无论志坚命运如何，我对于嫂嫂，决计保护到底。”

(2) 寡妇是否有平常女性一样的婚姻自由？

江洪结论是否定的，而冰如则是肯定的。这分歧常常表现在他们不经意的对话里。例如：

> 冰如道:“我觉得我的真心,是把你当了一个最知己的朋友。其实,你却对我最不知道。我不要成了错认朋友的尤三姐吧?”江洪啊唷了一声道:“那怎么能相比?”……冰如道:“为什么不能比? ……”江洪道:“你把一个大前提就弄错了。人家是一位小姐,名花无主,她可以把任何人作对象。你是一位有主的人呀。”冰如淡笑道:“你还说你是一位有新思想的军人,可是由你这说话看起来,你的思想就很陈腐,你依然认为寡妇是不能嫁人的。而寡妇也不该有个对象的……假若你讨厌我是一个寡妇,不是一位小姐,你也说明,可是你所追求的王玉,她不是一个离婚的妇人吗?”

可见,这并非纯然的性道德观念分歧,而是其不同感情背景在意识上的反映。这个不同感情背景便是他们在爱情转移中的不同感情趋向：一个坦诚进攻,一个退避抵制。

3. 移情高潮期：践行成竹在胸的行动计划

面对爱情转移,矛盾双方的行为取向形成鲜明对比：冰如坦诚进攻,江洪退避抵制。在相互攻讦的矛盾过程中,冰如始终居于进攻的支配地位。若说冰如于南京大屠杀前的几次进攻,因江洪以“志坚生还仍存希望”为由加以抵制而收效甚微,那么南京大屠杀后,志坚牺牲已成公论,冰如的进攻就因江洪退避抵制失据而呈现摧枯拉朽之势,不仅态度更加坦诚,而且手段与行为愈加决绝。即她不再纠缠于为消除江洪种种心灵障碍的口水战,而是执着于解决实际问题的行动：一方面给江洪寄去情书、艳照和留有自己“残香剩粉”的手绢,将精神博弈推向实际的恋爱互动进程,一方面则以卧病孤独请江洪呵护为由向他宣布成竹在胸的行动计划。此计划是针对江洪一向抵制与退避中所提出的问题而制定的,其核心问题是通过冰如出访孙薛两家亲权者,解除“孙太太”身份,而获得爱情自由。

然而使冰如没有料到的是这个计划却因志坚的戏剧性出现,遽然由自我解放行动,戏剧性地变成自制的感情囚笼。其结果是她面对感情世界的两个男性,陷入进退维谷,尴尬无奈的窘境：选择江洪就意味着对志坚的背叛,而选择志坚则意味着食言于江洪和爱情再次转移。至此她深深认同了“造化弄人,以万物为刍狗”的命运哲学在她不幸人生中的体现,油然产生了向捉弄自己感情与命运的残忍现实抗争的情绪。她愤然认定自己的不幸之根是罪恶的侵略战争：先是幸福的家庭因战争而分离,守护的爱情因分离而转移,而后则是已经转移的爱情又因志坚出现而陷入进退维谷之窘境,并且使她背上背叛丈夫的罪名。上述情绪集中表现为她接到志坚来信后极度反常的心理与行动：

> 她听说是孙志坚来的信，脸色就首先变了一下。将信拿到手上……立刻心房卜卜乱跳一阵。……抽出信纸来，只看那最前一行是：冰如：我没有想到我还能给你写信，你也并不会想到还能看到我新写的笔迹吧？……她不但心房乱跳，而且是手足冰凉了。……
>
> 冰如拿了这封信去，足足看了两三点钟，也不曾回到房里来。郑氏心想，这是为什么？便悄悄走到那房门口……因道："冰如，那信说些什么？能告诉我吗？"冰如道："他没有死。"说着，一个翻身，将背朝了郑氏。……郑氏道："你把那信交给我看看，可以吗？"冰如道："不用看，我把它撕了。"薛老太道："这是什么意思？他来信，是你夫妻有团圆的希望，你为什么反把信撕了。"冰如板了脸道："你没有看信，怎么知道我不该撕呢？"

作者在这里所运用的是心理描写外化与虚化的方法。所谓外化是指以冰如收到志坚来信后情态变化（从"脸色"一变，到"心房卜卜乱跳"，再到"手足冰凉"）和动作反常（把志坚来信撕了）表现其心理状态；所谓虚化则指不直接引述志坚来信内容说明冰如撕信原因，而让读者据小说情境自然推出结论。所谓情境总体上是指志坚家庭爱情悲欢离合的历程，而这里则主要是指冰如爱情转移后特别是移情高潮期情感互动的矛盾过程而言。贯彻这个过程的基本矛盾是友情与爱情的矛盾，而恪守与志坚挚友之情的江洪和坚持爱情转移的冰如，分别代表矛盾的一个方面。若说志坚出现之前冰如处于矛盾主导地位，以致凭借环境舆论（志坚牺牲无疑的舆论）公然践行爱情转移的最后行动计划，那么志坚出现后她就不仅因其行为丧失道德合理性依据而陷入悖逆与被动，而且将必然由此产生两个残酷结果：其一，道德舆论谴责。即使志坚不计前愆，来自家庭亲朋的谴责与歧视也将使她难以忍受。其二，江洪原是在她进攻下因志坚生还无望而认可了她的行动计划，志坚的出现必然会使他更加理直气壮地拒绝她的爱情。前者使她痛惜而无奈地放弃了与志坚团圆的路，"撕信"便是此心理表现；后者则驱使她拼命抓住江洪的心，以将转移的爱情进行到底，这便是她拒绝与志坚会面和同行，而抢在志坚之前飞回汉口与江洪面谈的原因。然而她并没有抓住江洪的心，爱情转移行动计划也遂因志坚出现而以失败告终。

从家庭分离到爱情转移，再到已经转移的爱情因志坚出现而以失败告终，冰如所走的是一条意愿与命运相悖的路。命运像一只无形的手总是把她从为主观意愿奋斗的希望之路上推入绝望的深渊。作者认为这正是造化弄人的结果，而这所谓命运便是灭绝人寰的侵华战争所导致中华民族苦难这一历史必然性。

二、九死一生亲历重重国难

若说作为军人妻子的冰如在离合悲欢中聚结了累累家仇，那么以身许国的军人志坚则是在浴血奋战中九死一生亲历了重重国难。他们这段经历都是在南京沦陷前夕至南京大屠杀七个月后这同一时间中发生的。由此可把志坚这段传奇性经历划分为南京沦陷前夕和南京大屠杀后两个阶段：前一阶段是死守危城，其传奇行为是：只手挽危城，九死一生。第二阶段是陷入樊笼，其传奇行为是：联手斗倭魔，小遁佛庵。

（一）只手挽危城，九死一生

所谓南京保卫战，实质上是淞沪保卫战的继续。东线战场以淞沪失守而败退，就使虎踞龙盘的南京，因失掉外围军事屏障而成为一座孤城，并且在敌机猛烈空袭下城内防御设施遭受破坏，工兵入城修补防御工事已成当务之急。于是，志坚便在南京沦陷前夕奉命率领他的工兵营奋身投入这场以血肉厮拼来挽救危城的保卫战。作为以身许国的现代军人，他明知在军事力量对比悬殊的条件下南京失守已成必然，但却依然恪守为国捐躯的军人精神，九死一生，传奇性地践行了爱国军人的神圣天职。志坚既是军事工程专家而又是智勇超群具有东线战场作战经验的中级军官，“很得上峰的嘉奖”。因此，他进南京后就成为守城统帅的左右手，其所完成的几项极度艰险、事关大局的军事任务，都是由首长直接授意与命令的非常行动：

其一，巡查城防工事。

他奉师长之命先是在刘团长陪同下查看了关键防区南城光华门一带城垣，而后又奉命独自骑马巡视第二重点防区西北城清凉山一带环境地貌。这两次巡视对精通军事科学的志坚而言，最突出的意义是实证了他对南京保卫战的战略分析结论（南京失陷的必然性）而由此提出相适应的灵活机动的守城战术。他认为在孤城南京已丧失制空权和缺少赖以守城的重武器的情况下，只凭借“陡峭高耸”的城墙和“四五丈深”的“城壕”是无法拒敌于城垣之外的。因此在战术上不应采取守城阵地战，而应着眼于短兵相接机动灵活的巷战，即避开敌军重兵器进攻势头，与敌人近距离展开厮拼。为此，他一方面向刘团长提出增加两条交通壕的建议，说：“若是我们有充足的重武器，这形势就很好。只是我想到城里一片敞地，一点遮掩没有，万一我们作守城战的话，似乎更要增加两条交通壕，由马路边通到城墙脚下。”一方面特别注意城区环境地貌特别是巷战中可作迂回和掩藏之地的发现。正是在此动机驱使下他竟然走进西北城那片地广人稀号称“世外桃源”的地界，并且颇有兴味地进入经声佛号的小佛庵。志坚本是为巡查环境地貌而来，但佛庙中浓重的宗教气氛却触动了他那隐藏在军人灵魂深处的一颗佛心：对人类生命的终极关怀。侵略战争使中华民族生灵涂炭，本质上与佛心背道而驰，而南京保卫战的根本目的则是保护民族生存权利与无辜人民的生命，以体现对人类生命的终极关怀这一本质内涵而顺应了佛心。因此，他一见面就不禁向老和尚沙河表示他的佛缘，说：“舍下三代念佛，直至现在，家母还不断看佛经呢。”并且敞开心扉与壮年和尚佛林交谈战事。这就为后来陷入绝境的志坚“小遁佛庵”做了铺垫。

其二，清除未爆炸弹。

敌人把攻城目标集中于南城光华门，企图以最猛烈的炮火与轮番空袭在此打开进城缺口。于是光华门里不仅房屋设施严遭破坏，而且敌机投在马路上的一些未爆炸的炸弹以“拦阻交通”、切断光华门作战交通命脉而成为巨大隐患。志坚接到师长命令后便自驾卡车率领工兵营冒着头上三架敌机轮番轰炸的极度凶险抢进现场，既出色地完成任务，而又以其智勇双全的军人素质与超常行为创造了他只手挽危城的第一个奇迹。这是一个以身许国的现代军人，凭借军魂焕发的无畏与智慧和那双经过现代科技训练的神奇应变的手，同满载着炸弹在头上轮番追袭轰炸的三架敌机斗智斗勇的生死较量：

> 汽车刚跑上马路，便有三架飞机的影子，在头上掠过。他听了空中辄辄辄刺激空气声，知道敌机已投下弹来。坐在司机座上，已看不到投弹的角度。但看到前面不远，有一幢四五层高楼，料着敌机是把这里当目标，在几秒钟间，他的观念和判断和他两手的动作，很敏捷地联合一致，将扶机一转，车子很快地冲入街边南端一条巷子里，刚刚钻进巷子，身后一声大响，立刻烟雾猛升起来。卡车一点也不理会，继续向巷子里冲。冲出巷口，是另一条马路，车头转向东方，还是开向光华门。一路之上，又听到几下巨响，随了几丛弹烟向空中倒喷，硫磺气扑人……这辆卡车，就在弹雨中钻过，顺了路直奔光华门。

其三，抢堵城墙缺口。

在敌军炮火猛烈轰炸下，光华门城墙终于被击溃一个几丈宽的缺口，并且缺口上有一挺敌人机枪在掩体中向内扫射，使工兵无法靠近施工。守城到了关键时刻，缺口若不在下午五点钟前补上，夜晚敌军就会由此突入城内，后果不堪设想！于是，师长向工兵营长志坚下达死命令，说："南京的存亡，就关系这个缺口是否能堵塞得住。你必须拿出大无畏的精神，在五点钟天黑以前，把这个缺口完全塞好。"志坚当众立下军令状说："师长把这个伟大的任务，交给我和全营弟兄，这是我们军人的光荣。弟兄们，我们接受这个光荣的任务，我们必须成功。我们就是成仁也要成功。"在这里我们看到的是军魂共鸣所产生的以身报国的高尚情怀和众志成城，无坚不克的战斗力。这正是志坚完成任务的思想保证。但所面对的具体情况极其特殊与复杂，所以表现军事家智慧的机动灵活的战术便成为制胜的主导因素，而这战术便是志坚精心制定的"分两步走"和"声东击西"战术。

"分两步走"，就是摆在工兵营面前有两项任务（堵塞城墙缺口和消灭缺口上敌人的机关枪），志坚认为上述两项任务中堵塞城墙缺口是最终目标，而消灭敌人机枪则是实现总目标的前提条件。因此提出：先消灭敌人机枪而后堵塞城墙缺口的"分两步走"战术。他的决定是亲临现场考察的结论："五个人在壕里爬着，还不曾抬起头来看，不知那缺口的敌人，发现了什么，突突突地，就向空地上射了一阵子弹。志坚微微看了一看，那缺口的机关枪，居高临下，控制了这整个城门里面的空场，慢说两连人，就是两只耗子也休想上去。不把这挺机关枪消灭，就不能堵上缺口。"

"声东击西"是消灭敌人机关枪的战术。即以佯攻吸引敌人机关枪火力转移其扫射目标，掩护爆破手从另一方向沿城根壕沟迂回到机枪掩体旁实行零距离爆破。战术确定后，爆破手的选定就是成功或失败的决定因素。志坚毅然选定胆大心细的独胆英雄工兵班长尚斌承担爆破任务，充分体现了他以武德为本位的军事人才观。他认为尚斌不仅精通军工技术，具有在艰险中完成军工任务的丰富经验，而且更具有以身许国和勇于为国捐躯的"至高至上"的武德；他主动请命正是其武德观驱使下的行动。他说："报告营长，我愿肝脑涂地，报效国家，不消灭那挺机关枪，我也不回来。"他终于以牺牲自己而践行了上述以身报国的铮铮誓言。班长尚斌是志坚最亲密的挚友和同志，他敬仰志坚以致唯他命是从，并非一般情投意合，而是军魂共鸣。而这只手挽危城的壮烈一幕，则正是由志坚编导以尚斌为主演的英雄群体军魂飞扬的悲壮剧。它所彰显的至高至上的武德，正是以身许国的军魂：

响声突然停止，只见一把刺刀挑起，在逼近掩体的尚斌身上，接着一阵响，一阵烟，由机关枪掩体里喷出，手榴弹爆炸了。志坚从交通壕里向外一跳，高举了右手，叫道："尚班长成功了，弟兄们，上！"于是竹林右角涌出一阵人浪，一阵风似地奔向城墙。大家到了那里一看，机枪和三个敌人，都炸死了，尚斌成了功，也成了仁。……尚斌要一定消灭这挺机关枪，他连手都伸进掩蔽工事里去，给予敌人挑上刺刀的机会。可是他这一只手，挽回了光华门的危局，以军人的武德言，已是至高至上的了。

至此，志坚所设计的“分两步走”战术，就以尚斌只手挽危城的壮举完成了关键的第一步。其关键性意义表现为两个方面：一是在战术上扫除了堵塞城墙缺口的障碍；二是在精神上震撼与激励了守城将士的灵魂。其结果是由于士气高昂，众志成城，确然挽救了“光华门危机”，并获得两日鏖战的出色战绩。突出的事例是：1. 许多将校都被感动了，“争先恐后的，随在这两连工兵之后，一小时内，把那城墙缺口，抢堵成功”；2. 等到这缺口堵塞完了的时候，城外的敌兵竟有一小股窜到城根：“这时，他们既爬不上城，敌我接近，敌人的大炮，也不能掩护，城墙上一阵步枪与手榴弹，就把他们消灭干净。”这样短兵相接的鏖战竟然持续了两日多。

然而随着飞机大炮的增加和“敌人后续部队”潮水般涌来，危城陷落之势已无力挽回。于是，“十二月十三日，留守的最高长官，已下令作战略的撤退”。志坚原本应当随军撤出南京，无奈造化弄人，偏偏把他留在沦陷后的南京，一方面亲睹敌人屠城的滔天罪行，作历史见证；一方面则巧结佛缘与老和尚联手智斗倭魔，最终逃出虎穴，重回沙场。

（二）联手斗倭魔，小遁佛庵

所谓巧结佛缘，表面看来是绝望中的志坚在巧遇沙河后基于信仰的两颗佛心的共鸣，而实质上则是命运际遇相同的两代爱国军人面对亡国灭种的民族灾难而军魂共振，其行为动机并非消遁，而是以佛庵为掩体，以特殊战法，向敌人进击。老和尚沙河原“也是执干戈卫社稷的”爱国军人，四十年前曾有与志坚同样的遭遇，而这正是他与志坚缘法所在。所以当他决意救助志坚走出虎穴重振沙场时，就如故知重逢而倾吐郁积胸中的肺腑之言并慨然许诺成全这以身许国而陷绝境的军人的前途。他说：“四十年前，我和你一样，有这样一个境遇。外国兵追着我们的军队，我走进一个古庙当了和尚，直到于今。论我的官阶，比你大得多呢。不想四十年之间，我又再遇到了这样一件凄惨的事。”当志坚求其“指示迷津”时，他回答说：“时代不同，没有再叫你永做和尚下去的道理。我当年一度逃禅之后，我也是应当还俗的，但我看到满清政府决无能为，还俗又有什么用呢？”又说：“我要救你，就救个彻底。我刚才想了一下，觉得与你有缘。你答应我做几天和尚，我成全你的前途。”在列强入侵，丧权辱国的中国近代典型历史环境下，军人中必然会产生因报国无门而隐匿民间的悲剧英雄，沙河便是这类英雄。他逃禅四十年间，身残志坚，报国之心犹在，即使不能亲历沙场，却是“手下至少有十万兄弟”的长江“帮会”首领，以拳拳之心，于隐忍中枕戈待旦。正是南京大屠杀这亡国灭种的民族灾难唤回他军魂飞扬的历史记忆，从而毅然作出联手志坚智斗倭魔以身报国的英雄壮举。在这里作者不仅把两代军人作见证者从历史宏观视野记录和真实展现了南京大屠杀的罪恶行径，将日本侵略者的罪恶灵魂钉在人类历史的耻辱柱上遗臭万年，而且更以他们智斗倭魔的传奇深化了国难家仇铸军魂的悲怆主题。

小说第十六回“半段心经余生逃虎口，一篇血账暴骨遍衢头”，写的就是深陷屠场而以和尚身份骗过敌人眼睛的志坚，满怀民族深仇大恨，借倭兵引领护送下由佛庵去市内购米之机，以沿途亲眼所睹、亲耳所听和亲身体察，把“暴骨遍衢头”这惨绝人寰的屠城现场作为记录侵华日军滔天罪行的“一篇血账”铭刻在中华民族永恒记忆中：

他们离庙向东走，不久就踏上了中山路。第一个给他的深刻印象，便是四五十具尸体倒顺交加成堆叠在马路旁边，地下的血水，淋了几丈面积，冻成了紫膏。……顺了路向北走，尸体是不出十丈路，必有几具。死的不仅是中国的壮丁，老人也有，女人也有，小孩也有。有的直躺在枯的深草里，有的倒在枯树根下，有的半截在水沟里。而唯一的特征，女人必定是被剥得赤条条的，直躺在地上，那女人的脸上，不是被血糊了，便是披发咬牙，露出极惨苦的样子，有的人没有头，有的人也没有了下半截。有几根电线柱上，有小孩反手被绑着，连衣服带胸膛被挖开了，脏腑变了紫黑色，兀自流露在外面，有的女尸仰面卧着，身上光得像剥皮羊一般。而她的生殖器或肛门里，却插一支两尺长的芦苇。最后走到一个十字路口，黄色的枯草上涂遍了黑色的血。尸体也不知有多少在广场中间堆叠起来，竟达丈来高，寒风吹了死人的乱发和衣角，自己翻动。那不曾堆上去的尸体，脚斜伸在路上，敌人的卡车到来了，就在上面碾了车轮过去。

……

倭兵道：“我告诉你一件新闻，能不能不害怕。我们进城的第二天，两个军曹比赛杀中国人。十二小时内，一只手杀了一百八十六人，一只手杀了三百一十三人。这个比赛胜利的人，还写了报告寄回国去呢。”他说毕，也摇了两摇头。志坚念了一声佛。因问道：“老总，你看南京遭劫的有多少人？”他笑道：“谁知道？我是由挹江门进来的。死尸这里填平了门路有两千米远，这就不少了……”

上述引文，前一段写的是志坚亲眼目睹南京路与北城区“暴骨遍衢头”的屠城现场，后一段写的是志坚亲耳所闻一个倭兵反思后的自供。前者是血写的罪证，后者是来自倭兵的人证，堪称内容完备，具体形象，真切入微的南京大屠杀的控诉状。所谓内容完备是指既有指控罪行的结论，又有志坚目睹与倭兵自供等支撑结论的铁证。“一篇血账暴骨遍衢头”正是对于屠城罪行体相兼备的概括：“一篇血账”是体，指控屠杀性质是日本侵略者对中华民族欠下的一笔血债，必须用血来偿还！“暴骨遍衢头”是相，表征着屠杀规模之大，罪恶之深，手段之残忍、猥亵与卑鄙。所谓具体形象和真切入微是指控诉状文体而言，即对罪证的叙述方式并非记账式罗列事实，而是通过目睹者的视野与心灵体察扑捉屠杀现场中具有典型性的具体形象，以真切入微的描写呈现在读者眼前，深嵌在每个中国人的永恒记忆里。《大江东去》是至今为止，唯一一部真实记录南京大屠杀的小说，不仅有永恒的历史价值，而且有深刻的现实意义。在目前日本军国主义借右翼势力为侵华历史罪行翻案之际，这段历史记录就成为他们无法抹杀的血写铁证。正是在这里凸显了小说中目击者孙志坚行为的爱国主义内涵及其同联手智斗倭魔的英雄传奇的深切联系。

智斗倭魔实质上是以身许国的军人精神在战术上的体现。所谓战术便是面对超常斗争对象采取超常反制手段，即以佛庵为掩护，凭借超人智慧与勇毅夺取反制斗争胜利。这场智斗发生于南京大屠杀之后，是大屠杀的深入与继续，其反制斗争都是由敌人屠城后如下普遍行为所触发：(1) 宪兵队搜查潜藏中国军人；(2) 精神恐惧的倭兵借神符护佑灵魂；(3) 倭魔肆意掠夺中国文物。上述行为就使佛庵和小遁佛庵的孙志坚成为首当其冲的目标，反制斗争便由此而触发。

第一项反制斗争是针对敌人进庙搜查潜藏军人孙志坚而展开。“半段心经余生逃虎口”记录了孙志坚以超人智慧与勇毅克敌制胜的英雄传奇。这是一场以生命为赌注斗智斗勇的精神博弈，面对既凶狠又狡黠的搜查者，志坚所以能逃出虎口凭借的就是智情意相统一的精神品格。从反制过程看，超人的智慧是志坚精神品格中居核心与支配地位的因素。若把反制斗争分为开端、发展两个阶段，就明显看到智慧的支配是一以贯之的制胜因素，而其支配意义却因每个阶段的特殊矛盾而异：

(1) 开端阶段是制怒。亲睹“暴骨遍衢头”的屠杀惨境而怒火冲胸的志坚，当搜查者将佩刀架在他脖子上逼其招供时，他所以没有愤而厮拼以致鱼死网破，反倒“不动声色，随他去检查”，然后待机而行，正是其超人智慧支配的结果。

(2) 发展阶段是扬志。在志坚巧妙应对下敌人设下的各项检查门槛都已过关，使志坚万万没有料到的是狡猾的敌人却突然提出“诵经”要求，并威胁说：“试诵之，不能则杀尔。”这时使志坚绝处逢生的依然是超人智慧支配下所产生的超越生死的勇毅和由此升华而来的超人的意志力与生命力：意志力驱使他一方面做好厮拼准备（认为两个敌人“虽有武器，自己桌上一块大砚池，也可拼他一个人”），另一方面却要以百倍抑制力稳定情绪，为获取最后胜利，“没有到最后关头，自己也不和他翻脸”；生命力焕发则使他在生死关头的瞬间竟然奇迹般浮现童年“随在念佛的祖母身边”背诵“心经”的记忆，从而获得反制成功。

第二项反制斗争是针对倭兵心理危机而发。在这里依然彰显了志坚智情意高度统一的精神品格，而且更加突出了超人的智慧在这场心理博弈中的主导意义。其主导意义具体表现在如下二个方面：

一是知己知彼，顺势而动。倭兵刚“把人头踢到佛案上”，又遽然向佛家求写神符护佑，其行为矛盾不仅常人不可理解，并且会由此触发民族仇恨而加以拒绝。但懂日语和精通日本文化及倭兵文化心理的志坚，却透过这行为矛盾看到倭兵普遍的心理危机。这便是一方面在军国主义驱使下充当侵华战争的杀人工具，一方面则因良知未泯而负载着沉重罪恶感和惧怕遭报复的恐惧心理，而“找和尚写一张神符，求求神佛保护”便是他们拯救心理危机的手段。他认为写神符正是顺势而动，借以支配与征服倭兵心灵的契机。于是即刻答应两个倭兵要求，当场为他们写了神符，并且“放出十分敬诚的样子，为他祷告了一番”，然后“弯腰各一合掌”把两张符给了他们。果然引发了倭兵发自灵魂深处的共鸣与回应：“两个寇兵，竟在凶恶的脸上放出了一线笑容”，且照他们倭国的规矩“每人掏出一个辅币，交给志坚算香钱”。

二是以神符为契机，突破敌人对佛庵经济与信息的双重封锁。在这里依然是志坚的智慧征服了倭兵中那些曾深受中国传统文化影响的知识分子的心。小说对此有如下描写：

> 几个寇中的知识分子，写着字问志坚道：“尔能写诗句否？”志坚……便写了一首杜牧之的七绝给他……一个穿西装的贼人，看了字条摇头晃脑，叽咕了一阵，脸上露出了笑容。点点头，竟掏出五元法币，送志坚作香火钱。志坚先合掌谢谢，然后写一张字给他看：“香资谢谢，不敢领。小庙僧人四名，七日未尝粒米，只以野园菜蔬度命，阁下能护送僧人出门购米否？”那几个倭寇……答应可以，香资也没有收回。

第三项反制斗争是因为寇宪兵司令进佛庵掠夺文物而引发。主导策划者是许诺救助志坚脱出虎口重返沙场的沙河老和尚。他认为利令智昏的宪兵司令只知中国文物价值无限，却非真懂文物的里手，正可以此为契机实行他一箭双雕之妙计：一方面以假乱真保全庵中珍存；一方面则以派遣沙明与志坚去上海取回珍藏在那里的《唐人写经》敬献司令为条件，要司令发给“一张出境证”。正是这个妙计使陷入虎口七个多月的志坚满怀对自由幸福的美好憧憬回到上海。

三、挚友携手共赴疆场

使志坚没有料到的是，到上海后等待他的竟然是冰如爱情转移导致的婚变事实，而且她窃自选定的“继任丈夫”正是挚友江洪。这就使刚刚脱出虎口的志坚又陷入爱情与友情的双重危机中而痛苦与反思。其结果是：(1) 深切人生感悟促成其道德觉醒，使坦诚的友情变得更加深挚与永恒；(2) 以身许国的军人精神重新唤起军魂共鸣，使挚友携手共赴疆场。

深切人生感悟促成道德觉醒。

所谓人生感悟，是指志坚从自己家庭与爱情的破灭和友情的永恒中对比反思后，所获对于人生的如下规律性认识：

> 必须一个守私德的人，才可以办好公事。必是一个对朋友守信义的人，才可以对国尽忠。

这实际上是对妻子冰如与挚友江洪所代表的两种人格与德行及其行为结果的精辟概括。冰如爱情转移虽有千条理由，但主观根源却因为她是“一个不守私德的人”；而江洪所以在冰如炽烈追求下始终坚守挚友嘱托，不越爱情雷池一步，其人格根源则是他不仅是“一个守私德的人”，而且“是一个对朋友守信义的人”。正是上述规律性认识促成志坚道德觉醒，觉醒的标志便是公然作出对道德人格社会价值内涵判断的主观与客观标准。主观标准是人格内涵，据此可以把人格区分为“守私德”“守信义”的健全人格与“不守私德”“不守信义”的非道德性人格。客观标准是人格社会实践内涵，据此则可将人们的社会实践因人格内涵不同而区分为正负两种：人格健全的人，不但“可以办好公事”，而且“对国尽忠”，是推进社会前进的正能量；非道德性人格，则既不能“办好公事”，更不能“对国尽忠”，是拖延社会前进的负能量。上述标准体现在志坚的行动中便是对冰如人格的蔑视和对江洪人格的敬仰。前者使他摆脱家庭与爱情的烦恼，把全部精神与生命重新投向军事报国“对国尽忠”的神圣事业；后者则清除了因冰如爱情转移所造成的误会，使志坚与江洪间深挚的友情更加牢固与永恒，从而为他们携手共赴疆场打下了坚实的基础。小说最后一回“大江流浩荡把臂同行”以悲壮苍凉的情怀，浩瀚博大的意境与诗的语言描写了他们携手共赴疆场的英雄壮举。其中最具典型意义的是志坚与江洪于江边和船上两段对话：

第一次是江边相晤时的对话——

……江洪脸色正了一正，因道："志坚兄，我很惭愧，我对于你所托付的事，不但没有做好，而且还坏了你的事，这简直不成朋友了。但你一定能原谅我，尊夫人的行为，一切皆出于误会……"志坚不等他说完连连摇摇手道："你所谓的尊夫人，早已不是我的夫人，我对于她仁至义尽，良心告诉我，不必理她了。……我对于你不但十分谅解，而且十分佩服。疾风识劲草，到现在越是让我认识你更深一层。……"志坚将手指了长江的下流头，因道："你看这白云下面，江水上面，无穷无尽的前途，都是我们的锦绣江山，我要到这白云底下的最前线处。"……江洪道："你刚刚到武汉来，怎么也不休息两天，就要到前线去？多少受着薛小姐一点刺激吧？"志坚笑道："哈哈！照你这样说，倒是她的伟大之处了。我之所以如此，倒也不是上司的命令，是我连日在江边散步，发生的作用。我每次在江边走着，看了这东去的江流，我就想到了东战场，我就想到了南京。"

第二次对话是在挚友携手同赴疆场的差轮上——

江洪手夹了纸烟，指着江面道："你看秋高气爽，正是军人勇往前进之时，秋江如练，和老朋友谈谈，看一程江景，多送你一程，又待何妨！"……志坚道："顺水顺风，船行很快，你打算在哪里登回岸来？"江洪笑道："我送你到宣城，也无所谓。"他说着，喷出一口烟来，态度很是悠闲，志坚这倒有些愕然，不免对他身上望了出神。就在这时，看到他胸前换了一方新的证章，番号是白布书着楷字，第一列××集团军总司令部，第二列是上校参谋，第三列江洪两个大字，上面盖了鲜红的硃印。志坚哦了一声，握着他的手，紧紧摇撼了道："好朋友。好朋友！"

这是小说画龙点睛的最后一回，标题"故剑说沉浮掉头不顾，大江流浩荡把臂同行"点明贯穿全书矛盾过程、表征爱情与友情的两条感情线索在互动中运行的结果。"故剑说沉浮掉头不顾"是指冰如对军魂与爱情的背叛。志坚赠给冰如的故剑既是忠贞爱情的信物，又是皈依军魂的精神象征。志坚仁至义尽，想用故剑沉浮的往事唤起冰如感情记忆从而言归于好，她却"调头不顾"以示决绝。然而爱情破灭不但没有使志坚陷入沉沦，反而成为促其道德觉醒与军魂重振的刺激因素。其行为表现便是从爱情纠葛中脱出，奋然奔赴疆场，践行其“为国尽忠”的军人天职。“大江流浩荡把臂同行”是指志坚与江洪挚友之情的深化与升华。深化是指真挚友情经曲折考验后深化为“守私德”“守信义”的崇高操守；升华则指这崇高挚友之情因民族大义而升华为携手把臂共赴疆场的英雄壮举。因此上述援引的两段对话，便因真实体现志坚爱情破灭后真实心理状态和挚友之情深化与升华的真实过程而具有典型意义。